本書爲
全國高校古委會古籍整理研究項目
安徽師範大學中國詩學研究中心學術叢書
本書出版得到國家古籍整理出版專項經費資助

中國古典文學基本叢書

杜牧集繫年校注

第一册

吴在慶　撰

中華書局

圖書在版編目(CIP)數據

杜牧集繫年校注/吴在慶撰.—北京:中華書局,2008.10
(2023.4 重印)
(中國古典文學基本叢書)
ISBN 978-7-101-06219-9

Ⅰ.杜… Ⅱ.吴… Ⅲ.①唐詩-選集②古典散文-作品集-中國-唐代 Ⅳ.I214.242

中國版本圖書館 CIP 數據核字(2008)第101121號

責任編輯:俞國林
責任印製:管　斌

中國古典文學基本叢書
杜牧集繫年校注
(全四册)
吴在慶 撰
*
中 華 書 局 出 版 發 行
(北京市豐臺區太平橋西里 38 號　100073)
http://www.zhbc.com.cn
E-mail:zhbc@zhbc.com.cn
三河市宏盛印務有限公司印刷
*
850×1168 毫米 1/32・50⅝印張・10 插頁・1200 千字
2008 年 10 月第 1 版　2023 年 4 月第 5 次印刷
印數:8001-8900 册　定價:178.00 元

ISBN 978-7-101-06219-9

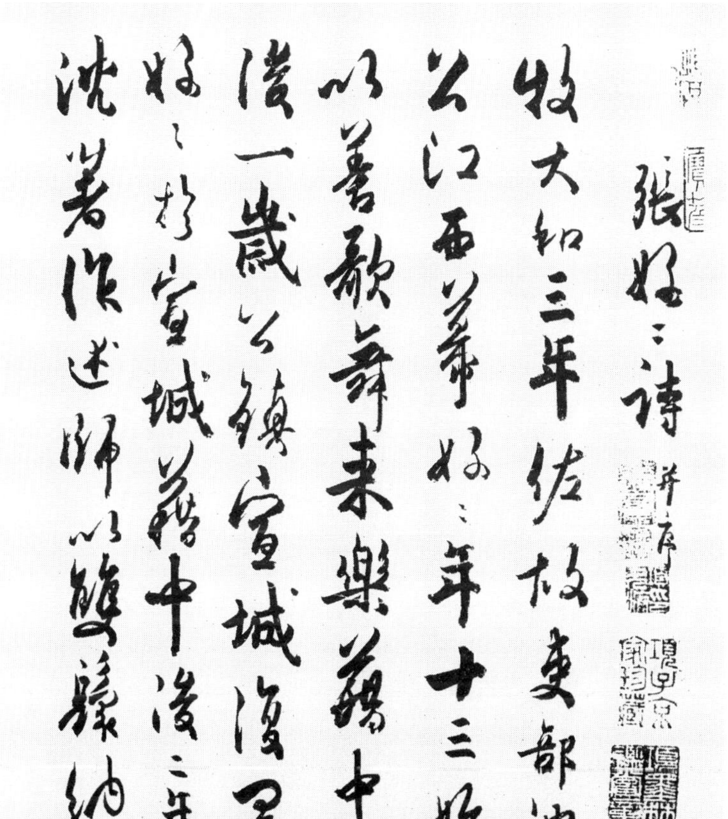

杜牧《張好好詩》手跡，故宫博物院藏

樊川文集第一

中書舍人杜牧字牧之

阿房宮賦

六王畢四海一蜀山兀阿房出覆壓三百餘里隔離天日驪山北構而西折直走咸陽二川溶溶流入宮牆五步一樓十步一閣廊腰縵莫旦切迴簷牙高啄各抱地勢鉤心鬬角盤盤焉囷囷焉蜂房水渦矗勑六切不知乎幾千萬落長橋臥波未雲何龍複道行空不霽何虹高低冥迷不知東西歌臺暖響春光融融舞殿冷袖風雨淒淒一

杜牧《樊川文集》書影,《四部叢刊》影印明翻宋刊本

總目録

第一册
前言……一—二〇
目録……一—三〇
樊川文集序……三—八
樊川文集卷一—卷二……九—三二六
第二册
樊川文集卷三—卷七……三二七—七一八
第三册
樊川文集卷八—卷二十……七一九—一一三七
第四册
樊川外集……一一三九—一二九五

樊川别集……………………………………一二九七—一三五三
集外詩……………………………………一三五五—一四三五
集外文……………………………………一四三七—一四四一
附録一
　杜牧研究資料……………………………一四四三—一五一九
附録二
　杜牧詩文繫年目録………………………一五二一—一五四七
篇目索引

前言

「小杜文章天地並」(王崇《池州府志》卷八宋邦輔《登齊山怡亭》詩),這是前人對杜牧詩文的贊譽。獲得這一盛譽,乃在於如清人翁方綱《石洲詩話》中所稱贊他的「真色真韻,殆欲吞吐中晚千萬篇」。杜牧獲得如此盛譽,故歷代以來其詩賦膾炙人口,他的《樊川文集》是人們所最喜愛的晚唐文集之一,而古典文學界對於他的研究一直盛而不衰。

一

杜牧生於唐德宗貞元十九年(公元八〇三),字牧之,唐京兆萬年(今陝西西安)人,是中唐著名宰相、撰有《通典》二百卷的杜佑之孫。杜牧自小深受祖父影響,承繼杜佑的經世致用之學,於「治亂興亡之跡,財賦兵甲之事,地形之險易遠近,古人之長短得失」(《樊川文集》卷十二《上李中丞書》)均頗關注,揣摩研究,故少小即懷經邦濟世抱負。大和二年,杜牧進士及第,當年又制策登科,授「弘文館校書郎,試左武衛兵曹參軍、江西團練巡官,轉監察御史裏行、御史,淮南節度掌書記,拜真監察,分司東都。以弟病去官,授宣州團練判官、殿中侍御史、内供奉,遷左補闕、史館修撰，轉膳部、比部員外郎，皆兼史職。出守黄、池、睦三州，遷司勳員外郎、史館修撰，轉吏部員外。以弟病，乞守湖州，入拜考功郎中、知制誥，周歲，拜中書舍人」（《樊川文集》卷十《自撰墓誌銘》）。大中六年十二月卒於中書舍人任，年五十。

杜牧胸懷壯志，頗有匡世濟民抱負，故其詩文頗有憂國憂民的干時之篇，這一點在過去一般人中是缺少認識的，多有以風流放浪才子目之者，這實在是耳食之見。其實他的政治抱負前人已有揭櫫，如清人吴錫麒在《杜樊川集注序》中即有精要的評説：「牧之内懷經濟之略，外騁豪宕之才。當其時，藩鎮方張，朝廷多事；五諸侯並起，欲逼天閶；十常侍未除，先驚帝座。屯蜂晝聚，社鼠宵行。江充既兆亂於犬臺，賈誼轉埋忠於鵩舍。往往激昂狂節，摇蕩愁旌；陳兵事之書，一麾願乞；揭《皐言》之目，三刖奚辭。觀其《獨酌》成謡，《感懷》發詠，固非徒以一己牢愁之語，托之無端綺靡之詞者也。而乃偃蹇幕僚，浮沉朝籍，攬霜毛於春鏡，裹雨褐於秋船，茹鯁空憂，叫閽無助。惟是留雲夢裏，中酒花前，憑街子而説生平，對摴蒱而論心事。緑葉成陰之慨，青樓薄倖之名；壯志飄蕭，才人落魄。此又寫深情之帖，莫喻纏綿；讀《小雅》之篇，難名悱惻也已。」（見馮集梧《樊川詩集注》前附）《新唐書》本傳稱「牧剛直有奇節，不爲齪齪小謹，敢論列大事，指陳病利尤切至。少與李甘、李中敏、宋邧善，其通古今，善處成敗，甘等不及也」。《舊唐書》本傳亦贊「牧好讀書，工詩爲文，嘗自負經緯才略。武宗朝誅昆夷、鮮卑，牧上宰相書論兵事，言『胡戎入寇，在秋冬之間，盛夏無備，宜五六月中擊胡爲便』。李德裕稱之。注曹公所定《孫武十三篇》行於代」。前人這些贊譽之辭並非虛語，我們僅舉幾個事例即可印證。杜牧二十餘歲尚未出仕時遊同州澄城縣，即寫下了反映民生疾苦的《同州澄城縣工倉户尉廳壁記》，指出「嗟乎！國家設法禁，百官持而行之，有尺寸害民者，率有尺寸之刑。今此咸墮地不起，反使民以山之澗壑自爲防限，可不悲哉！使民恃險而不恃法，則劃土者宜乎牆山壍河而自守矣，燕、趙之盜，復何可多怪乎？」（《樊川文集》卷十）大和元年李同捷反叛，朝廷出兵討伐，杜牧作《感懷詩》抒發感慨與志向，中云「關西賤男子，誓肉虜杯羹。請數係虜事，誰其爲我聽。蕩蕩乾坤大，曈曈日月明。叱起文、武業，可以豁洪溟。安得封域内，長有扈苗征。七十里百里，彼亦何常爭。往往念所至，得醉愁蘇醒。韜舌辱壯心，叫閽無助聲。聊書感懷韻，焚之遺賈生」。出仕後，他更爲關注國家大事，作有《罪言》、《原十六衛》、《戰論》、《守論》等名篇，直陳唐歷朝與當世得失，提出治國治兵方略。其卓傑之見，爲《資治通鑑》所采録。詩人也敢於追究前朝君主之非，其《華清宫絶句三首》之「一騎紅塵妃子笑，無人知是荔枝來」、「霓裳一曲千峰上，舞破中原始下來」，揭露與譏刺是何等辛辣，可見詩人的憤慨之情。會昌二年八月，回鶻烏介可汗率衆入侵，朝廷發兵抗禦，時杜牧在偏僻的黄州任刺史，慨然而作《郡齋書懷》，抒發感憤云：「北虜壞亭障，聞屯千里師。牽連久不解，他盜恐旁窺。臣實有長策，彼可徐鞭笞。如蒙一召議，食肉寢其皮。」又有《郡齋獨酌》詩吐露自己的報國壯志云：「平生五色綫，願補舜衣裳。絃歌教燕、趙，蘭芷浴河湟。腥膻一掃灑，兇狠皆披攘。生人但眠食，壽域富農桑。孤吟志在此，自亦笑荒唐。」又賦《早雁》詩：「金河秋半虜弦開，雲外驚飛四散哀。仙掌月明孤影過，長門燈暗數聲來。須知胡騎紛紛在，豈逐春風一一廻。莫厭瀟湘少人處，水多菰米岸莓苔。」表現了詩人對於因回鶻入侵而流離失所的邊地人民的深切同情與關懷。這些詩文均可顯露詩人的匡世報國情懷。這種情懷即使在他自感受到排擠而遠守小郡時也是如此。會昌年間，李德裕主政，杜牧自認爲受到李黨的排擠而外任，儘管時有牢騷，但他仍然關注時事，作《上李太尉論北邊事啓》、《上李司徒相公論用兵書》、《上李太尉論江賊書》，熱心向李德裕建言獻策，爲解除内憂外患而盡心盡力，顯示了一片赤誠報國之心。

杜牧爲人剛直敢言，富有正義感。他厭惡諂媚取容，趨炎附勢。當權奸當朝，宦官跋扈，正直之士如李甘、李中敏受到打擊排斥陷害時，杜牧對他們的遭遇深表同情，作《李甘詩》、《李給事二首》、《哭李給事中敏》等詩贊揚他們的氣節，對權奸的胡作非爲表示了極大的憤恨。

不可諱言，杜牧的詩文中也有他的消極情緒乃至風流放蕩的成份，尤其其詩歌爲如此。如在他自認爲因自己剛直敢言而受到排擠時，在《除官歸京睦州雨霽》詩中即言：「姹女真虚語，飢兒欲一行。淺深須揭厲，休更學張綱。」《自遣》云：「四十已云老，况逢憂窘餘。且抽持板手，却展小年書。」《大雨行》嘆老悲傷云：「今年鬬茸鬢已白，奇遊壯觀唯深藏。景物不盡人自老，誰知前事堪悲傷。」而其《遣懷》、《兵部尚書席上作》等詩，正如繆鉞先生所説「也都表現了他的不羈之行、聲色之好」（《樊川詩集注·前言》）。不過這種詩文畢竟不多，不能以偏概全，以瑕掩瑜。

二

杜牧儘管不以文論家稱，但他也有自己的文學主張，值得重視。他《答莊充書》的這段話是頗有見地的：「凡爲文以意爲主，氣爲輔，以辭彩章句爲之兵衛，未有主强盛而輔不飄逸者，兵衛不華赫而莊整者。四者高下圓折，步驟隨主所指，如鳥隨鳳，魚隨龍，師衆隨湯、武，騰天潛泉，横裂天下，無不如意。苟意不先立，止以文彩辭句，繞前捧後，是言愈多而理愈亂，如入闤闠，紛紛然莫知其誰，暮散而已。是以意全勝者，辭愈樸而文愈高；意不勝者，辭愈華而文愈鄙。是意能遣辭，辭不能成意。大抵爲文之旨如此。」這裏杜牧强調了「意」在文章中的首腦關鍵作用，同時也指出了「氣爲輔，以辭彩章句爲之兵衛」，應該説這樣的主張是畫龍點睛之見，同時又頗爲圓融全面。本著這種見解，儘管他在《李賀集序》中高度地評價了李賀詩歌在詩歌藝術表現技巧上的成就，但對於他詩歌的内容仍有不足之憾：「蓋《騷》之苗裔，理雖不及，辭或過之。《騷》有感怨刺懟，言及君臣理亂，時有以激發人意。乃賀所爲，無得有是！……賀生二十七年死矣，世皆曰：『使賀且未死，少加以理，奴僕命《騷》可也。』」同樣也是强調了「理」在文中的主腦地位，故他對於那些有違於「理」，乃至於在他看來不合「仁義」標準，不夠健康的「纖艷不逞」的詩歌進行無情的譴責，以此他在《唐故平盧軍節度巡官隴西李府君墓誌銘》中一方面稱贊李戡「所著文數百篇，外於仁義，一不關筆」。同時借李戡之口批評了元、白某些「纖豔不逞」的詩歌，云：「嘗曰：『詩者可以歌，可以流於竹，鼓於絲，婦人小兒，皆欲諷誦，國俗薄厚，扇之於詩，如風之疾速。嘗痛自元和已來有元、白詩者，纖豔不逞，非莊士雅人，多爲其所破壞，流於民間，疏於屏壁，子父女母，交口教授，淫言媟語，冬寒夏熱，入人肌骨，不可除去。吾無位，不得用法以治之。』」這一對於元、白詩歌的批評，後人所見不一，議論紛紛，甚至有反脣相譏者。平心而論，杜牧借李戡之口對於元稹、白居易某些詩歌的批評，儘管過於激烈，甚至偏激，但是如果以杜牧主張的詩文應以理爲主，講究仁義教化功用，則這一段批評仍然不失爲擊中元、白某些艷體之作的要害。

杜牧對於自己的詩歌創作曾有所表白：「某苦心爲詩，本求高絶，不務奇麗，不涉習俗，不今不古，處於中間。」（《樊川文集》卷十六《獻詩啓》）實際上，杜牧的詩文創作大都是頗爲「苦心」而「求高絶」的，因此無論詩、文、賦都取得了很高的成就，後人對於杜牧詩文也頗爲推崇，以致有和李商隱並稱爲「小李杜」之稱。

三

杜牧現存的賦有三篇，其中尤以《阿房宫賦》爲著名。據《唐摭言·公薦》所載太學博士吴武陵即極爲欣賞杜牧這篇賦，並極力推薦給主持進士科考試的禮部侍郎崔郾，杜牧遂因此及第。此賦不僅末尾的「嗚呼！滅六國者，六國也，非秦也。族秦者，秦也，非天下也。嗟夫！使六國各愛其人，則足以拒秦。使秦復愛六國之人，則遞三世可至萬世而爲君，誰得而族滅也？秦人不暇自哀，而後人哀之；後人哀之而不鑑之，亦使後人而復哀後人也」一段之精彩的警世之言爲人所激賞，就是「妃嬪媵嬙，王子皇孫，辭樓下殿，輦來于秦，朝歌夜絃，爲秦宮人。明星熒熒，開粧鏡也；緑雲擾擾，梳曉鬟也；渭流漲膩，棄脂水也；煙斜霧横，焚椒蘭也；雷霆乍驚，宮車廻也，轆轆遠聽，杳不知其所之也。一肌一容，盡態極妍，縵立遠視，而望幸焉。有不見者，三十六年」一節，對於秦宮人的描摹也極爲細膩傳神，其妍姿麗容、翹盼望幸之神態仿佛可見。即是他的另一篇《晚晴賦》，對於紅芰的刻劃也頗可見其賦筆之精彩：「復引舟於深灣，忽八九之紅芰，姹然如婦，斂然如女，墮蕊黦顔，似見放棄。白鷺潛來兮，邈風標之公子，窺此美人兮，如慕悦其容媚。」

前人極爲推崇杜牧的詩歌，誠如翁方剛所評：「小杜之才，自王右丞以後，未見其比。其筆力迴斡處亦與王龍標、李東川相視而笑。『少陵無人謫仙死』，竟不意又見此人。只如『今日鬢絲禪榻畔，茶煙輕颺落花風』，『自説江湖不歸事，阻風中酒過年年』，直自開、寳以後百餘年無人能道，而五代、南北宋以後，亦更不能道矣。此真悟徹漢魏六朝之底藴者也。」（翁方綱《石洲詩話》卷二）前人常以「俊爽」、「宕而麗」、「雄傑」、「豪健」、「寓少拗峭」、「雄姿英發」等語品評杜牧詩。這些評語，我們可以歸納爲俊爽峭麗，雄健勁邁。他的有些詩歌風格上偏重於俊爽峭麗，有的則以雄豪勁健見其神采，但它們有一個共同的特點，即神采飛揚，氣勢不凡，給人生氣勃勃的超拔之感。這一類詩歌如其《長安秋望》一絶即如此：「樓倚霜樹外，鏡天無一毫。南山與秋色，氣勢兩相高。」又如七律《九日齊山登高》：「江涵秋影雁初飛，與客攜壺上翠微。塵世難逢開口笑，菊花須插滿頭歸。但將酩酊酬佳節，不用登臨恨落暉。古往今來只如此，牛山何必獨霑衣。」此詩誠如潘德輿所稱「竟體超拔，俯視一切」（《養一齋詩話》），雖感慨繫之，但又豪爽灑脱；雖不無頹放之意，但骨子裏則憤激不平，英雄之氣仍存。詩寫到如此揮灑自如感慨萬千，真可稱「小杜最佳之作」（高步瀛《唐宋詩舉要》本詩下引吴評）。

總體看來，杜牧的詩歌尤以七律七絶爲精彩，其詩俊爽清麗，流情感慨，此誠如繆鉞先生所説：「獨能於拗折峭健之中，有風華流美之致，氣勢豪宕而又情韻纏綿，把兩種相反的好處結合起來。」（《樊川詩集注·前言》）如《宣州送裴坦判官往舒州時牧欲赴官歸京》、《早雁》、《洛陽長句》、《九日齊山登高》、《寄揚州韓綽判官》、《題禪院》、《江南春絶句》、《酬張祜處士見寄長句四韻》以及《題宣州開元寺水閣閣下宛溪夾溪居人》詩：「六朝文物草連空，天澹雲閑今古同。鳥去鳥來山色裏，人歌人哭水聲中。深秋簾幕千家雨，落日樓臺一笛風。惆悵無因見范蠡，參差煙樹五湖東。」皆如此風調。這也是明人胡震亨《唐音癸籤》卷八引徐獻忠説：「牧之詩含思悲淒，流情感慨，抑揚頓挫之節，尤其所長，以時風委靡，獨持拗峭。」其七絶多有名篇，被翁方剛推崇爲「直自開寶以後百餘年無人能道」（《石洲詩話》卷二）。其特色在於常是托興幽微，遠韻遠神，雋永優美，富有情韻，而又顯得玲瓏剔透，雋妙天成，蕴藉含蓄，如《寄揚州韓綽判官》：「青山隱隱水遥遥，秋盡江南草未凋。二十四橋明月夜，玉人何處教吹簫？」又如《題禪院》詩：「觥船一棹百分空，十歲青春不負公。今日鬢絲禪榻畔，茶煙輕颺落花風。」還如《鄭瓘協律》詩：「廣文遺韻留樗散，雞犬圖書共一船。自説江湖不歸事，阻風中酒過年年。」此外像《泊秦淮》、《江南春絶句》、《題桃花夫人廟》、《題村舍》、《山行》、《齊安郡中偶題二首》之一、《過華清宮絶句三首》等等皆是。這類詩不僅富有盛唐絶句的含蓄藴藉、風調流美之致，而且立意驚警，寫景言情，饒有韻致，顯出一片杜牧特有的風情神采。

當然杜牧律詩絶句可稱者還很多，此不一一。這裏還想説説他的詠史之作。杜牧的詠史詩多爲以議論驚警見長的七絶如《題商山四皓廟一絶》、《雲夢澤》、《題烏江亭》、《赤壁》等。這類詩作雖説好議論，然常帶情韻以行，故别有意藴風味又喜用翻案法，以此寄寓詩人特出的識見。此正如清人趙翼所論：「杜牧之作詩，……立意必奇闢，多作翻案語，無一平正者。」（《甌北詩話》卷十一《杜牧詩》）其好處是「無中生有，死中求活，非淺識所到」（謝枋得《疊山先生注解章泉澗泉二先生選唐詩》卷三）。又可以收到跌入一層，正意益醒之效。不過也容易引來後人的誤解。如宋人許顗謂：「杜牧之作《赤壁》詩云：『折戟沉沙鐵未消，自將磨洗認前朝。東風不與周郎便，銅雀春深鎖二喬。』意謂赤壁不能縱火，爲曹公奪二喬置之銅雀臺上也。孫氏霸業，繫此一戰，社稷存亡、生靈塗炭都不問，只恐捉了二喬，可見措大不識好惡。」（《彦周詩話》）其實這是誤解了杜牧詩意，故清人薛雪《一瓢詩話》駁云：「樊川『東風不與周郎便，銅雀春深鎖二喬』，妙絶千古。言公瑾軍功止藉東風之力，苟非乘風力之便，以破曹公，則二喬亦將被虜，貯之銅雀臺上。『春深』二字，下得無賴，正是詩人調笑妙語。許彦周謂：『孫氏霸業，繫此一戰，社稷存亡、生靈塗炭都不問，只恐捉了二喬，可見措大不識好惡。』此老專一説夢，不禁齒冷。」同樣的宋人胡仔也批評杜牧謂「至《題烏江亭》，則好異而畔於理。……項氏以八千人渡江，敗亡之餘，無一還者，其失人心爲甚，誰肯復附之，其不能卷土重來，決矣」（《苕溪漁隱叢話》後集卷十五《杜牧之》）。所批評的只是就其「好異而畔於理」，但杜牧詩的真正意蘊却不在於此。應該説，他的詠史詩在立意上是頗有創意的，表現了他的獨到見識；而其好議論的特色，對於後來的詠史之作也産生影響。

杜牧是晚唐承繼韓愈古文傳統的優秀散文家，他不僅在語言上堅持用散體，而且在理論和創作上也秉持古文運動的主張，他的散文尤其值得注意的是政論文，如《戰論》、《守論》、《罪言》、《原十六衛》等，均是縱論國家政治、軍事、社会民生等方面所存在的問題或弊病，表現了他的「輔國救世」的理想抱負，而且所論切中時弊，見解深刻，語言明白曉暢，故多爲司馬光《資治通鑑》所采録。類此的文章尚有《上李司徒相公論用兵書》、《上李太尉論江賊書》、《上昭義劉司徒書》、《上宣州高大夫書》、《同州澄城縣户工倉尉廳壁記》等等。他的散文多是有感而發，以議論見長，條分縷析，寓意深刻，縱横奥衍，誠如其甥裴延翰在《樊川文集序》中所評：「竊觀仲舅之文，高騁敻厲，旁紹曲摭，絜簡渾圓，勁出横貫，滌濯滓窳，支立欹倚。呵摩皸瘃，如火煦焉；爬梳痛癢，如水洗焉。其抉剔挫偃，敢斷果行，若誓牧野，前無有敵。其正視嚴聽，前衡後鑾，如整冠裳，祗謁宗廟。其聒蟄爆聾，發不慄，若大吕勁鳴，洪鐘横撞，撐裂噎喑，戛切《韶》《濩》。其砭熨嫉害，堤障初終，若濡槁於未焚，膏癰於未穿。栽培教化，翻正治亂，變醨養瘠，堯醲舜薰，斯有意趨賈、馬、劉、班之藩牆者邪。」裴延翰親炙於杜牧，自小即受到杜牧的「率承導誘」，杜牧「凡有撰制，大手短章，塗稿醉墨，碩夥纖屑，雖適僻阻，不遠數千里，必獲寫示」（《樊川文集序》）。他對杜牧文的評價應該是中肯可信的。

四

杜牧於大中五年冬得病將卒前，囑託其甥裴延翰爲他編文集，因此《樊川集》二十卷即是裴延翰遵杜牧之囑而編成的，這些詩文多是可靠的。但是宋人又搜羅有《樊川别集》和《樊川外集》各一卷，今存《四部叢刊》影印明翻宋刊本《樊川文集》二十卷外即附有《樊川别集》和《樊川外集》。南宋時又有據傳是杜牧的《續别集》三卷，但當時劉克莊在其《後村詩話》中即指出「樊川有《續别集》三卷，十八九是許渾詩。牧仕宦不至南海，而别集乃有南海府罷之作」。《續别集》今已不見，但《全唐詩》卷五二六所收的杜牧詩大致即是來源於《續别集》。清人馮集梧著《樊川詩集注》即將《全唐詩》此卷詩校補爲《樊川集遺收詩補録》，並另輯有《樊川詩補遺》，然上述兩部分詩作不僅多有僞作，而且《樊川詩補遺》也有已見於《全唐詩》者。今存杜牧較好的集子尚有景蘇園影宋本《樊川文集》，乃清楊守敬使書手就日本楓山官庫中藏本影摹，其中有《樊川文集》二十卷、外集一卷、别集一卷。又有朝鮮刻本《樊川文集夾注》（下簡稱「夾注」），乃明正統五年朝鮮全羅錦山刻本，正集四卷，外集一卷。卷末有「正統五年六月日全羅道錦山開刊」牌記一行。牌記後爲鄭方坤跋，云：「小杜詩古稱可法，而善本甚罕，世所有者，字多魚魯，學者病之。今監司權公克和與經歷李君蓄議之，符下知錦山郡事李君賴令詳校前本之訛謬而刊之，始於庚申三月，歷數月而告成。」此朝鮮刻本彌足珍貴，然以前在中土很難見到，故前人整理《樊川文集》時多未寓目，因而在校勘、注釋中未能加以利用。這個朝鮮刻本何人所著今不能明，然楊守敬《日本訪書志》卷十四謂「當爲南宋人也」。由於夾注本注釋與刊刻年代均較早，又至今尚少有人見到，因此它不僅具有珍貴的文獻價值，而且對杜牧詩文的箋注和校勘尤具重要作用。以下我們即稍加説明。

比如楊貴妃賜死馬嵬驛的記載尤爲人所關注，可惜常見的資料多過於簡略。但是，夾注本卷二《華清宫三十韻》詩中「喧呼馬嵬血，零落羽林槍」句下注引《翰府名談·玄宗遺録》的一段近千字的記載，即對楊貴妃賜死及其前後的情況有較詳細的記叙，其細節多有常見資料所未及者，對於研究馬嵬事件以及人們對這一事件的態度具有重要的價值。夾注本所引的《翰府名談》乃北宋劉斧所撰，此書已佚，今存於曾慥《類説》與《永樂大典》中的十餘條，亦無上所引的《玄宗遺録》這一記載。據韓錫鐸先生所推測，《玄宗遺録》可能是今已佚的「唐代陸贄撰的《玄宗編遺録》」（見中華全國圖書館文獻縮微複製中心所複製的《朝鮮刻本樊川文集夾注》書前的《影印説明》）。如果所言大致不誤，則這一僅存的有關楊貴妃之死的詳細記載因作者乃中唐人，其時代離馬嵬事件不遠，它的文獻價值也就更爲珍貴了。夾注本爲杜牧詩注釋又遠早於清人馮集梧的《樊川詩集注》（下簡稱「馮注」），且刊於明正統五年，因此夾注本無論在杜牧詩的校、注上，均具有重要的文獻價值，在杜牧詩的校勘上尤有助益。杜牧的《樊川文集》現存的重要本子主要有《四部叢刊》影印明翻宋刊本（下簡稱「叢刊本」）、景蘇園影宋本以及馮注本等。上述諸本在文字上時有異同，以前校勘杜牧集乃以上述諸本校勘，而未及夾注本。馮集梧在《樊川詩集注》中也未提及，更未利用夾注本，這在杜牧詩文的校勘乃至注釋上未免有所欠缺。儘管夾注本在文字上魯魚亥豕的訛誤也不少，但是由於它成書於宋代，刊刻於明正統間，因此無論如何它在校勘杜牧集時仍是重要的參校本。

我們不妨舉些例子將夾注本與馮注本等較好的本子相對照。馮本《題永崇西平王宅太尉愬院六韻》詩「國號大梁公」下有「原注：太尉季弟司徒德，亦封梁國公」。馮注接著辯「德」爲「聽」之誤，並説「第各本皆同，亦仍之」。其實馮注所説各本皆同有誤，其所未見的夾注本即正確地作「司徒聽」。又馮注本《樊川外集》中《倡樓戲贈》詩前二句：「細柳橋邊深半春，擷衣簾裏動香塵。」叢刊本同。然檢夾注本，首句則作「細柳橋邊探半春」。據五代王仁裕《開元天寶遺事》卷下《探春》條：「都人士女，每至正月半後，各乘車跨馬，供帳於園圃，或郊野中，爲探春之宴。」據此，夾注本的「探半春」恐優於馮注本的「深半春」。又如《樊川外集》中的《遣懷》詩，諸本其第三句均作「十年一覺揚州夢」，而夾注本於「十年」下注「一作三年」；又引《太平廣記》中有關杜牧爲牛僧孺揚州幕掌書記時遊揚州的記載，其中杜牧所作本詩亦作「三年一覺揚州夢」。考之於杜牧生平行蹤，以及此詩文本出現的先後，「三年」當較「十年」準確。至於詩歌字句的不同，則夾注本與諸本多有之，儘管有些文字夾注本未必勝於它本，但其中不少還是頗有校勘價值的，在杜牧詩集的校勘上，夾注本是不可忽略的。

另外，在杜牧詩歌的注釋上夾注本也具有一定的參考利用價值。杜牧詩在清代有馮集梧注，這一注本是目前對《樊川文集》前四卷詩的最好注本。夾注本的注釋雖整體上恐怕比不上馮注本之注釋，但也有不能忽視的優於馮注之處。這體現在以下幾方面。首先，夾注本注釋了《樊川文集》第一卷中的《阿房宫賦》、《望故園賦》、《晚晴賦》等三賦，又爲《樊川外集》做注。這是馮注所缺的。夾注對這些馮注不注的詩文作注，顯然更有利於我們閲讀或注釋它們。其次，夾注亦有不少優於馮注之處，值得汲取。譬如《今皇帝陛下一詔徵兵，不日功集，河湟諸郡，次第歸降，臣獲睹聖功，輒獻歌詠》詩「宣王休道太原師」句，馮注：「《國語》：宣王既喪南國之師，乃料民於太原。」而夾注：「《詩・六月》，宣王北伐也。『薄伐玁狁，至於太原』。」兩相比較，夾注更符合詩意。又如《九日》詩，馮注本注「明府辭官酒滿缸」句中「明府」，引《後漢書・劉寵傳》「自明府下車以來」云云，等於未注「明府」，實不如夾注引《後漢書・張湛傳》注「郡(守)所居曰府。明府，尊高之稱」等注明確。同樣的馮注在《池州送孟遲先輩》詩中的「秦臺破心膽」句下，注引了蕭統《五月啓》：「蘋葉飄風，影亂秦臺之鏡」，與庾信《鏡賦》「鏡乃照膽照心」，也未注清楚明晰。而夾注則注引《西京雜記》的有關咸陽宫有大方鏡，可照見人腸胃五臟，秦「始皇帝以照宫人，膽張心動者殺之」的記載，這一注解就使句意顯豁明白。再次，夾注可補馮注本未注者。這樣的例子也不少，如《詠歌聖德，遠懷天寶，因題關亭長句四韻》詩「霜後精神泰華獰」之「獰」字；《寄浙東韓乂評事》詩「鬢衰酒減欲誰泥」之「泥」字；《和野人殷潛之題籌筆驛十四韻》詩「嗚攻固有辭」之「嗚攻」；《商山麻澗》詩「牛巷雞塒春日斜」之「雞塒」等等，馮集梧均未注，而夾注則出注，有利於讀者之解讀。此外，馮注與夾注雖有時均引同書出注，但馮注往往有節略過甚，以致影響理解之處。而夾注有時則引書較詳，有助於理解詩意。如《往年隨故府吳興公夜泊蕪湖口》詩的「極浦沉碑會」句，兩書均引《晉書·杜預傳》，然夾注較詳；《重到襄陽哭亡友韋壽朋》詩的「伯道無兒跡更空」句，亦皆引《晉書·鄧攸傳》，然馮注注引過略，而夾注引書甚周詳，使讀者對「伯道無兒」的掌握更全面，因而更有助於對詩句的理解。凡此均可見在杜牧集的校勘、注釋上利用夾注本的重要性。

在現存杜牧集的版本上，這裏要特別提出説明的是近年由商務印書館據國家圖書館藏影印的文津閣《四庫全書》的《樊川集》（以下簡稱「文津閣本」）。文津閣所藏的《四庫全書》爲人所稱揚，謂較之文淵閣所藏之《四庫全書》爲優。這其中也包括比較兩閣所藏的《樊川集》所得出的結論。但這是就兩閣所藏的《樊川集》相比較而言的。若將文津閣所藏《樊川集》與現存較好的《四部叢刊》影印明翻宋刊本《樊川文集》相比勘，則文津閣本就大體相形見絀了。與上述《樊川文集》不同的是文津閣本的《樊川集》乃按文體編次，編爲二十二卷，其中包括《樊川外集》、《樊川别集》各一卷。由於編排不同等原因，則産生了種種缺漏和錯訛，其大致有以下數端。

其一、將原正集《樊川文集》中的詩與《樊川外集》中詩互混。如將《樊川文集》卷三的《入茶山下題水口草市絶句》編入《樊川外集》中，題爲《題水口草市》；又將《樊川外集》的《送張判官歸兼謁鄂州大夫》改題爲《送張判官歸》混入正集中。將《樊川外集》的《洛陽》一詩混入正集中，並置換原正集中《洛陽長句二首》詩題，編入爲第三首，題爲《洛陽》；《書懷寄盧州》詩原在《樊川外集》，文津閣本也編入正集卷三中。

其二、所收詩文篇數均有缺漏。文津閣本《樊川集》將原有的制誥同樣分成四卷，編在卷十四到卷十七中，然漏缺五篇。即原《樊川文集》卷十八的《李文舉除睦州制》、《竇弘餘加官依前台州刺史蘇莊除鄧州刺史等制》；卷二十的《朱能裕除景陵判官制》、《劉全禮等七人並除内侍省内府局丞置同正等制》、《黔中道朝賀訓州昆明等十三人授官制》。詩歌部分除正集中的《入茶山下題水口草市絶句》一首誤編入《樊川外集》外，原《樊川外集》有詩一百二十題，而文津閣本《樊川外集》僅收詩八十九題（其中含正集中的《入茶山下題水口草市絶句》一首）；原《樊川别集》有詩五十七題，而文津閣本《樊川别集》收四十九題。如果扣除原《樊川外集》中詩，今爲文津閣本誤編入正集的幾首詩外，文津閣本的《樊川外集》、《樊川别集》所漏收入的詩約有四十題之多。詩文的缺失如此之多，實在令人驚異。

其三、詩文題目或改易或欠完整，小注缺漏，個别詩歌、文章中斷、誤闌入。詩文題目或改易或欠完整的情況，如將《樊川文集》卷二中的《李給事二首》僅録第二首，改題爲《李給事》，編入卷三，又將第一首以同題編入同卷另一處；原在《樊川文集》卷三的《揚州三首》，改編在卷二，題爲《揚州》，但僅録第三首，而將另外兩首又題爲《揚州》，仍置於卷三。將《洛陽長句二首》改題爲《洛陽》；《送陸洿郎中棄官東歸》改爲《送陸洿棄官東歸》；《酬張祜處士見寄長句四韻》略爲《酬張祜處士》；《八月十二日得替後移居霅溪館因題長句四韻》略爲《八月十二日移居霅溪館》；《上門下崔相公書》略爲《上崔相公書》。原《樊川外集》的《送張判官歸兼謁鄂州大夫》詩，不僅誤編入正集，又將詩題略爲《送張判官歸》等等。小注缺漏例如《酬張祜處士見寄長句四韻》詩原在「可憐故國三千里，虛唱歌辭滿六宫」句下有「處士詩曰：『故國三千里，深宫二十年。一聲《何滿子》，雙淚落君前』」小注；《潤州二首》之二在「城高鐵甕横强弩」句下原有「潤州城孫權築，號爲鐵甕」小注，文津閣本則均漏略。詩歌、文章中斷、誤闌入如：原《樊川文集》卷一的《大雨行》，改編在卷三，而詩文字在「雲纏」後中缺十八字；《上宰相求杭州啓》行文至「子七年三郡，今始歸」之後一大段文章均缺失，却闌入下篇《爲堂兄慥求澧州啓》的後半段，以此又造成後一文的中斷。又《周元植除鳳翔監軍制》，文津閣本行文至「可守右監門衛大將軍、知内侍」處即中斷，然《樊川文集》本此下尚有「省事，散官勳封賜如故，依前監鳳翔節度兵馬」等文字。

其四、文字錯訛。儘管文字錯訛乃杜牧集諸本所不免，文津閣本有不少文字也有優於它本之處，值得參校，但其文字之錯訛確實不少。如其《題烏江亭》詩：「江東子弟多少俊」，「少」字乃「才」字誤；《蘭溪》詩題下小注「在灞州西」之「灞州」乃「蘄州」之誤；《悼沈下賢》詩之「一夕少微山下夢」，「少微山」乃「小敷山」之訛；其《送張判官歸》詩之「今年拜旌戟，凜凜近霜臺」句中之

「今年」恐即原「今君」之訛；《長安雜題》六首之二的「樓獲」，應爲「樓護」；《同州澄城縣户部工食尉廳壁記》篇名，《樊川文集》則作《同州澄城縣户工倉尉廳壁記》，以及它在詩文題目上多有改動省略，詩文中文字因避清諱而改動等等。凡此其文字多有訛誤與改動也是顯而易見的。

從文津閣本《樊川集》以上主要缺漏錯訛看，此本確非理想的本子，但其中文字却有不少優於底本之處，可借以校勘，故此次校點即不將它作爲對校本，僅全文加以參校，其漏缺訛誤改易等等則不揭出，以免徒增繁冗，治絲益棼。

此次校勘即以《四部叢刊》影印明翻宋刊本《樊川文集》爲底本，與景蘇園影宋本（簡稱「景蘇園本」）、朝鮮刻本《樊川文集夾注》（簡稱「夾注本」）、《全唐詩》本、《全唐文》本、馮集梧《樊川詩集注》本（簡稱「馮注本」）以及《唐文粹》、《文苑英華》、《唐詩紀事》、《又玄集》、《才調集》所收杜牧詩文一一對校。校勘儘量保持底本原貌，列出對校本大抵可通文字，一般不做是非校，凡有改動處，則於校勘記中説明改動根據。上世紀七十年代末，上海古籍出版社出版了陳允吉先生校勘的《樊川文集》，此次校勘也吸收了該書的有些校勘成果。又胡可先先生在其《杜牧研究叢稿》中利用文淵閣《四庫全書》（其簡稱「庫本」）和杜牧《杜秋娘詩》手書影印件對部分杜牧詩文有所校勘，本書也加以利用，其所校稱「胡校」。在此特加説明，並向兩先生致以謝意。本書除收入《樊川文集》二十卷、《樊川别集》、《樊川外集》各一卷外，爲了儘量保存文獻，以供進一步研究之需，儘管前人視爲杜牧詩文而收爲杜牧之作中，其實尚存在不少非杜牧之作，但仍予收入本書中，這就是本書所編成的《集外詩一》、《集外詩二》、《集外詩三》，以及《集外文》，所收詩文來源均在各集前做了説明。馮集梧《樊川詩集注》以及朝鮮刻本《樊川文集夾注》在注釋上均有不少精當之處，值得尊重與利用，故本書的注釋也適當吸收兩書的有關内容。兩書所注引典籍，因注釋的方便，有時並不嚴格按照原書文字，而是撮其大意而有所取捨增減，今爲尊重原著，仍一依其舊，不加改易。《樊川文集》、《别集》、《外集》中的詩歌今均做了必要的注釋，而其他部分的詩歌因多非杜牧之作，故未予注釋；《樊川文集》中的文章，除三篇賦詳注之外，其他則因一般讀者較少涉獵，而多爲專業研究者所涉獵研究之用，而且大多文句並不難懂，實在不需多爲注釋以增繁冗，故僅做了某些必要的注釋。而其中的四卷制誥乃是代皇上所撰的「王言」，今亦僅加以繫年，不予注釋。本書的另一項工作是儘量對集中的部分詩文進行辨證與繫年，除了自己研究所得之外，也儘量吸取學界的研究成果。杜牧詩文的《集評》與書後的《杜牧研究資料》，多有吸收張金海先生《杜牧資料彙編》一書的成果，其中個别誤訛字又據原書進行改正。又明崇禎壬午（公元一六四二年）昭質堂刊《樊川文集》，中有鄭郲對一些詩文的評語，可惜未曾寓目，現僅將安徽師範大學葉幫義先生《昭質堂本〈樊川文集〉考論》一文所録評語移入各詩文《集評》中，又將其所鈔鄭郲所作的《樊川集序》收入本書《杜牧研究資料》中。凡本書吸取諸先生成果處，儘量加以説明，並在此致以謝意。爲了讀者與研究者的方便，本書書後特做《杜牧詩文編年目録》一篇。

繆鉞先生是著名的文史研究大家，著有《杜牧年譜》、《杜牧傳》等。上世紀八十年代初，我完成了《關於杜牧研究的幾個問題》的碩士學位論文，繆先生評審了我的學位論文，並在之後和我通信中表達了很想招我做爲他的博士生，讓我協助他從事《樊川文集》箋注的夙願。後來因爲他在歷史系，不便跨系招生，故未能如願。從那時以來，我便有爲杜牧集做校注的想法。校注是一項極爲嚴謹而艱深的研究工作，爲之實在不容易，非得有較深廣的學術積累不可，故以前雖有此心，但實在不敢爲之。轉眼間二十多年過去了，如今終於完成了《杜牧集繫年校注》，也算是完成了繆鉞先生的心願，此時真有如釋重負之感。但願此書能提供給廣大讀者和研究者以方便，爲保存傳統文化與學術盡綿薄之力。此書得到全國高校古委會、安徽師範大學中國詩學研究中心和廈門大學古籍整理研究所的大力支持，並列入整理研究項目中，在此特表衷心的謝意。

吳在慶

二〇〇七年十一月八日初撰於聽濤齋寓所

二〇〇八年元旦定稿於安徽師範大學中國詩學研究中心客座研究室

目録

樊川文集

樊川文集序 …… 三
樊川文集卷第一 …… 九
阿房宫賦 …… 九
望故園賦 …… 二六
晚晴賦并序 …… 二九
感懷詩一首 …… 三四
杜秋娘詩并序 …… 四五
郡齋獨酌 …… 六四
張好好詩并序 …… 七二
冬至日寄小姪阿宜詩 …… 八〇
李甘詩 …… 九一
洛中送冀處士東遊 …… 一〇〇
送沈處士赴蘇州李中丞招以詩贈行 …… 一〇五
長安送友人遊湖南 …… 一〇八
皇風 …… 一一〇
雪中書懷 …… 一一三
雨中作 …… 一一六
偶遊石盎僧舍 …… 一一八
赴京初入汴口曉景即事先寄兵部李郎中 …… 一二一
獨酌 …… 一二三
惜春 …… 一二五

題安州浮雲寺樓寄湖州張郎中……一二六
過驪山作……一二七
池州送孟遲先輩……一二九
重送……一四〇
題池州弄水亭……一四二
題宣州開元寺……一四六
大雨行……一四八
自宣州赴官入京路逢裴坦判官
　歸宣州因題贈……一五一
贈宣州元處士……一五四
村行……一五六
史將軍二首……一五七
樊川文集卷第二……一六一
華清宮三十韻……一六一
長安雜題長句六首……一七二
河湟……一八三
許七侍御棄官東歸瀟灑江南頗聞
　自適高秋企望題詩寄贈十韻……一八六
李給事二首……一九〇
題永崇西平王宅太尉愬院六韻……一九六
東兵長句十韻……二〇〇
過勤政樓……二〇四
題魏文貞……二〇七
早春閣下寓直蕭九舍人亦直内
　署因寄書懷四韻……二〇八
秋晚與沈十七舍人期遊樊川不至……二一〇
念昔遊三首……二一三
今皇帝陛下一詔徵兵不日功集
　河湟諸郡次第歸降臣獲睹聖
　功輒獻歌詠……二一六

奉和白相公聖德和平致兹休運歲終功就合詠盛明呈上三相公長句四韻……二一八
過華清宫絶句三首……二二一
登樂遊原……二二九
聞慶州趙縱使君與党項戰中箭身死長句……二三三
送容州中丞赴鎮……二三六
夏州崔常侍自少常亞列出領麾幢十韻……二三九
街西長句……二四二
春申君……二四四
奉陵宫人……二四六
讀韓杜集……二四八
春日言懷寄虢州李常侍十韻……二五一
李侍郎於陽羡里富有泉石牧亦於陽羡粗有薄産叙舊述懷因獻長句四韻……二五五
贈李處士長句四韻……二五七
送國棊王逢……二五九
重送絶句……二六二
少年行……二六三
奉和門下相公送西川相公兼領相印出鎮全蜀詩十八韻……二六四
朱坡……二七一
早春寄岳州李使君李善棊愛酒情地閑雅……二七五
送王侍御赴夏口座主幕……二七八
自貽……二八〇
自遣……二八一

題桐葉……二八二
沈下賢……二八六
李和鼎……二八八
贈沈學士張歌人……二八九
憶遊朱坡四韻……二九一
朱坡絶句三首……二九二
出宮人二首……二九五
長安秋望……二九九
獨酌……三〇一
醉眠……三〇二
不飲贈酒……三〇二
昔事文皇帝三十二韻……三〇三
道一大尹存之學士庭美學士簡于聖明自致霄漢皆與舍弟昔年還往牧支離窮悴竊於一麾書美歌詩兼自言志因成長句四韻呈上三君子……三一〇
杏園……三一四
春晚題韋家亭子……三一六
過田家宅……三一六
見宋拾遺題名處感而成詩……三一七
雪晴訪趙嘏街西所居三韻……三一八
將赴吳興登樂遊原一絶……三二〇
樊川文集卷第三……三二七
洛陽長句二首……三二七
洛中監察病假滿送韋楚老拾遺歸朝……三二九
東都送鄭處誨校書歸上都……三三一
故洛陽城有感……三三三
揚州三首……三三五

潤州二首……三四〇
題揚州禪智寺……三四四
西江懷古……三四六
江南懷古……三四八
江南春絶句……三四九
將赴宣州留題揚州禪智寺……三五一
題宣州開元寺水閣閣下宛溪夾溪居人……三五二
宣州送裴坦判官往舒州時牧欲赴官歸京……三五七
句溪夏日送盧霈秀才歸王屋山將欲赴舉……三五九
自宣城赴官上京……三六一
春末題池州弄水亭……三六三
登池州九峰樓寄張祜……三六五
齊安郡晚秋……三六九
九日齊山登高……三七一
池州春送前進士蒯希逸……三七七
齊安郡中偶題二首……三七九
齊安郡後池絶句……三八一
題齊安城樓……三八二
池州李使君没後十一日處州新命始到後見歸妓感而成詩……三八四
見劉秀才與池州妓別……三八七
池州廢林泉寺……三八九
憶齊安郡……三九〇
池州清溪……三九一
遊池州林泉寺金碧洞……三九二
即事黄州作……三九三
贈李秀才是上公孫子……三九五

寄李起居四韻……三九六
題池州貴池亭……三九八
蘭溪……三九九
睦州四韻……四〇一
秋晚早發新定……四〇二
除官歸京睦州雨霽……四〇三
夜泊桐廬先寄蘇臺盧郎中……四〇五
新轉南曹未叙朝散初秋暑退出
守吳興書此篇以自見志……四〇七
題白蘋洲……四一〇
題茶山……四一一
茶山下作……四一四
入茶山下題水口草市絶句……四一五
春日茶山病不飲酒因呈賓客……四一六
不飲贈官妓……四一七
早春贈軍事薛判官……四一八
代吳興妓春初寄薛軍事……四一九
八月十二日得替後移居霅溪館
因題長句四韻……四二〇
初冬夜飲……四二三
栽竹……四二四
梅……四二五
山石榴……四二六
柳長句……四二七
隋堤柳……四三〇
柳絶句……四三一
獨柳……四三三
早雁……四三三
鵁鶄……四三五
鸚鵡……四三七

鶴……四三八
鴉……四四〇
鷺鷥……四四一
村舍燕……四四二
歸燕……四四四
傷猿……四四四
還俗老僧……四四五
斫竹……四四六
將赴湖州留題亭菊……四四七
折菊……四四八
雲……四四九
醉後題僧院……四五〇
題禪院……四五〇
哭李給事中敏……四五二
黄州竹逕……四五四
題敬愛寺樓……四五五
送劉秀才歸江陵……四五五
見吳秀才與池妓別因成絶句……四五八
湖州正初招李郢秀才……四五九
贈朱道靈……四六一
屏風絶句……四六二
哭韓綽……四六三
新定途中……四六五
題新定八松院小石……四六六
樊川文集卷第四……四六七
往年隨故府吳興公夜泊蕪湖口今赴官西去再宿蕪湖感舊傷懷因成十六韻……四六七
懷鍾陵舊遊四首……四七一
臺城曲二首……四七八

江上雨寄崔碣……四八一
罷鍾陵幕吏十三年來泊湓浦感舊爲詩……四八二
商山麻澗……四八四
商山富水驛……四八五
丹水……四八八
題武關……四八九
除官赴闕商山道中絶句……四九一
漢江……四九二
襄陽雪夜感懷……四九四
詠歌聖德遠懷天寶因題關亭長句四韻……四九五
途中作……四九七
重到襄陽哭亡友韋壽朋……四九九
赤壁……五〇一
雲夢澤……五一一
除官行至昭應聞友人出官因寄……五一三
寄浙東韓乂評事……五一四
泊秦淮……五一七
秋浦途中……五二一
題桃花夫人廟……五二三
初春有感寄歙州邢員外……五二七
書懷寄中朝往還……五二八
寄崔鈞……五三〇
初春雨中舟次和州横江裴使君見迎李趙二秀才同來因書四韻兼寄江南許渾先輩……五三二
和州絶句……五三四
題烏江亭……五三六
題横江館……五四一

寄澧州張舍人笛……………………五四三
寄揚州韓綽判官……………………五四五
送李群玉赴舉……………………五四九
送薛種遊湖南……………………五五一
題壽安縣甘棠館御溝……………………五五二
汴河懷古……………………五五三
汴河阻凍……………………五五四
酬張祜處士見寄長句四韻……………………五五六
寄宣州鄭諫議……………………五六〇
題元處士高亭……………………五六一
鄭瓘協律……………………五六二
和野人殷潛之題籌筆驛十四韻……………………五六四
重題絶句一首……………………五六九
送陸涔郎中棄官東歸……………………五六九
寄珉笛與宇文舍人……………………五七一
寄内兄和州崔員外十二韻……………………五七二
遣興……………………五七五
早秋……………………五七七
秋思……………………五七八
途中一絶……………………五七九
春盡途中……………………五八〇
題村舍……………………五八一
代人寄遠六言二首……………………五八二
閨情……………………五八四
舊遊……………………五八五
寄遠……………………五八六
簾……………………五八七
寄題甘露寺北軒……………………五八九
題青雲館……………………五九一
正初奉酬歙州刺史邢群……………………五九四

江上偶見絶句……五九七
題木蘭廟……五九九
入商山……六〇一
偶題……六〇二
送盧秀才一絶……六〇四
醉題……六〇五
題商山四皓廟一絶……六〇六
送隱者一絶……六一〇
題張處士山莊一絶……六一三
有懷重送斛斯判官……六一四
贈别二首……六一四
寄遠……六二一
九日……六二三
寄牛相公……六二三
爲人題贈二首……六二四
少年行……六二九
盆池……六三一
有寄……六三二
樊川文集卷第五……六三三
罪言……六三三
原十六衛……六四三
戰論并序……六四九
守論并序……六五五
論相……六六〇
樊川文集卷第六……六六三
燕將録……六六三
張保臯鄭年傳……六七二
竇列女傳……六七五
書處州韓吏部孔子廟碑陰……六八一
三子言性辯……六八五

塞廢井文……六八七
題荀文若傳後……六八九
樊川文集卷第七……六九三
唐故江西觀察使武陽公韋公遺
愛碑……六九三
唐故太子少師奇章郡開國公贈
太尉牛公墓誌銘并序……七〇〇
唐故東川節度使檢校右僕射兼
御史大夫贈司徒周公墓誌銘……七一二
樊川文集卷第八……七一九
唐故岐陽公主墓誌銘……七一九
唐故宣州觀察使御史大夫韋公
墓誌銘并序……七二六
唐故處州刺史李君墓誌銘并序……七三三
唐故歙州刺史邢君墓誌銘并序……七三七
樊川文集卷第九……七四三
唐故平盧軍節度巡官隴西李府
君墓誌銘……七四三
唐故淮南支使試大理評事兼監
察御史杜君墓誌銘……七五一
唐故灞陵駱處士墓誌銘……七五五
唐故復州司馬杜君墓誌銘并序……七六三
唐故邕府巡官裴君墓誌銘……七六五
唐故范陽盧秀才墓誌……七六七
唐故進士龔軺墓誌……七七〇
樊川文集卷第十……七七三
李賀集序……七七三
注孫子序……七八二
送薛處士序……七八九
送盧秀才赴舉序……七九〇

杭州新造南亭子記……七九二
池州造刻漏記……七九八
池州重起蕭丞相樓記……八〇一
同州澄城縣户工倉尉廳壁記……八〇二
宋州寧陵縣記……八〇五
淮南監軍使院廳壁記……八〇九
自撰墓誌銘……八一二
樊川文集卷第十一……八一七
上李司徒相公論用兵書……八一七
上李太尉論江賊書……八二六
上門下崔相公書……八三二
上昭義劉司徒書……八三五
樊川文集卷第十二……八四三
上周相公書……八四三
上宣州高大夫書……八四八
上李中丞書……八六〇
與人論諫書……八六二
與浙西盧大夫書……八六七
樊川文集卷第十三……八七一
上宣州崔大夫書……八七一
上池州李使君書……八七五
投知己書……八八一
答莊充書……八八四
上河陽李尚書書……八八六
上鹽鐵裴侍郎書……八八九
與汴州從事書……八九二
樊川文集卷第十四……八九五
黄州准赦祭百神文……八九五
祭城隍神祈雨文……九〇〇
祭木瓜神文……九〇四

祭故處州李使君文……九〇五
祭周相公文……九〇九
祭龔秀才文……九一二
唐故銀青光禄大夫檢校禮部尚書御史大夫充浙江西道都團練觀察處置等使上柱國清河郡開國公食邑二千户贈吏部尚書崔公行狀……九一四
唐故尚書吏部侍郎贈吏部尚書沈公行狀……九二四

樊川文集卷第十五……九三一

黄州刺史謝上表……九三一
賀平党項表……九三五
進撰故江西韋大夫遺愛碑文表……九四一
爲中書門下請追尊號表……九四四
賀生擒衡州草賊鄧裴表……九五一
謝賜御札提舉邊將表……九五三
謝賜新絲表……九五四
壽昌節宴謝賜音樂狀……九五五
又謝賜茶酒狀……九五五
代裴相公讓平章事表……九五六
代裴相公謝賜批答表……九五八
代裴相公謝告身鞍馬狀……九六〇
論閣内延英奏對書時政記狀……九六一
謝許受江西送撰韋丹碑彩絹等狀……九六二
内宴請上壽酒……九六四
宴畢殿前謝辭……九六五
謝賜物狀……九六六
代人舉周敬復自代狀……九六六
代人舉蔣係自代狀……九六八

樊川文集卷第十六 …… 九七一
上李太尉論北邊事啓 …… 九七一
賀中書門下平澤潞啓 …… 九七六
上白相公啓 …… 九七七
上周相公啓 …… 九八一
上鄭相公狀 …… 九八六
上淮南李相公狀 …… 九八七
上吏部高尚書狀 …… 九八八
上刑部崔尚書狀 …… 九九一
上安州崔相公啓 …… 九九二
薦韓乂啓 …… 九九四
上知己文章啓 …… 九九八
獻詩啓 …… 一〇〇二
薦王寧啓 …… 一〇〇三
上宰相求湖州第一啓 …… 一〇〇四
上宰相求湖州第二啓 …… 一〇〇八
上宰相求湖州第三啓 …… 一〇一五
上宰相求杭州啓 …… 一〇一八
爲堂兄慥求澧州啓 …… 一〇二一
樊川文集卷第十七 …… 一〇二三
高元裕除吏部尚書制 …… 一〇二三
崔璪除刑部尚書蘇滌除左丞崔璵除兵部侍郎等制 …… 一〇二五
裴休除禮部尚書裴諗除兵部侍郎等制 …… 一〇二七
畢諴除刑部侍郎制 …… 一〇二九
韋有翼除御史中丞制 …… 一〇三一
趙真齡除右散騎常侍制 …… 一〇三三
韓賓除户部郎中裴處權除禮部郎中孟璲除工部郎中等制 …… 一〇三五

鄭處晦守職方員外郎兼侍御史知雜事制……一〇三六

庾道蔚守起居舍人李汶儒守禮部員外郎充翰林學士等制……一〇三七

李朋除刑部員外郎李從誨除都官員外郎等制……一〇三八

權審除户部員外郎制……一〇四〇

皇甫鉟除右司員外郎鄭濛除侍御史内供奉等制……一〇四一

韋退之除户部員外郎裴德融除殿中侍御史盧穎除監察御史等制……一〇四二

李蔚除侍御史盧潘除殿中侍御史等制……一〇四三

盧告除左拾遺等制……一〇四四

蕭峴除太常博士制……一〇四六

杜濛除太常博士制……一〇四七

馬曙除右庶子王固除太僕少卿王球除太府少卿等制……一〇四八

李叔玫除太僕卿高證除均州刺史萬汾除施州刺史等制……一〇四九

李珏册贈司空制……一〇五一

歸融册贈左僕射制……一〇五二

令狐定贈禮部尚書制……一〇五三

樊川文集卷第十八……一〇五五

李訥除浙東觀察使兼御史大夫制……一〇五五

盧搏除廬州刺史制……一〇五七

李文舉除睦州刺史制……一〇五八

竇弘餘加官依前台州刺史蘇莊

除鄧州刺史等制……一〇五九
李暨除絳州刺史魏中庸除亳州刺史曹慶除威遠營使等制……一〇六一
李誠元除朔州刺史制……一〇六二
薛逵除秦州刺史制……一〇六三
田克加檢校國子祭酒依前宥州刺史制……一〇六五
薛淙除鄧州任如愚除信州虞藏玘除邛州刺史等制……一〇六六
鄭液除通州刺史李蒙除陳州刺史等制……一〇六七
王晏實除齊州吳初本巴州陳侹渝州刺史等制……一〇六八
郭瓊除渠州郭宗元除興州等刺史王雅康除建陵臺令等制……一〇七〇
吳從除蓬州賈師由除瓊州蕭蕃除羅州刺史等制……一〇七一
裴閱除溫州刺史伊實除獻陵臺令等制……一〇七二
陸紹除信州刺史封載除遂州刺史鄭宗道除南鄭縣令等制……一〇七三
張德翁除歸州刺史李承訓除福昌縣令盧審矩除陽翟縣令等制……一〇七四
王樟除雅州刺史郭鍹除右諭德等制……一〇七四
傅孟恭除威州刺史宣敏加祭酒兼侍御史依前宣歙道兵馬使知防秋事等制……一〇七五
姚克柔除鳳州刺史韋承鼎除櫟陽縣令王仲連贊善大夫等制……一〇七六

朱載言除循州刺史袁循除渭南
縣令張公及除獻陵令韋幼章
除京兆府倉曹等制……一〇七七
文某除鄆王傅盧賓除融州刺史
趙全素除福陵令等制……一〇七八
鄭悛除大理少卿致仕制……一〇七九
樊川文集卷第十九……一〇八一
王釗除皇城留守制……一〇八一
王知信除左衛將軍史寰除右監
門衛將軍等制……一〇八二
張直方授左驍衛將軍制……一〇八三
朱叔明授右武衛大將軍制……一〇八五
梁榮幹除檢校國子祭酒兼右神
策軍將軍制……一〇八七
呂衛除左衛將軍李銖除右威衛
將軍令狐朗除滑州別駕等制……一〇八八
張幼彰程脩己除諸衛將軍翰林
待詔等制……一〇八八
一品孫李明遠授左千牛備身等
制……一〇八九
李鄠除檢校刑部員外郎充鹽鐵
嶺南留後鄭蕃除義武軍推官
等制……一〇九〇
韋宗立授檢校倉部員外郎知鹽
鐵廬壽院等制……一〇九一
房次玄除檢校員外郎充度支靈
鹽供軍使等制……一〇九二
李知讓加御史中丞依前邠州刺
史韋瓊加侍御史充振武軍掌
書記等制……一〇九三
崔彥曾除山南西道副使李詵山

東道推官楊元汶京兆府法曹等制……一〇九四
李承慶除鳳翔節度副使馮軒除義成軍推官等制……一〇九五
夏侯曈除忠武軍節度副使薛途除涇陽尉充集賢校理等制……一〇九六
蕭孜除著作佐郎裴祐之陜府巡官崔滔櫟陽縣尉集賢校理等制……一〇九七
楊知退除鄆州判官薛廷望除美原尉直弘文館等制……一〇九八
白從道除東渭橋巡官陶祥除福建支使劉蛻壽州巡官等制……一〇九九
盧籍除河東副使李推賢殿中丞高湜除湖南推官薛廷傑桂管支使等制……一一〇〇
鄭碣除江西判官李仁範除東川推官裴虔餘除山南東道推官處士陳威除西川安撫巡官等制……一一〇二
裴詥除監察御史裏行桂管支使等制……一一〇三
石賀除義武軍書記崔涓除東川推官等制……一一〇四
顧湘除涇原營田判官夏侯覺除鹽鐵巡官等制……一一〇五
趙元方除户部和糴巡官陳洙除長安縣尉王巖除右金吾使判官等制……一一〇六
韋承鼎除左贊善大夫韋諝除尚食奉御柳謙除壽安縣令韋選除義昌軍推官錢琦除滄景支

使等制……一一〇七
康從固除冀王府司馬制……一一〇八
張正度除汾州別駕等制……一一〇九
馬迴除蜀州別駕等制……一一一〇
樊川文集卷第二十……一一一一
高駢除祭酒兼侍御史依前充職
右神策軍兵馬使制……一一一一
忠武軍都押衙檢校太子賓客王
仲玄等加官制……一一一二
右神策軍押衙檢校太子賓客尚
漢美等叙勳制……一一一二
右龍武軍大將軍劉誠信等三十
三人叙階制……一一一三
柳師玄除衢州長史知夏州進奏
等制……一一一四
賴師貞除懷州長史周少鄘除虢
州司馬王桂直除道州長史等
制……一一一五
景思齊授官知宣武軍進奏官制……一一一六
馮少端等湖南軍將授官制……一一一七
武官授折衝果毅等制……一一一八
張直方貶恩州司户制……一一一九
王著貶端州司户制……一一二〇
李玕貶撫州司馬制……一一二一
姜閲貶岳州司馬等制……一一二二
武易簡量移梧州司馬制……一一二三
王元宥除右神策軍護軍中尉制……一一二四
周元植除鳳翔監軍制……一一二六
朱能裕除景陵判官制……一一二七
劉全禮等七人並除内侍省内府

局丞置同正等制 …… 一一二八
宋叔康妻封邑號制 …… 一一二八
吐突士曄妻封邑號制 …… 一一二九
新羅王子金元弘等授太常寺少卿監丞簿制 …… 一一三一
西州回鶻授驍衛大將軍制 …… 一一三二
沙州專使押衙吳安正等二十九人授官制 …… 一一三三
燉煌郡僧正慧菀除臨壇大德制 …… 一一三四
契丹賀正使大首領等授官制 …… 一一三五
黔中道朝賀牂牁大酋長等十六人授官制 …… 一一三六
黔中道朝賀訓州昆明等十三人授官制 …… 一一三七

樊川外集

斑竹筒簟 …… 一一四一
和嚴惲秀才落花 …… 一一四二
倡樓戲贈 …… 一一四三
初上船留寄 …… 一一四四
秋岸 …… 一一四五
過大梁聞河亭方讌贈孫子端 …… 一一四五
題吳興消暑樓十二韻 …… 一一四六
奉送中丞姊夫儔自大理卿出鎮江西叙事書懷因成十二韻 …… 一一四八
中丞業深韜略志在功名再奉長句一篇兼有諮勸 …… 一一五三
和裴傑秀才新櫻桃 …… 一一五四
春思 …… 一一五七
代人作 …… 一一五八

偶題二首……一一六〇
冬至日遇京使發寄舍弟……一一六二
洛下送張曼容赴上黨召……一一六四
宣州留贈……一一六六
寄題宣州開元寺……一一六七
贈張祜……一一六八
殘春獨來南亭因寄張祜……一一七〇
宣州開元寺南樓……一一七二
寄遠人……一一七三
別沈處士……一一七三
留贈……一一七四
奉和僕射相公春澤稍愆聖君軫
慮嘉雪忽降品彙昭蘇即事書
成四韻……一一七五
寄李播評事……一一七七
送牛相公出鎮襄州……一一七八
送薛邽二首……一一八〇
見穆三十宅中庭海榴花謝……一一八一
留誨曹師等詩……一一八二
洛陽……一一八三
寄唐州李玭尚書……一一八五
南陵道中……一一八七
登九峰樓……一一八九
別家……一一九一
歸家……一一九一
雨……一一九三
送人……一一九四
遣懷……一一九五
醉贈薛道封……一一九六
歙州盧中丞見惠名醖……一一九六

詠襪……………………………………一九八
宮詞二首……………………………………二〇一
月……………………………………二〇四
忍死留別獻鹽鐵裴相公二十叔……二〇四
悲吴王城……………………………………二〇六
閨情代作……………………………………二〇七
寄沈褒秀才……………………………………二〇八
入關……………………………………二〇九
及第後寄長安故人……………………………………二〇九
偶作……………………………………二一一
贈終南蘭若僧……………………………………二一二
遣懷……………………………………二一四
春日途中……………………………………二一七
秋感……………………………………二一八
贈漁父……………………………………二一八
歎花……………………………………二一九
題劉秀才新竹……………………………………二二二
山行……………………………………二二三
書懷……………………………………二二四
紫薇花……………………………………二二四
醉後呈崔大夫……………………………………二二五
和宣州沈大夫登北樓書懷……………………………………二二六
夜雨……………………………………二二七
方響……………………………………二二八
將出關宿層峰驛却寄李諫議……………………………………二二九
使廻枉唐州崔司馬書兼寄四韻因和……………………………………二三〇
郡齋秋夜即事寄斛斯處士許秀才……………………………………二三一
同趙二十二訪張明府郊居聯句……二三二

早春題真上人院……一二三三
對花微疾不飲呈座中諸公……一二三四
酬王秀才桃花園見寄……一二三五
走筆送杜十三歸京……一二三六
送王十至褒中因寄尚書……一二三七
後池泛舟送王十……一二三八
重送王十……一二三八
洛陽秋夕……一二三九
贈獵騎……一二三九
懷吳中馮秀才……一二四〇
寄東塔僧……一二四一
秋夕……一二四二
瑶瑟……一二四七
送故人歸山……一二四八
聞角……一二四九
押兵甲發谷口寄諸公……一二四九
和令狐侍御賞蕙草……一二五〇
偶題……一二五一
三川驛伏覽座主舍人留題……一二五二
陝州醉贈裴四同年……一二五三
破鏡……一二五四
長安雪後……一二五四
華清宮……一二五五
冬日題智門寺北樓……一二五七
別王十後遣京使累路附書……一二五七
許秀才至辱李蘄州絶句問斷酒之情因寄……一二五八
送張判官歸兼謁鄂州大夫……一二五九
宿長慶寺……一二六〇
望少華三首……一二六一

登澧州驛樓寄京兆韋尹 …………………… 二二六三
長安晴望 …………………… 二二六五
歲日朝迴 …………………… 二二六五
驌驦駿 …………………… 二二六六
龍丘途中二首 …………………… 二二六八
宮人塚 …………………… 二二七〇
寄浙西李判官 …………………… 二二七一
寄杜子二首 …………………… 二二七二
盧秀才將出王屋高步名場江南
　相逢贈別 …………………… 二二七三
送劉三復郎中赴闕 …………………… 二二七五
羊欄浦夜陪宴會 …………………… 二二七七
送杜顗赴潤州幕 …………………… 二二七八
有感 …………………… 二二八〇
書懷寄盧歙州 …………………… 二二八〇
賀崔大夫崔正字 …………………… 二二八二
江南送左師 …………………… 二二八三
寢夜 …………………… 二二八四
十九兄郡樓有宴病不赴 …………………… 二二八五
愁 …………………… 二二八六
隋苑 …………………… 二二八七
芭蕉 …………………… 二二八九
汴水舟行答張祜 …………………… 二二九〇
牧陪昭應盧郎中在江西宣州佐
　今吏部沈公幕罷府周歲公宰
　昭應牧在淮南縻職敘舊成二
　十韻用以投寄 …………………… 二二九一

樊川別集

樊川別集序 …………………… 二二九九

樊川别集……一三〇一
寓言……一三〇一
猿……一三〇一
懷歸……一三〇二
邊上晚秋……一三〇三
傷友人悼吹簫妓……一三〇三
訪許顏……一三〇四
春日古道傍作……一三〇五
青塚……一三〇五
大夢上人自廬峰廻……一三〇六
洛中二首……一三〇七
邊上聞胡笳三首……一三〇八
春日寄許渾先輩……一三一一
經闔閭城……一三一二
并州道中……一三一二
别懷……一三一三
漁父……一三一四
秋夢……一三一四
早秋客舍……一三一六
逢故人……一三一七
秋晚江上遣懷……一三一八
長安夜月……一三一九
雲……一三二〇
春懷……一三二〇
逢故人……一三二一
閑題……一三二二
金谷園……一三二三
重登科……一三二四
遊邊……一三二五
將赴池州道中作……一三二六

隋宫春……一三二七
蠻中醉……一三二八
寓題……一三三〇
送趙十二赴舉……一三三〇
偶呈鄭先輩……一三三一
子規……一三三二
江樓……一三三三
旅宿……一三三四
杜鵑……一三三五
聞蟬……一三三六
送友人……一三三六
旅情……一三三七
曉望……一三三七
貽友人……一三三八
書事……一三三九
別鶴……一三四〇
晚泊……一三四一
山寺……一三四二
早行……一三四三
秋日偶題……一三四四
憶歸……一三四五
偶見……一三四五
醉倒……一三四六
酬許十三秀才兼依來韻……一三四六
後池泛舟送王十秀才……一三四七
書情……一三四八
兵部尚書席上作……一三四九
驌驦阪……一三五二

集外詩

集外詩一

集外詩一……一三五七
冬日五湖館水亭懷別……一三五七
不寢……一三五九
泊松江……一三六〇
題水西寺……一三六一
贈別宣州崔群相公……一三六二
聞開江相國宋公下世二首……一三六三
出關……一三六五
暝投雲智寺渡溪不得却取沿江路往……一三六六
宣城贈蕭兵曹……一三六六
過鮑溶宅有感……一三六八
寄兄弟……一三六九
秋日……一三七〇
卜居招書侶……一三七一
西山草堂……一三七二
貽隱者……一三七三
石池……一三七四
送蘇協律從事振武……一三七五
懷政禪師院……一三七六
送荔浦蔣明府赴任……一三七七
秋夕有懷……一三七八
秋霽寄遠……一三七八
經古行宮……一三七九
宣州開元寺贈惟真上人……一三八〇
秋晚懷茅山石涵村舍……一三八〇
留題李侍御書齋……一三八一
行次白沙館先寄上河南王侍郎……一三八三
貴遊……一三八四

越中……一三八五
聞范秀才自蜀遊江湖……一三八五
緑蘿……一三八六
宿東横山瀨……一三八七
貽遷客……一三八八
陵陽送客……一三八九
寄桐江隱者……一三九〇
長興里夏日寄南鄰避暑……一三九〇
送太昱禪師……一三九二
梁秀才以早春旅次大梁將歸郊扉言懷兼別示亦蒙見贈凡二十韻走筆依韻……一三九三
川守大夫劉公早歲寓居敦行里肆有題壁十韻今之置第乃獲舊居洛下大僚因有唱和歎詠不足輒獻此詩……一三九四
中秋日拜起居表晨渡天津橋即事十六韻獻居守相國崔公兼呈工部劉公……一三九六
分司東都寓居履道叨承川尹劉侍郎大夫恩知上四十韻……一三九七
題白雲樓……一三九九
贈別……一四〇〇
秋夜與友人宿……一四〇一
將赴京留贈僧院……一四〇一
寄湘中友人……一四〇二
江上逢友人……一四〇三
金谷懷古……一四〇三
寄盧先輩……一四〇四
南樓夜……一四〇五

行經廬山東林寺……一四〇五
途中逢故人話西山讀書早曾遊覽……一四〇六
將赴京題陵陽王氏水居……一四〇七
送别……一四〇八
寄遠……一四〇九
新柳……一四〇九
旅懷作……一四一〇
雁……一四一一
惜春……一四一一
鴛鴦……一四一二
聞雁……一四一三
江樓晚望……一四一四
集外詩二……一四一五
懷紫閣山……一四一五
題孫逸人山居……一四一六
中途寄友人……一四一七
吴宫詞二首……一四一八
金陵……一四二〇
即事……一四二一
七夕……一四二一
薔薇花……一四二三
句……一四二三
集外詩三……一四二五
七絶一首……一四二五
九華山……一四二六
貴池亭……一四二七
暮春因遊明月峽故留題……一四二七
安賢寺……一四二八
玉泉……一四三〇
遊盤谷……一四三一

清明……一四三三
八六子……一四三四

集外文

集外文……一四三九
授劉縱秘書郎制……一四三九
覃恩昭憲杜皇后孝惠賀皇后淑德尹皇后孫姪等轉官制……一四四〇
玲瓏山杜牧題名……一四四一

樊川文集

樊川文集序〔一〕

將仕郎守京兆府藍田縣尉充集賢殿校理裴延翰撰

長安南下杜樊鄉，酈元注《水經》〔二〕，實樊川也。延翰外曾祖司徒岐公之别墅在焉。上五年冬，仲舅自吴興守拜考功郎中、知制誥，盡吴興俸錢，創治其墅。出中書直，亟召昵密，往遊其地。一旦談啁酒酣，顧延翰曰：「司馬遷云，自古富貴，其名磨滅者，不可勝紀。我適稚走於此，得官受俸，再治完具，俄及老爲樊上翁。既不自期富貴，要有數百首文章，異日爾爲我序，號《樊川集》，如此顧樊川一禽魚、一草木無恨矣，庶千百年未隨此磨滅邪！」〔三〕

明年冬〔四〕，遷中書舍人，始少得恙，盡搜文章〔五〕，閲千百紙，擲焚之〔六〕，纔屬留者十二三。延翰自撮髪，讀書學文，率承導誘。伏念始初出仕入朝〔七〕，三直太史筆，比四出守，其間餘二十年〔八〕，凡有撰制，大手短章，塗稿醉墨，碩夥纖屑，雖適僻阻，不遠數千里，必獲寫示。以是在延翰久藏蓄者，甲乙籤目，比校焚外，十多七八，得詩、賦、傳、録、論、辯、碑、誌、序、記、書、啓、表、制，離爲二十編，合爲四百五十首〔九〕，題曰《樊川文集》。嗚呼！雖當一時戲感之言，孰見魄兆，而果驗白耶！

嘻，文章與政通，而風俗以文移。在三代之道，以文與忠、敬隨之，是爲理具，與運高下。探採古作者之論〔一〇〕，以屈原、宋玉、賈誼、司馬遷、相如、揚雄、劉向、班固爲世魁傑。然騷人之辭，怨刺憤懟，雖援及君臣教化，而不能霑洽持論〔一一〕。相如、子雲，瑰麗詭變〔一二〕，諷多要寡，漫羨無歸〔一三〕，不見治亂。賈、馬、劉、班，乘時君之善否，直豁己臆，奮然以拯世扶物爲任，纂緒造端，必不空言，言之所及，則君臣禮樂，教化賞罰，無不包焉。

竊觀仲舅之文，高騁夐厲〔一四〕，旁紹曲摭，絜簡渾圓，勁出横貫，滌濯滓窳，支立欹倚。呵摩皸瘃〔一五〕，如火煦焉；爬梳痛癢，如水洗焉。其抉剔挫偃，敢斷果行，若誓牧野，前無有敵。其正視嚴聽，前衡後鑾，如整冠裳，祗謁宗廟。其聒蟄爆聾，發不慄〔一六〕，若大吕勁鳴，洪鐘横撞，撐裂噎喑，戛切《韶》《濩》。其砭熨嫉害〔一七〕，堤障初終，若濡槁於未焚，膏癰於未穿。栽培教化，翻正治亂，變醨養瘠，堯醲舜薰，斯有意趨賈、馬、劉、班之藩牆者邪。

其文有《罪言》者，《原十六衛》者，《戰》、《守》二論者，與時宰《論用兵》、《論江賊》二書者。上獵秦、漢、魏、晉、南、北二朝，逮貞觀至長慶數千百年，兵農刑政，措置當否，皆能採取前事，凡人未嘗經度者。若繩裁刀解，粉畫線織，布在眼見耳聞下。其譎往事，則《阿房宫賦》；刺當代，則《感懷詩》；有國欲亡，則得一賢人，決遂不亡者〔一八〕，則《張保皋傳》；尚古兵柄〔一九〕，本出儒術，不專任武力者，則注《孫子》而爲其序；褒勸賢傑，表揭職業，則贈莊淑大長公主及故丞相奇章公〔二〇〕、汝南公墓誌；摽白歷代取士得才，率由公族子弟爲多，則《與高大夫書》；諫諍之體，非訐醜惡，與主鬬激，則《論諫書》；若一縣宰，因行德教，不施刑罰，能舉古風，則《謝守黄州表》；一存一亡，適見交分，則《祭李處州文》；訓勵官業，告柬君命〔二一〕，擬古典謨，以寓誅賞，則司帝之誥。其餘述喻讚誡，興諷愁傷，易格異狀，機鍵雜發，雖綿遠窮幽，膿腴魁礨，筆酣句健〔二二〕，窕眇碎細，包詩人之軌憲，整揚、馬之衙陣〔二三〕，聳曹、劉之骨氣，掇顔、謝之物色，然未始不撥斷治本，緪幅道義，鈎索於經史〔二四〕，觗禦於理化也。故文中子曰：「言文而不及理，是天下無文也〔二五〕，王道何從而興乎？」嘻，所謂文章與政通，而風俗以文移，果於是以卜。盛時理具，踔三代而蔭萬古，若躋太華，臨溟渤，但觀乎積高而杳深，不知其磅礴澶漫，所爲遠大者也。

近代或序其文，非有名與位，則文學宗老。小子既就其集，寤寐思慮，顛倒反覆〔二六〕，不翅逾年。苟墜承顧付與之言，雖晦顯兩不相解，在他人無其狀者，然以高有天，幽有神，陰有宰物者，可自抵誣以甘罰殛邪！故總其條目〔二七〕，强自作序〔二八〕。至於裁判風雅〔二九〕，宰制典刑，標翊時濟物之才，編志業名位之實，則恭俟叔父中書公於前序。

【校勘記】

〔一〕《唐文粹》卷九三、《全唐文》卷七五九題作《樊川文集後序》。

〔二〕「酈元注《水經》」，《唐文粹》卷九三、《全唐文》卷七五九於「酈元」後有「長」字。

〔三〕「磨滅邪」，「邪」，《唐文粹》卷九三、《全唐文》卷七五九作「矣」。

〔四〕「明年冬」，《唐文粹》卷九三、《全唐文》卷七五九無「冬」字。

〔五〕「盡搜文章」，「搜」，《唐文粹》卷九三作「收」。

〔六〕「擲焚之」，《唐文粹》卷九三、《全唐文》卷七五九作「焚擲」。

〔七〕「伏念始初出仕入朝」，《唐文粹》卷九三、《全唐文》卷七五九無「始」字。

〔八〕「其間餘二十年」，「餘」，《唐文粹》卷九三、《全唐文》卷七五九作「逾」。

〔九〕「合爲四百五十首」，《唐文粹》卷九三、《全唐文》卷七五九無「爲」字。

〔一〇〕「探採古作者之論」，《唐文粹》卷九三無「採」字，《全唐文》卷七五九無「探」字。

〔一一〕「霑洽持論」，「持論」，《唐文粹》卷九三、《全唐文》卷七五九作「時論」。

〔一二〕「瑰麗詭變」，「詭變」，《唐文粹》卷九三、《全唐文》卷七五九作「詭譎」。

〔一三〕「漫羡無歸」，「漫羡」，《唐文粹》卷九三、《全唐文》卷七五九作「羡漫」。
〔一四〕「高騁夐厲」，「騁」字原作「聘」，據《唐文粹》卷九三、《全唐文》卷七五九改。
〔一五〕「呵摩皸瘃」，「摩」，《唐文粹》卷九三、《全唐文》卷七五九作「磨」。
〔一六〕「發不慄」，《唐文粹》卷九三、《全唐文》卷七五九無「不」字。
〔一七〕「其砭熨嫉害」，「害」，《唐文粹》卷九三、《全唐文》卷七五九作「惡」。
〔一八〕「決遂不亡者」，「者」字原無，據《唐文粹》卷九三、《全唐文》卷七五九補。
〔一九〕「尚古兵柄」，「兵」字原作「兩」字，據《唐文粹》卷九三、《全唐文》卷七五九改。
〔二〇〕「故丞相奇章公」，《唐文粹》卷九三、《全唐文》卷七五九無「丞相」二字。
〔二一〕「告東君命」，「東」字原作「柬」，據《唐文粹》卷九三、《全唐文》卷七五九改。
〔二二〕「筆酣句健」，《唐文粹》卷九三、《全唐文》卷七五九作「筆酣興健」。
〔二三〕「鳌揚，馬之衙陣」，「衙陣」，《唐文粹》卷九三、《全唐文》卷七五九作「牙陣」。
〔二四〕「鈎索於經史」，「鈎索」，《唐文粹》卷九三、《全唐文》卷七五九作「鈎深」。
〔二五〕「是天下無文也」，《唐文粹》卷九三、《全唐文》卷七五九無此句。
〔二六〕「顛倒反覆」，《唐文粹》卷九三、《全唐文》卷七五九無「顛倒」二字。
〔二七〕「故總其條目」，「其」字原無，據《唐文粹》卷九三、《全唐文》卷七五九補。

〔二八〕「强自作序」，《全唐文》卷七五九作「强自後序」。

〔二九〕「至於裁判風雅」，此句及之後文字原無，今據《唐文粹》卷九三、《全唐文》卷七五九及文津閣本《四庫全書》中《樊川集》裴延翰所作序補，其中「裁判」，文津閣本作「裁列」；「典刑」，文津閣本作「典型」；「翊時」，文津閣本作「翼時」。

樊川文集卷第一

阿房宮賦①

六王畢②，四海一。蜀山兀③，阿房出。覆壓三百餘里，隔離天日。驪山北構而西折④，直走咸陽⑤。二川溶溶⑥，流入宮牆。五步一樓，十步一閣。廊腰縵莫旦切迴，簷牙高啄⑦。各抱地勢，鉤心鬭角⑧。盤盤焉，囷囷焉⑨，蜂房水渦，矗勑六切不知乎幾千萬落。長橋卧波，未雲何龍〔一〕？複道行空〔二〕，不霽何虹？高低冥迷，不知西東〔三〕。歌臺暖響，春光融融；舞殿冷袖，風雨淒淒。一日之内，一宮之間，而氣候不齊。

妃嬪媵嬙⑩，王子皇孫，辭樓下殿，輦來于秦，朝歌夜絃，爲秦宮人⑪。明星熒熒，開粧鏡也；緑雲擾擾，梳曉鬟也；渭流漲膩，棄脂水也；煙斜霧横，焚椒蘭也；雷霆乍驚，宮車迴也〔四〕；轆轆遠聽，杳不知其所之也。一肌一容，盡態極妍，縵立遠視⑫，而望幸焉。有不見者〔五〕，三十六年。

燕、趙之收藏⑬，韓、魏之經營，齊、楚之精英，幾世幾年，剽掠其人，倚疊如山。一旦不能有〔六〕，輸來其間。鼎鐺玉石⑭，金塊珠礫⑮，棄擲邐迤，秦人視之，亦不甚惜。嗟乎！一人之心，千萬人之心也。秦愛紛奢，人亦念其家。奈何取之盡錙銖，用之如泥沙？使負棟之柱，多於南畝之農夫；架梁之椽，多於機上之工女〔七〕；釘頭磷磷⑯，多於在庾之粟粒；瓦縫參差，多於周身之帛縷；直欄橫檻，多於九土之城郭；管絃嘔啞，多於市人之言語。使天下之人，不敢言而敢怒，獨夫之心，日益驕固。戍卒叫⑰，函谷舉⑱，楚人一炬⑲，可憐焦土。嗚呼〔八〕！滅六國者，六國也，非秦也。族秦者，秦也，非天下也。嗟夫！使六國各愛其人，則足以拒秦〔九〕。使秦復愛六國之人〔一〇〕，則遞三世可至萬世而爲君⑳，誰得而族滅也？秦人不暇自哀，而後人哀之；後人哀之而不鑑之，亦使後人而復哀後人也。

【校勘記】

〔一〕「未雲」，原作「未雩」，據《全唐文》卷七四八、文津閣本改。

〔二〕「行」，夾注本校：「一作橫。」

〔三〕「西東」，原作「東西」，據《全唐文》卷七四八改。

〔四〕「宮車迴也」，「迴」，《唐文粹》卷一、《文苑英華》卷四七、《全唐文》卷七四八、文津閣本均作「過」。

〔五〕「有不見者」，《唐文粹》卷一、《文苑英華》卷四七、《全唐文》卷七四八作「有不得見者」。

〔六〕「不能有」，原作「有不能」，據《全唐文》卷七四八改。

〔七〕「工女」，《文苑英華》卷四七作「女工」。

〔八〕「嗚呼」，原無此二字，據《唐文粹》卷一、《文苑英華》卷四七、《全唐文》卷七四八補。

〔九〕《文苑英華》卷四七於「足以」下校：「樊川集、文粹並同，或添並力而三字。」「拒」，《文苑英華》卷四七作「距」，下校：「一作拒。」

〔一〇〕「使」，《唐文粹》卷一、《全唐文》卷七四八無此字。

【注釋】

①阿房宮：故址在今陝西西安西南。《史記·秦始皇本紀》：「三十五年，……始皇以爲咸陽人多，先王之宮廷小，吾聞周文王都豐，武王都鎬，豐鎬之間，帝王之都也。乃營作朝宮渭南上林苑中。先作前殿阿房，東西五百步，南北五十丈，上可以坐萬人，下可以建五丈旗。周馳爲閣道，自殿下直抵南山。表南山之顛以爲闕。爲復道，自阿房渡渭，屬之咸陽，以象天極閣道絕漢抵營室也。阿房宮未成；成，欲更擇令名名之。作宮阿房，故天下謂之阿房宮。」《樊川文集》卷一六《上知己文章啓》云：「寶曆大起宮室，廣聲色，故作《阿房宮賦》。」繆鉞《杜牧年譜》據此訂本詩作於寶曆

元年(八二五)。

②六王:此指戰國時趙、韓、魏、齊、楚、燕六國國君。

③蜀山:泛指蜀地一帶山脈。

④驪山:山名。在今陝西省臨潼縣東南。古代驪戎居之,故名驪山。山北有秦始皇墓。其麓有温泉,唐明皇屢幸之,置温泉宫,後改名華清宫。

⑤咸陽:地名。故址在今陝西省長安東渭城故城。戰國時秦孝公建都於此。

⑥二川:指渭水和樊川。

⑦高啄:此形容簷牙高聳,像鳥仰首啄物。

⑧鉤心鬬角:心,宫殿中心。角,屋簷角。此句指樓閣與宫室中心互相鉤連,簷牙屋角互相湊和,結構錯綜精密。

⑨囷囷:曲折迴旋貌。

⑩妃嬪媵嬙:指六國之后妃宫人。媵,古諸侯女兒出嫁時隨嫁或陪嫁之女。後稱妾爲媵。嬙,古代宫廷女官。

⑪爲秦宫人:《史記·秦始皇本紀》:「秦每破諸侯,寫放其宫室,作之咸陽北阪上,南臨渭,自雍門以東至涇、渭,殿屋複道周閣相屬。所得諸侯美人、鐘鼓,以充入之。」

⑫縵立：延佇，久立。

⑬收藏：指收藏之珍寶。

⑭鼎鐺玉石：將寶鼎當作平常之平底鍋，把美玉看作石頭。鐺，釜屬，温器。漢服虔《通俗文》：「鬴有足曰鐺。」

⑮金塊珠礫：把金子當作土塊，將珍珠視如石子。

⑯磷磷：色澤鮮明貌。《史記·司馬相如傳·上林賦》：「磷磷爛爛，采色澔汗。」

⑰戍卒叫：指秦末陳勝、吴廣起義。事見《史記·陳涉世家》、《漢書·陳勝項籍傳》。

⑱函谷舉：函谷關被攻佔。公元前二〇七年，劉邦攻克武關，秦王子嬰投降，軍入咸陽，並佔領函谷關。函谷關，關名。在今河南靈寶市東北三十里。乃秦之東關。東自崤山，西至潼津，深險如函，通名函谷。《元和郡縣圖志》卷六引《西征記》曰：「函谷關城，路在谷中，深險如函，故以爲名。其中劣通，東西十五里，絶岸壁立，崖上柏林蔭谷中，殆不見日。關去長安四百里。……號曰天險。」

⑲楚人一炬：指項羽焚燒秦宫室，火三月不滅，阿房宫也被燒毁。《史記·項羽本紀》：「居數日，項羽引兵西屠咸陽，殺秦降王子嬰，燒秦宫室，火三月不滅；收其貨寶婦女而東。」

⑳三世：指秦統一中國後只傳秦始皇、秦二世和秦王子嬰三世。

【集　評】

崔鄾侍郎既拜命，於東都試舉人，三署公卿皆祖於長樂傳舍，冠蓋之盛，罕有加也。時吴武陵任太學博士，策蹇而至。鄾聞其來，微訝之，乃離席與言。武陵曰：「侍郎以峻德偉望，爲明天子選才俊，武陵敢不薄施塵露！向者，偶見太學生十數輩，揚眉抵掌，讀一卷文書，就而觀之，乃進士杜牧《阿房宫賦》。若其人，真王佐才也，侍郎官重，必恐未暇披覽。」於是搢笏朗宣一遍。鄾大奇之。武陵曰：「請侍郎與狀頭。」鄾曰：「已有人。」曰：「不得已，即第五人。」鄾未遑對。武陵曰：「不爾，即請還此賦。」鄾應聲曰：「敬依所教。」既即席，白諸公曰：「適吴太學以第五人見惠。」或曰：「爲誰？」曰：「杜牧。」衆中有以牧不拘細行間之者。鄾曰：「已許吴君矣。牧雖屠沽，不能易也。」（王定保《唐摭言》卷六「公薦」）

晚唐士人，專以小詩著名，而讀書滅裂。如白樂天《題座隅》詩云「俱化爲餓殍」，作「孚」字押韻。杜牧《杜秋娘》詩云「厭飫不能飴」，飴乃餳耳，若作飲食，當音飤。又陸龜蒙作《藥名》詩云「烏啄蠹根回」，乃是「烏喙」，非「烏啄」也。又「斷續玉琴哀」，藥名止有「續斷」，無「斷續」。此類極多。如杜牧《阿房宫賦》誤用「龍見而雩」事，宇文時斛斯椿已有此謬，蓋牧未嘗讀《周》、《隋書》也。（沈括《夢溪筆談》卷十四「藝文」一）

【杜牧賦元稹詩】南豐先生曾子固言《阿房宫賦》「鼎鐺玉石，珠塊金礫，棄擲邐迤，秦人視之，亦不甚惜」，「瑰」當作「塊」，蓋言秦人視珠玉如土塊瓦礫也。又言牧賦宏壯巨麗，馳騁上下，累數百言，

至「楚人一炬，可憐焦土」，其論盛衰之變判於此矣。（潘淳《潘子真詩話》）

《變離騷序上》：唐李白詩文，最號不襲前人，而《鳴皋》一篇，首尾《楚辭》也，……辭不凋而指類，唐人知《楚辭》者少，誤以爲詩云。王維生韓、柳前，才數十言，雖淺顯未足與言義，然低昂宛轉，頗有楚人之態矣。元結振奇，自成一家，要曰群言之異味，亦可貴也。顧況文不多，約而可觀，《問大鈞》理勝，《招北客》詞勝，《阿房宮》云「亦使後人而復哀後人」，皆唐賦之不可廢者也。皮日休《九諷》專效《離騷》，其《反招魂》靳靳如影守形，然非也，竟離去畫者，謹毛而失貌。嗚呼！《離騷》自此散矣。（晁補之《雞肋集》卷三十六）

牧之云：「未雩何龍」，鮑欽止謂予言，古本是「未雲何龍」，當以此爲是。（洪芻《洪駒父詩話》）

杜牧，字牧之，……其作《阿房宮賦》，辭彩尤麗，有詩人規諫之風，至今學者稱之。作行草氣格雄健，與其文章相表裏。大抵書法至唐，自歐、虞、柳、薛振起衰陋，故一時詞人墨客，落筆便有佳處，況如杜牧等輩耶！今御府所藏行書一，《張好好》詩。（闕名《宣和書譜》卷九）

神宗喜談經術，臣下進見，或有承聖問者，多皇遽失對。范忠宣謂立法本人情，怨讟可慮。造膝之際，累數百言。且曰：「願陛下不見是圖。」帝曰：「何如是不見是圖。」忠宣對曰：「唐杜牧所謂『天下不敢言而敢怒』者是也。」帝爲改容，味其言者久之。（朱弁《曲洧舊聞》卷一）

牧之《阿房賦》：「複道橫空，未雲何龍？」議者謂，龍星也，非真龍也，不可比複道。《北史》：

賀師夏以龍見請雩，時高阿那肱録尚書事，謂爲真龍出見，大驚喜，問龍所在，作何顔色。師曰：「此是龍星初見，依禮當雩郊壇，非真龍也。」阿那肱忿然曰：「漢見多事，强知星宿。」祭事不行。方杜牧下筆時偶不記此耶？雖然，凡物之生乎下者，皆有星主乎上。《爾雅注》：「吁嗟請雨，雨，龍所司也。」龍星雖非真龍，然所主龍也。故請雨則以其夏見之時。又《爾雅》：螮蝀，謂之雩。螮蝀，虹也。以比横空複道，又何害？（朱翌《猗覺寮雜記》卷三）

【唐賦造語相似】唐人作賦，多以造語爲奇。杜牧《阿房宫賦》云：「明星熒熒，開妝鏡也。緑雲擾擾，梳曉鬟也。渭流漲膩，棄脂水也。煙斜霧横，焚椒蘭也。雷霆乍驚，宫車過也。轆轆遠聽，杳不知其所之也。」其比興引喻，如是其侈。然楊敬之《華山賦》，又在其前，叙述尤壯，曰：「見若咫尺，田千畝矣。見若環堵，城千雉矣。見若杯水，池百里矣。見若蟻垤，臺九層矣。醯雞往來，周東西矣。蠛蠓紛紛，秦速亡矣。蜂窠聯聯，起阿房矣。俄而復然，立建章矣。小星奕奕，焚咸陽矣。纍纍繭栗，祖龍藏矣。」後又有李庾者，賦西都云：「秦址薪矣，漢址蕪矣。西去一舍，鞠爲墟矣。代遠時移，作新都矣。」其文與意皆不逮楊、杜遠甚。高彦休《闕史》云：「敬之賦五千字，唱在人口。賦内之句，如上數語，杜司徒佑、李太尉德裕，常所誦念。」牧之乃佑孫，則《阿房賦》實模倣楊作也。彦休者，昭宗時人。（洪邁《容齋五筆》卷第七）

【阿房宫賦】杜牧之《阿房宫賦》曰：「明星熒熒，開粧鏡也；緑雲擾擾，梳曉鬟也；渭流漲膩，棄脂水也；煙斜霧横，焚椒蘭也；雷霆乍驚，宫車過也，轆轆遠聽，杳不知其所之也。」楊敬之《華山賦》曰：「見若咫尺，田千畝矣；見若環堵，城千雉矣；見若杯水，池百里矣；見若蟻垤，臺九層矣；醯雞往來，周東西矣；蠛蠓紛紛，秦速亡矣；蜂窠聯聯，起阿房矣；俄而復然，立建章矣；小星奕奕，焚咸陽矣；；粲粲繭栗，祖龍藏矣。」二文同一機杼也。或者讀《阿房宫賦》至「歌臺暖響，春光融融；舞袖冷殿，風雨淒淒。一宫之間，而氣候不齊」，擊節歎賞，以謂善形容廣大如此。僕謂牧之此意，蓋體魏卞許《蘭昌宫賦》曰：「其陰則望舒凉室，羲和温房，隆冬御絺，盛夏重裘，一宇之深邃，致寒暑於陰陽。」非出於此乎？（王楙《野客叢書》卷二十四）

北齊源師攝祠部，屬孟夏，以龍見請雩。時高阿那肱爲録尚書事，謂爲真龍出見，大驚喜，問龍所在，雲作何顔色。師云：「此是龍星初見，禮當雩祭，非謂真龍。」肱，夷狄，不知書，何足貴。唐杜牧一代文士，其賦阿房，意遠而辭麗，吴武陵至以王佐譽之，後世稱誦不絶。然有云：「長橋卧波，未雩何龍？複道行空，不霽何虹？」既以橋比龍，則是以龍見爲真龍矣。牧之賦與秦事牴牾者極多。如阿房廣袤僅百里，牧謂「覆壓二百餘里」。始皇立十七年，始滅韓，至二十六年，盡併六國，則是十六年之前，未能致侯國子女也，牧乃謂「王子皇孫，輦來於秦，爲秦宫人，有不得見者，三十六年」。阿房終始皇之世，未嘗訖役，工徒之多，至數萬人。二世取之，以供驪山。周章軍至戲，又取以充戰士。歌臺舞榭，元未落成，宫人未嘗得居。《秦本紀》所謂「殿屋複道，周閣相屬，所得諸侯美人鐘鼓以充入之」者，謂渭北宫宇，非阿房也。牧顧有「妝鏡」、「曉鬟」、「脂水」之句。凡此，程泰之尚書（大昌）《雍録》皆嘗辨之，故之詳及。獨「未雩何龍」之語，不免與高阿那肱爲類，尤可怪也。《洪駒父詩話》載鮑欽止之説，謂古本作「未雲何龍」，然未知何所據。（趙與旹《賓退録》卷七）

《賓戲》犯《客難》，《洛神賦》犯《高唐賦》，《送窮文》犯《逐貧賦》，《貞符》犯《封禪書》、《王命論》。洪氏《隨筆》記《阿房賦》犯《華山賦》中語。余讀陸傪《長城賦》，首云：「千城絶，長城列。秦民竭，秦君滅。」不覺失笑，曰：「此豈非『蜀山兀，阿房出』之本祖歟！」傪名輩在樊川前。（劉克莊《後村詩話》前集卷一）

樊川《阿房宫賦》中間數語，特脱换楊敬之《華山賦》爾，未至若枚乘之純犯前作也。（劉克莊《後村詩話》續集卷二）

【阿房宫賦善用事】杜牧之《阿房宫賦》：「長橋卧波，未雲何龍。」正本元是「雲」字，後人傳寫之訛云「未雩何龍」，殊爲無理。杜之意蓋謂長橋之卧波上，如龍之未得雲而飛去，正如蛟龍得雲雨恐終非池中物之義。若加以「雩」字，則不惟無義，兼亦錯誤讀「龍」字了。《左傳》：「龍見而雩。」注謂龍星也，非龍也。龍星未見，則不之雩。今曰「未雩」，則龍當未見，何形可見？龍又星名，何有於長橋之勢哉？又此賦善於用事。凡作文之法，經可證史，史不可證經，前代史可證後代史，後代史不可以證前。如《阿房宫賦》所用事，不出於秦時，只「煙斜霧横，焚椒蘭也」兩句，尤不可及。六經只以椒蘭爲香，如「有椒其馨」、「其臭如蘭」、「蘭有國香」是也。楚詞亦只以椒蘭爲香，如「椒漿蘭膏」是也。

沉檀、龍麝等字，皆出於漢西京以後，詞人方引用。至唐人詩文則盛引沉檀、龍麝爲香，而不及椒蘭矣。牧此賦獨引用椒蘭，是不以秦時所無之物爲香也。（史繩祖《學齋佔畢》卷二）

杜牧之《阿房宫賦》云：「長橋卧波，未雲何龍？複道行宫，不霽何虹？」或以「雲」爲「雩」字之誤，其説幾是。然亦於禮未愜，豈望橋時常晴，而觀複道必陰晦邪？「鼎鐺玉石，金塊珠礫」，曾子固以爲「瑰」當作「塊」，言視金珠如土塊、瓦礫耳。然則「鼎鐺玉石」亦謂視鼎如鐺，視玉如石矣。無乃大艱詭而不成語乎？「棄擲邐迤」，恐是「邐迤棄擲」。「滅六國者，六國也，非秦也；族秦者，秦也，非天下也。嗟乎！使六國各愛其人，則足以拒秦；使秦復愛六國之人，則遞三世，可至萬世而爲君。」多「嗟乎」字，當在「滅六國」上。尾句云「亦使後人而復哀後人也」，此亦語病也，有「使」字，則「哀」字下不當復云「後人」，言「哀後人」，則「使」當去。讀者詳之。（王若虚《滹南遺老集》卷三十六）

廉菴《題趙輔之樊川圖》云：「一賦《阿房》萬古傳，豈知今有趙樊川。謝公墩上王公住，異代風流各自賢。」（鮮于樞《困學齋雜録》）

東坡在雪堂，一日讀杜牧之《阿房宫賦》凡數遍，每讀徹一遍，即再三咨嗟歎息，至夜分猶不寐。有二老兵，皆陜人，給事左右，坐久甚苦之。一人長歎操西音曰：「知他有甚好處，夜久寒甚不肯睡，連作冤哭聲。」其一曰：「也有兩句好（西人皆作吼）。」其人大怒曰：「你又理會得甚的。」對曰：「吾愛他道『天下之人不敢言而敢怒』。」叔黨卧而聞之，明日以告，東坡大笑曰：「這漢子也有鑑識。」（陳

秀明《東坡聞談録》)

祝氏曰：「唐人之賦，大抵律多而古少。夫雕蟲道喪，頹波横流，風騷不古，聲律大盛。句中拘對偶以趨時好，字中揣聲病以避時忌，孰有學古！或就有爲古賦者，率以徐、庾爲宗，亦不過少異於律爾。甚而或以五七言之詩、四六句之聯以爲古賦者。中唐李太白天才英卓，所作古賦，差强人意；但俳之蔓雖除，而律之根故在。雖下筆有光焰，時作奇語，然只是六朝賦爾。惟韓、柳諸古賦一以《騷》爲宗，而超出俳律之外，唐賦之古，莫古於此。至杜牧之《阿房宫賦》，古今膾炙，但太半是論體，不復可專目爲賦矣，毋亦惡俳律之過而特尚理以矯之乎？」吁！先正有云：「文章先體制而後文辭」，學賦者其致思焉！(吳訥《文章辨體序説》)

文章如精金美玉，經百鍊歷萬選而後見。今觀昔人所選，雖互有得失，至其盡善極美，則所謂鳳凰芝草，人人皆以爲瑞，閲數千百年、幾千萬人而莫有異議焉。如李太白《遠别離》、《蜀道難》，杜子美《秋興》、《諸將》、《詠懷古跡》、《新婚别》、《兵車行》，終日誦之不厭也。蘇子瞻在黄州，夜誦《阿房宫賦》數十遍，每遍必稱好，非其誠有所好，殆不至此。然後之誦《赤壁》二賦者，奚獨不如子瞻之于《阿房》，及予所謂李、杜諸作也邪。(李東陽《麓堂詩話》)

杜牧《阿房》，雖乖大雅，就厥體中，要自峥嶸擅場，惜哉其亂數語，議論益工，面目益遠。(王世貞《全唐詩説》)

杜牧之《阿房宫賦》云：「長橋卧波，未雲何龍；複道行空，不霽何虹。」詞最新麗。而譏之者云：誤用「龍見而雩」事。謂龍乃龍星，非龍也。不知杜所用，乃「雲從龍」之龍，正取《易》「雲從龍」之義。蓋「雲」而非「雩」也。少陵詩云：「日落青龍現水中。」與此正同。且「雲」與「霽」相對，若作「雩」，乃祭名，有何義相涉而以爲偶耶？（朱孟震《續玉笥詩談》）

【過秦論】《擬過秦論》云：「六王初畢，四海始一，雄圖既溢，武力未畢。……」云云。……論擬《過秦》，實宋人場屋體，而此段又本唐人《阿房宮賦》。然小杜首四語甚奇，而揚四語中，再用「畢」字，殊失檢點。（胡應麟《少室山房筆叢》卷六續甲部「丹鉛新録」二）

劉敬山曰：文章之妙，在於變化，故一字而用有雅俗，如「個」字一也。《國語・齊語》曰：「鹿皮四個。」則俗；《史記・貨殖傳》曰：「竹竿萬個。」則雅矣。一語而用有雅俗。如諺曰：「敢怒而不敢言。」則俗；杜牧《阿房宮賦》曰：「使人不敢言而敢怒。」則雅矣。（陳宏緒《寒夜録》卷中）

純用議論，深其寄托，殆淵明所云抑流宕之邪心，諒有助於諷諫歟？（鄭郲評本賦）

【華山】楊敬之《華山賦》：「見若咫尺，田千畝矣；見若還（即「環」字）堵，城千雉矣；見若杯水，池百里矣；見若蟻垤，臺九層矣；醯雞往來，周東西矣；蠛蠓紛紜（一作「紛紛」），秦速亡矣；蜂巢（一作「窠」）聯聯，起阿房矣；俄而復然，立建章矣；小星奕奕，焚咸陽矣；纍纍繭栗，祖龍藏矣。」

吳旦生曰：王勉夫謂，杜牧《阿房宮賦》「明星熒熒，開妝鏡也；緑雲擾擾，梳曉鬟也；渭流漲膩，棄脂水也；煙斜霧橫，焚椒蘭也；雷霆乍驚，宮車過也；轆轆遠聽，杳不知其所之也」，杜、楊二文，同一機杼。洪容齋謂敬之賦内數語，杜佑、李德裕常所誦念，牧之乃佑孫，則《阿房宮賦》實模倣楊作也。《江行雜録》云：牧之《阿房宮賦》：「六王畢，四海一；蜀山兀，阿房出。」陸傪《長城賦》：「千城絶，長城列；秦民竭，秦君滅。」輩行在牧之前，則《阿房》又祖《長城》句法矣。（吳景旭《歷代詩話》卷十九丙集七）

【雲龍】杜牧《阿房宮賦》：「長橋卧波，未雩何龍。」

吳旦生曰：《隱居詩話》：「牧謂龍見而雩，故用龍以比橋，殊不知龍者，龍星也。」余以《隱居》此辨甚確。齊源師謂高阿那肱：「龍見當雩。」阿那肱曰：「何處龍見？其色如何？」師曰：「龍星初見，禮當雩祭，非真龍也。」豈牧之文人，而亦有此失耶？後見《洪駒父詩話》載古本是「未雲何龍」，其義始安，乃知點畫之譌，相去懸絶至此。《百川學海》云：「蓋長橋之卧波上，如龍之未得雲而飛去，若加以雩字，則龍乃星名，何有於長橋之勢哉！」（吳景旭《歷代詩話》卷十九丙集七）

《潘子真詩話》云：「曾南豐言《阿房宮賦》『鼎鐺玉石，珠瑰金礫，棄擲邐迤，秦人視之，亦不甚惜』，『瑰』當作『塊』，蓋言秦人視珠玉如土塊瓦礫也。」觀此益知「雩」、「雲」之譌，有自來矣。（吳景旭《歷代詩話》卷十九丙集七）

古詩歌俱用虚字前一字叶韻，余既論之詳矣，而後人鮮知者。明唐寅《嬌女賦》用「只」收句，是學《大招》，而「只」字前一字俱不叶韻。又如《衝波傳》載《河上之歌》云：「鵲兮鵶兮，逆毛衰兮，一身九尾長兮。」「兮」字前一字不相叶韻，此歌作傳者所造，不但僞擬之陋，亦徵學古之疏，杜牧之《阿房宮賦》「明星熒熒，開妝鏡也」八句，「也」字前一字亦俱不叶韻。乃知前人亦多味此法。至伯虎益無論已。……或曰：「明星熒熒」八句，「鬟」、「蘭」相叶，是隔句韻。《搜神記・淮南操》十二句，「下」、「甫」、「女」三韻相叶，韓愈《送陸歙州》詩：「我衣之華兮，我佩之光兮。陸君之去兮，誰與翺翔兮？」蓋古人用韻用此法云。（毛先舒《聲韻叢説》）

畫家畫古人圖像，皆須考其時代，如冠舄、衣褶、車服之類，一有躊誤杜纂，後人得而指之。詩賦亦然。宋史繩祖《學齋佔畢》，稱杜牧《阿房宮賦》「煙斜霧横，焚椒蘭也」二句尤不可及，謂《六經》止以椒蘭爲香，《楚辭》言椒漿蘭膏亦然；若沉檀、龍麝等字，皆出於西京以後。（王士禎《古夫于亭雜録》卷二）

【阿房宮賦】杜牧之《阿房宮賦》，文之奇不必言，然於事實殊戾。按《史》：始皇三十五年，營作朝宮渭南上林苑中，先作前殿阿房。阿房宮未成。二世元年，還至咸陽，曰：「先帝爲咸陽朝廷小，故營阿房爲堂室。今釋阿房宮弗就，是彰先帝舉事過也。」復作阿房宮。二年冬，右丞相去疾、左丞相斯、將軍馮劫諫止作阿房宮作者。二世怒，下去疾等吏。去疾、劫自殺，斯就五刑。是終秦之世，阿房宮未成也。又考《史》：二十六年，秦每破諸侯，寫放其宮室，作之咸陽北阪上，南臨渭，自雍門以東，殿屋複道，周閣相屬，所得美人鐘鼓以充入之。則牧之所賦「妃嬪媵嬙，王子皇孫，辭樓下殿，輦來於秦。朝歌夜絃，爲秦宮人」者，指此。此實不名阿房宮，而謂「有不見者三十六年」，非阿房事實

矣。予既辨此，後讀程大昌《雍録》、趙與旹《賓退録》，皆已辨之，大略相同。聊存之。（王士禛《池北偶談》卷十二「談藝」二）

【雩】史繩祖《學齋佔畢》辯杜牧之《阿房宮賦》「未雩何龍」，「雩」當作「雲」。《猗覺寮雜記》亦議此句，引《北史》高那肱事，以爲牧之之誤；而又引《爾雅》「螮蝀謂之雩」，云螮蝀，虹也。如此則讀屬下句，意複而詞不順，且「龍」字無著，似當以史説爲長。（王士禛《池北偶談》卷十三「談藝」三）

《阿房宮賦》：起四語，只十二字，便將始皇混一已後，縱心溢志寫盡，真突兀可喜。「覆壓三百餘里，……流入宮牆。」此段總寫其大，下乃細寫之。「五步一樓，……不知其幾千萬落。」此段寫宮中樓閣之多。「長橋卧波，……不知西東。」此段寫橋梁道路之遠。「歌臺暖響，……而氣候不齊。」此段寫宮殿歌舞之盛。「妃嬪媵嬙，……爲秦宮人。」早以聲歌，夜以絲絃，轉而爲秦皇之宮人。六句承上寫歌舞，接下寫美人。「明星熒熒，開妝鏡也。」疑其星，言鏡之多。「緑雲擾擾，梳曉鬟也。」疑其雲，言鬟之多。「渭流漲膩，棄脂水也。」言脂之多。「煙斜霧横，焚椒蘭也。」言香之多。「雷霆乍驚，……杳不知其所之也。」轆轆，車聲，言車之多。比上增一句，參差。「一肌一容，……三十六年。」此段寫宮中美人之多。「燕、趙之收藏，韓魏之經營，齊楚之精英。」横寫六國珍奇。「幾世幾年，取掠其人，倚疊如山。」暨寫六國珍奇。「一旦不能有，……亦不甚惜。」此段寫宮中珍奇之多。「嗟乎！……多於市人之言語。」總上極寫。「使天下之人，……日益驕固。」寫秦止此。「可憐焦土」，一篇無數壯麗，只以四字了之。「嗚呼！……亦使後人而復哀後人也。」言盡而意無窮。前幅極寫阿房之瑰麗，不是羨慕其奢華，正以見驕横斂怨之至，而民不堪命也，便伏有不愛六國之人意在。所以一炬之後，廻視向來瑰麗，亦復何有。以下因盡情痛悼之，爲隋廣、叔寶等人炯戒，尤有關治體，不若《上林》、《子虚》，徒諷君之過也。（吳楚材　吳調侯《古文觀止》卷七）

杜牧《阿房宫賦》：「未雲何龍。」用《易經》「雲從龍」也。《是齋日記》以爲用左氏「龍見而雩」。宫中，非雩祭地也。（袁枚《隨園詩話》卷一）

《莊子·徐無鬼》：「嗟乎！我悲人之自喪者，吾又悲夫悲人者，吾又悲夫悲人之悲者，其後而日遠矣。」杜牧之《阿房宫賦》：「秦人不暇自哀而後人哀之，後人哀之而不鑒之，是使後人而復哀後人也。」機杼實本《莊子》。（秦篤輝《平書》卷七）

唐文韓、柳外，當推元、白筆爲俊爽。杜牧之、皮襲美皆不及也。牧之惟《阿房》一賦，超出輩流。（秦篤輝《平書》卷七）

《學齋佔畢》：「杜牧之《阿房宫賦》『未雩何龍』，『雩』當作『雲』。」按前人有議「龍」字謬者，觀此不禁灑然，原非用《左傳》「龍見而雩」也。（秦篤輝《平書》卷七）

宋人以文爲賦，非宋人之創造也。遠則宋子《登徒子好色賦》，近則杜牧《阿房宫賦》，心摹手追，流蕩忘返，適成一代風氣，然終非正格也。（周中孚《鄭堂札記》）

《阿房宫賦》，唐杜牧撰，宋游師雄記，其後安宜之正書。杜賦家絃户誦，無不童而習之。校以石刻，有足正俗本相沿之謬者。俗本「未雲何龍」，石刻「雲」作「雩」；俗本「不知西東」，石刻「西東」作「東西」，與上「冥迷」、下「淒淒」叶韻。並爲遠勝。惟「工女」作「女工」，乃安書誤筆也。（武樹善《陝西金石志》）

望故園賦①

余固秦人兮故園秦地②，念歸途之幾里。訴余心之未歸兮，雖繫日而安至③。既操心之大謬，欲當時之奏技④。技固薄兮豈易售，矧將來之歲幾。人固有尚，珠金印節⑤；人固有爲，背憎面悦。擊短扶長⑥，曲邀横結。吐片言兮千口莫窮⑦，觸一機而百關俱發⑧。嗟小人之顓蒙兮⑨，尚何念於逸越。余之思歸兮，走杜陵之西道⑩。巖曲天深，地平木老。隴雲秦樹，風高霜早；周臺漢園，斜陽暮草。寂寥四望，蜀峰聯嶂⑪；蔥蘢氣佳，蟠聯地壯⑫。繚粉堞於綺城，矗未央於天上⑬。月出東山，苔扉向關，長煙苒惹⑭，寒水注灣。遠林雞犬兮，樵夫夕還。織有桑兮耕有土，昆令季强兮鄉黨附⑮。悵余心兮捨兹而何去？憂豈無念，念至謂何？憤慍悽悄，顧我則多。萬世在上兮百世居後，中有一生兮孰爲壽夭？生既不足以紉佩兮⑯，顧他務之纖小。賦言歸兮，余之忘世[一]，徒爲兮紛擾。

【校勘記】

[一]「余之忘世」，「忘世」，夾注本、《全唐文》卷七四八均作「志世」。此句文津閣本作「余心忘世」。

【注釋】

①《樊川文集》卷一二《池州造刻漏記》云：「大和四年，某自宣城使於京師。」考本賦有「隴雲秦樹，風高霜早」、「長煙苒惹，寒水注灣」，乃寒涼氣候，與杜牧此行之節候同。且賦中所表現之不得志與思歸情緒與詩人大和四年之情形相符，故本賦或約大和四年（八三〇）由宣州入京時作。

②秦人：杜牧爲京兆萬年人，唐京兆舊屬秦地，故自稱秦人。

③繫日：用繩繫住太陽使之不落下。傅玄《九曲歌》：「歲暮景邁群光絶，安得長繩繫白日？」李白《惜餘春賦》：「恨不得掛長繩於青天，繫此西飛之白日。」

④奏技：貢獻自己之技巧才能。

⑤印節：官印符節。印，圖章，印信。如璽、寶、印、章、記等，統稱爲印。節，符節。古時使臣執以示信之物。《周禮·地官·掌節》：「掌守邦節而辨其用，以輔王命。守邦國者用玉節，守都鄙者用

角節。凡邦國之使節，山國用虎節，土國用人節，澤國用龍節……門關用符節，貨賄用璽節，道路用旌節，皆有期以反節。」

⑥擊短扶長：意爲打擊欺負弱小者，阿附幫助有權勢者。

⑦吐片言句：意爲僅因講了片言隻語，即招來千人之無窮盡譭謗之言。

⑧觸一機句：意爲觸動了一人而招致千百人之攻擊。機關，機所以發，關所以閉，凡設有機件而能制動之器械，皆稱爲機關。

⑨顓蒙：愚昧。

⑩杜陵：地名。在今陝西西安市東南。古爲杜伯國。本名杜原，又名樂遊原。秦置杜縣。漢宣帝在此築陵，改名杜陵。

⑪聯嶂：山峰連綿不斷有如屏障。嶂，似屏障之山峰。《文選》沈約《鍾山詩應西陽王教》：「鬱律構丹巘，崚嶒起青嶂。」

⑫蟠聯：地勢盤曲旋繞，連綿不斷。

⑬未央：西漢宫殿名。故址在今陝西省西安市西北長安故城内西南角。漢高祖七年，蕭何主持營造。倚龍首山建前殿，立東闕、北闕、武庫、太倉等，周圍二十八里。王莽時改名壽成室，末年毁於兵火。東漢、隋唐曾屢加修葺，唐末毁。《三輔黄圖》卷二：「未央宫周回二十八里，前殿東西五

十丈，深十五丈，高三十五丈。」

⑭ 苒惹：裊裊升騰貌。

⑮ 昆令季强句：兄弟中長者爲昆，幼者爲季。鄉黨，猶鄉里。《禮·曲禮》上：「故州閭鄉黨稱其孝也。」《注》：「《周禮》，二十五家爲閭，四閭爲族，五族爲黨，五黨爲州，五州爲鄉。」

⑯ 紉佩：謂修養崇高之品格。屈原《離騷》：「扈江離與辟芷兮，紉秋蘭以爲佩。」紉，縫綴，以綫穿針。

【集評】

襟期高曠，古今第一流。（鄭郲評本賦）

晚晴賦并序

秋日晚晴，樊川子目於郊園①，見大者小者，有狀類者，故書賦云：

雨晴秋容新沐兮，忻繞園而細履。面平池之清空兮，紫閣青横②，遠來照水。如高堂之上，見羅幕兮，垂乎鏡裹。木勢黨伍兮③，行者如迎，偃者如醉，高者如達，低者如跂④。

松數十株，切切交風〔一〕，如冠劍大臣，國有急難，庭立而議。竹林外裹兮，十萬丈夫，甲刃摐摐七恭切⑤，密陣而環侍。豈負軍令之不敢嚻兮，何意氣之嚴毅⑥。復引舟於深灣，忽八九之紅芰。姹然如婦⑦，斂然如女，墮蕊黦於勿切顔⑧，似見放棄。白鷺潛來兮，邈風標之公子⑨。窺此美人兮，如慕悅其容媚。雜花參差於岸側兮，絳緑黄紫。格頑色賤兮⑩，或妾或婢。間草甚多，叢者束兮，靡者杳兮，仰風獵日⑪，如立如笑兮，千千萬萬之狀容〔二〕兮，不可得而狀也。若予者則爲何如〔三〕？倒冠落佩兮〔四〕，與世闊疏⑫。敖敖休休兮⑬，真徇其愚而隱居者乎！

【校勘記】

〔一〕「切切交風」，「風」，《唐文粹》卷八、夾注本、《全唐文》卷七四八、文津閣本均作「峙」。

〔二〕「狀容」，《全唐文》卷七四八、文津閣本無「狀」字。

〔三〕「爲」，《全唐文》卷七四八作「謂」。

〔四〕「佩」，文津閣本作「珮」。

【注　釋】

①樊川子：杜牧自稱，因其家别墅在樊川，故自謂。樊川，水名。在今陝西長安縣南。其地本杜縣之樊鄉。《文選》晉潘安《西征賦》：「疏南山以表闕，倬樊川以激池。」《注》：「《三秦記》曰：長安正南秦嶺，嶺根水流爲秦川，一名樊川。」郊園，此指杜牧家之樊川别墅。

②紫閣：即紫閣峰，終南山山峰名。以日光照射爛然呈紫色而名。在今陝西鄠縣東南三十里。宋張禮《游城南記》：「圭峰紫閣在（終南山）祠之西，圭峰下有草堂寺。」

③木勢黨伍：樹木分類如同夥般而生。

④跂：踮起脚尖。

⑤甲刃摐摐：甲刃，兵甲武器。摐摐，象聲詞，此處指甲刃互相碰擊發出之聲響。王建《霓裳詞》之八：「絃索摐摐隔彩雲，五更初發滿宮闈。」

⑥嚴毅：嚴肅威重剛毅貌。

⑦姹然：豔麗貌。

⑧黦顔：指花朵黄黑色。

⑨邈風標：風度飄逸貌。邈，高遠縹緲。風標，風度，儀態。《世説新語·賞譽》：「王丞相云」《注》引虞預《晉書》：「戴儼字若思，廣陵人，才義辯濟，有風標鋒穎。」

⑩ 格頑：格調愚頓。頑，愚妄。

⑪ 仰風獵日：指野草昂頭迎風，沐浴陽光。

⑫ 闊踈：疏遠，遠離。

⑬ 敖敖休休：遨遊休閒貌。敖，遊玩。《詩·邶風·柏舟》：「微我無酒，以敖以遊。」休休，安閒貌。《詩·唐風·蟋蟀》：「好樂無荒，良士休休。」

【集評】

舊史稱佑城南樊川有桂林亭，卉木幽邃，佑日與公卿宴集其間。元和七年，佑以太保致仕居此。《式方傳》又云：「杜城有別墅，亭館林池，爲城南之最。」牧之賦亦曰：「予之思歸兮，走杜陵之西道，巖曲泉深，地平木老。隴雲秦樹，風高霜早；周臺漢園，斜陽衰草。」其地有九曲池，池西有玉鉤亭。許渾詩所謂「九曲池西望月來」。池跡尚存，亭則不可考也。又其地有七葉樹，每朵七葉，因以爲名。羅隱詩所謂「夏窗七葉連簷暗」是也。以是求之，其景可知也。（張禮《游城南記·張注》）

杜牧好用故事，仍于事中復使事，若「虞卿雙璧截肪鮮」是也。亦有趁韻撰造非事實者，若「珊瑚破高齊，作婢春黃麋」是也。李詢得珊瑚，其母令衣青衣而舂，初無「黃麋」字。其《晚晴賦》云：「忽引舟於青灣，睹八九之紅芰。（按《樊川集》云：「復引舟于深灣，忽八九之紅芰。」）姹然如歸，嫣然如女。」芰，菱也，牧乃指爲荷花。其爲《阿房宫賦》云：「長橋卧波，未雩何龍？」牧謂龍見而雩，故用龍以比橋，殊不知龍者，龍星也。（魏泰《臨漢隱居詩話》）

衆禽中，唯鶴標致高逸，其次鷺亦閑野不俗，又嘗見於《六經》，如「鶴鳴在陰，其子和之」，「鶴鳴于九皋，聲聞于天」，「振鷺于飛，于彼西雝」。《易》與《詩》嘗取之矣，後之人形於賦詠者不少，而規規然袛及羽毛飛鳴之間。如《詠鶴》云：「低頭乍恐丹砂落，曬翅常疑白雪銷。」此白樂天詩。「丹頂西施頰，霜毛四皓鬚」，此杜牧之詩。此皆格卑無遠韻也。至於鮑明遠《鶴賦》云：「鐘浮曠之藻思，抱清迥之明心。」杜子美云：「老鶴萬里心。」李太白《畫鶴贊》云：「長唳風宵，寂立霜曉。」劉禹錫云：「徐引竹間步，遠含雲外情。」此乃奇語也。如《詠鷺》云：「拂日疑星落，淩風似雪飛。」此李文饒詩。「立當青草人先見，行近白蓮魚未知」，此雍陶詩。亦格卑無遠韻也。至於杜牧之《晚晴賦》云：「忽八九之紅芰，如婦如女，墮蕊黦顔，似見放棄。白鷺潛來，邈風標之公子，窺此美人兮，如慕悦其容媚。」雖語近於纖豔，然亦善比興者。至於許渾云：「雲漢知心遠，林塘覺思孤。」僧惠崇云：「曝翎沙日暖，引步島風情。照水千尋迥，棲煙一點明。」此乃奇語也。（陳巖肖《庚溪詩話》卷下）

芰，即菱也，花白生水下。杜牧之《晚晴賦》云：「復引舟於深灣，忽八九之紅芰，姹然如婦，斂然如女。」是以芰爲蓮花。（朱翌《猗覺寮雜記》卷二）

杜牧《晚晴賦》：「睹八九之紅芰。」芰，菱屬也。菱花色黄而不紅，杜既言紅，又以比美女，則當

指芙蕖也。杜誤以菱爲蓮。（李治《敬齋古今黈》卷七）

有深諷。（鄭郲評「冠劍大臣，國有急難，庭立而議」數句）

【芰】吳旦生曰：芰，菱也，言荷與菱兩物也。杜牧之《晚晴賦》：「忽引舟於深灣，睹八九之紅芰」，是誤以芰爲荷。東坡詩：「緑芰紅蓮畫舸浮」，乃分別言之。按《酉陽雜俎》云：四角、三角曰芰，兩角曰菱。（吳景旭《歷代詩話》卷五十庚集五）

感懷詩一首 時滄州用兵①

高文會隋季②，提劍徇天意③。扶持萬代人，步驟三皇地④。聖云繼之神，神仍用文治。德澤酌生靈，沉酣薰骨髓⑤。旄頭騎箕尾⑥，風塵薊門起⑦。胡兵殺漢兵⑧，屍滿咸陽市⑨。宣皇走豪傑⑩，談笑開中否⑪。蟠聯兩河間⑫，燼萌終不弭⑬。號爲精兵處，齊、蔡、燕、趙、魏⑭。合環千里疆，爭爲一家事。逆子嫁虜孫，西鄰聘東里。急熱同手足⑮，唱和如宮徵⑯。法制自作爲，禮文爭僭擬。壓階螭鬬角⑰，畫屋龍交尾⑱。署紙日替名，分財賞稱賜⑲。刳隍歊呼估切萬尋⑳，繚垣疊千雉㉑。誓將付孱孫㉒，血絶然方已㉓。九廟仗神靈㉔，四海爲輸委。如何七十年，汗赩含羞恥㉕。韓、彭不再生㉖，英、衛皆爲鬼㉗。凶門爪牙輩㉘，穰穰如兒戲㉙。累聖但日吁㉚，閫外將誰寄㉛？屯田數十萬，堤防常慴惴㉜。急征赴軍須，厚賦資凶器㉝。因隳畫一法㉞，且逐隨時利。流品極蒙尨㉟，網羅漸離弛㊱。夷狄日開張，黎元愈憔悴。邈矣遠太平，蕭然盡煩費㊲。至於貞元末，風流恣綺靡㊳。艱極泰循來㊴，元和聖天子。元和聖天子，英明湯、武上。茅茨覆宮殿㊵，封章綻帷帳㊶。伍旅拔雄兒㊷，夢卜庸真相㊸。勃雲走轟霆㊹，河南一平盪㊺。繼于長慶初，燕、趙終舁繈㊻。攜妻負子來，北闕爭頓顙㊼。故老撫兒孫，爾生今有望。茹鯁喉尚隘㊽，負重力未壯。坐幄無奇兵㊾，吞舟漏疎網㊿。骨添薊垣沙[51]，血漲嘑沲浪〔一〕[52]。秪云徒有征，安能問無狀。一日五諸侯[53]，奔亡如鳥往。取之難梯天，失之易反掌。蒼然太行路，翦翦還榛莽[54]。關西賤男子[55]，誓肉虜杯羹[56]。請數係虜事，誰其爲我聽。蕩蕩乾坤大，曈曈日月明。叱起文、武業，可以豁洪溟[57]。安得封域内，長有扈苗征[58]。七十里百里[59]，彼亦何常爭。往往念所至，得醉愁蘇醒。韜舌辱壯心[60]，叫閽無助聲。聊書感懷韻，焚之遺賈生[61]。

【校勘記】

〔一〕「嘑沲」，夾注本作「滹沲」。

【注釋】

①唐敬宗寶曆二年四月，横海節度使李全略死，其子李同捷自爲留後，文宗大和元年五月，朝廷以李同捷爲兗海節度使，同捷拒不受命。八月，朝廷遂討之。至大和三年四月，李同捷被斬，滄州平。按，繆鉞《杜牧年譜》云：「所謂『滄州用兵』者，即指討横海李同捷事，横海節度使治所在滄州。大和元年八月討李同捷，大和三年四月，官兵攻入滄州，斬李同捷，《感懷詩》中杜牧自稱『賤男子』，杜牧於大和二年春進士及第，制策登科，授官，此後即不應自稱『賤男子』矣。故知此詩應作於大和元年。」今即訂此詩於大和元年（八二七）。

②高文：高指唐高祖李淵；文即唐太宗李世民，其謚號爲文皇帝。會，適逢。隋季，隋代末年。

③提劍：漢劉邦曾云：「吾以布衣提三尺劍取天下，此非天命乎？」事見《史記·高祖本紀》。徇，順從。

④步驟：步武、追隨。《後漢書·曹褒傳》《注》引《孝經鉤命訣》有「三皇步、五帝驟、三王馳」語。夾注：「《白虎通》：三皇步，五帝驟，三王馳，五霸騖。」三皇，指傳説中之伏羲、神農、燧人。此句意謂唐高祖、太宗之功業可與三皇媲美。

⑤沉酣句：謂德澤人民，使如醉醇酒般地薰入骨髓。

⑥旄頭：昴七星又名旄頭。古人認爲旄頭跳躍，則兵大起。箕、尾，二十八宿中星名。燕地爲箕尾

分野。此句指唐玄宗天寶末年安禄山起兵反叛於幽燕。夾注：「《史記》：旄頭，胡星也。《晉書》：旄頭，黄道之所經也。天而數盡，動若跳耀者，胡兵大起。《莊子》：傳説乘東維，騎箕尾而比於列星。《詩史》：『旄頭彗紫微』《注》：喻禄山亂中原，陷長安也。」

⑦薊門句：謂安禄山起兵反叛。薊門，即薊丘，在今北京德勝門外。夾注：「《通典》：漁陽郡，今薊門。《漢書·終軍傳》：過境有風塵之警，臣宜被堅執鋭，當矢石，啓前行。《唐書》：安禄山，柳城胡人也，爲范陽節度使，天寶十四載反，詔郭子儀東討。」

⑧胡兵句：胡兵，指安禄山叛軍。《資治通鑑》卷二一八至德元載六月載安禄山將崔乾祐殺官軍情形：「乾祐嚴精兵，陳於其後。兵既交，賊偃旗如欲遁者，官軍懈，不爲北。須臾，伏兵發，賊乘高下木石，擊殺士卒甚衆。……乾祐遣同羅精騎自南山過，出官軍之後擊之，官軍首尾駭亂，不知所備，於是大敗；或棄甲竄匿山谷，或相擠排入河溺死，囂聲振天地，賊乘勝蹙之。」

⑨咸陽句：咸陽，秦都，在今陝西咸陽市東北二十里窯店鎮一帶。秦孝公十二年築城，並將國都自櫟陽遷此，因置咸陽縣。此處用以指長安。《資治通鑑》卷二一八至德元年載安禄山入長安，「命搜捕百官、宦者、宫女等，每獲數百人，輒以兵衛送洛陽。王、侯、將、相扈從車駕、家留長安者，誅及嬰孩。」

⑩宣皇句：宣皇，指唐肅宗，其謚爲「文明武德大聖大宣孝皇帝」。走，奔走。此處爲使動用法。

⑪開中否句：否，《易》卦名，閉塞之意。開中否，謂扭轉危險局面。馮注：「《唐書·肅宗紀》：至德二載閏月，廣平王俶爲天下兵馬元帥，郭子儀副之，九月，復京師。」

⑫蟠聯句：蟠聯，盤踞聯結。兩河，河南、河北兩道。此指下文之齊蔡燕趙魏。馮注：「李德裕《會昌一品集》：自天寶以後，兵宿中原，强侯締交，髖髀甚衆，貢賦不入，刑政自出，包荒含垢，以致於貞元，兩河蕃鎮，或倉卒易帥，甚于弈棋；或陸梁弄兵，同於拒轍。」

⑬燼萌句：謂安史叛將依然如死灰復燃，難於消除。燼萌，火之餘燼復萌。弭，止。

⑭齊蔡燕趙魏：春秋戰國時五國名，此分别指唐淄青、彰義、盧龍、成德、魏博等五鎮。

⑮急熱句：急熱，猶言打得火熱。《新唐書·李寶臣傳》：「（寶臣）與薛嵩、田承嗣、李正己、梁崇義相姻嫁，急熱爲表裏。」

⑯宫徵：古代音樂五聲中之兩聲。

⑰螭：傳説中一種無角之龍。

⑱龍交尾：龍尾巴互相纏結。螭頭、交龍，爲帝王宫殿、旗幡之文飾。

⑲署紙二句：署紙，在公文上署名。替，廢棄。馮注：「《舊唐書·田悦傳》：朱滔稱冀王，悦稱魏王，武俊稱趙王，又請李納稱齊王，築壇於魏，告天。滔爲盟主，稱孤；武俊、悦、納稱寡人。以幽州爲范陽府，恒州爲真定府，魏州爲大名府，鄆州爲東平府。《唐書·藩鎮傳》：滔等居室皆曰

殿，妻曰妃，子爲國公，下皆稱臣，謂殿下。上書曰牋，所下曰令。」

⑳剞隍句：剞隍，挖掘城隍。欿，貪欲。尋，古代長度單位，一般以八尺爲尋。

㉑雉：古代城牆長三丈高一丈爲一雉。

㉒孱：弱小。

㉓血絶句：血絶，子孫斷絶。馮注：「《舊唐書·李寶臣傳》：寶臣與薛嵩、田承嗣、李正己、梁崇義等，結連姻婭，互爲表裏，意在於土地傳付子孫，不稟朝旨，自補官吏，不輸王賦。」

㉔九廟：古代帝王立七廟以祀祖先，至王莽增建黄帝太初祖廟和帝虞始祖昭廟，共九廟。後來歷代天子即立九廟以祭祀祖先。七廟，《禮記·王制》：「天子七廟，三昭三穆，與太祖之廟而七。」此指四親廟（父、祖、曾祖、高祖）、二祧（遠祖）和始祖廟。後以「七廟」泛指帝王供奉祖先之宗廟。

㉕赩：赤色。汗赩，指流汗臉紅。

㉖韓彭：漢高祖時將領韓信、彭越。韓信，傳見《史記》卷九二、《漢書》卷三四。彭越，傳見《史記》卷九〇、《漢書》卷三四。

㉗英衛：唐太宗時功臣英國公李勣、衛國公李靖。李勣、李靖傳均見《舊唐書》卷六七、《新唐書》卷九三。

㉘凶門：古代將軍受命出征時，鑿一凶門而出，以示必死之心。《淮南子·兵略》：「將已受斧鉞，

辭而行，乃翦指爪，設明衣，鑿凶門而出。」

㉙ 穰穰：衆多。

㉚ 累聖：指唐玄宗後歷代唐皇帝。

㉛ 閫外：門外。指統兵在外之將帥。

㉜ 慴惴：憂慮，恐懼。

㉝ 凶器：古稱兵爲凶器。

㉞ 因隳句：隳，毁壞。畫一法，統一之制度。漢時，「蕭何爲法，講若畫一。曹參代之，守而勿失。」事見《漢書》卷三九《曹參傳》。

㉟ 流品句：流品，指官員之流品。蒙尨，雜亂。

㊱ 網羅句：網羅，指法制。離弛，離散鬆懈。

㊲ 蕭然句：蕭然，騷擾不安。煩費，耗費。

㊳ 恣：放縱。綺靡，華麗奢侈。

㊴ 泰：《易》卦名，通順意，與否相對。

㊵ 茅茨句：茅茨，用以蓋屋頂之茅草蘆葦等。相傳堯所住乃是茅草覆蓋之房子。馮注：「《六韜》：帝堯王天下之時，宫垣屋室不堊，甍桷椽楹不斲，茅茨遍庭不翦。」

㊶封章句：封章，奏章之封套。綻，縫補。相傳漢孝文帝宮殿集書囊以爲帷帳。《漢書・東方朔傳》：「朔對曰：『……願近述孝文皇帝之時，……貴爲天子，富有四海，身衣弋綈，……衣緼無文，集上書囊以爲殿帷。』」

㊷伍旅句：伍旅，軍隊。雄兒，《三國志・鄧艾傳》：「艾至成都，（劉）禪率太子諸王及群臣六十餘人面縛輿櫬詣軍門，艾執節解縛焚櫬，受而宥之。……士卒死事者，皆與蜀兵同共埋藏。艾深自矜伐，謂蜀士大夫曰：『諸君賴遭某，故得有今日耳。若遇吳漢之徒，已殄滅矣。』又曰：『姜維自一時雄兒也，與某相值，故窮耳。』有識者笑之。」馮注：「《唐書・高崇文傳》：遷長武城都知兵馬使，劉闢反，宰相杜黄裳薦其才，詔檢校工部尚書、左神策行營節度使，討闢。時顯功宿將，人人自謂當選，及詔出，皆大驚。」

㊸夢卜句：庸，用。殷高宗夢得聖人，後尋得説，時説板築於傅險，因以爲姓，遂用爲相。事見《史記・殷本紀》。周文王占卜，知將得輔佐，後得垂釣於渭水之太公望，立爲師。事見《史記・齊太公世家》。《漢書・王商傳》：「明年，商代匡衡爲丞相，益封千户，天子甚尊任之。爲人多質有威重，長八尺餘，身體鴻大，容貌甚過絶人。河平四年，單于來朝，引見白虎殿。丞相商坐未央廷中，單于前，拜謁商。商起，離席與言，單于仰視商貌，大畏之，遷延却退。天子聞而歎曰：『此真漢相矣！』」此指憲宗任用裴度等爲宰相。

㊹勃雲句：謂唐軍之迅猛聲威。勃雲，突起之雲。轟霆，迅雷。

㊺河南句：謂河南道之割據者皆被平定。淮西、淄青兩節度，均在原河南道地。憲宗元和十二年十月，平定淮西吴元濟；十四年二月，又誅殺淄青李師道。

㊻燕趙句：燕趙，此指盧龍軍與成德軍所轄地。舁繦，舁，抬。繦，背負小兒之背帶。《史記》卷一一一《衛青傳》：「臣青子在繦褓中，未有勤勞，上幸列地封爲三侯。」《正義》：「繦，長尺二寸，闊八寸，以約小兒於背。褓，小兒被也。」此處指百姓背負著繦褓中之嬰兒來歸順。元和十五年十月，成德軍觀察支使王承元以鎮、趙、深、冀四州歸於有司；長慶元年二月，劉總以盧龍軍八州歸於有司。事見《新唐書·穆宗紀》。

㊼頓顙：磕頭。

㊽茹：吃。鯁，魚骨。魚骨留咽喉中曰鯁。

㊾幄：帳幕。《周禮·天官·幕人》：「掌帷、幄、帟、綬之事。」《注》：「帷幕皆以布爲之，四合象宫室，曰幄。」

㊿吞舟句：吞舟，指大魚。《史記·酷吏列傳》有「網漏於吞舟之魚」語，此指反叛朝廷之藩鎮。馮注：「《舊唐書·蕭俛傳》：穆宗乘章武恢復之餘，即位之始，兩河廓定，四鄙無虞。俛與段文昌以爲時已治矣，不宜黷武，請密詔天下軍鎮有兵處，每年百人之中，限八人逃死，謂之銷兵。帝詔

天下如其策而行之，而藩鎮之卒，合而爲盜，伏於山林。明年朱克融、王廷湊復亂河朔，一呼而遺卒皆至。朝廷徵兵諸藩，籍既不充，尋行招募，烏合之徒，動爲賊敗，由是復失河朔。」

(51) 骨添句：薊垣，指盧龍軍所在之薊門一帶。長慶元年七月，盧龍軍都知兵馬使朱克融囚其節度使張弘靖反叛。馮注：「《唐書·穆宗紀》：長慶元年七月甲辰，幽州盧龍軍都知兵馬使朱克融，囚其節度張宏靖以反。《舊唐書·朱克融傳》：克融少爲幽州軍校，事節度使劉總。總將歸朝，慮其有變，籍軍中素有異志者，薦之闕下，時克融亦在籍中。宰相崔植、杜元穎不知兵，且無遠略，謂兩河無虞，遂奏勒歸鎮。《唐書·藩鎮傳》：幽州亂，推克融領軍務，克融縱兵掠易州，寇蔚州，轉寇定州。會鎮州又殺田宏正，朝廷慮幽州未可復，乃拜融爲盧龍節度使。」

(52) 嘑沲句：嘑沲，即滹沱河。在今河北省西部。源出山西五臺山東北泰戲山，西南流至忻州市北折向東流，至盂縣北穿割太行山進入河北平原。在獻縣與滏陽河匯合爲子牙河。此句指長慶元年七月，成德軍大將王庭湊殺節度使田弘正反叛。事見《新唐書·穆宗紀》。

(53) 五諸侯：指唐魏博、横海、昭義、河東、義武五節度使。馮注：「《唐書·穆宗紀》：長慶元年八月丙子，王廷湊寇深州，丁丑，魏博、横海、昭義、河東、義武兵討王廷湊。按：《藩鎮傳》：時魏博節度使田布，横海節度使初爲烏重允，後以深冀行營節度使杜叔良代之，昭義節度使劉從諫，河東節度使裴度兼幽鎮招撫使，及義武節度使陳楚，是爲五諸侯也。」長慶元年八月十四日，朝廷發上述五道兵討王庭湊。事見《新唐書·穆宗紀》。

㊹ 翦翦句：翦翦，淺狹貌。《莊子·在宥》：「而佞人之心翦翦者，又奚足以語正道？」榛莽，雜亂叢生之草木。此句謂藩鎮仍然反叛。馮注：「《舊唐書·天文志》：長慶元年七月，幽州軍亂，立朱克融；鎮州軍亂，立王廷湊。元和末，河北三鎮，皆以疆土歸朝廷，至是幽鎮俱失，俄而史憲誠以魏州叛，三鎮復爲盜據，連兵不息。」

㊺ 關西句：關西，潼關以西。杜牧爲京兆萬年人，時尚未入仕，故自稱「關西賤男子」。

㊻ 杯羹：《漢書·項籍傳》：「羽亦軍廣武相守，乃爲高俎，置太公其上，告漢王曰：『今不急下，吾烹太公。』漢王曰：『吾與若俱北面受命懷王，約爲兄弟，吾翁即汝翁。必欲烹乃翁，幸分我一盃羹。』」

㊼ 豁洪溟：豁，開。洪溟，大海。

㊽ 扈苗：古代有扈、有苗兩個部族。夏禹曾征討有苗，夏后啓曾征伐有扈。馮注：「《吕氏春秋》：夏后相與有扈戰于甘澤。《墨子》：昔者有三苗大亂，天命殛之，禹親把天之瑞命，以征有苗。」

㊾ 傳説商湯以七十里，周文王以百里之地而統一天下。見《孟子·公孫丑上》。馮注：「《韓詩外傳》：湯以七十里，文王百里，皆兼天下，一海内。」

㊿ 韜舌：閉口不談。韜，藏。

㉛ 賈生：西漢賈誼。文帝時，上疏陳政事，以爲天下事可爲痛哭者一，可爲流涕者二，可爲長太息者六。事見《漢書》卷四八本傳。

【集評】

小杜《感懷詩》，爲滄州用兵作，宜與《罪言》同讀。《郡齋獨酌》詩，意亦在此。王荆公云：「末世篇章有逸才。」其所見者深矣。（翁方綱《石洲詩話》卷二）

【杜樊川詩注】樊川詩舊無注釋，近日桐鄉馮集梧始注四卷，而外集、别集則略之。……而集梧此注，則近于孤陋，如《感懷》詩「伍旅拔雄兒，夢卜庸真相」，上句用《三國志》，鄧艾曰：姜維自一時雄兒也；下句用《漢書》，匈奴望見王商曰：真漢相矣。注但詮釋上四字，而「雄兒」、「真相」不能引二書。……樊川不及少陵之雄偉，亦不及玉谿之精深，至其情詞俱勝，多在絶句，翁覃谿《石洲詩話》極稱之。（尚鎔《聚星札記》）

杜秋娘詩并序①

杜秋，金陵女也②。年十五，爲李錡妾③，後錡叛滅，籍之入宫，有寵於景陵④。穆宗即位，命秋爲皇子傅姆⑤，皇子壯，封漳王。鄭注用事，誣丞相欲去異己者〔一〕，指王爲根，王被罪廢削⑥，秋因賜歸故鄉。予過金陵，感其窮且老，爲之賦詩。

京江水清滑⑦，生女白如脂。其間杜秋者〔二〕，不勞朱粉施。老濞即山鑄⑧，後庭千雙眉〔三〕。秋持玉斝醉〔四〕⑨，與唱《金縷衣》⑩。勸君莫惜金縷衣〔五〕，勸君須惜少年時。花開堪折直須折，莫待無花空折枝。李錡長唱此辭。濞既白首叛⑪，秋亦紅淚滋⑫。吴江落日渡⑬，灞岸緑楊垂⑭。聯裾見天子，盼普莧切眄莫見切獨依依⑮。椒壁懸錦幕⑯，鏡奩蟠蛟螭。低鬟認新寵，窈裊復融怡〔六〕⑰。月上白壁門⑱，桂影涼參差。金階露新重，閑撚紫簫吹。《晉書》：盜開涼州張駿塚，得紫玉簫。莓苔夾城路⑲，南苑雁初飛⑳。紅粉羽林仗㉑，獨賜辟邪旗㉒。歸來煮豹胎，饜飫不能飴㉓。咸池昇日慶㉔，銅雀分香悲㉕。雷音後車遠㉖，事往落花時。燕禖得皇子㉗，壯髮緑緌緌㉘。畫堂授傅姆，天人親捧持〔七〕。虎睛珠絡褓，金盤犀鎮帷。長楊射熊羆㉙，武帳弄啞咿㉚。漸拋竹馬劇〔八〕，稍出舞雞奇㉛。嶄嶄整冠珮㉜，侍宴坐瑶池㉝。眉宇儼圖畫，神秀射朝輝。一尺桐偶人㉞，江充知自欺㉟。王幽茅土削㊱，秋放故鄉歸。觚稜拂斗極㊲，迴首尚遲遲。四朝三十載，似夢復疑非。潼關識舊吏，吏髮已如絲〔九〕。却喚吴江渡，舟人那得知。歸來四鄰改，茂苑草菲菲。清血灑不盡，仰天知問誰。寒衣一匹素，夜借鄰人機。我昨金陵過，聞之爲歔欷〔一〇〕。自古皆一貫，變化安能推。夏姬滅兩國，逃作巫臣姬〔一一〕㊳。西子下姑蘇，一舸逐鴟夷㊴。織室魏豹俘，作漢太平基㊵。誤置代籍中，兩朝尊母儀㊶。光武紹高祖，本係生唐兒㊷。珊瑚破高齊，作婢舂黄糜㊸。蕭后去揚州，突厥爲閼氏㊹。女子固不定，士林亦難期。射鉤後呼父㊺，釣翁王者師㊻。無國要孟子㊼，有人毁仲尼㊽。秦因逐客令，柄歸丞相斯㊾。安知魏齊首，見斷簀中屍㊿。給喪蹶張輩，廊廟冠峨危(51)。珥貂七葉貴，何妨我虜支〔一二〕(52)。蘇武却生返(53)，鄧通終死饑(54)。主張既難測，翻覆亦其宜。地盡有何物〔一三〕，天外復何之〔一四〕？指何爲而捉，足何爲而馳？耳何爲而聽，目何爲而窺？己身不自曉，此外何思惟。因傾一樽酒，題作杜秋詩。愁來獨長詠，聊可以自貽。

【校勘記】

〔一一〕「欲去異己者」，「異」字原無，據《唐詩紀事》卷五六補。

〔一二〕「杜秋者」，「者」，《全唐詩》卷五二〇校：「一作娘。」馮注校：「《戊籤》作娘。」

〔一三〕「千雙」，《唐文粹》卷一四下、《唐詩紀事》卷五六作「千蛾」，《全唐詩》卷五二〇、馮注本均在「雙」下校：「一作蛾。」

〔一四〕「玉斝醉」，《唐文粹》卷一四下、《唐詩紀事》卷五六作「玉斝飲」。馮注校：「一作飲，一作白玉斝。」

《全唐詩》卷五二〇校：「一作飲。」

〔五〕《唐文粹》卷一四下「勸君」二字上有「李錡云」三字。

〔六〕「窈裊」，《唐文粹》卷一四下、《唐詩紀事》卷五六作「窈窕」。

〔七〕「天」，《唐文粹》卷一四下作「夫」。

〔八〕「劇」，《唐文粹》卷一四下、《全唐詩》卷五二〇、馮注本均校：「一作戲。」

〔九〕「吏」，《全唐詩》卷五二〇、馮注本均校：「一作毛。」

〔一〇〕「爲」，夾注本作「謂」。

〔一一〕「姬」，《唐文粹》卷一四下，《全唐詩》卷五二〇、馮注本均校：「一作妻。」

〔一二〕「我虜支」，「我」，《唐文粹》卷一四下、《唐詩紀事》卷五六、夾注本、《全唐詩》卷五二〇均作「戎」，馮注本校：「一作戎。」

〔一三〕「地盡」，夾注本作「地蓋」。

〔一四〕「天外」，「外」，《唐文粹》卷一四下作「高」，《全唐詩》卷五二〇、馮注本均校：「一作高。」

【注　釋】

① 杜秋娘：《南部新書》卷壬：「杜仲陽，即杜秋也。始爲李錡侍人，錡敗填宮，亦進帛書，後爲漳王

養母。大和三年，漳王黜，放歸浙西。續詔令觀院安置，兼加存恤。故杜牧有《杜秋詩》，稱於時。」此詩乃杜牧經過金陵而作。杜牧開成二年秋末曾「載病弟與石生自揚州南渡，入宣州幕」（《樊川文集》卷一六《上宰相求湖州第二啓》），此行可經過潤州（金陵）。詩又有「四朝三十載」語，乃謂杜秋娘自憲宗元和二年李錡被誅而籍入宫中，至放歸金陵而遇詩人之時間。自元和二年（八〇七）至開成二年（八三七）恰整三十年。故詩爲開成二年秋末作。

② 金陵：指潤州，即古之京口，今江蘇鎮江市。唐時亦稱爲金陵。

③ 李錡：唐順宗時爲鎮海節度使，憲宗元和二年叛亂，失敗被殺。傳見《舊唐書》卷一一二、《新唐書》卷二二四上。

④ 景陵：唐憲宗陵墓，此處代指憲宗。馮注：「《唐會要》：憲宗葬景陵。《唐書·地理志》：同州奉先景陵在縣西北二十里金熾山。按：《長安志》作縣東北一十三里金熾山。」

⑤ 傅姆：保姆。馮注：「《儀禮》注：姆，婦人五十無子，出而不復嫁，能以婦道教人者，若今時乳母矣。」

⑥ 鄭注用事數句：鄭注乃當時權臣，勾結宦官王守澄，誣陷宰相宋申錫圖謀擁立漳王李湊爲帝，以此漳王被貶，宋申錫亦貶死。鄭注，傳見《舊唐書》卷一六九、《新唐書》卷一七九。馮注：「《唐書·十一宗諸子傳》：穆宗子懷懿太子湊，長慶元年，始王漳。文宗疾王守澄顓狠，謀誅之，引宰

相宋申錫使爲計，守澄客鄭注伺知之，以告，乃謀先事殺申錫。又以王有中外望，因欲株聯大臣族夷之，乃令神策虞候豆盧著上變，言宫史晏敬則、朱訓與申錫昵吏王師文圖不軌，訓嘗言上多疾，太子幼，若兄終弟及，必漳王立，申錫因以金幣進王，王亦以珍服厚答。即捕訓等繫神策獄。諫官群伏閤極言出獄付外雜治，注等懼事洩，乃請下詔貶王，帝未之悟，因黜湊爲巢縣公，時太和五年也。」

⑦京江：長江流經京口（今鎮江）一段。因鎮江古名京口而得名。《資治通鑑》：唐建中四年韓滉「亦發舟師三千曜武於京江以應之」，胡三省注曰：「大江徑京口城北，謂之京江。」

⑧老濞句：漢劉邦之侄吴王劉濞。劉濞在封地内采銅鑄錢，後發動叛亂被誅。傳見《史記》卷一〇六、《漢書》卷三五。《史記·吴王濞傳》：「吴有豫章郡銅山，濞則招致天下亡命者，盜鑄錢，煮海水爲鹽，以故無賦，國用富饒。」此借指李錡。

⑨玉斝：玉製之酒杯。

⑩《金縷衣》：古樂曲名。

⑪白首：即白頭。《史記·吴王濞傳》：「上曰：吴王即山鑄錢，煮海水爲鹽，誘天下豪桀，白頭舉事。」

⑫紅淚：指女子之眼淚。魏文帝所愛美人薛靈芸别父母離家，淚下沾衣，以紅色玉唾壺承淚，淚凝

如血。《拾遺記》卷七：「（魏）文帝所愛美人，姓薛名靈芸，常山人也。……時文帝選良家子女，以入六宮。（谷）習以千金寶賂聘之，既得，乃以獻文帝。靈芸聞別父母，歔欷累日，淚下霑衣。至升車就路之時，以玉唾壺承淚，壺則紅色。既發常山，及至京師，壺中淚凝如血。」

⑬ 吳江：唐稱京口與其相對之揚州之間一段長江爲吳江。

⑭ 灞岸：馮注：「《元和郡縣志》：京兆府萬年縣灞水，在縣東二十里。……《唐書·地理志》：京城左臨灞岸，右抵灃水。《三輔黃圖》：霸橋在長安東，跨水作橋，漢人送客至此橋，折柳贈別。」

⑮ 盼眄：注視貌。眄，斜視。

⑯ 椒壁：古代后妃住處多用椒和泥塗壁，取其芬香與温暖，又兼取其多子意。

⑰ 窈裊句：窈裊，女子體態美好動人貌。融怡，心神歡樂。

⑱ 白璧門：漢武帝以白玉爲玉堂内殿門，故稱白璧門。此指宮殿門。馮注：「《漢武故事》：玉堂内殿十二月階陛咸以玉爲之門，三層臺椽首欂以璧爲之，因名璧門。」

⑲ 夾城：唐玄宗時所築由興慶宮至芙蓉苑之通道。馮注：「《舊唐書·地理志》：南内曰興慶宮，宮西南隅有花萼相輝、勤政務本之樓，開元二十六年六月，遣范安及于長廣花萼樓，築夾城至芙蓉苑。」

⑳ 南苑：指芙蓉苑，位長安曲江西南。馮注：「張禮《游城南記》：芙蓉園在曲江西南，與杏園皆秦

宜春下苑地。園内有池，謂之芙蓉池，唐之南苑也。」

㉑ 羽林：禁衛軍名。漢武帝時選隴西、天水、安定、北地、上郡、西河等六郡良家子宿衛建章宫，稱建章營騎。後改名羽林騎，取爲國羽翼，如林之盛之意；一説象天文羽林星，主車騎。隋以左右屯衛所領兵爲羽林。唐置左右羽林軍。馮注：「《唐書·百官志》：左右羽林軍，掌統北衙禁兵，督攝左右廂飛騎儀仗。」

㉒ 辟邪旗：畫有神獸辟邪之旗幡，爲皇帝儀仗。馮注：「《通典》：大駕鹵簿衛馬隊，左右廂各二十四隊，從十二旗，第一隊辟邪旗。」

㉓ 饜飫句：饜飫，飽食。飴，飴糖。

㉔ 咸池句：咸池，傳説中之天池。《淮南子·天文》：「日出於湯谷，浴於咸池。」馮注：「《山海經》：湯谷上有扶桑，十日所浴，在黑齒北，居水中。有大木，九日居下枝，一日居上枝。又：東南海之外，甘水之間，有羲和之國，有女子名曰羲和，方日浴于甘淵。羲和者，帝俊之妻，生十日。」此句喻指穆宗即帝位。

㉕ 銅雀分香：銅雀，銅雀臺。陸機《弔魏武帝文》記曹操《遺令》：「吾婕妤妓人，皆著銅雀臺。於臺堂上施八尺床、繐帳，朝晡上脯糒之屬，月朝十五日，輒向帳作妓。汝等時時登銅雀臺，望吾西陵墓田。」又云：「餘香可分與諸夫人。諸舍中無所爲，學作履組賣也。」

㉖雷音：指車聲。司馬相如《長門賦》：「雷隱隱而響起，聲象君之車音。」

㉗燕禖：即高禖。主生子之神。傳説古代簡狄以玄鳥（燕子）至日登祠高禖而生契。馮注：「《後漢書·禮儀志》《注》：《月令章句》曰：高禖所以祈子孫之祀。玄鳥感陽而至，主爲孚乳蕃滋，故重其至日，以用事。契母簡狄，蓋以玄鳥至日，有事高禖而生契焉。」皇子，指漳王。

㉘綏綏：頭髮下垂貌。

㉙長楊：漢代宫名，故址在盩厔（今屬陝西）。

㉚武帳句：武帳，皇帝坐息之處所，有武裝守衛，故名。啞咿，小兒學語之聲。

㉛舞雞：鬥雞游戲。

㉜嶄嶄：高大突出貌。

㉝瑶池：古代傳説中神仙所居處。西王母亦居於此。

㉞一尺句：桐偶人，桐木雕刻之木偶。漢武帝時，江充使人於戾太子宫中埋下桐木人，後據以誣告太子以巫術不利武帝，太子因懼而起兵，兵敗自殺。事見《漢書》卷四五《江充傳》。

㉟江充：漢武帝時奸臣，曾誣告太子劉據作巫蠱以害武帝。武帝以充爲使者治巫蠱。充先使人在太子宫中埋下桐木人，後有人從太子宫中掘得木偶人。事見《漢書》卷四五《江充傳》。此句喻鄭注、豆盧著等人對漳王等人之誣陷。《舊唐書·文宗紀下》：「大和五年二月戊戌，神策中尉王守

澄奏得軍虞候豆盧著狀，告宰相宋申錫與漳王謀反。即令追捕。」

㊱王幽句：王幽，謂漳王被幽禁，貶巢縣公。《舊唐書·文宗紀下》：「大和五年二月癸卯，詔漳王湊可降爲巢縣公。」茅，茅土，古代分封諸侯，以白茅包土賜受封者，作爲封地象徵。馮注：「《逸周書》：將建諸侯，鑿取其方一面之土，苞以黄土，苴以白茅，以爲土封。」

㊲觚稜：宫闕上轉角處之瓦脊。斗極，北斗星、北極星。

㊳夏姬：春秋時鄭人，陳國大夫御叔之妻，生子夏征舒。御叔死，夏姬與陳靈公等人私通。征舒射殺靈公。後楚滅陳，俘夏姬，將夏姬賜給連尹襄老。夏姬於襄老死後，回到鄭國。楚大夫巫臣借出使之機，到鄭國娶夏姬，後同奔晉國。事見《左傳》。

㊴西子二句：西子，西施。下姑蘇，指吴國被滅。舸，船。鴟夷，皮口袋。此謂范蠡。蠡助越王勾踐滅吴後，乘扁舟，浮於江湖，變名易姓，自稱鴟夷子皮。事見《史記·貨殖傳》。又傳説西施於吴亡後隨范蠡乘扁舟泛於五湖。又《修文御覽》引《吴越春秋》逸篇謂「吴亡後，越浮西施於江，令隨鴟夷以終。」馮注：「《述異記》：吴王夫差築姑蘇之臺，三年乃成，作天池，池中造青龍舟，舟中盛陳妓樂，日與西施爲水嬉。《史記·越世家》：『越大破吴，遂棲吴王于姑蘇。』」

㊵魏豹二句：魏豹，魏王豹。劉邦俘魏王豹，使其妻薄姬服役於織室。後納入後宫，生漢文帝。文、景之治，爲史家所稱。事見《漢書》卷九七上《高祖薄姬傳》。馮注：「《論衡》：漢興至文帝時二

十餘年，賈誼創議，以爲天下洽和，當改正朔服色制度，定官名，興禮樂。夫如賈生之議，文帝時已太平矣，應孔子之言，必世然後仁也。漢一代之年數已滿，太平立矣。」

㊶ 誤置二句：代籍，賜給代王之宫女名册。兩朝，謂漢景帝、武帝兩朝。漢文帝竇皇后原爲吕后之宫女，吕后賜諸王宫女，她因家在臨近趙國之清河郡，希望被分在趙王之名册中，但太監誤將她置於代王之名册中，後爲代王所寵。代王即位，爲漢文帝，立她爲皇后。子景帝劉啓立，尊爲皇太后。漢武帝時，又尊爲太皇太后。事見《漢書》卷九七上《孝文竇皇后傳》。

㊷ 光武二句：光武，東漢光武帝劉秀，長沙定王劉發後代。紹，繼承。高祖，漢高祖。唐兒，漢景帝程姬之侍婢。長沙定王之母唐姬，原是景帝妃程姬侍婢。景帝召程姬侍寢，程姬有所避，即將唐姬以進。景帝醉酒不知，誤幸唐兒。後生長沙定王劉發。事見《漢書》卷五三《景十三王傳》。

㊸ 珊瑚二句：珊瑚，疑指北齊後主寵妃馮小憐。後主被北周俘至長安，遇害。小憐爲北周武帝賜給代王達，爲代王所寵倖，她恃寵譏害代王妃。後北周亡，隋文帝又將她賜給代王妃之兄李詢。李詢之母令她穿布裙舂米，又逼她自殺。事見《北史》卷一四《馮淑妃傳》。

㊹ 蕭后二句：蕭后，隋煬帝皇后。閼氏，匈奴單于之妻。隋煬帝在揚州被殺後，蕭后隨宇文化及至聊城。後她又爲竇建德所俘，終爲突厥處羅可汗之妻（隋義成公主）接至突厥。事見《隋書》卷三六《煬帝蕭皇后傳》。據史載，蕭后並未爲突厥可汗之妻。

㊺ 射鉤句：春秋時，齊公子糾與小白爭位，管仲輔佐公子糾，用箭射中小白衣帶鉤。後公子糾失敗被殺，小白即位爲齊桓公，不計前隙，任管仲爲相，尊爲「仲父」。事見《史記·齊世家》。馮注：「《韓非子》：桓公解管仲之束縛而相之，立以爲仲父。」

㊻ 釣翁句：釣翁，指姜尚，曾釣於渭濱，遇周文王，文王以爲師。馮注：「《吕氏春秋》：望，東夷之士也，欲定一世而無其主，聞文王賢，故釣於渭以觀之。……《齊世家》：言吕尚所以事周雖異，然要之爲文武師。」

㊼ 無國要孟子句：要，同邀。夾注：「《史記》：孟子鄒人也，受業於子思。門人道既通，遊事齊宣王。齊宣王不能用，適梁，梁惠王不果所言，則見以爲迂遠而闊於事情。當是之時，……天下方務於合從連横，以攻伐爲賢，而孟軻乃述唐虞三代之德，是以所好者不合，退而與萬章之徒序詩書，述仲尼之意，作《孟子》七篇。」

㊽ 有人句：《論語·子張》：「叔孫武叔毁仲尼。」

㊾ 逐客令二句：逐客令，驅逐客卿之命令。柄，政柄。秦始皇以爲客卿（他國人在秦爲官者）不利於秦，曾下令驅逐。楚人李斯上書諫止之，後爲秦相。事見《史記》卷八七《李斯列傳》。

㊿ 安知二句：魏齊，戰國時魏國宰相。簣，竹席。魏人范雎被魏齊誣以通敵罪名，毒打後用席子包起來，丢入厠所。范雎逃至秦國，立功拜爲秦相。他憑恃秦國强盛，逼趙王獻其時已逃避於趙國

之魏齊之首。後魏齊自殺，趙王遂獻魏齊首。事見《史記》卷七九《范雎傳》。

㉛ 給喪二句：給喪，辦理喪事。蹶張，用脚踏强弩，使之張開。廊廟，朝廷。峨危，高貌。周勃「常爲人吹簫給喪事」。事見《史記》卷五七《周勃世家》。漢朝申屠嘉「以材官蹶張，從高帝擊項籍」。事見《史記》卷九六《申屠嘉傳》。

㉜ 珥貂二句：珥貂，冠上插貂尾。爲侍中等顯官之冠飾。七葉，七世。戎虜支，異族後裔。漢朝金日磾乃匈奴休屠王子，後歸漢，淪爲養馬奴。武帝時，受重用，任侍中，封侯。其子孫亦多爲侍中，世代顯貴。事見《漢書》卷六八《金日磾傳》。左思《詠史》：「金張籍舊業，七葉珥漢貂。」

㉝ 蘇武句：漢武帝時，蘇武以中郎將持節出使匈奴，被匈奴幽禁。後又徙北海上牧羊，歷盡艱辛凡十九年，終返回漢朝。事見《漢書》卷五四《蘇武傳》。

㉞ 鄧通句：鄧通爲漢文帝寵信，賜以銅山，讓其自鑄錢，鄧氏錢遂流布天下。後景帝治其罪，没收家產，鄧通「竟不得名一錢，寄死人家」。事見《漢書》卷九三《鄧通傳》。

【集評】

杜仲陽即杜秋也，始爲李錡侍人，錡敗，填宫，亦進帛書，後爲漳王養母。大和三年，漳王黜，放歸浙西。續詔令觀院安置，兼加存卹。故杜牧有《杜秋詩》稱於時。（錢易《南部新書》壬卷）

晚唐士人，專以小詩著名，而讀書滅裂。如白樂天《題座隅》詩云「俱化爲餓殍」，作「孚」字押韻。杜牧《杜秋娘》詩云「厭飫不能飴」，飴乃餳耳，若作飲食，當音飤。又陸龜蒙作《藥名》詩云「烏啄蠹根回」，乃是「烏喙」，非「烏啄」也。又「斷續玉琴哀」，藥名止有「續斷」，無「斷續」。此類極多。如杜牧《阿房宫賦》誤用「龍見而雩」事，宇文時斛斯椿已有此謬，蓋牧未嘗讀《周》、《隋書》也。（沈括《夢溪筆談》卷十四「藝文」一）

杜牧好用故事，仍于事中復使事，若「虞卿雙璧截肪鮮」是也。亦有趁韻撰造非事實者，若「珊瑚破高齊，作婢春黄糜」是也。李詢得珊瑚，其母令衣青衣而舂，初無「黄糜」字。其《晚晴賦》云：「忽引舟於青灣，睹八九之紅芰。」（按《樊川集》云：「復引舟于深灣，忽八九之紅芰。」）姹然如歸，嫣然如女。」芰，菱也，牧乃指爲荷花。其爲《阿房宫賦》云：「長橋卧波，未雩何龍？」牧謂龍見而雩，故用龍以比橋，殊不知龍者，龍星也。（魏泰《臨漢隱居詩話》）

《吴越春秋》云：「吴亡，西子被殺。」杜牧之詩云：「西子下姑蘇，一舸逐鴟夷。」東坡詞云：「五湖聞道，扁舟歸去，仍攜西子。」予問王性之，性之云：「西子自下姑蘇，一舸自逐范蠡，遂爲兩義，不可云范蠡將西子去也。」嘗疑之，别無所據。因觀唐《景龍文館記》宋之問分題得《浣紗篇》云：「越女顔如花，越王聞浣紗。國微不自寵，獻作吴宫娃。山藪半潛匿，苧羅更蒙遮。一行霸勾踐，再笑傾夫差。豔色奪常人，效矉亦相誇。一朝還舊都，靚粧尋若耶。鳥驚入松蘿，魚畏沉荷花。始覺冶容

妾，方悞群心邪。」此詩云復還會稽，又與前不同，當更詳考。（姚寬《西溪叢語》卷上）

《新唐書·李德裕傳》：德裕徙鎮海軍，代王璠。先是，大和中漳王養母杜仲陽歸浙西，有詔在所存問。時德裕被召，乃檄留後使如詔書。璠入爲尚書左丞，而漳王以罪廢死，因與户部侍郎李漢共譖德裕嘗賂仲陽，導王爲不軌。帝惑其言。竇革《音訓》云：「杜牧作《杜秋》詩，乃云漳王得罪後，秋始被放歸本郡，疑即仲陽也。」與此不同，似牧之之誤。《南部新書》云：「杜仲陽即杜秋也。始爲李錡侍人，錡敗，填宫，亦進帛書，後爲漳王養母。大和中，漳王黜，放歸浙西，續詔令觀院安置，兼加存恤。故杜牧有《杜秋》詩，稱於時。」此説與牧之合。漳王湊傳黜爲巢縣公，時大和五年也。命中人封詔，即賜且慰曰：「國法當爾，無他憂。」八年薨，贈齊王。鄭注後以罪誅，帝哀湊被譛死不明，開成三年追贈懷懿太子。蓋大和五年，漳王雖黜，尚特詔賜慰云。故德裕檄留後使如詔書。至八年廢死，後德裕方被譛也。恐牧之詩不誤。（姚寬《西溪叢語》）

【飴殍】杜牧《杜秋娘》詩曰：「厭飫不能飴。」沈存中曰：「飴乃餳耳，若作飲食，當音飤。」觀國按：《南史·梁武帝紀》曰：「有男子于人衆中自割身以飴飢鳥。」晉王薈除吴國内史時，年飢粟貴，人多餓死，薈以私米作饘粥，以飴餓者，所濟活甚衆。以此觀之，則飴雖餳也，至于詩文中言甘食之則謂之飴。所謂「飴飢鳥」者，使飢鳥甘食之也。所謂「飴餓者」，使餓者甘食之也。杜牧詩曰「厭飫不能飴」者，既厭飫矣不能復甘食之也。杜牧詩用平聲怡字韻，而飤音嗣，存中欲以「飤」字當之，如之

何其可也。（王觀國《學林》卷第八）

【珊瑚春黄縻】《隱居詩話》曰：杜牧之詩趁韻而撰造非事實者，如「珊瑚破高齊，作婢春黄縻」是也。李詢得珊瑚，其母令衣青衣而春，無縻字。僕謂，既言衣青衣而春，添一字何害？但縻自是粥，作米粱字用恐有所未安耳。「春黄縻」之語，牧蓋祖《後漢志》「慊慊春黄縻」之意，不知縻豈可以言粱邪？（王楙《野客叢書》卷二十）

【殍飴】沈存中《筆談》曰：「唐人專以小詩著名，而讀書滅裂。如樂天《題坐隅》詩『俱化爲餓殍』，作『夫』字押；杜牧之《秋娘》詩『厭飫不能飴』，飴乃餳，非飲食也。」僕觀晉王薈以私粟作粥飴饑者；郗鑒甚窮，鄉人共飴之，「飴」字豈不作飲食用？然考《晉書》乃音「嗣」，非「飴」字也。僕謂牧之作「飴」字，必别有所據。又觀《後漢·許楊傳》舉歌謡曰：「飴我大豆亨芋魁。」「飴」字無音，乃知牧之用字有所祖也。「餓殍」之「殍」作「夫」字用，按《唐韻》「敷」字韻收，撫俱切，又平表切，皆言「餓死也」，是則「殍」字有二音，樂天所押，蓋從《唐韻》之平聲者。二字皆有所據，存中自不深考，安可以「讀書滅裂」非之。揚雄箴曰：「野有餓殍。」（王楙《野客叢書》卷二十）

詩人題詠多出一時之興遇，難謂盡有根據。如牛女七夕之説，轉相沿襲，遂以爲真矣。嘗論范蠡歸湖以西施自隨事，傳籍無考。杜牧之《秋娘》詩云：「夏姬滅兩國，逃作巫臣妻；西施下姑蘇，一舸隨鴟夷。」東坡《戲書吴江三賢畫像》云：「却遣姑蘇有麋鹿，更憐夫子得西施。」後楊鐵崖亦有云：

「越中美女嫁姑蘇，敵國既破還陶朱。」又有作者故爲范蠡解云：「載去西施豈無意，恐妨傾國更傾城。」蘇之言本杜，不知杜之言復何所據。竊意：鴟夷子明哲有謀，必不以此尤物自惑，況既潔身以去，何暇更爲多慮，甘自污以取不違之議哉！（游潛《夢蕉詩話》）

【皮日休館娃宫懷古】杜牧之詩：「西子下姑蘇，一舸逐鴟夷。」後人遂謂范蠡載西施以去，然不見其所據。余按《墨子》云：「西施之沉，其美也。」蓋勾踐平吴後，沉之於江也，又兼此詩可證。李義山《景陽井》一首，亦叶此意。（楊慎《升菴詩話》卷三）

【李義山景陽井】「景陽宫井剩堪悲，不盡龍鸞誓死期。惆悵吴王宫外水，濁泥猶得葬西施。」觀此，西施之沉信矣。杜牧所云「逐鴟夷」者，安知不謂沉江而殉子胥乎？「鴟革浮胥骸」，亦子胥事也。（楊慎《升菴詩話》卷五）

【西施】世傳西施隨范蠡去，不見所出，只因杜牧「西子下姑蘇，一舸逐鴟夷」之句而附會也。予竊疑之，未有可證，以析其是非。一日讀《墨子》，曰：「吴起之裂，其功也；西施之沉，其美也。」喜曰，此吴亡之後，西施亦死於水，不從范蠡去之一證。墨子去吴越之世甚近，所書得其真。然猶恐牧之别有見。後檢《修文御覽》，見引《吴越春秋》逸篇云：「吴亡後，越浮西施於江，令隨鴟夷以終。」乃嗟曰，此事正與《墨子》合，杜牧未精審，一時趁筆之禍，以墮後人於疑網也。既又自笑曰，范蠡不幸遇杜牧，受誣千載，又何幸遇予而雪之，亦快哉！（楊慎《麗情集》）

杜紫微掊擊元、白，不減霜臺之筆，至賦《杜秋》詩，乃全法其遺響，何也？其詠物如「仙掌月明孤影過，長門燈暗數聲來」，亦可觀。（王世貞《全唐詩説》）

《吳越春秋》云：「吳亡，西施被殺。」杜牧之詩云：「西子下姑蘇，一舸逐鴟夷。」東坡詞云：「五湖聞道，扁舟歸去，仍攜西子。」予問王性之，性之云：「西子自下姑蘇，一舸自逐范蠡，遂爲兩義，不可云范蠡將西子去也。」嘗疑之，别無所據。因觀唐《景龍文館記》，宋之問分題得《浣紗篇》云：「越女顏如花，越王聞浣紗。國微不自寵，獻作吳宫娃。一行霸勾踐，再笑傾夫差。一朝還舊都，靚粧尋若耶。鳥驚入松蘿，魚畏沉荷花。」此又云復還會稽，俟詳考之。（胡應麟《少室山房筆叢》卷二十五「藝林學山」七）

沈存中云：「唐人以小詩著名，而讀書滅裂。如樂天詩『俱化爲餓殍』，『殍』作『夫』押。杜牧之『厭飫不能餄』，『餄』乃餳，非飲食也。」方密之謂：「晉王薈以私粟作粥餄饑者；又郄鑒甚窮，鄉人共餄之；又古謡云『餄我大豆烹芋魁』，豈不作飲食用。『殍』作孚，古通音，《唐韻》收入『敷』字下，故樂天用之。存中自不深考耳。」此最詳洽，沈當無詞。（葉矯然《龍性堂詩話》續集）

杜牧之作《杜秋娘》五言長篇，當時膾炙人口，李義山所謂「杜牧司勳字牧之，清秋一首《杜秋》詩。前身應是梁江總，名總還曾字總持」是也。余謂牧之自有佳處，此詩借秋娘以歎貴賤盛衰之倚伏，雖亦感慨淋漓，然終嫌其語意太盡。層層引喻，層層議論，仍是作《阿房宫賦》本色，遂使漢、魏渾涵之意，漸至澌滅。是亦五言古之一變，有知者不以余言爲阿漢也。（賀貽孫《詩筏》）

李南金……自號三溪冰雪翁，有贈妓《賀新郎》詞云：「流落今如許。我亦三生杜牧，爲秋娘著句。先自多愁多感慨，更值江南春暮。君看取、落花飛絮。也有吹來穿繡幌，有因風、飄墮隨塵土。人世事，總無據。　佳人命薄君休訴。若說與、英雄心事，一生更苦。且盡樽前今日意，休記緑窗眉嫵。但春到、兒家庭户。幽恨一簾煙月曉，恐明朝、雁亦無尋處。渾欲倩，鶯留住。」淒涼感慨，不禁青衫欲濕也。（彭孫遹《詞藻》卷二）

杜紫微詩，惟絶句最多風調，味永趣長，有明月孤映、高霞獨舉之象，餘詩則不能爾。昔人多稱其《杜秋詩》，今觀之，真如暴漲奔川，略少渟泓澄澈。如叙秋入宫，漳王自少及壯，以至得罪廢削，如「一尺桐偶人，江充知自欺」，語亦可觀。但至「我昨金陵過，聞之爲歔欷」，詩意已足，後却引夏姬、西子、薄后、唐兒、吕、管、孔、孟，滔滔不絶，如此作詩，十紙難竟。至後「指何爲而捉，足何爲而馳，耳何爲而聽，目何爲而窺」，所爲雅人深致安在？此詩不敢攀《琵琶行》之踵。或曰以備詩史，不可從篇章論，則前半吾無敢言，後終不能不病其衍。（賀裳《載酒園詩話又編·杜牧》）

沈存中笑香山押「餓殍」爲「夫」。又笑杜牧之《杜秋》詩「厭飫不能飴」，誤飴糖之飴，作飲噉用。不知杜牧之用「飴」字，本東漢童謡：「飴我大豆烹芋魁。」又，晉《盛彦傳》：「婢使蠐螬炙飴之。」香山之押「殍」作平聲，本《唐韻》「敷」字下收「殍」，作「撫俱切」。猶之今平韻不收「糾」字，而嵇康《琴賦》亦竟作平聲押也。（袁枚《隨園詩話》卷九）

元和、長慶以來，詩人如白太傅、杜舍人，皆有節概，非同時輩流所及。其寄情聲色亦同。余昨有《題琵琶亭》二絶云：「兒女英雄事總空，當時一樣淚珠紅。琵琶亭上無聲泣，便與唐衢哭不同。」其二云：「江州司馬宦中唐，誰似分司御史狂。同是才人感淪落，樊川亦賦《杜秋娘》。」（洪亮吉《北江詩話》卷六）

王新城謂姚氏《唐文粹》别裁具眼，其書頗貴重於世，猶惜其雅俗雜糅，未盡刊削，因加删定，自稱千載一快。然如牧之《杜秋娘》詩：「聯裾見天子，盼眄獨依依」，「低鬟認新寵，窈窕復融怡」。夫秋娘本李錡之妾，籍之入宫，憲宗寵之，實累盛德。牧之既不爲先帝諱，又作此褻狎語邪。中間比以夏姬、西施、薄后、蕭后，尤爲失倫。後幅「地盡有何物？天高復何之？指何爲而捉？足何爲而馳？耳何爲而聽？目何爲而窺」，此等於題何義？於詩何法？累累五六百言，不如廢紙。姚於《英華》千卷中選之，已可怪，新城知姚氏之雜而猶選此，尤可怪也。（潘德輿《養一齋詩話》卷八）

郡齋獨酌黄州作①

前年鬢生雪，今年鬚帶霜。時節序鱗次②，古今同雁行③。甘英窮西海，四萬到洛陽④。東南我所見，北可計幽荒⑤。中晝一萬國，角角棋布方⑥。地頑壓不穴，天迥老不僵⑦。

屈指百萬世，過如霹靂忙。人生落其内，何者爲彭、殤⑧？促束自繫縛，儒衣寬且長。旗亭雪中過，敢問當壚娘⑨。我愛李侍中⑩，摽摽七尺强⑪。白羽八札弓⑫，䏶壓緑檀槍⑬。風前略横陣，紫髯分兩傍。淮西萬虎士⑭，怒目不敢當。功成賜宴麟德殿⑮，猿超鶻掠廣毬場。三千宫女側頭看，相排踏碎雙明璫。旌竿幖幖旗燿燿，意氣横鞭歸故鄉。我愛朱處士，三吴當中央⑯。罷亞稻名百頃稻，西風吹半黄。尚可活鄉里，豈唯滿囷倉。後嶺翠撲撲，前溪碧泱泱。霧曉起鳧雁，日晚下牛羊⑰。叔舅欲飲我，社甕爾來嘗〔一〕⑱。伯姊子欲歸，彼亦有壺漿。西阡下柳塢⑲，東陌繞荷塘。姻親骨肉舍，煙火遥相望。太守政如水⑳，長官貪似狼。征輸一云畢，任爾自存亡。我昔造其室，羽儀鸞鶴翔。交横碧流上，竹映琴書床。出語無近俗，堯、舜、禹、武、湯。問今天子少㉑，誰人爲棟梁？我曰天子聖，晉公提紀綱㉒。聯兵數十萬，附海正誅滄㉓。謂言大義小不義，取易卷席如探囊〔二〕。犀甲吴兵鬬弓弩㉔，蛇矛燕騎馳鋒鋩〔三〕。豈知三載幾百戰〔四〕，鉤車不得望其牆㉕。答云此山外，有事同胡羌。誰將國伐叛，話與釣魚郎。溪南重迴首，一徑出修篁。爾來十三歲，斯人未曾忘。往往自撫己，淚下神蒼茫。御史詔分洛㉖，舉趾何猖狂㉗。闕下諫官業㉘，拜疏無文章。尋僧解幽夢，乞酒緩愁腸。豈爲妻子計，未去山林藏。平生五色綫，願補舜衣裳。絃歌教燕、趙㉙，蘭芷浴河湟㉚。腥膻一掃灑〔五〕㉛，兇狠皆披攘㉜。生人但眠食，壽域富農桑㉝。孤吟志在此，自亦笑荒唐。江郡雨初霽㉞，刀好截秋光。池邊成獨酌，擁鼻菊枝香。醺酣更唱太平曲，仁聖天子壽無疆㉟。

【校勘記】

〔一〕「社甕」，原作「杜甕」，據夾注本、馮注本、《全唐詩》卷五二〇改。

〔二〕「卷席」，夾注本作「席捲」。

〔三〕「騎」，《全唐詩》卷五二〇作「戟」，馮注本校：「一作戟。」

〔四〕「几」，《全唐詩》卷五二〇作「幾」，下校：「一作凡。」馮注本作「凡」，下校：「一作幾。」

〔五〕「掃灑」，《全唐詩》卷五二〇校：「一作灑掃。」馮注本校：「一云灑掃。」

【注釋】

①黄州：州名。唐治所在黄岡（今湖北新洲縣）。《元和郡縣圖志》卷二七：「因古黄國爲名也。」繆鉞《杜牧年譜》謂此詩作於會昌二年（八四二），蓋詩題下原注「黄州作」。杜牧任黄州刺史凡三年，而詩中有「聯兵數十萬，附海正誅滄」、「豈知三載幾百戰，鉤車不得望其牆」語，「『是戰事已歷三載，而亂尚未平，蓋在大和三年春間，時杜牧二十七歲』，下又云：『爾來十三載』，則正當四十

歲時也，故定爲本年作。」

②鱗次：像魚鱗般地次序井然。

③雁行：謂相次而行，如群雁飛行之有行列。《詩·鄭風·大叔于田》：「兩服上襄，兩驂雁行。」

④甘英二句：甘英，東漢和帝時人。西海，今波斯灣，距洛陽約四萬里。永元「九年，班超遣掾甘英窮臨西海而還」。班超平定西域，於是「條支、安息諸國，至於海瀕，四萬里外，皆重譯貢獻」。事見《後漢書·西域傳》。

⑤幽荒：幽指幽州，今河北省北部，古爲距京師最遠荒服之地。馮注：「張衡《東京賦》：惠風廣被，澤洎幽荒。」

⑥角角句：謂猶如棋盤上角角布滿棋子。馮注：「《關尹子》：聖人道雖絲紛，事則棋布。左思《吳都賦》：屯營比櫛，解署棋布。」

⑦天廻句：廻，運行。僵，僵死、止息。

⑧彭殤：彭，彭祖，傳説中顓頊帝玄孫陸終氏第三子，姓籛名鏗，堯封之於彭城，因其道可祖，故謂之彭祖。在商爲守藏史，在周爲柱下史，活至八百歲。殤，未成年而夭折者。馮注：「《吕氏春秋》：彭祖至壽也，無欲不足以勸；殤子至夭也，無欲不足以禁。」

⑨當壚娘：賣酒娘。當壚，賣酒之代稱。壚，亦作盧，放酒罎之土墩。《漢書·司馬相如傳》：「盡

賣車騎，買酒舍，乃令文君當盧。」《樂府詩集・辛延年・羽林郎》：「胡姬年十五，春日獨當壚。」

⑩李侍中：即李光顔。唐憲宗討淮西吴元濟時，李光顔爲忠武軍節度使，屢建戰功。敬宗時，受册爲司徒兼侍中。事見《舊唐書》卷一六一、《新唐書》卷一七一本傳。

⑪摽摽：高貌。

⑫八札弓：指可以射穿八層甲衣之强弓。

⑬䏶壓句：䏶，通髀，即股。緑檀槍，漆爲緑色之長槍。馮注：「《芥隱筆記》：老杜有苔卧緑沉槍，《南史》有緑沉屏風，杜牧之有䏶壓緑檀槍，與沉宜相通。」

⑭淮西句：淮西，唐方鎮名，指淮南西道，當時治所爲蔡州（今河南省汝南縣）。唐憲宗元和十二年，唐軍討平吴元濟等淮西叛鎮。

⑮功成句：麟德殿，大明宫内殿名。在長安東内大明宫中。李光顔擊敗吴元濟叛軍後，憲宗命中官宴之於居第，又御麟德殿召對之，賜金帶錦彩。

⑯三吴：其説不一，一説吴郡、吴興、會稽爲三吴。一説爲吴郡、吴興、丹陽。此泛指今江蘇南部、浙江北部一帶。

⑰日晚下牛羊：《詩經・王風・君子于役》：「日之夕兮，牛羊下來。」

⑱社甕：此指祭社神之酒。

⑲柳塢：柳樹環繞之村莊。塢，村塢。

⑳政如水：謂政清如水。馮注：「《隋書·趙軌傳》：軌爲齊州别駕，入朝，父老相送者各揮涕，曰：公清如水，請酌一杯水奉餞。軌受而飲之。」夾注：「《詩史》：政化平如水。」

㉑今天子：指唐文宗。詩作於會昌二年（八四二），故據本詩「爾來十三歲」語，知詩人見朱處士時乃文宗大和四年（八三〇）。

㉒晉公：指裴度，裴度曾封晉國公，故稱。傳見《舊唐書》卷一七〇、《新唐書》卷一七三。

㉓誅滄：指討伐滄州李同捷。馮注：「《舊唐書·裴度傳》：滄景節度使李全略死，其子同捷竊弄兵柄，以求繼襲，度請行誅伐，踰年而同捷誅。」事見《舊唐書》卷一七〇《裴度傳》。

㉔犀甲吳兵鬬弓弩：犀甲，以犀兕之皮製成之甲衣。《國語》：「今夫差衣水犀之甲者，億有三千。」

㉕豈知三載二句：文宗大和元年，滄景（又稱横海）李同捷據鎮叛亂，朝廷出兵討伐，至大和三年四月斬李同捷，滄景平。鉤車，有鉤梯之戰車。《禮·明堂位》：「鉤車，夏后氏之路也。」《注》：「鉤，有曲輿者也。」《疏》：「曲輿，謂曲前闌也。」《宋書·禮志五》：「戎車立乘，夏曰鉤車，殷曰寅車，周曰元戎，建牙麾，邪注之，載金鼓羽幢，置甲弩於軾上。」

㉖御史句：大和九年至開成二年，杜牧任監察御史，分司東都洛陽。

㉗舉趾句：舉趾，舉止、行爲。猖狂，狂放不羈之意。此事可能指開成元年李紳離洛陽赴宣武節度

使任，百姓送行時，杜牧怒而遮毆百姓等類事。《全唐詩》卷四八二李紳《拜宣武節度使》詩序：「開成元年六月二十六日，制授宣武節度使。七月三日，中使劉泰押送旌節止洛陽。五日赴鎮，出都門，城内少長士女相送者數萬人，至白馬寺，涕泣當車者不可止。少尹嚴元容鞭胥吏市人，怒其戀慕，留臺御史杜牧使臺吏遮毆百姓，令其廢祖帳。」

㉘闕下句：闕下，宫闕之下，此指朝廷。杜牧於開成四年在京任左補闕。「諫官業」即指此。

㉙絃歌句：絃歌，彈琴歌唱，此指禮樂文教。燕、趙，均爲戰國時國名，此指河北諸鎮地，常爲藩鎮所割據。

㉚蘭芷句：蘭、芷，均爲香草名。此用以代指禮樂文教。河湟，今甘肅、青海湟水、黄河流域。當時爲吐蕃所侵佔。《新唐書・吐蕃傳》：「湟水出濛谷，抵龍泉，與河合。……故世舉謂西戎地曰河湟。」

㉛腥膻：此借指西北邊境少數民族，因其食物以牛羊肉爲主。馮注：「《吕氏春秋》：水居者腥，草食者羶。《宋書・謝靈運傳》：聚落羶腥。」按，膻同羶。

㉜兇狠句：兇狠，指反叛之藩鎮勢力。披攘，此爲掃蕩、驅除之意。

㉝壽域：仁壽之域，即太平盛世。馮注：「《漢書・禮樂志》：驅一世之民，躋之仁壽之域。《食貨志》：務民于農桑。」

㉞江郡：指黄州。黄州臨長江，故稱江郡。馮注：「《通典》：齊安郡黄州，郡東南百二十里臨江，與武昌相對，有郛城。」

㉟仁聖天子：指唐武宗。《舊唐書·武宗紀》：會昌二年四月，李德裕等人上章「請加尊號仁聖文武至神大孝皇帝」。

【集評】

杜牧之《郡齋獨酌》詩云：「屈指千萬世，過如霹靂忙。人生落其内，何者爲彭殤？」非心地明瞭貫穿道釋者，不能道也。及觀其《自撰墓誌》，又《忍死作别裴相》之章，則知《獨酌》之詠豈空言哉！（葛立方《韻語陽秋》卷十二）

苕溪漁隱曰：杜牧之詩云：「鷰紅半落平池晚，曲渚飄成錦一張。」又云：「平生五色綫，願補舜衣裳。」魯直皆用其語，詩云：「菰葉蘋花飛白鳥，一張紅錦夕陽斜。」又云：「公有胸中五色綫，平生補袞用功深。」（胡仔《苕溪漁隱叢話後集》卷三十二山谷下）

史稱杜牧之自負才略，喜論兵事，擬致位公輔，以時無右援者，怏怏不平而終；爲人疎雋，不拘細行；其詩情致豪邁，人號爲小杜，以别于少陵。後村劉氏謂杜牧、許渾同時，牧于唐律中，嘗寓拗峭，以矯時弊，渾律切麗密或過牧，而抑揚頓挫不及也。讀其《冬至日寄小姪阿宜》詩云：「經書刮根本，史書閱興亡。高摘屈宋豔，濃熏班馬香。李杜泛浩浩，韓柳摩蒼蒼。近者四君子，與古爭强梁。」可以知其用功之深醇。讀其「平生五色綫，願補舜衣裳」，「誰知我亦輕生者，不得君王丈二殳」諸詩，可以知其立志之遠大。若但賞其「高人以飲爲忙事，浮世除詩盡强名」諸句，則猶是詩人而已。（余成教《石園詩話》卷二）

張好好詩并序①

牧大和三年，佐故吏部沈公江西幕②，好好年十三，始以善歌來樂籍中〔一〕。後一歲，公移鎮宣城〔二〕③，復置好好於宣城籍中。後二歲〔三〕，爲沈著作述師以雙鬟納之〔四〕④。後二歲，於洛陽東城重睹好好〔五〕，感舊傷懷，故題詩贈之。

君爲豫章姝〔六〕⑤，十三纔有餘。翠茁鳳生尾⑥，丹葉蓮含跗〔七〕⑦。高閣倚天半⑧，章江聯碧虛〔八〕⑨。此地試君唱〔九〕，特使華筵鋪。主公顧四座〔一〇〕⑩，始訝來踟躕。吴娃起引贊⑪，低徊映長裾。雙鬟可高下，纔過青羅襦⑫。盼盼乍垂袖，一聲離鳳呼〔一一〕⑬。繁絃迸關紐⑭，塞管裂圓蘆〔一二〕⑮。衆音不能逐，裊裊穿雲衢。主公再三歎〔一三〕，謂言天下殊。贈之天馬錦，副以水犀梳⑯。龍沙看秋浪⑰，明月遊東湖〔一四〕⑱。自此每相見，三日已爲踈。玉質隨月滿，豔態逐春舒。絳脣漸輕巧，雲步轉虛徐⑲。旌旆忽東下，笙歌隨舳艫⑳。霜凋謝樓樹〔一五〕㉑，沙暖句溪蒲㉒。身外任塵土，樽前極歡娱〔一六〕。飄然集仙客㉓，著作嘗任集賢校理〔一七〕。諷賦欺相如。聘之碧瑶珮，載以紫雲車㉔。洞閉水聲遠〔一八〕，月高蟾影孤㉕。爾來未幾歲，散盡高陽徒㉖。洛城重相見〔一九〕，婥婥爲當壚㉗。怪我苦何事，少年垂白鬚〔二〇〕？朋遊今在否，落拓更能無〔二一〕？門館慟哭後㉘，水雲秋景初〔二二〕。斜日掛衰柳，涼風生座隅。灑盡滿衿淚，短歌聊一書〔二三〕。

【校勘記】

〔一〕「始以善歌來樂籍中」，胡校：「按墨蹟『歌』下有『舞』字。」

〔二〕「公移鎮宣城」，胡校：「按墨蹟無『移』字。」

〔三〕「後二歲」，「二」，馮注本校：「一作三。」胡校：「按墨蹟作『後二年』。馮集梧《樊川詩集注》卷一：『二，一作三』誤。」

〔四〕「爲沈著作述師以雙鬟納之」，胡校：「按墨蹟無『爲』字。」

〔五〕「後二歲，於洛陽東城重睹好好」，胡校：「按墨蹟『後』作『又』，『於』前有『余』字。」

〔六〕「君」，馮注本校：「一作爾。」

〔七〕「丹葉蓮含跗」，胡校：「按墨蹟『葉』作『瞼』。」

〔八〕「章江聯碧虚」，「章」，馮注本校：「一作晴。」胡校：「按墨蹟『章』作『晴』；『聯』作『連』。」

〔九〕「君」，馮注本校：「一作爾。」

〔一〇〕「公」，《全唐詩》卷五二〇作「人」，下校：「一作公。」馮注本校：「一作人。」

〔一一〕「一聲」，馮注本校：「一云聲同。」「離鳳」，夾注本、景蘇園本等均同。馮注本、《全唐詩》卷五二〇作「鸛鳳」。胡校：「墨蹟作『離鳳』，可證定。《説文·隹部》：『離，黄倉庚也，鳴則蠶生。从隹，离聲。』」又文津閣本亦作「離鳳」。

〔一二〕「圓蘆」，原作「圓盧」，據《全唐詩》卷五二〇、馮注本改。

〔一三〕「公」，《全唐詩》卷五二〇作「人」，馮注本校：「一作人。」

〔一四〕「東」，《全唐詩》卷五二〇作「朱」，下校：「一作東。」馮注本校：「一作朱。」

〔一五〕「謝樓樹」，馮注本校：「一云謝庭下。」胡校：「按墨蹟『謝樓』作『小謝』。」

〔一六〕「樽前極歡娱」，胡校：「按墨蹟『極』作『且』。」

〔一七〕「著作嘗任集賢校理」，胡校：「按墨蹟無『嘗』字。」

〔一八〕「閉」，馮注本校：「一作户。」胡校：「按墨蹟『閉』作『閑』。馮集梧《樊川詩集注》云：『一作户。』誤。」

〔一九〕「洛城」，「城」，馮注本校：「一作陽。」胡校：「按墨蹟『洛城』作『洛陽』。」

〔二〇〕「少年垂白鬚」，胡校：「按墨蹟『垂』作『生』。」

〔二一〕「拓」，馮注本校：「一作魄。」

〔二二〕「水雲秋景初」，胡校：「按墨蹟『秋』作『愁』。」

〔二三〕「短歌聊一書」，胡校：「按墨蹟『短歌』作『短章』。」

【注釋】

①張好好：歌妓名。《杜牧年譜》據此詩序謂「按，大和三年後一歲，是大和四年，又後二歲，是大和六年，又後二歲，應是大和八年。然是年杜牧在揚州，並未到洛陽，且詩中『門館慟哭後』，謂沈傳師已卒，據《舊唐書·文宗紀》，沈傳師卒於大和九年四月，亦足證明此詩是大和九年所作，而決不能是大和八年。……竊疑詩序中所謂『後二歲，於洛陽東城重睹好好』句中之『後二歲』，蓋應是『後三歲』，而杜牧誤數也。」故詩作於大和九年（八三五）。

②沈公：即沈傳師，大和二年十月，爲江西觀察使。大和七年四月任吏部侍郎，大和九年四月卒於吏部侍郎任。傳見《舊唐書》卷一四九、《新唐書》卷一三二。事跡見杜牧本集卷一四《唐故尚書吏部侍郎贈吏部尚書沈公行狀》、《嘉泰吳興志》卷一六等。

③公移鎮宣城：據《舊唐書·文宗紀》，沈傳師於大和四年九月遷宣歙觀察使，駐地爲宣城（故址在

今安徽宣城東）。

④沈著作句：沈著作，即沈傳師之弟沈述師，官著作郎。雙鬟，指千金。馮注：「辛延年詩：兩鬟何窈窕，一世良所無。一鬟五百萬，兩鬟千萬餘。」

⑤豫章：郡名，即唐洪州，治所在今江西省南昌市。姝，美女。

⑥茁：草初生貌。此意爲長出。

⑦跗：花萼之基部。

⑧高閣：此指滕王閣。閣乃唐高祖子李元嬰爲洪州刺史時所建。元嬰封滕王，故名。馮注：「《一統志》：南昌府滕王閣，舊在新建縣西章江門上，西臨大江，唐顯慶四年建。」

⑨章江句：章江，即贛水，由章水和貢水合流而成。馮注：「《元和郡縣志》：虔州贛縣貢水西南自南康縣來，章水東南自雩都縣來，二水至州北合爲一，通謂之贛水。」滕王閣在贛水之濱。碧虚，碧空。

⑩主公：指沈傳師。馮注：「《蜀志·法正傳》：主公始創大業。《通鑑·注》：主公之稱，始於東都，改明公稱主公，尊事之爲主也。」

⑪吴娃：吴地美女。娃，美女。《方言》：「娃，……美也。吴楚之間曰娃。」引贊：引導介紹。

⑫襦：短衣，短襖。

⑬離鳳呼：離鳳鳴叫般之歌聲。《説文·隹部》：「離，黄倉庚也，鳴則蠶生。从隹，离聲。」此用以形容張好好歌聲之動聽。

⑭繁絃句：迸，迸斷。闗紐，指樂器上調絃之絃紐。

⑮塞管：一種少數民族之樂器，即蘆管。

⑯水犀梳：用水犀牛角製成之梳子。

⑰龍沙：在南昌城北一帶，甚白而高峻。馮注：「《太平寰宇記》：龍沙在豫章城北一帶。甚白而高峻，左右居人，時見龍跡。」

⑱東湖：湖名，在南昌東面。馮注：「《太平寰宇記》：洪州南昌縣東湖，雷次宗《豫章記》云：州城東有大湖，北與城齊，隨城廻曲，至南塘，水通章江，增減與江水同。」

⑲雲步句：形容步態輕盈飄逸。虚徐，舒緩閒雅狀。

⑳旌旆二句：舳艫，船之後舵與船頭，指船。《方言》九：「(舟)後曰舳。……舳，制水也。」注：「今江東呼柁爲舳。」艫，船頭。二句謂沈傳師移鎮宣城，張好好亦隨船前往。

㉑謝樓：宣州北樓，南齊詩人謝朓任太守時所建，故稱。馮注：「《方輿勝覽》：寧國府北樓，謝朓建。」

㉒句溪：一名東溪，在宣城東，因溪流迴曲得名。馮注：「《太平寰宇記》：句溪一名東溪，水源從

寧國縣東鄉溪嶺承天目山脚水，合流連接，至此爲句溪，流向北，至郡門外過也。」

㉓集仙客：集仙，洛陽殿名，玄宗時改名集賢殿。沈述師曾爲集賢殿校理，故稱爲集仙客。馮注：「《唐六典》：開元十三年，召學士張説等宴於集仙殿，於是改名集賢殿，修書所爲集賢殿書院，五品以上爲學士，六品以下爲直學士；其後，更置修撰、校理，官無常員，以他官兼之。」

㉔紫雲車：神仙所乘之車。此言車之華貴。馮注：「《博物志》：漢武帝好仙道，時西王母乘紫雲車而至。」

㉕蟾：蟾蜍，俗稱癩蝦蟆。此指月亮。傳説月亮上有蟾蜍、桂樹等。《淮南子·精神》：「月中有蟾蜍。」《後漢書·天文志上》：「言其時星辰之變。」南朝梁劉昭注：「羿請無死之藥於西王母，姮娥竊之以奔月。……姮娥遂託身於月，是爲蟾蜍。」後因爲月亮之代稱。

㉖高陽徒：漢代酈食其見劉邦時，自稱爲高陽酒徒。事見《史記》卷九七《酈生列傳》。後即以高陽酒徒稱酒徒。

㉗婥婥句：婥婥，體態美好貌。當壚，在酒壚前賣酒。此暗用卓文君賣酒典故。《史記·司馬相如列傳》：「相如與俱之臨邛，盡賣其車騎，買一酒舍酤酒，而令文君當壚。」

㉘門館句：指沈傳師之卒。杜牧曾兩參沈傳師幕府，乃其門下吏。馮注：「《晉書·謝安傳》：羊曇爲安所愛重，安薨後，輟樂彌年，行不由西州路。嘗因石頭大醉，扶路唱樂，不覺至州門，左右白

曰：此西州門，曇悲感不已，以馬策扣扉，誦曹子建詩曰：生存華屋處，零落歸山邱。慟哭而去。」

【集評】

【盼泰秋娘三女】白樂天《燕子樓》詩序云：「徐州故張尚書有愛妓，曰盼盼，善歌舞，雅多風態。尚書既歿，彭城有舊第，第中有小樓，名燕子。盼盼念舊愛而不嫁，居是樓十餘年，幽獨塊然。」白公嘗識之，感舊遊作二絶句，首章云：「滿窗明月滿簾霜，被冷燈殘拂卧床。燕子樓中霜月苦，秋來只爲一人長。」末章云：「今春有客洛陽回，曾到尚書冢上來。見説白楊堪作柱，爭教紅粉不成灰。」讀者傷惻。劉夢得《泰娘歌》云：「泰娘本韋尚書家主謳者，尚書爲吴郡得之，誨以琵琶，使之歌且舞，攜歸京師。尚書薨，出居民間，爲蘄州刺史張遜所得。遜謫居武陵而卒，泰娘無所歸。地荒且遠，無有能知其容與藝者。故日抱樂器而哭。」劉公爲歌其事云：「繁華一旦有消歇，題劍無光履聲絶。蘄州刺史張公子，白馬新到銅駝里。自言買笑擲黄金，月墮雲中從此始。山城少人江水碧，斷雁哀絃風雨夕。朱絃已絶爲知音，雲鬢未秋私自惜。舉目風煙非舊時，夢尋歸路多參差。如何將此千行淚，更灑湘江斑竹枝。」杜牧之《張好好》詩云：「牧佐故吏部沈公在江西幕，好好年十三，以善歌來樂籍中，隨公移置宣城，後爲沈著作所納。見之於洛陽東城，感舊傷懷，題詩以贈曰：君爲豫章姝，十三纔有餘。主公再三歎，謂言天下無。自此每相見，三日已爲疏。身外任塵土，尊前極歡娱。飄然集仙客，載以紫雲車。爾來未幾歲，散盡高陽徒。洛城重相見，綽綽爲當壚。朋遊今在否，落拓更能無？門館慟哭後，水雲秋景初。灑盡滿襟淚，短歌聊一書。」予謂婦人女子，華落色衰，至於失主無依，如此多矣。是三人者，特見紀於英辭鴻筆，故名傳到今。況於士君子終身不遇而與草木俱腐者，可勝歎哉！然眄眄節義，非泰娘、好好可及也。（洪邁《容齋三筆》卷第十二）

娟妍之致，和筆墨流出。（鄭郲評本詩）

唐杜牧之贈《張好好詩》，載《樊川集》中，書載《宣和書譜》，末有「灑盡滿襟淚，短歌聊一書」二句，漫滅不可摹，此董宗伯手摹也。牧之書瀟灑流逸，深得六朝風韻。宗伯云：「顔、柳以後，若温飛卿、杜牧之，亦名家也。」予觀小杜流連旖旎，放浪低徊，讀其詩歌，使千載下有情人，驚魂動魄，何況雲煙滿紙，筆致絶塵乃爾耶！（葉奕苞《金石録補》）

冬至日寄小姪阿宜詩①

小姪名阿宜，未得三尺長。頭圓筋骨緊②，兩臉明且光。去年學官人③，竹馬遶四廊。指揮群兒輩，意氣何堅剛。今年始讀書，下口三五行。隨兄旦夕去，斂手整衣裳。去歲冬至日，拜我立我旁。祝爾願爾貴，仍且壽命長。今年我江外④，今日生一陽⑤。憶爾不可見，祝爾傾一觴。陽德比君子⑥，初生甚微茫。排陰出九地⑦，萬物隨開張。一似小兒學，日就復月將。勤勤不自已，二十能文章。仕宦至公相，致君作堯、湯。我家公相家，劍珮嘗丁當。舊第開朱門，長安城中央。第中無一物，萬卷書滿堂。家集二百編⑧，上下馳皇王。多是撫州寫⑨，今來五紀强⑩。尚可與爾讀，助爾爲賢良。經書刮根本〔一〕，史書閲興亡。高摘屈、宋豔⑪，濃薰班、馬香⑫。李、杜泛浩浩⑬，韓、柳摩蒼蒼⑭。近者四君子，與古爭强梁⑮。願爾一祝後，讀書日日忙。一日讀十紙，一月讀一箱。朝廷用文治，大開官職場。願爾出門去，取官如驅羊。吾兄苦好古⑯，學問不可量。晝居府中治，夜歸書滿床。後貴有金玉，必不爲汝藏〔二〕。崔昭生崔芸，李兼生窟郎⑰。堆錢一百屋，破散何披猖⑱。今雖未即死，餓凍幾欲僵。參軍與縣尉，塵土驚劻勷⑲。一語不中治，笞箠身滿瘡⑳。官罷得絲髮㉑，好買百樹桑。税錢未輸足，得米不敢嘗。願爾聞我語，歡喜入心腸。大明帝宮闕㉒，杜曲我池塘㉓。我若自潦倒〔三〕，看汝爭翱翔。總語諸小道，此詩不可忘。

【校勘記】

〔一〕「刮」，《全唐詩》卷五二〇、馮注本均作「括」。

〔二〕「汝」，《文苑英華》卷二六一、夾注本均作「爾」。

〔三〕「若」，《全唐詩》卷五二〇、馮注本校：「一作苦。」

【注釋】

①此詩有「去歲冬至日，拜我立我旁。……今年我江外，今日生一陽」語。據《樊川文集》卷一六《上宰相求湖州第二啓》，杜牧開成五年（八四〇）冬乞假至潯陽視病弟，翌年四月往蘄州。潯陽在江外。又詩有「家集二百編，上下馳皇王。多是撫州寫，今來五紀强」句，家集即指《通典》，此書乃杜佑約大曆十三年（七七八）任撫州刺史時始撰，至開成五年已約六十三年，與「今來五紀强」合。故詩當作於開成五年（八四〇）冬。

②緊：結實有力。

③官人：唐時稱居官者爲官人。杜甫《逢唐興與劉主簿弟》：「劍外官人冷，關中驛使疎。」馮注：「《穆天子傳》：官人執事。《唐六典》：吏部司勳郎中、員外郎，掌邦國官人之勳級。《昌黎集·王適墓誌銘》：一女憐之，必嫁官人，不以與凡子。是唐時有官者，方得稱官人也。」

④江外：江南，指潯陽（今江西省九江市）。馮注：「《通鑑·晉紀注》：中原以江南爲江外。」

⑤今日生一陽：《史記·律書》：「日冬至則一陰下藏，一陽上舒。」

⑥陽德：陽氣。

⑦九地：地下最深處。《孫子·形》：「善守者藏於九地之下，善攻者動於九天之上。」

⑧二百編：此指杜佑所著《通典》，凡二百卷。

⑨撫州：州名。隋開皇九年以臨川郡改置，治所在臨川縣（今江西臨川市西）。唐乾元元年復改爲撫州。寶應元年與縣同移至今江西省臨川市。杜佑曾任撫州刺史，並在此撰寫《通典》。

⑩五紀强：六十多年。一紀爲十二年。

⑪屈宋句：屈宋，指屈原、宋玉。馮注：「《漢書·藝文志》：屈原賦二十五篇，宋玉賦十六篇。《周書·庾信傳論》：摭六經百代之英華，探屈宋卿雲之祕奧。」

⑫濃薰班馬句：班馬，指班固、司馬相如。

⑬李杜句：李杜，指李白、杜甫。馮注：「《唐書·藝文志》：李白《草堂集》二十卷，杜甫集六十卷，小集六卷。《杜甫傳》：少與李白齊名，時號李杜。《魏書·崔光傳》：孝伯之才，浩浩如黄河東注，固今日之文宗也。」

⑭韓柳句：韓柳，指韓愈、柳宗元。蒼蒼，指天空。馮注：「《唐書·藝文志》：韓愈集四十卷，柳宗元集三十卷。《文藝傳》：唐興百年，諸儒爭自名家，大曆、貞元間，美才輩出，擩嚌道真，涵泳聖涯，於是韓愈倡之，柳宗元、李翺、皇甫湜等和之，排逐百家，法度森嚴，抵轢晉魏，上軋漢周，唐之

文，完然爲一王法，此其極也。」

⑮ 爭强梁：爭强鬥勝比高低。

⑯ 吾兄：指杜牧堂兄杜悰。悰，元和九年，選尚公主，召見於麟德殿。尋尚岐陽公主，加殿中少監、駙馬都尉。累遷至司農卿。大和六年，轉京兆尹。會昌中，任宰相，尋加左僕射。後歷鎮重藩，加太傅、邠國公。傳見《舊唐書》卷一四七、《新唐書》卷一六六《杜佑傳》附。

⑰ 崔昭二句：崔昭，代宗朝人，曾任台州、壽州刺史，京兆尹，宣歙、浙東、江西等觀察使。爲人厚殖財賄。事見《唐會要》卷八九、《唐國史補》卷中。李兼，德宗朝曾任鄂岳團練使、江西觀察使，卒國子祭酒任。見《資治通鑑》卷二三一。馮注：「（《舊唐書》）《權德輿傳》有江西觀察使李兼，當爲一人。《唐會要·謚法篇》有台州刺史崔昭，謚肅，贈刑部尚書。李兼謚昭。又《國史補》載裴佶姑夫爲朝官，有雅望，朝退歎曰：崔昭何人？衆口稱美，此必行賄者也，如此，安得不亂。言未竟，閽者報壽州崔使君候謁，姑夫怒呵閽者，將鞭之，良久，束帶强出，須臾命茶甚急，又命酒饌，又令秣馬飼僕，姑曰：何前倨而後恭也？及入門，有得色，出懷中一紙，乃昭贈官絁千匹。據此詩云：堆錢百屋，破散披猖，明崔昭、李兼皆厚殖財賄，而其子不能守者，是行賄之崔使君，當即此崔昭也。」

⑱ 披猖：決裂、分裂。《北齊書·王昕傳附王晞傳》：「晞曰：『……人主恩私，何由可保，萬一披

猖，求退無地。非不愛作熱官，但思之爛熟耳。』」

⑲ 劻勷：急迫不安貌。

⑳ 笞箠：用鞭、杖、竹板抽打。

㉑ 絲髮：猶絲毫，形容細微。此喻錢財之少。

㉒ 大明：此爲宫殿名，在唐長安城北。馮注：「《唐會要》：貞觀八年十月，營永安宫，九年正月，改名大明宫。《長安志》：東内大明宫，在禁苑之東南，南接京城之北面，西接宫城之東北隅。」

㉓ 杜曲：地名，在今陝西西安東南。唐時爲杜氏聚居處。馮注：「《雍録》：杜曲在啓夏門外，向西即少陵原也。」

【集評】

杜子美《贈高適》詩云：「脱身簿尉中，始與捶楚辭。」退之《贈張功曹》詩云：「判司卑官不堪説，未免捶楚塵埃間。」杜牧之《寄姪阿宜》詩云：「一語不中治，鞭捶身滿瘡。」蓋唐參軍簿尉有罪加撻罰，如今之胥吏也。高子勉親見山谷云爾。予初疑其不然，因讀唐史，代宗命劉晏考所部官善惡，刺史有罪者，五品以上劾治，六品以下杖訖奏。參軍簿尉不足道也。（邵博《邵氏聞見後録》卷十八）

【唐參軍簿尉不免杖】陳正敏《遯齋閑覽》言：杜子美「脱身簿尉中，始與箠楚辭」，韓退之「判司卑官不堪説，未免箠楚塵埃間」，杜牧之「參軍與簿尉，塵土驚劻勷。一語不中治，鞭笞身滿瘡」，謂唐時參軍、簿尉，不免受杖。鮑彪謂：詳考杜、韓所言，捶有罪者也。牧之亦言驚見有罪者如此，非身受杖也。退之《江陵途中》云：「棲身法曹掾，何處事卑陬」，「何況親犴獄，敲搒發姦偷」。此豈身受杖者耶？然《太平廣記》載李遜決包尉臀杖十下；及《舊唐書·于頔傳》：「頔爲湖州刺史，改蘇州，追憾湖州舊尉，封杖以計强決之。」則鮑論亦未當。（吴曾《能改齋漫録》卷四）

高適調封丘尉，不得志，去客河西節度哥舒翰，奏爲右驍衛兵曹參軍掌書記，杜子美有詩送之云：「脱身簿尉中，始與捶楚辭。」韓退之作荆南法曹，與張籍詩云：「判司卑官不堪説，未免捶楚塵埃間。」杜牧之亦有《寄小姪阿宜》詩云：「參軍與縣尉，塵土驚劻勷，一語不中治，笞箠身滿瘡。」則唐世掾曹簿尉，皆未免於鞭扑，而史不載。所以責官，多使爲之，欲重爲困辱也。（莊綽《雞肋編》卷下）

【符讀書城南】《符讀書城南》一章，韓文公以訓其子，使之腹有《詩》、《書》，致力於學，其意美矣。然所謂「一爲公與相，潭潭府中居。不見公與相，起身自犁鋤」等語，乃是覬覦富貴，爲可議也。杜牧之《寄小姪阿宜》詩亦云：「朝廷用文治，大開官職場。願爾出門去，取官如驅羊。」其意與韓類也。予向爲陳鑄作《城南堂記》，亦及此意云。（洪邁《容齋三筆》卷第十一）

【參軍簿尉】杜詩：「脱身簿尉中，始免捶楚辭。」鮑注曰：「非謂簿尉受杖，杖有罪者爾。」退之謂：「悽悽法曹掾，敲榜發姦偷。」此豈受杖者邪？余謂不然。子美之意，正謂屬吏受官長之杖，非謂杖有罪者。官屬受杖，其來久矣，且前漢王嘉爲宰相，裸躬受笞，其他可知。司馬遷謂：「陵夷至於捶楚之間。」觀此則知古人當官，有過亦必受杖。此猶有説，謂臣下有過，受人君之杖耳，非上官之杖也。僕觀《後漢》：戴宏爲郡督郵，曾以職事見詰，府君欲撻之云云。《三國志》：黄蓋爲守長，署兩掾，教曰：若有姦欺，終不加以鞭杖，宜各盡心。此正明驗古人吏屬受杖之説也。自晉至唐，此類尤多，注詩者自不深考耳。姑摭數端：《世説》載：太守劉淮杖主簿向雄，後同在政府，不交言，武帝敕雄復修君臣之好。……《唐書》：邕州經略使陳曇怒判官劉緩，杖之二十五而卒；浙西觀察使韓皋封杖決安吉令孫解，臀杖十下而死；劉晏考所部官六品以上，杖訖而罷。杜牧之謂：「尹坐堂上，階下拜兩赤縣令屬官將百人，悉可笞辱。」其詩又曰：「參軍與縣尉，塵土驚劻勷。一語不中治，笞捶身滿瘡。」韓退之詩曰：「判司卑官不堪説，未免捶楚塵埃間。」舉此以驗，杜詩之意可見矣，豈謂杖有罪者邪？古之官屬，動必加杖，加杖猶可，或致之死，如張敞棄椽市之類是也。上官之權甚重，而屬吏益卑，凜然度日，不啻君臣之相臨，唐猶庶幾，漢時尤甚。（王楙《野客叢書》卷二十）

【阿宜】牧有諄諄誨，宜無赫赫聲。假令如叔父，一世得狂名。（劉克莊《後村先生大全集》卷十五）

羅豫章仲素集前人詩句，如杜牧輩「願爾出門去，取官如驅羊」等語，以教子弟。或謂豫章一代道學，所以誨後人者，不當乃爾。韓退之《符讀書城南》詩，教子以取富貴，不免爲世所譏。杜牧輩詩比之韓公，陋矣甚矣，而不訓耶？黄東發謂韓云：「此人情誘小兒讀書之常，愈於後世之飾僞者。」

然則豫章於此，亦緣人情之常，而姑以示小兒耳。（何孟春《餘冬詩話》卷下）

【簿尉】杜《送高適》詩：「脱身簿尉中，始與捶楚辭。」韓愈詩：「判司卑官不堪説，未免捶楚塵埃間。」杜牧詩：「參軍與縣尉，塵土驚劻勷。一語不中治，笞箠身滿瘡。」據此，唐時卑官，不免笞撻，正與今代同。史稱代宗命劉晏考所部刺史有罪者，五品以上劾治，六品杖訖奏聞，豈但簿尉已哉！（胡震亨《唐音癸籤》卷十七「詁箋」二）

【捶楚】《唐書》：代宗令劉晏考所部官，五品以上劾治，六品以下杖訖奏聞。唐時參軍簿尉，皆以士流任之。故有戎幕十年，而歷樞要登節帥者，有自縣倅而入爲給事御史者。其職綦重，而其品最卑小，有過誤不免答扑之，及殆與府史胥徒同類。杜少陵《贈高適》曰：「脱身簿尉中，始與捶楚辭。」韓昌黎《贈張工曹》曰：「判司卑官不堪説，未免捶楚塵埃間。」杜紫微《寄小姪阿宜》曰：「參軍與縣尉，塵土驚劻勷。一語不中治，鞭笞身滿瘡。」《語》曰：「刑不上大夫。」則自此以降，概可知已。而或者謂職在録囚，日與杻械相習，非身受之也。然嚴武殺章彝，則留後刺史亦在鞭笞之下，彼區區小吏，庸足計乎。（宋長白《柳亭詩話》卷十六）

《楚辭》：「逢此世之劻勷。」注謂急遽意。勷讀同穰。韓昌黎文：「新師不牢，劻勷將遁。」杜牧之詩：「參軍與尉簿，塵土驚劻勷。」白樂天詩：「委命不劻勷。」正得此意。後世誤同贊襄，凡所遣用，百不合一。（沈德潛《説詩晬語》卷下）

杜樊川《示阿宣詩》詩云：「一子呶呶跨相門，宣乎須記若而人。長林管領閑風月，曾有佳兒屬杜筠。」杜筠究不知何許人，或牧之曾以一子繼之，或筠有佳兒，牧之贊歎之，均未可定。乃《癸辛雜識》周必大曰：「《池陽集》載杜牧之守郡時，有妾懷姙而出之，以嫁州人杜筠，生子即荀鶴也。此事人罕知之。余過池，嘗有詩云：『千古風流杜牧之，詩材猶及杜筠兒。向來稍喜《唐風集》，今悟樊川是父師。』」是成何語！且必欲證實其事，是誠何心！污蔑樊川，已屬不堪，於彦之尤不可忍。楊森嘉樹曾引太平《杜氏宗譜》辨之，殊合鄙意。（薛雪《一瓢詩話》）

【唐時簿尉受杖】《遯齋閑覽》引杜甫贈高適詩：「脱身簿尉中，始與捶楚辭」，韓退之《贈張功曹》詩：「判司卑官不堪説，未免捶楚塵埃間」，杜牧《寄姪阿宜》詩：「參軍與簿尉，塵土驚皇皇。一語不中治，鞭捶身滿瘡。」以爲唐之簿尉有過即受笞杖，猶今之胥吏也。不知唐制更不止此。《新唐書·劉晏傳》，晏爲轉運使，代宗嘗令考所部官，五品以上輒繫劾，六品以下杖然後奏。則不特簿尉矣。又張鎬杖殺刺史閭邱曉，嚴武杖殺梓州刺史章彝，則節度使並可杖殺刺史矣。楊炎爲河西節度使掌書記，以縣令李太簡嘗醉辱之，炎令左右反接，榜二百幾死，則節度書記並可杖縣令矣。《舊唐書》本紀，元和元年，觀察使韓皋杖安吉令孫澥致死，罰一月俸料。《新唐書》，穆寧爲轉運使，杖死沔州别駕，坐貶平集尉。是雖有降罰處分，然以杖之至死，故稍示罰，而長官得杖僚屬之制自在也。《裴耀卿傳》，刺史楊濬犯贓，詔杖六十，流古州。耀卿言，刺史、縣令異諸吏，今使錁躬受笞，事太逼辱。又御史蔣挺坐法，詔決杖朝堂。張廷珪奏曰：士可殺不可辱，廷臣有罪當殺之，其餘或奪俸，或收贖可也。廣州都督裴伷先抵罪，張嘉貞請杖之。張説曰：刑不上大夫，若罪應死即斬，不宫廷辱，以卒伍待。是其時朝臣皆以爲言，然卒不聞停此制也。而《遯齋閑覽》但據杜、韓詩，謂唐時簿尉受杖，此猶未詳考耳。（趙翼《陔餘叢考》卷十七）

小杜「濃薰班馬香」，對屈、宋説，自指班固、馬相如，此二句謂詩賦也。上文已拈「史書閱興亡」，此不應復及馬史、班史。杜詩「以我似班揚」，班與揚可合稱，則馬亦可合稱，不必定指馬遷也。今人但因《班馬異同》書名，熟在人口，因以此句指二史，其實非也。（翁方綱《石洲詩話》卷二）

《皐塘集序》：詩以氣爲主，而尤貴有色。老杜曰：「昔聞洞庭水，今上岳陽樓。」氣也。小杜曰：「高摘屈宋豔，濃薰班馬香。」色也。此詩中之選青也。五色雕鏤，而無奇氣以行之，名曰餖飣。一氣呵成，而無采色以麗之，名曰淡薄。淡薄者，容有味，而餖飣者必無神。與其餖飣，不如其淡薄也。（李調元《童山文集》卷五）

史稱杜牧之自負才略，喜論兵事，擬致位公輔，以時無右援者，怏怏不平而終；爲人疎儁，不拘細行；其詩情致豪邁，人號爲小杜，以别于少陵。後村劉氏謂杜牧、許渾同時，牧于唐律中，嘗寓拗峭，以矯時弊，渾律切麗密或過牧，而抑揚頓挫不及也。讀其《冬至日寄小姪阿宜》詩云：「經書刮根本，史書閱興亡。高摘屈宋豔，濃熏班馬香。李杜泛浩浩，韓柳摩蒼蒼。近者四君子，與古爭强梁。」可以知其用功之深醇。讀其「平生五色線，願補舜衣裳」，「誰知我亦輕生者，不得君王丈二殳」諸詩，可以知其立志之遠大。若但賞其「高人以飲爲忙事，浮世除詩盡强名」諸句，則猶是詩人而已。（余成教《石園詩話》卷二）

李甘詩①

大和八九年〔一〕，訓、注極虓虎②。潛身九地底，轉上青天去。四海鏡清澄〔二〕，千官雲片縷。公私各閑暇，追遊日相伍。豈知禍亂根，枝葉潛滋莽〔三〕。九年夏四月，天誡若言語。烈風駕地震，獰雷驅猛雨〔四〕。夜於正殿階〔五〕，拔去千年樹。吾君不省覺，二凶日威武。操持北斗柄③，開閉天門路〔六〕。森森明庭士〔七〕④，縮縮循牆鼠⑤。平生負名節〔八〕，一旦如奴虜。指名爲錮黨〔九〕⑥，狀跡誰告訴〔一〇〕。喜無李、杜誅⑦，敢憚髡鉗苦⑧。時當秋夜月〔一一〕，日直曰庚午〔一二〕⑨。喧喧皆傳言，明晨相登注⑩。予時與和鼎，官班各持斧⑪。和鼎顧予云〔一三〕：「我死有處所。」〔一四〕當庭裂詔書〔一五〕⑫，退立須鼎俎⑬。君門曉日開，赭案横霞布。儼雅千官容⑭，勃鬱吾纍怒〔一六〕⑮。適屬命鄜將〔一七〕⑯趙儋〔一八〕，昨之傳者誤。明日詔書下，謫斥南荒去⑰。夜登青泥阪⑱，墜車傷左股。病妻尚在床，稚子初離乳。幽蘭思楚澤⑲，恨水啼湘渚⑳。恍恍三閭魂㉑，悠悠一千古。其冬二兇敗〔一九〕㉒，涣汗開湯罟㉓。賢者須喪亡㉔，讒人尚堆堵〔二〇〕。予於後四年，諫官事明主㉕。常欲雪幽冤，於時一裨補。拜章豈艱難，膽薄多憂懼〔二一〕。如何干斗氣〔二二〕㉖，竟作炎荒土㉗。題此涕滋筆，以代投湘賦㉘。

【校勘記】

〔一〕「大和」，原作「天和」，據景蘇園影宋本（以下簡稱景蘇園本）改。

〔二〕「清澄」，夾注本作「澄清」。

〔三〕「滋莽」，《文苑英華》三〇四、夾注本均作「滋茂」，《全唐詩》卷五二〇、馮注本「莽」字下校：「一作茂。」

〔四〕「獰」，《文苑英華》卷三〇四作「疾」，下校：「集作獰。」

〔五〕「殿階」，《文苑英華》卷三〇四作「衙階」，於「階」字下校：「集作殿。」《全唐詩》卷五二〇、馮注本「階」字下校：「一作衙。」

〔六〕「天門」，夾注本作「天闕」。

〔七〕「明庭」，《文苑英華》卷三〇四作「門庭」。

〔八〕「名」，《全唐詩》卷五二〇、馮注本均作「奇」，又校：「一作名。」

〔九〕「錮黨」，《文苑英華》卷三〇四作「鉤黨」，下校：「集作黨錮。」《全唐詩》卷五二〇、馮注本「錮」字下均校：「一作鉤。」

〔一〇〕「狀」，《全唐詩》卷五二〇、馮注本均校：「一作錮。」「誰」，《文苑英華》卷三〇四作「難」，《全唐詩》卷五二〇、馮注本均校：「一作難。」

〔一一〕「秋夜」，《文苑英華》卷三〇四作「仲秋」，《全唐詩》卷五二〇、馮注本均校：「一作仲秋。」

〔一二〕「日直曰庚午」，「曰」字原作「日」，據《文苑英華》卷三〇四、《全唐詩》卷五二〇改。

〔一三〕「云」，《文苑英華》卷三〇四作「言」，下校：「集作云」。《全唐詩》卷五二〇、馮注本均作「言」。

〔一四〕「有」，《文苑英華》卷三〇四作「知」，下校：「集作有。」《全唐詩》卷五二〇亦作「知」，下校：「一作有。」馮注本校：「一作知。」

〔一五〕「裂」，夾注本作「掣」。

〔一六〕「纍」，《全唐詩》卷五二〇作「累」，下校：「一作纍。」馮注本校：「一作累。」

〔一七〕「鄜將」，原作「麟將」，據《文苑英華》卷三〇四、《全唐詩》卷五二〇、馮注本改。

〔一八〕「趙儋」，原作「趙耽」，《文苑英華》卷三〇四、馮注本作「趙儋除鄜坊節度」。《全唐詩》卷五二〇又校：「儋，一作耽。」按，《舊唐書》卷一七下《文宗紀》下記「趙儋爲鄜坊節度使」、「鄜坊節度使趙儋卒」，則當以趙儋爲是。今即據改。

〔一九〕「二兇」，原作「三兇」，據《文苑英華》卷三〇四、夾注本、《全唐詩》卷五二〇、馮注本改。馮注本又校：「一作三。」

〔二〇〕「堵」，《文苑英華》卷三〇四作「貯」。

〔二一〕「懼」，《文苑英華》卷三〇四作「阻」。《全唐詩》卷五二〇、馮注本校：「一作阻。」

〔二二〕「干」，《全唐詩》卷五二〇、馮注本校：「一作牛。」

【注　釋】

①李甘：人名，字和鼎。《新唐書》卷一一八本傳云：「李甘字和鼎。長慶末，第進士，舉賢良方正異等。累擢侍御史。鄭注侍講禁中，求宰相，朝廷譁言將用之，甘顯倡曰：『宰相代天治物者，當先德望，後文藝。注何人，欲得宰相？白麻出，我必壞之。』既而麻出，乃以趙儋爲鄜坊節度使，甘坐輕肆，貶封州司馬。而李訓内亦惡注，由是注卒不相。甘終於貶。」事跡又見《舊唐書》卷一七一本傳。《杜牧年譜》於開成四年謂「詩中叙大和九年李甘忤鄭注被貶事，而云：『予於後四年，諫官事明主。』則當作於本年爲左補闕時。」今即訂本詩於開成四年（八三九）。

②訓注句：訓注，指李訓、鄭注，皆唐文宗時權臣。李訓，始名仲言，登進士第。與鄭注皆爲王守澄

所薦入朝，並爲文宗倚重，權勢熏天，互相朋比，排陷朝臣，以致縉紳側目。後於「甘露之變」中，兩人與文宗密謀誅除宦官，事泄，反爲宦官仇士良所殺。鄭注，絳州翼城人，始以藥術游長安權豪之門。本姓魚，冒姓鄭氏，故時號「魚鄭」。鄭注用事時，人目之爲「水族」。李訓、鄭注傳皆見《舊唐書》卷一六九、《新唐書》卷一七九。虓虎，咆哮之老虎。《詩・大雅・常武》：「進厥虎臣，闞如虓虎。」按，此暗喻鄭注、李訓排陷朝臣事。《新唐書・李訓傳》載：「訓本挾奇進，及大權在己，鋭意去惡，故與帝言天下事，無不如所欲。挾注相朋比，務報恩復仇，素忌李德裕、宗閔之寵，乃因楊虞卿獄，指爲黨人，嘗所惡者，悉陷黨中，遷貶無闋日，班列幾空，中外震畏。帝爲下詔開諭，群情稍安。」《新唐書・鄭注傳》載：「注資貪遝，既藉權寵，專鬻官射利，貲積鉅萬，不知止。起第善和里，通永巷，飛廡複壁，聚京師輕薄子、方鎮將吏，以煽聲焰。間入神策，與守澄語必終日，或夜艾乃罷。險人躁夫有所干謝，日走門。李訓既附注進，於是兩人權震天下矣。……乘是進退士大夫，撓骪朝法，賢不肖淆亂，以爲弛張當然。」

③ 北斗柄：此處比喻朝廷政權。

④ 森森：衆多貌。

⑤ 循牆鼠：順著牆脚走之老鼠。比喻朝官之膽怯畏縮。《柳宗元集・鶻説》：「鼠不穴寢廟，循牆而走。」馮注：「《左傳》：循牆而走。」

⑥錮黨：即相牽引爲朋黨。

⑦李杜：指東漢李固、杜喬，均因反對權臣梁冀而被殺。牽連士人甚多，史稱「黨錮之禍」。事見《後漢書》卷六三。又，東漢李膺、杜密皆被宦官以「共爲部黨」之罪名囚死獄中。《後漢書·杜密傳》：「黨事既起，免歸本郡，與李膺俱坐而名行相次，故時人亦稱『李杜』焉。」

⑧髡鉗：一種剃去頭髮而以鐵圈束頸之刑罰。

⑨庚午：指大和九年七月庚午，即七月二十七日。

⑩相登注：將任命鄭注爲宰相。

⑪持斧：謂在御史臺任職。《漢書·王訢傳》：「武帝末，軍旅數發，郡國盜賊群起，繡衣御史暴勝之使（王訢）持斧逐捕盜賊。」時李甘任侍御史，杜牧任監察御史。

⑫當庭句：《舊唐書·李甘傳》載，鄭注求入中書爲相。甘唱於朝曰：「宰相者，代天理物，先德望而後文藝。注乃何人，敢茲叨竊？白麻若出，吾必壞之。」

⑬須鼎俎：等待處罰。鼎俎，烹調所用鍋及割牲肉用之砧板。

⑭儼雅：莊重恭敬貌。

⑮勃鬱句：勃鬱，風迴旋貌。《文選》宋玉《風賦》：「勃鬱煩冤，衝孔襲門。」此形容怒氣之盛。纍，堆積，同「累」。

⑯適屬句：鄜，鄜州，州治在今陝西省富縣。鄜將，謂鄜坊節度使趙儋。夾注：「《唐書·文宗紀》：大和九年八月甲申，以左神策軍大將趙儋爲鄜坊節度使。」馮注：「《唐書·方鎮表》：上元元年，置渭北鄜坊節度使，治坊州，大曆十四年，罷渭北節度。建中四年，復置渭北節度使如上元之舊，尋罷，未幾復置，徙治鄜州。」

⑰南荒：指封州，州治在今廣東省封川。據《舊唐書》本傳，李甘因反對李訓、鄭注，貶封州司馬。

⑱青泥：唐藍田縣嶢柳城，俗謂之青泥城。馮注：「《元和郡縣志》：京兆府藍田縣，理城即嶢柳城，俗亦謂之青泥城。」

⑲幽蘭句：《史記·屈原列傳》載，屈原被放逐「至於江濱，披髮行吟澤畔」。其《離騷》有「結幽蘭而延佇」句。

⑳恨水句：湘渚，湘江邊。屈原自沉於汨羅，故云「恨水啼湘渚」。

㉑怳怳句：怳怳，心神不寧貌。三閭，指三閭大夫屈原。

㉒二兇：指李訓、鄭注。大和九年十一月，李訓、鄭注詐言金吾仗舍石榴樹有甘露，請唐文宗觀看，想借此誅除宦官。事敗，兩人與宰相王涯、賈餗、舒元輿等人均被殺。事見《舊唐書·文宗紀》。

㉓涣汗句：涣汗，指大赦詔書。《易·涣》：「九五，涣汗其大號。」喻帝王發佈號令，如汗出身，不能收回。後指帝王號令。湯罟，罟，羅網。據《史記·殷本紀》載，商湯見野外張網四面以捕禽獸，

「乃去其三面，祝曰：『欲左，左；欲右，右。不用命，乃入吾網。』諸侯聞之，曰：『湯德至矣，及禽獸。』」

㉔須：雖。

㉕諫官句：此指任左補闕。杜牧於開成三年冬授左補闕，次年初春由宣州赴朝任此職。

㉖干斗氣：此指上衝牛斗之壯志。《晉書·張華傳》載「吴之未滅也，斗牛之間常有紫氣，……及吴平之後，紫氣愈明。華聞豫章人雷焕妙達緯象，乃要焕宿，屏人曰：『可共尋天文，知將來吉凶。』因登樓仰觀。焕曰：『僕察之久矣，惟斗牛之間頗有異氣。』華曰：『是何祥也？』焕曰：『寶劍之精，上徹於天耳。』……因問曰：『在何郡？』焕曰：『在豫章豐城。』」後來，雷焕爲豐城令，「掘獄屋基，入地四丈餘，得一石函，光氣非常，中有雙劍，並刻題，一曰龍泉，一曰太阿。其夕，斗牛間氣不復見焉。」馮注：「《初學記》：雷次宗《豫章記》：吴未亡，恒有紫氣見牛斗之間，張華聞雷孔章妙達緯象，乃邀宿，屏人問。孔章曰：斗牛之間有異氣，是寶物之精，上徹於天耳。」

㉗竟作句：指李甘貶死於封州。

㉘投湘賦：屈原自沉於汨羅，後漢代賈誼貶爲長沙王太傅，過湘水，哀屈原之不幸，曾作賦以弔。事見《史記》卷八四《屈原賈生列傳》。

【集評】

唐大和末，閹尹恣横，天子以擁虚器爲耻。而元和逆黨未討，帝欲夷絶其類。李訓謂在位操權者皆碌碌，獨鄭注可共事，遂同心以謀。已而殺陳宏志於青泥驛，相繼王守澄、楊承和、韋元素、王踐言皆不保首領。又斸崔潭峻之棺而鞭其屍。剪除逆黨幾盡，亦可謂壯矣！意欲誅宦尹，乃復河湟歸河朔諸鎮，天子向之。鄭注雖招權納賄，然出節度隴右，欲因王守澄之葬，乘群宦臨送，以鎮兵悉誅之，謀亦未必不善。會李訓先五日舉事，遂成「甘露」之禍。世以成敗論人物，故訓、注不得爲忠，至李德裕謂不可與徒隷齒，亦太甚矣。按《唐史》李甘與李中敏皆嘗論鄭注不可爲相，故甘有封州之謫，而中敏有潁陽之歸。杜牧之贈甘詩云：「大和八九年，訓、注極虓虎。吾君不省覺，二兇日威武。喧喧皆傳言，明晨相登注。和鼎顧予云：『我死有處所。』明日詔書下，謫斥南荒去。」又有贈李中敏詩云：「元禮去歸緱氏學，江充來見犬臺宫。曲突徙薪人不會，海邊今作釣魚翁。」蓋深痛二公之言不行，而訓、注得恣其謀也。蓋當是時，仇士良竊國柄，勢焰薰灼，士大夫於議論之門，不敢以訓、注爲是，以賈殺身之禍，故牧之之詩如此。嗚呼！東漢之季，柄在宦官，陳蕃之徒，以忠勇之資，謀殪其黨，而事亦不遂，史載其名，殆如日星。而訓、注，以當時士夫畏懾士良輩，遂加以姦兇之目，而史亦以爲亂人，萬世而下，無以自白，其深可痛哉！余家舊藏《甘露野史》二卷，及《乙卯記》一卷，二書之説，時相矛盾，《甘露野史》言上令訓等誅宦官，事覺反爲所擒，而《乙卯記》乃謂訓等有逆謀。蓋《甘露野史》出於朝廷公論，而《乙卯記》附會士良之私情也。《乙卯記》後有朱實跋尾數百言，以《乙卯》所記爲非是，其説與野史同，余故表而出之。（葛立方《韻語陽秋》卷九）

小人陷害君子，唯有「黨」字可惑君聽。古之清流受禍必慘，深堪歎息。（鄭郲評本詩）

洛中送冀處士東遊〔一〕①

處士有儒術，走可挾車輈②。壇宇寬帖帖③，符彩高酋酋④。不愛事耕稼，不樂干王侯。四十餘年中，超超爲浪遊⑤。元和五六歲，客于幽、魏州⑥。幽、魏多壯士⑦，意氣相淹留。劉濟願跪履⑧，田興請建籌⑨。處士拱兩手，笑之但掉頭。自此南走越，尋山入羅浮⑩。願學不死藥⑪，粗知其來由。却於童頂上⑫，蕭蕭玄髮抽。我作八品吏⑬，洛中如繫囚。忽遭冀處士，豁若登高樓。拂榻與之坐，十日語不休。論今星璨璨，考古寒颼颼。治亂掘根本，蔓延去聲相牽鉤⑭。武事何駿壯，文理何優柔⑮？顔回捧俎豆⑯，項羽横戈矛⑰。祥雲繞毛髮，高浪開咽喉。但可感鬼神〔二〕，安能爲獻酬⑱。好入天子夢，刻像來爾求⑲。胡爲去吳會⑳，欲浮滄海舟。贈以蜀馬箠，副之胡罽裘㉑。餞酒載三斗，東郊黄葉稠。我感有淚下，君唱高歌酬。嵩山高萬尺㉒，洛水流千秋。往事不可問，天地空悠悠。四百年炎漢㉓，三十代宗周㉔。二三里遺堵，八九所高丘㉕。人生一世内，何必多悲愁。歌闋解攜去㉖，信非吾輩流。

【校勘記】

〔一〕夾注本「遊」下有「詩」字。

〔二〕「鬼神」，《全唐詩》卷五二〇作「神鬼」。

【注　釋】

①洛中：謂洛陽。《杜牧年譜》謂「詩中有『我作八品吏，洛中如縶囚。忽遭冀處士，豁若登高樓』之句，故知是監察御史分司東都時作。又有『餞酒載三斗，東郊黄葉稠』之句，蓋作於秋日，而觀詩中所述，不似初至洛陽時情況，故定爲本年（慶按，指開成元年）作」。詩即作於開成元年（八三六）秋。

②挾車輈：輈，車轅。《左傳·隱公十一年》：「公孫閼與潁考叔爭車，潁考叔挾輈以走。」

③壇宇句：壇宇，範圍，界限。《荀子·儒效》：「君子言有壇宇，行有防表，道有一隆。」清王念孫《讀書雜誌》一〇《荀子》：「壇，堂基也；宇，屋邊也。言有壇宇，猶曰言有界域。」帖帖，安靜貌。

④符彩句：符彩，玉之紋理光彩。此比喻人之外表儀容。夾注：「《蜀都賦》：符彩彪炳，暉麗灼爍。《詩史》：符彩高無敵，聰明達所爲。」酋酋，高貌。馮注：「《太玄經》：酋酋大魁，頤水包貞。」

⑤超超句：超超，超逸貌。浪遊，四處漫遊。

⑥幽魏：幽州、魏州。治所分别在今北京西南及河北大名東北。馮注：「《唐書·方鎮表》：開元元年，幽州置防禦大使，二年，置幽州節度諸州軍管内經略鎮守大使，治幽州。廣德元年，置魏博等州防禦使，治魏州，是年，升爲節度使。」

⑦幽魏多壯士：馮注：「《隋書·地理志》：冀幽之士，重氣俠，好結朋黨。」

⑧劉濟句：劉濟，幽州昌平人。唐德宗貞元五年起任幽州節度使，在鎮二十餘年。傳見《舊唐書》卷一四三、《新唐書》卷二一二。跪履，跪而進履，言極爲恭敬。漢張良遊下邳，圯上老人命之爲取履，良「乃强忍，下取履，因跪進」。後老者以《太公兵法》授之。事見《漢書》卷四〇《張良傳》。

⑨田興句：田興，本名興，後改名田弘正。元和中爲魏博節度使。傳見《舊唐書》卷一四一、《新唐書》卷一四八。建籌，即建策。籌，謀畫。《史記·高祖本紀》：「夫運籌策帷帳之中，决勝於千里之外，吾不如子房。」

⑩羅浮：山名。在今廣東增城、博羅、河源等縣間，爲粤中名山。《元和郡縣圖志》卷三四：「羅浮

山，在縣西北二十八里。羅山之西有浮山，蓋蓬萊之一阜，浮海而至，與羅山並體，故曰羅浮。高三百六十丈，周廻三百二十七里，峻天之峰，四百三十有二焉。」

⑪不死藥：馮注：「《漢書·郊祀志》：自威、宣、燕昭使人入海求蓬萊、方丈、瀛洲，此三神山者，其傳在勃海中，去人不遠，蓋嘗有至者，諸仙人及不死之藥皆在焉。」

⑫童頂：禿頭頂。

⑬八品吏：時杜牧爲監察御史，正八品上。

⑭蔓延、牽鉤：謂連類而及，旁徵博引。

⑮優柔：從容自得貌。

⑯顔回句：顔回，魯人，孔子得意門生。俎豆，古代禮器。俎，置肉之几；豆，古代食器，初以木製，形似高足盤。後多用於祭祀。馮注：「《史記·仲尼弟子傳》：顔回者，魯人也，字子淵。《孔子世家》：孔子爲兒嬉戲，常陳俎豆爲禮容。《方言》：俎，几也。《爾雅》：木豆謂之豆。《注》：豆，禮器也。」

⑰項羽句：項羽，名籍，字羽，曾起兵反秦。後與劉邦爭奪天下，失敗自刎。傳見《史記》卷七《項羽本紀》、《漢書》卷三一。戈矛，馮注：「《方言》：凡戟而無刃，吴揚之間謂之戈矛，吴揚江淮楚五湖之間謂之鍦。」

⑱ 獻酬：飲酒相酬勸。

⑲ 好入二句：殷高宗夢得聖人，後尋得説，時説板築於傅險，因以爲姓，遂用爲相。事見《史記·殷本紀》。馮注：「《帝王世紀》：高宗夢天賜賢人，胥靡之衣，蒙而來曰：我，徒也，姓傅名説。武丁寤而推之曰：傅者，相也，説者，歡説也，天下豈有傅我而説民者哉？乃使百工寫其形象，求諸天下。《魏志·管寧傳》：昔高宗刻象，營求賢哲。」

⑳ 吳會：指蘇州。馮注：「《通鑑辨誤》：太史公謂吳爲江南一都會，故後人謂吳爲吳會。」

㉑ 罽裘：一種毛織裘衣。

㉒ 嵩山：山名，即中嶽嵩高，在河南登封縣北。《元和郡縣圖志》卷五河南道登封縣：「嵩高山，在縣北八里。亦名外方山。又云東曰太室，西曰少室，嵩高總名，即中嶽也。山高二十里，周廻一百三十里。」

㉓ 炎漢：漢以火德王，故稱。兩漢共四百二十餘年。

㉔ 宗周：周爲諸侯所宗仰，故稱。周朝共三十七王。馮注：「《博物志》：周自后稷至於文武，皆都關中，號爲宗周。《魏書·韓顯宗傳》：周王東遷河洛，鎬京猶稱宗周，以存本也。」

㉕ 遺堵、高丘：此均謂前朝建築物遺跡。《説文》：「丘，土之高也，非人所爲也。」

㉖ 歌闋句：歌闋，歌罷。解攜，分手。

送沈處士赴蘇州李中丞招以詩贈行①

山城樹葉紅，下有碧溪水。溪橋向吳路②，酒旗誇酒美。下馬此送君，高歌爲君醉。念君苞材能〔一〕③，百工在城壘。空山三十年，鹿裘掛窻睡④。自言隴西公⑤，飄然我知己。舉酒屬吳門⑥，今朝爲君起。懸弓三百斤⑦，囊書數萬紙。戰賊即戰賊，爲吏即爲吏。盡我所有無，惟公之指使。予曰隴西公，滔滔大君子〔二〕⑧。常思掄群材⑨，一爲國家治。譬如匠見木⑩，礙眼皆不棄⑪。大者粗十圍，小者細一指。榍（先結切）櫼與楝梁⑫，施之皆有位。忽然豎明堂⑬，一揮立能致。予亦何爲者？亦受公恩紀⑭。處士常有言〔三〕，殘虜爲犬豕。常恨兩手空，不得一馬箠。今依隴西公，如虎傅兩翅。公非刺史材，當坐巖廊地⑮。處士魁奇姿⑯，必展平生志。東吳饒風光，翠巘多名寺。踈煙亹亹秋⑰，獨酌平生思。因書問故人，能忘批紙尾⑱？公或憶姓名，爲說都憔悴。

【校勘記】

〔一〕「苞」，夾注本作「包」。

〔二〕「君」,《文苑英華》卷二三一校:「一作公。」

〔三〕「常有」,《全唐詩》卷五二〇作「有常」,下校:「一作常有。」馮注本校:「一云有常。」

【注釋】

①李中丞:李道樞,開成二年任蘇州刺史,兼御史中丞。胡可先《杜牧研究叢稿·杜牧詩文人名新考》謂「考《舊唐書》卷十七《文宗紀下》:『開成四年閏月(按此年正月閏月)甲申朔,以蘇州刺史李道樞爲浙東觀察使。』」又《會稽掇英總集》卷一八《唐太守題名記》:「『李道樞,開成四年正月三十日自蘇州刺史授。』」且考「王鏊《姑蘇志》卷二《古今守令表上》云:『李道樞,開成二年除,兼御史中丞,四年閏正月,遷浙東觀察使,三月卒。』」故李道樞開成二年至四年正月在蘇州任。「杜牧開成二年秋末自揚州南渡,至宣州應是冬初,與『山城樹葉紅』不合。因此杜牧詩作于開成三年,與李道樞任蘇州時間吻合。」今即據此訂詩作于開成三年(八三八)秋,時杜牧在宣州幕。

②吳路:吳,地名,此指吳郡蘇州。

③苞:通包,懷有。

④鹿裘:粗陋之裘衣,貧者所穿。《晏子春秋·外篇》:「晏子相(齊)景公,布衣鹿裘以朝。公曰:

『夫子之家若此其貧也，是奚衣之惡也！』」《史記》卷一三〇《太史公自序》：「（墨者）夏日葛衣，冬日鹿裘，其送死桐棺三寸。」

⑤ 隴西公：指李道樞。隴西爲李姓郡望。

⑥ 舉酒句：屬，通矚。吴門，古吴縣城（今蘇州市）之別稱。吴縣爲春秋吴都，因稱吴縣城爲吴門。此指蘇州。

⑦ 懸弓句：馮注：「《後漢書・蓋延傳》：身長八尺，彎弓三百斤。」

⑧ 滔滔：水大貌。此喻人之度量。

⑨ 掄群材：選拔人才。夾注：「《新序》：子貢曰：獨不聞子産相鄭乎，掄材推賢，抑惡揚善。」

⑩ 譬如句：馮注：「《孔叢子》：夫聖人之官人，猶大匠之用木也。」

⑪ 礙眼句：礙眼，眼光所及。馮注：「曹植詩：大匠無棄材。」

⑫ 楣橛：楣，門限。《説文》：「楣，限也。」橛，短木樁。《爾雅・釋宫》：「橛謂之闑。」《疏》：「門中之橛名闑，一名闑。」

⑬ 明堂：古代帝王宣明政教之場所。夾注：「《孝經援神契》：明堂者，天子布政之宫。」馮注：「《白虎通》：明堂上圓下方，八牕四闥，布政之宫，在國之陽。」

⑭ 恩紀：恩情。《後漢書》卷七〇《孔融傳》：曹操與融書：「孤與文舉既非舊好，又於鴻豫亦無恩

紀，然願人之相美，不樂人之相傷，是以區區思協歡好。」

⑮巖廊：指朝廷。馮注：「《漢書·董仲舒傳》：禹舜之時，遊於巖廊之上，垂拱無爲，而天下太平。」

⑯魁奇姿：奇偉特出之姿質。

⑰亹亹：進貌，此指上升。馮注：「《晉書·摯虞傳》：氣亹亹而愈新。」

⑱批紙尾：在紙張末尾作批答。《夢溪補筆談·雜誌》：「前世風俗，卑者致書於所尊，尊者但批紙尾答之。」馮注：「《宋書·蔡廓傳》：我不能爲徐干木署紙尾也。」

長安送友人遊湖南〔一〕①

子性劇弘和〔二〕②，愚衷深褊狷③。相捨囂譊中④，吾過何由鮮。楚南饒風煙，湘岸苦縈宛⑤。山密夕陽多，人稀芳草遠。青梅繁枝低，斑筍新梢短〔三〕⑥。莫哭葬魚人⑦，酒醒且眠飯。

【校勘記】

〔一〕《才調集》卷四題作《長安送人》。《全唐詩》卷五二〇、馮注本校：「一作《長安送人》。」

〔二〕「劇」，《才調集》卷四作「極」。《全唐詩》卷五二〇、馮注本校：「一作極。」

〔三〕「斑」，原作「班」，據《全唐詩》卷五二〇、馮注本、文津閣本改。

【注釋】

① 湖南：方鎮名，時設觀察使，治所在潭州，即今湖南省長沙市。領潭、衡、郴、永、連、道、邵等州，相當今湖南長沙市以南及廣東連江流域地區。

② 弘和：寬大和藹。柳宗元《送韓豐群公詩後序》：「敦樸而知變，弘和而守節，温淳重厚，與直道爲伍。」

③ 愚衷句：衷，内心，此指個性。褊狷，褊急狷介，不能從俗。

④ 囂譊：喧嘩吵鬧。

⑤ 縈宛：縈迴。

⑥ 斑筍：斑竹筍。傳説舜南巡，死於蒼梧之野。其兩妃子哭舜，淚滴竹上，遂生斑點，故稱湘妃竹，亦稱斑竹。晉張華《博物志》卷八：「堯之二女，舜之二妃，曰湘夫人。舜崩，二妃啼，以涕揮竹，

竹盡斑。」

⑦葬魚人：指屈原。屈原被放逐後，曾謂漁父曰：「舉世皆濁而我獨清，衆人皆醉而我獨醒。寧赴常流而葬乎江魚腹中耳，又安能以晧晧之白而蒙世之温蠖乎！」後自沉汨羅而死。事見《史記》卷八四《屈原賈生列傳》。

【集評】

高古奥逸主：……入室六人：李賀……；杜牧：「煙着樹姿嬌，雨餘山態活。」「四海一家無一事，將軍攜劍泣霜毛。」「山密斜陽多，人稀芳草遠。」「仙掌月明孤影過，長門燈暗幾聲來。」（張爲《詩人主客圖》）

道言。（鄭郲評本詩「相捨囂譊中，吾過何由鮮」二句）

皇風①

仁聖天子神且武②，内興文教外披攘③。以德化人漢文帝④，側身修道周宣王⑤。迒蹊巢穴盡窒塞⑥，禮樂刑政皆弛張⑦。何當提筆侍巡狩〔一〕⑧，前驅白旆弔河湟⑨。

【校勘記】

〔一〕「侍」，原作「待」，據《全唐詩》卷五二〇、馮注本改。

【注　釋】

①《杜牧年譜》謂會昌四年三月，「朝廷以吐蕃内亂，議復河湟，以給事中劉濛爲巡邊使，使之備器械糗糧，……此詩蓋聞朝廷以劉濛爲巡邊使準備收復河湟而作，收復河湟乃杜牧極關心之事。」故訂此詩於會昌四年（八四四）。

②仁聖天子：指唐武宗。會昌二年四月，加仁聖文武至神大孝皇帝尊號。

③披攘：屈服，倒伏。此指擊敗敵人。《三國志·魏書·陳思王傳·責躬詩》：「朱旗所拂，九土披攘。」柳宗元《憎王孫文》：「好踐稼蔬，所遇狼藉披攘。」

④以德句：《漢書·文帝紀贊》：「專務以德化民，是以海内殷富，興於禮儀。」

⑤側身修道句：《詩·大雅·雲漢》小序：「仍叔美周宣王也。宣王承厲王之烈，内有撥亂之志，遇災而懼，側身修行，欲銷去之。」

⑥远蹊：野獸行走之小路。

⑦弛張：放鬆或拉緊弓弦。比喻禮樂刑政弛張有致，合乎文、武之道。馮注：「《禮記》：禮樂刑政

四達而不悖，則王道備矣。又：一張一弛，文武之道也。」

⑧巡狩：古代天子出行。馮注：「《白虎通》：王者所以巡狩者何？巡者，循也；狩，牧也，爲天下循行守牧民也。」

⑨前驅句：旆，古代旐末形如燕尾之垂旒。《詩·小雅·六月》：「白旆央央。」小序謂爲宣王北伐玁狁而作。弔，慰問。此謂弔民伐罪。河湟，今甘肅、青海湟水、黄河流域。《新唐書·吐蕃傳》：「湟水出蒙谷，抵龍泉與河合。……故世舉謂西戎地曰河湟。」

雪中書懷①

臘雪一尺厚，雲凍寒頑癡。孤城大澤畔②，人踈煙火微。憤悱欲誰語③？憂慍不能持④。如日
天子號仁聖，任賢如事師。凡稱曰治具，小大無不施。明庭開廣敞，才儁受羈維⑤。如日
月絙昇〔一〕⑥，若鸞鳳葳蕤⑦。人才自朽下，棄去亦其宜。北虜壞亭障⑧，聞屯千里師⑨。
牽連久不解，他盜恐旁窺。臣實有長策，彼可徐鞭笞。如蒙一召議，食肉寢其皮⑩。斯乃
廟堂事，爾微非爾知⑪。向來躐等語，長作陷身機⑫。行當臘欲破，酒齊去聲不可遲⑬。且
想春候暖，甕間傾一巵⑭。

【校勘記】

〔一〕「絙」，夾注本作「恒」。

【注　釋】

①《杜牧年譜》會昌二年謂「八月回鶻烏介可汗侵擾雲州，朝廷發陳、許、徐、汝等處兵防邊之事，而『孤城大澤畔，人踈煙火微』，則謂黄州也，故知此詩爲本年作。」慶按，詩有「臘雪一尺厚，雲凍寒頑癡」句，則此詩作於會昌二年（八四二）十二月。

②孤城句：孤城，指黄州，州治所在今湖北黄岡。時杜牧爲黄州刺史。大澤，即雲夢澤。杜牧《黄州刺史謝上表》云：「黄州在大江之側，雲夢澤南。」馮注：「《周禮・職方氏》：正南曰荆州，其澤藪曰雲夢。」

③憤悱：冥思苦想而難言狀。《論語・述而》：「不憤不啓，不悱不發。」

④憂愠：憂鬱惱怒。

⑤才儁句：才儁，有才能之人。羈維，羈絆維繫。此指任職。馮注：「《魏志・陳思王傳・注》：《魏略》曰：植上書曰：固當羈絆於世繩，維繫於禄位。」

⑥如日月句：《詩・小雅・天保》：「如月之恒，如日之升。」恒即絙，弦也。朱熹謂如月之上弦，如

日之初升。

⑦葳蕤：鮮麗貌。夾注：「《景福賦》：流羽毛之葳蕤。《注》：葳蕤，毛羽美貌。」

⑧北虜句：北虜，此指回紇。亭障，邊塞堡壘等軍事設施。

⑨聞屯句：會昌二年八月，回紇烏介可汗入侵，朝廷徵發許、蔡、汴等六鎮軍討之。《舊唐書·武宗紀》：「乃徵發許、蔡、汴等六鎮之師，以太原節度使劉沔爲回紇南面招討使，以張仲武爲幽州盧龍節度使……充回紇東面招討使，皆會軍於太原。」

⑩食肉句：《左傳·襄公二十一年》：州綽謂齊王云：「臣爲隸新。然二子者（慶按，指齊將殖綽、郭最），譬如禽獸，臣食其肉而寢處其皮矣。」

⑪爾微句：馮注：「《説苑》：晉獻公之時，東郭民有祖朝者，上書獻公曰：願請聞國家之計。公使告之曰：肉食以慮之矣，藿食者尚何與焉？祖朝曰：肉食者一旦失計於廟堂之上，若臣等藿食者，寧得無肝腦塗地于中原之野，其禍亦及臣之身，安得無與國家之計乎。《吕氏春秋》：簡公曰：非而細人所能識也。」

⑫向來二句：躐等，不按次序、等級。馮注：「《禮記》：幼者聽而弗問，學不躐等也。」顔之推《顔氏家訓·誡兵》：「如在兵革之時，構扇反覆，縱横説誘，不識存亡，强相扶戴：此皆陷身滅族之本也。」夾注：「燕太子丹西質于秦，秦王不禮，丹乃求歸。……（秦王）乃遣丹啓。秦王使人爲機發

之橋欲陷丹。丹過而橋不發，橋下乃有二龍負之，丹遂得歸。」

⑬ 酒齊：古代按酒之清濁分爲五等，稱五齊：「一曰泛齊，二曰醴齊，三曰盎齊，四曰緹齊，五曰沈齊。」見《周禮·天官·酒正》。

⑭ 甕間：甕，陶製盛器。此指酒甕。馮注：「《晉書·畢卓傳》：比舍郎釀熟，卓夜至其甕間盜飲之。」

【集評】

杜牧詩喜用「緪」字：「半月緪雙臉」，「如日月緪昇」，「日痕緪翠巘」，「孤直緪月定」。（吳聿《觀林詩話》）

韓退之《贈張道士》詩：「臣有平賊策，狂童不難治。恨無一尺箠，爲國笞羌夷。臣有膽與氣，不忍死茆茨。天空日月高，下照理不遺。寧當不竢報，歸袖風披披。霜天熟柿栗，收拾不可遲。」杜牧亦有《書懷》詩云：「北虜壞亭障，聞屯千里師。牽連久不解，他盜恐旁窺。臣實有長策，彼可徐鞭笞。如蒙一召議，食肉寢其皮。斯乃廟堂事，爾微非爾知。向來蹰等語，長作陷身機。行當臘欲破，酒齊不可遲。且想春候暖，甕間傾一巵。」並以排調語抒孤憤，意象如一，未知紫微有意祖述，抑或偶爾暗合也？紫微弔趙將軍落句「誰知我亦輕生者，不得君王丈二殳」，與前「恨無一尺箠」，意亦正同。（胡震亨《唐音癸籤》卷十一評匯七引遯叟語）

唐喻鳧以詩謁杜牧之不遇，曰：「我詩無綺羅鉛粉，安得售？」然牧之非徒以「綺羅鉛粉」擅長者，史稱其剛直有大節，余觀其詩，亦伉爽有逸氣，實出李義山、温飛卿、許丁卯諸公上。如：「樓倚霜樹外，鏡天無一毫。南山與秋色，氣勢兩相高。」「長空碧杳杳，萬古一飛鳥。生前酒伴閑，愁醉閑多少？煙深隋家寺，殷葉暗相照。獨佩一壺游，秋毫泰山小。」「寒空動高吹，月色滿清砧。殘夢夜魂斷，美人邊思深。孤鴻秋出塞，一葉暗辭林。又寄征衣去，迢迢天外心。」「長空澹澹孤鳥没，萬古銷沉向此中。看取漢家何事業，五陵無樹起秋風。」皆竟體超拔，俯視一切。又如《雪中書懷》云：「北虜壞亭鄣，聞屯千里師。牽連久不解，他盜恐旁窺。臣實有長策，彼可徐鞭笞。如蒙一召議，食肉寢其皮。」骨沉氣勁，頗欲追步少陵。牧之與趙倚樓詩云：「少陵鯨海闊，太白鶴天寒。」是其志氣可想也。烏可以「玉筯凝時紅粉和」、「滿街含笑綺羅春」等句，盡其生平耶？喻鳧今存詩六十三首，誠無綺羅鉛粉語，然皆近體，無古風。其近體格頗不高，警句亦罕，惟「鐘沉殘月鳴，鳥去夕陽村」、「雁天霞脚雨，漁夜葦條風」、「風雪坐閑夜，鄉關來舊心」兩三聯可喜耳，欲以此傲牧之，未可得也。人可不量己力，妄持論薄人哉？（潘德輿《養一齋詩話》卷十）

雨中作①

賤子本幽慵②，多爲儁賢侮。得州荒僻中，更值連江雨。一褐擁秋寒，小窗侵竹塢。濁醪氣色嚴③，皤腹瓶罌古④。酣酣天地寬，怳怳嵇、劉伍⑤。但爲適性情，豈是藏鱗羽⑥。一世一萬朝，朝朝醉中去。

【注釋】

①此詩《杜牧年譜》謂「蓋守黄州時作」，並編於會昌二年。然杜牧爲黄州刺史乃在會昌二年至四年（八四二至八四四）秋，故本詩應作於此數年間。王士禎《帶經堂詩話》卷十三遺跡類上《蜀道驛程記》：「定州覓韓忠獻公閲古堂、衆春園舊址不可得，唯蘇文忠公書杜牧之『得州荒僻中，更值連江雨』一篇，石刻尚在。按此詩乃牧之刺黄州作，坡曾謫黄，後帥定武更書之耳。杜刺池，刺黄，後乞湖州，未嘗爲定州，誌誤也。」

②賤子：自謙之稱。《漢書·樓護傳》：「而成都侯（王）商子邑爲大司空，貴重，商故人皆敬事邑，唯護自安如舊節，邑亦父事之，不敢有闕。時請召賓客，邑居樽下，稱『賤子上壽』。」鮑照《代東武吟》：「主人且勿諠，賤子歌一言。」

③濁醪：濁酒。《説文》：「醪，汁滓酒也。」

④皤腹句：皤腹，大肚子。罌，小口大腹之盛酒器。

⑤怳怳句：怳怳，恍惚，謂沉醉。嵇劉，魏晉時之嵇康與劉伶，均嗜酒。傳均見《晉書》卷四九。《晉

書・嵇康傳》：「所與神交者惟陳留阮籍、河内山濤，豫其流者河内向秀、沛國劉伶、籍兄子咸、琅邪王戎，遂爲竹林之遊，世所謂『竹林七賢』也。」

⑥藏鱗羽：謂隱逸不出。《後漢書・陳留老父傳》：「桓帝世，黨錮事起，守外黄令陳留張升去官歸鄉里，道逢友人，共班草而言。升曰：『……今宦豎日亂，陷害忠良，賢人君子其去朝乎？……』因相抱而泣。老父趨而過之，植其杖，太息言曰：『吁！二大夫何泣之悲也？夫龍不隱鱗，鳳不藏羽，網羅高縣，去將安所？雖泣何及乎！』」

偶遊石盎僧舍宣州作①

敬岑草浮光②，句沚水解脈③。益鬱乍怡融〔一〕④，凝嚴忽頽坼⑤。梅顆暖眠酣⑥，風緒和無力⑦。鳧浴漲汪汪，鶵嬌村羃羃〔二〕⑧。落日美樓臺，輕煙飾阡陌。瀲綠古津遠，積潤苔基釋〔三〕。孰謂漢陵人⑨，來作江汀客。載筆念無能⑩，捧籌慚所畫〔四〕⑪。任轡偶追閑，逢幽果遭適。僧語淡如雲，塵事繁堪織。今古幾輩人，而我何能息。

【校勘記】

〔一〕「益鬱」,《全唐詩》卷五二〇、馮注本在「益」字下校:「一作悒。」

〔二〕「雛嬌」,夾注本作「鴟嬌」。

〔三〕「苔基釋」,文津閣本作「苔基濕」。

〔四〕「畫」,原作「晝」,據夾注本、《全唐詩》卷五二〇、馮注本改。

【注　釋】

①石盎僧舍:指石盎寺,在宣州敬亭山旁。馮注:「《江南通志》:石盎寺在敬亭山旁。」王西平、張田《杜牧評傳·杜牧詩文繫年考辨》謂杜牧曾兩次至宣州,開成二年秋至三年冬第二次在宣州,「他政治上的鋭氣受到挫傷,開始流露出消極低沉的思想情緒」,而此詩有「僧語淡如雲,塵事繁堪織。今古幾輩人,而我何能息」句,與其大和五六兩年初在宣州時「完全是一派積極向上的精神狀態」較爲相同。且詩有「孰謂漢陵人,來作江汀客」句,「説明他到宣州時間不長,因而定爲大和五年春作爲宜」。所説大致可從,今即訂此詩於大和五年(八三一)。

②敬岑句:敬岑,即敬亭山。夾注:「《宣城郡圖經》:敬亭山在宣城縣北十里。」馮注:「謝朓詩:風光草際浮。劉孝綽詩:浮光亂粉壁。」

③句沚：句，即句溪。一名東溪，在宣城東，因溪流迴曲得名。沚，水中沙洲。

④怡融：怡悦舒暢。

⑤凝嚴句：凝嚴，嚴寒。頹坼，消散。坼，分散、分開。

⑥梅纇：指梅花之花苞。纇，絲上之結。《説文》：「纇，絲節也。」

⑦風緒：風絲。《説文》：「緒，絲耑也。」

⑧雛嬌句：雛，馮注：「《後漢書·竇憲傳·注》：鳥子生而啄者曰雛。」羃羃，煙霧濃密覆蓋貌。

⑨漢陵人：詩人自指。蓋杜牧家在杜陵，即漢宣帝陵，故稱。《元和郡縣圖志》卷一京兆府萬年縣：「杜陵，在縣東南二十里，漢宣帝陵也。」

⑩載筆：攜帶文具記録王事。《禮·曲禮上》：「史載筆，士載言。」《注》：「筆，謂書具之屬。」《疏》：「史謂國史，書録王事者。王若舉動，史必書之。王若行往，則史載書具而從之也。」謝朓《始出尚書省詩》：「趨事辭宫闕，載筆陪旌棨。」馮注：「《隋書·孫萬壽傳》：如何載筆士，翻作負戈人？」

⑪捧籌句：馮注：「《漢書·五行志》：籌，所以紀數。《晉書·魏舒傳》：鍾毓每與參佐射，舒嘗爲畫籌而已。」

【集　評】

顔魯公云：「夕照明村樹。」僧清塞云：「夕照顯重山。」顧非熊云：「斜日曬林桑。」杜牧云：「落日羨樓臺。」半山云：「返照媚林塘。」皆不若嚴維「花塢夕陽遲」也。（吴聿《觀林詩話》）

五字絶妙，真詞料。（鄭郲評本詩「風緒和無力」句）

赴京初入汴口曉景即事先寄兵部李郎中①

清淮控隋漕②，北走長安道。檣形櫛櫛斜③，浪態迤迤徒何反好④。初旭紅可染，明河澹如掃⑤。澤闊鳥來遲，村饑人語早。露蔓蟲絲多，風蒲燕鶵老。秋思高蕭蕭，客愁長㬊㬊。因懷京、洛間，宦遊何戚草〔一〕⑥。什伍持津梁⑦，澒湧爭追討⑧。翾便去聲詎可尋⑨，幾秘安能考⑩。小人乏馨香⑪，上下將何禱〔二〕⑫？唯有君子心，顯豁知幽抱。

【校勘記】

〔一〕「戚」，《全唐詩》卷五二〇、馮注本校：「一作草。」

〔二〕「何」，《文苑英華》卷二六一校：「一作祠。」

【注　釋】

①汴口：汴水入淮處，在今江蘇盱眙。馮注：「《名勝志》：開封府祥符縣，縣東六里有蓼隄，梁孝王築，隋煬帝復修築之，改曰隋隄。志云：隋隄，一名汴隄，即汴口也。」王西平、張田《杜牧評傳·杜牧詩文繫年考辨》謂杜牧「在江南作官赴京經汴河可考者共三次。……第三次，大中五年（西元八五一）秋，官拜考功郎中、知制誥，由湖州赴京。此詩有句曰：『清淮控隋漕，北走長安道。』『秋思高蕭蕭，客愁長裊裊。因懷京洛間，宦遊何戚草！』這次赴京經過淮河隋漕，正值秋天。……唯有第三次是秋八月由湖州動身，冬天到京，經過汴口，正好是晚秋，與『秋思高蕭蕭』完全吻合」。據此，則此詩乃作於大中五年（八五一）秋。

②清淮句：清淮，謂淮河。控，控引。隋漕，指隋煬帝時所開通濟渠。馮注：「《隋書·煬帝紀》：開通濟渠自西苑引穀洛水達於河，自板渚引河通於淮。」

③櫛櫛：密集貌。

④迤迤：連延貌。

⑤明河：天河。馮注：「《廣志》曰：天河亦曰明河。」宋之問《明河篇》：「明河可望不可親，願得乘槎一問津。」

⑥戚草：迫促。

⑦什伍：古代户籍與軍隊之基層編制。户籍以五家爲伍，互相擔保，十家相連，叫什伍。此指守渡口之軍士。《禮·祭禮》：「軍旅什伍，同爵則尚齒。」《正義》：「五人爲伍，二伍爲什。」

⑧澒湧：水深廣洶湧。此處形容氣勢洶洶貌。

⑨翾便：便旋輕捷之貌。

⑩幾秘：隱秘。

⑪馨香：香美。此指美譽令德。《書·君陳》：「至治馨香，感於神明。黍稷非馨，明德惟馨。」馮注：「《國語》：馨香不登。」

⑫上下句：夾注：「《論語》：禱爾于上下神祇。」馮注：「《漢書·郊祀志》：孝武皇帝，大聖通明，始建上下之祀。」

獨酌

長空碧杳杳，萬古一飛鳥①。生前酒伴閑，愁醉閑多少。煙深隋家寺②，殷葉暗相照。獨佩一壺遊③，秋毫泰山小④。

【注　釋】

①萬古句：馮注：「顔延之詩：萬古陳往還。張協詩：人生瀛海内，忽如鳥過目。」

②隋家寺：隋朝所建寺。馮集梧謂即長安大興善寺。馮注：「《長安志》：萬年縣所領朱雀門街之東靖善坊大興善寺，盡一方之地，初曰遵善寺，隋文承周武之後，大崇釋氏，以收人望。移都，先置此寺，以其本封名焉。寺殿廣崇，爲京城之最。按：隋於所移都，所建寺，諒不可悉數，而大興善寺則其最先而最大者。《酉陽雜俎》謂寺取大興城兩字，坊名一字爲名，兹云以其本封名焉，知當時容有隋寺之目。牧之此云隋家寺，而《長安長句》亦云醉吟隋寺，其即此寺與？」

③獨佩句：劉伶嗜酒，「常乘鹿車，攜一壺酒，使人荷鍤而隨之」。事見《晉書》卷四九本傳。

④秋毫句：《莊子·齊物論》：「莫大於秋毫之末，而泰山爲小。」

【集　評】

唐喻鳬以詩謁杜牧之不遇，曰：「我詩無綺羅鉛粉，安得售？」然牧之非徒以「綺羅鉛粉」擅長者，史稱其剛直有大節，余觀其詩，亦伉爽有逸氣，實出李義山、温飛卿、許丁卯諸公上。如：「樓倚霜樹外，鏡天無一毫。南山與秋色，氣勢兩相高。」「長空碧杳杳，萬古一飛鳥。生前酒伴閑，愁醉閑多少？煙深隋家寺，殷葉暗相照。獨佩一壺遊，秋毫泰山小。」「寒空動高吹，月色滿清砧。殘夢夜魂斷，美人邊思深。孤鴻秋出塞，一葉暗辭林。又寄征衣去，迢迢天外心。」「長空澹澹孤鳥没，萬古銷沉向此中。看取漢家何事業，五陵無樹起秋風。」皆竟體超拔，俯視一切。又如《雪中書懷》云：「北虜壞亭鄣，聞屯千里師。牽連久不解，他盗恐旁窺。臣實有長策，彼可徐鞭笞。如蒙一召議，食肉寢其皮。」骨沉氣勁，頗欲追步少陵。牧之與趙倚樓詩云：「少陵鯨海闊，太白鶴天寒。」是其志氣可想也。烏可以「玉筯凝時紅粉和」、「滿街含笑綺羅春」等句，盡其生平耶？喻鳬今存詩六十三首，誠無綺羅鉛粉語，然皆近體，無古風。其近體格頗不高，警句亦罕，惟「鐘沉殘月隖，鳥去夕陽村」、「雁天霞脚雨，漁夜葦條風」、「風雪坐閑夜，鄉關來舊心」兩三聯可喜耳，欲以此傲牧之，未可得也。人可不量己力，妄持論薄人哉？（潘德輿《養一齋詩話》卷十）

惜春

春半年已除，其餘强爲有。即此醉殘花，便同嘗臘酒。悵望送春杯①，殷勤掃花帚。誰爲駐東流②，年年長在手。

【注釋】

①送春杯：馮注：「白居易詩：一杯濁酒送殘春。」

②東流：東流水。此用以比喻年光。

題安州浮雲寺樓寄湖州張郎中①

去夏疎雨餘，同倚朱欄語。當時樓下水，今日到何處？恨如春草多，事與孤鴻去。楚岸柳何窮〔一〕，别愁紛若絮。

【校勘記】

〔一〕「何」，《文苑英華》卷三一三作「無」，下校：「一作何。」

【注釋】

①安州：唐州名，州治在今湖北省安陸。夾注：「《十道志》：淮南道有安州。《注》：戰國時入楚。」湖州，唐州名，治所在唐烏程（今浙江省吴興）。張郎中，張文規，傳見《舊唐書》卷一二九

《張延賞傳》附、《新唐書》卷一二七《張嘉貞傳》附。據《嘉泰吳興志》卷一四，張文規會昌元年七月十五日自安州刺史授湖州刺史。杜牧會昌元年四月曾同堂兄慥自江州往蘄州，七月方歸長安。此行當經安州，與張文規過從。此詩有「去夏踈雨餘，同倚朱欄語」句，「去夏」即指會昌元年夏，故此詩乃作於會昌二年（八四二）春夏間杜牧自京赴黄州刺史任途經安州時作。

【集評】

《文鑒》載黄亢《臨水詩》云：「去年昨日水，今日到何處？」蓋蹈襲杜牧《題安州浮雲寺樓寄湖州張郎中》，云：「當時樓下水，今日到何處？」（吳子良《吳氏詩話》卷上）

過驪山作①

始皇東遊出周鼎②，劉、項縱觀皆引頸〔一〕③。削平天下實辛勤④，却爲道旁窮百姓。黔首不愚爾益愚⑤，千里函關囚獨夫⑥。牧童火入九泉底，燒作灰時猶未枯⑦。

【校勘記】

〔一〕「引頸」，文津閣本作「引領」。

【注　釋】

①驪山：在陝西省臨潼縣東南，秦始皇墓在此處。馮注：「《史記·周本紀·正義》：《括地志》云：驪山在雍州新豐縣南十里。《秦始皇紀》：葬始皇驪山。始皇初即位，穿治驪山，及并天下，天下徒送詣七十餘萬人，穿三泉，下銅而致槨，宫觀百官奇器珍怪徙藏滿之，樹草木以象山。《正義》：《關中記》云：始皇陵在驪山，泉本北流，障使東西流。有土無石，取大石於渭南諸山。《括地志》云：秦始皇陵在雍州新豐縣西南十里。」

②始皇句：秦始皇二十八年東遊，「過彭城，齋戒禱祠，欲出周鼎泗水，使千人没水求之，弗得。」事見《史記·秦始皇本紀》。

③劉項句：秦始皇東遊，渡浙江，項羽在道旁觀看，云：「彼可取而代也。」又劉邦在咸陽見秦始皇出遊，歎道：「大丈夫當如此也。」事分别見《史記》項羽、高祖本紀。

④削平天下句：馮注：「《史記·秦始皇紀》：皇帝躬聖，既平天下，不懈於治。」

⑤黔首不愚句：秦統一中國後，稱百姓爲黔首。馮注：「《史記·秦始皇紀》：更名民曰黔首。

又：焚百家之言，以愚黔首。」

⑥千里函關句：函關，即函谷關，秦時故關在今河南靈寶縣西南。馮注：「《元和郡縣志》：陝州靈寶縣函谷故城，在縣南十里，秦函谷關城，漢弘農縣也。……《史記・漢高祖紀》：秦形勝之國，帶河山之險，懸隔千里。《索隱》：服虔云：謂函谷關去長安千里爲懸隔。按：文以河山險固形勝，其勢如隔千里。」獨夫，殘暴無道之君主，此指秦始皇。

⑦牧童火入二句：九泉，地下極深處。秦始皇葬於驪山，後「往者咸見發掘。其後牧兒亡羊，羊入其鑿，牧者持火照求羊，失火燒其臧槨」。事見《漢書》卷三六《劉向傳》。

池州送孟遲先輩①

昔子來陵陽②，時當苦炎熱。我雖在金臺③，頭角長垂折④。奉披塵意驚，立語平生豁。寺樓最騫軒⑤，坐送飛鳥没〔一〕。一樽中夜酒，半破前峰月。煙院松飄蕭，風廊竹交戛⑥。時步郭西南，繚徑苔圓折。好鳥響丁丁，小溪光汃汃普八切。籬落見娉婷⑦，機絲弄啞軋。煙濕樹姿嬌〔二〕，雨餘山態活。仲秋往歷陽⑧，同上牛磯歇⑨。大江吞天去，一練横坤抹⑩。千帆美滿風，曉日殷鮮血。歷陽裴太守⑪，襟韻苦超越⑫。鞔鼓畫麒麟⑬，看君擊狂節。離袖颭應勞⑭，恨粉啼還咽⑮。明年忝諫官⑯，緑樹秦川闊⑰。子提健筆來，勢若夸父渴⑱。九衢林馬撾⑲，千門織車轍。秦臺破心膽⑳，黥陣驚毛髮㉑。子既屈一鳴㉒，余固宜三刖㉓。慵憂長者來，病怯長街喝。僧爐風雪夜，相對眠一褐。暖灰重擁瓶，曉粥還分鉢。青雲馬生角㉔，黄州使持節㉕。秦嶺望樊川㉖，秖得迴頭别。商山四皓祠㉗，心與摴蒲說㉘。大澤蒹葭風〔三〕㉙，孤城狐兔窟。且復考詩、書，無因見簪笏㉚。古訓屹如山，古風冷刮骨。周鼎列瓶罌㉛，荆璧横抛摋蘇割切㉜。力盡不可取，忽忽狂歌發㉝。三年未爲苦，兩郡非不達。秋浦倚吴江㉞，去檝飛青鶻。溪山好畫圖〔四〕，洞壑深閨闥。竹岡森羽林㉟，花塢團宮纈㊱。景物非不佳，獨坐如韝紲㊲。丹鵲東飛來，喃喃送君札㊳。呼兒旋去聲供衫，走門空踏襪。手把一枝物，桂花香帶雪㊴。喜極至無言，笑餘翻不悦。人生直作百歲翁，亦是萬古一瞬中。我欲東召龍伯翁㊵，上天揭取北斗柄，蓬萊頂上斡海水㊶，水盡到底看海空。月於何處去？日於何處來？跳丸相趁走不住㊷，堯、舜、禹、湯、文、武、周、孔皆爲灰㊸。酌此一杯酒〔五〕，與君狂且歌〔六〕。離别豈足更關意，衰老相隨可奈何！

【校勘記】

〔一〕「送」，馮注本校：「一作見。」

〔二〕「濕」，《唐詩紀事》卷五六作「著」。

〔三〕「蒹」，原作「兼」，據《全唐詩》卷五二〇、馮注本改。

〔四〕「畫圖」，夾注本作「圖畫」。

〔五〕「此」，馮注本校：「一作君。」

〔六〕「與君」，「與」字原作「興」，據夾注本、《全唐詩》卷五二〇、馮注本改。

【注釋】

① 池州：州名，州治在今安徽貴池。馮注：「《唐書・地理志》：江南道池州，武德四年，以宣州之秋浦、南陵二縣置。」孟遲：字遲之，平昌（今山東德平）人。開成三年夏，孟遲遊宣城，與杜牧唱和。會昌五年登進士第。後爲浙西掌書記，以讒罷職。大中時，爲淮南節度幕掌書記。有詩名，尤工絶句。生平事跡見《金華子雜編》卷下、《唐詩紀事》卷五四、《郡齋讀書志》卷一八、《唐才子傳校箋》卷七等。先輩：《唐國史補》卷下：「得第謂之前進士，互相推敬，謂之先輩。」《杜牧年譜》於會昌四年譜下謂「《唐詩紀事》卷五十四：『孟遲登會昌五年進士第。』是詩蓋本年送其入都，以備次年應試也。詩云：『三年未爲苦，兩郡非不達。』杜牧於會昌二年春守黄州，本年秋移池州，情事正合。」今即據此訂本詩於會昌四年（八四四）秋。

②陵陽：山名，在安徽石埭縣北，相傳爲陵陽子明得仙之地。一説陵陽山在安徽宣城城内。此即用以代指宣城。夾注：「《十道志》：宣州有陵陽山。」

③金臺：黄金臺。《史記·燕召公世家》：昭王延攬賢士，接受郭隗「王必欲致士，先從隗始。況賢於隗者，豈遠千里哉」之建議，「爲（郭）隗改築宫而師事之」。黄金臺即燕昭爲郭隗所築宫。又夾注：「《新語》：燕王噲爲齊所殺。昭王立，廼謂左右曰：安得賢士與之同心，以報先王之恥？郭隗曰：誠欲致士，請從隗始。隗且見事，況賢於隗者乎！昭王於是爲隗築臺於碣石山前，以金玉飾之，號曰黄金臺以尊郭隗而師之。」此借指受聘沈傳師宣歙幕府，杜牧時在其幕中。

④頭角句：比喻受挫折，不得意。馮注：「《隋書·高祖紀》：忽見頭上角出，遍體鱗起。《漢書·朱雲傳》：五鹿嶽嶽，朱雲折其角。」

⑤騫軒：飛舉貌。

⑥交戛：摇曳碰撞。

⑦娉婷：姿態美好。此指美女。

⑧歷陽：郡名，即和州，州治在今安徽省和縣。馮注：「《通典》：歷陽郡和州，理歷陽縣。」

⑨牛磯：即牛渚磯，亦稱采石，古代渡口。在宣州當塗，今安徽馬鞍山市。馮注：「《通典》：宣州當塗有牛渚磯，亦謂之采石。《元和郡縣志》：當塗縣牛渚山，在縣北三十五里，山突出江中，謂

之牛渚圻，古津渡處也。」

⑩ 一練句：練，白色熟絹。此比喻長江。坤，《易》卦名，象地。

⑪ 裴太守：指和州刺史裴儔，杜牧姐夫。字次之，孟州濟源（今屬河南）人。曾登進士第，寶曆元年又登軍謀弘遠、材任邊將科。文宗開成初，爲和州刺史。五年，轉滁州刺史。宣宗大中初，累遷大理卿。三年，出爲洪州刺史、江西觀察使。生平見《舊唐書》卷一七七《裴休傳》、《登科記考》卷二〇、《唐方鎮年表》卷五等。

⑫ 襟韻句：襟韻，性情風度。苦，甚。

⑬ 鞔鼓：皮鼓。以皮革蒙鼓叫鞔。

⑭ 颭：隨風飄動。此指風吹動衣袖。

⑮ 恨粉：指歌女。

⑯ 忝諫官：指開成四年春杜牧自宣州團練判官赴京任左補闕。

⑰ 秦川：古地區名。泛指今陝西、甘肅二省秦嶺以北平原，因春秋、戰國時地屬秦國而得名。《方輿紀要》卷五二：「陝西謂之秦川，亦曰關中。」

⑱ 夸父：神話中人名。《山海經·海外北經》：「夸父與日逐走，入日。渴欲得飲，飲於河渭；河渭不足，北飲大澤。未至，道渴而死。棄其杖，化爲鄧林。」。

⑲九衢句：九衢，指京師道路。衢，四通八達之道路。《爾雅·釋宫》：「四達謂之衢。」林，衆多。馬撾，馬鞭。

⑳秦臺句：傳説秦宫有方鏡，可照見腸胃五臟；人有邪心，照之見膽張心動。《西京雜記》卷三記漢高祖入咸陽宫，宫中有方鏡，「人且來照之，影則倒見，以手捫心而來，則見腸胃五臟，歷然無礙。人有疾病在内，則掩心而照之，則知病之所在。又女子有邪心，則膽張心動。秦始皇常以照宫人，膽張心動者則殺之。」

㉑黥陣：漢代黥布，善於行軍佈陣。《史記·黥布列傳》：「布兵精甚，上乃壁庸城，望布軍置陳如項籍軍，上惡之。」

㉒屈一鳴：此指落第。淳于髡對齊威王云：國中有大鳥，不飛不鳴，王曰：「此鳥不飛則已，一飛沖天；不鳴則已，一鳴驚人。」事見《史記》卷一二六《滑稽列傳》。

㉓三刖：指卞和因獻玉而受刖刑。《韓非子》卷四《和氏》：「楚人和氏得玉璞楚山中，奉而獻之厲王。厲王使玉人相之，玉人曰：『石也。』王以爲和爲誑而刖其左足。及厲王薨，武王即位，和又奉其璞而獻之武王。武王使玉人相之，又曰：『石也。』王又以和爲誑而刖其右足。」刖，斷足，古代五刑之一。

㉔青雲句：青雲，青雲之路，指仕宦顯途。《史記·范睢傳》：「須賈頓首言死罪，曰：『賈不意君能

自致於青雲之上。』」馬生角，喻指不可能之事竟能實現。戰國時，燕太子丹入秦，求歸，秦王曰：「『烏頭白，馬生角，乃許耳。』丹乃仰天歎，烏頭即白，馬亦生角。」事見《史記》卷八六《刺客列傳·索隱》引《燕丹子》。

㉕黄州句：會昌二年，杜牧出爲黄州刺史。使持節，指爲刺史。唐代除刺史制文沿前代例加「使持節都督某州諸軍事」字樣，但爲虚文。

㉖秦嶺句：秦嶺，指陝西省境南之終南山，亦即南山。樊川，水名。在今陝西長安南。其地本杜縣樊鄉。漢樊噲食邑於此，川因以得名。杜牧家有别墅在此地。馮注：「《長安志》：《三秦記》：長安正南秦嶺，嶺根水流爲秦川，一名樊川，長安名勝之地。」

㉗商山句：商山，在今陝西商縣東南。亦名商嶺、商阪。四皓祠，秦末漢初東園公、綺里季、夏黄公、甪里先生，曾隱居於商山，鬚髪皓白，人稱四皓。後人爲立祠廟。夾注：「《十道志》：商州高車山，《注》：《高士傳》：山上有四皓碑，又有祠，皆惠帝所立。高后使張良詣此迎四皓，因名之。」馮注：「《水經注·丹水篇》：楚水出上洛縣西南楚山，昔四皓隱于楚山，即此山也。其水兩源合於四皓東，又東逕高車嶺南，翼帶衆流，北轉入丹水，嶺上有四皓廟。」

㉘摴蒲：古代一種博戲。馮注：「《晉中興書》：摴蒲，老子所作，外國戲。」慕容寶嘗對摴蒲誓曰：「世云摴蒲有神，豈虚也哉！若富貴可期，頻得三盧。於是三擲盡盧，寶拜而受賜。」事見《晉書》

卷一二三《慕容垂載記》。

㉙大澤句：大澤，指雲夢澤。蒹葭，葦荻。

㉚簪笏：束髮加冠之髮簪與朝會時所執之手板。此指顯官。

㉛周鼎：周代傳國寶鼎。

㉜荆璧句：荆璧，即楚璧，指和氏璧。抛擲，抛散。

㉝忽忽：迷惑、恍惚，失意貌。《文選》宋玉《高唐賦》：「悠悠忽忽，怊悵自失。」馮注：「《漢書·蘇武傳》：李陵謂武曰：陵始降時，忽忽如狂。」

㉞秋浦句：秋浦，唐縣名，唐池州治所。故城在今安徽貴池境。時杜牧已自黄州刺史遷池州刺史。吴江，此指流經池州之長江。池州古屬吴國，故稱。馮注：「《元和郡縣志》：池州秋浦縣，大江水在縣北七里，秋浦水在縣西八十里。」

㉟羽林：羽林軍。馮注：「《通典》：漢太初元年，初置建章營騎，後更名羽林騎，言其爲國羽翼，如林之盛。」

㊱纈：染花之絲織品。

㊲如鞲绁：謂如鷹馬之受羈絆。鞲，革製之袖套，用來立鷹。绁，韁繩。夾注：「李白詩：羈绁鞲上鷹。」

㊳丹鵲東飛二句：夾注：「《西京雜記》：陸賈曰：乾鵲噪而行人至，蜘蟵集而百事喜。《遯齋閑覽》：南人喜鵲聲而惡鴉聲，吉凶不常。鵲聲吉多凶少，故俗號鵲聲吉，所謂軋鵲是也。」馮注：「蕭紀《鵲詩》：今朝聽聲喜，家信必應歸。」

㊴桂花香句：夾注：「庾肩吾詩：苑桂恒留雪，天花不待春。」

㊵龍伯翁：龍伯國人。傳説「龍伯之國有大人，舉足不盈數步而暨五山之所，一釣而連六鼇，合負而趣歸其國，灼其骨以數焉」。事見《列子·湯問》。馮注：「《河圖玉版》：龍伯國人長三十丈，生萬八千歲而死。」

㊶蓬萊：蓬萊山，傳説中之海中神山。馮注：「《史記·秦始皇紀》：海中有三神山，名曰蓬萊、方丈、瀛洲。《拾遺記》：蓬萊山亦名陽邱，亦名雲來，高二萬里，廣七萬里。」

㊷跳丸：比喻時間速逝。韓愈《秋懷》詩之九：「憂愁費晷景，日月如跳丸。」馮注：「《大洞經》：日爲跳丸。」

㊸堯舜句：馮注：「《北齊書·和士開傳》：自古帝王，盡爲灰燼，堯、舜、桀、紂，竟復何異？」

【集評】

高古奥逸主：……入室六人：李賀……；杜牧：「煙着樹姿嬌，雨餘山態活。」「四海一家無一

事，將軍攜劍泣霜毛。」「山密斜陽多，人稀芳草遠。」「仙掌月明孤影過，長門燈暗幾聲來。」（張爲《詩人主客圖》）

東坡「美滿風帆十幅蒲」，「美滿」字，出杜牧之詩「千帆美滿風」。東湖亦用「美滿」字云：「正須美滿十分晴。」（曾季貍《艇齋詩話》）

遲與杜牧之友善，牧之嘗有《池州送遲》詩，其間云：「煙濕樹姿嬌，雨餘山態活。仲秋往歷陽，同上牛磯歇。大江吞天去，一練横坤抹。歷陽裴太守，襟韻苦超越。輓鼓畫麒麟，看君擊狂節。離袖颭應勞，恨粉啼還咽。明年忝諫官，緑樹秦川闊。子提健筆來，勢若夸父渴。九衢林馬撾，千門織車轍。秦臺破心膽，黥陣驚毛髮。子既屈一鳴，余固宜三刖。」又曰：「丹鵲東飛來，喃喃送君札。呼兒旋供衫，走馬空踏襪。手把一枝物，桂花香帶雪。喜極至無言，笑餘翻不悦。」又送孟遲詩云：「手撚金僕姑，腰懸玉轆轤。爬頭峰北正好去，係取可汗鉗作奴。六宮雖念相如賦，其那防邊重武夫。」（計有功《唐詩紀事》卷五十四「孟遲」）

牧又多以竹雨比羽林，《栽竹》詩云：「歷歷羽林影。」又：「竹岡森羽林。」《大雨行》：「萬里横亘羽林槍。」又：「雲林寺外逢猛雨，林黑山高雨脚長。曾奉郊宫爲近侍，分明攙攙羽林槍。」（吳聿《觀林詩話》）

詩有驚人句。杜《山水障》：「堂上不合生楓樹，怪底江山起煙霧。」又：「斫却月中桂，清光應更多。」白樂天云：「遥憐天上桂華孤，爲問姮娥更寡無？月中幸有閒田地，何不中央種兩株。」韓子蒼

《衡岳圖》：「故人來自天柱峰，手提石廩與祝融。雨山陂陀幾百里，安得置之行李中。」此亦是用東坡云：「我持此石歸，袖中有東海。」杜牧之云：「我欲東召龍伯公，上天揭取北斗柄，蓬萊頂上斡海水，水盡見底看海空。」李賀云：「女媧煉石補天處，石破天驚逗秋雨。」（楊萬里《誠齋詩話》）

【杜牧池州别孟遲先輩】「昔子來陵陽，時當苦炎熱。寺樓最褰軒，坐見飛鳥没。一樽中夜酒，半破前峰月。煙院松飄蕭，風廊竹交戛。好鳥響丁丁，小溪光汎汎。離袖颭應勞，恨粉啼還咽。慵憂長者來，病怯長街喝。呼兒旋供衫，走馬空踏襪。手把一枝物，桂花香帶雪。喜極至無言，笑餘翻不悦。人生直作百歲翁，亦是萬古一瞬中。我欲東召龍伯翁，水盡到底看海空。酌君一杯酒，與君狂且歌。離别豈足更關意，衰老相隨可奈何。」二詩奇崛，而用韻古，舊見石刻，多磨滅，節而書之。（楊慎《升菴詩話》卷五）

小杜《池州别孟遲》詩：「我欲東召龍伯翁，水盡到底看海空。」咄咄奇語，與老杜「頓轡海徒湧，神人身更長」之語相當。（葉矯然《龍性堂詩話》續集）

「汎」字，《説文》引《爾雅》云：西至于汎國，汎，西極之水也，府巾切。杜牧《送孟遲先輩》詩：「小溪光汎汎。」自注，普汎切。宋黄仁傑《夔州苦雨》詩：「汎月不虚爲朽月，今年頼得是豐年。」汎，音帕，平聲。《東方朔傳》：「令壺齟，老柏塗。」塗與汎同，注云：丈加切。（王士禛《居易録》卷十三）

杜牧詩「小溪光汎汎」，宋黄仁傑詩「汎月不虚爲朽月，今年賴得是豐年」，楊用修云：「汎，怕平聲，又丈加切。」案《正字通》，普八切，攀入聲。《爾雅》：「西極于汃國，汃，西極水名，又水相激聲。」韓愈詩「獠江息澎汃」與湃同。張衡《南都賦》「流湍投濈，砏汃輣軋」，注音八。汃有平、去、入三聲。（王士禛《古夫于亭雜録》卷三）

昌黎云：「横空盤硬語。」硬語能佳，在古人亦少。只愛杜牧之云：「安得東召龍伯公，車乾海水見底空。」又云：「鯨魚横脊卧滄溟，海波分作兩處生。」宋人句云：「金翅動身摩日月，銀河翻浪洗乾坤。」（袁枚《隨園詩話》卷十五）

重送①

手撚金僕姑②，腰懸玉轆轤③。爬音琶頭峰北正好去④，係取可汗鉗作奴⑤。六宮雖念相如賦⑥，其那防邊重武夫。

【注釋】

① 此詩爲重送孟遲之作，與《池州送孟遲先輩》詩作於同年。《杜牧年譜》謂「詩有『爬頭峰北正好去，係取可汗鉗作奴』句，蓋回鶻猶未退」，與杜牧會昌四年之《上李太尉論北邊事啓》所述正合，

故編於會昌四年（八四四）秋。

②金僕姑：箭名。《左傳》莊公十一年：「乘丘之役，公以金僕姑射南宫長萬。」

③玉轆轤：劍首以玉製造轆轤爲飾之劍。馮注：「《漢書·雋不疑傳》：帶櫑具劍。《注》：晉灼曰：古長劍首，以玉作井轆轤形，上刻木作山形，如蓮花初生未敷時；今大劍木首，其狀似此。《古樂府》：腰下鹿盧劍，可值千萬餘。」

④爬頭峰：亦作杷頭烽，在唐朔州。《資治通鑑》卷二四六宋白注：「杷頭烽北臨大磧，東望雲、朔，西望振武。」

⑤可汗句：可汗，匈奴君長。此指回紇首領。鉗，古刑名，以鐵束頸。馮注：「《史記·張耳傳》：貫高與客孟舒等十餘人，皆自髡鉗爲王家奴。」

⑥六宫句：漢武帝陳皇后失寵，居長門宫，遂使人奉黄金百斤請司馬相如爲作《長門賦》，因復得親幸。事見司馬相如《長門賦·序》。六宫，相傳天子有六宫。《周禮·天官·内宰》：「上春，詔王后帥六宫之人。」又：「内宰，……以陰禮教六宫。」漢鄭玄注認爲正寢一，燕寢五爲六宫。後泛稱皇后妃嬪居住處。

題池州弄水亭①

弄水亭前溪，颭灩翠綃舞②。綺席草芊芊③，紫嵐峰伍伍④。螭蟠得形勢，翬飛如軒户⑤。一鏡奩曲堤，萬丸跳猛雨。檻前燕雁棲，枕上巴帆去⑥。叢筠侍修廊，密蕙媚幽圃。杉樹碧爲幢，花駢紅作堵。停樽遲去聲晚月，咽咽上幽渚。客舟耿孤燈⑦，萬里人夜語。漫流罥苔槎⑧，饑鳧曬雪羽。玄絲落鉤餌，冰鱗看吞吐⑨。斷霓天帔垂⑩，狂燒漢旗怒⑪。曠朗半秋曉，蕭瑟好風露。光潔疑可攬〔一〕，欲以襟懷貯。幽抱吟《九歌》⑫，羈情思湘浦⑬。四時皆異狀，終日爲良遇。小山浸石稜，撑舟入幽處。孤歌倚桂巖，晚酒眠松塢。紆餘帶竹村，蠶鄉足砧杵。塍泉落環珮⑭，畦苗差纂組⑮。風俗知所尚，豪强耻孤侮。鄰喪不相春⑯，公租無詬負⑰。農時貴伏臘，簪瑱事禮賂〔二〕⑱。鄉校富華禮⑲，征行産强弩。不能自勉去，但愧來何暮⑳。故園漢上林㉑，信美非吾土㉒。

【校勘記】

〔一〕「疑」，夾注本作「凝」。

〔二〕「禮」，馮注本校：「一作理。」

【注釋】

①池州弄水亭：杜牧任池州刺史時所建，亭名取李白「飲弄水中月」句意。馮注：「《方輿勝覽》：池州有弄水亭。曹學佺《名勝志》：池州府通遠門外，有弄水亭，在舊橋之西，杜牧所建，取太白飲弄水中月之句也。」張祜有《題池州杜員外弄水新亭》，乃張祜會昌五年訪池州刺史杜牧時所作，則杜牧此詩當即會昌五年（八四五）與張祜同時之作。詩有「曠朗半秋曉，蕭瑟好風露」句，乃作於秋日。

②颭灩：水波蕩漾貌。

③芊芊：草木茂盛貌。

④伍伍：排列成行。

⑤翬飛：形容飛簷如鳥飛舉翼。

⑥巴帆：指往巴地之船。巴，古國名。位於今四川省東部一帶地方。馮注：「《通典》：渝州，今理巴縣，古巴國。」

⑦耿：光、明。

⑧罥：掛。

⑨冰鱗：雪白之魚。馮注：「邱巨源詩：瓊澤映冰鱗。」

⑩帔：披肩。

⑪狂燒句：狂燒，此指火紅之雲霞。馮注：「《漢書·高帝紀》：『旗幟上赤，協於火德。』此以赤色之漢旗比喻雲霞。

⑫《九歌》：屈原所作，有《東皇太一》、《湘君》、《湘夫人》、《山鬼》等十一篇。

⑬羈情句：馮注：「《拾遺記》：屈原以忠見斥，隱于沅湘，被王逼逐，乃赴清泠之水，楚人思慕，謂之水仙，其神游于天河，精靈時降湘浦。」

⑭塍泉句：塍，田埂。環珮，此處用以喻水珠。

⑮纂組：赤色之綬帶。此處取其如錦繡之義。

⑯鄰喪句：相舂，舂米時喊號子。《禮記·曲禮上》：「鄰有喪，舂不相。」

⑰詬負：辱罵其虧欠。

⑱簪瑱句：瑱，玉名。禮賂，按照禮節贈送財物。

⑲鄉校：鄉學。

⑳但愧句：《後漢書·廉范傳》：「廉范字叔度，京兆杜陵人，……後頻歷武威、武都二郡太守，隨俗

化導，各得治宜。建中初，遷蜀郡太守，其俗尚文辯，好相持短長，范每厲以淳厚，不受偷薄之說。成都民物豐盛，邑宇逼側，舊制禁民夜作，以防火災，而更相隱蔽，燒者日屬。范乃毁削先令，但嚴使儲水而已。百姓爲便，乃歌之曰：『廉叔度，來何暮？不禁火，民安作。平生無襦今五絝。』」

㉑上林：漢長安苑名。杜牧家於樊川，爲漢上林苑地。馮注：「《長安志》：漢上林苑，秦舊苑也。《漢書》曰：武帝建元三年，起上林苑。又曰：武帝廣開上林，周迴數百里。」

㉒信美句：王粲《登樓賦》：「雖信美而非吾土兮，曾何足以少留！」

【集　評】

張公翊《清溪圖》，畫池陽清溪也。郭功甫題五絶句，有「唯欠子瞻詩」之語，遂求東坡爲賦《清溪詞》。蘇公復令某示秦少游，寫小杜《弄水亭》詩。其後自元豐以來，諸賢題詠甚多，真蹟在金華智者寺草堂，蓋宋季王佖元敬使君得之。（吴師道《吴禮部詩話》）

如石間石響，天然清亮。（鄭郲評本詩）

杜紫微之快逸，人所知也。獨《弄水亭》有句云：「斷霓天帔垂，狂燒漢旗怒」、「膆泉落環佩，畦苗差纂組」，宛是昌黎口角。（葉矯然《龍性堂詩話》初集）

題宣州開元寺寺置於東晉時①

南朝謝脁城〔一〕②，東吳最深處。亡國去如鴻，遺寺藏煙塢③。樓飛九十尺，廊環四百柱。高高下下中〔二〕④，風繞松桂樹。青苔照朱閣，白鳥兩相語⑤。溪聲入僧夢，月色暉粉堵〔三〕。閲景無旦夕，憑欄有今古。留我酒一樽〔四〕，前山看春雨。

【校勘記】

〔一〕「城」，馮注本作「樓」。

〔二〕「高高下下中」，夾注本作「高下高下中」。

〔三〕「暉」，《文苑英華》卷二三八、文津閣本作「輝」。「堵」，《文苑英華》卷二三八作「渚」，下校：「集作堵。」

〔四〕「酒一樽」，夾注本作「一樽酒」。

【注釋】

①宣州：州名，唐時州治在宣城（今屬安徽）。馮注：「《名勝志》：宣城縣城中景德寺，晉名永安，唐名開元，蘭若中之最勝者。」據《杜牧年譜》，杜牧開成三年在宣州幕中。又杜牧《大雨行》原注：「開成三年，宣州開元寺作。」則此詩亦作於開成三年（八三八）。詩有「留我酒一樽，前山看春雨」句，乃作於春日。

②謝朓城：即宣城，南齊詩人謝朓曾爲宣城太守，故稱。城中有謝公樓、謝公亭等古跡。馮注：「《一統志》：北樓在宣城縣治北。《明一統志》：南齊守謝朓建，後人亦稱謝公樓。」

③煙塢：煙霧彌漫中之山岡。塢，四周高，中間低凹之谷地。馮注：「錢起詩：氣融煙塢晚來鳴。」

④高高下下：夾注：「《吳語》：今王既變鯀禹之功，而高高下下以罷民於姑蘇。《注》：高高起臺榭，下下深汙池。」

⑤白鳥：白羽之鳥，如鶴鷺之類。《詩·大雅·靈臺》：「白鳥翯翯。」又《周頌·振鷺》：「振鷺於飛。」漢毛亨傳：「鷺，白鳥也。」

【集評】

予論唐詩，小與人異。……杜牧《題宣州開元寺》云：「南朝謝朓城，東吳最深處。亡國去如鴻，遺寺藏煙塢。樓飛九十尺，廊環四百柱。高高下下中，風繞松桂樹。青苔照朱閣，白鳥兩相語。溪聲入僧夢，月色輝粉堵。閱景無旦夕，憑欄有今古。留我酒一尊，前山看春雨。」牧之雄直如此，而人第以豔麗盡之。（潘德輿《養一齋詩話》卷九）

大雨行 開成三年宣州開元寺作①

東垠黑風駕海水，海底卷上天中央。三吳六月忽悽慘②，晚後點滴來蒼茫。錚棧雷車軸轍壯③，矯躩蛟龍爪尾長〔一〕④。神鞭鬼馭載陰帝⑤，來往噴灑何顛狂。四面崩騰玉京仗⑥，萬里横牙羽林槍〔二〕⑦。雲纏風束亂敲磕〔三〕，黄帝未勝蚩尤强⑧。百川氣勢苦豪俊，坤關密鎖愁開張⑨。大和六年亦如此，我時壯氣神洋洋〔四〕。東樓聳首看不足，恨無羽翼高飛翔。盡召邑中豪健者，闊展朱盤開酒場。奔觥槌鼓助聲勢⑩，眼底不顧纖腰娘。今年闒茸鬢已白〔五〕⑪，奇遊壯觀唯深藏。景物不盡人自老，誰知前事堪悲傷⑫！

【校勘記】

〔一〕「躩」，《文苑英華》卷一五三作「躍」，下校：「集作躩。」《全唐詩》卷五二〇、馮注本校：「一作躍。」

〔二〕「橫牙」，《文苑英華》卷一五三作「縱橫」，下校：「集作橫牙。」《全唐詩》卷五二〇作「橫互」，下校：「一作縱橫。」馮注本校：「一作縱橫。」

〔三〕「亂」，《文苑英華》卷一五三作「勢」，下校：「集作亂。」《全唐詩》卷五二〇、馮注本均校：「一作勢。」

〔四〕「壯氣」，《文苑英華》卷一五三作「氣壯」。

〔五〕「年」，《文苑英華》卷一五三作「來」，下校：「集作年。」《全唐詩》卷五二〇、馮注本均校：「一作來。」

【注釋】

① 據詩題下小注：「開成三年宣州開元寺作」，知詩作於開成三年（八三八）六月，時杜牧在宣州幕。

② 三吳：吳郡、吳興、丹陽號爲三吳。

③ 錚棧句：錚，形狀如銅鐸之樂器。棧，小鐘。《爾雅·釋樂》：「大鐘謂之鏞，小者謂之棧。」雷車，此處與「錚棧」並列，指響聲如雷之車。

④ 矯躩：夭矯跳躍。此形容閃電。

⑤ 神鞭句：陰帝，指女媧。馮注：「《三秦記》：秦始皇作石橋，欲過海看日出處，有神人能驅石下

海，石去不速，神輒鞭之，皆流血。」《淮南子・覽冥》高誘注：「女媧陰帝。」

⑥ 玉京仗：玉京，指天闕。道家稱爲三十二帝之都，在無爲之天。《魏書・釋老志》：「道家之原，出於老子，其自言也，先天地生，以資萬類。上處玉京，爲神王之宗；下在紫薇，爲飛仙之主。」葛洪《枕中書》：「玄都玉京，七寶山周圍九萬里，在大羅天之上。」仗，兵仗。此處用玉京仗以喻大雨。

⑦ 萬里句：横牙，即縱横之意。羽林槍，羽林軍之戈戟。此處用以喻大雨之狂猛密聚。

⑧ 黄帝句：黄帝，古代帝王。蚩尤，古代九黎族部落酋長。馮注：「《史記・五帝紀》：蚩尤作亂，不用帝命，黄帝乃徵師諸侯，與蚩尤戰于涿鹿之野，遂擒殺蚩尤。」

⑨ 坤關：大地之關。坤，《易》卦名，象地。

⑩ 觥：盛酒器。

⑪ 闒茸：駑弱，精神頹靡。夾注：「《漢書》賈誼賦：闒茸尊顯兮，諂諛得志。《注》：闒茸，下材不肖之人也。」

⑫ 誰知前事句：馮注：「《晉書・羊祜傳》：祜樂山水，每風景必造峴山，置酒言詠，終日不倦；嘗慨然歎息，顧謂從事中郎鄒湛等曰：自有宇宙，便有此山，由來賢達勝士，登此遠望，如我與卿者多矣，皆湮滅無聞，使人悲傷。」

【集評】

牧又多以竹雨比羽林，《栽竹》詩云：「歷歷羽林影。」又：「竹岡森羽林。」《大雨行》：「萬里橫亘羽林槍。」又：「雲林寺外逢猛雨，林黑山高雨脚長。曾奉郊宫爲近侍，分明摟摟羽林槍。」（吳聿《觀林詩話》）

自宣州赴官入京路逢裴坦判官歸宣州因題贈①

敬亭山下百頃竹②，中有詩人小謝城③。城高跨樓滿金碧，下聽一溪寒水聲。梅花落徑香繚繞，雪白玉璫花下行④。縈風酒旆挂朱閣，半醉遊人聞弄笙。我初到此未三十，頭腦釤利筋骨輕⑤。畫堂檀板秋拍碎⑥，一引有時聯十觥。老閑腰下丈二組⑦，塵土高懸千載名⑧。重遊鬢白事皆改，唯見東流春水平。對酒不敢起〔一〕，逢君還眼明。雲罍看人捧⑨，波臉任他橫〔二〕⑩。一醉六十日，古來聞阮生⑪。是非離別際，始見醉中情。今日送君話前事，高歌引劍還一傾。江湖酒伴如相問〔三〕，終老煙波不計程⑫。

【校勘記】

〔一〕「不敢起」，夾注本作「不敢把」。

〔二〕「波臉」，夾注本作「波瞼」。

〔三〕「酒伴」，夾注本作「醉伴」。

【注釋】

①裴坦：字知進，大和八年進士及第，後任沈傳師宣歙觀察使幕判官。傳見《新唐書》卷一八二。據《杜牧年譜》，杜牧開成四年春，由宣州赴京任左補闕、史館修撰。此詩即作於開成四年（八三九）春杜牧將赴京時。

②敬亭山：山名。在安徽宣城縣北。一名昭亭山，又名查山。山上有敬亭，相傳爲南齊謝朓賦詩之所，山以此名。

③小謝城：指宣城。南齊詩人謝朓曾爲宣城太守，故稱。城中有謝公樓、謝公亭等古跡。

④璫：耳珠。《釋名》：「穿耳施珠曰璫。」

⑤鬖利：爽利，指頭腦清晰、思維敏捷。

⑥檀板：打拍子用之檀木拍板。馮注：「《通典》：拍板，長闊如手，重十餘枚，以韋連之，擊以代

抃。隋煬帝詞：「檀板輕聲銀甲暖。」

⑦組：繫印絲帶。

⑧塵土：視之如塵土。

⑨雲罍：畫有雲雷紋之酒樽。

⑩波：眼波。馮注：「梁元帝詩：横波滿臉萬行淚。」

⑪一醉二句：阮生，阮籍。晉文帝曾爲武帝求婚於阮籍，籍縱酒大醉六十日，以此婉轉辭絶，藉此以避禍。事見《晉書》卷四九本傳。

⑫終老句：煙波，指江湖。程，指驛程，二驛爲一程。此兼指前程。

【集評】

老杜：「卿到朝廷説老翁，飄零已是滄浪客。」又：「朝覲從容問幽仄，勿云江漢有垂綸。」其後夢得《送陳郎中》云：「若問舊人劉子政，而今頭白在商於。」《送惠休》則云：「休公久别如相問，楚客逢秋心更悲。」小杜：「江湖酒伴如相問，終老煙波不記程。」「交遊話我憑君道，除却鱸魚更不聞。」商隱《寄崔侍御》云：「若向南臺見鶯友，爲言垂翅度春風。」臨川：「故人一見如相問，爲道方尋木雁編。」「歸見江東諸父老，爲言飛鳥會知還。」聖俞：「儻或無忘問姓名，爲言懶拙皆如故。」坡：「單于

若問君家世，莫道中朝第一人。」皆有所因也。（黄徹《䂬溪詩話》卷五）

贈宣州元處士①

陵陽北郭隱②，身世兩忘者。蓬蒿三畝居③，寬於一天下。樽酒對不酌〔一〕，默與玄相話〔二〕④。人生自不足，愛歎遭逢寡⑤。

【校勘記】

〔一〕「酒」，《文苑英華》卷二三二校：「一作前。」

〔二〕「默」，《文苑英華》卷二三二校：「一作密。」

【注釋】

① 馮注：「《名勝志》：宣城縣有元處士，逸其名，杜牧詩云云，蓋借子雲以況之。按：牧之又有題元處士高亭詩，許渾亦有題宣州元處士幽居詩，又有灞上逢元處士東歸詩，又有元處士自洛歸宛陵山居見示詹事相公餞行之什因贈詩。其贈詩注云：元君多隱廬山學《易》，常爲相國師服，即

其人可知矣。」《杜牧年譜》謂此詩在宣州作，然未能定作於杜牧第一或第二次居宣州時。

②陵陽：山名，在宣州涇縣。馮注：「《通典》：宣州涇有陵陽山。」

③蓬蒿句：馮注：「《三輔決録》：張仲蔚，扶風人，少與同郡魏景卿俱隱身不仕，所居蓬蒿没人也。」

④玄：指《易》之奥義。許渾《元處士自洛歸宛陵山居見示詹事相公餞行之什因贈》詩自注：「元君舊隱廬山學《易》，常爲相國師服。」謂元處士曾隱廬山學《易》。

⑤遭逢：遭遇、遇合。漢王充《論衡·命義》：「遭者，遭逢非常之變，若成湯囚夏臺，文王厄牖里矣。」《周書·文帝紀上》：「侯莫陳悦本實庸材，遭逢際會，遂叨委任。」

【集評】

杜牧《贈宣州元處士》云：「蓬蒿三畝居，寬於一天下。」藩興嗣《逍遥亭》詩用其語云：「寬於一天下，原憲惟桑樞。」（吴子良《吴氏詩話》卷上）

清樸。（鄭郲評本詩）

孟東野詩：「出門即有礙，誰謂天地寬。」非世路之窄，心地之窄也。即十字而跼天蹐地之形，已畢露紙上矣。杜牧之詩：「蓬蒿三畝居，寬於一天下。」非天下之寬，胸次之寬也，即十字而幕天席地

之概，已畢露紙上矣。一號爲詩囚，一目爲詩豪，有以哉！（洪亮吉《北江詩話》卷四）

村　行①

春半南陽西②，柔桑過村塢〔一〕③。娉娉垂柳風〔二〕，點點廻塘雨〔三〕。蓑唱牧牛兒〔四〕④，籬窺蒨裙女〔五〕⑤。半濕解征衫〔六〕，主人饋雞黍⑥。

【校勘記】

〔一〕「過」，《全唐詩》卷五二〇、馮注本校：「一作遍。」

〔二〕「娉娉」，《文苑英華》卷三一九、馮注本校：「一作裊裊。」「柳」，《文苑英華》卷三一九作「楊」。

〔三〕「廻」，《文苑英華》卷三一九作「過」。

〔四〕「牧牛兒」，夾注本作「牧羊兒」。

〔五〕「裙」，夾注本作「裾」。

〔六〕「衫」，原作「杉」，據《全唐詩》卷五二〇、馮注本改。《文苑英華》卷三一九作「衣」。

【注釋】

①《杜牧年譜》於開成四年謂「詩中有『春半南陽西』之語，按時間與地點，應是本年過南陽時所作。」則此詩作於開成四年（八三九）春杜牧赴京任左補闕途中。

②南陽：唐縣名。今屬河南。

③村塢：馮注：「庾信詩：依稀映村塢。《通鑑·晉紀·注》：城之小者曰塢。」

④蓑：此指披著蓑衣。

⑤蒨裙：大紅色之裙子。

⑥饋雞黍：饋，進食於人。《論語·微子》：「止子路宿，殺雞爲黍而食之。」

史將軍二首①

其一

長鋋周都尉②，閑如秋嶺雲。取蝥弧登壘③，以駢鄰翼軍④。百戰百勝價，河南、河北聞⑤。今遇太平日，老去誰憐君？

【注釋】

① 據胡可先《杜牧研究叢稿·杜牧詩文編年》所考，史將軍爲史憲忠，字元貞。傳見《新唐書》卷一四八《史孝章傳》附。

② 長鉟：長鉟都尉，漢官名。西漢周竈以長鉟都尉隨劉邦攻打項羽，以功封侯。事見《漢書·功臣表》。此以周竈比喻史將軍。

③ 蝥弧：旗名。春秋魯隱公十一年，鄭國潁考叔於伐許國都城之戰役中，取鄭伯之旗蝥弧率先登城。此句即以此贊頌史將軍。

④ 駢鄰：馮注：「《漢書·功臣表》：許盎以駢鄰從起昌邑。師古曰：二馬曰駢。駢鄰，謂並兩騎爲軍翼也。」

⑤ 河南河北：指河南道、河北道。馮注：「《唐六典》：凡天下十道：二曰河南道，凡二十八州；四曰河北道，凡二十五州。」

其二

壯氣蓋燕、趙①，耽耽魁傑人②。彎弧五百步〔一〕，長戟八十斤③。河湟非內地④，安、史有遺塵⑤。何日武臺坐⑥，兵符授虎臣⑦。

【校勘記】

〔一〕「彎弧」，夾注本作「彎弓」。

【注釋】

①燕趙：燕、趙均爲戰國國名。此代指河北諸鎮地，時常爲藩鎮所割據。燕、趙地區古來多出奇士、壯士。馮注：「《漢書・江充傳》：充爲人魁岸，容貌甚壯，帝望見而異之，謂左右曰：燕、趙故多奇士。」

②耽耽句：耽耽，通眈眈，威視之貌。魁傑，魁偉傑出。

③長戟句：馮注：「《魏志・典韋傳》：韋好持大雙戟，與長刀等，軍中爲之語曰：帳下壯士有典君，提一雙戟八十斤。」

④河湟：今甘肅、青海湟水、黄河流域。當時爲吐蕃所侵佔。

⑤遺塵：遺留之戰亂。安史之亂後，各地擁兵割據叛亂之方鎮，多爲安史叛軍降將。馮注：「《册府元龜》：初，王師討平河朔，州縣風靡向化。相州薛嵩，魏州田承嗣，鎮州張忠志，幽州李懷仙皆爲賊守，聞詔書一切不問，趨僕固懷恩馬首，乞行間自效。懷恩包藏貳心，乃表請以僞署官秩任之，嵩等遂分鎮河北一道，各擁精兵數萬。帝姑務安人，含宏之，實懷恩啓之也。」

⑥武臺：漢未央宮殿名。夾注：「《漢書·李陵傳》：陵召見武臺。《注》：未央宮有武臺殿。」

⑦虎臣：勇猛之臣。《詩·魯頌·泮水》：「矯矯虎臣，在泮獻馘。」《漢書·趙充國傳》揚雄《頌》：「漢命虎臣，惟後將軍，整我六師，是討是震。」

樊川文集卷第二

華清宮三十韻①

繡嶺明珠殿②，層巒下繚牆〔一〕③。仰窺雕檻影〔二〕，猶想赭袍光④。昔帝登封後⑤，中原自古强。一千年際會⑥，三萬里農桑。几席延堯、舜，軒墀立禹、湯〔三〕。雷霆馳號令〔四〕，星斗煥文章⑦。釣築乘時用⑧，芝蘭在處芳⑨。北扉閑木索⑩，南面富循良。至道思玄圃⑪，平居厭未央⑫。鈎陳裹巖谷⑬，文陛壓青蒼⑭。歌吹千秋節⑮，樓臺八月涼。神仙高縹緲⑯，環珮碎丁當。泉暖涵窗鏡，雲嬌惹粉囊。嫩嵐滋翠葆⑰，清渭照紅粧⑱。帖泰生靈壽⑲，歡娱歲序長。月聞仙曲調，霓作舞衣裳⑳。雨露偏金穴㉑，乾坤入醉鄉。玩兵師漢武㉒，迴手倒干將〔五〕㉓。鯨鬣掀東海㉔，胡牙揭上陽㉕。喧呼馬嵬血㉖，零落羽林槍㉗。傾國留無路㉘，還魂怨有香㉙。蜀峰横慘澹，秦樹遠微茫。鼎重山難轉㉚，天扶業更昌㉛。望賢餘故老㉜，花萼舊池塘㉝。往事人誰問，幽襟淚獨傷。碧簷斜送日，殷葉半凋霜。迸水傾瑤砌，踈風罅玉房。塵埃羯鼓索㉞，片段荔枝筐㉟。鳥啄摧寒木，蝸涎蠹畫梁。孤煙知客恨，遥起泰陵傍㊱。

【校勘記】

〔一〕「牆」，《文苑英華》卷三一一作「壇」。

〔二〕「雕」，《文苑英華》卷三一一、馮注本校：「一作丹。」《全唐詩》卷五二一作「丹」，下校：「一作雕。」

〔三〕「立」，《文苑英華》卷三一一校：「集作接。」《全唐詩》卷五二一作「接」，下校：「一作立。」馮注本校：「一作接。」

〔四〕「馳」，《文苑英華》卷三一一、夾注本作「驅」。

〔五〕「手倒」，《全唐詩》卷五二一、馮注本校：「一作首到。」

【注　釋】

①華清宮：在今陝西臨潼驪山上。唐貞觀十八年建，咸亨二年名温泉宮。天寶六載，改名華清宮。《杜牧年譜》謂「顧嗣立《温飛卿詩集箋注》卷九集外詩有《華清宮和杜舍人》，即是和杜牧《華清宮三十韻》詩。」故是詩乃杜牧爲中書舍人時所作。杜牧大中六年爲中書舍人，故《杜牧年譜》編此詩於大中六年（八五二）。

②繡嶺句：繡嶺，驪山有東、西繡嶺。明珠殿，殿名。在繡嶺上。馮注：「《長安志》：明珠殿，長生殿之南近東也。」

③繚牆：繚繞曲折之圍牆。馮注：「《南部新書》：驪山華清宫毁廢已久，今惟存繚垣耳。朝元閣在山嶺上，山腹即長生殿，又有飲酒亭，明皇吹笛樓，宫人走馬樓，故基猶在繚垣之内。」

④赭袍：赤黄色之袍，指帝王之衣。

⑤登封：指開元十三年唐玄宗封禪泰山事。事見《舊唐書·玄宗紀上》。

⑥際會：遇合。《淮南子·泰族》：「夫欲治之主不世出，而可與興治之臣不萬一，以萬一求不世出，此所以千歲不一會也。」馮注：「《拾遺記》：丹邱千年一燒，黄河千年一清，至聖之君，以爲大瑞。」

⑦星斗句：焕，明亮。《晉書·天文志》：「東壁二星，主文章。天下圖書之秘府也。星明，王者興，道術行，國多君子。」

⑧釣築：指吕尚與傅説。殷高宗夢得聖人，後尋得説，時説板築於傅險，因以爲姓，遂用爲相。事見《史記》卷三《殷本紀》。周文王占卜，知將得輔佐，後得垂釣於渭水之姜尚，立爲師。事見《史記》卷三二《齊太公世家》。

⑨芝蘭句：馮注：「《家語》：芝蘭生於深林，不以無人而不芳；君子修道立德，不爲困窮而改節。」

⑩北扉句：北扉，指北寺獄。原東漢監獄名，屬黄門署。主管監禁、審訊將相大臣。因在宫省北面，故亦名北寺。馮注：「《後漢書·竇武傳》：黄門北寺、若盧、都内諸獄，繫囚罪輕者皆出之。」木索，鐐銬繩索等刑具。

⑪至道句：至道，指唐玄宗，其尊號爲「至道大聖大明孝皇帝」。玄圃，在崑崙山上，神仙所居。《水經注一·河水》：「崑崙之山三級：下曰樊桐，一名板桐；二曰玄圃，一名閬風；上曰層城，一名天庭，是爲太帝仙居。」

⑫未央：漢宫名，在漢長安。此指長安宫殿。

⑬鉤陳：星名，在紫微垣内，最近北極，天文家多藉以測極，稱極星，主後宫。此指華清宫。《晉書·天文志》：「北極五星，鉤陳六星，皆在紫宫中……鉤陳，後宫也，大帝之正妃也，大帝之常居也。」故亦用以指稱後宫。

⑭文陛：宫闕之殿階。

⑮千秋節：唐玄宗生日爲八月五日，開元十七年將此日定爲千秋節。

⑯神仙句：夾注：木華「《海賦》：神仙縹緲，餐玉清涯。」

⑰翠葆：用翠羽裝飾之車蓋。夾注：「《上林賦》：建翠華之旗。《注》：以翠羽葆也。郭璞曰：華葆也。」

⑱清渭：渭，指渭水。源出甘肅渭源西北鳥鼠山，東南流至清水縣，入陝西境，横貫渭河平原，東流入黄河。

⑲帖泰：安寧和順。

⑳霓作句：《霓裳羽衣曲》爲唐樂曲名，屬商調曲。本傳自西涼，名《婆羅門》，開元中，河西節度使楊敬述所獻。後經唐玄宗潤色，於天寶十三載改名《霓裳羽衣曲》。楊貴妃善爲霓裳羽衣舞。又，相傳唐玄宗與羅公遠遊月宫，見素娥數百，舞於廣庭。玄宗暗記其曲，回宫後即作《霓裳羽衣曲》。事見《雲笈七籤》卷一一三上。

㉑雨露句：雨露，此處喻指皇恩。東漢光武郭皇后之弟郭況「遷大鴻臚，帝數幸其第，賞賜金錢縑帛，豐盛莫比，京師號況家爲『金穴』。」事見《後漢書》卷一〇上《光武郭皇后紀》。此指玄宗偏寵楊貴妃一家。

㉒玩兵句：指唐玄宗後期效法漢武帝鋭意開邊，輕啓戰事。夾注：「荀悦《漢記》：武皇帝窮兵黷武，百姓窮竭，萬民罷敝。當此之時，天下騷然，海内無聊，孝文之業廢矣。」馮注：「獨孤及《郭知運謚議》：玄宗循漢武故事，方鋭意拓土。《通典》：國家開元天寶之際，宇内謐如，邊將邀寵，競圖勳伐，西陲青海之戍，東北天門之師，磧西怛邏之戰，雲南渡瀘之役，没於異域，數十萬人，向無幽寇内侮，天下四征未息，離潰之勢，豈可量邪！」

㉓ 廻手句：干將，寶劍名，春秋吳人干將与其妻莫邪所鑄。倒干將，謂倒持寶劍，授人以柄。此指兵權所授非人。

㉔ 鯨鬣：此用以指安禄山、史思明等叛將。鬣，魚頷旁小鬐。

㉕ 胡牙句：天寶十四載十一月，安禄山反，十二月，攻佔洛陽。胡牙，指安禄山叛軍牙旗。揭，舉。上陽，宫名，在洛陽。《新唐書·地理志二·東都》：東都上陽宫，「在禁苑之東，東接皇城之西南隅，上元中置，高宗之季常居以聽政。宫城之西南隅。」

㉖ 喧呼句：馬嵬，在今陝西興平西。天寶十五載元月，安史叛軍攻下潼關，玄宗倉惶幸蜀。途經馬嵬驛，六軍嘩變，誅楊國忠等。又逼殺楊貴妃，玄宗不得已將楊貴妃賜死。事見《舊唐書》卷五一、《新唐書》卷七六《唐玄宗楊貴妃傳》。又夾注引《翰府名談·玄宗遺録》：「翌日，漁陽叛書至。帝及御前殿詔高力士護六宫，意留貴妃守宫。力士奏曰：『陛下留貴妃消患乎？天下謂之如何也！』帝許貴妃從駕，由承天門西去。至馬嵬，前鋒不進，六師迴合，侍衛周旋。帝欲攬轡，近侍奏曰：『帝且待之，恐生不測。』力士前曰：『外議籍籍，皆曰楊國忠久盜天機，持國柄，結患邊臣，幾傾神器，致天步西遊，蒙塵萬里，皆國忠一門之所致也。是以六軍不進，請圖之。』俄頃，有持國忠首奏曰：『國忠謀叛，以軍法誅之。』帝曰：『國忠非叛也。』力士遽躡帝足曰：『軍情萬變，不可有此言。』帝悟，顧左右曰：『國忠族矣。』不久，國忠弟妹少長皆爲所殺。帝曰：『一門死

矣，軍尚不進，何爲也？』力士奏曰：『軍中皆言禍胎尚在行宮。』帝曰：『朕不惜一人以謝天下，但恐後世之切譏後宮也。』神衛軍揮使侯元吉前奏：『願斬貴妃首懸之于大白旗，以令諸軍。』帝怒叱元吉曰：『妃子後宮之貴人，位亞元后之尊。古者投鼠尚忌器，何必懸首而軍中方知也。但令之死則可矣！』力士曰：『此西有古佛廟，諸軍之所由路也。願令妃子死其中，貴諸軍知也。』『汝引妃子從他路去，無使我見而悲戚也。』力士曰：『陛下不見，左右不知，未爲便也。願陛下面賜妃子死，貴左右知而慰衆軍之心也。』帝可其奏。貴妃泣曰：『吾一門富貴傾天下，今以死謝，又何恨也！』遽索朝服見帝曰：『夫上帝之尊，其勢豈不能庇一婦人使之生乎？一門俱族而及臣妾，得無甚乎？且妾居處深宮，事陛下未嘗有過失，外家事妾則不知也。』帝曰：『萬口一辭，牢不可破。國忠等雖死，軍師猶未發，備子死以塞天下之謗。』妃子曰：『願得帝送妾數步，妾死無憾。』左右引妃子去，帝起立送之，如不可步而九反顧。帝涕下交頤，左右擁妃子行，速由軍中過。至古寺，妃子取擁頂羅掩面大慟，以其羅付力士曰：『將此進帝。』左右以帛縊之，陳其屍於寺門，乃解其帛。俄而，氣復來，其喘綿綿。遽用帛縊之，乃絶。揮使侯元吉大呼於軍中曰：『賊本以死，吾屬無患矣！』於是鳴鼓揮旗，大軍以進。力士回奏，以妃子擁頂羅上進。視其淚痕，皆若淡血。帝不勝其悲曰：『古者情恨之感悉有所應，舜妃泣竹而爲斑，妃子擁羅而成血，異矣夫！』前軍作樂，帝不樂，欲止之。力士曰：『不可，今日之理，且順人情。』

㉗ 羽林：指唐宫城之禁衛軍，有左、右羽林軍。馮注：「《唐六典》：左右羽林軍，掌統領北衙禁兵之法令，而督攝左右廂飛騎之儀仗，以統諸曹之職。若大駕行幸，則夾馳道以爲内仗。」

㉘ 傾國句：謂楊貴妃被處死事。傾國，喻美人，此指楊貴妃。漢李延年歌曰：「北方有佳人，絶世而獨立。一顧傾人城，再顧傾人國。」

㉙ 還魂句：香，即返生香。據《述異記》：「聚窟洲有神鳥山，山上有返魂樹。伐其木根心，於玉釜中煮成汁，煎成丸，名曰驚精香，或名震靈丸、返生香、却死香。死者在地，聞香氣即活。」又夾注引《漢武内傳》：「有返魂樹，采其根於釜中，以水煮，候成汁，方去滓，重火煉之如漆，候凝，則香成也。西國使云，其香名有六，一名返魂，……一名節死香，燒之，一豆許，凡有疫死者，聞香再活。故曰返魂香也。」

㉚ 鼎重句：鼎，宝鼎，象徵國家政權。馮注：「《後漢書・獻帝紀論》：傳稱鼎之爲器，雖小而重，故神之所寶，不可奪移。」

㉛ 天扶句：謂收復京師，唐玄宗返回長安，肅宗立之事。馮注：「《肅宗紀》：至德二年九月癸卯，復京師，十月壬子，復東京，遣太子太師韋見素迎上皇天帝於蜀郡。十二月丙子，上皇天帝至自蜀郡，乾元元年正月戊寅，上皇天帝御宣政殿，授皇帝傳國受命寶符，號曰：光天文武大聖孝感皇帝。」

㉜望賢句：望賢，宮名，在今陝西咸陽东。據《舊唐書・玄宗紀下》所載，天寶十五載（七五六）六月，玄宗幸蜀，乙未辰時，「至咸陽望賢驛置頓，官吏駭散，無復儲供。上憩於宮門之樹下，亭午未進食。俄有父老獻麨，上謂之曰：『如何得飯？』於是百姓獻食相繼。」馮注：「《長安志》：咸陽縣望賢宮，縣東數里開遠門外。」

㉝花萼句：花萼，指唐玄宗時所建之花萼相輝樓。在興慶宮内。《新唐書・讓皇帝憲傳》：玄宗曾「時時登之，聞諸王作樂，必亟召升樓，與同榻坐，或就幸第，賦詩燕嬉，賜金帛侑歡。」《唐會要》卷三〇《興慶宮》：「開元二年七月二十九日，以興慶里舊邸爲興慶宮。初，上在藩邸，與宋王等同居於興慶里，時人號曰五王子宅。至景龍末，宅内有龍池湧出，日以浸廣。……後于西南置樓，西面題曰花萼相輝之樓，南題曰勤政務本之樓。」

㉞羯鼓：古代羯族樂器。其形如漆桶，下以小牙床承之。打擊時用二杖，聲音急促高烈。玄宗好羯鼓。見《羯鼓録》。《新唐書・禮樂志》：「玄宗既知音律，好羯鼓，而寧王善吹横笛，達官大臣慕之，皆喜言音律，帝常稱羯鼓八音之領袖，諸樂不可方也。」

㉟片段句：《新唐書・楊貴妃傳》：「妃嗜荔枝，必欲生致之，乃置騎傳送，走數千里，味未變，已至京師。」

㊱泰陵：唐玄宗陵墓。在唐京兆府奉先縣，即今陝西蒲城東北金粟山。

【集　評】

小杜作《華清宮》詩云：「雨露偏金穴，乾坤入醉鄉。」如此天下，焉得不亂？（許顗《彦周詩話》）

子瞻愛杜牧之《華清宮》詩，自言凡爲人寫了三四十本矣。（王□《道山清話》）

義山詩……詠物似瑣屑，用事似僻，而意則甚遠，世但見其詩喜説婦人，而不知爲世鑒戒。「玉桃偷得憐方朔，金屋妝成貯阿嬌。誰料蘇卿老歸國，茂陵松柏雨蕭蕭。」此詩非誇王母玉桃，阿嬌金屋，乃譏漢武也。「景陽宮井剩堪悲，不盡龍鸞誓死期。腸斷吳王宮外水，濁泥猶得葬西施。」此詩非痛恨張麗華，乃譏陳後主也。其爲世鑒戒，豈不至深至切。「内殿張絃管，中原絶鼓鼙。舞成青海馬，鬭殺汝南雞。不睹華胥夢，空聞下蔡迷。宸襟他日淚，薄暮望賢西。」夫雞至於鬭殺，馬至于舞成，其窮歡極樂不待言而可知也；「不睹華胥夢，空聞下蔡迷」，志欲神仙而反爲所惑亂也。其言近而旨遠，其稱名也小，其取類也大。杜牧之《華清宮三十韻》，鏗鏘飛動，極叙事之工，然意則不及此也。（張戒《歲寒堂詩話》卷上）

往年過華清宮，見杜牧之、温庭筠二詩，俱刻石于浴殿之側，必欲較其優劣而不能。近偶讀庭筠詩，乃知牧之之工，庭筠小子，無禮甚矣。劉夢得《扶風歌》、白樂天《長恨歌》及庭筠此詩，皆無禮于其君者。庭筠語皆新巧，初似可喜，而其意無禮，其格至卑，其筋骨淺露，與牧之詩不可同年而語也。其首叙開元勝遊，固已無稽，其末乃云「豔笑雙飛斷，香魂一哭休」，此語豈可以瀆至尊耶？人才氣格，自有高下，雖欲强學不能，如庭筠豈識《風》、《雅》之旨也。牧之才豪華，此詩初叙事甚可喜，而其中乃云：「泉暖涵窗鏡，雲嬌惹粉囊。嫩嵐滋翠葆，清渭照紅妝。」是亦庭筠語耳。（張戒《歲寒堂詩話》卷上）

杜牧之《華清宫三十韻》，無一字不可人意。其叙開元一事，意直而詞隱，曄然有《騷》、《雅》之風。至「一千年際會，三萬里農桑」之語，置在此詩中，如使伶優與嵇、阮輩並席而談，豈不敗人意哉。（周紫芝《竹坡詩話》）

杜牧之《華清宫》詩云：「雨露偏金穴，乾坤入醉鄉。」許彦周謂「如此天下焉得不亂」。蓋以明皇寵幸妃族，賞賚無極，君臣終日酣宴，所以兆漁陽之變耳。（闕名《碧湖雜記》）

【數目】駱賓王好用數目作對，人呼爲「算博士」。杜牧之《華清宫》詩：「一千年際會，八百里農桑。」《洛中送人東遊》詩：「四百年炎漢，三十代宗周。二三里遺堵，八九所高丘。」又有「漢宫一百四十五」，「南朝四百八十寺」，「三十六宫秋夜深」，「二十四橋明月夜」，「故鄉七十五長亭」諸句，殆踵義烏而起者歟。（宋長白《柳亭詩話》卷三）

長安雜題長句六首①

其一

觚稜金碧照山高②，萬國珪璋捧赭袍③。舐筆和鉛欺賈、馬④，贊功論道鄙蕭、曹⑤。東南樓日珠簾卷⑥，西北天宛玉厄豪⑦。詩曰「鞗革金厄」，蓋小環。四海一家無一事，將軍攜鏡泣霜毛。

【注　釋】

①《杜牧年譜》謂「詩有『誰識大君謙讓德』句。原注：『聖主不受徽號。』馮集梧《樊川詩集注》曰：『《唐會要》：文宗大和七年十二月，宰臣王涯等請册徽號，不許；開成二年二月，宰臣鄭覃等頻表請，上固謙抑，不允；宣宗大中三年十二月，群臣以河湟既復，請加徽號，上深執謙讓，三表不許。此云不受徽號，未知是文是宣，然六詩以「四海一家無一事」起，而以「一毫名利鬭鼃蟆」結之，其爲收復河湟後作歟？』按馮説是也。大和七年、開成二年，杜牧均不在京都，大中三、四年

間則在京都，四年秋始出守湖州，觀詩中語似春日所作，故定爲大中四年」。據此，此六詩作於大中四年（八五〇）春。

②觚稜：殿堂屋角成方角稜瓣形瓦脊。此處代指宮殿。

③萬國句：珪璋，玉製禮器，朝聘所執。周朝諸侯朝王執珪，朝后執璋。珪上圓或尖，下方。璋形制如珪之上端斜削去一角。赭袍，皇帝所穿紅袍。

④舐筆和鉛句：鉛，用來寫字之鉛粉。賈馬，賈誼、司馬相如，皆爲漢代著名辭賦家。賈誼，傳見《史記》卷八四、《漢書》卷四八。司馬相如，傳見《史記》卷一一七、《漢書》卷五七。

⑤蕭曹：蕭何、曹參，兩人均爲西漢名相。蕭何，傳見《史記》卷五三、《漢書》卷三九。曹參，傳見《史記》卷五四、《漢書》卷三九。

⑥東南樓日句：《陌上桑》：「日出東南隅，照我秦氏樓。秦氏有好女，自名爲羅敷。」此句化用其意。

⑦西北句：天宛，指西域大宛國所産天馬。《史記·大宛列傳》：「大宛在匈奴西南，……多善馬，馬汗血，其先天馬子也。」厄，車轅前端駕在馬頸上之横木。

【集　評】

高古奥逸主：……入室六人：李賀……，杜牧：「煙着樹姿嬌，雨餘山態活。」「四海一家無一事，將軍攜劍泣霜毛。」「山密斜陽多，人稀芳草遠。」「仙掌月明孤影過，長門燈暗幾聲來。」（張爲《詩人主客圖》）

其二

晴雲似絮惹低空〔一〕，紫陌微微弄袖風。韓嫣金丸莎覆緑①，許公韉汗杏黏紅②。煙生窈窕深東第③，輪撼流蘇下北宫④。自笑苦無樓護智⑤，可憐鉛槧竟何功⑥。

【校勘記】

〔一〕「似」，《全唐詩》卷五二一校：「一作如。」

【注　釋】

① 韓嫣句：韓嫣，漢代人，爲漢武帝幸臣。傳見《史記》卷一二五、《漢書》卷九三。《西京雜記》卷四記：「韓嫣好彈，常以金爲丸，所失者，日有十餘，長安爲之語曰：『苦饑寒，逐金丸。』」

②許公韉汗句：許公，北周宇文述，封許國公。傳見《隋書》卷六一、《北史》卷七九。韉，馬鞍。馮注：「原注：《北史》：宇文述封許國公，製馬韉，于後角上缺方三寸，以露白色，時謂許公缺勢。」

③煙生窈窕句：窈窕，幽遠深邃貌。東第，帝城東之府第，指王侯府第。《史記·司馬相如傳》：「位爲通侯，居列東第。」《索隱》：「列甲第在帝城東，故云東第也。」

④輪撼流蘇句：流蘇，五彩絲絛。爲車馬、帷帳等之垂飾。馮注：「《海録碎事》：盤綫繪繡之毬，五綵錯爲之，同心而下垂者曰流蘇。」北宫，又名桂宫，因在未央宫之北，故稱。乃貴族王公遊玩之所。舊址在今西安西北。馮注：「《後漢書·劉盆子傳》：赤眉復入長安，止桂宫。《注》：《長安記》曰：桂宫在未央宫北，亦曰北宫。」

⑤自笑句：《漢書·樓護傳》：「樓護字君卿，齊人。……是時王氏方盛，賓客滿門，五侯兄弟爭名，其客各有所厚，不得左右，唯護盡入其門，咸得其驩心。結士大夫，無所不傾，其交長者，尤見親而敬，衆以是服。爲人短小精辯，論議常依名節，聽之者皆竦。與谷永俱爲五侯上客。長安號曰『谷子雲筆札，樓君卿唇舌』。言其見信用也。」

⑥可憐鉛槧句：鉛槧，鉛粉筆和木牘，古人書寫用工具。漢代揚雄不善逢迎巴結，唯喜研究學問，「常懷鉛提槧，從諸計吏訪殊方絶域四方之語，以爲裨補」，後撰成《方言》一書。事見《西京雜記》卷三。

【集評】

《長安雜題》（晴雲如絮惹低空）：一、二言長安「晴雲」、「紫陌」，景色美麗，正可爲富貴家行樂之場。三、四皆承寫行樂處也。五寫第宅之盛，六寫輪輿之美，自足動人之爭趨奔赴。七、八一結，言外有矯然獨立，不爲風染之意。（朱三錫《東喦草堂評訂唐詩鼓吹》卷六）

《長安雜題六首選三》（晴雲似絮惹低空）：琢者難爲高，此得不卑。（王夫之《唐詩評選》卷三）

《長安雜題》（晴雲如絮惹低空）：「樓護」謂不能從容于牛李之間也。（何焯《評注唐詩鼓吹》卷六）

【長安雜題長句第二首】「韓嫣」四句，言勳戚豪家之盛。末二句，言不遊權貴之門也。（曾國藩《求闕齋讀書録》卷九）

其三

雨晴九陌鋪江練①，嵐嫩千峰疊海濤。南苑草芳眠錦雉②，夾城雲暖下霓旄③。少年羈絡
青紋玉〔一〕④，遊女花簪紫蔕桃⑤。江碧柳深人盡醉⑥，一瓢顔巷日空高⑦。

【校勘記】

〔一〕「紋」，《全唐詩》卷五二一校：「一作文。」夾注本作「青文玉」。

【注釋】

①雨晴九陌句：九陌，指京師大路。鋪江練，謝朓詩有「澄江静如練」句。此句化用其意。

②南苑：見《杜秋娘詩》注⑳。

③夾城句：夾城，見《杜秋娘詩》注⑲。霓旌，即霓旌，皇帝儀仗。將羽毛染成五彩，綴縷爲旌，形似虹霓。

④羈絡：馬籠頭。

⑤紫蔕桃：馮注：「《西京雜記》：漢武初，修上林苑，群臣各獻果，有紫文桃。」

⑥江碧柳深句：江，指長安城東南之曲江池。《劇談録》卷下《曲江》：「曲江池，……其南有紫雲樓、芙蓉苑，其西有杏園、慈恩寺。……入夏，則菰蒲葱翠，柳陰四合，碧波紅蕖，湛然可愛。好事者賞芳辰，玩清景，聯騎攜觴，亹亹不絶。」

⑦一瓢顔巷：顔巷，顔回所居之窮巷。孔子稱讚其弟子顔回云：「一簞食，一瓢飲，在陋巷，人不堪其憂，回也不改其樂。賢哉回也！」事見《論語·雍也》。

【集評】

《長安雜題》（雨晴九陌鋪江練）：一、二言長安何等勝地。三、四言長安何等良辰。五寫及少

年，六又寫及遊女，深譏如此都會之地，風俗淫亂，却渾而不露。七、八即人醉我醒之意。（朱三錫《東喦草堂評訂唐詩鼓吹》卷六）

雨晴九陌鋪江練：琢處見情，率處見真。（王夫之《唐詩評選》卷三）

杜長律亦極有佳句，如「深秋簾幕千家雨，落日樓臺一笛風」、「蒲根水暖雁初浴，梅徑香寒蜂未知」、「千里暮山重疊翠，一溪寒水淺深清」。又「江碧柳青人盡醉，一瓢顏巷日空高」，俱灑落可誦。至《西江懷古》「千秋釣艇歌明月，萬里沙鷗弄夕陽」，尤有江天浩蕩之景。（賀裳《載酒園詩話又編·杜牧》）

【長安雜題長句第三首】此首言方春景物之麗，士女冶游之盛，而己甘陋巷寂寞也。（曾國藩《求闕齋讀書録》卷九）

其四

束帶謬趨文石陛①，有章曾拜皂囊封②。期嚴無奈睡留癖，勢窘猶爲酒泥慵③。偷釣侯家池上雨，醉吟隋寺日沉鐘④。九原可作吾誰與⑤？師友琅琊邴曼容⑥。

【注釋】

① 束帶句：文石陛，宮殿中用文石砌成之臺階。夾注：「《論語》：子曰：赤也，束帶立於朝，可使

與賓客言也。」

②皂囊：黑色袋子。漢制，群臣所上章表，如事涉秘密，則封以皂囊。夾注：「《後漢・蔡邕傳》：詔曰：其對經術以皂囊封上。《注》：《漢官儀》曰：凡章表皆啓封，其言密事，得皂囊也。」

③酒泥慵：酒醉慵懶。

④隋寺：見《獨酌》詩注②。

⑤九原句：九原，山名。在山西新絳縣北，晉卿大夫墓地多在此，後以泛指墓地。作，起，復生。《禮記・檀弓下》：「趙文子與叔譽遊觀乎九原。文子曰：『死者如可作也，吾誰與歸？』叔譽曰：『其陽處父乎！』」

⑥邴曼容：漢琅玡（治所在今山東諸城）人，邴漢兄子。養志自修，爲官俸禄超過六百石，即自行去職。傳見《漢書》卷七二。《漢書・龔勝傳》：「琅邪邴漢亦以清行徵用，……漢兄子曼容亦養志自修，爲官不肯過六百石，輒自免去，其名過出於漢。」

【集評】

【長安雜題長句第四首】「期嚴」四句，自言疏慵不宜於從公，有嵇康七不堪之意。（曾國藩《求闕齋讀書録》卷九）

其五

洪河清渭天池濬①，太白、終南地軸横②。祥雲輝映漢宫紫③，春光繡畫秦川明④。草妬佳人鈿朵色，風廻公子玉銜聲。六飛南幸芙蓉苑⑤，十里飄香入夾城⑥。

【注釋】

①洪河清渭句：洪河，大河，指黄河。清渭，指渭水。濬，水深。馮注：「《唐六典》：渭水出渭州，歷秦、隴、岐、京兆、同、華六州，入於河。《後漢書·班固傳》：帶以洪河、涇、渭之川。《梁書·元帝紀》：濁河清渭，佳氣猶存。《列子》：終髮北之北，有溟海者，天池也。」

②太白終南句：太白，山名，即陝西秦嶺（南山）主峰，在今太白縣東南。峰險陡峭，常年積雪，望之皓然而名。《水經·渭水注》：太白山「在武功縣南，去長安二百里。不知其高幾何。俗云：武功太白，去天三百。」終南，山名，又名南山、中南山、太一山，在陝西西安市南。屬秦嶺山脈，東西走向。地軸横，夾注：「《海賦》：又似地軸挺拔而爭迴。《注》：《河圖括地象》曰：地下有四柱，廣十萬里，有三千六百軸。」

③祥雲輝映句：《舊唐書·宣宗紀》：「（大中三年）六月癸未，五色雲見于京師。」

④秦川：自大散關以北至岐雍，夾渭川南北岸，因秦之故國，故稱秦川。約包括今陝西、甘肅兩省之地。

⑤六飛句：六飛，六馬，指皇帝車駕。芙蓉苑，即芙蓉園，唐長安名勝地，在長安曲江西南，園内有芙蓉池。

⑥十里飄香句：馮注：「《長安志圖》：夾城，玄宗以隆慶坊爲興慶宫，附外郭爲複道，自大明宫潛通此宫及曲江芙蓉園；又十宅皇子，令中官押之于夾城起居西外郭廡後。宣宗于夾城南頭開便門，自芙蓉園北入青龍寺，俗號新開門。杜牧之詩：六飛南幸芙蓉苑，十里飄香入夾城，謂此。」

【集評】

《長安雜題》（洪河清渭天地濬）：詩人於四方風土，皆能言之。至於長安、洛陽、鄴都、金陵帝王建都之地，則多見於懷古之作，而述今者少。牧之長安六詩，於五詩之末各寓閑中自静之意。獨此詩前誇形勢，後叙侈麗，亦足以形容天府之盛，故取之。五詩内，如「韓嫣金丸莎覆緑，許公韉汗杏粧紅」、「投鈞謝家池正雨，醉吟隋寺日沉鐘」、「白鹿原頭回獵騎，紫雲樓下醉江花」。又《街西長句》云：「遊騎偶同人鬭酒，名園相倚杏交花」，皆豔冶而不流。當其時，郊、島、元、白下世之後，張祜、趙嘏諸人皆不及牧之，蓋頗能用老杜句律自爲翹楚，不卑卑於晚唐之酸楚湊砌也。（方回《瀛奎律髓》卷四「風土類」）

《長安雜題》（洪河清渭天地濬）：一寫長安如此水，二寫長安如此山，三、四寫長安如此宮闕，五寫長安之佳麗，六寫長安之遊俠，七、八直寫到御苑、夾城。「六飛南幸」、「十里聞香」，如此流風遺俗，誰實倡之？言外有托諷意。（朱三錫《東喦草堂評訂唐詩鼓吹》卷六）

（洪河清渭天地濬）：岱岳披雲，洞庭侵月，末章偏不及感遇意，《國風》往往有此。（王夫之《唐詩評選》卷四）

其六

豐貂長組金、張輩①，駟馬文衣許、史家②。白鹿原頭迴獵騎③，紫雲樓下醉江花④。九重樹影連清漢，萬壽山光學翠華⑤。誰識大君謙讓德⑥，聖上不受徽號。一毫名利鬭蠹蟆。

【注　釋】

①豐貂句：豐貂，寬大之貂鼠皮衣。組，綬帶。金、張，指漢代金日磾、張安世。金日磾家自武帝至平帝，其家七世爲内侍。《漢書·張安世傳》：「功臣之世，唯有金氏、張氏，親近寵貴，比于外戚。」

②駟馬文衣句：駟馬，駟馬高車，高官顯貴所乘坐。文衣，彩色繡衣。許史，指漢宣帝許皇后父許伯及漢宣帝外家史高，均爲漢代著名貴戚。馮注：「《漢書·王商等傳贊》：自宣元成哀，外戚興者，許史三王丁傅之家，皆重侯累將，窮貴極富。」

③白鹿原：地名，即霸上，在陝西藍田縣西，灞水行經原上。相傳周平王時有白鹿出此，故名。馮注：「《元和郡縣志》：萬年縣白鹿原，在縣東二十里。」

④紫雲樓：唐代長安曲江畔樓名。據《舊唐書·鄭注傳》，樓乃唐文宗時左右神策軍所建。

⑤萬壽山光句：萬壽山，山名，在長安。翠華，用翠羽飾於旗杆頂上之旗，乃皇帝儀仗。夾注：「《南都賦》：望翠華之葳。《注》：翠華，蓋也。」

⑥大君句：大君，謂天子，此指宣宗。大中三年十二月，以河湟收復，百官請加徽號，宣宗謙讓不許。事見《舊唐書·宣宗紀》。

河　湟①

元載相公曾借箸②，憲宗皇帝亦留神③。旋見衣冠就東市④，忽遺弓劍不西巡⑤。牧羊驅馬雖戎服⑥，白髮丹心盡漢臣⑦。唯有《涼州》歌舞曲⑧，流傳天下樂閑人。

【注釋】

①河湟：今甘肅、青海湟水、黃河流域，即河西、隴右一帶地區稱河湟。當時爲吐蕃所侵佔。

②元載句：借箸，借用筷子代爲籌畫。漢謀臣張良曾借箸爲劉邦籌畫。《史記·留侯世家》：「漢王方食，……張良對曰：『臣請藉前箸爲大王籌之。』」元載，唐代宗時宰相，曾任西州刺史，熟悉河西、隴右山川形勢。大曆八年曾向代宗獻策防禦吐蕃，並獻上地圖，但爲田神功所阻，終未實行。事見《舊唐書》卷一一八、《新唐書》卷一四五《元載傳》。

③憲宗皇帝句：唐憲宗曾看天下地圖，見河湟爲吐蕃所據，想收復它，但終未實現。馮注：「《唐書·吐蕃傳》：憲宗常覽天下圖，見河湟舊封，赫然思經略之，未暇也。」

③旋見衣冠句：東市，漢長安市名，亦爲處決犯人之處。漢景帝時，「吳楚七國果反，以誅錯爲名。……上令鼂錯衣朝衣，斬東市。」事見《漢書》卷四九《鼂錯傳》。此借指元載於大曆十二年因罪入獄，下詔賜自盡事。馮注：「《唐書·元載傳》：大曆十二年三月，帝遣左金吾大將軍吳湊，收載下獄，下詔賜自盡。」

⑤遺弓劍：婉言帝王之死。傳説黃帝乘龍上天，墮其弓；又云黃帝橋山墓中，惟存劍履。見《史記·封禪書》及《五帝本紀·正義》。又《水經注·河水篇》：「陽周縣橋山上有黃帝塚，帝崩，惟弓劍存焉，故世稱黃帝仙矣。」此指憲宗去世。

⑥牧羊驅馬句：牧羊驅馬，指河湟地區牧羊放馬之百姓。戎服，異族服裝。

⑦白髮丹心句：蘇武出使匈奴，被留十九年，杖漢節牧羊，「及還，鬚髮盡白」。事見《漢書》卷五四本傳。此句謂河湟百姓仍忠於李唐皇朝。馮注：「《唐書·吐蕃傳》：沙州人皆胡服臣虜，每歲時祀父祖，衣中國之服，號慟而藏之。《沈下賢集》：自翰海以東凡五十六郡、六鎮、十五軍，皆唐人子孫，生爲戎服奴婢者，田牧耕作，或叢居城落之間，或散處野澤之中。及霜露既降，以爲歲時，必東望啼嘘，其感故國之思如此。」

⑧《涼州》：涼州，本爲州名，州治在今甘肅武威。開元、天寶間樂曲有《涼州》、《涼州破》等，均因地爲名。此指《涼州曲》。《新唐書·禮樂志》：「天寶樂曲皆以邊地名，若《涼州》、《伊州》、《甘州》之類。」

【集評】

杜牧之《河湟》詩云：「元載相公曾借箸，憲宗皇帝亦留神。」一聯甚陋。唐人多如此。或作云：「唯老杜詩不類此格。」僕云：「『還轉五州防禦使，起居八座太夫人。』不免如小杜。」子蒼云：「此語不佳。杜律詩中雖有一律驚人，人不能到，亦有可到者。」僕云：「如《蜀相》詩第二聯，人亦能到。」子蒼云：「第三聯最佳。『四更山吐夜，殘月水明樓』，此一聯後，餘者便到了。」又舉「三峽星河影動搖」一聯，僕云：「下句勝上句。」子蒼云：「如此者極多。小杜《河湟》一篇第二聯『旋見衣冠就東市，忽遺弓劍不西巡』，極佳，爲『借箸』一聯累耳。」（吴可《藏海詩話》）

【元載韓侂胄】杜牧之《河湟》詩曰：「元載相公曾下筯，憲宗皇帝亦留神。旋見衣冠就東市，忽遺弓劍不西巡。」觀此，則載曾謀復河湟，史亦不言其事。愚謂元載欲復河湟，韓侂胄欲伐金虜，近日夏言欲取河套，其事則是，其時則非，其人尤非也。力小任重，鮮不仆，信哉！況三人者，取死之罪多矣，一節烏足掩之。（楊慎《升菴詩話》卷二）

許七侍御棄官東歸瀟灑江南頗聞自適高秋企望題詩寄贈十韻①

天子繡衣吏②，東吴美退居③。有園同庾信④，避事學相如⑤。蘭畹晴香嫩〔一〕，筠溪翠影踈。江山九秋後〔二〕⑥，風月六朝餘⑦。錦肆開詩軸〔三〕，青囊結道書⑧。霜巖紅薜荔⑨，露沼白芙蕖⑩。睡雨高梧密，棋燈小閣虚。凍醪元亮秫⑪，寒鱠季鷹魚⑫。塵意迷今古，雲情識卷舒⑬。他年雪中棹⑭，陽羨訪吾廬⑮。於義興縣，近有水榭。

【校勘記】

〔一〕「晴香」，夾注本作「清香」。

〔二〕「山」，《文苑英華》卷二六一作「上」。馮注本校：「一作上。」

〔三〕「肆」，《全唐詩》卷五二一作「帙」，下校：「一作笥，一作肆。」馮注本校：「一作帙，又作笥。」

【注釋】

① 許七侍御：即許渾，字用晦，一作仲晦，行七。祖籍安州安陸（今屬湖北），寓居潤州丹陽（今屬江蘇），遂爲丹陽人。大和六年登進士第，後任當塗、太平縣令，轉監察御史。大中三年辭官東歸，起爲潤州司馬。歷虞部員外郎，睦、郢二州刺史。事跡見胡宗愈《唐許用晦先生傳》、辛文房《唐才子傳》卷七、清刊《潤州許氏宗譜》等。侍御，即監察御史之别稱。許渾《烏絲欄》詩題記云：「大中三年，守監察御史，抱疾不任朝謁，堅乞東歸。明年少閑，端居多暇，……聊用自適。」又其《梁秀才以早春旅次大梁，將歸郊扉，言懷兼别示，亦蒙見贈，凡二十韻，走筆依韻》詩於「京口接漳濱」句下自注：「某自監察御史謝病歸家，蒙除潤州司馬。」據此，大中三年許渾東歸潤州後至四年尚自適於潤州，不久即除潤州司馬。任司馬即不能有此詩之「東吳美退居」。有園同庾信，避事學相如。……睡雨高梧密，棋燈小閣虚。凍醪元亮秫，寒鱠季鷹魚」矣，且詩有「江山九秋後，

風月六朝餘」句，詩乃深秋作。故此詩乃作於大中三年（八四九）深秋。

②繡衣吏：指監察御史許渾。《漢書·百官公卿表》：「侍御史有繡衣直指，出討奸猾，治大獄。」漢武帝時，民間起事者衆，御史中丞督捕猶不能平息，因派光禄大夫范昆諸輔都尉及故九卿張德等衣繡衣，持斧仗節，興兵鎮壓，號直指使者。繡衣直指本由侍御使擔任，故又稱繡衣御史。

③東吳句：此指許渾潤州丹陽隱居之處。因地屬三國東吳，故稱。

④庾信：庾信撰《小園賦》云：「余有數畝敝廬，寂寞人外。」庾信，字子山，南陽新野（今屬河南）人。初仕南朝梁，奉使西魏，被留。西魏亡，仕北周，官至驃騎大將軍，開府儀同三司。有《庾子山集》。傳見《周書》卷四一、《北史》卷八三。

⑤避事句：相如，即漢代辭賦家司馬相如。傳見《史記》卷一一七、《漢書》卷五七。《漢書·嚴助傳》：「（司馬）相如常稱疾避事。」

⑥九秋：秋季九十天。此指深秋。《初學記》三梁元帝《纂要》：「秋……亦曰三秋、九秋。」馮注：「《太平御覽》：《陰陽五行曆》曰：一時爲三月，一月爲一秋，三月爲三秋；又一月爲三秋，故三月有九秋之名也。」張衡《南都賦》：「結九秋之增傷。」

⑦六朝：三國吳、東晉、宋、齊、梁、陳均建都於金陵，史稱南朝，亦稱六朝。

⑧青囊：方士盛書之囊。《晉書·郭璞傳》：「好古文奇字，妙於陰陽曆算。有郭公者，客居河東，

精于卜筮。璞從之受業。公以青囊中書九卷與之，由是遂洞五行、天文、卜筮之術。」

⑨ 薜荔：馮注：「《楚辭·注》：薜荔，香草也，緣木而生。《本草拾遺》：薜荔，枝葉繁茂，葉長二三寸。」

⑩ 白芙蕖：芙蕖，荷花之別稱。《爾雅·釋草》：「荷，芙蕖，……其華菡萏。」夾注：「《爾雅》：荷，芙蕖。《注》：江東呼荷華爲芙蕖。」馮注：「《本草綱目》：花有紅白粉紅三色。」

⑪ 凍醪句：醪，濁酒。凍醪，冬天釀造，春天飲用之酒。元亮，曾陶淵明字元亮。秫，稷之黏者。蕭統《陶淵明傳》謂其爲彭澤令，「公田悉令吏種秫」，以釀酒。

⑫ 寒鱠句：季鷹，晉張翰字，曾任齊王東曹掾。在洛陽爲官，「因見秋風起，乃思吳中菰菜、蓴羹、鱸魚膾，曰：『人生貴得適志，何能羈宦數千里以要名爵乎！』遂命駕而歸。」事見《晉書》卷九二本傳。

⑬ 雲情句：馮注：「《關尹子》：雲之卷舒，禽之飛翔，皆在虛空中，所以變化不窮，聖人之道則然。」

⑭ 雪中棹：棹，划船用具，此代指船。晉「王子猷居山陰，夜大雪，……忽憶戴安道。時戴在剡，即便夜乘小船就之。經宿方至，造門不前而返。人問其故，王曰：『吾本乘興而行，興盡而返，何必見戴！』」事見《世說新語·任誕》。

⑮ 陽羨：秦縣名，唐爲常州義興縣，治所在今江蘇宜興。倪瓚《荊谿圖序》：「蘇子瞻曰：唐杜牧之

構水榭於谿旁，至今歷歷可考。」

【集　評】

【唐人句法·懷古】江山九秋後，風月六朝餘。杜牧《企望》。（魏慶之《詩人玉屑》卷三）

李給事二首〔一〕①

一章緘拜皂囊中〔二〕②，慄慄朝廷有古風〔三〕。元禮去歸緱氏學〔四〕③，李膺退罷，歸緱氏教授生徒，給事論鄭注，告滿歸潁陽。江充來見犬臺宮④。鄭注對於浴室。紛紜白晝驚千古，鈇鑕朱殷幾一空〔五〕⑤。曲突徙薪人不會⑥，海邊今作釣魚翁⑦。

【校勘記】

〔一〕夾注本「李給事」下有「詩」字。

〔二〕「拜」，《全唐詩》卷五二一、馮注本校：「一作報。」「中」，《文苑英華》卷二六一作「封」，又校：「集作中。」

〔三〕「慄慄」，《文苑英華》卷二六一作「懍懍」，下校：「集作慄慄。」

〔四〕「緱」，《文苑英華》卷二六一作「綸」，注中「緱」字亦作「綸」。《全唐詩》卷五二一、馮注本校：「一作綸。」

〔五〕「鈇鑕」，《文苑英華》卷二六一作「鐵鎖」。《全唐詩》卷五二一、馮注本校：「一作鐵鎖。」

【注釋】

①李給事：給事，給事中，唐門下省官，正五品上。掌陪侍左右，分判門下省事。李給事，即李中敏，字藏之。元和中擢進士第，曾任沈傳師江西幕府判官，與杜牧、李甘友善。遷侍御史、司門員外郎。大和六年大旱，曾上言請斬鄭注，文宗不納，遂以病告歸潁陽。後遷給事中，又痛恨宦官仇士良專權，復棄官。傳見《舊唐書》卷一七一、《新唐書》卷一一八。郭文鎬《杜牧詩文小札》（《人文雜誌》一九八九年第五期）考本詩作年謂「裴夷直有《寄婺州李給事二首》贈中敏，其二云：『瘴鬼翻能念直心，五年相遇不相侵。目前唯有思君病，無底滄海未是深。』據《舊紀》，開成五年八月，夷直貶杭州刺史，與中敏先後離朝；會昌元年三月，夷直再貶驩州司户，驩州屬安南，故詩中有瘴鬼之謂。詩言其至驩州五年未受瘴氣侵害，則詩作於會昌五年。詩其一：『心盡王皇恩已遠，跡留江郡宦應孤。不知壯氣今如何，猶得凌雲貫日無。』婺州境有東陽江，故詩稱『江郡』，又謂中敏

『跡留』、『宦應孤』，可證會昌五年中敏守婺。」又謂「牧《李給事二首》謂中敏『海邊今作釣魚翁』，婺州在浙東，近海，詩作於中敏刺婺時。」亦即作於會昌五年（八四五）時。

②一章句：指李中敏大和六年大旱時，上言請斬鄭注，以快被冤屈致死之宰相宋申錫之魂事。《舊唐書·李中敏傳》：「大和中，爲司門員外郎。六年夏旱。……上以久旱，詔求致雨之方。中敏上言曰：『仍歲大旱，非聖德不至，直以宋申錫之冤濫，鄭注之姦弊。今致雨之方，莫若斬鄭注而雪申錫。』士大夫皆危之，疏留中不下。明年，中敏謝病歸洛陽。」皂囊，見《長安雜題長句六首》之四注②。

③元禮句：元禮，東漢李膺字，潁川綸氏人。傳見《後漢書》卷六七。緱氏，應作綸氏。馮集梧注：「按：緱氏，《英華》作綸氏，彭叔夏《辨正》云：李膺本潁川人，綸氏屬潁川，膺免官歸潁川，教授常千人，而集誤作緱氏。」

④江充句：江充，西漢人，字次倩，趙國邯鄲人。「初，充召見犬臺宮，自請願以所常被服冠見上。」後得武帝寵倖，謂武帝疾乃巫蠱作祟，爲使窮治之，坐死者數萬人，太子劉據亦爲所誣。事見《漢書》卷四五本傳。此處指鄭注。據《舊唐書·鄭注傳》，注始以藥術遊長安，進藥方一卷，文宗召鄭注對於浴堂門，賜錦采。犬臺宮，西漢長安上林苑中宮名。《三輔黃圖校證》：「在上林苑中，長安城西二十八里。」

⑤紛紜二句：鈇鑕，斧頭與砧板，行刑之具。朱殷，指血。幾一空，指朝中大臣幾乎被殺盡。此二句謂唐文宗大和九年十一月，文宗和鄭注、李訓等人以觀看左金吾舍後石榴樹上之「甘露」爲名，設謀剷除仇士良等宦官。事敗，仇士良挾持文宗，大肆誅殺朝官，宰相王涯、賈餗、舒元輿以及鄭注、李訓等人均被殺，朝堂幾爲一空，史稱「甘露之變」。事見《資治通鑑》卷二四五。

⑥曲突徙薪句：突，煙囱。《漢書·霍光傳》：「人爲徐生上書曰：『臣聞客有過主人者，見其竈直突，傍有積薪，客謂主人，更爲曲突，遠徙其薪，不者且有火患。主人嘿然不應。俄而家果失火，鄰里共救之，幸而得息。於是殺牛置酒，謝其鄰人，灼爛者在於上行，餘各以功次坐，而不録言曲突者。人謂主人曰：「鄉使聽客之言，不費牛酒，終亡火患。今論功而請賓，曲突徙薪亡恩澤，燋頭爛額爲上客耶？」主人乃寤而請之。』」

⑦海邊句：指李中敏上言斬鄭注，「帝不省。中敏以病告滿，歸潁陽」之事。事見《新唐書》卷一一八《李中敏傳》。

【集　評】

杜牧之集有《李給事》詩二首，其中有「紛紛白晝驚千古，鐵鑕朱殷幾一空」之句，謂鄭注「甘露」之事也。又有「可憐劉校尉，曾訟石中書」之句，牧之自注云：給事曾忤仇士良。人遂以爲給事者，李石也。余嘗考之，李石雖嘗爲給事，然劾鄭注之事，史所不載。雖載語言忤仇士良，然亦在石拜相之後。石既拜相，則牧之詩題，不應以給事爲稱，其非李石明矣。當時惟有李中敏與牧之厚善，嘗因旱欲乞斬注，以申宋申錫之冤，帝不省，遂以病告歸潁陽。今牧之詩有「元禮去歸緱氏學」之句，牧之自注云：因論鄭注告歸潁陽。又史云：注誅，遷給事。其後仇士良以開府蔭其子，中敏曰：「内謁者安得有子。」士良慚恚，由是復棄官去。由是論之，則是中敏無疑矣。（葛立方《韻語陽秋》卷九）

杜牧《李給事》詩：「元禮退歸綸氏學。」按李膺本潁川人，綸氏屬潁州，膺免官歸綸氏，教授常千人，而集本誤作「緱氏」。（彭叔夏《文苑英華辯證》卷二「事證」）

《樊川集》中有《李給事》詩云：「元禮去歸緱氏學，江充來見犬臺宫。」又云：「可憐劉校尉，曾訟石中書。」李名中敏，嘗論鄭注免歸，又忤仇軍容棄官。二聯可謂善用事。（劉克莊《後村詩話》前集卷一）

余舊喜杜牧《憶李給事》詩云：「元禮去歸緱氏學，江充來見犬臺宫。」妙於用事，緱、犬借對尤工。後讀膺傳，居綸氏，教授千人，非緱氏也。牧豈别有所本耶？（劉克莊《後村詩話》後集卷一）

用事不可着跡，只使影子可也。雖死事亦當活用。楊仲弘：如杜牧《贈李中敏》「元禮退歸綸氏學，江充來見犬臺宫。」中敏嘗論鄭注，以注比江充，以中敏之歸潁陽，比李膺之歸綸氏教授，可謂極切。只爲綸氏恰屬潁陽，反覺死相，必易他地才活。又如趙嘏《雙鶴寄兄》詩：「茅固枕前秋對舞，陸雲溪上夜同鳴。」用三茅君兄弟並乘白鶴，人見鶴在帳中，及機、雲兄弟同遊郊墅聞鶴唳二事也，豈不

的切，然正厭其切耳。（胡震亨《唐音癸籤》卷四「法微」三）

其二

晚髮悶還梳，憶君秋醉餘〔一〕。可憐劉校尉①，曾訟石中書。給事因忤仇軍容，棄官東歸。消長雖殊事，仁賢每見如。因看魯褒論②，何處是吾廬？

【校勘記】

〔一〕「憶」，文津閣本作「意」。

【注釋】

①可憐句：劉校尉，指漢中壘校尉劉向。此用以指李中敏。石中書，指漢代中書宦官石顯。劉向等「患苦外戚許、史在位放縱，而中書宦官弘恭、石顯弄權」，欲白罷退之。語泄，反爲所譖訴，下獄。事見《漢書》卷三六《劉向傳》。開成五年十一月，宦官仇士良請以開府蔭其子爲千牛，李中敏時爲給事中，判曰：「開府階誠宜蔭子，謁者監何由有兒。」仇惡之，出爲婺州刺史。事見《資治通鑑》卷二四六。

②因看句：魯褒，字元道，西晉南陽人。傳見《晉書》卷九四。魯褒論，即指其所撰《錢神論》。《晉書》本傳謂褒「好學多聞，以貧素自立。元康之後，綱紀大壞，褒傷時之貪鄙，乃隱姓名，而著《錢神論》以刺之。其略曰：錢之爲體，有乾坤之象，内則其方，外則其圓。其積如山，其流如川。動静有時，行藏有節，市井便易，不患耗折。難折象壽，不匱象道，故能長久，爲世神寶。……諺曰：『錢無耳，可使鬼。』凡今之人，惟錢而已。」

【集評】

《李給事》：題曰《李給事》，必是贈李給事之作。篇中所引，俱切李給事。但純用賦體，另是一格。（朱三錫《東喦草堂評訂唐詩鼓吹》卷六）

題永崇西平王宅太尉愬院六韻①

天下無雙將，關西第一雄②。授符黄石老③，學劍白猿翁④。矯矯雲長勇⑤，恂恂郤縠風⑥。家呼小太尉，國號大梁公⑦。太尉季弟司徒聽〔一〕，亦封梁國公。半夜龍驤去⑧，中原虎穴空⑨。隴山兵十萬⑩，嗣子握彫弓⑪。今鳳翔李尚書，太尉長子。

【校勘記】

〔一〕「司徒聽」，原作「司徒德」，夾注本作「司徒聽」，且據兩《唐書》所載，李愬弟無名「德」者，而有李聽。今據改。

【注　釋】

①永崇：唐長安里坊名，在朱雀街東第三街。此處有李晟住宅。馮注：「《長安志》：朱雀街東第三街永崇坊，司徒兼中書令李晟宅。」西平王，指李晟。德宗時，以平朱泚功，封西平郡王。傳見《舊唐書》卷一三三、《新唐書》卷一五四。太尉，官名，三公之一，正一品。愬，即李愬，李晟之子。憲宗時，以平蔡州吴元濟叛亂功，封涼國公，死後贈太尉。嗣子指李愬之子，即鳳翔李尚書李玭。傳見兩《唐書·李晟傳》附。據馮集梧注，詩中嗣子指李玭。又據吴廷燮《唐方鎮年表》卷一，李玭鎮鳳翔在大中三至四年。故此詩約作於大中三、四年（八四九—八五〇）間。

②關西：函谷關以西。漢代有「關西出將，關東出相」之説。李愬爲洮州（今屬甘肅）人。

③授符：符，兵符、兵書。黄石老，即黄石公。漢代張良在下邳圯上遇見一老父，授其《太公兵法》，並云：「讀此則爲王者師矣。後十年興。十三年孺子見我濟北，穀城山下黄石即我矣。」事見《史記》卷五五《留侯世家》。此句藉以稱讚李愬擅長兵法。

④學劍句：趙曄《吳越春秋》卷九《勾踐陰謀外傳》：「越有處女，出於南林，國人稱善。……越王乃使使聘之，問以劍戟之術。處女將北見於王，道逢一翁，自稱曰袁公。問於處女：『吾聞子善劍，願一見之。』……於是袁公即杖箖箊竹，竹枝上頡橋未墮地。女即捷末，袁公則飛上樹，變爲白猿。」

⑤矯矯句：矯矯，勇武强健貌。《詩·魯頌·泮水》：「矯矯虎臣，在泮獻馘。」雲長，三國時蜀關羽之字。「本字長生，河東解人也。」傳見《三國志》卷三六。《三國志·張飛傳》：「初，飛雄壯威猛，亞于關羽，魏謀臣程昱等咸稱羽、飛萬人之敵也。」馮注：「《華陽國志》：關、張勇冠三軍，俱萬人之敵。」

⑥恂恂句：恂恂，恭順貌。《漢書·李廣傳贊》：「李將軍恂恂如鄙人，口不能出辭。」郤縠，春秋晉人。趙衰推薦郤縠爲元帥，稱其「説（悦）禮樂而敦詩書」。事見《左傳·僖公二十七年》。馮注：「《國語》：公問元帥于趙衰，對曰：郤縠可，行年五十矣，守學彌惇。」

⑦國號句：梁公，當乃涼公之誤。李愬於元和十二年十一月，因平蔡州吳元濟叛亂封涼國公。注中「司徒聽」，原作「司徒德」，當作「司徒聽」；「梁」當作「涼」。李晟十五子，無名德者，僅李聽亦封涼國公。見《新唐書·宰相世系表》。又夾注亦云：李愬「季弟听（慶按，「听」即「聽」之俗字。），字正思，以功封涼國公。卒年六十一，贈司徒。」

⑧半夜句：龍驤，晉朝大將王濬拜龍驤將軍。此借指李愬。去，去世。馮注：《晉書》「《王濬傳》：拜龍驤將軍，平吳後，勳高位重，卒謚曰武。葬柏谷山，大營塋域。杜甫詩：悵望龍驤塋。按，此言愬之薨也。半夜去，暗用《莊子》藏舟於壑，謂之固矣，然而夜半有力者負之而走語。」

⑨虎穴空：虎穴，喻指李晟、李愬宅院。馮注：「按：此言西平宅愬院也。愬真虎將，宅即虎穴。愬薨則似宅空，此醒出題中宅院字，結美其子控邊宣力，世濟厥勳也。」

⑩隴山：山名，在鳳翔節度使所轄隴州境，今陝西隴縣西北。馮注：「《通典》：天水郡有大坂名曰隴坻，亦曰隴山。」

⑪嗣子句：嗣子，指李愬之子，即鳳翔李尚書李玭。琱弓，刻鏤文采之弓。據馮注：「按，新舊《唐書·李愬傳》及《宰相世系表》，俱不言李愬有子。考《舊唐書·宣宗紀》：大中三年，有鳳翔節度使李玭奏收復秦州。李商隱《樊南乙集序》，亦有李玭得秦州之語，牧之又有《寄唐州李玭尚書》詩『累代功勳照世光』云云，其名與西平王諸孫同連玉旁，其時其地其語又皆相合，知玭當即爲愬子也。」

【集　評】

【黃白石猿】庾信《宇文盛墓誌銘》云：「受圖黃石，不無師表之心；學劍白猿，遂得風雲之志。」

牧之《題李西平宅》詩云：「受圖黄石老，學劍白猿翁。」亦即舊爲新之一端也。（潘淳《潘子真詩話》）

庾信《馬射賦序》：「落花與芝蓋齊飛，楊柳共春旗一色。」此乃王勃之所祖述也。庾信《宇文盛墓誌》云：「受圖黄石，不無師表之心；學劍白猿，遂得風雲之志。」此乃杜牧之所模仿也。（孔平仲《珩璜新論》卷二）

【授圖黄石老學劍白猿翁】《潘子真詩話》云：「杜牧之《題李西平宅》云：『授圖黄石老，學劍白猿翁。』庾信作《宇文盛墓誌》所謂：『授圖黄石，不無師表；學劍白猿，遂傳風旨。』」然予讀李太白《贈宋中丞》詩云：「白猿懸劍術，黄石借兵符。」則太白亦嘗用之矣。（吴幵《優古堂詩話》）

東兵長句十韻①

上黨爭爲天下脊②，邯鄲四十萬秦坑③。狂童何者欲專地④，聖主無私豈玩兵。玄象森羅摇北落⑤，詩人章句詠東征⑥。雄如馬武皆彈劍⑦，少似終軍亦請纓⑧。屈指廟堂無失策⑨，垂衣堯、舜待昇平⑩。羽林東下雷霆怒⑪，楚甲南來組練明⑫。即墨龍文光照曜⑬，常山蛇陣勢縱横⑭。落鵰都尉萬人敵⑮，黑矟將軍一鳥輕⑯。漸見長圍雲欲合⑰，可憐窮壘帶猶縈⑱。凱歌應是新年唱，便逐春風浩浩聲。

【注　釋】

①東兵：指東征澤潞之兵。長句，七言律詩。《杜牧年譜》謂「此詠討澤潞事也。據《新唐書・武宗紀》，澤潞平在會昌四年八月，此詩有『凱歌應是新年唱，便逐春風浩浩聲』之句，蓋作於會昌三年歲暮，望次年春初澤潞可平也」。此詩作於會昌三年（八四三）冬。是年四月昭義節度使劉從諫卒，其侄劉稹爲留後，抗拒朝命。八月，朝廷徵河中、河陽、太原等五道兵討劉稹，詩即詠此事。

②上黨句：上黨，郡名，即潞州，治所在今山西長治。境内太行山有「天下之脊」之稱，言其形勢險要。馮注：「《河圖括地象》：太行，天下之脊。」

③邯鄲句：邯鄲，戰國趙國國都。趙孝成王四年，趙發兵攻取上黨，駐軍於長平。七年，趙括代廉頗爲將，爲秦兵所圍，括降，趙軍四十餘萬皆爲秦坑殺。事見《史記》卷四三《趙世家》。

④狂童句：狂童，狂妄小子，此指劉稹。專地，意爲獨霸一方。《公羊傳》：「有天子存，則諸侯不得專地也。」《舊唐書・武宗紀》：會昌三年「四月，昭義節度使劉從諫卒，三軍以從諫侄稹爲兵馬留後，上表請授節鉞。尋遣使齎詔潞府，令稹護從諫之喪歸洛陽。稹拒朝旨。」

⑤玄象句：玄象，日月星辰等天象。森羅，森然羅列。北落，星名，在此爲藩落，主非常以候兵。《晉書・天文志上》：「北落師門一星，在羽林西南。北者，宿在北方也；落，天之藩落也；師，衆也；師門，猶軍門也。長安城北門曰北落門，以象此也。主非常以候兵。有星守之，虜入塞中，

兵起。」

⑥ 詩人章句句：章句，指《詩·東山》。據詩序，此詩詠周公東征。此用以讚頌唐軍征討劉稹。

⑦ 雄如馬武句：馬武，東漢光武帝時人，勇猛善戰，以功封鄃侯。傳見《後漢書》卷二二。《後漢書·吴漢等傳論》：「臧宫、馬武之徒，撫鳴劍而抵掌，志馳於昆吾之北。」《晉書·張重華傳》：「瞻雲望日，孤憤義傷，彈劍慷慨，中情蘊結。」

⑧ 少似終軍句：終軍，漢人。《漢書》本傳載：「南越與漢和親，乃遣軍使南越，説其王，欲令入朝，比内諸侯。軍自請：『願受長纓，必羈南越王而致之闕下。』軍遂往説越王，越王聽許，請舉國内屬。」

⑨ 廟堂：朝廷。其時李德裕爲首相。

⑩ 垂衣：衣裳下垂，無爲而治。《易·繫辭下》：「黄帝堯舜，垂衣裳而天下治。」

⑪ 羽林東下句：羽林，羽林軍，禁軍名。此句指武宗派朝廷軍隊征討劉稹事。《舊唐書·武宗紀》：會昌三年五月載：「獨李德裕以爲澤潞内地，前時從諫許襲，已是失斷，自後跋扈難制，規脅朝廷。以稹豎子，不可復踐前車，討之必殄。武宗性雄俊，曰：『吾與德裕同之，保無後悔。』」此後，朝廷即出兵討伐劉稹。

⑫ 楚甲句：楚甲，楚國軍士。此指討伐劉稹之諸道士兵。《左傳·襄公三年》：「（楚子重）使鄧廖

帥組甲三百、被練三千以侵吴。」組練，即組甲、被練，皆戰士衣甲裝備。夾注：「組甲、被練，皆戰備也。組甲，漆甲成組文，被練之袍。」

⑬即墨龍文句：即墨，戰國時齊邑，在今山東平度縣東南。齊國田單在即墨抵禦燕兵。將千餘頭牛披上畫有龍文之彩衣，束兵刃於其角，而灌脂束葦於尾，點著火，使牛衝擊燕軍。「燕軍夜大驚，牛尾炬火，光明炫耀，燕軍視之皆龍文，所觸盡死傷。」事見《史記》卷八二《田單傳》。

⑭常山蛇陣：古代一種用兵陣法，能使兵陣之首、尾、中互相策應。馮注：「《孫子》：善用兵者，譬如率然，率然者，常山之蛇也。擊其首，則尾至，擊其尾，則首至，擊其中，則首尾俱至。」《晉書·桓温傳》：「初，諸葛亮造八陣圖於魚復平沙之上，壘石爲八行，行相去二丈。温見之，謂『此常山蛇勢也』。文武皆莫能識之。」

⑮落鵰都尉：北齊斛律光打獵時，射下一大雕，人稱「落鵰都尉」。《北齊書·斛律光傳》：「嘗從世宗於洹橋校獵，見一大鳥，雲表飛颺，光引弓射之，正中其頸。此鳥形如車輪，旋轉而下，至地，乃大雕也。世宗取而觀之，深壯異焉。丞相屬邢子高見而歎曰：『此射雕手也。』當時傳號落雕都督。」《三國志·張飛傳》：「初，飛雄壯威猛，亞于關羽，魏謀臣程昱等咸稱羽、飛萬人之敵也。」

⑯黑矟將軍句：矟，即槊。黑矟將軍，北魏于栗磾武藝超群，好用黑矟，魏明帝遂授予其「黑矟將軍」名號。《魏書·于栗磾傳》：「及趙魏平定，太祖置酒高會，謂栗磾曰：『卿即吾之黥彭。』大賜

金帛，進假新安公。……劉裕之伐姚泓也，栗磾慮其北擾，遂築壘於河上，親自守焉。……裕遺栗磾書，……題書曰：『黑矛公麾下。』栗磾以狀表聞，太宗許之，因授黑矛將軍。栗磾好持黑矛以自標，裕望而異之，故有是語。」杜甫《送蔡希魯都尉還隴右》：「身輕一鳥過，槍急萬人呼。」

⑰漸見長圍句：馮注：「《宋書·臧質傳》：築長圍，一夜便合。《北齊書·安德王延宗傳》：周軍圍晉陽，望之如黑雲四合。」

⑱可憐窮壘句：壘，軍營牆壁或防守工事。《禮·曲禮上》：「四郊多壘，此卿大夫之辱也。」《後漢書·張衡傳》：「弦高以牛餼退敵，墨翟以縈帶全城。」

過勤政樓①

千秋佳節名空在〔一〕②，承露絲囊世已無③。唯有紫苔偏稱意〔二〕，年年因雨上金鋪〔三〕④。

【校勘記】

〔一〕「佳」，《文苑英華》卷三一二、《全唐詩》卷五二一作「令」，《文苑英華》下校：「集作佳。」《全唐詩》校：「一作佳。」馮注本校：「一作令。」

〔二〕「稱」，《文苑英華》卷三一二、《全唐詩》卷五二一作「得」，《文苑英華》下校：「集作稱。」《全唐詩》校：「一作稱。」馮注本校：「一作得。」

〔三〕「上」，《文苑英華》卷三一二作「灑」，下校：「集作上。」《全唐詩》卷五二一校：「　作灑。」

【注釋】

① 勤政樓：唐長安興慶宮中樓名，開元年間建，全名爲「勤政務本之樓」。爲唐玄宗與群臣商議政事之處。

② 千秋節：唐玄宗生日爲八月五日，開元十七年將此日定爲千秋節。

③ 承露絲囊：以彩絲織成之囊袋，爲唐時節日相贈之禮品。《舊唐書・玄宗紀》：開元十七年八月載：「上以降誕日，讌百僚于花萼樓下。百僚表請以每年八月五日爲千秋節，王公已下獻鏡及承露囊，天下諸州咸令讌樂，休暇三日，仍編爲令，從之。」又《唐會要》卷二九《節日》：「開元十七年八月五日，左丞相源乾曜、右丞相張説等上表，請以是日爲千秋節，著之甲令，布於天下，咸令休假。群臣當以是日進萬壽酒，王公戚里，進金鏡綬帶，士庶以絲結承露囊，更相遺問。」

④ 年年句：金鋪，門上獸面形銅造環鈕，可以銜環。夾注：「《長門賦》：『擠玉户以撼金鋪。』注：撼，摇也。金鋪，扉上有金花，花中作鉗環以貫鑠。」馮注：「《唐書・禮樂志》：千秋節者，玄宗以

八月五日生，因以其日名節，而君臣共爲荒樂，當時流俗，多傳其事以爲勝，其後巨盜起，陷兩京，自此天下用兵不息，而離宫苑囿，遂爲荒湮。」

【集　評】

杜牧之《華蕚樓》詩云：「千秋佳節名空在，承露絲囊世已無。唯有紫苔偏稱意，年年因得上金鋪。」「金鋪」出《甘泉賦》，云：「排玉户而颺金鋪。」注云：「金鋪，門首也。言風所至，排門颺鋪，擊鼓鍰鈕。」蓋此樓久無人登，而苔蘚生其門上矣。漢以金盤承露，而唐以絲囊。絲囊可以承露乎？此不可解。（馬永卿《嬾真子》卷二）

【承露絲囊】《懶真子》：讀杜牧之詩：「千秋佳節名空在，承露絲囊世已無。」謂漢以金盤承露，而唐以絲囊，絲囊可以承露乎？此不可解。僕謂《懶真子》是未深考。按《華山記》，弘農鄧紹，八月曉入華山，見童子執五綵囊盛柏葉露食之。此事在漢武帝之前，是以武帝于其地造望仙等宫觀。又觀梁文帝《眼明囊賦》序曰：俗之婦人，八月旦多以錦翠珠寶爲眼明囊，因凌晨拭目。唐人千秋節以絲囊承露，亦襲其舊，正八月初故事。（王楙《野客叢書》卷七）

【承露囊】《嬾真子》曰：杜牧之《華蕚樓》詩：「千秋佳節名空在，承露絲囊世已無。」漢以金盤承露，而唐以絲囊，絲囊可以承乎？此不可解。（馬永卿《嬾真子》卷二）

吳旦生曰：《述征記》：八月一日作眼明囊，盛取百草頭露洗眼，令眼明也。《續齊諧記》云：弘農鄧紹，嘗以八月旦入華山采藥，見一童子執五綵囊，承柏葉上露，皆如珠滿囊。紹問：「用此何爲？」答曰：「赤松先生取以明目。」言終，便失所在。荆楚歲時至八月十四日，以錦綵爲眼明囊，遞相餉遺。余因考《隋唐嘉話》云：源乾曜、張説以八月初五日明皇生辰，請爲千秋節，百姓祭皆就此日，名爲賽白帝，群臣上萬歲壽，王公戚里進金鏡綬帶，士庶結絲承露囊，更相問遺。則牧之詩蓋紀實也。楊仲弘《早朝》詩：「絲囊已進千秋録，黼座還稱萬壽杯。」用此。（吳景旭《歷代詩話》卷五十二庚集七）

《過勤政樓》：此亦魚藻之意，不爲明皇感歎也。（何焯《唐三體詩》卷二）

題魏文貞〔一〕①

蟪蛄寧與雪霜期〔二〕②，賢哲難教俗士知〔三〕。可憐貞觀太平後，天且不留封德彝③。

【校勘記】

〔一〕《文苑英華》卷三〇七、《全唐詩》卷五二一詩題作《過魏文貞公宅》，《全唐詩》又校：「一作題魏文貞。」馮注本校：「一作過魏文貞宅。」

〔二〕「期」，《文苑英華》卷三〇七作「欺」。

〔三〕「賢哲」，《文苑英華》卷三〇七作「賢士」。

【注　釋】

①魏文貞：即魏徵，字玄成，魏州曲城人。唐太宗時封爲鄭國公，拜太子太師。卒諡文貞。傳見《舊唐書》卷七一、《新唐書》卷九七。

②蟪蛄：蟬類，生於夏日，生命短暫。《莊子·逍遥遊》：「蟪蛄不知春秋。」

③封德彝：唐太宗時宰相，名倫，以字行。傳見《舊唐書》卷六三、《新唐書》卷一〇〇。唐太宗即位之初，與群臣商議國政事，魏徵主張聖哲之治，而封德彝則認爲魏徵施仁政之主張乃書生「好虛論，徒亂國家」。後太宗採用魏徵意見，天下大治。時封德彝已卒，太宗云：「此徵勸我行仁義，即效矣。惜不令封德彝見之！」事見《新唐書》卷九七《魏徵傳》。

早春閣下寓直蕭九舍人亦直内署因寄書懷四韻①

御水初銷凍②，宫花尚怯寒。千峰横紫翠，雙闕憑欄干。玉漏輕風順③，金莖淡日殘④。

王喬在何處？清漢正驂鸞⑤。

【注　釋】

①寓直：值班。蕭九舍人，即蕭寘，時任駕部郎中、知制誥，充翰林學士。舍人，中書舍人，以他官而兼知制誥者亦可稱舍人。蕭寘其時以駕部郎中知制誥，故稱其舍人。内署，指翰林院。據《杜牧年譜》，此詩作於大中六年，蓋此年早春杜牧亦在宫中任考功郎中、知制誥。且詩云「早春」，則作於大中六年（八五二）初春。

②御水：宫中之流水，即御溝。

③玉漏：玉製漏刻計時器。

④金莖：指承露盤之銅柱。夾注：「《三輔故事》：漢武以銅作承露盤，高二十丈。上有仙人掌承露，和玉屑飲之，將以求仙。《西都賦》：抗仙掌與承露，擢雙立之金莖。《注》：金莖，銅柱也。」

⑤王喬二句：《列仙传》卷上：「王子喬者，周靈王太子晉也。好吹笙作鳳凰鳴，遊伊洛之間，道士浮丘公接以上嵩高山。三十餘年後，求之於山上，見栢良曰：告我家，七月七日待我於緱氏山巔。至時，果乘白鶴駐山頭，望之不得到，舉手謝時人，數日而去。亦立祠於緱氏山下及嵩高首焉。」驂鸞，乘著鸞鳥遨遊。馮注：「江總詩：謁帝升清漢。江淹《别賦》：駕鶴上漢，驂鸞騰天。」

秋晚與沈十七舍人期遊樊川不至①

邀侶以官解〔一〕②，泛然成獨遊。川光初媚日③，山色正矜秋。野竹踈還密，巖泉咽復流。杜村連潏水④，晚步見垂鉤。

【校勘記】

〔一〕「解」，《全唐詩》卷五二一作「絆」。

【注　釋】

① 沈十七舍人：即沈詢，字誠之，行十七，吴興武康人，吏部侍郎沈傳師之子。會昌元年登進士第，授渭南尉。約大中五年任中書舍人，出爲浙東節度使，仕至户部侍郎、判度支、昭義節度使，後爲家奴與叛將所害。傳見《舊唐書》卷一四九、《新唐書》卷一三二。樊川，水名，在今陝西長安縣南。其地本杜縣之樊鄉。漢樊噲食邑於此，川因以得名。杜牧家有別墅在此。《杜牧年譜》於大中六年謂「杜牧於大中五年冬到京，修治樊川別墅，此詩應是本年作」。今據此訂此詩於大中六

年（八五二）晚秋。

② 以官解：因公務而失約。馮注：「《史記·淮南王安傳》：召相，相至，内史以出官爲解。」

③ 川光句：馮注：「謝朓詩：日華川上動。岑參詩：落日摇川光。」

④ 杜村：指杜曲一帶村落。潏水，即泬水，發源於西安南秦嶺，分爲二支，一流入渭水，一注入泮水。馮注：「《水經注·渭水篇》：泬水上承皇子陂于樊川，其地即杜之樊鄉也。其水西北流，徑杜縣之杜京西，西北流徑杜伯冢南，又西北徑下杜城，即杜伯國。泬水亦謂爲潏水也。故吕沈曰：潏水出杜陵縣。」

【集評】

《秋晚與沈十七舍人期遊樊川不至》：「邀侣以官解，泛然成獨遊。」譚云：千古遊山通病。「邀侣」二字，誠不易言。「川光初媚日，山色正矜秋。」鍾云：「矜」字異想無窮。（鍾惺譚元春《唐詩歸》卷三十三「晚唐」一）

【獨往】何遜《示同僚》詩：「在昔愛名山，自知懽獨往。」杜牧《期沈舍人遊樊川不至》詩：「邀侣以官解，泛然成獨遊。」「獨」字妙甚。王季重所謂「滿臉舊選君氣，足未行而肚先走，山水之間着不得」者，即此故也。（宋長白《柳亭詩話》卷二十三）

念昔遊三首〔一〕①

其一

十載飄然繩檢外②，樽前自獻自爲酬。秋山春雨閑吟處，倚遍江南寺寺樓。

【校勘記】

〔一〕詩題原作「念昔遊」，今據夾注本改。

【注釋】

① 王西平、張田《杜牧詩文繫年考辨》（見其《杜牧評傳》）謂「杜牧入仕後的十年，大部分時間是在江南作幕吏，而以宣州時間最長。故三首之二、之三均爲思念宣州遊覽之事。」且詩第三首有「『李白題詩水西寺』，水西寺在宣州涇縣」，故《念昔遊三首》乃作於杜牧開成二年第二次到宣州後。詩有「十載飄然繩檢外」等句，「杜牧於大和二年（公元八二八）入仕，後推十年，恰好是開成

三年（公元八三八），此年，杜牧正在宣州，詩應爲杜牧此年在宣州所作。」所説可參考，故姑訂此詩於開成三年。

②十載句：飄然，悠然自得貌。繩檢，指禮教約束。

其二

雲門寺越州外逢猛雨①，林黑山高雨脚長。曾奉郊宫爲近侍②，分明㩳㩳先勇切羽林槍③。

【注釋】

①雲門寺：据原注，雲門寺在越州。《輿地紀勝·紹興府》：「雲門山，在會稽南三十一里，……昔王子晉居此，有五色祥雲，詔建寺，號雲門。」馮注：「《梁書·何胤傳》：胤以會稽山多靈異，往游焉，居若邪山雲門寺。《水經注·漸江水篇》：山陰縣南有玉笥、竹林、雲門、天柱精舍，盡泉石之好。」

②曾奉句：奉，侍奉。郊宫，郊廟。近侍，指侍奉於皇帝身邊之官吏。

③㩳㩳：挺立、直立貌。杜甫《畫鷹》：「㩳身思狡兔，側目似愁胡。」

【集 評】

牧又多以竹雨比羽林，《栽竹》詩云：「歷歷羽林影。」又：「竹岡森羽林。」《大雨行》：「萬里橫亘羽林槍。」又：「雲林寺外逢猛雨，林黑山高雨脚長。曾奉郊宫爲近侍，分明攙攙羽林槍。」（吴聿《觀林詩話》）

詩人比雨，如絲如膏之類甚多，至爲此恐未盡其形似。《念昔遊》云：「雲門寺外逢猛雨，林黑山高雨脚長。曾奉郊宫爲近侍，分明攙攙羽林槍。」《大雨行》云：「四面崩騰玉京仗，萬里橫亘羽林槍。」豈去國凄斷之情，不能忘雞翹豹尾中邪？（葛立方《韻語陽秋》卷三）

其三

李白題詩水西寺①，宣州涇縣。〔一〕古木迴巖樓閣風。半醒半醉遊三日，紅白花開山雨中〔二〕。

【校勘記】

〔一〕「宣州涇縣」，夾注本作「南宣州涇縣」。

〔二〕「山」，《全唐詩》卷五二一、馮注本校：「一作煙。」

【注　釋】

①水西寺：在安徽涇縣水西山，即南齊永明中所建崇慶寺。馮注：「李白游水西寄鄭明府詩：天宮水西寺。《輿地紀勝》：涇縣水西寺，去縣三里，下臨賞谿，即涇谿也。林壑深邃，有南齊永明中崇慶寺，俗名水西寺。」又王琦注李白「天宮水西寺」句引《江南通志》云：「有水西寺、水西首寺、大宮水西寺，皆在涇縣西五里之水西山中。天宮水西寺者，本名凌巖寺，南齊永平元年淳于棼舍宅建，上元初改天宮水西寺，大中時重建。宋太平興國間賜名崇慶寺，凡十四院，其最勝者曰華巖院，橫跨兩山，廊廡皆閣道，泉流其下。」

【集　評】

杜牧之嘗爲宣城幕，遊涇溪水西寺，留二小詩，其一云：「李白題詩水西寺，古木回嵒樓閣風。半醒半醉遊三日，紅白花開山雨中。」此詩今載集中。其一云：「三日去還住，一生焉再遊。含情碧溪水，重上粲公樓。」此詩今榜壁間，而集中不載，乃知前人好句零落多矣。（周紫芝《竹坡詩話》）

今皇帝陛下一詔徵兵不日功集河湟諸郡次第歸降臣獲睹聖功輒獻歌詠〔一〕①

捷書皆應睿謀期〔二〕②，十萬曾無一鏃遺③。漢武慚誇朔方地④，宣王休道太原師〔三〕⑤。

威加塞外寒來早，恩入河源凍合遲⑥。聽取滿城歌舞曲，《涼州》聲韻喜參差〔四〕⑦。

【校勘記】

〔一〕「諸郡」，《文苑英華》卷一六七、夾注本作「關郡」。

〔二〕「睿」，《全唐詩》卷五二一校：「一作運。」

〔三〕「宣王」，《文苑英華》卷一六七、《全唐詩》卷五二一作「周宣」，《全唐詩》又校：「一作宣王。」

〔四〕「喜」，《文苑英華》卷一六七作「遠」，《全唐詩》卷五二一校：「一作遠。」

【注　釋】

① 按據《資治通鑑》卷二四八等載：大中三年二月，吐蕃内亂，爲吐蕃所佔之秦、原、安樂三州及石

門等七關人民起義歸唐。六月，涇原節度使康季榮等取原州及石門等六關。七月，安樂州、蕭關、秦州皆爲唐所收復。八月，河隴百姓一千餘人來長安，宣宗登延喜樓接見。百姓歡呼雀躍，脱去胡服，换上漢裝，歡者皆呼「萬歲」。此詩「聽取滿城歌舞曲，《涼州》聲韻喜參差」等與上述情勢合，故《杜牧年譜》即據此編此詩於大中三年（八四九）。

②睿謀：指皇帝明智之謀略。

③無一鏃遺：鏃，箭頭。此句謂毫無損失。

④漢武句：朔方，漢郡名，漢武帝收復爲匈奴所佔河套地區而置。《漢書·武帝紀》載：元朔二年，「匈奴入上谷、漁陽，殺略吏民千餘人。（漢武帝）遣將軍衛青、李息出雲中，至高闕，遂西至符離，獲首虜數千級。收河南地，置朔方、五原郡。」

⑤宣王句：宣王，即周宣王。曾北伐獫狁（即匈奴），至於太原。《詩·小雅·六月》：「薄伐獫狁，至於大原。」獫狁，秦漢時西北部匈奴族。大原，即太原，在今寧夏、甘肅平涼一帶。

⑥河源：指河源軍。置於湟水東，治所在今青海西寧東南。此泛指河湟地區。馮注：「《唐書·地理志》：鄯州鄯城有河源軍。《唐會要》：河源軍置在湟水東，本趙充國亭堠也。」

⑦《涼州》聲韻：《涼州》，見《河湟》詩注⑧。

奉和白相公聖德和平致兹休運歲終功就合詠盛明呈上三相公長句四韻〔一〕①

行看臘破好年光②，萬壽南山對未央③。黠戛可汗脩職貢④，文思天子復河湟⑤。應須日御西巡狩〔二〕，不假星弧北射狼⑥。吉甫裁詩歌盛業⑦，一篇《江漢》美宣王〔三〕⑧。

【校勘記】

〔一〕《文苑英華》卷一六七題無「長句四韻」四字。

〔二〕「御」，《文苑英華》卷一六七、《全唐詩》卷五二一作「馭」。

〔三〕「美」，馮注本校：「一作羨。」

【注　釋】

① 白相公：即宰相白敏中。字用晦，白居易從父弟。大中三年在宰相位。傳見《舊唐書》卷一六六、《新唐書》卷一一九。休，美善，美好。三相公，謂馬植、魏扶、崔鉉，時均在相位。馮注：「《劇

談録》云：白中書秉鈞衡，大中初，吐蕃屈强，宣州欲致討伐，公首奏興師，請爲統帥，率沿邊蕃鎮兵士數萬，鼓行而前，既而大戰沙漠，乘勝追奔，幾及黑山之下，所獲不可勝計。先是，河湟郡界在匈奴者，自此悉爲内地。宣宗初覽捷書云：我知敏中必殄凶醜。白公凱旋，與同列宰相進詩云：『一詔皇城四海頒』云云；馬相植詩：『舜德堯仁化犬戎』云云；魏相扶詩：『蕭關新復舊山川』云云；崔相鉉詩：『邊郵萬里注恩波』云云。據此，則三相公者，爲馬植、魏扶、崔鉉也。」《杜牧年譜》於大中三年謂「據馮集梧《樊川詩集注》，白相公詩乃賀收復河湟者，故知杜牧和詩乃本年所作」。故編詩於大中三年（八四九）冬。

② 臘破：臘盡，年終。

③ 萬壽南山句：南山，即終南山。未央，即漢代所建未央宫。

④ 黠戛可汗句：黠戛，即黠戛斯，古民族名。又作堅昆、轄戛斯等，今稱柯爾克孜。主要居於今新疆境。可汗，指黠戛斯之首領。馮注：「《唐書·回鶻傳》：黠戛斯，古堅昆國也。其君曰阿熱。會昌中，阿熱遣注吾合索至京師，武宗大悦，班渤海使者，上以其處窮遠能修職貢，命太僕卿趙蕃臨慰其國。」

⑤ 文思天子：即唐宣宗。唐宣宗大中二年正月，上尊號爲「聖敬文思和武光孝皇帝」。

⑥ 不假句：星弧，即弧星，共有九星，在天狼星東南。因其形像弓箭，故名。古人認爲主伐叛懷遠，

備賊盜。狼，天狼星，古人以爲主侵略。馮注：「《晉書·天文志》：弧九星，在狼東南，天弓也。主備盜賊，常向於狼。弧矢動移不如常者，多盜賊，蕃兵大起；狼弧張，害及北蕃，天下乖亂。」《楚辭·九歌·東君》：「舉長矢兮射天狼。」

⑦吉甫：尹吉甫，周宣王時重臣。姓兮，名甲，也稱兮伯吉父。宣王中興時，曾率師北伐玁狁至太原。

⑧一篇句：《江漢》，《詩·大雅》篇名。其小序云：「尹吉甫美宣王也，能興衰撥亂，命召公平淮夷。」

【集　評】

老杜詩：「文思憶帝堯。」杜牧之：「文思天子復河湟。」東坡詩：「文思天子師文母。」皆用堯典「聰明文思」語。「思」字舊兩音，實作平聲用爲優。（李治《敬齋古今黈》拾遺卷二）

【和白相公聖德和平致兹休運歲終功就合詠盛明呈上三相公長句四韻】宣宗大中二年收復河湟，白敏中進詩，同時馬植、魏扶、崔鉉皆進詩。三相公謂馬、魏、崔也。「聖德和平」四句，蓋白公題中語。（曾國藩《求闕齋讀書録》卷九）

過華清宮絶句三首〔一〕

其一

長安迴望繡成堆①，山頂千門次第開。一騎紅塵妃子笑②，無人知是荔枝來〔二〕。

【校勘記】

〔一〕《才調集》卷四題作《驪山感舊》。文津閣本題下校：「一刻驪山感舊。」

〔二〕「是」，《才調集》卷四作「道」，《全唐詩》卷五二一校：「一作道。」

【注釋】

① 繡：錦繡。又驪山有東、西繡嶺，唐開元、天寶時山嶺上花木茂盛，遠望如錦繡成堆。此處有雙關義。馮注：「《雍大記》：東繡嶺在驪山右，西繡嶺在驪山左。唐玄宗時，植林木花卉如錦繡，故以爲名。」

② 一騎紅塵句：李肇《唐國史補》載：「楊妃生於蜀，好食荔枝，南海所生，尤勝蜀者，故每歲飛馳以進。然方暑而熟，經宿則敗，後人皆不知之。」

【集評】

【詩文疑】杜牧之《華清宫詩》曰：「一騎紅塵妃子笑，無人知道荔枝來。」按明皇每歲十月幸華清宫，至明年三月始還京師。荔枝以夏秋之間熟，及其驛至，則妃子不在華清宫矣。牧之此詩頗爲當時所稱賞，而題爲《華清宫詩》，則意不合也。（王觀國《學林》卷第八）

《遯齋閑覽》云：杜牧《華清宫》詩云：「長安回望繡成堆，山頂千門次第開。一騎紅塵妃子笑，無人知是荔支來。」尤膾炙人口。據《唐紀》，明皇以十月幸驪山，至春即還宫，是未嘗六月在驪山也。然荔支盛暑方熟，詞意雖美，而失事實。（胡仔《苕溪漁隱叢話前集》卷二十三「杜牧之」）

【華清宫生荔枝】「長安回望繡成堆，山頂千門次第開。一騎紅塵妃子笑，無人知道荔枝來。」説者非之，謂明皇以十月幸華清宫，涉春輒回，是荔枝熟時，未嘗在驪山。然咸通中，有袁郊者，作《甘澤謡》載「許雲封所得荔枝香笛曲」曰：「天寶十四年六月一日，貴妃誕辰，駕幸驪山，命小部音聲奏樂長生殿，進新曲，未有名，會南海獻荔枝，因名《荔枝香》。」《開元遺事》：「帝與妃每至七月七日夜，在華清宫遊宴。」而白樂天《長恨歌》亦言：「七月七日長生殿，夜半無人私語時。」則知杜牧之詩，

乃當時傳信語也。世人但見唐史所載，遽以傳聞而疑傳信，最不可也。（程大昌《考古編》卷八）

【物産不常】又如荔支，明皇時所謂「一騎紅塵妃子笑」者，謂瀘戎産也，故杜子美有「憶向瀘戎摘荔枝」之句。是時閩品絶未有聞，至今則閩品奇妙香味皆可僕視瀘戎。（羅大經《鶴林玉露》卷四）

《過華清宫》：明皇天寶間，涪州貢荔枝到長安，色香不變，貴妃乃喜。州縣以郵傳疾走稱上意，人馬僵斃，相望於道。「一騎紅塵妃子笑，無人知是荔枝來」，形容走傳之神速如飛，人不見其爲何物也。又見明皇致遠物以悦婦人，窮人之力，絶人之命，有所不顧，如之何不亡。（謝枋得《疊山先生注解章泉澗泉二先生選唐詩》卷三）

《華清宫》：《天寶遺事》云：「貴妃嗜荔枝，當時涪州致貢，以馬遞馳載，七日七夜至京。人馬多斃於路，百姓苦之。」……《疊山詩話》云：「明皇致遠物以悦婦人，窮人力，有所不顧，如之何不亡！」（《詩林廣記》前集卷六「杜牧之」）

《華清宫》（酒幔高樓一百家）蓋譏明皇違時取物，求口體奇巧之奉，以悦婦人。杜牧《華清宫》「一騎紅塵妃子笑，無人知道荔枝來」，亦譏以口腹勞人也。（釋圓至《唐三體詩》卷一）

【荔支詩讖】徽宗於禁苑植荔支，結實以賜燕帥王安中。《御製》詩云：「葆和殿下荔支丹，文武衣冠被百蠻。思與近臣同此味，紅塵飛鞚過燕山。」蓋用樊川「一騎紅塵妃子笑，無人知是荔支來」句意，竟成語讖。（瞿佑《歸田詩話》卷中）

鮑防《雜感》詩曰：「五月荔枝初破顔，朝離象郡夕函關。」此作託諷不露。杜牧之《華清宫》詩

曰：「一騎紅塵妃子笑，無人知是荔枝來。」二絶皆指一事，淺深自見。（謝榛《四溟詩話》卷二）

《題華清宮絶句》（長安廻望繡成堆）：鍾云：可見可想。（鍾惺譚元春《唐詩歸》卷三十三「晚唐」一）

《遯齋閑覽》曰：「杜牧《華清宮》詩：『長安回望繡成堆，山頂千門次第開。一騎紅塵妃子笑，無人知是荔枝來。』尤膾炙人口。據《唐紀》，明皇以十月幸驪山，至春即還宮，是未嘗六月在驪山也。然荔枝盛暑方熟，詞意雖美，而失事實。」此辨甚正。按陳鴻《長恨傳》叙玉妃授方士語曰：「昔天寶十載，侍輦避暑驪山宮。秋七月，牽牛織女相見之夕，秦人風俗，夜張錦繡，陳飲食，樹瓜花，焚香于庭，號爲乞巧，宫掖間尤尚之。時夜殆半，休侍衛于東西廂，獨侍上。上憑肩而立，因仰天感牛女事，密相誓心，願世世爲之夫婦。言畢，執手各嗚咽。」白詩曰：「七月七日長生殿，夜半無人私語時」，正詠其事。長生殿在驪山頂，則暑月未嘗不至華清，牧語未爲無據也。然細推詩意，亦止形容楊氏之專寵，固不沾沾求覈。正如義山「夜來江令醉，别詔宿臨春」，致堯則曰：「密旨不教江令醉，麗華含笑認皇慈」，蓋總以寫倖臣狎客之態，惟在得其神情，原不拘于醉不醉，真所謂「淡妝濃抹總相宜」也，無容膠執耳。（賀裳《載酒園詩話》卷一考證）

【荔枝來】《遯齋閑覽》曰：杜牧《華清宮》詩：「長安廻望繡成堆，山頂千門次第開。一騎紅塵妃子笑，無人知是荔枝來。」明皇以十月幸驪山，至春即還宮，荔枝六月方熟，詞雖美而非實事。……余謂長至元旦，諸大朝會俱在正衙，必無行宫度歲之理。况有春寒賜浴華清池之事，安知六月不復遊

驪山乎。程大昌《雍録》云：「十月往歲盡還宫。」此亦一證。（宋長白《柳亭詩話》卷二十六）

詩乃一念所得，于一念中，唐、宋體有相參處，何況初、盛、中、晚而能必無相似耶？如杜牧之《華清宫》詩「霓裳一曲千峰上，舞破中原始下來」。語無含蓄，即同宋詩。又云：「一騎紅塵妃子笑，無人知是荔枝來。」語有含蓄，却是唐詩。宋人乃曰：「明皇常以十月幸驪山，至春還宫，未曾過夏。」此與譏薛王、壽王同席者，一等村夫子。（吳喬《圍爐詩話》卷三）

《新唐書·楊貴妃傳》：「妃嗜荔枝，必欲生致之。乃置騎傳送，走數千里，味未變，已至京師。」杜牧之詩所云：「一騎紅塵妃子笑，無人知是荔枝來」者也。人遂傳貢荔枝自此始，不知非也。《後漢書·和帝紀》云：臨武長汝南唐羌上書云：「舊南海獻龍眼荔枝，十里一置，五里一候，奔騰阻險，死者繼路」云云，帝遂下詔敕大官勿復受獻，由是遂省焉。謝承《後漢書》所載亦同。是荔枝之貢，東漢初已然，不自唐始，亦不自貴妃始也。（洪亮吉《北江詩話》卷二）

其二

新豐緑樹起黄埃①，數騎漁陽探使廻②。帝使中使輔璆琳探禄山反否，璆琳受禄山金，言禄山不反。《霓裳》一曲千峰上，舞破中原始下來。

【注　釋】

①新豐：漢縣名，在唐京兆府昭應縣，即今陝西臨潼東北。馮注：「《元和郡縣志》：新豐故城在縣東十八里，漢新豐縣城也。按《志》云：在縣東，謂昭應縣也。」

②數騎漁陽句：漁陽，郡名，即薊州，治所在今天津薊縣。安禄山即自此地發動叛亂。亂前，玄宗遣輔璆琳探視禄山虚實。事見《新唐書》卷二二五上《安禄山傳》。

【集　評】

【霓裳羽衣曲】明皇以聲色而敗度，後之文士，咸指《霓裳羽衣曲》爲亡國之音，故唐人詩曰：「《霓裳》一曲千峰上，舞破中原始下來。」亦如陳後主之《玉樹後庭花》也。（王觀國《學林》卷第五）

唐史諸家小説：楊太真進見之日，奏此曲導之，妃亦善此舞。帝嘗以趙飛燕身輕，成帝爲置七寶避風台，偶戲妃曰：「爾則任吹多少。」妃曰：「《霓裳》一曲，足掩前古。」而宫妓佩七寶瓔珞舞此曲，曲終珠翠可掃。故詩人云：「貴妃宛轉侍君側，體弱不勝珠翠繁。冬雪飄飄錦袍暖，春風蕩漾《霓裳》翻。」又云：「朱閣沉沉夜未央，碧雲仙曲舞《霓裳》。一聲玉笛向空盡，月滿驪山宫漏長。」又云：「《霓裳》一曲千峰上，舞破中原始下來。」又云：「世人莫重《霓裳》曲，曾致干戈是此中。」又云：「雲雨馬嵬飛散後，驪宫無復聽《霓裳》。」又云：「《霓裳》滿天月，粉骨幾春風。」（王灼《碧雞漫志》）

《後庭花》，陳後主之所作也。主與倖臣各製歌詞，極於輕蕩。男女倡和，其音甚哀，故杜牧之詩云：「煙籠寒水月籠沙，夜泊秦淮近酒家。商女不知亡國恨，隔江猶唱《後庭花》。」《阿濫堆》，唐明皇之所作也。驪山有禽名阿濫堆，明皇御玉笛，將其聲翻爲曲，左右皆能傳唱，故張祜詩云：「紅葉蕭蕭閣半開，玉皇曾幸此宫來。至今風俗驪山下，村笛猶吹《阿濫堆》。」二君驕淫侈靡，躭嗜歌曲，以至於亡亂。時代雖異，聲音猶存，故詩人懷古，皆有「猶唱」、「猶吹」之句。嗚呼！聲音之入人深矣。（葛立方《韻語陽秋》卷十五）

傀儡之戲舊矣，自周穆王與盛姬觀偃師造倡於崑崙之道，其藝已能奪造化、通神明矣。晏元獻公嘗爲《傀儡賦》云「外眩刻琱，内牽纏索，朱紫坌並，銀黄煜爚，生殺自口，榮枯在握」者，可謂曲盡其態。李義山作《宫妓》一絶云：「朱箔輕明拂玉墀，披香新殿鬥腰肢。不須更看魚龍戲，終恐君王怒偃師。」是以觀倡不如觀舞也。然唐明皇好舞《霓裳》，以至於亂，杜牧所謂「《霓裳》一曲千峰上，舞破中原始下來」是也。漢高祖白登之圍，以刻木爲美人而解圍，《樂録》謂即今之傀儡。則是舞或亂唐，而刻木或可以興漢。義山之詩異矣。（葛立方《韻語陽秋》卷十七）

詩乃一念所得，于一念中，唐、宋體有相參處，何況初、盛、中、晚而能必無相似耶？如杜牧之《華清宫》詩「霓裳一曲千峰上，舞破中原始下來。」語無含蓄，即同宋詩。又云：「一騎紅塵妃子笑，無人知是荔枝來。」語有含蓄，却是唐詩。宋人乃曰：「明皇常以十月幸驪山，至春還宫，未曾過夏。」

此與譏薛王、壽王同席者，一等村夫子。(吴喬《圍爐詩話》卷三)

其三

萬國笙歌醉太平，倚天樓殿月分明。雲中亂拍禄山舞①，風過重巒下笑聲。

【注　釋】

① 禄山舞：安禄山肥壯，但於玄宗前跳胡旋舞，迅疾如風焉。《舊唐書·安禄山傳》：禄山「晚年益肥壯，腹垂過膝，重三百三十斤，每行以肩膊左右抬挽其身，方能移步。至玄宗前，作胡旋舞，疾如風焉。爲置第宇，窮極壯麗，以金銀爲筹筐笊籬等。上御勤政樓，於御坐東爲設一大金雞障，前置一榻坐之，卷去其簾。」

【集　評】

【幸驪山】《遯齋閑覽》曰：杜牧《華清宫》詩：「長安回望繡成堆，山頂千門次第開。一騎紅塵妃子笑，無人知是荔枝來。」據《唐紀》，明皇以十月幸驪山，至春即還宫，未嘗六月在驪山也，然荔支盛暑方熟，詞意雖美，而失事實。

吳旦生曰：《東城老父傳》云：玄宗元會與清明節，率皆在驪山，每至是日，萬樂具舉，六宮畢從。則其幸驪山不止十月也。《長恨傳》云：天寶十年，避暑驪山宮。《太真外傳》云：妃子生於蜀，嗜荔支，南海荔支勝於蜀者，每歲馳驛以進。然方暑熱而熟，經宿則無味，後人不能知也。又云：天寶十四載六月一日，上幸華清宮，乃貴妃生日，於長生殿奏新曲，未有名，會南海進荔支，因以曲名《荔枝香》。則其幸驪山正在荔支熟時也。牧之詩正合此事實，遯齋未及考耳。

如王建《華清宮》詩：「二月中旬已進瓜。」注云：唐置温湯監，監丞稱瓜蔬，隨時供奉。瓜，夏熟者，二月而進瓜，蓋譏明皇違時及物，求口體奇巧之奉，以悦婦人。觀此則臨事而嗟，先時而諷，皆詩人微旨，安可以故常論也。（吳景旭《歷代詩話》卷五十二庚集七）

登樂遊原①

長空澹澹孤鳥没②，萬古銷沉向此中。看取漢家何事業〔一〕③，五陵無樹起秋風④。

【校勘記】

〔一〕「事」，原作「似」。文津閣本作「事」。《全唐詩》卷五二二作「事」，下校：「一作似。」馮注本校：「一作事。《唐音戊籤》云：作事非。按：此當作事。」今即據馮校改。

【注 釋】

① 樂遊原：在唐長安東南，地勢高曠，爲登臨遊覽勝地。西漢宣帝時，在此建樂遊廟，故名。馮注：「《長安志》：萬年縣樂游廟，在縣南八里。《漢書》：宣帝起樂游廟，在曲江北，亦曰樂游原。」

② 澹澹：廣漠貌。

③ 漢家：漢朝，此有以漢喻唐之意。

④ 五陵：指漢代五座皇帝陵墓，即高帝長陵、惠帝安陵、景帝陽陵、武帝茂陵、昭帝平陵。漢末三國時，五陵因兵亂均被盜掘。

【集 評】

《登樂遊原》：漢家基業之廣大爲何如，今日登樂遊原一望，五陵變爲荒田野草，無樹木可以起秋風矣。盛衰無常，興廢有時，有天下者，觀此亦可以慄慄危懼矣。「看取」二字最妙，其意欲人主觀之而動心也。後唐楊珍詩：「昨日含元基上望，秋風秋草正離離。」亦言興廢之可畏。「長空澹澹孤鳥没」有兩說，一說是當時所見景物之淒慘，一說是計前代帝王陵墓在宇宙間如長空一孤鳥耳。（謝枋

得（《疊山先生注解章泉澗泉二先生選唐詩》卷三）

【杜牧登樂遊原】「長空澹澹没孤鴻，萬古消沉在此中。看取漢家何事業，五陵無樹起秋風。」此詩諸家皆選，而首句誤作「孤鳥没」，不成句，今據善本正之。（楊慎《升菴詩話》卷五）

【書貴舊本】觀樂生愛收古書，嘗言古書有一種古香可愛。余謂此言未矣，古書無訛字，轉刻轉訛，莫可考證。……先太師收唐百家詩，皆全集，近蘇州刻則每本減去十之一，……此其大關係者。若一句一字之誤尤多。略舉數條，如……杜牧詩「長空澹澹没孤鴻」，今妄改作「孤鳥没」，平仄亦拗矣。……書所以貴舊本者，可以訂訛，不獨古香可愛而已。（楊慎《升菴詩話》卷八）

《將赴吳興登樂遊原》：唐之曲江池，漢宣帝樂遊廟地也，歎時無中興之主能用牧之，致治如貞觀時。唐時有冤者，許哭昭陵。（何焯《唐三體詩》卷二）

《登樂遊原》：樹樹起秋風已不堪回首，況於無樹耶！（沈德潛《説詩晬語》卷二十）

唐喻鳧以詩謁杜牧之不遇，曰：「我詩無綺羅鉛粉，安得售？」然牧之非徒以「綺羅鉛粉」擅長者，史稱其剛直有大節，余觀其詩，亦伉爽有逸氣，實出李義山、温飛卿、許丁卯諸公上。如：「樓倚霜樹外，鏡天無一毫。南山與秋色，氣勢兩相高。」「長空碧杳杳，萬古一飛鳥。生前酒伴閑，愁醉閑多少？煙深隋家寺，殷葉暗相照。獨佩一壺遊，秋毫泰山小。」「寒空動高吹，月色滿清砧。殘夢夜魂斷，美人邊思深。孤鴻秋出塞，一葉暗辭林。又寄征衣去，迢迢天外心。」「長空澹澹孤鳥没，萬古銷沉向此中。看取漢家何事業，五陵無樹起秋風。」皆竟體超拔，俯視一切。又如《雪中書懷》云：「北虜壞亭障，聞屯千里師。牽連久不解，他盜恐旁窺。臣實有長策，彼可徐鞭笞。如蒙一召議，食肉寢其皮。」骨沉氣勁，頗欲追步少陵。牧之與趙倚樓詩云：「少陵鯨海闊，太白鶴天寒。」是其志氣可想也。烏可以「玉筯凝時紅粉和」、「滿街含笑綺羅春」等句，盡其生平耶？喻鳧今存詩六十三首，誠無綺羅鉛粉語，然皆近體，無古風。其近體格頗不高，警句亦罕，惟「鐘沉殘月隝，鳥去夕陽村」、「雁天霞脚雨，漁夜葦條風」、「風雪坐閑夜，鄉關來舊心」兩三聯可喜耳，欲以此傲牧之，未可得也。人可不量己力，妄持論薄人哉？（潘德輿《養一齋詩話》卷十）

小杜「看取漢家何事業，五陵無樹起秋風」，是加一倍寫法。陵樹秋風，已覺淒慘，況無樹耶？用意用筆甚曲。（施補華《峴傭説詩》）

聞慶州趙縱使君與党項戰中箭身死長句〔一〕①

將軍獨乘鐵驄馬②，榆溪戰中金僕姑③。死綏却是古來有④，驍將自驚今日無〔二〕。青史文章爭點筆⑤，朱門歌舞笑捐軀〔三〕。誰知我亦輕生者，不得君王丈二殳⑥。

【校勘記】

〔一〕《文苑英華》卷三〇四題作《聞慶州趙縱使君祭酒與党項戰中箭而死輒書哀句》。《全唐詩》卷五二一題中在「長句」字前有「輒書」二字。

〔二〕「驕將」，馮注本、《全唐詩》卷五二一作「驍將」。

〔三〕「捐軀」，原作「捐驅」，據《文苑英華》卷三〇四、《全唐詩》卷五二一、馮注本改。

【注釋】

①慶州：唐州治在安化（今甘肅慶陽县）。《元和郡縣圖志》卷三《慶州》：「（隋）割寧州歸德縣置慶州，立嘉名也。」轄境相當今甘肅西峰、慶陽、環縣、合水、華池等市縣及陝西志丹縣西部。党項，唐代西北少數民族，屬羌族。《資治通鑑》卷二四九：大中四年九月，「党項爲邊患，發諸道兵討之，連年無功」。詩當作於此數年中。馮注：《舊唐書·党項傳》：吐蕃强盛，拓拔氏漸爲所逼，「請内徙，始移其部落于慶州，置靜邊等州以處之。太和開成之際，藩鎮統領無緒，或强市羊馬，不酬其值，以是部落苦之，遂相率爲盜，靈鹽之路小梗。」

②鐵驄馬：披著鐵甲衣之驄馬。驄，青白雜毛之馬。

③榆溪句：榆溪，榆溪塞，又名榆林塞，在今内蒙黄河北岸。《元和郡縣圖志》卷四《關内道·勝

州》：「榆林縣，……隋開皇七年置榆林縣，地北近榆林，即漢之榆溪塞，因名，屬雲州，二十年改屬勝州，皇朝因之。」馮注：「《水經注·河水篇》：諸次之水，東徑榆林塞，世又謂之榆林山，即《漢書》所謂榆谿舊塞者也。」金僕姑，矢名。泛指利箭。馮注：「《嫏嬛記》：魯人有僕忽不見，旬日而返，曰：臣之姑得道，白日上升，昨降于泰山，召臣飲極歡，不覺旬日。臨别，贈臣以金矢一乘，曰：此矢不必善射，宛轉射人而後歸笮。試之果然，因以金僕姑名之。自後魯之良矢，皆以此名。」

④死綏：古代稱退軍爲綏。兵法有「將軍死綏」之説，謂軍隊敗退時將軍當死。夾注：「《司馬法》：將軍死綏。《注》：綏，却也。有前一尺，無却一寸。《左傳·注》：古名退軍爲綏。」

⑤青史：古以竹簡記事，故稱史籍爲青史。《文選》江淹《上建平王書》：「俱啓丹册，并圖青史。」

⑥殳：古代一種竹木製兵器，長一丈二，無刃。《詩·衛風·伯兮》：「伯也執殳，爲王前驅。」《傳》：「殳長丈二而無刃。」《淮南子·齊俗》：「昔武王執戈秉鉞以伐紂勝殷，搢笏杖殳以臨朝。」《注》：「殳，木杖也。」

【集評】

杜牧之《聞慶州趙縱使君與党項戰死》詩云：「將軍獨乘鐵驄馬，榆溪戰中金僕姑。死綏却是古來有，驕將自驚今日無。青史文章爭點筆，朱門歌舞笑捐軀。誰知我亦輕生者，不得君王丈二殳。」皇祐中，儂賊犯康州，合郡潰去，惟守臣趙師旦死之。妻方産子，棄之草間，亂後訪之，尚呱呱然。諸公哀詞惟元厚之云：「轉戰譙門日欲晡，空拳猶自把戈鈇。身垂虎口方安坐，命在鴻毛更疾呼。柱下杲卿存斷節，袴中杵臼得遺孤。空餘三尺英雄氣，不愧山西士大夫。」欲與牧詩並驅。（劉克莊《後村詩話》前集卷一）

杜牧之《聞慶州趙縱使君與党項戰死》詩云：「將軍獨乘鐵驄馬，榆溪戰中金僕姑。死綏却是古來有，驕將自驚今日無。青史文章爭點筆，朱門歌舞笑捐軀。誰知我亦輕生者，不得君王丈二殳。」儂智高陷康州，守臣曹覲死之，元厚之哀詩云：「轉戰譙門日欲晡，空拳獨自把戈鈇。身垂虎口方安坐，命在鴻毛更疾呼。柱下杲卿存斷節，袴中杵臼得遺孤。空餘三尺英雄氣，不愧山西士大夫。」劉後村謂二詩可並驅。（吳師道《吳禮部詩話》）

《聞慶州趙縱使君與党項戰中箭身死》：前四句寫使君，後四句誌感也。一、二先點明題目，已盡題意矣。三、四文章深一步法。夫死綏之臣當今所無，勇敢之將從古所有，却用反筆倒换。頓令趙公勇悍之氣奕奕生動，雖死猶生也。五「青史文章」偏將「朱門歌舞」作對，深感當日驕縱偷生之輩不能效力疆場耳，豈真有「笑捐軀」者乎？觀「我亦輕生」一結，自知其感慨之意矣。通篇只首二句叙題，餘俱以議論成詩，另出手眼。（朱三錫《東嵒草堂評訂唐詩鼓吹》卷六）

《聞慶州趙縱使君與党項戰中箭身死》：當知其蘊藉浹洽處。此等題于丹心碧血、日月山河、衰草夕陽外，自有無限。劣者置彼不用，則更無下筆處，如優人作老態，但賴白鬚。（王夫之《唐詩評選》卷四）

史稱杜牧之自負才略，喜論兵事，擬致位公輔，以時無右援者，怏怏不平而終；爲人疎雋，不拘細行；其詩情致豪邁，人號爲小杜，以別于少陵。後村劉氏謂杜牧、許渾同時，牧于唐律中，嘗寓拗峭，以矯時弊，渾律切麗密或過牧，而抑揚頓挫不及也。讀其《冬至日寄小姪阿宜》詩云：「經書刮根本，史書閱興亡。高摘屈宋豔，濃熏班馬香。李杜泛浩浩，韓柳摩蒼蒼。近者四君子，與古爭强梁。」可以知其用功之深醇。讀其「平生五色綫，愿補舜衣裳」，「誰知我亦輕生者，不得君王丈二殳」諸詩，可以知其立志之遠大。若但賞其「高人以飲爲忙事，浮世除詩盡强名」諸句，則猶是詩人而已。（余成教《石園詩話》卷二）

送容州中丞赴鎮〔一〕①

交阯同星座②，龍泉似斗文〔二〕③。燒香翠羽帳④，看舞鬱金裙⑤。鷁首衝瀧浪⑥，犀渠拂
嶺雲⑦。莫教銅柱北⑧，空説馬將軍〔三〕⑨。

【校勘記】

〔一〕《文苑英華》卷二八〇、《全唐詩》卷五二一題作《送容州唐中丞赴鎮》。馮注本在「容州」下校：「一本有唐字。」

〔二〕「似」，《文苑英華》卷二八〇、夾注本、《全唐詩》卷五二一作「佩」，《全唐詩》下校：「一作似。」馮注本校：「一作佩。」

〔三〕「空」，《文苑英華》卷二八〇作「長」，下校：「集作空。」馮注本校：「一作長。」

【注 釋】

① 容州：唐州名，州治在北流縣（今屬廣西）。以轄境有容山得名。唐中丞，即唐持，字德守，元和十五年登進士第。大中三年，出工部郎中出爲容州刺史、御史中丞、容管經略招討使。傳見《舊唐書》卷一九〇下、《新唐書》卷八九。此詩《全唐詩》卷七四二又作張泌詩。佟培基《全唐詩重出誤收考》云：「唐中丞爲唐持，《方鎮年表》七載，大中三年唐持出任容州刺史，引《舊唐・文苑傳》：『大中中，自工部郎中出爲容州刺史、御史中丞、容管經略招討使，入爲給事中。』繆鉞《杜牧年譜》繫此詩於大中三年。張泌南唐後主時登進士第，見馬令《南唐書》五，無由送唐持。《英華》二八〇作杜牧詩。」則此詩重收作張泌詩，誤。詩乃大中三年（八四九）作。

②交阯句：交阯，亦作交趾，郡名，即交州，時爲安南都護府治所。在今越南河内。據《新唐書·地理志》，容州、安南均爲嶺南五府之一，於天文均爲鶉尾分野，故云同星座。

③龍泉句：龍泉，寶劍名，此泛指良劍。斗文，古代寶劍有七星圖文。夾注：「《吴越春秋》：伍子胥過江，解劍與漁父曰：此劍中有七星北斗文，其直百金。」

④翠羽帳：用翠羽裝飾之帷帳。

⑤欝金：芳草名，即鬱金香，可染婦人衣裙。

⑥鷁首句：鷁，水鳥名。古代畫鷁首於船頭，故稱船爲鷁首。夾注：瀧，「水名，在嶺南。《淮南子》：龍舟鷁首。《注》：鷁，大鳥也。畫其象著舡首。揚雄《方言》：江東呼舡頭爲飛間，或曰鷁首，今舟前所作青雀是也。」馮注：「《水經注·溱水篇》：武谿水南入重山，懸湍廻注，崩浪震山，名之瀧水。」

⑦犀渠：以犀皮製成之盾牌。《國語·吴》：「建肥胡，奉文犀之渠。」《注》：「肥胡，幡也。」；文犀之渠，謂楯也。文犀，犀之有文理者。」左思《吴都賦》：「户有犀渠。」嶺，指五嶺。馮注：「《晉書·地理志》：「自北徂南，入越之道，必由嶺嶠，時有五處，故曰五嶺。」

⑧銅柱：銅製之柱。《後漢書·馬援傳》「嶠南悉平」，唐李賢注引《廣州記》：「（馬）援到交趾，立銅柱，爲漢之極界也。」

⑨ 馬將軍：東漢馬援，曾拜伏波將軍。馬援南征交阯，立銅柱，作爲邊界標誌。《後漢書·馬援傳》：「又交阯女子徵側及女弟徵貳反，攻没其郡，九真、日南、合浦蠻夷皆應之，寇略嶺外六十餘城，側自立爲王。於是璽書拜援伏波將軍。」

夏州崔常侍自少常亞列出領麾幢十韻①

帝命詩書將②，壇登禮樂卿③。三邊要高枕④，萬里得長城⑤。對客猶褒博⑥，填門已旆旌。腰間五綬貴⑦，天下一家榮。野水差新燕，芳郊哢夏鶯。别風嘶玉勒，殘日望金莖⑧。榆塞孤煙媚⑨，銀川緑草明⑩。戈矛虓虎士⑪，弓箭落鶥兵⑫。魏絳言堪採⑬，陳湯事偶成⑭。若須垂竹帛，静勝是功名⑮。

【注釋】

① 夏州：唐州名，州治在今陝西横山縣西。唐時爲夏州節度使治所。常侍，散騎常侍，分左右，正三品下，掌規諷過失，侍從顧問。此「常侍」當是崔出鎮時所授檢校官。少常亞列，即太常少卿，太常寺副長官，正四品上，掌禮樂郊廟社稷之事。詳見《新唐書·百官志》。出領麾幢，出爲節度

使。麾幢，旌旗之類節度使儀仗。《杜牧年譜》謂「《唐方鎮年表》，夏綏節度使，大中元、二年闕，大中三年下引此詩爲證，崔常侍出爲夏綏節度使」，故編此詩於大中三年（八四九）。

②詩書將：指郤縠，春秋晉人。趙衰推薦郤縠爲元帥，稱讚他「説禮樂而敦詩書」。事見《左傳·僖公二十七年》。

③壇登句：壇登，登壇拜將。禮樂卿，指太常少卿。因其掌朝廷禮樂郊廟社稷之事，故稱。

④三邊句：三邊，漢代幽、并、涼三州地在邊疆，稱三邊。後泛指北方邊疆。馮注：「《漢書·匈奴傳》：北國不服，中國未得高枕安寢也。」

⑤萬里句：長城，喻可倚爲屏障之大將。《宋書·檀道濟传》：「檀道濟被收，脱幘投地曰：乃復壞汝之萬里長城。」

⑥褒博：褒衣博帶，即寬衣長帶，乃儒者服飾。夾注：「《漢書·雋不疑傳》：褒衣博帶，盛服至門。師古曰：褒，大裙也，言著褒大之衣，廣博之帶也。」

⑦五綬：綬，絲帶，用以繫帷幕或印環。此處指繫印環之帶。古代常用不同顏色之絲帶，標識官吏身份與等級。《禮·玉藻》：「天子佩白玉而玄組綬。」《注》：「綬者，所以貫佩玉相承受者也。」

⑧金莖：擎承露盤之銅柱。此處代指長安宫闕。

⑨榆塞：榆溪塞，又名榆林塞，在今内蒙黄河北岸。

⑩ 銀川：地名，指銀川郡，唐時亦曾改爲銀州。治所在儒林縣，即今陝西橫山縣東黨岔鎮大寨梁。

⑪ 虓虎：咆哮之虎。此處形容兵士勇猛。

⑫ 落鵰：北齊斛律光打獵時，射下一大雕，人稱「落鵰都尉」。事見《北齊書》卷一七《斛律光傳》。

⑬ 魏絳句：魏絳，春秋晉大夫。晉侯欲伐戎狄，魏絳認爲「獲戎失華」，並陳說「和戎五利」。《國語·晉語七》：「五年，無終子嘉父使孟樂因魏莊子納虎豹之皮以和諸戎。公曰：『戎、狄無親而好得，不若伐之。』魏絳曰：『勞師於戎，而失諸華，雖有功，猶得獸而失人也，安用之？……戎、狄事晉，四鄰莫不震動，其利三也。君其圖之！』公說，故使魏絳撫諸戎，於是乎遂伯。」

⑭ 陳湯：西漢人。時郅支單于叛，陳湯擅興師征之，僥倖獲勝，遂不治其罪。《漢書·陳湯傳》：「於是天子下詔曰：『匈奴郅支單于背畔禮義，留殺漢使者、吏士，甚逆道理，朕豈忘之哉！……今延壽、湯睹便宜，乘時利，結城郭諸國，擅興師矯制而征之。……雖踰義干法，内不煩一夫之役，不開府庫之臧，因敵之糧以贍軍用，立功萬里之外，威震百蠻，名顯四海。爲國除殘，兵革之原息，邊竟得以安。然猶不免死亡之患，罪當在於奉憲，朕甚閔之！其赦延壽、湯罪，勿治。』詔公卿議封焉。……乃封延壽爲義成侯，賜湯爵關内侯，食邑各三百户，加賜黄金百斤。」

⑮ 靜勝：不戰而勝。《尉繚子》：「兵以靜勝，國以專勝。」

街西長句①

碧池新漲浴嬌鴉，分鎖長安富貴家〔一〕。游騎偶同人鬭酒〔二〕，名園相倚杏交花。銀鞦騕褭嘶宛馬②，繡鞅璁瓏走鈿車〔三〕③。一曲將軍何處笛④，連雲芳樹日初斜〔四〕。

【校勘記】

〔一〕「分」，《才調集》卷四作「深」，《全唐詩》卷五二一校：「一作深。」

〔二〕「同」，《才調集》卷四作「逢」。文津閣本則作「同」。

〔三〕「鈿車」，原作「細車」，據《才調集》卷四、夾注本、文津閣本、《全唐詩》卷五二一、馮注本改。

〔四〕「樹」，《才調集》卷四、夾注本、馮注本作「樹」，馮注本下校：「一作草。」《全唐詩》卷五二一校：「一作樹。」

【注　釋】

① 街西：唐代長安以朱雀門大街爲界，街東屬萬年縣，街西屬長安縣，有五十四坊。

②銀鞦句：鞦，絡於牛馬股後之革帶。騕嫋，良馬名，此泛指駿馬。宛馬，大宛國良馬。

③繡軮璁瓏句：軮，套在馬頸用以負軛之皮帶。璁瓏，明潔貌。鈿車，飾以金花之車子，婦女所乘。

④一曲將軍句：將軍，指晉右軍將軍桓伊。王徽之泊舟於青溪側，時伊從岸邊經過。徽之使人謂桓伊云：「聞君善吹笛，試爲我一奏。」伊素聞其名，「便下車，踞胡床，爲作三調，弄畢，便上車去，客主不交一言」。事見《晉書》卷八一《桓伊傳》。

【集評】

《長安雜題》（洪河清渭天地濬）：詩人於四方風土，皆能言之。至於長安、洛陽、鄴都、金陵帝王建都之地，則多見於懷古之作，而述今者少。牧之長安六詩，於五詩之末各寓閑中自靜之意。獨此詩前誇形勢，後叙侈麗，亦足以形容天府之盛，故取之。五詩内，如「韓嫣金丸莎覆緑，許公韉汗杏粧紅」、「投鈎謝家池正雨，醉吟隋寺日沉鐘」、「白鹿原頭回獵騎，紫雲樓下醉江花」。又《街西長句》云：「遊騎偶同人鬬酒，名園相倚杏交花」，皆豔冶而不流。當其時，郊、島、元、白下世之後，張祜、趙嘏諸人皆不及牧之，蓋頗能用老杜句律自爲翹楚，不卑卑於晚唐之酸楚湊砌也。（方回《瀛奎律髓》卷四「風土類」）

《街西》：前四句寫街西池沼園亭之盛，後四句寫街西流連荒亡之戒。結句「日初斜」三字，妙！妙！曰「初斜」者，正未斜也，然終有必斜之日。當馬嘶車走之時，彼富貴人心中眼中殊未覺其將斜耳。前四句不過寫池上大家疊山疎沼，種竹栽花，樓臺歌舞，各自爭奇競勝已耳。首句先寫出「新漲浴嬌鵶」五字，襯起「碧池」，文章點染，鮮妍可喜。（朱三錫《東喦草堂評訂唐詩鼓吹》卷六）

《街西》：隋《三禮圖》：長安領街西五十四坊及西市，多王侯貴戚之第。「名園」句，比「緑楊宜作西家春」尤妙。（沈德潛《唐詩別裁集》卷十五）

春申君①

烈士思酬國士恩②，春申誰與快冤魂？三千賓客總珠履③，欲使何人殺李園〔一〕④？

【校勘記】

〔一〕「殺」，馮注本校：「一作報。」

【注　釋】

① 春申君：即戰國楚國黃歇。楚考烈王元年爲相，其封地介於蘄春、申息之間，故封爲春申君。與其時齊國孟嘗君、趙國平原君、魏國信陵君爲戰國著名四公子。傳見《史記》卷七八。

②烈士：指堅貞不屈之士。國士恩，指以國士之禮相待之恩。

③三千句：《史記·春申君列傳》記春申君家賓客三千，其上客皆著珠履。

④欲使何人句：李園，春申君屬下門客，獻其妹於春申君。知其妹有孕，又獻其妹於楚王。王召幸之，遂生男，立爲太子。其妹爲王后，李園因而顯貴。朱英向春申君獻計殺李園，不爲採用。楚考烈王死後，李園懼事泄，遂派刺客刺殺春申君滅口。事見《史記》卷七八《春申君列傳》。

【集評】

杜牧、張祜皆有《春申君》絶句。杜云：「烈士思酬國士恩，春申誰與快冤魂。三千賓客總珠履，欲使何人殺李園？」張云：「薄俗何心議感恩，諂容卑跡賴君門。春申還道三千客，寂寞無人殺李園。」二詩語意太相犯。嗚呼！朱英之言盡矣，而春申不能必用；李園之計巧矣，而春申不能預防；春申之客衆矣，而無一人爲春申殺李園者，所以起二子之論也。余亦嘗有二絶云：「朱英若在强黄歇，黄歇如何弱李園。一旦棘門奇禍作，自詒伊戚向誰論。」又：「先秦豈謂嬴爲吕，東晉那知馬作牛。不悟春申亦如許，敢憑宫掖妻邪謀。」（葛立方《韻語陽秋》卷七）

春申君因李園，而進園妹於楚王，竟爲園所殺。唐張祜詩云：「薄俗何人議感恩，諂容卑跡賴君門。春申還道三千客，寂寞無人殺李園。」杜牧詩：「烈士思酬國士恩，春申誰與快冤魂？三千賓客皆珠履，欲使何人殺李園？」近吳郡林若撫詩云：「豫讓心銜國士恩，斬衣猶可快冤魂。春申亦有三千客，至竟何人死棘門？」皆未足以定三千客之罪也。園既進妹生子，時朱英勸春申殺園，不聽，且曰：「李園，弱人也，僕又善之。」未幾死於棘門，是春申之計失矣，客何成爲！徐興公有詩云：「食客三千盡在門，各穿珠履耀平原。冤魂地下多遺恨，不許朱英殺李園。」庶幾爲三千客卸罪。（周亮工《書影》卷二）

奉陵宮人〔一〕①

相如死後無詞客②，延壽亡來絶畫工〔二〕③。玉顔不是黄金少，淚滴秋山入壽宮④。

【校勘記】

〔一〕夾注本題下有「本注之任黄州日作」八字。

〔二〕「畫工」，原作「盡工」，據夾注本、文津閣本、馮注本、《全唐詩》卷五二一改。

【注　釋】

①奉陵宫人：供奉於皇帝陵墓之宫人。馮注：「《通鑑·唐紀·注》：唐制，凡諸帝升遐，宫人無子者，悉遣詣山陵，供奉朝夕，具盥櫛，治衾枕，事死如事生。」本詩夾注本題下有「本注之任黄州日作」八字，今據此繫於杜牧之任黄州之會昌二年（八四二）晚春。

②相如死後句：用司馬相如作《長門賦》事。漢武帝陳皇后失寵，居長門宫，遂使人奉黄金百斤請司馬相如爲作《長門賦》，因復得親幸。事見司馬相如《長門賦·序》。

③延壽亡來句：延壽，毛延壽，漢元帝宫中畫工。《西京雜記》卷二《畫工棄市》：「元帝後宫既多，不得常見，乃使畫工圖形，案圖召幸之。諸宫人皆賂畫工，多者十萬，少者亦不減五萬。獨王嬙不肯，遂不得見。匈奴入朝，求美人爲閼氏，於是上案圖，以昭君行。及去，召見，貌爲後宫第一，善應對，舉止閑雅。帝悔之，而名籍已定，帝重信於外國，故不復更人。乃窮案其事，畫工皆棄市。籍其家，資皆巨萬。畫工有杜陵毛延壽，爲人形，醜好老少，必得其真。安陵陳敞，新豐劉白、龔寬，並工爲牛馬飛鳥衆勢，人形好醜，不逮延壽。……同日棄市。京師畫工，於是差稀。」

④壽宫：墓祠。此指陵園。

讀韓杜集

杜詩韓集愁來讀〔一〕①，似倩麻姑癢處抓〔二〕②。天外鳳凰誰得髓〔三〕，無人解合續弦膠③。

【校勘記】

〔一〕「集」，馮注本校：「一作筆。」

〔二〕「抓」，馮注本作「搔」。

〔三〕「天外」，文津閣本作「天上」。

【注　釋】

① 杜詩韓集：指唐代韓愈與杜甫之詩文集。

② 似倩句：麻姑，傳説中女仙，其手爪形如鳥爪。《神仙傳》卷二《王遠》載：「麻姑手爪似鳥，（蔡）經見之，心中念曰：『背大癢時，得此爪以爬背當佳也。』遠已知經心中所言，即使人牽經鞭之，謂曰：『麻姑神人也，汝何忽謂其爪可爬背耶！』但見鞭著經背，亦莫見有人持鞭者。」

③天外鳳凰二句：《海内十洲記》載，西海之中鳳麟洲上有鳳麟數萬，「煮鳳喙及麟角，合煎作膏，名之續弦膠，或名連金泥。此膠能續弓弩已斷之弦、刀劍斷折之金，更以膠連續之，使力士掣之，他處乃斷，所續之際終無斷也。」

【集評】

《送王性之序》：譬如杜詩韓筆，誰不經目，惟小杜爲能「愁來讀」之也。苟不上自虞歌、周、魯、商詩，下逮楚騷、建業七子、陶、謝、顔、鮑、陰、何，以觀杜詩，則莫知斯人平生之所用心也。或不極六藝九流之華實，而縱之以屈原、宋玉、司馬遷、相如、仲舒、賈誼、劉向，而自謂真知韓者，亦未可信也。（晁説之《嵩山文集》卷十七）

謝玄暉善爲詩，任顔昇工於筆；又云「任筆沈詩」。劉孝綽稱弟儀與威云「三筆六詩」。故牧之云：「杜詩韓筆愁來讀，似倩麻姑癢處抓。」近人兼用之。臨川云：「閑中用意歸詩筆，静定安身比泰山。」坡云：「水洗禪心都眼淨，山供詩筆總眉愁。」（黄徹《䂬溪詩話》卷三）

【續絃膠】老杜詩云：「麟角鳳嘴世莫識，煎膠續絃奇自見。」又杜牧之詩云：「天上鳳凰難得髓，世上那有續絃膠。」嘗見李商老云：「事載《太平廣記》。」後讀東方朔《十洲記》：「鳳麟洲，其洲多鳳麟，亦多仙家，煮鳳喙及麟角，合煎作膠，爲集絃膠，或名連金泥，以能續連弓弩斷絃也。劍折，以此膠粘之。」（闕名《漫叟詩話》）

【牧之詩誤】《十洲記》載，鳳麟洲上多麟鳳，人取鳳喙及麟角合煎爲膠，號集弦膠，又名連金泥。漢武帝時，西國王使至，獻膠四兩，嘗於上林續弦者是也。而杜牧之詩有「天上鳳凰難得髓，何人解合續弦膠」，恐「髓」字誤。然髓亦安可爲膠也。（何薳《春渚紀聞》卷七）

杜甫、李白以詩齊名，韓退之云：「李杜文章在，光焰萬丈長。」似未易優劣也。然杜詩思苦而語奇，李詩思疾而語豪。杜集中言李白詩處甚少，如「李白一斗詩百篇」，如「清新庾開府，俊逸鮑參軍」、「何時一尊酒，重與細論文」之句，似譏其太俊快。李白論杜甫，則曰：「飯顆山頭逢杜甫，頭戴笠子日卓午。爲問因何太瘦生，只爲從來作詩苦。」似譏其太愁肝腎也。杜牧云：「杜詩韓筆愁來讀，似倩麻姑癢處搔。天外鳳凰誰得髓，何人解合續弦膠。」則杜甫詩，唐朝以來一人而已，豈白所能望耶！（葛立方《韻語陽秋》卷一）

牧之云：「杜詩韓筆愁來讀，似倩麻姑癢處搔。天外鳳凰誰得髓，無人解合續弦膠。」《十洲記》云：「麟鳳洲上，仙家煮鳳喙及麟角作膠，名集弦膠，或名連金泥，能連弓弩弦、折刃劍。」見《御覽》。（朱翌《猗覺寮雜記》卷二）

劉夢得氣高不服人，《祭退之文》極言稱讚：「鸞鳳一鳴，蜩螗革音。手持文炳，高視寰海；權衡低昂，瞻吾所在。三十餘年，聲名塞天。」牧之云：「杜詩韓筆愁來讀，似倩麻姑癢處搔。天外鳳凰誰得髓，無人解合續弦膠。」皆實録也。（朱翌《猗覺寮雜記》卷二）

南朝詞人謂文爲筆，故《沈約傳》云：「謝玄暉善爲詩，任彦升工于筆，約兼而有之。」又《庾肩吾傳》，梁簡文帝《與湘東王書》，論文章之弊曰：「詩既若此，筆又如之。」又曰：「謝朓、沈約之詩，任昉、陸倕之筆。」《任昉傳》又有「沈詩」、「任筆」之語。老杜《寄賈至嚴武》詩云：「賈筆論孤憤，嚴詩賦幾篇。」杜牧之亦云：「杜詩韓筆愁來讀，似倩麻姑癢處抓。」亦襲南朝語爾。往時諸晁謂詩爲詩筆，亦非也。（陸游《老學庵筆記》卷九）

【杜牧】有絶句云：「杜詩韓筆愁來讀，似倩麻姑癢處搔。」稱文爲筆，始六朝人。《沈約傳》云：「謝玄暉善爲詩，任彦昇工於筆，約兼而有之。」又梁簡文帝《與湘東王書》論文章之弊，亦分詩與筆爲言。牧所本也。（胡震亨《唐音癸籤》卷二十三「詁箋」八）

紫微嘗有句曰：「杜詩韓集愁來讀，似倩麻姑癢處搔」，此正一生所得力處，故其詩文俱帶豪健。「天外鳳凰誰得髓，無人解合續弦膠」，雖隱然自負，未之敢許也。（賀裳《載酒園詩話又編·杜牧》）

古人用字之法極妙。曾見善本《樊川集》「杜詩韓筆愁來讀」，「筆」字何靈妙！俗本刻作「杜詩韓集愁來讀」，神韻頓損。（薛雪《一瓢詩話》）

春日言懷寄虢州李常侍十韻①

岸蘚生紅藥〔一〕②，巖泉漲碧塘。地分蓮嶽秀③，草接鼎原芳④。雨派潨音叢潈峄江反急〔二〕⑤，風畦芷若香。纖蓬眠舴艋⑥，驚夢起鴛鴦。論吐開冰室⑦，詩陳曝錦張⑧。貂簪荆玉潤⑨，丹穴鳳毛光⑩。子弟新登甲科。今日還珠守⑪，何年執戟郎⑫？且嫌遊晝短⑬，莫問積薪場〔三〕⑭。無計披清裁⑮，唯持祝壽觴。願公如衛武，百歲尚康强⑯。

【校勘記】

〔一〕「岸」，《全唐詩》卷五二一校：「一作崖。」

〔二〕「雨派」，原作「南派」，據夾注本、《全唐詩》卷五二一、馮注本改。

〔三〕「場」，《全唐詩》卷五二一作「長」。馮注本校：「一作長。」

【注釋】

①虢州：州名，唐州治在河南靈寶（今屬河南）。李常侍，李景讓，字後己，太原文水人。元和中登進士第，累遷商州刺史。開成二年，入爲中書舍人，出爲華、虢二州刺史。會昌中，遷右散騎常侍、浙西觀察使。傳見《舊唐書》卷一八七下、《新唐書》卷一七七。郁賢皓《唐刺史考全編》考李景讓會昌二年始任虢州刺史。則此詩約作於會昌二年（八四二）或稍後。

②紅藥：即芍藥。

③蓮嶽：即西嶽華山，有蓮花峰，故稱。馮注：「《華嶽志》：嶽頂中峰曰蓮花峰。《名山記》：華嶽有三峰，直上數千仞，基廣而峰峻疊秀，迄於嶺表，有如削成。」

④鼎原：即鑄鼎原，相傳爲黄帝鑄鼎處，在虢州湖城（今河南靈寶縣西北）。《元豐九域志》卷三《湖城》：「有荆山、鑄鼎原、鳳林泉、鼎湖。」

⑤潀潀：水流聲。

⑥織蓬句：馮注：「《廣韻》：織蓬，竹夾箬覆舟也。」舴艋，小船。

⑦冰室：藏冰之室。此喻指清明純潔之心胸。

⑧曝錦張：此處比喻詩歌美如陽光下之錦繡。

⑨貂簪：簪金蟬珥貂，爲散騎常侍冠飾。馮注：「《唐書・百官志》：散騎常侍分左右，隸門下中書省，皆金蟬珥貂。」

⑩丹穴鳳毛句：《山海經・南山經》載，丹穴之山，「有鳥焉，其狀如雞，五采而文，名曰鳳皇」。《世説新語》卷下之上《容止》：「王敬倫風姿似父，作侍中，加授。桓公公服從大門入，桓公望之曰：『大奴固自有鳳毛。』」

⑪還珠守：用東漢孟嘗故事。此借指李常侍。《後漢書・孟嘗傳》：孟嘗「遷合浦太守。郡不産穀實，而海出珠寶，與交阯比境，常通商販，貿糴粮食。先時宰守並多貪穢，詭人採求，不知紀極，珠

遂漸徙於交阯郡界。於是行旅不至，人物無資，貧者餓死於道。嘗到官，革易前敝，求民病利。曾未踰歲，去珠復還，百姓皆反其業，商貨流通，稱爲神明。」

⑫ 執戟郎：馮注：「《史記·淮陰侯傳》：臣事項王，官不過郎中，位不過執戟。《通典》：凡郎皆主更直執戟，宿衛諸殿門。」

⑬ 且嫌句：夾注：「古詩曰：晝短苦夜長，何不秉燭遊。」

⑭ 莫問句：漢代汲黯不滿以前小吏公孫弘、張湯位在己上，遂謂漢武帝曰：「陛下用群臣如積薪耳，後來者居上。」事見《漢書》卷五〇《汲黯傳》。

⑮ 清裁：猶清鑒，高明識見或裁斷。披清裁，謂見面。

⑯ 愿公二句：衛武，春秋時衛武公。年九十五，謂人云：「苟在朝者，無謂我老耄而舍我，必恭恪於朝，朝夕以交戒我。」事見《國語·楚語上》。馮注：「《魏書·李修傳》：咸陽公高允，雖年且百，而氣力尚康。《後漢書·和帝紀》：故太尉鄧彪，聰明康强，可謂老成黄耇矣。」

【集　評】

梅聖俞詩「莫打鴨，打鴨驚鴛鴦」之語，譏宣守笞官奴也。陳無已《戲楊理曹》詩云：「從來相戒莫打鴨，可打鴛鴦最後孫。」又與宣守詩云：「一爲文俗事，打鴨起鴛鴦。」皆用此也。然「起鴛鴦」三

字亦有來處，杜牧之云：「織篷眠舴艋，驚夢起鴛鴦。」（吳聿《觀林詩話》）

李侍郎於陽羨里富有泉石牧亦於陽羨粗有薄産叙舊述懷因獻長句四韻〔一〕①

冥鴻不下非無意②，塞馬歸來是偶然③。紫綬公卿今放曠④，白頭郎吏尚留連⑤。終南山下拋泉洞⑥，陽羨溪中買釣舡⑦。欲與明公操履杖⑧，願聞休去是何年〔二〕。

【校勘記】

〔一〕「牧亦於」，「牧」，夾注本作「某」。

〔二〕「願聞」，原作「頭聞」，據景蘇園本、夾注本、文津閣本、《全唐詩》卷五二一、馮注本改。

【注　釋】

① 李侍郎：陶敏《樊川詩人名箋補》（《徐州師範學院學報》一九八七年第二期）據《唐語林》卷七「大中三年，李褒侍郎知貢舉，試《堯仁如天賦》」。《唐語林》卷四「李尚書褒晚年修道，居陽羨川石

山後，長子召爲吳興，次子昭爲常州，當時榮之」，以及李褒乃虔誠道教徒等以爲李侍郎乃李褒，詩作於大中三年（八四九）。李褒大中三年在京任吏部侍郎知貢舉，晚年修道，居陽羨川石山後。陽羨，古縣名，即今江蘇省宜興縣。馮注：「《名勝志》：倪瓚《荆溪圖序》曰：唐杜牧之構水榭於谿旁，至今歷歷可考。《一統志》：水榭在荆谿縣北，唐杜牧嘗寓此，有詩。又：杜橋在宜興城東門外，一名上橋，俗呼蝦蟇橋，相傳爲杜牧水榭故址。」

② 冥鴻：高飛之鴻雁。此喻離世隱居。揚雄《法言・問明》：「鴻飛冥冥，弋人何篡焉？」

③ 塞馬歸來句：《淮南子・人間訓》：「近塞上之人有善術者，馬無故亡而入胡，人皆吊之。其父曰：『此何遽不能爲福乎？』居數月，其馬將胡駿馬而歸，人皆賀之。」

④ 紫綬句：紫綬，紫色之綬帶。據《舊唐書・輿服志》，唐代二、三品官吏佩紫綬。放曠，曠達不拘禮俗。此句指李侍郎。

⑤ 白頭郎吏：郎吏，尚書省郎官。時杜牧任司勳員外郎，故稱。

⑥ 終南山下句：杜牧《上知己文章啓》：「上都有舊第，唯書萬卷，終南山下有舊廬，頗有水樹，當以耒耜筆硯歸其間。」

⑦ 陽羨：古縣名，即今江蘇省宜興縣。

⑧ 欲與明公句：明公，古人相尊美之稱。《禮記・曲禮上》：「謀於長者，必操几杖以從之。」

贈李處士長句四韻

玉函怪牒鎖靈篆①，紫洞香風吹碧桃②。老翁四目牙爪利〔一〕③，擲火萬里精神高④。靄靄祥雲隨步武⑤，纍纍秋塚歎蓬蒿〔二〕。三山朝去應非久⑥，姹女當窗繡羽袍〔三〕⑦。

【校勘記】

〔一〕「目」，《文苑英華》卷二六一作「百」，馮注本校：「一作百。」

〔二〕「歎蓬蒿」，夾注本作「没蓬蒿」。

〔三〕「繡」，《文苑英華》卷二六一、夾注本作「織」。

【注　釋】

① 玉函句：玉函，玉製之書套。怪牒，指神秘之道書。篆，篆書。《拾遺記》：浮提之國，獻神通善書二人，佐老子撰《道德經》，「寫以玉牒，編以金繩，貯以玉函」。馮注：「《後漢書·方術傳》：神經怪牒，玉策金繩，關扃于明靈之府。」

②紫洞：仙人所居之處所。馮注：「王勃《遊廟山賦》：見丹房之晚晦，知紫洞之宵寒。《尹喜内傳》：老子西遊，省太真之母，共食碧桃于紫洞。」碧桃，重瓣之桃花。即千葉桃。又名碧桃花。

③老翁四目句：馮注：「《雲笈七籤》：天篷咒：緑齒蒼舌，四目老翁。」

④擲火萬里：馮注：「《度人經》：擲火萬里，流鈴八衝。」

⑤靄靄句：靄靄，盛貌。此處喻祥雲密聚貌。步武，脚步。

⑥三山：指傳説中海上三仙山蓬萊、方丈、瀛洲。

⑦姹女句：姹女，少女、美女。此處指仙女。《後漢書·五行志一》：桓帝時童謡：「車班班，入河間，河間姹女工數錢，以錢爲室金爲堂。」羽袍，指方士或神仙之羽衣。

【集　評】

【擲火萬里流鈴八衝四目】杜牧之詩：「老翁四目牙爪利，擲火萬里精神高。」蓋用《天蓬咒》「蒼舌緑齒，四目老翁」。而今本誤以「目」爲「面」爾。「擲火萬里」，亦用《度人經》「擲火萬里，流鈴八衝」之語，而東坡亦用之於《芙蓉城》詩，云：「仙風鏘然韻流鈴」也。（龔頤正《芥隱筆記》）

送國棊王逢

玉子紋楸一路饒①，最宜簷雨竹蕭蕭。羸形暗去春泉長〔一〕，拔勢横來野火燒〔二〕。守道還如周伏柱〔三〕②，鏖兵不羨霍嫖姚③。得年七十更萬日〔四〕④，與子期於局上銷〔五〕。

【校勘記】

〔一〕「羸形」，原作「嬴形」，據《文苑英華》卷二八〇、夾注本、文津閣本、《全唐詩》卷五二一、馮注本改。「春泉長」，夾注本作「春泉漲」。

〔二〕「拔勢」，《文苑英華》卷二八〇、夾注本作「猛勢」。「拔」，《全唐詩》卷五二一、馮注本校：「一作猛。」

〔三〕「伏柱」，《文苑英華》卷二八〇、文津閣本、《全唐詩》五二一作「柱史」，《全唐詩》下校：「一作伏柱。」馮注本校：「伏柱，一云柱史。」

〔四〕「得年」，《文苑英華》卷二八〇、《全唐詩》卷五二一作「浮生」，《全唐詩》下校：「一作得年。」馮注本校：「一云浮生。」

〔五〕「子」，《文苑英華》卷二八〇作「爾」，馮注本校：「一作爾。」

【注釋】

①玉子句：玉子，玉棋子。紋楸，圍棋棋盤。饒，益也，讓也。《杜陽雜編》卷下：「大中中，日本國王子來朝，獻寶器音樂，上設百戲珍饌以禮焉。王子善圍棋，上敕顧師言待詔爲對手。王子出楸玉局，冷暖玉棋子。」

②周伏柱：指老子李耳，曾爲周柱下史。

③霍嫖姚：即漢代名將霍去病，曾任嫖姚校尉，故稱。傳見《史記》卷一一一、《漢書》卷五五。

④得年七十句：《嬾真子》以爲「七十更萬日」，指杜牧作詩時年四十二三，倘活至七十，猶有萬日。

【集評】

「玉子紋楸一路饒，最宜簷雨竹蕭蕭。羸形暗去春泉長，拔勢横來野火燒。守道還如周伏柱，鏖兵不羨霍嫖姚。得年七十更萬日，與子期於局上銷。」右杜牧之《贈國棋王逢》詩。或云此真贈國手詩也。棋貪必敗，怯又無功。「羸形暗去」，則不貪也；「猛勢横來」，則不怯也。「周伏柱」以喻不貪，「霍嫖姚」以喻不怯。故曰高棋詩也。魏收嘗云：「棋於貪功之際所得多矣。」「七十更萬日」者，

牧之是時年四十二三，得至七十猶有萬日。（馬永卿《嬾真子》卷五）

棋，至難事也，而詠棋爲尤難。嘗觀杜牧之詩云：「羸形暗去春泉長，猛勢横來野火燒。」劉夢得詩云：「雁行佈陣衆未曉，虎穴得子人方驚。」黄太史詩云：「心似蛛絲遊碧落，身如蜩殼化枯枝。」觀此三詩，皆道盡棋中妙處，殆不容優劣矣。至王荆公、蘇東坡則不然。荆公之詩云：「戰罷兩奩收黑白，一枰何處有虧盈。」東坡之詩云：「勝固忻然，敗亦可喜。優哉游哉，聊復爾爾。」二詩理趣尤奇，其見又高於前三公也。（袁文《甕牖詩話》卷六）

《送國棋王逢》：饒，多也。言止事于弈，亦兼言技高而一路饒人也。手談之際，正宜煙雨而竹瀟瀟之所。三四言其得勝連延而去，如春泉之暗長，猛力開張，似野火之遍燒。而且守老子之道，以退爲進，全不事于征戰，有遠大深謀，足以致勝。我年已長，更萬日爲七十矣，棄此餘年，要與子消此局也。大約此老非老王敵手，詩中皆修降表語。玉子，棋子；楸木爲枰，有花文。羸形，言被侵之家，因侵分而致瘦。（胡以梅《唐詩貫珠箋》卷五十九）

【送國棋王逢】「浮生七十更萬日」，牧之是時年四十二三，若得至七十，猶有萬日。（曾國藩《求闕齋讀書録》卷九）

【票姚】《漢書·霍去病傳》：爲票姚校尉。《史記》作「剽姚」。《漢紀》作「票鷂」。《康熙字典》云：唐人詩用票姚，率作平聲。且改「票」作「嫖」，尤屬舛謬。《正字通》因李杜詩文改入平聲，非。

近陳補勤《詩存》卷十八《蔣竹雲從戎秦隴就婚汴梁贈行》云：「聽説封侯渾不悔，阿兄原是霍驃姚。」自注：票姚之「票」，本去聲，唐人作「嫖」，從平音。按霍官驃騎尉，不如竟作「驃」爲妥。庸按：《漢書·武帝紀》：驃騎將軍霍去病，出隴西。本傳仍作「票騎」。則「驃」上聲，非平音。陳説不知何本。鄙意不如仍從服作「票」，讀平聲。或從李杜作「嫖」爲妥。杜牧《贈國手王逢》詩：「鏖兵不愧霍嫖姚。」（平步青《霞外捃屑》卷八上《眠雲舸釀説上》）

重送絶句①

絶藝如君天下少，閑人似我世間無〔一〕。别後竹窗風雪夜，一燈明暗覆吳圖〔二〕②。

【校勘記】

〔一〕「似我」，文津閣本作「是我」。

〔二〕此句文津閣本作「燈明暗覆伐吳圖」。

【注　釋】

①此詩乃重送國棋王逢詩。

②覆吳圖：《南史·蕭思話傳附蕭惠基傳》：「當時能棋人琅邪王抗第一品，吳郡褚思莊、會稽夏赤松第二品……宋文帝時，羊玄保爲會稽，帝遣思莊入東，與玄保戲，因置局圖，還於帝前覆之。」此謂别後，只能重演與王逢對弈所覆之棋局。

少年行①

連環羈玉聲光碎②，緑錦蔽泥虯卷高③。春風細雨走馬去，珠落璀璀白罽袍〔一〕④。

【校勘記】

〔一〕「落」，《全唐詩》卷五二一、馮注本校：「一作絡。」

【注　釋】

①少年行：樂府雜曲歌辭。本出於《結客少年場行》，内容多歌詠少年輕生重義、任俠遊樂之事。

②連環句：連環，玉連環。聲，馮集梧《樊川詩集注》疑爲星字之誤，可參。

③蔽泥，即障泥，將它垂於馬腹兩側，用以遮擋塵土。虯卷，像虯龍般地捲曲起來。《西京雜記》卷二《武帝馬飾之盛》：「武帝時，身毒國獻連環羈，皆以白玉作之，馬瑙石爲勒，白光琉璃爲鞍。鞍在暗室中，常照十餘丈，如晝日。自是長安始盛飾鞍馬，競加雕鏤。或一馬之飾直百金，皆以南海白蜃爲珂，紫金爲華，以飾其上。……後得貳師天馬，帝以玟瑰石爲鞍，鏤以金銀鍮石，以緑地五色錦爲蔽泥，後稍以熊羆皮爲之。」

④珠落璀璀句：璀璀，鮮明貌。白罽，一種白色毛織品。

奉和門下相公送西川相公兼領相印出鎮全蜀詩十八韻〔一〕①

盛業冠伊唐②，台階翊戴光③。無私天雨露，有截舜衣裳④。蜀輟新衡鏡⑤，池留舊鳳凰⑥。同心真石友⑦，寫恨蔑河梁〔二〕⑧。虎騎摇風旆，貂冠韻水蒼⑨。彤弓隨武庫⑩，金印逐文房⑪。棧壓嘉陵咽⑫，峰横劍閣長⑬。前驅二星去⑭，開險五丁忙⑮。廻首峥嶸盡，連天草樹芳。丹心懸魏闕，往事愴甘棠⑯。治化輕諸葛⑰，威聲懾夜郎⑱。君平教説卦⑲，犬子召升堂〔三〕⑳。塞接西山雪〔四〕㉑，橋維萬里檣㉒。奪霞紅錦爛，撲地酒壚香㉓。忝逐三千客㉔，曾依數仞牆㉕。滯頑堪白屋〔五〕㉖，攀附亦周行㉗。肉管伶倫曲㉘，《簫韶》清廟章㉙。唱高知和寡〔六〕㉚，小子斐然狂㉛。

【校勘記】

〔一〕夾注本無「詩十八韻」四字。

〔二〕「寫恨」，夾注本作「瀉恨」。「蔑」，《文苑英華》卷二四六、《全唐詩》卷五二一、馮注本校：「一作夢。」

〔三〕「犬」，《文苑英華》卷二四六作「大」，景蘇園本作「太」，文津閣本、《全唐詩》卷五二一作「夫」。夾注本作「犬」。馮注本校：「一作夫，又作天，又作大，皆誤。」

〔四〕「山」，《文苑英華》卷二四六作「川」，下校：「一作山。」馮注本校：「一作川。」

〔五〕「屋」，《文苑英華》卷二四六作「首」，下校：「集作屋。」

〔六〕「和寡」，《文苑英華》卷二四六作「寡和」。

【注　釋】

①門下相公：即李德裕。德裕開成五年九月，以淮南節度使、檢校尚書左僕射爲吏部尚書、同中書

門下平章事，尋兼門下侍郎。傳見《舊唐書》卷一七四、《新唐書》卷一八〇。西川相公，即崔鄲。崔鄲登進士第，累遷監察御史。文宗朝，官至翰林學士、中書舍人、吏部侍郎。開成四年拜相，會昌元年十一月爲劍南西川節度使。傳見《舊唐書》卷一五五、《新唐書》卷一六三。《杜牧年譜》謂：「馮集梧《樊川詩集注》：『《唐書·宰相表》，開成四年七月，太常卿崔鄲同中書門下平章事，劍南西川節度使。……據此詩云：「盛業冠伊唐，台階翊戴光。」當爲武宗以弟繼兄初立時事；鄲嘗副杜元穎西川節度使，故有「往時甘棠」之語；且鄲以中書侍郎出鎮，亦合所云「池留舊鳳凰」者。』……至此時爲門下侍郎者，李德裕及陳夷行二人，據《舊唐書·鄲傳》云，會昌初，李德裕用事，與鄲弟兄素善云云，兹詩有「石友」、「河梁」等語，知門下相公之爲德裕無疑也。』」並據而繫此詩於會昌元年（八四一）。崔鄲會昌元年十一月爲劍南西川節度使，則詩乃是年十一月作。

② 伊唐：指堯，此處代指唐代。據説堯姓伊者，在位時，國號唐。

③ 台階：即三台星。古人以爲三公、宰相上應三台。此指李德裕、崔鄲二人。

④ 有截句：截，整齊，整治。《詩·商頌·殷武》：「有截其所，湯孫之緒。」《箋》：「更自勑整，截然齊壹。」舜衣裳，喻賢君之治。《太平御覽》卷八〇引《譙子法訓》：「唐虞之衣裳文法，……人至今被之。」

⑤ 衡鏡：衡用以量輕重，鏡可以照美醜。衡鏡指衡量鑒别人才。此句言崔鄲罷相鎮蜀。

⑥池留句：池，謂鳳凰池，指中書省。唐代宰相政事堂在此。晉荀勖原任中書監，後守尚書令，頗悵恨。有人祝賀，勖曰：「奪我鳳皇池，諸君賀我邪！」事見《晉書》卷三九本傳。此指李德裕留任宰相。

⑦石友：情誼堅如金石之朋友。《文選·潘岳·金谷集作詩》：「投分寄石友，白首同所歸。」

⑧河梁：此指舊傳李陵與蘇武離别時所作《與蘇武詩》，有「攜手上河梁，游子暮何之」之句。

⑨貂冠句：貂冠，飾有貂尾之帽子，門下侍郎著貂冠。水蒼，即水蒼玉，唐時二品以下、五品以上官佩之。此句指李德裕。夾注：「《禮記》：天子佩白玉，公侯佩山玄玉，大夫佩水蒼玉。」

⑩彤弓句：彤弓，朱紅色之弓。古代帝王將彤弓賜給有功諸侯。夾注：「《書》：賚爾彤弓彤矢。《注》：諸侯大功，賜弓矢，然後專征伐。」武庫，兵器庫。此處喻才識出衆、幹練多能者。此指崔鄲。《晉書·杜預傳》：「詔預以散侯定計省闥，俄拜度支尚書。」「預在内七年，損益萬機，不可勝數，朝野稱美，號曰『杜武庫』，言其無所不有也。」又《晉書·裴修傳附裴頠傳》：「頠字逸民。弘雅有遠識，博學稽古，自少知名。御史中丞周弼見而歎曰：『頠若武庫，五兵縱橫，一時之傑也。』」

⑪文房：書房，亦指官府掌管文書之處。《南史》卷六八：「論曰：趙知禮、蔡景歷屬陳武經綸之日，居文房書記之任，此乃宋、齊之初傅亮、王儉之職。」

⑫嘉陵：水名，即嘉陵江，古稱西漢水。《水經注·漾水》：「漢水又南入嘉陵道而爲嘉陵水。」江名

由此而来。

⑬劍閣：棧道名。在今四川劍閣縣東北大、小劍山之間。《水經注・漾水》：「又東南逕小劍戍北，西去大劍三十里，連山絶險，飛閣通衢，故謂之劍閣也。」

⑭二星：指使者。漢和帝時，秘密派遣使者至各州縣，「使者二人當到益部，投（李）郃候舍。時夏夕露坐，郃因仰觀，問曰：『二君發京師時，寧知朝廷遣二使邪？』二人默然，驚相視曰：『不聞也。』問何以知之？郃指星示云：『有二使星向益州分野，故知之耳。』」事見《後漢書》卷八二《李郃傳》。

⑮五丁：古蜀國五位力士。相傳「秦惠王欲伐蜀，而不知道，作五石牛，以金置尾下，言能屎金，蜀王負力，令五丁引之成道。秦使張儀、司馬錯尋路滅蜀，因曰石牛道。」事見《水經注・沔水》。

⑯往事句：甘棠，指官吏有善政遺愛。《詩・召南・甘棠・序》：「《甘棠》，美召伯也。召伯之教，明於南國。」《左傳・昭公二年》：「武子曰：『宿敢不封殖此樹，以無忘《角弓》。』遂賦《甘棠》。」晉杜預注：「《甘棠》，《詩・召南》。召伯息於甘棠之下，詩人思之而愛其樹。武子欲封殖嘉樹如甘棠，以宣子比召公。」李德裕前曾爲西川節度使，故有此句。

⑰治化句：諸葛，指諸葛亮。相蜀漢，有政績。馮注：「《蜀志・諸葛亮傳》：理民之幹，優於將略。」

⑱夜郎：古代西南地區國名，主要在今貴州西北、雲南東北及四川南部地區。此泛指邊境少數民族。

⑲君平：即嚴君平，西漢人。卜筮於成都，善言休咎。傳見《漢書》卷七二。《漢書·王貢兩龔鮑傳序》：「蜀有嚴君平，皆修身自保，……君平卜筮於成都市，以爲『卜筮者賤業，而可以惠衆人。有邪惡非正之問，則依蓍龜爲言利害。與人子言依於孝，與人弟言依於順，與人臣言依於忠，各因勢導之以善，从吾言者，已過半矣。』」

⑳犬子句：犬子，司馬相如小名。《法言·吾子》：「孔氏之門用賦也，則賈誼升堂，相如入室矣。」

㉑西山：即岷山，在成都西。

㉒橋：指萬里橋，在成都。馮注：「《華陽國志》：蜀郡州治西南兩江有七橋，南渡流曰萬里橋。《元和郡縣志》：成都縣萬里橋，架大江水，在縣南八里，蜀使費禕聘吴，諸葛亮祖之，禕歎曰：萬里之路，始於此橋。因以爲名。」

㉓奪霞二句：爛，鮮明。二句暗用成都名産「蜀錦」及「劍南春」酒事。

㉔三千客：《史記·春申君列傳》：「春申君客三千餘人，其上客皆躡珠履以見趙使。」又《史記·孟嘗君列傳》：「孟嘗君時相齊，……其食客三千人，邑入不足以奉客。」

㉕數仞牆：《論語·子張》：「叔孫武叔語大夫於朝曰：『子貢賢於仲尼。』子服景伯以告子貢。子

貢曰：『譬之宫牆，賜之牆也及肩，窺見室家之好。夫子之牆數仞，不得其門而入，不見宗廟之美，百官之富。得其門者或寡矣。夫子之云，不亦宜乎！』」此二句意謂曾佐崔鄲宣歙幕事。

㉖白屋：古代平民住屋不施采，故稱白屋。《漢書·吾丘壽王傳》：「三公有司，或由窮巷，起白屋，裂地而封。」《注》：「白屋，以白茅覆屋也。」

㉗周行：大道，至美之道。此指在朝廷班列。《詩·小雅·鹿鳴》：「人之好我，示我周行。」

㉘肉管句：《晉書·孟嘉傳》：桓温問「『聽妓，絲不如竹，竹不如肉，何謂也？』嘉答曰：『漸近使之然。』」一坐咨嗟。」伶倫，傳説中黄帝時樂官。《漢書·律曆志》：「黄帝使伶倫自大夏之西，昆侖之陰，取竹之解谷生其竅厚均者，斷兩節間而吹之，以爲黄鐘之宫。」

㉙《簫韶》句：《簫韶》，相傳爲舜時之樂曲名。清廟章，指《詩·周頌·清廟》。此借以贊美李德裕原作。

㉚唱高句：《文選》卷四五宋玉《對楚王問》：「客有歌於郢中者，其始曰《下里》《巴人》，國中屬而和者數千人；其爲《陽春》《白雪》，國中屬而和者不過數十人；引商刻羽，雜以流徵，國中屬而和者，不過數人而已。是其曲彌高，其和彌寡。」

㉛斐然：有文采貌。《論語·公冶長》：「子在陳，曰：『歸與！歸與！吾黨之小子狂簡，斐然成章，不知所以裁之。』」

【集評】

【文房】飛卿《醉歌》曰：「洛陽盧仝稱文房，妻子脚禿春黄粱。阿耋光頭不識字，指麾豪俊如驅羊。」按元微之《東南行》有「文房長遺閉，經肆未曾鋪」之句。……杜牧《送西川相公》詩：「彤弓隨武庫，金印逐文房。」或唐時有此成語，飛卿乃用之也。（宋長白《柳亭詩話》卷七）

朱坡①

下杜鄉園古②，泉聲繞舍啼。靜思長慘切，薄宦與乖睽。北闕千門外③，南山午谷西④。倚川紅葉嶺，連寺緑楊堤。迴野翘霜鶴，澄潭舞錦雞。濤驚堆萬岫，舸急轉千溪。眉點萱牙嫩⑤，風條柳幄迷⑥。岸藤梢虺尾⑦，沙渚印麑蹄。火燎湘桃塢，波光碧繡畦。日痕絙胡官切翠巘⑧，陂影墮晴霓。蝸壁斕斑蘚，銀延荳蔻泥〔一〕⑨。洞雲生片段，苔徑繚高低。偃蹇松公老⑩，森嚴竹陣齊。小蓮娃欲語，幽筍稚相攜⑪。漢館留餘趾，周臺接故蹊⑫。蟠蛟崗隱隱，斑雉草萋萋⑬。樹老蘿紆組，巖深石啓閨⑭。侵窗紫桂茂，拂面翠禽棲。有計冠終挂，無才筆謾提。自塵何太甚，休笑觸藩羝⑮。

【校勘記】

〔一〕「銀延」，夾注本作「銀涎」，《全唐詩》卷五二一、馮注本作「銀筵」。

【注釋】

①朱坡：地名。在唐長安城南，杜牧有別墅在此。北宋張禮《遊城南記》注云：「朱坡在御史莊東，華嚴寺西。」《新唐書·杜佑傳》：「朱坡樊川，頗治亭觀林芿，鑿山股泉，與賓客置酒爲樂。子弟皆奉朝請，貴盛爲一時冠。」馮注：「《雍大記》：朱坡在陝城南四十里，與華嚴寺相近，瞰南山之勝。故少保杜公池亭在焉。」

②下杜：即杜縣，治所在今陝西西安市東南。馮注：「《長安志》：漢宣帝以杜東原上爲初陵，置縣曰杜陵，而改杜縣爲下杜城。《史記·秦本紀·正義》：《括地志》云：下杜故城在雍州長安縣東南九里。」

③北闕：漢長安未央宫闕名。此處代指宫闕。馮注：「《長安志》：《關中記》曰：未央宫東有蒼龍闕，北有玄武闕，所謂北闕也。《元和郡縣志》：長安縣建章宫在縣西二十里長安故城西。太初元年，作建章宫，爲千門萬户。」

④午谷：即子午谷，在陝西長安縣南秦嶺山中。馮注：「《漢書·王莽傳》：通子午道，從杜陵直絶

南山，經漢中。《注》：師古曰：今京城直南山，有谷通梁漢道，名子午谷。南北相當，則北山者是子，南山者是午，共爲子午道。」

⑤ 萱牙：萱，萱草。又名鹿蔥、忘憂、宜男、金針花。馮注：「《本草圖經》：萱草俗名鹿蔥，五月采花，八月采根，今人多采其嫩苗及花跗作葅食。」牙，通芽。

⑥ 柳幄：柳樹繁茂有如帷幄。

⑦ 虬：小蛇。

⑧ 日痕句：日痕，日光、日影。絚，馮注：「《楚辭·九歌·注》：絚，急張弦也。」

⑨ 荳蔻：多年生常緑草本植物。又名草果。分肉荳蔻、紅荳蔻、白荳蔻等種，均可入藥。

⑩ 偃蹇句：偃蹇，夭矯貌。松公，即老松。

⑪ 小蓮娃二句：娃，少女。稚，小孩。此將小蓮比喻爲少女，將嫩筍比喻爲稚子。

⑫ 漢館二句：漢館、周臺，此處均泛指周、漢時所建臺館。

⑬ 斑雉：有花紋之野雞。

⑭ 樹老二句：蘿紆組，藤蘿像組綬般纏繞。闉，小門。

⑮ 觸藩羝：觸撞籬笆之公羊，因角陷入籬中而進退兩難。《周易·大壯》：「九三，……羝羊觸藩，羸其角。」「上六，羝羊觸藩，不能退，不能遂，無攸利。」《文選》卷二一郭景純《遊仙詩七首》之

一：「進則保龍見，退爲觸藩羝。」李善注：「退，謂處俗也。」

【集　評】

杜牧之《朱坡》詩云：「小蓮娃欲語，幽筍穉相攜。」言筍如稺子，與杜甫「竹根稺子無人見」同意。（姚寬《西溪叢語》卷下）

杜云：「竹根稚子無人見。」稚子即筍。……牧之云：「幽筍相攜小，蓮娃欲語嬌。」以蓮比娃，以筍比稚子，與子美同意。（朱翌《猗覺寮雜記》卷三）

【風騷句法·月浸梨梢·明白】蘿月掛明鏡，松風鳴夜弦。小蓮娃欲語，幽筍稚相攜。（魏慶之《詩人玉屑》卷四）

煙景迷離，足縈懷抱。（鄭郲評本詩）

【稚子】《冷齋夜話》曰：「筍根稚子無人見」，世不解稚子爲何等語。唐人有《食筍》詩：「稚子脱錦繃，駢頭玉香滑」，則稚子爲筍明矣。《桐江詩話》曰：唐時蓋謂筍之脱籜，如小兒子解繃，《冷齋》以稚子便作筍，則非也。

吴旦生曰：或引《交州記》，以爲竹鼠；或引《爾雅》，以爲野雉；舊注以爲宗文，字稚子，種種可笑。余觀杜牧之詩：「小蓮娃欲語，幽筍稚相攜。」此言筍如稚子，即以小杜作大杜注脚可也。（吴景旭《歷代詩話》卷三十七己集四）

【織巧句】初唐有極織巧句，如盧照鄰「竹嬾偏宜水，花狂不待風」，上官昭容「石畫裝苔色，風梭織水紋」，張曲江「簷風落鳥毳，窗葉挂蟲絲」，張燕公「尋山屐費齒，書石筆無鋒」，使掩其姓名示人，未有不信口雌黄者。如王勃「鷹風凋晚葉，蟬露泣秋枝」，祖咏「稻涼初吠蛤，柳老半書蟲」，常袞「蛾口冰紋繭，香銷蠹字魚」，郎士元「蟲絲粘户網，鼠跡印米塵」，賈島「螢從枯樹出，蛩入破階藏」，杜牧「小蓮娃欲語，幽筍稚相攜」，又莫不羨其精思冥合，着意臨摹。然由前觀之，尚爲拙速；由後觀之，是曰巧遲。兩兩勘校，以悟其微，始覺運用之妙。存乎一心之語，古人不我欺也。（宋長白《柳亭詩話》卷十五）

早春寄岳州李使君李善棋愛酒情地閑雅〔一〕①

城高倚峭巘，地勝足樓臺。朔漠暖鴻去，瀟湘春水來②。縈盈幾多思③，掩抑若爲裁④。返照三聲角，寒香一樹梅。烏林芳草遠⑤，赤壁健帆開。往事空遺恨，東流豈不迴。分符潁川政⑥，弔屈洛陽才⑦。拂匣調珠柱⑧，磨鉛勘《玉杯》⑨。棋翻小窟勢⑩，壚撥凍醪醅⑪。詩云：爲此春酒，以介眉壽。注云：凍醪。此興予非薄，何時得奉陪？

【校勘記】

〔一〕「情地」，原作「倩地」，據夾注本、《全唐詩》卷五二一、馮注本改。

【注　釋】

① 岳州：州名，唐州治在今湖南岳陽。李使君，即李遠，字求古（一説承古），夔州雲陽人。大和五年登進士第。會昌間，曾爲福州從事。入爲御史、司門員外郎。大中時爲岳州刺史，後又任杭州刺史。與許渾齊名，時號「渾詩遠賦」。有《李遠詩集》，今存詩一卷。生平見《唐詩紀事》卷五六、《唐才子傳》卷七。李遠善棋愛酒事，見《幽閒鼓吹》、《北夢瑣言》等書。吳在慶、傅璇琮《唐五代文學編年史·晚唐卷》以爲「據《唐尚書郎官石柱題名》，李遠任司勳員外郎在杜牧後四人。杜牧任司勳員外郎在大中二年八月，則李遠之任當在大中三四年間。如是其守岳州蓋在大中四五年間。」又杜牧此詩乃早春作，則詩約作於大中五年（八五一）春。

② 瀟湘：夾注：「《零陵記》：瀟水、湘水在永州，二水合流謂之瀟湘。」

③ 縈盈：縈繞充滿。

④ 掩抑句：掩抑，低沉。若爲裁，如何節制、控制呢。

⑤ 烏林：地名。在湖北嘉魚縣西，長江北岸，對岸有赤壁山。其地爲三國時赤壁之戰戰場。

⑥分符句：符，信符。分符指任州郡長官。馮注：「《漢書·文帝紀》：初與郡守爲銅虎符，竹使符。《注》：師古曰：與郡守爲符者，謂各分其半，右留京師，左以與之。」潁川，漢郡名，治所在今安徽阜陽。漢代黄霸爲潁川太守，得吏民心，治爲天下第一。事見《漢書》卷八九《黄霸傳》。

⑦洛陽才：指西漢賈誼。潘岳《西征賦》：「賈生洛陽之才子。」賈誼謫爲長沙王太傅，過湘水，爲文以弔屈原。事見《漢書》卷四八本傳。

⑧珠柱：琴上以珠玉爲飾之枕絃木。此處代指琴。

⑨磨鉛句：鉛，鉛粉。勘，校勘。《玉杯》，漢代董仲舒《春秋繁露》一書篇名。馮注：「庾信《小園賦》：琴號珠柱，書名《玉杯》。」

⑩小窟勢：夾注：「棋譜有大兔窟勢、小兔窟勢。」

⑪壚撥句：凍醪，冬天釀造、春天飲用之酒。馮注：「《詩·七月·傳》：春酒，凍醪也。」醅，未濾之酒。

【集評】

余在都下，嘗對客語古人詩集中可採而不見傳記者甚多。如杜牧之一絶句，題下注云：「李鄂州愛酒，性地閒雅。」一作「情地閒雅」，此亦可用。坐有新第者，問予「情地閒雅」可對甚，予答云：

「可對『性天高明』。」旁坐有解其意者，爲之絶倒。（吳聿《觀林詩話》）

《管城碩記》卷十九云：《續明道雜誌》：「周瑜破曹公於赤壁，云陳於江北，而黄州江東西流，無江北。至漢陽江西北流，復有赤壁。疑漢陽本瑜戰處。東坡賦以孟德之困於周郎爲在黄州，誤也。」……《元和志》：「赤壁山在鄂州蒲圻縣西一百二十里，北岸烏林，與赤壁相對。杜牧詩：『烏林芳草合，赤壁飽帆開』，是也。」《柳亭詩話》卷八，杜牧之《寄李岳州詩》，「合」作「遠」，「飽」作「健」，在今嘉魚縣，非黄州赤嶂也，與徐異。而《齊安晚秋詩》，有「可憐赤壁爭雄渡」之句，郝注，赤壁屬黄州，隋黄州本南齊齊安郡。是誤始於牧，坡賦又以牧誤也。位山亦未檢文忠全集，故以爲誤於牧詩耳。（平步青《霞外捃屑》卷七上《縹錦廛文築上》論文）

送王侍御赴夏口座主幕①

君爲珠履三千客②，我是青衿七十徒③。禮數全優知隗始〔一〕④，討論常見念回愚⑤。黄鶴樓前春水闊⑥，一杯還憶故人無？

【校勘記】

〔一〕「全」，馮注本校：「一作今。」

【注　釋】

①侍御：唐監察御史、殿中侍御史均稱侍御。此當是幕職所帶憲官銜。夏口，古城名。在今湖北武漢市武昌，唐時爲鄂州州城，鄂岳觀察使治所。座主，唐代進士對其主司之稱呼。杜牧之座主爲崔郾。據《唐方鎮年表》，崔郾大和五年八月至九年七月爲鄂岳觀察使，詩有「春水濶」語，則當作於大和六年至九年（八三二——八三五）春間。

②珠履：鞋面上綴有珠子之鞋子。據《史記·春申君列傳》，春申君家賓客三千，其上客均著珠履。

③我是青衿句：青衿，青領，學子之所服。七十徒，孔子最優秀之弟子七十二人，舉成數謂七十人。杜牧爲崔郾門生，故云。

④禮數全優句：隗，郭隗，戰國燕人。燕昭王欲得賢士，郭隗云：「王必欲致士，先從隗始。況賢於隗者，豈遠千里哉！」事見《史記》卷三四《燕召公世家》。此處以郭隗比王侍御。

⑤討論句：回，孔子弟子顔回。《論語·爲政》：「子曰：『吾與回言終日，不違，如愚。退而省其私，亦足以發，回也不愚。』」此處以顔回自比。

⑥黄鶴樓：樓名。在今武漢長江大橋武昌橋頭蛇山上。

自貽

杜陵蕭次君〔一〕①，遷少去官頻。寂寞憐吾道，依稀似古人。飾心無彩繢，到骨是風塵〔二〕。自嫌如匹素，刀尺不由身②。

【校勘記】

〔一〕「杜陵」，原作「社陵」，據夾注本、《全唐詩》卷五二一、馮注本改。

〔二〕「到」，《全唐詩》卷五二一、馮注本校：「一作剉。」文津閣本作「刻」。

【注釋】

①蕭次君：漢代蕭育，字次君，杜陵人。傳見《漢書》卷七八。據其本傳，「少以父任爲太子庶子。元帝即位，爲郎，病免，後爲御史。……育爲人嚴猛尚威，居官數免，稀遷」。遷，指升遷。

②自嫌二句：素：白色生絹。刀尺，剪刀和尺子，裁剪之工具。郭泰機《答傅咸詩》：「皦皦白素

絲，織爲寒女衣。寒女雖巧妙，不得秉杼機。天寒知運速，況復雁南飛。衣工秉刀尺，棄我忽若遺。」

自遣①

四十已云老，況逢憂窘餘。且抽持板手②，却展小年書③。嗜酒狂嫌阮④，知非晚笑蘧⑤。聞流寧歎吒⑥，待俗不親踈。遇事知裁剪⑦，操心識卷舒。還稱二千石⑧，於我意何如？

【注　釋】

①按，夾注本於此詩題下注：「黄州」。據《杜牧年譜》，此詩作於會昌二年（八四二），時杜牧年四十，任黄州刺史。

②板：笏，手板。官吏謁見上司時所持。

③小年書：謂《莊子》之類。《莊子·逍遥遊》有「小年不及大年」語。

④嗜酒句：阮，指魏晉之際之阮籍。其時司馬氏正陰謀奪取曹魏政權，局勢險惡，名士少有全者，故其常借酒佯狂，忽忘形骸以避禍，時人多謂之癡。事見《晉書》卷四九本傳。

⑤知非句：蘧，指春秋時衛國大夫蘧伯玉。《淮南子·原道》：「蘧伯玉年五十，而知四十九年非。」

⑥聞流句：流，流言。歎吒，驚歎。

⑦裁剪：意謂妥善處理應付。

⑧二千石：漢代郡守之年俸爲二千石，後以二千石代指郡守、刺史。時杜牧任黄州刺史，故稱。

題桐葉①

去年桐落故溪上〔一〕，把葉因題《歸燕》詩〔二〕。江樓今日送歸燕，正是去年題葉時〔三〕。葉落燕歸真可惜〔四〕，東流玄髮且無期。笑筵歌席反惆悵，朗月清風見別離〔五〕。莊叟彭殤同在夢②，陶潛身世兩相遺③。一丸五色成虚語〔六〕④，石爛松薪更莫疑〔七〕⑤。哆尺也反侈不勞文似錦〔八〕⑥，進趨何必利如錐⑦。錢神任爾知無敵⑧，酒聖於吾亦庶幾〔九〕⑨。江畔秋光蟾閣鏡⑩，檻前山翠茂陵眉⑪。樽香輕泛數枝菊〔一〇〕⑫，簷影斜侵半局棋。休指宧遊論巧拙〔一一〕，秖將愚直禱神祇。三吴煙水平生念⑬，寧向閑人道所之〔一二〕。

【校勘記】

〔一〕「桐落」，《文苑英華》卷三二七作「桐葉」。

〔二〕「把葉」，《文苑英華》卷三二七、《全唐詩》卷五二一作「把筆」。「因」，《文苑英華》卷三二七作「偶」，下校：「集作把葉因。」《全唐詩》卷五二一在「筆偶」下校：「一作葉因。」馮注本校：「一作偶。」

〔三〕「題葉時」，夾注本作「桐落時」。

〔四〕「真」，《文苑英華》卷三二七、馮注本作「今」，《文苑英華》下校：「集作真。」

〔五〕「朗」，《全唐詩》卷五二一作「明」，下校：「一作朗。」馮注本校：「一作明。」「見」，《文苑英華》卷三二七作「愴」，下校：「集作見。」馮注本校：「一作愴。」

〔六〕「成」，夾注本作「誠」。「語」，《文苑英華》卷三二七作「席」，下校：「集作語。」馮注本校：「一作席。」

〔七〕「莫」，《才調集》卷四作「不」，《全唐詩》卷五二一、馮注本校：「一作不。」

〔八〕「哆」，《才調集》卷四作「奓」。

〔九〕「酒聖」，原作「酒重」，據《才調集》卷四、《文苑英華》卷三二七、夾注本、《全唐詩》卷五二一、馮注本改。文津閣本作「酒量」。

〔一〇〕「香」，《文苑英華》卷三二七作「芳」，下校：「集作香。」馮注本校：「一作芳。」

〔一一〕「宦遊」，《文苑英華》卷三二七作「官道」。

〔一二〕「閑人」，文津閣本作「人間」。

【注　釋】

①《杜牧年譜》謂「詩云：『去年桐落故溪上』，又云『三吴煙水平生念，寧向閑人道所之？』蓋大中四年守湖州時所作。大中三年杜牧在長安，故曰『去年桐落故溪上』。」據郭文鎬《杜牧詩文繫年小札》（《人文雜誌》一九八九年第五期）所考，「詩云『江樓今日送歸燕』、『江畔秋光蟾閣鏡』，湖州境僅有霅溪、餘溪，不得有『江樓』、『江畔』之謂。牧守黄池睦三郡，皆臨江，嘗言『長使江樓伴使君』（《歸燕》），本詩又多失意激憤語，作於三守僻左時明矣。詩又云：『去年桐落故溪上，把葉因題歸燕詩。』牧會昌二年出領外郡，七换星霜，未曾一至長安，『去年』唯指會昌元年，故詩作於二年黄州任上。」今即據此訂本詩於會昌二年（八四二）秋。

②莊叟句：莊叟，指莊子。彭，指彭祖，傳説活到八百歲。殤，短命夭折者。莊子以爲：「莫壽乎殤子，而彭祖爲夭。」

③陶潛句：陶潛，晉朝詩人。其《歸去來兮辭》云：「歸去來兮，請息交以絶遊，世與我而相違，復駕

言兮焉求！」

④一丸句：一丸，謂仙藥。曹丕《折楊柳行》：「上有兩仙僮，不飲亦不食。與我一丸藥，光耀有五色。服藥四五日，身體生羽翼。輕舉乘浮雲，倏忽行萬億。」

⑤石爛松薪：石頭被煮爛，松柏被砍伐爲燒柴。指世事滄桑，萬物均會泯滅。夾注：「《三齊略記》：甯戚候桓公出，扣牛角歌曰：南山燦兮，白石爛。」馮注：「庾信《東宫玉帳山銘》：煮石初爛，燒丹欲成。鄭氏允端詩：石爛與海枯，行人歸故鄉。《古詩》：古墓犁爲田，松柏摧爲薪。」

⑥哆侈句：哆侈，張口貌。《詩·小雅·巷伯》：「哆兮侈兮，成是南箕。」馮注：《詩·巷伯·傳》：貝錦，錦文也；哆，大貌，侈之言是必有因也。」句謂讒言入人以罪。

⑦進趨句：進趨，指奔走鑽營，以求富貴。《晉書·祖逖傳附祖納傳》：「時梅陶及鍾雅數説餘事，納輒困之，因曰：『君汝潁之士，利如錐；我幽冀之士，鈍如槌。持我鈍槌，捶君利錐，皆當摧矣。』陶、雅並稱『有神錐，不可得槌』。納曰：『假有神錐，必有神槌。』雅無以對。」

⑧錢神：晉魯褒曾作《錢神論》以刺世。此指金錢。

⑨酒聖：魏晉時稱酒之清者爲聖人，濁者爲賢人。《三國志·魏書·徐邈傳》：「鮮于輔進曰：『平日醉客謂酒清者爲聖人，濁者爲賢人。』」

⑩江畔秋光句：蟾閣鏡，《洞冥記》卷一載：「望蟾閣十二丈，上有金鍾廣四尺。元封中有祇國獻此

鏡，照見魑魅不獲隱形。」此處用以比喻秋江之澄澈。

⑪茂陵眉：茂陵，漢武帝陵，司馬相如病時居此。茂陵眉，指司馬相如之妻卓文君之眉。《西京雜記》卷二謂司馬相如之妻卓文君「姣好，眉色如望遠山」。

⑫數枝菊：此指菊花酒。《西京雜記》卷三：「九月九日，佩茱萸，食蓬餌，飲菊華酒，令人長壽。菊華舒時，并采莖葉，雜黍米釀之，至來年九月九日始熟，就飲焉，故謂之菊華酒。」

⑬三吳：見《郡齋獨酌》注⑯。

【集　評】

妙處直逼高岑。（鄭郲評本詩）

沈下賢①

斯人清唱何人和？草徑苔蕪不可尋。一夕小敷山下夢②，水如環珮月如襟。

【注　釋】

①沈下賢：即沈亞之，字下賢。吳興人。登進士第，曾爲秘書省校書郎、福建都團練副使、殿中侍御史。後貶爲南康尉。事跡見兩《唐書・柏耆傳》、《唐詩紀事》卷五一、《唐才子傳》卷六、《兩浙名賢録》等。此詩《杜牧年譜》謂「沈下賢乃吳興人，詩中所云小敷山，乃沈故居，在吳興西南二十里，故知此詩爲守湖州時作。」并謂撰於大中五年（八五一），時杜牧爲湖州刺史。

②小敷山：馮注：「《吳興掌故集》：敷山，烏程西南二十里，在福山東；福山俗名小敷山，唐人沈下賢居此。」

【集　評】

【旉山】杜牧之弔沈下賢詩云：「一夜小旉山下夢，水如環佩月如襟。」坊刻訛作「小孤」，與本題無涉。按《吳興掌故》，旉山，在烏程縣西南二十里。《易》曰：「震爲旉。」旉，花蒂也，《説卦》，山之東曰旉。此山在福山東，故名，福山又名小旉山，與旉山相連接。唐詩人沈亞之下賢居此。予鄉華不注，不作跗解，亦與旉同義。（王士禎《池北偶談》卷十七「談藝」七）

李和鼎①

鵩鳥飛來庚子直②，謫去日蝕辛卯年③。由來枉死賢才事，消長相持勢自然④。

【注　釋】

①李和鼎：即李甘，字和鼎。傳見《舊唐書》卷一七一、《新唐書》卷一一八。生平參見《李甘詩》注①。

②鵩鳥句：鵩鳥，即鴞，俗以爲不祥之鳥。賈誼謫居長沙，有鵩鳥飛入其舍，遂自傷悼，以爲壽不得長，賦《鵩鳥賦》，中有「單閼之歲兮，四月孟夏，庚子日斜兮，服（鵩）集余舍」句。事見《漢書》卷四八《賈誼傳》。

③謫去句：太歲在卯曰單閼，賈誼作賦在漢文帝六年丁卯，李甘之貶在大和九年乙卯，同在卯年。馮注：「《詩話總龜》：牧之作李和鼎詩云云，蓋言鄭注事也。和鼎論注不可爲相，旋致貶謫，故牧之作詩痛之如此。議者謂辛卯年在憲宗之時，而文宗時無辛卯，豈牧之誤乎？余謂牧之所云，非謂實庚子、辛卯也，鵩集于舍，班固書庚子之日，日有食之。詩人有辛卯之詠，借是以明李甘之

冤爾。」

④ 消長相持：馮注：「《後漢書·黨錮傳贊》：蘭蕕無並，消長相傾。《周書·樂遜傳》：譬猶棋劫相持，爭行先後。」

【集評】

杜牧之作《李和鼎》詩云：「鵩鳥飛來庚子直，謫去日蝕辛卯年。由來枉死賢才士，消長相持勢自然。」蓋言鄭注事也。方是時，和鼎論注不可爲相，旋致貶責，故牧之作詩痛之如此。議者謂辛卯年在憲宗之時，而憲宗未嘗謫李甘。李甘仕文宗之時，而文宗時無辛卯也。豈牧之誤乎？余謂牧之所云，非謂實庚子、辛卯也。鵩集於舍，班固書庚子之日；日有蝕之，詩人有辛卯之詠。借是事以明李甘之冤爾。（葛立方《韻語陽秋》卷九）

贈沈學士張歌人①

拖袖事當年〔一〕，郎教唱客前②。斷時輕裂玉③，收處遠繰煙④。孤直緪雲定⑤，光明滴水圓。泥情遲急管⑥，流恨咽長絃。吴苑春風起⑦，河橋酒旆懸。憑君更一醉，家在杜陵邊⑧。

【校勘記】

〔一〕「事」，夾注本作「恃」。

【注　釋】

①沈學士：即沈傳師之弟沈述師。詳見《張好好詩》注④。張歌人，即張好好，歌妓名。詳見本書《張好好詩》。此詩《杜牧年譜》於大和六年謂「沈學士指沈述師，張歌人蓋即張好好。本集卷一《張好好詩序》謂張好好本江西歌妓，沈傳師移鎮宣城，復置好好於宣城籍中，『後二歲，爲沈著作述師以雙鬟納之。』沈傳師移鎮宣城在大和四年，後二歲，則應在本年。」時杜牧在沈傳師宣歙幕。據此訂本詩於大和六年（八三二）。詩有「吴苑春風起」句，乃作於春日。

②郎：馮注：「《通鑑·晉紀·注》：今世俗多呼其主爲郎。」

③裂玉：比喻歌聲之清脆。

④繅煙：比喻歌聲餘音嫋嫋不絶。繅，抽理蠶絲。

⑤緪雲定：謂歌聲響遏行雲。緪，通貫。

⑥ 泥：軟求、軟纏。馮注：「《楊升菴集》：俗謂柔言索物曰泥，乃計切，諺所謂軟纏也。」元稹《遣悲懷》之一：「顧我無衣搜盡篋，泥他沽酒拔金釵。」

⑦ 吳苑：蘇州爲春秋吳地，有宫闕苑囿之盛。後因以吳苑爲蘇州之代稱。此指蘇州一帶之林苑。夾注「《十道志·江南道》：常州有長洲苑。《注》：苑有姑蘇台，吳王所立。」

⑧ 杜陵：地名。在今陝西西安市東南。本名杜原，漢宣帝在此築陵，故改名杜陵。馮注：「《元和郡縣志》：京兆府萬年縣杜陵，在縣東南二十里。」

憶遊朱坡四韻①

秋草樊川路②，斜陽覆盎門③。獵逢韓嫣騎④，樹識館陶園⑤。帶雨經荷沼，盤煙下竹村。如今歸不得，自戴望天盆⑥。

【注　釋】

① 朱坡：見《朱坡》詩注①。《杜牧年譜》謂此詩乃「與《朱坡絶句》殆同時作」，亦即作於會昌六年至大中二年（八四六—八四八）間。

②樊川：小河名，在唐長安城南三十多里處。其所流經處亦稱樊川。

③覆盎門：即漢代長安城南出東頭第一門，又稱杜門。

④獵逢句：韓嫣，漢武帝寵臣。江都王入朝，武帝讓其隨從於上林苑打獵。韓嫣乘武帝副車，率領數百騎前去視獸，江都王以爲是武帝，遂伏謁道旁。事見《漢書》卷九三《韓嫣傳》。

⑤館陶園：指漢武帝姑母館陶公主之長門園。園在長安城東南。

⑥自戴句：漢司馬遷《報任安書》：「僕以爲戴盆何以望天。」意爲戴盆則不見天。

朱坡絶句三首

其一

故國池塘倚御渠，江城三詔换魚書①。賈生辭賦恨流落，秖向長沙住歲餘②。文帝歲餘思賈生。

【注　釋】

①三詔句：三詔，三次任命之詔書。魚書，即魚符，唐代任命刺史之信物。杜牧曾爲黄州、池州、睦

州三州刺史，三州州治均在江邊。《杜牧年譜》於大中二年謂「詩中有『故國池塘倚御渠，江城三詔換魚書』句，杜牧自黄遷池，自池遷睦，三州皆臨江，故云『江城』，故知此詩爲守睦州時作，惟作於何年則不可考，姑附於此」。此詩作於睦州刺史任（會昌六年九月至大中二年八月），而詩有「滿池春雨鸊鵜飛」句，知作於春日。則此三詩乃作於會昌六年至大中二年（八四六—八四八）春間。

② 賈生辭賦二句：賈生辭賦，指賈誼貶長沙王太傅後所作之《弔屈原賦》、《鵩鳥賦》。《史記·賈生列傳》叙賈誼作《鵩鳥賦》，其時已爲長沙王太傅三年，「後歲餘，賈生徵見」。此謂自己流落較賈誼爲久。

其二

煙深苔巷唱樵兒，花落寒輕倦客歸。藤岸竹洲相掩映，滿池春雨鸊鵜飛〔一〕①。

【校勘記】

〔一〕「滿池」，文津閣本作「滿城」。

【注　釋】

①鸊鵜：鳥名。野凫。《後漢書·馬融傳·廣成頌》：「鷺雁鸊鵜。」《注》：「揚雄《方言》曰：野凫也，甚小，好没水中，膏可以瑩刀劍寢宿也。」

其三

乳肥春洞生鵝管①，沼避廻巖勢犬牙②。自笑卷懷頭角縮，歸盤煙磴恰如蝸③。

【注　釋】

①乳肥春洞句：乳，石鐘乳。鵝管，指中通而輕薄如鵝翎管之石鐘乳。馮注：「《本草經》：石鐘乳上品。《名醫别録》：石鐘乳第一出始興，而江陵及東境名山石洞亦皆有。惟通中輕薄如鵝翎管者爲善。」

②犬牙：如狗牙似參差不齊。

③自笑二句：盤，盤行。磴，石階。蝸牛爬行時頭出，受驚時頭尾均縮入殻中。馮注：「《蜀本草》：蝸牛生池澤草樹間，似小螺，頭有黑角，行則頭出，驚則首尾俱縮在殻中。」

出宮人二首

其一

閑吹玉殿昭華管①，醉折梨園縹蔕花②。十年一夢歸人世，絳縷猶封繫臂紗③。

【注釋】

① 昭華管：笛名。《西京雜記》卷三：「咸陽宮有玉管，長二尺三寸，二十六孔，吹之則見車馬山林，隱轔相次，吹息亦不復見，銘曰『昭華之琯』」。

② 醉折梨園句：梨園，在唐長安禁苑南，光化門北。唐玄宗曾選宮女數百人於梨園教授樂曲。《西京雜記》卷一載初修漢上林苑，群臣遠方各獻名果異樹，其中有縹葉梨。

③ 絳縷猶封句：《晉書·胡貴嬪傳》記，晉泰始九年，「帝多簡良家子女以充内職，自擇其美者以絳紗繫臂」。

【集評】

杜牧之《宫人》詩云：「絳䗍猶封繫臂紗。」後學不解。嘗見《服飾變古録》云：「始於晉。武帝選士庶女子有姿色者，以緋綵繫其臂。大將軍胡奮女，泣叫不伏繫臂，左右揜其口。今定親之家，亦有繫臂者，續故事也。」（趙令時《侯鯖録》卷二）

苕溪漁隱曰：予閱王建《宫詞》，選其佳者，亦自少得，只世所膾炙者數詞而已，其間雜以他人之詞，如「閑吹玉殿昭華管，醉折梨園縹蔕花。十年一夢歸人世，絳縷猶封繫臂紗」。又如「銀燭秋光冷畫屏，輕羅小扇撲流螢。天街夜色涼如水，卧看牽牛織女星」。此並杜牧之作也。「淚滿羅巾夢不成，夜深前殿按歌聲。紅顔未老恩先斷，斜倚薰籠坐到明。」此白樂天詩也。「寶仗平明金殿開，暫將紈扇共徘徊。玉顔不及寒鴉色，猶帶昭陽日影來。」此王昌齡詩也。建詞凡百有四篇，及逸詞九篇，或云，元微之亦有詞雜於其間。予以《元氏長慶集》檢尋，却無之，或者之言誤也。（胡仔《苕溪漁隱叢話後集》卷十四「王建」）

王建以宫詞著名，然好事者多以他人之詩雜之，今所傳百篇，不皆建作也。余觀詩不多，所知者如：「新鷹初放兔初肥，白日君王在内稀。薄暮千門臨欲鎖，紅妝飛騎向前歸。」「黄金捍撥紫檀槽，弦索初張調更高。盡理昨來新上曲，内官簾外送櫻桃。」張籍《宫詞》二首也。「淚盡羅巾夢不成，夜深前殿按歌聲。紅顔未老恩先斷，斜倚熏籠坐到明。」白樂天《後宫詞》也。「閑吹玉殿昭華管，醉折梨園縹蔕花。十年一夢歸人世，絳縷猶封繫臂紗。」杜牧之《出宫人》詩也。「紅燭秋光冷畫屏，輕羅小扇撲流螢。瑶階夜月涼如水，坐看牽牛織女星。」杜牧之《秋夕》詩也。「寶杖平明秋殿開，且將團扇暫徘徊。玉顔不及寒鴉色，猶帶昭陽日影來。」王昌齡《長信秋詞》也。「日晚長秋簾外報，望陵歌舞在明朝。添爐欲爇薰衣麝，憶得分時不忍燒。」「日映西陵松柏枝，下臺相顧一相悲。朝來樂府歌新曲，唱著君王自作詞。」劉夢得《魏宫詞》二首也。或全録，或改一二字而已。（趙與旹《賓退録》卷一）

【王建宫詞】王建宫詞一百首，至宋南渡後失去七首，好事者妄取唐人絶句補入之。「淚盡羅巾夢不成」，白樂天詩也。「鴦鴦瓦上忽然聲」，花蕊夫人詩也。「寶帳平明金殿開」，王少伯詩也。「日晚長秋簾外報」，又「日映西陵松柏枝」二首，乃樂府《銅雀臺》詩也。「銀燭秋光冷畫屏」及「閑吹玉殿昭華管」二首，杜牧之詩也。余在滇南見一古本，七首特全。（楊慎《升菴詩話》卷二）

【王建宫詞】予閲王建《宫詞》，輒雜以他人詩句，如：「奉帚平明金殿開，暫將紈扇共徘徊。玉顔不及寒鴉色，猶帶昭陽日影來。」此王少伯《長信秋詞》之一也。「日晚長秋簾外報，望陵歌舞在明朝。添爐欲爇熏衣麝，憶得分明不忍燒。」「日映西陵松柏枝，下臺相顧一相悲。朝來樂府歌新曲，唱著君王自作詞。」此皆劉夢得《魏宫詞》也。「淚盡羅衣夢不成，夜深前殿按歌聲。紅顔未老恩先斷，斜倚熏籠坐到明。」此白樂天《後宫詞》之一也。「新鷹初放兔初肥，白日君王在内稀。薄暮午門臨欲鎖，紅妝飛騎向前歸。」「黄金捍撥紫檀槽，弦索初張調更高。盡理昨來新上曲，内官簾外送櫻桃。」此皆張文昌《宫詞》也。「銀燭秋光冷畫屏，輕羅小扇撲流螢。天街夜色涼如水，卧看牽牛織女星。」此又杜牧之《秋夕》作也。「閑吹玉殿昭華琯，醉打梨園縹蒂花。十年一夢歸人世，絳縷猶封繫臂紗。」此又杜牧之《出宫人》之一也。意宋南渡後，逸其真作，好事者摭拾以補之。余歷參古本，百篇具在，他作一一删去。（毛晉《汲古閣書跋》）

其二

平陽拊背穿馳道①，銅雀分香下璧門②。幾向綴珠深殿裏，妬抛羞態卧黄昏。

【注　釋】

① 平陽：即漢武帝時平陽公主。馳道，君主馳走車馬之道，即御道。漢武帝過平陽公主家，喜愛其歌女衛子夫，平陽公主遂奏送入宫。「子夫上車，平陽主拊其背曰：『行矣，彊飯，勉之！即貴，無相忘。』」後子夫爲皇后。事見《史記》卷四九《外戚世家》。

② 銅雀分香句：銅雀分香，見《杜秋娘詩》注㉕。馮注：「《史記·孝武紀》：作建章宫，其南有玉堂、璧門、大鳥之屬。」

長安秋望

樓倚霜樹外，鏡天無一毫①。南山與秋色②，氣勢兩相高。

【注　釋】

①　一毫：指一絲雲彩。

②　南山：指終南山，在長安南。《元和郡縣圖志》卷一《關内道·京兆府》：「萬年縣，終南山，在縣南五十里。按經傳所説，終南山一名太乙，亦名中南。」

【集　評】

世稱杜牧「南山與秋色，氣勢兩相高」爲警絶。而子美才用一句，語益工，曰「千崖秋氣高」也。（陳師道《後山詩話》）

【詩寫氣象】予初喜杜紫微「南山與秋色，氣勢兩相高」語，已乃知出於老杜「千崖秋氣高」，蓋一語領略盡秋色也。然二家言嵒崖門秋氣耳，猶未及江天水國氣象宏闊處。一日雨後過太湖，泊舟洞庭山下，乃得句云「木落洞庭秋」，或云此蹈襲「楓落吴江冷」語，第變冷爲秋則氣象自不同。彼記時耳，是安知秋色之高盡在洞庭裏許乎？此淵源自《楚騷》中來。《九歌》云「洞庭波兮木葉下」，其陶寫物象，宏放如此，詩可以易言哉！（陳知柔《休齋詩話》）

「南山與秋色，氣勢兩相高」，不如「千崖秋氣高」，「野火燒不盡，春風吹又生」，不如「春入燒痕青」，謂其簡而盡也。（李東陽《麓堂詩話》）

杜牧「南山與秋色，氣勢兩相高」，宋人極稱。然五言古詩著此語，猶可參伍儲、韋，今乃作絶聲調，乖舛甚矣。（胡應麟《詩藪》内編卷六近體下絶句）

詩不但因時，抑且因地。如杜牧之云：「南山與秋色，氣勢兩相高」，此必是陝西之終南山。若以詠江西之廬山、廣東之羅浮，便不是矣。（翁方綱《石洲詩話》卷二）

文章各有境界，宜繁而繁，宜簡而簡，乃各得之。推簡者爲工，則減字法成不刊典，而文章之妙晦而不出矣。王右丞「黄雲斷春色」，郎士元「春色臨關盡，黄雲出塞多」，一語化作兩語，何害爲佳！必謂王係盛唐，能以簡勝，此矮人之觀也。然李西涯猶謂「南山與秋色，氣勢兩相高」，不如「千崖秋氣高」，「野火燒不盡，春風吹又生」，不如「春入燒痕青」，則爲簡字訣所誤者亦多矣。（潘德輿《養一齋詩話》卷二）

唐喻鳧以詩謁杜牧之不遇，曰：「我詩無綺羅鉛粉，安得售？」然牧之非徒以「綺羅鉛粉」擅長者，史稱其剛直有大節，余觀其詩，亦伉爽有逸氣，實出李義山、温飛卿、許丁卯諸公上。如：「樓倚霜樹外，鏡天無一毫。南山與秋色，氣勢兩相高。」「長空碧杳杳，萬古一飛鳥。生前酒伴閑，愁醉閑多少？煙深隋家寺，殷葉暗相照。獨佩一壺遊，秋毫泰山小。」「寒空動高吹，月色滿清砧。殘夢夜魂斷，美人邊思深。孤鴻秋出塞，一葉暗辭林。又寄征衣去，迢迢天外心。」「長空澹澹孤鳥没，萬古銷沉向此中。看取漢家何事業，五陵無樹起秋風。」皆竟體超拔，俯視一切。（潘德輿《養一齋詩話》卷十）

獨酌

窗外正風雪〔一〕，擁爐開酒缸。何如釣船雨，篷底睡秋江。

【校勘記】

〔一〕「雪」，《全唐詩》卷五二一、馮注本校：「一作霜。」

醉眠

秋醪雨中熟，寒齋落葉中。幽人本多睡，更酌一樽空。

不飲贈酒

細算人生事，彭、殤共一籌①。與愁爭底事？要爾作戈矛②。

【注釋】

① 彭殤句：彭，彭祖，據説活到八百歲。殤，短命夭折者。莊子認爲：「莫壽乎殤子，而彭祖爲夭。」籌，數碼。

② 要爾句：爾，你，指酒。戈矛，兵器。此句意謂既已齊彭殤壽夭，則不必借酒驅愁。

昔事文皇帝三十二韻①

昔事文皇帝，叨官在諫垣②。奏章爲得地，齚齒負明恩③。金虎知難動④，毛氂亦恥言⑤。撩頭雖欲吐〔一〕⑥，到口却成吞。照膽常懸鏡⑦，窺天自戴盆⑧。周鐘既窕槬胡化切⑨，黥陣亦瘢痕⑩。鳳闕觚稜影⑪，仙盤曉日暾⑫。雨晴文石滑〔二〕，風暖戟衣翻⑬。每慮號無告，長憂駭不存。隨行户郎反。按，原作「户部反」，此據馮注本改。唯跼蹐⑭，出語但寒暄。宫省咽喉任⑮，戈矛羽衛屯。光塵皆影附⑯，車馬定西奔〔三〕⑰。億萬持衡價⑱，錙銖挾契論⑲。堆時過北斗⑳，積處滿西園㉑。接棹隋河溢㉒，連蹄蜀棧刓㉓。漉空滄海水，搜盡卓王孫㉔。鬭巧猴雕刺㉕，誇趫索掛跟㉖。狐威假白額㉗，梟嘯得黄昏㉘。馥馥芝蘭圃，森森枳棘藩。吠聲嗾國猘㉙，公議怯膺門㉚。竄逐諸丞相，蒼茫遠帝閽㉛。一名爲吉士㉜，誰免弔湘魂㉝。間世英明主㉞，中興道德尊。崑崗憐積火㉟，河漢注清源㊱。川口堤防決㊲，陰車鬼怪掀。重雲開朗照，九地雪幽冤。我實剛腸者，形甘短褐髡〔四〕㊳。曾經觸蠆尾㊴，猶得憑熊軒㊵。杜若芳洲翠，嚴光釣瀨喧㊶。溪山侵越角，封壤盡吴根㊷。客恨縈春細，鄉愁壓思繁。祝堯千萬壽㊸，再拜揖餘樽。

【校勘記】

〔一〕「撩」，《全唐詩》卷五二二作「掩」，馮注本校：「一作掩。」

〔二〕「晴」，《全唐詩》卷五二二、馮注本校：「一作餘。」

〔三〕「定西奔」，夾注本校：「一作盡雲奔。」

〔四〕「短」，《全唐詩》卷五二二、馮注本校：「一作裋。」

【注　釋】

①文皇帝：指唐文宗。此詩夾注本於詩題下注：「自池州移守睦州時作。」馮集梧《樊川詩集注》認爲此詩「在睦州時作，蓋爲李中敏等發也」。《杜牧年譜》同馮集梧。杜牧會昌六年底至大中二年（八四六—八四八）秋在睦州刺史任，則此詩乃作於此期間。詩有「客恨縈春細，鄉愁壓思繁」句，乃作於春日，則詩當作於大中元年或二年春。

②諫垣：諫官官署。此指杜牧於文宗開成四、五年間任諫官左補闕。

③齘齒：咬牙。此處意猶如齘舌，謂雖心懷痛恨而忍氣吞聲不敢言。

④金虎：此指邪惡小人。《文選》卷二張衡《東京賦》：「周姬之末，不能厥政，政用多僻。始於宫鄰，卒於金虎。」李善注：「應劭《漢官儀》曰：『不制之臣，相與比周，比周者，宫鄰金虎。』宫鄰金

虎，言小人在位，比周相進，與君爲鄰，貪求之德堅若金，讒謗之言惡如虎也。」

⑤毛氂：極微小之過失。《漢書·文三王傳》：「毛氂過失，亡不暴陳。」

⑥撩頭句：撩頭，即抬頭。欲吐，此指欲仗義執言。

⑦照膽句：傳説秦宮有方鏡，可照見腸胃五臟；人有邪心，照之見膽張心動。事見《西京雜記》卷三。

⑧戴盆：見《憶遊朱坡四韻》注⑥。

⑨周鐘句：窕，纖細。槬，寬，横大。周景王將鑄無射鐘，泠州鳩勸曰：「天子省風以作樂，器以鐘之，輿以行之，小者不窕，大者不槬，則和於物。……窕則不咸，槬則不容。心是以感，感實生内疚。今鐘槬矣，王心弗堪，其能久乎？」事見《左傳·昭公二十一年》。此句意謂禮樂失度，朝廷隱伏危機。

⑩黥陣句：黥陣，漢代黥布，善於行軍佈陣。見《史記》卷九一《黥布傳》。瘢痕，疤痕，喻過失。馮注：「《後漢書·趙壹傳》：所好則鑽皮出其毛羽，所惡則洗垢出其瘢痕。」

⑪鳳闕觚稜句：鳳闕，原爲漢代宮闕名，後泛指宮殿、朝廷。《史記·孝武紀》：「於是作建章宮……其東則鳳闕，高二十餘丈。」《索隱》：「《三輔故事》云：北有圜闕，高二十丈，上有銅鳳皇，故曰鳳闕也。」觚稜，宮闕上轉角處之瓦脊。

⑫仙盤句：仙盤，即金銅仙人承露盤。《三輔黄圖·建章宫》：「神明臺，《漢書》曰：『建章有神明臺。』《廟記》曰：『神明臺，武帝造，祭仙人處，上有承露盤，有銅仙人，舒掌捧銅盤玉杯，以承雲表之露，以露和玉屑服之，以求仙道。』」暾，日初升貌。

⑬戟衣：棨戟之衣套。馮注：「《漢書·匈奴傳》：棨戟十。《注》：棨戟，有衣之戟也。」

⑭踽蹐：彎腰小步行走，小心戒懼貌。

⑮宫省句：宫省，設在皇宫内之官署，如中書、門下省等。咽喉任，爲皇帝喉舌之職。

⑯光塵句：光塵，即和光同塵。此處指宦官仇士良等權勢熏天，朝臣與世沉浮，同流合污，爭相趨附。《老子》：「和其光，同其塵。」王弼注：「無所特顯，則物無所偏爭也。無所特賤，則物無所偏恥也。」

⑰車馬句：此句亦狀當時官吏趨附宦官仇士良之情形。《舊唐書·李訓傳》：「訓愈承恩顧，每别殿奏對，他宰相莫不順成其言，黄門禁軍迎拜戢斂。訓本以纖達，門庭趨附之士，率皆狂怪陰異之流。」

⑱持衡：衡，秤桿。持衡，指用秤衡量物體重量。

⑲錙銖句：錙銖，古代重量單位，六銖爲錙。契，簿書、案卷等。以上二句描寫當時賣官鬻爵情形。

⑳堆時句：指堆積之金子高過北斗星。夾注：「李白詩：黄金高北斗，不借賈陽春。白樂天《勸

酒》詩：身後堆錢柱北斗，不如生前一樽酒。」

㉑積處句：東漢宦官張讓以修南宮爲藉口，使靈帝下詔徵税。所徵財物，「皆先至西園諧價，……又造萬金堂於西園，引司農金錢繒帛，仞積其中。」事見《後漢書》卷七八本傳。

㉒隋河：隋煬帝時所開通濟渠。馮注：「《文獻通考》：開封府有通濟渠，隋煬帝開，引黄河水以通江淮漕運。」

㉓連蹄句：蹄，馬蹄，代指車馬。刓，磨損。

㉔卓王孫：漢代臨邛富商，卓文君之父。

㉕鬭巧句：《韓非子·外儲説》：「衛人曰：『能以棘刺之端爲母猴。』」

㉖誇趫句：趫，動作便捷。索掛跟，將脚跟勾掛於繩索上，指繩伎。

㉗狐威句：白額，指老虎。此用狐假虎威事。《戰國策·楚一》：「虎求百獸而食之，得狐。狐曰：『子無敢食我也。天帝使我長百獸，今子食我，是逆天帝命也。子以我爲不信，吾爲子先行，子隨我後，觀百獸之見我而敢不走乎？』虎以爲然，故遂與之行，獸見之皆走，虎不知獸畏己而走也，以爲畏狐也。」

㉘梟嘯句：此句指鄭注等人干竊朝權事。《舊唐書·鄭注傳》：「及守澄入知樞密，當長慶、寶曆之際，國政多專於守澄。注晝伏夜動，交通賂遺，初則讒邪姦巧之徒附之以圖進取；數年之後，達僚

權臣，爭湊其門。……太和七年，罷邠寧行軍司馬，入京師。御史李款閤内彈之曰：『鄭注内通敕使，外結朝官，兩地往來，卜射財貨，晝伏夜動，干竊化權。人不敢言，道路以目。』」

㉙吠聲句：嗾，用口作聲指揮狗。猘，瘋狗。此處指迫害正直官吏之惡人。

㉚膺門：李膺之門。李膺，東漢人，因敢於獨持風裁、指斥弊政而馳名。傳見《後漢書》卷六七。

㉛帝閽：指朝廷。閽，宫門。

㉜吉士：指忠良之士。馮注：「《新序》：事君日益，官職日益，此所謂吉士也。」

㉝弔湘魂：謂遭貶謫。賈誼謫爲長沙王太傅，過湘水，爲文以弔屈原。事見《漢書》卷四八本傳。

㉞間世句：間世，隔世，不世出。英明主，指唐武宗。

㉟崑崗：即崑崙山。《書·胤征》：「火炎崑崗，玉石俱焚。」

㊱河漢句：李康《運命論》：「黄河清而聖人生。」

㊲堤防：喻禁止百姓發表意見之禁令。《國語·周語上》：「防民之口，甚於防川。」

㊳形甘句：短褐，短窄之粗陋衣服，勞役者所服。髠，剃髮之刑。

㊴蠆：蠍子一類毒蟲，尾有毒鉤。

㊵猶得句：熊軒，猶熊軾。漢代公、列侯所乘車，前有伏熊形横軾。憑熊軒，此謂已任刺史。《後漢書·輿服志》：「公、列侯安車，朱班輪，倚鹿較，伏熊軾，皁繒蓋，黑轓，右騑。」

㊶嚴光：東漢人，隱居耕釣於富春江七里瀨。事見《後漢書》卷八三本傳。夾注：「《後漢書》：嚴光，字子陵，耕於富春山，後人名釣處爲嚴陵瀨。《十道志》：睦州有嚴子陵釣臺。」

㊷溪山二句：越角，春秋時越國之邊地。吴根，春秋時吴國之邊地。越角、吴根均指睦州。夾注：「《通典》：新定郡睦州，春秋時屬吴，後屬越，領縣桐廬。」

㊸祝堯句：《莊子·天地》：「堯觀乎華，華封人曰：『嘻，聖人！請祝聖人，使聖人壽。』」此用以祝頌唐武宗。

【集評】

杜牧之云：「杜若芳州翠，嚴光釣瀨喧。」此以杜與嚴爲人姓相對也。又有「當時物議朱雲小，後代聲名白日懸」，此乃以「朱雲」對「白日」，皆爲假對，雖以人姓名偶物，不爲偏枯，反爲工也。如涪翁「世上豈無千里馬，人中難待九方臯」，尤爲工緻。（吴聿《觀林詩話》）

老杜《省宿》詩云：「明朝有封事，數問夜如何。」蓋憂君諫政之心切，則通夕爲之不寐。想其犯顔逆耳，必不爲身謀也。杜牧之詩云：「昔事文皇帝，叨官在諫垣。奏章爲得地，齰齒負明恩。金虎知難動，毛釐亦恥言。撩頭雖欲吐，到口却成吞。」至與人論諫尤可怪，謂「諫殺人者殺人愈多，諫畋獵者畋獵愈甚」。是欲箝天下忠義之口。有臣如牧，國家奚望哉！然唐史乃謂牧之剛直有奇節，敢

論列大事，指陳利病尤切，何邪？（葛立方《韻語陽秋》卷十一）

《圖經》載：嚴陵山水清麗奇絶，號錦峰繡嶺，乃子陵隱居之所，後以名山。然嚴陵山水稱號，率有經據。如杜若汀洲，見於杜紫微詩，云：「杜若芳洲翠，嚴光釣瀨喧。」如丁谿越嶂，亦見於杜紫微詩，云：「翠嚴千尺倚溪斜，曾見嚴光作釣家。越嶂遠分丁字水，江梅遲見二年花。」……又如吳根越角，亦見杜紫微詩《昔事文皇帝》篇中，云：「溪山侵越角，封壤盡吳根。」獨未知錦峰繡嶺，《圖經》何所據也。（商輅《蔗山筆塵》）

杜少陵於感事詩獨有諷刺之妙，樊川亦復不減。（鄭郲評本詩）

道一大尹存之學士庭美學士簡于聖明自致霄漢皆與舍弟昔年還往牧支離窮悴竊於一麾書美歌詩兼自言志因成長句四韻呈上三君子〔一〕①

九金神鼎重丘山②，五玉諸侯雜珮環③。星座通霄狼鬣暗〔二〕④，戍樓吹笛虎牙閑〔三〕⑤。
斗間紫氣龍埋獄⑥，天上洪爐帝鑄顏⑦。若念西河舊交友〔四〕⑧，魚符應許出函關⑨。

【校勘記】

〔一〕「存之學士庭美學士」，《全唐詩》卷五二一作「存之庭美二學士」。「聖明」，夾注本作「聖朝」。

〔二〕「狼鬣」，原作「狼獵」，據夾注本、《全唐詩》卷五二一、馮注本改。

〔三〕「笛」，《全唐詩》卷五二一、馮注本校：「一作角。」

〔四〕「河」，《全唐詩》卷五二一、馮注本校：「一作湖。」

【注　釋】

①道一：鄭涓字，時爲京兆尹。《新唐書·宰相世系表五上》七房鄭氏：「涓字道一，太原節度使。」又《全唐文》蔣伸《授鄭涓徐州節度使制》：「平盧軍節度使、檢校左散騎常侍鄭涓，……洎尹正神京，益彰材用。」據此知鄭涓尚有京兆尹與平盧軍節度使、徐州節度使之任。存之，畢諴字，時爲翰林學士。傳見《舊唐書》卷一七七、《新唐書》卷一八三。庭美，鄭處誨字，時亦爲翰林學士。傳見《舊唐書》卷一五八、《新唐書》卷一六五。舍弟，指杜顗。一麾，一揮手。後人用爲旌麾之麾，指出任州刺史。顔延之《五君詠·阮始平》「屢薦不入官，一麾乃出守。」此詩《杜牧年譜》繫於大中四年，謂「畢諴自學士出鎮，《新唐書·畢諴傳》未言在何年，據《通鑑》，則在大中六年六月。《通鑑》又謂：『上欲重其資履，六月壬申，先以諴爲刑部侍郎，癸酉，乃除邠寧節度使。』是畢諴於

大中六年出鎮時始拜刑部侍郎，以前則爲學士，《舊唐書・宣宗紀》中所記大中二年八月畢諴爲刑部侍郎，蓋有疏誤。大中四年杜牧出守湖州時，畢諴正爲學士也」。按，據《翰苑群書》上《重修承旨學士壁記》，「畢諴大中四年二月十三日自職方郎中兼侍御史知雜事充。六年正月七日，三殿召對賜紫，其年七月七日授權知刑部侍郎出院」。又據同書，鄭處誨任翰林學士在大中三年五月至四年八月。此詩乃杜牧爲求外任而上諸人，其大中四年初秋已授湖州任，則詩乃作於大中四年（八五〇）二月後，初秋之前。

②九金神鼎：指大禹收九牧之金所鑄九鼎。

③五玉：古代五等諸侯所執之五種玉石。夾注：「《書》：輯五瑞，既月，乃日覲四岳群牧，班瑞于群后。《注》：五瑞，公侯伯子男所執以爲瑞信也。又曰五禮五玉。《注》：五玉，即五瑞也。《遁齋閑覽》：古者五等諸侯皆執玉侯服，亦皆佩玉。」馮注：「《書》：修五禮五玉。《傳》：五等諸侯執其玉。」

④狼鬣暗：狼鬣，指天狼星光芒。天狼星暗則無戰事。《晉書・天文志》：「狼一星，在東井東南。狼爲野將，主侵掠。色有常，不欲動也。……弧九星在狼東南，天弓也，主備盜賊，常向於狼。弧矢動移不如常者，多盜賊，胡兵大起。狼弧張，害及胡，天下乖亂。」

⑤虎牙：指將士。東漢勇敢善戰之蓋延封爲虎牙將軍。事見《後漢書》卷一八本傳。

⑥斗間句：斗，斗宿。晉張華見斗牛星間常有紫氣，因與雷焕共觀天象，雷焕以爲乃寶劍之精上徹於天而成。華遂命雷焕爲豐城令，至縣，掘獄屋基，得寶劍龍泉、太阿。事見《晉書》卷三六《張華傳》。

⑦鑄顔：謂培育人才。揚雄《法言·學行》：「或曰：『人可鑄與？』曰：『孔子鑄顔淵矣。』」此用顔回媲美鄭涓等。

⑧西河句：西河，戰國魏地。在今陝西東部黄河西岸地區。孔子弟子子夏「居西河教授，爲魏文侯師。其子死，哭之失明」。事見《史記》卷六七《仲尼弟子列傳》。此「西河舊交友」喻指其弟杜顗，顗時患目疾，失明。

⑨若念句：魚符，隋唐時朝廷頒發之一種符信，雕木或鑄銅爲魚形，亦稱魚契。官吏持此以爲憑信。唐時刺史即持銅魚符。函關，即函谷關，舊址在今河南省靈寶縣。

【集　評】

《道一大尹存之廷美二學士簡于聖明自致霄漢牧支離窮悴竊於一麾書美歌詩兼自言志呈上三君子》：通首氣局宏大。其大意謂天下太平，正士人及時行道之會；明良在上，正國家薦賢圖治之時也。（朱三錫《東喦草堂評訂唐詩鼓吹》卷六）

《道一大尹存之庭美二學士簡于聖明自致霄漢皆與舍弟昔年往還牧支離窮悴竊於一麾書美歌詩兼自言志呈上三君子》：首言三君子鼎足而立，如丘山之重，使諸侯知所尊天子，而執玉朝宗，無跋扈不臣之事。故賊星晦暗，戍將都閑，此皆贊成致治功效也。惟我困於塵埃，如劍埋獄，君等處身天上，帝鑄成材，若念舊情，當出符徵召，加我異數耳。禹收九州之金鑄鼎，以知神姦鬼魅。晉《中興書》：神鼎仁器也，能輕能重，能息能行，不炊而沸，不汲而盈，亂則藏於深山，文明應運而至，故禹鑄鼎以擬之。沈約《宋書》曰：質，文之精也，知吉知凶，五味自全。五玉，桓信躬穀蒲五等。天文有帝座星，今用星座，尤言星舍，而座字有出。大狼星爲野將，主剽掠，弧九星，備盜賊，常向之。纛，芒也。《晉書》：司馬懿征公孫淵，焕見斗牛間紫氣，命焕於豐城獄掘得寶劍二，各佩其一。華誅，後焕子佩劍至延平津，劍躍水面，見二龍合飛去。《莊子》：天地爲爐。《楊子》：孔子鑄顔回。漢《楊綰傳》：舊制，刺史被代若别遣，皆降魚書。隋頒木魚符於總管刺史，雌一雄三，又頒於京官五品以上。函谷舊關，在河南靈寶縣。老子西度，田文東出，皆此函谷新關，在新安縣。（胡以梅《唐詩貫珠箋》卷四）

杏　園①

夜來微雨洗芳塵，公子驊騮步貼勻〔一〕②。莫怪杏園憔悴去，滿城多少插花人。

【校勘記】

〔一〕「步貼匀」，「貼」字原作「貽」，據《全唐詩》卷五二一、馮注本改。夾注本作「步始均」。

【注　釋】

①杏園：園名。故址在今陝西西安市郊大雁塔南。秦時爲宜春下苑地。唐時與慈恩寺南北相直，在曲江池西南，爲唐時新及第進士宴集之處。

②公子句：驊騮，赤色駿馬。步貼匀，脚步安穩有節奏。

【集　評】

苕溪漁隱曰：《和東坡金山詩》云：「雲峰一隔變炎涼，猶喜重來飯積香。」《維摩經》云：「維摩詰在上方，有國號香積，以衆香鉢盛滿香飯，悉飽衆會。」故今僧舍廚名香積，二字不可顛倒也。太虛乃遷就押韻，殊不成語。小詞云：「落紅鋪徑水平池，弄晴小雨霏霏，杏園憔悴杜鵑啼，無奈春歸。」用小杜詩「莫怪杏園憔悴去，滿城多少插花人。」（胡仔《苕溪漁隱叢話後集》卷三十三「秦太虛」）

春晚題韋家亭子①

擁鼻侵襟花草香，高臺春去恨茫茫。蔫紅半落平池晚②，曲渚飄成錦一張。

【注 釋】

① 韋家：馮注：「《雍録》：《吕圖》：韋曲，在明德門外，韋后家在此，蓋皇子陂之西也。所謂：城南韋杜，去天尺五者也。」

② 蔫紅：萎縮將謝之花朵。

過田家宅

安邑南門外①，誰家板築高②？奉誠園裏地③，牆缺見蓬蒿。

【注　釋】

①安邑：即安邑坊，在唐長安朱雀街東第四街東市之南。

②板築：築牆用具。板，牆板；築，杵。築牆時以兩板夾土，用杵夯，使之結實。此處指牆。

③奉誠園：在唐長安安邑坊，本司徒兼侍中馬燧宅，燧死，其子馬暢獻進，廢爲奉誠園，屋木皆拆入内。《唐國史補》卷中：「馬司徒之子暢，以第中大杏餽竇文場。文場以進。德宗未嘗見，頗怪之，令使就第封杏樹。暢懼，進宅，廢爲奉誠園，屋木盡拆入内也。」

見宋拾遺題名處感而成詩①

竄逐窮荒與死期②，餓唯蒿藿病無醫。憐君更抱重泉恨③，不見崇山謫去時④。

【注　釋】

①拾遺：官名，分左、右，掌供奉諷諫。宋拾遺，據陶敏《樊川詩人名箋補》（《徐州師範學院學報》一九八七年第二期）所考乃宋邧。陶文又謂此詩「當作於李（德裕）死後。李德裕大中元年十二月自太子少保分司貶潮州司馬，二年九月再貶崖州司户，三年十一月卒貶所，杜牧此詩約作於大中

四年」（八五〇）。宋邧，字次都。大和四年狀元及第。開成三年官左拾遺。事跡見《新唐書》卷一八一《陳夷行傳》。

② 竄逐窮荒句：窮荒，僻遠之地。《劇談録》卷上載：宋邧爲補闕於中書候見宰相，與同列談笑，「頃之，丞相遽出，宋以手板障面，笑猶未已。朱崖目之，回謂左右曰：『宋補闕笑某何事？』聞之者莫不寒心股栗。未旬日，出爲河清縣令；歲餘，遂終所任」。

③ 重泉：猶黄泉、九泉。

④ 崇山：山名。在今湖南張家界市西南，與天門山相連。相傳舜流放驩兜於此。此影指李德裕被貶死崖州。《大戴禮記·五帝德》：舜「放驩兜於崇山，以變南蠻」。《通典》卷一八三澧陽縣：「有崇山，即放驩兜之所。」

雪晴訪趙嘏街西所居三韻①

命代風騷將〔一〕②，誰登李、杜壇③。少陵鯨海動④，翰苑鶴天寒〔二〕⑤。今日訪君還有意，三條冰雪獨來看〔三〕。

【校勘記】

〔一〕「命」，馮注本校：「一作今。」

〔二〕「翰」，馮注本校：「一作秦。」

〔三〕「三條」，馮注本作「二條」。「獨來」，馮注本校：「一云借今。」

【注釋】

①趙嘏：字承祐，行二十二，楚州山陽人。會昌四年登進士第。大中中，任渭南尉，世稱趙渭南。事跡見《唐摭言》卷一五、《新唐書・藝文志四》、《唐詩紀事》卷五六、《唐才子傳》卷七。街西，唐代長安以朱雀門大街爲界，街東屬萬年縣，街西屬長安縣，有五十四坊。《全唐詩》卷五四九趙嘏有《今年新先輩以遏密之際每有讌集必資清談書此奉賀》詩。《唐摭言》卷三記此詩云：「開成五年，樂和李公榜，於時上在諒闇，率常雅飲。詩人趙嘏寄贈曰……」又趙嘏有《送裴延翰下第歸滁州》（《全唐詩》卷五四九），詩亦開成五年春作（詳見吳在慶《唐五代文史叢考・裴延翰下第歸覲滁州之時間》所考）。則開成四、五年間趙嘏在長安。杜牧開成四年冬至五年初春均在長安，則杜牧此詩蓋作於此期間，今姑繫於開成五年（八四〇）初春。

②命代句：即名世，著名於當世。風騷將，指詩人。

③李杜：指李白與杜甫。

④少陵句：少陵，此處指杜甫，杜甫自稱少陵野老。其《戲爲六絶句》之四：「或看翡翠蘭苕上，未掣鯨魚碧海中。」鯨海動，喻指杜甫渾涵汪茫之詩歌。

⑤翰苑句：翰苑，翰林苑。李白曾爲翰林供奉，故此處用以指李白。鶴天寒，比喻李白飄逸曠遠之詩風。裴敬《翰林學士李公墓碑》稱李白詩云：「雲行鶴駕，想見飄然之狀。」

【集評】

杜紫微覽趙渭南卷《早秋》云：「殘星幾點雁横塞，長笛一聲人倚樓。」吟味不已，因目嘏爲「趙倚樓」。復有贈嘏詩曰：「命代風騷將，誰登李杜壇？灞陵鯨海動，翰苑鶴天寒。今日訪君還有意，三條冰雪借予看。」紫微更寄張祜，略曰：「睫在眼前長不見，道非身外更何求？誰人得似張公子，千首詩輕萬户侯！」（王定保《唐摭言》卷七「知己」）

將赴吴興登樂遊原一絶①

清時有味是無能②，閑愛孤雲静愛僧。欲把一麾江海去③，樂遊原上望昭陵④。

【注釋】

①吳興：郡名，即湖州（今屬浙江）。樂遊原，在唐長安東南，地勢高曠，爲登臨遊覽勝地。西漢宣帝時，在此建樂遊廟，故名。杜牧大中四年秋出爲湖州刺史，故《杜牧年譜》繫此詩於大中四年（八五〇）秋，時杜牧將赴湖州刺史任。

②清時：清平之時。

③一麾：一揮手。後人用爲旌麾之麾，指出任州刺史。顔延之《五君詠·阮始平》：「屢薦不入官，一麾乃出守。」

④昭陵：唐太宗李世民陵墓，在今陝西醴泉縣東北九嵕山。

【集評】

今人守郡謂之「建麾」，蓋用顔延年詩「一麾乃出守」，此誤也。延年謂「一麾」者，乃指麾之麾，如武王「右秉白旄以麾」之麾，非「旌麾」之麾也。延年《阮始平》詩云「屢薦不入官，一麾乃出守」者，謂山濤薦咸爲吏部郎，三上，武帝不用，後爲荀勖一擠，遂出始平，故有此句。延年被擯，以此自託耳。自杜牧爲《登樂遊原》詩云：「擬把一麾江海去，樂遊原上望昭陵」，始謬用「一麾」，自此遂爲故事。（沈括《夢溪筆談》卷四「辯證」二）

吾友頓隆師嘗言，顔延年《五君詠》，至《阮始平》曰：「屢薦不入官，一麾乃出守。」麾，去也，咸爲山濤麾出。杜牧之「欲把一麾江上去」，即旄也，蓋誤矣。余以爲，麾即旄也。子美亦有「持旌麾」之句，杜牧不合用「一麾」耳。（王得臣《麈史》卷中「詩話」）

【一麾】顔延年《阮始平》詩云：「屢薦不入官，一麾乃出守」，蓋謂山濤三薦咸爲吏部郎，武帝不能用，荀勖一麾之，即左遷始平太守也。杜牧「清時有味是無能，閑愛孤雲静愛僧。乞得一麾江海去，樂遊原上望昭陵」。山谷云：「愛閑愛静，求得一麾而去也。」别本作「欲把一麾」，非是。「麾」之訓，即漢嚴助、汲黯招之不來，麾之不去。（潘淳《潘子真詩話》）

【一麾】《筆談》云：「今人守郡謂之建麾，蓋用顔延年詩『一麾乃出守』，此誤也。延年謂一麾者，乃指麾之麾，如武王右秉白旄以麾之，麾非旌麾也。延年爲《阮始平》詩云『屢薦不入官，一麾乃出守』者，謂山濤薦咸爲吏部郎，三上，武帝不用，後爲荀勖一擠，遂出始平，故有此句。延年被擯，以此自托耳。自杜牧爲《登樂遊原》詩云：『擬把一麾江海去，樂遊原上望昭陵』，始謬用一麾，自此遂爲故事。」凡此以上皆存中之語。以余意測之，杜樊川之意則善矣，而謂之擬把，則尤謬也。蓋自作太守，而謂之一麾，於理無礙，但不可以此言贈人作太守耳。宋景文詩云「使麾得請印垂要」，又云「一封通奏領州麾」，又云「乞得一麾行」，又云「竟獲一麾行」，是真得延年之意，未嘗謬用也。（黄朝英《緗素雜記》卷七）

予嘗從東湖舟中，見誦杜牧之「爲問寒沙新到雁，來時曾下杜陵無」之句，及誦「欲把一麾江海去，樂遊原上望昭陵」，誦詠久之。（曾季貍《艇齋詩話》）

杜牧詩：「清時有味是無能，閑愛孤雲靜愛僧。擬把一麾江海去，樂遊原上望昭陵。」此蓋不滿於當時，故末有「望昭陵」之句。汪輔之在場屋，能作賦，略與鄭毅夫、滕達道齊名，以義氣自負。既登第，久不得志，常鬱鬱不樂，語多譏刺。元豐初，始爲河北轉運使，未幾，坐累謫官累年，遇赦幸復知處州，謝表有云：「清時有味，白首無能。」蔡持正爲侍御史，引杜牧詩爲證，以爲怨望，遂復罷。（葉夢得《石林詩話》卷中）

「清時有味是無能，閑愛孤雲靜愛僧。欲把一麾江海去，樂遊原上望昭陵。」右杜牧之自尚書郎出爲郡守之作，其意深矣。蓋樂遊原者，漢宣帝之寢廟在焉；昭陵即唐太宗之陵也。牧之之意，蓋自傷不遇宣帝、太宗之時，而遠爲郡守也。藉使意不出此，以景趣爲意，亦自不凡，況感寓之深乎？其所以不可及也。（馬永卿《懶真子》卷四）

杜甫云「軒墀曾寵鶴」，杜牧云「欲把一麾江海去」，皆用事之誤。蓋衛懿公好鶴，鶴有乘軒者，則軒車之軒耳，非軒墀也。顔延年詩云：「屢薦不入官，一麾乃出守。」則麾，麾去耳，非麾旄也。然子美讀萬卷書，不應如是，殆傳寫之繆也。若云軒車，則善矣。牧之豪放一時，引用之誤，或有之邪？（張表臣《珊瑚鉤詩話》卷一）

顔延年《詠阮始平》云：「屢薦不入官，一麾乃出守。」五臣注云：山濤薦咸爲吏部郎，三上武帝，帝不能用。苟勖性自矜，因事左遷爲始平太守。麾指麾也。按「麾」字古亦用爲揮斥之字。而杜牧之《將赴吴興登樂遊原》絶句云：「欲把一麾江海去，樂遊原上望昭陵。」後人因此遂專作旌麾，以對五馬，爲太守故事。而牧之《黄州即事》云：「莫笑一麾東下計，滿江秋浪碧參差。」乃在吴興之前，時無「把」字，不知訓麾爲何義也。（莊綽《雞肋編》卷下）

【州麾】自《五君詠》言顔延之「一麾出守」，而杜牧用其語曰：「擬把一麾江海去」，人遂以建麾爲太守事。張師正辨《五君詠》曰：「麾猶秉白旄以麾也。一麾猶言人之所擠排也。屢薦不嘗得官，一遭擠排遽出爲守，所以歎也。」此説是也。或謂《周禮》「州長建麾」，則州麾自可遵用，此又非也。周之州絶小，不得與漢州爲比。周制累州成縣，而漢也累縣爲郡，累郡乃始爲州也。若夫崔豹《古今注》則又異矣，其説曰：「麾所以指也，乘輿以黄，諸公以朱，刺史二千石以纁。」則漢以來，自人主至二千石，莫不有麾也。則謂太守爲把麾，亦自可通也。（程大昌《演繁露》卷八）

【思古刺今】寧戚《飯牛歌》曰：「生不逢堯與舜禪。」則太斥言矣。杜牧曰：「清時有味是無能，閑愛孤雲澹愛僧。擬把一麾江海去，樂遊原上望昭陵。」一麾而出，獨望昭陵，此意婉矣。（程大昌《演繁露續集》卷四）

【一麾出守】顔延年詩：「屢薦不入官，一麾乃出守」，後人誤用「一麾出守」事，以爲起於杜牧之自云「獨把一麾江海去」，實用「旌麾」之「麾」，未必本之顔詩，後人因此二字，誤用顔詩耳。（周必大《二老堂詩話》）

【唐人用一麾事】《筆談》曰：今人守郡謂之「建麾」，蓋用顏延年詩「一麾乃出守」事，此誤也。延年謂「一麾」者，乃「指麾」之「麾」也，非「旌麾」之「麾」也。自杜牧之有「擬把一麾江海去」，始謬用「一麾」，自此遂爲故事。此沈存中所言也。僕因考唐人詩，如杜子美、柳子厚、許用晦、獨孤及、劉夢得、陸龜蒙等，皆用「一麾」事，獨牧之謂「把一麾」爲露圭角，似失延年之意。若如張説詩「湘濱擁出麾」，如此而言，初亦何害？《緗素雜記》謂：牧之意則善矣，言「擬把」則謬也，自謂「一麾」，於理無礙，但不可以此言贈人。宋景文公詩曰：「使麾請得印垂腰。」又曰：「一封通奏領州麾。」是真得延年之意，未嘗謬用也。僕謂黄朝英妄爲之説耳，牧之之誤，正坐以「指麾」之「麾」爲「旌麾」之「麾」，景文之誤亦然。朝英乃取宋斥杜，謂牧之不當言「擬把」，而景文自用爲宜。然則牧之「擬把一麾江海去」，豈不自用？景文「使麾請得印垂腰」，獨非旌麾邪？朝英又謂「一麾」事但不可以贈人，僕謂以景文詩「使麾」、「州麾」字語贈人，又何不可？所謂貶辭者，「麾去」云爾，既是「旌麾」，何貶之有？朝英又謂景文用「一麾」事，真得延年之意，則是延年以「一麾」爲「旌麾」之「麾」，初非「指麾」之「麾」也。其言翻覆，無一合理，甚可笑也。《筆談》謂今人守郡爲「建麾」，謂用顏詩事自牧之始，僕謂此説亦未爲是。觀《三國志》「擁麾守郡」，《文選》「建麾作牧」，此語在牧之前久矣。謂「把一麾」之誤自牧之始則可，謂「建麾」之誤則不可。（王楙《野客叢書》卷二十三）

作文者好摘兩字語，但取飾其説而已，遞相承襲，背其本義，而不暇問也。……如郡守用「一麾」

字，意謂旌麾之麾也，而不思顏延年詩「一麾乃出守」，是麾去之麾，非旌麾也。周益公《詩話》云：「後人誤用一麾出守，以爲起於杜牧之。然牧之自云『獨把一麾江海去』，實用旌麾之麾，未必本之顏詩，後人因此二字，自誤用顏詩耳。」（陳叔方《潁川語小》卷下）

《將赴吴興登樂遊原》：「欲把一麾江海去」，顏延年詩「屢薦不入官，一麾乃出守。」麾，斥也。自此詩誤以爲旌麾之麾，至今襲其誤。「樂遊原上望昭陵」，舊史云：牧自負才略，兄悰隆盛於時，而牧居下位，心常不樂。望昭陵者，不得志於時，而思明君之世，蓋怨也。首言「清時」，反辭也。（釋圓至《唐三體詩》卷二）

【一麾】《筆談》謂今人守郡用顏延年「一麾出守」，誤自杜牧始。此説亦未爲是。觀《三國志》：「擁麾守郡。」《文選》：「建麾作牧。」此語在牧之前久矣。漢制，太守車兩幡，所謂「麾」也。唐人如杜子美、柳子厚、劉夢得皆用之。謂之誤不可。（胡震亨《唐音癸籤》卷十七「詁箋」二）

《將赴吴興登樂遊原》：此豈得意人語耶？（黄周星《唐詩快》卷十六）

張表臣駁老杜「軒墀曾寵鶴」、小杜「欲把一麾江海去」，以爲誤用懿公好鶴與顏延年詩意。殊不知二公非死煞用事者，其好處正是此種。（薛雪《一瓢詩話》第二九條）

中國古典文學基本叢書

杜牧集繫年校注

第二册

吴在慶 撰

中華書局

樊川文集卷第三

洛陽長句二首①

其一

草色人心相與閑②，是非名利有無間。橋横落照虹堪畫，樹鎖千門鳥自還。芝蓋不來雲杳杳③，仙舟何處水潺潺④。君王謙讓泥金事，蒼翠空高萬歲山⑤。

【注釋】

①此詩《杜牧年譜》繫於開成元年（八三六），時杜牧爲監察御史、分司東都。

②相與閑：一樣地悠閑自在。相與，共同。

③芝蓋句：芝蓋，車蓋，此指帝王之車。夾注：張衡「《西京賦》：芝蓋九葩。《注》：以芝爲蓋，蓋有九葩之采也。」杳杳，幽深貌。

④ 仙舟何處句：東漢末年名士郭泰（字林宗）遊洛陽，見河南尹李膺，「膺大奇之，遂相友善，於是名震京師。後歸鄉里，衣冠諸儒送至河上，車數千輛。林宗唯與李膺同舟而濟，衆賓望之，以爲神仙焉」。事見《後漢書》卷六八《郭泰傳》。

⑤ 君王謙讓二句：泥金事，指封禪之事。古代帝王封禪時，要將藏玉策之玉匱石函用金繩纏束，封以金泥。萬歲山，指嵩山。漢武帝曾登臨嵩山，隨從官吏及廟旁吏卒，咸聞呼萬歲者三。事見《史記·武帝紀》。兩句謂唐皇不再巡幸洛陽。

【集評】

《洛陽長句》（草色人心相與閑）：唐自天寶以後，不復駕幸東都，此詩有望幸之意。「樹鎖千門」一句極佳。「芝蓋」、「仙舟」，乃指緱氏山王喬事及李郭事，亦切。（方回《瀛奎律髓》卷四「風土類」）

《洛陽長句》（草色人心相與閑）：中四句近丁卯。寓盛衰之感則有之，不見望幸之意。（紀昀《瀛奎律髓刊誤》卷四「風土類」）

其二

天漢東穿白玉京①，日華浮動翠光生。橋邊遊女珮環委，波底上陽金碧明②。月鎖名園孤鶴唳，川酣秋夢鑿龍聲③。連昌繡嶺行宫在④，玉輦何時父老迎？

【注　釋】

①天漢句：天漢，天河。此指洛水。《新唐書·地理志·東都》：「都城前直伊闕，後據邙山，左瀍右澗，洛水貫其中，以象河漢。」白玉京，天帝所居，此代指洛陽。馮注：「《星經》：天上有白玉京黄金闕。《唐六典》：東都上陽宫次北東上曰玉京門。」

②上陽：宫名。在洛陽皇城之西，洛水北岸。

③鑿龍：指龍門，一名伊闕。在洛陽南，兩山相對，伊水歷其間。相傳爲大禹所鑿。馮注：「庾信詩：南宫應鑿龍。宋之問《龍門應制》詩：天子乘春幸鑿龍。按《水經注》：伊水北入伊闕，昔大禹疏以通水，兩山相對，望之若闕，伊水歷其間，故謂之伊闕。」

④連昌句：連昌、繡嶺均宫殿名，分别在唐河南府壽安西及陜州硤石。參見《新唐書·地理志二》。

洛中監察病假滿送韋楚老拾遺歸朝①

洛橋風暖細翻衣，春引仙官去玉墀②。獨鶴初沖太虚日③，九牛新落一毛時④。行開教化期君是，卧病神祇禱我知。十載丈夫堪耻處，朱雲猶掉直言旗⑤。

【注　釋】

①韋楚老：字壽朋。長慶四年登進士第，大和末、開成初曾任拾遺。事跡見杜牧《重宿襄州哭韋楚老拾遺》、《唐詩紀事》卷五六。此詩《杜牧年譜》繫於開成二年（八三七），時杜牧爲監察御史，分司東都，因弟杜顗眼疾，告假百日滿。詩有「洛橋風暖細翻衣，春引仙官去玉墀」句，乃春日作。

②春引仙官句：仙官，本指神仙，此指韋楚老。玉墀，玉階。此指京師宫殿。

③獨鶴初沖句：夾注：「《天台賦》：王喬控鶴以沖天。」馮注：「《晉書·陶侃傳》：二客化爲雙鶴，沖天而去。」太虚，天空。

④九牛新落句：唐制，官吏請假滿百日，即合停官。此謂己之去官猶如九牛亡一毛不足道。司馬遷《報任安書》：「假令僕伏法受誅，若九牛亡一毛，與螻蟻何異？」

⑤朱雲句：朱雲，西漢人。在朝敢於直諫，曾因劾奏安昌侯張禹觸犯上怒，爲御史押下，猶攀殿檻大呼，以至檻折。事見《漢書》卷六七本傳。掉，摇擺，揮動。

【集　評】

韋楚老，李宗閔之門生，自左拾遺辭官東歸，居于金陵。常乘驢經市中，貌陋而服衣布袍。群兒陋之，指畫自言曰：「上不屬天，下不屬地，中不累人，可謂大韋楚老。」群兒皆笑。與杜牧同年生，情好相得。初以諫官赴徵，值牧分司東都，以詩送。及卒，又以詩哭之。（王讜《唐語林》卷七補遺）

東都送鄭處誨校書歸上都①

悠悠渠水清，雨霽洛陽城。槿墮初開豔②，蟬聞第一聲。故人容易去，白髮等閑生③。此別無多語，期君晦盛名。

【注　釋】

① 東都：指洛陽。鄭處誨，字廷美，又作延美，其時任校書郎。傳見《舊唐書》卷一五八、《新唐書》卷一六五。上都，指長安。《杜牧年譜》謂「杜牧於大和九年秋至洛陽，開成二年春，即以弟病去官，居洛陽僅一年半」，且此詩乃作於夏日，故繫此詩於開成元年（八三六）。

② 槿：木槿。其花五月始開，朝開夕落。夾注：「《禮記·月令》：仲夏之月，蟬始鳴，木槿榮。」

③ 等閑：隨便，容易。

故洛陽城有感①

一片宮牆當道危〔一〕，行人爲汝去遲遲〔二〕。篳圭苑裏秋風後〔三〕②，平樂館前斜日時③。錮黨豈能留漢鼎〔四〕④，清談空解識胡兒〔五〕⑤。千燒萬戰坤靈死⑥，慘慘終年鳥雀悲。

【校勘記】

〔一〕「宮牆」，原作「官牆」，據《文苑英華》卷三〇九、夾注本、文津閣本、《全唐詩》卷五二一、馮注本改。馮注本於「宮」字下校：「一作官。」

〔二〕「汝」，《文苑英華》卷三〇九作「爾」，下校：「集作汝。」《全唐詩》卷五二一作「爾」，馮注本校：「一作爾。」

〔三〕「後」，《文苑英華》卷三〇九作「起」，下校：「一作後。」馮注本校：「一作起。」

〔四〕「錮」，《文苑英華》卷三〇九作「鉤」，馮注本校：「一作鉤。」

〔五〕「識」，《文苑英華》卷三〇九作「笑」，下校：「一作識。」馮注本於「解識」下校：「一作識笑。」

【注 釋】

①故洛陽城：指漢、魏時洛陽舊城。在今洛陽市東洛水北岸。《舊唐書·地理志·河南道·東都》：「周之王城，平王東遷所都也。故城在今苑内東北隅，自赧王已後及東漢、魏文、晉武，皆都於今故洛城。隋大業元年，自故洛城西移十八里置新都，今都城是也。北據邙山，南對伊闕，洛水貫都，有河漢之象。」此詩《杜牧年譜》雖姑繫於開成元年，然又以爲杜牧大和九年秋至開成元年（八三五—八三六）秋爲監察御史、分司東都，而詩乃秋日作，故大和九年和開成元年均有可能作此詩。

②簞圭苑：漢靈帝光和三年建。東簞圭苑週一千五百步，中有魚梁臺；西簞圭苑週三千三百步，均在洛陽宣平門外。見《後漢書·靈帝紀》及《注》。

③平樂館：在洛陽故城西。東漢中平五年十月，靈帝曾自稱無上將軍，在此講武。見《後漢書·靈帝紀》及《注》。

④錮黨句：錮黨，禁錮黨人。漢鼎，指漢政權。鼎爲傳國重器，政權象徵。馮注：「《漢書》：漢得汾陰寶鼎，群臣上賀得周鼎，吾邱壽王曰：天祚有德而寶鼎自出，此天之所以與漢，是漢鼎非周鼎也。」東漢桓帝時，宦官擅權，横行不法，朝政日非。李膺、陳蕃等與太學諸生三萬餘人互相褒重，猛烈抨擊宦官集團。延熹九年，宦官誣告李膺等人交結諸郡生徒，共爲部黨。於是桓帝下令逮捕

黨人，後放歸田里，禁錮終身。靈帝時，李膺等人又因謀誅宦官敗露，百餘人下獄死，六七百人遭流徙、監禁。李膺「考死，妻子徙邊，門生、故吏及其父兄，並被禁錮」。事見《後漢書》卷六七《黨錮列傳》。

⑤清談：談論老莊玄理。晉王衍好清談，羯族人石勒行販於洛陽，倚嘯於上東門。王衍見之，謂左右曰：「向者胡雛，吾觀其聲，視有奇志，恐將爲天下之患。」遂派人追捕，但石勒已離去。事見《晉書》卷一〇四《石勒載記上》。又唐開元中張九齡認爲胡人安禄山將亂幽州，主張趁其討奚、契丹失敗時誅之，以絶後患。然爲唐玄宗所拒，謂「卿無以王衍知石勒而害忠良」。後遂釀成「安史之亂」。事見《新唐書》卷一二六《張九齡傳》。

⑥千燒萬戰句：馮注：「《文獻通考》：自東漢魏晉宅於洛陽，永嘉以後，戰爭不息，元魏徙居，纔過三紀，逮乎二魏，爰及齊周，河洛汝潁，迭爲攻守。《北齊書·神武紀》：洛陽久經喪亂，王氣衰盡。」坤靈，地神。

【集　評】

感慨淋漓。（鄭郲評「錮黨豈能留漢鼎，清談空解識胡兒」二句）

《故洛陽城有感》：眼見宫牆倒壞，忽然想起當年。「去遲遲」，有無限低徊之意。「篳圭」、「平樂」，言前代佚遊可爲儆戒；「秋風」、「斜日」，言今日荒涼可爲傷感，正寫「去遲遲」三字也。「黨錮」、「清談」，又舉漢晉實事言之，以見無補敗亡之意。千燒萬戰，鳥雀興悲，正爲此也。（朱三錫《東嵒草堂評訂唐詩鼓吹》卷六）

揚州三首①

其一

煬帝雷塘土〔一〕②，迷藏有舊樓③。誰家唱水調，明月滿揚州。煬鑿汴河，自造水調〔二〕。駿馬宜閑出，千金好暗遊〔三〕。喧闐醉年少，半脱紫茸裘④。

【校勘記】

〔一〕「土」，文津閣本作「上」。

〔二〕《才調集》卷四、文津閣本小注作「煬帝開汴渠成，自作水調」。

〔三〕「暗遊」，《全唐詩》卷五二二作「舊遊」，於「舊」字下校：「一作暗。」馮注本作「暗投」。

【注　釋】

①此三詩《杜牧年譜》以大和八年杜牧在淮南幕中，故繫於大和八年（八三四）。時杜牧在牛僧孺淮南節度使幕爲掌書記。

②雷塘：隋煬帝葬所，在揚州城北平岡上。馮注：「《唐書·地理志》：揚州江都東十一里，有雷塘。《通鑑·隋紀·注》：雷塘，漢所謂雷陂也，在今揚州城北平岡上。」

③舊樓：指隋煬帝在揚州所造迷樓。幽房曲室，互相連接，隋煬帝曾謂：「使真仙遊其中，亦當自迷也。」事見《南部煙花録》。夾注：「《古今詩話》：隋煬帝時浙人項升進新宫圖，帝愛之，令揚州依圖營建。既成幸之，曰：使真仙遊此，亦自當迷，乃名迷樓。」

④紫茸裘：紫色細毛皮衣。

【集　評】

杜司勳詩：「誰家唱《水調》，明月滿揚州」、「誰知竹西路，歌吹是揚州」、「揚州塵土試回首，不惜千金借與君」、「二十四橋明月夜，玉人何處教吹簫」、「春風十里揚州路，卷上珠簾總不如」、「十年一覺揚州夢，贏得青樓薄倖名」，何其善言揚州也！（余成教《石園詩話》卷二）

其二

秋風放螢苑①，春草鬭雞臺②。金絡擎鵰去③，鸞環拾翠來〔一〕④。蜀船紅錦重，越橐水沉堆⑤。處處皆華表⑥，淮王奈却迴⑦。

【校勘記】

〔一〕「環」，《才調集》卷四、文津閣本作「鬟」。

【注釋】

① 據《隋書·煬帝紀下》，煬帝於大業十二年五月，在景陽宫徵求螢火蟲，夜出遊山而放之，螢光閃耀山谷。其事在洛陽，後遊幸揚州，或亦有放螢之事。

② 鬭雞臺：在揚州。夾注：「郭延生《述征記》：廣陽門北有鬭雞臺。」馮注：「《大業拾遺記》：煬帝嘗遊吳公宅雞臺，恍惚間與陳後主相遇，尚唤帝爲殿下。」又馮注：「按：《一統志》引《拾遺記》作鬭雞臺云，當即是吳公臺也。」

③ 金絡：金絲絡帶。

④鸞環拾翠句：翠，翠鳥羽毛。可爲裝飾。曹植《洛陽賦》：「或采明珠，或拾翠羽。」句謂嬉遊水濱。

⑤越橐句：橐，盛物之袋子。水沉，即沉香，置水中則沉。産於越地。

⑥華表：古代立於宫殿、城垣或陵墓等建築物前作爲標誌之大柱。傳説遼東人丁令威學道成仙，後化鶴歸來，落在城門華表上，作人言。事見《搜神後記》卷一。

⑦淮王句：漢淮南王劉安，好神仙。《風俗通》記俗言謂其白日升天。然實因謀逆而自殺。故馮注云：「《漢書》淮南王安，招募方技怪迂之人，述神仙黄白之事，財殫力屈，無能成獲，乃謀叛逆。上使宗正以符節治王，安自殺，太子諸所與謀皆取夷，國除，爲九江郡。親伏白刃，與衆棄之，安在其能神仙乎！」

【集　評】

【螢苑】廣陵大儀鄉有螢苑。按隋煬帝於景華宫求流螢數斛，夜出遊山，放之如火，光滿巖谷。杜牧之詩：「秋風放螢苑，春草鬭雞臺。」上句指此，下句借用吴王夫差事。（宋長白《柳亭詩話》卷十六）

其三

街垂千步柳，霞映兩重城。天碧臺閣麗，風涼歌管清。纖腰間長袖，玉珮雜繁纓①。拖軸誠爲壯〔一〕②，豪華不可名。自是荒淫罪，何妨作帝京③。

【校勘記】

〔一〕「拖」，馮注本作「柂」。

【注　釋】

① 繁纓：衆多冠帶。馮注：「《左傳》：請曲縣繁纓以朝。」

② 拖軸：拖，引也。軸，車軸。鮑照《蕪城賦》：「柂以漕渠，軸以崑岡。」謂古廣陵城引帶著溝通南北之運河。崑岡（廣陵岡）像車軸横貫城下，當交通要衝，形勢險要。

③ 自是二句：隋煬帝至揚州後，天下亂起，道路隔絶，心中恐懼，「遂無還心。帝復夢二豎子歌曰：『住亦死，去亦死。未若乘船渡江水。』由是築宫丹陽，將居焉。功未就而帝被殺」。見《隋書·五行志上》。馮注：「《隋書·煬帝紀論》：荒淫無度，法令滋章。」

潤州二首①

其一

向吴亭東千里秋〔一〕②，放歌曾作昔年遊。青苔寺裏無馬跡〔二〕，緑水橋邊多酒樓〔三〕。大抵南朝皆曠達〔四〕，可憐東晉最風流。月明更想桓伊在，一笛聞吹《出塞》愁③。

【校勘記】

〔一〕「向」，原作「句」，據夾注本、馮注本改。

〔二〕「馬」，《全唐詩》卷五二二校：「一作鳥。」

〔三〕「緑水」，夾注本作「緑樹」。

〔四〕「皆」，文津閣本作「多」。

【注　釋】

①潤州：州治在今江蘇鎮江。此詩云「向吴亭東千里秋，放歌曾作昔年遊」，故知作此詩前詩人曾有潤州之遊。據《杜牧年譜》，杜牧大和七年曾由宣州幕轉任揚州幕；開成二年秋又由揚州往宣州幕，兩次均可經過潤州，故詩或作於開成二年（八三七）秋。

②向吴亭：在今江蘇鎮江市城南。馮注：「《孔氏雜記》：向吴亭在潤州官舍，杜牧之《潤州》詩：向吴亭東千里秋。陸龜蒙詩：秋來懶上向吴亭。今刻牧之集者，改爲句吴亭，失之矣。《一統志》：向吴亭在丹陽縣治南。」

③月明二句：桓伊，晉右軍將軍桓伊，字子野，善吹笛。《世説新語·任誕》記王徽之聞桓伊善吹笛，後相遇，「王便令人與相聞，云：『聞君善吹笛，試爲我一奏。』桓時已貴顯，素聞王名，即便回。下車，踞胡床，爲作三調，弄畢，便上車去，客主不交一言」。《出塞》，漢樂府横吹曲名。

其二

謝朓詩中佳麗地①，夫差傳裹水犀軍②。城高鐵瓮横强弩③，潤州城孫權築，號爲鐵瓮。柳暗朱樓多夢雲④。畫角愛飄江北去⑤，釣歌長向月中聞。揚州塵土試迴首，不惜千金借與君。

【注釋】

①謝朓句：謝朓，南齊詩人，字玄暉。善作山水詩，爲永明體主要詩人之一。傳見《南齊書》卷四七。其《入朝曲》有「江南佳麗地，金陵帝王州」句。

②夫差句：夫差，春秋時吴國國君，後爲越王勾踐所敗，自殺。傳見《史記》卷三一。水犀軍，披水犀甲之軍隊。《國語·越語上》記「今夫差衣水犀之甲者億有三千，所謂賢良也，若今備衛士矣」。潤州爲春秋吴國朱方邑，故杜牧有此聯想。

③城高鐵瓮句：原注：「潤州城孫權築，號爲鐵瓮。」馮注：「《演繁露》：潤州古城號鐵甕，人但知其取喻以堅而已，然甕形深狹，取以喻城，似爲非類。乾道辛卯，予過潤，蔡子平置燕于江亭，亭據郡治前山絶頂，而顧子城雉堞緣岡，彎環四合，其中州治諸廨在焉，圓深之形，正如卓甕，予始知喻以爲甕者，指子城也。」

④柳暗朱樓句：宋玉《高唐賦》載，楚王遊高唐，夢見一婦人自云巫山神女，願薦枕席，王因幸之。去而辭曰：「妾在巫山之陽，高丘之阻；旦爲朝雲，暮爲行雨。朝朝暮暮，陽臺之下。」此指狎妓之事。

⑤江北：指長江北岸，潤州之北爲揚州。

【集　評】

【北固甘羅】杜牧之《登北固山》詩曰：「謝朓詩中佳麗地。」或者謂朓詩「江南佳麗地，金陵帝王州。」金陵乃今建康，非潤州也。僕謂當時京口亦金陵之地，不特牧之爲然，唐人江寧詩，往往多言京口事，可驗也。又如張氏《行役記》，言甘露寺在金陵山上；趙璘《因話録》言李勉至金陵，屢讚招隱寺標致，蓋時人稱京口亦曰金陵。牧之又有詩曰：「甘羅昔作秦丞相。」或者又謂《史記》：甘羅年十二，事秦相文信侯吕不韋，後因説趙有功，始皇封爲上卿，未嘗爲秦相也。僕考《北史·彭城王浟傳》曰：「昔甘羅爲秦相，未聞能書。」《儀禮》疏曰：「甘羅十二相秦，未必要至五十。」則知此謬亡久，牧之蓋循襲用之耳。（王楙《野客叢書》卷二十）

《潤州》（向吴亭東千里秋）：……一起曰「千里秋」，便將潤州寫得分外出色。亭東一望，千里清光，不覺有感於昔日之遊也。二、四承之，是因昔年而感於目前，言寺猶昔日之寺，橋猶昔日之橋，「無鳥跡」是感其衰；「多酒樓」是誌其盛。數年之内，盛衰在目，良可慨也。五、六又因目前而有感於前代，言潤州夙稱佳麗，爲諸名士賦詩飲酒之場，以南朝論之，則士多曠達；以東晉論之，則雅尚風流，二者雖無補於世道，而一段高情逸興，文人傑士，瀟灑有餘。杜公一生不拘細行，意氣閒逸，觀其胸中眼底，必深有旨乎晉人風味矣。月明江上，感慨情深，故以更想桓伊作結也。（朱三錫《東喦草堂評訂唐詩鼓吹》卷六）

《潤州》（謝朓詩中佳麗地）：一寫其佳麗，二寫其强盛，三承二來，四承一來。潤州在江之南，揚州在江之北。試看揚子江頭，水光月色，一望千里，角聲清徹，鈞歌疊唱，其時風景之妙，不言可知。千金買笑，當亦不少惜矣。（朱三錫《東喦草堂評訂唐詩鼓吹》卷六）

杜司勳詩：「誰家唱《水調》，明月滿揚州」、「誰知竹西路，歌吹是揚州」、「揚州塵土試迴首，不惜千金借與君」、「二十四橋明月夜，玉人何處教吹簫」、「春風十里揚州路，卷上珠簾總不如」、「十年一覺揚州夢，贏得青樓薄倖名」，何其善言揚州也！（余成教《石園詩話》卷二）

題揚州禪智寺①

雨過一蟬噪，飄蕭松桂秋。青苔滿階砌，白鳥故遲留。暮靄生深樹〔一〕，斜陽下小樓。誰知竹西路②，歌吹是揚州。

【校勘記】

〔一〕「靄」，原作「藹」，據夾注本、文津閣本、《全唐詩》卷五二二、馮注本改。

【注　釋】

① 禪智寺：寺廟名。在揚州城東。寺前有橋，跨舊官河。此詩《杜牧年譜》繫於開成二年（八三

七），謂「杜牧於大和七、八年間，亦曾居揚州，此詩所以斷爲本年作者，以杜牧弟顗方在禪智寺養疾，杜牧至揚州，蓋亦居此也」。詩有「雨過一蟬噪，飄蕭松桂秋」句，乃作於秋日。

② 竹西路：在揚州禪智寺前官河北岸。夾注：「《唐宋詩話》：淮南維陽有蜀岡者，揚州之北岡也，或曰勢連蜀土。岡之南有竹西亭，修竹踈翠，後即禪智寺也。」馮注：「《輿地紀勝》：揚州竹西亭在北門外五里。《名勝志》：《寶祐志》云：竹西亭在禪智寺前河北岸，取杜牧詩語也。」

【集　評】

【竹西亭】淮南蜀江者，維揚之地也。或曰，勢連蜀土，或以産茶味如蜀茶云。自蜀江之南，有竹西亭，修竹踈翠，後即禪智寺也。竹西取杜牧之詩：「斜陽竹西路，歌吹是揚州。」自蜀江以南，景氣頓異，北風至此遂絶。（李頎《古今詩話》）

盈盈澹致。（鄭郲評本詩）

杜司勳詩：「誰家唱《水調》，明月滿揚州」、「誰知竹西路，歌吹是揚州」、「揚州塵土試回首，不惜千金借與君」、「二十四橋明月夜，玉人何處教吹簫」、「春風十里揚州路，卷上珠簾總不如」、「十年一覺揚州夢，贏得青樓薄倖名」，何其善言揚州也！（余成教《石園詩話》卷二）

西江懷古①

上吞巴漢控瀟湘②，怒似連山淨鏡光〔一〕。魏帝縫囊真戲劇③，苻堅投箠更荒唐④。千秋釣舸歌明月〔二〕，萬里沙鷗弄夕陽。范蠡清塵何寂寞⑤，好風唯屬往來商。

【校勘記】

〔一〕「淨」，《文苑英華》卷三八〇作「静」，馮注本校：「一作静。」

〔二〕「舸」，《文苑英華》卷三八〇作「艇」，下校：「集作舸。」馮注本校：「一作艇。」

【注　釋】

① 此詩據吴在慶《唐若干「西江」詩考論》（《福建師範大學學报》二〇一八年第一期）所考，乃作於開成四年（八三九）春，時杜牧於和州泝江西上。西江：馮注：「注家以爲楚人指蜀江爲西江，以從西而下也。」按，馮注誤。此詩之西江乃指長江中下游。

② 瀟湘：見《早春寄岳州李使君李善棋愛酒情地閑雅》詩注②。

③魏帝縫囊句：戲劇，猶言開玩笑。三國時，步騭曾上表孫權，謂曾聞魏帝將盛沙於布囊，以塞斷江水，進攻荆州，望有所防備。後吕範、諸葛恪聞之，不免失笑，云：「此江與開闢俱生，寧有可以沙囊塞理也！」事見《三國志》卷五二《步騭傳》注引《吴録》。

④苻堅投箠句：前秦苻堅率師攻東晉，爲長江所阻，曾向群臣自誇「以吾之衆旅，投鞭於江，足斷其流」。事見《晉書》卷一一三《苻堅載記下》。

⑤范蠡清塵句：范蠡助越王勾踐滅吴後，乘扁舟，浮於江湖，變名易姓，自稱鴟夷子皮。事見《史記》卷一二九《貨殖列傳》。又傳説西施於吴亡後隨范蠡乘扁舟泛於五湖。清塵，本爲對人之敬稱，此指范蠡辭官隱逸之舉。寂寞，此指無人效仿范蠡之舉。

【集評】

《西江懷古》：題是《西江懷古》，讀詩者遂謂魏帝、苻堅、范蠡，皆所懷之人也。殊不知先生此篇，前四句寫西江，後四句寫懷古。吞漢控楚，是寫西江形勢之扼要；連山鏡光，是寫西江風濤之不測，魏帝、苻堅，是寫西江當時絶好英雄。向者如此，據流設險，總是戲劇荒唐。竪看千秋，横觀萬里，惟此漁歌明月、鷗弄夕陽常存江上。因歎世上事，畢竟認不得真，做不得了，不如范蠡之扁舟五湖，悠然世外，所蓋實多耳。或云魏帝、苻堅，畢竟同在所懷之中，不知可懷之人必是可師之人，安有既已懷

之而又譏其戲劇荒唐，必無是理也。（朱三錫《東喦草堂評訂唐詩鼓吹》卷六）

杜長律亦極有佳句，如「深秋簾幕千家雨，落日樓臺一笛風」、「蒲根水暖雁初浴，梅徑香寒蜂未知」、「千里暮山重疊翠，一溪寒水淺深清」，又「江碧柳青人盡醉，一瓢顔巷日空高」，俱灑落可誦。至《西江懷古》「千秋釣艇歌明月，萬里沙鷗弄夕陽」，尤有江天浩蕩之景。（賀裳《載酒園詩話又編·杜牧》）

【西江懷古】注家謂「楚人指蜀江爲西江，謂從西而下也」。國藩按：詩中「魏帝」、「苻堅」等語，殊不似指蜀中者。六朝隋唐皆以金陵爲江東，歷陽爲江西，厥後豫章郡奪江西之名，而歷陽等處不甚稱江西矣。此西江或指歷陽、烏江言之。（曾國藩《求闕齋讀書録》卷九）

江南懷古①

車書混一業無窮②，井邑山川今古同③。戊辰年向金陵過，惆悵閑吟憶庾公④。

【注　釋】

①《杜牧年譜》於大中二年謂「詩有『戊辰年向金陵過』句，故知爲本年作，蓋自睦州入京，道出金陵也」。今即據此訂本詩於大中二年（八四八）。

②車書混一：車同軌，書同文，指國家統一。馮注：「《周書·庾信傳》：混一車書，無救平陽之禍。」

③井邑：人口聚居之地。古代以八家爲一井。邑，小城市。

④戊辰年二句：戊辰年，指唐宣宗大中二年。庾公，即庾信，字子山。傳見《周書》卷四一、《北史》卷八三。庾信初仕梁，太清二年戊辰，侯景之亂時出奔江陵。梁元帝時出使西魏，梁亡，被迫留西魏。後又仕北周，常有鄉關之思，曾作《哀江南賦》以抒懷鄉國之情，其序中有「粤以戊辰之年，建亥之月，大盜移國，金陵瓦解」之句。夾注：「按，本集宣宗大中二年戊辰，公爲睦州刺史時。」

江南春絶句

千里鶯啼緑映紅〔一〕，水村山郭酒旗風。南朝四百八十寺①，多少樓臺煙雨中。

【校勘記】

〔一〕「千」，馮注本校：「一作十。」

【注　釋】

①南朝句：南朝，指宋、齊、梁、陳四朝。其君王崇佛，尤以梁武帝蕭衍爲甚，故其時所建佛寺頗多。《南史・郭祖深傳》：「都下佛寺，五百餘所，窮極宏麗。僧尼十餘萬，資産豐沃。」

【集　評】

杜牧詩云「南朝四百八十寺，多少樓臺煙雨中。」帝王所都，而四百八十寺，當時已爲多，而詩人侈其樓臺閣殿焉。近世二浙、福建諸州，寺院至千區，福州千八百區。秔稻桑麻，連亘阡陌，而遊惰之民，竄籍其間者十九。非爲落髮修行也，避差役爲私計耳。以故居積貨財，貪毒酒色，鬬毆爭訟，公然爲之，而其弊未有過而問者。有識之士，每歎息于此。（張表臣《珊瑚鉤詩話》卷二）

《江南春》：觀本集，此詩蓋杜牧之赴宣州時，紀道中所見。（釋圓至《唐三體詩》卷一）

《江南春》：若將此詩畫作錦屏，恐十二扇鋪排不盡。（黄周星《唐詩快》卷十六）

《江南春》：首句用邱記室書，那得止賦所見，綴以「煙雨」二字，便是春景，古人工夫細密。（何焯《唐三體詩》卷一）

「千里鶯啼緑映紅，山村水郭酒旗風。南朝四百八十寺，多少樓臺煙雨中」。此杜牧《江南春》詩也。升菴謂：「『千』應作『十』，蓋千里已聽不著看不見矣，何所云：『鶯啼緑映紅』邪？」余謂即「十里」，亦未必盡聽得著，看得見。題云《江南春》，江南方廣千里，千里之中，鶯啼而緑映焉；水村山郭，無處無酒旗；四百八十寺，樓臺多在煙雨中也。此詩之意既廣，不得專指一處，故總而命曰「江南春」。詩家善立題者也。（何文焕《歷代詩話考索》）

夢得、牧之喜用數目字。夢得詩：「大艑高帆一百尺，新聲促柱十三弦」、「千門萬户垂楊裏」、「春城三百九十橋」；牧之詩：「漢宫一百四十五」、「南朝四百八十寺」、「二十四橋明月夜」、「故鄉七十五長亭」，此類不可枚舉，亦詩中之算博士也。（陸鎣《問花樓詩話》卷一）

將赴宣州留題揚州禪智寺①

故里溪頭松柏雙，來時盡日倚松窗。杜陵隋苑已絶國②，秋晚南遊更渡江。

【注釋】

① 此詩《杜牧年譜》繫於開成二年（八三七），蓋是年秋末，杜牧離揚州赴宣州時作此詩。

② 杜陵句：杜陵，杜牧家園所在。馮注：「《太平寰宇記》：雍州萬年縣杜陵，漢縣，在今縣東十五里。《漢志》注云：古杜伯國也。」隋苑，故址在今揚州市西北。又名上林苑、西苑，隋煬帝時建。絶國，此指兩地距離極爲遥遠。江淹《别賦》：「況秦吴兮絶國。」

題宣州開元寺水閣閣下宛溪夾溪居人〔一〕①

六朝文物草連空②，天澹雲閑今古同。鳥去鳥來山色裏，人歌人哭水聲中③。深秋簾幕千家雨，落日樓臺一笛風。惆悵無因見范蠡〔二〕，參差煙樹五湖東④。

【校勘記】

〔一〕《才調集》卷四、《文苑英華》卷三一四題作《題宣州開元寺水閣》。「閣下宛溪夾溪居人」，《才調集》、文津閣本均作爲題下小注。韋莊《又玄集》卷中題作《宣州開元寺》。

〔二〕「見」，《文苑英華》卷三一三作「逢」，《全唐詩》卷五二二、馮注本校：「一作逢。」

【注　釋】

① 宛溪：發源於宣城東南嶧山，流繞城東爲宛溪。至縣東北里許，與句溪匯合。此詩《杜牧年譜》繫於開成三年（八三八），時杜牧在宣州幕。詩有「深秋簾幕千家雨，落日樓臺一笛風」句，乃作於深秋。

② 六朝：吴、東晉、宋、齊、梁、陳，均建都金陵，史稱六朝。

③ 人歌人哭句：化用《列子》「衆人且歌，衆人且哭」，與《禮記·檀弓下》：「晉獻公成室，張老曰：『美哉輪焉，美哉奂焉！ 歌於斯，哭於斯，聚國族於斯』」句意。馮注：「《拾遺記》：日南之南，有淫泉之浦，其水激石之聲，似人之歌笑。」

④ 惆悵二句：范蠡助越王勾踐滅吴後，乘扁舟，浮於江湖，變名易姓，自稱鴟夷子皮。事見《史記》卷一二九《貨殖列傳》。又傳説西施於吴亡後隨范蠡乘扁舟泛於五湖。五湖，太湖别稱。然五湖所指稱多有不同，亦有泛指太湖一帶水域者。夾注：「《通典》：五湖，在吴都、吴興、晉陵三縣。」

【集　評】

東坡嘗曰，淵明詩初看若散緩，熟讀有奇趣。如曰：「日暮巾柴車，路暗光已夕。歸人望煙火，稚子候簷隙。」又曰：「靄靄遠人村，依依墟里煙。犬吠深巷中，雞鳴桑樹顛。」才高意遠，造語精到如此。不知者疲精力至死不知悟，而俗人亦謂之佳。如曰：「一千里色中秋月，十萬軍聲半夜潮」、「蝴蝶夢中家萬里，子規枝上月三更」、「深秋簾幕千家雨，落日樓臺一笛風」，皆寒乞相。初如秀整，熟視無神氣，以字露故也。東坡則不然。如曰：「山中老宿依然在，案上楞嚴已不看」之類，更無齟齬之態，細味對甚的而字不露，此其得淵明之遺意耳。（釋惠洪《冷齋夜話》卷一）

【鏘金戛玉・雙句有聞】「羌管一聲何處曲，流鶯百囀最高枝。」「深秋簾幕千家雨，落日樓臺一笛風。」（魏慶之《詩人玉屑》卷四）

杜牧之《開元寺水閣》詩云：「六朝文物草連空，天澹雲閑今古同。鳥去鳥來山色裏，人歌人哭水聲中。深秋簾幕千家雨，落日樓臺一笛風。惆悵無因見范蠡，參差煙樹五湖東。」此上三句落脚字，皆自吞其聲，韻短調促，而無抑揚之妙。因易爲「深秋簾幕千家月，靜夜樓臺一笛風」。迺示諸歌詩者，以予爲知音否邪？（謝榛《四溟詩話》卷三）

《題宣州開元寺水閣》：「人歌人哭水聲中」，奇語鑱刻。「深秋簾幕千家雨，落日樓臺一笛風」，可想可畫。（黄周星《唐詩快》卷十二）

意境幽折。（鄭郟評本詩）

晚唐七言律，佳句……有寫景繪物入情入妙者，如「滿樓春色旁人醉，半夜雨聲前計非」、「雨暗殘燈人散後，酒醒孤館雁來初」、「詩情似到山家夜，樹色輕含御水秋」，……「鶴盤遠勢投孤嶼，蟬曳殘聲過别枝」、「仙掌月明孤影動，長門燈暗數聲來」之類是也。……有頽放縱筆生姿者，如「題詩朝憶復暮憶，見月上弦還下弦」、「黄葉黄花古時路，秋風秋雨别家人」，……「鳥去鳥來山色裏，人歌人哭水聲中」，諸如此類是也。（葉矯然《龍性堂詩話》續集）

《題宣州開元寺水閣閣下宛溪夾溪居人》：起云「六朝文物」四字，何等豪華，緊接「草連空」三字，何等衰颯。忽然而文物，忽然而荒草，古今興廢，亦復何限。二云「天澹雲閑古今同」，天也，雲也，自來無興無廢，斯真眼前一段妙理，早在寺中閣上，當前指點出來。「去」、「來」、「歌」、「哭」，再寫一；「山色」「水聲」，再寫二。五、六雖就閣前景色言之，然寫秋曰「深秋」，寫日曰「落日」，真所謂日復一日，年又一年，進退之機，宜早自決，故以思范望湖作結也。「簾幙」五字，是描寫深秋，不是寫雨。「樓臺」五字，是描寫落日，不是寫風。讀唐律者，宜細細辨之。（朱三錫《東喦草堂評訂唐詩鼓吹》卷六）

杜長律亦極有佳句，如「深秋簾幕千家雨，落日樓臺一笛風」、「蒲根水暖雁初浴，梅徑香寒蜂未知」、「千里暮山重疊翠，一溪寒水淺深清」，又「江碧柳青人盡醉，一瓢顔巷日空高」，俱灑落可誦。至《西江懷古》「千秋釣艇歌明月，萬里沙鷗弄夕陽」，尤有江天浩蕩之景。（賀裳《載酒園詩話又編·杜牧》）

《題宣州開元寺水閣》：「今古」二字已暗透後半消息。六朝不過瞬息，人生那可不乘壯盛有所建樹，然而此懷誰可語者。「風雨」二句，思同心而莫之致也。我思古人，如范蠡者，功成身退，雖爲執鞭所欣慕焉。五六正爲結句蓄勢也。寄託高遠，不是逐逐寫景，若爲題所謾，便無味矣。（何焯《唐三體詩》卷四）

杜牧之晚唐翹楚，名作頗多，而恃才縱筆亦不少。如《題宣州開元寺水閣》，直造老杜門牆，豈特人稱小杜已哉？（薛雪《一瓢詩話》第二九條）

《詩家直説》二卷，明謝榛撰，榛有《四溟集》，已著録。榛詩本足自傳，而急於求名，乃作是書以自譽，增廣多夸而無當。又多指摘唐人詩病而改定其字句，甚至稱夢見杜甫、李白登堂過訪，勉以努力齊名。今觀其書大旨，主於超悟，每以作無米粥爲言，猶嚴羽「才不關學、趣不關理」之説也。又以練字爲主，亦方回「句眼」之説也。如謂杜牧《開元寺水閣》詩：「深秋簾幙千家雨，落日樓臺一笛風」句不工，改爲「深秋簾幙千家月，靜夜樓臺一笛風」。不知前四句爲「六朝文物草連空，天澹雲閑今古同。鳥去鳥來山色裏，人歌人哭水聲中」。末二句「惆悵無因見范蠡，參差煙樹五湖東」，皆登高晚眺之景。如改「雨」爲「月」，改「落日」爲「靜夜」，則「鳥去鳥來山色裏」非夜中之景，「參差煙樹五湖東」，亦非月下所能見，而就句改句，不顧全詩，古來有是法乎？王士禎《論詩絶句》：「何因點竄澄江練，笑殺談詩謝茂榛。」固非好輕詆矣。（永瑢等《四庫全書總目提要》卷一百九十七集部詩文評類存目）

《題宣州開元寺水閣》：趙飴山極賞此詩，然亦只風調可觀耳，推之未免太過。（紀昀《瀛奎律髓刊誤》卷四「風土類」）

趙松雪嘗言作律詩用虛字殊不佳，中兩聯須填滿方好。此語雖力矯時弊，幼學者正不可不知。唐人如賈至《早朝大明宫》等作，實開其端。此外則少陵之「五更鼓角聲悲壯，三峽星河影動摇」、「錦江春色來天地，玉壘浮雲變古今」，杜樊川之「深秋簾幕千家雨，落日樓臺一笛風」，陸放翁之「樓船夜雪瓜州渡，鐵馬秋風大散關」皆是。（梁章鉅《退庵隨筆》卷二十一）

宣州送裴坦判官往舒州時牧欲赴官歸京〔一〕①

日暖泥融雪半銷，行人芳草馬聲驕〔二〕②。九華山路雲遮寺〔三〕③，青弋江村柳拂橋〔四〕④。君意如鴻高的的⑤，我心懸旆正摇摇⑥。同來不得同歸去，故國逢春一寂寥〔五〕。

【校勘記】

〔一〕「裴」，原作「斐」，據《文苑英華》卷二八〇、文津閣本、《全唐詩》卷五二二、夾注本、馮注本改。「舒州」，夾注本作「徐州」，當誤。「牧」，夾注本作「某」。

〔二〕「行人」，《文苑英華》卷二八〇、文津閣本作「人行」，《全唐詩》卷五二二、馮注本校：「一作人行。」

〔三〕「寺」，《文苑英華》卷二八〇作「岫」，下校：「集作寺。」馮注本校：「一作岫。」

〔四〕「青弋江」，「青」，原作「清」，《文苑英華》卷二八〇作「青」，下校：「集作清。」馮注本作「清」，下校：「一作青。」今據《文苑英華》改。「江村」，夾注本作「江頭」。

〔五〕「一」，馮注本下校：「一作正。」

【注　釋】

①裴坦：字知進，郡望河東聞喜。大和八年登進士第，任宣歙從事，召拜左拾遺。後累官至宰相。乾符元年卒。傳見《新唐書》卷一八二。判官，唐節度、觀察等使之僚屬。舒州，唐治所在今安徽安慶。據《杜牧年譜》，此詩作於開成四年(八三九)春，時杜牧將由宣州赴京任左補闕。

②驕：此指馬聲歡快。

③九華山：在今安徽青陽縣西南。馮注：「《太平寰宇記》：池州青陽縣九華山，在縣南二十里，舊名九子山，李白以有九峰如蓮花削成，改爲九華山。」

④青弋江：水名。在安徽境。源出石埭縣之舒溪，東北流經涇縣匯涇水爲賞溪。又東北受琴溪諸水，始爲青弋江。後流至蕪湖入長江。

⑤的的：分明貌。

⑥我心懸旆句：懸旆，猶懸旌。《戰國策·楚策一》：「寡人卧不安席，食不甘味，心摇摇如懸旌。」

【集　評】

《宣州送裴坦判官往舒州時牧欲歸京》：按杜與裴同官宣州，是時杜拜殿中侍御史内供奉歸京，裴却棄官遊舒州，故杜送之以詩也。一寫時，二寫别，三寫裴往舒州路，四自寫歸京路，五言裴去志之

甚高，六自言初歸之未定，故以不得同歸。寫別後之思耳。（朱三錫《東嵒草堂評訂唐詩鼓吹》卷六）

句溪夏日送盧霈秀才歸王屋山將欲赴舉〔一〕①

野店正紛泊②，繭蠶初引絲。行人碧溪渡，繫馬緑楊枝。苒苒跡始去，悠悠心所期③。秋山念君別，惆悵桂花時④。

【校勘記】

〔一〕「盧」，原作「廬」，據夾注本、文津閣本、《全唐詩》卷五二二、馮注本改。

【注釋】

①句溪：溪名。在宣州。馮注：「《方輿勝覽》：句溪在宣城東五里。」盧霈，字子中，范陽人。開成三年赴進士試，次年客遊代州，南歸爲盜所殺。事見杜牧《唐故范陽盧秀才墓誌》。王屋山，在今河南濟源市西北九十里與山西陽城交界處。一名天壇山，山有三重，形狀如屋，故名。此詩《杜牧年譜》繫於開成三年（八三八），蓋據《樊川文集》卷九《唐故范陽盧秀才墓誌》：「開成三年，來

京師舉進士」而定。據詩題，詩乃作於夏日。

②紛泊：夾注：左思「《蜀都賦》：羽族紛泊。《注》：紛泊，飛揚也。」

③悠悠句：夾注：「《詩》曰：悠悠我心。」

④桂花時：指秋天，蓋桂花秋天開，故謂。唐人謂登進士第爲折桂，盧霈將赴舉，故此處桂花時亦有舉進士之時節意。

【集評】

《句溪夏日送盧霈秀才歸王屋山將欲赴舉》：「野店正紛泊，繭蠶初引絲。」譚云：借事紀時，是古詩法。鍾云：澹然深情。（鍾惺譚元春《唐詩歸》卷三十三「晚唐」一）

《句溪夏日送盧霈秀才歸王屋山將欲赴舉》：于生新取光響，自有風味。此種亦不自晚唐始，中唐人盡棄古體，以箋疏尺牘爲詩，六義之流風凋喪盡矣。樊川力回古調，以起百年之衰，雖氣未盛昌，而擺脱時蹊，自正始之遺澤也。顧華玉稱其温厚，洵爲知言。拗體。（王夫之《唐詩評選》卷三）

《句溪夏日送盧霈秀才歸王屋山將欲赴舉》（杜牧）：野店正（宜平而仄）紛泊，繭蠶初（宜仄而平，第一字仄，第三字必平）引絲。（第三字救上句，亦可不救。二句律句中拗）行人碧（宜平而仄）溪（宜仄而平）渡，（拗句。第四字拗平，第三字斷斷用仄，今人不論者非）繫馬緑楊枝。（不對格而實對）苒苒跡始去，（五字俱仄，中有入聲字，妙）悠悠心（此字必平，救上句）所期。（此必不可不救，因上句第三、第四字皆當平而反仄，必以此第三字平聲救之，否則落調矣。上句仄仄平仄仄亦同）秋山念君別，（拗同第三句）惆悵桂花時。（趙執信《聲調譜》五言律詩）

自宣城赴官上京①

瀟灑江湖十過秋〔一〕②，酒杯無日不遲留〔二〕③。謝公城畔溪驚夢④，蘇小門前柳拂頭⑤。千里雲山何處好，幾人襟韻一生休⑥。塵冠挂却知閑事⑦，終把蹉跎訪舊遊。

【校勘記】

〔一〕「瀟」，原作「蕭」，據《文苑英華》卷二九四、《全唐詩》卷五二二改。

〔二〕「遲」，《全唐詩》卷五二二作「淹」。「遲留」，《文苑英華》卷二九四作「封侯」，下校：「集作遲留。」《全唐詩》卷五二二亦校：「一作封侯。」

【注　釋】

①上京：指唐都城長安。此詩《杜牧年譜》繫於開成四年（八三九），乃是年春杜牧由宣州赴長安任左補闕時作。

②十過秋：杜牧於大和二年十月始辟於沈傳師江西幕，後歷佐宣歙、淮南幕，入朝任監察御史，又入宣州幕，至開成四年已十二年。此「十過秋」乃舉其成數。

③遲留：沉溺之意。

④謝公城：即宣州。南齊詩人謝朓曾爲宣城太守，故稱。城中有謝公樓、謝公亭等古跡。溪，指句溪。馮注：「《方輿勝覽》：謝公亭在宣城縣北二里，即謝朓送范雲赴零陵之地。《元豐九域志》：宣城有句溪水。」

⑤蘇小：即南齊錢塘名妓蘇小小。此借指當地歌伎。

⑥襟韻：指人之胸懷抱負與風度氣質。

⑦塵冠句：塵冠，指世俗官職。挂冠即棄官。

【集　評】

《自宣城赴官上京》：「瀟灑」與「淹留」相反。曰「淹留」，其耽於酒杯可知。一起先下「瀟灑」二字，明明自言瀟灑中之淹留，若有意若無意。殆一片高懷逸韻，寄情詩酒中人也。傳稱杜公豪邁有奇節，不爲齷齪小謹，於此篇已見其概矣。三「謝公城外溪」，下「驚夢」二字，四「蘇小門前柳」，下「拂頭」二字，寫盡「淹留」，亦寫盡「瀟灑」。五「何處好」，言何處無雲山，得好便好。六「一生休」，言何人有襟韻，得休便休。欲掛冠即掛冠，又何宣城之不可住，又何官之必欲赴也。看他口頭眼底，無非戀戀宣城之意，却又瀟灑自得，不爲利名所羈。此等襟懷，又豈平常仕路人所易幾者耶？（朱三錫《東嵒草堂評訂唐詩鼓吹》卷六）

春末題池州弄水亭①

使君四十四②，兩佩左銅魚③。爲吏非循吏，論書讀底書〔一〕？晚花紅豔靜〔二〕，高樹緑陰初。亭宇清無比，溪山畫不如。嘉賓能嘯詠，宫妓巧妝梳。逐日愁皆碎，隨時醉有餘。偃須求五鼎④，陶秖愛吾廬⑤。趣向人皆異〔三〕，賢豪莫笑渠。

【校勘記】

〔一〕「爲吏」二句，馮注本校：「《戊籤》作『爲吏非爲吏，讀書底讀書』。」

〔二〕「静」，文津閣本作「盡」。

〔三〕「趣向」，「向」，夾注本作「尚」。馮注本下校：「《方輿勝覽》作尚。」

【注釋】

①池州：州名。唐武德四年分宣州置，治所在秋浦縣（今安徽貴池市）。弄水亭，馮注：「《一統志》：弄水亭在貴池縣南通遠門外，唐杜牧建，取李白『飲弄水中月』之句爲名。」此詩《杜牧年譜》繫於會昌六年，蓋詩有「使君四十四，兩佩左銅魚」句，是年杜牧年四十四，已任黄州、池州兩任刺史，與詩所言合。今即據此訂此詩於會昌六年（八四六）春末。

②使君：漢時稱刺史爲使君。漢以後尊稱州郡長官亦曰使君。唐州郡長官稱刺史。此處爲詩人自稱。

③兩佩句：左銅魚，銅魚符之左半。魚符爲隋唐時朝廷頒發之一種符信，雕木或鑄銅爲魚形，亦稱魚契。官吏持此以爲憑信。唐時刺史即持銅魚符。時杜牧連爲黄、池二州刺史，故云「兩佩左銅魚」。馮注：「《唐六典》：隨身魚符之制，左二右一，太子以玉，親王以金，庶官以銅，佩以爲飾，刻姓名者，棄官而納焉；不刻者，傳而佩之。」

④偃須句：偃，西漢主父偃。其熱中功名富貴，曾云：「丈夫生不五鼎食，死則五鼎烹耳。」事見《史

記》一一二本傳。

⑤ 陶秖愛句：陶，指晉陶淵明。其不願爲五斗米折腰，而退歸田園。其《讀山海經》詩云：「衆鳥欣有托，吾亦愛吾廬。」

【集評】

春晚景物説得出者，惟韋蘇州「緑陰生晝寂，孤花表春餘」，最有思致。如杜牧之「晚花紅豔静，高樹緑陰初」，亦甚工，但比韋詩無雍容氣象爾。至張文潛「草青春去後，麥秀日長時」及「新緑染成延晝永，爛紅吹盡送春歸」，亦非不佳，但刻畫見骨耳。（曾季貍《艇齋詩話》）

閑適。（鄭郲評此詩）

登池州九峰樓寄張祜〔一〕①

百感中來不自由〔二〕②，角聲孤起夕陽樓。碧山終日思無盡，芳草何年恨即休〔三〕。睫在眼前長不見〔四〕③，道非身外更何求〔五〕④。誰人得似張公子⑤，千首詩輕萬户侯⑥。

【校勘記】

〔一〕《又玄集》卷中題作《寄張祜》。「九峰樓」，馮注本校：「《鼓吹》作九華樓。」

〔二〕「感」，《又玄集》卷中作「歲」。「中來」，原作「衷來」，據《又玄集》卷中、《文苑英華》卷三一三、夾注本、《全唐詩》五二二改。《唐詩紀事》卷五六、馮注本亦作「衷來」，馮注本校：「一作中，又作哀。」

〔三〕「即」，《全唐詩》卷五二二校：「一作始。」

〔四〕「眼」，《唐詩紀事》卷五六作「目」。「長」，《唐詩紀事》卷五六作「人」。

〔五〕「道非」，《唐詩紀事》卷五二作「道超」。「更」，《文苑英華》卷三一三作「欲」，下校：「集作更。」《全唐詩》卷五二二、馮注本校：「一作欲。」

【注　釋】

① 九峰樓：在池州東南，即今安徽貴池市城内。杜牧《唐故處州刺史李君墓誌銘并序》云：「城東南隅樹九峰樓，見數千里。」亦稱九華樓。《輿地紀勝》卷二二池州：九華樓「《池陽記》：即子城東門樓」。《清一統志·池州府二》：九華樓「在貴池縣九華門上，唐建。……唐杜牧有《九華樓寄張祜》詩」。張祜，一作張祐，誤。祜字承吉，排行第三。郡望清河（今屬河北），一云南陽（今屬河南）人。生於蘇州（今屬江蘇）。終生未仕，寓居丹陽，爲處士，大中中卒。生平見《唐詩紀事》

卷五二、《唐才子傳》卷六。此詩《杜牧年譜》繫於會昌五年（八四五），蓋是年杜牧爲池州刺史，秋九月重陽節與張祜同登齊山，分别後所作。

②中來：夾注：「魏武帝《短歌行》：憂從中來，不可斷絶。《注》：中，謂中心也。」

③睫在句：睫，睫毛。《史記・越王勾踐世家》載，春秋時，齊國使者謂越王云：「幸也越之不亡也！吾不貴其用智之如目，見豪毛而不見其睫也。」意爲只看見别人之過失，而看不見自己之缺點。此乃針對白居易而言。《雲溪友議》卷中載，白居易任杭州刺史時，張祜與徐凝均至杭州取解，白居易試以詩，而後首薦徐凝。張祜不服，「行歌而邁，凝亦鼓枻而歸。二生終身偃仰，不隨鄉賦」。後杜牧「守秋浦，與張生爲詩酒之交，酷吟祜宫詞，亦知錢塘之歲，自有非之之論，懷不平之色，爲詩二首以高。則曰：『誰人得似張公子，千首詩輕萬户侯。』又云：『如何故國三千里，虚唱歌詞滿六宫。』」《唐詩紀事》卷五二張祜條亦略記此事，謂杜牧「亦知樂天有非之之論，乃爲詩曰：『睫在眼前人不見，道超身外更何求？誰人得似張公子，千首詩輕萬户侯。』」

④道非身外句：馮注：「《管子》：身外事謹，則聽其名。《孟子・注》：爵禄須知己，知己者在外，非身所專，是以云求，無益於得也，求在外者也。」

⑤張公子：此指張祜。

⑥萬户侯：此泛指官爵顯赫者。《漢書・張良傳》：「良乃稱曰：『家世相韓，及韓滅，不愛萬金之

資，爲韓報仇彊秦，天下震動。今以三寸舌爲帝者師，封萬户，位列侯，此布衣之極，於良足矣。』」

【集　評】

《舟中夜賦》：千里風塵季子裘，五湖煙浪志和舟。燈殘復吐惱孤夢，雨落還收生旅愁。城上霜笳入霄漢，煙中漁火耿汀洲。牧之未極詩人趣，但謂能輕萬户侯。（陸游《劍南詩稿》卷六十）

【穩步康莊・平易】「睫在眼前長不見，道非身外更何求。」「無可奈何花落去，似曾相識燕歸來。」（魏慶之《詩人玉屑》卷三）

《登池州九華峰寄張祜》：入手劈將有感於中不自由作起，真有一段登高望遠，觸景興懷，情不自已之況。樓曰「夕陽」，聲曰「孤起」，則所感愈不堪言矣。三、四皆寫「不自由」也。人生眼前之物猶未之見，而身外之事偏多所求，利名碌碌終無已時。此皆從煩惱中求生活也。孰有忘名修道，雅情高致如張公子者乎？後四句皆寫寄張祜也。（朱三錫《東喦草堂評訂唐詩鼓吹》卷六）

《登池州九華峰寄張祜》：生不能封萬户侯，僅有詩千首，自通於後。我亦猶張之寂也。故曰不見其睫。（何焯《評注唐詩鼓吹》卷六）

齊安郡晚秋①

柳岸風來影漸疎，使君家似野人居。雲容水態還堪賞，嘯志歌懷亦自如。雨暗殘燈棋欲散〔一〕，酒醒孤枕雁來初。可憐赤壁爭雄渡②，唯有蓑翁坐釣魚。

【校勘記】

〔一〕「欲散」，文津閣本、《全唐詩》卷五二二作「散後」，《全唐詩》下校：「一作欲散。」

【注釋】

① 齊安郡：即黄州，治所在今湖北黄岡。夾注：「《十道志》：齊安，荆州之域，楚地。隋開皇三年以齊安爲黄州。」馮注：「《通典》：齊安郡黄州，理黄岡縣。」詩乃杜牧任黄州刺史時作，惟未知确年，故《杜牧年譜》姑附於会昌四年。杜牧會昌二年春至四年秋在黄州任，而詩乃作於秋日，故此詩之作年乃在會昌二年至四年（八四二—八四四）秋。

② 可憐句：赤壁，此指黄州黄岡之赤鼻磯。夾注：「李白詩曰：赤壁爭雄如夢裏。」按，此句指三國

時赤壁之戰事。

【集評】

《宣和畫譜》載李公麟作畫以立意爲先，布置緣飾爲次，蓋深得杜甫作詩體制。甫作《茅屋爲秋風所拔歎》，雖衣破屋漏非所恤，而欲大庇天下寒士俱歡顏。公麟作《陽關圖》，以別離慘恨爲人之常情，而設釣者於水濱，忘形塊坐，哀樂不關於其意。其他種種類此。予侄婿張子敬云：公麟此筆，當取杜牧《齊安郡晚秋》詩意。蓋其詩末句云：「可憐赤壁爭雄渡，惟有蓑翁坐釣魚。」此論甚好。（李治《敬齋古今黈》卷六）

晚唐七言律，佳句……有寫景繪物入情入妙者，如「滿樓春色旁人醉，半夜雨聲前計非」、「雨暗殘燈人散後，酒醒孤館雁來初」，……「灘頭鷺占清波立，原上人傍返照耕」、「鶴盤遠勢投孤嶼，蟬曳殘聲過別枝」、「仙掌月明孤影動，長門燈暗數聲來」之類是也。……有頹放縱筆生姿者，如「題詩朝憶復暮憶，見月上弦還下弦」、「黄葉黄花古時路，秋風秋雨別家人」，……「鳥去鳥來山色裏，人歌人哭水聲中」，諸如此類是也。（葉矯然《龍性堂詩話》續集）

《齊安郡晚秋》：題是《齊安郡晚秋》耳，忽寫及一使君，何故？意使君高牙大纛，尊居顯位，而風流瀟灑，絶無矜張之氣者，言同一使君之居也。當三春盛時，柳濃風暖，極其絢麗，曾幾何時，而風高柳疎，極其蕭索。凡世間，一切成大名、顯當世，實與彼草木同腐，可歎也。三承一來，言雖景物蕭疎，而雲容水態猶可共玩，故曰「還堪」也。四承一來，言惟居似野人，而嘯志歌懷猶然自得，故曰「亦自」也。五、六實寫晚秋二字，於此十四字中，忽地悟出七之「可憐」二字。前此「赤壁爭雄」，今日「簑翁坐釣」，正與通篇文字照應。（朱三錫《東嵒草堂評訂唐詩鼓吹》卷六）

九日齊山登高〔一〕①

江涵秋影雁初飛，與客攜壺上翠微②。塵世難逢開口笑③，菊花須插滿頭歸④。但將酩酊酬佳節⑤，不用登臨恨落暉〔二〕。古往今來只如此，牛山何必獨霑衣〔三〕⑥。

【校勘記】

〔一〕《才調集》卷四題作《九日登高》。《全唐詩》卷五二二題作《九日齊安登高》，在「齊安」下校：「一作齊山。」

〔二〕「恨」，《才調集》卷四、《全唐詩》卷五二二作「歎」，《全唐詩》校：「一作恨。」馮注本於「恨」下校：「一作怨，又一作歎。」

〔三〕「獨」，文津閣本作「淚」。《全唐詩》卷五二二亦作「淚」，下校：「一作獨。」馮注本校：「一作淚。」

【注釋】

①齊山：山名。在安徽貴池東南。馮注：「《太平寰宇記》：池州貴池縣齊山，在縣東南六里。《四庫全書總目》：齊山有十餘峰，以其正相齊等，故曰齊山。」此詩《杜牧年譜》繫於會昌五年，時杜牧任池州刺史。是年秋，詩人張祜來池州，兩人同遊齊山，故有是作。魏泰《臨漢隱居詩話》即記：「池州齊山石壁有刺史杜牧、處士張祜題名。」今即據此訂本詩於會昌五年（八四五）九月。

②翠微：輕淡青葱之山色。《文選》左思《蜀都賦》：「鬱葐蒕以翠微，崛巍巍以峩峩。」《注》：「翠微，山氣之輕縹也。」此處指齊山。

③塵世難逢句：《莊子·盜蹠》：「人上壽百歲，中壽八十，下壽六十，除病瘦死喪憂患，其中開口而笑者，一月之中不過四五日而已。」

④菊花須插句：古人有九月九日採菊插花习俗。馮注：「崔實《月令》：九月九日，可采菊花。《續神仙傳》：許碏插花滿頭，把花作舞，上酒家樓醉歌。」

⑤但將句：酩酊，大醉貌。蕭統《陶淵明傳》：「嘗九月九日出宅邊菊叢中坐，久之，滿手把菊。忽值（王）弘送酒至，即便就酌，醉而歸。」

⑥牛山句：牛山，在今山東淄博市東。馮注：「《元和郡縣志》：青州臨淄縣牛山，在縣南二十五里。」《晏子春秋》卷一《内篇·諫上》載「景公遊於牛山，北臨其國城而流涕曰：『若何滂滂去此

而死乎！』艾孔、梁丘據皆從而泣。晏子獨笑於旁，公刷涕而顧晏子曰：『寡人今日遊悲……子之獨笑，何也？』晏子對曰：『使賢者常守之，則太公、桓公將常守之矣；使勇者常守之，則莊公、靈公將常守之矣。數君者將守之，則吾君安得此位而立焉？以其迭處之，迭去之，至於君也，而獨爲之流涕，是不仁也。不仁之君見一，諂諛之臣見二，此臣之所以獨竊笑也。』」

【集　評】

《次韻和吴仲庶池州齊山畫圖》：省中何忽有崔嵬，六幅生綃坐上開。指點便知巖穴處，登臨新作使君來。雅懷重向丹青得，勝勢兼隨翰墨回。更想杜郎詩在眼，一江春雪下離堆。（王安石《臨川先生文集》卷十九）

《和王微之秋浦望齊山感李太白杜牧之》：齊山置酒菊花開，秋浦聞猿江上哀。此地流傳空筆墨，昔人埋没已蒿萊。平生志業無高論，末世篇章有逸才。尚得使君驅五馬，與尋陳跡久徘徊。（王安石《臨川先生文集》卷十九）

杜牧之《九日齊山登高》詩落句云：「牛山何必淚霑衣。」蓋用齊景公遊於牛山，臨其國流涕事，泛言古今共盡，登臨之際，不必感歎耳，非九日故實也。後人因此，乃於詩或詞，遂以牛山作九日事用之，亦猶牧之用顔延年「一麾出守」爲旌麾之麾，皆失於不精審之故也。（朱弁《風月堂詩話》卷下）

苕溪漁隱曰：杜牧之《九日齊安登高》云：「江涵秋影雁初飛，與客攜壺上翠微。」又有詩云：

「煙深隋家寺，殷葉暗相照。獨佩一壺遊，秋毫泰山小。」東坡用其語作詩云：「明日南山春色動，不知誰佩紫微壺。」以牧之曾作中書舍人，故言紫微壺。又牧之詩：「何如釣船雨，篷底卧秋江。」又《憶齊安郡》云：「平生睡足處，雲夢澤南州。一夜風欺竹，連江雨送秋。」東坡用其語作詩云：「客睡不妨船背雨。」又云：「平生睡足連江雨，盡日舟横拍岸風。」（胡仔《苕溪漁隱叢話後集》卷三十東坡五）

《次韻施德初遊齊山》：詩塵誰復數齊梁，小杜文章楚大邦。曾爲黄花酬九日，至今陳跡擅三江。新亭高下依喬木，遠岫參差進曲牕。著屐與君時茗飲，後車何必酒盈缸。（洪适《盤洲文集》卷四）

《宿池州齊山寺即杜牧之九日登高處》：我來秋浦正逢秋，夢裏曾來似舊遊。風月不供詩酒債，江山長管古今愁。謫仙狂飲顛吟寺，小杜倡情冶思樓。問著州民渾不識，齊山依舊俯寒流。（楊萬里《誠齋集》卷三十三）

《登高》云：「無邊落木蕭蕭下，不盡長江滚滚來。萬里悲秋常作客，百年多病獨登臺。」此二聯不用故事，自然高妙，在樊川《齊山九日》七言之上。（劉克莊《後村詩話》新集卷二）

【唐人句法・首用虛字】「但將酩酊酬佳節，不用登臨怨落暉。」杜牧《九日》。（魏慶之《詩人玉屑》卷三）

《九日齊山》：《列子》云：「齊景公遊于牛山，北臨其國城而流涕曰：『美哉國乎，若何滴滴去此國而死乎？使古無死者，寡人將去斯而何之？』史孔、梁丘據從之泣。晏子獨笑於傍曰：『吾君方將被蓑笠而立乎畎畝之中，惟事之恤，何暇念死乎？』景公慚焉。」（蔡正孫《詩林廣記》前集卷六杜牧之）

《齊山》：此以「塵世」對「菊花」，開闔抑揚，殊無斧鑿痕，又變體之俊者。後人得其法，則詩如禪家散聖矣。（方回《瀛奎律髓》卷二十六變體類）

崔曙「漢文皇帝有高臺，此日登臨曙色開」，老杜「野老籬前江岸回，柴門不正逐江開」、「白帝城中雲出門，白帝城下雨翻盆」、「青娥皓齒在樓船，横笛短簫悲遠天」、「霜黄碧梧白鶴樓，城上擊柝復烏啼」，岑參「滿樹枇杷冬著花，老僧相見具袈裟」，李頎「新加大邑綬仍黄，近與單車去洛陽」，劉長卿「若爲天畔獨歸秦，對水看山欲暮春」，郎士元「石林精舍虎溪東，夜扣禪扉謁遠公」，杜牧「江涵秋影雁初飛，與客攜壺上翠微」，雖意稍疏野，亦自一種風致。（胡應麟《詩藪》内編卷五近體中七言）

【江山秋思圖】余與平原程黄門，以使事過江南，一日閣輿道上，陂陀回複，峰巒孤秀，下有平湖，碧澄萬頃，湖之外，長江吞山，征帆點點，與鳥俱没。黄門曰：「此何山也？」余曰：「其齊山乎。」蓋以「江涵秋影」句測之，果然。（董其昌《畫禪室隨筆》卷二題自畫）

杜牧之「江涵秋影」，截首四句，乃中唐佳什，衍爲八句便齊氣：「古往今來」，竟成何語？（毛先舒《詩辯坻》卷三）

《九日齊山登高》：起賦景，次寫事，下六句皆議論，另一氣局，格亦俊朗鬆靈。然如第七句，不可法，粗率無味。五六言速爲飲酒，勿於登臨之際，而歎日之易落也。《莊子》：人生上壽百歲，中壽八十，下壽六十，病瘦死喪憂患，其中開口而笑者，一月之中不過四五日而已。按少陵詩云：「故里樊川菊，登高素滻源。他時一笑後，今日幾人存。」今此三四蓋全取其意歟！《列子》：齊景公遊於牛山，北臨其國城，而流涕曰：美哉國乎！鬱鬱芊芊，若何滴去此國而死乎？使古無死者，寡人將去斯而何之？史孔、梁丘據從之泣。晏子獨笑，公問之，對曰：使賢者常守之，則太公、桓公將常守之矣；使勇者守之，則莊公、靈公常守之矣。數君守之，吾君方被蓑笠而立於畎畝之中。惟事之恤，何暇念死乎？（胡以梅《唐詩貫珠箋》卷五十一）

《九日齊山登高》：發端却暗藏一「怨」字。此句（指頷聯）妙在不實接登高，撇開「怨」字。後半都一氣貫注。（何焯《唐三體詩》卷三）

《九日齊山登高》：起句極妙。「江涵秋景」，俯有所思也，「新雁初飛」，仰有所見也，此七字中已具無限神理，無限感慨。提壺登高，正所謂及時行樂也。三、四即承此意。五、六又總承三、四而言，甚有曠觀古今，隨在自得之趣。「只如此」三字，又總承五、六意也。（朱三錫《東喦草堂評訂唐詩鼓吹》卷六）

《九日齊山登高》：末二句影切齊山，非泛然下筆。（沈德潛《唐詩别裁集》卷十五）

《齊山》：前四句自好，後四句却似樂天。不用「何必」字，與意並複，尤爲礙格。（紀昀《瀛奎律髓刊誤》卷二十六變體類）

【簪花】今俗惟婦女簪花，古人則無有不簪花者，其見於詩歌，如王昌齡「茱萸插鬢花宜壽」，戴叔倫「醉插茱萸來未盡」，杜牧之「菊花須插滿頭歸」，邵康節「頭上花姿照酒卮」，梅聖俞《謝通判太博惠庭花》詩：「欲插爲之醉，但慙髮星星」，東坡《吉祥寺賞牡丹》詩：「年老簪花不自羞，花應羞上老人頭」，又《在李鈐轄坐上分題戴花》詩云：「頭上花枝奈老何」，穆清叔：「共飲梨花下，梨花插滿頭」，黄山谷詞：「花向老人頭上笑羞羞，人不羞花花自羞」，陸放翁詩：「兒童共道先生醉，折得黄花插滿頭」之類，不一而足。（趙翼《陔餘叢考》卷三十一）

七律發端倍難於五言，如……杜牧之之「江涵秋影雁初飛，與客攜壺上翠微」之清超，温飛卿之「澹然空水共斜暉，曲島蒼茫接翠微」之蒼秀，元微之之「鳳有高梧鶴有松，偶來江外寄行蹤」之鬆爽，尚可備脱胎换骨之用。然但宜師其勢，不當倣其意。（王壽昌《小清華園詩談》卷下）

晚唐於詩非勝境，不可一味鑽仰，亦不得一概抹殺。予嘗就其五七律名句，摘取數十聯，剖爲三等，俾家塾後生，知所擇焉。……上者風力鬱盤，次者情思曲摯，又次者則筋骨盡露矣。以此法更衡七律，如「江涵秋影雁初飛，與客攜壺上翠微」、「玉帳牙旗得上游，安危須共主君憂」、「永憶江湖歸白髮，欲回天地入扁舟」、「半夜秋風江色動，滿山寒葉雨聲來」，七言之上也。（潘德輿《養一齋詩話》卷四）

池州春送前進士蒯希逸〔一〕①

芳草復芳草，斷腸還斷腸〔二〕。自然堪下淚，何必更殘陽。楚岸千萬里，燕鴻三兩行。有家歸不得〔三〕，況舉別君觴。

【校勘記】

〔一〕《才調集》題作《池州春日送人》。

〔二〕「還」，馮注本作「復」，下校：「一作還。」

〔三〕「不」，《才調集》卷四、《文苑英華》卷二八〇作「未」。《全唐詩》卷五二二、馮注本校：「一作未。」

【注　釋】

① 前進士：唐人對已登進士第者之稱呼。蒯希逸，字大隱。池州一帶人。會昌三年登進士第。生平見《唐摭言》卷三及卷一〇、《唐詩紀事》卷五五、《登科記考》卷二二。此詩《杜牧年譜》以其作於池州而難定確年，姑附於會昌六年（八四六）。杜牧會昌四年秋至六年秋均在池州刺史任，而詩作於春日，故其作年當在會昌五或六年（八四五、八四六）春。

【集　評】

《池州春送前進士蒯希逸》：四語（指前四句）竟是極妙絶句。（黄周星《唐詩快》卷十）

齊安郡中偶題二首①

其一

兩竿落日溪橋上②，半縷輕煙柳影中。多少緑荷相倚恨，一時迴首背西風。

【注釋】

①此詩作於齊安郡，亦即黄州，然未知確年，故《杜牧年譜》附於杜牧任黄州刺史之最後一年，即會昌四年。按，杜牧會昌二年至四年（八四二—八四四）秋間在黄州刺史任，故此二詩即作於此期間之秋日。

②兩竿落日：落日僅有兩竹竿高。

其二

秋聲無不攪離心①，夢澤蒹葭楚雨深〔一〕②。自滴階前大梧葉〔二〕，干君何事動哀吟〔三〕？

【校勘記】

〔一〕「兼」，原作「兼」，據夾注本、文津閣本、《全唐詩》卷五二二、馮注本改。

〔二〕「大梧葉」，文津閣本作「木桐葉」。

〔三〕「干君」，文津閣本作「於君」。

【注　釋】

① 攪離心：攪動著離別家園之情。

② 夢澤：即雲夢澤。古楚國大澤。雲、夢本爲兩澤，後併爲一澤。先秦、兩漢所稱雲夢澤，大致包括今湖南益陽、湘陰以北，湖北江陵、安陸以南，武漢市以西地區。此指黄州附近之湖澤。黄州古爲楚地。蒹葭，蘆葦之屬。

【集　評】

【干人】《丹浦款言》云：杜詩「千人何事網羅求」，當作「干人」。杜牧之詩：「自滴階前大梧葉，干君何事動哀吟？」按此説，則南唐元宗戲馮延巳云：「吹皺一池春水，干卿何事？」語固有本。（王士禎《池北偶談》卷十三「談藝」三）

蕭疏。（鄭郲評本詩）

樊川真色真韻，殆欲吞吐中晚千萬篇，正亦何必效杜哉！小杜詩「自滴堦前大梧葉，干君何事動哀吟」，亦在南唐「吹皺一池春水」語之前，可證杜《黑白鷹》語。（翁方綱《石洲詩話》卷二）

齊安郡後池絶句①

菱透浮萍緑錦池②，夏鶯千囀弄薔薇〔一〕。盡日無人看微雨，鴛鴦相對浴紅衣。

【校勘記】

〔一〕「囀」，原作「轉」，據夾注本、文津閣本、《全唐詩》卷五二二、馮注本改。

【注釋】

① 此詩作於齊安郡，亦即黄州，然未知確年，故《杜牧年譜》附於杜牧任黄州刺史之最後一年，即會昌四年。按，杜牧會昌二年至四年（八四二—八四四）秋間在池州刺史任，故此詩即作於此期間之夏日。

② 菱透浮萍句：馮注：「魏文帝詩：汎汎緑池，中有浮萍。」

題齊安城樓①

嗚軋江樓角一聲〔一〕，微陽瀲瀲落寒汀。不用憑欄苦迴首，故鄉七十五長亭②。

【校勘記】

〔一〕「嗚軋」，夾注本、馮注本作「嗚軋」。《全唐詩》卷五二三作「嗚咽」，「咽」字下校：「一作軋。」

【注　釋】

① 此詩作於齊安郡，亦即黄州，然未知確年，故《杜牧年譜》附於杜牧任黄州刺史之最後一年，即會昌四年。按，杜牧會昌二年至四年（八四二—八四四）秋間在池州刺史任，故此詩即作於此期間。

② 長亭：路邊供行人休息之亭子。此指驛站。古時三十里置一驛，有驛亭。杜牧家鄉長安距黄州二千二百二十五里，約有七十五個驛站。李白《淮陽抒懷》：「沙灘至梁苑，七十五長亭。」

【集評】

古今詩人多以記境熟語，或相類。鮑明遠云：「昔如韝上鷹，今似檻中猿。」杜子美云：「昔如縱壑魚，今如喪家狗。」王荆公云：「昔如下繫三鶻拳，今如倒曳九牛尾。」李太白云：「沙墩至梁苑，二十五長亭。」杜牧之云：「故鄉七十五長亭。」……諸名下之士，豈相剽竊者邪。（邵博《邵氏聞見後録》卷十八）

【故鄉七十五長亭】杜牧之《齊安城樓》詩：「嗚咽江樓角一聲，微陽瀲瀲落寒汀。不用憑欄苦回首，故鄉七十五長亭。」蓋用李太白《淮陰書懷》詩：「沙墩至梁苑，七十五長亭。」（吴曾《能改齋漫録》卷八）

《復齋漫録》云：「牧之《齊安城樓》詩：『嗚咽江樓角一聲，微陽瀲瀲落寒汀。不用憑欄苦回首，故鄉七十五長亭。』蓋用李太白《淮陰書懷》詩：『沙墩至梁苑，二十五長亭。』」苕溪漁隱曰：「魯直《竹枝詞》：『鬼門關外莫言遠，五十三驛是皇州。』皆相沿襲也。」（胡仔《苕溪漁隱叢話後集》卷十五「杜牧之」）

《題齊安城樓》：一本路程圖。（黄周星《唐詩快》卷十六）

問：「詩中用古人及數目，病其過多。若偶一用之，亦謂之點鬼簿、算博士耶？」答：「唐詩如『故鄉七十五長亭』、『紅闌四百九十橋』皆妙，雖算博士何妨！但勿呆相耳。所云點鬼簿，亦忌堆垛。高人驅使，自不覺耳。」（王士禛《師友詩傳續録》）

夢得、牧之喜用數目字。夢得詩：「大艑高帆一百尺，新聲促柱十三弦」、「千門萬户垂楊裏」、「春城三百九十橋」；牧之詩：「漢宫一百四十五」、「南朝四百八十寺」、「二十四橋明月夜」、「故鄉七十五長亭」，此類不可枚舉，亦詩中之算博士也。（陸鎣《問花樓詩話》卷一）

池州李使君没後十一日處州新命始到後見歸妓感而成詩〔一〕①

縉雲新命詔初行〔二〕②，纔是孤魂壽器成〔三〕③。黄壤不知新雨露④，粉書空换舊銘旌〔四〕⑤。巨卿哭處雲空斷〔五〕⑥，阿鶩歸來月正明⑦。多少四年遺愛事⑧，鄉閭生子李爲名⑨。

【校勘記】

〔一〕《又玄集》卷中題作《哭處州李員外》。《文苑英華》卷三〇四題作《哭李員外》，下校：「集作《哭池州李使君》。」

〔二〕「初」，《文苑英華》卷三〇四、馮注本校：「一作書。」

〔三〕「纔」，《文苑英華》卷三〇四、馮注本校：「一作政。」「壽器」，《又玄集》卷中作「受器」，《文苑英華》作「受氣」，下校：「一作壽氣。」《全唐詩》卷五二二校：「一作受氣，一作壽氣。」馮注本校：「一云受氣。」

〔四〕「空」，《文苑英華》卷三〇四、《全唐詩》卷五二二校：「一作唯。」

〔五〕「雲空」，《又玄集》卷四作「魂初」，《文苑英華》卷三〇四校：「一作魂初。」夾注本於「雲」下校：「一作魂。」

【注　釋】

①李使君：李方玄，字景業，荆州石首人。進士及第，任江西幕判官、池州刺史，有善政。罷池州，任處州刺史，未及到任，會昌五年卒於宣城客舍。傳見《新唐書》卷一六二。事跡又見杜牧《唐故處州刺史李君墓誌銘并序》。據《唐故處州刺史李君墓誌銘并序》：李方玄「會昌五年四月某日，卒于宣城客舍」，而詩作於此後不久，則當作於會昌五年（八四五）。

②縉雲：郡名，即處州。唐治所在今浙江麗水。

③壽器：棺木。

④雨露：喻帝王恩澤。新雨露，此指處州新命。

⑤粉書句：銘旌，靈柩前之旗幡。上以粉書死者姓名、官銜。馮注：「《通典》：銘旌以絳，廣充幅，三品以上，長九尺，五品以上，長八尺，六品以下七尺，皆書某官封姓名之柩。」

⑥巨卿哭處句：巨卿，東漢范式字。范式與張劭爲友，張劭卒後，范式夢見張劭呼喊：「巨卿，吾以某日死！」醒後趕往張劭家時，靈柩已至墓穴而不肯進，「遂停柩移時，及見有素車白馬，號哭而來。其母望之曰：『是必范巨卿也。』巨卿既至，叩喪言曰：『行矣元伯！生死路異，永從此辭。』」事見《後漢書》卷八一《范式傳》。

⑦阿鶩歸來句：阿鶩，三國時荀攸之妾。《三國志·魏書·朱建平傳》：「荀攸、鍾繇相與親善。攸先亡，子幼。繇經紀其門户，欲嫁其妾。與人書曰：「吾與公達曾共使朱建平相。建平曰：『荀君雖少，然當以後事付鍾君。』吾時啁之曰：『惟當嫁卿阿鶩耳。』何意此子竟早隕没，戲言遂驗乎！今欲嫁阿鶩，使得善處。追思建平之妙，雖唐舉、許負何以復加也！」」此借指歸妓。

⑧遺愛：遺留給世人之仁愛，此處指李方玄在池州之善政。杜牧《唐故處州刺史李君墓誌銘并序》：「凡四年，政之利病，無不爲而去之，罷去上道，老民攀苦。」

⑨鄉閭生子句：鄉閭，鄉里。《後漢書·任延傳》：東漢任延爲九真太守，「光武引見，賜馬雜繒，令妻子留洛陽。九真俗以射獵爲業，不知牛耕，……延乃令鑄作田器，教之墾闢。田疇歲歲開廣，百姓充給。又駱越之民無嫁娶禮法，各因淫好，無適對匹，不識父子之性，夫婦之道。延乃移書屬縣，各使男年二十至五十，女年十五至四十，皆以年齒相配。其貧無禮娉，令長吏以下各省奉禄以賑助之。同時相娶者二千餘人。是歲風雨順節，穀稼豐衍。其産子者，始知種姓。咸曰：『使我

有是子者，任君也。』多名子爲『任』」。此句化用任延事以稱贊李方玄。

【集　評】

【池州李使君没後十一日處州新命始到後見歸妓感而成詩】「巨卿」句用《後漢書·范式傳》。「阿鶩」句用《魏志·朱建平傳》。「生子」句用《任延傳》。（曾國藩《求闕齋讀書録》卷九）

見劉秀才與池州妓别①

遠風南浦萬重波②，未似生離恨别多〔一〕。楚管能吹柳花怨③，吴姬爭唱《竹枝》歌④。金釵横處緑雲墮⑤，玉筯凝時紅粉和⑥。待得枚皋相見日⑦，自應妝鏡笑蹉跎⑧。

【校勘記】

〔一〕「恨别」，《全唐詩》卷五二二、馮注本作「别恨」。

【注　釋】

①秀才：夾注：「《國史補》：進士爲時所尚久矣，其都會謂之舉塲，通稱爲之秀才。《文選·注》：秀才者，言其人如草木之發華秀，見者愛之。」此詩題云見「劉秀才與池州妓别」，或即作於詩人任池州刺史時，即約會昌四年至六年（八四四—八四六）。

②南浦：此泛指送别之處。夾注：「《别賦》：送君南浦，傷如之何。《注》：南浦，送别之處。」

③楚管句：楚管，楚笛。魏胡太后喜愛楊華，與之私通。楊華畏禍逃走。太后思念他，作《楊白華歌辭》，令宫人晝夜連臂踏足而歌，辭甚爲淒婉。事見《梁書》卷三九《楊華傳》。楊花亦即柳花。

④《竹枝》歌：流傳於巴渝一帶民歌。馮注：「杜甫詩：《竹枝》歌未好。原注：《竹枝》，巴渝之遺音也，惟峽人善唱。」

⑤緑雲：喻女子之鬢髮。

⑥玉筯：指眼淚。馮注：「劉孝威詩：誰憐雙玉筯，流面復流襟。」

⑦枚臯：西漢詞賦家。《漢書·枚乘傳》：「乘在梁時，取臯母爲小妻。乘之東歸也，臯母不肯隨乘，乘怒，分臯數千錢，留與母居。年十七，上書梁共王，得召爲郎。……臯亡至長安。會赦，上書北闕，自陳枚乘之子。上得大喜，召入見待詔，臯因賦殿中。詔使賦平樂館，善之。拜爲郎，使匈奴。」

⑧ 自應妝鏡句：馮注引《太平御覽》記東漢秦嘉爲郡上掾，其妻徐淑還家，不獲面别，乃贈鏡及詩，又作書云：「『頃得此鏡，既明且好，形貌文藻，世所稀有，意甚愛之，故以相與。明鏡可以鑒形。』淑答書曰：『今君征未旋，鏡將何施行？明鏡鑒形，當待君至。』」

池州廢林泉寺①

廢寺碧溪上〔一〕，頽垣倚亂峰。看棲歸樹鳥，猶想過山鐘。石路尋僧去，此生應不逢。

【校勘記】

〔一〕「碧」，《全唐詩》卷五二二作「林」，下校：「一作碧。」

【注釋】

① 林泉寺：馮注：「《一統志》：太平羅漢寺，在貴池縣内西街，唐林泉寺地也。宋太平興國初改建，唐杜牧有《廢林泉寺》詩。」據此詩所云，詩當作於會昌間武宗毁佛之後，且於杜牧任池州刺史時。夾注：「《新唐書·武宗紀》：會昌五年八月，大毁佛寺，復僧尼爲民。」又杜牧會昌四年秋至

六年九月在池州刺史任，則此詩約作於會昌五年八月至六年（八四五—八四六）九月間。

憶齊安郡

平生睡足處，雲夢澤南州。一夜風欺竹，連江雨送秋。格卑常汩汩①，力學强悠悠。終掉塵中手〔一〕②，瀟湘釣漫流。

【校勘記】

〔一〕「手」，《全唐詩》卷五二二校：「一作首。」

【注　釋】

① 汩汩：動盪不安貌。杜甫《自閬州領妻子却赴蜀山行》之一：「汩汩避群盗，悠悠經十年。」

② 塵中：此指世俗中。

【集　評】

苕溪漁隱曰：杜牧之《九日齊安登高》云：「江涵秋影雁初飛，與客攜壺上翠微。」又有詩云：「煙深隋家寺，殷葉暗相照。獨佩一壺遊，秋毫泰山小。」東坡用其語作詩云：「明日南山春色動，不知誰佩紫微壺。」以牧之曾作中書舍人，故言紫微壺。又牧之詩：「何如釣船雨，蓬底卧秋江。」又《憶齊安郡》云：「平生睡足處，雲夢澤南州。一夜風欺竹，連江雨送秋。」東坡用其語作詩云：「客睡不妨船背雨。」又云：「平生睡足連江雨，盡日舟横拍岸風。」（胡仔《苕溪漁隱叢話後集》卷三十「東坡」五）

十八日，食時方行，晡時至黄州。州最僻陋少事，杜牧之所謂「平生睡足處，雲夢澤南州。」然自牧之、王元之出守，又東坡先生、張文潛謫居，遂爲名邦。（陸游《入蜀記》卷四）

冲寂自妍。（鄭郲評本詩）

池州清溪①

弄溪終日到黄昏，照數秋來白髮根。何物賴君千遍洗？筆頭塵土漸無痕。

【注　釋】

① 池州清溪：夾注：「《十道志》：池州有青溪水。」此詩杜牧任池州刺史時作，亦即作於會昌四年

秋至六年（八四四—八四六）秋間。

遊池州林泉寺金碧洞①

袖拂霜林下石稜，潺湲聲斷滿溪冰。攜茶臘月遊金碧，合有文章病茂陵②。

【注釋】

① 此詩《杜牧年譜》繫於會昌五年（八四五）冬，謂「詩有『攜茶臘月遊金碧』句，按會昌六年冬，杜牧已由池遷睦，故知此詩爲本年作」。然杜牧會昌四年九月已遷池州刺史，則當年臘月亦可能有林泉寺金碧洞之遊。且杜牧另有《池州廢林泉寺》詩，乃詠於會昌五年七月武宗毀佛後。而此詩不及毁寺事，蓋或乃毁佛前遊覽之作，故此詩亦可能作於會昌四年（八四四）臘月。馮注：「《名勝志》：池州金碧洞，在城中之廢林泉寺，宋時爲太平寺，今廢，徙建於景德寺右。」

② 合有文章句：茂陵，漢武帝陵。漢代辭賦家司馬相如，病後退居茂陵。此处病茂陵即指司馬相如。《史記·司馬相如列傳》：「相如既病免，家居茂陵。天子曰：『司馬相如病甚，可往從悉取其書；若不然，後失之矣。』使所忠往，而相如已死，家無書。問其妻，對曰：『長卿固未嘗有書

也。……長卿未死時，爲一卷書，曰有使者來求書，奏之。無他書。』其遺札書言封禪事，忠奏其書，天子異之。」

即事黄州作〔一〕①

因思上黨三年戰②，閑詠周公《七月》詩③。竹帛未聞書死節④，丹青空見畫靈旗⑤。蕭條井邑如魚尾⑥，早晚干戈識虎皮⑦。莫笑一麾東下計⑧，滿江秋浪碧參差。

【校勘記】

〔一〕「黄州作」，文津閣本、《全唐詩》卷五二二爲題下小注。

【注　釋】

① 黄州：地名。春秋時爲弦子國，後併於楚。秦屬南郡，兩漢屬江夏郡。隋置黄州。唐治所在黄岡（今屬湖北）。此詩《杜牧年譜》繫於會昌四年，謂「詩有『因思上黨三年戰』句，又有『莫笑一麾東下計，滿江秋浪碧參差。』句，蓋作於澤潞平後，將移池州也」。詩有「秋浪」句，則作於會昌四年

（八四四）秋。

②因思句：上黨，郡名，即潞州，治所在今山西長治，時爲澤潞節度使治所。會昌三年四月，澤潞節度使劉從諫卒，其侄劉稹自稱留後，反叛朝廷，朝廷遂發諸道兵共討之。至四年八月，方平定。

③閑詠周公句：周公，即姬旦，封於魯。見《史記》卷三三《魯周公世家》。《七月》詩，《詩·豳風》篇名。小序云：「《七月》，陳王業也。周公遭變，故陳后稷先公風化之所由，致王業之艱難也。」

④竹帛句：竹帛，竹簡與白絹兩種書寫工具，此處代指書册、史乘。死節，謂忠義之士守節而死。馮注：「《墨子》：以其所行，書於竹帛，傳遺後子孫。《漢書·郅都傳》：已背親而出身，固當奉職死節官下，終不顧妻子矣。」

⑤丹青句：丹青，丹砂與青雘，均可作顔料。此泛指繪畫用顔色。靈旗，一種畫有招摇，用以征伐之旗子。馮注：「《禮樂志》：招摇靈旗。《注》：畫招摇於旗以征伐，故稱靈旗。」

⑥蕭條井邑句：井邑，鄉村城鎮。《詩·周南·汝墳》：「魴魚赬尾，王室如毁。」《傳》謂「魚勞則尾赤」。此比喻人民爲虐政所困。

⑦早晚句：周武王克殷之後，「倒載干戈，包之以虎皮。將帥之士，使爲諸侯，……然後天下知武王之不復用兵也」。事見《禮記·樂記》。

⑧一麾東下：一麾，一揮手。後人用爲旌麾之麾，指出任州郡刺史。顔延之《五君詠·阮始平》：

「屢薦不入官，一麾乃出守。」此處指會昌四年九月，杜牧由黄州刺史移任池州事。

贈李秀才是上公孫子〔一〕①

骨清年少眼如冰②，鳳羽參差五色層③。天上麒麟時一下④，人間不獨有徐陵。

【校勘記】

〔一〕「是上公孫子」，此五字《全唐詩》卷五二二做爲題下小注，疑是。文津閣本「是」作「呈」，恐非是。

【注　釋】

① 上公：周制，三公（太師、太傅、太保）八命，出封時加一命，稱爲上公。晉制，太宰、太傅、太保皆爲上公。李秀才，馮集梧注：「疑是西平王（李晟）家子孫，以集中多及此一家也。」

② 骨清句：骨清，骨相清奇。眼如冰，形容目光炯炯有神。

③ 鳳羽：即鳳毛。《山海經·南山經》載，丹穴之山，「有鳥焉，其狀如雞，五采而文，名曰鳳皇」。《世説新語·容止》：「王敬倫風姿似父。作侍中，加授桓公公服，從大門入。桓公望之曰：『大

奴固自有鳳毛。』」

④天上麒麟二句：《陳書·徐陵傳》：「母臧氏，嘗夢五色雲化而爲鳳，集左肩上，已而誕陵焉。時寶誌上人者，世稱其有道，陵年數歲，家人攜以候之，寶誌手摩其頂，曰：『天上石麒麟也。』光宅惠雲法師每嗟陵早成就，謂之顏回。八歲能屬文，十二通《莊》、《老》義。既長，博涉史籍，縱横有口辯。」

寄李起居四韻①

楚女梅簪白雪姿，前溪碧水凍醪時〔一〕②。雲罍心凸知難捧〔二〕③，鳳管簧寒不受吹〔三〕④。南國劍眸能盼眄⑤，侍臣香袖愛僛垂⑥。自憐窮律窮途客⑦，正劫孤燈一局棋〔四〕⑧。

【校勘記】

〔一〕「凍」，《文苑英華》卷二六一校：「一作水。」

〔二〕「凸」，《文苑英華》卷二六一作「亞」，馮注本校：「一作亞。」

〔三〕「不」，《文苑英華》卷二六一作「百」。

〔四〕「劫」，宋注本、《全唐詩》卷五二二作「怯」，《全唐詩》下校：「一作劫。」

【注　釋】

①起居：官名。唐門下省有起居郎二人，中書省有起居舍人二人，從六品上。此詩《杜牧年譜》繫於大中四年（八五〇），時杜牧在湖州任刺史。其根據爲「詩有『前溪碧水凍醪時』之句，前溪在湖州，故知爲守湖州時作」。詩有「楚女梅簪白雪姿，前溪碧水凍醪時」句，乃作於冬日。

②前溪句：前溪，在唐湖州武康縣西南。馮注：「《太平寰宇記》：湖州武康縣前溪，在縣西一百步。前溪者，古永安縣前之溪，今德清縣有後溪也。」凍醪，冬天釀造、春天飲用之酒。

③雲罍：上有雲雷紋之盛酒器。心，罍頂蓋。

④鳳管句：鳳管，即笙。不受吹，指因簧寒而吹不響。

⑤南國句：南國，指南方女子。劍眸，指女子之清眸。馮注：「傅毅《舞賦》：眄般鼓則騰清眸。韓愈詩：豔姬踏筵舞，清眸刺劍戟。」

⑥侍臣句：侍臣，侍奉皇帝左右之官吏，此用以指李起居。傲垂，醉舞貌。

⑦自憐窮律句：窮律，古以十二律應十二月，窮律指十二月。窮途，指境遇困窘。窮途客，用阮籍哭窮途事。馮注：「《魏志・王粲傳・注》：《魏志春秋》曰：阮籍時率意獨駕，不由徑路，車所窮，

輒慟哭而反。鮑照詩：窮途悔短計。」

⑧ 正劫句：劫，《資治通鑑·晉紀·注》：「棋劫者，攻其右而敵手應之，則擊其左取之，謂之劫。」馮注：「《水經注·渠水篇》：阮簡爲開封令，縣側有劫賊，外白甚急數，簡方圍棋長嘯，吏云：劫急。簡曰：局上有劫，亦甚急。」

題池州貴池亭①

勢比凌歊宋武臺②，分明百里遠帆開。蜀江雪浪西江滿〔一〕③，强半春寒去却來〔二〕④。

【校勘記】

〔一〕「滿」，《文苑英華》卷三一六作「起」，下校：「集作滿。」馮注本校：「一作起。」

〔二〕「寒」，《文苑英華》卷三一六作「風」，下校：「集作寒。」《全唐詩》卷五二二、馮注本校：「一作風。」

【注　釋】

① 貴池亭：又名望江亭，在安徽貴池縣南齊山。馮注：「《一統志》：池州望江亭在貴池縣南齊山，

一名貴池亭。《九華山録》：貴池亭，俗呼望江亭，以其見大江可望淮南也。亦見九華諸峰。」此詩杜牧任池州刺史時（會昌四年九月至六年九月）作，而詩有「强半春寒去却來」句，則在會昌五年（八四五）或六年春作。

②凌歊：臺名，遺址在今安徽當塗。宋武帝劉裕曾登此，並建築離宫。馮注：「《太平寰宇記》：太平州當塗縣黄山，在縣西北五里，上有宋凌歊臺，周廻五里一百步，高四十丈。《入蜀記》：遊黄山，登凌歊臺，臺正如鳳皇、雨花之類，特因山顛名之，宋高祖所營，面勢虚曠，高出氛埃之表。南望青龍山九井諸峰，如在几席。」

③蜀江句：蜀江，此指長江流經蜀地三峽之一段。西江，馮注：「《名勝志》：《岳陽志》云：荆江五六月間，其水暴漲，則逆泛洞庭、瀟湘，清流爲之改色；南至青草，旬日乃復。亦謂之西水。其水極冷，皆云岷峨雪消所致，岳人謂之䨲流水。」

④强半：超過一半。

蘭　溪在蘄州西①

蘭溪春盡碧泱泱②，映水蘭花雨發香。楚國大夫憔悴日，應尋此路去瀟湘〔一〕③。

【校勘記】

〔一〕「去」，夾注本作「到」。

【注　釋】

①蘭溪：蘄水别名。流經黄州城東七十里蘭溪鎮，即杜牧所遊處。馮注：「《太平寰宇記》：蘄水縣蘭溪水，源出箬竹山，其側多蘭，唐武德初，縣指此爲名。」此詩《杜牧年譜》謂「吳曾《能改齋漫録》卷九：『蘭溪春盡水泱泱』，蓋蘄州之蘭溪也。杜守黄作此詩，黄承蘭溪下流故耳」。繫於杜牧任黄州刺史時即會昌二年至四年（八四二—八四四）。詩有「蘭溪春盡碧泱泱，映水蘭花雨發香」句，乃作於春末。

②泱泱：水深廣貌。

③楚國大夫二句：楚國大夫，指屈原。屈原曾任楚國三閭大夫，後被放逐，行吟澤畔，形容憔悴，顏色枯槁。見《楚辭·漁父》。馮注：「《史記·屈原傳》：浩浩沅湘兮，分流汩兮，修路幽拂兮，道遠忽兮。」

【集　評】

【杜牧之蘭溪詩】蘭溪自黄州麻城出，東南流入大江，有水極清冷。杜牧之詩云：「蘭溪春盡碧

泱泱」是也。（李頎《古今詩話》）

睦州四韻①

州在釣臺邊②，溪山實可憐。有家皆掩映，無處不潺湲。好樹鳴幽鳥，晴樓入野煙〔一〕。殘春杜陵客③，中酒落花前④。

【校勘記】

〔一〕「樓」，《全唐詩》卷五二二、馮注本校：「一作巒。」

【注釋】

① 睦州：州名。唐州治在今浙江建德。杜牧會昌六年底至大中二年秋在睦州刺史任，詩作於睦州，且有「殘春杜陵客」句，乃晚春作，故當作於大中元或二年（八四七或八二八）春。

② 釣臺：東漢嚴子陵釣魚處，在睦州桐廬縣西三十里富春江七里瀨。

③ 杜陵客：詩人自指。因其家於杜陵，故稱。

④中酒：酒酣、醉酒。《漢書·樊噲傳·注》：「張晏曰：『酒酣也。』師古曰：『飲酒之中也，不醉不醒，故謂之中。』」

【集評】

《睦州四韻》：輕快俊逸。（方回《瀛奎律髓》卷四「風土類」）

《睦州四韻》：風致宜人。三四今已成套，然初出自佳；六句不自然；結得淺淡有情。（紀昀《瀛奎律髓刊誤》卷四「風土類」）

秋晚早發新定①

解印書千軸，重陽酒百缸。涼風滿紅樹，曉月下秋江。巖壑會歸去，塵埃終不降。懸纓未敢濯②，嚴瀨碧淙淙〔一〕③。

【校勘記】

〔一〕「淙淙」，夾注本、文津閣本、《全唐詩》卷五二二、馮注本均作「潨潨」。

【注　釋】

①新定：郡名，即睦州。此詩《杜牧年譜》繫於大中二年（八四八）九月。時杜牧由睦州赴司勳員外郎、史館修撰任。

②懸纓句：纓，繫冠之帶子。《孟子·離婁》引《孺子歌》：「滄浪之水清兮，可以濯我纓。滄浪之水濁兮，可以濯我足。」濯纓，指超脱世俗。

③嚴瀨句：嚴瀨，即七里瀨，在睦州桐廬縣西三十里富春江上。潨潨，象聲詞。水聲。《玉篇·水部》：「潨，水聲也。」

除官歸京睦州雨霽①

秋半吴天霽，清凝萬里光。水聲侵笑語，嵐翠撲衣裳〔一〕。遠樹疑羅帳，孤雲認粉囊。溪山侵兩越②，時節到重陽。顧我能甘賤③，無由得自强。誤曾公觸尾④，不敢夜循牆⑤。豈意籠飛鳥，還爲錦帳郎⑥。網今開傅燮⑦，書舊識黄香⑧。曾在史館四年。姹女真虚語⑨，飢兒欲一行。淺深須揭厲⑩，休更學張綱⑪。

【校勘記】

〔一〕「揲」，原作「挨」，據夾注本、《全唐詩》卷五二二、馮注本改。文津閣本作「簇」。

【注　釋】

①《杜牧年譜》於大中二年謂「本集卷十六《上宰相求杭州啓》，作於大中三年，啓中云：『自去年八月，特蒙獎擢，授以名曹郎官，史氏重職，七年棄逐，再復官榮。（中略）去年十二月至京。』則杜牧内擢在大中二年八月，故本集卷三《除官歸京睦州雨霽》詩有『秋半吴天霽』及『溪山侵兩越，時節到重陽』之語」，並謂本年「八月，内擢爲司勳員外郎、史館修撰」，故訂《除官歸京睦州雨霽》詩爲大中二年（八四八）九月作。

②溪山句：侵，佔、跨。兩越，指浙東、浙西地區。睦州春秋時屬吴，後屬越。

③顧：馮注：「《詩·正月》：顧，猶視也，念也。」

④觸尾：觸蠆蠍之尾。此指曾得罪朝中權臣。

⑤不敢句：《左傳·昭公七年》載正考父鼎銘：「一命而僂，再命而傴，三命而俯，循牆而走。」《注》謂「言不敢安行」。

⑥錦帳郎：指尚書省郎官。漢代郎官入直，官府供給新青縑白綾被、錦被、帷帳、通中枕等。

⑦傅燮：東漢末人，忠直敢言，爲宦官趙忠所恨。但「憚其名，不敢害。權貴亦多疾之，是以不得留，出爲漢陽太守」。事見《後漢書》卷五八本傳。

⑧黄香：東漢人，字文强。爲郎中時，肅宗「詔香詣東觀，讀所未嘗見書」。事見《後漢書》卷八〇上本傳。

⑨姹女：少女，美女。又，道家煉丹稱水銀爲姹女。《周易・參同契上之下》：「河上姹女，靈而最神，得火則飛，不見塵埃。」此處指煉丹求仙之事。

⑩淺深句：《詩・邶風・匏有苦葉》：「深則厲，淺則揭。」揭，提起衣裳涉水。厲，連衣涉水。句謂須靈活對待不同之情況。

⑪張綱：東漢人，字文紀。痛恨宦官亂朝，曾慨然歎曰：「穢惡滿朝，不能奮身出命，掃國家之難，雖生吾不願也。」後終因剛直敢言爲梁冀所排擠。見《後漢書》卷五六本傳。

夜泊桐廬先寄蘇臺盧郎中①

水檻桐廬館②，歸舟繫石根。笛吹孤戍月，犬吠隔溪村。十載違清裁〔一〕③，幽懷未一論④。蘇臺菊花節⑤，何處與開罇〔二〕？

【校勘記】

〔一〕「裁」，《全唐詩》卷五二二、馮注本校：「一作義。」

〔二〕「何處」，文津閣本作「何日」。

【注　釋】

① 桐廬：縣名，今屬浙江。唐時屬睦州，西南至州一百五里。蘇臺，馮注：「《越絶書》：闔廬起姑蘇臺，三年聚材，五年乃成，高見三百里。《史記索隱》：姑蘇臺在吴縣西三十里。」此代指蘇州。盧郎中，盧簡求，字子臧。自吏部郎中出爲蘇、壽二州刺史。傳見《舊唐書》卷一六三、《新唐書》卷一七七。《杜牧年譜》定此詩於大中二年（八四八）九月，蓋乃杜牧於本年「八月，内擢司勳員外郎、史館修撰」，「九月初，自睦州啓程，取道金陵、宋州，十二月，至長安」初程時所作。

② 館：驛館。古時三十里置一驛，如非通途大路，則稱館。

③ 清裁：高明之裁鑒。此爲尊稱對方之謂。馮注：「《晉書·王洽傳》：敬和清裁貴令。」

④ 幽懷：深衷，心裏話。

⑤ 菊花節：指重陽節。

新轉南曹未叙朝散初秋暑退出守吳興書此篇以自見志①

捧詔汀洲去②，全家羽翼飛。喜抛新錦帳③，榮借舊朱衣④。且免材爲累〔一〕⑤，何妨拙有機⑥。宋株聊自守⑦，魯酒怕旁圍⑧。清尚寧無素⑨，光陰亦未晞。一杯寬幕席⑩，五字弄珠璣⑪。越浦黄柑嫩〔二〕，吳溪紫蟹肥。平生江海志，佩得左魚歸⑫。

【校勘記】

〔一〕「累」，文津閣本作「慮」。

〔二〕「黄柑嫩」，「柑」，原作「甘」，據夾注本、文津閣本、《全唐詩》卷五二二改。

【注　釋】

① 南曹：官署名，即吏部選補官吏之選院。此指任吏部員外郎。唐制，吏部員外郎二員，其中一人判南曹。《唐會要》卷五八《吏部員外郎》：「南曹起於總章二年，司列少常伯李敬元奏置。」宋錢易《南部新書》丙：「唐制，員外郎一人判南曹，在曹選街之南，故曰南曹。」朝散，朝散大夫，文散

官名，從五品下。杜牧時任吏部員外郎，爲從六品上之職事官，叙階可以加朝散大夫。杜牧此時尚未叙階。吴興，郡名，即湖州。此詩《杜牧年譜》繫於大中四年（八五〇）秋。是年秋，杜牧自吏部員外郎出守湖州，詩即將赴湖州刺史時作。據詩題，詩乃七月作。

② 汀洲：此指湖州，湖州有白蘋洲。柳惲《江南曲》有「汀洲采白蘋」之句，故稱。

③ 新錦帳：指新授吏部員外郎。《後漢書·鍾離傳》李賢注引蔡質《漢官儀》曰：「尚書郎入直臺中，官供新青縑白綾被，或錦被，晝夜更宿，帷帳畫，通中枕，卧旃蓐，冬夏隨時改易。」

④ 朱衣：即緋衣。唐制，文官朝散大夫以上方可服緋衣，刺史雖未至朝散，亦可服緋，謂之借緋。杜牧此前曾任黄、池、睦三州刺史，此次又任湖州刺史，故謂「舊朱衣」。

⑤ 材爲累：意謂因材而遭累。《莊子·山木》：「莊子笑曰：周將處乎材與不材之間。材與不材之間，似之而非也，故未免乎累。」

⑥ 機：指機心、機事。

⑦ 宋株句：《韓非子·五蠹》：「宋人有耕者，田中有株，兔走，觸株折頸而死，因釋其耒而守株，冀復得兔，兔不可復得，而身爲宋國笑。」

⑧ 魯酒句：《莊子·胠篋》：「魯酒薄而邯鄲圍。」陸德明引《淮南子》許慎注云：「楚會諸侯，魯、趙俱獻酒於楚王，魯酒薄而趙酒厚。楚之主酒吏求酒於趙，趙不與。吏怒，乃以趙厚酒易魯薄酒，奏

之，楚王以趙酒薄，故圍邯鄲也。」此指意想不到之禍害。

⑨清尚句：清尚，清潔高尚之志。《三國志·楊戲傳·劉子初贊》：「尚書清尚，敕行整身。抗志存義，味覽典文。倚其高風，好侔古人。」素，平素。句謂早懷高尚之志。

⑩一杯句：劉伶《酒德頌》：「幕天席地，縱意所如，止則操卮執觚，動則挈榼提壺。」寬幕席，即以天爲幕，以地爲席。

⑪五字句：五字，五言，指五言詩歌。馮注：「《南史·陸厥傳》：五字之中，音韻悉異；兩句之内，角徵不同。」璣，珠，不圓爲璣。

⑫左魚：魚符之左半。隋唐時朝廷頒發之一種符信，雕木或鑄銅爲魚形，亦稱魚契。官吏持此以爲憑信。唐時刺史即持銅魚符。馮注：「《野客叢書》：唐故事，以左魚給郡守，以右魚留郡庫。每郡守之官，以左魚合郡庫之右魚，以此爲信。」

【集　評】

静者之言。（鄭郲評本詩「且免材爲累」句）

題白蘋洲①

山鳥飛紅帶，亭薇拆紫花②。溪光初透徹，秋色正清華③。静處知生樂，喧中見死誇。無多珪組累④，終不負煙霞⑤。

【注　釋】

①白蘋洲：在唐湖州城東南二百步。白居易《白蘋洲五亭記》：「州城東南二百步抵霅溪，溪連汀洲，洲一名白蘋。梁吴興守柳惲於此賦詩云：『汀洲采白蘋。』因以爲名也。」《杜牧年譜》記杜牧大中四年「秋，出爲湖州刺史」，並繫此詩於大中四年（八五〇）秋，謂「白蘋洲在湖州城東南，詩作於秋日，殆本年初到任時歟？」

②亭薇句：薇，紫薇。拆，裂開，開放。

③清華：清美華麗。《文選》謝混《遊西池》詩：「景昃鳴禽集，水木湛清華。」

④珪組：帝王諸侯所執之長形玉版及繫官印之絲帶。此指官爵。

⑤煙霞：指山川勝景。《北史·徐則傳》：「飡松餌朮，栖息煙霞。」馮注：「《梁書·張充傳》：獨

浪煙霞，高卧風月。」

題茶山在宜興〔一〕①

山實東吴秀，茶稱瑞草魁②。剖符雖俗吏③，修貢亦仙才④。溪盡停蠻棹⑤，旗張卓翠苔⑥。柳村穿窈窕⑦，松澗渡喧豗⑧。等級雲峰峻，寬平洞府開。拂天聞笑語，特地見樓臺。泉嫩黄金湧⑨，山有金沙泉，修貢出，罷貢即絶。牙香紫璧裁⑩。拜章期沃日⑪，輕騎疾奔雷。舞袖嵐侵澗〔二〕⑫，歌聲谷答迴。磬音藏葉鳥，雪豔照潭梅。好是全家到，兼爲奉詔來〔三〕。樹陰香作帳，花徑落成堆。景物殘三月，登臨愴一杯。重遊難自剋⑬，俛首入塵埃。

【校勘記】

〔一〕夾注本無「在宜興」三字。

〔二〕「澗」，夾注本作「潤」，《全唐詩》卷五二二校：「一作潤。」

〔三〕「兼」，原作「廉」，據夾注本、《全唐詩》卷五二二、馮注本改。

【注釋】

①茶山：指湖州顧渚山，所産紫筍茶，唐時爲貢品。馮注：「《西清詩話》：唐茶品雖多，惟湖州紫筍入貢。紫筍生顧渚，在湖、常二郡之間。當採茶時，兩郡守畢至，最爲盛集。唐杜牧詩所謂：『溪盡停蠻棹，旗張卓翠苔』；劉禹錫『何處人間似仙境？春山攜妓採茶時。』皆以此。」此詩及後三詩，《杜牧年譜》繫於大中五年（八五一）三月，謂「乃本年守湖州至顧渚山督採茶時所作」。

②茶稱句：魁，第一。馮注：「《一統志》：舊志：顧渚山在縣西北四十七里，周十二里，西達宜興，旁有兩山對峽，號明月峽，石壁峭立，澗水中流，茶生其間，尤爲異品。」

③剖符句：指接受銅魚符爲州刺史。符爲隋唐時朝廷頒發之一種符信，雕木或鑄銅爲魚形，亦稱魚契。官吏持此以爲憑信。唐時刺史即持銅魚符。

④修貢：備辦貢品。唐時，湖州入貢紫筍茶。

⑤棹：划船用具。此指船。

⑥卓：直立。

⑦柳村句：柳村，馮注：「《吳興備志》：《長興志》：柳村在水口鎮東，多植柳。杜牧詩『柳村穿窈窕，松澗渡喧豗。』又曰：『春風最窈窕，日暮柳村西。』唐時修貢檥舟處。」窈窕，深邃貌。

⑧喧豗：水聲。

⑨ 泉嫩句：黄金，此喻金沙泉水。金沙泉，夾注：「《茶譜》：湖州長城縣啄木嶺金沙泉，即每歲造茶之所也。湖、常二郡接境於此。厥土有境會亭，每茶節，二牧皆至焉。」馮注：「《唐書·地理志》：湖州土貢金沙泉。《太平寰宇記》：金沙泉，按《郡國志》云：即每歲造茶之所也。」

⑩ 牙香句：牙，通芽，指茶芽。夾注：「陸羽《茶經》：紫者上，綠者次。筍者上，牙者次。《茶譜》曰：遠州之界橋，其名甚著，不若湖州之研膏紫筍。」

⑪ 拜章句：拜章，臣下向皇帝獻上奏章。沃日，沃，夾注云：「沃，蓋祓字之誤。《漢書》：武帝祓灞上。《注》：祓除，於水上自祓除。今三月上巳禊也。」

⑫ 嵐：山氣。

⑬ 自尅：自必，自己能保證。馮注：「《左傳》：不能自克。」

【集　評】

【貢茶】唐以前，茶惟貴蜀中所産。孫楚歌云：「茶出巴蜀。」張孟陽《登成都樓》詩云：「芳茶冠六情，溢味播九區。」他處未見稱者。唐茶品雖多，亦以蜀茶爲重。然惟湖州紫筍入貢，每歲以清明日貢到，先薦宗廟，然後分賜近臣。紫筍生顧渚，在湖、常二境之間。當採茶時，兩郡守畢至，最爲盛會。杜牧詩所謂：「溪盡停蠻棹，旗張卓翠苔。柳村穿窈窕，松澗渡喧豗。」劉禹錫：「何處人間似仙境，春山攜妓採茶時。」皆以此。……顧渚湧金泉，每造茶時，太守先祭拜，然後水漸出，造貢茶畢，水稍減，至貢堂茶畢，已減半，太守茶畢，遂涸。蓋常時無水也。或聞今龍焙泉亦然。（蔡啓《蔡寬夫詩話》）

茶山下作①

春風最窈窕②，日曉柳村西〔一〕。嬌雲光占岫，健水鳴分溪。燎巖野花遠③，戛瑟幽鳥啼④。把酒坐芳草，亦有佳人攜。

【校勘記】

〔一〕「曉」，夾注本、馮注本作「晚」，馮注本校：「一作曉。」

【注　釋】

① 據《杜牧年譜》，杜牧大中五年三月爲湖州刺史時，曾到顧渚山督採春茶，故此詩乃大中五年（八五一）三月作。

② 窈窕：美好貌。

③ 燎巖：指開滿紅花之山巖。燎，原意爲火炬、大燭。此處喻如火紅之紅花。

④ 戛瑟句：戛，敲擊。瑟，樂器名。戛瑟，此處用以狀鳥啼聲。馮注：「《顧渚茶山記》：顧渚山中，有鳥如鸜鵒而色蒼，每至正月二月，作聲曰：春起也；三月四月曰：春去也。採茶人呼爲喚春鳥。」

入茶山下題水口草市絶句〔一〕①

倚溪侵嶺多高樹，誇酒書旗有小樓。驚起鴛鴦豈無恨，一雙飛去却迴頭。

【校勘記】

〔一〕《才調集》卷四題作《題水口草市》。

【注　釋】

① 水口，水口鎮，在顧渚，有唐所置貢茶院。馮注：「《元豐九域志》：湖州長興四安水口鎮。《方輿勝覽》：茶山在長興縣西，産紫筍茶；顧渚在長興西北，即水口鎮，唐置貢茶院於此。」草市，在城

外蓋草屋所形成之集市。據《杜牧年譜》，杜牧大中五年三月爲湖州刺史時，曾到顧渚山督採春茶，故此詩乃大中五年（八五一）三月作。

春日茶山病不飲酒因呈賓客①

笙歌登畫舡，十日清明前。山秀白雲膩②，溪光紅粉鮮③。欲開未開花，半陰半晴天。誰知病太守，猶得作茶仙。

【注　釋】

① 據《杜牧年譜》，杜牧大中五年三月爲湖州刺史時，曾到顧渚山督採春茶，故此詩乃大中五年（八五一）三月作。

② 膩：濃厚。

③ 紅粉：此指代船中歌妓。

不飲贈官妓①

芳草正得意，汀洲日欲西②。無端千樹柳，更拂一條溪。幾朵梅堪折，何人手好攜。誰憐佳麗地③，春恨却悽悽。

【注釋】

① 此詩王西平、張田《杜牧評傳·杜牧部分著述編年簡表》列於大中五年。今從之。蓋詩有「汀洲日欲西」句，亦爲杜牧任湖州刺史時作。且詩作於春日，杜牧春日在湖州任刺史僅大中五年，故當爲大中五年（八五一）春作。

② 汀洲：此指湖州，有白蘋洲。柳惲《江南曲》有「汀洲采白蘋」之句，故後以汀洲代指湖州。

③ 佳麗：指景色非常秀麗美好。謝朓《鼓吹曲》：「江南佳麗地。」

早春贈軍事薛判官①

雪後新正半②，春來四刻長③。晴梅朱粉豔，嫩水碧羅光。絃管開雙調④，花鈿坐兩行⑤。唯君莫惜醉，認取少年場。

【注　釋】

①判官：官名。唐節度、觀察、防禦諸使，皆有判官，乃地方長官之僚屬，佐理政事。此詩《杜牧年譜》繫於大中五年（八五一）春，時杜牧任湖州刺史。據詩題，詩乃正月作。

②新正：春正月。

③春來句：刻，古代計時器刻孔壺爲漏，浮箭爲刻，晝夜共百刻。春分、秋分時，晝夜各五十刻。春分以後晝長夜短，每九日白晝加長一刻。四刻長，指入春以來白天已增長四刻。

④雙調：商調樂曲名。《新唐書·禮樂志》：越調、大食調、高大食調、雙調、小食調、歇指調、林鍾商，爲七商。

⑤花鈿：婦女首飾。此代指歌妓。馮注：「沈約《麗人賦》：陸離羽佩，雜錯花鈿。」

代吳興妓春初寄薛軍事①

霧冷侵紅粉，春陰撲翠鈿。自悲臨曉鏡，誰與惜流年。柳暗霏微雨，花愁黯淡天〔一〕。金釵有幾隻，抽當酒家錢。

【校勘記】

〔一〕「黯」，夾注本作「暗」。

【注　釋】

① 吳興：郡名，即唐湖州。唐治所在烏程（今屬浙江）。吳興妓，即湖州官妓。薛軍事，即上詩之軍事薛判官。此詩《杜牧年譜》繫於大中五年（八五一），乃春日作。時杜牧在湖州爲刺史。

八月十二日得替後移居霅溪館因題長句四韻〔一〕①

萬家相慶喜秋成，處處樓臺歌板聲②。千歲鶴歸猶有恨〔二〕③，一年人住豈無情④。夜涼溪館留僧話〔三〕，風定蘇潭看月生⑤。景物登臨閑始見，願爲閑客此閑行。

【校勘記】

〔一〕「十二日」，夾注本作「十三日」。

〔二〕「歲」，馮注本作「載」。

〔三〕「話」，夾注本作「語」。

【注　釋】

① 霅溪館：在湖州烏程縣。馮注：「《太平寰宇記》：湖州烏程縣霅溪館。霅溪在縣東南一里，凡四水合爲一溪，自浮玉山曰苕溪；自銅峴山曰前溪；自天目山曰餘不溪；自德清縣前北流至州南興國寺曰霅溪館，東北流四十里合太湖。」此詩《杜牧年譜》繫於大中五年。是年秋，杜牧由湖

州刺史拜考功郎中、知制誥。八月十二日新任刺史到任交接後，由官署移居館驛，因有此作。據此訂本詩作於大中五年（八五一）八月。

②歌板：用以打拍子之拍板。馮注：「《通典》：拍板長闊如手，重十餘枚，以韋連之，擊以代抃。」

③千歲鶴歸：《搜神後記》卷一「丁令威本遼東人，學道於靈虚山。後化鶴歸遼，集城門華表柱。時有少年舉弓欲射之，鶴乃飛，徘徊空中而言曰：『有鳥有鳥丁令威，去家千年今始歸。城郭如故人民非，何不學仙塚壘壘。』遂高上沖天。」

④一年人住句：杜牧大中四年秋出爲湖州刺史，次年秋離任，恰一年，故云。

⑤蘇潭：即蘇公潭，在今浙江湖州。馮注：「《太平寰宇記》：烏程縣蘇公潭，從貴涇東流二百五十步，至駱駝橋下，曰蘇公潭，此水深不可測。」

【集評】

《得替後移居霅溪館》：人知《得替移居》通篇詠一閑字耳，細玩首二句，實有一段祝國愛民惓惓至意，所以不能無情也。三、四承之。五、六即「閑始見」三字也。因前日之羈宦，樂今日之居閑，不特「溪館留僧」、「蘇潭看月」於閑見之，即「萬家相慶」、「歌板聲聲」亦於閑見之。此惟賢刺史胸中眼中乃能有此境界。（朱三錫《東喦草堂評訂唐詩鼓吹》卷六）

《八月十三日得替後移居霅溪館因題長句四韻》：據馮注，牧之於大中四年七月至湖州，五年八月得替，恰及一年，故曰「一年人住豈無情」。（曾國藩《求闕齋讀書録》卷九）

初冬夜飲

淮陽多病偶求懽①，客袖侵霜與燭盤。砌下梨花一堆雪，明年誰此凭欄干？

【注　釋】

① 淮陽：漢郡名，治所在今河南淮陽縣。西漢汲黯多病，卧閤内不出。後拜爲淮陽太守，上殿辭謝謂：「臣常有狗馬之心，今病，力不能任郡事。」武帝云：「吾徒得君重，卧而治之。」黯在任十年，淮陽政清。事見《漢書》卷五〇《汲黯傳》。

【集　評】

東坡《絶句》云：「梨花澹白柳深青，柳絮飛時花滿城。惆悵東闌一株雪，人生看得幾清明？」紹興中，予在福州，見何晉之大著，自言嘗從張文潛遊，每見文潛哦此詩，以爲不可及。余按杜牧之有句云：「砌下梨花一堆雪，明年誰此凭闌干？」東坡固非竊牧之詩者，然竟是前人已道之句，何文潛愛之深也，豈別有所謂乎？聊記之俟識者。（陸游《老學庵筆記》卷十）

「梨花淡白柳深青，柳絮飛時花滿城。惆悵東闌一林雪，人生看得幾清明？」陸放翁謂東坡此詩，本杜牧之「砌下梨花一堆雪，明年誰此憑闌干」。余愛坡老詩，渾然天成，非模仿而爲之者。放翁正所謂「洗瘢索垢者」矣。（俞弁《逸老堂詩話》卷下）

東坡詩云：「惆悵東闌一枝雪，人生能得幾清明？」此偷杜牧之「砌下梨花一堆雪，明年誰倚此闌干」句也。然風調自別。有人説歐公好偷韓文者，劉貢父笑曰：「永叔雖偷，恰不傷事主。」亦妙語也。（袁枚《隨園詩話・補遺》卷三）

張文潛愛誦坡公「梨花淡白柳深青」一絶，而放翁譏之曰：杜牧之有句云：「砌下梨花一堆雪，明年誰此憑闌干？」東坡固非竊人詩者，然竟是前人已道之句，何文潛愛之深也？豈有所謂乎？愚按坡公此詩之妙，自在氣韻，不謂句意無人道及也，且玩其句意，正是從小杜詩脱化而出，又拓開境地，各有妙處，不能相掩，放翁所見亦拘矣。（潘德輿《養一齋詩話》卷九）

栽竹

本因遮日種，却似爲溪移。歷歷羽林影，踈踈煙露姿。蕭騷寒雨夜，敲劼客入反晚風時①。故國何年到，塵冠挂一枝②。

【注釋】

①敲劼：相碰擊。

②塵冠句：塵冠，指官帽。挂冠即辭官。

【集評】

牧又多以竹雨比羽林，《栽竹》詩云：「歷歷羽林影。」又：「竹岡森羽林。」《大雨行》：「萬里横亘羽林槍。」又：「雲林寺外逢猛雨，林黑山高雨脚長。曾奉郊宫爲近侍，分明擻擻羽林槍。」（吳聿《觀林詩話》）

梅

輕盈照溪水〔一〕，掩斂下瑶臺①。妒雪聊相比，欺春不逐來②。偶同佳客見，似爲凍醪開。若在秦樓畔，堪爲弄玉媒③。

【校勘記】

〔一〕「溪」，《文苑英華》卷三二二作「野」，馮注本校：「一作野。」

【注　釋】

①掩斂句：掩斂，女子羞澀而又端莊有禮貌。瑶臺，神話中神仙所居之地。王嘉《拾遺記》卷一〇《崑崙山》：「崑崙山者，西方曰須彌山，對七星之下，出碧海之中。上有九層……第九層山形漸小狹，下有芝田蕙圃，皆數百頃，群仙種耨焉。傍有瑶臺十二，各廣千步，皆五色玉爲臺基。」馮注：「屈原《離騷》：望瑶臺之偃蹇兮，見有娀之佚女。」

②欺春：欺，此有藐視意。不逐來，不隨著春天一起來。

③ 若在秦樓二句：弄玉，秦穆公女弄玉，嫁蕭史。《列仙傳》卷上：「蕭史者，秦穆公時人也，善吹簫，能致孔雀白鶴於庭。穆公有女字弄玉，好之。公遂以女妻焉。日教弄玉作鳳鳴，居數年，吹似鳳聲，鳳凰來止其屋。公爲作鳳臺。夫婦止其上，不下數年，一旦皆隨鳳凰飛去。」

【集　評】

《梅》：牧之詩才高，此小詩若不介意，五六却淡靚有味。（方回《瀛奎律髓》卷二十「梅花類」）

《梅》：四句不爽亮。（紀昀《瀛奎律髓刊誤》卷十二「梅花類」）

山石榴①

似火山榴映小山，繁中能薄豔中閑②。一朵佳人玉釵上③，衹疑燒却翠雲鬟④。

【注　釋】

① 山石榴：馮注「《初學記》：周景式《廬山記》曰：香爐峰頭有大磐石，可坐數百人，垂生山石榴，三月中作花，色似石榴而小，淡紅敷紫蕚，煒燁可愛。」

② 繁中句：繁，繁豔。薄，淡薄。閑，閑雅。

③ 一朵句：馮注：「梁簡文帝詩：鬢邊插石榴。」

④ 翠雲鬟：婦女烏黑如雲之髮鬟。

柳長句

日落水流西復東，春光不盡柳何窮。巫娥廟裏低含雨①，宋玉宅前斜帶風〔一〕②。莫將榆莢共爭翠〔二〕③，深感杏花相映紅〔三〕。灞上漢南千萬樹④，幾人遊宦別離中？

【校勘記】

〔一〕「宅」，《又玄集》卷中作「門」。《文苑英華》卷三二二校：「《類詩》作門」，馮注本校：「一作門。」

〔二〕「莫將」，《才調集》卷四作「不將」，《文苑英華》卷三二二「將」字作「嫌」，下校：「《類詩》作將。」《全唐詩》卷五二二作「不嫌」，下校：「一作莫將。」馮注本校：「一云不嫌。」

〔三〕「深感杏」，《文苑英華》卷三二二校：「《類詩》作深與桃。」《全唐詩》卷五二二作「深與桃」，下校：「一作感杏。」馮注本校：「一云與桃。」

【注　釋】

①巫娥廟：即巫山神女廟。《水經注》卷三四《江水》二：「丹山西即巫山者也。又帝女居焉。宋玉所謂天帝之季女，名曰瑶姬，未行而亡，封於巫山之陽。精魂爲草，實爲靈芝，所謂巫山之女，高唐之姬。旦爲行雲，暮爲行雨，朝朝暮暮，陽臺之下。旦早視之，果如其言，故爲立廟，號朝雲焉。」低含雨，暗用巫山神女「朝爲行雲，暮爲行雨」事。

②宋玉宅句：宋玉，戰國時辭賦家。據《渚宫故事》，宋玉舊宅在江陵城北三里。馮注：「宋玉《風賦》：楚襄王遊於蘭臺之宫，宋玉、景差侍，有風颯然而至。」

③榆莢：榆樹之果實。榆樹未生葉前先生莢，形似錢而小，連綴成串，也稱榆錢。

④灞上句：灞上，指長安灞水上。《三輔黄圖》卷六：「灞橋在長安東，跨水作橋，漢人送客至此橋，折柳贈别。」漢南，漢水之南。庾信《枯樹賦》：「桓大司馬（温）聞而歎曰：『昔年種柳，依依漢南；今看摇落，悽愴江潭。樹猶如此，人何以堪！』」

【集　評】

雲谿子曰：漢署有《艷歌行》，匪爲桑間濮上之音也。偕以雪月松竹，雜詠《楊柳枝》詞，作者雖多，鮮覩其妙。杜牧舍人云：「巫娥廟裏低含雨，宋玉堂前斜帶風。」滕郎中又云：「陶令門前罥接離，亞夫營裏拂朱旗。」但不言「楊柳」二字，最爲妙也。是以姚合郎中苦吟《道傍亭子》詩云：「南陌遊人廻首去，東林道者杖藜歸。」不謂「亭」，稱奇矣。（范攄《雲溪友議》卷下）

《柳》：「柳何窮」，從「春光無盡」中看出；「春光無盡」，從「日落水流」中看出。「低含雨」是一春光也，「斜帶風」又一春光也，將風雨形出柳來，極寫「何窮」二字。「巫娥廟裏」、「宋玉門前」，皆文章點染法也。五、六又將榆莢、杏花襯出柳來。末更從「遊宦別離」生出無限煩惱，無限感慨。極有情致之作。（朱三錫《東喦草堂評訂唐詩鼓吹》卷六）

《柳》：起乃因春光發端，言西山日落如流水，明朝又是東出，昨年春光過去，今年又是春來，柳條隨春而發無窮也，意思高。巫娥廟、宋玉宅，風致自佳。五六亦是强捉感字，止可一見。結大方。但學之者不可更入竦暢，致失圓膩，便無風韻矣。樂府梁元帝《折楊柳曲》曰：「巫山巫峽長，垂柳復垂楊。」故云「巫娥廟」。庾子山《枯樹賦》：「昔年楊柳，依依漢南；今看摇落，悽愴江潭。」（胡以梅《唐詩貫珠箋》卷五十五）

雲溪子曰：「杜舍人牧《楊柳》詩云：『巫娥廟裏低含雨，宋玉堂前斜帶風。』……不言楊柳二字，最妙也。」如此論詩，詩了無神致矣。詩人寫物，在不即不離之間，「昔我往矣，楊柳依依」，只「依依」兩字，曲盡態度；太白「春風知別苦，不遣柳條青」，何等含蓄，道破「柳」字益妙。若雲溪所論，則是晚唐人《詠蜻蜓》云：「碧玉眼睛雲母翅，輕於粉蝶瘦於蜂。」石曼卿《紅梅》詩：「認桃無緑葉，辨杏

有青枝。」亦得好詩耶。（馬位《秋窗隨筆》）

隋堤柳①

夾岸垂楊三百里②，秖應圖畫最相宜。自嫌流落西歸疾，不見東風二月時〔一〕。

【校勘記】

〔一〕「東」，《唐詩紀事》卷五六作「春」。

【注　釋】

①《太平廣記》卷一四四引《感定録》：「唐杜牧自湖州刺史拜中書舍人，題汴河云：『自憐流落西歸疾，不見春風二月時。』自郡守入爲舍人，未爲流落，至京果卒。」《杜牧年譜》按：「謂『杜牧自湖州刺史拜中書舍人』，誤。杜牧於大中六年始由考功郎中知制誥遷中書舍人也。」據此，《杜牧年譜》定此詩大中五年（八五一）杜牧自湖州刺史入朝途中作。是年八月中杜牧卸湖州刺史任後尚在湖州逗留，則此詩之作蓋在是年九月。

②夾岸垂楊：隋煬帝時開邗溝，自山陽至揚子入江，水面闊四十步，兩岸三百餘里大道均種植楊柳。

柳絶句

數樹新開翠影齊，倚風情態被春迷。依依故國樊川恨①，半掩村橋半拂溪〔一〕。

【校勘記】

〔一〕「拂溪」，《全唐詩》卷五二二作「掩溪」，下校：「一作拂溪。」

【注釋】

①樊川：水名，在今陝西長安縣南。其地本杜縣之樊鄉。漢樊噲食邑於此，川因以得名。杜牧家有别墅在此。《文選》潘岳《西征賦》「倬樊川以激池」，《注》：「《三秦記》曰：長安正南秦嶺，嶺根水流爲秦川，一名樊川。漢武上林，唯此爲盛。」

獨柳

含煙一株柳，拂地搖風久。佳人不忍折，悵望迴纖手。

早雁①

金河秋半虜弦開②，雲外驚飛四散哀[一]。仙掌月明孤影過③，長門燈暗數聲來[二]④。須知胡騎紛紛在[三]，豈逐春風一一迴⑤。莫厭瀟湘少人處[四]，水多菰米岸莓苔⑥。

【校勘記】

[一]「外」，《文苑英華》卷三二八作「上」，下校：「集作外。」《全唐詩》卷五二二校：「一作際。」馮注本校：「一作上。」

[二]「數」，《文苑英華》卷三二八、《唐詩紀事》卷五六作「幾」。馮注本校：「一作幾。」

[三] 此句《文苑英華》卷三二八作「雖隨胡馬翩翩去」，下校：「集作須知胡騎紛紛在」，又在「雖」字下

校：「一作未。」《全唐詩》卷五二二校：「一作雖隨胡馬翩翩去」，馮注本校同《全唐詩》，又另校云：「雖又一作未。」

〔四〕「莫厭」，《文苑英華》卷三二八、《全唐詩》卷五二二、馮注本均校：「一作好是。」

【注釋】

①早雁：此处暗喻因回紇入侵而流徙之邊民。此詩《杜牧年譜》繫於會昌二年（八四二），謂「本年八月，回鶻南侵，杜牧憂念北方人民受回鶻侵擾，借雁以寄慨」。

②金河句：金河，唐縣名，在今内蒙呼和浩特南。馮注：「《唐書·地理志》：單于大都護府縣一金河。《漢書·鼂錯傳·注》：蘇林曰：秋氣至，弓弩可用，北寇常以爲候而出軍。」

③仙掌：漢長安建章宫有神明臺，漢武帝造，上置承露盤，有銅仙人舒掌捧銅盤以承雲表之露。詳參見《早春閣下寓直蕭九舍人亦直内署因寄書懷四韻》詩注④。

④長門：漢代長安宫名，漢武帝陳皇后失寵時居此。此處長門代指唐長安宫殿。

⑤豈逐春風句：馮注：「《淮南子》：雁從風而飛。《方輿勝覽》：回雁峰在衡陽之南，雁至此不過，遇春而回。」

⑥菰米：又叫雕胡米。菰，俗稱茭白，其實如米，可以作飯。

【集　評】

高古奧逸主：……入室六人：李賀……，杜牧：「煙着樹姿嬌，雨餘山態活。」「四海一家無一事，將軍攜劍泣霜毛。」「山密斜陽多，人稀芳草遠。」「仙掌月明孤影過，長門燈暗幾聲來。」（張爲《詩人主客圖》）

苕溪漁隱曰：杜牧之《早雁》詩云：「仙掌月明孤影過，長門燈暗數聲來。」六一居士《汴河聞雁》云：「野岸柳黄霜正白，五更驚破客愁眠。」皆言幽怨羈旅，聞雁聲而生愁思。至後山則不然，但云：「遠道勤相喚，羈懷悮作愁。」則全不蹈襲也。（胡仔《苕溪漁隱叢話後集》卷三十三「陳履常」）

杜紫微掊擊元、白，不減霜臺之筆，至賦《杜秋》詩，乃全法其遺響，何也？其詠物如「仙掌月明孤影過，長門燈暗數聲來」，亦可觀。（王世貞《全唐詩説》）

晚唐七言律，佳句……有寫景繪物入情入妙者，如「滿樓春色旁人醉，半夜雨聲前計非」、「雨暗殘燈人散後，酒醒孤館雁來初」、「詩情似到山家夜，樹色輕含御水秋」，……「灘頭鷺占清波立，原上人傍返照耕」、「鶴盤遠勢投孤嶼，蟬曳殘聲過別枝」、「仙掌月明孤影動，長門燈暗數聲來」之類是也。……有頹放縱筆生姿者，如「題詩朝憶複暮憶，見月上弦還下弦」、「黄葉黄花古時路，秋風秋雨別家人」，……「鳥去鳥來山色裏，人歌人哭水聲中」，諸如此類是也。（葉矯然《龍性堂詩話》續集）

《早雁》：金河，……然雁自北而南，今指山西北邊之金河，而非西域矣。此時回紇尚强，虜弦以此。通首宗起句，故結亦勸其止瀟湘而莫返。三四絶佳，承「四散」來，故或見于仙掌，或聞于長門。

按仙掌在東，與山西相近，長門又在西，則是從金河由東至西，亦有次第也。華山有仙人掌，詩意言雁見仙掌，亦有驚虜被攫而更飛動也。長門，漢之幽宫，如陳皇后被黜所居，聞雁聲而更淒涼耳。菰米，菰茭之子。（胡以梅《唐詩貫珠箋》卷五十三）

《早雁》：前四句是叙其來，後四句是慎其去，俱有托意在。（朱三錫《東喦草堂評訂唐詩鼓吹》卷六）

從來詠物之詩，能切者未必能工，能工者未必能精，能精者未必能妙。……鄭谷之「暖戲煙蕪錦翼齊，品流應得近山雞。雨昏青草湖邊過，花落黄陵廟裏啼。遊子乍聞征袖濕，佳人才唱翠眉低。相呼相唤湘江闊，苦竹叢深春日西」（《鷓鴣》），暨杜牧之「金河秋半虜弦開，雲外驚飛四散哀。仙掌月明孤影過，長門燈暗數聲來。須知胡騎紛紛在，豈逐春風一一廻？莫厭瀟湘少人處，水多菰米岸莓苔」（《早雁》），如此等作，斯爲能盡其妙耳。（余成教《石園詩話》卷二）

【早雁】雁爲虜弦所驚而來，落想奇警，辭亦足以達人。（曾國藩《求闕齋讀書録》卷九）

鵁鶄①

芝莖抽紺趾②，清唳擲金梭③。日翅閑張錦④，風池去罥羅⑤。静眠依翠荇〔一〕⑥，暖戲折高荷。山陰豈無爾⑦，繭字换群鵝⑧。

【校勘記】

〔一〕「荇」，《全唐詩》卷五二二校：「一作竹。」

【注　釋】

①鵁鶄：水鳥名。《爾雅·釋鳥》：「鵁鶄，似鳬，脚高毛冠，江東人家養之以厭火災。」夾注：「《異物志》：鵁鶄巢於高樹，生子在窟中，未能飛，皆銜其翼飛也。」

②芝莖句：芝莖，此處以喻鵁鶄之腿脚。紺，深青透紅之色。馮注：「摯虞《鵁鶄賦》：青不專紺，纁不擅赤。」

③喉：指鵁鶄叫聲。

④日翅句：日翅，指張開翅膀曬太陽。馮注：「梁簡文帝《鵁鶄賦》：似金沙之符采，同錦質之報章。」

⑤罥羅：羅網。罥，以繩繫取鳥獸。

⑥荇：即荇菜，水生植物。

⑦山陰：縣名，治所在今浙江紹興市。

⑧繭字句：繭字，寫在繭紙上之字。《晉書·王羲之傳》：「性愛鵝，會稽有孤居姥養一鵝，善鳴，求

市未能得，遂攜親友命駕就觀。姥聞羲之將至，烹以待之，羲之嘆惜彌日。又山陰有一道士，養好鵝，羲之往觀焉，意甚悦，固求市之。道士云：『爲寫《道德經》，當舉群相贈耳。』羲之欣然寫畢，籠鵝而歸，甚以爲樂。其任率如此。」

鸚鵡

華堂日漸高，雕檻繫紅絛①。故國隴山樹②，美人金剪刀。避籠交翠尾，罅嘴静新毛③。不念三緘事④，世途皆爾曹⑤。

【注釋】

① 絛：絲帶。

② 故國句：隴山，在今陝西隴縣至甘肅平凉一帶。夾注：「禰衡《鸚鵡賦序》：惟西域之靈鳥。李善注：西域，謂隴坻出此鳥也。」馮注：「《晉書・張華傳》：蒼鷹鷙而受紲，鸚鵡慧而入籠，戀鐘岱之林野，慕隴坻之高松。」

③ 罅嘴：裂開嘴。

④ 不念三緘句：緘，封、閉。孔子觀於周廟，見太廟有金人，「三緘其口，而銘其背曰『古之慎言人也』」。事見劉向《説苑·敬慎》。《淮南子》卷一六《説山訓》：「鸚鵡能言，而不可使長是。何則？得其所言，而不得其所以言。」

⑤ 爾曹：你們。指鸚鵡。此處喻好學舌，言語不謹慎者。

鶴

清音迎晚月〔一〕，愁思立寒蒲。丹頂西施頰①，霜毛四皓鬚②。碧雲行止躁，白鷺性靈麤。終日無群伴，溪邊弔影孤③。

【校勘記】

〔一〕「晚」，《全唐詩》卷五二二作「曉」。

【注釋】

① 丹頂：馮注：「《本草綱目》：鶴丹頂、赤目、赤頰、青脚。」

② 四皓：漢代隱士東園公、綺里季、夏黄公、甪里先生。四人年皆八十餘，鬚眉皓白。

③ 終日無群二句：馮注：「曹植《白鶴賦》：悵離群而獨處。梁簡文帝《獨鶴》詩：江上念離群。」

【集評】

衆禽中，唯鶴標致高逸，其次鷺亦閑野不俗。又嘗見於《六經》，如「鶴鳴在陰，其子和之」、「鶴鳴于九皋，聲聞于天」、「振鷺于飛，于彼西雝」。《易》與《詩》嘗取之矣，後之人形於賦詠者不少，而規規然祇及羽毛飛鳴之間。如《詠鶴》云：「低頭乍恐丹砂落，曬翅常疑白雪銷。」此白樂天詩。「丹頂西施頰，霜毛四皓鬚。」此杜牧之詩。此皆格卑無遠韻也。至於鮑明遠《鶴賦》云：「鐘浮曠之藻思，抱清迥之明心。」杜子美云：「老鶴萬里心。」李太白《畫鶴贊》云：「長唳風宵，寂立霜曉。」劉禹錫云：「徐引竹間步，遠含雲外情。」此乃奇語也。如《詠鷺》云：「拂日疑星落，淩風似雪飛。」此李文饒詩。「立當青草人先見，行近白蓮魚未知。」此雍陶詩，亦格卑無遠韻也。至於杜牧之《晚晴賦》云：「忽八九之紅芰，如婦如女，墮蕊黦顔，似見放棄。白鷺潛來，邈風標之公子，窺此美人兮，如慕悦其容媚。」雖語近於纖豔，然亦善比興者。至於許渾云：「雲漢知心遠，林塘覺思孤。」僧惠崇云：「曝翎沙日暖，引步島風情。照水千尋迥，棲煙一點明。」此乃奇語也。（陳巖肖《庚溪詩話》卷下）

鴉

擾擾復翻翻〔一〕①，黄昏颺冷煙②。毛欺皇后髮③，聲感楚姬絃④。蔓壘盤風下⑤，霜林接翅眠。祇如西旅様，頭白豈無缘⑥。

【校勘記】

〔一〕「翻翻」，馮注本作「翩翩」，下校：「一作翻翻。」

【注　釋】

① 擾擾：紛亂貌。

② 颺：飛翔。

③ 毛欺句：欺，勝過、超過。《後漢書・馬皇后紀》注引《東觀漢記》：「明帝馬皇后美髮，爲四起大髻，但以髮成，尚有餘，繞髻三匝。」

④ 聲感句：傳説南朝宋臨川王劉義慶被廢在江州，侍妾夜聞烏啼聲，扣齋閤曰：「明日應有赦。」因

此作《烏夜啼》曲。事見《樂府詩集》卷四七引《教坊記》。

⑤ 蔓壘：長著蔓草之城堡。

⑥ 祇如西旅二句：西旅，羈留西方之人。頭白，此用燕太子丹羈留於秦之典故。《博物志》卷八：「燕太子丹質於秦，秦王遇之無禮，不得意，思欲歸。請於秦王，王不聽，謬言曰：『令烏頭白，馬生角，乃可。』丹仰而歎，烏即頭白；俯而嗟，馬生角。秦王不得已而遣之，爲機發之橋，欲陷丹。丹驅馳過之，而橋不發。遁到關，關門不開，丹爲雞鳴，於是衆雞悉鳴，遂歸。」

鷺鷥①

雪衣雪髮青玉觜②，群捕魚兒溪影中。驚飛遠映碧山去〔一〕，一樹梨花落晚風。

【校勘記】

〔一〕「遠」，《全唐詩》卷五二二校：「一作低。」

【注釋】

①鷺鷥：即鷺。《埤雅》：「鷺色雪白，頂上有絲毵毵然，長尺餘，欲取魚則弭之。《禽經》曰：鷺啄則絲偃，鷹捕則角弭，藏殺機也。青脚喜翹，高尺七八寸，善躄捕魚。又其翔集，必舞而後下。」

②觜：通「嘴」，指鳥喙。

【集評】

【鷺絲謎】杜牧之《詠鷺絲》詩：「霜衣雪髮青玉嘴，群捕魚兒溪影中。驚飛遠映碧山去，一樹梨花落晚風。」分明鷺絲謎也。（楊慎《升菴詩話》卷十四）

村舍燕

漢宮一百四十五〔一〕①，多下珠簾閉瑣窗〔二〕②。何處營巢夏將半，茅簷煙裏語雙雙③。

【校勘記】

〔一〕「宮」，原作「官」，據諸本改。

〔二〕「閉」，文津閣本作「閇」。

【注　釋】

①漢宮句：張衡《西京賦》：「郡國宮館百四十五。」夾注：「《三輔故事》云：秦始皇上林苑中作離宮別館一百四十五所。」

②瑣窗：鏤刻有連鎖圖案之窗櫺。

③茅簷煙裏句：馮注：「李白詩：秋燕别主人，雙雙語前簷。」

【集　評】

【杜詩數目字】「漢宮一百四十五，多下珠簾閉鎖窗。何處營巢夏將半，茅簷煙寺語雙雙。」此杜牧《燕子》詩也。「一百四十五」見《文選》注。大抵牧之詩好用數目垛積，如「南朝四百八十寺」、「二十四橋明月夜」、「故鄉七十五長亭」是也。（楊慎《升菴詩話》卷五）

《村舍燕》：牧之多用數目字，儘饒别趣，算博士何嘗不妙。（黄周星《唐詩快》卷十六）

夢得、牧之喜用數目字。夢得詩：「大艑高帆一百尺，新聲促柱十三弦」、「千門萬户垂楊裏」、「春城三百九十橋」；牧之詩：「漢宮一百四十五」、「南朝四百八十寺」、「二十四橋明月夜」、「故鄉

七十五長亭」，此類不可枚舉，亦詩中之算博士也。（陸鎣《問花樓詩話》卷一）

歸　燕

畫堂歌舞喧喧地，社去社來人不看①。長是江樓使君伴②，黄昏猶待倚欄干。

【注　釋】

①社去社來：燕子爲候鳥，春社來，秋社去。夾注：「《左傳》：玄鳥司分。《注》：春分來，秋分去。《禮記》：八月白露之日，鴻雁來後五日，玄鳥歸。春分後戊日爲社，秋分前戊日爲社。」

②使君：作者自稱。時杜牧任某州刺史。

傷　猿

獨折南園一朵梅，重尋幽坎已生苔①。無端晚吹驚高樹，似裊長枝欲下來②。

【注　釋】

①幽坎：此指葬猿之墓穴。

②裊：攀繞。

還俗老僧①

雪髮不長寸，秋寒力更微。獨尋一徑葉，猶挈衲殘衣〔一〕②。日暮千峰裏，不知何處歸。

【校勘記】

〔一〕「衲殘衣」，「衲」字原作「納」，據夾注本、《全唐詩》五二二、馮注本改。

【注　釋】

①此詩曹中孚《杜牧詩文編年補遺》（《江淮論壇》一九八四年第三期）繫於會昌五年（八四五）秋冬之交。謂此年前後，唐武宗反佛，至五年八月廢佛寺四千六百餘所，還俗僧尼達二十六萬五百人，廢私立之招提蘭若四萬餘所。此詩乃側面記述此事之一。此詩「雪髮不長寸，秋寒力更微」所反

映時令乃在深秋，故「當作於是年秋冬之交」。今姑從此説。

②猶挈句：挈，提。衲，僧衣。

【集評】

杜牧之作《還俗僧》詩云：「雲髮不長寸，秋寒力更微。獨尋一徑葉，猶挈衲殘衣。日暮千峰裏，不知何日歸。」此詩蓋會昌廢佛寺時所作也。又有《斫竹》詩，亦同時作，云：「寺廢竹色死，宦家寧爾留。霜根漸隨斧，風玉尚敲秋。江南苦吟客，何處寄悠悠。」詞意悽愴，蓋憐之也。（陸游《老學庵筆記》卷六）

斫竹①

寺廢竹色死，宦家寧爾留〔一〕。霜根漸隨斧，風玉尚敲秋②。江南苦吟客，何處送悠悠③。

【校勘記】

〔一〕「宦家」，夾注本作「官家」，《全唐詩》卷五二三校：「一作官家。」

【注釋】

①此詩曹中孚《杜牧詩文編年補遺》繫於會昌五年（八四五）秋冬之交。謂此年前後，唐武宗反佛，至五年八月廢佛寺四千六百餘所，還俗僧尼達二十六萬五百人，廢私立之招提蘭若四萬餘所。此詩乃側面記述此事之一。詩中所反映時令乃在深秋，故「當作於是年秋冬之交」。今姑從此説。

②風玉句：《開元天寶遺事》載：「岐王宫中於竹林内懸碎玉片，每夜聞玉片子相觸之聲即知有風，號爲占風鐸。」

③悠悠：夾注：「《爾雅》：悠悠，思也。《注》：憂思也。」

將赴湖州留題亭菊①

陶菊手自種②，楚蘭心有期③。遥知渡江日，正是擷芳時④。

【注釋】

①湖州：州名，取州東太湖爲名。唐治所在烏程縣（今浙江湖州市）。此詩《杜牧年譜》繫於大中四年（八五〇）秋。蓋是年秋，杜牧出任湖州刺史。

②陶菊：即菊花。晉陶淵明愛菊，故稱。《藝文類聚》卷四引檀道鸞《續晉陽秋》：「陶潛嘗九月九日無酒，（出）宅邊菊叢中，摘菊盈把坐其側久，望見白衣至，乃王弘送酒也，即便就酌，醉而後歸。」夾注：「《潯陽記》：陶潛九日坐菊叢中，摘菊盈把。刺史王弘令白衣人送酒。」

③楚蘭：楚地之蘭花。

④擷芳：指採摘菊花。古人有九月九日採菊之習俗。

折菊

籬東菊徑深，折得自孤吟①。雨中衣半濕，擁鼻自知心②。

【注釋】

①籬東二句：陶潛《飲酒》詩之五：「采菊東籬下，悠然見南山。」

②擁鼻：把花置於鼻前嗅。

雲①

盡日看雲首不迴，無心都大似無才②。可憐光彩一片玉，萬里晴天何處來〔一〕。

【校勘記】

〔一〕「晴」，《文苑英華》卷一五六作「青」，《全唐詩》卷五二二、馮注本校：「一作青。」

【注　釋】

①《全唐詩》卷五二二題下注：「一作褚載詩」。此詩《樊川文集》卷三已録，《文苑英華》卷一五六亦作杜牧詩，當不誤。

②無心句：陶淵明《歸去來兮辭》：「雲無心以出岫，鳥倦飛而知還。」

醉後題僧院

離心忽忽復悽悽①，雨晦傾瓶取醉泥②。可羨高僧共心語，一如攜稺往東西③。

【注　釋】

①忽忽：恍惚。馮注：「宋玉《高唐賦》：悠悠忽忽，怊悵自失。《爾雅》：哀哀悽悽，懷報德也。」

②雨晦句：雨晦，因下雨而天色昏暗。醉泥，醉如泥，大醉。馮注：「《後漢書・周澤傳・注》：《漢官儀》云：一日不齋醉如泥。」

③稺：幼童。

題禪院〔一〕

觥船一棹百分空〔二〕①，十歲青春不負公〔三〕。今日鬢絲禪榻畔〔四〕，茶煙輕颺落花風〔五〕。

【校勘記】

〔一〕《全唐詩》卷五二二校：「一作《醉後題僧院》。」

〔二〕「觥」，《文苑英華》卷二三八作「航」，下校：「集作觥。」馮注本校：「一作航。」「棹」，《全唐詩》卷五二二校：「一作掉。」

〔三〕「十歲」，《本事詩·高逸》、《太平廣記》卷二七三引作「十載」，《文苑英華》卷二三八作「千載」，下校：「集作十歲。」《全唐詩》卷五二二、馮注本校：「一作千載。」

〔四〕「畔」，《太平廣記》卷二七三引作「伴」。

〔五〕「輕」，《文苑英華》卷二三八作「悠」，下校：「集作輕。」《全唐詩》卷五二二、馮注本校：「一作悠。」

【注釋】

① 觥船句：觥船，容量大之飲酒器。此處亦指酒船。晉畢卓好飲酒，曾云：「得酒滿數百斛船，四時甘味置兩頭，右手持酒杯，左手持蟹螯，拍浮酒船中，便足了一生矣。」事見《晉書》卷四九本傳。百分空，意爲忘却一切世俗之事。

【集評】

樊川鬢絲禪榻，翩翩才致。冬郎、都官、表聖、昭諫皆有妙境。（田雯《古歡堂集雜著》卷二論七言絶句）

《醉後題禪院》：「今日鬢絲禪榻畔，茶煙輕颺落花風」，不能復飲，青春已去。正爲壯盛虛擲醉鄉，悲悔無及，乃題此篇，妄題「醉後」二字，真憒憒也。若言公負青春，却又了無意味。（何焯《唐三體詩》卷二）

小杜之才，自王右丞以後，未見其比。其筆力回斡處，亦與王龍標、李東川相視而笑。「少陵無人謫仙死」，竟不意又見此人。只如「今日鬢絲禪榻畔，茶煙輕颺落花風」、「自説江湖不歸事，阻風中酒過年年」，直自開、寶以後百餘年無人能道，而五代、南北宋以後，亦更不能道矣。此真悟徹漢、魏、六朝之底蘊者也。（翁方綱《石洲詩話》卷二）

《石洲詩話》一書，引證該博，又無隨園佻纖之失，信從者多。予竊有惑焉，不敢不商榷，以質後之君子。……又謂「小杜『自説江湖不歸去，阻風中酒過年年』、『今日鬢絲禪榻畔，茶煙輕颺落花風』，開、寶後百餘年無人道得，五代、南北宋以後，更不能矣」。小杜二詩，洵晚唐佳語，何推尊至此！（潘德輿《養一齋詩話》卷二）

哭李給事中敏①

陽陵郭門外②，坡陁丈五墳〔一〕③。九泉如結友④，兹地好埋君。朱雲葬陽陵郭外⑤。

【校勘記】

〔一〕「丈五」，《文苑英華》卷三〇四作「五丈」，馮注本校：「一作五丈。」

【注　釋】

①李中敏：字藏之，曾任侍御史、司門員外郎。大和六年大旱，曾上言請斬鄭注，文宗不納，遂以病告歸潁陽。後遷給事中，又痛恨宦官仇士良專權，復棄官。傳見《舊唐書》卷一七一、《新唐書》卷一一八。

②陽陵：漢景帝陵墓，在今陝西咸陽東，漢代於此置陽陵縣。

③坡陁：傾斜貌。丈五墳，《漢書・朱雲傳》云：「雲年七十餘，終於家。病不呼醫飲藥。遺言以身服斂，棺周於身，土周於槨，爲丈五墳，葬平陵東郭外。」

④九泉句：《新序》卷四「晉平公過九原而歎曰：『嗟呼！此地之藴吾良臣多矣！若使死者起也，吾將誰與歸乎？』叔向對曰：『與趙武乎？』」

⑤朱雲句：朱雲，漢成帝時人，止直敢言，曾上書請斬佞臣張禹頭。傳見《漢書》卷六七。此處用以比喻讚美李中敏。按，據《漢書・朱雲傳》，朱雲葬於平陵東郭外，並未葬於陽陵。

黄州竹逕〔一〕①

竹岡蟠小徑〔二〕，屈折鬬蛇來。三年得歸去②，知遶幾千廻？

【校勘記】

〔一〕題原作《黄州竹逕鬬》，據夾注本、文津閣本、《全唐詩》卷五二二、馮注本改。

〔二〕「岡」，原作「濁」，据夾注本改。《全唐詩》卷五二二、馮注本均作「濁」，下校：「一作岡。」

【注　釋】

①王西平、張田《杜牧詩文繫年考辨》據此詩謂「唐代州刺史按例三年爲期，言『三年得歸去』者，説明此詩是杜牧初到黄州不久所作，繫於會昌二年爲宜。」所説可從，今即訂此詩於會昌二年（八四二）。

②三年：唐制，刺史任期一般爲三年。

題敬愛寺樓①

暮景千山雪，春寒百尺樓。獨登還獨下，誰會我悠悠。

【注　釋】

① 敬愛寺：《唐會要》卷四八敬愛寺：「懷仁坊。顯慶二年，孝敬在春宫，爲高宗、武太后立之，以敬愛寺爲名。制度與西明寺同。天授二年，改爲佛壽記寺。其後又改爲敬愛寺。」此詩《杜牧年譜》謂「敬愛寺在東京懷仁坊」，而杜牧大和九年、開成元年在東都爲監察御史，而詩難確定爲兩年中何年所作，故附於開成元年。按，據《杜牧年譜》，杜牧大和九年七月方分司東都，而開成二年春後方離洛陽往揚州。而此詩有「春寒」句，則詩蓋作於開成元或二年（八三六或八三七）早春。

送劉秀才歸江陵①

彩服鮮華覲渚宫②，鱸魚新熟别江東③。劉郎浦夜侵船月④，宋玉亭春弄袖風〔一〕⑤。落落精神終有立〔二〕⑥，飄飄才思杳無窮。誰人世上爲金口⑦，借取明時一薦雄⑧。

【校勘記】

〔一〕「春」，夾注本、馮注本作「前」，馮注本校：「一作春。」「弄」，《文苑英華》卷二八〇作「滿」，下校：「集作弄。」文津閣本亦作「滿」。《全唐詩》卷五二二、馮注本校：「一作滿。」

〔二〕「終」，《文苑英華》卷二八〇作「將」，《全唐詩》卷五二二校：「一作將。」

【注釋】

①劉秀才：陶敏《樊川詩人名箋補》（《徐州師範學院學報》一九八七年第二期）據張祜《張承吉文集》卷七《送劉韜秀才江陵歸寧》詩考爲劉韜。又據《全唐詩人名考證》，此詩作於會昌五年（八四五）春，時杜牧爲池州刺史。江陵，府名，今屬湖北。

②彩服句：彩服，《太平御覽》卷四一三引《孝子傳》：「老萊子者，楚人，行年七十，父母俱存，至孝蒸蒸，嘗着斑斕之衣，爲親取飲上堂，脚跌，恐傷父母之心，因僵仆爲嬰兒啼。」渚宮，春秋時楚國別宮。故址在今湖北江陵。

③鱸魚句：晉張翰在洛陽爲官，「因見秋風起，乃思吳中菰菜、蓴羹、鱸魚膾，曰：『人生貴得適志，

何能羈宦數千里以要名爵乎！』遂命駕而歸。」事見《晉書》卷九二本傳。

④劉郎浦：在江陵府石首縣（今屬湖北）沙步，乃劉備娶吳主妹之處。參見《資治通鑑》卷二七六胡三省注。夾注：「《十道志》：江陵有劉郎浦。按，《江陵圖經》，劉郎浦在石首縣。」

⑤宋玉亭：江陵有宋玉故宅。見《渚宮故事》。夾注：「韓公在江陵時《贈張功曹》詩云：宋玉亭過不見人。」

⑥落落：高超不凡貌。北周庾信《謝趙王示新詩啓》：「落落詞高，飄飄意遠。」

⑦金口：比喻言語之貴重。《晉書·夏侯湛傳·抵疑》：「今乃金口玉音，漠然沉默。」

⑧一薦雄：雄，指揚雄。《漢書·揚雄傳》：「孝成帝時，客有薦雄文似相如者，……召雄待詔承明之庭。」

【集評】

《劉秀才歸江陵》：綵服省覲是紀其事，言思親而歸也。鱸魚新熟是記其時，言當秋而歸也。三、四就到家之景言，俱切江陵。後四句因其歸而屬望之，言秀才精神才思，正當大用，尚可卜其待詔承明，以冀人之薦引也。（朱三錫《東喦草堂評訂唐詩鼓吹》卷六）

見吳秀才與池妓别因成絶句〔一〕①

紅燭短時羌笛怨，清歌咽處蜀絃高②。萬里分飛兩行淚③，滿江寒雨正蕭騷。

【校勘記】

〔一〕「池妓」，夾注本作「池州妓」。

【注　釋】

① 此詩《杜牧年譜》編於杜牧任池州刺史時，亦即會昌四年九月至會昌六年（八四四—八四六）九月。

② 紅燭二句：羌笛，樂器名。原出於古羌族。其長二尺四寸，三孔。一説四孔。馬融《長笛賦》：「近世雙笛從羌起。」蜀絃，謂琴瑟等絃樂器，以蜀地梧桐製作者音質爲美。夾注：「《玩月西城》詩：蜀琴抽白雪。李善注：相如工琴而處蜀，故曰蜀琴。」

③ 萬里分飛句：《説苑》卷一八《辨物》：「孔子曰：『回何爲而吒？』回曰：『今者有哭者其音甚

悲，非獨哭死，又哭生離者。』孔子曰：『何以知之？』回曰：『似完山之鳥。』孔子曰：『何如？』回曰：『完山之鳥生四子，羽翼已成乃離四海，哀鳴送之，爲是往而不復返也。』」

湖州正初招李郢秀才〔一〕①

行樂及時時已晚，對酒當歌歌不成②。千里暮山重疊翠，一溪寒水淺深清。高人以飲爲忙事，浮世除詩盡强名。看著白蘋芽欲吐③，雪舟相訪勝閑行④。

【校勘記】

〔一〕「湖州」，原作「湖南」，據馮集梧所考改。馮注云：「李郢有《和湖州杜員外冬至日白蘋州見憶》詩：『白蘋亭上一陽生，謝朓新裁錦繡成……』與牧之此詩用韻並同。惟李題云冬至，而此云新正，然兩詩語意相直，兼杜用白蘋，亦是湖州故事，知此題湖南當是湖州之誤。」

【注　釋】

① 李郢：字楚望，長安人。大中十年進士及第。初居餘杭。曾爲藩鎮從事，侍御史（一説終於員外

郎）。有詩一卷。事見劉崇遠《金華子雜編》卷下、《新唐書·藝文志》卷四、《唐詩紀事》卷五八、《唐才子傳》卷八。《杜牧年譜》又以爲此詩爲大中四年（八五〇）杜牧任湖州刺史時作，題中「『正初』，固應解釋爲新正，但李郢和詩題明言『冬至日』，而杜牧詩中用『寒水』、『雪舟』，亦似冬日口氣，『白蘋芽欲吐』，可能指冬至陽生而言，故『正初』二字疑亦有誤。」

② 對酒當歌：曹操《短歌行》：「對酒當歌，人生幾何？」

③ 白蘋：一種水中浮草，即馬尿花。生淺水中，夏秋開小白花。

④ 雪舟句：《世説新語·任誕》：「王子猷居山陰，夜大雪，眠覺，開室命酌酒，四望皎然。因起彷徨，詠左思招隱詩。忽憶戴安道。時戴在剡，即便夜乘小舟就之。經宿方至，造門不前而返。人問其故，王曰：『吾本乘興而行，興盡而返，何必見戴？』」

【集　評】

杜長律亦極有佳句，如「深秋簾幕千家雨，落日樓臺一笛風」、「蒲根水暖雁初浴，梅徑香寒蜂未知」、「千里暮山重疊翠，一溪寒水淺深清」。又「江碧柳青人盡醉，一瓢顔巷日空高」，俱灑落可誦。至《西江懷古》「千秋釣艇歌明月，萬里沙鷗弄夕陽」，尤有江天浩蕩之景。（賀裳《載酒園詩話又編·杜牧》）

史稱杜牧之自負才略，喜論兵事，擬致位公輔，以時無右援者，怏怏不平而終；爲人疎雋，不拘細行；其詩情致豪邁，人號爲小杜，以別於少陵。後村劉氏謂杜牧、許渾同時，牧于唐律中，嘗寓拗峭，以矯時弊，渾律切麗密或過牧，而抑揚頓挫不及也。讀其《冬至日寄小姪阿宜》詩云：「經書刮根本，史書閲興亡。高摘屈宋豔，濃熏班馬香。李杜泛浩浩，韓柳摩蒼蒼。近者四君子，與古爭强梁。」可以知其用功之深醇。讀其「平生五色綫，願補舜衣裳」、「誰知我亦輕生者，不得君王丈二殳」諸詩，可以知其立志之遠大。若但賞其「高人以飲爲忙事，浮世除詩盡强名」諸句，則猶是詩人而已。（余成教《石園詩話》卷二）

《湖南正初招李郢秀才》：李郢字楚望，大中進士，西安人，唐末避亂嶺表。馮注云：李郢有《和湖州杜員外冬至日白蘋洲見憶》詩，與牧之此詩用韻並同，此「湖南」當是「湖州」之誤。（曾國藩《求闕齋讀書録》卷九）

贈朱道靈

劉根丹篆三千字①，郭璞青囊兩卷書②。牛渚磯南謝山北③，白雲深處有巖居。

【注　釋】

①劉根句：劉根，東漢人，隱居嵩山，有道術。傳見《後漢書》卷八二。夾注：「《神仙傳》：劉根，字君安，京兆長安人也。少明五經，以漢孝成帝綏和二年舉孝廉，除郎中。後棄世學道，入嵩高山石室。冬夏不衣，毛長一二尺，其顏色如十四五歲人。」丹篆，紅筆篆書。

②郭璞句：郭璞，晉人，字景純。傳見《晉書》卷七二。傳謂有郭公者，精於卜筮，璞拜其爲師。郭公以青囊中書九卷授之，璞遂精五行、天文、卜筮之術。

③牛渚磯句：即牛渚山。《太平寰宇記》卷一〇五當塗縣牛渚山：在縣「北三十五里突出江中，謂爲牛渚，古所津渡處也」。謝山，即謝公山。《太平寰宇記》卷一〇五當塗縣：「謝公山在縣東三十五里，齊宣城太守謝朓築室及池於山南。其宅堦址見存，路南磚井二口。天寶十二年，改名謝公山，周迴八十里。」

屏風絶句

屏風周昉畫纖腰〔一〕①，歲久丹青色半銷。斜倚玉窗鸞髮女，拂塵猶自妬嬌嬈〔二〕②。

【校勘記】

〔一〕「昉」，原作「仿」，據夾注本、文津閣本、《全唐詩》卷五二二、馮注本改。

〔二〕「嬌饒」，文津閣本作「嬌嬈」。

【注　釋】

①周昉：唐代畫家，長安人，字景玄，一字仲朗。仕至宣州長史。善畫佛像、真仙、人物、仕女。事跡見《唐朝名畫録》、《歷代名畫記》卷一〇。

②拂塵句：拂塵，撣去塵埃。嬌饒，妍媚、美麗。此處也指屏風中所畫美人。

【集　評】

【牧之屏風美人】「屏風周昉畫纖腰，歲久丹青色漸凋。斜倚玉窗鸞髮女，拂塵猶自妒嬌嬈。」（楊慎《升菴詩話》卷五）

哭韓綽①

平明送葬上都門〔一〕②，紼翣交横逐去魂③。歸來冷笑悲身事，喚婦呼兒索酒盆④。

【校勘記】

〔一〕「明」,《文苑英華》卷三〇四作「生」。

【注　釋】

①韓綽:晚唐時淮南節度使府判官,與杜牧往還。

②上都:即唐首都長安。馮注:「《長安志》:唐天寶元年,以京城爲西京京兆府,至德二載曰中京,元年建丑月停京名,尋曰上都。」

③紼翣:紼,牽引棺木之繩索。翣,棺飾。形似扇,在路用以障車,入槨用以障柩。

④唤婦呼兒句:《晉書·劉伶傳》:「嘗渴甚,求酒於其妻。妻捐酒毁器,涕泣諫曰:『君酒太過,非攝生之道,必宜斷之。』伶曰:『善!吾不能自禁,惟當祝鬼神自誓耳。便可具酒肉。』妻從之。伶跪祝曰:『天生劉伶,以酒爲名。一飲一斛,五斗解醒。婦兒之言,慎不可聽。』仍引酒御肉,隗然復醉。」又《晉書·阮咸傳》:「咸妙解音律,善彈琵琶。雖處世不交人事,惟共親知絃歌酣宴而已。與從子脩特相善,每以得意爲歡。諸阮皆飲酒,咸至,宗人間共集,不復用杯觴斟酌,以大盆盛酒,圓坐相向,大酌更飲。時有群豕來飲其酒,咸直接去其上,便共飲之。」

新定途中①

無端偶效張文紀②，下杜鄉園别五秋〔一〕③。重過江南更千里，萬山深處一孤舟。

【校勘記】

〔一〕「園」，馮注本作「關」。

【注　釋】

①新定：郡名，即睦州。睦州曾名新定郡。唐州治建德，即今浙江建德市東北五十里梅城鎮。此詩《杜牧年譜》繫於會昌六年（八四六）。蓋其年九月，杜牧由池州移任睦州刺史，途中作此詩。

②張文紀：即張綱，字文紀。爲人鯁直敢言，曾劾奏外戚梁冀，爲冀所排擠，出爲廣陵太守。傳見《後漢書》卷五六。

③下杜句：下杜，即下杜城，在唐長安杜陵附近。五秋，五年。杜牧於會昌二年春離京出守黄州，至会昌六年已五年。

題新定八松院小石①

雨滴珠璣碎，苔生紫翠重。故關何日到②，且看小三峰〔一〕③。

【校勘記】

〔一〕「三」，文津閣本、馮注本作「山」。

【注釋】

① 此詩杜牧在睦州刺史任時作，即作於會昌六年底至大中二年（八四六—八四八）八月。

② 故關：指秦函谷關，在今河南靈寶縣西南。

③ 小三峰：指形似華山三峰之小石。華山有三峰，詩人倘由睦州回京，當經函谷關、華山。夾注：「《十道志》：關内道華州有華山。《華山紀》云：其上有三峰。東坡注：宋援云三峰謂蓮華、松檜、毛女也。」

樊川文集卷第四

往年隨故府吳興公夜泊蕪湖口今赴官西去再宿蕪湖感舊傷懷因成十六韻①

南指陵陽路②，東流似昔年。重恩山未答③，雙鬢雪飄然④。數仞慚投跡⑤，群公愧拍肩⑥。駑駘蒙錦繡⑦，塵土浴潺湲。郭隗黄金峻⑧，虞卿白璧鮮⑨。貔貅環玉帳⑩，鸚鵡破蠻箋⑪。極浦沉碑會⑫，秋花落帽筵⑬。旌旗明迴野，冠珮照神仙。籌畫言何補，優容道實全。謳謡人撲地⑭，雞犬樹連天〔一〕。紫鳳超如電⑮，青襟散似煙⑯。蒼生未經濟⑰，墳草已芊綿⑱。往事唯沙月，孤燈但客舡。峴山雲影畔⑲，棠葉水聲前⑳。故國還歸去，浮生亦可憐。高歌一曲淚，明日夕陽邊〔二〕。

【校勘記】

〔一〕「連」，《全唐詩》卷五二三作「齊」。

〔二〕此句文津閣本作「明月夕陽還」。

【注釋】

①故府吳興公：指沈傳師。杜牧於大和二年至七年入沈傳師江西、宣歙二幕府。沈傳師，字子言。蘇州吳縣人。曾任江西、宣歙兩鎮觀察使、吏部侍郎。傳見《舊唐書》卷一四九、《新唐書》卷一三二。蕪湖口，即蕪湖水入長江處。《元和郡縣圖志》卷二八當塗縣：「蕪湖水在縣西南八十里。源出丹陽湖，西北流入於大江。漢末湖側亦嘗置蕪湖縣，吳將陸遜、晉謝尚、王敦皆嘗鎮此。」《杜牧年譜》於開成四年謂「此詩蓋本年杜牧由宣州赴潯陽夜泊蕪湖時所作」。蓋開成四年（八三九）春杜牧由宣州取道潯陽赴京任左補闕、史館修撰任途中作。

②陵陽：山名，在宣城。此以陵陽代指宣城。

③重恩句：夾注：「曹植表：身輕蟬翼，恩重山丘。」

④雙鬢句：馮注：「張正見詩：鬢似雪飄蓬。」

⑤數仞：即數仞牆，此用以稱頌沈傳師。《論語·子張》：「叔孫武叔語大夫於朝曰：『子貢賢於仲

尼。』子服景伯以告子貢。子貢曰：『譬之宫牆，賜之牆也及肩，窺見室家之好。夫子之牆數仞，不得其門而入，不見宗廟之美，百官之富。得其門者或寡矣。夫子之云，不亦宜乎！』」投跡，謂踐履，廁身其間。

⑥ 群公句：晉郭璞《遊仙》詩：「左挹浮丘袖，右拍洪崖肩。」此將幕府群公喻爲仙人。

⑦ 駑駘句：駑駘，劣馬。此用以自比。《史記・滑稽列傳》載，楚莊王給愛馬衣以文繡，置於華屋之下。此指自己受到禮遇。

⑧ 郭隗句：《戰國策・燕策》：「燕昭王收破燕後，即位，卑身厚幣，以招賢者，欲將以報仇。……郭隗先生曰：『臣聞古之君人，有以千金求千里馬者，三年不能得。涓人言於君曰：「請求之。」君遣之，三月得千里馬；馬已死，買其骨五百金。』」

⑨ 虞卿句：戰國時，虞卿「躡蹻檐簦説趙孝成王。一見，賜黄金百鎰，白璧一雙；再見，爲趙上卿，故號爲虞卿」。事見《史記》卷七六《虞卿列傳》。

⑩ 貔貅句：貔貅，猛獸名，此喻勇猛之士。玉帳，征戰時主將所居之軍帳。

⑪ 鸚鵡句：禰衡善文辭，與黄祖之子黄射善，射大會賓客，有人獻鸚鵡，射「舉卮於衡曰：『願先生賦之，以娱嘉賓。』衡攬筆而作，文無加點，辭采甚麗」。事見《後漢書》卷八〇下《禰衡傳》。蠻箋，指高麗所製之紙。馮注：「《天中記》：唐中國紙未備，故唐人詩中多用蠻箋字。高麗歲貢蠻

箋，書卷多用爲襯。」

⑫ 極浦句：極浦，遥遠之水邊。晉杜預好爲後世名，以爲「高岸爲谷，深谷爲陵」，變化極大，遂「刻石爲二碑，紀其勳績，一沈萬山之下，一立峴山之上，曰：『焉知此後不爲陵谷乎！』」事見《晉書》卷三四《杜預傳》。

⑬ 秋花句：秋花，指菊花。晉桓温九月九日與幕吏宴集於龍山，時孟嘉爲參軍，亦在座，「有風至，吹嘉帽墮落，嘉不之覺」。事見《晉書》卷九八《孟嘉傳》。

⑭ 撲地：滿地，遍地。王勃《滕王閣序》：「閭閻撲地。」

⑮ 紫鳳句：馮注：「江總詩：盛時不再得，光景馳如電。按：此當謂吴興公倏已去世，如琴高乘赤鯉，蘇躭化白鶴之比。或别有紫鳳事，未見。」

⑯ 青襟：即青衿，謂士人。此指沈傳師之幕吏。

⑰ 蒼生句：蒼生，百姓。經濟，經國濟民。

⑱ 芊綿：草茂盛貌。

⑲ 峴山句：峴山，又稱峴首山，在今湖北襄樊南。晉時羊祜鎮襄陽，樂山水，常登此山，置酒言詠，終日不倦。卒後，百姓於峴山立廟建碑，望碑者莫不流涕，杜預名之曰墮淚碑。見《晉書》卷三四本傳。

⑳ 棠葉句：棠，甘棠。此句指沈傳師有善政遺愛。《詩・召南》有《甘棠》篇，相傳召公姬奭爲西伯，有善政，常息於甘棠之下以聽政事，詩人思之而愛其樹，遂作《甘棠》詩。

懷鍾陵舊遊四首①

其一

一謁征南最少年②，虞卿雙璧截肪鮮③。歌謡千里春長暖，絲管高臺月正圓〔一〕。玉帳軍籌羅俊彦，絳帷環珮立神仙④。陸公餘德機雲在⑤，如我酬恩合執鞭⑥。

【校勘記】

〔一〕「高臺」，夾注本作「高樓」。

【注　釋】

① 鍾陵：唐洪州治所，在今江西南昌，時爲江西觀察使治所。杜牧曾在沈傳師江西幕。馮注：

「《元和郡縣志》：江南西道洪州南昌縣，漢置，隋改豫章縣，寶應元年六月改鍾陵縣，十二月改爲南昌縣。」

② 謁南句：征南，晉羊祜曾爲征南大將軍，此借指沈傳師。沈傳師於唐文宗大和時曾任江西觀察使。杜牧入其江西幕時年僅二十六。

③ 截肪：切開之脂肪，喻璧之白潤。曹丕《與鍾大理書》：「竊見玉書稱美玉白如截肪。」

④ 絳帷句：絳帷，紅色帷帳。神仙，指美女，此謂幕府中之歌伎。漢馬融才高博洽，爲世通儒。教養諸生，常坐高堂，施絳帳，前授生徒，後列女樂。事見《後漢書》卷六〇上本傳。

⑤ 陸公句：指三國時吴國名將陸遜。傳見《三國志》卷五八。其孫陸雲、陸機，爲西晉著名文學家，陸機著有《祖德賦》。此以機、雲比沈傳師二子沈樞、沈詢。

⑥ 執鞭：《史記·管晏列傳》太史公曰：「假令晏子而在，余雖爲之執鞭，所忻慕焉。」

【集評】

杜牧好用故事，仍于事中復使事，若「虞卿雙璧截肪鮮」是也。亦有趁韻撰造非事實者，若「珊瑚破高齊，作婢春黄糜」是也。李詢得珊瑚，其母令衣青衣而春，初無「黄糜」字。其《晚晴賦》云：「忽引舟于青灣，睹八九之紅芰。（按《樊川集》云：「復引舟于深灣，忽八九之紅芰。」）姹然如婦，嫣然如女。」芰，菱也，牧乃指爲荷花。其爲《阿房宫賦》云：「長橋卧波，未雩何龍？」牧謂龍見而雩，故用龍以比橋，殊不知，龍者，龍星也。（魏泰《臨漢隱居詩話》）

【懷鍾陵舊遊第一首】漢之豫章郡，隋改爲縣，唐改鍾陵縣，後改南昌縣。「征南」指沈傳師也。傳師……子樞、詢皆登進士第。詢歷清顯至禮部侍郎，故以機、雲比之。（曾國藩《求闕齋讀書録》卷九）

其二

滕閣中春綺席開①，《柘枝》蠻鼓殷晴雷②。垂樓萬幕青雲合③，破浪千帆陣馬來。未掘雙龍牛斗氣④，高懸一榻棟梁材⑤。連巴控越知何有〔一〕⑥？珠翠沉檀處處堆⑦。

【校勘記】

〔一〕「有」，《全唐詩》卷五二三作「事」，下校：「一作有。」

【注釋】

① 滕閣：即滕王閣，在今江西南昌，唐初滕王李元嬰爲洪州都督時所建。

② 柘枝句：《柘枝》，樂曲名，亦舞名。舞因曲得名。郭茂倩《樂府詩集》卷五六《柘枝詞》：「《樂府

雜録》曰：『健舞曲有《柘枝》，軟舞曲有《屈柘》。』《樂苑》曰：『羽調有《柘枝曲》，商調有《屈柘枝》。此舞因曲爲名，用二女童，帽施金鈴，抃轉有聲。其來也，於二蓮花中藏，花坼而後見，對舞相占，實舞中雅妙者也。』《教坊記》曰：『凡棚車上擊鼓非《柘枝》，則《阿遼破》也。』《羯鼓録》曰：『凡曲有意盡聲不盡者，須以他曲解之，如《耶婆色雞》用《屈柘急遍》解，《屈柘》用《渾脱》解之類是也。一説曰：《柘枝》，本《柘枝舞》也，其後字訛爲柘枝。』沈亞之賦云：『昔神祖之克戎，賓雜舞以混會。柘枝信其多妍，命佳人以繼態。』然則似是戎夷之舞。按今舞人衣冠類蠻服，疑出南蠻諸國也。」蠻鼓，外族傳入中國之鼓。殷，振动。此指雷声振动。

③ 垂樓萬幕句：馮注：「《西京雜記》：成帝設雲帳、雲幄、雲幕，世謂三雲殿。江淹《宣列樂歌》：青幕雲舒，丹殿霞起。」

④ 未掘雙龍句：晉張華見斗牛星間常有紫氣，因與雷焕共觀天象，雷焕以爲乃寶劍之精上沖而成。華遂命雷焕爲豐城令，到縣，掘獄屋基，得寶劍龍泉、太阿。事見《晉書》卷三六《張華傳》。

⑤ 高懸一榻句：《後漢書·徐穉傳》：「徐穉，字孺子，豫章南昌人也。家貧，常自耕稼，非其力不食。恭儉義讓，所居服其德。屢辟公府，不起。時陳蕃爲太守，以禮請署功曹，穉不免之，既謁而退。蕃在郡不接賓客，唯穉來特設一榻，去則縣之。後舉有道，家拜太原太守，皆不就。」

⑥ 連巴控越：巴指四川省東部一帶。越指古越地，在今浙江一帶。王勃《滕王閣序》：「控蠻荆而

引甌越。」

⑦沉檀：即沉香與檀香。

【集評】

王平甫年十一過洪州，有《滕王閣》詩，蓋其少成如此。又再賦一首，叙其事云：「滕王平昔好追遊，高閣依然枕碧流。勝地幾經興廢事，夕陽偏照古今愁。層城樹密千家箇，江渚人孤一葉舟。悵然滄波吟不盡，西山重疊亂雲浮。」十四歲再題一首，其序云：「予始年十一時，從親還里中，道出洪州，泊滕王閣下，俯視山川之勝，而求士大夫所留之詩，凡百餘篇，自唐杜紫微外，類皆世俗氣，不足矜愛。」（趙令時《侯鯖録》卷二）

其三

十頃平湖堤柳合①，岸秋蘭芷緑纖纖。一聲明月採蓮女，四面朱樓卷畫簾。白鷺煙分光的的②，微漣風定翠湉湉〔一〕③。斜輝更落西山影④，千步虹橋氣象兼。

【校勘記】

〔一〕「湉湉」，原作「沾沾」，原有小注：「徒兼切。」今據夾注本改。

【注　釋】

① 十頃平湖：馮注：「《水經注·贛水篇》：豫章郡東大湖十里二百二十六步，北與城齊，南緣迴折至南塘，本通章江，增減與江水同。漢永元中，太守張躬築塘以通南路，兼遏此水，冬夏不增減，水至清深。」

② 的的：明白，明顯。

③ 湉湉：四部叢刊本原作「沾沾」，馮集梧《樊川詩集注》以爲字書無沾字，疑當作湉，徒兼切，音恬。湉湉，水安流貌。左思《吴都賦》：「澶湉漠而無涯。」

④ 西山：在江西新建縣西，一名南昌山，又名厭原山。馮注：「《元豐九域志》：洪州新建有西山。《一統志》：西山在章江門外三十里，一名南昌山，即古散原山也。或作厭原山。《水經注·贛水篇》：石頭津步西二十里曰厭原山，疊嶂四周，杳邃有趣。」

其四

控壓平江十萬家，秋來江靜鏡新磨。城頭晚鼓雷霆後，橋上遊人笑語多。日落汀痕千里色，月當樓午一聲歌①。昔年行樂穠桃畔〔一〕②，醉與龍沙揀蜀羅③。

【校勘記】

〔一〕「穠桃畔」，夾注本作「穠桃伴」。

【注　釋】

①午：此指午夜、半夜。

②穠桃：繁盛之桃花。此喻指歌妓。《詩經·召南》：「何彼穠矣，華如桃李？」

③龍沙：《太平寰宇記》卷一〇六南昌縣：「龍沙在州北七里一帶，江沙甚白而高峻，左右居人時見龍跡。按，雷次宗《豫章記》云：北有龍沙堆阜，逶迤潔白，高峻而似龍形，連亘五六里。舊俗九月九日登高之處。」

【集　評】

【懷鍾陵舊遊第四首】馮注：《通典》：「南昌有龍沙。」《水經注》：「龍沙，沙甚潔白，高峻而阤，有龍形。」國藩按：此詩之意，謂沙之白細，就中可揀出蜀羅也。以比就紅粉隊中揀選絶色，蓋擕妓

夜遊之詩。（曾國藩《求闕齋讀書録》卷九）

臺城曲二首①

其一

整整復斜斜，隋旗簇晚沙〔一〕②。門外韓擒虎〔二〕③，樓頭張麗華④。誰憐容足地，却羨井中蛙⑤。

【校勘記】

〔一〕「隋」，原作「隨」，據夾注本、馮注本改。

〔二〕「擒」，原作「檎」，據夾注本、《全唐詩》卷五二三、馮注本改。

【注　釋】

① 臺城：東晉、宋、齊、梁、陳宫城，在今南京東。馮注：「《元和郡縣志》：潤州上元縣，晉故臺城，

在縣東北五里。《輿地紀勝》：臺城，一曰苑城，本吳後苑地也。晉咸和中作新宮，遂爲宮城，下及梁、陳，宮皆在此。晉宋時謂朝廷禁省爲臺，故謂宮城爲臺城。」

② 隋旗：隋軍旗幟。隋平陳前，大將賀若弼率軍與陳隔江對峙，令沿江設防人員每交替時，必集中在歷陽（今安徽和縣），大列旗幟，宮幕蔽野。陳以爲大兵至，調集兵馬防備。後知乃隋軍換防，不再防備。及至賀若弼率大軍渡江，陳軍尚未發覺。事見《隋書》卷五二《賀若弼傳》。

③ 韓擒虎：隋大將，伐陳時，爲先鋒，率五百精騎從朱雀門入城，俘獲陳後主。傳見《隋書》卷五二。

④ 張麗華：陳後主寵妃。據《南史》本傳，陳後主自居臨春閣，張麗華居結綺閣，龔、孔二貴嬪居望仙閣，並複道交相往來。

⑤ 誰憐二句：據《南史·陳後主傳》，後主在韓擒虎入宮城後，與張麗華、孔貴人躲入枯井中。「既而軍人窺井而呼之，後主不應。欲下石，乃聞叫聲。以繩引之，驚其太重，及出，乃與張貴妃、孔貴人三人同乘而上。」後爲隋軍所俘。

【集評】

【張麗華誤作潘麗華】東坡《虢國夫人夜遊圖》詩：「當時亦笑張麗華，不知門外韓擒虎。」蓋全用杜牧之《臺城曲》兩句詩：「門外韓擒虎，樓頭張麗華。」按後主張貴妃名麗華，尤見寵倖；隋韓擒虎平陳，後主與張麗華俱被收。今坡詩本皆誤作潘麗華，遂致黄朝英《緗素雜記》以東坡爲誤，彼不記杜牧之詩耳。（吴曾《能改齋漫録》卷三）

其二

王頒兵勢急①，鼓下坐蠻奴②。激灩倪塘水③，叉牙出骨鬚④。乾蘆一炬火⑤，迴首是平蕪⑥。

【注　釋】

①王頒：字景彦，隋軍將領。隋伐陳時，率數百人隨韓擒虎過江滅陳。事見《隋書》卷七二本傳。

②鼓下：古代軍中待處理俘虜之坐處。《左傳·襄公十八年》：「其右具丙亦舍兵而縛郭最，皆衿甲面縛，坐於中軍之鼓下。」蠻奴，陳大將任忠小名。隋將韓擒虎伐陳時，任忠帶領數人往石子崗投降，並引隋軍入南掖門。事見《陳書》卷三一本傳。

③倪塘：在建康（今南京）城東南二十五里。馮注：「《通鑑·晉紀·注》：倪塘在建康東北方山埭南，倪氏築塘，因以爲名。《景定建康志》：倪塘在城東南二十五里。」

④叉牙句：叉牙，此指鬍鬚零亂貌。據《隋書·王頒傳》，王頒之父王僧辯爲陳武帝所殺。陳亡後，

王頒挖開陳武帝墓，剖棺，見武帝鬍鬚不落，其本皆出自骨中。頒遂焚骨取灰，投水而飲之。馮注：「《元和郡縣志》：潤州上元縣陳武帝萬安陵，在縣東三十八里方山西北。《至正金陵志》：陳高祖陵，上元縣東崇禮鄉，地名陵里，去城二十五里，名萬安陵。」

⑤乾蘆句：隋將賀若弼至樂遊苑，進攻陳宮城，放火燒北掖門。事見《陳書·後主紀》。

⑥廻首句：馮注：「《隋書·地理志》：丹陽郡自東晉已後置郡，曰揚州。平陳，詔並平蕩耕墾，更於石頭城置蔣州。《通鑑·唐紀》：光啓三年，趙暉治南朝臺城而居之。《注》：隋之平陳也，悉毁建康臺城，更于石城置蔣州，唐廢蔣州，以其地隸潤州。光啓二年，復置昇州，治上元縣，蓋臺城之湮廢久矣。」

江上雨寄崔碣①

春半平江雨，圓文破蜀羅②。聲眠蓬底客，寒濕釣來簑。暗澹遮山遠，空濛著柳多。此時懷一恨〔一〕，相望意如何？

【校勘記】

〔二〕「一」，《全唐詩》卷五二三作「舊」，馮注本校：「一作舊。」

【注　釋】

① 崔碣：字東標，及進士第，遷右拾遺。後官至河南尹、陝虢觀察使。傳見《新唐書》卷一二〇。

② 圓文句：圓文，指雨點落在水面泛起之圓形水紋。馮注：「王僧孺詩：緑水散圓文。」蜀羅，此用以比喻江面。

【集　評】

【江雨】「春半平江雨，圓紋破蜀羅。聲眠蓬底客，寒濕釣來簑。」此唐杜牧之作也，黄山谷酷愛而屢稱之。（祝誠《蓮堂詩話》卷上）

罷鍾陵幕吏十三年來泊湓浦感舊爲詩①

青梅雨中熟，檣倚酒旗邊。故國殘春夢，孤舟一褐眠。摇摇遠堤柳，暗暗十程煙②。南奏鍾陵道③，無因似昔年。

【注　釋】

① 鍾陵幕吏：鍾陵，即洪州鍾陵，漢南昌縣，豫章郡治所。隋改爲豫章郡，唐改爲鍾陵。鍾陵幕吏，指杜牧大和二年至四年間爲沈傳師江西觀察使幕幕吏。湓浦，江州州治（今江西九江），古稱湓城，爲湓水入長江之處。其浦稱湓浦。此詩作年，據胡可先《杜牧詩文編年補正》（《四川大學學報》一九八三年第一期）所考作於會昌元年。蓋杜牧大和四年罷鍾陵幕，十三年後應是會昌二年。然是年春杜牧不能在江州，詩題「『十三年』應是『十二年』傳鈔之誤，或杜牧誤記」。「杜牧開成五年冬至會昌元年春乞假往潯陽視弟眼疾，會昌元年四月前在潯陽，正是春天，與詩中本事相合。」又詩有「故國殘春夢，孤舟一褐眠」句，今即據此訂本詩於會昌元年（八四一）春末。

② 程：指驛站間距離。江州南至洪州三百二十五里，其間約置十驛。

③ 奏：向，往。

商山麻澗①

雲光嵐彩四面合，柔柔垂柳十餘家〔一〕。雉飛鹿過芳草遠，牛巷雞塒春日斜②。秀眉老父對樽酒③，蒨袖女兒簪野花④。征車自念塵土計，惆悵溪邊書細沙。

【校勘記】

〔一〕「柔柔」，夾注本作「柔桑」。《全唐詩》卷五二三、馮注本「柔柔」下校：「一作桑。」

【注　釋】

①商山：在今陝西省商縣東南。亦名商嶺、商阪。相傳秦末漢初四皓曾隱居於此。麻澗，在商州熊耳峰下，山澗環抱，宜於種麻，故名。此詩及後四詩《杜牧年譜》繫於開成四年（八三九）春，時杜牧「自潯陽泝長江、漢水，經南陽、武關、商山而至長安，就左補闕、史館修撰新職」，途經商山而作。

②塒：雞窩。在牆上鑿洞，以爲雞棲之巢。夾注：「《詩》：雞棲於塒。《注》：鑿牆而棲曰塒。」

③ 秀眉：老人眉毛中一二根較長者，舊説爲長壽之徵，謂之秀眉。《詩·小雅·南山有臺》：「樂只君子，遐不眉壽。」漢毛亨傳：「眉壽，秀眉也。」

④ 蒨袖：紅袖。

商山富水驛驛本名與陽諫議同姓名，因此改爲富水驛〔一〕①

益戇猶來未覺賢②，終須南去弔湘川③。當時物議朱雲小④，後代聲華白日懸⑤。邪佞每思當面唾⑥，清貧長欠一杯錢⑦。驛名不合輕移改，留警朝天者惕然。

【校勘記】

〔一〕《全唐詩》卷五二三、馮注本於詩題中「水」字下校：「一作春。」馮注本又於小注中「水」字下校：「一作沙。」

【注釋】

① 富水驛：即陽城驛，在今陝西商南縣東南富水鎮。陽諫議，即陽城。城字亢宗，定州北平人。徙

居陝州夏縣。曾隱居於中條山。後薦爲著作郎、遷諫議大夫，改國子司業，貶道州刺史。傳見《舊唐書》卷一九二、《新唐書》卷一九四。此詩《杜牧年譜》繫於開成四年（八三九）春，時杜牧「自潯陽泝長江、漢水，經南陽、武關、商山而至長安，就左補闕、史館修撰新職」，途經商山而作。

②益戇句：戇，剛直而愚。西漢時，汲黯向漢武帝提出批評意見，武帝不悦，云：「甚矣，汲黯之戇也！」後又云：「人果不可以無學，觀汲黯之言，日益甚矣！」事見《漢書》卷五〇《汲黯傳》。陽城登進士第後，隱居中條山。召爲諫議大夫，日惟飲酒，不言朝事。貞元十一年，裴延齡誣逐陸贄、張滂等，陽城伏閣上疏力劾裴延齡，陸贄從而得免。後出刺道州，有善政，甚得民心。

③弔湘川：用賈誼貶爲長沙王太傅，經汨羅江時作《弔屈原賦》事。陽城因論裴延齡等事，觸怒德宗，被貶爲道州刺史。

④當時物議句：物議，輿論。小，指評價低。朱雲，西漢人，在朝敢於直諫。曾因劾奏安昌侯張禹觸犯上怒，爲御史押下欲烹之，雲猶攀殿檻大呼，以至檻折。幸賴左將軍辛慶忌以死爭之而免。事見《漢書》卷六七本傳。

⑤後代聲華句：聲華，美好之名聲。《文選》任昉《宣德皇后令》：「客遊梁朝，則聲華籍甚；薦名宰府，則延譽自高。」《晉書·江統傳》：「此皆聖主明君賢臣智士之所履行也。故能懸名日月，永世不朽，蓋儉之福也。」

⑥ 邪佞每思句：馮注：「《史記·趙世家》：復言長安君爲質者，老婦必唾其面。《唐書·陽城傳》：帝意欲相延齡，城顯語曰：延齡爲相，吾當取白麻壞之，哭於廷。帝不相延齡，城力也。」

⑦ 清貧長欠句：一杯錢，買一杯酒之錢。馮注：「《唐書·陽城傳》：常以木枕布衾質錢，人重其賢，爭售之。每約二弟：吾所奉入，而可度月食米幾何？薪菜鹽幾錢？先具之，餘送酒家，無留也。」

【集評】

「廚人具雞黍，稚子摘楊梅」、「當時物議朱雲小，後代聲名白日長」，以「雞」對「楊」，以「朱雲」對「白日」，如此之類，皆爲假對。（沈括《夢溪筆談》卷十五藝文二）

王夷甫、蔡景節並號口不言錢，二子皆因弊矯之過者。……撙在臨海，其婢納女巫之賂，爲百姓撾登聞鼓，其絶口蓋有由然。如子美、張籍皆云：「呼兒散寫乞錢書」，太白：「顏公三十萬，盡赴酒家錢」，岑參：「閒時耐相訪，正有牀頭錢」，小杜：「清貧長欠一杯錢」，坡：「滿江風月不論錢」，谷：「青山好去坐無錢」，曾不害諸公之高也。（黄徹《䂬溪詩話》卷二）

唐詩家有假對律，曰：「牀頭兩甕地黄酒，架上一封天子書」，又「三人鐺脚坐，一夜掉頭吟」，又「鬢欲雷青女，官猶佐子男」等句是也。或鄙其不韻。如杜子美「枸杞因吾有，雞棲奈汝何」，又「飲子

頻通汙，懷君想報珠」，杜牧之「當時物議朱雲小，後代聲名白日懸」，亦用此律也。（邵博《邵氏聞見後録》卷十七）

杜牧之云：「杜若芳州翠，嚴光釣瀨喧。」此以杜與嚴爲人姓相對也。又有「當時物議朱雲小，後代聲名白日懸」，此乃以「朱雲」對「白日」，皆爲假對，雖以人姓名偶物，不爲偏枯，反爲工也。如涪翁「世上豈無千里馬，人中難待九方皋」，尤爲工緻。（吴聿《觀林詩話》）

假對如沈雲卿「牙緋」對「齒緑」，杜子美「懷君」對「飲子」，「侍中貂」對「大司馬」，杜牧之「當時物議朱雲小，後代聲名白日懸」之類。（胡震亨《唐音癸籤》卷四「法微」三）

丹　水①

何事苦縈迴，離腸不自裁。恨聲隨夢去〔一〕，春態逐雲來。沉定藍光徹〔二〕，喧盤粉浪開〔三〕。翠巖三百尺②，誰作子陵臺③？

【校勘記】

〔一〕「聲」，《全唐詩》卷五二三作「身」，下校：「一作聲。」

〔二〕「徹」，文津閣本作「澈」。

〔三〕「喧盤」，文津閣本作「喧盆」。

【注 釋】

① 丹水：河名。馮注：「《水經》：丹水出京兆上洛縣西北冢嶺山，東南過其縣南，又東南過商縣南，又東南至丹水縣，入於均。」此詩《杜牧年譜》繫於開成四年（八三九）春，時杜牧「自潯陽泝長江、漢水，經南陽、武關、商山而至長安，就左補闕、史館修撰新職」，途經丹水而作。

② 翠巖：青翠之山峰。此指丹水南面之丹崖山。

③ 子陵臺：嚴子陵釣臺。東漢嚴子陵釣魚處，在睦州桐廬縣西三十里富春江七里瀨。

題武關①

碧溪留我武關東，一笑懷王跡自窮②。鄭袖嬌嬈酣似醉〔一〕③，屈原憔悴去如蓬④。山牆谷塹依然在，弱吐强吞盡已空⑤。今日聖神家四海，戍旗長卷夕陽中。

【校勘記】

〔一〕「嬌饒」，文津閣本《全唐詩》卷五二三、馮注本作「嬌嬈」。

【注　釋】

① 武關：在今陝西商南縣西北，乃戰國時秦國南關。此詩《杜牧年譜》繫於開成四年（八三九）春，時杜牧「自潯陽泝長江、漢水，經南陽、武關、商山而至長安，就左補闕、史館修撰新職」，途經武關而作。

② 一笑句：跡自窮，謂楚懷王自己失策，以致走上窮途末路。據《史記·屈原列傳》，楚懷王欲赴秦約會，屈原諫阻，不從。及「入武關，秦伏兵絶其後，因留懷王，以求割地。懷王怒，不聽。亡走趙，趙不內。復之秦，竟死于秦而歸葬」。

③ 鄭袖句：鄭袖爲楚懷王寵姬。張儀使楚，以割秦商於六百里地之諾言騙取楚懷王與齊國斷交。後秦不給商於之地，懷王怒，聲言：「願得張儀而甘心焉。」後張儀至楚，設詭辯於鄭袖，懷王聽信鄭袖，復釋張儀。事見《史記》卷八四《屈原列傳》。

④ 屈原憔悴句：屈原曾任楚國三閭大夫。後被放逐，行吟澤畔，形容憔悴，顔色枯槁。事見《楚辭·漁父》。如蓬，指如蓬草隨風飄轉。

⑤ 弱吐强吞：指戰國時弱國爲强國所吞併之形勢。

除官赴闕商山道中絶句①

水疊鳴珂樹如帳②，長楊春殿九門珂〔一〕③。我來惆悵不自決，欲去欲住終如何？

【校勘記】

〔一〕「九門珂」，文津閣本作「九門過」。

【注　釋】

① 除官：授官。指授左補闕、史館修撰。闕，京闕，京師。此詩《杜牧年譜》繫於開成四年（八三九）春，時杜牧「自潯陽泝長江、漢水，經南陽、武關、商山而至長安，就左補闕、史館修撰新職」，途經商山而作。

② 鳴珂：馬勒上貝製之裝飾品，行則有聲。馮注：「《爾雅・翼》：貝，大者爲珂，黄黑色，其骨白，可以飾馬。蓋此等飾非特取其容，兼取其聲。」

③長楊春殿句：長楊春殿，指漢代長楊宫，舊址在今陝西盩厔。此借指唐皇宫。《三輔黄圖》卷一：「長楊宫，在今盩厔縣東南三十里，本秦舊宫，至漢修飾之以備行幸。宫中有垂楊數畝，因爲宫名，門曰射熊觀，秦漢遊獵之所。」九門，古時天子所居有九門。

漢　江①

溶溶漾漾白鷗飛②，緑淨春深好染衣。南去北來人自老，夕陽長送釣船歸。

【注　釋】

①漢江：水名。長江最大支流。源出陝西寧强縣北蟠冢山。初出山時名漾水，東南經沔縣爲沔水，東經褒城縣，合褒水，始爲漢水。至武漢市漢陽，流入長江。此詩《杜牧年譜》繫於開成四年（八三九）春，時杜牧「自潯陽泝長江、漢水，經南陽、武關、商山而至長安，就左補闕、史館修撰新職」，途經漢水而作。

②溶溶漾漾：水廣大而波光浮動貌。溶溶，水盛大貌。《楚辭》劉向《九歎・逢紛》：「揚流波之潢潢兮，體溶溶而東回。」漾漾，水動盪貌。宋之問《宿雲門寺》詩：「漾漾潭際月，飄飄杉上風。」

【集 評】

五七字絶句最少，而最難工，雖作者亦難得四句全好者。晚唐人與介甫最工於此。如李義山憂唐之衰云：「夕陽無限好，只是近黄昏。」如：「青女素娥俱耐冷，月中霜裏鬭嬋娟。」如：「芭蕉不展丁香結，同向春風各自愁。」如：「鶯花啼又笑，畢竟是誰春？」唐人《銅雀臺》云：「人生富貴須回首，此地豈無歌舞來。」《寄邊衣》云：「寄到玉關應萬里，戍人猶在玉關西。」《折楊柳》云：「羌笛何須怨楊柳，春光不度玉門關。」皆佳句也。如介甫云：「更無一片桃花在，爲問春歸有底忙。」「祇是蟲聲已無夢，三更桐葉强知秋。」「百囀黄鸝看不見，海棠無數出牆頭。」「暗香一陣風吹起，知有薔薇澗底花。」不減唐人。然鮮有四句全好者。杜牧之云：「清江漾漾白鷗飛，緑淨春深好染衣。南去北來人自老，夕陽長送釣船歸。」唐人云：「樹頭樹尾覓殘紅，一片西飛一片東。自是桃花貪結子，錯教人恨五更風。」韓偓云：「昨夜三更雨，臨明一陣寒。薔薇花在否？側卧捲簾看。」介甫云：「水際柴扉一半開，小橋分路入青苔。背人照影無窮柳，隔屋吹香併是梅。」東坡云：「暮雲收盡溢清寒，銀漢無聲轉玉盤。此生此夜不長好，明月明年何處看。」四句皆好矣。（楊萬里《誠齋詩話》）

襄陽雪夜感懷〔一〕①

往事起獨念，飄然自不勝。前灘急夜響，密雪映寒燈〔二〕。的的三年夢②，迢迢一綫絚③。明朝楚山上④，莫上最高層。

【校勘記】

〔一〕「感懷」，夾注本作「有懷」。

〔二〕「寒燈」，夾注本作「春燈」。

【注　釋】

①此詩《杜牧年譜》繫於開成五年（八四〇）冬，蓋時杜牧自京乞假往潯陽視弟眼疾，取道漢上，途經襄陽所作。

②的的：明白、昭著。《淮南子・説林》：「的的者獲，提提者射。」《注》：「的的，明也，爲衆所見，故獲。」馮注：「王僧孺《述夢》詩：的的一皆是。」

③ 緪：接連，連貫。

④ 楚山：指望楚山，在襄陽南三里，爲劉弘、山簡等人九日宴賞之所。《太平寰宇記》卷四三：「望楚山，《襄陽記》曰：望楚山有三名：一名馬鞍山，一名災山。宋元嘉中武陵王駿爲刺史，屢登之。舊名望郢山，因改爲望楚山。後遂龍飛，是孝武望之處，時人號爲鳳嶺。高處有三墱，即劉弘、山簡九日賞宴之所也。」

詠歌聖德遠懷天寶因題關亭長句四韻〔一〕①

聖敬文思業太平②，海寰天下唱歌行③。秋來氣勢洪河壯④，霜後精神泰華獰〔二〕⑤。廣德者强朝萬國〔三〕⑥，用賢無敵是長城。君王若悟治安論〔四〕⑦，安、史何人敢弄兵⑧。

【校勘記】

〔一〕「遠懷」，《文苑英華》卷一六七、夾注本作「追懷」。《文苑英華》題無「長句四韻」四字。

〔二〕「獰」，《文苑英華》卷一六七作「寧」，《全唐詩》卷五二三校：「一作寧。」

〔三〕「者」，《文苑英華》卷一六七作「有」，《全唐詩》卷五二三校：「一作有。」

〔四〕「治安論」，原作「治皮諭」，據《全唐詩》卷五二三、馮注本改。

【注　釋】

①郭文鎬《杜牧詩文繫年小札》（《人文雜誌》一九八九年第五期）謂據詩中「秋來」、「霜後」，知詩乃作於秋末。據「《水經注·河水篇》：『鴻關水，水東有城即關亭也。……謂斯川鴻臚澗，鴻關之名乃起是矣。』鴻臚澗即鴻臚水，在虢州弘農縣，過縣北十五里入陝州靈寶縣界，古函谷關正在其間（參《元和郡縣志》）。證之洪河、泰華，可知關亭地處入潼關之要衝」。又據「聖敬文思業太平」句，知詩乃大中二年正月後作，而杜牧此時後有三次經潼關，其中「大中五年秋牧自湖州內擢，有《八月十三日得替後，移居霅溪館，因題長句四韻》作於罷郡交代後，時自湖州起程入京經關亭之節令與詩合，湖州距虢州二千八百餘里，揆之里程亦不誤。故詩爲牧大中五年秋末將入潼關前行經關亭所作」。今即據此訂本詩於大中五年（八五一）秋末。

②聖敬文思：《舊唐書·宣宗紀》：大中「二年春正月壬戌，宰臣率文武百僚上徽號曰聖敬文思和武光孝皇帝，御宣政殿受册訖，宣德音」。

③海寰：猶海宇，指中國境内。

④洪河：大河。此指黄河。馮注：「潘岳詩：登城望洪河。」

⑤霜後精神句：泰華，即太華，指華山。獰，兇猛，此狀險峻。馮注：「《莊子》：澡雪而精神。《山海經》：太華之山，削成而四方，其高五千仞，其廣十里。《初學記》：《白虎通》云：少陰用事，萬物生華，故曰華山。」

⑥廣德者强句：馮注：「《舊唐書·宣宗紀論》：開元之有天下也，糾之以典刑，明之以禮樂，愛之以慈儉，律之以軌儀，長轡遠馭，志在於昇平。于斯時也，烽燧不驚，華戎同軌，冠帶百蠻，車書萬里，所謂世而後仁，見於開元者矣。」

⑦治安論：指漢代賈誼之政論文《治安策》。馮注：「《漢書·賈誼傳》：陛下何不壹令臣得熟數之于前，因陳治安之策，試詳擇焉！」

⑧安史句：安史，安禄山、史思明。兩人於唐玄宗天寶十四載發動叛亂，史稱「安史之亂」。弄兵，挑起戰爭。

途中作①

緑樹南陽道②，千峰勢遠隨。碧溪風澹態〔一〕③，芳樹雨餘姿〔二〕。野渡雲初暖，征人袖半垂。殘花不一醉〔三〕，行樂是何時？

【校勘記】

〔一〕「澹」，《文苑英華》卷二九四作「慢」，下校：「集作澹。」《全唐詩》卷五二三、馮注本校：「一作慢。」

〔二〕「雨餘」，「餘」，馮注本下校：「一作陰。」

〔三〕「一」，馮注本下校：「一作足。」

【注　釋】

① 此詩《杜牧年譜》繫於開成四年（八三九）春，時杜牧「自潯陽泝長江、漢水，經南陽、武關、商山而至長安，就左補闕、史館修撰新職」，途經南陽而作。詩有「殘花不一醉，行樂是何時」句，乃春末作。

② 南陽：地名。在今河南。馮注：「《元和郡縣志》：秦昭襄王取韓地置南陽郡，以在中國之南而有陽地，故曰南陽。」

③ 碧溪：馮注：「《元豐九域志》：南陽郡穰有湍水、朝水；南陽有梅谿水、白水、清泠水。」

【集　評】

【唐人句法・佳境】「碧溪風澹態，芳樹雨餘姿。」杜牧《途中作》。（魏慶之《詩人玉屑》卷三）

重到襄陽哭亡友韋壽朋〔一〕①

故人墳樹立秋風〔二〕，伯道無兒跡更空②。重到笙歌分散地，隔江吹笛月明中〔三〕③。

【校勘記】

〔一〕《文苑英華》卷三〇四「韋」作「章」，下校：「集作韋。」題下又有校語云：「一作重宿襄州，哭韋楚老拾遺。」《全唐詩》卷五二三、馮注本於「韋」下校：「一作章」，題下校語同《文苑英華》。

〔二〕「立」，《文苑英華》卷三〇四作「五」，下校：「集作立。」《全唐詩》卷五二三、馮注本校：「一作五。」

〔三〕「笛」，《文苑英華》卷三〇四作「曲」，下校：「集作笛。」《全唐詩》卷五二三、馮注本校：「一作曲。」

【注　釋】

① 此詩又見《全唐詩》卷三一八，作李涉詩。《全唐詩重出誤收考》云：「《英華》三〇四載杜牧詩後，題下佚名，見《樊川詩集》四，《品彙》拾遺四亦作杜牧，題中韋壽朋一作韋楚老。《樊川詩集》三有《洛中監察病假滿送韋楚老拾遺歸朝》詩，馮集梧注：『蓋壽朋其名而楚老字也。』杜牧集中

多有與之交遊之作，疑非李涉詩。」韋楚老，字壽朋。長慶四年登進士第，大和末、開成初曾官拾遺。《劇談録》卷下《李相國宅》：「東南隅即徵士韋楚老拾遺别墅。楚老風韻高致，雅好山水。相國居廊廟日，以白衣累擢諫署，後歸平泉，造門訪之，楚老避於山谷。相國題詩云：昔日徵黄詔，余慚在鳳池。今來招隱士，恨不見瓊枝。」王西平、張田《杜牧詩文繫年考辨》謂杜牧「自洛陽與韋楚老分别以後，有四次可能路過襄陽」。其中開成五年冬乞假往潯陽「仍取道漢上，途徑襄陽」，會昌元年七月，由湖北歸京師可經襄陽。而詩有「故人墳樹立秋風」句，與會昌元年經襄陽在七月合，而四次經襄陽，僅此次在秋天，故繫此詩於會昌元年（八四一）七月。

②伯道無兒：伯道，晉鄧攸字。傳見《晉書》卷九〇。《晉書·鄧攸傳》：「攸棄子之後，妻子不復孕。過江，納妾，甚寵之，訊其家屬，説是北人遭亂，憶父母姓名，乃攸之甥。攸素有德行，聞之感恨，遂不復畜妾，卒以無嗣。時人義而哀之，爲之語曰：『天道無知，使鄧伯道無兒。』」

③隔江吹笛句：《晉書·向秀傳》記其作《思舊賦》云：「余與嵇康、吕安居止接近，其人並有不羈之才，嵇意遠而疏，吕心曠而放，其後並以事見法。……逝將西邁，經其舊廬。於時日薄虞泉，寒冰淒然。鄰人有吹笛者，發聲寥亮。追想曩昔遊宴之好，感音而歎。」

赤　壁①

折戟沉沙鐵未銷〔一〕，自將磨洗認前朝。東風不與周郎便②，銅雀春深鎖二喬〔二〕③。

【校勘記】

〔一〕「未」，《全唐詩》卷五二三、馮注本校：「一作半。」

〔二〕「喬」，《才調集》卷四、夾注本作「橋」。

【注　釋】

① 此詩《全唐詩》卷五四一又作李商隱詩。《全唐詩重出誤收考》云：「《才調》四、《絶句》二五作杜，葉蔥奇《李商隱詩集疏注》列入集外詩中，按云：『這首詩亦見《樊川集》，看其風調，顯然是杜牧的作品。朱注：「以下四首一本闕。」馮班云：「《赤壁》至《定子》四首，北宋本不載，南宋本始有之。」據此可見這幾篇均非錢若水原輯，而是南宋時人所增入。』《彥周詩話》、《韻語陽秋》三、《一瓢詩話》皆以爲杜牧作。」杜牧外甥裴延翰所編《樊川文集》已收此詩，當爲杜牧作。赤壁，今

湖北嘉魚、黄岡均有赤壁，赤壁之戰戰場在嘉魚赤壁。馮注：「《元和郡縣志》：鄂州蒲圻縣赤壁山，在縣西一百二十里，北臨大江，其北岸即烏林，與赤壁相對，即周瑜用黄蓋策焚曹公舟船敗走處。」此詩乃杜牧在黄州任刺史時所作，亦即作於會昌二年至四年（八四二—八四四）秋間。

② 東風句：周郎，即周瑜。傳見《三國志》卷五四。在赤壁之戰中，東南風起，周瑜借助風勢，以火攻大敗曹操，取得赤壁之戰之勝利。

③ 銅雀句：銅雀，臺名，即銅雀臺，曹操所建。樓頂置大銅雀，張翼如飛，故名。故址在今河北臨漳西南。《水經注》卷一〇《濁漳水篇》：鄴西三臺「中曰銅雀臺，高十丈，有屋百一間」。二喬，東吴喬公二女。大喬嫁孫策，小喬爲周瑜妻。相傳，曹操擬於破吴之後，納二喬於銅雀台。《三國志·吴書·周瑜傳》：「頃之，策欲取荆州，以瑜爲中護軍，領江夏太守，從攻皖，拔之。時得橋公兩女，皆國色也。策自納大橋，瑜納小橋。」《注》：「《江表傳》曰：『策從容戲瑜曰：橋公二女雖流離，得吾二人作婿，亦足爲歡。』」

【集　評】

杜牧之作《赤壁》詩云：「折戟沉沙鐵未消，自將磨洗認前朝。東風不與周郎便，銅雀春深鎖二喬。」意謂赤壁不能縱火，爲曹公奪二喬置之銅雀臺上也。孫氏霸業，繫此一戰，社稷存亡、生靈塗炭

都不問，只恐捉了二喬，可見措大不識好惡。（許顗《彦周詩話》）

苕溪漁隱曰：牧之於題詠，好異於人，如《赤壁》云：「東風不與周郎便，銅雀春深鎖二喬。」《題商山四皓廟》云：「南軍不袒左邊袖，四皓安劉是滅劉？」皆反説其事。至《題烏江亭》，則好異而叛於理，詩云：「勝負兵家不可期，包羞忍恥是男兒。江東子弟多才俊，卷土重來未可知。」項氏以八千人渡江，敗亡之餘，無一還者，其失人心爲甚，誰肯復附之，其不能卷土重來决矣。（胡仔《苕溪漁隱叢話後集》卷十五「杜牧之」）

周瑜赤壁，謝安淝水，寇萊公澶淵，陳魯公采石，四勝大略相似。杜牧云：「東風不與周郎便，銅雀春深鎖二喬。」意亦著矣。謝安圍棊別墅，真是矯情鎮物，喜出望外，宜其折屐。澶淵之役，畢士安有相公交取鶻崙官家之説，高瓊有好唤宰相來吟兩首詩之説，則當時策略，亦自可見。「天發一矢胡無酋」，荆公句意與杜牧同。采石之師，若非逆亮暴急嗜殺，自激三軍之變，亦未驅攘。是時亮雖遭衄，虜師北歸，紀律肅然，無一人叛亡，此豈易勝之師乎！朱文公曰：「謝安之於桓温，陳魯公之於完顔亮，幸而捱得他死爾。」要之吳、晉乃天幸，宋朝真天助也。（羅大經《鶴林玉露》甲編卷一）

【陵陽論赤壁詩】杜牧之《赤壁》詩云：「折戟沉沙鐵未銷，細磨蒼蘚認前朝。東風不與周郎便，銅雀春深鎖二喬。」今人多不曉卒章，其意謂若是東風不與便，即周郎不能破曹公，二喬歸魏銅雀臺也。僕嘗叩公更嘗有人如此立意下語？公曰：正是《楚辭》所謂「太公不遇文王兮，身至死而不得

逞」。乃嚴助所作《哀時命》。（魏慶之《詩人玉屑》卷十六）

牧之《赤壁》詩：「折戟沉沙鐵未銷，自將磨洗認前朝。東風不與周郎便，銅雀春深鎖二喬。」許彦周不諭此老以滑稽弄翰，每每反用其鋒，輒雌黄之，謂孫氏霸業，繫此一戰，宗廟邱墟皆置不問，乃獨含情妖女，豈非與癡人言不應及於夢也！劉禹錫《題蜀王廟》云：「凄涼蜀故妓，歌舞魏宫前。」亦意惟增凄感，却不主於滑稽耳。本朝諸公喜爲論議，往往不深諭唐人主於性情，使雋永有味，然後爲勝。牧之處唐人中，本是好爲論議，大概出奇立異，如《烏江亭》：「勝敗兵家未可期，包羞忍耻是男兒。江東子弟多才俊，卷土重來未可知。」要之「東風借便」與「春深」數箇字，含蓄深窈，與後一詩遼絶矣。皮日休《館娃懷古》：「綺閣飄香下太湖，亂兵侵曉上姑蘇。越王大有堪羞處，只把西施賺得吴。」亦是好以議論爲詩者。余最愛竇庠《新入諫院喜内子至》一絶：「一旦悲歡見孟光，十年辛苦作滄浪。不知筆硯緣封事，獨問傭書日幾行。」使彦周評此，則以竇氏爲不解事婦人矣，所謂癡人前説夢也。牧之五言云：「欲識爲詩苦，秋霜若在心。」雖格力不齊，各自成家，然無有不自苦思而得也。（方岳《深雪偶談》）

《赤壁》：二喬者，漢太尉喬玄二女，姿色過人，孫策得之，納大喬爲夫人，以小喬嫁周瑜。銅雀臺，曹操寵妾所居。予自江夏赴洞庭，舟過蒲圻縣，見石崖有「赤壁」二字，因登岸訪問，父老曰：「此正是周郎破曹公之地。」南岸曰「赤壁」，北岸曰「烏林」，曰「烏巢」，有「烈火岡」，岡上有周公瑾廟，至今士人耕田園者，或得弩箭，鏃長一尺有餘，或得斷鎗，想見周郎與曹公大戰可畏。此詩磨洗折戟，非妄言也。後二句絶妙。衆人詠赤壁只善當時之勝，杜牧之詠赤壁獨憂當時之敗，其意曰，東風若不助，周郎、黄蓋必不以火攻勝曹操，使曹操順流東下，吴必亡，孫仲謀必虜，大、小喬必爲俘獲，曹操得二喬必爲妾，置之銅雀臺矣。此是無中生有，死中求活，非淺識所到。（謝枋得《疊山先生注解章泉澗泉二先生選唐詩》卷三）

《赤壁》：「二喬」，漢太尉喬玄二女。孫策納大喬如夫人，以小喬嫁周瑜。銅雀臺，乃曹操寵妾所居。徐伯山云：「二喬事，自見於戰皖城之日，非赤壁時事也。牧之用事，多不審，觀者考之。」（蔡正孫《詩林廣記》前集卷六「杜牧之」）

《赤壁》：謂非東風助順，則瑜不能勝，家國俱亡矣。（釋圓至《唐三體詩》卷二）

《赤壁》：《道山清話》云：「此詩正佳，但頗費解説。」（高棅《唐詩品匯》卷五十三）

杜牧之《赤壁》詩：「東風不與周郎便，銅雀春深鎖二喬。」説天幸不可恃；《烏江》詩：「江東子弟多豪俊，捲土重來未可知。」説人事猶可爲，同意思，都是要於昔人成敗已成定事上翻説爲奇耳。《赤壁》詩，或笑之曰：「孫氏霸業，繫此一戰，今社稷生靈都不問，只恐捉了二喬，可見措大不識好惡。」春謂爲此説者，癡人也，到捉了二喬，時江東社稷尚可問哉？《烏江亭》詩，謝疊山曾以與柳子厚《箕子碑文》並論，此真死中求活語也。然項羽之事，則決無可重興理，朱子有定論矣。（何孟春《餘冬詩話》卷上）

杜牧之詠赤壁詩云：「折戟沉沙鐵未消，自將磨洗認前朝。東風不與周郎便，銅雀春深鎖二喬。」蓋言孫氏於赤壁之戰，若非乘風力縱火取捷，則國破家亡，將爲曹公奪二喬而置之於銅雀臺矣，謂其君臣，雖妻子不能保也。《許彦周詩話》謂作詩者，於其社稷存亡、生靈塗炭乃都不問，只恐捉了二喬，以爲措大不知好惡者，非也。劉孟熙《霏雪録》又謂，詩意乃言瑜盡力一戰，止以得二喬爲功，而忘遠大之業者，亦非也。僻哉二公之言詩也。（游潛《夢蕉詩話》）

語作詩者謂，煉字不如煉句，煉句不如煉意。古人詩意不凡，句内用字亦須音律清婉，含蓄有餘不易易也。嘗見杜牧之《赤壁》詩云「折戟沉沙鐵未消」，人多作「半消」；子瞻《望湖亭》詩云「黑雲堆墨未遮山」，人亦多作「半遮山」。「半」字雖亦可通，而二詩意度玩之，便覺有差，不得三昧法。而談色相者類如此，何可與辯！（游潛《夢蕉詩話》）

赤壁之戰，阿瞞以數十萬衆，火于東吴。而杜紫薇云：「東風不與周郎便，銅雀春深鎖二喬。」此言似辨而理。孫武《火攻篇》亦云：「發火有時，舉火有日。」蓋用火攻之策，當察風之有無逆順，此於水戰，尤當審之。若田單火牛，其勢必往以奔敵軍，固無俟他虞矣。（朱孟震《續玉笥詩談》）

晚唐絶「東風不與周郎便，銅雀春深鎖二喬」、「可憐夜半虚前席，不問蒼生問鬼神」，皆宋人議論之祖。間有極工者，亦氣韻衰颯，天壤天、寶。然書情，則愴惻而易動人；用事，則巧切而工悦俗。世希大雅，或以爲過盛唐，具眼觀之，不待其辭畢矣。（胡應麟《詩藪》内編卷六「近體下」絶句）

杜牧之詠赤壁詩云：「東風不與周郎便，銅雀春深鎖二喬」，今古傳頌。容少時，大人嘗指示曰：「此牧之設詞也，死案活翻。」及容稍知作詩，復指示曰：「如此詩必不可學，恐入輕薄耳。何苦以光賢閨閣，簸弄筆墨！」（周容《春酒堂詩話》）

杜牧之作《赤壁》詩云：「折戟沉沙鐵未銷，自將磨洗認前朝。東風不與周郎便，銅雀春深鎖二喬。」許彦周曰：「牧之意謂赤壁不能縱火，即爲曹公奪二喬置之銅雀臺上。孫氏霸業，在此一戰，社稷存亡，生靈塗炭，都付不問，只怕捉了二喬，可見措大不識好惡。」彦周此語，足供揮麈一噱，但於作詩之旨，尚未夢見。牧之此詩，蓋嘲赤壁之功，出於僥倖，若非天與東風之便，則周郎不能縱火，城亡家破，二喬且將爲俘，安能據有江東哉？牧之詩意，即彦周伯業不成意，却隱然不露，令彦周輩一班淺人讀之，只從怕捉二喬上猜去，所以爲妙。詩家最忌直叙，若竟將彦周所謂社稷存亡，生靈塗炭，孫氏霸業不成等意，在詩中道破，抑何淺而無味也！惟借「銅雀春深鎖二喬」説來，便覺風華蘊藉，增人百感，此政是風人巧於立言處。彦周蓋知其一，不知其二者也。（賀貽孫《詩筏》）

小杜《赤壁》詩，古今膾炙，漁隱獨稱其好異。至許彦周則痛詆之，謂「孫氏霸業，繫此一戰，社稷存亡、生靈塗炭都不問，只恐捉了二喬，可見措大不識好惡」。余意詩人之言，何可拘泥至此，若必執此相責，則汨羅之沉，其繫心宗國何若！宋玉《招魂》，略不之及，但言飲食宫室，玩好音樂，至于「長髪曼鬋」、「蛾眉曼睩」，幾乎喻之以淫也，將使《風》、《騷》道絶矣！詳味詩旨，牧之實有不滿公瑾之意。牧嘗自負知兵，好作大言，每借題自寫胸懷。尺量寸度，豈所以閱神駿於牝牡驪黄之外！（黄白山評：「唐人妙處，正在隨拈一事而諸事俱包括其中。若如許意，必要將『社稷存亡』等字面真真寫出，然後贊其議論之純正。具此詩解，無怪宋詩遠隔唐人一塵耳。」）（賀裳《載酒園詩話》卷一「宋人議論拘執」）

「公道世間惟白髮，貴人頭上不曾饒」、「年年檢點人間事，惟有春風不世情」，此最粗直之句，而宋人稱之。《華清宫》二篇及《赤壁》詩，最有意味，則又敲撲不已，可謂薰蕕不辨。（賀裳《載酒園詩話》卷一「宋人議論拘執」）

【翻案】詩中有翻案法，如吕衡州《劉郎浦》詩：「誰將一女輕天下，欲换劉郎鼎峙心。」杜紫薇《赤壁》詩：「東風不與周郎便，銅雀春深鎖二喬。」張文定《歌風臺》詩：「淮陰反接英彭族，更欲多求猛士爲。」鄭毅夫《蠡湖口》詩：「若論破吴功第一，黄金只合鑄西施。」禪宗所謂「殺活自由」，兵法所謂「致人而不致于人」也，拈此四則，以例其餘。（宋長白《柳亭詩話》卷十七）

古人詠史，但叙事而不出己意，則史也，非詩也；出己意，發議論，而斧鑿錚錚，又落宋人之病。如牧之《息嬀》詩云：「細腰宫裏露桃新，脈脈無言度幾春。至竟息亡緣底事，可憐金谷墜樓人。」《赤壁》云：「折戟沉沙鐵未消，自將磨洗認前朝。東風不與周郎便，銅雀春深鎖二喬」，用意隱然，最爲得體。息嬀廟，唐時稱爲桃花夫人廟，故詩用「露桃」。《赤壁》，謂天意三分也。許彦周乃曰：「此戰繫社稷存亡，只恐捉了二喬，措大不識好惡。」宋人之不足與言詩如此。（吴喬《圍爐詩話》卷三）

《赤壁懷古》:《道山清話》云:「此詩正佳,但頗費解説。」此詩有何難解,既解不出,又在何處見其佳? 正是説夢。「折戟沉沙」,言魏、吴昔日相戰於此,「鐵未消」,見去唐不遠,何必要認,乃自將折戟磨洗乎? 牧之春秋在此七個字内,意中謂魏武精于用兵,何至大敗? 周郎才算,未是魏武敵手,又何獲此大勝? 一似不肯信者,所以要認,子細看來,果是周郎得勝。雖然是勝魏武,不過一時徼倖耳。下一句言周郎當時,虧煞了東風,所以得施其火攻之策,若無東風,則是不與便,見不惟不能勝魏,江東必爲魏所破,連妻子俱是魏家的,大喬小喬貯在銅雀臺上矣。牧之蓋精於兵法者。(徐增《説唐詩》卷十二)

《赤壁》:認前朝,以刺今日不如當年,能盡時人之用也。第三句只言獨賴此一戰耳,看作東風之助,即説夢矣。上二句極鄭重,第四澈頭痛説,關係妙在第三句,轉身却用輕筆點化。(何焯《唐三體詩》卷二)

樊川「東風不與周郎便,銅雀春深鎖二喬」,妙絶千古。言公瑾軍功止藉東風之力,苟非乘風力之便,以破曹公,則二喬亦將被虜,貯之銅雀臺上。「春深」二字,下得無賴,正是詩人調笑妙語。許彦周謂:「孫氏霸業,繫此一戰,社稷存亡、生靈塗炭都不問,只恐捉了二喬,可見措大不識好惡。」此老專一説夢,不禁齒冷。(薛雪《一瓢詩話》第二九條)

温柔敦厚,詩教也。《國風》、《小雅》,皆是時君子憂衰念亂,無可如何,而託詞以諷,冀其萬一有益焉。所謂聞之者足以戒,是亦冀幸萬一之詞也。……杜牧之「東風不假周郎便,銅雀春深鎖二

喬」，亦如吴門市上惡少年語，此等詩不作可也。（秦朝釪《消寒詩話》）

彦周誚杜牧之《赤壁》詩「社稷存亡都不問，只恐捉了二喬，是措大不識好惡。」夫詩人之詞微以婉，不同論言直遂也。牧之之意，正謂幸而成功，幾乎家國不保。彦周未免錯會。（何文焕《歷代詩話考索》）

《彦周詩話》一卷，宋許顗撰。……顗議論多有根柢，品題亦具有別裁。其謂韓愈：「齊梁及陳隋，衆作等蟬噪」語，不敢議亦不敢從；又謂論道當嚴，取人當恕，俱卓然有識。惟譏杜牧《赤壁》詩爲不説社稷存亡，惟説二喬，不知大喬孫策婦，小喬周瑜婦，二人入魏，即吴亡可知。此詩人不欲質言變其詞耳。顗遽詆爲秀才不知好惡，殊失牧意。（永瑢等《四庫全書總目提要》卷一百九十五集部詩文評類一）

【杜牧詩】杜牧之作詩，恐流于平弱，故措詞必拗峭，立意必奇闢，多作翻案語，無一平正者。方岳《深雪偶談》所謂「好爲議論，大概出奇立異，以自見其長」也。如《赤壁》云：「東風不與周郎便，銅雀春深鎖二喬。」《題四皓廟》云：「南軍不袒左邊袖，四老安劉是滅劉。」《題烏江亭》云：「勝敗兵家事不期，包羞忍恥是男兒。江東子弟多才俊，捲土重來未可知。」此皆不度時勢，徒作異論，以炫人耳，其實非確論也。惟《桃花夫人廟》云：「細腰宫裏露桃新，脈脈無言度幾春。至竟息亡緣底事？可憐金谷墜樓人。」以緑珠之死，形息夫人之不死，高下自見；而詞語蘊藉，不顯露譏訕，尤得風人之旨耳。皮日休《館娃宫懷古》云：「越王大有堪羞處，只把西施賺得吴。」亦是翻新，與牧之同一蹊徑。

（趙翼《甌北詩話》卷十一）

牧之絶句，遠韻遠神，然如《赤壁》詩「東風不與周郎便，銅雀春深鎖二喬」，近輕薄少年語，而詩家盛稱之，何也？（沈德潛《唐詩別裁集》卷二十）

《赤壁懷古》：「折戟沉沙鐵未消」，吴魏鏖兵赤壁所遺之折戟，沉于沙際，唐去吴日子未遠，故其鐵尚未消磨。「自將磨洗認前朝」，自將折戟磨洗一認，信是魏武敗于周郎，而前朝之遺跡宛然。夫周郎何以遂能勝魏武，似乎難信，所以要認。「東風不與周郎便」，周郎之所以勝魏武者，恃有東風之便，所以得成功於火攻，今乃反其説，云假如當日没有東風，則是無便可乘了。「銅雀春深鎖二喬」，周郎若無東風之便，不但不能破魏，恐江東必爲魏破，妻之不保，大喬小喬春深時貯在銅雀臺上矣。此以議論行詩者。杜牧精於兵法，此詩似有不足周郎處。（王堯衢《唐詩合解》卷六）

雲夢澤①

日旗龍旆想飄揚②，一索功高縛楚王③。直是超然五湖客④，未如終始郭汾陽⑤。

【注　釋】

① 雲夢澤：古澤藪名，在今湖北、湖南部分地區。此詩蓋杜牧在黄州任刺史時所作，亦即約作於會

昌二年至四年（八四二—八四四）秋間。

②日旗龍旆句：日旗龍旆，古代畫日、月、交龍等圖案之旗子，乃帝王之儀衛。馮注：「《戰國策》：楚王游於雲夢，結駟千乘，旌旗蔽天。」

③一索功高句：楚王，指韓信。韓信爲漢立下汗馬功勞，封楚王。後有人告韓信反，劉邦以遊雲夢澤會諸侯爲藉口，親自至楚，逼使韓信謁高祖於軍陣。劉邦令武士縛韓信，載後車。信曰：「果若人言，狡兔死，良狗烹；高鳥盡，良弓藏；敵國破，謀臣亡。天下已定，我固當烹！」事見《史記》卷九二《淮陰侯列傳》。

④直是句：直是，即使是。五湖客，指范蠡。范蠡功成後，乘扁舟遊於五湖。《史記·蔡澤傳》：「范蠡知之，超然辟世，長爲陶朱公。」《國語·越語下》記越滅吴國後，「反至五湖，范蠡辭於王曰：『君王勉之，臣不復入越國矣！』……遂乘輕舟以浮於五湖，莫知其所終。」

⑤未如句：郭汾陽，即郭子儀，以平安史之亂功封汾陽郡王。《舊唐書·郭子儀傳》謂「天下以其身爲安危者殆二十年。校中書令考二十有四。權傾天下而朝不忌，功蓋一代而主不疑，侈窮人欲而君子不之罪。富貴壽考，繁衍安泰，哀榮終始，人道之盛，此無缺焉。」

除官行至昭應聞友人出官因寄①

賤子來千里〔一〕，明公去一麾②。可能休涕淚〔二〕，豈獨感恩知。草木秋風後〔三〕，山川落照時。如何望故國，驅馬却遲遲？

【校勘記】

〔一〕「來」，《文苑英華》卷二六一作「行」，下校：「集作來。」馮注本校：「一作行。」

〔二〕「可」，《文苑英華》卷二六一、夾注本作「不」。《全唐詩》卷五二三、馮注本校：「一作不。」「休」，《文苑英華》卷二六一作「揮」，下校：「集作休。」《全唐詩》卷五二三、馮注本校：「一作揮。」

〔三〕「秋風」，《文苑英華》卷二六一、《全唐詩》卷五二三、馮注本作「窮秋」，《文苑英華》又校：「集作秋風。」《全唐詩》、馮注本校：「一作秋風。」

【注釋】

① 昭應：唐京兆府屬縣，在今陝西臨潼。王西平、張田《杜牧詩文繫年》謂「詩有『草木秋風後，山川

落照時』，可知此次除官歸京路過新豐在秋盡之時。杜牧在江南除官歸京者共有四次。……唯大中五年秋由湖州除官歸京，……行至新豐也就是秋末冬初的『窮秋』時節，與詩意完全相合。」故繫此詩於大中五年（八五一）秋末。

②一麾：一揮手。後人用爲旌麾之麾，指出任州刺史。顔延之《五君詠·阮始平》：「屢薦不入官，一麾乃出守。」

【集評】

【唐人句法·寫景】「草木窮秋後，山川落照時。」杜牧《寄友人》。（魏慶之《詩人玉屑》卷三）

寄浙東韓乂評事①

一笑五雲溪上舟②，跳丸日月十經秋。鬢衰酒減欲誰泥，跡辱魂慚好自尤。夢寐幾回迷蛺蝶〔一〕③，文章應廣畔牢愁〔二〕④。無窮塵土無聊事，不得清言解不休⑤。

【校勘記】

〔一〕「夢寐」句，夾注本作「夢寐幾迷胡蛺蝶」。

〔二〕「廣」，《全唐詩》卷五二三作「解」，下校：「一作廣。」

【注　釋】

①浙東，指浙東觀察使幕府，治所在越州（今浙江紹興）。韓乂，京兆人，大和初登進士第。爲沈傳師江西、宣歙兩鎮幕吏。又佐唐扶福建幕，官大理評事。宣宗時任拾遺、主客員外郎、隨州刺史。生平見杜牧《薦韓乂啓》、《李府君墓誌銘》等。評事，大理寺評事，從八品下。此當爲幕府官所帶京銜。此詩《杜牧年譜》於會昌四年云：「杜牧於大和八年有事至越州，曾見韓乂，此詩云：『一笑五雲溪上舟，跳丸日月十經秋。』自大和八年下數十年，應是本年，惟詩中所謂『十年』，多約略之詞，亦不必恰是十年，姑繫於此。」今即據此姑訂本詩於會昌四年（八四四）。

②五雲溪：即若耶溪，溪在今浙江紹興。夾注：「越州若耶溪，一名五雲溪。」馮注引《太平寰宇記》卷九六記「越州會稽縣若邪谿，在縣東南二十八里，唐吏部侍郎徐浩游之云：曾子不居勝母之閭，吾豈游若邪之谿，遂改爲五雲之谿。」

③夢寐句：《莊子・齊物論》：「昔者莊周夢爲蝴蝶，栩栩然蝴蝶也。……俄然覺，則蘧蘧然周也，

不知周之夢爲蝴蝶與，蝴蝶之夢爲周與？」

④ 文章句：《漢書·揚雄傳》載，雄作《反離騷》，「又旁《離騷》作重一篇，名曰《廣騷》；又旁《惜誦》以下至《懷沙》一卷，名曰《畔牢愁》」。《注》引李奇曰：「畔，離也。牢，聊也。與君相離，愁而無聊也。」

⑤ 清言：猶清談。《世説新語·文學》：「（王導）語殷（浩）曰：『身今日當與君共談析理。』既共清言，遂達三更。」

【集　評】

【日月跳擲】元微之《遣興》云：「日月東西跳」，又云：「光陰本跳擲」，又《答胡靈之》詩序云：「日月跳擲，於今行二十年矣」，幾與退之「日月如跳丸」大同小異也。杜牧之《寄韓乂》云：「跳丸日月十經秋」，又《送孟遲》云：「月於何處去，日於何處來，跳丸相趁走」，蓋用退之意。元微之《憶遠曲》云：「水中書字無字痕」，白樂天《新昌新居》云：「浮榮水畫字」，意又相類。（吳幵《優古堂詩話》）

泊秦淮〔一〕①

煙籠寒水月籠沙，夜泊秦淮近酒家〔二〕。商女不知亡國恨②，隔江猶唱後庭花③。

【校勘記】

〔一〕《才調集》卷四、《又玄集》卷中題作《秦淮》。

〔二〕「近」，《又玄集》卷中、《文苑英華》卷二九四作「寄」，《文苑英華》下校：「一作近。」文津閣本作「舊」。

【注　釋】

① 秦淮：即秦淮河，在今南京。夾注：「孫盛《晉陽秋》：秦始皇東遊，望氣者云五百年後金陵有天子氣，於是始皇於方山掘流西入江，亦曰淮。今在潤州江寧縣，土俗亦號曰秦淮。」馮注：「《通鑑·晉紀·注》：秦淮，在今建康上元縣南三里。秦始皇時，望氣者言：金陵有天子氣，使鑿山爲瀆，以斷地脈，故曰秦淮。」《詩話總龜》卷二五引《唐賢抒情》云：「杜牧之綽有詩名，縱情雅逸。

累分守名郡，罷任，於金陵艤舟，聞倡樓歌聲，有詩曰：『煙籠寒水月籠沙……』風雅偏綴，不可勝紀。」按杜牧生平，會昌六年九月罷池州任，徙爲睦州刺史。據其《唐故進士龔軺墓誌》：「自秋浦守桐廬，路由錢塘」，此行可經金陵，泊於秦淮河。其經秦淮河時恰爲秋冬之際。與「煙籠寒水」合。故此詩約爲會昌六年（八四六）秋冬間所作。

② 商女：指歌女。

③ 後庭花：即《玉樹後庭花》，陳後主所作曲名，爲人視爲亡國之音。

【集　評】

《南史》云：「陳後主每引賓客對張貴妃等遊宴，使諸貴人及女學士與狎客共賦新詩相贈答，採其尤豔者爲曲調，其曲有《玉樹後庭花》。《通典》云：《玉樹後庭花》、《堂堂黄鸝》、《留金釵》、《兩臂垂》，並陳後主造。恒與宫女學士及朝臣相唱和爲詩，時太宗令何胥採其尤輕豔者爲此曲。予因知後主詩皆以配聲律，遂取一句爲曲名。故前輩詩云：『《玉樹》歌殘王氣終，景陽鐘動晚晴空。』又云：『《後庭花》一曲，幽怨不堪聽。』又云：『萬户千門成野草，只緣一曲《後庭花》。』又云：『彩箋曾襞欺江總，綺閣塵銷《玉樹》空。』『商女不知亡國恨，隔江猶唱《後庭花》。』又云：『《玉樹》歌闌海雲黑，花庭忽作青蕪國。』又云：『《後庭》餘唱落船窗。』又云：『《後庭》新聲笑樵牧。』又云：『不知即入宫前井，猶自聽吹《玉樹花》。』吳蜀雞冠花有一種小者，高不過五、六寸，或紅或淺紅，或白或淺白，世目曰後庭花。又按《國史纂異》：雲陽縣多漢離宫故地，有樹似槐而葉細，土人謂之玉樹。揚雄《甘泉賦》：『玉樹青葱。』左思以爲假稱珍怪者，實非也，似之而已。予謂雲陽既有玉樹，即《甘泉賦》中未必假稱。陳後主《玉樹後庭花》，或者疑是兩曲，謂詩家或稱《玉樹》，或稱《後庭花》，少有連稱者。」（王灼《碧雞漫志》）

《後庭花》，陳後主之所作也。主與倖臣各製歌詞，極於輕蕩。男女倡和，其音甚哀，故杜牧之詩云：「煙籠寒水月籠沙，夜泊秦淮近酒家。商女不知亡國恨，隔江猶唱《後庭花》。」《阿濫堆》，唐明皇之所作也。驪山有禽名阿濫堆，明皇御玉笛，將其聲翻爲曲，左右皆能傳唱，故張祜詩云：「紅葉蕭蕭閣半開，玉皇曾幸此宫來。至今風俗驪山下，村笛猶吹《阿濫堆》。」二君驕淫侈靡，躭嗜歌曲，以至於亡亂。時代雖異，聲音猶存，故詩人懷古，皆有「猶唱」、「猶吹」之句。嗚呼！聲音之入人深矣。（葛立方《韻語陽秋》卷十五）

悵恨無極。（鄭郟評本詩）

《泊秦淮》：陳之亡有《後庭花》，皆亡國之音。秦淮在金陵城中，秦始皇以金陵有天子氣，而鑿此河以洩地氣。舟中商女，梁陳朝舊俗，妖淫哀思，不知其爲亡國之音。此詩有關涉聖賢不欲聞桑間濮上之音，晉孟不顧聞「牆有茨」之詩也。（謝枋得《疊山先生注解章泉澗泉二先生選唐詩》卷三）

偷法一事，名家不免。如劉夢得「山圍故國周遭在，潮打空城寂寞回。淮水東邊舊時月，夜深還過女牆來」。杜牧之「煙籠寒水月籠沙，夜泊秦淮近酒家。商女不知亡國恨，隔江猶唱《後庭花》」。韋端己「江雨霏霏江草齊，六朝如夢鳥空啼。無情最是臺城柳，依舊煙籠十里堤」。三詩雖各詠一事，意調實則相同。愚意偷法一事，誠不能不犯，但當爲韓信之背水，不則爲虞詡之增竈，慎毋爲邵青之火牛可耳。若霍去病不知學古兵法，究亦非是。（賀裳《載酒園詩話》卷一「三偷」）

《泊秦淮》：絶唱。（沈德潛《説詩晬語》卷二十）

《泊秦淮》：秦始皇東遊，望氣者言五百年後金陵有王者氣，于是，始皇命工于方山掘流西入江，曰淮水，以秦開，故名秦淮。「煙籠寒水」，水色碧，故云「煙籠」；「月籠沙」，沙色白，故云「月籠」。下字極斟酌。夜泊秦淮而與酒家相近，酒家臨河故也。商女是以唱曲作生涯者，唱《後庭花》曲，唱而已矣，那知陳後主以此亡國，有恨于其内哉！杜牧之隔江聽去，有無限興亡之感，故作是詩。按《南史》，陳後主以宫人有文學者袁大捨等，爲女學士，後主每遊宴，則使諸貴人及學士與狎客，共賦新詩，互相贈答，采其尤艷者，以爲曲調，被以新聲，選宫女有容色者，以千百數，令習而歌之。其曲有《玉樹後庭花》、《臨春樂》等，其略云：「璧月夜夜滿，瓊樹朝朝新。」（徐增《説唐詩》卷十二）

《秦淮》：發端寫盡一片亡國恨。（何焯《唐三體詩》卷二）

王阮亭司寇删定洪氏《唐人萬首絶句》，以王維之《渭城》，李白之《白帝》，王昌齡之「奉帚平明」，王之涣之「黄河遠上」爲壓卷，踵於前人之舉「蒲萄美酒」、「秦時明月」者矣。近沈歸愚宗伯，亦效舉數首以續之。今按其所舉，惟杜牧「煙籠寒水」一首爲當。其柳宗元之「破額山前」，劉禹錫之「山圍故國」，李益之「回樂峰前」，詩雖佳而非其至。鄭谷「揚子江頭」，不過稍有風調，尤非數詩之匹也。必欲求之，其張潮之「茨菰葉爛」，張繼之「月落烏啼」，錢起之「瀟湘何事」，韓翃之「春城無處」，李益之「邊霜昨夜」，劉禹錫之「二十餘年」，李商隱之「珠箔輕明」，與杜牧《秦淮》之作，可稱匹美。（管世銘《讀雪山房唐詩凡例》）

《泊秦淮》：「煙籠寒水月籠沙」，煙水色青，故煙籠水；月沙色白，故月籠沙。此夜泊秦淮景色也。「夜泊秦淮近酒家」，酒家臨水，泊舟近酒家，而歌聲飄逸，所從來矣。「商女不知亡國恨，隔江猶唱後庭花」，商女止知唱曲，安知曲中有恨。杜牧隔江聽去，知《玉樹後庭花曲》乃陳後主亡國之音，觸景生悲，便有無限興亡之感。（王堯衢《唐詩合解》卷六）

秋浦途中①

蕭蕭山路窮秋雨，淅淅溪風一岸蒲〔一〕。爲問寒沙新到雁，來時還下杜陵無〔二〕②？

【校勘記】

〔一〕「溪」，馮注本校：「一作汪。」「岸」，《全唐詩》卷五二三校：「一作片。」

〔二〕「下」，《全唐詩》卷五二三、馮注本校：「一作在。」

【注釋】

① 秋浦：池州屬縣，故城在今安徽貴池西。此詩曹中孚《杜牧詩文編年補遺》（《江淮論壇》一九八四年第三期）以爲乃杜牧赴池州途中所作，故繫於會昌四年（八四四）九月杜牧由黄州赴池州任時。

② 杜陵：漢宣帝陵墓，在長安南五十里。

【集評】

予嘗從東湖舟中，見誦杜牧之「爲問寒沙新到雁，來時曾下杜陵無」之句，及誦「欲把一麾江海去，樂遊原上望昭陵」，誦詠久之。（曾季貍《艇齋詩話》）

題桃花夫人廟即息夫人①

細腰宫裏露桃新②，脉脉無言度幾春〔一〕。至竟息亡緣底事，可憐金谷墮樓人③。

【校勘記】

〔一〕「度幾」，文津閣本、馮注本作「幾度」。

【注　釋】

① 桃花夫人廟：在湖北黄陂縣東三十里。馮注：「《一統志》：『漢陽府桃花夫人廟，在黄陂縣東三十里，唐杜牧有《題桃花夫人廟》詩，即息夫人也。』息夫人乃春秋時陳國國君之女，姓嬀，嫁息國國君，稱息嬀。楚文王聞息嬀美而滅息，將息嬀擄回作夫人。息嬀爲楚王生二子，然始終不言。楚王問其故，答云：『吾一婦人，而事二夫，縱弗能死，其又奚言。』事見《左傳・莊公十四年》。據《新唐書・地理志》，黄州屬縣有黄陂，故此詩乃杜牧任黄州刺史時所作，亦即作於會昌二年至四年（八四二—八四四）秋間。

②細腰宫：即楚宫，因楚靈王愛細腰美人，故稱。

③金谷：地名，在洛陽西北，晉石崇於此置金谷園。石崇有愛妾緑珠，孫秀慕其美豔，求之，石崇不與。孫秀遂矯詔收捕石崇，緑珠因自墜樓而死。事見《晉書》卷三三《石崇傳》。

【集　評】

杜牧之《題桃花夫人廟》詩云：「細腰宫裏露桃新，脉脉無言度幾春。畢竟息亡緣底事？可憐金谷墜樓人。」僕謂此詩爲二十八字史論。（許顗《彦周詩話》）

杜牧之《息夫人》詩曰：「細腰宫裏露桃新，脉脉無言幾度春。至竟息亡緣底事？可憐金谷墮樓人。」與所謂「莫以今朝寵，能忘舊日恩。看花滿眼淚，不共楚王言」，語意遠矣。蓋學有淺深，識有高下，故形于言者不同矣。（張表臣《珊瑚鉤詩話》卷三）

左氏載息夫人事，爲楚文王生堵敖及成王，猶未言。故王維詩云：「看花滿眼淚，不共楚王言。」胡曾云：「感舊不言長掩淚，只緣翻恨有華容。」杜牧云：「細腰宫裏露桃新，脈脈無言幾度春。」皆祖其説。余謂息嬀既爲楚子生二子，衽席之間，已非一夕，安得未言。……此皆文勝其實，良可發笑。（盛如梓《庶齋老學叢談》卷上）

【息夫人】吴旦生曰：楚伐息，破之，執其君，將妻其夫人，楚王出遊，夫人道出，見息君，以死自誓，遂自殺。舊詩云：「金爐香絶玉樓空，寂寞桃花委地紅。」按《地志》載，漢陽有桃花夫人廟，即息

夫人也。許彦周謂，牧之詩爲二十八字史論，張表臣拈出學識，更勝。（吴景旭《歷代詩話》卷五二庚集七）

息夫人廟今曰桃花夫人廟，王摩詰詩云：「莫以今時寵，能忘舊日恩。看花滿眼淚，不共楚王言。」牧之詩云：「細腰宫裏露桃新，脈脈無言度幾春。至竟息亡緣底事？可憐金谷墜樓人。」近益都孫相國沚亭（廷銓）詩云：「無言空有恨，兒女粲成行。」則以詼嘲出之，令人絶倒。（王士禛《古夫于亭雜録》卷五）

益都孫文定公（廷銓）《詠息夫人》云：「無言空有恨，兒女粲成行。」諧語令人頤解。杜牧之：「至竟息亡緣底事，可憐金谷墜樓人。」則正言以大義責之。王摩詰：「看花滿眼淚，不共楚王言。」更不著判斷一語，此盛唐所以爲高。（王士禛《漁洋詩話》卷下）

【桃花夫人】「細腰宫裏露桃新，脈脈無言幾度春。畢竟息亡緣底事，可憐金谷墜樓人。」此杜紫薇《過桃花夫人廟》詩也。夫人爲息嬀，《左傳》載之甚詳，所謂生堵敖及成王者。而《列女傳》謂楚王出遊，嬀潛見息侯而死，不知何據。王右丞詩亦有「看花滿眼淚，不共楚王言」之句。今其廟在益陽，即唐之新康洲。余嘗雨中過之，聞隔岸簫聲，作《御帶花》，以紀其事。（宋長白《柳亭詩話》卷二十）

古人詠史，但叙事而不出己意，則史也，非詩也；出己意，發議論，而斧鑿錚錚，又落宋人之病。如牧之息嬀詩云：「細腰宫裏露桃新，脈脈無言度幾春；至竟息亡緣底事，可憐金谷墜樓人。」《赤壁》云：「折戟沉沙鐵未消，自將磨洗認前朝。東風不與周郎便，銅雀春深鎖二喬。」用意隱然，最爲得體。息嬀廟，唐時稱爲桃花夫人廟，故詩用「露桃」。《赤壁》，謂天意三分也。許彦周乃曰：「此戰繫社稷存亡，只恐捉了二喬，措大不識好惡。」宋人之不足與言詩如此。（吴喬《圍爐詩話》卷三）

《題桃花夫人廟》：不言而生子，此何意耶？緑珠之墮樓，不可及矣。（沈德潛《説詩晬語》卷二十）

【杜牧詩】杜牧之作詩，恐流於平弱，故措詞必拗峭，立意必奇闢，多作翻案語，無一平正者。方岳《深雪偶談》所謂「好爲議論，大概出奇立異，以自見其長」也。如《赤壁》云：「東風不與周郎便，銅雀春深鎖二喬。」《題四皓廟》云：「南軍不袒左邊袖，四老安劉是滅劉。」《題烏江亭》云：「勝敗兵家事不期，包羞忍恥是男兒。江東子弟多才俊，捲土重來未可知。」此皆不度時勢，徒作議論，以炫人耳，其實非確論也。惟《桃花夫人廟》云：「細腰宫裏露桃新，脈脈無言度幾春。至竟息亡緣底事？可憐金谷墜樓人。」以緑珠之死，形息夫人之不死，高下自見；而詞語蘊藉，不顯露譏訕，尤得風人之旨耳。皮日休《館娃宫懷古》云：「越王大有堪羞處，只把西施賺得吴。」亦是翻新，與牧之同一蹊徑。（趙翼《甌北詩話》卷十一）

王漁洋謂小杜「至竟息亡緣底事，可憐金谷墜樓人」，不如摩詰「看花滿眼淚，不共楚王言」不著議論之高。愚謂摩詰平日詩品，原在牧之上。然此題自以有關風教爲主，杜大義責之，詞色凛凛，真西山謂牧之《息嬀》作，能訂千古是非，信然。余尤愛其掉尾一波，生氣遠出，絶無酸腐態也。王雖不著議論，究無深味可耐咀含，鄙意轉捨盛唐而取晚唐明矣。（潘德輿《養一齋詩話》卷七）

詠古七絶尤難，以詞意既須新警，而篇終復須深情遠韻，令人玩味不窮，方爲上乘。若言盡意盡，索然無餘味可尋，則薄且直矣。……鄧孝威《詠息夫人》云：「楚宫慵掃黛眉新，只自無言對暮春。千古艱難惟一死，傷心豈獨息夫人。」包羅廣遠，意在言外，較唐人小杜之「至竟息亡緣底事，可憐金谷墜樓人」，更覺含蓄有味。所謂微辭勝於直斥，不著議論，轉深於議論也。（朱庭珍《筱園詩話》卷三）

初春有感寄歙州邢員外①

雪漲前溪水〔一〕②，啼聲已繞灘。梅衰未減態，春嫩不禁寒。跡去夢一覺，年來事百般。聞君亦多感，何處倚欄干。

【校勘記】

〔一〕「雪漲」，原作「雪溺」，據《全唐詩》卷五二三、馮注本改。馮注本又校：「一作溺。」

【注釋】

① 歙州：州治在今安徽歙縣。邢員外，即邢群。字涣思，河間人。大和三年登進士第，授太子校書

郎。累官殿中侍御史、户部員外郎。出爲處、歙二州刺史。事跡見杜牧《唐故歙州刺史邢君墓誌銘》。此詩《杜牧年譜》繫於大中元年（八四七）春。其根據乃杜牧「《唐故歙州刺史邢君墓誌銘》：『涣思罷處州，授歙州，某自池轉睦，歙州相去直西東三百里。』故知此詩乃本年所作。」今姑從之。據詩題，詩乃作於初春。

②前溪：水名。在睦州分水縣（今浙江桐廬）。馮注：「《景定嚴州續志》：分水縣前溪，在縣南，出柳柏鄉，經分水鄉入定安，會于天目溪。」

書懷寄中朝往還①

平生自許少塵埃②，爲吏塵中勢自迴。朱紱久慚官借與③，白頭還歎老將來〔一〕。須知世路難輕進，豈是君門不大開。霄漢幾多同學伴〔二〕，可憐頭角盡卿材④。

【校勘記】

〔一〕「白頭」，夾注本作「白鬚」，《全唐詩》卷五二三作「白題」，又於「題」下校：「一作頭。」馮注本於「頭」下校：「一作題。」

〔二〕「幾多」，文津閣本作「已多」。

【注　釋】

①往還：此指有所來往之同僚、故交。

②塵埃：此指世俗情事。馮注：「《晉書・嵇康傳》：縱意于塵埃之表。」

③朱紱句：朱紱，緋衣。杜牧累爲刺史，但未加朝散大夫階，只能借緋。唐制，文官朝散大夫以上方可服緋衣，但刺史雖未至朝散，亦可服緋，謂之借緋。

④頭角盡卿材：比喻人之氣概才華突出。馮注：「《蜀志・魏延傳》：延夢頭上生角。《左傳》：其大夫則賢，皆卿材也。」

【集　評】

【書懷寄中朝往還】往還，猶云舊遊。「爲吏塵中勢自回」，回，猶云變易也。（曾國藩《求闕齋讀書録》卷九）

寄崔鈞①

緘書報子玉②，爲我謝平津③。自愧掃門士④，誰爲乞火人⑤。詞臣陪羽獵〔一〕⑥，戰將騁騈鄰〔二〕⑦。兩地差池恨⑧，江汀醉送君。

【校勘記】

〔一〕「詞臣」，原作「詞目」，今據文津閣本、《全唐詩》卷五二三改。

〔二〕「騈鄰」，《全唐詩》卷五二三作「麒麟」。

【注　釋】

① 崔鈞：崔元略弟元受之子，字秉一，登進士第，曾受辟諸侯府，累官太常少卿、蘇州刺史。事跡見《舊唐書》卷一六三《崔元略傳》。

② 子玉：東漢崔瑗字。瑗與扶風人馬融、南陽人張衡爲友。傳見《後漢書》卷五二。此借指崔鈞。

③ 平津：指漢公孫弘。弘爲丞相，封平津侯。傳見《漢書》卷五八。此借指當時宰相。

④自愧句：漢魏勃年少時，想求見齊相國曹參，「家貧無以自通，乃常獨早夜掃齊相舍人門外」。後舍人薦之於曹參，遂爲曹參舍人。事見《史記》卷五二《齊悼惠王世家》。

⑤乞火人：謂推薦之人。客有説蒯通當薦進處士梁石君等於相國曹參者，通曰：「諾，臣之里婦，與里之諸母相善也。里婦夜亡肉，姑以爲盜，怒而逐之。婦晨去，過所善諸母，語以事而謝之。里母曰：『女安行，我今令而家追女矣。』即束緼請火於亡肉家，曰：『昨暮夜，犬得肉，爭鬥相殺，請火治之。』亡肉家遽追呼其婦。……臣請乞火於曹相國。」經蒯通推薦，曹參以梁石君等爲上賓。事見《漢書》卷四五《蒯通傳》。

⑥詞臣句：詞臣，文學侍從之臣。羽獵，帝王狩獵，士卒負羽箭隨從稱羽獵。西漢揚雄曾跟隨皇帝羽獵。事見《漢書》卷八七本傳。

⑦駢鄰：比鄰。《史記·高祖功臣侯者表》：「柏至，（靖侯許温）以駢憐從起昌邑。」《索隱》：「姚氏：憐、鄰，聲相近。駢鄰，猶比鄰也。」《漢書·高惠高后文功臣表》作「駢鄰」。《注》：「二馬曰駢。駢鄰，謂並兩騎爲軍翼也。」

⑧差池：不齊貌，此指分離不在一處。馮注：「梁武帝詩：驚散忽差池。」

初春雨中舟次和州横江裴使君見迎李趙二秀才同來因書四韻兼寄江南許渾先輩〔一〕①

芳草渡頭微雨時，萬株楊柳拂波垂。蒲根水暖雁初浴，梅徑香寒蜂未知〔二〕。辭客倚風吟暗淡〔三〕，使君廻馬濕旌旗。江南仲蔚多情調②，悵望春陰幾首詩〔四〕。

【校勘記】

〔一〕《文苑英華》卷二六一題作《初春雨中舟次和州裴使君見迎李趙秀才同來因書四韻兼寄許渾》。

〔二〕「蜂」，《文苑英華》卷二六一、馮注本校：「一作蝶。」

〔三〕「暗」，文津閣本作「黯」。「淡」，《文苑英華》卷二六一、馮注本作「澹」。

〔四〕「春陰」，「春」，《全唐詩》卷五二三、馮注本校：「一作青。」「春陰」，《全唐詩》卷五三六許渾集作「青雲」。

【注　釋】

①此詩《全唐詩》卷五三六又作許渾詩。《全唐詩重出誤收考》云：「和州在淮南道，馮集梧《樊川詩集注》四引《通鑑·漢紀》注，云横江渡在和州，正對江南之采石。裴使君爲裴儔，開成二年（八三七）至四年（八三九）任和州刺史。開成四年初春，杜牧自江州溯長江、漢水經南陽赴長安，就左補闕新職，此詩爲經和州横江渡時作。繆鉞《杜牧年譜》繫此詩於開成四年。《英華》二六一載此詩作杜牧，時許渾任當塗縣令、太平縣令，屬宣州，正當和州之南，四部叢刊影宋本許渾之《丁卯集》上及《英華》二四六載其《酬杜補闕初春雨中泛舟次横江喜裴郎中相迎見寄》，乃酬和杜牧此詩者，據此，此重出詩當爲杜牧作。《紀事》五六訛爲許渾。」和州，治所在今安徽和縣。横江，即和州横江渡，與江南之采石相對。裴使君，裴儔，杜牧之姐夫，字次之。登進士第，歷任和州刺史、大理卿、江西觀察使。傳見《舊唐書》卷一七七。秀才，唐人通稱進士爲秀才。許渾，字用晦，一作仲晦。寓居潤州丹陽。大和六年登進士第，任當塗、太平縣令。後授監察御史、潤州司馬、虞部員外郎分司東都。拜睦州、郢州刺史。生平見胡宗愈《唐許用晦先生傳》、《唐詩紀事》卷五六、《唐才子傳校箋》卷七等。先輩，唐代進士互相推敬稱先輩。《杜牧年譜》亦據許渾《酬杜補闕初春雨中泛舟次横江，喜裴郎中相迎見寄》詩等，謂此詩爲開成四年「初春江行赴潯陽，舟次和州」時所作。

②仲蔚：張仲蔚，漢平陵人，善屬文，好詩賦，閉門養性，隱身不仕，不求名利。此處用以比許渾。《高士傳》卷中：「張仲蔚者，平陵人也。與同郡魏景卿俱修道德，隱身不仕。明天官博物，善屬文，好詩賦。常居窮素，所處蓬蒿没人。閉門養性，不治榮名，時人莫識，唯劉龔知之。」

【集　評】

杜長律亦極有佳句，如「深秋簾幕千家雨，落日樓臺一笛風」、「蒲根水暖雁初浴，梅徑香寒蜂未知」、「千里暮山重疊翠，一溪寒水淺深清」，又「江碧柳青人盡醉，一瓢顔巷日空高」，俱灑落可誦。至《西江懷古》「千秋釣艇歌明月，萬里沙鷗弄夕陽」，尤有江天浩蕩之景。（賀裳《載酒園詩話又編・杜牧》）

和州絶句①

江湖醉度十年春〔一〕，牛渚山邊六問津②。歷陽前事知何實〔二〕③，高位紛紛見陷人。

【校勘記】

〔一〕「度」，《全唐詩》卷五二三作「渡」。

〔三〕「何」，夾注本作「虚」，《全唐詩》卷五二三、馮注本校：「一作虚。」

【注　釋】

① 此詩《杜牧年譜》繫於開成四年（八三九）。是年春，杜牧由宣州赴京任左補闕，途經和州作此詩。

② 牛渚山：在安徽當塗縣北三十里，與和州横江渡相對。馮注：「《方輿勝覽》：牛渚山在當塗縣北三十里，山下有磯，古津渡處也。與和州横江相對。」六問津，指六次經過牛渚山渡口。

③ 歷陽前事句：歷陽，淮南國名。昔有老婦常行仁義，有兩書生過之，謂其云，此國將沉没爲湖。倘見東城門閫上有血跡，即走上山，勿反顧。後守城小吏因殺雞，以雞血塗門上。老婦見門上有血，便疾走上山。一夕，歷陽遂沉没爲湖。事見《淮南子·俶真》高誘注。

【集　評】

《法藏碎金》云：《國語》云：「高位疾顛，厚味腊毒。」杜牧《和州絶句》云：「江湖醉度十年春，牛渚山邊六問津。歷陽前事知虚實，高位紛紛見陷人。」噫，予今聊記其一，蘇秦位高金多，如何！如何！（胡仔《苕溪漁隱叢話後集》卷十五「杜牧之」）

題烏江亭①

勝敗兵家事不期〔一〕，包羞忍恥是男兒。江東子弟多才俊〔二〕②，卷土重來未可知。

【校勘記】

〔一〕「兵家」，《全唐詩》卷五二三、馮注本校：「一作由來。」「事不」，《全唐詩》卷五二三、馮注本校：「一作不可。」

〔二〕「才」，《全唐詩》卷五二三作「豪」。

【注　釋】

①烏江亭：在今安徽和縣東北之烏江鎮，楚漢相爭，項羽兵敗曾經此。馮注：「《史記・項羽紀・正義》：《括地志》云：烏江亭即和州烏江縣是也。」此詩《杜牧年譜》繫於開成四年（八三九）春，時杜牧由宣州赴京任左補闕，途經和州作此詩。

②江東子弟句：江東，指今江蘇、安徽長江以南地區。《史記・項羽本紀》：「烏江亭長檥船待，謂

項王曰：『江東雖小，地方千里，衆數十萬人，亦足王也。願大王急渡……』項王笑曰：『天之亡我，我何渡爲！且籍與江東子弟八千人渡江而西，今無一人還，縱江東父兄憐而王我，我何面目見之！』」

【集　評】

《烏江亭》：百戰疲勞壯士哀，中原一敗勢難迴。江東子弟今雖在，肯爲君王卷土來？（王安石《臨川先生文集》卷三十三）

苕溪漁隱曰：牧之於題詠，好異於人，如《赤壁》云：「東風不與周郎便，銅雀春深鎖二喬。」《題商山四皓廟》云：「南軍不袒左邊袖，四皓安劉是滅劉？」皆反説其事。至《題烏江亭》，則好異而叛於理，詩云：「勝負兵家不可期，包羞忍恥是男兒。江東子弟多才俊，卷土重來未可知。」項氏以八千人渡江，敗亡之餘，無一還者，其失人心爲甚，誰肯復附之，其不能卷土重來決矣。（胡仔《苕溪漁隱叢話後集》卷十五「杜牧之」）

【忍事】張耳、陳餘，魏之名士。秦聞此兩人名，購求張耳千金，陳餘五百金。二人變名姓之陳，爲里監門。里吏嘗笞餘，餘欲起，耳躡之，使受笞。吏去，耳引餘之桑下數之曰：「始吾與公言何如？今見小辱而欲死一吏乎？」耳之見，過餘遠矣。餘卒敗死泜水上，而耳事漢，富貴壽考，福流子孫，非偶然也。大智大勇，必能忍小恥小忿。彼其雲蒸龍變，欲有所會，豈與瑣瑣者校乎？東坡論子房，潁濱論劉、項，專説一「忍」字，張公藝九世同居，亦只是得此一字之力，杜牧之云「包羞忍恥是男兒」。（羅大經《鶴林玉露》甲編卷三）

吕温詩云：「天下起兵誅董卓，長沙義士最先來。」荆公云：「江東子弟多才俊，卷土重來未可知。」皆可以倡東南勇敢之氣。（劉克莊《後村詩話》前集卷一）

牧之《赤壁》詩：「折戟沉沙鐵未銷，自將磨洗認前朝。東風不與周郎便，銅雀春深鎖二喬。」許彦周不諭此老以滑稽弄翰，每每反用其鋒，輒雌黄之，謂孫氏霸業，繫此一戰，宗廟邱墟皆置不問，乃獨含情妖女，豈非與癡人言不應及於夢也！劉禹錫《題蜀王廟》云：「淒涼蜀故妓，歌舞魏宫前。」亦意惟增淒感，却不主於滑稽耳。本朝諸公喜爲論議，往往不深諭唐人主於性情，使雋永有味，然後爲勝。牧之處唐人中，本是好爲論議，大概出奇立異，如《烏江亭》：「勝敗兵家未可期，包羞忍耻是男兒。江東子弟多才俊，卷土重來未可知。」要之「東風借便」與「春深」數箇字，含蓄深窈，與後一詩遼絶矣。皮日休《館娃懷古》：「綺閣飄香下太湖，亂兵侵曉上姑蘇。越王大有堪羞處，只把西施賺得吴。」亦是好以議論爲詩者。余最愛竇庠《新入諫院喜内子至》一絶：「一旦悲歡見孟光，十年辛苦作滄浪。不知筆硯緣封事，獨問傭書日幾行。」使彦周評此，則以竇氏爲不解事婦人矣，所謂癡人前説夢也。牧之五言云：「欲識爲詩苦，秋霜若在心。」雖格力不齊，各自成家，然無有不自苦思而得也。（方岳《深雪偶談》）

《書箕子廟碑陰》：此等文章，天地間有數，不可多見，惟杜牧之絶句詩一首似之。《題烏江項羽廟》云：「勝敗兵家不可期，包羞忍耻是男兒。江東子弟多才俊，捲土重來未可知。」（謝枋得《文章軌範》卷六）

《烏江項羽廟》：衆人題項羽廟，只言項羽有速亡之罪耳，牧之題項羽廟，獨言項羽有可興之機，此等意思，亦死中求活，非淺識所到。杜之意曰，項羽聞亭長之言，若包羞忍恥，泛舟而據江東之土地，養江東之人民，江東子弟豪傑尚多，卷土重來與漢高一戰，楚漢興亡，皆未可前定也。柳子厚《書箕子廟碑陰》曰：「當其周時未至，殷祀未殄，比干已死，微子已去，向使紂惡未稔而自斃，武庚念亂以圖存，國無其人，誰與興理？此人事之或然者也。先生隱忍而不去，意者有在於斯乎？」亦是此意。（謝枋得《疊山先生注解章泉澗泉二先生選唐詩》卷三）

王介甫《題疊烏江亭》：「百戰疲勞壯士哀，中原一敗勢難回。江東子弟今雖在，肯爲君王卷土來？」荆公此詩，正爲牧之設也。蓋牧之之詩，好異於人，其間有不顧理處。（蔡正孫《詩林廣記》前集卷六「杜牧之」）

杜樊川題烏江項羽廟詩云：「勝敗兵家不可期，包羞忍耻是男兒。江東子弟多豪俊，卷土重來未可知。」後王荆公詩云：「百戰疲勞壯士哀，中原一敗勢難迴。江東子弟今雖在，肯爲君王捲土來？」荆公反樊川之意，似爲正論，然終不若樊川之死中求活。謝疊山謂柳子厚《書箕子廟碑陰》，意亦類此。（都穆《南濠詩話》）

【二喬】吴旦生曰：《深雪偶談》謂，牧之以滑稽弄辭，彦周雌黄之，豈非與癡人言不應及於夢也。禹錫《題蜀主廟》云：「凄凉蜀故妓，歌舞魏宫前」，亦是此意，惟增悽感，却不主於滑稽耳。牧之詩如《四皓廟》云：「南軍不袒左邊袖，四皓安劉是滅劉。」如《烏江亭》云：「勝敗兵家未可期，包羞忍恥是男兒。江東子弟多才俊，捲土重來未可知。」則「東風」、「春深」數字，較爲含蓄深窈矣。余以牧之數詩，俱用「翻案法」，跌入一層，正意益醒，謝疊山所謂死中求活也。《漁隱叢話》云：牧之題詠好異於人，如《赤壁》、《四皓》，皆反説其事，至《題烏江》，則好異而叛於理，項氏以八千渡江，無一還者，誰肯復附之？其不能捲土重來決矣。嗚呼，此豈深於詩者哉！（吴景旭《歷代詩話》卷五十二庚集七）

【江東】上虞王充著《論衡》，中土未有傳者，蔡中郎至江東得之。則是江東專指錢塘之東，非江左可混用也。自唐以來，詩人相沿不改，惟杜紫薇「江東子弟多豪俊」之句，不指此地。米南宫詩：「秋帆尋賀老，載酒過江東。」賀老者，季真也。（宋長白《柳亭詩話》卷二十四）

詩貴有含蓄不盡之意，尤以不着意見、聲色、故事、議論者爲最上，義山刺楊妃事之「夜半宴歸宫漏永，薛王沈醉壽王醒」是也。稍着意見者，子美《玄元廟》之「世家遺舊史，道德付今王」是也。稍着聲色者，子美之「落日留王母，微風倚少兒」是也。稍用故事者，子美之「伯仲之間見伊吕，指揮若定失蕭曹」是也。着議論而不大露圭角者，羅昭諫之「静憐貴族謀身易，危覺文皇創業難」是也。露圭角者，杜牧之《題烏江亭》詩之「勝負兵家未可期，包羞忍恥是男兒。江東子弟多才俊，捲土重來未可

知」是也。然已開宋人門徑矣。宋人更有不倫處。（吴喬《圍爐詩話》卷一）

「詩豪」之名，最爲誤人。牧之《題烏江亭》詩，求豪反入宋調。章碣《焚書坑》亦然。唐司空圖云：「詩須有味外味。」此言得之。《建除》、《藥名》等詩，兒童所爲也。（吴喬《圍爐詩話》卷三）

詩以優柔敦厚爲教，非可豪舉者也。李、杜詩人稱其豪，自未嘗作豪想。豪則直，直則違於詩教。牧之自許詩豪，故《題烏江亭》詩失之于直。石曼卿、蘇子美欲豪，更虚誇可厭。（吴喬《圍爐詩話》卷五）

杜牧之《題烏江亭》詩：「勝敗兵家不可期，包羞忍恥是男兒。江東子弟多豪俊，捲土重來未可知。」此翻已奇。荆公又翻之云：「百戰疲勞壯士哀，中原一敗勢難迴。江東子弟今雖在，肯爲君王捲土來？」牧之詩好奇而不諳事理，荆公詩於事理較合，然論項王，亦未得要害處。……夫要害處乃經史之大義，大義與好議論自别，作論史佳詩，非深於經法不可矣。（潘德輿《養一齋詩話》卷四）

題横江館①

孫家兄弟晉龍驤②，馳騁功名業帝王。至竟江山誰是主，苔磯空屬釣魚郎〔一〕。

【校勘記】

〔一〕「苔磯」，文津閣本作「石磯」。

【注　釋】

①橫江館：即和州橫江渡，與江南采石相對。馮注：「《太平寰宇記》：和州歷陽縣橫江浦，在縣東南二十六里。對江南岸之采石往來濟處。李白詩：橫江館前津吏迎。《太平府志》：采石驛在采石鎮，濱江即唐時橫江館也。」此詩《杜牧年譜》繫於開成四年（八三九），時杜牧由宣州赴京任左補闕，途經和州橫江館作此詩。按，此行在春日，故詩作於是年春。

②孫家兄弟句：孫家兄弟，指三國東吳之孫策、孫權兄弟。孫策於興平二年爲折衝校尉，率兵攻佔橫江、當利，後又渡江攻佔曲阿，所向莫敢當其鋒。晉龍驤，西晉龍驤將軍王濬，率兵伐東吳，順風鼓棹，沿江東下，兵不血刃，徑造三山，孫皓投降，吳國遂亡。事見《晉書》卷四二《王濬傳》。

【集　評】

【至竟】唐人多言「至竟」，如云到底也。杜牧云「至竟息亡緣底事」、「至竟江山誰是主」之類。

（胡震亨《唐音癸籤》卷二十四「詁箋」九引《戒菴漫筆》）

寄澧州張舍人笛①

髮匀肉好生春嶺②，截玉鑽星寄使君③。檀的染時痕半月〔一〕④，落梅飄處響穿雲⑤。樓中威鳳傾冠聽⑥，沙上驚鴻掠水分⑦。遥想紫泥封詔罷〔二〕⑧，夜深應隔禁牆聞〔三〕。

【校勘記】

〔一〕「染」，《文苑英華》卷二一二、馮注本校：「一作深。」

〔二〕「遥」，《文苑英華》卷二一二作「横」。

〔三〕「應隔」，夾注本作「遥隔」。

【注釋】

①澧州：治所在今湖南澧縣。馮注：「《唐書·地理志》：山南道澧州澧陽郡。」張舍人，即張次宗。會昌初，累官至考功員外郎、知制誥。後歷任澧、明、舒三州刺史。傳見《舊唐書》卷一二九、《新唐書》卷一二七。唐時，以他官知制誥亦可稱舍人。此詩陶敏《樊川詩人名箋補》謂張舍人爲張

次宗，其「遠貶却在大中元年冬，故張次宗守澧州亦應在大中二年左右」，並繫此詩於大中二年（八四八）。

②髮匀肉好：頭髮匀稱，肌體嬌好。此處以人喻竹。

③截玉鑽星：指將竹管製成笛子。玉指竹管，星指笛孔。

④檀的：馮集梧以爲，檀的似「謂指甲紅染如半月狀，亦或謂指印笛孔，的然有痕。徐鼎臣《夢游》詩：檀的漫調銀字管。本諸此。」

⑤落梅句：落梅，即笛曲《梅花落》。響穿雲，指笛聲悠揚動聽。馮注：「唐《逸史》：李謩開元中吹笛，爲第一部，自教坊請假至越州，州客舉進士者十人，同會鏡湖，欲邀李湖上吹之。有獨孤生者到會所，李生更有一笛，拂拭以進。獨孤視之曰：此都不堪取，執者粗通耳。遂吹，聲發入雲，四座震慄。」

⑥樓中威鳳句：威鳳，鳳之有威儀者。此處用蕭史弄玉事。秦穆公女弄玉，嫁蕭史，史善吹簫，日教弄玉作鳳鳴。居數年，吹似鳳聲，鳳凰來止其屋。公爲作鳳臺，夫婦止其上不下數年，一旦皆隨鳳凰飛去。事見《列仙傳》卷上。

⑦驚鴻：驚飛之鴻雁。馮注：「馬融《長笛賦》：狀似流水，又象飛鴻。」

⑧遥想句：紫泥，皇帝之詔書，封以紫泥，上加蓋玉璽。此言爲皇帝草詔敕。馮注：「《後漢書・輿

服志》注：璽皆以武都紫泥封。《唐六典》：中書舍人掌凡詔旨制敕及璽書册命，皆按典故起草進，書既下，則署而行之。」

寄揚州韓綽判官〔一〕①

青山隱隱水遥遥〔二〕，秋盡江南草木凋〔三〕。二十四橋明月夜②，玉人何處教吹簫〔四〕③？

【校勘記】

〔一〕「揚州」，原作「楊州」，據文津閣本、《全唐詩》卷五二三、馮注本改。《才調集》卷四題作《寄人》。

〔二〕「遥遥」，《才調集》卷四、《全唐詩》卷五二三作「迢迢」，《全唐詩》下校：「一作遥遥。」馮注本校：「一作迢迢。」

〔三〕「草木」，《文苑英華》卷二六一作「岸草」，下校：「集作草木。」馮注本校：「一作岸草，又木一作未。」

〔四〕「玉」，《文苑英華》卷二六一作「美」，下校：「集作玉。」馮注本校：「一作美。」「教」，《文苑英華》卷二六一作「坐」，下校：「集作教。」《唐詩紀事》卷五六作「學」。馮注本校：「一作坐。」

【注　釋】

①判官：節度、觀察等使屬官。時韓綽爲淮南節度使判官，淮南節度使治所在揚州。

②二十四橋：在揚州。一説揚州共有二十四座橋，一説二十四橋即一橋名。馮注：「《方輿勝覽》云：揚州府二十四橋，隋置，並以城門坊市爲名，後韓令坤省築州城，分佈阡陌，別立橋梁，所謂二十四橋，或在或廢，不可得而考矣。斯語當得其實。」

③玉人：此處指韓綽。夾注：「《晉書》：裴淑則風神高邁，容儀俊美，博涉群書，特精義理。時人見，謂之玉人。」

【集　評】

《寄揚州韓綽判官》：唐諸道，郡國之富貴，人物之衆多，城市之和樂，聲色之繁華，揚州爲冠，益州次之，號曰「揚一益二」。牧之仕淮南，寄揚州韓判官詩，其實厭江南之寂寞，思揚州之歡娱，情雖切而辭不露。（謝枋得《疊山先生注解章泉澗泉二先生選唐詩》卷三）

歐陽修《西湖》：「緑芰紅蓮畫舸浮，使君那復憶揚州。都將二十四橋月，換得西湖十頃秋。」杜牧之《揚州》詩云：「二十四橋明月夜，玉人何處教吹簫？」（蔡正孫《詩林廣記》後集卷一）

杜牧官於金陵，《寄揚州韓綽判官》詩：「青山隱隱水迢迢，秋盡江南草未凋。二十四橋明月夜，玉人何處教吹簫。」「草未凋」，今作「草木凋」，不見江南草木經寒之意。「教吹簫」，作「不吹簫」；《金陵志》謂此詩説，金陵二十四航也，揚州二十四橋之名，備載《夢溪筆談》，「教」字見寄揚州之意。（盛如梓《庶齋老學叢談》卷中）

《寄揚州韓綽判官》：劉云：韓之風致可想，書記薄幸自道耳。（高棅《唐詩品匯》卷五十三）

【唐詩絶句誤字】唐詩絶句，今本多誤字，試舉一二，如杜牧之《江南春》云「十里鶯啼緑映紅」，今本誤作「千里」，若依俗本，「千里鶯啼」，誰人聽得？「千里緑映紅」，誰人見得？若作「十里」，則鶯啼緑紅之景，村郭樓臺，僧寺酒旗，皆在其中矣。又《寄揚州韓綽判官》云「秋盡江南草未凋」，俗本作「草木凋」。秋盡而草木凋，自是常事，不必説也，況江南地暖，草本不凋乎。此詩杜牧在淮南而寄揚州人者，蓋厭淮南之摇落，而羨江南之繁華，若作「草木凋」，則與「青山明月」、「玉人吹簫」不是一套事矣。余戲謂此二詩絶妙，「十里鶯啼」，俗人添一撇壞了；「草未凋」，俗人減一畫壞了。甚矣，士俗不可醫也。（楊慎《升菴詩話》卷八）

【秋盡江南葉未凋】賀方回作《太平時》一詞，衍杜牧之詩也。其詞云：「秋盡江南葉未凋，晚雲高。青山隱隱水迢迢，接亭皋。二十四橋明月夜，弭蘭橈。玉人何處教吹簫，可憐宵。」按此，則牧之本作「葉未凋」。（楊慎《詞品》卷一）

温庭筠「冰簟銀床夢不成，碧天如水夜雲輕。雁聲遠過瀟湘去，十二樓中月自明。」杜牧之「青山隱隱水迢迢，秋盡江南草木凋。二十四橋明月夜，玉人何處學吹簫？」此等入盛唐亦難辨，惜他作殊不爾。（胡應麟《詩藪》内編卷六近體下絶句）

清響裂雲。（鄭郲評本詩）

《寄揚州韓綽判官》：揚州之二十四橋，存廢久已莫考，而至今常在人口者，惟以牧之一詩爲證耳。然則，即以此二十八字爲二十四橋，可。（黄周星《唐詩快》卷十六）

【二十四橋】吴旦生曰：揚州之盛，唐世豔稱。故張祜詩「人生只合揚州死，禪智山光好墓田」。徐凝詩「天下三分明月夜，二分明月在揚州」。舊稱牧之詩好用數目，如二十四橋之類是也。按《筆談》記二十四橋云：最西濁河茶園橋，次東大明橋今大明寺前。入西水門有九曲橋今建隆寺前。次當正，當帥牙南門有下馬橋，又東作坊橋，橋東河轉向南，有洗馬橋。次南橋見在今州城北門外。又南阿師橋，周家橋今此處爲城北門。小市橋今存。廣濟橋今存。新橋，開明橋今存。顧家橋，通明橋今存。太平橋，利國橋，出南水門有萬歲橋今存。青園橋，自驛橋北河流東出有參佐橋今開元寺前。次東水門今有新橋，非古跡也。東出有山光橋見在今山光寺前。又自衙門下馬橋直南有北三橋，中三橋，南三橋，號九橋，不通船，不在二十四橋之數，皆在今州城西門外。（吴景旭《歷代詩話》卷五二庚集七）

杜司勳詩「誰家唱《水調》，明月滿揚州」、「誰知竹西路，歌吹是揚州」、「揚州塵土試迴首，不惜千金借與君」、「二十四橋明月夜，玉人何處教吹簫」、「春風十里揚州路，卷上珠簾總不如」、「十年一

覺揚州夢，贏得青樓薄倖名」，何其善言揚州也！（余成教《石園詩話》卷二）

夢得、牧之喜用數目字。夢得詩「大艑高帆一百尺，新聲促柱十三弦」、「千門萬户垂楊裏」、「春城三百九十橋」；牧之詩「漢宫一百四十五」、「南朝四百八十寺」、「二十四橋明月夜」、「故鄉七十五長亭」，此類不可枚舉，亦詩中之算博士也。（陸鎣《問花樓詩話》卷一）

先廣文嘗言：「古人詩文字有疑，似不可輕改，坊刻舛累尤多，須得善本校對乃可。」因舉……杜牧之「秋盡江南草未凋」，言江南地暖，「未」訛爲「木」，失原旨矣。昔人藏書少而善本最多，今人善本少而藏書易多，坊賈射利，肆行點竄，殆亦文字之厄與！（余成教《石園詩話》卷二）

【唐賢三味集清王士禎撰】杜牧之「秋盡江南草木凋」，本作「草未凋」，坊本尚有不誤者，作「草木凋」便無意味矣，此誤字之當校者也。（李慈銘《越縵堂讀書記》八「文學」）

送李群玉赴舉①

故人別來面如雪，一榻拂雲秋影中②。玉白花紅三百首〔一〕③，五陵誰唱與春風④？

【校勘記】

〔一〕「花」，《文苑英華》卷二八〇作「化」，馮注本校：「一作化。」

【注　釋】

① 李群玉：字文山，澧州人。大中八年，獻詩三百首，爲宰相薦爲弘文館校書郎。後遭冤屈，憤而棄官南歸。生平見《唐摭言》卷一〇、《北夢瑣言》卷六、《唐詩紀事》卷五四、《唐才子傳校箋》卷七等。據吴在慶《唐五代文史叢考·李群玉生平二三事考實》，李群玉有《九日陪崔大夫讌清河亭》詩，乃開成二年晚秋在宣城作，而開成二年晚秋，杜牧在宣州曾與李群玉相見。又據李群玉《將遊荆州投魏中丞》詩，李群玉大中四年秋曾有由湖湘入京赴舉，大中五年在京落第事。而杜牧「大中四年初秋自長安出守湖州，而李群玉由湖湘入京赴舉，兩人實有可能相遇於途中某地，或在湖州相逢。則杜牧《送李群玉赴舉》詩蓋即作於」大中四年（八五〇）秋。

② 一榻拂雲句：此句指受州郡長官禮遇秋試事。唐時州郡試，於秋日舉行。一榻，用陳蕃禮遇徐穉事。東漢徐穉字孺子，南昌人。陳蕃爲南昌太守，「在郡不接賓客，唯穉來特設一榻，去則懸之」。事見《後漢書》卷五三《徐穉傳》。又李群玉曾獲裴休禮遇，《新唐書·藝文志四》云：李群玉「字文山，澧州人。裴休觀察湖南，厚延致之。及爲相，以詩論薦，授校書郎」。

③ 玉白花紅句：三百首，指李群玉曾有詩三百首。李群玉《進詩表》：「草澤臣群玉……謹捧所業歌行、古體詩、今體七言、今體五言四通等合三百首，謹詣光順門，昧死上進。」

④ 五陵句：五陵，指漢代五位皇帝之陵墓，即高帝長陵、惠帝安陵、景帝陽陵、武帝茂陵、昭帝平陵。漢末三國時，五陵因兵亂均被盜掘。此用以代指長安。與，向，對。唐進士禮部試在春日舉行，故常以「春風得意」以形容進士及第。馮注：「《説苑》：管仲曰：吾不能以春風風人，春雨雨人，吾道窮矣。」

送薛種遊湖南

賈傅松醪酒①，秋來美更香。憐君片雲思②，一棹去瀟湘〔一〕。

【校勘記】

〔一〕「一棹去」，《全唐詩》卷五二三作「一去遶」，下校：「一作一棹去。」馮注本校：「一云一去遶。」

【注　釋】

① 賈傅：指漢代賈誼，曾貶長沙王太傅。傳見《史記》卷八四《屈原賈生列傳》。松醪，即湘中酒名松醪春，乃用松膏所釀酒。劉禹錫《送王師魯協律赴湖南使幕》詩：「橘樹沙洲暗，松醪酒肆香。」

② 片雲思：指羈旅漂泊之情思。

題壽安縣甘棠館御溝①

一渠東注芳華苑②，苑鎖池塘百歲空。水殿半傾蟾口澀③，爲誰流下蓼花中④？

【注　釋】

① 壽安縣：在今河南宜陽縣。其地有連昌宫、興泰宫，乃高宗、武后時置。故有御溝、水殿等語。馮注：「《隋書·地理志》：河南郡壽安，後魏置縣，曰甘棠，仁壽四年，改焉。《一統志》：壽安故城，今宜陽縣治。相傳爲周時召伯聽政之所。……《名勝志》：宜陽縣西北有勝因寺，即甘棠驛故址。」王西平、張田《杜牧詩文繫年考辨》謂：「此詩當是杜牧在洛陽任監察御史時遊訪之作。大和九年秋七月杜牧赴洛陽供職，第三年春（即開成二年），迎同州眼醫石生至洛陽，告假百日，

前往揚州……詩有『水殿半傾蟾口澀，爲誰流下蓼花中』之句。蓼花開放在六、七月間。因而，大和九年、開成二年杜牧均不得作此詩，應繫於開成元年。」今姑從之，訂此詩於開成元年（八三六）。

② 芳華苑：洛陽有芳華神都苑。馮注：「《西京雜記》：東都隋苑曰會通，又改爲芳華神都苑，周迴一百二十六里，東面七十里，南面三十九里，西面五十里，北面四十二里。」

③ 水殿句：蟾口，宫殿簷下蟾蜍形排水口。澀，不通暢。

④ 蓼：草本植物，有水蓼、馬蓼、辣蓼等。其花淡紅色或白色。

汴河懷古〔一〕①

錦纜龍舟隋煬帝②，平臺複道漢梁王③。遊人閑起前朝念〔二〕，折柳孤吟斷殺腸④。

【校勘記】

〔一〕「河」，《文苑英華》卷三〇八作「口」，下校：「集作河。」《全唐詩》卷五二三、馮注本校：「一作口。」

〔二〕「閑」，《文苑英華》卷三〇八作「還」，下校：「一作閑。」《全唐詩》卷五二三、馮注本校：「一作還。」

【注　釋】

①汴河：即隋煬帝時所開鑿之通濟渠。

②錦纜龍舟句：隋煬帝於大業元年八月，乘龍舟沿運河南遊江都，舳艫相接二百餘里，錦帆彩纜，窮極侈靡。事見《隋書·煬帝紀》及《隋遺録》。

③平臺複道句：平臺，在河南商丘東北，相傳爲魯襄公十七年宋皇國父所築。複道，樓閣間有上下兩重通道而架空者稱複道。梁王，即西漢梁孝王。他倚仗其母竇太后寵愛，大治宫室，築東苑，方圓三百餘里，又建複道將宫殿與平臺相連。事見《史記》卷五八《梁孝王世家》。

④折柳：此處語意雙關，亦指古横吹曲《折楊柳》歌。隋煬帝於汴渠兩岸栽種楊柳。此處亦用其事。

汴河阻凍〔一〕①

千里長河初凍時，玉珂瑶珮響參差②。浮生恰似冰底水〔二〕，日夜東流人不知〔三〕。

【校勘記】

〔一〕《文苑英華》卷二九四題作《汴河阻凍絶句》。馮注本於「凍」字下校：「一作風。」

〔二〕「恰」，《文苑英華》卷二九四作「一」，下校：「集作憐。」夾注本作「憐」，《全唐詩》卷五二三作「却」，下校：「一作一。」馮注本校：「一作一。」「冰」，馮注本校：「一作水。」

〔三〕「人」，《文苑英華》卷二九四作「自」，下校：「集作人。」

【注釋】

① 此詩王西平、張田《杜牧詩文繫年考辨》繫於大中二年，謂杜牧一生四次途徑汴河，「第一次由揚州進京在大和九年春，不會言『初凍』。第三、四次往還於長安、湖州之間，經過汴河，均在秋季，不會上凍。唯有大中二年由睦州回長安赴任是『十二月至京』(《上宰相求杭州啓》)，經過汴河時，正好是十一月、十二月之間，『千里長河初凍』，與詩意恰合」。今即據此訂本詩於大中二年(八四八)十一、十二月間。

② 玉珂：馬勒上貝製之裝飾品，行則有聲。玉珂、瑶珮，此處比喻冰裂聲。

酬張祜處士見寄長句四韻〔一〕①

七子論詩誰似公②，曹劉須在指揮中③。薦衡昔日知文舉〔二〕④，令狐相公曾表薦處士。乞火無人作蒯通〔三〕⑤。北極樓臺長掛夢⑥，西江波浪遠吞空⑦。可憐故國三千里，虚唱歌詞滿六宫⑧。處士詩曰：「故國三千里，深宫二十年。一聲何滿子，雙淚落君前。」

【校勘記】

〔一〕《文苑英華》卷二四六題無「長句四韻」四字。

〔二〕「知」，馮注本作「推」，下校：「一作知。」

〔三〕「無」，《文苑英華》卷二四六作「何」，《全唐詩》卷五二三、馮注本校：「一作何。」

【注　釋】

① 張祜：見《登池州九峰樓寄張祜》詩注①。處士，隱居而未做官之士人。此詩《杜牧年譜》繫於會昌五年（八四五），謂本年「張祜來池州，與杜牧唱和甚歡，九月九日，同遊齊山，並賦詩」。今姑

從之。

②七子：指漢獻帝建安年間七位著名文人，稱「建安七子」。即孔融、陳琳、王粲、徐幹、阮瑀、應瑒、劉楨。

③曹劉：指曹植與劉楨，兩人乃建安時期代表作家。

④薦衡句：衡，即禰衡，字正平，東漢人，以賦著名。文舉，孔融字。孔融深愛禰衡之文才，曾上疏推薦禰衡。事見《後漢書》卷八〇下《禰衡傳》。據《唐摭言》卷一一，張祜，元和、長慶中深爲令狐楚所知，楚自草薦表，令祜以新舊格詩三百篇隨表進獻。祜至京師，方屬元稹偃仰内庭，上因召問祜之辭藻上下，稹對曰：「張祜雕蟲小技，壯夫恥而不爲之者，或獎激之，恐變陛下風教。」上頷之，由是寂寞而歸。

⑤乞火句：乞火，乞火人，此處意爲推薦之人。據《漢書·蒯通傳》所載，客有説蒯通當薦進處士梁石君等於相國曹參者，蒯通曰：「諾，臣之里婦，與里之諸母相善也。里婦夜亡肉，姑以爲盜，怒而逐之。婦晨去，過所善諸母，語以事而謝之。里母曰：『女安行，我今令而家追女矣。』即束緼請火於亡肉家，曰：『昨暮夜，犬得肉，爭鬥相殺，請火治之。』亡肉家遽追呼其婦。」蒯通説畢此事，又云：「束緼乞火非還婦之道也，然物有相感，事有適可。臣請乞火於曹相國。」經蒯通推薦，曹參以梁石君等爲上賓。

⑥北極：北極星、北辰。此處喻指朝廷。

⑦西江：西來之大江，此處指長江。

⑧可憐故國兩句：此處套用張祜《宫詞》中句。六宫，後妃居住之後宫。兩句意爲張祜所作《宫詞》在六宫傳唱，而作者却不爲在上者賞識。又張祜另有《孟才人歎一首并序》云：「武宗皇帝疾篤，遷便殿，孟才人以歌笙獲寵者，密侍其右。上目之曰：『吾當不諱，爾何爲哉？』指笙囊泣曰：『請以此就縊。』上憫然。復曰：『妾嘗藝歌，願爲上歌一曲以泄其憤。』上以懇，許之。乃歌『一聲何滿子』，氣亟立殞。上令醫候之，曰：『脈尚温而腸已絶。』」

【集評】

【張祜宫詞】張祜有《觀獵》詩並《宫詞》，白傅稱之。《宫詞》云：「故國三千里，深宫二十年。一聲《河滿子》，雙淚落君前。」小杜守秋浦，與祜爲詩友，酷愛祜《宫詞》，贈詩曰：「如何『故國三千里』，虚唱歌詞滿六宫。」又詩寄祜云：「睫在眼前人不見，道非身外更何求。誰人得似張公子，千首詩輕萬户侯。」（王直方《王直方詩話》）

張祜詩云：「故國三千里，深宫二十年。」杜牧賞之，作詩云：「可憐故國三千里，虚唱歌詞滿六宫。」故鄭谷云：「張生故國三千里，知者惟應杜紫微。」諸賢品題如是，祜之詩名安得不重乎？其後

有「解道澄江靜如練，世間惟有謝玄暉」、「解道江南斷腸句，世間惟有賀方回」等語，皆祖其意也。（葛立方《韻語陽秋》卷四）

張祜集載，武宗疾篤，孟才人以歌笙獲寵，密侍左右。上目之曰：「我當不諱，爾何爲哉？」才人指笙囊泣曰：「請以此就縊。」復曰：「妾嘗藝歌，願歌一曲。」上許之，乃歌一聲《河滿子》，氣亟立殞。上令醫候之，曰：「脉尚温而腸已絶。」則是《河滿子》真能斷人腸者。祜爲詩云：「偶因歌態詠嬌嚬，傳唱宫中十二春。却爲一聲《河滿子》，下泉須弔舊才人。」又有「故國三千里，深宫二十年。一聲《河滿子》，雙淚落君前」之詠。一稱「十二春」，一稱「二十年」，未知孰是也。杜牧之有酬祜長句，其末句云：「可憐故國三千里，虚唱歌詞滿六宫。」言祜詩名如此，而惜其未遇也。（葛立方《韻語陽秋》卷十五）

張祜有句云：「故國三千里，深宫二十年。」以此得名。故杜牧云：「可憐故國三千里，虚唱歌詞滿後宫。」鄭谷亦云：「張生『故國三千里』，知者惟應杜紫微。」秦少游有詞云：「醉卧古藤陰下。」故山谷云：「少游醉卧古藤下，誰與愁眉唱一杯。解作江南斷腸句，只今惟有賀方回。」正與杜、鄭語意同。（吴子良《吴氏詩話》卷上）

《酬張祜處士見寄長句四韻》：「乞火」，用蒯通説曹參請東郭先生、梁石君事，見《漢書·蒯通傳》，謂薦賢也。時令狐楚以張祜詩三百篇，隨狀表進。祜至京，上問元稹，稹曰：「雕蟲小技，獎激之，恐變陛下風教。」祜乃罷歸。三、四語正指其事。（沈德潛《唐詩别裁集》卷十五）

寄宣州鄭諫議①

大夫官重醉江東〔一〕，蕭灑名儒振古風。文石陛前辭聖主〔二〕②，碧雲天外作冥鴻③。五言寧謝顔光禄④，百歲須齊衛武公⑤。再拜宜同丈人行〔三〕⑥，過庭交分有無同⑦。

【校勘記】

〔一〕「醉」，《文苑英華》卷二六一、文津閣本作「鎮」。

〔二〕「陛」，《文苑英華》卷二六一作「階」，下校：「集作陛。」馮注本校：「一作階。」

〔三〕「同」，《文苑英華》卷二六一作「爲」，下校：「集作同。」《全唐詩》卷五二三、馮注本校：「一作爲。」

【注　釋】

① 諫議：諫議大夫。掌侍從贊相，規諫諷喻。

② 陛：殿、壇之臺階。此代指皇宫。

③ 冥鴻：高飛之鴻雁。《後漢書·逸民傳序》：「揚雄曰：『鴻飛冥冥，弋人何篡焉。』言其違患之

遠也。」

④ 五言句：五言，指詩歌。謝，㑳，不如。顔光禄，南朝宋顔延之，孝武帝時爲金紫光禄大夫。與謝靈運俱以辭采知名，鮑照嘗謂其詩「若鋪錦列繡，亦雕繢滿眼」。傳見《南史》卷三四、《宋書》卷七三。鍾嶸《詩品·總論》：「謝客爲元嘉之雄，顔延年爲輔：斯皆五言之冠冕，文詞之命世也。」

⑤ 衛武公：春秋時衛武公。年九十五，嘗曰：「苟在朝者，無謂我老耄而舍我，必恭恪於朝，朝夕以交戒我。」事見《國語·楚語上》。

⑥ 丈人行：對長輩之尊稱。

⑦ 過庭交分：《論語·季氏》記載孔子之子孔鯉，「趨而過庭」，接受孔子教育事。此過庭交分，蓋指父輩交誼。《三國志·吳書·周瑜傳》：「（孫）堅子策與（周）瑜同年，獨相友善，瑜推道南大宅以舍策，升堂拜母，有無通共。」

題元處士高亭宣州〔一〕①

水接西江天外聲〔二〕，小齋松影拂雲平。何人教我吹長笛②，與倚春風弄月明〔三〕。

【校勘記】

〔一〕「元」,《文苑英華》卷三一六作「袁」,《全唐詩》卷五二三、馮注本校:「一作袁。」

〔二〕「西江」,《文苑英華》卷三一六校:「集作江西」,馮注本校:「一作江西。」

〔三〕「與」,《文苑英華》卷三一六作「興」,《全唐詩》卷五二三、馮注本校:「一作興。」「春」,《文苑英華》卷三一六作「秋」,下校:「集作春。」《全唐詩》卷五二三、馮注本校:「一作秋,又作清。」

【注　釋】

① 此詩作於杜牧在宣州時。元處士及其作年均見本集卷一《贈宣州元處士》詩注①。

② 長笛:馮注:「《文選·長笛賦·注》:《説文》:笛,七孔,長一尺四寸,今長笛是也。」

鄭瓘協律〔一〕①

廣文遺韻留樗散〔二〕②,雞犬圖書共一船。自説江湖不歸事,阻風中酒過年年。

【校勘記】

〔一〕夾注本題下小注：「本注：廣文孫子。」

〔二〕「樗散」，原作「攄散」，據文津閣本、《全唐詩》卷五二三、馮注本改。

【注釋】

① 協律：太常寺協律郎，正八品上階，掌和律吕。

② 廣文：廣文博士，此指鄭虔。字若齊，曾任左監門録事參軍、協律郎。天寶九載，授廣文館博士。後貶台州司户參軍，卒於貶所。傳見《新唐書》卷二〇二。遺韻，遺傳下來之風韻。樗散，本指像樗木般被散置之無用之材，此比喻不合世用。杜甫《送鄭十八虔貶台州司户》詩有「鄭公樗散鬢成絲」句，爲杜牧詩所本。

【集評】

《石洲詩話》一書，引證該博，又無隨園佻纖之失，信從者多。予竊有惑焉，不敢不商榷，以質後之君子。……又謂「小杜『自説江湖不歸去，阻風中酒過年年』、『今日鬢絲禪榻畔，茶煙輕颺落花風』，開、寶後百餘年無人道得，五代、南北宋以後，更不能矣」。小杜二詩，洵晚唐佳語，何推尊至

此！（潘德興《養一齋詩話》卷一）

和野人殷潛之題籌筆驛十四韻〔一〕①

三吴裂婺女②，九錫獄孤兒③。霸主業未半〔二〕④，本朝心是誰。永安宫受詔⑤，籌筆驛沉思。畫地乾坤在，濡毫勝負知⑥。艱難同草創⑦，得失計毫釐。寂默經千慮，分明渾一期〔三〕⑧。川流縈智思，山聳助扶持。慷慨匡時略⑨，從容問罪師。褒中秋鼓角⑩，渭曲晚旌旗⑪。仗義懸無敵，鳴攻固有辭〔四〕⑫。若非天奪去⑬，豈復慮能支〔五〕⑭。子夜星纔落⑮，鴻毛鼎便移〔六〕⑯。郵亭世自换⑰，白日事長垂。何處躬耕者⑱，猶題殄瘁詩⑲。

【校勘記】

〔一〕「殷潛之」，《文苑英華》卷二九八、馮注本於「之」字下校：「一作夫。」

〔二〕「主」，《唐詩紀事》卷四九作「王」，《全唐詩》卷五二三、馮注本校：「一作王。」

〔三〕「渾」，《文苑英華》卷二九八、馮注本作「混」，《全唐詩》卷五二三校：「一作混。」

〔四〕「固」，《文苑英華》卷二九八、《全唐詩》卷五二三作「故」，《文苑英華》又校：「集作固」，《全唐詩》

校：「一作固。」

〔五〕「慮」，《文苑英華》卷二九八作「虜」，《全唐詩》卷五二三、馮注本校：「一作虜。」

〔六〕「毛」，《唐詩紀事》卷四九作「都」。「便」，《文苑英華》卷二九八、馮注本校：「一作漸。」

【注釋】

①殷潛之：自稱野人，與杜牧同時。今存詩《題籌筆驛》一首，其詩云：「江東矜割據，鄴下奪孤嫠（《唐詩紀事》作「嫠」）。霸略非匡漢，宏圖欲佐誰？奏書辭後主，仗劍出全師。重襲褒斜路，懸開反正旗。欲將苞有截，必使舉無遺。沉慮經謀際，揮毫決勝時。圜觚當分畫，前箸比（《唐詩紀事》作「此」）操持。山秀扶英氣，川流入妙思。算成功在彀，運去事終虧。命屈天方厭，人亡國自隨。艱難推舊姓，開創極初基。總歎曾過地，寧探作教資。若歸新曆數，誰復顧衰危？報德兼明道，長留識者知。」事跡見《唐詩紀事》卷四九。籌筆驛，在四川廣元縣北，也稱朝天驛。相傳諸葛亮出師北伐時曾運籌於此。馮注：「《方輿勝覽》：閬州籌筆驛在綿谷縣，去州北九十九里。舊傳諸葛武侯出師，嘗駐此。《尚書古文疏證》：《廣元縣舊志》云：潛水出縣北一百三十餘里木寨山，流經神宣驛，又南二十里，經龍洞口至朝天驛北。朝天驛，古籌筆驛也。」

②三吳句：三吳，吳興、吳郡、會稽合稱三吳。婺女，星名，即女宿，越地爲女宿分野。馮注：「《漢

書・地理志》：粵地牽牛、婺女之分野也。左思《吴都賦》：婺女寄其曜，翼軫寓其精。《注》：婺女越分，翼軫楚分，非吴分，故言寄曜寓精也。」此句指孫權建立吴國。

③ 九錫句：九錫，帝王尊禮大臣所賜之九種器物，如加服、朱户、輿馬、弓矢等。漢末獻帝賜曹操九錫。獄，猶囚。孤兒，指漢獻帝劉協，其母王美人爲何皇后所害。劉協九歲即帝位，先後爲董卓、曹操所挾制。事見《後漢書・孝獻帝紀》。

④ 霸主句：霸主，指劉備。《三國志・蜀書・諸葛亮傳・注》引張儼《默記》：「魏氏跨中土，劉氏據益州，並稱兵海内，爲世霸主。」同傳記諸葛亮率軍北伐上疏云：「先帝創業未半而中道崩殂，今天下三分……。」

⑤ 永安宫句：永安宫，故址在今四川奉節。夾注：「《十道志》：山南夔州永安宫。《注》：劉備作此，在豐溪南。備居於此。」據《三國志・蜀書》劉備及諸葛亮傳，章武三年四月，劉備崩於永安宫，病重時，曾召諸葛亮囑託後事。

⑥ 畫地二句：畫地，畫地爲圖，謂熟知山川地理形勢。濡毫，以筆蘸墨，指起草戰略計劃之事。

⑦ 草創：指建立新朝。

⑧ 渾一：統一。同「混一」。《文選》史子孝《出師頌》：「素旄一麾，渾一區宇。」

⑨ 匡時略：挽救艱危時局之方略。

⑩ 褒中：即褒城，漢時屬漢中郡，在今陝西勉縣東北。諸葛亮北伐時曾駐軍於此。

⑪ 渭曲句：渭曲，在陝西大荔東南。蜀建興十二年春，諸葛亮率大軍「由斜谷出，以流馬運，據武功五丈原，與司馬宣王對於渭南」。事見《三國志》卷三五《諸葛亮傳》。

⑫ 鳴攻：鳴鼓而攻之。《論語注疏》卷一一：「子曰：非吾徒也，小子鳴鼓而攻之可也。《注》：鄭曰：小子門人也，鳴鼓聲其罪以責之。」

⑬ 天奪去：此指諸葛亮屯兵五丈原，不幸病卒軍中。

⑭ 豈復句：支，支撑、支持。馮注：「《蜀志・諸葛亮傳・注》：《默記》曰：若此人不亡，終其志意，連年運思，刻日興謀，則涼雍不解甲，中國不釋鞍，勝負之勢，亦已決矣。」

⑮ 子夜句：《三國志・蜀書・諸葛亮傳》注引《晉陽秋》：「有星赤而芒角，自東北西南流，投於亮營，三投再還，往大還小。俄而亮卒。」

⑯ 鴻毛句：鼎，國家重器。鼎移，指國家政權轉移。《戰國策・楚四》：「今夫横人嚂口利機，上干主心，下牟百姓，公舉而私取利，是以國權輕於鴻毛，而積禍重於丘山。」司馬遷《報任安書》：「人固有一死，死有重於泰山，或輕於鴻毛，用之所趨異也。」馮注：「《隋書・楊元感等傳論》：九鼎之譬鴻毛，未喻輕重。」

⑰ 郵亭：猶傳舍。蓋寬饒云：「富貴無常，忽則易人，比如傳舍，所閱多矣。」事見《漢書》卷七七

本傳。

⑱ 何處句：躬耕，親自耕種。躬耕者，此处意指殷潛之。又有以殷潛之比擬諸葛亮之意。諸葛亮曾躬耕隴畝，好爲《梁父吟》。見《三國志·諸葛亮傳》。

⑲ 猶題句：殄瘁，困病、困苦。《詩·大雅·瞻卬》：「人之云亡，邦國殄瘁。」此句意指殷潛之之題詠籌筆驛詩。

【集　評】

【李義山詩】文章貴衆中傑出，如同賦一事，工拙尤易見。余行蜀道，過籌筆驛，如石曼卿詩云：「意中流水遠，愁外舊山青」，膾炙天下久矣，然有山水處便可用，不必籌筆驛也。殷潛之與小杜詩甚健麗，亦無高意。惟義山詩云：「魚鳥猶疑畏簡書，風雲長爲護儲胥」，簡書蓋軍中法令約束，言號令嚴明，雖千百年之後，魚鳥猶畏之也。儲胥蓋軍中藩籬，言忠誼貫神明，風雲猶爲護其壁壘也。誦此兩句，使人凜然復見孔明風烈，至於「管、樂有才真不忝，關、張無命欲何如」，屬對親切，又自有議論，他人亦不及也。（范温《潛溪詩眼》）

籌筆驛「筆」字，不可實作筆墨之筆字用。唐人杜樊川之「揮毫勝負知」，李玉溪之「徒令上將揮神筆」，皆實作筆墨之筆用矣。小李、小杜尚欠主張，况他人乎。（薛雪《一瓢詩話》）

氣豪而語壯。（鄭郲評本詩）

重題絶句一首

郵亭寄人世，人世寄郵亭①。何如自籌度，鴻路有冥冥②。

【注釋】

① 郵亭：見《和野人殷潛之題籌筆驛十四韻》詩注⑰。

② 冥冥：高遠之天空。《後漢書·逸民傳序》：「揚雄曰：『鴻飛冥冥，弋人何篡焉。』言其違患之遠也。」

送陸洿郎中棄官東歸①

少微星動照春雲〔一〕②，魏闕衡門路自分③。倏去忽來應有意，世間塵土謾疑君④。

【校勘記】

〔一〕「動」，《全唐詩》卷五二三校：「一作裏。」

【注　釋】

①陸洿：唐穆宗長慶四年，陸洿曾由試大理評事任拾遺。歷祠部員外郎，東歸。後復以司勳郎中徵，旋棄官東歸。事跡見《新唐書·歐陽詹傳》、《郎官石柱題名》等。陶敏《全唐詩人名考證》謂陸洿「約開成三年入爲司勳郎中，五年棄官東歸」。此詩正作於陸洿棄官東歸時，詩有「少微星動照春雲」句，則詩蓋約開成五年（八四〇）春作。

②少微：星名，一名處士星。亦指處士。馮注：「《晉書·天文志》：少微四星，士大夫之位也。一名處士。」

③魏闕句：魏闕，指朝廷。衡門，横木爲門，簡陋之房屋。此指隱者所居。《詩·陳風·衡門》：「衡門之下，可以棲遲。」

④謾：通「莫」。

寄珉笛與宇文舍人①

調高銀字聲還側②，物比柯亭韻校奇③。寄與玉人天上去④，桓將軍見不教吹⑤。

【注　釋】

①宇文舍人：即宇文臨，大和初登進士第。大中元年十二月自禮部郎中充翰林學士，旋加知制誥。二年六月，正拜中書舍人。三年九月，貶復州刺史。事跡見丁居晦《重修承旨學士壁記》、《舊唐書》卷一六〇《宇文籍傳》。珉，似玉美石。此詩作於大中二年，蓋據《杜牧年譜》，杜牧大中二年尚在睦州刺史任，九月離任赴京，而十二月方抵長安爲司勳員外郎。宇文臨大中二年六月至大中三年九月爲中書舍人，而詩曰「寄」，乃作於杜牧大中二年十二月抵長安前。故此詩蓋作於大中二年（八四八）六月至十二月之間。

②銀字：管笛之類樂器名。管上用銀作字，標明音階高低。馮注：「《唐書·禮樂志》：俗樂二十有八調，其後或有宫調之名，或以倍四爲度，復有銀字之名，中管之格，皆前代應律之器也。」

③物比柯亭句：柯亭，在會稽，所産竹宜於作笛。相傳東漢末蔡邕經柯亭，見屋東第十六椽竹，取以

作笛，能發奇異之聲。《後漢書·蔡邕傳·注》：「張騭《文士傳》曰：『邕告吴人曰：「吾昔嘗經會稽高遷亭，見屋椽竹東間第十六可以爲笛。」取用，果有異聲。』伏滔《長笛賦序》云『柯亭之觀，以竹爲椽，邕取爲笛，奇聲獨絶』也。」校，通「較」。

④ 玉人：《晉書·裴楷傳》：「楷風神高邁，容儀俊爽，博涉群書，特精理義，時人謂之『玉人』。」此處以「玉人」謂宇文臨。

⑤ 桓將軍句：桓將軍，指晉右將軍桓伊。桓伊「善音樂，盡一時之妙，爲江左第一。有蔡邕柯亭笛，常自吹之」。事見《晉書》卷八一本傳。

寄内兄和州崔員外十二韻①

歷陽崔太守②，何日不含情。恩義同鍾李③，李膺、鍾瑶中外兄弟，少相友善。塤篪實弟兄④。光塵能混合⑤，璧畫最分明⑥。臺閣仁賢譽⑦，閨門孝友聲⑧。西方像教毁⑨，南海繡衣行⑩。爲嶺南拆寺副使。金橐寧迴顧⑪，珠簞肯一棖⑫。秖宜裁密詔，何自取專城⑬。進退無非道，徊翔必有名⑭。好風初婉軟，離思苦縈盈。金馬舊遊貴⑮，桐廬春水生。雨侵寒牖夢，梅引凍醪傾。共祝中興主⑯，高歌唱太平。

【注　釋】

①　内兄：妻兄，此處即指崔員外，爲杜牧繼妻之兄。詩云「桐廬春水生」，桐廬即爲睦州屬縣。據《杜牧年譜》，杜牧大中元年春或稍前方抵睦州刺史任，而二年九月離任入朝。故此詩約作于大中元年春或二年春。然詩中尚有「共祝中興主，高歌唱太平」句。唐宣宗於會昌六年即位，次年大中元年春正月即有御丹鳳門，大赦，改元事。故杜牧此詩似更宜作於大中元年宣宗初即位不久，今即訂本詩於大中元年（八四七）春。

②　歷陽：郡名，即和州，治所在今安徽和縣。

③　鍾李：原注云：「李膺、鍾瑶中外兄弟。」據《後漢書・鍾皓傳》：「皓兄子瑾母，（李）膺之姑也。瑾好學慕古，有退讓風，與膺同年，俱有聲名。膺祖太尉修，常言：『瑾似我家性，邦有道不廢，邦無道免於刑戮。』復以膺妹妻之。」則鍾爲鍾瑾，《三國志・鍾瑶傳》注引《先賢行狀》作鍾覲。

④　塤篪：兩種古樂器。《詩・小雅・何人斯》：「伯氏吹壎，仲氏吹篪。」此用以比喻兄弟親睦。壎，即塤。

⑤　光塵句：《老子》上篇：「和其光，同其塵。」意爲將光榮與塵濁視同一律。

⑥　擘畫：籌謀、處理。

⑦　臺閣：此爲尚書省之别稱。員外郎屬尚書省。

⑧ 闉門：內室之門，指家中。馮注：「《漢書·王莽傳》：闉門之內，孝友之德，衆莫不聞。」

⑨ 西方句：像教，佛教。像教毁，指武宗會昌中毁佛事。據《舊唐書·武宗紀》，會昌五年八月，唐武宗反佛，廢佛寺四千六百餘所，還俗僧尼達二十六萬五百人，廢私立之招提蘭若四萬餘所。

⑩ 南海句：南海，郡名，治所即廣州，爲嶺南節度使治所。繡衣，指爲御史出使。漢御史衣繡衣。馮注：「《漢書·武帝紀》：遣直指使者暴勝之等，衣繡衣，杖斧，分部逐捕。」

⑪ 橐：袋子。陸賈使南越，南越王賜賈橐中裝，直千金。見《史記》卷九七《陸賈傳》。

⑫ 簞：竹筐。《左傳·哀公二十年》記，趙圍吴，楚隆造於越軍，吴王「與之一簞珠，使問趙孟」。棖，觸動。馮注：「《文選·祭古塚文·注》：南人以物觸物爲棖。」

⑬ 專城：指爲刺史、太守等地方長官。《宋書·樂志三·豔歌羅敷行》：「三十侍中郎，四十專城居。」

⑭ 徊翔：指官職之升降遷徙。

⑮ 金馬：即金馬門。此處指朝廷。馮注：「《史記·滑稽傳》：金馬門者，宦署門也，門傍有銅馬，故謂之曰金馬門。」

⑯ 中興主：此指唐宣宗。

遣興

鏡弄白髭鬚，如何作老夫①。浮生長匆匆〔一〕②，兒小且嗚嗚。忍過事堪喜，泰來憂勝無③。治平心徑熟④，不遺有窮途。

【校勘記】

〔一〕「匆匆」，文津閣本作「忽忽」。

【注釋】

① 鏡弄二句：馮注：「《南史·齊鬱林王紀》：高帝爲相王鎮東府時，年五歲，床前戲。高帝方令左右拔白髮，問之曰：兒言我誰邪？答曰：太翁。高帝笑謂左右曰：是豈有爲人作曾祖而拔白髮者乎！即擲鏡鑷。」

② 匆匆：怱促。

③ 泰：順利、安寧。

④ 心徑：思路、思想。馮注：「謝朓《思歸賦序》：心之徑也有域，而懷重淵之深。」

【集 評】

【勿勿】古旗有名「勿勿」者，集衆則用之，後人轉爲「匆匆」。「匆匆」者，亟遽之辭也。杜牧《遣興》曰：「浮生長勿勿，兒小且嗚嗚。」（程大昌《演繁露》卷八）

【勿勿】董伯思云：右軍帖語有「頓乏勿勿」。《顔氏家訓》云：書翰多稱勿勿，相承如此，莫原其由。或有妄言此怱怱之殘缺耳。《説文》：勿者，州里所建之旗，蓋以聚民事，故怱遽者稱勿勿。僕謂顔氏以《説文》徵此字爲長。而今世流俗，又妄於勿勿中斜加一點，謂爲匆字，彌失真也。按《祭義》云：勿勿其欲饗之也。《注》：勿勿猶勉勉也，慤愛之貌。杜牧之詩：「浮生長勿勿」，是知勿勿出於《祭義》，唐人詩中用之，不特稱於書翰耳。又「怱」字解云：多遽怱怱也。是怱怱亦古語。好古者但知勿勿，而笑怱怱；逐俗者又但知怱怱，而駭勿勿，皆非也。是以學者貴博古而通今。（楊慎《丹鉛續録》卷五）

【勿勿非匆匆】《顔氏家訓》云：勿勿非怱怱，亦非匆匆。《説文》云：勿，州里之所建之旗，以趣民事者。凡言遽遽狀，皆稱勿勿。《祭義》云：勿勿，諸其欲饗之也。勿勿猶勉勉也。杜樊川有詩云：「浮生長勿勿。」王廙帖云：「臣故患匈滿，氣上頓乏勿勿。」皆此意也。（陳繼儒《書蕉》卷上）

早秋

踈雨洗空曠，秋標驚意新①。大熱去酷吏②，清風來故人。樽酒酌未酌，曉花嚬不嚬〔一〕。銖秤與縷雪③，誰覺老陳陳？

【校勘記】

〔一〕「曉」，《全唐詩》卷五二三作「晚」，下校：「一作曉。」

【注　釋】

① 秋標：猶秋初。標，始。《素問·天元紀大論》：「少陰所謂標也，厥陰所謂終也。」

② 大熱句：此句意謂炎熱如酷吏已離去。

③ 銖秤：銖，古代衡制單位，一兩之二十四分之一。銖秤，以銖爲最小單位之秤。

【集　評】

《早秋》：大暑如酷吏之去，清風如故人之來，倒裝一字，便極高妙，晚唐無此句也。牧之才高，意欲異衆，心鄙元、白，良有以哉。尾句怪。（方回《瀛奎律髓》卷十二「秋日類」）

【去酷吏】《聞見録》：范質坐茶肆，執扇書「大暑去酷吏，清風來故人」二句。忽一人貌怪陋，揖曰：「酷吏冤獄何止如大暑，公他日當深究此弊。」因攜扇去。後至一廟，見土偶適如其狀，扇尚存。（宋長白《柳亭詩話》卷二十九）

《早秋》：次句生硬，「清風」句自好，「大暑」句終不雅，五六調劣，結亦不佳。（次聯）亦未見爲高妙。（紀昀《瀛奎律髓刊誤》卷十二「秋日類」）

秋　思

熱去解鉗鈦①，飄蕭秋半時。微雨池塘見，好風襟袖知②。髮短梳未足，枕涼閑且欹。平生分過此，何事不參差。

【注　釋】

① 鉗鈦：刑具名，在頸爲鉗，在脚爲鈦。

② 微雨二句：馮注：「陶潛詩：微雨從東來，好風與之俱。沈約《謝賜絹啓》：起涼風於襟袖。」

【集　評】

《秋思》：首句即去酷吏之意，三四眼前事，道著即好。（方回《瀛奎律髓》卷十二「秋日類」）

《秋思》：首句殊不成語。（紀昀《瀛奎律髓刊誤》卷十二「秋日類」）

途中一絶①

鏡中絲髮悲來慣，衣上塵痕拂漸難。惆悵江湖釣竿手〔一〕，却遮西日向長安。

【校勘記】

〔一〕「竿」，馮注本校：「一作魚。」

【注　釋】

①潘若同《郡閣雅談》：「杜牧舍人罷任浙西郡，道中有詩曰：『鏡中絲髮悲來慣，衣上塵痕拂漸難。惆悵江湖釣竿手，却遮西日向長安。』與杜甫齊名，時號大小杜。」《杜牧年譜》據馮集梧注引《郡閣雅談》謂杜牧舍人罷任浙西，道中有詩云云，而繫此詩於大中五年（八五一）。杜牧大中五年秋罷湖州任赴京爲考功郎中、知制誥，詩即此時途中作。

春盡途中

田園不事來遊宦，故國誰教爾別離〔一〕。獨倚關亭還把酒〔二〕①，一年春盡送春時〔三〕。

【校勘記】

〔一〕「誰教」，原作「誰交」，據夾注本、《全唐詩》卷五二三、馮注本改。

〔二〕「獨倚」，文津閣本作「獨向」。

〔三〕「送春時」，「時」字原作「詩」，據《文苑英華》卷二九四、馮注本改。《全唐詩》卷五二三亦作「詩」，下校：「一作時。」

【注　釋】

①關亭：馮注：「《讀史方輿紀要》：陝州靈寶縣鴻關，在縣西南四十里。《水經注》：門水東北歷陝，謂之鴻關水，水東有城，即關亭也。」

題村舍

三樹稚桑春未到〔一〕①，扶床乳女午啼饑〔二〕。潛銷暗鑠歸何處②，萬指侯家自不知〔三〕③。

【校勘記】

〔一〕「三」，《文苑英華》卷三一九作「數」，《全唐詩》卷五二三、馮注本校：「一作數。」「到」，《文苑英華》卷三一九作「劚」，《全唐詩》卷五二三、馮注本校：「一作劚。」

〔二〕「乳」，《文苑英華》卷三一九、《全唐詩》卷五二三、馮注本校：「一作兒。」「饑」，《文苑英華》卷三一九作「雞」，馮注本校：「一作雞。」

〔三〕「指」，《文苑英華》卷三一九作「户」，下校：「集作指。」《全唐詩》卷五二三、馮注本校：「一作户。」

【注釋】

①稚桑：嫩桑。

②潛銷暗鑠：暗暗消損。

③萬指侯家：擁有成千奴僕之王侯家。古代以手指計算奴隸，十指爲一人。

代人寄遠六言二首〔一〕

其一

河橋酒旆風軟①，候館梅花雪嬌②。宛陵樓上瞪目〔二〕③，我郎何處情饒。

【校勘記】

〔一〕《才調集》卷四、《全唐詩》卷五二三題下校：「一本作一首。」

〔二〕「瞪目」，《才調集》卷四作「春晚」，文津閣本、《全唐詩》卷五二三校：「一作春晚。」

【注　釋】

①風軟：馮注：「戴叔倫詩：風軟扁舟穩。」

②候館：即候樓。《周禮·地官·遺人》：「市有候館，候館有積。」《注》：「候館，樓可以觀望者也。」

③宛陵句：宛陵，即宣州宣城（今屬安徽），本漢代宛陵縣。瞪目，直視貌。

其二

繡領任垂蓬鬢，丁香閑結春梢①。賸肯新年歸否②？江南緑草迢迢〔一〕。

【校勘記】

〔一〕此句文津閣本作「江南緑柳紅桃」。

【注　釋】

①丁香：馮注：「《圖經本草》：丁香，木類桂，高丈餘，葉似櫟，凌冬不凋。《碎録》：丁香一名百結，子出枝葉上如釘，長三四分，有粗大如山茱萸者，名母丁香。」

②膹肯：真肯。宋趙彦端《水調歌頭·爲壽》詞：「膹肯南遊否？蓬海試窮探。」楊萬里《寄題開州史君陳師宗柴扉》詩：「膹肯早歸來，盈尊酒初緑。」

閨情

娟娟却月眉①，新鬢學鵶飛。暗砌匀檀粉〔一〕②，晴窗畫夾衣〔二〕。袖紅垂寂寞，眉黛斂依稀。還向長陵去③，今宵歸不歸。

【校勘記】

〔一〕「匀」，夾注本作「均」。

〔二〕「夾衣」，夾注本作「裌衣」。

【注釋】

①娟娟句：娟娟，美好貌。却月眉，指眉形像彎月。馮注：「鮑照詩：娟娟似蛾眉。梁元帝《玄覽賦》：望却月而成眉。」

② 檀粉：淺紅色塗面粉。

③ 長陵：漢高祖陵。漢時徙關東豪族以奉陵寢，遂爲縣。故城在今陝西咸陽東北。

舊遊

閑吟芍藥詩①，悵望久嚬眉〔一〕。盼眄迴眸遠②，纖摻整鬢遲〔二〕③。重尋春晝夢，笑把淺花枝〔三〕。小市長陵住④，非郎誰得知〔四〕。

【校勘記】

〔一〕「悵」，《全唐詩》卷五二三作「惆」。

〔二〕「摻」，原作「衫」，據《全唐詩》卷五二三校「一作摻」改。「鬢」，《才調集》卷四、文津閣本作「鬟」，《全唐詩》卷五二三校：「一作鬟。」

〔三〕「笑」，《才調集》卷四、《全唐詩》卷五二三校：「一作擬。」「淺」，夾注本作「殘」。

〔四〕「誰」，《才調集》卷四作「爭」，《全唐詩》卷五二三校：「一作爭。」

【注　釋】

①芍藥詩：指《詩·鄭風·溱洧》詩中有「維士與女，伊其相謔，贈之以芍藥」句。《古今注》卷下：「牛亨問曰：將離别相贈以芍藥者何？答曰：芍藥一名可離，故將别以贈之。」夾注：「《詩·溱洧》：維士與女，伊其相謔，贈之以芍藥。《注》：芍藥，香草。士女相與往觀洧水之上，戲謔行夫婦之事。别則送女以芍藥，結恩情也。」

②盼眄：斜視貌。

③纖摻：指纖手。《詩·魏風·葛屨》：「摻摻女手，可以縫裳。」

④小市句：漢孝景王皇后微時所生女名俗，居民間，後王皇后子「武帝始立，韓嫣白之。帝曰：『何爲不蚤言？』乃車駕自往迎之。」事見《漢書》卷九七上《孝景王皇后傳》。馮注：「《太平寰宇記》：咸陽縣長陵故城，在今縣東北四十里，去高帝長陵三里。杜牧之詩云：小市長陵住。即此。」

寄　遠

隻影隨驚雁〔一〕，單栖鎖畫籠。向春羅袖薄〔二〕，誰念舞臺風①。

【校勘記】

〔一〕「隻」，《才調集》卷四作「雙」。

〔二〕「向春」，文津閣本作「傷春」。

【注釋】

① 舞臺風：《拾遺記》卷六載，漢成帝與趙飛燕常戲於太液池，「每輕風時至，飛燕殆欲隨風入水。帝以翠纓結飛燕之裙，遊倦乃返。飛燕後漸見疏，常怨曰：『妾微賤，何復得預纓裙之遊？』今太液池尚有避風臺，即飛燕結裙之處」。

簾

徒云逢剪削，豈謂見偏裝〔一〕①。鳳節輕雕日〔二〕，鸞花薄飾香②。問屏何屈曲，憐帳解周防〔三〕③。下漬金階露〔四〕，斜分碧瓦霜。沉沉伴春夢，寂寂侍華堂。誰見昭陽殿④，真珠十二行⑤。

【校勘記】

〔一〕「偏裝」，夾注本作「編裝」。

〔二〕「日」，文津閣本作「目」。

〔三〕「解」，文津閣本作「少」。

〔四〕「漬」，原作「潰」，夾注本、文津閣本、《全唐詩》卷五二三作「漬」，今據改。

【注　釋】

①偏裝：特别地裝飾。

②鳳節二句：夾注：「《西京雜記》：漢諸陵寢皆以竹爲簾，皆爲水文及龍鳳象。」

③憐帳句：帳，羅帳。周防，四面防備。

④昭陽殿：漢代宫殿名。漢武帝時後宫八區中有昭陽殿，成帝時趙飛燕居之。此處指皇后之宫。

⑤真珠句：：據《漢武故事》載，昭陽殿裝飾華美，皆以白珠爲簾箔。夾注：「《西京雜記》：昭陽殿織珠爲簾，風至則鳴。」

寄題甘露寺北軒①

曾上蓬萊宫裏行〔一〕②，北軒欄檻最留情。孤高堪弄桓伊笛③，縹緲宜聞子晉笙④。天接海門秋水色⑤，煙籠隋苑暮鐘聲〔二〕⑥。他年會著荷衣去⑦，不向山僧道姓名〔三〕。

【校勘記】

〔一〕「上」，《全唐詩》卷五二三作「向」，下校：「一作上。」

〔二〕「隋」，《文苑英華》卷二三八作「鹿」，下校：「一作隋。」《全唐詩》卷五二三、馮注本校：「一作鹿。」

〔三〕「道」，《全唐詩》卷五二三作「説」，下校：「一作道。」

【注　釋】

① 甘露寺：相傳三國吴甘露年間所建。晚唐乾符年間寺毁，宋代移建今江蘇鎮江北固山上。《太平寰宇記》卷八九潤州丹徒縣：「甘露寺在城東角土山上，下臨大江。晴明，軒檻上見揚州歷歷，詩人多留題。」

②蓬萊宫：傳説中蓬萊仙山之宫殿。此處指甘露寺。

③桓伊笛：王徽之泊舟於青溪側，時晉右軍將軍桓伊從岸邊經過。徽之使人謂桓伊曰：「聞君善吹笛，試爲我一奏。」伊素聞其名，「便下車，踞胡床，爲作三調，弄畢，便上車去，客主不交一言」。事見《晉書》卷八一《桓伊傳》。

④縹緲句：縹緲，高遠隱約貌。子晉，王子晉，周靈王太子，一作王子喬。子晉「好吹笙作鳳凰鳴，遊伊洛之間，道人浮丘公接以上嵩高山」。事見《列仙傳》卷上。

⑤海門：海口，長江入海處。王昌齡《宿京江口期劉昚虚不至》：「霜天起長望，殘月生海門。」

⑥隋苑：隋煬帝時所建上林苑，又名西苑，故址在今江蘇揚州市西北。馮注：「《一統志》：揚州隋苑，在江都縣北七里。」

⑦荷衣：荷葉編成之衣服，此指隱士所穿衣服。屈原《九歌》：「荷衣兮蕙帶。」

【集　評】

《寄題甘露寺北軒》：一、二言甘露北軒舊是熟遊，三、四承「最留情」三字來。「堪弄」、「疑聞」，是極寫此軒之孤高縹緲，非真欲弄笛聞笙也。五「海門秋水」言眼見者滔滔無極，六「隋苑鐘聲」言耳聞者浩浩焉終，此寫北軒之景，亦即其寄題之情，直從「水色」、「鐘聲」中悟却浮生，故有「他年」一結

也。（朱三錫《東嵒草堂評訂唐詩鼓吹》卷六）

《寄題甘露寺北軒》：此寺在鎮江府城北固山上，下臨長江，東極大海。明都穆《遊北固山記》云：予舊讀謝靈運《遊山》詩，及《世説》所載荀令則登山望海云，雖未睹三山，使人有凌雲之意，未嘗不賞歎其勝。今起句比于蓬萊之仙宫，亦以此。而北軒高曠，使人留情。第四以仙家凌虚還疑得有情，第三落想尤奇。論桓伊之笛，原與此處無涉，然臨此高空，得長笛一弄，自然更爲森爽，寫著笛聲之神妙。第五是東望連海，第六北望揚州，有煬帝遺跡，俱細膩清幽。結亦淋漓興會，與三四稱。會，言有一口也。桓伊弄笛，見武寮部，《列仙傳》：王子喬，周靈王太子晉也，好吹笙作鳳鳴，遊伊洛之間，浮丘公接上嵩高山，三十餘年，後見桓良謂曰：告我家，七月七日待我于緱氏山頭。至期乘白鶴，駐山頭，可望不可到，俯首謝時人，數日方去。後立祠緱氏山下。揚州向海有海門縣，在長江東沿海，康熙初已坍，今存通州海門縣。（胡以梅《唐詩貫珠箋》卷四十三）

題青雲館〔一〕①

蚪蟠千仞劇羊腸②，天府由來百二强③。四皓有芝輕漢祖④，張儀無地與懷王⑤。雲連帳影蘿陰合〔二〕，枕遶泉聲客夢涼。深處會容高尚者⑥，水苗三頃百株桑。

【校勘記】

〔一〕《文苑英華》卷二九八題下校：「一有襄陽路三字。」

〔二〕「合」，《文苑英華》卷二九八、馮注本校：「一作近。」

【注　釋】

① 青雲館：在商州商洛縣，今陝西商南縣青雲鎮。見《元豐九域志》卷三。此詩據詩中「水苗三頃百株桑」句，似爲春夏間所作。又王西平、張田《杜牧詩文繫年考辨》謂此詩乃開成四年（八三九）春杜牧離潯陽赴京任左補闕經商山時作。而郭文鎬《杜牧若干詩文繫年之再考辨》（《西北師範學院學報》一九八七年第二期）認爲：「詩有『雲連帳影蘿陰合，枕遶泉聲客夢涼』句，則『季節非春，乃夏秋間，故詩不作於開成四年』。考杜牧行踪，『會昌元年四月，兄慥自江守蘄，某與顗同舟至蘄。某其年七月，却歸京師』，此行經商山，與詩時地相合，故詩應作於會昌元年。」今姑從之，訂本詩於會昌元年（八四一）秋。

② 蚪蟠：像蚪龍般盤屈。此處用以形容山上小道。劇羊腸，比羊腸阪更爲盤屈曲折。

③ 天府：肥沃、險要、物産豐饒地區。此指關中。《史記·高祖本紀》記田肯説漢高祖「秦，形勝之國，帶河山之險，縣隔千里，持戟百萬，秦得百二焉」。

④ 四皓：秦末漢初四隱士，曰東園公、綺里季、夏黄公、甪里先生，四人鬚眉皆白，故稱四皓。隱居商山，作《紫芝歌》，漢高祖聞其名聲而徵之，四皓不至。

⑤ 張儀句：張儀使楚，以割秦商於六百里地諾言騙取楚懷王與齊國斷交。後秦不與商於之地，懷王怒，聲言：「願得張儀而甘心焉。」後張儀至楚，設詭辯於楚懷王寵姬鄭袖，懷王聽信鄭袖，復釋張儀。事見《史記》卷八四《屈原賈生列傳》。

⑥ 高尚者：馮注：「《魏書·陽尼傳》：欽四皓之高尚兮，歎伊周之涉危。」

【集 評】

《題青雲館》：以奕奕史册之人，與冥冥高尚之流，兩兩相形，榮世忘世，總歸一輒。（朱三錫《東嵒草堂評訂唐詩鼓吹》卷六）

《題青雲館》：首言商山路如龍蟠曲折，險如羊腸，乃秦地之一險要處，所以得百二之勢者也。四皓輕漢，張儀詐楚，皆因地弔古意。五六寫此館處山中之景，所以帳連雲蘿，泉聲繞枕，亦幽絶之境。更深入可以容高尚之士，於中營水田桑地，致足樂也。商山下有驛路，故須更深進，方可隱耳。秦得百二，詳見《潼關僧》。《史記》：蘇秦説秦惠王曰：秦四塞之國，被山帶渭，東有關河，西有漢中，南有巴蜀，北有岱，此天府也。按商山，亦名商洛，在商州。秦地西有隴關，東有函谷關，臨晉關，南有嶢關，武關，爲關中，而武關在商州路，通判楚，故亦天府之險也。……《漢書·張良傳》：高帝欲易太子，吕澤强要畫計，良曰：上有不能致者四人，固請宜來，令上見之，則一助也。及晏置酒，太子侍，四人者從太子，年皆八十有餘，鬚眉皓白，衣冠甚偉，上怪問曰：何爲者？四人前對言姓名，上乃驚曰：吾求公，避外我，今公何自從吾兒遊乎？四人曰：陛下輕士善罵，臣等義不辱，故恐而亡匿，今聞太子仁孝恭敬愛士，天下莫不延頸願爲太子死者，故臣等來。上曰：煩公幸卒調護太子。四人爲壽已畢，趨去，上目送之，召戚夫人指示曰：羽翼既成，難動矣。吕氏真乃主矣。戚夫人泣涕。……《史記》：張儀説楚懷王，使絶齊，請獻商於之地六百里。及絶齊，而使將軍受地，儀三日不朝，齊秦交合，儀乃出，謂楚使曰：臣有奉邑六里，願獻。《易經》：不事王侯，高尚其事。（胡以梅《唐詩貫珠箋》卷四十五）

佳句自來難得有偶，如……杜牧之之「枕繞泉聲客夢涼」，項斯之「山當日午回峰影」之類，皆係興會所至，偶然而得。强欲偶之，雖費盡苦思，終不能敵，是蓋有不可以力爭者。（王壽昌《小清華園詩談》卷下）

正初奉酬歙州刺史邢群〔一〕①

翠巖千尺倚溪斜，曾得嚴光作釣家②。越嶂遠分丁字水③，臘梅遲見二年花④。明時刀尺君須用⑤，幽處田園我有涯。一壑風煙陽羡里⑥，解龜休去路非賒⑦。

【校勘記】

〔一〕詩題原作《正初奉酬》，據《全唐詩》卷五二三、馮注本增改。又此詩之前一首，原有歙州刺史邢群所作《郡中有懷寄上睦州員外十三兄》詩，今移至此處，以并讀參考：「城枕溪流淺更斜，麗譙連帶邑人家。經冬野菜青青色，未臘山梅樹樹花。雖免瘴雲生嶺上，永無京信到天涯。如今歲晏從羈滯，心喜彈冠事不賒。」

【注釋】

①正初：農曆正月初。邢群，字涣思，河間人。大和三年登進士第，授太子校書郎。又任協律郎、大理評事。累官户部員外郎。會昌五年出爲處、歙二州刺史。大中三年卒。事跡見杜牧《唐故歙州刺史邢君墓誌銘》。此詩郭文鎬《杜牧詩文繫年小札》繫於大中二年，時杜牧任睦州刺史。其理由爲此詩乃杜牧奉酬邢群詩，而邢群詩有「未臘山梅處處花」句，梅花花期在小寒，而「未臘」，即「未至臘日，又可知該年節氣已入小寒而臘日未至」。又據《二十史朔閏表》推算，大中元年小寒在臘日前，故邢群詩之作，乃在大中元年冬其任歙州刺史任時，則杜牧此詩乃在大中二年（八

四八）正初奉酬之作。

②嚴光：東漢處士，曾隱居釣魚。嚴子陵釣臺即其釣魚處，地在睦州桐廬縣西三十里富春江七里瀨。

③丁字水：睦州東陽江，其上流即衢、婺二港，至蘭溪縣合流。又流至建德縣東南入浙江，形如丁字，亦名丁字水。

④二年花：臘梅於上年冬開花，至次年春初猶可見到，故云。

⑤刀尺：此處喻指官吏衡量升降人材之權力。

⑥陽羨：在今江蘇宜興南。杜牧於陽羨置有産業。

⑦解龜：解去所佩龜印，指辭官。漢制，官吏秩二千石以上，皆銀印青綬，印背有龜鈕。馮注：「謝靈運詩：解龜在景平。」

【集評】

《正初奉酬》：此牧之用韻酬歙州刺史邢群也。臘中得詩，正初奉酬。二詩皆是前四句言各州之景，後四句言情，皆佳句也。（方回《瀛奎律髓》卷四「風土類」）

《圖經》載：嚴陵山水清麗奇絶，號錦峰繡嶺，乃子陵隱居之所，後以名山。然嚴陵山水稱號，率有經據。如杜若汀洲，見於杜紫微詩，云：「杜若芳洲翠，嚴光釣瀨喧。」如丁谿越嶂，亦見於杜紫微詩，云：「翠巖千尺倚溪斜，曾見嚴光作釣家。越嶂遠分丁字水，江梅遲見二年花。」……又如吴根越角，亦見杜紫微詩《昔事文皇帝》篇中，云：「溪山侵越角，風壤盡吴根。」獨未知錦峰繡嶺，《圖經》何所據也。（商輅《蔗山筆麈》）

《正初奉酬》：亦是牽率應酬，不見小杜本領。生也有涯雖出《莊子》，然去「生」字不妥。（紀昀《瀛奎律髓刊誤》卷四「風土類」）

江上偶見絶句①

楚鄉寒食橘花時，野渡臨風駐彩旗。草色連雲人去住，水紋如縠燕差池。

【注　釋】

① 此詩《全唐詩》卷三六一又作劉禹錫《酬竇員外使君寒食日途次松滋渡先寄示四韻》詩前四句。《全唐詩重出誤收考》云：「劉集詩後自注：『時自水部郎出牧。』題中之竇員外爲竇常，元和六年（八一一）任水部員外郎，元和七年冬出任朗州刺史。朗州，漢稱武陵郡，時劉禹錫任朗州司馬。竇常從長安出發，於元和八年春達湖北江陵時，先以詩寄劉禹錫，題爲《之任武陵寒食日途次松

滋渡先寄劉員外禹錫》，劉詩乃酬答之作。江陵是楚之故都，松滋渡在江陵府枝江縣南。此詩首聯云：『楚江寒食橘花時，野渡臨風駐彩旗。』乃寫其路經松滋渡口駐節楚地江畔情景，爲劉酬竇作無疑。洪邁截前四句入《絶句》二五，誤署杜牧。」

【集　評】

【唐詩一詩傳爲兩人例】唐人詩流傳訛謬，有一詩傳爲兩人者。如「漠漠水田飛白鷺，陰陰夏木囀黄鸝」，既曰王維，又曰李嘉祐，以全篇考之，摩詰詩也。又：「楚鄉寒食梅花詩，野渡臨風駐綵旗。草色連雲人去住，水紋如縠燕差池」，既見杜牧集中，又劉夢得外集作八句，其後云：「朱幡尚憶群飛雉，青綬初聯左顧龜。非是溢城白司馬，水曹何事與新詩。」考其全篇，夢得詩也。然前四句絶類牧之。（李錞《李希聲詩話》）

【鬱孤臺刻石曼卿詩】石曼卿嘗作大字書……一絶云：「楚鄉寒食摘花時，野渡臨風駐綵旗。草色連雲人去住，水文如縠燕差池。」末題云《江上偶見》。繼又書《題木蘭廟》一絶，又《入商山》一絶，末又一絶云：「前山極遠碧雲合，清夜一聲《白雪》微。欲寄相思千里月，溪邊殘照雨霏霏。」後題云《寄遠》。此四絶必唐詩，特前此未見耳。或謂「千里月」，疑是「目」字誤作「月」，因下句是「殘照」，無緣用「月」字也。但「千里目」，於義未順。千里相隔，唯月共照，今殘照之時，值霏霏之雨，欲寄相思於月不可得矣，「月」字爲是。所書字如掌大，亦甚端重，然帶俗態，欠清媚遒勁之氣。盱江聶善之侍郎守贛州日，摹其真跡，刻石鬱孤臺，未知今尚存否。偶觀墨本，恐失去，謹録於此。（劉壎《隱居通議》卷八）

題木蘭廟①

彎弓征戰作男兒②，夢裏曾經與畫眉〔一〕。幾度思歸還把酒，拂雲堆上祝明妃③。

【校勘記】

〔一〕「與」，夾注本作「夢」。

【注　釋】

① 木蘭廟：在湖北黄岡木蘭山上。馮注：「《太平寰宇記》：黄州黄岡縣木蘭山，在縣西一百五十里，舊廢縣取此爲名，今有廟在木蘭鄉。《演繁露》：樂府有木蘭，乃女子，代父征戍，十年而歸，不受爵賞，人爲作詩，然不著何代人？或者疑爲寓言。然白樂天《題木蘭花》云：怪得獨饒脂粉

態，木蘭曾作女郎來。又杜牧有《題木蘭廟》詩云云。既有廟貌，又云曾作女郎，則誠有其人矣。」此詩《杜牧年譜》據「《太平寰宇記》謂，黄州黄岡縣，木蘭山在縣西一百五十里，舊廢縣，取此爲名。今有廟，在木蘭鄉」，而謂此詩乃杜牧任黄州刺史時，即會昌二年至四年（八四二—八四四）秋所作，蓋木蘭廟在黄州故也。

② 作男兒：木蘭曾女扮男裝，替父從軍。

③ 拂雲堆句：拂雲堆，地名。在黄河北岸，今内蒙古烏拉特旗西北。此處有神祠，突厥入侵中原，必先至神祠祭酹求福。夾注：「《十道志》：關内道勝州有拂雲堆。」明妃，即漢元帝宫女王嬙，又稱王昭君。晉文王諱昭，故晉人稱其爲明妃。王嬙遠嫁匈奴，爲南匈奴呼韓邪單于閼氏（即王后）。

【集　評】

古樂府中，《木蘭》詩、《焦仲卿》詩皆有高致。蓋世傳《木蘭》詩爲曹子建作，似矣。然其中云：「可汗問所欲」，漢、魏時，夷狄未有「可汗」之名，不知果誰之詞也。杜牧之《木蘭廟》詩云：「彎弓征戰作男兒，夢裏曾驚學畫眉。幾度思歸還把酒，拂雲堆上祝明妃。」殊有美思也。（魏泰《臨漢隱居詩話》）

【木蘭】樂府有《木蘭》，乃女子代父征戍十年而歸，不受爵賞，人爲作詩。然不著何代人，獨詩中有「可汗大點兵」語，知其生世非隋即唐也。女子能爲許事，其義且武，在緹縈上。或者疑爲寓言，然白樂天《題木蘭花》云：「怪得獨饒脂粉態，木蘭曾作女郎來。」又杜牧有《題木蘭廟》詩曰：「彎弓征戰作男兒，夢裏曾經與畫眉。幾度思歸還把酒，拂雲堆上祝明妃。」既有廟貌，又曾作女郎，則誠有其人矣，亦異哉！（程大昌《演繁露》卷十六）

古樂府《木蘭花》詞，乃女子代父征戍十年而歸，不受封爵，故杜牧之有《題木蘭廟》詩云：「彎弓征戰作男兒，夢裏曾經與畫眉。幾度思歸還把酒，拂雲堆上祝明妃。」女子作男兒，其事甚怪。（闕名《碧湖雜記》）

入商山①

早入商山百里雲，藍溪橋下水聲分②。流水舊聲人舊耳，此廻嗚咽不堪聞③。

【注　釋】

①　商山：馮注：「《十道山川考》：商山，在商州上洛縣南十四里，商洛縣南一里。」據《杜牧年譜》，杜牧經商山有開成四年春入京、開成五年冬往潯陽以及會昌元年七月自蘄州歸長安、會昌二年出守黄州等多次。此詩有「流水舊聲人舊耳，此廻嗚咽不堪聞」句，乃重經商山之作，故《杜牧年譜》

繫於開成四年入京爲左補闕時經商山作，恐非是。據郭文鎬《杜牧詩文繫年小札》（《人文雜誌》一九八九年第五期）所考，詩乃杜牧離京經商山時作。「牧離京取商山路凡二，開成五年冬乞假赴潯陽探弟及會昌二年赴黄州任，可言『舊聲舊耳』，且令其不堪聞流水嗚咽聲者」，唯出守黄州之行合，故詩作於會昌二年（八四二）。今姑從其説。杜牧會昌二年四月已在黄州，則其經商山作此詩蓋在三月間。

② 藍溪：水名。源出陜西商縣西北秦嶺，西北流入藍田縣界。馮注：「《一統志》：藍溪水在藍田縣東南。《長安志》：藍谷水，南自秦嶺西流經藍關、藍橋，經王順山下，出藍谷，西北流入灞。《縣志》：藍溪即藍谷水，又謂之清河。」

③ 流水舊聲二句：蓋開成四年春杜牧入京任補闕時曾經此，而此時經過時詩人心情不佳，故云。

偶　題

甘羅昔作秦丞相①，子政曾爲漢輦郎②。千載更逢王侍讀③，當時還道有文章。

【注　釋】

①甘羅：戰國甘茂孫。年十二，事秦相吕不韋。秦始皇欲擴大河間郡，甘羅自請出使趙國，勸説趙王割五城與秦，以功封爲上卿。事跡附見《史記》卷七一《甘茂傳》。據此，知甘羅未嘗爲相。

②子政：漢劉向字。據《漢書》本傳，向本名更生，年十二，因父劉德保薦任輦郎。服虔注云：「如今引御輦郎也。」

③侍讀：官名，掌爲帝王講學。

【集　評】

【甘羅】《史記》：甘羅者，甘茂孫也。茂既死，甘羅年十二，事秦相文信侯吕不韋，後因説趙有功，始皇封爲上卿，未嘗爲秦相也。世人之見其事秦相吕不韋，因相傳以爲甘羅十二爲秦相，大誤也。唐《資暇集》又謂相秦者，是羅祖名茂。以《史記》考之，又不然。茂得罪於秦王，亡秦入齊，又使於楚，楚王欲置相於秦，范蜎以爲不可，故秦卒相向壽，而茂竟不得復入秦，卒於魏。以此觀之，則茂亦未嘗相秦也。杜牧之《偶題》云：「甘羅昔作秦丞相」，其亦不考其實，而誤爲之説也。（黄朝英《緗素雜記》卷十）

【北固甘羅】杜牧之《登北固山》詩曰：「謝朓詩中佳麗地。」或者謂朓詩「江南佳麗地，金陵帝王州」。金陵乃今建康，非潤州也。僕謂當時京口亦金陵之地，不特牧之爲然，唐人江寧詩，往往多言京口事，可驗也。又如張氏《行役記》，言甘露寺在金陵山上；趙璘《因話録》言李勉至金陵，屢讚招隱寺標致，蓋時人稱京口亦曰金陵。牧之又有詩曰：「甘羅昔作秦丞相。」或者又謂《史記》：甘羅年十二，事秦相文信侯吕不韋，後因説趙有功，始皇封爲上卿，未嘗爲秦相也。僕考《北史·彭城王浟傳》曰：「昔甘羅爲秦相，未聞能書。」《儀禮》疏曰：「甘羅十二相秦，未必要至五十。」則知此謬已久，牧之蓋循襲用之耳。（王楙《野客叢書》卷二十）

【附訂僞】杜牧「珊瑚破高齊，作婢春黄糜。」按，李詢得珊瑚，其母令青衣而舂，無糜字。牧趁韻撰造，非事實。又有詩：「甘羅昔作秦丞相。」《史記》羅年十二，事秦相文信侯，後封上卿，未嘗爲秦相。《北史·彭城王浟傳》：昔甘羅爲秦相，未聞能書。《儀禮》疏云：甘羅十二相秦，未必要至五十。知此謬循襲已久。（胡震亨《唐音癸籤》卷二十三「詁箋」八）

【衛青】韋莊詩：「西園公子名無忌，南國佳人字莫愁。」對偶甚工，然以魏文作信陵，殊招物議。杜牧詩：「甘羅昔作秦丞相。」亦誤以茂爲羅。（宋長白《柳亭詩話》卷六）

送盧秀才一絶①

春瀨與煙遠②，送君孤棹開。潺湲如不改，愁更釣魚來。

【注　釋】

①此詩《杜牧年譜》謂杜牧有「《送盧秀才赴舉序》云：『去歲九月，余自池改睦，凡同舟三千里，復爲余留睦七十日，今之去，余知其成名而不丐矣。』蓋即此盧秀才也」。杜牧轉任睦州刺史在會昌六年九月，故繫本詩於大中元年（八四七）杜牧任睦州刺史時。詩有「春瀨與煙遠，送君孤棹開」句，乃作於春日。

②瀨：指七里瀨，嚴子陵釣魚處。在睦州桐廬縣西三十里富春江七里瀨。

醉　題

金鑷洗霜鬢①，銀觥敵露桃②。醉頭扶不起，三丈日還高。

【注　釋】

①洗：此指拔除白髮。

②銀觥句：銀觥，銀製酒器。露桃，即露井桃。生長於不加覆蓋之井旁桃樹。馮注：「白居易詩：酒試銀觥表分深。王昌齡詩：昨夜風開露井桃。」

題商山四皓廟一絶①

吕氏强梁嗣子柔②，我於天性豈恩讎③。南軍不袒左邊袖④，四老安劉是滅劉⑤。

【注　釋】

① 四皓廟：馮注：「《一統志》：商州四皓廟，在州西金雞原，一在州東商洛鎮。」此詩《杜牧年譜》繫於開成四年（八三九）春杜牧由宣州赴京任左補闕途經商山時。

② 吕氏句：吕氏，即劉邦之妻吕后。强梁，强悍，剛毅果決。嗣子，指太子劉盈，吕后所生。柔，懦弱。《史記·吕太后本紀》：「吕太后者，高祖微時妃也，……爲人剛毅，佐高祖定天下。」又：「孝惠（即劉盈）爲人仁弱，高祖以爲不類我，常欲廢太子，立戚姬子如意，如意類我。」

③ 我於天性句：《孝經》：「父子之道，天性也。」此句謂廢立與恩仇無關。

④ 南軍句：漢京師衛戍部隊有南北兩軍，南軍負責保衛皇宫，北軍負責守衛京城。吕后時，吕禄掌北軍，吕産管南軍。吕后死後，吕氏家族陰謀作亂，老臣太尉周勃爲粉碎吕氏之亂，親入北軍，傳令云：「爲吕氏右袒，爲劉氏左袒。」北軍皆左袒爲劉氏。後周勃又與劉章率軍入宫，殺吕産等

人，保住劉氏政權。事見《漢書》卷三《高后紀》。

⑤ 四老句：四老，即四皓。劉邦欲廢太子劉盈，吕后恐，召張良謀議。張良設計請劉邦素所敬重而羅致不得之四皓爲太子客。劉邦見四皓輔佐太子，歎曰：「羽翼已成，難動矣。」竟不易太子。事見《漢書》卷四〇《張良傳》。滅劉，謂劉氏政權落入吕氏手中。

【集　評】

杜牧之云：「南軍不袒左邊袂，四皓安劉是滅劉？」其意以謂四老輔立太子爲非。何不思之甚也？惠帝嫡且長，爲太子無過，即位之後，能守高祖規模，亦可謂賢矣，安能料其身後有吕氏之禍也哉？使惠帝不可立，張良決不肯從吕后之請，又豈肯起四老人哉？南軍不袒左袂，意謂周勃入北軍時，設有不袒者奈何？此兒童之見也。勃所慮者，不得入北軍耳，既入則無事矣。勃之設問，必已得北軍之情，萬一不左袒，必有後段，豈若世之庸人無思慮者？牧之可毋慮也。又元微之《四皓》云：「秦皇轉無道，諫者鼎鑊親。茅焦脱衣諫，先生無一言。趙高殺二世，先生如不聞。劉項取天下，先生卧白雲。海内八年戰，先生全一身。如何一朝起，屈作儲貳賓。安存孝惠帝，摧頹戚夫人。捨大以誅細，蛇盤而蠖伸。惠帝竟不嗣，吕氏禍有因。」與牧之意同。微之責人太深，過於牧之。惠帝爲太子無過，豈可勸立戚夫人之子如意哉？樂天答云：「先生道甚明，夫子猶或非。」微之豈不慚耶？

晉桓玄作《四皓論》示殷仲堪，亦微之之意，仲堪闢之，其言極有理。（朱翌《猗覺寮雜記》卷一）

【四老安劉】漢高帝晚歲，欲易太子，蓋以吕后鷙悍，惠帝仁柔，爲宗社遠慮，初非溺於戚姬之愛，而爲是邪謀也。蘇老泉謂帝之以太尉屬周勃，及病中欲斬樊噲，皆是知有吕氏之禍，可謂識帝之心者矣。子房，智人也，乃引四皓爲羽翼，使帝涕泣悲歌而止。帝之泣，豈爲兒女子而泣耶？厥後趙王以酖亡，惠帝以憂死，向非吕后先殂，平、勃交驩，則劉氏無噍類，而火德灰矣。杜牧之所謂「四老安劉是滅劉」者，誠哉是言也！夫立子以長，固萬世之定法，然亦有不容拘者。泰伯遜而周以興，建成立而唐幾危，一得一失，蓋可監也。夫子善齊桓首止之盟，而美泰伯爲至德。蓋善齊桓者，明萬世之常經也；美泰伯者，亦萬世之通誼也。（羅大經《鶴林玉露》乙編卷四）

杜牧之《四皓廟》詩云：「南軍不袒左邊袖，四皓安劉是滅劉。」詩意蓋言惠帝以四皓羽翼之力，而始得立；然諸吕之禍又以惠帝得立、吕氏專權而後有之，亦勘駁語也。但周勃左袒之令，牧之猶未知歟？按《大射士喪禮》所載：「凡行禮，無吉凶，皆袒左。」《觀禮》曰：「肉袒右。」勃時去古未遠，禮俗之舊，通行習聞，其曰爲劉者左袒，爲吕者右袒，實以刑賞示之，令其必從劉耳。豈陳懷公朝國人而問曰：「欲與楚者右，欲與吳者左」，聽人自擇，兩可之謂哉？向背稍殊，計復安出？勃未必若是其愚也。世之論不知古禮，類自今日觀之。（游潛《夢蕉詩話》）

【二喬】吳旦生曰：《深雪偶談》謂，牧之以滑稽弄辭，彦周雌黄之，豈非與癡人言不應及於夢也。

禹錫《題蜀主廟》云：「淒涼蜀故妓，歌舞魏宫前」，亦是此意，惟增悽感，却不主於滑稽耳。牧之詩如《四皓廟》云：「南軍不袒左邊袖，四皓安劉是滅劉。」如《烏江亭》云：「勝敗兵家未可期，包羞忍恥是男兒。江東子弟多才俊，捲土重來未可知。」則「東風」、「春深」數字，較爲含蓄深窈矣。余以牧之數詩，俱用「翻案法」，跌入一層，正意益醒，謝疊山所謂「死中求活」也。《漁隱叢話》云：牧之題詠好異於人，如《赤壁》、《四皓》，皆反説其事，至《題烏江》，則好異而叛於理，項氏以八千渡江，無一還者，誰肯復附之？其不能捲土重來決矣。嗚呼，此豈深於詩者哉！（吴景旭《歷代詩話》卷五十二庚集七）

【四皓】商山一局，乃子房善爲調劑之術，觀其與建成侯語，可悟其微。而唐人每多責備之言。如杜牧「南軍不袒左邊袖，四皓安劉是滅劉」，蔡京「如何鬢髮霜相似，更出深山定是非」之類，豈謂真有其人耶？（宋長白《柳亭詩話》卷五）

余雅不喜四皓事，著論非之；且疑是子長好奇附會，非真有其人也。後讀杜牧「四皓安劉是滅劉」；錢辛楣先生「安吕非安劉」二詩，可謂先得我心。顧禄伯亦有詩誚之云：「垂老與人家國事，幾聞巢、許出山來？」（袁枚《隨園詩話》卷三）

【杜牧詩】杜牧之作詩，恐流於平弱，故措詞必拗峭，立意必奇闢，多作翻案語，無一平正者。方岳《深雪偶談》所謂「好爲議論，大概出奇立異，以自見其長」也。如《赤壁》云：「東風不與周郎便，銅雀春深鎖二喬。」《題四皓廟》云：「南軍不袒左邊袖，四老安劉是滅劉。」《題烏江亭》云：「勝敗兵家事不期，包羞忍恥是男兒。江東子弟多才俊，捲土重來未可知。」此皆不度時勢，徒作議論，以炫人耳，其實非確論也。惟《桃花夫人廟》云：「細腰宫裏露桃新，脈脈無言度幾春。至竟息亡緣底事？可憐金谷墜樓人。」以緑珠之死，形息夫人之不死，高下自見；而詞語藴藉，不顯露譏訕，尤得風人之旨耳。皮日休《館娃宫懷古》云：「越王大有堪羞處，只把西施賺得吴。」亦是翻新，與牧之同一蹊徑。（趙翼《甌北詩話》卷十一）

送隱者一絶〔一〕

無媒徑路草蕭蕭①，自古雲林遠市朝。公道世間唯白髮，貴人頭上不曾饒②。

【校勘記】

〔一〕《文苑英華》卷二三二題無「一絶」二字。

【注　釋】

① 媒：媒人。此指引薦之人。

②饒：寬饒、放過。夾注：「《詩史》：日月不相饒。東坡補注：王獻之覽鏡，見白髮，顧兒童曰：日月不相饒，村野之人，二毛俱摧矣。子等何汲汲爲競，寸陰過而不可復得也。」馮注：「鮑照詩：日月流邁不相饒。」

【集評】

牧之有「世間公道唯白髮，貴人頭上不曾饒」，嘗愛其語奇怪，似不蹈襲。後讀子美「苦遭白髮不相放」，爲之撫掌。（黄徹《䂬溪詩話》卷五）

苕溪漁隱曰：牧之云：「無媒逕路草蕭蕭，自古雲林遠市朝。公道世間惟白髮，貴人頭上不曾饒。」羅鄴云：「芳草和煙暖更青，閑門要路一時生。年年點檢人間事，惟有春風不世情。」予嘗以此二詩作一聯云：「白髮惟公道，春風不世情。」蓋窮人不偶，遣興之作也。（胡仔《苕溪漁隱叢話後集》卷十五杜牧之）

「公道世間惟白髮，貴人頭上不曾饒。」此唐人詩也。先祖素齋府君挽周氏父子云：「於今白髮無公道，不上周郎父子頭。」蓋反其意而用之也。（朱孟震《玉笥詩談》卷上）

「公道世間惟白髮，貴人頭上不曾饒」、「年年點檢人間事，只有春風不世情」、「世間甲子須臾事，逢著仙人莫看棋」、「雖然萬里連雲際，爭似堯階三尺高」、「坑灰未冷山東亂，劉、項元來不讀書」，皆僅去張打油一間，而當時以爲工，後世亦亟稱之。此詩所以難言。（胡應麟《詩藪》内編卷六近體下絶句）

「一將功成萬骨枯」，是疏語。「可憐無定河邊骨」，是詞語。又如「公道世間惟白髮」、「只有春風不世情」、「爭似堯階三尺高」、「劉項原來不讀書」等句，攙入議論，皆僅去張打油一間。人皆盛稱爲工，受誤不淺。（胡震亨《唐音癸籤》卷十「評匯」六引元瑞語）

【白髮春風】《詩話類編》曰：丘仲深嘗作《因事有感》詩，其序曰：唐人有詩云：「公道世間惟白髮」，又曰：「惟有東風不世情」，又曰：「花開蝪滿枝，花謝蝪還稀。惟有舊巢燕，主人貧亦歸。」是皆憫世悼俗之言，味其詞，可知其時矣。由今日以觀，尤有甚於此者，故反其詞爲一絶云：「白髮年來也不公，春風亦與世情同。於今燕子如蝴蝪，不入尋常矮屋中。」誦之者，足以見世態炎涼之變。

吴旦生曰：《漁隱叢話》：杜牧詩：「公道世間惟白髮，貴人頭上不曾饒。」羅鄴詩：「年年檢點人間事，惟有東風不世情。」嘗以此二絶作一聯云：「白髮惟公道，東風不世情。」此窮人不偶，遣興之作也。今仲深反其詞爲之，感慨良深。（吴景旭《歷代詩話》卷七十五癸集四）

「公道世間惟白髮，貴人頭上不曾饒」、「年年檢點人間事，惟有春風不世情」，此最粗直之句，而宋人稱之。《華清宫》二篇及《赤壁》詩，最有意味，則又敲撲不已，可謂薰蕕不辨。（賀裳《載酒園詩話》卷一宋人議論拘執）

《送隱者》：「道」字與上「逕路」呼應，老宜所共，在下者頭偏易白，安得决計長往乎？饒，餘也。（何焯《唐三體詩》卷一）

【白髮】《說郛》載有人詠鑷髮云：「勸君莫鑷鬢毛斑，鬢到斑時也自難。多少朱門年少客，被風吹上北邙山。」較坡翁白髮詩尤爲婉摯。又「公道世間惟白髮，貴人頭上不曾饒」，別有感慨。袁簡齋大令詩云：「美人自古如名將，不許人間見白頭。」此另是一副議論。文人之筆，何所不可。（梁紹壬《兩般秋雨盦隨筆》卷八）

題張處士山莊一絕〔一〕

好鳥疑敲磬①，風蟬認軋箏②。修篁與嘉樹，偏倚半巖生。

【校勘記】

〔一〕「題」，宊注本作「遊」。

【注　釋】

① 敲磬：馮注：「《拾遺記》：幽州之墟，羽山之北，有善鳴之鳥，名曰青鸐，其聲似鐘磬笙竽也。」

② 軋箏：箏之一種。唐時用竹片軋箏絃發音。

有懷重送斛斯判官

蒼蒼煙月滿川亭，我有勞歌一爲聽①。將取離魂隨白騎，三台星裏拜文星②。

【注釋】

①勞歌：送別之歌。駱賓王《送吴七游蜀》詩：「勞歌徒欲奏，贈別竟無言。」

②三台星句：三台，星名。此指三公之位。馮注：「《晉書·天文志》：三台六星，兩兩相比，起文昌列，抵太微，一曰天柱，三公之位也。在人曰三公，在天曰三台，主開德宣符也。」文星，即文昌星，又稱文曲星。傳説爲主文運之星宿。此用以稱譽斛斯判官。

贈別二首〔一〕①

其一

娉娉裊裊十三餘②，荳蔻梢頭二月初③。春風十里揚州路〔二〕，卷上珠簾總不如。

【校勘記】

〔一〕詩題原作《贈别》，今據夾注本、《全唐詩》卷五二三增改。《才調集》卷四一作《題贈二首》。

〔二〕「路」，《才調集》卷四作「郭」，夾注本作「過」，《全唐詩》卷五二三校：「一作郭。」

【注　釋】

①《杜牧年譜》大和九年謂杜牧「轉真監察御史，赴長安供職」。並謂「此詩蓋杜牧離揚州時與妓女贈别之作」。今即據此訂此詩於大和九年（八三五）。杜牧大和九年七月已在長安，則其離開揚州作此詩約在是年春或夏間。

②娉娉嫋嫋句：體態婀娜多姿、輕盈柔美貌。十三餘，十三四歲。

③荳蔻句：荳蔻，即紅豆蔻，花淡紅，鮮妍如桃杏花色。二月初尚未開花，故用以比喻少女。馮注：「《桂海虞衡志》：紅豆蔻，花淡紅，鮮妍如桃杏花色，蕊重則下垂，每蕊心有兩瓣相並，詞人托興曰比目、連理云。」

【集　評】

往歲過廣陵，值早春，嘗作詩云：「春風十里珠簾卷，髣髴三生杜牧之。紅葉梢頭初蟗栗，揚州

風物鬢成絲。」（黃庭堅《豫章黃先生文集》卷九）

鍾嶸稱張茂先，惜其「兒女情多，風雲氣少」。喻鳧嘗謁杜紫微，不遇，乃曰：「我詩無綺羅鉛粉，宜不售也。」淮海詩亦然，人戲謂可入小石調，然率多美句，但綺麗太勝爾。子美「並蒂芙蓉本自雙」、「水荇牽風翠帶長」，退之「金釵半醉坐添春」，牧之「春風十里揚州路」，誰謂不可入黃鐘宮邪？（黃徹《䂬溪詩話》卷三）

【黃山谷草書筆跡】山谷晚年草字高出古人，……又《甲子春過揚芍藥未開》一首：「春風十里珠簾卷，仿佛三生杜牧之。紅藥梢頭初繭栗，揚州風物鬢成絲。」（闕名《漫叟詩話》）

杜牧之詩云：「娉娉嫋嫋十三餘，豆蔻梢頭二月初。」不解豆蔻之義。閱《本草》，豆蔻花，作穗，嫩葉卷之而生。初如芙蓉，穗頭深紅色，葉漸展，花漸出，而色微淡，亦有黃白色，似山薑花。花生葉間，南人取其未大開者，謂之含胎花，言尚小如妊身也。（姚寬《西溪叢語》卷上）

東坡《吉祥寺賞牡丹》：「人老簪花不自羞，花應羞上老人頭。醉歸扶路人應笑，十里珠簾半上鉤。」杜牧之有詩云：「東風十里揚州路，卷上珠簾恐不如。」東坡蓋用此語也。（蔡正孫《詩林廣記》前集卷四「劉禹錫」）

黃山谷《廣陵早春》：「春風十里珠簾捲，髣髴三生杜牧之。紅藥梢頭初繭栗，揚州風物鬢成絲。」任天社《詩注》云：「此用杜牧之詩語。『紅藥』，謂揚州芍藥。《禮記・王制》曰：『祭天地之牛，角繭栗。』此借用以言花苞之小。末句謂風物如此，惜其身之老也。」（蔡正孫《詩林廣記》後集卷五）

杜牧之《有所見》：「娉婷嫋娜十三餘，豆蔻梢頭二月初。春風十里揚州過，捲上珠簾總不如。」謝疊山云：「此言妓女顔色之麗，態度之嬌，如二月豆蔻花初開。揚州十里紅樓，麗人美女，捲上珠簾，逞其姿色者，皆不如此女也。」（蔡正孫《詩林廣記》後集卷五）

山谷贈小鬟《驀山溪》詞，世多稱賞。以予觀之，「眉黛壓秋波，儘湖南水明山秀」，「儘」字似工，而實不愜。又云「婷婷嫋嫋，恰近十三餘」，夫近則未及，餘則已過，無乃相窒乎？「春未透，花枝瘦」，止謂其尚嫩，如「豆蔻梢頭二月初」之意耳，而云「正是愁時候」，不知「愁」字屬誰？以爲彼愁邪，則未應識愁；以爲己愁邪，則何爲而愁？又云：「只恐遠歸來，緑成陰，青梅如豆。」按杜牧之詩，但泛言花已結子而已，今乃指爲青梅，限以如豆，理皆不可通也。（王若虚《滹南詩話》卷三）

【荳蔻】杜牧之詩：「娉娉嫋嫋十三餘，荳蔻梢頭二月初。」劉孟熙謂《本草》云：「荳蔻未開者，謂之含胎花」，言少而娠也。其所引《本草》是，言少而娠者非也。且牧之詩，本詠娼女，言其美而且少，未經事人，如荳蔻花之未開耳。此爲風情言，非爲求嗣言也。若倡而娠，人方厭之，以爲緑葉成陰矣，何事入詠乎。（楊慎《升菴詩話》卷九）

【十二樓十三樓十四樓】東坡詞：「遊人都上十三樓，不羨竹西歌吹古揚州。」用杜牧詩「婷婷嫋嫋十三餘」之句也。（楊慎《詞品》卷二）

大臨近體，余最愛其揚州四律。……其二曰：「十載揚州好夢賒，文章杜牧佔繁華。偶來秋水

芙蓉幕，恣看春風荳蔻花。帳底離情微注淚，眼中密意小回車。只應司馬村頭塚，把與雷塘香土遮。」（顧嗣立《寒廳詩話》）

杜牧之詩：「婷婷嫋嫋十三餘，豆蔻梢頭二月初。」劉孟熙謂，《本草》云：「豆蔻未開者，謂之含胎花。言少而娠也。其所引《本草》是，言少而娠，非也。且牧之詩本詠娼女，言其美而且少，未經事人，如豆蔻花之未開耳。此爲風情言，非爲求嗣言也。若娼而娠，人方厭之，以爲緑葉成陰矣，何事入詠乎！右見升庵《丹鉛録》。辯誠是也，第未明證何以如豆蔻花。按《桂海虞衡誌》曰：紅豆蔻花叢生，葉瘦如碧蘆，春末夏初開花。先抽一幹，有大籜包之，籜解花見。一穗數十乳，淡紅鮮妍，如桃杏花色。蕊重則下垂如葡萄，又如火齊瓔絡，及前綵鸞枝之狀。此花無實，不與草豆蔻同種。每蕊心有兩瓣相並。詞人托興曰比目、連理云。讀此，始知詩人用豆蔻之自，益顯《漢事祕辛》渥丹吐齊之俗。又友人言：此花京口最多，亦名鴛鴦花。凡媒妁通信與郎家者，輒贈一枝爲信。（周亮工《書影》卷三）

【荳蔻】張好好年十三，杜牧以善歌置樂籍中，吟一絶云：「娉婷嫋娜十三餘，荳蔻梢頭二月初。春風十里揚州路，卷上珠簾總不如。」劉孟熙引《本草》云：荳蔻花未大開者，謂之含胎花，言年尚少而娠身也。楊升庵謂其所引《本草》是，言少而娠非也，牧之本詠娼女，言其美而且少，未經事人，如荳蔻花之未開耳，此爲風情言，非爲求嗣言也，若娼而娠，人方厭之，以爲緑葉成陰矣，何事入詠乎？

吳旦生曰：嵇含《南方草木狀》云：「荳蔻花，其苗如蘆，其葉似薑，其花作穗，嫩葉卷之而生，花微紅，穗頭深色，葉漸舒，花漸出。」《本草》亦云：荳蔻花作穗，嫩葉卷之而生，初如芙蓉，穗頭深紅色，葉漸展，花漸出，而色微淡，亦有黄、白色似山薑花，花生葉間，南人取其未大開者，謂之含胎花，言尚小如姙身也。然則《本草》亦狀其花之吐而尚含蘊於葉間，有如人之娠耳。孟熙正引此意，非直謂少女之娠也。升庵誤會少而娠之語，添出求嗣一案，可笑。……黄山谷《廣陵早春》，用其意作詩云：「春風十里珠簾卷，髣髴三生杜牧之。紅藥梢頭初繭栗，揚州風物鬢成絲。」按《禮記》：祭天地之牛，角繭栗。《漢書》：天地牲，角繭栗。顔師古注：牛角之形，或如繭，或如栗，言其小。山谷借用以言花苞之小。末句謂風物如此，惜其身之老也。則知荳蔻含胎，紅藥、繭栗，同出一意，高續古《紅藥詞》云：「紅翻繭栗梢頭徧」，姜堯章《芍藥》詞云：「繭栗梢頭弄」，張伯雨詩：「微雨催開繭栗花」，吳文可詩：「藥欄繭栗怯春寒」，猶是用山谷詩耳。如張思廉詩：「胡姬年十五，芍藥正含葩。」直脱换牧之、山谷間矣。（吳景旭《歷代詩話》卷五十二庚集七）

其二

多情却似總無情，唯覺樽前笑不成〔二〕。蠟燭有心還惜别①，替人垂淚到天明。

【校勘記】

〔一〕「唯」，《才調集》卷四作「但」，《全唐詩》卷五二三校：「一作但。」

【注　釋】

① 心：與芯諧音，意雙關。馮注：「陳後主詩：思君如夜燭，垂淚著雞鳴。」

【集　評】

《國風》云：「愛而不見，搔首踟躇。」「瞻望弗及，佇立以泣。」其詞婉，其意微，不迫不露，此其所以可貴也。古詩云：「馨香盈懷袖，路遠莫致之。」李太白云：「皓齒終不發，芳心空自持。」皆無愧于《國風》矣。杜牧之云：「多情却是總無情，惟覺尊前笑不成。」意非不佳，然而詞意淺露，略無餘藴。元、白、張籍，其病正在此，只知道得人心中事，而不知道盡則又淺露也。後來詩人能道得人心中事者少爾，尚何無餘藴之責哉？（張戒《歲寒堂詩話》卷上）

寄遠

前山極遠碧雲合〔一〕①，清夜一聲白雪微②。欲寄相思千里月③，溪邊殘照雨霏霏〔二〕。

【校勘記】

〔一〕「極遠」，《全唐詩》卷五二三校：「一作遠極。」

〔二〕「溪邊」，《才調集》卷四作「傍溪」，《全唐詩》卷五二三校：「一作傍溪。」

【注　釋】

① 碧雲：江淹《雜體》詩：「日暮碧雲合，佳人殊未來。」後以碧雲爲思念之意。

② 白雪：指陽春白雪，比喻美妙歌聲。馮注：「《淮南子》：師曠奏《白雪》之音，而神物爲之下降。」

③ 欲寄相思句：夾注：「《月賦》：佳人邁兮音塵闊，隔千里兮共明月。」

【集　評】

【鬱孤臺刻石曼卿詩】石曼卿嘗作大字書……一絶云：「楚鄉寒食摘花時，野渡臨風駐綵旗。草色連雲人去住，水文如縠燕差池。」末題云《江上偶見》。繼又書《題木蘭廟》一絶，又《入商山》一絶，末又一絶云：「前山極遠碧雲合，清夜一聲《白雪》微。欲寄相思千里月，溪邊殘照雨霏霏。」後題云《寄遠》。此四絶必唐詩，特前此未見耳。或謂「千里月」，疑是「目」字誤作「月」，因下句是「殘照」，無緣用「月」字也。但「千里目」，於義未順。千里相隔，唯月共照，今殘照之時，值霏霏之雨，欲寄相思於月不可得矣，「月」字爲是。所書字如掌大，亦甚端重，然帶俗態，欠清媚遒勁之氣。盱江聶善之侍郎守贛州日，摹其真跡，刻石鬱孤臺，未知今尚存否。偶觀墨本，恐失去，謹録於此。（劉壎《隱居通議》卷八）

九　日①

金英繁亂拂欄香②，明府辭官酒滿缸③。還有玉樓輕薄女，笑他寒燕一雙雙。

【注　釋】

①九日：即九月九日重陽節。

②金英：菊花。夾注：「梁王筠《摘園菊》詩：菊花偏可喜，碧葉媚金英。」

③明府：唐人稱縣令爲明府。此暗指晉陶淵明。陶淵明曾爲彭澤令，愛菊嗜酒，後辭彭澤縣令歸隱。《宋書·陶潛傳》：江州刺史王弘欲識之，不能致也。……先是，顔延之爲劉柳後軍功曹，在潯陽，與潛情款。後爲始安郡，經過，日日造潛，每往必酣飲致醉。臨去，留二萬錢與潛，潛悉送酒家，稍就取酒。嘗九月九日無酒，出宅邊菊叢中坐久，值弘送酒至，即便就酌，醉而後歸。」

寄牛相公①

漢水横衝蜀浪分②，危樓點的拂孤雲。六年仁政謳歌去③，柳遠春堤處處聞。

【注　釋】

①牛相公：即牛僧孺。傳見《舊唐書》卷一七二、《新唐書》卷一七四。《杜牧年譜》於大和四年謂「正月，牛僧孺自武昌節度使召還守兵部尚書、同平章事，杜牧有詩寄之」。并繫此詩於大和四年

（八三〇），謂「當是本年牛僧孺由江夏入相時寄贈之作」。詩有「柳遠春堤處處聞」句，乃春日作。

②漢水句：漢水，即漢江。與長江交匯於鄂州。蜀浪，指長江。牛僧孺時由武昌軍節度使（治鄂州）入爲宰相。馮注：「《舊唐書·地理志》：鄂州江夏，江漢二水，會於州西。《元和郡縣志》：沔州漢陽縣魯山，一名大别山，在縣東北一百步。其山前枕蜀江，北帶漢水。《水經注·江水篇》：江水東北至江夏沙羨縣西北，沔水從北來注之。《沔水篇》：沔水南至江夏沙羨縣北，南入于江。《地説》言：漢水東行觸大别之阪，南與江合，與《尚書》杜預注相符。」

③六年仁政：六年，指牛僧孺寶曆元年領鄂岳，至大和四年凡六年。

爲人題贈二首

其一

我乏青雲稱〔一〕，君無買笑金。虚傳南國貌①，爭奈五陵心〔二〕②。桂席塵瑶珮，瓊鑪燼水沉③。凝魂空薦夢〔三〕④，低珥悔聽琴〔四〕⑤。月落珠簾卷〔五〕，春寒錦幕深。誰家樓上笛，何處月明砧。蘭徑飛蝴蝶，筠籠語翠襟〔六〕⑥。和簪抛鳳髻⑦，將淚入鴛衾〔七〕⑧。的的新添恨⑨，迢迢絶好音。文園終病渴⑩，休詠《白頭吟》⑪。

【校勘記】

〔一〕「青雲」，《才調集》卷四、文津閣本作「凌雲」。

〔二〕「奈」，夾注本作「乃」。

〔三〕「空」，《才調集》卷四作「輕」。

〔四〕「珥」，馮注本校：「一作耳。」

〔五〕「月落」，《才調集》卷四、文津閣本作「日落」。

〔六〕「襟」，《才調集》卷四、文津閣本均作「禽」。

〔七〕「鴛」，夾注本作「鴦」。

【注釋】

① 南國：指美女。鮑照《蕪城賦》：「東都妙姬，南國麗人，蕙心紈質，玉貌絳唇。」夾注：「曹子建詩：南國多佳人，容華若桃李。」

② 五陵：指五陵少年。泛指豪貴子弟。

③ 瓊鑪句：瓊鑪，玉鑪，指精美之香鑪。水沉，即沉香，一種香木，用以薰香。

④ 凝魂句：凝魂，即凝情，感情專注貌。薦夢，宋玉《高唐賦》載，楚王遊高唐，夢見一婦人自云巫山神女，願薦枕席，王因幸之。去而辭曰：「妾在巫山之陽，高丘之阻；旦爲朝雲，暮爲行雨。朝朝暮暮，陽臺之下。」

⑤ 低珥句：卓文君好音樂，新寡。司馬相如飲於卓氏，弄琴，文君竊從户窺之，心悦而好之，遂夜奔相如。事見《史記》卷一一七《司馬相如傳》。

⑥ [illegible]句：筠籠，此指竹製鳥籠。翠襟，指鸚鵡。禰衡《鸚鵡賦》：「緑衣翠衿。」

⑦ 和簪句：簪，固定髮髻或冠之長針。鳳髻，戴有鳳形首飾之髮髻。馮注：「《事文類聚》：周文王髻上加翠翹花，傅之鉛粉，其高髻名鳳髻。」

⑧ 鴛衾：繡有鴛鴦圖案之被子。馮注：「《輟耕録》：孟蜀主一錦被，其闊猶今之三幅帛，而一梭織成，被頭作二穴若雲板樣，蓋以扣于項下，如盤領狀，兩側餘錦，則擁覆于肩，此之謂鴛衾也。」

⑨ 的的：明白，昭著。

⑩ 文園句：文園，指司馬相如，曾爲孝文園令。《史記·司馬相如傳》：「相如口吃而善著書。常有消渴疾。與卓氏婚，饒於財。其進仕宦，未嘗肯與公卿國家之事，稱病閒居，不慕官爵。……拜爲孝文園令。」

⑪ 白頭吟：樂府曲名。《西京雜記》卷三：「相如將聘茂陵女爲妾，卓文君作《白頭吟》以自絶，相如乃止。」

其二

緑樹鶯鶯語，平江燕燕飛。枕前聞去雁，樓上送春歸。半月縆雙臉①，凝腰素一圍②。西牆苔漠漠，南浦夢依依③。有恨簪花懶，無寥鬬草稀〔一〕④。雕籠長慘澹，蘭畹謾芳菲⑤。鏡斂青蛾黛⑥，燈挑皓腕肌〔二〕。避人匀迸淚，拖袖倚殘暉。有貌雖桃李⑦，單棲足是非。雲軿載馭去〔三〕⑧，寒夜看裁衣。

【校勘記】

〔一〕「無寥」，《才調集》卷四、夾注本作「無憀」。

〔二〕「挑」，《才調集》卷四作「抛」。

〔三〕「馭」，《才調集》卷四作「取」。

【注　釋】

①半月句：半月，指女子之彎眉。緪，《詩・小雅・天保》：「如月之緪，如日之升。」《疏》：「如月之上弦，稍就盈滿。」

②凝腰句：凝腰，細腰。素，白色生絹。宋玉《登徒子好色賦》：「腰如束素。」

③南浦：泛指送别之地。夾注：「《别賦》：送君南浦，傷如之何！《注》：南浦，送别處。」

④鬬草：唐人稱五月初五蹋百草之戲爲鬬百草。《荆楚歲時記》：「五月五日謂之浴蘭節，四民並蹋百草之戲。採艾以爲人，懸門户上以禳毒氣。以菖蒲或鏤或屑以泛酒。按《大戴禮》曰：五月五日蓄蘭爲沐浴。《楚辭》曰：浴蘭湯兮沐芳華。今謂之浴蘭節，又謂之端午蹋百草，即今人有鬬百草之戲也。」

⑤蘭畹：種植蘭花之田畦。十二畞爲一畹。

⑥青蛾黛：指女子之眉毛。黛，青黛，用以畫眉。

⑦有貌句：馮注：「曹植詩：南國有佳人，容華若桃李。」

⑧雲輧：即輧車，婦女所乘四周有障蔽之車。《後漢書・輿服志上》：「太皇太后、皇太后法駕。……非法駕，則乘紫罽輧車。」

【集　評】

媚麗而情至，應是風流第一。（鄭郲評本詩）

少年行①

官爲駿馬監②，職帥羽林兒③。兩綬藏不見④，落花何處期。獵敲白玉鐙，怒袖紫金鎚〔一〕。田竇長留醉⑤，蘇辛曲讓歧〔二〕⑥。豪持出塞節，笑別遠山眉⑦。捷報雲臺賀⑧，公卿拜壽卮〔三〕⑨。

【校勘記】

〔一〕「紫金鎚」，夾注本作「紫金椎」。

〔二〕「讓」，馮注本校：「一作護。」

〔三〕「壽」，文津閣本作「受」。

【注釋】

①少年行：樂府雜曲歌辭名。本出於《結客少年場行》，多詠少年輕生重義、任俠遊樂之事。

②駿馬監：監掌馬匹繁殖放牧事務之官。馮注：「《漢書·百官表》：太僕有駿馬令丞。《唐六典》：太僕卿之職，總諸監牧之官，諸牧監掌群牧孳課之事。」

③羽林：皇帝近衛軍。唐十六衛有左、右羽林衛。馮注：「《漢書·百官表》：羽林掌送從，又取從軍死事之子孫養羽林，官教以五兵，號曰羽林孤兒。《唐六典》：皇朝名武衛所領兵爲羽林，又別置左右屯營，各有大將軍、將軍等員。龍朔二年，爲左右羽林軍，其名則歷代之羽林也。」

④綬：絲帶，用以繫官印。《禮·玉藻》：「天子佩白玉而玄組綬。」《注》：「綬者，所以貫佩玉相承受者也。」

⑤田竇句：田竇，指西漢外戚田蚡、竇嬰。田蚡曾至竇嬰家飲酒，「蚡卒飲至夜，極歡而去」。事見《漢書》卷四一《灌夫傳》。

⑥蘇辛句：蘇辛，指西漢蘇建、蘇武及辛武賢、辛慶忌父子。《漢書·趙充國辛慶忌傳贊》稱「蘇、辛父子著節，此其可稱列者也」。蘇建、蘇武傳均見《漢書》卷五四；辛武賢、辛慶忌事跡見《漢書》卷六九。曲讓，曲意禮讓。歧，岔道。馮注：「《後漢書·馮異傳》：行與諸將相逢，輒引車避道。《爾雅》：一達謂之道路，二達謂之歧旁。」

⑦遠山眉：形容女子秀麗之眉。此處代指美女。《西京雜記》卷二：「（卓）文君姣好，眉色如望遠山。」

⑧雲臺：漢宫中高臺名。《後漢書·陰興傳》：「後以興領侍中，受顧命於雲臺廣室。」漢明帝曾圖中興功臣三十二人畫像於雲臺。

⑨公卿句：《漢書·司馬遷傳·報任安書》：「且李陵提步卒不滿五千，深踐戎馬之地，……陵未没時，使有來報，漢公卿王侯皆奉觴上壽。」

盆池

鑿破蒼苔地，偷他一片天。白雲生鏡裏①，明月落階前。

【注釋】

①白雲生句：馮注：「沈約《和白雲》詩：倒影入華池。」

有寄

雲闊煙深樹，江澄水浴秋。美人何處在，明月萬山頭。

【集評】

《有寄》：美人耶？神仙耶？不知是一是二。（黄周星《唐詩快》卷十四）

明月萬山，方是美人境界，不落尋常俗豔。（鄭郲評本詩）

樊川文集卷第五

罪言①

國家大事，牧不當官，言之實有罪，故作《罪言》〔一〕。

生人常病兵，兵祖於山東②，胤於天下〔二〕，不得山東，兵不可死〔三〕。山東之地，禹畫九土，曰冀州〔四〕。舜以其分野太大〔五〕，離爲幽州，爲并州，程其水土，與河南等，常重十一二。故其人沉鷙多材力〔六〕，重許可，能辛苦。自魏、晉已下，胤浮羨淫〔七〕，工機纖雜，意態百出，俗益蕩弊〔八〕，人益脆弱。唯山東敦五種③，本兵矢，他不能蕩而自若也。復産健馬，下者日馳二百里，所以兵常當天下。冀州，以其恃强不循理，冀其必破弱，雖已破〔九〕，冀其復强大也〔一〇〕。并州，力足以并吞也。幽州，幽陰慘殺也。故聖人因其風俗，以爲之名。

黄帝時，蚩尤爲兵階阪泉在今嬀川縣〔一一〕④，自後帝王，多居其地，豈尚其俗都之邪？自周劣齊霸，不一世，晉大〔一二〕，常傭役諸侯。至秦萃鋭三晉，經六世乃能得韓，遂折天下脊，復得趙，因拾取諸國。秦末韓信聯齊有之，故蒯通知漢、楚輕重在信⑤。光武始於上谷，成於部⑥。魏武舉官渡，三分天下有其二。晉亂胡作，至宋武號爲英雄，得蜀得關中，盡得河南地，十分天下有八〔一三〕，然不能使一人渡河以窺胡。至于高齊荒蕩，宇文取得，隋文因以滅陳，五百年間，天下乃一家。隋文非宋武敵也。是宋不得山東，隋得山東，故隋爲王，宋爲霸。由此言之，山東，王者不得，不可爲王；霸者不得，不可爲霸；猾賊得之，是以致天下不安。

國家天寶末，燕盜徐起，出入成皋、函、潼間，若涉無人地，郭、李輩常以兵五十萬⑦，不能過鄴〔一四〕。自爾一百餘城，天下力盡，不得尺寸，人望之若回鶻、吐蕃，義無有敢窺者。國家因之畦河修障戍，塞其街蹊，齊、魯、梁、蔡，被其風流，因亦爲寇。以裏拓表，以表撐裏，混澒迴轉，顛倒横斜，未嘗五年間不戰，生人日頓委，四夷日猖熾，天子因之幸陝⑧、幸漢中，焦焦然七十餘年矣，嗚呼！運遭孝武⑨，澣衣一肉，不畋不樂，自卑冗中拔取將相⑩，凡十三年，乃能盡得河南、山西地，洗削更革，罔不順適，唯山東不服⑪，亦再攻之〔一五〕，皆不利以返。豈天使生人未至於帖泰耶？豈其人謀未至耶？何其艱哉，何其艱哉！

今日天子聖明，超出古昔，志於平理〔一六〕。若欲悉使生人無事，其要在於去兵〔一七〕，不得山東，兵不可去，是兵殺人無有已也。今者上策莫如自治。何者？當貞元時，山東有燕、趙、魏叛⑫，河南有齊、蔡叛⑬，梁、徐、陳、汝、白馬津、盟津、襄、鄧、安、黄、壽春皆戍厚兵，凡此十餘所，纔足自護治所，實不輟一人以他使，遂使我力解勢弛，熟視不軌者，無可奈何。階此蜀亦叛⑭，吳亦叛⑮，其他未叛者，皆迎時上下，不可保信。自元和初至今二十九年間〔一八〕，得蜀得吳，得蔡得齊，凡收郡縣二百餘城，所未能得，唯山東百城耳。土地人户，財物甲兵，校之往年，豈不綽綽乎？亦足自以爲治也。法令制度，品式條章，果自治乎？賢才奸惡，搜選置捨，果自治乎？障戍鎮守，干戈車馬，果自治乎？井閭阡陌，倉廩財賦，果自治乎？如不果自治，是助虜爲虐〔一九〕，環土三千里，植根七十年，復有天下陰爲之助，則安可以取。故曰，上策莫如自治。

中策莫如取魏。魏於山東最重，於河南亦最重。何者？魏在山東，以其能遮趙也，既不可越魏以取趙，固不可越趙以取燕，是燕、趙常取重於魏，魏常操燕、趙之性命也。故魏在山東最重。黎陽距白馬津三十里〔二〇〕，新鄉距盟津一百五十里，黎陽、新鄉並屬衛州。陴壘相望，朝駕暮戰，是二津虜能潰一，則馳入成皋不數日間，故魏於河南間亦最重。今者願以近事明之。元和中，纂天下兵，誅蔡誅齊，頓之五年，無山東憂者，以能得魏也。田弘正來降。昨日誅滄⑯，頓之三年，無山東憂者，亦以能得魏也。史憲誠來降。長慶初誅趙⑰，一日五諸侯兵四出潰解⑱，以失魏也。田布死。昨日誅趙，罷如長慶時〔二一〕，亦以失魏也。李聽敗〔二二〕。故河南、山東之輕重，常懸在魏，明白可知也。非魏强大能致如此，地形使然也。故曰取魏爲中策。

最下策爲浪戰，不計地勢，不審攻守是也。兵多粟多，敺人使戰者，便於守；兵少粟少，人不敺自戰者，便於戰。故我常失於戰，虜常困於守。山東之人，叛且三五世矣，今之後生所見，言語舉止，無非叛也，以爲事理正當如此，沉酣入骨髓，無以爲非者。指示順向，詆侵族臠，語曰叛去，酋酋起矣。至於有圍急食盡，餤屍以戰，以此爲俗〔三〕，豈可與決一勝一負哉。自十餘年來，凡三收趙⑲，食盡且下。堯山敗，郗尚書⑳。趙復振；下博敗，杜叔良〔二四〕㉑。趙復振；館陶敗，李聽㉒。趙復振。故曰，不計地勢，不審攻守，爲浪戰，最下策也。

【校勘記】

〔一〕「國家大事」以下數句，諸本不同，《唐文粹》卷四八、《文苑英華》卷三七五作「某不當言，實言之有罪，故以云」。《全唐文》卷七五四與底本同，僅「當官」作「當言」。

〔二〕「胤於」，文津閣本作「遍於」。

〔三〕「不可死」，文津閣本作「不可使」。

〔四〕「曰冀州」，原作「曰冀州野」，《文苑英華》卷三七五、《全唐文》卷七五四作「一曰冀州」。《唐文粹》卷四八作「一曰魯冀」。按，「野」字衍，今據刪。

〔五〕「分野太大」，原作「分太大」，據《文苑英華》卷三七五、《全唐文》卷七五四增改。

〔六〕「沉鷙」，原作「沉贄」，據《唐文粹》卷四八、《文苑英華》卷三七五、《全唐文》卷七五四、文津閣本改。

〔七〕「胤浮」，文津閣本作「積浮」。

〔八〕「蕩弊」，《唐文粹》卷四八、《文苑英華》卷三七五、《全唐文》卷七五四作「卑蔽」。

〔九〕「破」，《唐文粹》卷四八、《文苑英華》卷三七五、《全唐文》卷七五四均作「破弱」。

〔一〇〕「復」，《文苑英華》卷三七五作「後」。

〔一一〕「阪泉」，原作「阪帛」，據《唐文粹》卷四八、《文苑英華》卷三七五改。

〔一二〕「晉大」，「晉」字原作「皆」，據《唐文粹》卷四八、《文苑英華》卷三七五、《全唐文》卷七五四、文津閣本改。「大」，《全唐文》卷七五四作「文」。胡校：「按庫本『晉大』作『晉文』。晉文即晉文公重耳，五霸之一，故常佣役諸侯。是『大』字應從庫本作『文』。」按「庫本」指文淵閣《四庫全書》本，下同，不具注。

〔一三〕「有八」，《文苑英華》卷三七五、《全唐文》卷七五四作「有其八」。

〔一四〕「不能過鄰」，「過」字原作「遇」，據《唐文粹》卷四八、《文苑英華》卷三七五、《新唐書》卷一六六《杜牧傳》、《全唐文》卷七五四、文津閣本改。

〔一五〕「亦再攻之」，《文苑英華》卷三七五作「亦嘗再攻之」。

〔一六〕「平理」，《唐文粹》卷四八、《文苑英華》卷三七五、《全唐文》卷七五四作「理平」。

〔一七〕「其要在於去兵」，《唐文粹》卷四八、《文苑英華》卷三七五、《全唐文》卷七五四作「其要在先去兵」。

〔一八〕「二十九年」，「二」字原作「一」，據《唐文粹》卷四八、《文苑英華》卷三七五、《全唐文》卷七五四改。

〔一九〕「助虜爲虐」，「虐」字原作「虜」，據《唐文粹》卷四八、《文苑英華》卷三七五、《全唐文》卷七五四改。文津閣本「爲虐」作「自攻」。

〔二〇〕「三十里」，「里」字原作「重」，據《唐文粹》卷四八、《文苑英華》卷三七五、《全唐文》卷七五四、文津閣本改。

〔二一〕「罷如長慶時」，《唐文粹》卷四八、《文苑英華》卷三七五、《全唐文》卷七五四作「一日罷如長慶時」。

〔二二〕「李聽敗」，「敗」字原作「反」，據《唐文粹》卷四八、《文苑英華》卷三七五改。

〔二三〕「以此爲俗」，「俗」下原衍一「俗」字，據《唐文粹》卷四八、《文苑英華》卷三七五、《新唐書》卷一六六《杜牧傳》、《全唐文》卷七五四删。

〔二四〕「杜叔良」，「叔」字原作「牧」，據《文苑英華》卷三七五改。

【注　釋】

①《新唐書》本傳云：「牧追咎長慶以來朝廷錯置亡术，復失山東，巨封劇鎮，所以系天下輕重，不得

承襲輕授，皆國家大事，嫌不當位而言，實有罪，故作《罪言》。」本集卷一六《上知己文章啓》亦云：「往年吊伐之道，未甚得所，故作《罪言》。」《資治通鑑》卷二四四大和七年八月記杜牧此文云：「杜牧憤河朔三鎮之桀驁，而朝廷議者專事姑息，乃作書，名曰《罪言》，大略以爲……」按，本文中有「自元和初至今二十九年間」語，則文當作於大和八年（八三四），《資治通鑑》所記似早一年。

② 山東：此處指崤山和函谷關以東地區。

③ 五種：指五種穀物，即黍、稷、菽、麥、稻。

④ 蚩尤句：此句下原注：「阪泉在今嬀川縣。」《史記·五帝本紀》：黄帝「與炎帝戰於阪泉之野，三戰，然後得其志。蚩尤作亂，不用帝命，於是黄帝乃徵師諸侯，與蚩尤戰於涿鹿之野，遂禽殺蚩尤。」蚩尤，遠古時九黎之君主。

⑤ 蒯通句：《史記·淮陰侯列傳》：「齊人蒯通知天下權在韓信，欲爲奇策而感動之，以相人説韓信曰：『……當今兩主之命懸於足下，足下爲漢則漢勝，與楚則楚勝。……莫若兩利而俱存之，叁分天下，鼎足而居。』」蒯通，漢初著名謀士。傳見《漢書》卷四五。信，指韓信。

⑥ 光武始於上谷成於鄗：鄗，古縣名，在今河北柏鄉北。《後漢書·光武帝紀》：「上谷太守耿況遣其將寇恂將突騎來助擊王朗……諸將議上尊號，行至鄗，群臣因得奏。……六月己未，即皇帝位，

建元爲建武，改鄗爲高邑。」此即以上二句所謂。

⑦ 郭李：指唐玄宗時著名將領郭子儀、李光弼，曾帥軍平定安史叛亂。郭子儀，傳見《舊唐書》卷一二〇、《新唐書》卷一三七。李光弼，傳見《舊唐書》卷一六一、《新唐書》卷一三六。

⑧ 幸陝：指唐代宗於廣德元年避吐蕃之亂逃至陝州（治所在今河南陝縣西南）。幸漢中，指唐德宗於興元元年，因避李懷光叛亂而逃至漢中（今屬陝西）。

⑨ 孝武：指唐憲宗，其謚號爲「聖神章武孝皇帝」。

⑩ 自卑冗句：指元和元年正月，憲宗因宰相杜黄裳之薦，提拔高崇文爲左神策行營節度使，率軍討伐反叛之西川節度使劉闢。「時宿將名位素重者甚衆，皆自謂當征蜀之選；及詔用崇文，皆大驚。」事見《資治通鑑》卷二三七。

⑪ 唯山東不服：唐憲宗曾於元和十一年和十二年兩次討伐成德鎮王承宗，均無功而返，只好下詔恢復王承宗官爵。

⑫ 燕趙魏叛：指幽州盧龍節度使朱滔、成德觀察使王武俊、魏博節度使田悦反叛事。

⑬ 齊蔡叛：指淄青鎮之李正己、淮寧（即淮西，治所蔡州）節度使李希烈反叛事。

⑭ 蜀亦叛：指西川節度使劉闢之叛。

⑮ 吴亦叛：指鎮海節度使李錡之叛。

⑯誅滄：指横海節度副使李同捷之叛被平定。

⑰誅趙：指討伐作亂之成德都知兵馬使王廷湊。

⑱五諸侯兵：指長慶元年討伐王廷湊之魏博、横海、昭義、河東、義武諸鎮軍。

⑲三收趙：趙，指承德軍。憲宗元和十一年討王承宗；穆宗長慶元年及文宗大和三年兩次討伐王廷湊。

⑳堯山敗：原注：「郗尚書。」郗尚書即郗士美，字和夫，高平金鄉人。傳見《舊唐書》卷一五七、《新唐書》卷一四三。據《資治通鑑》卷二三九載：元和十二年三月，「郗士美敗於柏鄉，拔營而歸，士卒死者千餘人」。堯山，縣名。在河北邢臺東北。漢時曾置爲柏人縣。

㉑下博：原注：「杜叔良。」杜叔良爲横海節度使，長慶元年討王廷湊，十二月大敗於博野，失亡七千餘人。

㉒館陶敗：原注：「李聽。」據《資治通鑑》卷二四四載，李聽大和三年討王廷湊，「自貝州還軍館陶，遷延未進……秋七月，(何)進滔出兵擊李聽；聽不爲備，大敗」。館陶，縣名，今屬河北。

【集評】

《唐藩鎮傳叙》：或云歐陽公取《新唐書》列傳，令子叔弼讀，而卧聽之，至《藩鎮傳叙》，歎曰：

「若皆如此傳叙筆力，亦不可及。」此恐未必然。《藩鎮傳叙》乃全用杜牧之《罪言》耳，政如《項羽傳贊》掇取賈生《過秦論》，故奇崛可觀，而非遷、固之文也。（費袞《梁谿漫志》卷六）

唐人小説云：杜牧之在牛奇章幕中，每夜出狹斜，痛飲酣醉而歸。奇章常令人潛護之。及牧之還朝，奇章戒以節飲，勿復輕出爲言，牧之初猶抵飾，奇章命出報帖一篋示之，皆每夜街吏所報杜書記平善帖子，杜始愧謝。余嘗疑牧之雖有才藻，然浮薄太甚，奇章似待之太過。及觀其《少年行》云：「豪持出塞節，笑别遠山眉。」其風流豪俠之氣，猶可想見。及觀其《罪言》與《原十六衛》諸文，則知牧之蓋有志於經略，或不得試，而輕世之意顧托之此耶。則奇章之愛才，未爲過也。（何良俊《四友齋叢説》卷二十五「詩」二）

指陳慷慨，激切惻然，忠愛深於痛哭，非若賈生空墮一副急淚。（鄭郲評本文）

高麗太師門下侍中、集賢殿大學士金富軾，新羅人，……弟富轍，官吏、户、禮三部尚書、翰林學士承旨，……上奏曰：杜牧言時事云：「上策莫如自治」；宋神宗與文彦博議邊事，彦博曰：「須先自治，不可略近圖遠。」今我三韓之地，豈惟七十里而已哉。然而不免畏人者，其咎在乎不先自治而已。（王士禎《居易録》卷三）

《王井夫傳》：又好爲樊川花月之遊。余規之曰：「唐代詩人獨杜牧之有傳。所作《罪言》、《原十六衛》諸篇，得賈生《治安》之意，而世獨稱其『江湖載酒』，以求附於牧之，當非牧之所樂聞也。君勿誤信古人以自誤也。」君甚韙之。（陳文述《頤道堂文鈔》卷八）

杜牧之識見自是一時之傑。觀所作《罪言》，謂「上策莫如自治」，「中策莫如取魏」，「最下策爲浪戰」；又兩進策於李文饒，皆案切時勢，見利害於未然。以文論之，亦可謂不浪戰者矣。（劉熙載《藝概》卷一「文概」）

【孫子十家注】曹公、李筌以外，杜牧最優，證引古事，亦多切要，知樊川真用世之才，其《罪言》、《原十六衛》等篇，不虛作也。惜孫刻據道藏本，尚多誤字。（李慈銘《越縵堂讀書記》六「軍事」）

原十六衛①

國家始踵隋制，開十六衛，將軍總三十員，屬官總一百二十八員，署宇分部〔一〕，夾峙禁省，厥初歷今，未始替削。然自今觀之，設官言無謂者，其十六衛乎。本原事跡，其實天下之大命也。始自貞觀中，既武遂文，内以十六衛畜養戎臣，褒公、鄂公之徒②，並爲諸衛將軍。外開折衝果毅府五百七十四以儲兵伍。或有不幸，方二三千里爲寇土，數十百萬人爲寇兵，蠻夷戎狄〔二〕，踐踏四作，此時戎臣當提兵居外。至如天下平一，暴勃消削，單車一符，將命四走，莫不信順，此時戎臣當提兵居内。當其居内也，官爲將軍，綬有朱紫，章有金銀，千百騎趨奉朝廟〔三〕，第觀車馬，歌兒舞女，念功賞勞，出於曲賜。所部之兵，散舍諸府，上府不越一千二百人，五百七十四府凡有四十萬人。三時耕稼，襏襫耞耒；一時治武，騎劍兵矢。裨衛以課，父兄相言，不得業他。籍藏將府，伍散田畝，力解勢破，人人自愛，雖有蚩尤爲師〔四〕，雅亦不可使爲亂耳。及其當居外也，緣部之兵，被檄乃來，受命於朝，不見妻子，斧鉞在前，爵賞在後，以首爭首，以力搏力，飄暴交捽，豈暇異略？雖有蚩尤爲師〔五〕，雅亦無能爲叛也〔六〕。自貞觀至於開元末，百五十年間〔七〕，戎臣兵伍未始逆篡，此聖人所能柄統輕重，制障表裏，聖算聖術也〔八〕。

至於開元末，愚儒奏章曰：「天下文勝矣，請罷府兵③。」詔曰：「可。」武夫奏章曰：「天下力強矣，請搏四夷。」詔曰：「可。」於是府兵內剷，邊兵外作，戎臣兵伍，湍奔矢往，內無一人矣。起遼走蜀，繚絡萬里，事五強寇，奚、契丹、吐蕃、雲南、大石國。十餘年中，亡百萬人，尾大中乾，成燕偏重。而天下掀然，根萌燼燃，七聖旰食〔九〕④，求欲除之且不能也。由此觀之，戎臣兵伍豈可一日使出落鈴鍵哉！然爲國者不能無也。居外則叛，韓、黥七國，近者禄山、僕固是也。居內則篡。卓、莽、曹、馬已下是也。使外不叛，內不篡，兵不離伍，無自焚之患；將保頸領，無烹狗之諭⑤，古今已還，法術最長，其置府立衛乎！

近代已來，於其將也，弊復爲甚〔一〇〕。人囂曰廷詔命將矣，名出，視之率市兒輩，蓋多賂金玉〔一一〕，負倚幽陰，折券交貨所能也〔一二〕，絶不識父兄禮義之教，復無慷慨感槩之氣〔一三〕。百城千里，一朝得之，其强傑愎勃者，則撓削法制，不使違己，力壹勢便，罔不爲寇。其陰泥去聲巧狡者，亦能家算口斂，委於邪倖，由卿市公，去郡得都〔一四〕，四履所治，指爲别館。或一夫不幸而壽，則戛割生人，略匝天下。是以天下每每兵亂湧溢，齊人乾耗，鄉黨風俗，淫窳衰薄，教化恩澤，壅抑不下，召來災沴，被及牛馬。嗟乎！自愚而知之，人其盡知之乎？

且武者任誅，如天時有秋；文者任治，如天時有春。是天不能倒春秋，是豪傑不能總文武。是此輩受鉞誅暴乎？曰於是乎在。某人行教乎？曰於是乎在。欲禍蠹不作者，未之有也。伏惟文皇帝十六衛之旨，誰復而原，其實天下之大命也，故作《原十六衛》。

【校勘記】

〔一〕「署宇」，「宇」，《唐文粹》卷四八、《文苑英華》卷三七五、《全唐文》卷七五四、文津閣本作「守」，《文苑英華》校：「集作宇。」

〔二〕「蠻夷戎狄」，「蠻」字原作「變」，據《唐文粹》卷四八、《文苑英華》卷三七五、《全唐文》卷七五四、文津閣本改。

〔三〕「趨奉朝廟」，「廟」，《唐文粹》卷四八、《全唐文》卷七五四作「謁」，《文苑英華》卷三七五校：「集作謁。」

〔四〕「蚩尤爲師」，《唐文粹》卷四八、《全唐文》卷七五四、文津閣本作「蚩尤爲師帥」。《文苑英華》卷三七五「師」字作「帥」。

〔五〕「師」，《唐文粹》卷四八、《全唐文》卷七五四、文津閣本作「師帥」。

〔六〕「雅亦無能爲叛也」，《唐文粹》卷四八無「雅」字。《文苑英華》卷三七五「也」字作「者」，下校：「一作也。」

〔七〕「百五十年間」，「五」，《唐文粹》卷四八、《文苑英華》卷三七五、《全唐文》卷七五四作「三」，《文苑英華》校：「集作五。」胡校：「按楊守敬校景蘇園影宋本曰：『五』，《文粹》作『三』；朱（按：指朱一是本）作『五』；《文苑》作『三』，注：『集作五，非。』按自貞觀元年丁亥至開元二十八年辛巳，正一百一十五年，然則『三』、『五』字皆誤，當作『百十五年』。」

〔八〕「聖術」，文津閣本作「神術」。

〔九〕「旰食」，「食」字原作「會」，據《唐文粹》卷四八、《文苑英華》卷三七五、《全唐文》卷七五四改。

〔一〇〕「弊復爲甚」，《唐文粹》卷四八、《文苑英華》卷三七五、《全唐文》卷七五四於「甚」字後有「也」字。

〔一一〕「賂金玉」，「賂」，《文苑英華》卷三七五作「稽」，下校：「《文粹》作賂。」

〔一二〕「折券交貨」，「貨」，《文苑英華》卷三七五、《全唐文》卷七五四作「貲」。

〔一三〕「感槩之氣」，「氣」，《文苑英華》卷三七五作「節」，下校：「集作氣。」

〔一四〕「去郡得都」，「郡」字原作「都」，據《唐文粹》卷四八、《文苑英華》卷三七五、《全唐文》卷七五四、文津閣本改。

【注　釋】

①十六衛：指唐代掌管宫禁宿衛之禁軍。即衛、驍騎、武衛、威衛、領軍、金吾、監門、千牛，各分左右，共十六衛，左右衛各置大將軍一人。衛下各統領若干折衝府，府置折衝都尉及果毅都尉。本集卷一六《上知己文章啓》乃作於大和八年，此啓云：「伏以侍郎文師也，是敢謹貢七篇，以爲視聽之污。」所貢文章中即有《罪言》、《原十六衛》。故《原十六衛》應作於大和八年《上知己文章啓》一文之前。又，《資治通鑑》卷二四四大和七年八月記及杜牧此文云：「又傷府兵廢壞，作《原十六衛》，以爲……」按，《杜牧年譜》以爲《資治通鑑》記於大和七年過早，繫此文於大和八年（八三四），今從之。

②褒公鄂公之徒：褒公，即段志玄，齊州臨淄人，封褒國公。傳見《舊唐書》卷六八、《新唐書》卷八九。鄂公，即尉遲敬德，朔州善陽人，封鄂國公。傳見《舊唐書》卷六八、《新唐書》卷八九。

③府兵：兵制名。創建於西魏大統年間。初兵士屬於軍府，不編入郡縣户籍。隋開皇十年，士兵始

編入郡縣籍。唐因隋制，全國共置六百三十四府，府置折衝都尉及果毅都尉統率。兵士征行及上長安宿衛，皆以遠近分番。在宿衛時，分别隸屬於諸衛。出征時，由臨時任命之主將統率。戰爭結束，則將歸於朝，兵散於府。至天寶間，府兵制僅存虚名。

④ 七聖：指唐肅宗、代宗、德宗、順宗、憲宗、穆宗、敬宗七位皇帝。

⑤ 烹狗之論：西漢劉邦因有人告韓信謀反，劉邦用計擒捉韓信，韓信感慨云：「果若人言『狡兔死，良狗亨；高鳥盡，良弓藏；敵國破，謀臣亡』。天下已定，我固當亨。」事見《史記》卷九二《淮陰侯列傳》。

【集　評】

《王井叔傳》：又好爲樊川花月之遊。余規之曰：「唐代詩人獨杜牧之有傳。所作《罪言》、《原十六衛》諸篇，得賈生《治安》之意，而世獨稱其『江湖載酒』，以求附於牧之，當非牧之所樂聞也。君勿誤信古人以自誤也。」君甚韙之。（陳文述《頤道堂文鈔》卷八）

【孫子十家注】曹公、李筌以外，杜牧最優，證引古事，亦多切要，知樊川真用世之才，其《罪言》、《原十六衛》等篇，不虚作也。惜孫刻據道藏本，尚多誤字。（李慈銘《越縵堂讀書記》六「軍事」）

戰論并序①

兵非脆也〔一〕，穀非殫也，而戰必挫北，是曰不循其道也。故作《戰論》焉。

論曰〔二〕：河北視天下，猶珠璣也②；天下視河北，猶四支也。珠璣苟無，豈不活身；四支苟去，吾不知其爲人。何以言之？夫河北者，俗儉風渾，淫巧不生，樸毅堅强，果於戰耕。名城堅壘，嶺音頁嶭五結切相貫③；高山大河，盤互交鏁。加以土息健馬，便於馳敵，是以出則勝，處則饒，不窺天下之産，自可封殖，亦猶大農之家，不待珠璣，然後以爲富也。天下無河北則不可，河北既虜，則精甲鋭卒，利刀良弓〔三〕，健馬無有也。卒然夷狄驚四邊，摩封疆，出表裏，吾何以禦之？是天下一支兵去矣〔四〕。河東、盟津、滑臺、大梁、彭城、東平④，盡宿厚兵，以塞虜衝，是六郡之師，嚴飾護疆，不可他使，是天下二支兵去矣。六郡之師，厥數三億，低首仰給，横拱不爲，則沿淮已北〔五〕，循河之南〔六〕，東盡海〔七〕，西叩洛，經數千里，赤地盡取，才能應費，是天下三支財去矣〔八〕。咸陽西北，戎夷大屯，嚇呼膻臊〔九〕，徹于帝居〔一〇〕，周秦單師⑤，不能排闢〔一一〕，於是盡剷吳、越、荆楚之饒，以啖兵戍〔一二〕，是天下四支財去矣。乃使吾用度不周，徵徭不常，無以膏齊民，無以接四夷。禮樂刑政，不暇修治；

品式條章，不能備具。是天下四支盡解，頭腹兀然而已。焉有人解四支，其自以能久爲安乎？

今者誠能治其五敗，則一戰可定，四支可生。夫天下無事之時，殿閣大臣〔一三〕，偷處榮逸，爲家治具，戰士離落，兵甲鈍弊，車馬刓弱〔一四〕，而未嘗爲之簡帖整飾，天下雜然盜發，則疾驅疾戰。此宿敗之師也，何爲而不北乎〔一五〕！是不蒐練之過者，其敗一也。夫百人荷戈，仰食縣官，則挾千夫之名，大將小裨，操其餘羸〔一六〕，以虜壯爲幸，以師老爲娱，是執兵者常少，糜食者常多，築壘未乾，公囊已虚。此不責實科食之過〔一七〕，其敗二也。夫戰輒小勝，則張皇其功，奔走獻狀，以邀上賞，或一日再賜，一月累封，凱還未歌〔一八〕，書品已崇⑥。爵命極矣，田宫廣矣〔一九〕，金繒溢矣，子孫官矣，焉肯搜奇外死，勤於我矣〔二〇〕。此賞厚之過，其敗三也。夫多喪兵士，顛翻大都，則跳身而來，刺邦而去⑦，廻視刀鋸，菜色甚安〔二一〕，一歲未更，旋已立於壇墀之上矣⑧。此輕罰之過，其敗四也。夫大將將兵，柄不得專，恩臣詰責〔二二〕，第來揮之〔二三〕。至如堂然將陣，殷然將鼓，一則曰必爲偃月⑨，一則曰必爲魚麗，三軍萬夫，環旋翔佯，愰駭之間，虜騎乘之，遂取吾之鼓旗。此不專任責成之過，其敗五也。元和時，天子急太平，嚴約以律下，常團兵數十萬以誅蔡⑩，天下乾耗，四歲然後能取〔二四〕，此蓋五敗不去也。長慶初，盜據子孫〔二五〕⑪，悉來走命，是內地無事，天子寬禁厚恩，與人休息。未幾而燕、趙甚亂⑫，引師起將，五敗益甚，登壇注意之臣，死竄且不暇，復焉能加威於反虜哉。今者誠欲調持干戈，洒掃垢汙〔二六〕，以爲萬世安，而乃踵前非，踵前非是不可爲也〔二七〕。

古之政有不善，士傳言，庶人謗。發是論者，亦且將書于謗木，傳于士大夫，非偶言而已〔二八〕。

【校勘記】

〔一〕「脆」，《文苑英華》卷七四三、《全唐文》卷七五四作「危」。

〔二〕「論曰」，原無此二字，據《文苑英華》卷七四三、《全唐文》卷七五四補。

〔三〕「刀」，《文苑英華》卷七四三作「刃」，下校：「一作刀。」

〔四〕「一支」，原作「二支」，據《唐文粹》卷三七、《文苑英華》卷七四三、《全唐文》卷七五四、文津閣本改。

〔五〕「沿」，《文苑英華》卷七四三作「緣」，下校：「一作沿。」

〔六〕「南」，《文苑英華》卷七四三作「東」。

〔七〕「東」，《文苑英華》卷七四三作「南」。

〔八〕「財」，《文苑英華》卷七四三下校：「英華作兵。」

〔九〕「膻臊」，「臊」，《文苑英華》卷七四三作「腥」，下校「一作臊。」

〔一〇〕「徹于帝居」，「居」字原作「君」，據《唐文粹》卷三七、《文苑英華》卷七四三、《全唐文》卷七五四、文津閣本改。

〔一一〕「排闢」，《文苑英華》卷七四三作「排闥」。

〔一二〕「兵戍」，《文苑英華》卷七四三、《全唐文》卷七五四作「戍兵」。《文苑英華》下校：「一作兵戍。」

〔一三〕「殿閣」，原作「殿寄」。《全唐文》卷七五四、文津閣本作「殿閣」，今據改。

〔一四〕「車馬」，「馬」，《文苑英華》卷七四三作「騎」，下校：「一作馬。」

〔一五〕「不北」，文津閣本作「不敗」。

〔一六〕「餘羸」，《唐文粹》卷三七、《全唐文》卷七五四、文津閣本作「餘羸」。

〔一七〕「科食」，文津閣本作「料食」。

〔一八〕「凱還」，《文苑英華》卷七四三、《全唐文》卷七五四作「凱旋」。

〔一九〕「宫」，《文苑英華》卷七四三、《全唐文》卷七五四作「宅」。《文苑英華》下校：「一作宫。」

〔二〇〕「我」，《唐文粹》卷三七、《全唐文》卷七五四作「戎」，《文苑英華》卷七四三下校：「一作戎。」「矣」，《全唐文》卷七五四作「乎」。胡校：「按庫本『我』作『戎』，是。」

〔二一〕「菜色甚安」，胡校：「按『菜色』不可通，庫本作『氣色』，《通鑑》卷二四四引此文亦作『氣色』，是。」

〔二三〕「恩臣詰責」，「責」字原無，據《唐文粹》卷三七、《文苑英華》卷七四三、《全唐文》卷七五四、文津閣本補。

〔二三〕「揮」，《文苑英華》卷七四三作「撝」，下校：「一作揮。」

〔二四〕「然後」，《唐文粹》卷三七無「然」字。

〔二五〕「盜據了孫」，「據」字原無，據《唐文粹》卷三七、《文苑英華》卷七四三、《全唐文》卷七五四、文津閣本補。

〔二六〕「垢汙」，原作「垢汗」，據《全唐文》卷七五四改。

〔二七〕「蹥前非」，《文苑英華》卷七四三、《全唐文》卷七五四無此三字。

〔二八〕「非偶言而已」，「言」字原無，據《唐文粹》卷三七、《全唐文》卷七五四、文津閣本補。《文苑英華》卷七四三於「偶」字下校：「一有言字。」

【注釋】

① 此文作年難於確考，然《資治通鑑》卷二四四大和七年八月曾節引，謂杜牧「又作《戰論》」，以爲：『河北視天下，猶珠璣也；天下視河北，猶四支也。……』」據此，本文或約作於大和七年（八三三）前後歟？ 河北：指河北道，治所在魏州（今河北大名東北）。轄境相當於今北京、天津、河

北、遼寧大部，河南、山東古黄河以北地區。

② 猶珠璣：《資治通鑑》胡三省注：「言河北不資天下所産以爲富。」

③ 巋嶭：高峻貌。

④ 河東：唐方鎮名，指太原軍，治所在太原（今山西太原西南晉源鎮）。盟津，指河陽軍，治所在河陽（今河南孟州西南）。滑臺，指義成軍，治所在滑州（今河南滑縣東滑縣城）。大梁，指宣武軍，治所在汴州（今河南開封）。彭城，指武寧軍，治所在徐州（今屬江蘇）。東平，指天平軍，治所在山東東平東。

⑤ 周秦：此處代指唐朝。

⑥ 書品已崇：《資治通鑑》胡三省注：「戰勝，則奏凱歌而還。書品，謂書其官品也。」

⑦ 跳身而來刺邦而去：《資治通鑑》胡三省注：「跳身而來，謂逃至京師也。刺邦而去，謂貶爲刺史也。」

⑧ 立於壇墀之上：《資治通鑑》胡三省注：「立於壇墀之上，謂復登大將之壇也。」

⑨ 偃月：《資治通鑑》胡三省注：「偃月、魚麗，皆陣名。偃月陣，中軍偃居其中，張兩角向前。《左傳》：『爲魚麗之陣，先偏後伍，伍承彌縫。』」

⑩ 蔡：指蔡州，此代指淮西鎮。元和九年十月後，唐憲宗曾派兵討伐淮西鎮。

⑪ 盜據子孫句：指穆宗長慶時，朝廷討伐燕、趙，兩地藩鎮首領來歸順朝廷。

⑫ 燕趙甚亂：指長慶時幽州朱克融、鎮州王廷湊復反叛之事。

守　論并序①

往年兩河盜起，屠囚大臣，劫戮二千石，國家不議誅洗〔一〕，束兵自守，反修大曆〔二〕、貞元故事，而行姑息之政，是使逆輩益横去聲〔三〕，終唱患禍，故作《守論》焉。

論曰〔四〕：厥今天下何如哉？干戈朽，鈇鉞鈍〔五〕，含引混貸〔六〕，煦育逆孽，而殆爲故常〔七〕。而執事大人，曾不歷算周思，以爲宿謀，方且嵬岸抑揚②，自以爲廣大繁昌莫己若也。嗚呼！其不知乎？其俟蹇頓顛傾而後爲之支計乎〔八〕？且天下幾里，列郡幾所，而自河已北〔九〕，蟠城數百，金墅蔓織，角奔爲寇，伺吾人之顛頟〔一〇〕，天時之不利，則將與其朋伍〔一一〕，羅絡郡國，將駭亂吾民於掌股之上耳〔一二〕。今者及吾之壯，不圖擒取，而乃偷處恬逸，第第相付〔一三〕，以爲後世子孫背脅疽根，此復何也？

今之議者咸曰：「夫倔强之徒，吾以良將勁兵以爲銜策，高位美爵充飽其腸，安而不撓，外而不拘，亦猶豢擾虎狼而不拂其心，則忿氣不萌。此大曆、貞元所以守邦也，亦何必疾戰焚煎吾民，然後以爲快也。」愚曰：大曆、貞元之間，適以此爲禍也。當是之時，有城數十，千百卒夫，則朝廷待之，貸以法故，於是乎闊視大言，自樹一家，破制削法，角爲尊奢。天子養威而不問，有司守恬而不呵。王侯通爵，越録受之③；覲聘不來，几杖扶之④；逆息虜胤，皇子嬪之⑤；裝緣采飾，無不備之。是以地益廣，兵益强，僭擬益甚，侈心益昌。於是土田名器，分劃殆盡，而賊夫貪心，未及畔岸，遂有淫名越號，或帝或王，盟詛自立，恬淡不畏，走兵四略〔一四〕，以飽其志者也。是以趙、魏、燕、齊，卓起大倡〔一五〕，梁、蔡、吳、蜀，躡而和之⑥。其餘混澒軒囂〔一六〕，欲相效者，往往而是。運遭孝武，宵旰不忘，前英後傑，夕思朝議，故能大者誅鋤，小者惠來，不然，周、秦之郊⑦，幾爲犯獵哉。

大抵生人油然多欲，欲而不得則怒，怒則爭亂隨之。是以教笞於家，刑罰於國，征伐於天下〔一七〕，此所以裁其欲而塞其爭也。大曆、貞元之間，盡反此道，提區區之有而塞無涯之爭〔一八〕，是以首尾指支，幾不能相運掉也。今者不知非此〔一九〕，而反用以爲經，愚見爲盜者非止於河北而已。

嗚呼！大曆、貞元守邦之術，永戒之哉。

【校勘記】

〔一〕「誅洗」,《唐文粹》卷三七、《文苑英華》卷七四三作「誅灑」。

〔二〕「修」,原作「條」,據《唐文粹》卷三七、《文苑英華》卷七四三、《全唐文》卷七五四、文津閣本改。

〔三〕「逆輩」,《文苑英華》卷七四三作「叛臣」,下校:「文粹作逆輩。」

〔四〕「論曰」,原無此二字,據《文苑英華》卷七四三、《全唐文》卷七五四補。

〔五〕「鈇鉞鈍」,原作「缺錢鈍」,據《唐文粹》卷三七、《文苑英華》卷七四三、《全唐文》卷七五四、文津閣本改。

〔六〕「含引」,《唐文粹》卷三七、《文苑英華》卷七四三、《全唐文》卷七五四、文津閣本作「含弘」。

〔七〕「而」,《唐文粹》卷三七、《文苑英華》卷七四三、《全唐文》卷七五四、文津閣本無此字。

〔八〕「顛傾」,《唐文粹》卷三七作「顛頹」,《文苑英華》卷七四三於「傾」下校:「集作頹。」

〔九〕「已」,《唐文粹》卷三七、《全唐文》卷七五四作「以」。《文苑英華》卷七四三於「已」下校:「文粹作以。」

〔一〇〕「顛頷」,《文苑英華》卷七四三作「憔悴」,下校:「文粹作顛頷。」

〔一一〕「其」,《唐文粹》卷三七無此字。

〔一二〕「駭亂」,《文苑英華》卷七四三作「孩乳」,下校:「文粹作駭亂。」

〔一三〕「第第」，文津閣本作「次第」。

〔一四〕「走兵四略」，「四」字原作「西」，據《唐文粹》卷三七、《文苑英華》卷七四三、《資治通鑑》卷二四四、《全唐文》卷七五四、文津閣本改。

〔一五〕「倡」，《文苑英華》卷七四三作「唱」，下校：「文粹作倡，《新唐書·藩鎮傳》作同日而起。」

〔一六〕「混澒軒囂」，「澒」字，《文苑英華》卷七四三、文津閣本作「傾」。

〔一七〕「征伐」，原作「征代」，據景蘇園本、《唐文粹》卷三七、《文苑英華》卷七四三、《全唐文》卷七五四、文津閣本改。

〔一八〕「區區之有」，文津閣本作「區區之柄」。

〔一九〕「非此」，《唐文粹》卷三七作「此非」。

【注　釋】

① 此文作年難於确考，然《資治通鑑》卷二四四大和七年八月曾節引，謂杜牧「又作《守論》」，以爲：『今之議者皆曰：夫倔强之徒，吾以良將勁兵爲銜策，高位美爵充飽其腸，安而不拘，亦猶豢擾虎狼而不拂其心，則忿氣不萌；……』」據此，本文或約作於大和七年（八三三）前後歟？

② 嵬岸抑揚：嵬岸，高傲貌。抑揚，高低起伏。此處用以形容大臣們進退有節，雍容自若貌。

③ 越録受之：《資治通鑑》胡三省注：「凡賞功者録其功而加之封爵，無功而超越授之以爵，是謂越録。受，讀曰授。」

④ 覲聘不來几杖扶之：《資治通鑑》胡三省注：「言不朝者賜之几杖，以安其心。」

⑤ 逆息虜胤皇子嬪之：《資治通鑑》胡三省注：「息，子也。胤，繼嗣也。河北蕃將之子，率多尚主。」

⑥ 是以二句：《資治通鑑》胡三省注：「謂朱滔、王武俊、田悦、李納相立爲王。李希烈、李錡、劉闢繼亂也。」

⑦ 周秦之郊：《資治通鑑》胡三省注：「周、秦之郊，謂河南、關内也。」

【集　評】

《漢唐史取當代之文以爲贊叙》：國朝宋祁《新唐書·藩鎮傳序》，全載杜牧《守論》一篇，實體班固《項籍傳贊》全載賈誼《過秦論》一篇。蓋《守論》乃藩鎮之事實，而《過秦論》實項氏之張本，不嫌取當代詞人之文而證之。然司馬遷亦嘗取《過秦論》而贊秦紀矣，但没賈生之名而書其文，幾若揜人之善，曷若班氏直下贊云「昔賈生之《過秦》曰」云云。如搏蛟縛虎之手，何必皆自己出。宋公用其體，尤爲歐公之所稱美。匪惟班、宋擅一代之史筆，而賈、杜二子之文益有光於信史

矣。（史繩祖《學齋佔畢》卷二）

論相

呂公善相人①，言女呂後當大貴，宜以配季②。季後爲天子，呂后復稱制天下，王呂氏子弟，悉以大國。隋文帝相工來和輩數人，亦言當爲帝者，後篡竊果得之③。誠相法之不謬矣。呂氏自稱制通爲后，凡二十餘年間，隋氏自篡至滅，凡三十六年間，男女族屬，殺滅殆盡〔一〕。當秦末，呂氏大族也，周末，楊氏爲八柱國，公侯相襲久矣，一旦以一女一男子偷竊位號〔二〕，不三二十年間，壯老嬰兒，皆不得其死。不知一女子爲呂氏之福邪，爲禍邪？一男子爲楊氏之禍邪，爲福邪？得一時之貴，滅百世之族，彼知相法者，當曰此必爲呂氏、楊氏之禍，乃可爲善相人矣。今斷一指得四海，凡人不欲爲，況以一女子一男子易一族哉。余讀荀卿《非相》④，因感呂氏、楊氏，知卿爲大儒矣。

【校勘記】

〔一〕「殆盡」，「殆」，《文苑英華》卷七五〇校：「文粹作大。」

〔三〕「一旦」，《文苑英華》卷七五〇作「且」，下校：「集作一旦。」「一女一男子」，《文苑英華》卷七五〇、《全唐文》卷七五四作「一女子一男子」。

【注釋】

①呂公善相人：呂公，漢高祖劉邦皇后呂雉之父。據《漢書》卷九七《外戚傳》：「高祖呂皇后，父呂公，單父人也，好相人。高祖微時，呂公見而異之，乃以女妻高祖，生惠帝、魯元公主。」又《漢書·高祖紀》：「單父人呂公善沛令，辟仇，從之客，因家焉。……呂公者，好相人，見高祖狀貌，因重敬之，引入坐上坐。……酒闌，呂公因目固留高祖。竟酒，後。呂公曰：『臣少好相人，相人多矣，無如季相，願季自愛。臣有息女，願爲箕帚妾。』……卒與高祖。呂公女即呂后也」。

②季：即漢高祖劉邦，字季。

③隋文帝三句：隋文帝即隋高祖楊堅。據《隋書·高祖紀》，楊堅生時紫气充庭，來自河東之尼「謂皇妣曰：『此兒所從來甚異，不可於俗間處之。』……皇妣嘗抱高祖，忽見頭上角出，遍體鱗起。皇妣大駭，墜高祖於地。尼自外入見曰：『已驚我童，致令晚得天下。』」後「周太祖見而嘆曰：『此兒風骨，不似代間人！』周明帝即位，授右小宫伯，進封大興郡公。帝嘗遣善相者趙昭視之，昭詭對曰：『不過作柱國耳。』既而陰謂高祖曰：『公當爲天下君，必大誅殺而後定。』」後位至相

國，封隋國公。周静帝時，楊堅爲輔政大臣，以禪讓名義而廢周，自立爲帝。

④ 荀卿非相：荀卿，即荀況，戰國時趙人。著有《荀子》三十二篇，《非相》即其中之一。《非相》批評論相之説，主張論相不如論心。

【集　評】

至論，非奇論。（鄭郲評本文）

樊川文集卷第六

燕將録〔一〕①

譚忠者〔二〕，絳人也。祖瑶，天寶末令内黄，死燕寇。忠豪健喜兵，始去燕，燕牧劉濟與二千人②，障白狼口〔三〕。山名，契丹路。後將漁陽軍，留范陽。

元和五年，中黄門出禁兵伐趙，魏牧田季安令其徒曰〔四〕③：「師不跨河二十五年矣，今一旦越魏伐趙，趙誠虜，魏亦虜矣，計爲之奈何〔五〕？」其徒有超佐伍而言曰：「願借騎五千以除君憂。」季安大呼曰：「壯矣哉〔六〕！兵決出，格沮者斬。」忠其時爲燕使魏〔七〕，知其謀，乃入謂季安曰：「某之謀，是引天下之兵也。何者？往年王師取蜀取吴〔八〕，算不失一，是相臣之謀。今王師越魏伐趙〔九〕，不使耆臣宿將而專付中臣，不輸天下之甲而多出禁甲〔一〇〕，君知誰爲之謀？此乃天子自爲之謀，欲將誇服於臣下也。今若師未叩趙，而先碎於魏，是上之謀反不如下，且能不耻於天下乎！既耻且怒，於是任智畫策，仗猛將，練精兵〔一一〕，畢力再舉涉河。鑒前之敗，必不越魏而伐趙；校罪輕重，必不先趙而後魏。是上不上，下不下，當魏而來也。」季安曰：「然則若之何？」忠曰：「王師入魏，君厚犒之。於是悉甲壓境，號曰伐趙，則可陰遺趙人書曰：『魏若伐趙，則河北義士謂魏賣友；魏若與趙，則河南忠臣謂魏反君。賣友反君之名，魏不忍受。執事若能陰解陴障，遺魏一城，魏得持之奏捷天子，以爲符信，此乃使魏北得以奉趙，西得以爲臣。於趙爲角尖之耗〔一二〕，於魏獲不世之利〔一三〕，執事豈能無意於趙乎〔一四〕？』趙人脱不拒君，是魏霸基安矣。」季安曰：「善。先生之來，是天眷魏也。」遂用忠之謀，與趙陰計，得其堂陽。縣名，屬冀州。忠歸燕，謀欲激燕伐趙，會劉濟合諸將曰：「天子知我怨趙，今命我伐之，趙亦必大備我，伐與不伐孰利？」忠疾對曰：「天子終不使我伐趙，趙亦不備燕。」劉濟怒曰：「爾何不直言濟以趙叛命〔一五〕？」忠繫獄。因使人視趙，果不備燕。後一日，詔果來，曰：「燕南有趙，北有胡，胡猛趙孱，不可捨胡而事趙也。燕其爲予謹護北疆，勿使予復挂胡憂，而得專心於趙，此亦燕之功也。」劉濟乃解獄召忠，曰：「信如子斷矣，何以知之？」忠曰：「潞牧盧從史外親燕④，內實忌之；外絶趙，內實與之。此爲趙畫曰，燕以趙爲障，雖怨趙，必不殘趙，不必爲備。一旦示趙不敢抗燕〔一六〕，二且使燕獲疑天子。趙人既不備燕，潞人則走告于天子〔一七〕，燕厚怨趙，今趙見伐而不備燕，是燕反與趙也。此所以知天子終不使君伐趙，趙亦必不備燕。」劉濟曰：「今則奈何？」忠曰：「燕孕怨，天下無不知，今天子伐趙，君坐全燕之甲，一人未濟易水〔一八〕，此正使潞人將燕賣恩於趙〔一九〕，敗忠於上〔二〇〕，兩皆售也。是燕貯忠義之心，卒染私趙之口，不見德於趙人，惡聲徒嘈嘈於天下耳。唯君熟思之。」劉濟曰：「吾知之矣。」乃下令軍中曰：「五日畢出〔二一〕，後者醢以徇。」濟乃自將七萬人南伐趙，屠饒陽、束鹿，二縣屬深州。殺萬人，暴卒于師。

濟子總襲職⑤，忠復用事。元和十四年春，趙人獻城十二。德州管平原、安陵、長河，棣州管厭次、滴河〔二二〕、陽信、蓨、平昌、將陵、蒲臺、渤海〔二三〕。冬，誅齊，三分其地。忠因説總曰：「凡天地數窮，合必離，離必合。河北與天下相離，六十年矣，此亦數之窮也，必與天地復合〔二四〕。且建中時，朱泚搏天子狩畿甸，李希烈僭于梁，王武俊稱趙，朱滔稱冀〔二五〕，田悦稱魏，李納稱齊，郡國往往弄兵者，低目而視。當此之時，可爲危矣，然天下卒於無事〔二六〕。自元和已來，劉闢守蜀，棧道劍閣，自以爲子孫世世之地，然軍卒三萬〔二七〕，數月見羈。李錡横大江，撫石頭，全吳之兵，不得一戰，反束帳下〔二八〕。田季安守魏，盧從史守潞，皆天下之精甲，駕趙爲騎，鼎立相視，可爲强矣。然從史繞壍五十里，萬戟自護，身如大醉，忽在轞車。季安死，墳杵未收〔二九〕，家爲逐客。蔡人被重葉之甲，圓三石之弦，持九尺之刃，突前跳後，卒蔟忽反如搏鶚，一可枝百者累數萬人〔三〇〕，四歲不北二三，可爲堅矣，然夜半大雪，忽失其城。齊人經地數千里，倚渤海，牆泰山，壍大河，精甲數億，鈐劍其阸〔三一〕，可爲安矣，然兵折於潭趙。地名，鄆西六十里。首竿於都市。此皆君之自見，亦非人力所能及，蓋上帝神兵下來誅之耳。今天子巨謀纖計，必平章於大臣，鋪樂張獵，未嘗戴星徘徊，顊五困切玩之臣，顔澀不展，縮衣節口，以賞戰士，此志豈須臾忘於天下哉。今國兵鬖鬖北來，趙人已獻城十二，助魏破齊，唯燕未得一日之勞爲子孫壽，後世豈能帖帖無事乎！吾深爲君憂之。」總泣且拜，曰：「自數月已來〔三二〕，未聞先生之言，今者幸枉大教，吾心定矣。」明年春，劉總出燕，卒于趙，忠護總喪來〔三三〕，數日亦卒。年六十四，官至御史大夫。忠弟憲，前范陽安次令，持兄喪歸葬于絳，常往來長安間。元年孟春〔三四〕，某遇於馮翊屬縣北徵中〔三五〕，因吐其兄之狀，某因直書其事。至於褒貶之間〔三六〕，俟學《春秋》者焉。

【校勘記】

〔一〕「燕將録」，《文苑英華》卷七九五作「《燕將傳》」。

〔二〕「譚忠」，原作「譚忠」，據《唐文粹》卷一〇〇、《資治通鑑》卷二四〇、《全唐文》卷七五六、文津閣本改。

〔三〕「白狼口」，「白」字原作「曰」，據《唐文粹》卷一〇〇、《文苑英華》卷七九五、景蘇園本、《全唐文》卷七五六、文津閣本改。

〔四〕「令其徒」，《文苑英華》卷七九五作「合其徒」，下校：「集本、文粹作令。」

〔五〕「爲之奈何」，《文苑英華》卷七九五作「計爲之何」，並於「之」下校：「集有禁字。」

〔六〕「壯矣哉」，「矣」，《文苑英華》卷七九五、《全唐文》卷七五六均作「夫」，《文苑英華》下校：「集作矣。」

〔七〕「忠其時」，《文苑英華》卷七九五作「忠時」，並於「忠」下校：「集本、文粹有其字。」

〔八〕「取蜀取吳」，「吳」，《文苑英華》卷七九五、《全唐文》卷七五六作「夏」，《文苑英華》下校：「集作吳。」

〔九〕「越魏伐趙」，「魏」原作「魏」，據景蘇園本、《唐文粹》卷一〇〇、《文苑英華》卷七九五、《全唐文》卷七五六、文津閣本改。

〔一〇〕「禁甲」，《文苑英華》卷七九五、《唐文粹》卷一〇〇作「秦甲」。

〔一一〕「練精兵」，原作「兵練精」，據《唐文粹》卷一〇〇、《文苑英華》卷七九五、《全唐文》卷七五六、文津閣本互乙。

〔一二〕「爲」，《文苑英華》卷七九五作「有」，下校：「集作爲。」

〔一三〕「不」，《文苑英華》卷七九五作「希」，下校：「集作不。」文津閣本作「百」。

〔一四〕「執事豈能無意於趙乎」，「趙」字，《文苑英華》卷七九五作「魏」，疑是。

〔一五〕「濟以趙叛命」，原作「濟、趙叛命」，《文苑英華》卷七九五、《全唐文》卷七五六、文津閣本作「濟以趙叛命」，據改。

〔一六〕「示」，《唐文粹》卷一〇〇、《文苑英華》卷七九五作「視」。

〔一七〕「天子」，《唐文粹》卷一〇〇、《文苑英華》卷七九五於「天子」二字後有「曰」字。

〔一八〕「濟」，《文苑英華》卷七九五作「度」，下校：「集作濟。」

〔一九〕「賣」，《文苑英華》卷七九五作「買」，下校：「集作賣。」

〔二〇〕「敗忠」，《唐文粹》卷一〇〇作「販忠」。

〔二一〕「畢」，《文苑英華》卷七九五、文津閣本作「軍」，下校：「集作畢。」

〔二二〕「滴河」，原作「商河」，據《唐文粹》卷一〇〇、《文苑英華》卷七九五、《全唐文》卷七五六、《舊唐書》卷三九《地理志》改。

〔二三〕按上文所列，僅十一縣，《資治通鑑》卷二四〇胡三省注云：「德州領安德、長河、平原、平昌、將陵、安陵六縣。棣州領厭次、滴河、陽信、蒲臺、渤海五縣。程權之退，承宗又取景州之東光，今皆以歸朝廷，故曰獻城十二。」胡校：「楊守敬校語曰：『按《元和郡縣志》，德州管安德、平原、平昌、將陵、安陵、蓨縣、長河七縣，棣州管厭次、滴河、渤海、陽信、蒲臺五縣，共十二縣。此注少安德一縣，又誤以蓨、平昌、將陵屬棣州。』是胡三省於德州漏列一縣，又爲自圓其説而列景州之東光，實不可從。楊守敬校語是。」

〔二四〕「地」，《文苑英華》卷七九五、《全唐文》七五六作「下」，《文苑英華》下校：「集本作地。」

〔二五〕「朱滔」，原作「朱泚」，據《文苑英華》卷七九五、《全唐文》七五六改。

〔二六〕「卒於」，《文苑英華》卷七九五作「卒爲」。

〔二七〕「軍卒」，《唐文粹》卷一〇〇、《文苑英華》卷七九五、《全唐文》卷七五六作「甲卒」。

〔二八〕「束」，《唐文粹》卷一〇〇、《全唐文》卷七五六、文津閣本作「束縛」。

〔二九〕「墳杵」，文津閣本作「墳杆」。

〔三〇〕「枝」，《文苑英華》卷七九五、《全唐文》卷七五六、文津閣本作「支」。

〔三一〕「鈐劍其阸」，《唐文粹》卷一〇〇、《全唐文》卷七五六無「劍」字。

〔三二〕「自數月已來」，原作「自數人來」，據《唐文粹》卷一〇〇、《文苑英華》卷七九五、《全唐文》卷七五六、文津閣本改。

〔三三〕「來」，《文苑英華》卷一〇〇、《全唐文》卷七五六、文津閣本作「未」。

〔三四〕「春」，《文苑英華》卷一〇〇、《全唐文》卷七五六作「夏」，《文苑英華》下校：「集本、文粹作春。」

〔三五〕「某」，文津閣本作「牧」。下文同。

〔三六〕「褒貶」，原作「襃貶」，據《唐文粹》卷一〇〇、《文苑英華》卷七九五、《全唐文》卷七五六改。

【注釋】

①本文作年，《杜牧年譜》考云：「《燕將録》：譚忠者，絳人也。（中略）明年春，劉總出燕，卒於趙。忠護總喪來，數日亦卒，年六十四，官至御史大夫。忠弟憲，前范陽安次令，持兄喪歸葬於絳，常往來長安間。元年孟春，某遇於馮翊屬縣北徵中，因吐其兄之狀。某因直書其事。按《漢書·地理志》，馮翊徵縣，顏師古注：『即今之澄城縣。』……故杜牧文中所謂『馮翊屬縣北徵』，即是唐之澄城縣。又按劉總卒於長慶元年（《通鑑》），譚忠之卒，亦在是年，而文中所謂『元年孟春』遇忠弟憲於馮翊縣北徵中，未記年號。長慶以後，終杜牧之世，有實曆、大和、開成、會昌、大中諸年號。開成元年春，杜牧爲監察御史，分司東都，在洛陽，會昌元年春，杜牧在潯陽，大中元年春，杜牧爲睦州刺史（均詳本譜中），均不可能來至澄城縣，故文中所謂『元年』，蓋指實曆或大和，兹姑以此事繫於大和元年。譚忠爲盧龍節度使劉總部將時，能説河北諸藩鎮不反抗朝廷。杜牧反對藩鎮割據，故贊同譚忠之行爲，作文記其事。」據此，則本文約大和元年（八二七）春作。

②劉濟：唐幽州昌平人。累官檢校兵部尚書。貞元五年，遷左僕射，充幽州節度使。後官至中書令。傳見《舊唐書》卷一四三、《新唐書》卷二一二。

③魏牧田季安：田季安，字夔，唐平州人。先任魏博節度副大使，後授左金吾衛將軍，兼魏州大都督府長史、魏博節度營田觀察處置等使。官至宰相，卒贈太尉。傳見《舊唐書》卷一四一、《新唐書》

卷二一〇。

④潞牧盧從史：盧從史，盧虔子。少矜力，習騎射，遊澤、潞間，節度使李長榮用爲大將。長榮卒，授昭義軍節度使。朝廷詔其討王承宗，逗留不進，陰相通謀，後被擒。傳見《舊唐書》卷一三二、《新唐書》卷一四一。潞，即潞州，唐昭義軍即在此。州治在今山西長治縣。

⑤濟子總襲職：劉總爲劉濟子，毒殺其父而自爲幽州節度使，朝廷不知，因授以斧鉞。累遷至檢校司空。朝廷命其討王承宗，總首鼠兩端，朝廷姑息，加總同中書門下平章事。後因殺父恐悸不安，遂請落髮爲僧，號大覺師。暴卒，贈太尉。傳見《舊唐書》卷一四三、《新唐書》卷二一二。

【集　評】

用折、用變處，神似龍門。（鄭郲評本文）

唐文章近史者三焉：退之《毛穎》之於太史也；子厚《逸事》之於孟堅也；紫微（杜牧）《燕將》之於國策也。（陳鴻墀《全唐文紀事》）

張保臯鄭年傳

新羅人張保臯、鄭年者，自其國來徐州，爲軍中小將。保臯年三十，年少十歲，兄呼保臯。俱善鬬戰，騎而揮槍，其本國與徐州無有能敵者。年復能没海，履其地五十里不噎，角其勇健，保臯差不及年。保臯以齒，年以藝，常齟齬不相下。

後保臯歸新羅，謁其王曰："遍中國以新羅人爲奴婢，願得鎮清海，新羅海路之要。使賊不得掠人西去。"其王與萬人，如其請，自大和後，海上無鬻新羅人者。保臯既貴於其國，年錯寞去職，饑寒在泗之漣水縣。一日言於漣水戍將馮元規曰："年欲東歸乞食於張保臯。"元規曰："爾與保臯所挾何如，奈何去取死其手？"年曰："饑寒死，不如兵死快，況死故鄉邪！"年遂去。至謁保臯，保臯飲之極歡。飲未卒，其國使至，大臣殺其王，國亂無主。保臯遂分兵五千人與年，持年泣曰："非子不能平禍難。"年至其國，誅反者，立王以報。王遂徵保臯爲相，以年代保臯。

天寶安禄山亂〔一〕，朔方節度使安思順以禄山從弟賜死，詔郭汾陽代之①。後旬日，復詔李臨淮持節分朔方半兵東出趙、魏②。當思順時，汾陽、臨淮俱爲牙門都將，將萬人〔二〕，不相能，雖同盤飲食，常睇相視，不交一言。及汾陽代思順，臨淮欲亡去〔三〕，計未決，詔至，分汾陽兵東討，臨淮入請曰：「一死固甘，乞免妻子。」汾陽趨下，持手上堂偶坐，曰：「今國亂主遷，非公不能東伐〔四〕，豈懷私忿時耶！」悉召軍吏，出詔書讀之，如詔約束。及別，執手泣涕，相勉以忠義。訖平劇盜，實二公之力〔五〕。知其心不叛，知其材可任，然後心不疑，兵可分。平生積忿，知其心，難也；忿必見短，知其材，益難也，此保皋與汾陽之賢等耳。年投保皋，必曰：「彼貴我賤，我降下之，不宜以舊忿殺我。」保皋果不殺，此亦人之常情也。臨淮分兵詔至，請死於汾陽，此亦人之常情也。保皋任年，事出於己，年且寒飢〔六〕，易爲感動。汾陽、臨淮，平生抗立，臨淮之命，出於天子，搉於保皋〔七〕，汾陽爲優。此乃聖賢遲疑成敗之際也，彼無他也，仁義之心與雜情並植〔八〕，雜情勝則仁義滅，仁義勝則雜情銷，彼二人仁義之心既勝，復資之以明，故卒成功。世稱周、召爲百代人師〔九〕，周公擁孺子而召公疑之③。以周公之聖，召公之賢，少事文王，老佐武王，能平天下，周公之心，召公且不知之。苟有仁義之心，不資以明，雖召公尚爾，況其下哉。《語》曰：「國有一人，其國不亡。」夫亡國非無人也，丁其亡時〔一〇〕，賢人不用，苟能用之，一人足矣。

【校勘記】

〔一〕「天寶」，文津閣本作「天寶末」。

〔二〕「將萬人」，《文苑英華》卷七九五作「二人」，下校：「二字集作將萬人。」文津閣本亦作「二人」。

〔三〕「欲亡去」，《文苑英華》卷七九五作「欲去」。

〔四〕「伐」，《文苑英華》卷七九五作「討」，下校：「集作伐。」文津閣本亦作「討」。

〔五〕「實二公之力」，「力」字原作「方」，據《文苑英華》卷七九五、文津閣本、《全唐文》卷七五六改。

〔六〕「寒飢」，《文苑英華》卷七九五、文津閣本作「饑寒」。

〔七〕「摧」，《文苑英華》卷七九五作「角」，下校：「集作權。」

〔八〕「情」，《文苑英華》卷七九五作「性」，下校：「集作情。」以下句「雜情」，《文苑英華》均作「雜性」。

〔九〕「召」，原作「邵」，據《文苑英華》卷七九五、《全唐文》卷七五六、文津閣本改。以下「召」字同。

〔一〇〕「丁其亡時」，《文苑英華》卷七九五作「其末亡時」。「丁」，文津閣本作「于」。

【注　釋】

① 郭汾陽：即郭子儀。字子儀，華州鄭人。安禄山反，子儀爲衛尉卿、靈武郡太守，充節度使，率軍討伐。後以討叛有功，爲朔方、河中、北庭、潞儀、澤沁等州節度行營，兼興平、定國副元帥，進封汾

陽郡王等。後賜號「尚父」，進位太尉、中書令。時與另一重臣李光弼齊名。傳見《舊唐書》卷一二〇、《新唐書》卷一三七。

② 李臨淮：即李光弼。唐營州柳城人。以破吐蕃、吐谷渾功，進雲麾將軍。朔方節度使安思順表爲副，知留後事。安禄山反，爲郭子儀薦爲河東節度副大使，知節度事。後以戰功授户部尚書、同中書門下平章事，節度如故。又代郭子儀爲朔方節度使。未幾，爲天下兵馬副元帥。上元元年，加太尉、中書令。寶應元年，進封臨淮郡王，稱李臨淮。與郭子儀齊名一時，世稱「郭李」。傳見《舊唐書》卷一一〇、《新唐書》卷一三六。

③ 周公擁孺子：孺子，指周武王之子周成王姬誦。周武王死時，成王年幼，故武王弟周公攝政輔佐。

竇列女傳〔一〕①

列女姓竇氏，小字桂娘。父良，建中初爲汴州户曹掾。桂娘美顔色，讀書甚有文。李希烈破汴州②，使甲士至良門，取桂娘以去。將出門，顧其父曰：「慎無戚，必能滅賊，使大人取富貴於天子。」桂娘既以才色在希烈側，復能巧曲取信，凡希烈之密，雖妻子不知者，悉皆得聞。希烈歸蔡州，桂娘謂希烈曰〔二〕：「忠而勇，一軍莫如陳先奇③。其妻竇氏，先奇寵且信之，願得相往來，以姊妹叙齒，因徐説之，使堅先奇之心。」希烈然之，桂娘因以姊事先奇妻〔三〕。嘗間曰〔四〕：「爲賊兇殘不道〔五〕，遲晚必敗，姊宜早圖遺種之地。」先奇妻然之。

興元元年四月，希烈暴死④，其子不發喪，欲盡誅老將校，以卑少者代之。計未決，有獻含桃者，桂娘白希烈子，請分遺先奇妻，且以示無事於外。因爲蠟帛書，曰：「前日已死，殯在後堂，欲誅大臣，希烈僭，故曰臣。須自爲計。」以朱染帛丸，如含桃。先奇發丸見之，言於薛育，育曰：「兩日希烈稱疾，但怪樂曲雜發，晝夜不絶〔六〕，此乃有謀未定，示暇於外，事不疑矣。」明日，先奇、薛育各以所部譟於牙門〔七〕⑤，請見希烈，希烈子迫出拜曰：「願去僞號，一如李納⑥。」時正已死，納代爲帥〔八〕。先奇曰：「爾父悖逆〔九〕，天子有命。」因斬希烈及妻子，函七首以獻，暴其尸於市。後兩月，吴少誠殺先奇⑦，知桂娘謀，因亦殺之。

請試論之：希烈負桂娘者，但劫之耳，希烈僭而桂娘妃〔一〇〕，復寵信之，於女子心，始終希烈可也。此誠知所去所就，逆順輕重之理明也。能得希烈，權也；姊先奇妻，智也；終能滅賊，不顧其私，烈也。六尺男子，有禄位者，當希烈叛，與之上下者衆矣，豈才力不足邪〔一一〕？蓋義理苟至，雖一女子可以有成。

大和元年，予客遊涔陽，路出荆州松滋縣，攝令王淇爲某言桂娘事〔一二〕。淇年十一歲能念

《五經》，舉童子及第⑧，時年七十五，尚可日記千言。當建中亂⑨，希烈與李納、田悦、朱泚、朱滔等僭詔書檄，爭戰勝敗，地名人名，悉能説之〔一三〕，聽説如一日前〔一四〕。言竇良出於王氏，實淇之堂姑子也。

【校勘記】

〔一〕「列女」，《文苑英華》卷七九六、《全唐文》卷七五六、文津閣本均作「烈女」，下同。

〔二〕「桂娘謂希烈曰」，《文苑英華》卷七九六作「桂娘嘗謂希烈曰」。

〔三〕「因以」，《文苑英華》卷七九六無「因」字，下校：「集有因字。」

〔四〕「嘗間曰」，《文苑英華》卷七九六、文津閣本作「嘗間謂曰」。

〔五〕「爲賊兇殘不道」，《文苑英華》卷七九六無「爲」字。

〔六〕「晝夜不絶」，原作「盡夜不絶」。胡校：「按庫本『盡夜』作『晝夜』，可從。『盡』、『晝』形近易訛。」文津閣本亦作「晝」，今據改。

〔七〕「所部譟於牙門」，《文苑英華》卷七九六、《全唐文》卷七五六作「所部兵譟於牙門」。

〔八〕「納代爲帥」，「帥」字原作「師」，據《文苑英華》卷七九五改。

〔九〕「悖逆」，原作「勃逆」，據《文苑英華》卷七九五、《全唐文》卷七五六、文津閣本改。

〔一〇〕「僭」，文津閣本作「貴」。

〔一一〕「豈才力不足邪」，《文苑英華》卷七九五作「此豈才力不足邪」。

〔一二〕「王淇」，「淇」字原作「洪」，據本篇下文改。《文苑英华》卷七九五作「湛」，下校：「集作淇，下同。」文津閣本作「淇」。

〔一三〕「悉能説之」，「説」，《文苑英華》卷七九五、《全唐文》卷七五六作「記」。

〔一四〕「一日」，《文苑英華》卷七九五作「一二日」，下校：「三字集作一日。」

【注釋】

① 列女：同烈女。舊指重義輕生、有節操之婦女。本文謂「大和元年，予客遊涔陽，路出荆州松滋縣，攝令王淇爲某言桂娘事」，故文當作於大和元年（八二七）。其時杜牧遊澧州，訪其時初任澧州刺史之從兄杜悰也。

② 李希烈：唐燕州遼西人。先從平盧軍李忠臣，有戰功。德宗建中初，加御史大夫，爲淮西節度淮寧軍、檢校禮部尚書。不久，加檢校右僕射、同平章事。三年，又加檢校司空。後背叛朝廷，交通河北諸叛帥，僭稱建興王、天下都元帥。建中四年十二月，攻佔汴州，自稱帝。後因食牛肉遇疾，爲部將陳仙奇令醫人置藥毒死。傳見《舊唐書》卷一四五、《新唐書》卷二二五中。

③陳先奇：李希烈部將。《舊唐書·李希烈傳》作陳仙奇，並記其「起於行間，性忠果。自希烈死，朝廷授淮西節度，頗竭誠節。未幾，爲别將吴少誠所殺，贈太子太保，賻布帛、米粟有差，喪事官給」。傳見《舊唐書》卷一四五《李希烈傳》附、《新唐書》卷二二五中《李希烈傳》。

④興元元年四月二句：按希烈暴死時間，史書所載與此處所云不同。兩《唐書·李希烈傳》均記在貞元二年，《舊傳》更謂「貞元二年三月，因食牛肉遇疾，其將陳仙奇令醫人陳仙甫置藥以毒之而死」。《資治通鑑》卷二三二亦記於貞元二年，云「希烈兵勢日蹙，會有疾，夏，四月，丙寅，大將陳仙奇使醫陳山甫毒殺之」。《通鑑·考異》亦引杜牧此文，後云：「今從《實録》及《舊傳》。」則杜牧所記李希烈暴死時間當有誤。

⑤牙門：軍帳前立大旗表示營門。《國語·齊語》：「執枹鼓立於軍門。」韋昭注：「軍門立旌爲門，若今牙門矣。」

⑥李納：淄青鎮叛帥李正己之子。正己病死，李納請襲父位，朝廷不許，遂叛，稱齊王。興元初，德宗下詔罪己，納復歸順朝廷。傳見《舊唐書》卷一二四、《新唐書》卷二一三。

⑦吴少誠：李希烈寵將。幽州潞縣人。傳見《舊唐書》卷一四五、《新唐書》卷二一四。《舊傳》云：「希烈叛，少誠頗爲其用。希烈死，少誠等初推陳仙奇統戎事，朝廷已命仙奇，尋爲少誠所殺，衆推少誠知留務。朝廷遂授以申光蔡等州節度觀察兵馬留後，尋正授節度。」《資治通鑑》貞元二年

七月記「淮西兵馬使吴少誠殺陳仙奇，自爲留後。少誠素狡險，爲李希烈所寵任，故爲之報仇」。

⑧ 舉童子及第：童子，即唐代科舉考試中之童子科。凡十歲以下，能通一經，及《孝經》、《論語》，每卷誦文十通者，予官。通七者，與出身，謂之童子科。

⑨ 建中亂：指唐德宗建中時李希烈、朱泚、朱滔等人反叛朝廷事。

【集　評】

【伐國之女】李德裕云：自古得伐國之女以爲妃后，未嘗不致危亡之患。晉之驪姬，楚之夏姬、息嬀，苻堅之清河公主，侯景之溧陽公主，隋文帝之陳夫人，皆是物也。史蘇所謂我以男戎勝彼，彼必以女戎勝我。《隋書》曰：「興門之男，衰門之女。」信矣。杜牧集載陳希烈桂娘事尤異。云云。

楚成王滅息，以息嬀歸。後莊王滅陳，納夏姬。申公巫臣諫止，因自娶之，楚遂滅巫臣家。然則非亡楚也。又息嬀亦未嘗亡楚。與晉獻、秦堅事不合。桂娘是李希烈妾，後以計授陳仙奇殺希烈。楊誤合二人姓名爲一也。陳希烈是玄宗相，乃陷安禄山伏法者，相去亦不遠。凡此類姓名偶誤，或傳録者之僞，似不必置喙，第用修之語，後必信之，余恐致累學人，不敢避也。隋之亡，當由獨孤后陷太子勇，與陳氏無與。（胡應麟《少室山房筆叢》卷八續甲部「丹鉛新録」四）

書處州韓吏部孔子廟碑陰〔一〕①

天不生夫子於中國，中國當何如？曰不夷狄如也〔二〕。荀卿祖夫子，李斯事荀卿〔三〕，一日宰天下，盡誘夫子之徒與書坑而焚之〔四〕，曰：「徒能亂人，不若刑名獄吏治世之賢也。」彼商鞅者，能耕能戰，能行其法，基秦爲强，曰：「彼仁義亟官也，可以置之。」置之，言不用也。彼自董仲舒、劉向，皆言司馬遷良史也，而遷以儒分之爲九，曰：「博而寡要，勞而無功，不如道家者流也。」自有天地已來，人無有不死者，海上迂怪之士持出言曰〔五〕：「黄帝鍊丹砂，爲黄金以餌之，晝日乘龍上天，誠得其藥，可如黄帝〔六〕。」以燕昭王之賢〔七〕，破强齊，幾於霸；秦始皇、漢武帝之雄材，滅六强，擗四夷，盡非凡主也〔八〕。皆甘其説，耗天下、捐骨肉而不辭，至死而不悟〔九〕。莫尊於天地〔一〇〕，莫嚴於宗廟社稷。梁武帝起爲梁國者，以笱脯麪牲爲薦祀之禮，曰：「佛之教，牲不可殺。」以天子之尊〔一一〕，捨身爲其奴，散髮布地，親命其徒踐之。

有天地日月爲之主，陰陽鬼神爲之佐，夫子巍然統而辯之，復引堯、舜、禹、湯、文、武、周公爲之助，則其徒不爲劣，其治不爲僻。彼四君二臣，不爲無知，一旦不信，背而之他，仍族滅之。儻不生夫子，紛紜冥昧，百家鬭起，是己所是，非己所非，天下隨其時而宗之，誰敢非之。縱有非之者，欲何所依擬而爲其辭〔一二〕。是楊、墨、駢、慎已降，百家之徒，廟貌而血食，十年一變法，百年一改教，横斜高下，不知止泊。彼夷狄者，爲夷狄之俗，一定而不易，若不生夫子，是知其必不夷狄如也〔一三〕。

韓吏部《夫子廟碑》曰：天下通祀，惟社稷與夫子。社稷壇而不屋，取異代爲配〔一四〕，未若夫子巍然當門〔一五〕，用王者禮，以門人爲配②，自天子至於庶人〔一六〕，親北面而師之。夫子以德，社稷以功，固有次第〔一七〕。因引孟子曰：「生人已來，未有如夫子者也。」自古稱夫子者多矣，稱夫子之德，莫如孟子；稱夫子之尊，莫如韓吏部，故書其碑陰云。

【校勘記】

〔一〕《文苑英華》卷八四六於「碑陰」後有「記」字。

〔二〕「天不生夫子於中國中國當何如曰不夷狄如也」：胡校：「按庫本作『天不生夫子於春秋，後世當何如？曰不春秋如也。』」今按，庫本所改，當是避清諱而爲。

〔三〕「李斯事荀卿」，「事」字，《全唐文》卷七五四作「師」。

〔四〕「盡誘夫子之徒與書」，《文苑英華》卷八四六於「與」字後有「其」字，下校：「集本、文粹無其字。」

〔五〕「持」，《唐文粹》卷五一、《文苑英華》卷八四六、文津閣本作「時」，《全唐文》卷七五四作「特」，《文苑英華》下校：「一本作特。」胡校：「按庫本『持』作『特』，是。」

〔六〕「可如黄帝」，「如」字原作「知」，據《唐文粹》卷五一、《文苑英華》卷八四六、《全唐文》卷七五四、文津閣本改。

〔七〕「之賢」，「之」字，《文苑英華》卷八四六作「才」字，下校：「一本作才。」

〔八〕「凡主」，「主」字原作「王」，據《唐文粹》卷五一、《文苑英華》卷八四六、《全唐文》卷七五四改。

〔九〕「不悟」，「悟」字，《文苑英華》卷八四六作「寤」，下校：「一本作悟。」

〔一〇〕「莫尊於天地」，「莫」字原作「其」，據《唐文粹》卷五一、《文苑英華》卷八四六、《全唐文》卷七五四、文津閣本改。

〔一一〕「之」，原無「之」字，據《唐文粹》卷五一、《文苑英華》卷八四六、《全唐文》卷七五四、文津閣本補。

〔一二〕「依擬」，《唐文粹》卷五一、《文苑英華》卷八四六、《全唐文》卷七五四、文津閣本均作「依據」。

〔一三〕「彼夷狄者爲夷狄之俗一定而不易若不生夫子是知其必不夷狄如也」：胡校：「按庫本作『處後世者，弑父弑君，奚啻倍於春秋，若不生夫子，是知其必不春秋如也。』」

〔一四〕「配」，文津閣本作「祀」。

〔一五〕「當門」，《唐文粹》卷五一、《全唐文》卷七五四作「當座」。文津閣本作「高座」。

〔一六〕「至」，《文苑英華》卷八四六作「是」。

〔一七〕「固有次第」，《唐文粹》卷五一、《全唐文》卷七五四此句後有「哉」字。

【注　釋】

① 處州：唐州名。隋開皇九年於永嘉郡置，十二年改括州。唐復名處州。州治在今浙江麗水。韓吏部，即唐著名文學家韓愈。韓愈曾任吏部侍郎，故稱。此文作於何時難确考，蓋據現存資料，未有明確提及杜牧至處州者。然本集卷一六《薦韓乂啓》云「大和八年，自淮南有事至越，見韓居於鏡上」。則杜牧至越此行，未知是否亦至處州？倘有處州之行，則本文可能即作於大和八年（八三四）。

② 用王者禮二句：指用祭祀王之禮儀以祭祀孔子。《舊唐書·玄宗紀》開元二十七年八月：「甲申，制追贈孔宣父爲文宣王，顔回爲兗國公，餘十哲皆爲侯，夾坐。後嗣褒聖侯改封爲文宣公。」

【集　評】

韓退之《瀧吏》詩云：「不知官在朝，有益國家不。得無風其間，不武亦不文。仁義飾其躬，巧姦敗群倫。」古本「風」作「虱」。或引阮嗣宗「虱處褌中」爲解，非也。按秦公孫鞅書《靳令篇》云：「國以功受官予爵，則治省言寡，以六蝨授官予爵，則治煩言生。六蝨曰禮樂，曰詩書，曰修善，曰孝悌，曰誠信，曰貞廉，曰仁義，曰非兵，曰羞戰，國有十二者，上無使農戰，必貧至削，十二者成群，此謂君之治不勝其臣，官之治不勝其民，此謂六蝨勝其政也。」杜牧之云：「彼商鞅者，能耕能戰，能行其法，基秦爲强，曰：『彼仁義蝨官也，可以置之。』」此昌黎之意也。（姚寬《西溪叢語》卷下）

三子言性辯①

孟子言人性善，荀子言人性惡，楊子言人性善惡混。曰喜、曰哀、曰懼、曰惡、曰欲、曰愛、曰怒，夫七者情也，情出於性也。夫七情中，愛、怒二者〔一〕，生而自能〔二〕。是二者性之根，惡之端也。乳兒見乳，必拏求，不得即啼，是愛與怒與兒俱生也，夫豈知其五者焉。既壯，而五者隨而生焉。或有或亡，或厚或薄，至於愛、怒，曾不須臾與乳兒相離，而至於壯也。君子之性，愛、怒淡然，不出於道。中人可以上下者，有愛拘於禮，有怒懼於法〔三〕。世有禮法，其有踰者，不敢恣其情；世無禮法，亦隨而熾焉。至於小人，雖有禮法，而不能制，愛則求之，求不得即怒，怒則亂。故曰愛、怒者，性之本，惡之端，與乳兒俱生，相隨而至於壯也。

凡言性情之善者〔四〕，多引舜、禹；言不善者，多引丹朱、商均②。夫舜、禹二君子，生人已來，如二君子者，凡有幾人？不可引以爲喻。丹朱、商均爲堯、舜子，夫生於堯、舜之世，被其化皆爲善人〔五〕，況生於其室，親爲父子，蒸不能潤，灼不能熱，是其惡與堯、舜之善等耳。天止一日月耳，言光明者，豈可引以爲喻。人之品類，可與上下者衆，可與上下之性〔六〕，愛、怒居多。愛、怒者，惡之端也。苟言人之性惡，比於二子，苟得多矣。

【校勘記】

〔一〕「愛怒二者」，《文苑英華》卷三六七、《全唐文》卷七五四作「愛者、怒者」。

〔二〕「生而自能」，「自能」原作「能自」，據《唐文粹》卷四六、《文苑英華》卷三六七、《全唐文》卷七五四改。

〔三〕「有怒懼於法」，《文苑英華》卷三六七、《全唐文》卷七五四於「法」字後有「也」字。

〔四〕「性情」，《唐文粹》卷四六、《文苑英華》卷三六七作「情性」。

〔五〕「被其化」，文津閣本於「化」字後有「者」字。

〔六〕「可與上下之性」，《唐文粹》卷四六無「與」字。

【注釋】

① 三子：據下文所言，三子指孟子（孟軻）、荀子（荀況）、楊子（揚雄，楊，應作揚）。

② 丹朱商均：據《史記·五帝本紀》，丹朱乃帝堯之子。堯因丹朱不肖，禪位於舜。商均，據《史記·五帝本紀》及《夏本紀》，乃舜之子。舜以爲商均不肖，乃使伯禹繼位。禹立，封商均於虞。

塞廢井文①

井廢輒不塞，於古無所據〔一〕。今之州府廳事有井〔二〕，廢不塞；居第在堂上，有井廢亦不塞，或匣而護之，或横木土覆之，至有歲久木朽，陷人以至於死，世俗終不塞之，不知何典故而井不可塞〔三〕？井雖列在五禮〔四〕②，在都邑中，物之小者也。若盤庚五遷其都者〔五〕，社稷宗廟〔六〕，尚毁其舊，而獨井豈不塞邪！古者井田，九頃八家，環而居之，一夫食一頃，中一頃樹蔬鑿井，而八家共汲之，所以籍齊民而重泄地氣。以小喻大，人身有瘡，不醫即死；木有瘡，久不封即亦死。地有千萬瘡，於地何如哉？古者八家共一井，今家有一井，或至大家至于四五井，十倍多於古。地氣漏泄，則所産脆薄，人生於地内，今之人不若古之人渾剛堅一，寧不由地氣洩漏哉？《易》曰「改邑不改井」，此取象言安也，非井不可塞也。天下每州，春、秋二時，天子許抽當所上賦錫宴〔七〕，其刺史及州吏必廓其地爲大宇，以張其事。黄州當是地，有古井不塞，故爲文投之而實以土〔八〕。

【校勘記】

〔一〕「據」，《文苑英華》卷三六四校：「一作稱。」

〔二〕「廳事」，「事」，《文苑英華》卷三六四校：「一作署。」

〔三〕「不知何典故」，《文苑英華》卷三六四、《全唐文》卷七五四於「何」字前有「出」字。

〔四〕「五禮」，《文苑英華》卷三六四、《全唐文》卷七五四作「五祀」。

〔五〕「者」，《文苑英華》卷三六四、《全唐文》卷七五四無「者」字。

〔六〕「社稷宗廟」，《文苑英華》卷三六四、《全唐文》卷七五四於「社」字前有「若」字。

〔七〕「當」，《文苑英華》卷三六四、《全唐文》卷七五四作「常」。

〔八〕此句原作「故爲文投實以土」，今據《文苑英華》卷三六四、《全唐文》卷七五四改。

【注　釋】

① 此文末云「黄州當是地，有古井不塞，故爲文投之而實以土」。則文乃杜牧任黄州刺史時所作，亦

即會昌二年春末至會昌四年（八四二—八四四）九月，唯未能定其確年。

②五禮：古代五種禮儀。即祭祀之事爲吉禮，冠婚之事爲嘉禮，賓客之事爲賓禮，軍旅之事爲軍禮，喪葬之事爲凶禮，合稱五禮。

題荀文若傳後①

荀文若爲操畫策取兗州，比之高、光不棄關中、河内②；官渡不令還許，比楚、漢成皋③。凡爲籌計比擬，無不以帝王許之，海内付之。事就功畢，欲邀名於漢代，委身之道，可以爲忠乎？世皆曰曹、馬④。且東漢崩裂紛披，都遷主播，天下大亂，操起兵東都，提獻帝於徒步困餓之中，南征北伐，僅三十年，始定三分之業。司馬懿安完之代，竊發肘下，奪偷權柄，殘虐狡譎，豈可與操比哉。若使操不殺伏后，不誅孔融，不囚楊彪，從容於揖讓之間，雖慚於三代，天下非操而誰可以得之者？紂殺一比干，武王斷首燒屍而滅其國。桓、靈四十年間〔一〕，殺千百比干，毒流其社稷，可以血食乎？可以壇墠父天拜郊乎？假使當時無操，獻帝復能正其國乎？假使操不挾獻帝以令，天下英雄能與操爭乎？若使無操，復何人爲蒼生請命乎？教盜穴牆發櫃，多得金玉，已復不與同挈，得不爲盜乎？何況非盜也。文若之死，宜然耶。

【校勘記】

〔一〕「桓靈四十年間」，「桓靈」原作「桓温」，據《全唐文》卷七五四改。

【注　釋】

① 荀文若：即東漢末荀彧。字文若，潁川潁陰人。舉孝廉，拜守宫令，遷亢父令。初依袁紹，後投曹操。屢爲曹操出謀劃策，爲所器重。累官漢侍中，守尚書令。曹操雖征伐在外，軍國事皆與彧籌劃。後董昭等人謂曹操宜進爵魏公，「彧以爲曹操本興義兵以匡朝寧國，秉忠貞之誠，守退讓之實，君子愛人以德，不宜如此」（《三國志》本傳）。以此忤曹操意，遂飲毒自盡（一説以憂慮薨）。傳見《三國志》卷一〇、《後漢書》卷七〇。

② 此事《三國志·荀彧傳》載：「陶謙死，太祖欲遂取徐州，還乃定（吕）布。彧曰：『昔高祖保關中，光武據河内，皆深根固本以制天下，進足以勝敵，退卒以堅守，故雖有困敗而終濟大業。將軍本以兖州首事，……若舍布而東，多留兵則不足用，少留兵則民皆保城，不得樵採。布乘虚寇暴，民心益危，唯鄄城、范、衛可全，其餘非己之有，是無兖州也。若徐州不定，將軍當安所歸乎？』」

③ 此事《三國志·荀彧傳》載："三年，太祖既破張繡，東擒吕布，定徐州，遂與袁紹相拒。孔融謂彧曰：『紹地廣兵彊；田豐、許攸，智計之士也，爲之謀；審配、逢紀，盡忠之臣也，任其事；顏良、文醜，勇冠三軍，統其兵：殆難克乎！』彧曰：『紹兵雖多而法不整。田豐剛而犯上，許攸貪而不治。審配專而無謀，逢紀果而自用，此二人留知後事，若攸家犯其法，必不能縱也，不縱，攸必爲變。顏良、文醜，一夫之勇耳，可一戰而禽也。』五年，與紹連戰。太祖保官渡，紹圍之。太祖軍糧方盡，書與彧，議欲還許以引紹。彧曰：『今軍食雖少，未若楚、漢在滎陽、成皋間也。是時劉、項莫肯先退，先退者勢屈也。公以十分居一之衆，畫地而守之，扼其喉而不得進，已半年矣。情見勢竭，必將有變，此用奇之時，不可失也。』太祖乃住。遂以奇兵襲紹别屯，斬其將淳于瓊等，紹退走。審配以許攸家不法，收其妻子，攸怒叛紹；顏良、文醜臨陣授首；田豐以諫見誅：皆如彧所策。"

④ 曹馬：此處指曹操和司馬懿。司馬懿原乃曹魏大臣，後來背叛曹魏，爲司馬氏政權替代曹魏政權奠定基礎。曹操，傳見《三國志》卷一。司馬懿，傳見《晉書》卷一。

【集　評】

【荀彧與高祖比曹操元微之以比裴度】人有幸不幸。荀彧漢之忠臣，而牧之著論譏之云："荀彧平日爲曹操畫策，嘗以高祖比之，則是與操反無疑。」予則以爲不然。且元微之《上裴晉公書》云：「日者閣下方事淮、蔡，獨當鑪錘。始以追韓信、拔吕蒙爲急務，固非叔孫通薦儒之日也。」然則微之固嘗以高祖比裴度矣，而謂微之勸度反，可乎？（吴曾《能改齋漫録》卷十）

樊川文集卷第七

唐故江西觀察使武陽公韋公遺愛碑〔一〕①

皇帝召丞相延英便殿講議政事，及於循吏，且稱元和中興之盛，言理人者誰居第一？丞相墀言：「臣嘗守土江西，目睹觀察使韋丹有大功德被于八州〔二〕，殁四十年，稚老歌思，如丹尚存。」丞相敏中②、丞相植皆曰③：「臣知丹之爲理，所至人愛〔三〕，所去人思〔四〕，江西之政，熟於聽聞。」乃命守臣紇干臮上丹之功狀〔五〕④，聯大中三年正月二十日詔書〔六〕，授史臣尚書司勳員外郎杜牧，曰：「汝爲丹序而銘之，以美大其事。」

臣某伏念天寶〔七〕、建中艱難之餘，根於河北，枝蔓於齊、魯、梁、蔡。闟爲章句書生以蜀叛⑤，錡爲宗室老以吴叛⑥。其他高下其目，跂而欲飛者，往往皆是。憲宗皇帝高聽古議〔八〕，廣諫益聖，任賢使能，考校法度，號令未出，威先雷霆。十有四年，擒殛兇狠，方行四海，罔不率伏。當是時〔九〕，凡五徵兵，解而復合，僅八周歲，天下晏然，不告勞苦，實以守土多循良吏，而丹居第一。周召伯治人於陜西，召穆公有武功於宣王時⑦，仲尼採《甘棠》、

《江漢》之詩〔一〇〕，絃而歌之，列于《風》、《雅》。班固叙漢宣帝中興名臣，言治人者亦首述黄霸、龔遂〔一一〕，次將相下。今下明詔刻丹治效，令得與元和功臣，彰中興得人之盛，懸於無窮，用古道也。

謹案韋氏自漢丞相賢已降，代有達官，寬有大功於後周〔一二〕，封鄖國公。鄖公曾孫幼平，爲岐州參軍；生抱貞，爲梓州刺史；生政，爲漢州雒縣丞，贈右諫議大夫；雒縣生武陽公。公字文明，以明《五經》登科，授校書郎、咸陽尉，以監察御史、殿中侍御史佐張獻甫於邠寧府。徵爲太子舍人，遷起居郎，檢校吏部員外郎，侍御史，河陽行軍司馬。未行，改駕部員外郎。會新羅國以喪來告，且稱立君，拜司封郎中、兼御史中丞，章服金紫，弔册其嗣。新羅再以喪告，不果行，改容州經略使，築州城環十三里，因悉城管内十三州，教種茶麥，多開屯田，黄賊畏服⑧，詔加太中大夫。貞元末，拜河南少尹，連拜檢校秘書監，兼御史中丞，鄭滑行軍司馬，皆未至。拜右諫議大夫。

憲宗即位，劉闢以蜀叛，議者欲行貞元故事，請釋不誅。公再上疏曰〔一三〕：「今不誅闢，則朝廷可以指臂而使者，唯兩京耳，此外而誰不爲叛〔一四〕？」因拜劍南東川節度使、兼御史大夫。時劉闢急攻梓州，公至漢中，表言攻急守堅，不可易帥，高崇文客軍遠鬭，無所資，若與梓州，綴其士心，必能有功。遂召拜晉、慈、隰三州觀察使。

不半歲，元和二年二月，拜洪州觀察使。洪據章江〔一五〕，上控百越，爲一都會。屋居以茅竹爲俗，人火之餘，烈日久風，竹戛自焚，小至百家，大至盪空。霖必江溢，燥必火作，火水夾攻，人無固志，傾摇懈怠，不爲旬月生産計。公始至任，計口取俸，除去冗事，取公私錢，教人陶瓦，伐山取材，堆疊億計。人能爲屋，取官材瓦，免其半賦，徐責其直，自載酒食，以勉其勞，初若艱勤，日成月就，不二周歲，凡爲瓦屋萬四千間，樓四千二百間，縣市營廐，名爲棟宇，無不創爲〔一六〕。派湖入江，節以斗門，以走暴漲。闢開廣衢，南北七里，盪渫汙壅，築堤三尺〔一七〕，長十二里。堤成明年，江與堤平。鑿六百陂塘，灌田一萬頃，益勸桑苧，機織廣狹，俗所未習，教勸成之。凡三周年，成就生遂〔一八〕，手爲目睹〔一九〕，無不如志。

公之爲政，去害興利，機決勢去，如孫、吴乘敵⑨，不可當向。輔以經術，仁撫智誘，慈母之心，赤子之欲，求必得之。故人自盡力，所指必就。子産治鄭，未及三年，國人尚謗；黄霸治潁川，前後八年，始曰愈治。考二古人行事，與公相次第，不知如何。元和五年薨，年五十八。其銘曰：

章武皇帝，披攘經營。凡十四年，五大徵兵〔二〇〕。人不告病，肩於太寧。將相是矣，豈無循良。考第理行，誰高武陽？武陽所至，爲人父母。於洪之功，洞無前古。洪始有居，水火是苦。二者夾攻，死無處所。曰天所然〔二一〕，不嗟不訴。武陽始至，材瓦是聚。公錢不足，以俸爲助。能爲居宇[二二]，貰貸付與。日載酒餚[二三]，如撫稚乳[二四]。不督不程，誘以美語。未二周星，創數萬堵。幾半重樓，如《詩》翬羽⑩。錮以長堤[二五]，繚四千步。明年水平，人始歌舞。災久事鉅，一日除去。灌田萬頃，益種桑苧。俗所未有，罔不完具。寂寥千年[二六]，誰守茲土？大中聖人，元和是師。圖讚功勞，武陽豈遺。乃命史臣，刻序碑辭。寵假武陽，爲人慰思。訓勸守吏，勉於爲治。

【校勘記】

〔一〕《文苑英華》卷八七〇題前無「唐」字。

〔二〕「韋丹」，原作「契丹」，據《文苑英華》卷八七〇、《全唐文》卷七五四、文津閣本改。

〔三〕「所至人愛」，此四字原無，據《文苑英華》卷八七〇、《全唐文》卷七五四、文津閣本補。

〔四〕「所去人思」，「去」字原作「至」，據《文苑英華》卷八七〇、《全唐文》卷七五四、文津閣本改。

〔五〕「乃命守臣紇干臮上丹之功狀」，「守臣」原作「首臣」，據《文苑英華》卷八七〇、《全唐文》卷七五四、文津閣本改。「紇干臮」，原作「紇干衆」，《文苑英華》卷八七〇、《全唐文》卷七五四作「覈干衆」。然《新唐書》卷五九《藝文志三》、《唐郎官石柱題名考》、《唐方鎮年表》等作「紇干臮」，當較可信，今據改。又，文津閣本作「覈於衆」。「上丹之功狀」，《文苑英華》卷八七〇無「之」字，並於「丹」字下校：「集有公字。」

〔六〕「聯」，《文苑英華》卷八七〇、《全唐文》卷七五四、文津閣本無「聯」字。

〔七〕「某」，《文苑英華》卷八七〇作「牧」，《全唐文》卷七五四作「臣某」。文津閣本作「臣牧」。

〔八〕「古」，文津閣本作「召」。

〔九〕「當是時」，《文苑英華》卷八七〇作「當時」。

〔一〇〕「仲尼」，原作「神尼」，據《文苑英華》卷八七〇、《全唐文》卷七五四、文津閣本改。

〔一一〕「首述」，原作「首迷」，據《文苑英華》卷八七〇、《全唐文》卷七五四、文津閣本改。

〔一二〕「寬有大功於後周」，《文苑英華》卷八七〇、《全唐文》卷七五四、文津閣本於「寬」字前有「孝」字。

〔一三〕「公再」，《文苑英華》卷八七〇作「公再拜」，並於「拜」字下校：「集無此字。」

〔一四〕「此外」，《文苑英華》卷八七〇作「此後外」，並於「後」字下校：「集無此字。」

〔一五〕「洪據章江」，「據」字原作「操」，據《文苑英華》卷八七〇、《全唐文》卷七五四、文津閣本改。

〔一六〕「創爲」，《文苑英華》卷八七〇無「爲」字。文津閣本作「創焉」。

〔一七〕「三尺」，《文苑英華》卷八七〇、《全唐文》卷七五四、文津閣本作「五尺」。

〔一八〕「成就」，《文苑英華》卷八七〇作「就成」。

〔一九〕「手爲目睹」，「目睹」原作「日睹」，據《文苑英華》卷八七〇、《全唐文》卷七五四、文津閣本改。

〔二〇〕「五大」,《文苑英華》卷八七〇、文津閣本作「五六」。

〔二一〕「所然」,《文苑英華》卷八七〇作「使無」,下校:「集作所然。」

〔二二〕「居宇」,《文苑英華》卷八七〇作「居守」。

〔二三〕「日載」,《文苑英華》卷八七〇作「月載」,並於「月」下校:「集作日。」

〔二四〕「如撫稚乳」,「撫」字原作「無」,據《文苑英華》卷八七〇、《全唐文》卷七五四、文津閣本改。

〔二五〕「錮以長堤」,「錮」字原作「錒」,據《文苑英華》卷八七〇、《全唐文》卷七五四改。

〔二六〕「千年」,《文苑英華》卷八七〇作「十年」。

【注釋】

①武陽公韋公:即韋丹。生平見本集卷一五《進撰故江西韋大夫遺愛碑文表》注。《資治通鑑》卷二四八載:「(大中)三年春正月,上與宰相論元和循吏孰爲第一。周墀曰:『臣嘗守土江西,聞觀察使韋丹功德被於八州,没四十年,老稚歌思,如丹尚存。』乙亥,詔史館修撰杜牧撰丹碑以記之。」杜牧撰畢此碑後,有《進撰故江西韋大夫遺愛碑文表》,未提及具體撰寫年月,然此兩文當均作於大中三年正月受命撰碑後不久,亦即大中三年(八四九)春之作。

②丞相敏中:即白敏中,字用晦。大中三年時任宰相。傳見《舊唐書》卷一六六、《新唐書》卷一

一九。

③丞相植：即馬植，字存之。大中三年時任宰相。傳見《舊唐書》卷一七六、《新唐書》卷一八四。

④紇干㬊：字咸一。曾任郢州長史、庫部郎中、知制誥、中書舍人等職。大中元年至三年任江西觀察使，後轉嶺南節度使。

⑤闢爲章句書生以蜀叛：闢，即劉闢，字太初。傳見《舊唐書》卷一四〇、《新唐書》卷一五八。據《資治通鑑》卷二三六，永貞元年八月，西川節度使韋皋卒，支度副使劉闢自爲留後，又使諸將表求節鉞，朝廷不許。後朝廷寬容之，命劉闢爲西川節度副使、知節度事。「右諫議大夫韋丹上疏，以爲：『今釋闢不誅，則朝廷可以指臂而使者，惟兩京耳。此外誰不爲叛！』上善其言。壬子，以丹爲東川節度使。」

⑥錡爲宗室老以吴叛：錡，即李錡。唐淄川王孝同五世孫。傳見《舊唐書》卷一一二、《新唐書》卷二二四上。據其本傳，李錡於德宗時任潤州刺史、浙西觀察、諸道鹽鐵轉運使。時恃恩驁横，無所憚，圖久安計，乃益募兵。又爲鎮海軍節度使，罷領鹽鐵轉運。憲宗即位後，詔拜尚書左僕射，抗命不從，遂謀據江左而反。

⑦召穆公有武功於宣王時：召穆公，即召公奭後代召虎。周宣王時，淮夷不服，宣王命召虎率軍沿江漢出征討伐，立下戰功。《詩·大雅·韓奕》：「江漢之滸，王命召虎。」即詠召穆公此事。

⑧黄賊：指黄家賊，黄家洞賊，即《新唐書》卷二二二下《南蠻下》之「西原蠻」中之一。此傳云：「西原蠻，居廣、容之南，邕、桂之西。有甯氏者，相承爲豪。又有黄氏，居黄橙洞，其隸也。其地西接南詔。天寶初，黄氏彊，與韋氏、周氏、儂氏相脣齒，爲寇害，據十餘州。」又「貞元十年，黄洞首領黄少卿者，攻邕管，圍經略使孫公器。……少卿子昌沔趫勇，前後陷十三州，氣益振。……元和初，邕州擒其别帥黄承慶。明年，少卿等歸款，拜歸順州刺史。」黄家賊狀況，又可參韓愈《黄家賊事宜狀》一文。

⑨孫吴：指孫武、吴起。孫武，春秋時齊國人，著名軍事家，著有《孫子兵法》十三篇。事吴王闔閭，爲吴將。傳見《史記》卷六五。吴起，戰國衛國人，著名軍事家，著有《吴子》一書。先事魏文侯爲將，任西河守，以拒秦、韓。又依楚悼王，相楚。後爲宗室大臣所忌，被害。傳見《史記》卷六五。

⑩如詩翬羽：《詩經》中有《斯干》篇，中有「如翬斯飛」句，乃用以形容宫室樓檐如同飛鳥之翅膀。翬，五彩之山雉。

唐故太子少師奇章郡開國公贈太尉牛公墓誌銘并序〔一〕①

唐佐四帝十九年宰相牛公諱某，字某〔二〕。八代祖弘，以德行儒學相隋氏，封奇章郡公，贈文安侯。文安後四世諱鳳及，仕唐爲中書門下侍郎、監修國史〔三〕，於公爲高祖。文安後五世集州刺史、贈給事中諱休克，於公爲曾祖。集州生太常博士、贈太尉諱紹〔四〕，太尉生華州鄭縣尉、贈太保諱幼聞，太保生公，孤始七歲。長安南下杜樊鄉東，文安有隋氏賜田數頃〔五〕，書千卷尚存。公年十五，依以爲學，不出一室，數年業就，名聲入都中。故丞相韋公執誼，以聰明氣勢，急於褒拔，如柳宗元、劉禹錫輩，以文學秀少〔六〕，皆在門下。韋公亟命柳、劉於樊鄉訪公，曰：「願一得相見〔七〕。」公乘驢至門，韋公曰：「是矣。東京李元禮爲後進師②，隋奇章公仁德禄位，二者包而有之。」

登進士上第。元和四年，應賢良直諫制，數强臣不奉法，憂天子熾於武功，詔下第一，授伊闕尉。以直被毀，周歲凡十府奏取不下。伊闕滿歲，郗公士美以昭義軍書記辟，凡三上請，詔除河南尉，拜監察御史。丁母夫人憂，制終復拜監察御史，轉殿中侍御史，遷禮部員外郎、都官員外郎、兼侍御史知雜事。改考功員外郎、集賢殿學士〔八〕、庫部郎中、知制誥，賜五品命服。

半歲，遷御史中丞。宿州刺史李直臣以贓數萬敗，穆宗得偏辭於中〔九〕，稱直臣冤，且言有才，宰相言格不用。公以具獄奏〔一〇〕，上曰：「直臣有才可惜。」公曰：「彼不才者，無飽食以足妻子，安足慮。本設法令，所以縛束有才者。禄山、朱泚，是才過人而亂天下。」上因可奏，曰「善」。賜章服金紫，遷户部侍郎，掌財賦事。上益親重，欲相之。會中書令韓弘男公武謀曰：「大人守大梁二十年，齊、蔡誅後始來朝，今不以財援中外〔一二〕，設有飛一辭者，誰與保白。」〔一三〕公武賫弘書獻公錢千萬，公笑曰：「此何名爲？公亟持去。」明年，弘、公武繼卒，主藏奴與吏訟於御史府，上憐弘大臣，父子併死，稚孫將家事，走中使至第，盡取財簿自閲視。凡中外主權多納弘貨，獨朱勾細字曰：「某年月日，送户部牛侍郎錢千萬，不納。」上大喜，以指歷簿，遍視旁側，曰：「果然吾不謬知人。」言訖〔一三〕，殿上皆再拜呼萬歲。尋以本官平章事。明年，正位中書侍郎，加銀青三品，兼集賢殿大學士〔一四〕，監修國史。

敬宗即位，與武士畋宴無時，徵天下道士言長生事，公亟諫曰：「陛下不讀玄元皇帝《五千言》以清靜養生，彼道士皆庸人，徒誇欺虚荒，豈足師法。」未一歲，請退，不許，連四月日間，以疾辭。乃以鄂岳六州建節，號武昌軍，命公爲禮部尚書、平章事，爲節度使。公始至，問民疾苦〔一五〕，皆曰：「城土踈惡，歲輸簍竹爲苫具，姦吏旁緣，主爲侵取，費與税等，歲久，前後政欲畫計策〔一六〕，訖無所施。」公即除去冗長，用公私錢陶磚成城〔一七〕，凡五年乃就。明年，文宗即位，就加吏部尚書〔一八〕。明年，急徵拜兵部尚書、平章事，重拜中書侍郎〔一九〕、弘文館大學士〔二〇〕。鄭注怨宋丞相申錫，造言挾漳王爲大逆〔二一〕，狀跡牢密，上怒必殺。公曰：「人臣不過宰相，假使如所謀，豈復欲過宰相有他圖乎！ 臣爲中丞，愛申錫忠良，奏爲御史，申錫心臣敢以死保之。」上意解〔二二〕，由是宋不死〔二三〕。

大和六年，西戎再遣大臣贄寶玉來朝，禮倍前時，盡罷東鄉守兵，用明臣附。李太尉德裕時殿劍南西川，上言維州降，今若使生羌三千人〔二四〕，燒十三橋，擣戎腹心〔二五〕，可洗久恥，是韋臯二十年至死恨不能致。事下尚書省百官聚議，皆如劍南奏。公獨曰：「西戎四面各萬里，來責曰何事失信〔二六〕？ 養馬蔚茹川，在平涼郡西。上平涼坂，萬騎綴回中，怒氣直辭，不三日至咸陽橋。西南遠數千里，雖百維州〔二七〕，此時安可用？ 棄誠信，有利無害，匹夫不忍爲，況天子以誠信見責於夷狄，且有大患。」上曰：「然」，遂罷維州議。

大和六年，檢校右僕射〔二八〕、平章事、淮南節度使。六年至開成二年〔二九〕，連上章請休官，詔益不許。公曰：「臣惟退罷，可以行心〔三〇〕。」夏五月，以兵付監軍使，拜疏訖，就道，除檢校司空、留守東都。明年，拜左僕射〔三一〕。上恐公不起，詔曰：「朕比有疾，良已，思一面叙。」公不得已，至闕下一拜謝，閉門不出。明年，檢校司空、平章事、襄州節度使，出都門，賜黄彝樽、龍杓，凡六品〔三二〕，名出《周禮》。詔曰：「精金古器，用以比況君子，非無意也。」襄州七年饒假軍人〔三三〕，入賦不一，公至據地造籍，免貧弱四千萬，均入豪强，皆曰甘心，不出一怨言。

明年，武宗即位，就加司徒。會昌元年秋七月，漢水溢堤入郭，自漢陽王張柬之一百五十歲後〔三四〕，水爲最大〔三五〕。李太尉德裕挾維州事，曰修利不至，罷爲太子少師〔三六〕。未幾檢校司徒、兼太子少保〔三七〕。明年，以檢校官兼太子太傅、留守東都。劉稹以上黨叛誅死，時李太尉專柄五年，多逐賢士，天下恨怨，以公德全畏之，言於武宗曰：「上黨軋左京〔三八〕，控山東，劉從諫父死，擅之十年後來朝，加宰相，縱去不留之〔三九〕，致稹叛，竭天下力，乃能取。」此皆公與李公宗閔爲宰相時事。從諫以大和六年十二月十七日拜闕下，實以其月十九日節度淮南；明年正月，從諫以宰相東還。河南少尹吕述，公惡其爲人，述與李太尉書，言稹破報至，公出聲歎恨。上見述書，復聞前縱從諫去，疊二怒，不一參校。自十月至十二月，公凡三貶至循州員外長史，天下人爲公挼手咤罵。公走萬里瘴海上，二年恬泰若一無事〔四〇〕。

今天子即位，移衡州、汝州長史〔四一〕，遷太子少保、少師，凡四年復位。大中二年十月二十七日〔四二〕，薨于東都城南別墅，年六十九。天子惆傷〔四三〕，不朝兩日，册贈太尉〔四四〕。天下善人，執手相弔哭。

公忠厚仁恕，莊重敬慎，未嘗以此八者自勉〔四五〕，而終身益篤。爲宰相，急於銓品，凡名清官，不忍持一資以假非其人。以道德謨於天子，每指古義爲據，有言機利克迫，必鈲音華刮力各切使之摧破〔四六〕。三大邦去苛碎條約，除民大患〔四七〕，其輕巧吏欲賊公愛惡，希嚮所爲，渾然終不能見，故所至必大治。衣冠單窮，出俸錢嫁其子女，月與食，歲與衣，資送其死喪，凡數百家。李太尉志必殺公，後南謫過汝州，公厚供具，哀其窮，爲解説海上與中州少異，以勉安之，不出一言及於前事〔四八〕。鎮武昌時，軍容使仇士良爲監軍使，公律以禮敬。暑甚，大合軍宴，拱手至暮，一不摇扇，益自儉克。平居非公事不出内屏，周三歲，語言舉止，率有常度。仇軍容開成末首議立武宗〔四九〕，權力震天下，每言至公，必合手加顙曰〔五〇〕：「清德可服人〔五一〕，但過慳官財，與人無一毫恩分耳〔五二〕。不肯引譽，不敢怨毁，淡居其中。」公始自河南薦鄉貢士，爲郎官考吏部科目選〔五三〕，三開幕府，中丞宰相外，凡取六十餘人，上至將相，次布臺閣，皆當時名士。每暇日譙語寮吏，必言古人修身行事，旁誘曲指，微警教之，不以己所長人所不及裁量高下，以生重輕。後進歸之，承望聲光，得一言許可，必自矜重。

夫人辛氏，以公封張掖郡，贈僕射祕之長女，士林稱爲「婦師」，凡三十年，前公八年歿。五男六女。長曰蔚，監察御史。次曰藂，浙南府協律郎〔五四〕，皆以文行登進士第，不藉公勢；次曰奉倩，河南府洛陽尉〔五五〕；弟二人〔五六〕，皆稚齒。長女嫁户部郎中上黨苗愔，次女嫁河中節度副使〔五七〕、檢校郎中范陽張洙，次女嫁河南府士曹、集賢校理常山張希復，次女嫁前進士鄧叔〔五八〕，次女未笄，一人始數歲。以某年月日，葬少陵南某鄉某里。銘曰：

道既訛衰，必有以扶。厥公之生，以隆其洿。幽以燭明，暵以雨濡〔五九〕。以教其徒，以佐天子。滅絶霸駁，如有樞梶。摽揭峙倚，巍乎二紀。臣宗德老，鉅傑魁礨。孰爲忌畏？譖去南海，不校不辯〔六〇〕。旋復顯大〔六一〕，百行渾圓。鄰於及年，以歸其全。

【校勘記】

〔一〕「唐故太子少師」，《唐文粹》卷六八作「唐宰相故太子少師」，《文苑英華》卷九三八作「宰相太子少師」，題後無「并序」二字。

〔二〕「牛公諱某字某」，《文苑英華》卷九三八作「牛公諱僧儒，字思黯」。按，據《舊唐書》卷一七二、《新唐書》卷一七四《牛僧孺傳》，「儒」字當作「孺」。

〔三〕「監修國史」，原作「修國史」。《唐文粹》卷六八、《全唐文》卷七五五、文津閣本作「監修國史」，今據改。

〔四〕「贈太尉諱紹」，原無「諱」字，據《文苑英華》卷九三八、《全唐文》卷七五五補。

〔五〕「賜田」，「田」字原作「由」，據《唐文粹》卷六八、《文苑英華》卷九三八、《全唐文》卷七五五、文津閣本改。

〔六〕「秀少」，《唐文粹》卷六八、《全唐文》卷七五五作「秀才」。

〔七〕「願一得相見」，《文苑英華》卷九三八、《全唐文》卷七五五作「願得一相見」。

〔八〕「集賢殿學士」，《文苑英華》卷九三八作「集賢殿直學士」。

〔九〕「得偏辭」，《文苑英華》卷九三八作「聽偏詞」，並於「聽」字下校：「二本、集聽。」

〔一〇〕「公以具獄奏」，《文苑英華》卷九三八作「公以直臣獄奏」。

〔一一〕「不以財援中外」，「援」字原作「授」，據《唐文粹》卷六八、《文苑英華》卷九三八、《全唐文》卷七五五改。

〔一二〕「誰與保白」，「與」，《文苑英華》卷九三八作「以」，下校「二本作與」。

〔一三〕「言訖」，「訖」下原衍「再拜」二字，據《文苑英華》卷九三八、《全唐文》卷七五五刪。

〔一四〕「兼集賢殿大學士」，原無「殿」字，據《文苑英華》卷九三八、《全唐文》卷七五五補。

〔一五〕「問民疾苦」，「疾苦」，原作「尤苦」，據《唐文粹》卷六八、《文苑英華》卷九三八、《全唐文》卷七五五、文津閣本改。

〔一六〕「欲畫計策」，「畫」字原作「晝」，據《唐文粹》卷六八、《文苑英華》卷九三八、《全唐文》卷七五五、文津閣本改。

〔一七〕「成城」，《唐文粹》卷六八、《全唐文》卷七五五作「甃城」。

〔一八〕「就加吏部尚書」，《唐文粹》卷六八、文津閣本無「就」字。

〔一九〕「重拜中書侍郎」，「重」，《文苑英華》卷九三八作「再」，下校「一本作重」。

〔二〇〕「弘文館大學士」，「館」字原無，據《唐文粹》卷六八、《文苑英華》卷九三八、《全唐文》卷七五五補。

〔二一〕「漳王」，原作「津王」，據《唐文粹》卷六八、《文苑英華》卷九三八、《全唐文》卷七五五、文津閣本改。

〔二二〕「上意解」，「解」，《文苑英華》卷九三八作「改」。

〔二三〕「不死」，文津閣本作「免死」。

〔二四〕「使」，原作「冠」，《文苑英華》卷九三八作「寇」，據《唐文粹》卷六八、《全唐文》卷七五五、文津閣本改。

〔二五〕「擣戎腹心」，「擣」，《唐文粹》卷六八作「搏」。

〔二六〕「來責曰」，「責」字原作「貴」，據《唐文粹》卷六八、《文苑英華》卷九三八、《全唐文》卷七五五改。

〔二七〕「雖百維州」，「百」，《文苑英華》卷九三八作「得」，下校：「一本作百。」

〔二八〕「檢校右僕射」，《文苑英華》卷九三八無「右」字。

〔二九〕「六年」，《唐文粹》卷六八、《文苑英華》卷九三八、《全唐文》卷七五五、文津閣本作「經六年」。

〔三〇〕「可以行心」，「心」，《文苑英華》卷九三八、《全唐文》卷七五五作「志」。

〔三一〕「拜左僕射」，「左」，《文苑英華》卷九三八作「右」，下校：「一本作左。」

〔三二〕「六品」，《文苑英華》卷九三八作「六器」。

〔三三〕「饒假軍人」，《文苑英華》卷九三八作「假饒軍人」。

〔三四〕「歲」，《文苑英華》卷九三八作「載」，下校：「二本作歲。」

〔三五〕「水爲最大」，「最」，《文苑英華》卷九三八作「再」。

〔三六〕「太子少師」，「師」，《文苑英華》卷九三八作「保」，下校：「二本作師。」

〔三七〕「太子少保」，「少」，《文苑英華》卷九三八作「太」，下校：「集作少。」

〔三八〕「軋左京」，「軋」，《唐文粹》卷六八、《文苑英華》卷九三八作「扼」，《文苑英華》下校：「一本作軋。」

〔三九〕「縱去不留之」，《文苑英華》卷九三八作「縱去不即留之」，并于「即」字下校：「二本無此字。」

〔四〇〕「若一無事」，《全唐文》卷七五五作「若無一事」。

〔四一〕「長史」，「長」，《文苑英華》卷九三八作「刺」，下校：「二本作長。」

〔四二〕「大中二年十月二十七日」，文津閣本作「大中二年十二月十七日」。

〔四三〕「天子恫傷」，「恫」字原作「桐」，據《唐文粹》卷六八、《文苑英華》卷九三八、《全唐文》卷七五五改。

〔四四〕「太尉」，《文苑英華》卷九三八作「太師」。

〔四五〕「未嘗以此」，《文苑英華》卷九三八作「未嘗不以此」。

〔四六〕「摧破」，原作「擢破」，據《唐文粹》卷六八、《文苑英華》卷九三八、《全唐文》卷七五五、文津閣本改。

〔四七〕「除民大患」，「民」字原無，據《唐文粹》卷六八、《文苑英華》卷九三八補。

〔四八〕「及於前事」，《文苑英華》卷九三八作「及前事」。

〔四九〕「開成末」，「末」字原作「未」，據《唐文粹》卷六八、《文苑英華》卷九三八、《全唐文》卷七五五、文津閣本改。

〔五〇〕「加顙」，「顙」，《文苑英華》卷九三八作「額」，下校：「一本作顙。」

〔五一〕「服」，《文苑英華》卷九三八作「伏」，下校：「一本作服。」

〔五二〕「恩分」，「分」，《文苑英華》卷九三八作「力」，下校：「一本作分。」

〔五三〕「科目」，原作「科日」，據《唐文粹》卷六八、《文苑英華》卷九三八、《全唐文》卷七五五、文津閣本改。

〔五四〕「浙南」，「南」，《文苑英華》卷九三八作「東」，下校：「諸本並作南。」

〔五五〕「洛陽尉」，「尉」字原無，據《唐文粹》卷六八、《文苑英華》卷九三八、《全唐文》卷七五五、文津閣本補。

〔五六〕「弟二人」，「弟」字原作「第」，應爲「弟」，故改。

〔五七〕「節度副使」，《文苑英華》卷九三八作「節度使」。

〔五八〕「鄧叔」，《唐文粹》卷六八、《文苑英華》卷九三八、文津閣本作「鄧淑」。

〔五九〕「暵以雨濡」，「暵」字原作「映」，據《唐文粹》卷六八、《文苑英華》卷九三八、《全唐文》卷七五五改。

〔六〇〕「不辯」，《唐文粹》卷六八、《文苑英華》卷九三八作「不辨」。

〔六一〕「旋復顯大」，「旋」，《唐文粹》卷六八作「牽」。

【注　釋】

①太尉牛公：即牛僧孺。字思黯，卒贈太尉。生平見本文及李珏《故丞相太子少師贈太尉牛公神道碑銘并序》。傳見《舊唐書》卷一七二、《新唐書》卷一七四。本文作年，《杜牧年譜》大中三年（八四九）考云：「牛僧孺之葬在大中三年五月，見《唐文粹》李珏所撰牛僧孺神道碑，李商隱《樊南文集》卷七《樊南乙集序》云：『是歲葬牛太尉，天下設祭祀者百數。他日尹言：「吾太尉之薨，有杜司勳之誌。」』故知杜牧作牛僧孺墓誌蓋在本年。」牛僧孺之葬在大中三年五月，則文作於此時稍前。

②東京李元禮：李元禮即東漢李膺。字元禮，潁川襄城人。乃當時大名士，爲太學生所尊崇，稱之爲「天下楷模李元禮」。東京，東漢都城洛陽。李膺活動於東京，故稱東京李元禮。傳見《後漢書》卷六七。

【集　評】

杜牧嘗爲奇章公掌書記，後誌牛公墓，書維州事，是牛而非李。又云：「李太尉專柄，多逐賢士。」牧弟顗嘗爲李衛公巡官，後李貶袁州，牛公欲辟致，顗辭以李公方在困，不願就。牧誌顗墓，備載其事。牛、李相反如冰炭，門下士各分朋黨。二杜於其時，一爲牛客，一爲李客，各行其志，各主其所主，不以牛、李之存没用捨爲向背，其兄弟俱豪傑之士矣！自唐至今，維州曲直之論未定，惟温公是奇章，與牧之論同。（劉克莊《後村詩話》後集卷一）

唐故東川節度使檢校右僕射兼御史大夫贈司徒周公墓誌銘〔一〕①

周平王次子烈封汝墳侯，秦以汝墳爲汝南郡，侯之孫因家焉，遂姓周氏。自烈十八世至西漢周仁，繼烈封侯。其後逃西晉亂，南去黄岡〔二〕，靈起仕梁爲桂州刺史，生炅，在陳爲車騎將軍。炅生法明，年十二，一命爲巴州刺史〔三〕，陳滅臣隋，爲趙之真定令。隋亂歸黄岡，起兵取蘄、安、沔、黄，武德中，籍四州地請命，授總管蘄安十六州軍事〔四〕、光禄大夫，封國於道。太宗命虞世南銘書墓碑。相國爲六代孫，曾祖惲，汝州梁縣令。祖沛，左拾遺。皇考頲，右驍衛兵曹參軍，贈禮部侍郎。

公少孤，奉養母夫人以孝聞。舉進士登第，始試秘書正字、湖南團練巡官。母夫人亡，哭泣無時，里人過公廬，曰：「無驚周孝子。」後自留守府監察真拜御史、集賢殿學士。李公宗閔以宰相鎮漢中，辟公爲殿中侍御史、行軍司馬。

後一年，復以殿中書職徵歸。時大和末，注、訓用事。夏六月，始逐丞相宗閔，立朋黨語，鈎挂名人凡百〔五〕，日逐朝士三十三輩，天下悼懾以目。受意附兇者，屢以公爲言，注、訓曰：「如去周殿中，恐人益驚。」竟不敢議。注、訓取公爲起居舍人。文宗復二史故事②，公濡筆立石螭下，丞相退，必召語旁側，窺帝每數十顧。遷考功員外郎〔六〕，帝曰：「周某不可不見，宜兼前官。」數月，以考功掌言事〔七〕。謝日，帝曰：「就試翰林。」公辭讓堅懇，帝正色以手三麾之，遂兼學士。遷職方郎中、中書舍人，政事細大，必被顧問，公終身不言，事故不傳。

武宗即位，以疾辭，出爲工部侍郎、華州刺史。八禁軍二十四内司居華下者，籍役等百姓，不敢妄出一辭。李太尉德裕伺公纖失，四年不得，知愈治不可蓋抑，遷公江西觀察使、兼御史大夫。公既得八州，施展教令，申明約束，發以虔守陳弁贓〔八〕，坐弁以法死，吏手膠拳，窮鄉遠井，如公在旁。縛出洞寇劉大朴，大朴徒數百人〔九〕，劚撥根脉〔一〇〕，無有遺失。彭蠡東口，戍五百人，上下千里，無一賊跡。遷禮部尚書、鄭滑節度使。老將某項領不如教約〔一一〕，公鞭背降爲下卒，聲北入魏，皆曰：「周尚書文儒，能治百姓，仁愛兵士，而復敢爾，是豈可犯〔一二〕。」朞歲〔一三〕，入拜兵部侍郎、度支兼户部吏曹事，積邊糧穀九十萬石。今天子即位，二年五月，以本官平章事。後一月，正位中書侍郎、監修國史，就加刑部尚書。因河湟事議不合旨，以檢校刑部尚書出爲劍南東川節度使。明日，入謝，面加檢校右僕射。

公自舉進士第，非其人不交言〔一四〕，旁睨後進，鐫心鏤志。及爲將相，近取遠挽，悉置于位。李太尉德裕會昌中以恩撰元和朝實録四十篇〔一五〕，溢美其父吉甫爲相事〔一六〕，公上言曰：「人君唯不改史〔一七〕，人臣可改乎？《元和實録》皆當時名士目書事實〔一八〕，今不信〔一九〕，而信德裕後三十年自名父功〔二〇〕，衆所不知者而書之。此若垂後，誰信史？」竟廢新本。公上言曰：「宰并帥王宰[illegible]所部財貨〔二一〕，承事貴倖，自請來朝，聲言我取平章事鎮大梁。乞宰還鎮，自補其殘。」後二日，還宰詔下。駙馬都尉韋讓求爲京兆尹，公言曰：「尹坐堂上，階下拜二赤破太原，取汴州〔二二〕，不知天下治所凡幾得如太原、汴之大者，可飽宰欲？縣令，屬官將百人，悉可笞辱。非有德者，京兆不可爲，豈止取吏事。」讓議竟寢。自此非道求進者鼠遁自屏。

及鎮東蜀一歲，欲歸閑洛師，微得風恙。公曰：「我今去，是以疾去，疾愈去非晚。」大中五年，歲在辛未，二月十七日，薨于位，享年五十九。訃至，廢朝三日，册贈司徒，命諫議大夫盧懿弔恤其家。

公信於朋友，公於爲官。事嫠姊，出告返面，家事不敢自專。同曾祖兄弟入門，呵笞奴婢，衣服飲食無二等。免相位西去，送公還者，雖武將散秩，歎息咨嗟，曰：「周相公無私，我惜其去，豈有私乎！」夫人義興蔣氏，先公某年終。生二男一女。長曰寬饒，崇文校書；次曰咸喜[二三]，京兆參軍，皆孝謹有文學。女嫁起居舍人薛蒙。大中六年，歲次壬申，二月十二日[二四]，歸葬先塋河南府河南縣穀陽鄉立行里。銘曰：

姬之支封，國自爲姓。以周爲氏，入唐不盛。烈後幾世，厥生賢孫。當唐中興，爲唐相臣。文思天子③，跨古爲治[二五]。提起王道，以公爲倚。迒音剛蹊隙竅[二六]，去者鳥駛[二七]。誰塞誰棘，勞公評指[二八]。三屏大邦，駿壯武事。哺撫稚老[二九]，父母赤子。曰將曰相，公其愧幾。指古爲比，公其無愧。以公遺唐，而後公死。不錫壽考，誰其辯之[三〇]？

【校勘記】

[一]「唐故東川節度使」，「使」字原無，據《文苑英華》卷九三八補。《文苑英華》無「唐故」二字。

[二]「黃岡」，原作「黃崗」，今據文津閣本改。下文同。

〔三〕「一命爲巴州刺史」，《文苑英華》卷九三八無「一」字。

〔四〕「蘄安十六州」，「蘄」字原無，據《文苑英華》卷九三八、《全唐文》卷七五五補。

〔五〕「凡百」，「百」字原作「白」，據《文苑英華》卷九三八、《全唐文》卷七五五改。

〔六〕「遷考功員外郎」，《文苑英華》卷九三八作「遷公員外郎」。

〔七〕「以考功掌言事」，「事」字原無，據《文苑英華》卷九三八、《全唐文》卷七五五補。

〔八〕「發以虔守陳弇贓」，《文苑英華》卷九三八、《全唐文》卷七五五、文津閣本無「以」字。

〔九〕「大朴徒數百人」，《文苑英華》卷九三八無「大朴」二字。

〔一〇〕「劚撥根脉」，《文苑英華》卷九三八作「劚發根脉」。

〔一一〕「項領」，文津閣本作「頭領」。

〔一二〕「是豈可犯」，《文苑英華》卷九三八、《全唐文》卷七五五作「是豈可一犯」。

〔一三〕「朞歲」，原作「九歲」，據《文苑英華》卷九三八「九」字下校「一作朞」改。

〔一四〕「非其人不交言」，「不交言」，《文苑英華》卷九三八作「不交一言」，並於「一」字下校：「集無一字。」

〔一五〕「以恩撰元和朝實録」，「撰」字原作「换」，據《文苑英華》卷九三八、《全唐文》卷七五五改。

〔一六〕「溢美其父」，「溢」字原作「益」，據《全唐文》卷七五五改。

〔一七〕「人君唯不改史」，《文苑英華》卷九三八作「人君猶不改史」，並於「改」字下校：「一作觀。」

〔一八〕「皆當時名士目書事實」，《文苑英華》卷九三八作「皆當時多士自書事實」。

〔一九〕「今不信」，《文苑英華》卷九三八作「今而不信」。

〔二〇〕「而信德裕」，《文苑英華》卷九三八無「而」字。

〔二一〕「并帥」，原作「并師」，據《文苑英華》卷九三八、《全唐文》卷七五五、文津閣本改。

〔二二〕「取汴州」，《全唐文》卷七五五作「取汴梁」。

〔二三〕「咸喜」，文津閣本作「咸熙」。

〔二四〕「二月十二日」，《全唐文》卷七五五作「二月十三日」。

〔二五〕「跨古爲治」，《文苑英華》卷九三八作「誇古爲治」。

〔二六〕「迒蹊隙竅」，「隙」，《文苑英華》卷九三八作「巢」。

〔二七〕「去者烏駛」，「去」，《文苑英華》卷九三八作「出」。

〔二八〕「勞公評指」，「評」，原作「碎」，據《全唐文》卷七五五改。

〔二九〕「哺撫稚老」，「老」，《文苑英华》卷九三八作「耋」，下校：「集作老。」

〔三〇〕「誰其辯之」，「辯」，《文苑英華》卷九三八、《全唐文》卷七五五作「辨」。

【注　釋】

①周公：即周墀，字德升，汝南人，宣宗朝宰相。傳見《舊唐書》卷一七六、《新唐書》卷一八二。本文謂周墀「大中六年，歲次壬申，二月十二日，歸葬先塋河南府河南縣穀陽鄉立行里」，則杜牧撰墓誌銘當在此時稍前，蓋在大中六年（八五二）初。

②文宗復二史故事：二史乃指左史、右史，均官名。周代史官分左史和右史，左史記行動，右史記語言。後世記載帝王言行稱起居。隋始置起居舍人，屬中書省。唐增設起居郎，屬門下省。唐高宗改起居郎爲左史，起居舍人爲右史，旋復舊。據《舊唐書》卷一七下《文宗紀》下，開成二年十二月記：「丙申，閤内對左右史裴素等。上自開成初復故事，每入閤，左右史執筆立於螭頭之下，君臣論奏，得以備書，故開成政事最詳於近代。」據此，則文宗復二史故事乃在開成初。

③文思天子：即唐宣宗。大中二年春正月，宰臣率文武百僚上宣宗徽號曰「聖敬文思和武光孝皇帝」。

中國古典文學基本叢書

杜牧集繫年校注

第三册

吴在慶 撰

中華書局

樊川文集卷第八

唐故岐陽公主墓誌銘〔一〕①

憲宗皇帝即位八年，出嫡女册封岐陽公主，下嫁于今工部尚書、判度支杜公悰。始，憲宗時，宰相權德輿有婿獨孤郁，爲翰林學士，帝愛其才〔二〕，因命宰相曰：「我嫡女既笄可嫁〔三〕，德輿得婿獨孤〔四〕，我豈不得耶？可求其比。」後丞相吉甫進言曰：「前所奉詔，臣謹搜其人。」因名我烈祖司徒岐公曰：「有孫兒悰②，年始弱冠，有德行文學，秀朗嚴整。臣嘗爲司徒吏，熟其家事，官族世婚，習尚守治，臣一皆忖度〔五〕，疑悰可以奉詔。」帝即召尚書見，與語大悦，授殿中少監〔六〕，服章金紫。以元和八年某月日，主下嫁于杜氏，上御正殿，禮畢，由西朝堂出〔七〕，節幡鼓鐸，儀物畢備，引就昌化里賜第，上御延喜樓，駐止主輪，尚書及賓侍，酒食金帛，奏内樂，降嬪御送行。賜第堂有四廡，繢椽藻櫨，丹白其壁，派龍首水爲沼③。主外族因請，願以尚父汾陽王大通里亭沼爲主别館④。當其時，隆貴顯榮，莫與爲比。

主實憲宗皇帝嫡女，穆宗皇帝母妹，敬宗皇帝、今天子親姑，尚父汾陽王子儀外曾孫。太皇太后始以正妃事憲宗，以太后、太皇太后愛養三朝〔八〕，凡四十年，德厚慈恕，化充六宮，主以一女之愛，降于杜氏，逮事舅姑。杜氏大族，其他宜爲婦禮者，不翅音試數十人，主卑委怡順，奉上撫下，終日惕惕，屏息拜起，一同家人禮度〔九〕，二十餘年，人未嘗以絲髮間指爲貴驕。始與尚書合謀曰，上所賜奴婢〔一〇〕，卒不肯窮屈，奏請納之，上嘉歎許可，因錫其直，悉自市寒賤可制指者。自是閉門落然，不聞人聲，尚書讀書考今古治亂，主職婦事，承奉夫族。時歲獻饋，吉凶賻助，必親自經手。池塞館陊，鬬球塲種樹，不數年〔一一〕，搢紳間雜然稱尚書有賢婦〔一二〕。

尚書旋出爲澧州刺史，主後尚書行，郡縣聞主且至，殺牛羊犬爲數百人供具〔一三〕，主至，從不二十人〔一四〕，六七婢，乘驢闒茸，約所至不得肉食，驛吏立門外，舁飯食以返。不數日間，聞于京師，衆讙説以爲異事。尚書在澧州三年，主始入後出，中間不識刺史廳屏。尚書治澧州，考治行爲天下第一。後爲大司農〔一五〕、京兆尹、鳳翔節度使，朝廷屈指比數，以爲凡有中外重難，非尚書不可。主賢益彰，雖至宫闈貴號，亦加尊敬。姑涼國太夫人寢疾，比喪及葬，主奉養蚤夜不解帶，親自嘗藥，粥飯不經心手，一不以進。既而哭泣哀號，感動他人。尚書後爲忠武軍節度使，所治許州創爲節度府五十年，南迫於蔡，屋室卑庳〔一六〕，主居無正堂，處東支屋，恬然六年。許軍强雄，且撐劇寇，自始多用武臣，治各出己，部曲家人，疵政弛法，習爲循常〔一七〕，有司用北邊障遠地〔一八〕，擲置不問，民亦甘心。尚書再治之，老民相率兩走闕下，遮丞相馬叩頭乞留，請樹生祠。及詔追去，攀緣攜扶，哭於道路。尚書治外，主治內，尚書所至必稱，崱崱士力反爲名公偉人，主實有內助焉。穆宗以皇太后故〔一九〕，主尤爲親信，俯首益卑，車服侍使，愈自貶抑，覲謁溫凊外，口不言他事。訖穆宗朝，人不以親貴稱。

當貞元時，德宗行姑息之政，王武俊、王士真、張孝忠子聯爲國婿。憲宗初寵于頔，來朝，以其子配以長女。皆挾恩佩勢，聚少俠狗馬爲事，日截馳道〔二〇〕，縱擊平人，豪取民物，官不敢問，戚里相尚，不以爲窮弱〔二一〕。自主降于尚書，壁絶外之，初怒中笑，後皆敬畏。累聖亦指示主德以誡警之，至于今，以主、尚書顯重於中外〔二二〕，戚里亦皆自檢斂，隨短長爲善〔二三〕，於是舊俗滅不復有。

尚書自許奉急追詔，主有疾小愈，强不肯留，曰：「去朝興慶宮，縱死於道，吾無恨。」以開成二年十一月某日，薨於汝州長橋驛亭〔二四〕，年若干〔二五〕。上廢朝三日。其年十二月某日，主喪至京師，比及葬，兩宮弔問，相繼於道。開成三年某月日，上御正殿，詔丞相嗣復攝中書令正衙宣册⑤，謚曰莊淑大長公主。某年某月日，祔葬于萬年縣洪原鄉少陵原尚書先瑩，禮也。生男二人。長曰輔九，年十歲；次曰楊十，始二歲。女二人。某於尚書爲從父弟〔二六〕，得以實銘。銘曰：

章武皇帝⑥，唐中興主。刑于正妃，教及嫡女。婉婉帝子，下嫁時賢。影逐響答，隨順纏綿。杜氏大族，枝蔓蟬聯。上有舅姑，高堂儼然。螭綬黿章，玉佩金軒。養色悦意，侍後承前。人不我貴，我敬我虔〔二七〕。始終盡禮，大小周旋。餘二十年，誰興間言。貴不召驕，富不期侈。是此四者〔二八〕，倏相首尾。自古名士，或泥於此。孰謂帝子，超脱擺棄。婦職是勤，夫言是指。池荒館陊，屏外不履。淑德柔風，天下傾耳。宜乎壽考，歸女婚子。不錫全祉，孰提神紀。幽石有誌，顯筆有史。淑慎休聲〔二九〕，流于千祀〔三〇〕。

【校勘記】

〔一〕《文苑英華》卷九六九題無「唐故」二字。

〔二〕「帝愛其才」，「才」，《唐文粹》卷五五下、《文苑英華》卷九六九作「材」。

〔三〕「我嫡女既笄可嫁」，《文苑英華》卷九六九作「我有嫡女既笄可嫁」，並於「有」字下校：「集無此字。」

〔四〕「獨孤」，《文苑英華》卷九六九、《全唐文》卷七五六作「獨孤郁」。

〔五〕「忖度」，「度」，《文苑英華》卷九六九作「量」，下校：「集作度。」

〔六〕「授殿中少監」，「授」字原作「受」，據《文苑英華》卷九六九、《全唐文》卷七五六、文津閣本改。

〔七〕「西朝堂」，文津閣本作「内朝堂」。

〔八〕「愛養三朝」，《文苑英華》卷九六九於「愛」字下校：「一作受。」

〔九〕「一同家人禮度」，「同」，《文苑英華》卷九六九作「用」，下校：「集作同。」

〔一〇〕「奴婢」，《唐文粹》卷五五作「婢奴」。

〔一一〕「不數年」，原作「不數十年」，據《唐文粹》卷五五下改。

〔一二〕「稱尚書有賢婦」，原作「稱尚書爲賢」。《唐文粹》卷五五下、文津閣本作「稱尚書有賢婦」，《文苑英華》卷九六九作「稱尚書为賢主婦」。今據《唐文粹》等改。

〔一三〕「殺牛羊犬」：「犬」，原作「大」，胡校：「按庫本『大』作『犬』，是。」文津閣本亦作「犬」，今據改。

〔一四〕「從不二十人」，「從」字原作「後」，據《唐文粹》卷五五下、《文苑英華》卷九六九、《全唐文》卷七五六改。

〔一五〕「後爲大司農」，「農」字原作「徒」，《文苑英華》卷九六九作「農」，下校：「集作徒，非。」按，據《新唐書》卷一四七《杜悰傳》：「累遷至司農卿。大和六年，轉京兆尹。」則杜悰在京兆尹前曾任司農卿，本文此處當作「大司農」爲是，故據改。

〔一六〕「屋室卑庳」，「卑」字原無，據《唐文粹》卷五五下、《文苑英華》卷九六九、《全唐文》卷七五六改補。

〔一七〕「習爲循常」：胡校：「按庫本『循常』作『尋常』，是。」

〔一八〕「有司用北邊障遠地」，《文苑英華》卷九六九於「用」字後有「此」字，下校：「集無此字。」「北」，原作「比」，據文津閣本改。

〔一九〕「穆宗以皇太后故」，「故」，原作「敬」。《文苑英華》卷九六九作「穆宗以太皇太后故」，並於前一「太」字下校：「集無太字。」又於「故」字下校：「集作敬。」文津閣本作「故」，今據改。

〔二〇〕「日截馳道」，《文苑英華》卷九六九作「日遮截馳道」，並於「遮」下校：「集無此字。」

〔二一〕「不以爲窮弱」，原作「不爲以爲窮弱」，據《唐文粹》卷五五下、《全唐文》卷七五六改。《文苑英華》卷九六九作「不以爲窮」，並校：「四字集作不以爲窮弱。」文津閣本作「不以爲窮」。

〔二二〕「以主、尚書」，「以」，《文苑英華》卷九六九作「日」，下校：「集作以。」

〔二三〕「短長」，《文苑英華》卷九六九作「長短」。

〔二四〕「長橋驛亭」，《唐文粹》卷五五下、《全唐文》卷七五六無「亭」字。《文苑英華》卷九六九於「亭」字下校：「集作享。」

〔二五〕「年若干」，《唐文粹》卷五五下、《全唐文》卷七五六作「享年若干」。

〔二六〕「某」，文津閣本作「牧」。

〔二七〕「我敬」，《文苑英華》卷九六九作「敬不」，下校：「集作我敬。」

〔二八〕「是此四者」，「是」，《文苑英華》卷九六九、文津閣本作「具」，下校：「集作是。」

〔二九〕此四字原無，據文津閣本補。

〔三〇〕「流于千祀」，「于」字原作「千」，據《唐文粹》卷五五下、《文苑英華》卷九六九、《全唐文》卷七五六、文津閣本改。

【注釋】

① 岐陽公主：即岐陽莊淑大長公主，唐憲宗女，懿安皇后所生。下嫁杜悰。傳見《新唐書》卷八三《諸帝公主》。生平見本文。據本文，岐陽公主卒於開成二年十一月，「開成三年某月日……謚曰莊淑大長公主。某年月日祔葬于萬年縣洪原鄉少陵原尚書先塋」，未有具體祔葬年月。檢宋陳思《寶刻叢編》卷八萬年縣：「《唐憲宗女莊淑大長公主碑》，唐杜牧撰，柳公權正書，開成四年（京兆金石録）。」杜牧開成三年尚在宣州，開成四年春回京師，則杜牧撰碑銘文蓋亦在開成四年（八三九）。

② 孫兒悰：即司徒岐公杜佑孫杜悰。杜悰生平見本集卷一《冬至日寄小侄阿宜詩》注⑯。

③ 龍首水：即龍首渠。隋文帝爲營建大興城而開鑿。宋敏求《長安志》卷一一：「龍首渠一名滻水

渠，隋開皇三年，自東南龍首堰下，分支滻水，北流至長樂坡西北，分爲二渠：東渠北流入苑；西渠屈而西南流，經通化門南，西流入城，經永嘉坊，又西南流經興慶宮，又西流注勝業坊、崇仁坊、景龍觀，又西入皇城，……又北流出城。」

④ 尚父汾陽王：即郭子儀。字子儀，華州鄭縣人。傳見《舊唐書》卷一二〇、《新唐書》卷一三七。郭子儀以平安史之亂功，任太尉、中書令，封汾陽郡王，號「尚父」。岐陽公主生母懿安皇后乃郭子儀孫女，岐陽公主爲郭子儀外曾孫女。

⑤ 丞相嗣復：即宰相楊嗣復。字繼之，楊於陵子。登進士第，再登博學宏詞科。累官兵部郎中、中書舍人、禮部、户部侍郎等。開成三年，爲宰相。傳見《舊唐書》卷一七六、《新唐書》卷一七四。

⑥ 章武皇帝：即唐憲宗。其謚號爲「聖神章武孝皇帝」。

唐故宣州觀察使御史大夫韋公墓誌銘并序〔一〕①

韋公會昌五年五月頭始生瘡，召子婿張復魯曰：「三稚女得良婿，死以是託。墓宜以池州刺史杜牧爲誌。」復魯曰：「公去歲兩瘡生頭，今始一，尚微，何言之深？」公曰：「吾年二十九官校書郎時〔二〕，嘗夢涉滻水，既中流〔三〕，有二人若舉符召我者。其一人曰：『墳墓至大，萬日始成，今未也。』今萬日矣，天已告我，我其可逃乎？」謝醫不問。以其月十四日，年五十八，薨於位。公從父弟某書公切行，以公命來命牧，牧位哭，序且銘之。

公諱温，字弘育。韋氏自殷、周、秦、漢，丘明、馬遷、班固輩爭書其人，以光其所爲書。至後周逍遥公敻，出世家貴富中〔四〕，隱身行道，當其時及後代論者，以蜀嚴谷口不能爲比〔五〕②。逍遥公五世生潞州上黨尉，贈諫議大夫希元，上黨生吏部侍郎、贈太尉肇，吏部生右補闕、翰林學士、右散騎常侍致仕、贈司空綬〔六〕，常侍生公，於逍遥公爲九代孫。年十一，以明經取第，爲太常寺奉禮郎、秘書省校書郎，選判入等，咸陽尉、監察御史，公曰：「是官豈奉養所宜耶！」上疏乞免，改著作佐郎。

當貞元中，常侍公事德宗爲翰林學士，帝深於文學，明察人間細微事，事有密切，多委之。歲久，憂畏病心，帝曰：「某之心，我其盡之。」以致仕官屏居西郊，公早夜侍側，温清飲食，迎情解意〔七〕，一經心手〔八〕，積二十餘年。丁常侍喪，自毁不欲生。後相國李公逢吉以相印鎮武昌，皆虚上職，書卑辭至門，公起赴武昌，未至府〔九〕，拜監察御史，遷左補闕，事文宗皇帝。時宰相百吏，願條帝功德〔一〇〕，譔號上獻，公獨再疏曰：「今蜀之東川，川溢殺萬家〔一一〕，京師雪積五尺，老幼多凍死〔一二〕，豈崇虚名報上帝時耶？」帝乃止。遂訖十五年不答尊號事。改侍御史、尚書吏部考功員外郎。

當大和九年，文宗思拔用德行超出者，以警㦬天下〔一三〕，故公自考功不數月拜諫議大夫，召爲翰林學士，遂欲相之。公立銀臺外門，下拜送疏入，具道先常侍遺誡，子孫不令任密職，言懇志決，因命掌書舍人閣下〔一四〕，公復堅讓。不半歲，轉太常少卿。一歲，遷給事中、皇太子侍讀。公復陳先誡，以侍讀辭，自宰相下皆曰〔一五〕：「帝以一子請教於公，是宜避邪？」公不聽，凡拜三章〔一六〕，帝終不能奪。

靈武節度使王晏平罷靈武，以戰馬四百匹、兵器數萬事去，罪成，貶康州司户，不旬日，改撫州司馬。仙韶院樂官尉遲璋以樂官授光州長史。晏平以財膠貴倖〔一七〕，璋大有寵於上，公皆封詔書上還，上比諭之，公持益急，竟以康州還晏平，璋免長史。莊恪太子得罪，上召東西省御史中丞、郎官於内殿，悉疏莊恪過惡，欲立廢之，曰：「是宜爲天子乎！」群公低首唯唯〔一八〕，公獨進曰：「陛下唯一子，不教，陷之至是，太子豈獨過乎？」上意稍平。不數日，遷尚書右丞，朱衣魚章。遷兵部侍郎，亟請丞相，願爲治人官，出爲陜州防禦使〔一九〕、兼御史大夫，服章金紫。

廻鶻窺邊，劉稹繼以上黨叛，東徵天下兵，西出禁兵，陜當其衝，公撫民供事就，不兩告苦。入爲吏部侍郎，典一冬選，老吏無所賣。復以御史大夫出爲宣、歙、池等州觀察使，賦多口衆，最於江南。公急惡寬窮，益自儉苦，刑律其俗，凡周一歲，無所更改，自至大治〔二〇〕。

公幼不戲弄，冠爲老成人，解褐得官，超出群衆中〔二一〕，人不敢旁發戲嫚。及爲公卿，在朝廷省閤中，大臣見公，若臨絶壑，先忖度語言舉止，然後出發〔二二〕。其所執持不可者，筆一落紙，言一出口，雖天子宰相知不能奪，俯委遂之。不以德行尚人，人自敬畏；不施要結於人，人自親慕。後進凡持節業自許者，獲公一言，矜奮刻削，益自貴重。官卑家貧時，主將家事，在私闈内，高、曾兄弟，鐫琢教誘，嫁娶衣食，無有二等。疾甚將終，悉召親屬賓吏，稱先常侍詩句云「在室愧屋漏」，因曰：「今知没身不負斯誠。」遂涕下不禁。當夫子世，得七十子，國小俗儉，復有聖人爲之師，使生於今，與公相後先，必有能品之者。

夫人隴西李氏，贊善大夫愻之女〔二三〕，先公四歲終。生四男〔二四〕：長曰礭〔二五〕，前國子監四門助教；次曰璆，前明經；次曰瓌；次未免乳。女四人：長嫁南陽張復魯，復魯得進士第，有名於時，爲試太常寺協律郎、鄂岳觀察支使，其下皆稚齒相次。銘曰：

德則至矣，位其充乎〔二六〕？如其充兮，可大厥功。以施生人，天先告之。萬日之期，天實爲之。

【校勘記】

〔一〕《文苑英華》卷九三九題作《宣州觀察使御史大夫韋公墓誌銘》。

〔二〕「官校書郎」，《文苑英華》卷九三九作「官授秘書郎」，並於「授秘」下校：「二字作校。」

〔三〕「既中涴」，《文苑英華》卷九三九作「既流中」，《全唐文》卷七五五作「既中流」。

〔四〕「貴富」，《文苑英華》卷九三九、《全唐文》卷七五五作「富貴」。

〔五〕「蜀嚴谷口」，「嚴」字下原有「鄭」字，據《文苑英華》卷九三九删。

〔六〕「贈司空綬」，「綬」，《文苑英華》卷九三九作「緩」。按，作「緩」誤。

〔七〕「迎情解意」，《文苑英華》卷九三九作「迎情致意」。

〔八〕「一經心手」，「手」字原作「乎」，據《文苑英華》卷九三九、《全唐文》卷七五五、文津閣本改。

〔九〕「未至府」，《文苑英華》卷九三九作「命未至府」，並於「命」字下校：「集無命字。」

〔一〇〕「願條帝功德」，「願」字原作「源」，據《文苑英華》卷九三九、《全唐文》卷七五五、文津閣本改。

〔一一〕「川溢」，文津閣本作「水溢」。

〔一二〕「老幼多凍死」，「幼」字原無，據《文苑英華》卷九三九、《全唐文》卷七五五補。文津閣本「幼」字作「稚」。

〔一三〕「警懮」，原作「懮懮」，據《文苑英華》卷九三九、《全唐文》卷七五五、文津閣本改。

〔一四〕「因命掌書舍人閤下」，「因」，《全唐文》卷七五五作「乃」。「掌書舍人」，《文苑英華》卷九三九作「掌言舍人」。

〔一五〕「自宰相下皆曰」，「下」字原無，據《文苑英華》卷九三九、《全唐文》卷七五五、文津閣本補。

〔一六〕「凡拜三章」，《文苑英華》卷九三九作「凡拜送三章」。

〔一七〕「膠貴倖」，「膠」，《全唐文》卷七五五、文津閣本作「賂」。

〔一八〕「唯唯」，《文苑英華》卷九三九僅一「唯」字。

〔一九〕「防禦使」，《文苑英華》卷九三九作「防禦觀察使」，並於「觀察」下校：「集無此二字。」文津閣本亦作「防禦觀察使」。

〔二〇〕「自至大治」，文津閣本作「民至大治」。

〔二一〕「超出群衆中」，「超」字原無，據《文苑英華》卷九三九、《全唐文》卷七五五、文津閣本補。

〔二二〕「然後出發」，「後」字原作「敢」，據《文苑英華》卷九三九、《全唐文》卷七五五、文津閣本改。

〔二三〕「慫」，文津閣本作「燅」。

〔二四〕「生四男」，原無「生」字，據《文苑英華》卷九三九、《全唐文》卷七五五補。

〔二五〕「長曰礭」，原無「曰」字。據《文苑英華》卷九三九、《全唐文》卷七五五補。胡校：「按庫本『礭』作『璀』。以其昆仲璆、瓌、琛参之，庫本作『璀』是。」按文津閣本作「璀」。

〔二六〕「充」，文津閣本作「克」。下文同。

【注　釋】

① 韋公：即韋温。字弘育，京兆人。官至御史大夫、宣歙觀察使。生平詳杜牧本文，傳見《舊唐書》卷一六八、《新唐書》卷一六九。據本文，「韋公會昌五年五月頭始生瘡」，「以其月十四日，年五十八，薨於位。公從父弟某書公切行，以公命來命牧，牧位哭，序且銘之」。則本文當作於會昌五年（八四五）。

② 蜀嚴谷口：蜀嚴，指西漢隱士嚴君平。名遵，字君平。蜀人，故稱蜀嚴。谷口，指西漢隱士鄭子真。名樸，字子真。谷口，地名，又名寒門。地在今陝西省澧泉縣東北。鄭子真隱居於此，故稱其谷口。《漢書》卷七二記兩人云：「其後谷口有鄭子真，蜀有嚴君平，皆修身自保，非其服弗服，非其食弗食。成帝時，元舅大將軍王鳳以禮聘子真，子真遂不詘而終。君平卜筮於成都市，以爲『卜筮者賤業，而可以惠衆人。有邪惡非正之問，則依蓍龜爲言利害。與人子言依於孝，與人弟言依於順，與人臣言依於忠，各因勢導之以善，從吾言者，已過半矣。』裁日閲數人，得百錢足自養，則閉肆下簾而授《老子》。博覽亡不通，依嚴周之指著書十餘萬言。……君平年九十餘，遂以其業終，蜀人愛敬，至今稱焉。」

唐故處州刺史李君墓誌銘并序〔一〕①

君諱方玄，字景業，刑部尚書、贈司空貞公長子〔二〕②。貞公事憲宗皇帝，兄弟受寄四鎮。在漢南時，戰淮西未利，監軍使崔談峻讒言中，入爲太子賓客。後淮西平，李光顔移鄭滑，陳許無帥，帝閑讌獨言曰：「勁兵三萬〔三〕，誰可付者？」談峻侍側，曰：「有大臣，家不三十口，俸錢委庫不取，小僮跣足市薪，此可乎？」帝曰：「誰爲者？」談峻進，即以貞公言〔四〕，帝即日起貞公爲陳許帥。其儉德服人如此。

景業少有文學，年二十四，一貢進士，舉以上第，升名解褐，裴晉公奏以秘書省校書郎③，校集賢殿秘書。聰明才敏，老成人爭與之交。後以協律郎爲江西觀察支使裴誼觀察判官，有殺人獄，法曹官斷成，當死者十二人，景業訊覆，數日內活十二人冤〔五〕，尚書以上下奏考。裴公移宣城，授大理評事、團練判官。後尚書馮公宿自兵部侍郎節鎮東川，以監察裏行爲觀察判官〔六〕。不一歲，御史府取爲真御史，分察鹽池左藏吏盜隱官錢千萬〔七〕，獄竟，遷左補闕。遇事必言，不知其他。丞相固言以門下侍郎出鎮西蜀④，奏景業以檢校禮部員外郎參節度軍謀事，仍賜緋魚袋。徵拜起居郎，出爲池州刺史。

始至，創造籍簿，民被徭役者，科品高下，鱗次比比，一在我手，至當役役之，其未及者，吏不得弄。景業嘗歎曰：「沈約身年八十，手寫簿書，蓋爲此也，使天下知造籍役民，民庶少活。」復定户税，得與豪滑沉浮者，凡七千户，裒入貧弱〔八〕，不加其賦。堤州南五里，以涉爲衢。凡裁減蠹民者十餘事。城東南隅樹九峰樓，見數十里〔九〕。鑿齊山北面，得洞穴，怪石不可名狀，刊石於巖下，自紀其事。凡四年，政之利病，無不爲而去之。罷去上道，老民攀哭。

景業季父刑部侍郎建，與貞公以德行文學，俱高一時，時之秀俊，半歸李氏門下。景業復聰明少鋭，儉苦温謹，早與長者遊〔一〇〕，備知天下之所治，嘗慷慨有意於經綸。少在諸侯府，入爲朝官，出爲刺史，早夜勤苦，爲學不已，屈指計量，必伸己志，雖時之名士，亦以此許之。罷池，廉使韋公温館于宣城。會昌五年四月某日〔一一〕，卒于宣城客舍，年四十三〔一二〕。

七代祖遠，後周柱國大將軍、都督熊陜十六州、陽平郡公。曾王父珍玉，綿州昌明令。昌明生震〔一三〕，雅州别駕、贈右僕射〔一四〕，僕射生貞公遜。先夫人滎陽鄭氏，贈本縣太君；後夫人范陽盧氏。男若干，女若干人。銘曰：

顯莫識其端，幽莫見其緒。已乎景業，何付與之多，而奪之何遽？夭顔病冉，孔子不知其故〔一五〕。於景業兮，杳欲何語？嗚呼哀哉！

【校勘記】

〔一〕《文苑英華》卷九五四題作《處州刺史李君墓誌銘》。

〔二〕「長子」，《文苑英華》卷九五四作「長子也」。

〔三〕「三萬」，《文苑英華》卷九五四作「三千」。

〔四〕「即以貞公言」，「即」，《文苑英華》卷九五四作「則」，下校：「集作即」。

〔五〕「活十二人冤」，「活」，《全唐文》卷七五五、文津閣本作「雪」。

〔六〕「以監察裏行」，《文苑英華》卷九五四作「以監察御史裏行」，並於「御史」下校：「集無此二字。」

〔七〕「盜隱官錢千萬」，「千」，《文苑英華》卷九五四作「數十」，下校：「二字集作千。」

〔八〕「哀入貧弱」，「哀」字原作「袞」，據《全唐文》卷七五五改。

〔九〕「數十里」，原作「數千里」，據文津閣本改。

〔一〇〕「早與長者遊」，「早」字原作「卑」，據《文苑英華》卷九五四、《全唐文》卷七五五、文津閣本改。

〔一一〕「五年四月」，「五」，《文苑英華》卷九五四作「四」，下校：「集作五。」

〔一二〕「年四十三」，「三」，《文苑英華》卷九五四作「七」，下校：「集作三。」

〔一三〕「昌明生震」，「震」字原無，據《文苑英華》卷九五四、《全唐文》卷七五五補。

〔一四〕「贈右僕射」，「右」，《文苑英華》卷九五四作「左」，下校：「集作右。」

〔一五〕「孔子不知其故」，「子」字原無，據《文苑英華》卷九五四、《全唐文》卷七五五、文津閣本補。

【注　釋】

①處州刺史李君：即李方玄，生平見本集卷三《池州李使君没後十一日處州新命始到後見歸妓感而成詩》注①。據本文所記，李方玄卒於會昌五年四月，然未記下葬年月，故此文作年難确知，蓋最早乃作於會昌五年（八四五）四月後。

②贈司空貞公：指李方玄父李遜。字友道，荆州石首人。歷任虞部郎中、浙東、山南東道、忠武軍節度使等。後進檢校吏部尚書、刑部尚書。卒，贈尚書右僕射，謚曰貞。傳見《舊唐書》卷一五五、《新唐書》卷一六二。

③裴晉公：指裴度。字中立，河東聞喜人。裴度封晉國公，故稱。傳見《舊唐書》卷一七〇、《新唐書》卷一七三。

④丞相固言：即李固言。字仲樞，趙郡人。登進士甲科。大和初，累官至駕部郎中、知臺雜，進給事中。遷工部侍郎，轉尚書左丞等。後任宰相、劍南西川節度使、檢校左僕射、兵、户二尚書、太子太傅，分司東都。傳見《舊唐書》卷一七三、《新唐書》卷一八二。

唐故歙州刺史邢君墓誌銘并序〔一〕①

亡友邢渙思諱群。牧大和初舉進士第，於東都一面渙思，私自約曰：「邢君可友。」後六年，牧於宣州事吏部沈公②，渙思於京口事王并州③，俱爲幕府吏。二府相去三百里，日夕聞渙思佽助并州，鉅細合宜。後一年，某奉沈公命〔二〕，北渡揚州聘丞相牛公④，往來留京口。并州峭重，入幕多賢士，京口繁要，遊客所聚，易生譏議，并州行事有不合理，言者不入，渙思必能奪之，同舍以爲智，不以爲顓；并州以爲賢，不以爲僭侵；遊客賢不肖，不能私論議以一辭〔三〕。公事宴歡，渙思口未言，足未至，缺若不圓。某曰〔四〕：「往年私約邢君可友，今真可友也。」

盧丞相商鎮京口，渙思復以大理評事應府命。今吏部侍郎孔温業自中書舍人以重名爲御史中丞，某以補闕爲賀客〔五〕，孔吏部曰：「中丞得以御史爲重輕，補闕宜以所知相告。」某以渙思言〔六〕，中丞曰：「我不素知，願聞其爲人。」某具以京口所見對〔七〕。後旬日，詔下爲監察御史〔八〕。

會昌五年，渙思由户部員外郎出爲處州。時某守黄州〔九〕，歲滿轉池州，與京師人事離闊，四五年矣，聞涣思出，大喜曰：「涣思果不容於會昌中，不辱吾御史舉矣。」涣思罷處州，授歙州，某自池轉睦〔一〇〕，歙州相去直西東三百里，問來人曰：「邢君何以爲治？」曰：「急於束縛黠吏〔一一〕。冗事弊政，不以久遠，必務盡根本。」某曰〔一二〕：「邢君去縉雲日⑤，稚老泣送於路，用此術也。」復問：「閑日何爲？」曰：「時飲酒高歌極歡。」某曰〔一三〕：「邢君不喜酒，今時飲酒且歌，是不以用繁慮〔一四〕，而不快於守郡也。」復問曰：「日食幾何？」曰：「嗜胾肉，日再食。」某凡三致專書〔一五〕，曰：「《本草》言是肉能閉血脉，弱筋骨，壯風氣，嗜之者必病風。」數月，涣思正握管，兩手反去背，仆于地，竟日乃識人，果以風疾廢〔一六〕。舟東下，次于睦，兩扶相見，言澀不能拜。語及家事，曰：「爲官俸錢，事骨肉親友，隨手皆盡〔一七〕。蓋壯未期病，病未期死，今病必死，未死得至洛，幸矣，妻兒不能知矣。」

君進士及第，歷官九，歷職八。始太子校書郎，協律郎，大理評事，監察御史，京兆府司録，殿中侍御史，户部員外郎，處州刺史〔一八〕，歙州刺史。職爲浙西團練巡官、觀察推官、度支巡官，再爲浙西觀察推官，轉支使，爲户部員外郎、判度支案，伐劉稹〔一九〕，爲制使，使鎮、魏料軍食〔二〇〕，賜緋服銀章。初副李丞相回，再副高尚書銖，撫安上黨三面征師。大中三年六月八日〔二一〕，卒於東都思恭里，年五十。邢氏，周公次子靖淵，封爲邢侯，國滅因以爲氏。西漢宇爲太尉，子綏爲司空，曾孫世宗光武時爲驃騎將軍，世宗玄孫顒因居河間。顒當曹魏時參太祖丞相事，終於太常。邢有河間、南陽，君實河間人，太常後也。後至晉、魏已降，皆有官禄。唐麟臺郎中舉於君爲曾祖。麟臺生奉天令待封。奉天生緱氏丞至和。君即緱氏子。

兩娶，前夫人隴西李氏，忠州刺史佐次女，今夫人南陽張氏，壽州刺史植女。四男，曰懌、愔〔二二〕、温郎、壽郎。用某年某月某日，葬于偃師縣某鄉里〔二三〕，葬有月日。其孤立使使者〔二四〕，哭告于柩，來京師請銘。銘曰：

十五知書，二十有文。三十登進士，五十終刺史。才能温良，并包與之，而止於斯。七政在天⑥，一廻一旋。差以氂數，能窮知賢〔二五〕。賢者多夭，不肖壽考。誰爲聖魁，孔不能究。無可奈何。付之以命，曰：「其如命何〔二六〕？」

【校勘記】

〔一〕《文苑英華》卷九五四題作《歙州刺史邢君墓誌銘》。

〔二〕「某奉沈公命」、「某」，《文苑英華》卷九五四、《全唐文》卷七五五、文津閣本作「牧」。

〔三〕「論議」，《全唐文》卷七五五作「論議」。

〔四〕「某」，《文苑英華》卷九五四、《全唐文》卷七五五、文津閣本作「牧」。

〔五〕「某」，《文苑英華》卷九五四、《全唐文》卷七五五、文津閣本作「牧」。
〔六〕「某」，《文苑英華》卷九五四、《全唐文》卷七五五、文津閣本作「牧」。
〔七〕「某」，《文苑英華》卷九五四、《全唐文》卷七五五、文津閣本作「牧」。
〔八〕「詔下爲監察御史」，「下」，《文苑英華》卷九五四作「以」。
〔九〕「某」，《文苑英華》卷九五四、《全唐文》卷七五五、文津閣本作「牧」。
〔一〇〕「某」，《文苑英華》卷九五四、《全唐文》卷七五五、文津閣本作「牧」。
〔一一〕「黠吏」，「吏」字原作「夷」，據《文苑英華》卷九五四改。
〔一二〕「某」，《文苑英華》卷九五四、《全唐文》卷七五五、文津閣本作「牧」。
〔一三〕「某」，《文苑英華》卷九五四、《全唐文》卷七五五、文津閣本作「牧」。
〔一四〕「繁慮」，「繁」，《文苑英華》卷九五四、《全唐文》卷七五五作「繫」，《文苑英華》下校：「集作繁。」
〔一五〕此句文津閣本作「牧凡三致書」。
〔一六〕「果以風疾廢」，「廢」，《文苑英華》卷九五四作「發」。
〔一七〕「隨手皆盡」，「隨」，《文苑英華》卷九五四作「緣」，下校：「集作隨。」
〔一八〕「處州刺史」，「史」字原作「州」，據《文苑英華》卷九五四、《全唐文》卷七五五、文津閣本改。
〔一九〕「伐劉稹」，《文苑英華》卷九五四、《全唐文》卷七五五均作「代劉稹」。

〔二〇〕「料軍食」，「料」，《文苑英華》卷九五四作「科」，下校：「集作料。」

〔二一〕「大中三年」，「大中」原作「大和」，據《文苑英華》卷九五四改。

〔二二〕「愲」，《文苑英华》卷九五四作「愔」，下校：「集作愲。」

〔二三〕「某鄉里」，《文苑英華》卷九五四、《全唐文》卷七五五作「某鄉某里某原」。

〔二四〕「立使使者」，原作「立使者」，據文津閣本改。

〔二五〕「能窮知賢」，「知」，《文苑英華》卷九五四作「能」，下校：「集作知。」

〔二六〕「其如命何」，《文苑英華》卷九五四、《全唐文》卷七五五無「其」字。

【注釋】

① 歙州刺史邢君：即邢群，生平見本集卷四《初春有感寄歙州邢員外》詩注①及本文。本文作年難确考，然本文記邢群「大中三年六月八日，卒於東都思恭里，年五十」。又謂「用某年某月某日，葬于偃師縣某鄉里，葬有月日。其孤立使使者，哭告于柩，來京師請銘」。則其時杜牧在京撰墓誌銘。杜牧大中三年六月至大中四年秋在京，秋後即出刺湖州。刺湖州後再入京中已是大中五年八九月間。如至此時邢群後人方來請銘，似過晚。又本文云：「今吏部侍郎孔温業自中書舍人以重名爲御史中丞。」按，稱孔温業爲「今吏部侍郎」，則文乃作於其任吏部侍郎時。據嚴耕望《唐

僕尚丞郎表》卷三及其《輯考》三下所考，孔温業爲吏部侍郎在大中三年六七月在任至四年十二月。故此文乃作於大中三年六月至大中四年（八四九—八五〇）秋之間。

② 吏部沈公：即沈傳師。沈傳師仕至吏部侍郎，故稱。其生平見本集卷一《張好好詩并序》注②。

③ 王并州：即王播。字魯玉。傳見《舊唐書》卷一六九、《新唐書》卷一七九。《舊傳》謂播大和「四年七月，拜京兆尹，兼御史大夫。十二月，遷左丞，判太常卿事。六年八月，檢校禮部尚書、潤州刺史、浙西觀察使。八年，李訓得幸，累薦于上。召還，復拜右丞」。據此王播大和六年八月至八年鎮浙西潤州。潤州鎮江即古京口地。

④ 丞相牛公：即牛僧孺。牛僧孺曾任宰相，故稱。生平見本集卷七《唐故太子少師奇章郡開國公贈太尉牛公墓誌銘》。

⑤ 縉雲：即處州。《新唐書·地理志三》處州：「隋永嘉郡。……天寶元年，改爲縉雲郡。乾元元年，復爲括州。大曆十四年夏五月，改爲處州，避德宗諱。」

⑥ 七政：日、月和金、木、水、火、土五星稱七政。《書·舜典》：「在璿璣玉衡，以齊七政。」

樊川文集卷第九

唐故平盧軍節度巡官隴西李府君墓誌銘〔一〕①

牧大和元年舉進士及第〔二〕，鄉貢上都〔三〕，有司試於東都，在二都群進士中，往往有言前十五年有進士李飛自江西來，貌古文高。始就禮部試賦，吏大呼其姓名，熟視符驗，然後入。飛曰：「如是選賢耶？即求貢，如是自以爲賢耶？」因袖手不出，明日徑返江東。某曰〔四〕：「誠有是人，吾輩不可得與爲伍矣。」後二年，事故吏部沈公於鍾陵、宣城爲幕吏②，兩府凡五年間，同舍生蘭陵蕭寘、京兆韓乂、博陵崔壽，每品量人之等第，必曰：「有道有學有文，如李處士戡者寡矣，是卑進士不舉嘗名飛者。」某益恨未面其人〔五〕，且喜其人之在世也。

大和九年，爲監察御史，分司東都，今諫議大夫李中敏、左拾遺韋楚老、前監察御史盧簡求咸言於某曰〔六〕：「御史法當檢謹，子少年，設有與遊，宜得長厚有學識者，因訪求得失，資以爲官，洛下莫若李處士戡。」某謝曰〔七〕：「素所恨未見者。」即日造其廬，遂旦夕往來。

開成元年春二月，平盧軍節度使王公彦威聞君名，挈皁辭於簡，副以幣馬，請爲節度巡官。明年春，平盧府改，君西歸病於路〔八〕，卒於洛陽友人王廣思恭里第，享年若干。

君諱戡，字定臣，七代祖渤海王奉慈；祖杠，衢州盈川令；父蒼〔九〕，婺州浦陽尉。浦陽晚無子，夫人吴興沈氏夢一人狀甚偉，捧一嬰兒曰：「予爲孔丘，以是與爾。」及期而生君〔一〇〕，因名曰天授〔一一〕。君幼孤，旁無群從可以附託，年十餘歲即好學，寒雪拾薪自炙，夜無然膏，默念所記。年三十，盡明《六經》書，解決微隱，蘇融雪釋，鄭玄至于孔穎達輩凡所爲疏注，皆能短長其得失。一舉進士，耻不肯試，歸晉陵陽羨里，得山水居之，始開百家書，緣飾事業。每有小功喪③，訖制不食肉飲酒，語言行止，皆有法度。陽羨民有鬭諍不決，不之官人，必以詣君〔一二〕。

所著文數百篇，外於仁義，一不關筆。嘗曰：「詩者可以歌，可以流於竹，鼓於絲，婦人小兒，皆欲諷誦，國俗薄厚，扇之於詩，如風之疾速。嘗痛自元和已來有元、白詩者④，纖豔不逞，非莊士雅人，多爲其所破壞，流於民間，疏于屏壁，子父女母，交口教授，淫言媟語，冬寒夏熱，入人肌骨，不可除去。吾無位，不得用法以治之〔一三〕。」欲使後代知有發憤者〔一四〕，因集國朝已來類於古詩得若干首，編爲三卷，目爲《唐詩》，爲序以導其志〔一五〕。

居江南，秀人張知實、蕭寘、韓乂、崔壽、宋邧〔一六〕、楊發、王廣，皆趨君交之，後皆得進士第，有名聲官職〔一七〕，君尚爲布衣，然於君不敢稍怠。君在洛中困甚，河陽節度使蕭洪移鎮鄜州，諫議大夫蕭俶以君言於洪，洪素敬諫議，即欲謁君以請，君曰：「人間譁言洪盜籍外戚，一窺其面能易吾死，尚且不忍死，況爲其黨乎？」居數月，洪果敗。娶弘農楊氏女〔一八〕，早卒。子二人。長曰審之；次曰鼎郎，始五歲。以某年月〔一九〕，權葬於常州義興縣某鄉里。某於君爲晚交〔二〇〕，得君最厚，因爲之銘曰：

命如煙雲，道比宫宅。煙雲飄揚，莫知往來。爲道不至，無以偃息。有道有命，偶然相值。命不在我，不肖亦貴。豈可指此，與彼爲市。嗚呼定臣，曰德孔脩〔二一〕，曰學必聖。飭我兢兢，一不言命〔二二〕。可傳其心，以教後生。嗚呼哀哉！

【校勘記】

〔一〕《文苑英華》卷九五八題作《平盧軍節度巡官隴西李府君墓誌銘》。

〔二〕「牧大和元年舉進士及第」，「牧」字原無。《文苑英華》卷九五八、《全唐文》卷七五五、文津閣本於「大和」前有「牧」字，今據補。

〔三〕「鄉貢上都」，「鄉貢」，《文苑英華》卷九五八作「貢於」，下校：「集作鄉貢。」文津閣本亦作「貢於」。

〔四〕「某」，《文苑英華》卷九五八、《全唐文》卷七五五、文津閣本作「牧」。

〔五〕「某」，《文苑英華》卷九五八、《全唐文》卷七五五、文津閣本作「牧」。

〔六〕「某」，《文苑英華》卷九五八、《全唐文》卷七五五、文津閣本作「牧」。按此句文津閣本作「前監察御史分司東都言於牧曰」。

〔七〕「某」，《文苑英華》卷九五八、《全唐文》卷七五五、文津閣本作「牧」。

〔八〕「君西歸病於路」，「君」字原無，據《文苑英華》卷九五八、《全唐文》卷七五五、文津閣本補。

〔九〕「父蹬」，「蹬」，《文苑英華》卷九五八、文津閣本作「登」。

〔一〇〕「及期而生君」，《文苑英華》卷九五八無「而」字，「及期」作「及其」，並下校：「集作期而。」

〔一一〕「天授」，原作「夫授」，據《文苑英華》卷九五八、《全唐文》卷七五五改。

〔一二〕「必以詣君」，《文苑英華》卷九五八、文津閣本作「必皆以詣君」。

〔一三〕「治之」，文津閣本作「除之」。

〔一四〕「欲使後代知有」，「知」，《文苑英華》卷九五八作「之」。

〔一五〕「以導其志」，「導」，《文苑英華》卷九五八作「道」，下校「集作導」。

〔一六〕「宋邧」，原作「宋邢」，據《文苑英華》卷九五八改。又，陶敏《樊川詩人名箋補》（《徐州師範學院學報》一九八七年第二期）所考，本文「宋邢」乃「宋邧」之誤。

〔一七〕「有名聲官職」，「名聲」，《文苑英華》卷九五八、《全唐文》卷七五五作「聲名」，《文苑英華》下校：

「集作名聲。」

〔一八〕「娶弘農楊氏女」,「娶」字原作「晏」,據《文苑英華》卷九五八、《全唐文》卷七五五、文津閣本改。

〔一九〕「以某年月」,《文苑英華》卷九五八作「以某月日」。

〔二〇〕「某」,文津閣本作「牧」。

〔二一〕「曰德孔脩」,「脩」,《文苑英華》卷九五八作「循」。

〔二二〕「一不」,《文苑英華》卷九五八作「不一」,下校:「集作一不。」

【注釋】

①平盧軍:唐方鎮名。唐玄宗開元五年,於營州設置平盧軍使。安史之亂後,改領淄、青、齊、棣、登、萊六州,均在今山東東部。李府君,即李戡,字定臣。生平詳本文。傳見《新唐書》卷七八《宗室》。本文作年難确考。文中謂開成元年春後,「明年春,平盧府改,君西歸病於路,卒於洛陽友人王廣思恭里第」。又云:「以某年月,權葬於常州義興縣某鄉里」,未及下葬确年。據墓誌所載,李戡乃卒於開成二年(八三七)春,則本文之撰,蓋在此時後不久。

②吏部沈公:即沈傳師。傳師卒於吏部侍郎任,故稱。生平詳本集卷一《張好好詩并序》注②。

③小功:古代喪服名。五服之一,用較粗熟布製成。服期五個月。

④元白詩：指唐詩人元稹、白居易之詩。此處主要指兩人豔情之作，並不包括兩人之諷喻詩。元稹，傳見《舊唐書》卷一六六、《新唐書》卷一七四。白居易，傳見《舊唐書》卷一六六、《新唐書》卷一一九。

【集評】

杜牧作《李戡墓誌》，載戡詆元、白詩語，所謂「非莊人雅士所爲，淫言媟語，入人肌骨」者。元稹所不論，如樂天諷諫、閒適之辭，可概謂淫言媟語耶？戡不知何人，而牧稱之過甚。古今妄人不自量，好抑揚予奪，而人輒信之類爾。觀牧詩纖豔淫媟，乃正其所言而自不知也。《新唐書》取爲牧語論樂天，傳以爲「救失，不得不然」，蓋過矣。牧記戡母夢有偉男兒持雙兒授之云：「予孔邱，以是與爾。」及生戡，因字之天授。晁無咎每舉以爲戲曰：孔夫子乃爲人作九子母耶？此必戡平日自言者，其詭妄不言可知也。（葉夢得《避暑詩話》卷下）

杜牧罪元、白詩歌傳播，使子父女母交口誨淫，且曰：「恨吾無位，不得以法繩之。」余謂此論合是元魯山、陽道州輩人口中語。牧風情不淺，如《杜秋娘》、《張好好》諸篇，「青樓薄倖」之句，街吏平安之報，未知去元、白幾何？以燕伐燕，元、白豈肯心服！（劉克莊《後村詩話》後集卷二）

【崔道融讀杜紫微集】「紫微才調復知兵，常遣風雷筆下生。猶有枉抛心力處，多於五柳賦《閒情》。」梁昭明太子序《陶淵明集》云：「白璧微瑕，惟在《閒情》一賦。」杜牧嘗著《孫武子》，又作《守論》、《戰論》、《原十六衛》，皆有經濟之略，故道融以此句少之。杜牧嘗譏元白云：「淫詞媟語，入人肌膚，吾恨不在位，不得以法治之。」而牧之詩淫媟者，與元、白等耳，豈所謂睫在眼前猶不見乎？（楊慎《升菴詩話》卷九）

《閒情集序》：元、白豔體，聯珠綴玉，先後一揆，乃杜牧之獨以勸淫導媟，重相詆諆，何歟？即牧之所自作，語多絶豔，所謂勸淫導媟者，毋乃躬自蹈之歟？（朱鶴齡《愚庵小集》卷八）

白樂天自愛其諷諭詩，言激而意質。故其立朝侃侃正直，所獻穆宗《虞人箴》並《雜興》詩「楚王多内寵」一篇，指點色禽之荒，婉切痛快，字字炯戒。及讀其《長恨歌》諸作，諷刺深隱，意在言外，信如其所自評，又不獨《大觜烏》、《雉媒》等篇之有託而言也。乃杜牧之譏其詩「纖豔不逞，非端人雅士所爲，流傳人間，子父女母交口教授，淫言褻語，入人肌骨」。但考樂天所行，不媿端雅，其詩亦未見淫褻。不若杜牧之在揚州牛奇章幕中，微服冶游，奇章以街子潛隨，及召作拾遺時，授以一篋，皆街子報帖，云「杜書記無恙」。故其詩云：「落魄江湖載酒行，楚腰纖細掌中輕。十年一覺揚州夢，占得青樓薄倖名。」又在湖州時，欲採麗色，乃令刺史崔君大張水嬉，因閒行以物色之。見里姥引十餘歲女子，將至舟中，姥女皆懼。牧曰：「且不即納，吾十年必爲此郡，若不來，乃嫁。」及守他郡，皆不愜意，至十四年後，乃上箋於所善宰相周墀，乞守湖州。蒞政之夕，亟使召之，則女以踰十年期，從人三載生子矣。女懼見奪，攜幼以往。故其詩云：「自是尋芳到已遲，往年曾見未開時。如今風擺花狼藉，緑葉成陰子滿枝。」又爲御史司洛陽時，李司徒閒居，聲伎皆絶色，牧之方持憲，乃托人達意，願與宴會。至則南向坐，滿飲三卮，問曰：「聞有紫雲者，未知孰是？宜以見惠。」諸伎皆回首而笑。故其詩云：「華堂今日綺筵開，誰喚分司御史來？忽發狂言驚滿座，兩行紅粉一時迴。」風流罪過，己尚不免，獨奈何以此責樂天也！（賀貽孫《詩筏》）

唐李飛譏元、白詩「纖豔不逞，爲名教罪人」。卒之千載而下，知有元、白，不知有李飛。或云飛此言見于杜牧集中。牧祖佑，年老不致仕，香山有詩譏之，故牧借飛語以詆之耳。（袁枚《隨園詩話》卷一）

尊老杜者病香山，謂其「拙於紀事，寸步不移，猶恐失之」，不及杜之「注坡驀澗」似也。至《唐書·白居易傳贊》引杜牧語，謂其詩「纖豔不逞，非莊士雅人所爲。流傳人間，交口教授，入人肌骨不可去」。此文人相輕之言，未免失實。（劉熙載《藝概》卷二「詩概」）

豔詩有述歡好者，有述怨情者，《三百篇》亦所不廢。顧皆流覽而達其定情，非沉迷不反，以身爲妖冶之媒也。嗣是作者，如「荷葉羅裾一色裁」、「昨夜風開露井桃」，皆豔極而有所止。至如太白《烏栖曲》諸篇，則又寓意高遠，尤爲雅奏。其述怨情者，在漢人則有「青青河畔草，鬱鬱園中柳」，唐人則「閨中少婦不知愁」、「西宮夜靜百花香」，婉孌中自矜風軌。迨元、白起，而後將身化作妖冶女子，備述衾裯中醜態。杜牧之惡其蠱人心，敗風俗，欲施以典刑，非已甚也。（王夫之《薑齋詩

話》卷二〔夕堂永日緒論内編〕）

唐故淮南支使試大理評事兼監察御史杜君墓誌銘〔一〕①

君諱顗，字勝之。曾祖涼州節度使、襄陽公、贈左僕射希望，大父司徒、平章事、太保致仕、岐國公、贈太師某〔二〕，皇考駕部員外郎、贈禮部尚書某〔三〕。君幼孤多疾，目視昏近，先夫人不令就學，年十七，讀《尚書》十三篇，《禮記》七篇，《漢書》止《賈誼傳》〔四〕，不復執卷〔五〕。年二十四，明年當舉進士，始握筆，草《闕下獻書》〔六〕、《與裴丞相度書》〔七〕，指言時事，書成各數千字，不半歲遍傳天下。進士崔岐有文學，峭澀不許可人，詣門贈君詩曰：「賈、馬死來生杜顗，中間寥落一千年。」年二十五，舉進士，二十六一舉登上第。時賈相國餗爲禮部之二年〔八〕，朝士以進士干賈公不獲，有傑强毁嘲者，賈公曰：「我秖以杜某敵數百輩足矣〔九〕。」始命試秘書正字、匭使判官。李丞相德裕出爲鎮海軍節度使，辟君試協律郎，爲巡官。後貶袁州，語親善曰：「我聞杜巡官言晚十年，故有此行。」大和九年夏，君客揚州，六月，授咸陽尉、直史館。君曰：「訓、注必亂〔一〇〕②，可徐行俟之。」至汴，二兇敗。及洛，以疾辭，東下居揚州龍興寺〔一一〕。丞相奇章公僧孺請君入幕府〔一二〕，君謝曰：「李公在困，未願副知己。」開成二年春，目益昏，冬遂喪明。李爲淮南節度使，復請爲試評事，兼監察、觀察支使〔一三〕。兄牧自馮翊迎醫石至〔一四〕，曰：「是狀腦脂下融，名曰内障，如蠟塞管，蠟去管明，俟脂凝可以抉去，無不愈者。」後二年，石曰「可治」，治不效。自馮翊别迎醫，醫曰：「嗟乎！障有赤脉，如木根横去，牢不可斷，是法名曰日脚，内障生日脚者，法不可治。」君因居淮南，築室治生，不復言治眼，事聞於天下，無不嗟歎。君安泰自如，令人旁讀十三代史書，一聞不遺，客來與之議論證引，聽者忘去。年四十五，大中五年二月二十五日卒。一男麟師〔一五〕，年十歲；女曰暑兒〔一六〕，始五歲。六年二月八日，歸葬先塋，實萬年縣洪原鄉少陵西南二里〔一七〕。某今年五十〔一八〕，假使更生十年爲六十人，不夭矣，與君别止三千六百日爾〔一九〕！况早衰多病，敢期六十人乎，忍不抑哀，以銘吾弟。銘曰：

古之達人，以生爲寄爲夢，以死爲歸爲竟〔二〇〕，不知生偶然乎，其有裁受乎？偶然即泯爲大空，與不生同，其有裁受乎？嗚呼！勝之今既歸而竟矣〔二一〕，其自知矣，何爲而然乎〔二二〕？嗚呼哀哉！

【校勘記】

〔一〕《文苑英華》卷九五八題前無「唐故」二字。

〔二〕「贈太師某」，「某」，《文苑英華》卷九五八、《全唐文》卷七五五、文津閣本作「佑」。

〔三〕「贈禮部尚書某」，「某」，《文苑英華》卷九五八、《全唐文》卷七五五、文津閣本作「從郁」。

〔四〕「《漢書》止《賈誼傳》」，「止」，《文苑英華》卷九五八作「至」，下校：「集作止。」

〔五〕「不復執卷」，「不」字原作「下」，據《文苑英華》卷九五八、《全唐文》卷七五五、文津閣本改。

〔六〕「草《闕下獻書》」，「草」字原作「茸」，據《文苑英華》卷九五八、文津閣本改。

〔七〕「《與裴丞相度書》」，「與」字原無，據《文苑英華》卷九五八、《全唐文》卷七五五、文津閣本補。

〔八〕「爲禮部之二年」，《文苑英華》卷九五八作「爲禮部之年」。

〔九〕「杜某」，文津閣本作「杜顗」。

〔一〇〕「訓注」，原作「訓註」，據《文苑英華》卷九五八、《全唐文》卷七五五、文津閣本改。

〔一一〕「居揚州龍興寺」，「州」，《文苑英華》卷九五八作「之」，下校：「集作州。」

〔一二〕「丞相奇章公僧孺」，「奇章」，《文苑英華》卷九五八作「牛」，下校：「集作奇章。」文津閣本作「牛」。

〔一三〕「兼監察觀察支使」，《文苑英華》卷九五八、《全唐文》卷七五五作「兼監察御史、支使」。

〔一四〕「兄牧自馮翊」，「牧」字原無，據《文苑英華》卷九五八、《全唐文》卷七五五、文津閣本補。

〔一五〕「一男麟師」，《文苑英华》卷九五八作「男曰麟師」，《全唐文》卷七五五作「一男曰麟師」。

〔一六〕「女曰暑兒」，「暑兒」，《文苑英華》卷九五八、《全唐文》卷七五五作「署兒」，《文苑英華》於「署」字下校：「集作暑。」

〔一七〕「少陵」，「少」字原無，據《文苑英華》卷九五八、《全唐文》卷七五五、文津閣本補。

〔一八〕「某今年五十」，「某」，《文苑英華》卷九五八、《全唐文》卷七五五、文津閣本作「牧」。

〔一九〕「爾」，《文苑英華》卷九五八作「耳」。

〔二〇〕「竟」，《文苑英華》卷九五八、《全唐文》卷七五五、文津閣本作「覺」，《文苑英華》下校：「集作竟，下同。」

〔二一〕「竟」，《文苑英華》卷九五八、《全唐文》卷七五五、文津閣本作「覺」。

〔二二〕「何爲而然乎」，「而」，《文苑英華》卷九五八作「其」。

【注　釋】

① 杜君：即杜顗，杜牧之弟。生平見本文，亦見本集卷一六《上宰相求湖州第一啓》注⑥。據本文，杜顗乃卒於大中五年二月，葬於大中六年二月八日，而其時杜牧年五十。杜牧年五十即在大中六年（八五二），故文即約是年春元、二月間所撰。

②訓注：指李訓、鄭注。李訓，字子垂，始名仲言，字子訓。肅宗時宰相李揆之族孫。傳見《舊唐書》卷一六九、《新唐書》卷一七九。鄭注，絳州翼城人。本姓魚，冒姓鄭氏，故時號魚鄭。傳見《舊唐書》卷一六九、《新唐書》卷一七九。據兩人本傳，大和九年十一月，兩人合謀以「觀甘露」爲名擬誅除宦官仇士良等人，事敗被殺。同時朝官被宦官所殺者甚衆，史稱「甘露之變」。

唐故灞陵駱處士墓誌銘〔一〕①

灞陵駱處士名峻，字肅之，華州華陰人也。當建中四年，年二十，遊京師。值泚亂②，爲其黨源休拘，委以事〔二〕，處士逸，一日夕行二百里，拜親於華陰。因啓度賊終不能東出百里間，鄉里不足憂，願得一見天子於艱危中。遂入奉天，至漢中，屢以兵食干執事者。後長安李懷光踵叛，關中公私饑，李、馬、渾兵十餘萬③，計日餉食，有司因請授處士岳州巴陵尉〔三〕，繫職於饋運間。後四遷至揚州士曹參軍〔四〕。

至元和初，以母喪去職，哀哭濱死，終喪，因曰：「汚吾跡二十餘年者，食豐衣鮮，以有養也，今可以行吾志也。」乃於灞陵東坡下得水樹以居之。相國杜公黄裳在蒲津，相國張公弘靜在并州〔五〕、大梁，渾尚書鎬在易定，潘侍郎孟陽在蜀之東川，司徒薛公平在鄭滑〔六〕，皆挈卑詞幣馬至門，曰：「處士不能一起助我爲治乎？」皆以疾辭。長慶初，桂府觀察使杜公凡兩拜章④，乞爲梧州刺史，詔因授之。衆皆曰：「今黄家洞賊熾⑤，邕、容兵連敗，縮首不出，猶鼎鰲爾〔七〕。交阯殺都護，復旱亂相仍，朝廷豈捐此三處，不以公治之，而久置公爲梧守耶？」處士慘而讓，祇以疾辭解，訖不言其他，爾後人知其堅不可復動矣。

田三百畝，菓蔬占其一，捽墾辛苦，不受人一錢惠。朝之名士，多造其廬，未嘗以栖退超脱之高露於言色，温敬畏下，如勇於仕進者。論及當代利病，活人綏邊之策，必亹亹盡吐，冀達於在位者，至於安危機鍵之語，默不出口。尤不信浮圖學，有言者必約其條目，引《六經》以窒之，曰：「是乃其徒盜夫子之旨而爲其辭，是安能自爲之。」善圖山水狀，鑑者比之朱審⑥、王維之儔。里百家鬬訴凶吉〔八〕，一來決之〔九〕。凡三十六年，無一日不自得也。以會昌元年十一月某日卒，年七十九。以某月日，歸葬於華陰縣先人之墓。

處士嘗曰：「相國劉公晏不急征，不横賦，承亂亡之餘〔一〇〕，食數十萬兵者二十餘年，斯過蕭何遠矣。」每長短校量今古富人强國之術。我烈祖司徒岐國公⑦、趙國公李公⑧，當貞元、元和時，儒學術業冠天下，每與處士語，未嘗不嗟歎其才，恨其尚壯，不可屈以仕，優禮接之。嗚呼賢哉！銘曰：

不見可欲，使心不亂⑨。古之作者，窮栖自鍛〔一一〕⑩。子伯子至，王霸久卧⑪。向栩相趙⑫，馬良車煥⑬。子夏高第⑭〔一二〕，心中交戰。處士之居，落青門畔⑮。交駟連羈〔一三〕，繡軒交貫〔一四〕。危冠自喜，首縈後絆〔一五〕。言訖揖去，一如不見。我齒未衰，誰知己知〔一六〕。岐公主師，見必迎喜，語必移時。論兵計食，屈指無遺。功名富貴，不能鈞之。諸侯六辟，南服一麾。笑而不答，亦無是非〔一七〕。三百畝田，百實繁滋〔一八〕。三十六年，食具衣完。今其去矣〔一九〕，誰知其端。嗚呼賢哉！

【校勘記】

〔一〕《文苑英華》卷九六二題作「《駱處士墓誌》」。

〔二〕「委以事」，《文苑英華》卷九六二作「委以軍事」，並於「軍」字下校：「集無此字。」

〔三〕「岳州巴陵尉」，「巴陵」原作「灞陵」，據《文苑英華》卷九六一、《全唐文》卷七五六改。

〔四〕「至揚州士曹參軍」，「至」字原作「上」，據《文苑英華》卷九六二、《全唐文》卷七五六、文津閣本改。

〔五〕「相國張公弘靜」，「靜」，《文苑英華》卷九六二作「靖」。

〔六〕「司徒薛公平」，「平」字原作「革」，《文苑英華》卷九六二作「萃」，《全唐文》卷七五六作「苹」。按，當爲薛平。據《舊唐書》本傳，薛平曾任滑州刺史、鄭滑節度觀察等使，後以司徒致仕。又胡校：「按《白居易集》卷五五有《除薛平鄭滑節度制》，《舊唐書》卷十五《憲宗紀》下：『元和七年八月辛亥，以左龍武大將軍薛平爲鄭滑刺史、義成軍節度使。』又見《舊唐書》卷一一一四、《新唐書》卷一一一《薛平傳》及《册府元龜》卷六八三。知杜牧文『薛公革』乃『薛公平』之訛。」今據改。

〔七〕「猶鼎鼈爾」，「爾」，《文苑英華》卷九六二、《全唐文》卷七五六作「耳」。

〔八〕「鬭訴凶吉」，《文苑英華》卷九六二作「鬭訟吉凶」，並於「訟」字下校：「集作訴。」《全唐文》卷七五六、文津閣本作「鬭訴吉凶」。

〔九〕「一來決之」，「之」字原無，據《文苑英華》卷九六二、《全唐文》卷七五六、文津閣本補。

〔一〇〕「亂亡之餘」，「亂亡」，《文苑英華》卷九六二作「喪亂」，下校：「集作亂亡。」

〔一一〕「窮栖自鍛」，「鍛」字原作「斷」，且小有音注「去聲」。《文苑英華》卷九六二於「斷」字下校：「作鍛」，今據改。

〔一二〕「子夏高第」，「第」，《文苑英華》卷九六二、《全唐文》卷七五六作「弟」。

〔一三〕「交駟連羈」，「交」原作「文」，據文津閣本改。

〔一四〕「繡軒交貫」，「軒」，《文苑英華》卷九六二作「軿」，下校：「集作軒。」

〔一五〕「首縈後絆」，「首」，《文苑英華》卷九六二、《全唐文》卷七五六、文津閣本作「前」，《文苑英華》下校：「集作首。」

〔一六〕「誰知己知」，《文苑英華》卷九六二、文津閣本作「誰爲己知」，並於「爲」字下校：「集作知。」

〔一七〕「亦無是非」，「是非」原作「事非」，據《文苑英華》卷九六二、《全唐文》卷七五六、文津閣本改。

〔一八〕「百實繁滋」，「繁滋」，《文苑英華》卷九六二、《全唐文》卷七五六作「滋繁」，《文苑英華》下校：「集作繁滋。」

〔一九〕「今其去矣」，「今」，《文苑英華》卷九六二作「人」，下校：「集作今。」

【注　釋】

①駱處士之生平詳本文。據本文，其卒於會昌元年十一月，然未詳下葬年月。故此文當作於會昌元年（八四一）十一月後，至於何年所作，未能确考。

②值泚亂：泚，即朱泚。幽州昌平人。傳見《舊唐書》卷二〇〇下、《新唐書》卷二二五中。據傳，建中四年十月，涇原節度使姚令言叛據長安，唐德宗出奔奉天，時朱泚已爲幽州盧龍節度、太尉、中書令，叛卒擁朱泚即位於宣政殿，自稱大秦皇帝，建元應天。即拜令言侍中、關内副元帥，李忠臣爲司空、兼侍中，源休爲中書侍郎、平章事、判度支。次年，唐將李晟收復京城，朱泚出逃，被部將所殺。

③李馬渾兵十餘萬：李，指李晟，字良器，洮州臨潭人。累遷左羽林大將軍，官至右神策軍都將。建中四年，朱泚叛，擊敗朱泚，收復長安有功，官至太尉，兼中書令。傳見《舊唐書》卷一三三、《新唐

書》卷一五四。馬，爲馬燧，字洵美，汝州郟城人。累官鄭州、懷州、隴州刺史。大曆中任檢校左散騎常侍，爲三城使。後以戰功，官至同中書門下平章事，封北平郡王。卒贈太傅。傳見《舊唐書》卷一三四、《新唐書》卷一五五。渾，指渾瑊。皋蘭州人，本鐵勒九姓部落之渾部也。本名進，少即善騎射，隨父戰伐，累授折衝果毅，遷中郎將。後以討安慶緒、史朝義等有功，加開府儀同三司、太常卿。破朱泚，以功先後任京畿渭北節度使、同中書門下平章事等職。平朱泚後，加封爲侍中、咸寧郡王。傳見《舊唐書》卷一三四、《新唐書》卷一五五。

④桂府觀察使杜公：即杜式方。字考元，京兆萬年人，杜佑子。以蔭授揚府參軍，轉常州晉陵尉。歷太子舍人，改太常寺主簿。後遷爲司農少卿，加正義大夫、太僕卿。穆宗即位，轉兼御史中丞，充桂管觀察都防禦使。卒，贈禮部尚書。傳見《舊唐書》卷一四七、《新唐書》卷一六六。

⑤黄家洞賊：又稱黄賊、黄家賊，見本集卷七《唐故江西觀察使武陽公韋公遺愛碑》注⑦。

⑥朱審：唐吴興人，一作吴郡人。善畫，德宗建中中擅名於時。工畫山水、竹樹、松石、人物。生平見《歷代名畫記》卷一〇、《唐朝名畫録》卷六、《圖繪寶鑑》卷二。

⑦司徒岐國公：即杜牧祖父杜佑。杜佑封司徒、岐國公，故稱。傳見《舊唐書》卷一四七、《新唐書》卷一六六。

⑧趙國公李公：即李吉甫。趙郡人，字弘憲。累官至宰相，封趙國公，故稱。傳見《舊唐書》卷一四

八、《新唐書》卷一四六。

⑨不見可欲二句：出自老子《道德經》上篇：「不尚賢，使民不爭；不貴難得之貨，使民不盜；不見可欲，使民心不亂。」

⑩古之作者二句：此指老子。老子曾爲東周藏書室史官，後辭官歸隱，自我修煉。

⑪子伯子至二句：據《後漢書》卷八四《列女傳》：「太原王霸妻者，不知何氏之女也。霸少立高節，光武時，連徵不仕。……初，霸與同郡令狐子伯爲友，後子伯爲楚相，而其子爲郡功曹。子伯乃令子奉書於霸，車馬服從，雍容如也。霸子時方耕於野，聞賓至，投耒而歸，見令狐子，沮怍不能仰視。霸目之，有愧容，客去而久卧不起。妻怪問其故，始不肯告，妻請罪，而後言曰：『吾與子伯素不相若，向見其子容服甚光，舉措有適，而我兒曹蓬髮歷齒，未知禮則，見客而有慚色。父子恩深，不覺自失耳。』妻曰：『君少修清節，不顧榮禄。今子伯之貴孰與君之高？奈何忘宿志而慚兒女子乎！』霸屈起而笑曰：『有是哉！』遂共終身隱遯。」子伯，即令狐子伯，東漢太原人。與同郡王霸爲友，後爲楚相，子爲郡功曹。霸連徵不仕，遂令子奉書於霸。事見《後漢書》卷八四《列女傳》。王霸，字儒仲，東漢太原廣武人。少有清節。「王莽篡位，弃冠帶，絶交宦。建武中，徵到尚書，拜稱名，不稱臣。有司問其故。霸曰：『天子有所不臣，諸侯有所不友。』……以病歸。隱居守志，茅屋蓬户。連徵不至，以壽終。」傳見《後漢書》卷八三。

⑫向栩相趙：向栩，字甫興，東漢河内朝歌人。「少爲書生，性卓詭不倫。恒讀《老子》，狀如學道。……郡禮請辟，舉孝廉、賢良方正、有道，公府辟，皆不到。」後徵拜爲趙相，「及之官，時人謂其必當脱素從儉，而栩更乘鮮車，御良馬，世疑其始僞」。後又拜侍中，不欲出兵征討張角，被懷疑與張角同心，被殺。傳見《後漢書》卷八一。

⑬馬良車焕：馬良，字季常，三國襄陽宜城人。「兄弟五人，並有才名」，良眉中有白毛，「鄉里爲之諺曰：『馬氏五常，白眉最良。』」依劉備爲荆州從事，徙左將軍掾。後爲侍中。劉備東征吴國敗績於夷陵，馬良亦遇害。傳見《三國志》卷三九。

⑭子夏高第：子夏，即卜商。春秋末衛國人，一説晉國温人，字子夏。孔子弟子，以文學見稱。曾爲魯國莒父宰。孔子死後，子夏講學於西河，李克、吴起、田子方、段干木等人皆從受業，魏文侯亦曾師事之，受經藝。事見《論語·子路》。

⑮青門：即漢代長安城東南門。本名霸城門，俗因門色青，呼爲青門。此處指唐長安東門。

【集　評】

善刀而藏，處衰世之良法。（鄭郲評本文）

唐故復州司馬杜君墓誌銘并序〔一〕①

公諱銓，字謹夫，河西隴右節度使、襄陽公、贈司空之曾孫②，司徒、岐國公、贈太師之孫③，司農少卿、贈給事中之子④。公以岐公蔭，調授揚州參軍、同州馮翊縣丞、衛尉寺主簿、鄂州江夏縣令、復州司馬。年六十，某年月日，終于漢上別業。

岐公外殿内輔，凡四十年〔二〕，貴富繁大，孫兒二十餘人〔三〕，晨昏起居，同堂環侍。公爲之親，不以進，門内家事，條治裁酌，至於筐篋細碎，悉歸於公，稱謹而治。自罷江夏令，卜居於漢北泗水上，烈日笠首，自督耕夫，而一年食足，二年衣食兩餘，三年而室屋完新〔四〕，六畜肥繁，器用皆具。凡十五年，起於墾荒，不假人之一毫之助〔五〕，至成富家翁。常曰：「忍耻入仕，不緣妻子衣食者，舉世幾人？彼忍耻，我勞力，等衣食爾〔六〕，顧我何如？」後授復州司馬，半歲棄去，終不復仕。以某月日〔七〕，歸葬於長安城南少陵原司馬村先塋。某爲從父弟〔八〕，泣涕而書銘曰：

公侯之家，所業唯官。薄官業農，墾荒室完。入仕多耻，以農力勞。等衣食爾〔九〕，勞力者賢。歸全故丘，慶期孫子〔一〇〕。

【校勘記】

〔一〕《文苑英華》卷九五八題作《復州司馬杜君墓誌銘》。

〔二〕「凡四十年」，原作「凡十四年」，據《文苑英華》卷九五八、《全唐文》卷七五五改。

〔三〕「孫兒二十餘人」，「孫兒」，《文苑英華》卷九五八、《全唐文》卷七五五作「兒孫」。

〔四〕「室屋完新」，「屋」，《文苑英華》卷九五八作「居」，下校：「集作屋。」

〔五〕「不假人之一毫」，《文苑英華》卷九五八、《全唐文》卷七五五無「之」字。

〔六〕「等衣食尔」，「尔」，《文苑英華》卷九五八作「耳」。

〔七〕「以某月日」，《文苑英華》卷九五八作「以某月某日」。

〔八〕「某爲從父弟」，「某」，《文苑英華》卷九五八、文津閣本作「牧」。

〔九〕「等衣食尔」，「尔」，《文苑英華》卷九五八作「耳」。

〔一〇〕「慶期孫子」，「孫子」，《文苑英華》卷九五八作「子孫」。

【注　釋】

① 復州司馬杜君：即杜詮，杜牧堂兄。生平見本文及《新唐書》卷七二上《宰相世系表》二上。復州，州名。北周置，治所在建興，即今湖北沔陽縣西。隋改沔陽郡。唐又爲復州。

②贈司空：指杜佑之父杜希望。京兆萬年人。歷代州都督、鄯州都督、鴻臚卿、恒州刺史、西河太守。傳見《舊唐書》卷一四七、《新唐書》卷一六六。

③岐國公：即杜牧之祖父杜佑。拜司徒，封岐國公，故稱。傳見《舊唐書》卷一四七、《新唐書》卷一六六。

④司農少卿贈給事中：即杜牧之伯父杜師損。曾任工部郎中，位終司農少卿。生平見《舊唐書》卷一四七《杜佑傳》附、《新唐書》卷七二上《宰相世系表》二上。

唐故邕府巡官裴君墓誌銘〔一〕①

君諱希顏，字某。裴氏於百氏中，獨標其族曰眷，三分之爲東、西、中，君東眷裴〔二〕，在國朝名位最大曰冕，艱難中定册立肅宗於靈武而相之，繼相代宗，僅十五年，國史有傳。冕於君爲堂伯祖父。王考某②，終朗州刺史，娶宣州寧國令滎陽鄭某女，生四男，君爲首生〔三〕。朗州爲盩厔、河西令，道、朗二州刺史，公廉剛簡，强於愛人，凡關百姓一毫事，與京兆尹、節度使爭論，大聲於庭府間〔四〕，前如無人。然未嘗以杖責治家〔五〕，家人有過失則諭之，諭不變者，出之爲良人，終不忍牽鬻於市。將終，鄭夫人泣請遺令，曰：「吾之廄騾，爲盩厔時役之，今踰十年，聽其老死，慎不可賣。」言訖而絶。君生寖染仁父之化，温良柔友，窮居鄠縣，飢寒餘二十年〔六〕，未嘗出一言以慍不足。司農卿裴及爲邕府經略使，辟君爲從事，得南方疾歸。大中二年某月日，卒于其家，享年若干。不娶，無子。某娶裴氏〔七〕，實君之私，其弟覺泣來請銘。銘曰：

淑其性，生無位，死無子，孰識其端？

【校勘記】

〔一〕《文苑英華》卷九五八題無「唐故」二字。

〔二〕「東眷裴」，「眷」字原作「春」，據《文苑英華》卷九五八、《全唐文》卷七五五、文津閣本改。

〔三〕「君爲首生」，「君」字原無，據《文苑英華》卷九五八、《全唐文》卷七五五、文津閣本補。

〔四〕「庭府」，原作「延府」，據《文苑英華》卷九五八、《全唐文》卷七五五改。

〔五〕「杖責治家」，「責」字原作「貴」，據《文苑英華》卷九五八、《全唐文》卷七五五、文津閣本改。

〔六〕「飢寒餘二十年」，《文苑英華》卷九五八無「餘」字，下校：「集有餘字。」

〔七〕「某娶裴氏」，「某」，《文苑英華》卷九五八、《全唐文》卷七五五、文津閣本作「牧」。

【注　釋】

① 邕府巡官裴君：即杜牧妻兄裴希顔。生平見本文及《新唐書》卷七一上《宰相世系表》一上。邕府，指邕州。秦桂林郡地。隋改宣化縣。唐貞觀六年置南晉州，尋改爲邕州，以州西南邕江爲名。治所在今廣西南寧市。本文作年不可确考。文中記裴希顔卒於「大中二年某月日」，後「其弟覺泣來請銘」，然未言下葬年月。故此文之作最早當在大中二年（八四八），其確年則未知，俟考。

② 王考某：即杜牧之妻父裴偃，終朗州刺史。杜牧《自撰墓誌銘》：「妻河東裴氏，朗州刺史偃之女。」生平見本文，又見《新唐書》卷七一上《宰相世系表》一上。

唐故范陽盧秀才墓誌〔一〕①

秀才盧生名霈，字子中。自天寶後，三代或仕燕，或仕趙，兩地皆多良田畜馬，生年二十，未知古有人曰周公、孔夫子者，擊毬飲酒，馬射走兔，語言習尚，無非攻守戰鬬之事。鎮州有儒者黃建，鎮人敬之，呼爲先生，建因語生以先王儒學之道，因復曰：「自河而南，有土地數萬里，可如燕、趙比者百數十處〔二〕。有西京、東京，西京有天子，公卿士人畦居兩京間，皆億萬家，萬國皆持其土產，出其珍異，時節朝貢，一取約束。無禁限疑忌，廣大寬易，嬉遊終日。但能爲先王儒學之道，可得其公卿之位，顯榮富貴，流及子孫，至老不見戰爭殺戮。」生立悟其言，即陰約母弟雲竊家駿馬〔三〕，日馳三百里，夜抵襄國界②，捨馬步行徑入王屋山〔四〕，請詣道士觀〔五〕。道士憐之，置之外門廡下，席地而處。始聞《孝經》、《論語》〔六〕。布褐不襪，捽草爲茹，或竟日不得食，如此凡十年。年三十，有文有學，日閑習人事，誠敬通達，汝、洛間士人，稍稍知之。

開成三年，來京師舉進士，於群輩中酋酋然〔七〕，凡曰進士知名者多趨之〔八〕，願與之爲交。生嘗曰：「丈夫一日得志，天子召座於前〔九〕，以笏畫地，取山東一百二十城，唯我知其甚易爾〔一〇〕！」因言燕、趙間山川夷險〔一一〕，教令風俗，人情之所短長，三十年來王師攻擊，利與不利，其所來由，明白如彩畫，一一可以目睹。

開成四年，客遊代州南歸，某月日〔一二〕，於晉州霍邑縣界晝日盜殺之。京師名進士聞之，多有哭者，資其弟雲至霍邑取生喪來長安。以某年月日〔一三〕，葬於城南某鄉里〔一四〕，其所資費，皆出於交遊間。曾祖昌嗣，涿州刺史；祖顗〔一五〕，易州長史；父勸，鎮州石邑令。某常以生之材節薦生於公卿間〔一六〕，聞生之死，哭之。因誌其墓。

【校勘記】

〔一〕《文苑英華》卷九六二題無「唐故」二字。

〔二〕「可如燕趙比者」，「如」，《文苑英華》卷九六二、《全唐文》卷七五五作「以」。

〔三〕「生立悟其言即陰約母弟雲」，《文苑英華》卷九六二作「生立悟，其日即陰約母弟雲」。

〔四〕「步行」，《文苑英華》卷九六二作「走行」。

〔五〕「請詣道士觀」，《文苑英華》卷九六二作「詣諸道士觀」。

〔六〕「始聞孝經論語」，「聞」字原作「開」，據《文苑英華》卷九六二、《全唐文》卷七五五、文津閣本改。

〔七〕「於群輩中」，「於」，《文苑英華》卷九六二作「以」，下校：「集作於是。」

〔八〕「知名者」，「知」字原無，據《文苑英華》卷九六二、《全唐文》卷七五五、文津閣本補。

〔九〕「召座於前」，《文苑英華》卷九六二作「召坐於前」，《全唐文》卷七五五作「召於座前」。

〔一〇〕「甚易爾」，「爾」，《文苑英華》卷九六二、《全唐文》卷七五五作「耳」。

〔一一〕「夷險」，原作「禹儉」，據《文苑英華》卷九六二、《全唐文》卷七五五、文津閣本改。

〔一二〕「某月日」，《文苑英華》卷九六二作「某月某日」。

〔一三〕「某年月日」，《文苑英華》卷九六二作「某年某月某日」。

〔一四〕「某鄉里」，《文苑英華》卷九六二作「某縣某鄉某里」。

〔一五〕「祖顗」，「顗」，《文苑英華》卷九六二作「顗」，下校：「集作顗。」

〔一六〕「某」，文津閣本作「牧」。「材節」，原作「林節」，據《全唐文》卷七五五改。《文苑英華》卷九六二作「才節」。

【注　釋】

①盧秀才：即盧霈，字子中。生平詳本文。本文謂盧霈「開成四年，客遊代州南歸，某月日，於晉州霍邑縣界晝日盜殺之。京師名進士聞之，多有哭者，資其弟雲至霍邑取生喪來長安。以某年月日，葬於城南某鄉里，其所資費，皆出於交遊間」。又云「某常以生之材節薦生於公卿間，聞生之死，哭之。因誌其墓」。則文當開成四年（八三九）撰，時杜牧在京任左補闕、史館修撰。

②襄國：縣名。地在今河北邢臺縣。春秋時邢地，戰國爲趙邑，秦置信都縣，項羽改爲襄國。

唐故進士龔軺墓誌〔一〕①

會昌五年十二月，某自秋浦守桐廬〔二〕②，路由錢塘〔三〕。龔軺袖詩以進士名來謁，時刺史趙郡李播曰：「龔秀才詩人，兼善鼓琴〔四〕。」因令操《流波弄》，清越可聽。及飲酒，頗攻章程〔五〕，謹雅而和。飲罷，某南去〔六〕，舟中閱其詩，有山水閑淡之思。後四年，守吳興，因與進士嚴惲言及鬼神事，嚴生曰：「有進士襲軺，去歲來此，晝坐客館中，若有二人召軺者，軺命馬甚速〔七〕，始跨鞍，馬驚墮地，折左脛，旬日卒。」余始了然。憶錢塘見軺時，徐徐尋思，如昨日事，因知尚殯于野，乃命軍吏徐良改葬于卞山，南去州城西北一十五里。嚴生與軺善，亦不知其鄉里源流，故不得記。嗚呼！胡爲而來二鬼，驚馬折脛而死哉？大中五年辛未歲五月二日記〔八〕。

【校勘記】

〔一〕《文苑英華》卷九六二題作《進士襲軺墓誌》。

〔二〕「某」，《文苑英華》卷九六二、文津閣本作「牧」。

〔三〕「錢塘」，原作「錢唐」，據《文苑英華》卷九六二、《全唐文》卷七五五、文津閣本改。

〔四〕「兼善鼓琴」，「善」字原無，據《文苑英華》卷九六二、《全唐文》卷七五五補。

〔五〕「頗攻章程」，「攻」，《文苑英華》卷九六二作「工」，下校：「集作攻。」文津閣本亦作「工」。

〔六〕「某南去」，「某」，《文苑英華》卷九六二、文津閣本作「牧」。

〔七〕「軺命馬甚速」，「馬」，《全唐文》卷七五五作「駕」。

〔八〕「五月二日記」，「二」，《文苑英華》卷九六二作「三」，下校：「集作二。」

【注　釋】

①本文末云「大中五年辛未歲五月二日記」，此即本文作時。

②會昌五年十二月二句：按，此處所記時間有誤。秋浦，縣名。隋開皇十九年置，屬宣城郡。故城在今安徽貴池縣境。唐時乃池州屬縣，故此處用以代指池州。桐廬，縣名。今屬浙江杭州市。唐時乃睦州屬縣，故此處用以代指睦州。據《杜牧年譜》所考，杜牧自池州刺史徙睦州刺史在會昌六年九月，則其赴任途中經杭州應是會昌六年十二月，而非會昌五年十二月。

【集　評】

事亦怪誕堪誌。（鄭郲評本文）

樊川文集卷第十

李賀集序〔一〕①

大和五年十月中，半夜時，舍外有疾呼傳緘書者。某曰〔二〕：「必有異。」亟取火來，及發之，果集賢學士沈公子明書一通②，曰：「吾亡友李賀〔三〕，元和中義愛甚厚，日夕相與起居飲食〔四〕。賀且死，嘗授我平生所著歌詩，離爲四編〔五〕，凡千首〔六〕。數年來東西南北，良爲已失去。今夕醉解，不復得寐，即閲理篋帙，忽得賀詩前所授我者〔七〕。思理往事，凡與賀話言嬉遊，一處所，一物候，一日夕〔八〕，一觴一飯，顯顯焉〔九〕，無有忘棄者，不覺出涕。賀復無家室子弟得以給養恤問，常恨想其人、詠其言止矣〔一〇〕。子厚於我，與我爲《賀集》序，盡道其所來由，亦少解我意。」某其夕不果以書道不可〔一一〕，明日就公謝，且曰：「世謂賀才絶出於前〔一二〕。」讓。居數日，某深惟公曰〔一三〕：「公於詩爲深妙奇博，且復盡知賀之得失短長。今實叙賀不讓〔一四〕，必不能當君意〔一五〕，如何？」復就謝，極道所不敢叙賀，公曰：「子固若是，是當慢我。」某因不敢辭〔一六〕，勉爲賀序，然其甚慚。

皇諸孫賀〔一七〕③，字長吉，元和中韓吏部亦頗道其歌詩④。雲煙綿聯，不足爲其態也；水之迢迢，不足爲其情也；春之盎盎，不足爲其和也；秋之明潔，不足爲其格也〔一八〕；風檣陣馬，不足爲其勇也；瓦棺篆鼎，不足爲其古也；時花美女，不足爲其色也；荒國陊殿，梗莽丘壟，不足爲其恨怨悲愁也；鯨呿鼇擲〔一九〕，牛鬼蛇神，不足爲其虚荒誕幻也。蓋《騷》之苗裔，理雖不及〔二〇〕，辭或過之。《騷》有感怨刺懟，言及君臣理亂，時有以激發人意。乃賀所爲，無得有是！賀能探尋前事〔二一〕，所以深歎恨今古未嘗經道者〔二二〕，如《金銅仙人辭漢歌》、《補梁庾肩吾宫體謡》，求取情狀，離絶遠去筆墨畦逕間，亦殊不能知之。賀生二十七年死矣，世皆曰：「使賀且未死，少加以理，奴僕命《騷》可也〔二三〕。」賀死後凡十某年〔二四〕，京兆杜某爲其序〔二五〕。

【校勘記】

〔一〕《唐文粹》卷九三題作《唐太常寺奉禮郎李賀詩集序》，《全唐文》卷七五三則題爲《太常寺奉禮郎李賀歌詩集序》。

〔二〕「某曰」，《文苑英華》卷七一四、文津閣本作「牧曰」。

〔三〕「吾亡友李賀」，「吾」，《文苑英華》卷七一四作「我」。

〔四〕「飲食」，《文苑英華》卷七一四於「食」字下校：「杜集作會。」

〔五〕「離爲四編」，「離」字原作「雜」，據《文苑英華》卷七一四改。

〔六〕「千首」，《唐文粹》卷九三、《全唐文》卷七五三、文津閣本作「若干首」，《文苑英華》卷七一四作「二百二十三首」。

〔七〕「賀詩前所授我者」，《文苑英華》卷七一四此句無「詩」字，然於「賀」字下校：「杜集、文粹有詩字。」

〔八〕「一日夕」，《文苑英華》卷七一四、文津閣本作「一日一夕」。

〔九〕「顯顯焉」，《文苑英華》卷七一四於「焉」字下校：「杜集作然。」

〔一〇〕「詠其言止矣」，《文苑英華》卷七一四於「詠」字下校：「杜集作味。」

〔一一〕「某」，《文苑英華》卷七一四、文津閣本作「牧」。

〔一二〕「世謂賀才絶出於前」，「謂」字原作「爲」，「於」字原無，據《文苑英華》卷七一四、《全唐文》卷七五三增改。文津閣本「爲」亦作「謂」。

〔一三〕「某」，《文苑英華》卷七一四、文津閣本作「牧」。

〔一四〕「今實叙賀不讓」，「實」字原作「寶」，據《唐文粹》卷九三、《文苑英華》卷七一四、《全唐文》卷七五三、文津閣本改。

〔一五〕「君意」，《文苑英華》卷七一四、《全唐文》卷七五三作「公意」。

〔一六〕「某」，《文苑英華》卷七一四、文津閣本作「牧」。

〔一七〕「皇諸孫賀」，《唐文粹》卷九三、《文苑英華》卷七一四作「唐皇諸孫賀」，《全唐文》卷七五三此句作「賀唐皇諸孫」。

〔一八〕「格」，《文苑英華》卷七一四作「清」，下校：「諸本作格。」

〔一九〕「鯨呿鼇擲」，《文苑英華》卷七一四作「鯨吐鼇擲」。

〔二〇〕「不及」，文津閣本作「不足」。

〔二一〕「賀能探尋前事」，《文苑英華》卷七一四、《全唐文》卷七五三作「賀復能探尋前事」。

〔二二〕「今古」，《文苑英華》卷七一四作「今古」，下校：「杜集作古今。」《全唐文》卷七五三作「古今」。

〔二三〕「奴僕」，《文苑英華》卷七一四作「僕奴」，下校：「文粹、集本作奴僕。」

〔二四〕「凡十某年」，《文苑英華》卷七一四、文津閣本作「凡十有五年」，《全唐文》卷七五三作「凡十五年」。

〔二五〕「某」，文津閣本作「牧」。

【注釋】

①李賀：字長吉，福昌（今河南宜陽）人。曾任奉禮郎，以詩歌著名，有《李賀集》五卷。傳見《舊唐書》卷一三七、《新唐書》卷二〇三。本文謂「大和五年十月中」，沈子明請其撰《李賀集序》，「居

數日」後，「某因不敢辭，勉爲賀序」。據此，則本文當作於大和五年（八三一）十月。

② 沈公子明：即沈述師，字子明，著名史學家、傳奇作家沈既濟之子，傳師之弟，李賀生前好友。

③ 皇諸孫：李賀爲唐宗室鄭孝王亮後裔，但至其父時已没落。

④ 韓吏部句：韓吏部，即韓愈，曾任吏部侍郎，故稱。《新唐書·李賀傳》：「（賀）七歲能辭章。韓愈、皇甫湜始聞未信，過其家，使賀賦詩，援筆輒就，如宿構，自目曰《高軒過》。二人大驚，自是有名。」唐張固《幽閒鼓吹》亦記：「賀以歌詩謁韓吏部。吏部時爲國子博士分司，送客歸，極困。門人呈卷，解帶旋讀之。首章《雁門太守行》曰：『黑雲壓城城欲摧，甲光向日金鱗開。』却援帶，命邀之。」

【集評】

李光遠《觀潮》詩云：「默運乾坤不暫停，東西雲海焠陽精。連山高浪俄兼湧，赴壑奔流爲逆行。」「默運乾坤」四字重濁不成詩，語雖有出處，亦不當用，須點化成詩家材料方可入用。如詩家論翰墨氣骨頭重，乃此類也；如杜牧之作《李長吉詩序》云：「絶去筆墨畦畛」，斯得之矣。又如「焠」字亦非詩中字，第二聯對句太粗生，少鍛煉。（吴可《藏海詩話》）

杜牧之序李賀詩云：「騷人之苗裔。」又云：「少加以理，奴僕命《騷》可也。」牧之論太過。賀詩乃李白樂府中出，瑰奇譎怪則似之，秀逸天拔則不及也。賀有太白之語，而無太白之韻。元、白、張籍以意爲主，而失于少文；賀以詞爲主，而失于少理，各得其一偏。故曰：「文質彬彬，然後君子。」（張戒《歲寒堂詩話》卷上）

《題後林李伯高詩卷》：諧如帝所聞天樂，壯似胥江看雪濤。險韻森嚴壓皮、陸，短章高雅逼韋、陶。老夫欲反樊川序，長吉安能僕命《騷》。（劉克莊《後村先生大全集》卷三十八）

長吉歌行，新意險語，自有蒼生以來所無。樊川一序，極騷人墨客之筆力，盡古今文章之變態，非長吉不足以當之。（劉克莊《後村詩話》新集卷六）

《王吏部西樵詩集序》：昔杜樊川論文以意爲主，氣爲輔，辭采爲兵衛。而其序李長吉詩，則以爲「《騷》之苗裔，理雖不及，詞則過之」；又曰：「使少加以理，奴僕命《騷》可也。」夫樊川所云「理」，豈非謂命意期於淳深，而無取踳駮乎？鼓氣期於綿聯，而無取梗澀乎？摛詞擷采，期於雅馴，期於麗則，而無取詭僻填綴乎？指事陳情，不有天然之杼軸乎？籠形挫物，不有日新之爐鞴乎？長吉之詩，天才瑰異，而陶冶之功未至，程之以理，則蕪音累氣，往往而見，樊川所以深致惜乎斯人也。嘗觀杜陵之論詩矣，一則曰「意愜關飛動，篇終接混茫」，一則曰「妙取筌蹄棄，高宜百萬層」，一則曰「毫髮無遺憾，波瀾獨老成」。杜陵之言「愜」、言「高」、言「老成」，即樊川之所謂「理」也。是主之以奴僕令《騷》者也。論至於此，自非別裁僞體、轉益多師、掣鯨魚於碧海者，其孰能備美無憾？雖長吉猶

難言之，況如盧仝、馬異輩之孑孑自異者哉！（朱鶴齡《愚庵小集》卷八）

摯虞論詩，謂「辨言過理，則失其義」。樊川序長吉，謂「少加以理，可奴僕命《騷》」。嚴氏「詩不關理」之説，豈其然乎？（葉矯然《龍性堂詩話》初集）

唐人作唐人詩序，亦多誇詞，不盡與作者痛癢相中。惟杜牧之作李長吉序，可以無媿，然亦有足商者。序云：……余每訝序中春和秋潔二語，不類長吉，似序儲、王、韋、柳五言古詩。而「雲煙綿聯」，「水之迢迢」，又似爲微之《連昌宫詞》、香山《長恨歌》諸篇作贊。若「時花美女」，則《帝京篇》、《公子行》也。此外數段，皆爲長吉傳神，無復可議矣。其謂長吉詩爲「《騷》之苗裔」一語，甚當。蓋長吉詩多從《風》、《雅》及《楚辭》中來，但入詩歌中，遂成創體耳。又謂「理雖不及，辭或過之，使加以理，奴僕命《騷》可也」數語，吾有疑焉。夫唐詩所以敻絶千古者，以其絶不言理耳。宋之程、朱，及故明陳白沙諸公，惟其談理，是以無詩。彼六經皆明理之書，獨《毛詩》三百篇不言理，惟其不言理，所以無非理也。聖賢讀「素絢」而得「禮後」，讀「尚絅」而得「闇然」，讀「唐棣」而得「思遠」。蓋聖賢事境圓明，風謠歌吹，無不可以入理。若但作理解，則固陋已甚，且不能如匡鼎之解頤，又安能若西河之起予哉！《楚騷》雖忠愛惻怛，然其妙在荒唐無理。而長吉詩歌所以得爲《騷》苗裔者，正當於無理中求之，奈何反欲加以理耶？理襲辭鄙，而理亦付之陳言矣，豈復有長吉詩歌？又豈復有《騷》哉？（賀貽孫《詩筏》）

杜牧序賀曰：「蓋《騷》之苗裔，理雖不及，辭或過之。《騷》之有感怨刺懟，言及君臣理亂，時有以激發人意。乃賀所爲，無得有是。」後又云：「少加以理，奴僕命《騷》可也。」宋人貶之，以爲賀詩之妙，正在理外。余細觀賀詩，二説俱謬。賀詩誠不能悉合于理，此詞人皆然，不獨賀也。如《黄家洞》，……誰謂不能感發人意乎？又其《採玉歌》，……傷心慘目之悲，及勞民以求無用之意，隱隱形于言外。此真樂天所云「下以洩導人情，上可以補察時政」者，而曰賀詩全無理，豈其然！（賀裳《載酒園詩話又編·李賀》）

李賀集固是教外別傳，即其集而觀之，却體體皆佳。……杜牧一序，義山一傳，長爪生可凌雲一笑矣。杜牧序中引昌黎諸比擬語，足以爲嘔出心肝者慰。（方世舉《蘭叢詩話》）

詩要有理，不是「萬物靜觀皆自得，四時佳興與人同」才爲理。一事一物皆有理，只看《左傳》臧孫達之言「先王昭德塞違者，如昭其文也」之類，皆是説理，可以省悟於詩。杜牧之叙李賀集，種種言其奇妙，而要終之言曰：「稍加以理，奴僕命《騷》可也。」可見詞雖有餘而理或不足是大病。（方世舉《蘭叢詩話》）

【神韻論上】杜牧謂李賀詩：「使加之以理，奴僕命《騷》可矣。」此理字，即神韻也。神韻者，徹上徹下，無所不該。其謂羚羊掛角，無跡可求，其謂鏡花水月，空中之象，亦皆即此神韻之正旨也。非墮玉空寂之謂也。（翁方綱《復初齋文集》卷八）

【唐詩選各卷評語】李長吉：世謂太白仙才，長吉鬼才，使天假以年，可奴僕命《騷》，余以爲不然。《騷》之寄託遥深，美人芳草皆非泛設，辭雖惝恍，而旨趣可尋。太白於《騷》最深，故比興雜陳，使人會諸意言之外。若長吉嘔心索句，錦囊所得，本無片段，大率粘綴成章，求其一篇首尾相屬，可以解説者，十不得一二。韓公宏奬風流，引而進之，乃成就後學之盛，心亦不料其所造止於此也。世乃以騷相擬，豈不爲屈、宋所笑哉？杜牧之、温飛卿俱有《華清宫》詩。飛卿專詠楊妃，牧之則總括開元、天寶，由盛而衰，宴遊逸豫，以召亂亡，楊妃女寵，特其一事耳。危言規戒，尤爲本末俱備。蓋牧之好論史談兵，固不可徒以詩人目之也。（陳世鎔《求志居集》外集）

杜牧序李賀詩云：「鯨呿鼇擲，牛鬼蛇神，不足爲其虚荒誕幻也。蓋《騷》之苗裔，理雖不及，辭或過之。」又曰：「使賀且未死，少加以理，奴僕命《騷》可也。」然長吉之「彈琴看文君，春風吹鬢影」、「買絲繡作平原君，有酒惟澆趙州土」、「衰蘭送客咸陽道，天若有情天亦老」、「二十八宿羅心胸，元精耿耿貫當中。殿前作賦聲摩空，筆補造化天無功」，辭之所至，理亦赴之，但不能篇篇理到耳。（余成教《石園詩話》卷二）

杜紫薇謂李長吉詩「少加以理，奴僕命《騷》可也」。夫「奴僕命《騷》」者，惟《三百篇》耳，長吉爲《騷》之奴僕而不足者也。（潘德輿《養一齋詩話》卷五）

《還自會稽歌》：杜牧之序《長吉集》，獨舉此篇及七言之《金銅辭漢歌》，此深于知長吉。（陳沆《詩比興箋》卷四）

《金銅仙人辭漢歌》：自來説此詩者，不爲詠古之恒詞，則謂求仙之泛刺，徒使詩詞嚼蠟，意興不存。試問：《魏略》言魏明帝景初元年，徙長安諸鐘簴、駱駝、銅人承露盤，而此故謬其詞曰「青龍元年」，何耶？既序其事足矣，而又特標曰「唐諸王孫」云云，何耶？此與《還自會稽歌》，皆不過詠古補亡之什，而杜牧之特舉此二篇，以爲「離去畦町」，又何耶？……長吉志在用世，又惡進不以道，故述此二篇以寄其悲，特以寄託深遥，遂爾解人莫索。（陳沆《詩比興箋》卷四）

注孫子序①

兵者，刑也，刑者政事也，爲夫子之徒，實仲由、冉有之事也。今者據案聽訟，械繫罪人，笞死于市者，吏之所爲也。驅兵數萬，撅其城郭，係累其妻子〔一〕，斬其罪人，亦吏之所爲也。木索兵刃，無異意也；笞之與斬，無異刑也。小而易制，用力少者，木索笞也；大而難制，用力多者，兵刃斬也。俱期於除去惡民，安活善人〔二〕。爲國家者，使教化通流，無敢輒有不由我而自恣者。其取吏無他術也〔三〕，無異道也，俱止於仁義忠信、智勇嚴明也。苟得其道一二者，可以使之爲小吏；盡得其道者，可以使之爲大吏。故用力少者，其吏易得也，功易見也；用力多者，其吏難得也，功難就也。止此而已，無他術也，無異道也。自三代已降，皆由斯也。

子貢訟夫子之德曰〔四〕：「文、武之道，未墜於地，在人。賢者識其大者、遠者，不賢者識其小者、近者。」季孫問冉有曰〔五〕：「子於戰學之乎〔六〕，性達之也〔七〕？」對曰：「學之。」季孫曰：「事孔子，惡乎學？」冉有曰：「即學之於孔子者〔八〕，大聖兼該，文武並用，適聞其戰法，猶未之詳也〔九〕。」復不知自何代何人分爲二道〔一〇〕，曰文、曰武，離而俱行，因使搢紳之士，不敢言兵，或耻言之，苟有言者，世以爲粗暴異人，人不比數。嗚呼！亡失根本，斯最爲甚。

周公相成王，制禮作樂，尊大儒術，有淮夷叛則出征之。夫子相魯公②，會于夾谷，曰有文事者，必有武備，叱辱齊侯，服不敢動〔一一〕。是二大聖人〔一二〕，豈不知兵乎？周有齊太公，秦有王翦，兩漢有韓信、趙充國、耿弇、虞詡、段熲，魏有司馬懿，吳有周瑜，蜀有諸葛武侯，晉有羊祜、杜公元凱，梁有韋叡，元魏有崔浩，周有韋孝寬，隋有楊素，國朝李靖、李勣、裴行儉、郭元振。如此人者，當其一時〔一三〕，其所出計畫，皆考古校今，奇秘長遠，策先定於內，功後成於外。彼壯健輕死善擊刺者，供其呼召指使耳，豈可知其由來哉〔一四〕。

某幼讀《禮》〔一五〕，至于「四郊多壘，卿大夫辱也〔一六〕」，謂其書真不虛說。年十六時，見盜起圜二三千里〔一七〕，係戮將相〔一八〕，族誅刺史及其官屬，屍塞城郭，山東崩壞，殷殷焉聲震朝廷〔一九〕③。當其時，使將兵行誅者，則必壯健善擊刺者，卿大夫行列進退，一如常時，笑歌嬉遊，輒不爲辱。非當辱不辱，以爲山東亂事，非我輩所宜當知。某自此謂幼所讀《禮》〔二〇〕，真妄人之言，不足取信，不足爲教。

及年二十，始讀《尚書》、《毛詩》、《左傳》、《國語》、十三代史書，見其樹立其國，滅亡其國，未始不由兵也。主兵者聖賢材能多聞博識之士〔二一〕，則必樹立其國也；壯健擊刺不學之徒，則必敗亡其國也。然後信知爲國家者，兵最爲大，非賢卿大夫，不可堪任其事，苟有敗滅，真卿大夫之辱，信不虛也。因求自古以兵著書，列於後世，可以教於後生者，凡十數家，且百萬言〔二二〕。其孫武所著十三篇，自武死後凡千歲，將兵者有成者，有敗者，勘其事跡，皆與武所著書一一相抵當，猶印圈模刻，一不差跌。武之所論，大約用仁義，使機權也。

武所著書，凡數十萬言〔二三〕，曹魏武帝削其繁剩④，筆其精切〔二四〕，凡十三篇，成爲一編。曹自爲序，因注解之，曰：「吾讀兵書戰策多矣，孫武深矣。」然其所爲注解，十不釋一，此者蓋非曹不能盡注解也。予尋《魏志》，見曹自作兵書十餘萬言，諸將征伐，皆以新書從事，從令者尅捷，違教者負敗。意曹自於新書中馳驟其説，自成一家事業，不欲隨孫武後盡解其書，不然者，曹豈不能耶！今新書已亡，不可復知，予因取孫武書備其注〔二五〕，曹之所注，亦盡存之，分爲上中下三卷〔二六〕。後之人有讀武書予解者，因而學之，猶盤中走丸。丸之走盤，横斜圓直，計於臨時，不可盡知，其必可知者，是知丸不能出於盤也。議於廊廟之上，兵形已成，然後付之於將。漢祖言「指蹤者人也〔二七〕，獲兔者犬也」⑤，此其是也〔二八〕。彼爲相者曰：「兵非吾事，吾不當知。」君子曰：「叨居其位可也。」

【校勘記】

〔一〕「係累其妻子」，《文苑英華》卷七三八無「係」字。

〔二〕「安活善人」，「人」，《文苑英華》卷七三八作「民」，下校：「集作人。」

〔三〕「其取吏無他術也」，《唐文粹》卷九五、《全唐文》卷七五三、文津閣本於「吏」字後有「也」字。

〔四〕「子貢訟夫子之德」，「訟」，《唐文粹》卷九五、《文苑英華》卷七五三、《全唐文》卷七五三、文津閣本均作「頌」。按，訟與頌通。

〔五〕「季孫問冉有曰」，《文苑英華》卷七四八作「季孫問於冉有曰」。

〔六〕「子於戰」，《文苑英華》卷七四八作「子之戰」。

〔七〕「性達之也」，「也」字，《文苑英華》卷七四八作「乎」字，下校：「集作也。」

〔八〕「即學之於孔子者」，此句《全唐文》卷七五三作「即學之於孔子，夫孔子者」。文津閣本作「即學之於孔子，孔子者」。

〔九〕「猶」，《文苑英華》卷七四八作「實」，下校：「集作猶。」

〔一〇〕「何代何人」，《文苑英華》卷七四八作「何代何年何人」。

〔一一〕「服不敢動」，「服」，《唐文粹》卷九五、《文苑英華》卷七三八、《全唐文》卷七五三、文津閣本作「伏」。

〔一二〕「二大聖人」，「二」字原作「一」，據《唐文粹》卷九五、《文苑英華》卷七三八、《全唐文》卷七五三改。

〔一三〕「當其一時」，《文苑英華》卷七三八、《全唐文》卷七五三作「當此一時」。

〔一四〕「其由來哉」，《唐文粹》卷九五、《文苑英華》卷七三八、文津閣本作「其所由來哉」。

〔一五〕「某幼讀禮」，「某」，《唐文粹》卷九五、《文苑英華》卷七三八、文津閣本作「牧」。

〔一六〕「卿大夫辱也」，《唐文粹》卷九五、《文苑英華》卷七三八、《全唐文》卷七五三作「卿大夫之辱也」。

〔一七〕「圜二三千里」，「圜」，《文苑英華》卷七三八作「圍」，下校：「集作圜。」

〔一八〕「係戮將相」，《文苑英華》卷七三八作「殺戮將相」。

〔一九〕「聲震朝廷」，「震」，《唐文粹》卷九五、《文苑英華》卷七三八、《全唐文》卷七五三、文津閣本作「振」，《文苑英華》下校：「集作震。」

〔二〇〕「某」，《唐文粹》卷九五、《文苑英華》卷七三八、文津閣本作「牧」。

〔二一〕「材能」，「材」，《文苑英華》卷七三八、《全唐文》卷七五三作「才」，《文苑英華》下校：「集作材。」

〔二二〕「且百萬言」，《唐文粹》卷九五作「且數萬言」，《文苑英華》卷七三八於「百」字下校：「集作數。」

〔二三〕「凡數十萬言」，《唐文粹》卷九五作「凡十數萬言」。

〔二四〕「筆其精切」，「其」字原作「不」，據《唐文粹》卷九五、《文苑英華》卷七三八、《全唐文》卷七五三、文津閣本改。

〔二五〕「備其注」，《文苑英華》卷七三八、《全唐文》卷七五三作「備爲其注」。

〔二六〕「上中下三卷」，《文苑英華》卷七三八無「三」字。

〔二七〕「指蹤」，「蹤」，《文苑英華》卷七三八作「縱」。按，蹤通縱。

〔二八〕「是」，文津閣本作「事」。

【注釋】

①本文之作，除文中所言外，其《自撰墓誌銘》亦述其寫作動機云：「某平生好讀書，爲文亦不出人。曹公曰：『吾讀兵書戰策多矣，孫武深矣。』因注其書十三篇，乃曰：『上窮天時，下極人事，無以加也，後當有知之者。』」

②夫子相魯公：魯公，指魯定公。孔子曾於魯定公時任中都宰、司寇，并曾攝行相事。

③年十六句：杜牧年十六時乃憲宗元和十三年。據《資治通鑑》卷二四〇，本年淄青節度使李師道叛，七月「乙酉，下制罪狀李師道，令宣武、魏博、義成、武寧、横海兵共討之，以宣歙觀察使王遂爲供軍使」。《舊唐書·憲宗紀下》同年七月亦記「乙酉，詔削奪淄青節度使李師道在身官爵，仍令宣武、魏博、義成、武寧、横海等五鎮之師，分路進討」。此處所言背景即如上述。

④曹魏武帝：即曹操。字孟德，沛國譙人。曾任丞相、大將軍，封魏王。曹丕代漢後，追尊其爲太祖武帝。傳見《三國志》卷一。

⑤漢祖言句：《史記》卷五三《蕭相國世家》：「高帝曰：『諸君知獵乎？』曰：『知之。』『知獵狗乎？』曰：『知之。』高帝曰：『夫獵，追殺獸兔者狗也，而發蹤指示獸處者人也。今諸君徒能得走獸耳，功狗也。至如蕭何，發蹤指示，功人也。且諸君獨以身隨我，多者兩三人。今蕭何舉宗數十人皆隨我，功不可忘也。』群臣皆莫敢言。」

【集　評】

《孫子後序》：世所傳孫武十三篇，多用曹公、杜牧、陳皥注，號《三家孫子》。余頃與撰四庫書目，所見《孫子》注者尤多。武之書本於兵，兵之術非一，而以不窮爲奇，宜其説者之多也。凡人之用智有短長，其施設各異，故或膠其説於偏見，然無出所謂三家者。三家之注，皥最後，其説時時攻牧之短。牧亦慨然，最喜論兵，欲試而不得者，其學能道春秋戰國時事，甚博而詳。然前世言善用兵稱曹公。曹公嘗與董、吕、諸袁，角其力而勝之，遂與吳、蜀分漢而王。傳言魏之諸將出兵千里，每坐計勝敗，授其成算，諸將用之，十不失一，一有違者，兵輒敗北。故魏世用兵，悉以新書從事。其精於兵也如此。牧謂曹公於注《孫子》尤略，蓋惜其所得自爲一書。是曹公悉得武之術也。（歐陽修《歐陽文忠公集》卷四十二）

送薛處士序

處士之名，何哉？潛山隱市，皆處士也。在山也，且非頑如木石也；在市也，亦非愚如市人也。蓋有大知不得大用〔一〕，故羞耻不出，寧反與市人木石爲伍也〔二〕。國有大知之人，不能大用，是國病也，故處士之名，自負也，謗國也，非大君子，其孰能當之？薛君之處〔三〕，蓋自負也。果能窺測堯、舜、孔子之道，使指制有方，弛張不窮①，則上之命一日來子之廬，子之身一日立上之朝。使我輩居則來問學，仕則來問政，千辯萬索，滔滔而得。若如此，則善。苟未至是，而遽名曰處士，雖吾子自負，其不爲矯歟？某敢用此贈行〔四〕。

【校勘記】

〔一〕「蓋有大知」，「大知」，《唐文粹》卷九八、《文苑英華》卷七三三、文津閣本作「大智」。下文「大知」同。

〔二〕「寧反」，《唐文粹》卷九八作「寧肯」。

〔三〕「薛君之處」，《唐文粹》卷九八、《全唐文》卷七五三作「薛君之處士」，《文苑英華》卷七三三於「處」字下校：「文粹有士字。」

〔四〕「某」，文津閣本作「牧」。

【注釋】

① 弛張不窮：《禮記》：「一張一弛，文武之道。」

送盧秀才赴舉序①

治心、治身、治友，三者治矣，有求名而名不隨者，未之聞也。治心莫若和平，治身莫若兢謹，治友莫若誠信。友治矣〔一〕，非身治而不能得之；身治矣，非心治而不能致之。三者治矣，推而廣之，可以治天下，惡其求成進士名者而不得也？況有千人皆以聖人爲師，眠而食，一無其他，唯議論是司。三人有私，十人公私半，百人無有不公者，況千人哉。古之聖賢，業大事鉅，道行則不肖懼，道不行則不肖喜，故有不公。今進士者，業微事細，如成其名，不肖未所喜懼，寧不公邪？故取之甚易耳。

盧生客居於饒②，年十七八，即主一家骨肉之饑寒，常與一僕東泛滄海，北至單于府③，丐得百錢尺帛，囊而聚之，使其僕負之以歸，饒之士皆憐之。能辭，明敏而知所去就，年未三十，嘗三舉進士，以業丐資家，近中輟之。去歲九月，余自池改睦，凡同舟三千里，復爲余留睦七十日，今之去，余知其成名而不丐矣〔二〕。

【校勘記】

〔一〕「友治矣」，文津閣本作「友信矣」。

〔二〕「不丐」，文津閣本作「不復丐」。

【注　釋】

① 盧秀才，名未詳。本集卷四有《送盧秀才一絶》，當爲同人。文云「去歲九月，余自池改睦，凡同舟三千里，復爲余留睦七十日，今之去，余知其成名而不丐矣」。杜牧由池州轉睦州，乃在會昌六年

九月，並約於會昌六年底抵睦州任。而盧秀才此後來睦州留七十日，且文云「去歲九月」，則文當撰於大中元年（八四七）春。

②饒：即指饒州。地約爲今江西上饒市。春秋時楚東境。隋平陳，置鄱陽郡。唐武德四年置饒州。

③單于府：即單于大都護府。唐麟德元年改雲中都護府置，治所在今内蒙古和林格爾縣西北土城子古城。

杭州新造南亭子記①

佛著經曰：生人既死，陰府收其精神，校平生行事罪福之。坐罪者，刑獄皆怪險，非人世所爲，凡人平生一失舉止，皆落其間。其尤怪者，獄廣大千百萬億里，積火燒之，一日凡千萬生死，窮億萬世，無有間音諫斷，名爲「無間」②。夾殿宏廊，悉圖其狀，人未熟見者，莫不毛立神駭。佛經曰：我國有阿闍世王③，殺父王篡其位，法當入所謂獄無間者，昔能求事佛〔一〕，後生爲天人。況其他罪，事佛固無恙。

梁武帝明智勇武，創爲梁國者，捨身爲僧奴，至國滅餓死不聞悟，況下輩固惑之。爲工商者，雜良以苦，僞内而華外，納以大秤斛，以小出之，欺奪村閭戇民，銖積粒聚，以至于富。

刑法錢穀小胥，出入人性命，顛倒埋没，使簿書條令不可究知，得財買大第豪奴，如公侯家。大吏有權力，能開庫取公錢，緣意恣爲，人不敢言。是此數者，心自知其罪，皆捐己奉佛以求救，月日積久，曰：「我罪如是，貴富如所求，是佛能滅吾罪，復能以福與吾也。」有罪罪滅，無福福至，生人唯罪福耳，雖田婦稚子，知所趨避。今權歸於佛，買福賣罪，如持左契，交手相付。至有窮民，啼一稚子，無以與哺，得百錢，必召一僧飯之，冀佛之助，一日獲福。若如此，雖舉寰海内盡爲寺與僧，不足怪也。屋壁繡紋可矣，爲金枝扶踈，擎千萬佛；僧爲具味飯之可矣，飯訖持錢與之。不大、不壯、不高、不多、不珍奇瓌怪爲憂，無有人力可及而不爲者。

晉，霸主也，一銅鞮宫之衰弱〔二〕④，諸侯不肯來盟，今天下能如幾晉，凡幾千銅鞮，人得不困哉〔三〕？文宗皇帝嘗語宰相曰：「古者三人共食一農人，今加兵、佛，一農人乃爲五人所食，其間吾民尤困於佛。」〔四〕帝念其本牢根大，不能果去之。

武宗皇帝始即位，獨奮怒曰：「窮吾天下，佛也。」始去其山臺野邑，四方所冠其徒〔五〕，幾至十萬人。後至會昌五年，始命西京留佛寺四，僧唯十人；東京二寺。天下所謂節度觀察，同、華、汝三十四治所，得留一寺〔六〕，僧准西京數，其他刺史州不得有寺。出四御史縷行天下以督之，御史乘驛未出關，天下寺至於屋基耕而刓之。凡除寺四千六百，僧尼笄冠二十六萬五百，其奴婢十五萬，良人枝附爲使令者，倍笄冠之數〔七〕，良田數千萬頃，奴婢口率與百畝，編入農籍，其餘賤取民直，歸於有司，寺材州縣得以恣新其公署傳舍。今天子即位⑤，詔曰：「佛尚不殺而仁，且來中國久，亦可助以爲治。天下州率與二寺，用齒衰男女爲其徒，各止三十人，兩京數倍其四五焉。」⑥著爲定令，以徇其習，且使後世不得復加也〔八〕。

趙郡李子烈播，立朝名人也，自尚書比部郎中出爲錢塘。錢塘於江南，繁大雅亞吴郡，子烈少遊其地，委曲知其俗蠹人者，剔削根節，斷其脉絡，不數月人隨化之。三箴干丞相云：「濤壞人居，不一銲錮，敗侵不休。」詔與錢二千萬〔九〕，築長堤，以爲數十年計〔一〇〕，人益安喜。子烈曰：「吴、越古今多文士，來吾郡遊，登樓倚軒，莫不飄然而增思。吾郡之江山甲於天下，信然也。佛熾害中國六百歲，生見聖人，一揮而幾夷之，今不取其寺材立亭勝地，以彰聖人之功，使文士歌詩之，後必有指吾而駡者。」乃作南亭，在城東南隅，宏大煥顯，工施手目，髮匀肉均，牙滑而無遺巧矣。江平入天，越峰如髻，越樹如髮，孤帆白鳥〔一一〕，點盡上凝。在半夜酒餘，倚老松，坐怪石，殷殷潮聲，起於月外。

東閩、兩越〔一二〕⑦，宦遊善地也，天下名士多往之。予知百數十年後，登南亭者，念仁聖天子之神功矣⑧，美子烈之旨跡⑨，睹南亭千萬狀，吟不辭已〔一三〕；四時千萬狀，吟不能去。作爲歌詩，次之於後，不知幾千百人矣。

【校勘記】

〔一〕「昔能求事佛」，《文苑英華》卷八三四無「昔」字，下校：「集有昔字。」又「求」字作「來」字，下校：「集作求。」

〔二〕「一銅鞮宫之衰弱」，「之」字，《全唐文》卷七五三作「至」。

〔三〕「人得不困哉」，「困」字原作「因」，據《文苑英華》卷八三四、《全唐文》卷七五三、文津閣本改。

〔四〕「其間」，文津閣本作「其聞」。

〔五〕「四方」，原作「四萬」，據《文苑英華》卷八三四、《全唐文》卷七五三改。

〔六〕「得留一寺」，「得」字，《文苑英華》卷八三四作「謂」。

〔七〕「倍笄冠之數」，「倍」字原作「陪」，據《文苑英華》卷八三四、《全唐文》卷七五三改。

〔八〕「復加也」，《文苑英華》卷八三四於此三字下校：「三字蜀本作有加焉。」

〔九〕「二千」，文津閣本作「三千」。

〔一〇〕「以爲」，原作「少爲」，據《文苑英華》卷八三四、《全唐文》卷七五三改。

〔一一〕「孤帆白鳥」，「帆」，《文苑英華》卷八三四作「飛」，下校：「集作帆。」

〔二〕「兩越」，文津閣本作「西越」。

〔三〕「吟不辭已」，《文苑英華》卷八三四作「吟不能已」，並於「能」字下校：「集作免。」文津閣本亦作「吟不能已」。

【注　釋】

① 此文中謂「後至會昌五年，始命西京留佛寺四，僧唯十人」。後又謂「今天子即位」，今天子即唐宣宗。宣宗即位於會昌六年三月，則文作於此時後。又杜牧由池州赴睦州任啓程於會昌六年九月，其經杭州時間，其《唐故進士龔軺墓誌》云「會昌五年十二月，某自秋浦守桐廬，路由錢塘，龔軺袖詩以進士名來謁」。按，上引原文「會昌五年」乃「會昌六年」之誤。則杜牧經杭州乃在會昌六年（八四六）十二月，本文蓋約在此時經杭州所作。

② 無間：即無間地獄，又稱阿鼻地獄。爲八大地獄之第八獄。據《俱舍論》所云，位於南贍部洲之下二萬由旬，深廣亦二萬由旬，墮入者「受苦無間」，造「十不善業」，重罪者墮之。

③ 阿闍世王：意譯「未生怨」。傳説其未生時相師占卜其長大害父，故名。據佛經，其爲釋迦在世時摩揭陀國之國王。父名頻婆娑羅，母名韋提希。長大後與背叛釋迦之提婆達多密謀，害父即位。後亦皈依佛教。

④銅鞮宫：宫殿名。春秋時晋平公所建。故址在今山西沁縣。

⑤今天子：指唐宣宗，其即位在會昌六年三月二日。

⑥宣宗此次詔書乃下於會昌六年五月乙巳，《資治通鑑》卷二八本年五月乙巳載：「上京兩街先聽留兩寺外，更各增置八寺；僧、尼依前隸功德使，不隸主客，所度僧、尼仍令祠部給牒。」《舊唐書》卷一八下《宣宗紀》會昌六年五月亦有「左右街功德使奏：『准今月五日赦書節文，上都兩街舊留四寺外，更添置八所』」云云。

⑦東閩：指福建。兩越，指浙江、浙西。

⑧仁聖天子：指唐武宗。《舊唐書·武宗紀》：會昌五年春正月「宰臣李德裕、杜悰、李讓夷、崔鉉、太常卿孫簡等率文武百僚上徽號曰仁聖文武章天成功神德明道大孝皇帝」。

⑨旨跡：此處指李播修建南亭子之用心與建造亭子之事跡。

【集　評】

祠部歲比天下僧尼道士，凡二十四萬，然死者亦常萬人。按杜牧《杭州南亭記》：「文宗語宰相曰：『古者三人共食一農人，今加兵、佛，一農人乃爲五人所食。』」武宗會昌五年，出四御史按行天下，凡除寺四千六百，僧、尼並女冠二十六萬五百。蓋自有唐以來，數常如此，何其盛哉！（龐元英《文

昌雜録》卷一）

【招提蘭若】《緗素雜記》嘗論招提，以爲「官賜額者爲寺，私造者爲招提、蘭若」。引唐會昌五年七月，上都、東都兩處各留二寺，節度等州各一寺，八月，毁招提、蘭若四萬餘區；及引元和二年薛平奏請中條山蘭若額爲太和寺爲證。如杜牧《南亭記》所謂山臺野邑。余嘗以爲此論未然。蓋招提、蘭若之號，自明帝以來，天下之寺皆曰招提、蘭若，别無名也。故至唐始復爲寺，而國立寺名以賜之，未及賜者，尚仍舊名。故曰毁招提、蘭若四萬餘區，皆未嘗有公私之異。（吴曾《能改齋漫録》卷四）

《會稽縣新建華嚴院記》：僧居之廢興，儒者或謂非吾所當與。是不然。韓退之著書，至欲火其書，廬其居；杜牧之記南亭，盛讚會昌之毁寺，可謂勇矣。然二公者卒亦不能守其説。彼「浮圖突兀三百尺」，退之固喜其成；而老僧挈衲無歸，寺竹殘伐，牧之亦賦而悲之。彼二公非欲納交於釋氏也，顧樂成而惡廢，亦人之常心耳。（陸游《渭南文集》卷十九）

池州造刻漏記①

百刻短長，取於口不取於數〔一〕，天下多是也。某大和三年〔二〕，佐沈吏部江西府②。暇日，公與賓吏環城見銅壺銀箭〔三〕，律如古法，曰建中時嗣曹王皋命處士王易簡爲之③。公曰：「湖南府亦曹王命處士所爲也〔四〕。」後二年，公移鎮宣城，王處士尚存，因命工就京師授其術，創置於城府〔五〕。某爲童時〔六〕，王處士年七十，常來某家〔七〕，精大演數與雜機巧，識地有泉，鑿必湧起，韓文公多與之遊。大和四年，某自宣城使于京師〔八〕，處士年餘九十，精神不衰。某拜于床下〔九〕，言及刻漏，因圖授之。會昌五年歲次乙丑夏四月〔一〇〕，始造于城南門樓。京兆杜某記〔一一〕。

【校勘記】

〔一〕「口」，文津閣本作「日」。

〔二〕「大和」，「和」字原無，據《文苑英華》卷八三二、《全唐文》卷七五三、文津閣本補。此句「某」，文津閣本作「牧」。

〔三〕「吏環城」，《文苑英華》卷八三二作「史環城」，下校：「集作吏環城。」按，作「史」誤。

〔四〕「命處士所爲也」，「所」下原衍一「所」字，據景蘇園本、《全唐文》卷七五三、文津閣本刪。《文苑英華》卷八三二此句作「命處士之所爲也」，並於「之」字下校：「集無之字。」

〔五〕「創置於城府」，《文苑英華》卷八三二作「創置於宣城府」，並於「宣」字下校：「集無宣字。」

〔六〕「某爲童時」，「某」，《文苑英華》卷八三二、文津閣本作「牧」。「時」，文津閣本作「子」。

〔七〕「常來某家」，《文苑英華》卷八三二作「嘗來牧家」，並於「嘗」字下校：「集作常。」文津閣本亦作「嘗來牧家」。

〔八〕「某自宣城」，「某」，《文苑英華》卷八三二、文津閣本作「牧」。

〔九〕「某拜于床下」，「某」，《文苑英華》卷八三二、文津閣本作「牧」。

〔一〇〕「會昌五年歲次乙丑夏四月」，「乙丑」，《文苑英華》卷八三二作「己丑」，誤。文津閣本於「四月」下有「某日」二字。

〔一一〕「杜某」，《文苑英華》卷八三二、文津閣本作「杜牧」。

【注釋】

①本文末云「會昌五年歲次乙丑夏四月，始造于城南門樓。京兆杜某記」，則文乃作於會昌五年（八四五）四月。

②沈吏部：即沈傳師，字子言。沈傳師仕終吏部侍郎，故稱。傳見《舊唐書》卷一四九、《新唐書》卷一三二。

③嗣曹王皋：即李皋。字子蘭，曹王明玄孫，嗣王戢之子。少補左司禦率府兵曹參軍。天寶十一載嗣封曹王，授都水使者，三遷至祕書少監。後歷處州別駕、衡州、潮州刺史。建中元年，遷湖南觀

察使。後又任江陵尹、荆南節度等使、山南東道節度使等。傳見《舊唐書》卷一三一、《新唐書》卷八〇。

池州重起蕭丞相樓記①

蕭丞相爲刺史時，樹樓于大廳西北隅，上藏《九經》書，下爲刺史便廳事〔一〕，大曆十年乙卯建。會昌四年甲子摧，木悉朽壞，無一可取者。刺史李方玄具材②，刺史杜牧命工，南北霤相距五十六尺，東西四十五尺，十六柱，三百七十六椽，上下凡十二間，上有其三焉，皆仍舊制。以會昌五年五月畢，自初至再，凡七十一年。丞相諱復，實相德宗皇帝焉。京兆杜某記〔二〕。

【校勘記】

〔一〕「便廳事」，文津閣本作「便事廳」。

〔二〕「杜某」，文津閣本作「杜牧」。

【注釋】

①蕭丞相：即蕭復，字履初。曾任歙、池二州刺史，遷湖南觀察使，改同州刺史。後拜兵部侍郎，户部尚書，宰相。傳見《舊唐書》卷一二五、《新唐書》卷一〇一。本文末云「以會昌五年五月畢，自初至再，凡七十一年。……京兆杜某記」。據此，文乃作於會昌五年（八四五）五月。

②李方玄：字景業，第進士。累官池州刺史，終於處州刺史。傳見《新唐書》卷一六二，事跡見本集卷八《唐故處州刺史李君墓誌銘并序》。

同州澄城縣户工倉尉廳壁記〔一〕①

縣之所重，其舉秀貢賢也。今之自外諸侯之儒者，曠不能升一人，況尉乎？次乃户税而已。《史記·河渠書》曰：「自徵引洛水至商顔下商顔，山名〔二〕②，鑿井深者四十餘丈。」即此地也。徵者俗訛爲「澄」耳。其地西北山環之，縣境籠其趾，沙石相礴，歲雨如注，他皆淫灩不測，徵之土適潤，苗則大穫。天或旬而不雨，民則蒿然，四望失矣。是以年多薄〔三〕，復絶絲麻藍菓之饒〔四〕，固無豪族富室，大抵民户高下相差埒。然歲入官賦，未嘗期表鞭一人。因徵其來由，耆老咸曰：「西四十里即畿郊也，至如禁司東西軍〔五〕③，禽坊龍廄，彩工梓匠，善聲巧手之徒，第番上下〔六〕，互來進取，挾公爲首，緣以一括十〔七〕。民之晨炊夜舂，歲時不敢嘗，悉以仰奉，父伏子走，尚不能當其意，往往擊辱而去。長吏固不敢援，復況其養秩安禄者邪？加以御女官多，盤冗其間，遞相占附比急，熱如手足，自丞相、御史咸不能與之角逐，縣令固無有爲也。非豪吏真工聯紐相姻戚者，率率解去〔八〕，是以縣賦益逋。徵民幸脱此苦者，蓋以西有通澗巨壑，叉牙交吞，小山峭徑〔九〕，馳鞍馬、張機罝者〔一〇〕，不便於此，是以絶跡不到。兼之土田枯鹵，樹植不茂，無秀潤氣象，咸惡之而不家焉。民所以安活輸賦者〔一一〕，殆由此，儻使徵亦中其苦，則墟矣，尚安敢比之於他邑乎。」

嗟乎！國家設法禁，百官持而行之，有尺寸害民者，率有尺寸之刑。今此咸墮地不起，反使民以山之澗壑自爲防限，可不悲哉！使民恃險而不恃法，則劃土者宜乎牆山壍河而自守矣，燕、趙之盜，復何可多怪乎？書其西壁，俟得言者覽焉〔一二〕。

【校勘記】

〔一〕《文苑英華》卷八〇五題作《同州澄城縣功倉户尉廳壁記》，並於「尉」字下校：「集作户工倉尉。」

〔二〕「徵」，原作「微」，據《文苑英華》卷八〇五、《全唐文》卷七五三、《史記》卷二九《河渠書》改。

〔三〕「年多薄」，《文苑英華》卷八〇五、《全唐文》卷七五三、文津閣本作「年多薄稔」。

〔四〕「之饒」，《文苑英華》卷八〇五作「之多饒」。

〔五〕「至如」，原作「主如」，據《文苑英華》卷八〇五、《全唐文》卷七五三、文津閣本改。

〔六〕「第番上下」，《文苑英華》卷八〇五、《全唐文》卷七五三作「第番上下户」。

〔七〕「以一括十」，「括」字原作「栝」，據《文苑英華》卷八〇五、《全唐文》卷七五三、文津閣本改。

〔八〕「率率解去」，《文苑英華》卷八〇五、《全唐文》卷七五三、文津閣本作「率解去」。

〔九〕「小山」，文津閣本作「山山」。

〔一〇〕「張機罝者」，「罝」字原作「置」，據《文苑英華》卷八〇五、《全唐文》卷七五三、文津閣本改。

〔一一〕「安活輸賦」，「安」下原衍一「安」字，據《文苑英華》卷八〇五、《全唐文》卷七五三、文津閣本删。

〔一二〕「俟得言者覽焉」，「得言」，《文苑英華》卷八〇五作「傳言」。

【注　釋】

①同州：唐代州名，州治在今陝西大荔，轄今合陽、韓城、澄城、白水等地。澄城縣，漢名徵縣。因徵與澄同聲，後人遂誤作澄。户工倉尉廳，掌管一縣户籍、工役、租税等事物之官署。《樊川文集》卷六《燕將録》云「元年孟春，某遇於馮翊縣北徵中」。按北徵即唐之同州澄城縣。此元年核之於杜牧生平，乃指大和元年（參繆鉞《杜牧年譜》大和元年）。杜牧平生僅此次至同州澄城縣，故本

文當即作於大和元年（八二七）。

②商顔：原注：「商顔，山名。」在今陝西大荔北。《史記・河渠書》：「自徵引洛水至商顔山下。」《集解》：「服虔曰：顔音崖。應劭曰：徵在馮翊。或曰：商顔，山名。」

③禁司東西軍：指禁軍，皇帝之親兵。唐制，禁兵分屬南北衙，屬南衙者爲諸衛兵，屬北衙者爲禁軍。北衙有左右羽林軍、左右神策等四軍。

宋州寧陵縣記①

建中初年，李希烈自蔡陷汴，驅兵東下，將收江淮，寧陵守將劉昌以兵二千拒之②。希烈衆且十倍，攻之三月，韓晉公以三千强弩③，涉水夜入寧陵，弩矢至希烈帳前。希烈曰：「復益吳弩，寧陵不可取也。」解圍歸汴。後數月，希烈驍將翟輝以鋭兵大敗於淮陽城下，希烈且蹙，棄汴歸蔡。後司徒劉公玄佐見昌，問曰：「爾以孤城，用一當十，凡百日間，何以能守？」昌泣曰：「以負心能守之耳。昌令陴者曰：『内顧者斬！』昌孤甥張俊守西北隅，未嘗内顧，捽下斬之，軍士有死志，故能堅守。」因伏地流涕，司徒劉公亦泣，撫昌背曰：「國家必以富貴爾。無憂也[一]。」

天寶末，淮陽太守薛愿、即故起居郎弘之祖。睢陽太守許遠、真源縣令張巡等兵守二城，其於窮蹙，事相差埒，睢陽陷賊，淮陽能守，故巡、遠名懸而愿事不傳。昌之守寧陵，近比之於睢陽，故良臣之名不如忠臣。孫武曰：「善用兵者，無赫赫之功」，斯是也。大中二年十一月十八日〔二〕，將仕郎、守尚書司勳員外郎、史館修撰杜某題。

【校勘記】

〔一〕「無憂也」，此三字原無，據《全唐文》卷七五三補。

〔二〕「大中二年」，文津閣本於「大中二年」前有「時」。

【注釋】

① 宋州：隋開皇十六年置，治所在睢陽縣，後改宋城縣，即在今河南商丘縣南。寧陵縣，西漢置，治所在今河南寧陵縣東南。本文作年據文末所署，當作於大中二年（八四八）十一月十八日。

② 劉昌：字公明，汴州開封人。曾任易州遂城府左果毅。史朝義遣將圍宋州，昌在圍中。屢立戰功，歷任涇源節度使、京西行營節度使、檢校尚書右僕射等職，累封至南平郡王。傳見《舊唐書》卷一五二、《新唐書》卷一七〇。

③韓晉公：即韓滉，字太沖。曾任吏部員外郎、給事中等職。德宗立，徙太常卿，又任鎮海軍節度使。進檢校尚書右僕射，封南陽郡公。後以破李希烈有功，加檢校左僕射、同中書門下平章事、江淮轉運使，封晉國公。傳見《舊唐書》卷一二九、《新唐書》卷一二六。

【集評】

杜牧記劉昌守寧陵，斬孤甥張俊事，史臣固疑之，然但以理推，未嘗以《李希烈傳》考之也。希烈圍寧陵時，守將高彦昭，昌乃其副。賊坎城欲登，昌蓋欲引去，從劉元佐請兵，出不意以擣賊。彦昭誓於衆曰：「中丞欲示弱，覆而取之，誠善。然我爲守將，得失在生人，今士創重者須供養，有如棄城去，則傷者死内，逃者死外，吾民盡矣。」於是，士皆感泣，請留，昌大慚。則全寧陵，昌安得全攘其功耶？計劉元佐間能拒守，當在彦昭，不在昌也。牧好其意，欲造作語言，爲文字，故不審虚實，希烈圍寧陵四十日，而謂之三月城不陷，以元佐救兵至敗希烈，而云韓晉公以强弩三千，希烈解圍，皆非是。士固有幸不幸，高彦昭不得立傳，計是官不至甚顯而死故，昌得以爲名。趙充國云：「兵勢國之大事，當爲後法。」昌爲將，固多殺，正使有之猶不足爲法，況未必有。聊爲辨正，以信史氏之説。（葉夢得《避暑録話》卷下）

【張巡許遠劉昌守城】張巡、許遠之守睢陽，被圍久，初殺馬食，既盡，而及婦人老弱，凡食三萬口，城破遺民只四百而已。每讀至此，未嘗不壯其志，憐其忠義，而復爲睢陽之民歎其無辜也。……

巡、遠雖忠義，乃能以三萬口而博一城之終不可守，其得爲仁乎？當時議者，已謂巡、遠守睢陽衆六萬，既糧盡，不持滿按隊，出再生之路。與夫食人，寧若全人？於是張澹、李紓、董南史、張建封、柳晃、李巨川、李翰成，謂巡蔽遮江淮沮賊勢，天下之不亡，其功也。而韓愈亦云云。信如此，則雖失三萬口而不亡天下，蓋以利易害，以功償過也。巡嘗出愛妾曰：「諸公經年不食，而志義不少衰，吾恨不割己肉以噉衆，寧惜一妾，而坐觀士饑。」乃殺以大饗，生者皆泣，巡强令食之。遠亦殺僮雙口哺卒吏。巡不惜愛妾，而何有於三萬口？……然予觀杜牧稱寧陵之圍解，劉元佐召劉昌問曰：「君以孤城，用一當十，何以能守？」昌泣曰：「昌令守陴，内顧者斬。昌孤甥張俊守西北，未嘗内顧，捽下斬之。士有死志，故能守。」元佐亦泣曰：「國家將富貴汝。」而唐史臣謂不然，曰：勒兵乘城與賊抗，所賴惟賞罰耳。無罪而斬其甥，士心皆離，不祥莫大焉。杜牧以爲巡、遠陷睢陽，而其名傳，昌全寧陵，而事不得暴於世，寧牧之未思耶？予切謂史臣誤矣。食愛妾與斬孤甥何異？不聞當時士有離心何也？何史臣詳於劉昌而略於巡、遠乎？然則爲巡、遠計者，將全三萬口不陷睢陽，則將奈何？曰：睢陽不可全也。睢陽不可全，孰若焚積聚，與士卒老弱俱奔，而遺以空城，賊雖得之，勢必不能守。……不然，則城終不可全，而吾民先盡矣。此吾所以重爲民命，惜其無辜也。（陳善《捫虱新話》卷四）

淮南監軍使院廳壁記①

淮南軍西蔽蔡，壁壽春，有團練使；北蔽齊，壁山陽，有團練使。節度使爲軍三萬五千人，居中統制二處，一千里，三十八城，護天下餉道，爲諸道府軍事最重。然倚海塹江、淮，深津横岡〔一〕，備守堅險，自艱難已來②，未嘗受兵。故命節度使，皆以道德儒學，來罷宰相，去登宰相。命監軍使，皆以賢良勤勞，内外有功，來自禁軍中尉、樞密使，去爲禁軍中尉、樞密使。自貞元、元和已來〔二〕，大抵多如此。

今上即位六年，命内侍宋公出監淮南，諸開府將軍皆以内侍賢良有材，不宜使居外。上以爲内侍自元和已來，誅齊誅蔡，再伐趙，前年誅滄，旁擊趙、魏，且徵師，且撫師，且詰且諭〔三〕，勤勞危險，終日馬上。往監青州新附③，卧未嘗安，復監滑州，邊魏，窮狹多事，今監淮南是且使之休息〔四〕，亦不久之，故内侍至焉。

監軍四年，如始至日，簡約寬泰〔五〕，明白清潔〔六〕，恕惜軍吏〔七〕，禮愛賓客，舉止作動〔八〕，無非典故，暇日唯召儒生講書，道士治藥而已。内侍舊部將校，多禁兵子弟，京師少俠，出入閭里間，俛首唯唯，受吏約束。故上至相國奇章公④，下至于百姓，無不道説内侍，稱爲賢人，此不虚也。宜其侍衛六朝，聲光富貴。

某謬爲相國奇章公幕府掌書記〔九〕，奉内侍命爲廳壁記，某再謝不才〔一〇〕，不足記序，内侍曰：「掌書記爲監軍使廳壁記，宜也。」某慚惶而書〔一一〕，時大和八年十月二十一日記〔一二〕。

【校勘記】

〔一〕「横岡」，原作「横商」，據《文苑英華》卷八〇二、《全唐文》卷七五三、文津閣本改。

〔二〕「自貞元元和已來」，《文苑英華》卷八〇二作「自貞元元年及元和已來」，並於「元年及」下校：「集無此三字。」

〔三〕「且誥且諭」，文津閣本作「且告且諭」。

〔四〕「使之」，原作「休之」，據《文苑英華》卷八〇二、《全唐文》卷七五三改。

〔五〕「簡約」，原作「簡釣」，據《文苑英華》卷八〇二、《全唐文》卷七五三、文津閣本改。

〔六〕「清潔」，《文苑英華》卷八〇二、《全唐文》卷七五三作「清淨」，《文苑英華》於「淨」字下校：「集作潔」。

〔七〕「恕惜軍吏」，「恕惜」原作「恕悉」，據《文苑英華》卷八〇二、《全唐文》卷七五三改。

〔八〕「舉止作動」，《文苑英華》卷八〇二作「舉止動作」。

〔九〕「某」，文津閣本作「牧」。

〔一〇〕「某」，文津閣本作「牧」。

〔一一〕「某」，文津閣本作「牧」。

〔一二〕「十月二十一日記」，《文苑英華》卷八〇二作「十月二十二日記」，並於「二」字下校：「集作一。」。

【注釋】

①此文據文末所署，乃作於大和八年（八三四）十月二十一日，其時杜牧在揚州任牛僧孺淮南節度使幕掌書記。

②自艱難已來：艱難，指唐玄宗天寶末安史之亂。

③青州新附：據《資治通鑑》卷二四一所載，元和十四年，割據齊地反叛之李師道被其部將劉悟所殺，「悟函師道父子三首遣使送（田）弘正營，弘正大喜，露布以聞。淄、青等十二州皆平」。青州新附即指此新歸順者。

④奇章公：即牛僧孺。字思黯，曾進士及第，登賢良方正科，累仕至宰相，封奇章郡公。傳見《舊唐書》卷一七二、《新唐書》卷一七四。事跡見本集卷七杜牧《唐故太子少師奇章郡開國公贈太尉牛公墓誌銘并序》。

自撰墓誌銘〔一〕①

牧字牧之。曾祖某，河西隴右節度使；祖某〔二〕，司徒、平章事、岐國公、贈太師；考某，駕部員外〔三〕，累贈禮部尚書。牧進士及第，制策登科，弘文館校書郎，試左武衛兵曹參軍〔四〕、江西團練巡官，轉監察御史裏行、御史，淮南節度掌書記，拜真監察〔五〕，分司東都〔六〕。以弟病去官〔七〕，授宣州團練判官、殿中侍御史、内供奉，遷左補闕、史館修撰，轉膳部、比部員外郎〔八〕，皆兼史職。出守黄、池、睦三州，遷司勳員外郎、史館修撰，轉吏部員外〔九〕。以弟病，乞守湖州，入拜考功郎中、知制誥，周歲，拜中書舍人。

某平生好讀書〔一〇〕，爲文亦不出人。曹公曰：「吾讀兵書戰策多矣，孫武深矣。」因注其書十三篇②，乃曰〔一一〕：「上窮天時，下極人事，無以加也，後當有知之者。」

去歲七月十日，在吴興，夢人告曰：「爾當作小行郎③。」復問其次，曰：「禮部考功，爲小行矣〔一二〕。」言其終典耳〔一三〕。今歲九月十九日歸，夜困〔一四〕，亥初就枕寢，得被勢久，酣而不夢，有人朗告曰：「爾改名畢。」十月二日，奴順來言「炊將熟甑裂。」予曰：「皆不祥也。」十一月十日，夢書片紙「皎皎白駒，在彼空谷」，傍有人曰：「空谷，非也，過隙也。」予生於角，星昴畢於角爲第八宫〔一五〕，曰病厄宫〔一六〕，亦曰八殺宫，土星在焉，火星繼木。星工楊晞曰：「木在張於角爲第十一福德宫，木爲福德大君子，救於其旁，無虞也。」予曰：「自湖守不周歲，遷舍人，木還福於角足矣，土火還死於角，宜哉！」復自視其形，視流而疾，鼻折山根，年五十，斯壽矣。某月某日，終于安仁里。

妻河東裴氏，朗州刺史偃之女，先某若干時卒〔一七〕。長男曰曹師，年十六；次曰柅柅〔一八〕，年十二。别生二男，曰蘭、曰興，一女，曰真，皆幼。以某月日，葬于少陵司馬村先塋。銘曰：

後魏太尉顒④，封平安公〔一九〕，及予九世〔二〇〕，皆葬少陵。嗟爾小子，亦克厥終，安于爾宫〔二一〕。

【校勘記】

〔一〕「自撰墓誌銘」，題目原作《自撰墓銘》，據《文苑英華》卷九四六改。

〔二〕「祖某」，《文苑英華》卷九四六作「祖祐」。按，杜牧祖爲杜佑。

〔三〕「員外」，《文苑英華》卷九四六作「員外郎」。

〔四〕「試左武衛兵曹參軍」，此句《文苑英華》卷九四六無「左」字。

〔五〕「拜真監察」，《文苑英華》卷九四六、《全唐文》卷七五四作「拜真監察御史」。

〔六〕「分司東都」，《文苑英華》卷九四六無此四字。

〔七〕「去官」，《文苑英華》卷九四六作「棄官」，並於「棄」字下校：「集作去。」

〔八〕「員外郎」，《文苑英華》卷九四六作「員外」。

〔九〕「吏部員外」，《文苑英華》卷九四六作「吏部員外郎」。

〔一〇〕「某平生好讀書」，「某」字，《文苑英華》卷九四六、《全唐文》卷七五四、文津閣本作「牧」。

〔一一〕「乃」，《文苑英華》卷九四六作「可」，下校：「集作乃。」

〔一二〕「爲小行矣」，「矣」字，《文苑英華》卷九四六、《全唐文》卷七五四作「也」，《文苑英華》於「也」字後有「禮部」二字，並下校：「集無此二字。」

〔一三〕「典」，《文苑英華》卷九四六作「曲」，下校：「集作典。」文津閣本作「身」。

〔一四〕「夜困」，《文苑英華》卷九四六作「夜微困」，並於「微」字下校：「集無此字。」

〔一五〕「星昴畢於角爲第八宫」，此句《文苑英華》卷九四六無「星」字。

〔一六〕「病」，文津閣本作「疾」。

〔一七〕「先某若干時卒」，「某」字，《文苑英華》卷九四六、《全唐文》卷七五四作「牧」。

〔一八〕「梶梶」，《文苑英華》卷九四六、《全唐文》卷七五四作「祝梶」。

〔一九〕「平安公」，《文苑英華》卷九四六作「安平公」。

〔二〇〕「予」，原作「子」字，據《文苑英華》卷九四六、《全唐文》卷七五四、文津閣本改。

〔二一〕「爾宫」，原作「爾官」，據《文苑英華》卷九四六、《全唐文》卷七五四、文津閣本改。

【注釋】

① 本文中有「復自視其形，視流而疾，鼻折山根，年五十，斯壽矣」語，則文爲杜牧年五十所作。杜牧生於德宗貞元十九年（八〇三），年五十乃大中六年（八五二）。文又謂「十一月十日，夢書片紙『皎皎白駒，在彼空谷』」，則墓誌銘乃撰於大中六年十一月十日之後。

② 杜牧曾爲孫武《孫子》作注，《新唐書》卷五九《藝文志》載「杜牧注《孫子》三卷」。晁公武《郡齋讀書志》卷三下亦載「杜牧注《孙子》三卷。右唐杜牧之注。牧以武書大略用仁義使機權，曹公所注解十不釋一，而其所得自爲新書尔，因備注之。世謂牧慨然最喜論兵，欲試而不得。其學能道春秋戰國時事，甚博而詳知，兵者將有取焉」。

③ 小行郎：小行爲舊時之一種禮制，即曹郎以下官員代表天子謁陵，並督促官葺陵園，謂之小行。《南齊書・武帝紀》：「夏四月乙亥，有司奏『舊格一年兩過行陵，三月十五日曹郎以下小行。』」此處小行郎當謂郎官。

④ 顒：北魏京兆人，姓杜，字思顏。曾任西征軍司，行岐州事。後任東荆州刺史、岐州刺史，官至征

西將軍、金紫光禄大夫。傳見《魏書》卷四五。

【集評】

星辰家以十二宫辰看命，不知所本，然其來久矣。李賀《惱公》詩云：「王時應七夕，夫位在三宫。」杜牧之《自撰墓誌》云：「予生於角，星昂畢於角爲第八宫，曰病厄宫，亦曰八殺宫，土星在焉，火星繼木。星工楊晞曰：『木在張於角爲第十一福德宫，木爲福德大君子，救於其旁，無虞也。』」（朱翌《猗覺寮雜記》卷五）

樊川文集卷第十一

上李司徒相公論用兵書〔一〕①

伏睹明詔誅山東不受命者，廟堂之上，事在相公。雖罇俎之謀，算畫已定，而賤末之士，蒭蕘敢陳。伏希捨其狂愚〔二〕，一賜聽覽。

某大和二年爲校書郎〔三〕，曾詣淮西將軍董重質②，詰其以三州之衆，四歲不破之由。重質自誇勇敢多算之外，復言其不破之由，是徵兵太雜耳。遍徵諸道兵士，上不過五千人，下不至千人，既不能自成一軍，事須帖附地主，名爲客軍。每有戰陣，客軍居前，主人在後，勢羸力弱，心志不一，既居前列，多致敗亡。如戰似勝，則主人引救，以爲己功；小不勝，主人先退〔四〕，至有殲焉。初戰二年已來，戰則必勝，是多殺客軍，及二年已後，客軍殫少，止與陳許、河陽全軍相搏。縱使唐州軍不能因雪取城，蔡州事力亦不支矣，其時朝廷若使鄂州、壽州、唐州祇令保境，不用進戰，但用陳許、鄭滑兩道全軍，帖以宣、潤弩手，令其守隘，即不出一歲，無蔡州矣。

今者上黨之叛〔五〕③，與淮西不同。淮西爲寇僅五十歲，破汴州、襄州、襄城，盡得其財貨，輸之懸瓠④，復敗韓全義於溵上〔六〕，多殺官軍，四萬餘人輸輂財穀，數月不盡。是以其人味爲寇之腴，見爲寇之利，風俗益固，氣焰已成，自以爲天下之兵莫我與敵。父子相勉，僅於兩世，根深源闊，取之固難。夫上黨則不然，自安、史南下，不甚附隸，建中之後，每奮忠義，是以郳公抱真⑤，能窘田悦，走朱滔，常以孤窮寒苦之軍，橫折河朔彊梁之衆。貞元中，節度使李長策卒，中使提詔授與本軍大將，但軍士附者即授之。其時大將來希皓爲衆所服，中使將以手詔付之，希皓言於衆曰：「此軍取人〔七〕，合是希皓，但作節度使不得，若朝廷以一束草來，希皓亦必敬事。」中使言：「面奉進旨，只令此軍取大將授與節鉞〔八〕，朝廷不別除人。」希皓固辭。押衙盧從史其位居四〔九〕，潛與監軍相結，超出伍曰〔一〇〕：「若來大夫不肯受詔，某請且勾當此軍。」監軍曰：「盧中丞若肯如此，此亦固合聖旨。」中使因探懷取詔以授之，從史捧詔再拜舞蹈，希皓廻揮同列，使北面稱賀，軍士畢集，更無一言。從史爾後漸畜奸謀，養義兒三千人，日夕喣沫。及父虔死，軍士留之，表請起復，亦只義兒與之唱和，其餘大將王翼元、烏重胤、第五釗等，及長行兵士，並不同心。及至被擒，烏重胤坐於軍門，喻以禍福，義兒三千，一取約束〔一一〕。及河陽取孟元陽爲之統帥，一軍無主，僅一月日，曾無犬吠，況於他謀。以此證驗，人心忠赤，習尚專一，可以盡見。

及元和十五年授與劉悟，時當幽鎮入覲，天下無事，柄廟算者議必銷兵。雄健敢勇之士，百戰千攻之勞，坐食租賦，其來已久，一旦黜去，使同編户，紛紛諸鎮，停解至多，是以天下兵士聞之，無不忿恨。

至長慶元年七月，幽鎮乘此首唱爲亂。昭義一軍，初亦鬱咈，及詔下誅叛，使温起居造宣慰澤潞，便令發兵。其時九月，天已寒〔一二〕，四方全師，未頒冬衣服〔一三〕，聚之授詔，或伍或離，垂手强項，往往誶語。及温起居立於重榻，大布恩旨，并疏昭義一軍自七十餘年忠義戰伐之功勞，安、史已還叛逆滅亡之明效，辭語既畢，無不歡呼。人衣短褐，爭出效命。其時用兵處處敗北，唯昭義一軍於臨城縣北同果堡下大戰，殺賊五千餘人，所殺皆樓下步射搏天飛者，賊之精勇無不殲焉，賊中大震。更一月日田布不死，賊亦自潰。後一月，其軍大亂，殺大將磁州刺史張汶，因劫監軍劉承偕〔一四〕，盡殺其下小使，此實承偕侮媟一軍，侵取不已。張汶隨王承元出於鎮州，久與昭義相攻，軍人惡之。汶既因依承偕，謀欲殺悟自取，軍人忌怒，遂至大亂，非悟獨能使其如此。劉悟卒，從諫求繼，與扶同者只鄆州隨來中軍二千耳。其副倅賈直言入責從諫曰〔一五〕：「爾父提十二州地，歸之朝廷，其功非細，秖以張汶之故，自謂不潔淋頭，竟至羞死。爾一孺子，安敢如此？」從諫恐悚不敢出言，一軍聞之，皆陰然直言之說。值寶曆多故，因以授之，今纔二十餘歲，風俗未改，故老尚存，雖欲劫之，必不用命。

伏以河陽西北，去天井關强一百里，關屬澤州。關隘多山，井不可鑿〔一六〕，雖有兵力，必恐無功。若以萬人爲壘，下窒其口，高壁深壍，勿與之戰〔一七〕。忽有敗負，勢驚洛師。蓋河陽軍士，素非精勇，戰則不足，守則有餘。成德一軍，自六十年來，世與昭義爲敵，訪聞無事之日，村落鄰里，不相往來。今王司徒代居反側⑥，思一自雪，況聯姻戚，願奮可知〔一八〕。六十年相讎之兵仗，朝爲委任之重，必宜盡節，以答殊私。魏博承風，亦當效順。然亦止於圍一城，攻一堡，刊木堙井〔一九〕，係纍稚老而已，必不能背二十城，長驅上山，徑擣上黨。其用武之地，必取之策，在於西面。今者嚴紫塞之守備⑦，謹白馬之隄防⑧，衹以忠武、武寧兩軍，以青州五千精甲，三齊兵青州最勁曲〔二〇〕。宣、潤二千弩手，由絳州路直東徑入，不過數日，必覆其巢。何者？昭義軍粮，盡在山東，澤、潞兩州，全居山内，土瘠地狹，積穀全無。是以節度使多在邢州，名爲就粮，山東粮穀既不可輸，山西兵士亦必單鮮，擣虚之地，正在於此。後周武帝大舉伐齊，路由河陽〔二一〕，吏部宇文弼曰：「夫河陽要衝，精兵所聚，盡力攻圍〔二二〕，恐難得志。如臣所見，彼汾之曲，戍小山平，用武之地，莫過於此。」帝不納〔二三〕，無功而還。後復大舉，竟用弼計〔二四〕，遂以滅齊。前秦苻堅遣將王猛伐後燕慕容偉，大破偉將慕容評於潞川〔二五〕，因遂滅之，路亦由此。北齊高歡再攻後周，路亦由此而西。後周名將韋孝寬、齊王攸常鎮勳州玉壁城〔二六〕。今絳州稷山縣是也。故東西相伐，每由此路，以古爲證，得之者多。

以某愚見，不言劉稹終不能取，貴欲速擒，免生他患。昨者北虜才畢，復生上黨，賴相公廟算深遠，北虜即日敗亡。儻使北虜至今尚存，沿邊猶須轉戰，迴顧上黨，豈能討除〔二七〕。天下雖言無事，若上黨久不能解，別生患難，此亦非細〔二八〕。自古皆因攻伐，未解旁有他變，故孫子曰：「兵聞拙速，未睹巧之久也。」伏聞聖主全以兵事付於相公，某受恩最深，竊敢干冒威嚴〔二九〕，遠陳愚見，無任戰汗。某頓首再拜。

【校勘記】

〔一〕《唐文粹》卷八〇、文津閣本題作《上司徒李相公論用兵書》。

〔二〕「捨」，文津閣本作「赦」。

〔三〕「某」，文津閣本作「牧」。下文「某」均作「牧」，不一一。

〔四〕「主人先退」，《唐文粹》卷八〇、《全唐文》卷七五一作「則主人先退」。

〔五〕「今者」，原作「令者」，據《唐文粹》卷八〇、《全唐文》卷七五一、文津閣本改。

〔六〕「溵上」，原作「殷上」，據《唐文粹》卷八〇、《全唐文》卷七五一、文津閣本改。

〔七〕「此軍」，原作「北軍」，據《唐文粹》卷八〇、《全唐文》卷七五一、文津閣本改。

〔八〕「授與節鉞」，「授」字原作「拔」，據《唐文粹》卷八〇、《全唐文》卷七五一、文津閣本改。

〔九〕「居四」，「四」，《唐文粹》卷八〇、文津閣本作「下」，《全唐文》卷七五一作「四下」。

〔一〇〕「超出伍曰」，「伍」，原作「五」，據《唐文粹》卷八〇、《全唐文》卷七五一、文津閣本改。

〔一一〕「一取約束」，《唐文粹》卷八〇作「悉取約束」。

〔一二〕「天已寒」，《唐文粹》卷八〇、《全唐文》卷七五一、文津閣本作「天氣已寒」。

〔一三〕「未頒冬衣服」，《唐文粹》卷八〇、《全唐文》卷七五一作「未頒中冬衣服」。

〔一四〕「劉承偕」，原作「劉承階」。胡校：「『劉承階』爲『劉承偕』之誤。《資治通鑑》卷二四二引此文作『劉承偕』。劉承偕，又見《舊唐書》卷一六一《劉從諫傳》、卷一七〇《裴度傳》、卷一八四《王守澄傳》、《新唐書》卷八《穆宗紀》、卷一七三《裴度傳》、卷一九三《賈直言傳》、卷二一四《劉悟傳》。」今據改。下文「承偕」同。

〔一五〕「副倅」，「倅」，原作「悴」，據《唐文粹》卷八〇、《全唐文》卷七五一改。

〔一六〕「井不可鑿」，原作「井可鑿」，《唐文粹》卷八〇、文津閣本作「井泉可鑿」，今據《全唐文》卷七五一改。

〔一七〕「勿與之戰」，「勿」字原作「而」，據《唐文粹》卷八〇、《全唐文》卷七五一、文津閣本改。

〔一八〕「願奮可知」，「奮」字原作「奪」，據《唐文粹》卷八〇、《全唐文》卷七五一、文津閣本改。
〔一九〕「刊木堙井」，「井」字原作「并」，據《唐文粹》卷八〇、《全唐文》卷七五一、文津閣本改。
〔二〇〕「三齊兵青州最勁曲」，「勁曲」字原爲墨釘，據《唐文粹》卷八〇改。
〔二一〕「路由河陽」，「陽」下原衍「字」字，據《唐文粹》卷八〇、《全唐文》卷七五一、文津閣本删。
〔二二〕「盡力攻圍」，「力」字原作「刀」，據《唐文粹》卷八〇、《全唐文》卷七五一改。文津閣本亦作「力」字。
〔二三〕「帝不納」，文津閣本作「武帝不納」。
〔二四〕「竟用弱計」，「竟」字原作「音」，據《唐文粹》卷八〇、《全唐文》卷七五一改。文津閣本亦作「竟」字。
〔二五〕「伐後燕慕容偉大破偉將慕容評於潞川」，胡校：「按『慕容偉』，庫本作『慕容暐』。王猛伐慕容暐事，見《資治通鑑》卷一〇二。慕容暐，《晉書》卷一一一、《魏書》卷九五、《北史》卷九三有傳。庫本作『慕容暐』是。」「川」，文津閣本作「州」。
〔二六〕「玉壁城」，「玉」字原作「王」，據《唐文粹》卷八〇、《全唐文》卷七五一改。《周書》卷三一《韋孝寬傳》：「以孝寬立勳玉壁，遂於玉壁置勳州。」《唐文粹》、《全唐文》作「玉」是。
〔二七〕「討除」，原作「計除」，今據文津閣本改。

〔二八〕「細」，原作「難」，據文津閣本改。

〔二九〕「竊敢」，原作「切敢」，據《唐文粹》卷八〇、《全唐文》卷七五一改。

【注　釋】

①李司徒：即李德裕。《新唐書·武宗紀》會昌三年六月載「李德裕爲司徒」。李德裕傳見《舊唐書》卷一七四、《新唐書》卷一八〇。此文上李德裕之時間，《資治通鑑》卷二四七記在會昌三年四月，云：「黄州刺史杜牧上李德裕書，自言：『嘗問淮西將董重質以三州之衆四歲不破之由……』時德裕制置澤潞，亦頗采牧言。」按所記時間有誤。傅璇琮《李德裕年譜》會昌三年七月譜考云：「按杜牧此書，題中稱『李司徒』。德裕加司徒乃在三年六月。書中又云：『伏睹明詔誅山東不受命者。』明詔者，即討劉稹制書，於五月十三日行下，杜牧於黄州看到詔書，當又在此之後。《通鑑》繫牧之上書在四月，顯係不確。書中又建議唐軍於河陽，宜取守勢，不宜進攻，謂『高壁深塹，勿與之戰。忽有敗負，勢驚洛師。蓋河陽軍士，素非精勇，戰則不足，守則有餘』。觀此數句，則叙河陽形勢，即非如此書中作虚擬之筆。由此可見，杜牧上李德裕書論澤潞軍事，當作於六月之後，八月之前，即七月左右。」本文據此訂於會昌三年七月作。又《李德裕年譜》又謂「《通鑑》謂德裕平澤潞，頗用杜牧書中之策。實則以成德、魏博攻昭義山東三州，德裕於五、六月即已定策，

尚在杜牧上書之前。在爾後的軍事行動中，正由於成德、魏博兩軍已攻取山東之州，昭義失去軍糧的支持，然後又由王宰從河陽北上，石雄由翼城東進，以至劉稹、郭誼勢窮力屈而降，與杜牧所言均有出入，因此説德裕平澤潞，頗用其策，實爲誇大之詞。」

② 董重質：本淮西牙將，吴少誠之女婿。吴元濟叛時，爲其謀主。元和十二年裴度攻取蔡州，重質歸唐。後授爲太子少詹事、左神武軍將軍、夏綏銀宥節度使，加檢校工部尚書。傳見《舊唐書》卷一六一。

③ 上黨之叛：指澤潞劉稹於劉從諫死後，自稱留後，抗拒朝廷事。故《資治通鑑》於會昌三年五月載「辛丑，制削奪劉從諫及子稹官爵，以元逵爲澤潞北面招討使，與夷行、劉沔、茂元合力攻討」。

④ 懸瓠：指懸瓠城，亦名懸壺城。即今河南汝南縣治。《太平寰宇記》卷一一《汝陽縣》：「懸瓠城亦名懸壺城。」唐時爲蔡州治所，李希烈、吴元濟曾相繼割據於此。

⑤ 郳公抱真：即李抱真。字太玄，河西人。初爲汾州別駕，遷殿中少監、陳鄭澤潞節度留後。又歷任澤洲、懷州刺史。德宗初任檢校工部尚書，領昭義節度使。累官檢校左僕射、同中書門下平章事，封倪國公，進義陽郡王等。傳見《舊唐書》卷一三二、《新唐書》卷一三八。

⑥ 王司徒：指王元逵。元逵爲王庭湊之子，父卒，繼任成德軍節度使。屢立戰功，遷檢校左僕射。開成二年，尚壽安公主，加駙馬都尉。會昌中，劉稹叛，元逵爲北面招討使。累遷檢校司徒、同中

書門下平章事，以破劉稹功，加太傅、太原郡開國公。傳見《舊唐書》卷一四二、《新唐書》卷二一一。

⑦紫塞：泛指北方邊塞。晉崔豹《古今注》上《都邑》：「秦筑長城，土色皆紫，漢塞亦然，故稱紫塞焉。」

⑧白馬：指白馬津。又名黎陽津、鹿鳴津、白馬水。在河南滑縣北，舊爲河水分流處，今已堙没。

【集　評】

指畫詳明，伏波聚米時也。（鄭郲評本文）

上李太尉論江賊書①

伏以太尉持柄在上，當軸處中，未及五年，一齊四海，德振法束，貪廉懦立〔一〕，有司各敬其事，在位莫匪其任。雖九官事舜②，十人佐周③，校於太尉，未可爲比。

伏以江淮賦税，國用根本，今有大患，是劫江賊耳。某到任纔九月〔二〕，日尋窮詢訪，實知端倪。夫劫賊徒，上至三舩兩舩百人五十人，下不減三二十人，始肯行劫，劫殺商旅〔三〕，嬰孩不留。所劫商人，皆得異色財物，盡將南渡，入山博茶④。蓋以異色財物，不敢貨於城市，唯有茶山，可以銷受。蓋以茶熟之際，四遠商人，皆將錦繡繒纈、金釵銀釧，入山交易，婦人稚子，盡衣華服，吏見不問，人見不驚。是以賊徒得異色財物，亦來其間，便有店肆爲其囊槖，得茶之後，出爲平人，三二十人，挾持兵仗。凡是鎮戍，例皆單弱，止可供億漿茗，呼召指使而已。鎮戍所由，皆云「賒死易，就死難」。縱賊不捉，事敗抵法，謂之賒死；與賊相拒，立見殺害，謂之就死。若或人少被捉，罪抵止於私茶，故賊云：「以茶壓身，始能行得。言隨身有茶，即人不疑是賊。」凡千萬輩，盡販私茶。

亦有已聚徒黨，水劫不便，逢遇草市⑤，泊舟津口，便行陸劫，白晝入市，殺人取財，多亦縱火，唱棹徐去。去年十月十九日，劫池州青陽縣市，凡殺六人，內取一人屠刳心腹，仰天祭拜。自邇已來，頻於鄰州，大有劫殺，沉舟滅跡者，即莫知其數。凡江淮草市，盡近水際，富室大户，多居其間。自十五年來，江南、江北，凡名草市，劫殺皆偏，只有三年再劫者，無有五年獲安者。一劫之後，州縣糜費，所由尋捉，烽火四出。凡是平人〔四〕，多被恐脅，求取之外，恩讎並行，追逮證驗，窮根尋葉，狼虎滿路，狴牢充塞。四五月後，炎鬱烝濕，一夫有疾，染習多死，免之則蹤跡未白，殺之則贓狀不明。一獄之中，凡五十人，中二十人，悉是此輩，至於真賊，十人不得一。

濠、亳、徐、泗、汴、宋州賊，多劫江西、淮南、宣、潤等道，許、蔡、申、光州賊，多劫荆襄、鄂岳等道，劫得財物，皆是博茶，北歸本州貨賣，循環往來，終而復始。更有江南土人，相爲表裏，校其多少，十居其半。蓋以倚淮介江，兵戈之地，爲郡守者，罕得文吏，村鄉聚落，皆有兵仗〔五〕，公然作賊，十家九親，江淮所由，屹不敢入其間。所能捉獲，又是沿江架船之徒，村落負擔之類〔六〕，臨時脅去，分得涓毫，雄健聚嘯之徒，盡不能獲。爲江湖之公害，作鄉閭之大殘，未有革釐，實可痛恨。

今若令宣、潤、洪、鄂各一百人〔七〕，淮南四百人，每船以三十人爲率，一千二百人分爲四十船，擇少健者爲之主將。仍於本界江岸刱立營壁，置本判官專判其事，揀擇精鋭，牢爲舟棹，晝夜上下，分番巡檢，明立殿最，必行賞罰。江南北岸添置官渡，百里率一，盡絶私載，每一宗船上下交送。同阻風，風便同發，名爲一宗。是桴鼓之聲，千里相接〔八〕，私渡盡絶，江中有兵，安有烏合蟻聚之輩敢議攻劫。

或曰：「制置太大，不假如此。」答曰：今西北邊，禦未來之寇，備向化之戎，長傾東南物産，供百萬口。況長江五千里，來往百萬人，日殺不辜，水滿冤骨，至於嬰稚，曾不肯留。葛伯殺餉童子，湯征滅之，蓋以童子無知而殺之，王者不捨其罪⑥。今長江連海，群盜如麻，驟雨絶絃，不可尋逐，無關可閉，無要可防。今者自出五道兵士，不要朝廷添兵，活江湖賦稅之鄉，絶寇盜劫殺之本，政理之急，莫過於斯。若此制置，凡去三害，而有三利。人不冤死，去一害也；鄉閭獲安，無追逮證驗之苦，去二害也；每擒一私茶賊，皆稱買賣停泊，恣口點染，鹽鐵監院追擾平人，搜求財貨，今私茶盡黜，去三害也。商旅通流，萬貨不乏，獲一利也；鄉閭安堵，狴犴空虛，獲二利也；擷茶之饒，盡入公室，獲三利也。三害盡去，三利必滋，窮根尋源，在劫賊耳。

故江西觀察使裴誼召得賊帥陳璠⑦，署以軍中職名，委以江湖之任。陳璠健勇，分毫不私〔九〕，自後廉察，悉皆委任。至今陳璠每出彭蠡湖口⑧，領徒東下，商船百數，隨璠行止，璠去之後，惘然相弔。安有清朝盛時，太尉在位，反使萬里行旅依一陳璠？

某詳觀格律敕條百二十卷，其間制置無不該備，至於微細，亦或再三，唯有江寇，未嘗言及。今四夷九州，文化武伏，奉貢走職，罔不如法，言其功德，皆歸太尉。敢率愚衷，上干明慮，冀裨億萬之一〔一〇〕，無任戰汗惶懼之至。某謹再拜。

【校勘記】

〔一〕「貪廉懦立」，「懦」字原作「儒」，據《全唐文》卷七五一、文津閣本改。

〔二〕「某」，文津閣本作「牧」，下文同。

〔三〕「商旅」，原作「商袋」，據《全唐文》卷七五一、文津閣本改。

〔四〕「凡是」，文津閣本作「凡屬」。

〔五〕「兵仗」，文津閣本作「兵伏」。

〔六〕「負擔之類」，「擔」字原作「檐」，據《全唐文》卷七五一、文津閣本改。

〔七〕「一百人」，按上下文意似當作「二百人」。胡校：「楊守敬校語曰：『案上四州一軍只八百人，下言一千二百人，疑上有脱漏。又下云出五道兵，疑四州各一之「一」字係「二」字之訛。』」

〔八〕「相接」，文津閣本作「恒接」。

〔九〕「不私」，文津閣本作「不紊」。

〔一〇〕「冀裨億萬之一」，文津閣本作「冀裨萬一」。

【注釋】

①李太尉：即李德裕，字文饒，趙郡贊皇人。唐武宗會昌時任宰相，兼守太尉，進爵衛國公。傳見《舊唐書》卷一七四、《新唐書》卷一八〇。本文乃作於池州，而文中謂「某到任纔九月，日尋窮詢訪，實知端倪」。杜牧初任池州在會昌四年九月，文又謂「去年十月十九日，劫池州青陽縣市」，則本文當作於會昌五年（八四五）六七月中。

②九官：傳説虞舜置九官，即伯禹爲司空，棄爲后稷，契作司徒，皋陶作士，垂爲共工，益作朕虞，伯夷作秩宗，夔爲典樂，龍爲納言。舜，古帝名，即虞舜。

③十人佐周：十人即謂十亂，指周武王十位具有治國平亂才能之大臣，即周公旦、召公奭、太公望、畢公、榮公、太顛、閎夭、散宜生、南宫适及文王母。

④博茶：换取茶。博，换取、取得。《宋書·索虜傳·拓跋燾與劉裕書》：「若其區宇者，可來平城居；我往揚州住，且可博與土地。」注：「傖人謂换易爲博。」

⑤草市：城外之市集。

⑥葛伯四句：葛伯爲夏時諸侯。《孟子·滕文公下》載：「湯使亳衆往爲之耕，老弱饋食。葛伯率其民，要其有酒食黍稻者奪之，不授者殺之。有童子以黍肉餉，殺而奪之。《書》曰：『葛伯仇餉。』此之謂也。爲其殺是童子而征之。」

⑦裴誼：曾官金部郎中。唐文宗大和初任大理卿。其任江西觀察使在大和四年卒七年。後遷宣歙觀察使。

⑧彭蠡湖：湖名。隋時因湖接鄱陽山，故又名鄱陽湖。《史記·夏本紀》：「彭蠡既都。」唐張守節《正義》引《括地志》：「彭蠡湖在今江西潯陽縣東南五十二里。」

上門下崔相公書①

天生相公輔仁聖天子，外齊武事，内治文教。被權衡稱量者，不失銖黍；受威烈懾怛者，蚓縮魚藏。百職率治，中外平一，伏惟相公功德，無與爲比。

往者彭城驕强②，頑卒數萬，聯三齊舊風③，振天下餉道。重弓束矢，大刀長矛，不受指揮，自有信誓。王侍中生於其間④，稱爲健黠，奔馬潛出，不敢迴顧。高僕射寬厚聞名⑤，不能治軍事〔一〕，舉動汗流，拜于堂下。及乎不受李司徒〔二〕，饗食其使者⑥，風波不廻，氣勢已去。自淮北渡，由洛東下，漕輓行役，出泗上者，稚長相賀⑦。藩鎮欲生事樹功者，横激旁搆，廟堂謀議，不知所出。相公殿一家僮，馳入萬衆，無不手垂目瞪，露刃弦弓，偶語腹非，或離或伍。相公氣壓其驕，文誘其順，指示叛臣賊子覆滅之蹤，鋪陳忠臣義士榮顯之效，皇威坌湧於言下，狼心頓革於目前。然後剔刮根節，銷磨頑礦，日教月化，水順雪釋。吐飯飽之，解衣暖之，威驅恩收，禮訓法束。一年人畏，二年人愛，三年化成，截成一邦〔三〕，俗同三輔。當此之時，遲廻之間，有勇力者一唱而起，徵兵數十萬，大小且百戰，然後傅其壘，鉤其垣，得其罪人，天下固已困矣。而天下議者必曰：「某名將也，某善用兵也，雖疏爵上公，裂土千里，其酬尚薄。」此必然之説也。故曰：見勝不過衆人之所知，非善之善者也；戰勝而天下曰善，非善者也；百戰百勝，非善之善者也；能不戰而屈人之兵，乃善之善者也。是相公手攜暴虎貪狼，化爲耕牛乘馬，退數十萬兵，解天下之縛，秖於談笑俯仰燕享筆硯之間耳。以此校之，斯過古人萬萬遠矣。

復自持統大相，開張教化，外制四夷，内循百度，長育人材，興起頹弛，心迎志釋，罔有怨嗟。是以天下帖泰，蝗死災去，饑人復飽，流人復安，内外遠近，率職奉法，不聞其他。如周有召穆公、仲山甫，漢有魏相、邴吉，國朝姚、宋二公，文事武事，居中處外，罔不是倚〔四〕。國家有天下二百三十餘年，盛溢兩漢，功侔三代，今復生相公，輔佐仁聖天子，天時人事，即自將來，福禄昌熾，卜之無窮，天下孰不幸甚！

某僻守荒郡⑧，亦被陶鈞，齒髮甚壯，志尚未衰，敢不自强，冀答天造，無任感激悃懇之至。某恐懼再拜。

【校勘記】

〔一〕「不能治軍事」，原作「能治軍事」。胡校：「按『能治軍事』，《通鑑》卷二四四《考異》引作『不能治軍事』，依上下文義推之，《通鑑》是。」今據改。

〔二〕「及乎」，文津閣本作「及其」。

〔三〕「截成一邦」，「截成」，《全唐文》卷七五一作「裁成」。

〔四〕「罔不是倚」，「罔」字原作「固」，據《全唐文》卷七五一、文津閣本改。

【注釋】

① 崔相公：即崔珙。博陵安平人。曾任泗州刺史，入爲太府卿。又拜廣州刺史、嶺南節度使，後累官京兆尹。會昌時，授户部侍郎，拜相。累遷刑部尚書、門下侍郎等。後被貶，曾爲安州長史等。傳見《舊唐書》卷一七七、《新唐書》卷一八二。本集卷十六《上安州崔相公啓》之崔相公即崔珙。此《啓》云：「至於會昌三年八月中所獻相公長啓，鋪陳功業，稱校短長，措於《史記》、兩《漢》之間，讀於文士才人之口，與二子並無愧容。」所言「會昌三年八月中所獻相公長啓」蓋即本文。據此而訂本文作於會昌三年（八四三）八月。

② 彭城：郡名，唐時曾名徐州，乃武寧軍治所。治所即在今江蘇銅山縣。

③ 三齊：地名。《史記·項羽本紀》：「（田榮）並王三齊。」《集解》：「《漢書音義》曰：齊與濟北、膠東。」《正義》：「《三齊記》云：『右即墨，中臨淄，左平陸，謂之三齊。』」其地皆在山東東部。

④ 王侍中：即王智興。字匡諫，懷州温人。以戰功爲侍御史、進御史中丞。後加檢校左散騎常侍，

又任武寧軍節度使。册拜太傅，封雁門郡王，進兼侍中。傳見《舊唐書》卷一五六、《新唐書》卷一七二。

⑤ 高僕射：即高瑀。冀州蓨人。累官陳、蔡二州刺史。入爲太僕卿。又任忠武節度使，徙節武寧軍。拜太子少傅，復節度忠武。傳見《舊唐書》卷一六二、《新唐書》卷一七一。

⑥ 及乎不受李司徒二句：李司徒，即李聽，傳見《舊唐書》卷一三三、《新唐書》卷一五四。據其本傳，聽曾任檢校司徒，卒後又贈司徒，故稱李司徒。據《舊》傳，「聽大和六年，轉武寧軍節度使。時聽有蒼頭爲徐州將，不欲聽至，聽先使親吏慰勞徐人，爲蒼頭所殺。聽不敢進，固以疾辭，用爲太子太保」。

⑦ 以上數句，《新唐書》卷一八二《崔珙傳》以下所記可參：「時徐州以王智興後，軍驕，數犯法，節度使高瑀未能制。天子思材望威烈者檢革其弊，見珙意慷慨，又知治泗得士心，即謂宰相曰：『欲武寧節度使者，無易珙才。』更詔王茂元帥嶺南，而以珙代瑀。居二歲，徐人戢畏。」

⑧ 某僻守荒郡：本文作於會昌三年八月，則所謂「僻守荒郡」，乃指其任黄州刺史。

上昭義劉司徒書〔一〕①

今日輕重，望于幾人，相位將權，長材厚德，與輕則輕，與重則重，將軍豈能讓焉。昔者齊盜坐父兄之舊②，將七十年來，海北河南泰山課賦三千里，料甲一百縣〔二〕，獨據一面，横挑天下。利則伸，鈍則滿，鏃而不發，約在子與孫，孫與子〔三〕，血絶而已。此雖使鐵偶人爲六軍，取不孔易，況席征蔡之弊，天下消耗，燕蟠趙伏，用齊卜我。當此之時，一年不能勝，則百姓半流；二年不能勝，則關東之國孰知其變化也。將軍一心仗忠，半夜興義，昧旦而已齊族矣〔四〕③。疆土籍口，探出僭物重寶，仰關輦上，是以趙一摇，燕一呼，爭來汗走，一日四海廓廓然無事矣。伏惟將軍之功德，今誰比哉！是以初守滑臺爲尚書，守潞爲僕射，乃作司空，乃作司徒，爰開丞相府，平章天下，越録躐等，驟得富貴。古今之人，亦以爲將軍止此而已矣〔五〕。將軍德於國家甚信大，國家復之於將軍，雅亦無與爲大矣。

今者上黨足馬足甲，馬極良，甲極精，後負燕，前觸魏，側肘趙。彼三虜居因天子耆老，劫良民使叛，銜尾交頸，各蟠千里，不貢不覲，私贍妻子，王者在上，此輩何也？今者上黨馳其精良，不三四日與魏決於漳水西，不五六日與趙合於泜水東④，縈太原，挑飛狐⑤，緩不二十日與燕遇於易水南。此天下之郡國，足以事區區於忠烈，無如上黨者。明智武健，忠寬信義，知機便，多算畫，攻必巧，戰不負，能使萬人樂死赴敵，足以事區區於忠烈，天下之人無如將軍者。爵號禄位，富貴休顯〔六〕，宜驅三族〔七〕，上校恩澤，宜出萬死，以副倚注，天下之人亦無如將軍者。是將軍負天下三無如之望也。

始者將軍賴齊，然後得祿仕，入卧内等子弟，一身聯齊，累世之逆，卒境上爭首，其恩甚厚，其勢甚不便。將軍以爲大仁可以殺身，大忠不顧細謹，終探懷而取之。今者將軍負三無如之望，上戴天子，四海之大，以爲緩急，所宜日夜具申喧請，今默而處者四五歲矣。負天下之三無如者，宜如是邪？不宜如是耶？是以天下之小人，以爲將軍始者取齊見利而動〔八〕，今者安潞見義而止。而若是，則天下利無窮，義有限，走無窮，背有限，則安可識之哉。其有識者則曰：不然，夫桓、文之霸也，先脩刑政，然後事事。近有山東士人來者〔九〕，咸道上黨之政，軍士兵吏之詳，男子畝，婦人桑，老者養，孤者庇，上下一切，罔有紕事。曁乎政庭，則將軍不知尊，布衣不知卑。諸侯之驕久矣，是以高才之人，不忍及門；仁政不施久矣，是以暴亂不止。若此者，將軍是行仁政，來高才，苟行仁政，來高才，若非止暴亂，尊九廟，峻中興，復何汲汲如是邪！

在漢伯通⑥，在晉牢之⑦，二人功力不寡，一旦誅死，人豈寃之？苻秦相猛，將終戒視後禍⑧，大唐太尉房公，忍死表止伐遼⑨。此二賢當時德業不左諸人〔一〇〕，尚死而不已，蓋以輔君活人爲事，非在矜伐邀引爲心也。伏惟將軍思伯通、牢之所以不終〔一一〕，仰相猛、房公之所以垂休，則天下之人，口祝將軍之福壽，目睹將軍盛德之形容，手足必不敢加不肖於將軍之草木，此乃上下萬世，烈丈夫口念心禱而求者，今將軍盡能有之，豈可容易而棄哉！

大唐二百年向外〔一二〕，叛者三十餘種，大者三得其二，小者亦包裹千里，燕、趙、魏、潞、齊、蔡、吳、蜀，同歡共悲，手足相急，陣刺死、帳下死、圍悉死、伏劍死、斬死、絞死，大者三歲，小或一日〔一三〕，已至于盡死。曰忠曰義，則有父子同壇，兄弟繼踵，論罪則曰有某功，論功則曰捨某罪〔一四〕。伏惟十二聖之仁，一何汪汪焉，天之校惡滅逆，復何一切焉〔一五〕。此乃盡將軍所識，復何云云，小人無位而謀，當死罪。某恐懼再拜。

【校勘記】

〔一〕「上昭義劉司徒書」，「昭義」，《唐文粹》卷八〇、《全唐文》卷七五一、文津閣本作「澤潞」。

〔二〕「料甲一百縣」，胡校：「按庫本『料甲』作『科甲』，是。」

〔三〕「約在子與孫孫與子」，《唐文粹》卷八〇作「約在子孫」，《全唐文》卷七五一、文津閣本作「約在子與孫」。

〔四〕「昧旦而已齊族矣」，《唐文粹》卷八〇、《全唐文》卷七五一無「已」字。

〔五〕「亦以爲將軍止此而已矣」，原作「亦將軍止已矣」，據《唐文粹》卷八〇、《全唐文》卷七五一、文津閣本改補。

〔六〕「休顯」，文津閣本作「榮顯」。

〔七〕「宜驅三族」，「族」字原作「旋」，據《唐文粹》卷八〇、《全唐文》卷七五一改。

〔八〕「取齊見利而動」，「取」，《唐文粹》卷八〇作「亡」。

〔九〕「近有山東士人來者」，「有」，《唐文粹》卷八〇作「者」。

〔一〇〕「不左諸人」，「左」字原作「在」，據《唐文粹》卷八〇、《全唐文》卷七五一改。文津閣本作「右」。

〔一一〕「牢之」，「牢」字原作「年」，據《唐文粹》卷八〇、《全唐文》卷七五一、文津閣本改。

〔一二〕「大唐二百年向外」，「向」，《唐文粹》卷八〇、《全唐文》卷七五一作「自」。文津閣本則作「二百年外」。

〔一三〕「小或一日」，「日」，《唐文粹》卷八〇、文津閣本作「月」。

〔一四〕「捨」，文津閣本作「赦」。

〔一五〕「復何一切焉」，「一切」，《全唐文》卷七五一、文津閣本作「切切」。

【注釋】

① 昭義劉司徒：即昭義節度使劉悟。先爲鄆州李師道將，殺李師道歸朝廷，拜義成軍節度使，封彭城郡王。長慶元年，幽州大將朱克融叛，加檢校司空、平章事，充盧龍軍節度使。悟以幽州方亂，

未克進討，請授之節鉞，徐圖之，乃復以悟爲澤潞節度，拜檢校司徒，兼太子太傅，依前平章事。傳見《舊唐書》卷一六一、《新唐書》卷二一四。《杜牧年譜》於寶曆元年考本文作年云：「長慶元年，盧龍大將朱克融叛，朝廷調劉悟爲盧龍節度使，望其討朱克融，劉悟不從，反代朱克融求情，此後朝廷討伐朱克融與王庭湊，劉悟亦不出兵，且漸學河北三鎮之跋扈抗命，故杜牧作此書遺之，責以大義，並加規勸。按克融、王庭湊之叛在長慶元年（八二一）七月，而劉悟卒於本年九月，是書中責悟曰：『今默而處者，四、五歲矣。』故繫於本年。」據此，訂本文於寶曆元年（八二五）九月前。

②昔者齊盜坐父兄之舊：指平盧軍節度使李師道承其祖李正己，其父兄李納、李師古之舊，自稱齊王，割據齊地反叛。

③將軍一心仗忠三句：據《資治通鑑》卷二四一元和十四年二月所載，劉悟「使士皆飽食執兵，夜半聽鼓三聲絶即行，人銜枚，馬縛口，遇行人，執留之，人無知者。距城數里，天未明，……悟引大軍繼至，城中譟譁動地。比至，子城已洞開，惟牙城拒守，尋縱火斧其門而入。……悟勒兵升聽事，使捕索師道。師道與二子伏廁牀下，索得之，悟命置牙門外隙地，……尋皆斬之。自卯至午，悟乃命兩都虞候巡坊市，禁掠者，即時皆定。」

④泜水：水名。即今河北隆堯縣北泜河。《山海經》：敦輿山，「泜水出於其陰，而東流注於彭水」。

⑤飛狐：縣名，即今河北淶源。漢代爲廣昌縣地，屬代郡，後漢屬中山國，後周大象二年於五龍城復置廣昌縣。隋仁壽元年改名飛狐，因縣北有飛狐口而得名。

⑥伯通：即東漢彭寵，字伯通。少爲郡吏，累官安樂令。歸光武帝劉秀，封建忠侯，賜號大將軍。後因居功自傲，起兵反叛，自立爲燕王，被殺。傳見《後漢書》卷一二。

⑦牢之：字道堅，彭城人。初投苻堅，爲參軍，百戰百勝，號爲「北府兵」。遷鷹揚將軍、廣陵相。朝廷命其討伐桓玄，爲前鋒都督、征西將軍，領江州事。後胸怀二心，桓玄任其爲征東將軍、會稽太守。復欲反而不決，乃自縊而死。傳見《晉書》卷八四。

⑧苻秦相猛二句：猛，即晉王猛。字景略，北海劇人。博學好兵書，謹重嚴毅，氣度雄遠，爲苻堅所器重，爲中書侍郎。累官丞相、中書監、尚書令、太子太傅、司隸校尉等。其臨終，「堅親臨省病，問以後事。猛曰：『晉雖僻陋吳越，乃正朔相承。親仁善鄰，國之寶也。臣没之後，愿不以晉爲圖。鮮卑、羌虜，我之仇也，終爲人患，宜漸除之，以便社稷。』言終而死，時年五十一」。傳見《晉書》卷一一四。

⑨太尉房公二句：房公即唐太宗朝賢臣房玄齡，死後册贈太尉。其病重時「因謂諸子曰：『……當今天下清謐，咸得其宜，唯東討高麗不止，方爲國患。主上含怒意決，臣下莫敢犯顔；吾知而不言，則銜恨入地。』遂抗表諫曰：臣聞兵惡不戢，武止戈。……」傳見《舊唐書》卷六六、

《新唐書》卷九六。

【集評】

頓放曲折，若雲煙自爲卷舒。（鄭郲評本文）

樊川文集卷第十二

上周相公書①

某再拜〔一〕。伏以大儒在位，而未有不知兵者，未有不能制兵而能止暴亂者，未有暴亂不止而能活生人、定國家者，自生人已來，可以屈指而數也。今兵之下者，莫若刺伐之法，《詩·大雅·維清》〔二〕，奏《象舞》之篇曰：「維清緝熙，文王之典。迄用有成，維周之禎。」《象》者，象武王伐紂刺伐之法，此乃文王受命，受殷王專征之命也〔三〕。七年五伐，留戰陣刺伐之法，遺之武王，武王用以伐紂而有天下〔四〕，致之清平，爲周家之禎祥。周公居攝，祀文、武於清廟，作此詩以歌舞文、武之德。其次兵之尤者，莫若鈎援衝壁，今之一卒之長，不肯親自爲之。《詩·大雅》周公《皇矣》，美周之詩，曰：「以爾鈎援，以爾臨衝〔五〕，以伐崇墉②。臨衝閑閑，崇墉言言。」此實文王伐崇墉，傅于其城，以臨車衝，鈎援其城，文王親自爲之。夫文王何人也，周公詩之，夫子删而取之，列于《大雅》，以美武王之功德，手絃而口歌之。不知後代之人〔六〕，何如此三聖人？安有謀人之國，有暴亂横起，戎狄乘其邊，坐於廟堂之上曰：「我儒者也，不能知兵。」不知儒者竟可知兵也〔七〕，竟不可知兵乎？ 長慶兵起③，自始至終，廟堂之上，指蹤非其人，不可一二悉數。

高宗朝，薛仁貴攻吐蕃④，大敗於大非川。 仁貴曰：「今年歲在庚午，不當有事于西方，此乃鍾、鄧伐蜀，身誅不返。」昨者誅討党羌，徵關東兵用於西方，是不知天道也。 邊地無積粟，師無見粮，不先屯田，隨日隨餉，是不知地利也。 兩漢伐虜，騎兵取於山東，所謂冀之北土〔八〕，馬之所生，馬良而多，人習騎戰，非山東兵不能伐虜。 昨者以步戰騎〔九〕，百不當一，是謂不知人事也〔一〇〕。 天時、地利、人事，此三者皆不先計量短長得失，故困竭天下〔一一〕，不能滅樸樕之虜，此乃不學之過也。 不教人之戰，是謂棄之，則謀人之國，不能料敵，不曰棄國可乎！

某所注《孫武》十三篇〔一二〕，雖不能上窮天時，下極人事，然上至周、秦，下至長慶、寶曆之兵，形勢虛實，隨句解析，離爲三編，輒敢獻上〔一三〕，以備閱覽。 少希鑑悉苦心，即爲至幸，伏增惶惕之至。 某頓首再拜。

【校勘記】

〔一〕「某」，文津閣本作「牧」，下文同。

〔二〕「詩大雅維清」，「大雅」，《唐文粹》卷八〇作「周頌」，《文苑英華》卷六八四下校：「維清是頌非雅。」

〔三〕「殷王」，「殷」字原作「設」，據《唐文粹》卷八〇、《文苑英華》卷六八四、《全唐文》卷七五二、文津閣本改。

〔四〕「武王用以伐紂」，「武」字原無，據《唐文粹》卷八〇、《文苑英華》卷六八四、《全唐文》卷七五二、文津閣本補。

〔五〕「以爾臨衝」，「衝」字原作「衡」，據《唐文粹》卷八〇、《文苑英華》卷六八四、《全唐文》卷七五二、文津閣本改。

〔六〕「後代」，原作「後伐」，據景蘇園本、《唐文粹》卷八〇、《文苑英華》卷六八四、《全唐文》卷七五二、文津閣本改。

〔七〕「竟可知兵也」，「也」，《唐文粹》卷八〇、《全唐文》卷七五二、文津閣本作「乎」。

〔八〕「所謂冀之北土」，「所」，《唐文粹》卷八〇、《文苑英華》卷六八四作「乃」。

〔九〕「以步戰騎」，「戰」字原無，據《唐文粹》卷八〇、《文苑英華》卷六八四、《全唐文》卷七五二、文津閣本補。

〔一〇〕「是謂不知人事也」，《唐文粹》卷八〇、《全唐文》卷七五二無「謂」字。

〔一〕「困竭」，原作「困蝎」，據《唐文粹》卷八〇、《文苑英華》卷六八四、《全唐文》卷七五二、文津閣本改。

〔二〕「某所注」，「某」，《文苑英華》卷六八四、文津閣本作「牧」。

〔三〕「獻上」，文津閣本作「上獻」。

【注　釋】

①周相公：即周墀，字德升，汝南人。傳見《舊唐書》卷一七六、《新唐書》卷一八二。事跡見本集卷七《唐故東川節度使檢校右僕射兼御史大夫贈司徒周公墓誌銘》。據其《墓誌銘》，周墀任宰相在大中二年五月，又據《新唐書·宣宗紀》，周墀罷相在大中三年四月。又據《杜牧年譜》，杜牧於大中二年十二月由睦州抵京任司勳員外郎、史館脩撰，則此文當作於大中三年（八四九）四月之前。

②崇墉：崇國之城牆。崇，古國名。《國語·周下》：「其在有虞，有崇國鮌。」《注》：「崇，鮌國。伯，爵也。」《史記·周本紀》：「伐崇侯虎。」《正義》：「虞夏商周皆有崇國，崇國蓋在豐鎬之間。」

③長慶兵起：指唐穆宗長慶年間，盧龍軍、成德軍、魏博軍等藩鎮相繼反叛朝廷。《新唐書·穆宗紀》長慶元年七月記：「甲辰，幽州盧龍軍都知兵馬使朱克融囚其節度使張弘靖以反。……壬戌，成德軍大將王廷湊殺其節度使田弘正以反。」又同書長慶二年正月記：「魏博軍潰于南宮。癸卯，魏博節度使田布自殺，兵馬使史憲誠自稱留後。」

④高宗朝薛仁貴攻吐蕃數句：薛仁貴，傳見《舊唐書》卷八三、《新唐書》卷一一一。《舊》傳載「咸亨元年，吐蕃入寇，又以仁貴爲邏娑道行軍大總管，率將軍阿史那道真、郭待封等以擊之。……軍至大非川，將發赴烏海，仁貴謂待封曰：『烏海險遠，車行艱澀，若引輜重，將失事機，破賊即迴，又煩轉運。彼多瘴氣，無宜久留。大非嶺上足堪置柵，可留二萬人作兩柵，輜重等并留柵内。吾等輕鋭倍道，掩其未整，即撲滅之矣。』仁貴遂率先行至河口，遇賊擊破之，斬獲略盡，收其牛羊萬餘頭，迴至烏海城，以待後援。待封遂不從仁貴之命，領輜重繼進。比至烏海，吐蕃二十餘萬悉衆來救，邀擊，待封敗走趨山，軍糧及輜重并爲賊所掠。仁貴遂退軍屯於大非川。吐蕃又益衆四十餘萬來拒戰，官軍大敗，仁貴遂與吐蕃大將論欽陵約和。仁貴嘆曰：『今年歲在庚午，軍行逆歲，鄧艾所以死於蜀，吾知所以敗也。』仁貴坐除名。」《新》傳所記略同。大非川，水名，即今青海布喀河。庚午，即庚午年，亦即唐高宗咸亨元年。鍾、鄧，即三國時之鍾會、鄧艾。兩人傳均見《三國志》卷二八。

【集　評】

「大儒未有不知兵」，如陽明先生不愧此語。今膺督撫之任者，宜誦此。（鄭郲評本文）

上宣州高大夫書①

某頓首再拜〔一〕。自去歲前五年，執事者上言，云科第之選，宜與寒士，凡爲子弟，議不可進。熟於上耳，固於上心，上持下執，堅如金石，爲子弟者魚潛鼠遁，無入仕路，某竊惑之。科第之設，聖祖神宗所以選賢才也，豈計子弟與寒士也。古之急於士者，取盜取讎，取於夷狄，豈計其所由來？況國家設取士之科，而使子弟不得由之？若以科第之徒浮華輕薄，不可任以爲治，則國朝自房梁公已降②，有大功，立大節，率多科第人也。若以子弟生於膏粱〔二〕，不知理道，不可與美名，不令得美仕〔三〕，則自堯已降，聖人賢人，率多子弟。凡此數者，進退取捨，無所依據，某所以憤懣而不曉也。

堯，天子子也；禹，公子也；文王，諸侯孫與子也；武王，文王子也；周公，文王之子、武王之弟也；夫子，天子裔孫宋公六代大夫子也。春秋時，列國有其社稷各數百年，其良臣多出公族及卿大夫子孫也。魯之季友、季文子、叔孫穆子、叔孫昭子、孟獻子，皆出於三桓也。臧文仲、武仲出於公子彄，柳下惠出於公子無駭。諸侯之子稱公子，公子之子稱公孫，公孫之子稱公族，以王父字爲氏，展禽是也。宋之良臣，多出於戴、桓、武、莊之族也，舉其尤者，華元、子罕、向成是也。衛之良臣，亦公族及卿大夫之裔也，舉其尤者，公子荆、公叔發、公子朝，皆公族也；子鮮，公子也；史狗、史魚、甯武子，卿大夫之裔也。齊之晏嬰，晏桓子子也。曹之子臧，公子也。吴之季札，王子也。鄭之良臣，皆公孫公族也。舉其尤者，子封、子良、子罕、子展、子皮、子産、子張、子太叔是也。楚之良臣，子囊、子西、子期，皆王子也，子庾王孫也。其卿大夫之裔，鬬氏生令尹子文，後有鬬辛、鬬巢、鬬懷；昭王返國皆有大功〔四〕。蔿氏生蔿賈、孫叔敖、蔿文狃〔五〕。薳啓彊、薳子憑、薳掩、薳罷；屈氏生屈蕩、屈到、屈建。子木。六國時，有昭奚恤，公族也；屈原，諸屈後也。皆其祖先於武王、文王時基楚國爲霸者，用其子孫，其社稷垂九百餘年。至於晉國最爲强，其賢臣尤多，有趙氏、魏氏、韓氏、狐氏、中行氏、范氏、荀氏、羊舌氏、欒氏、郤氏、祁氏，其先皆武公、獻公、文公勤勞臣也，用其子弟，召諸侯而盟之者，僅三百年〔六〕。在六國，齊之孟嘗、趙之平原、魏之信陵，皆王子王孫也。齊復有司馬穰苴，亦王族也。其在漢、魏已下，至於國朝，公族之子弟，卿大夫之胄裔，書於史氏爲偉人者，不可勝數，不知論聖賢才能〔七〕，於子弟中復何如也？

言科第浮華輕薄，不可任用，則國朝房梁公玄齡，進士也，相太宗凡二十一年，爲唐宗臣，比之伊、吕、周、召者〔八〕。郝公處俊，亦進士也，爲宰相時，高宗欲遜位與武后，處俊曰：「天下者，高祖、太宗之天下，非陛下之有，但可傳之子孫，不可私以與后。」高宗因止。來濟、上官儀、李玄義，皆進士也，後爲宰相，濟助長孫太尉、褚河南共摧武后者③，後突厥入塞，免胄戰死，儀草廢武后詔〔九〕，玄義助處俊言不可以位與武后。婁侍中師德，亦進士也，吐蕃强盛，爲監察御史，以紅抹額應猛士詔，躬衣皮袴，率士屯田，積穀八百萬石，二十四年西征，兵不乏食；薦狄公爲相④，取中宗於房陵，立爲太子。漢陽王張公柬之，亦進士也，年八十爲相，驅致四王，手提社稷，上還中宗。郭代公元振，亦進士也，鎮涼州僅十五年，北却突厥，西走吐蕃，制地一萬里，握兵三十萬，武氏惕息不敢移唐社稷。魏公知古，亦進士也，爲宰相，廢太平公主謀以佐玄宗，及卒也，宋開府哭之曰⑤：「叔向古之遺直，子産古之遺愛，兼而有者〔一〇〕，其魏公乎。」姚梁公元崇，登第下筆成章舉，首佐玄宗起中興業，凡三十年，天下幾無一人之獄。宋開府璟，亦進士也，與姚唱和，致開元太平者。劉幽求登制策科，與玄宗徒步誅韋氏，立睿宗者。蘇氏父子⑥，皆進士也。大許公爲相於武后朝酷吏中，不失其正，於中宗朝，誅反賊鄭普思於韋后黨中；小許公佐玄宗朝，號爲蘇、宋。張燕公説登制策科，排張易之兄弟，贊睿宗請玄宗監國，竟誅太平公主，招置文學士，開内學館；玄宗好書尚古，封中太山〔一一〕，祀后土，因燕公也。張曲江九齡，亦進士也，排李林甫、牛仙客，罵張守珪不斬安禄山，謫老南服〔一二〕，年未七十。張巡，亦進士也，凡三入判等，以兵九千守睢陽城，凡周歲，拒賊十三萬兵，出《天寶雜記》。使賊不能東進尺寸，以全江淮。元和中，宰相河東司空公⑦、中書令裴公⑧，皆進士也，裴公仍再得宏辭制策科。當貞元時，河北叛，齊、蔡亦叛，階此蜀亦叛，吳亦叛，其他未叛者，皆高下其目，熟視朝廷，希嚮强弱，而施其所爲。司空公始相憲宗，廢權倖之機牙，令不得張，收斂百職，歸於有司，命節度使出朝廷，不由兵士。始自撫州除袁相爲滑州〔一三〕⑨，滑州凡二月無帥〔一四〕，三軍無事，憲宗始信之，自此不用貞元故事以行軍副使大將軍爲節度使〔一五〕。拔取沉滯，各還其官。開州取唐舍人爲職方郎中〔一六〕⑩、知制誥，饒州取李趙公爲考功郎中、知制誥⑪，在貞元中皆十餘年遷逐，其他似謫者，亦皆當叙用也。然後西取蜀，東取吳，天下仰首，始見白日。裴公撫安魏博，使田氏盡歸六州〔一七〕⑫。元和中〔一八〕，剪蔡劇賊於洛師脅下，招來常山⑬，質其二子以累其心，取十三城使不得與齊交手爲寇，因誅師道，河南盡平。當是時，天下幾至於太平。凡此十九公，皆國家與之存亡安危治亂者也，不知科第之選，復何如也？

至於智效一官，忠立一節，德行文學，不可悉數。董生云：「《春秋》之義，變古則譏之。」傳説命高宗曰：「鑑于先王成憲，其以永無愆〔一九〕。」故殷道復興。《鴻雁》美周宣王能復先王之道。西漢魏相佐漢宣帝爲中興，但能奉行漢家故事。姚梁公佐玄宗〔二〇〕⑭，亦以務舉貞觀之法制耳〔二一〕。自古及今，未有背本棄古而能致治者。昨獲覽三郎秀才新文，凡十篇，數日在手，讀之不倦。其旨意所尚〔二二〕，皆本仁義而歸忠信，加以辭彩遒茂〔二三〕，皎無塵土，況有誠明長厚之譽於千人中，儻使前五六年得進士第，今可以出入諫官、御史，助明天子爲治矣〔二四〕。古人云「三月不仕，則相弔」，安有凡五六年來，選取進士，施設網罟，如防盜賊。言子弟者，噎啞抑鬱，思一解布衣，與下士齒，厥路無由，於古今未前聞也。

某因覽三郎文章〔二五〕，不覺發憤，略言大概，干觸尊重，無任惶懼。某再拜〔二六〕。

【校勘記】

〔一〕「某」，文津閣本作「牧」，下文同。

〔二〕「膏粱」，「粱」字原作「梁」，據《唐文粹》卷八三、《全唐文》卷七五二、文津閣本改。

〔三〕「不令得美仕」，「不」字原作「而」，據《唐文粹》卷八三、《文苑英華》卷六九〇、《全唐文》卷七五二、文津閣本改。

〔四〕「昭王返國」，「返」字原作「之」，據《唐文粹》卷八三、《文苑英華》卷六九〇、《全唐文》卷七五二、文津閣本改。

〔五〕「蔿文狃」，《唐文粹》卷八三、《文苑英華》卷六九〇作「蔿艾也」。

〔六〕「僅」，文津閣本作「近」。

〔七〕「不知論聖賢才能」，《唐文粹》卷八三、《文苑英華》卷六九〇、文津閣本作「不可憚論，聖賢才能」，

《文苑英華》於「可憚」下校：「一字集作知。」

〔八〕「周召者」，「召」字原作「邵」，據《文苑英華》卷六九〇、《全唐文》卷七五二、文津閣本改。

〔九〕「儀草廢武后詔」，原作「儀革廢武后召」，據《唐文粹》卷八三、《文苑英華》卷六九〇、文津閣本改。

〔一〇〕「兼而有者」，「兼」原作「廉」，據《唐文粹》卷八三、《文苑英華》卷六九〇、《全唐文》卷七五二、文津閣本改。

〔一一〕「封中太山」，《文苑英華》卷六九〇無「中」字。

〔一二〕「謫老南服」，「謫」，《文苑英華》卷六九〇作「請」。

〔一三〕「除袁相爲滑州」，「除」字原作「徐」，據《唐文粹》卷八三、《文苑英華》卷六九〇、《全唐文》卷七五二、文津閣本改。

〔一四〕「二月」，文津閣本作「三月」。

〔一五〕「故事」，原作「故專」，據《唐文粹》卷八三、《文苑英華》卷六九〇、《全唐文》卷七五二、文津閣本改。

〔一六〕「唐舍人」，「舍」字原作「會」，據《唐文粹》卷八三、《文苑英華》卷六九〇、《全唐文》卷七五二改。

〔一七〕「使田氏盡歸六州」，原作「使田氏盡忠」，據《唐文粹》卷八三、《文苑英華》卷六九〇、《全唐文》卷七五二、文津閣本改。

〔一八〕「元和中」，三字原無，據《唐文粹》卷八三、《文苑英華》卷六九〇、《全唐文》卷七五二、文津閣本補。

〔一九〕「其以永無慾」，《唐文粹》卷八三、《全唐文》卷七五二無「以」字，《文苑英華》卷六九〇無「其」字。

〔二〇〕「姚梁公佐玄宗」，「姚梁公」，《唐文粹》卷八三作「姚崇」，文津閣本作「姚宋」。

〔二一〕「貞觀之法制」，「制」，《文苑英華》卷六九〇作「則」，下校：「集本、文粹作制。」

〔二二〕「所尚」，文津閣本作「所向」。

〔二三〕「辭彩遒茂」，「遒」字原作「酋」，據《唐文粹》卷八三、《文苑英華》卷六九〇、《全唐文》卷七五二、文津閣本改。

〔二四〕「天子」，原作「大子」，據《唐文粹》卷八三、《文苑英華》卷六九〇、《全唐文》卷七五二、文津閣本改。

〔二五〕「某因覽三郎文章」，「某」，《文苑英華》卷六九〇作「牧」。

〔二六〕「某再拜」，「某」，《文苑英華》卷六九〇作「牧」。

【注　釋】

①宣州高大夫：高大夫即高元裕。字景圭，渤海人。登進士第，累遷左司郎中、諫議大夫，改中書舍人。會昌五六年間，任宣歙觀察使，入爲吏部尚書，出爲山南東道觀察使。傳見《舊唐書》卷一七一、《新唐書》卷一七七。本文乃作於高元裕爲宣歙觀察使期間。據吳廷燮《唐方鎮年表》及其《考證》，高元裕鎮宣歙在會昌五年五月至大中元年（八四五—八四七），故本文即作於此期間。

郭文鎬《杜牧若干詩文繫年之再考證》（《西北師院學報》一九八七年第二期）謂文中「『去歲前五年』指開成五年，時德裕拜相曾向武宗進言爲政之要，其欲糾科場濫放子弟之弊而主張宜取寒士，即與之同時，史傳不載」。並認爲「此文唯作於會昌六年」。今即據此訂文作於會昌六年（八四六）。

② 房梁公：即房玄齡。名喬，以字行。齊州臨淄人。年十八，舉進士第，授羽騎尉。唐初輔佐唐太宗，累官宰相，封梁國公。後加太子少師，進拜司空、監修國史等。傳見《舊唐書》卷六六、《新唐書》卷九六。

③ 長孫太尉褚河南：即長孫無忌、褚遂良。長孫無忌，字輔機，河南洛陽人。以輔佐唐太宗平定天下，累官左武候大將軍、吏部尚書，以功第一，進封齊國公。又拜尚書右僕射、司空、司徒。高宗即位，進拜太尉。後因反對武曌爲后，流放黔州。傳見《舊唐書》卷六五、《新唐書》卷一〇五。褚遂良，字登善。歷任起居郎、諫議大夫、太子賓客、尚書右僕射等，封河南郡公。後因反對武曌爲后，被貶潭州都督，徙桂州，復貶愛州刺史。傳見《舊唐書》卷八〇、《新唐書》卷一〇五。

④ 狄公：即狄仁傑。字懷英，并州太原人。明經及第，授汴州判佐。被薦爲并州都督法曹，儀鳳中爲大理丞。累官侍御史、度支郎中、寧州刺史、冬官侍郎，轉文昌右丞，出爲豫州刺史。後任地官侍郎、判尚書、丞相等。曾力勸武后立中宗爲嗣，中宗返正後，追贈司空，睿宗追封梁國公。傳見

⑤宋開府：即宋璟，因曾授開府儀同三司，故稱。璟，邢州南和人。舉進士第，調上黨尉，轉監察御史，遷鳳閣舍人。後遷左臺御史中丞、吏部侍郎、尚書、丞相等職。玄宗時累遷御史大夫、吏部兼侍中，封廣平郡公。傳見《舊唐書》卷九六、《新唐書》卷一二四。

⑥蘇氏父子：指蘇瓌、蘇頲父子。瓌字昌容，京兆武功人。進士及第，曾任揚州大都督府長史，入爲尚書右丞。累遷户部尚書、吏部尚書，封淮陽縣侯。轉尚書右僕射，爲宰相，進封許國公。蘇頲，蘇瓌子，登進士第。神龍中，累遷給事中，加修文館學士，俄拜中書舍人。尋同父拜宰相。後襲父爵許國公。蘇瓌稱大許國公，蘇頲稱小許國公。兩人傳均見《舊唐書》卷八八、《新唐書》卷一二五。

⑦宰相河東司空公：即杜黄裳。字遵素，京兆杜陵人。登進士第、宏辭科。貞元末，爲太常卿。後檢校司空，同平章事，兼河中尹、河中晉絳等州節度使。卒於河中，贈司徒。傳見《舊唐書》卷一四七、《新唐書》卷一六九。

⑧中書令裴公：即裴度。字中立，河東聞喜人。登進士第，復登宏辭科。累遷御史中丞、刑部侍郎。元和十年爲門下侍郎、宰相。力主平定藩鎮，後以功封晉國公、司徒，進位中書令。傳見《舊唐書》卷一七〇、《新唐書》卷一七三。

⑨始自撫州除袁相爲滑州數句：袁相指袁滋。字德深，蔡州朗山人。建中初，授試校書郎。歷侍御史、工部員外郎。後擢爲諫議大夫。俄拜尚書右丞，知吏部選事。累官中書侍郎、平章事等。傳見《舊唐書》卷一八五下、《新唐書》卷一五一。又據《舊》傳：「上始監國，與杜黄裳俱爲相，拜中書侍郎、平章事。會韋皋歿，劉闢擁兵擅命，滋持節安撫。行及中路，拜檢校吏部尚書、平章事、劍南西川節度使，賊兵方熾，滋懼而不進，貶吉州刺史。俄拜義成軍節度使，……徵拜户部尚書，連爲荆襄二帥，改彰義軍節度、隨唐鄧申光等州觀察使。逆賊吴元濟與官軍對壘者數年，滋竟以淹留無功，貶撫州刺史。未幾，遷湖南觀察使卒，年七十，贈太子少保。」《新》傳略同。據此，則注謂「始自撫州除袁相爲滑州」，誤。

⑩開州取唐舍人爲職方郎中：唐舍人爲唐次，字文編，并州晉陽人。傳見《舊唐書》卷一九〇下、《新唐書》卷八九。據《舊》傳，次建中初進士及第，累辟使府。貞元初，歷侍御史，轉禮部員外郎。八年，竇參貶官，次坐出爲開州刺史。久之，「改夔州刺史。憲宗即位，與李吉甫同自峽内召還，授次禮部郎中。尋以本官知制誥，正拜中書舍人，卒」。《新》傳略同。據此，謂「開州取唐舍人爲職方郎中」，與兩《唐書》本傳所記不同。

⑪饒州取李趙公爲考功郎中知制誥：李趙公，指李吉甫，曾封趙國公，故稱。生平見本集卷九《唐故灞陵駱處士墓誌銘》注⑧。《舊唐書·憲宗紀上》：貞元二十一年八月「丙寅，以饒州刺史李吉甫

爲考功郎中」。《舊唐書》卷一四八本傳記其遷饒州，「憲宗嗣位，徵拜考功郎中、知制誥」。

⑫使田氏盡歸六州：田氏指田弘正，本名興。元和七年，魏博節度使田季安死，田弘正爲將士所擁，舉六州歸順朝廷，任檢校工部尚書、魏博節度使，賜名弘正。後領軍討伐吴元濟、李師道叛軍。以功授檢校司徒、兼中書令、鎮州大都督府長史，充成德軍節度、鎮冀、深、趙觀察等使。傳見《舊唐書》卷一四一、《新唐書》卷一四八。

⑬招來常山：常山，地名，即常山郡，又稱恒山郡、恒州、鎮州，地即今河北正定縣。唐時爲恒冀節度使治所。此代指恒冀節度使王承宗。據《舊唐書·王承宗傳》，元和「十二年十月，誅吴元濟，承宗始懼，求救於田弘正。十三年三月，弘正遣人送承宗男知感、知信及其牙將石汎等詣闕請命，……又獻德、棣二州圖印，兼請入管内租税，除補官吏」。王承宗傳見《舊唐書》卷一四二、《新唐書》卷二一一。

⑭姚梁公佐玄宗：姚梁公即姚崇，本名元崇，陝州硤石人。舉下筆成章，授濮州司倉參軍，累遷夏官郎中，爲武后所賞，拜侍郎。睿宗立，拜兵部尚書、宰相，進中書令。玄宗時，輔佐玄宗，拜兵部尚書、同中書門下三品，封梁國公，遷紫微令。開元八年，授太子少保，以疾不拜，明年卒。追贈太子太保。傳見《舊唐書》卷九六、《新唐書》卷一二四。

【集評】

杜牧《上宣州高大夫書》：「上官儀草廢武后詔，李玄義、郝處俊言不可以位與武后。」而集本、《文粹》並作「上官儀革廢武后詔，李玄義」云云。按《唐書》：「高宗欲廢武后，令上官儀草詔；又欲令武后攝政，郝處俊、李義炎固爭。」此云李玄義，未詳。然集、《粹》誤矣。又云：「宰相河東司空公、中書令裴公，皆進士。」《文粹》以「司空公、中書令」，作「司徒兼中書令」。按下文云「司空公始相憲宗」，又云「裴公元和中翦蔡」，是二人也。蓋司空公乃杜黄裳，與杜牧俱是京兆萬年人，爲檢校司空，河中慈隰節度使，故云河東司空公，既與杜牧同族，故不書姓名。而裴度則爲司徒，真拜中書令，亦非兼也。今杜牧云「皆進士」，又分别兩人事跡，則非一人矣。況總云「凡此十九公」，則是房玄齡、郝處俊、來濟、上官儀、李玄義、婁師德、張柬之、郭元振、魏知古、姚元崇、宋璟、劉幽求、蘇瓌、子頲、張説、張九齡、張巡，並杜黄裳、裴度，共十九人。《文粹》乃云「司徒兼中書令裴公」，則遺杜黄裳一人，與下文不應。當如集本作「司空公、中書令」爲是。（彭叔夏《文苑英華辯證》卷十「雜録」四）

文情層疊而清遥，春浪秋雲殆其似之。（鄭郲評本文）

詩者，温柔敦厚之善物也。……今乃小垢宿愆，動見抵巇，深辭巧詆，務盈篇牘，不卬彼恤，蕲竭我才。約而數之，戾十有七。……造膝詭辭，避人焚草，事君之厚，交亦宜然。其或君居九重，友隔千里，則封事郵筒，不得不爾。至于明辯是非以祛群惑者，自當近著輿觀，遠存國憲，如劉歆之《移博士》，杜牧之《上宣州》是也。若其事本瑣尾，情非迫切，而又終朝覿面，永夕抒懷，何緣從容燕笑，則卷舌不談；别去題書，乃詞鋒互起。規誨不諄于口輔，姍笑徒弄于文辭。其戾九也。（毛先舒《詩辯坻》卷三）

上李中丞書①

某入仕十五年間〔一〕，凡四年在京，其間卧疾乞假，復居其半。嗜酒好睡，其癖已痼，往往閉户，便經旬日，弔慶參請，多亦廢闕。至於俯仰進趨，隨意所在，希時徇勢，不能逐人。是以官途之間，比之輩流，亦多困躓。自顧自念，守道不病，獨處思省，亦不自悔。然分于當路，必無知己，默默戚戚，守日待月，冀得一官，以足衣食。一自拜謁門館，似蒙獎飾，敢以惡文連進几案〔二〕，特遇采録，更不因人，許可指教，實爲師資，接遇之禮過等〔三〕，詢問之辭悉纖。雖三千里僻守小郡②，上道之日，氣色濟濟，不知沉困之在己，不知昇騰之在人，都門帶酒，笑别親戚。斯乃大君子之遇難逢，世途之不偶常事，雖爲遠宦，適足自寬。

某世業儒學，自高、曾至於某身，家風不墜，少小孜孜，至今不怠。性顓固，不能通經。于治亂興亡之跡，財賦兵甲之事，地形之險易遠近，古人之長短得失。中丞即歸廊廟，宰制在手，或因時事召置堂下，坐之與語，此時廻顧諸生，必期不辱恩獎。今者志尚未泯，齒髮猶壯，敢希指顧，一罄肝膽，無任感激血誠之至。某恐懼再拜。

【校勘記】

〔一〕「某」，文津閣本作「牧」。下文同。

〔二〕「几案」，原作「机案」，文津閣本作「几案」，今據改。

〔三〕「接遇之禮」，「遇」字原作「過」，據《全唐文》卷七五二、文津閣本改。

【注釋】

①李中丞：即李讓夷。中丞，御史中丞之簡稱。讓夷，字達心，隴西人。累遷諫議大夫，進中書舍人。武宗時，三遷至尚書右丞，拜中書侍郎、同中書門下平章事。宣宗時，進司空、門下侍郎，爲大行山陵使。後拜淮南節度使，卒，贈司徒。傳見《舊唐書》卷一七六、《新唐書》卷一八一。本文云「某入仕十五年間，凡四年在京」，杜牧大和二年（八二八）登第入仕，至會昌二年（八四二）爲十五年。又據《新唐書·武宗紀》：會昌二年七月「尚書右丞兼御史中丞李讓夷爲中書侍郎、同中書門下平章事」。則李讓夷爲中丞在會昌二年七月前，故本文當作於會昌二年七月之前。

② 小郡：指黄州，治所在今湖北黄岡。時杜牧任黄州刺史。

與人論諫書①

某踈愚怠惰〔一〕，不識機括，獨好讀書，讀之多矣。每見君臣治亂之間，興亡諫諍之道，遐想其人，舐筆和墨，則冀人君一悟而至于治平，不悟則烹身滅族，唯此二者，不思中道。自秦、漢已來，凡千百輩，不可悉數。然怒諫而激亂生禍者〔二〕，累累皆是；納諫而悔過行道者，不能百一。何者？皆以辭語迂險，指射醜惡，致使然也。夫迂險之言，近於誕妄；指射醜惡，足以激怒。夫以誕妄之説，激怒之辭，以卑凌尊，以下干上。是以諫殺人者，殺人愈多；諫畋獵者，畋獵愈甚；諫治宫室者，宫室愈崇；諫任小人者，小人愈寵。觀其旨意，且欲與諫者一鬭是非，一决怒氣耳，不論其他，是以每於本事之上，尤增飾之。

今有兩人，道未相信，甲謂乙曰：「汝好食某物，慎勿食〔三〕，果更食之〔四〕，必死。」乙必曰：「我食之久矣〔五〕，汝爲我死〔六〕，必倍食之。」甲若謂乙曰：「汝好食某物，第一少食，苟多食〔七〕，必生病〔八〕。」乙必因而謝之減食。何者〔九〕？迂險之言，則欲反之，循常之説，則必信之，此乃常人之情，世多然也。是以因諫而生亂者，累累皆是也。

漢成帝欲御樓船過渭水，御史大夫薛廣德諫曰：「宜從橋，陛下不聽，臣自刎以血污車輪，陛下不廟矣〔一〇〕。不得入廟祠也。」上不說。張猛曰：「臣聞主聖臣直，乘船危，就橋安，聖主不乘危，御史大夫言可聽。」上曰：「曉人不當如是耶？謂諫諍之言當如猛之詳善。」乃從橋。近者寶曆中，敬宗皇帝欲幸驪山，時諫者至多，上意不決，拾遺張權輿伏紫宸殿下叩頭諫曰：「昔周幽王幸驪山，爲犬戎所殺；秦始皇葬驪山，國亡；玄宗皇帝宫驪山，而禄山亂；先皇帝幸驪山，而享年不長。」帝曰：「驪山若此之凶耶？我宜一往，以驗彼言。」後數日，自驪山廻，語親倖曰：「叩頭者之言，安足信哉。」漢文帝亦謂張釋之曰：「卑之，無甚高論，令可行也。」今人平居無事，友朋骨肉，切磋規誨之間，尚宜旁引曲釋，亹亹繹繹，使人樂去其不善，而樂行其善，況於君臣尊卑之間，欲因激切之言，而望道行事治者乎？故《禮》稱五諫②，而直諫爲下。

前數月見報，上披閤下諫疏，錫以幣帛，僻左且遠，莫知其故。近於遊客處一睹閤下諫草，明白辯婉，出入有據，吾君聖明，宜爲動心，數日在手，味之不足，且抃且喜且慰，三者交并，不能自止。吾君聞諫，既且行之，仍復寵錫，誘能諫者，斯乃堯、舜、禹、湯、文、武之心也，聞於遠地，宜爲吾君抃也。閤下以忠孝文章立於朝廷，勇於諫而且深於其道，果能動吾君而光世德〔一一〕。

某蒙閤下之厚愛[一二]，冀於異時資閤下知以進尺寸，能不爲閤下之喜，復自喜也？吾君今日披一疏而行之，明日聞一言而用之，賢才忠良之士，森列朝廷，是以奮起志慮[一三]，各盡所懷，則文祖武宗之業，窮天盡地，日出月入，皆可掃洒，以復厥初。某縱不得效用[一四]，但於一官一局，筐篋簿書之間，活妻子而老身命[一五]，作爲歌詩，稱道仁聖天子之所爲治，則爲有餘，能不自慰？故獲閤下之一疏，抃喜慰三者交并，真不虚也，宜如此也。無因面讚其事，書紙言誠，不覺繁多。某再拜。

【校勘記】

〔一〕「某踈愚怠惰」，原作「某踈愚於惰」，據《唐文粹》卷八三、《全唐文》卷七五二改。「某」，文津閣本作「牧」。下文同。

〔二〕「怒諫」，原作「恣諫」，據《唐文粹》卷八三、《文苑英華》卷六七六、《全唐文》卷七五二、文津閣本改。

〔三〕「慎勿食」，「食」字原無，據《唐文粹》卷八三、《文苑英華》卷六七六、《全唐文》卷七五二、文津閣本補。

〔四〕「果更食之」，「更」字原無，據《唐文粹》卷八三、《文苑英華》卷六七六補。

〔五〕「我食之久矣」，「我」上原衍一「食」字，據《唐文粹》卷八三、《文苑英華》卷六七六、《全唐文》卷七

五二、文津閣本刪。

〔六〕「爲」，文津閣本作「謂」。

〔七〕「苟多食」，《文苑英華》卷六七六作「苟食多」。

〔八〕「必生病」，「病」，《文苑英華》卷六七六作「疾」，下校：「集作病。」

〔九〕「何者」，「者」，《文苑英華》卷六七六作「則」，下校：「集作者。」

〔一〇〕「陛下不廟矣」，《文苑英華》卷六七六、文津閣本作「陛下不得入廟矣」。

〔一一〕「動」，文津閣本作「輔」。

〔一二〕「某蒙閤下之厚愛」，「某蒙」，《唐文粹》卷八三作「某承」，《文苑英華》卷六七六作「牧承」，並於「承」字下校：「集作蒙。」

〔一三〕「是以奮起志慮」，「以」，《唐文粹》卷八三、《文苑英華》卷六七六作「必」，《文苑英華》下校：「集作以。」

〔一四〕「某縱不得效用」，「某」，《文苑英華》卷六七六作「牧」。

〔一五〕「活妻子而老身命」，《唐文粹》卷八三、《全唐文》卷七五二、文津閣本「命」字後有「焉」字。

【注　釋】

① 本文之作年難以確定，然文中有「作爲歌詩，稱道仁聖天子之所爲治」語。據《新唐書·武宗紀》，

會昌二年四月丁亥,「群臣上尊號曰仁聖文武至神大孝皇帝」。則文乃作於武宗會昌二年四月後。又文中又有「前數月見報,上披閤下諫疏,錫以幣帛,僻左且遠,莫知其故」等語。其中「僻左且遠」乃指其所在之地。杜牧武宗間曾任黄州、池州刺史,則撰此文時必在兩地之一。考杜牧《上李中丞書》乃作於會昌二年在黄州任時,此文中稱黄州爲「三千里僻守小郡」,與本文「僻左且遠」同,則本文疑作於黄州時,亦即約作於會昌二年四月至會昌四年(八四二—八四四)九月間。

② 五諫:向君主進諫之五種方式。五諫之説法不一,其中有諷諫、順諫、闚諫、指諫、陷諫之説。《後漢書》卷五七《李雲傳·論》:「禮有五諫,諷爲上。」注引《大載禮》:「五諫,謂諷諫、順諫、闚諫、指諫、陷諫也。」

【集評】

【老蘇諫論】老蘇《諫論》二篇,指陳嚴切。《魏叔子書後》,更益其所未盡,世爭以爲奇作。按杜牧集中有《與人論諫書》云:「今人平居無事,朋友骨肉,切磋規誨之間,尚且旁引曲釋,亹亹繹繹,使人樂言其不善,而樂行其善。況於君臣尊卑之間,欲因激切之言,而望道行事治者乎?故《禮》稱五諫,而直諫爲下。」文氣淩厲,詞意婉和,實爲蘇、魏二家藍本。又《晉書》卷八十八孝友《劉殷傳》「殷恒戒子曰:事君之法,當務幾諫。凡人尚不可面斥其過,而況萬乘乎?夫犯顔之禍,將彰君過。宜

上思召公咨商之義，下念鮑勛觸鱗之誅也」一段，又爲牧之所本。（平步青《霞外捃屑》卷七上「縹錦廛文築」上論文）

與浙西盧大夫書①

某頓首再拜〔一〕。某年二十六，由校書郎入沈公幕府②。自應舉得官，凡半歲間，既非生知，復未涉人事，齒少意鋭，舉止動作，一無所據。至於報效施展，朋友與遊，吏事取捨之道，未知東西南北宜所趨向。此時郎中六官一顧憐之③，手攜指畫，一一誘教，丁寧纖悉。兩府六年，不嫌不怠〔二〕，使某無大過而粗知所以爲守者，實由郎中之力也。

去歲乞假，路由漢上，員外七官以某嘗獲知於郎中④，惠然不疑，推置於肺肝間〔三〕。某恃郎中之知，亦敢自道其志，公私謀議，各悉所懷，一俯一仰，如久而深者。

久欲資郎中、員外之爲階級，遠干尊重，欲望收卹，舐筆伸紙，以復踰於三四。因曰既階級矣，步欲升堂與排闥而入者〔四〕，事不同日。《式微》詩曰：「何其處也，必有與也。」言必有仁義與我，所以處而不去也。進退計忖，不宜得罪。今敢謹寫所爲文十四首，編爲一卷，繼進於後，愛之不倦，爲之不已，不至於工，今以爲獻，無任慚惶。然特爲進說之端，非敢因此求知，不勝攀戀惕懼之至。某再拜。

【校勘記】

〔一〕「某頓首再拜」，「某」，《文苑英華》卷六七二、文津閣本作「牧」。下文同。

〔二〕「不怠」，文津閣本作「不忌」。

〔三〕「肺肝間」，「肝」，《文苑英華》卷六七二作「腑」，下校：「集作肝。」

〔四〕「步欲升堂與排闥而入者」，「步」，《文苑英華》卷六七二作「爰」，並於「爰」字下校：「集作步。」「闥」字原作「闢」，《文苑英華》、《全唐文》卷七五二均作「闥」字，今據改。

【注　釋】

① 浙西盧大夫：即盧簡辭。字子策，詩人盧綸子。登進士第，三辟諸侯府。歷任考功員外郎、郎中。累官湖南、浙西觀察使。大中初，任兵部侍郎、檢校工部尚書、忠武軍節度使、山南東道節度使等。傳見《舊唐書》卷一六三、《新唐書》卷一七七。《杜牧年譜》繫本文於會昌元年（八四一），考云：「文中云：『去歲乞假，路由漢上。』指開成五年冬自饍部員外郎乞假往潯陽事，故知此書爲本年作。浙西盧大夫謂盧簡辭，乃弘止、簡求之兄。《新唐書》卷一百七十七《盧簡辭傳》謂簡辭曾爲

浙西觀察使，《舊唐書·盧簡辭傳》漏載，又盧簡辭任浙西觀察使在本年，吴廷燮《唐方鎮年表》繫於會昌二年，亦誤。」

②沈公：即沈傳師，傳見《舊唐書》卷一四九、《新唐書》卷一三二。杜牧於大和二年應沈傳師之聘，由校書郎爲其江西觀察使幕團練巡官、試大理評事。

③郎中六官：即盧弘止，傳見《舊唐書》卷一六三、《新唐書》卷一七七。杜牧大和二年入沈傳師江西幕時，盧弘止爲江西團練副使。

④員外七官：即盧弘止之弟盧簡求，傳見《舊唐書》卷一六三、《新唐書》卷一七七。據《舊唐書·盧簡求傳》：「牛僧孺鎮襄漢，辟爲觀察判官，入爲水部、户部二員外郎。」牛僧孺於開成四年八月出鎮襄陽，會昌二年罷，則杜牧開成五年過襄陽，盧簡求正在襄陽（即漢上），兩人可相見。

樊川文集卷第十三

上宣州崔大夫書〔一〕①

某再拜〔二〕。閣下以德行文章，有位於明時，如望江、漢，見其去之沓天，洸汪澶漫〔三〕，不知其所爲終始也。復自開幕府已來，辟取當時之名士，禮接待遇，各盡其意，後進絜絜以節業自持者〔四〕，無不願受閣下迴首一顧，舒氣快意，自以滿足。今藩鎮之貴，土地兵甲，生殺與奪〔五〕，在一出口，終日矜高，與門下後進之士，榷得失去就於分寸銖黍間〔六〕，多是其人也。獨閣下不自矜高，不設壍壘，曲垂情意，以盡待士之禮。然知後進絜絜以節業自持者〔七〕，願受閣下迴首一顧〔八〕，舒氣快意，自以滿足，此固然也，非敢苟佞其辭以取媚也。不知閣下俯仰延遇之去就，幣帛筐篚之多少〔九〕，飲食獻酬之和樂，各用何道？閑夜永日，三五相聚，危言峻論，知與不知，莫不願盡心於閣下，壽考福禄，祝之無窮。某雖不肖〔一〇〕，則亦千百間其一人數也。

《鹿鳴》，宴群臣詩，曰：「既飲食之，復實幣帛筐篚〔一一〕，以將其厚意，然後忠臣嘉賓得盡其心矣。」《吉日》詩，曰：「宣王能慎微接下，無不盡心以奉其上焉。」自古雖尊爲天子，未有不用此而能得多士盡心也；未有不得多士之盡心，而得樹功立業流於歌詩也，況於諸侯哉！夫子曰：「君子疾没世而名不稱。」司馬遷曰：「自古富貴，其名磨滅，不可勝紀。」靜言思之〔一二〕，令人感動激發，當寐而寤，在饑而飽。伏希閣下濬之益深，築之益高，緘鐍之益固，使天下之人，異日捧閣下之德〔一三〕，不替今日，則爲宰相長育人材，興起教化，國朝房、杜、姚、宋不足過也②。

某也於流輩無所知識〔一四〕，承風望光，徒有輸心效節之志。今謹録雜詩一卷獻上，非敢用此求知，蓋欲導其志，無以爲先也。往年應進士舉，曾投獻筆語，亦蒙亟稱於時。今十五年矣，於頑懵中爲之不已矣，於其事〔一五〕，能不稍工，不敢再録新述，恐煩尊重，無任惶懼。謹再拜。

【校勘記】

〔一〕「上宣州崔大夫書」，「上」，《文苑英華》卷六七二作「與」。

〔二〕「某」，文津閣本作「牧」。下同。

〔三〕「洸汪」，原作「沉汪」，據《文苑英華》卷六七二、《全唐文》卷七五一改。

〔四〕「以節業自持者」，「業」，《全唐文》卷七五一作「義」。

〔五〕「生殺與奪」，《文苑英華》卷六七二、《全唐文》卷七五一於「生」字前有「及」字。

〔六〕「分寸銖黍間」，《文苑英華》卷六七二於「黍」字下校：「一作兩。」

〔七〕「以節業自持者」，「業」原作「義」，上文與《文苑英華》卷六七二作「業」，今據改。

〔八〕「願受」，《文苑英華》卷六七二、《全唐文》卷七五一作「無不願受」。

〔九〕「筐篚」，原作「篚篚」，據《文苑英華》卷六七二、《全唐文》卷七五一、文津閣本改。

〔一〇〕「某雖不肖」，「某」《文苑英華》卷六七二、文津閣本作「牧」。

〔一一〕「筐篚」，原作「筐筐」，據《文苑英華》卷六七二、《全唐文》卷七五一、文津閣本改。

〔一二〕「靜言思之」，「靜」字原作「而」，據《文苑英華》卷六七二、《全唐文》卷七五一改。「靜言」，文津閣本作「兩言」。

〔一三〕「捧閣下之德」，「捧」，《文苑英華》卷六七二作「奉」。

〔一四〕「流輩」，原作「流輦」，據景蘇園本、《文苑英華》卷六七二、《全唐文》卷七五一、文津閣本改。

〔一五〕「於頑慒中爲之不已矣於其事」，原作「於頑慒中爲之，不知矣於其事」，今據《文苑英華》卷六七二、《全唐文》卷七五一改。

【注　釋】

①宣州崔大夫：即崔龜從。字玄告，清河人。元和十二年登進士第，又登制科。曾任太常博士，累轉考功郎中、使館修撰、司勳郎中、知制誥、正拜中書舍人。歷户部侍郎、宰相等。傳見《舊唐書》卷一七六、《新唐書》卷一六〇。據胡可先《杜牧研究叢稿·〈杜牧年譜〉商榷》所考，崔龜從開成四年三月至會昌四年爲宣歙觀察使，而其《敬亭廟祭文》（《全唐文》卷七二八）題有「開成五年，歲次庚申，九月……宣歙池等州都團練觀察處置等使、朝散大夫、使持節宣州諸軍事、守宣州刺史、兼御史大夫、上柱國、賜紫金魚袋崔龜從」。則崔龜從曾以御史大夫鎮宣歙。與「宣州崔大夫」合。又據文中「往年應進士舉，曾投獻筆語，亦蒙亟稱於時。今十五年矣」語，考本文乃作於會昌元年（八四一）。今從之。

②房杜姚宋：即房玄齡、杜如晦、姚崇、宋璟。房玄齡，名喬，齊州人。登進士第，太宗時宰相。傳見《舊唐書》卷六六、《新唐書》卷九六。杜如晦，字克明，京兆杜陵人。累官兵部尚書，封蔡國公。太宗時，檢校侍中，攝吏部尚書，進位尚書右僕射。傳見《舊唐書》卷卷六六、《新唐書》卷九六。姚崇，本名元崇。陝州硤石人。累官夏官侍郎、兵部尚書、宰相、中書令，封梁國公。傳見《舊唐書》卷九六、《新唐書》卷一二四。宋璟，邢州南和人。累官鳳閣舍人、御史中丞，遷吏部侍郎、吏部尚書，宰相。開元時，累封廣平郡公。傳見《舊唐書》卷九六、《新唐書》卷一二四。

上池州李使君書〔一〕①

景業足下。僕與足下齒同而道不同，足下性俊達堅明，心正而氣和，飾以温慎，故處世顯明無罪悔；僕之所稟，闊略疎易，輕微而忽小。然其天與其心，知邪柔利己〔二〕，偷苟讒諂，可以進取，知之而不能行之。非不能行之，抑復見惡之，不能忍一同坐與之交語。故有知之者，有怒之者，怒不附己者，怒不恬言柔舌道其盛美者，怒守直道而違己者。知之者，皆齒少氣鋭，讀書以賢才自許，但見古人行事真當如此，未得官職，不睹形勢，絜絜少輩之徒也〔三〕②。怒僕者足以裂僕之腸，折僕之脛，知僕者不能持一飯與僕，僕之不死已幸，况爲刺史，聚骨肉妻子，衣食有餘，乃大幸也，敢望其他？然與足下之所受性，固不得伍列齊立，亦抵足下疆壠畦畔間耳，故足下憐僕之厚，僕仰足下之多。在京城間，家事人事，終日促束，不得日出所懷以自曉，自然不敢以輩流間期足下也。

去歲乞假，自江、漢間歸京，乃知足下出官之由，勇於爲義，向者僕之期足下之心，果爲不繆，私自喜賀，足下果不負天所付與、僕所期向，二者所以爲喜且自賀也，幸甚，幸甚。夫子曰：「吾少也賤，故多能鄙事。」復曰：「不試，故藝③。」聖人尚以少賤不試，乃能多能有藝，況他人哉。僕與足下年未三十爲諸侯幕府吏④，未四十爲天子廷臣⑤，不爲甚賤，不爲不試矣。今者齒各甚壯，爲刺史各得小郡，俱處僻左，幸天下無事，人安穀熟，無兵期軍須、逋負諍訴之勤，足以爲學，自強自勉於未聞未見之間。僕不足道，雖能爲學，亦無所益，如足下之才之時，真可惜也。向者所謂俊達堅明，心正而氣和，飾以温慎，此才可惜也。年四十爲刺史，得僻左小郡，有衣食，無爲吏之苦，此時之可惜也。僕以爲天資足下有異日名聲，跡業光于前後，正在今日，可不勉之。

僕常念百代之下，未必爲不幸，何者？以其書具而事多也。今之言者必曰：「使聖人微旨不傳，乃鄭玄輩爲注解之罪〔四〕。」僕觀其所解釋，明白完具，雖聖人復生，必挈置數子坐於游、夏之位。若使玄輩解釋不足爲師，要得聖人復生〔五〕，如周公、夫子親授微旨，然後爲學。是則聖人不生，終不爲學；假使聖人復生，即亦隨而猾之矣〔六〕。此則不學之徒，好出大言，欺亂常人耳。自漢已降，其有國者成敗廢興〔七〕，事業蹤跡，一二億萬，青黄白黑，據實控有〔八〕，皆可圖畫，考其來由，裁其短長，十得四五，足以應當時之務矣。不似古人窮天鑿玄⑥，躡於無蹤，算於忽微，然後能爲學也。故曰，生百代之下，未必爲不幸也。

夫子曰：「三人行，必有我師焉。」此乃隨所見聞，能不亡失而思念至也。楚王問萍實，對曰：「吾往年聞童謡而知之。」此乃以童子爲師耳⑦。參之於上古〔九〕，復酌於見聞，乃能爲聖人也。諸葛孔明曰：「諸公讀書，乃欲爲博士耳。」此乃蓋滯於所見〔一〇〕，不知適變，名爲腐儒，亦學者之一病。

僕自元和已來，以至今日，其所見聞名公才人之所論討，典刑制度，征伐叛亂，考其當時，參於前古，能不忘失而思念，亦可以爲一家事業矣。但隨見隨忘，隨聞隨廢，輕目重耳之過，此亦學者之一病也。如足下天與之性，萬萬與僕相遠。僕自知頑滯，不能苦心爲學，假使能學之，亦不能出而施之，懇懇欲成足下之美，異日既受足下之教，於一官一局而無過失而已。自古未有不學而能垂名於後代者，足下勉之。

大江之南，夏候鬱濕，易生百疾，足下氣俊，胸臆間不以悁忿是非貯之，邪氣不能侵，慎防是晚多食，大醉繼飲，其他無所道。某再拜〔一一〕。

【校勘記】

〔一〕「上池州李使君書」，「上」，《文苑英華》卷六七二、《全唐文》卷七五一作「與」。

〔二〕「邪柔利己」，「邪」字原作「耶」，據《文苑英華》卷六七二、《全唐文》卷七五一、文津閣本改。

〔三〕「絜絜少輩」，「少」，《文苑英華》卷六七二作「小」，下校：「集作少。」

〔四〕「爲注解之罪」，「解」，《文苑英華》卷六七二作「疏」，下校：「集作解。」文津閣本亦作「疏」。

〔五〕「要得聖人復生」，「要」，《全唐文》卷七五一作「安」。

〔六〕「隨而猾之矣」，「猾」，《文苑英華》卷六七二、《全唐文》卷七五一、文津閣本作「汩」。

〔七〕「成敗廢興」，「廢興」，《全唐文》卷七五一作「興廢」。

〔八〕「據實控有」，「控」字原作「空」，據《文苑英華》卷六七二改。

〔九〕「參之於上古」，《文苑英華》卷六七二、《全唐文》卷七五一於「參」字前有「既」字。

〔一〇〕「此乃蓋滯於所見」，《文苑英華》卷六七二、《全唐文》卷七五一、文津閣本無「乃」字。

〔一一〕「某再拜」，「某」，《文苑英華》卷六七二作「牧」。

【注　釋】

①池州：地名，唐治所在今安徽貴池。李使君，即李方玄，字景業，登進士第，累遷左補闕、起居郎，出爲池州刺史，轉處州刺史，卒。傳見《新唐書》卷一六二，事跡參見本集卷八《唐故處州刺史李君墓誌銘并序》、卷一四《祭故處州李使君文》。本文云「去歲乞假，自江、漢間歸京，乃知足下出官之由」，據《杜牧年譜》，杜牧「去歲乞假，自江、漢間歸京」事乃在會昌元年，言「去歲」，則文作於會昌二年。文又云「年四十爲刺史，得僻左小郡」，杜牧年四十，乃會昌二年，此時任黄州刺史。據此訂本文爲會昌二年（八四二）作。

②絜絜：潔身自守，品行端正意。絜，同潔。

③不試故藝：試，意爲被任用，指當官。藝，技藝。

④幕府吏：指在幕府爲佐吏。

⑤杜牧大和二年，年二十六即受聘於沈傳師江西觀察使幕府。未四十爲天子廷臣：大和九年，杜牧年三十三，由淮南節度使幕府入京爲監察御史；開成三年冬，年三十六，又授爲左補闕、史館修撰，兩任均可謂天子廷臣，故所説如此。

⑥窮天鑿玄：指窮究探討深奥之道理。

⑦楚王四句：劉向《説苑·辨物》：「楚昭王渡江，有物大如斗，直觸王舟，止於舟中，昭王大怪之，使聘問孔子。孔子曰：『此名萍實。』……弟子請問，孔子曰：『異時小兒謡曰：楚王渡江得萍實，大如斗，赤如日，剖而食之美如蜜。』」

【集　評】

《樊川集》中《上池州李使君書》有曰：今之言者，必曰使聖人微旨不傳，乃鄭玄輩爲注解之罪。僕觀其解釋明白完具，雖聖人復出，必挈置數子坐于游、夏之位。若使玄輩解釋，不足爲師，要得聖人復出，如周公、夫子，親授微旨，然後爲學，是則聖人不出，終不爲學。聖人復出，即亦隨而猾（《全唐文》作「汩」）之矣。此等議論，唐中葉以後，人所罕知，樊川文章風概，卓絶一代，其學問識力，亦復如是。

予向推爲晚唐第一人也，非虚誣也。宋子京深喜樊川之文，《新唐書》中傳論，多取其語；其自作文字，亦力傚之。故于啖助等傳論末學之弊，其識議亦與樊川同，非韓、歐文章家所知也。（李慈銘《越縵堂讀書記》八「文學」）

【杜牧之】牧之《與池州李使君書》云：「僕常念生百代之下，未必爲不幸。何者？以其書具而事多也。今之言者必曰，使聖人微旨不傳，乃鄭玄輩爲注解之罪。僕觀其所解釋，明白完具，雖聖人復生，必挈置數子坐於游、夏之位。若使玄輩解釋不足爲師，安得聖人復生，如周公、夫子親授微旨，然後爲學。是則聖人不生，終不爲學。假使聖人復生，即亦隨而汨之矣。此則不學之徒，好出大言，欺亂常人耳。自漢以降，其有國者，成敗興廢，事業蹤跡，一二億萬，青黄白黑，據實空有，皆可圖畫。考其來由，裁其短長，十得四五，足以應當時之務矣。不似古人窮天鑿元，躡於無蹤，算於忽微，然後能爲學也。故曰，生百代之下，未必爲不幸也。」庸按：牧之才人，乃推崇北海如是，蓋唐人爲學，精注疏，守家法，不敢薄視漢儒。至宋而石守道、劉公是出，始議注疏，立新説，遂有集矢康成者矣。今之云康成解經而經晦，及以麟鼓郊天臆造病康成者，皆杜所謂不學之徒，好出大言，欺亂常人者也。至於以讖解經，信讖始於光武，乃東京一朝之制，爲下不倍，歐陽文忠議删之。宋時可耳，使生於炎劉，敢昌言排之如桓譚乎？（平步青《霞外捃屑》卷七上「縹錦廛文築」上論文）

投知己書①

夫子曰：「不怨天，不尤人，下學而上達，知我者其天乎？」復曰：「知我者《春秋》，罪我者亦以《春秋》。」此聖人操心，不顧世之人是非也〔一〕。杜厲叔事莒敖公，莒敖公不知，及莒敖公有難，杜厲叔死之。不知我則已，反以死報之，蓋怨不知之深也。豫讓謂趙襄子曰：「智伯以國士待我，我以國士報之。」此乃列士義夫〔二〕，有才感其知〔三〕，不顧其生也。行無堅明之異，材無尺寸之用〔四〕，泛泛然求知於人，知則不能有所報，不知則怒，此乃衆人之心也。聖賢義列之士，既不可到，小生有異於衆人者，審己切也〔五〕。審己之行，審己之才〔六〕，皆不出衆人，亦不求知於人，已或有知之者，則藏縮退避，唯恐知之深，蓋自度無可以爲報效也。或有因緣他事，不得已求知於人者，苟不知，未嘗退有懟言怨色，形於妻子之前，此乃比於衆人，唯審己求知也。

大和二年，小生應進士舉，當其時先進之士，以小生行可與進，業可益修，喧而譽之〔七〕，爭爲知己者不啻二十人。小生邇來十年江湖間，時時以家事一抵京師，事已即返，嘗所謂喧而譽之爲知己者，多已顯貴，未嘗一到其門。何者？自十年來，行不益進，業不益修，中夜忖量，自愧於心，欲持何説復於知己之前爲進拜之資乎！默默藏縮，苟免寒饑爲幸耳。昨李巡官至，忽傳閤下旨意，似知姓名，或欲異日必録在門下。閤下爲世之偉人鉅德，小生一獲進謁，一陪讌享，則亦榮矣，況欲異日終置之於榻席之上，齒於數子之列乎？無攀緣絲髮之因，出特達倜儻之知，小生自度宜爲何才〔八〕，可以塞閤下之求；宜爲何道，可以報閤下之德。是以自承命已來，審己愈切，撫心獨驚〔九〕，忽忽思之，而不自知其然也。若蒙待之以衆人之地，求之以衆人之才〔一〇〕，責之以衆人之報，亦庶幾異日受約束指顧於簿書之間，知無不爲，爲不及私，亦或能提筆伸紙，作詠歌以發盛德，止此而已。其他望於古人，責以不及，非小生之所堪任。伏恐閤下聽聞之過，求取之異，敢不特自發明，導説其衷〔一一〕，一開閤下視聽。其他感激發憤，懷愧思德，臨紙汗發，不知所裁。某恐懼再拜。

【校勘記】

〔一〕「不顧世之人是非也」，《全唐文》卷七五一作「不顧世人之是非也」。

〔二〕「列士」，文津閣本作「烈士」，下文「義列」亦同「義烈」。按「列」通「烈」。

〔三〕「有才感其知」，「才」，《文苑英華》卷六九二作「材」，下校：「集作才。」文津閣本此句作「有深感其知」。

〔四〕「材無尺寸之用」，「材」，《全唐文》卷七五一作「才」。

〔五〕「審己切也」，「切」字原作「功」，據《文苑英華》卷六九二、《全唐文》卷七五一、文津閣本改。

〔六〕「審己之才」，「才」，《文苑英華》卷六九二作「材」。

〔七〕「喧而譽之」，「譽」字原作「舉」，據本卷下文及《全唐文》卷七五一改。

〔八〕「宜爲何才」，「才」，《文苑英華》卷六九二作「材」。

〔九〕「撫心」，文津閣本作「拊心」。

〔一〇〕「衆人之才」，「才」，《文苑英華》卷六九二作「材」。

〔一一〕「導説其衷」，「導」，《文苑英華》卷六九二作「道」。「衷」字原作「哀」，據《文苑英華》卷六九二、《全唐文》卷七五一、文津閣本改。

【注釋】

①知己：當爲崔鄲。鄲，清河武城人，崔郾之弟。登進士第，累遷考功郎中。大和三年，充翰林學士，轉中書舍人。歷兵部、吏部侍郎。開成二年，出爲宣歙觀察使。後任太常卿、宰相。傳見《舊唐書》卷一五五、《新唐書》卷一六三。文云：「大和二年，小生應進士舉」、「小生邇來十年江湖間」、「自十年來，行不益進，業不益修」，自大和二年來十年，乃開成二年，則本文當作於是年。又

據《舊唐書·文宗紀下》，開成二年正月，「以吏部侍郎崔鄲爲宣歙觀察使」。又觀文中「昨李巡官至，忽傳閤下旨意，似知姓名，或欲異日必録在門下」等語，知此時崔鄲有意延攬杜牧入幕，而杜牧此時正因乞假百日去職，正覓新職，故有「若蒙待之以衆人之地，求之以衆人之才，責之以衆人之報，亦庶幾異日受約束指顧於簿書之間，知無不爲，爲不及私」之言。據此訂本文於開成二年（八三七）。

【集評】

温和而介，不作牢騷語，類有道者言。（鄭郲評本文）

答莊充書

某白莊先輩足下〔一〕。凡爲文以意爲主，氣爲輔，以辭彩章句爲之兵衛，未有主强盛而輔不飄逸者，兵衛不華赫而莊整者。四者高下圓折，步驟隨主所指，如鳥隨鳳，魚隨龍，師衆隨湯、武，騰天潛泉，横裂天下，無不如意。苟意不先立，止以文彩辭句，繞前捧後，是言愈多而理愈亂〔二〕，如入闤闠①，紛紛然莫知其誰，暮散而已。是以意全勝者，辭愈樸而文愈高；意不勝者，辭愈華而文愈鄙。是意能遣辭，辭不能成意，大抵爲文之旨如此。觀足下所爲文百餘篇，實先意氣而後辭句，慕古而尚仁義者，苟爲之不已〔三〕，資以學問，則古作者不爲難到。今以某無可取，欲命以爲序，承當厚意，惕息不安。復觀自古序其文者，皆後世宗師其人而爲之，《詩》、《書》、《春秋左氏》以降，百家之説，皆是也。古者其身不遇於世，寄志於言，求言遇於後世也。自兩漢已來〔四〕，富貴者千百，自今觀之，聲勢光明，孰若馬遷、相如、賈誼、劉向、揚雄之徒，斯人也豈求知於當世哉？故親見揚子雲著書，欲取覆醬瓿，雄當其時，亦未嘗自有誇目。況今與足下並生今世，欲序足下未已之文，此固不可也。苟有志，古人不難到，勉之而已。某再拜。

【校勘記】

〔一〕「某」，文津閣本作「牧」。下文同。

〔二〕「是言愈多而理愈亂」，「言」，《唐文粹》卷八四作「辭」。

〔三〕「爲之」，文津閣本作「循之」。

〔四〕「自兩漢已來」，「已」，《文苑英華》卷六八一、《全唐文》卷七五一作「以」，《文苑英華》下校：「集作已。」

【注　釋】

①闤闠：闤，市闠；闠，市之外門。古代市道即在垣與門之間，故稱市肆爲闤闠。舊題漢甘公石申《星經·市樓》：「市樓六星，在市門中，主闤闠之司。今市曹官之職。」《文選》左太沖《魏都賦》：「班列肆以兼羅，設闤闠以襟帶。」

【集　評】

【上南城饒深道書】凡爲文之旨趣，命意之淺深，造詞之工拙，趨向之是非，皆别白而訓之。……抑嘗聞「本深而末茂，行峻而言厲」，是韓愈之訓尉遲生也。「激之欲其清，揚之欲其明」，是柳宗元之訓崔翦也。「以意爲主，以氣爲輔，以辭彩章句爲之兵衛」，是杜牧之訓莊充也。此三説亦粗得文之旨矣。（謝逸《溪堂集》卷八）

上河陽李尚書書①

伏以三城所治，兵精地要，北鏁太行，東塞黎陽，左京河南，指爲重輕。自艱難已來，儒生成名立功者，蓋寡於前代，是以壯健不學之徒，不知儒術，不識大體，取其微效，終敗大事，不可一二悉數。伏以尚書有才名德望，知經義儒術，加以儉克，好立功名。今横據要津，重兵在手，朝廷搢紳之士，屈指延頸，佇觀政能〔一〕。況聖主掀擢豪俊，考校古今，退朝之後，急於觀書，已築七關②，取隴城，緝爲郡縣。今親誅虜〔二〕，收其土田，取其良馬，爲耕戰之具，西復涼州，東取河朔，平一天下，不使不貢不覲之徒〔三〕，敢自專擅。此實聖主之心，事業已彰，臣下明明，無不知之。

伏自尚書樹立鍛鍊，教訓揀拔，法術尺寸，取於古人。若受指顧，必立大功，使天下後學之徒，知成功立事，非大儒知今古成敗者而不能爲之〔四〕。復使儒生舒展胸臆，得以誨導壯健不學之徒，指蹤而使之，令其心服，正在今日。

某多病早衰〔五〕，志在耕釣〔六〕，得一二郡，資其退休，以活骨肉。亦能作爲歌詩，以稱道盛德，其餘息心亦已久矣。下情日增，瞻仰戀德之切。某恐懼再拜〔七〕。

【校勘記】

〔一〕「佇觀政能」，「政能」，《全唐文》卷七五一作「德政」。

〔二〕「今親誅虜」，《文苑英華》卷六七一作「命誅雜虜」，下校：「集作今親誅虜。」

〔三〕「不使不貢不覲之徒」，「不使」，原無「不」字，據《文苑英華》卷六七一、《全唐文》卷七五一、文津閣本補。

〔四〕「而不能爲之」,《全唐文》卷七五一、文津閣本無「而」字。

〔五〕「某」,文津閣本作「牧」。

〔六〕「志在耕釣」,「志」字原作「恚」,據《文苑英華》卷六七一、《全唐文》卷七五一、文津閣本改。

〔七〕「某恐懼再拜」,「某」,《文苑英華》卷六七一作「牧」。

【注　釋】

①河陽李尚書:河陽,地名。地在今河南省孟州市。此指河陽三城。北朝時期曾在河陽建築中潬、南城、北城等三城。李拭當時所任乃河陽三城節度、懷孟澤觀察處置等使、孟州刺史,領懷、孟、澤三州。河陽李尚書即李拭。拭爲李鄘子,累仕宗正卿、京兆尹、陝虢觀察使、河東節度使,以祕書監卒。傳見《舊唐書》卷一五七及《新唐書》卷一四六《李鄘傳》附。本文之作年《杜牧年譜》大中四年譜考云:「《舊唐書·宣宗紀》:『大中四年九月,以朝請大夫、檢校禮部尚書、孟州刺史、河陽三城節度使李拭爲太原尹。』是李拭節度河陽,在大中四年九月以前。按文中有『已築七關,取隴城,緝爲郡縣』之語,取七關在大中三年六、七月間,則此書之作,必在大中三年七月之後,大中四年秋之前,故繫於本年。時杜牧方求外放,故書中曰:『某多病早衰,志在耕釣,得一二郡,資

其退休，以活骨肉。』」按，杜牧大中四年初秋出守湖州，據上所考，則本文乃作於大中三年七月至大中四年（八四九—八五〇）七月間。

② 已築七關等句：《資治通鑑》卷二四八大中三年六月載：「涇原節度使康季榮取原州及石門、驛藏、木峽、制勝、六磐、石峽六關。秋，七月，丁巳，靈武節度使朱叔明取長樂州。甲子，邠寧節度使張君緒取蕭關。甲戌，鳳翔節度使李玭取秦州。」又《舊唐書·宣宗紀》大中三年七月載：「三州七關軍人百姓，皆河、隴遺黎，數千人見於闕下。」

上鹽鐵裴侍郎書①

伏以鹽鐵重務，根本在於江淮，今諸監院，頗不得人，皆以權勢干求，固難悉議停替。其於利病，豈無中策？某自池州〔一〕、睦州，實見其弊。蓋以江淮自廢留後已來②，凡有冤人，無處告訴，每州皆有土豪百姓，情願把鹽每年納利，名曰「土鹽商」。如此之流〔二〕，兩税之外③，州縣不敢差役。自罷江淮留後已來，破散將盡，以監院多是誅求，一年之中，追呼無已，至有身行不在，須得父母妻兒錮身驅將〔三〕，得錢即放〔四〕，不二年内，盡恐逃亡。今譬於常州百姓〔五〕，有屈身在蘇州，歸家未得，便可以蘇州下狀論理披訴。至如睦州百姓，食臨平監鹽④，其土鹽商被臨平監追呼求取，直是睦州刺史，亦與作主不得，非裏四千里粮直入城役使，即須破散奔走，更無他圖。其間搜求胥徒，針抽縷取〔六〕，千計百校〔七〕，唯恐不多，除非吞聲，別無赴訴。今有明長吏在上，旁縣百里，尚敢公爲不法，況諸監院皆是以貨得之〔八〕，恣爲奸欺，人無語路。況土鹽商皆是州縣大户，言之根本，實可痛心。比初停罷留後，衆皆以爲除煩去冗，不知其弊，及於疲羸，即是所利者至微，所害者至大。今若蒙侍郎改革前非，於南省郎吏中擇一清慎⑤，依前使爲江淮留後，減其胥吏，不必一如向前多置人數〔九〕。即自嶺南至於汴宋，凡有冤人，有可控告，奸贓之輩，動而有畏，數十州土鹽商，免至破滅。除江淮之太殘〔一〇〕，爲侍郎之陰德，以某愚見，莫過於斯。若問於鹽鐵吏，即不欲江淮別有留後，若有留後，其間百事〔一一〕，自能申狀諮呈，安得貨財，表裏計會，分其權力，言之可知。伏惟俯察愚衷〔一二〕，不賜罪責。某再拜。

【校勘記】

〔一〕「某自池州」，「某」，《文苑英華》卷六七一、文津閣本作「牧」。下文同。

〔二〕「之流」，文津閣本作「之徒」。

〔三〕此句文津閣本作「則拘其父母妻兒」。

〔四〕「放」，文津閣本作「釋」。

〔五〕「今譬於常州百姓」，《文苑英華》卷六七一於「於」字下校：「一本作如。」

〔六〕「針抽縷取」，「縷」原作「鏤」，據《文苑英華》卷六七一、《全唐文》卷七五一改。

〔七〕「千計」，文津閣本作「千討」。

〔八〕「皆是以貨得之」，「皆」，《文苑英華》卷六七一作「多」，下校：「集作皆。」

〔九〕「多置」，文津閣本作「安置」。

〔一〇〕「除江淮之太殘」，「太」，《文苑英華》卷六七一、《全唐文》卷七五一、文津閣本作「大」。

〔一一〕「其間百事」，「百」，《文苑英華》卷六七一作「有」，下校：「集作百。」

〔一二〕「俯察愚衷」，「愚」，《文苑英華》卷六七一作「微」，下校：「集作愚。」

【注釋】

① 鹽鐵裴侍郎：即裴休。休，字公美，河內濟源人。登進士第，又登賢良方正科。大中初，累官户部侍郎，充諸道鹽鐵轉運使，轉兵部侍郎，兼御史大夫，領使如故。六年八月，以本官同平章事，判使如故。後累遷中書侍郎，兼禮部尚書、户部、吏部尚書、太子少師等。傳見《舊唐書》卷一七七、《新唐書》卷一八二。據《舊唐書·宣宗紀》，大中五年二月，以「户部侍郎裴休充諸道鹽鐵轉運等

使」。又同書大中五年九月記：「以正議大夫、兵部侍郎、諸道鹽鐵轉運使、上柱國、河東縣開國子裴休守禮部尚書，進階金紫。」文稱鹽鐵裴侍郎，則本文作於大中五年（八五一）二月至九月間。鹽鐵轉運使掌收運鹽鐵之税，或兼兩税使、租庸使。

② 留後：官名。唐廣德元年，以梁崇義爲山南東道節度使留後，留後之名始此。中、晚唐時，藩鎮强大，皇帝力不能制，故節度使多有以子侄或親信爲留後者，亦有軍士、叛將自立爲留後者。

③ 兩税：夏秋兩税。唐初實行租庸調法，至德宗建中元年楊炎制兩税法，將租庸調合併爲一，規定用錢納税。夏税不超過六月，秋税不超過十一月，稱爲兩税。有兩税使以總其事。

④ 臨平監：唐所置管理鹽鐵事務機構之一，在今浙江餘杭西北臨平山下。

⑤ 南省：官署名，即唐尚書省。唐尚書省在大明宫以南，故稱南省。

與汴州從事書①

汴州境内，最弊最苦，是牽船夫，大寒虐暑，窮人奔走，斃踣不少。某數年前赴官入京〔一〕，至襄邑縣，見縣令李式甚年少，有吏才，條疏牽夫，甚有道理，云：「某當縣萬户已來，都置一板簿，每年輪檢自差，欲有使來，先行文帖，尅期令至，不揀貧富職掌，一切均同。計一年之中，一縣人户，不著兩度夫役，如有遠户不能來者，即任納錢，與於近河雇人〔二〕，對面分付價直，不令所由欺隱②，一縣之内，稍似蘇息。蓋以承前但有使來，即出帖差夫，所由得帖，富豪者終年閑坐，貧下者終日牽船。今即自以板簿在手，輪轉差遣〔三〕，雖有黠吏，不能用情。」

某每任刺史，應是役夫及竹木瓦磚工巧之類，並自置板簿，若要使役，即自檢自差，不下文帖付縣。若下縣後，縣令付案，案司出帖，分付里正，一鄉只要兩夫，事在一鄉偏着，赤帖懷中藏却，巡門掠斂一徧，貧者即被差來。若籍在手中，巡次差遣，不由里胥典正，無因更能用情。以此知襄邑李式之能，可以惠及夫役，更有良術，即不敢知。以某愚見，且可救急，因襄邑李生之績效，知先輩思報幕府之深誠，不覺亦及拙政，以爲證明，豈敢自述。今爲治，患於差役不平，《詩》云：「或棲遲偃仰，或王事鞅掌。」此蓋不平之故。長吏不置簿籍一一自檢，即奸胥貪冒求取，此最爲甚。某恐懼再拜。

【校勘記】

〔一〕「某」，文津閣本作「牧」。下文同。

〔二〕「與於近河雇人」，「人」，《全唐文》卷七五一、文津閣本作「夫」。

〔三〕「輪轉差遣」，「輪轉」，《全唐文》卷七五一作「輪流」。

【注釋】

①汴州：地名。州治即今河南開封。從事，州從事爲州長官刺史之佐吏，如主簿、别駕、功曹等。本文云：「某每任刺史，應是役夫及竹木瓦磚工巧之類，並自置板簿」，則文應作於杜牧數任刺史之後。杜牧任黄州、池州、睦州三任刺史乃自會昌二年至大中二年八月。文又云：「某數年前赴官入京，至襄邑縣」。結合上述所言，考之杜牧任刺史後經歷，所謂「某數年前赴官入京」，乃指大中二年九月由睦州入任司勳員外郎、史館修撰事。此行其取道金陵、宋州，可途經襄邑縣（屬河南）。所謂數年，當指三或四年。則由大中二年後之三、四年，即大中五年或六年（八五一—八五二）。本文蓋約作於此兩年間。

②所由：即所由官，主管官吏。唐以來多指地方小吏或差役。

樊川文集卷第十四

黄州准赦祭百神文①

會昌二年，歲次壬戌，夏四月乙丑朔，二十三日丁亥，皇帝御宣政殿〔一〕，百辟卿士，稽首再拜，敢上「仁聖文武至神大孝」尊號于皇帝。受册禮畢，御丹鳳樓〔二〕，因大赦天下，咸告天下刺史〔三〕，宜祭境内神祇有益於人者，可抽常所上賦以備供具〔四〕。牧爲刺史，實守黄州。夏六月甲子朔，十八日辛巳，伏准赦書得祭諸神，因爲文稱讚皇帝功德，用饗神云。

皇帝嗣帝〔五〕，天飭天付〔六〕，前壬申年②，坐統大業，慈明寬恩〔七〕，聖明文武。或曰誅殛，曰：「我父母，譬彼嬰兒，豈不可恕。」或曰畋遊，苑大林深，啽嘐跳突，千毛萬羽，豹裂鵰擒，其樂無伍。皇帝曰：「不，匪我不知，言豈假汝。未撫四夷，未考百度，天地宗廟，未陳簠簋。如寐未寤，如痒未愈。斥退狗馬，未可以御。」或曰酒飲，順氣完神〔八〕，奠樂工習〔九〕，自祖自父，瑶簪繡裾〔一〇〕，千萬侍女，酬以觥斝，助之歌舞，富貴四海，不樂何苦。皇帝曰：「不，如聞四海，蝗蔽田畝，或曰亢旱，或曰淫雨。稚老孤寡，未盡得所，聞一有是，首不能舉。」

乃拔俊良，乃登耆老，夕思朝議，依規約矩。詳刑定法，深刻不取，摽揭典制〔一一〕，酌之中古。遠師太宗，近法憲宗〔一二〕，怵慄思惟，不治是懼，四國既平，六職攸序③。黍稷稻粱，嘔啞俯僂，父子供養，嬰兒撫乳〔一三〕。萬里齊俗，實皇帝力，緊眠而食，罔知其故。皇帝乃曰：「予見郊廟。」嚴法物，旓旐旗〔一四〕。五帝坐壇，百神立坫〔一五〕。嵬嶷肸蠁④，捧爵是醮。海外天内，戎狄蠻夷，奇服異貌〔一六〕，伏于除外，歡喜叫噪。廻御丹鳳，大赦四海，改元會昌，滅論有罪，紹功嗣德，搜剔幽昧〔一七〕。寒暑合節，風輕雨碎，穀溢陳囷，畜繁腯大。東南西北，限岸畺紀。無有頓憚，不識災害。三事大夫⑤、邦伯諸侯，曰：「皇帝德，古不能侔，謳歌謠詠，安能可稱〔一八〕。」百工庶人，亦有聚謀，拜章口呼，願上大號，神聽天聞，欲揚宏休〔一九〕。皇帝曰：「無功，不可虚受。」懇請不已，出涕叩頭。皇帝不能止，曰：「予慚羞，曰因大赦，惟新九州。不窮不詐，不饑不偷，有窮有饑，實吏之尤。予實天吏，許之省修，約束教誡，纖悉丁寧，品類細偉，各當源流。」皇帝曰：「俞，股肱耳目，誠示竭力〔二〇〕，寒暑風雨，宜神是酬。匪神之力，其誰能謀？凡爾守土，各報爾望，剥烹羹胾，無愛羊牛。」天下聞命，奔走承事。牧實遭遇，亦忝刺史。齋齋惕慄，臨谷臨墜〔二一〕。視牲啓毛，濯爵置羃，不委下吏，餚羞具潔，罔有不備。衣冠待曉，坐以假寐，步及神宇，蹐足屏氣。神實在前，敬恭跪起。《詩》不云乎：「皇天上帝，伊誰云憎。」天憎罪人，天可指視，止殃其身，豈可傍熾？刺史有罪，可病可死，其身未塞，可及妻子，無作水旱，以及閭里。皇帝仁聖，神祇聰明，唱和符同，相爲表裏。黄治雖遠，黄俗雖鄙，皇帝視之〔二二〕，近遠一致〔二三〕。洋洋在上，實提人紀，無負皇帝，自作羞愧。

月惟季夏，日惟辛巳〔二四〕，實神降祉。神如有言：「我答皇帝。寒暑風雨，其期必至，瘥癘水旱，永永止弭。爾爲官人，勉其爾治〔二五〕。」某敬再拜，流汗霑地。

【校勘記】

〔一〕「皇帝御宣政殿」，「殿」字原作「樓」，據《文苑英華》卷九九五、《全唐文》卷七五六改。

〔二〕「御丹鳳樓」，《文苑英華》卷九九五於「御」字前有「迴」字。

〔三〕「咸告天下刺史」，「咸告天下」四字原無，據《文苑英華》卷九九五、《全唐文》卷七五六補。

〔四〕「以備供具」，「供」字原無，據《文苑英華》卷九九五、《全唐文》卷七五六補。

〔五〕「皇帝」，原作「黄帝」，據《文苑英華》卷九九五、《全唐文》卷七五六、文津閣本改。

〔六〕「天飾」，「天」字原無，據《文苑英華》卷九九五、《全唐文》卷七五六補。

〔七〕「慈明寬恩」，「明」，《文苑英華》卷九九五、《全唐文》卷七五六作「仁」。

〔八〕「順氣完神」，「完」，《文苑英華》卷九九五作「貌」。

〔九〕「奠樂工習」，《全唐文》卷七五六作「奠習樂工」。

〔一〇〕「瑶簪繡裾」，「裾」，《文苑英華》卷九九五作「裙」。

〔一一〕「摽揭」，文津閣本作「操揭」。

〔一二〕「近法憲宗」，「宗」，《文苑英華》卷九九五作「祖」。

〔一三〕「父子供養嬰兒撫乳」，此二句《文苑英華》卷九九五作「父父子子，供養撫乳」，下校：「集作父子供養，嬰兒撫乳。」

〔一四〕「旐旗」，原作「旐旅」，《文苑英華》卷九九五作「旗旐」，下校「集作旐旗。」《全唐文》卷七五六、文津閣本作「旐旗」。今據《全唐文》等改。

〔一五〕「百神立坫」，「立」，《文苑英華》卷九九五作「位」，下校：「集作立。」

〔一六〕「異貌」，文津閣本作「夷貌」。

〔一七〕「搜剔幽昧」，「搜」，《文苑英華》卷九九五作「披」，下校：「集作搜。」

〔一八〕「安能可稱」，「能」，《文苑英華》卷九九五作「得」，下校：「集作能。」

〔一九〕「欲揚宏休」，「宏休」，《文苑英華》卷九九五作「皇帝之休」，下校：「四字集作宏休。」

〔二〇〕「誠示竭力」，「示」，《文苑英華》卷九九五作「爾」，下校：「集作示非。」

〔二一〕「臨谷臨墜」，《文苑英華》卷九九五作「臨谷將墜」，《全唐文》卷七五六作「淵谷臨墜」。

〔二二〕「皇帝視之」，「皇帝」原作「皇符」，據《文苑英華》卷九九五、《全唐文》卷七五六改。

〔二三〕「近遠一致」，《文苑英華》卷九九五、《全唐文》卷七五六作「遠近一致」。

〔二四〕「月惟季夏日惟辛巳」，「季夏」原作「孟夏」，《文苑英華》卷九九五作「季夏」。又按，本文前已有「夏六月甲子朔，十八日辛巳……用饗神云」句，則此處當爲「季夏」，今據改。又彭叔夏《文苑英華辯證》卷四《年月》謂「杜牧《黄州祭百神文》：『月維孟夏，日維辛巳。』集本同。詳上文云：『四月大赦，六月甲子朔，十八日辛巳，準赦得祭百神。』則『孟夏』當作『季夏』」。

〔二五〕「勉其爾治」，「其」，《文苑英華》卷九九五作「爲」，下校：「集作其。」

【注釋】

①本文云會昌二年「夏六月甲子朔，十八日辛巳，伏准赦書得祭諸神，因爲文稱讚皇帝功德」，則文乃作於會昌二年（八四二）六月，時杜牧乃在黄州刺史任。

②前壬申年：按此壬申年有誤，杜牧生活時代僅大中六年（八五二）爲壬申年，乃在作本文之會昌二年後，而前一壬申年乃唐德宗貞元八年（七九二），杜牧尚未出生。此文謂「皇帝嗣帝，天飾天付，前壬申年，坐統大業」，壬申乃謂武宗即位之年。據《舊唐書·武宗紀》，文宗崩於開成五年正

月四日，而武宗即位於同年正月十四日。開成五年乃庚申年，而非壬申年，故此壬申乃庚申之誤。

③六職：指官府之治、教、禮、政、刑、事六種職務。《周禮·天官·小宰》：「以官府之六職，辨邦治。」又，《周禮·考功記》又指王公、士大夫、百工、商旅、農夫、婦功六種職别爲六職。

④嵬嶷肸蠁：嵬嶷，高大雄偉貌。《文選》左太沖《吴都賦》：「爾其山澤則嵬嶷嶢屼，巊溟鬱㟪。」肸蠁，又作肸蠁，意爲散布、彌漫，指聲響或氣體之傳播。此處指神靈感應。

⑤三事大夫：指三公。唐代以太尉、司徒、司空爲三公。《詩·小雅·雨無正》：「三事大夫，莫肯夙夜。」孔穎達疏：「三事大夫爲三公耳。」

祭城隍神祈雨文①

下土之人，天實有之〔一〕。五穀豐實〔二〕，寒暑合節，天實生之〔三〕。苗房甲而水湮之〔四〕，苗秀好而旱莠之，饑即必死，天實殺之也。天實有人，生之孰敢言天之仁，殺之孰言天之不仁〔五〕。刺史吏也，三歲一交〔六〕。如彼管庫，敢有其寶玉；如彼傳舍，敢治其居室〔七〕？東海孝婦②，吏冤殺之，天實冤之，殺吏可也。東海之人，於婦何辜，而三年旱之？刺史性愚，治或不至，厲其身可也，絶其命可也！吉福殃惡，止當其身。胡爲降旱，毒彼百姓？

謹書誠懇，本之於天，神能格天，爲我申聞。

【校勘記】

〔一〕「天實有之」，「天」字原作「云」，據《文苑英華》卷九九六、《全唐文》卷七五六、文津閣本改。

〔二〕「五穀」，原作「石穀」，據《文苑英華》卷九九六、《全唐文》卷七五六改。

〔三〕「天實生之」，《文苑英華》卷九九六、《全唐文》卷七五六「之」字後有「也」字。

〔四〕「苗房甲」，《文苑英華》卷九九六作「苗方甲」。

〔五〕「孰言」，文津閣本作「孰敢言」。

〔六〕「三歲」，原作「二歲」，據《文苑英華》卷九九六、《全唐文》卷七五六、文津閣本改。

〔七〕「敢治其居室」，「室」，《文苑英華》卷九九六作「屋」。

【注釋】

①本文之城隍神據下文《第二文》乃指黃州之城隍神，故文乃杜牧在黃州任刺史時爲祭黃州城隍神所撰。《第二文》謂「牧爲刺史，凡十六月，未嘗爲吏，不知吏道。黃境鄰蔡，治出武夫，僅五十年」，則知《第二文》乃作於杜牧任黃州刺史十六個月時。杜牧出任黃州刺史約在會昌二年三四

月間，而當年四月已在黄州刺史任。今權以會昌二年三四月間始任黄州刺史計，歷十六月乃在會昌三年六七月間，《第二文》即約作於此時。本文之作蓋在《第二文》稍前，則約作於會昌三年(八四三)五六月間。

②東海孝婦：東海爲漢代郡名，郡治在郯，即今山東郯城縣。相傳漢時，東海郡寡婦周青夫死，爲奉侍婆婆而不改嫁，婆婆爲使其改嫁而自縊。其小姑誣告周青殺婆婆，官府判處周青死刑。周青冤死後，東海郡因此而大旱三年。

第二文①

牧爲刺史，凡十六月，未嘗爲吏，不知吏道。黄境鄰蔡，治出武夫，僅五十年，令行一切〔一〕，後有文吏，未盡削除。伏臘節序，牲醪雜須，吏僅百輩，公取於民，里胥因緣，侵竊十倍，簡料民費，半於公租，刺史知之，悉皆除去。鄉正村長，强爲之名，豪者尸之，得縱强取，三萬户多五百人〔二〕，刺史知之，亦悉除去。繭絲之租，兩耗其二銖；税穀之賦，斗耗其一升〔三〕，刺史知之，亦悉除去。吏頑者笞而出之，吏良者勉而進之，民物吏錢，交手爲市〔四〕。小大之獄，面盡其詞，棄於市者，必守定令。人户非多〔五〕，風俗不雜，刺史年少，事得躬親，疽抉其根矣，苗去其莠矣，不侵不蠹，生活自如。公庭盡日〔六〕，不聞人聲，刺史雖愚，亦曰無過〔七〕，縱使有過，力短不及，恕亦可也，殺亦可也。稺老孤寡〔八〕，指苗燃鼎，將穗秀矣，忍令萎死，以絶民命？古先聖哲，一皆稱天，舉動行止，如天在旁。以爲天道，仁即福之，惡即殺之，孤窮即憐之，無過即遂之。今旱已久，恐無秋成。謹具刺史之所爲，下人之將絶，再告於神，神其如何？

【校勘記】

〔一〕「令行一切」，「令」字原作「今」，據《文苑英華》卷九九六、《全唐文》卷七五六、文津閣本改。

〔二〕「三萬户多五百人」，《文苑英華》卷九九六、《全唐文》卷七五六、文津閣本作「三萬户中多五百人」。

〔三〕「一升」，原作「一斗」，據《文苑英華》卷九九六、《全唐文》卷七五六、文津閣本改。

〔四〕「交手爲市」，「爲」，《全唐文》卷七五六作「於」。

〔五〕「人户非多」，「户」，《文苑英華》卷九九六作「口」，下校：「集作户。」文津閣本亦作「口」。

〔六〕「公庭盡日」，原作「公庭晝日」。胡校：「按庫本『晝日』作『盡日』，是。」文津閣本亦作「盡日」，今據改。

〔七〕「亦曰無過」，「亦」，《文苑英華》卷九九六作「可」。文津閣本此句作「日無縱過」。

〔八〕「稺老孤寡」，「寡」原作「窮」。《文苑英華》卷九九六、文津閣本作「寡」，今據改。

【注釋】

① 本文作於會昌三年（八四三）六、七月間，詳見上文注①。

祭木瓜神文①

維會昌六年，歲次景寅②，某月某日，某官敬告于木瓜山之神。惟神聰明格天，能降雲雨，郡有災旱，必能救之，前後刺史，祈無不應。去歲七月，苗將萎死，禱神之際，甘雨隨至，槁然凶歲，化爲豐年。仰神之靈，感神之德，願新祠宇，以崇祭祀。今易卑庳〔一〕，變爲華敞，正位南面，廟貌嚴整。風雷雲雨，師伯必備，侍衛旗戟，羅列森然。惟神繫雲在襟，貯雨在缶，視人如子，渴即與之。不容凶邪〔二〕，不降疾疫。千萬年間，使池之人，敬仰不怠。伏惟尚饗！

【校勘記】

〔一〕「今易卑庳」，「庳」，《文苑英華》卷九九七作「隘」。

〔二〕「不容凶邪」，「邪」，《文苑英華》卷九九七作「荒」，下校：「集作邪。」

【注釋】

① 木瓜神爲唐池州木瓜山神。《江南通志》：「木瓜山，在池州府青陽木瓜鋪，杜牧求雨處，今尚有廟。」據本文「維會昌六年，歲次景寅，某月某日，某官敬告于木瓜山之神」，則文乃撰於會昌六年。本年九月，杜牧移刺睦州，則本文乃撰於會昌六年九月前。文乃爲天旱求雨以獲秋成，則蓋作於會昌六年（八四六）春夏間。

② 景寅：即丙寅，此處乃避唐諱改。

祭故處州李使君文①

維會昌五年，歲次乙丑，某月日，池州刺史杜牧謹遣軍事押衙王鏶，謹以清酌庶羞之奠，敬致祭于亡友李君起居之靈。

憶昔相遇，兩未生鬚，京師衆中，跡猶甚疎。一言道合，盡寫有無。我於宣城，忝跡賓吏〔一〕②；君隨幕府，東下繼至。復與友人，故薛子威，邂逅釋願〔二〕，如相爲期，放論劇談，各持是非。攻强討深，張矛彀機，怒或艴赫，終成笑嬉。於後七年，君拜左史③，來蜀西川，我官補闕。云愧我先，拜章請代，蓋私我焉。我有家事，乞假南來，循出里第，君出離杯。令弟在席，恣爲詼諧，耳熱膽張，觥聯相豗。我歸墜馬，一支幾摧，君來我坐，側倚旁隈。時聞酸吟〔三〕，戲口猶開，云君我殺，以酒相加，忌我之才。及我南去，君刺池陽，我守黄岡，葭葦之場。唯君書信，前後相望，辭意纖悉，勉我自强。律我性情〔四〕，補短裁長，一函每發，沉憂併忘。幸會交代，沿檝若飛，江山九月〔五〕，涼風滿衣。爲别幾時，多少歡悲，志業益廣，不可窺知。長人之術，酋爲吏師〔六〕，縱酒十日，舞袖儆垂。語公之餘，且及其私，許以季女，配我長兒。莫云稚齒，可以指期，各負少壯，輕後會時。寓居宣城，書札日馳，一疾不起，訃來猶疑。嗚呼哀哉！

惟先僕射④，儉德冠古，凡二十年，四領茅土，所至所治，曰人父母。官俸餘半，委庫不取，京師里第，蓬茅數畝。慶餘生君，曰天酬補。何聰明才智兮，不使施爲？何付與之多兮，折之何暴？天陽地陰，高厚相侔，上有河漢，鈲普錯反天横流。百刻晝夜，平分不饒，皎不陰晦，一月幾朝。二男三女，俗率如此，三男二女，無有其地。君子小人，鼻目並列，與小人校，曾無百一〔七〕，於百一中，以秀奪實。凡稟陰陽〔八〕，生於其間，陽常不勝，賢者宜艱。自古皆然，欲復何言。撫孤一弔，拍棺一哭，咫尺不遂，涕下相續。期於沒齒，盡力嗣子。嗚呼哀哉，伏惟尚饗！

【校勘記】

〔一〕「忝跡賓吏」，「忝」字原作「恭」，據《文苑英華》卷九八九、《全唐文》卷七五六、文津閣本改。

〔二〕「邂逅釋願」，「釋願」，《文苑英華》卷九八九、《全唐文》卷七五六作「適願」。

〔三〕「時聞酸吟」，原作「時閒酸吟」。「時閒」，《文苑英華》卷九八九、《全唐文》卷七五六作「持簡」，《文苑英華》下校：「集作時閒。」文津閣本作「時聞酸吟」，今據改。

〔四〕「律我性情」，「律」字原作「筆」，據《文苑英華》卷九八九、《全唐文》卷七五六改。

〔五〕「江山九月」，《文苑英華》卷九八九作「江上九月」。

〔六〕「酋爲吏師」，「酋」，《文苑英華》卷九八九、《全唐文》卷七五六作「首」，《文苑英華》下校：「集作酋。」

〔七〕「曾無百一」，原作「會無百一」。《文苑英華》卷九八九作「曾不百一」，並於「曾不」下校：「集作會無。」今據《文苑英華》改。

〔八〕「凡稟陰陽」，「凡」，《文苑英華》卷九八九作「人」，下校：「集作凡。」

【注釋】

①池州李使君即李方玄。李方玄事跡見本集卷三《池州李使君没後十一日處州新命始到後見歸妓感而成詩》注①。李方玄卒於會昌五年四月，本文又云「維會昌五年，歲次乙丑，某月日，池州刺史杜牧謹遣軍事押衙王鏶，謹以清酌庶羞之奠，敬致祭于亡友李君起居之靈」，則祭文蓋作於會昌五年（八四五）四月稍後。

②杜牧爲宣城幕吏前後有兩次，此指杜牧首次爲沈傳師宣歙觀察使幕吏時，即大和四年九月至大和七年四月。

③左史：即起居郎。據本集卷八《唐故處州刺史李君墓誌銘并序》：「丞相固言以門下侍郎出鎮西蜀，奏景業以檢校禮部員外郎參節度軍謀事，仍賜緋魚袋。徵拜起居郎，出爲池州刺史。」李方玄任池州刺史前即在朝爲起居郎。

④先僕射：指李方玄之父李遜。字友道，登進士第，歷任池、濠、衢三州刺史，遷浙東觀察使，入爲給事中。後任山南東道、忠武、鳳翔等鎮節度使，改刑部尚書。傳見《舊唐書》卷一五五、《新唐書》卷一六二。

祭周相公文①

維大中五年，歲次辛未，七月辛未朔，八日戊寅，故吏朝議郎、知湖州諸軍事〔一〕、守湖州刺史杜牧，謹遣軍事押衙司馬素，謹以清酌庶羞之奠，敬祭于故相國僕射、贈司徒周公之靈。伏惟相公之道，偏於天下，至如牧者，受恩最深〔二〕。爰自稚齒，即蒙顧許，及在宦途，援挈益至。會昌之政〔三〕，柄者爲誰②？忿忍陰汙，多逐良善。牧實忝幸，亦在遣中〔四〕。黄岡大澤〔五〕，葭葦之場，繼來池陽，棲在孤島〔六〕。僻左五歲，遭逢聖明。收拾冤沈〔七〕，誅破罪惡〔八〕。牧於此際，更遷桐廬，東下京江③，南走千里。曲屈越嶂〔九〕，如入洞穴，驚濤觸舟，幾至傾没。萬山環合，才千餘家，夜有哭鳥，晝有毒霧，病無與醫，饑不兼食，抑喑傴蹇〔一〇〕，行少卧多。逐者紛紛，歸軫相接④，唯牧遠棄，其道益艱。相公憐憫，極力掀拔，爰及作相，首取西歸，授之名曹，帖以重職。虢國太子⑤，絳市諜人⑥，死而復生，未足爲喻。旌旆西去，拜於都門，賢士大夫，無不攀惜。皆曰相公，事君盡忠，保道輕位，大張公室，盡閉私門，彼由徑者，跛倚不進，天下賢彦，明知所趣。重德壯年，衆期再入。牧守吴興，繼奉手示，但思休退〔一一〕，不言疾恙。訃問忽至〔一二〕，慟哭問天。嗚呼！蒼生未濟，而喪吾相，爲蒼生慟，豈獨私恩。想像音容，思惟恩紀，期於令嗣，可以效死。吳、洛相遠⑦，踰於二千〔一三〕，無因拜柩，見歸九泉。哭送使者，致誠奠筵。伏惟尚饗！

【校勘記】

〔一〕「知湖州諸軍事」，「知」，《文苑英華》卷九八九作「持節」。

〔二〕「受恩最深」，「最」字原作「叢」，據《文苑英華》卷九八九、《全唐文》卷七五六改。

〔三〕「會昌之政」，「政」字原作「改」，據《文苑英華》卷九八九、《全唐文》卷七五六改。

〔四〕「亦在遺中」，「遺」，《文苑英華》卷九八九作「譴」。

〔五〕「黄岡大澤」，「岡」字原作「崗」，《文苑英華》卷九八九、《全唐文》卷七五六則均作「岡」。又據《元和郡縣圖志》卷二七，黄州有黄岡縣，「本漢西陵縣地，……隋開皇十八年改爲黄岡，因縣東黄岡爲名」。故地名應爲黄岡，今據改。

〔六〕「棲在孤島」，「棲」字原作「西」，據《文苑英華》卷九八九、《全唐文》卷七五六改。

〔七〕「收拾」，原作「牧拾」，據《文苑英華》卷九八九、《全唐文》卷七五六改。

〔八〕「誅破罪惡」，「破」，《文苑英華》卷九八九作「竄」。

〔九〕「曲屈越嶂」，《文苑英華》卷九八九作「屈曲越嶂」。

〔一〇〕「抑暗偪塞」，「抑暗」，《文苑英華》卷九八九、《全唐文》卷七五六作「抑暗」。

〔一一〕「但思休退」，「思」字原無，據《文苑英華》卷九八九、《全唐文》卷七五六補。

〔一二〕「訃問忽至」，「問」，《文苑英華》卷九八九作「音」，下校：「集作問。」文津閣本作「書」。

〔一三〕「踰於二千」，「二」，《文苑英華》卷九八九作「三」，下校：「集作二。」文津閣本亦作「三」。

【注釋】

①周相公：即周墀，字德升，汝南人。事跡見本集卷七《唐故東川節度檢校右僕射兼御史大夫贈司徒墓誌銘》注①。本文謂「維大中五年，歲次辛未，七月辛未朔，八日戊寅，故吏朝議郎、知湖州諸軍事、守湖州刺史杜牧，謹遣軍事押衙司馬素，謹以清酌庶羞之奠，敬祭于故相國僕射、贈司徒周公之靈」。則祭文當作於大中五年（八五一）七月。

②柄者爲誰：按，武宗會昌年間，李德裕爲宰相主武宗朝政。杜牧於會昌二年出守黄州，會昌四年九月又徙爲池州刺史，自認爲乃受李德裕排擠而致。故下文謂「忿忍陰汙，多逐良善。牧實忝幸，亦在遣中。黄岡大澤，葭葦之場，繼來池陽，棲在孤島」。

③京江：長江下游稱揚子江，又稱京江。因流經鎮江市，而鎮江古稱京口，故稱京江。

④逐者紛紛歸軫相接：此指宣宗登位後，前在武宗朝被貶謫諸臣紛紛回歸。《資治通鑑》卷二四八

會昌六年八月即記載：「以循州司馬牛僧孺爲衡州長史，封州流人李宗閔爲郴州司馬，恩州司馬崔珙爲安州長史，潮州刺史楊嗣復爲江州刺史，昭州刺史李珏爲郴州刺史。僧孺等五相皆武宗所貶逐，至是，同日北遷。」此後不久，諸人又多有遷官者，如《舊唐書·宣宗紀》大中元年六月記「以義成軍節度使周墀爲兵部侍郎、判度支。……以金紫光禄大夫、守太子少保分司東都、上柱國、奇章郡開國公、食邑二千户牛僧孺守太子太師，……并依前分司」。

⑤虢國太子：據《史記》卷一〇五《扁鵲倉公列傳》，「虢太子死，扁鵲至虢宫門下」，扁鵲認爲「若太子病，所謂『尸蹷』者也。……故形靜如死狀。太子未死也」。後經扁鵲醫治，「太子起坐。更適陰陽，但服湯二旬而復故。故天下盡以扁鵲爲能生死人」。

⑥絳市諜人：絳乃地名，在今山西曲沃縣西南。諜人，偵探情報者。據《左傳》宣公八年記載，晉秦兩國交戰，晉國抓獲一名秦國間諜，將其處死於絳城鬧市中。但六天後，秦國間諜又死而復生。

⑦吳洛相遠：據杜牧《唐故東川節度使檢校右僕射兼御史大夫贈司徒周公墓誌銘》，周墀乃卒於洛陽，而其時（大中五年七月）「牧守吳興」，兩地相隔遼遠，故稱。

祭龔秀才文①

維大中五年，歲次辛未，五月朔，二日，湖州刺史杜牧謹遣軍事十將徐良，敬致祭于故龔秀才之靈。死者生之極，折脛而夭②，復死之極。言於前定，莫得而推；出於偶然，魂其冤哉。鄉里何在，骨肉何人？卞山之南③，可以栖魂。嗚呼哀哉，伏惟尚饗！

【注釋】

① 龔秀才：即龔軺。其生平事跡見本集卷九《唐故進士龔軺墓誌》。據本文「維大中五年，歲次辛未，五月朔，二日，湖州刺史杜牧謹遣軍事十將徐良，敬致祭于故龔秀才之靈」，此文乃大中五年（八五一）五月作。

② 折脛而夭：《唐故進士龔軺墓誌》記龔軺之死云：「後四年，守吳興，因與進士嚴惲言及鬼神事，嚴生曰：『有進士龔軺，去歲來此，晝坐客館中，若有二人召軺者，軺命馬甚速，始跨鞍，馬驚墮地，折左脛，旬日卒。』」

③ 卞山：山名，一作弁山。在今浙江湖州市西北十八里。《方輿紀要》卷九一：卞山「山有石似玉，因名。亦曰弁山」。

唐故銀青光禄大夫檢校禮部尚書御史大夫充浙江西道都團練觀察處置等使上柱國清河郡開國公食邑二千户贈吏部尚書崔公行狀〔一〕①

曾祖某〔二〕，皇任醴泉縣令。祖某〔三〕，皇任太子中允，贈右散騎常侍。父某〔四〕，皇任檢校吏部侍郎〔五〕、兼御史中丞、袁州刺史，贈太師。公諱某〔六〕，字某〔七〕。威儀秀偉，神氣深厚〔八〕，即之如鑑，望之如春。既冠，識者知不容於風塵矣。貞元十二年，進士中第〔九〕。十六年，平判入等，授集賢殿校書郎。陝虢觀察使崔公淙願公爲賓〔一〇〕，而不樂之，挐辭載幣，使者數返。公徐爲起之，且曰：「不關上聞，攝職可也。」受署爲觀察巡官。後轉京兆府鄠縣尉，遷監察御史，殿中侍御史〔一一〕，刑部員外〔一二〕。丁邠國太夫人憂，杖而能起，人有聞焉。外除，拜吏部員外郎，判南曹事。千人百族，必應進而進，公親自挾格，肖法必留，戾程必黜。每懸榜舉牘，富室權家，汗而仰視，不敢出口。宿吏逡巡，縛手係舌，願措一奸，不能得之。凡二年遷左司郎中〔一三〕，吏部郎中，加朝散大夫，旋拜諫議大夫，兼知匭使。

穆宗皇帝春秋富盛，稍以畋遊聲色爲事，公晨朝正殿，揮同列進而言曰：「十一聖之功德，四海之大，萬國之衆，之治之亂，懸於陛下。自山已東，百城千里，昨日得之，今日失之。西望戎壘，距宗廟十舍，百姓憔悴，蓄積無有。願陛下稍親政事，天下幸甚。」誠至氣直，天子爲之動容，斂袖慰而謝之。遷給事中。

敬宗皇帝始即位，旁求師臣。今相國奇章公上言②，曰非公不可，遂以本官充翰林侍講學士，命服金紫。旋拜中書舍人，仍兼舊職。侍帝郊天，加銀青光禄大夫。高承簡罷鄭滑節度使，滑人叩闕，乞爲承簡樹德政碑〔一四〕。内官進曰：「翰林故事，職由掌詔學士。」上曰：「承簡功臣胤也，治吾咽喉地，克有善政，罷而請紀，入人深矣。吾以師臣之辭，且寵異焉。」居數月，魏博節度使史憲誠拜章爲故帥田季安樹神道碑〔一五〕，内官執請亦如前辭。上曰：「魏北燕、趙，南控成皋，天下形勝地也〔一六〕。吾以師臣之辭，且慰安焉。」居數月，陳許節度使王沛拜章乞爲亡父樹神道碑，内官執請如前辭〔一七〕。上曰：「許昌天下精兵處也，俗忠風厚，沛能撫之，吾視如臂。吾以師臣之辭，而彰其忠孝焉。」是三者，皆御札命公，令刻其辭，恩禮親重，無與爲比。歷歲，願出守本官，辭懇而遂。禮部缺侍郎，上曰「公可也」，遂以命之。二年選士七十餘人，大抵後浮華，先材實〔一八〕。轉兵部侍郎。

今上即位四年③，公亟請於丞相閤曰：「願得一方疲人而治之。」除陝虢觀察使、兼御史大夫。先是陝之官人，人必月尅俸錢五千助輸貢于京師者，歲至八十萬。公曰：「官人不能贍私，安能卹民。吾不能獨治，安可自封。」即以常給廉使雜費，下至于鹽酪膏薪之品，十去其九，可得八十萬，歲爲代之。官人感悦，隨治短長，不忍爲欺。萬國西走，陜實其衝，復有江淮、梁、徐、許、蔡之戍兵，北出朔方、上郡、回中、汧隴間，踐更往來，不虚一時。民之供億，吏須必應，生活之具，至于缾缶匕匙，常碎於四方之手。公曰：「此猶束炬以焚民也。」於是節宴賞，截浮費，凡金漆陶木絲枲之用，悉爲具之，可饗數千人，民一不知。

復有詔旨支税粟輸太倉者，歲數萬斛。始斂民也，遠遠近近，就積佛寺，終輸于河，復藉民而載之〔一九〕，民之巨牛大車，半頓于路，前政咸知，計不能出。公曰：「管仲曰，粟行五百里，民有饑色。斯言粟重物也，不可推遷，民受其弊。況今迂直之計，有不翅五百里乎〔二〇〕！」公乃大索有無，親執籌而計之〔二一〕。北臨黄河，樹倉四十間，穴倉爲槽〔二二〕，下注于舟。因隙賞直〔二三〕，不敗時務。自此壯者斛，幼者斗，負挈囊裹，委倉而去，不知有輸。他境之民，越逸奔走，軿軿爭鬬〔二四〕，願爲陜民。政成化行，上國下國，更口讚頌。

凡二年，改岳、鄂、安、黄、蘄、申等州觀察使〔二五〕，囊山帶江，三十餘城，繚繞數千里，洞庭百越、巴蜀荆漢而會注焉。五十餘年，北有蔡盗〔二六〕，於是安鏁三關，鄂練萬卒，皆傖楚善戰，寖有戰風，稱爲難治，有自往矣〔二七〕。公始臨之，簡服伍旅，脩理械用，親之以文，齊之以武，大創廳事，以張威容。造蒙衝小艦，上下千里，武士用命，盡得群盜。公曰：「刼于水者，以盡殺爲習，雖值童耆而無捨焉。比附他盜，刑不可等。」於是一死之内，必累加之，盜相誡曰：「公之未去〔二八〕，勿觸其境。」然後黜棄奸冒，用公法也；升陟廉能，用公舉也；撫獲窮約，用公惠也。豪商大賈，不得輕役，不得隱田，父子兄弟，不得同販於闔境之内，有餘不足，自公而均。復建立儒宫，置博士，設生徒，廩餼必具，頑惰必遷，敬讓之風，人知家習。八年秋④，江水漲溢。公曰：「安得長堤而禦之。」言訖，軍士齊民〔二九〕，雲鍤雨杵，一揮立就，令行恩結，有如此者。千里之内，如視堂廡，雖僻左下里，歲臘男子必以雞黍賀饋，女子能以簪瑱相問遺，富樂歡康，肩於治古。

凡五年，遷浙西觀察使，加禮部尚書。公曰：「三吴者，國用半在焉。因高爲旱，因下爲水者，六歲矣。經賦兵役〔三〇〕，不減於民，上田沃土，多歸豪强。荀悦所謂公家之惠優於三代⑤，豪强之酷甚於亡秦，今其是也。」於是料民等第，籍地沃瘠，均其征賦，一其徭役。經費宴賞，約事裁節。民有宿逋不可減於上供者，必代而輸之。誠禱山川，歲獲大稔。復曰：「衣冠者，民之主也。自艱難已來，軍士得以氣加之，商賈得以財侮之，不能自奮者多栖於吴土〔三一〕。」遂立延賓館以待之，苟有一善，必接盡禮。因訪里閭，益知民之疾苦〔三二〕，隨以治之。纔逾朞歲，而吴民復振。

開成元年十月二十日，薨於治所。多士相弔曰：「使公相天子，貞觀、開元之俗，可期而見也。豈公不幸，實生民之不幸也。」主上痛悼，輟朝一日，贈吏部尚書。

公生得靈和〔三三〕，自干名立朝，爲公卿，爲侯伯，未嘗須臾間汲汲牽率欲顯名合朝〔三四〕，而仁義忠信，明智恭儉，鬱積發溢，自然相隨。不立約結而善人自親〔三五〕，不設溝壘而不肖自遠，不志於榮達而官位自及。公内外閥閲，源派清顯〔三六〕，拔於甲族，而復甲焉。親昆仲六人〔三七〕，皆至達官，公與伯兄季弟，五司禮闈，再入吏部，自國朝已來，未之有也。上至公相方伯，下及再命一命，幕府部吏之屬〔三八〕，徧滿内外，皆公門生。公俯首益恭，如孤臣客卿，惕惕而多畏也〔三九〕。自爲重鎮，苞苴金幣之貨，不至權門。親戚故舊〔四〇〕，周給衣食，畢其婚喪，悉出俸錢，不以家爲。在家怡然，未嘗訓勉，子弟自化，皆爲名人。居室卑庳，不設步廊，賓至值雨，則張蓋躡屐而就于外位。

初鎮于陜，或束梃經月，不鞭一人。至于驛馬，令五歲幸全，則爲代之，著爲定制，曰致一物於必窮之地，君子不爲。其爲仁愛，而臻於此。及還鎮鄂渚，嚴峻刑法，至於誅戮，未嘗貫一等，後一刻。或問於公曰：「陜、鄂之政不一，俱臻於治，何也？」公曰：「陜之土瘠民勞，吾撫之不暇，尚恐其驚。鄂之土沃民剽，雜以夷俗，非用威刑，莫能致理。政貴知變，蓋爲此也。」聞者服焉。

嗚呼！公之德行材器，真哲人君子，没而不朽者也。易名定謚，爲國常典，敢書先烈，達于執事，附于史氏云爾。謹狀。

【校勘記】

〔一〕《文苑英華》卷九七七題無「唐故」二字。

〔二〕「曾祖某」，《文苑英華》卷九七七、文津閣本作「曾祖綜」，《全唐文》卷七五六作「公曾祖綜」。

〔三〕「祖某」，《文苑英華》卷九七七、《全唐文》卷七五六作「祖佶」。按，據《舊唐書》卷一五五，崔郾之祖爲「結」。

〔四〕「父某」，《文苑英華》卷九七七、文津閣本作「父倕」、《全唐文》卷七五六作「父陲」。按，據《舊唐書》卷一五五，《新唐書》卷一六三，崔郾之父爲「倕」。

〔五〕「皇任檢校吏部侍郎」，「侍郎」原作「郎中」。《文苑英華》卷九七七作「侍郎」，下校：「集作郎中」。文津閣本作「侍郎」。按，《新唐書》卷一六三載崔倕「至德初，獻賦行在，肅宗異其文，位吏部侍郎」。今據改。

〔六〕「公諱某」，「某」，《文苑英華》卷九七七、《全唐文》卷七五六、文津閣本作「郾」。

〔七〕「字某」，《文苑英華》卷九七七、《全唐文》卷七五六、文津閣本作「字廣略」。

〔八〕「神氣深厚」，《文苑英華》卷九七七、文津閣本作「神深氣厚」。

〔九〕「進士中第」，「進士」二字原無，據《文苑英華》卷九七七補。

〔一〇〕「崔公淙顧公爲賓」，「崔公淙」原作「崔公琮」。岑仲勉《金石論叢·貞石證史·韋縱所書三碑》云：「考《金石録》九：『《唐同州刺史崔淙遺愛碑》，楊憑撰，韋縱正書。』《舊唐書》紀一三、貞元十四年九月，以同州刺史崔宗爲陜、虢觀察，字作宗，《唐方鎮年表》四引作『崔琮』，《新唐書》七二下『淙字君濟，同州刺史』，均與兩碑目同，然則作『琮』者當誤。」今即據改。

〔一一〕「殿中侍御史」，「殿中」二字原無，據《文苑英華》卷九七七、《全唐文》卷七五六、文津閣本補。

〔一二〕「刑部員外」，《文苑英華》卷九七七作「刑部員外郎」。

〔一三〕「凡二年」，文津閣本作「凡三年」。

〔一四〕「德政碑」，原作「政德碑」，據《文苑英華》卷九七七、《全唐文》卷七五六、文津閣本互乙。

〔一五〕「爲故帥田季安樹神道碑」，《文苑英華》卷九七七於「爲」字前有「請」字。

〔一六〕「天下形勝地也」，「形勝」，《文苑英華》卷九七七作「形勢」。

〔一七〕「内官執請如前辭」，《文苑英華》卷九七七、《全唐文》卷七五六於「如」字前有「亦」字。

〔一八〕「先材實」，《文苑英華》卷九七七作「先行實」。

〔一九〕「復藉民而載之」，「藉」，《文苑英華》卷九七七、《全唐文》卷七五六作「籍」，《文苑英華》下校：「集作藉。」

〔二〇〕「有不翅」，此下原有「習試」二字。胡校：「按庫本無『習試』二字。此句有『習試』則不可通，疑『習試』爲『翅』之音注。翅，習試切。」又，文津閣本無「習試」二字。今據刪。

〔二一〕「親執籌而計之」，原無「執」字。《文苑英華》卷九七七、《全唐文》卷七五六、文津閣本作「親執籌而計之」。今據補。

〔二二〕「穴倉爲槽」，「槽」字原作「糟」，據《文苑英華》卷九七七改。又《全唐文》卷七五六作「漕」。

〔二三〕「因隙賞直」，「賞」，《文苑英華》卷九七七作「償」，下校：「集作賞非。」

〔二四〕「軿軿爭鬬」，「軿軿」，《文苑英華》卷九七七作「駢軫」，《全唐文》卷七五六作「軿軫」。文津閣本作「軫駢」。

〔二五〕「改岳、鄂、安、黄、蘄、申等州」，「岳、鄂」原作「岳、愕」，《文苑英華》卷九七七作「鄂、岳」。按，「愕」字誤，今據改。

〔二六〕「北有蔡盜」，「北」，《文苑英華》卷九七七作「比」，下校：「集作比非。」文津閣本亦作「比」。

〔二七〕「有自往矣」，《全唐文》卷七五六作「有自來矣」。

〔二八〕「公之未去」，文津閣本作「公之威嚴」。

〔二九〕「軍士齊民」，「軍」，《文苑英華》卷九七七作「兵」，下校：「集作軍。」

〔三〇〕「經賦兵役」，「經」原作「輕」，據《文苑英華》卷九七七改。

〔三一〕「多栖於吴土」,「吴」,《文苑英華》卷九七七作「吾」,下校:「集作吴。」

〔三二〕「益知民之疾苦」,「益」,《文苑英華》卷九七七作「必」,下校:「集作益。」

〔三三〕「公生得靈和」,「得」,《文苑英華》卷九七七作「知」,下校:「集作得。」文津閣本此句作「公知生靈和」。

〔三四〕「欲顯名合朝」,《文苑英華》卷九七七、《全唐文》卷七五六作「欲顯名於合道」。文津閣本作「欲顯名欲合道」。

〔三五〕「不立約結」,「約結」,《文苑英華》卷九七七作「結約」,下校:「集作約結。」

〔三六〕「源派清顯」,「源派」,《文苑英華》卷九七七、文津閣本作「源流」。

〔三七〕「親昆仲六人」,「親」字原作「覯」,據《文苑英華》卷九七七、《全唐文》卷七五六、文津閣本改。

〔三八〕「幕府部吏之屬」,「部吏」原作「陪吏」。又「陪」字上原有「附」字,據《文苑英華》卷九七七、《全唐文》卷七五六删。胡校:「按庫本『陪吏』作『部吏』,是。」文津閣本亦作「部吏」,然無「之」字。今據改。

〔三九〕「愓愓」,文津閣本作「自愓」。

〔四〇〕「親戚故舊」,「故舊」,《文苑英華》卷九七七、文津閣本作「舊故」。

【注釋】

①崔公：即崔鄲。字廣略，進士及第，累官吏部郎中、諫議大夫、給事中、中書舍人。大和二年爲禮部侍郎主持科舉考試，杜牧即於是年進士及第。後爲陝虢、鄂岳、浙江西道等鎮觀察使。開成元年卒，贈吏部尚書。傳見《舊唐書》卷一五五、《新唐書》卷一六三。本文作年難於考詳，然文中記崔鄲卒於開成元年十月二十日。其行狀當作於此後不久。又崔鄲乃崔鄲弟，杜牧曾於開成二年（八三七）秋末應崔鄲之請爲其宣歙觀察使幕任團練判官。杜牧乃崔鄲門生，則本行狀之作，或即在此時前後應崔鄲之囑而撰歟？

②奇章公：即牛僧孺。傳見《舊唐書》卷一七二、《新唐書》卷一七四，生平見本集卷七《唐故太子少師奇章郡開國公贈太尉牛公墓誌銘》。

③今上即位四年：指唐文宗大和四年。《舊唐書·文宗紀》下：大和四年正月「壬辰，以兵部侍郎崔鄲爲陝虢觀察使」。

④八年秋：指唐文宗大和八年秋。

⑤荀悦：後漢人，字仲豫。年十二，能説《春秋》。初辟鎮東將軍曹操府，遷黄門侍郎。累遷祕書監、侍中。撰有《申鑒》五篇、《漢紀》、《崇德》、《正論》等。傳見《後漢書》卷六二。

唐故尚書吏部侍郎贈吏部尚書沈公行狀①

曾祖某，皇任泉州司户參軍。祖某，皇任婺州武義縣主簿，贈屯田員外郎。父某〔一〕②，皇任尚書禮部員外郎，贈太子少保。公諱某〔二〕，字某〔三〕。明《春秋》，能文攻書〔四〕，未冠知名。我烈祖司徒岐公，與公先少保友善，一見公喜曰：「沈氏有子，吾無恨矣。」因以馮氏表生女妻之。

貞元末，舉進士。時許公孟容爲給事中③，權文公爲禮部侍郎④，時稱權、許。進士中否，二公未嘗不相聞於其間者。其年，禮部畢事，文公詣許曰：「亦有遺恨。」曰：「爲誰？」曰：「沈某一人耳。」許曰：「誰家子？某不之知。」文公因具言先少保名字，許曰：「若如此，我故人子。」後數日，徑詣公，且責不相見。公謝曰：「聞於丈人，或援致中第，是累丈人公舉，違某孤進〔五〕，故不敢自達。」許曰：「如公者〔六〕，可使我急賢詣公，不可使公因舊造我。」

明年中第。文公門生七十人，時人比公爲顔子。聯中制策科，授太子校書〔七〕，鄠縣尉，直史館，左拾遺，左補闕，史館修撰，翰林學士。歷尚書司門員外郎，司勳、兵部郎中，中書舍人，命服朱紫。時穆宗皇帝親任學士，時事機祕，多考決在內，必取其長，循爲宰相。公密補弘多〔八〕，同列每欲面陳拜章，互來告公〔九〕，必取規議，用爲進退。歲久，當爲其長者凡再，公皆逡巡不就。上欲面授之，公奏曰：「學士院長，參議大政，出爲宰相，臣自知必不能爲。凡宰相之任，非能盡知天下物情，苟爲之必致敗撓。況今百姓甚困，燕、趙適亂，臣以死不敢當，願得治人一方，爲陛下長養之。」因出稱疾〔一〇〕，特降中使劉泰倫起之，公稱益篤。故相國李公德裕與公同列友善，亦欲公之起，辭說甚切，公終不出。因詔以本官兼史職，出歸綸閣。久處密近，思效用於外，懇請於丞相不已。由是出爲湖南觀察使、兼御史大夫。凡二歲轉爲〔一一〕。人困事繁，惡易滋長，官人調授，少得防冤〔一二〕，蹤通蹊徑，人情物理，無不曲盡。吏欲爲欺於此，照驗之端，必明於彼；民有未伸於彼，開張之路，必在於此。亹亹循環，皆極根本。尤重刑罰，杖十五至死者，每有一犯，必具獄斷刑之後，徧示幕府吏，雖十人有一人以爲小未可者，必再詳究。經費遊宴，約事裁節，歲有水旱，不可減于常貢者，必爲代之。江西宣州聯歲水災，所貸萬計。

公善養情性〔一三〕，自居方伯生殺之任，喜怒好惡，是四者閉覆渾然，雖終歲伺之，不見毫髮。故黠吏欲賊公之所向，高下其事，終不可得。每處一事，未嘗不從容盡理，故所至之處，富庶歡康，理行第一。每去任，人吏泣送出境不絕。自宣城入爲吏部侍郎，二年考覈搜舉〔一四〕，品第倫比，時稱精能，宰物之望，屬於僉議。公每願用所長，復理於外。及薨於位，知與不知，莫不相弔。上悼惜，輟朝一日，贈吏部尚書。

公與先少保俱掌國史，撰《憲宗實録》，未竟，出鎮湖南，詔以隨之，成於理所，時論榮之。

公生得靈粹〔一五〕，沛然而仁，自幼及長，未嘗須臾間汲汲牽率欲及於道。温良恭儉，明智忠信，内積外溢，自然相隨。自布衣至於達宦，凡所交友，皆當時名公，奬美所長，復救所不及〔一六〕，三十年間，無有攜間者。

公常居中，雖有重名，每苦於飢寒，兩求廉鎮。時宰許之，皆先要公曰：「欲用某爲從事，可乎？」公必拒之。至有怒者，公曰：「誠如此，願息所請。」故二鎮幕府，皆取孤進之士，未嘗有吏一人因權勢入。嘗擇邸吏尹倫，戇滯闕事〔一七〕，寮佐皆患之〔一八〕，因請易之，公曰：「某出京師，面誡倫曰：止可闕事〔一九〕，不可多事。是倫適能如此，受不虛矣。」故二鎮號爲富饒，凡十年間，權勢貴倖之風，不及於公耳，苞苴寶玉之賂，亦不至權門〔二〇〕，雖有怒者，亦不敢以言議公，公然侵公。其爲守道自得，皆如此類。在家無杖笞呵責，家人自化，兄弟甥侄〔二一〕，雖絶服者，入門飲食衣服，指使其奴婢，無二等。親戚故舊，周給所得，皆出俸錢，不以家爲。於京師開化里致第〔二二〕，價錢三百萬，訖二鎮牽率滿之，及在床之日，周身之飾，易以任器⑤。京師士人，雜然言議，以爲非今之有〔二三〕，指爲異事。

嗚呼！公之德行，可以稱古君子矣〔二四〕。牧分實通家，義推先執，復以孱昧，叨在賓席，幼熟懿行，長奉指教，泣涕撰記，以備遺闕，以附于史氏云爾。謹狀。

【校勘記】

〔一〕「父某」，「某」，《文苑英華》卷九七七作「濟」。

〔二〕「公諱某」，《文苑英華》卷九七七作「公諱傳師」。

〔三〕「字某」，《文苑英華》卷九七七作「字子言」。

〔四〕「能文攻書」，「攻」，《文苑英華》卷九七七作「工」，下校：「集作攻。」

〔五〕「違某孤進」，《全唐文》卷七五六無「違」字。

〔六〕「如公者」，《文苑英華》卷九七七於「如」字前有「至」字，下校：「集無此字。」

〔七〕「授太子校書」，《文苑英华》卷九七七作「授太子校書郎」。

〔八〕「公密補弘多」，《文苑英华》卷九七七作「公之密補弘多」。

〔九〕「互來告公」，《文苑英華》卷九七七於「互」字前有「皆」字。

〔一〇〕「因出稱疾」，「疾」，《文苑英華》卷九七七作「病」，下校：「集作疾。」

〔一一〕「凡二歲轉爲」，「二」，《文苑英華》卷九七七作「三」，下校：「集作二。」又此處句意中斷，當有脱誤。

《舊唐書》卷一四九《沈傳師傳》云其「出爲潭州刺史、湖南觀察使，入爲尚書右丞，出爲洪州刺史、江南西道觀察使，轉宣州刺史、宣歙池觀察使」。

〔一二〕「少得防冤」，「冤」，《文苑英華》卷九七七作「寬遠」，下校：「二字集作冤。」

〔一三〕「公善養情性」，「情性」，《文苑英華》卷九七七、文津閣本作「性情」。

〔一四〕「二年考覈搜舉」，「覈」字原作「覆」，據《文苑英華》卷九七七、《全唐文》卷七五六改。

〔一五〕「生得靈粹」，「生」字原作「出」，據《文苑英華》卷九七七、《全唐文》卷七五六、文津閣本改。

〔一六〕「獎美所長復救所不及」，原作「將美所長，覆救所不及」，今據《文苑英華》卷九七七、《全唐文》卷七五六改。

〔一七〕「戇滯闕事」，《文苑英華》卷九七七於「戇」前有「倫」字。

〔一八〕「寮佐皆患之」，《文苑英華》卷九七七作「寮佐多言之」。

〔一九〕「闕事」，原作「闕事」，據《文苑英華》卷九七七、《全唐文》卷七五六、文津閣本改。

〔二〇〕「亦不至權門」，《文苑英華》卷九七七、《全唐文》卷七五六作「亦不至於權門」。

〔二一〕「兄弟甥侄」，「甥」字原作「生」，據《全唐文》卷七五六改。

〔二二〕「於京師開化里致第」，「致」字，《文苑英華》卷九七七校云：「疑作置。」

〔二三〕「以爲非今之有」，《文苑英華》卷九七七、《全唐文》卷七五六「今」字後有「日」字。

〔二四〕「可以稱古君子矣」，「古君子」，《文苑英華》卷九七七作「古之君子」。

【注釋】

①吏部尚書沈公：即沈傳師，生平見本集卷一《張好好詩并序》注②。本文作年難考詳。據《舊唐書·文宗紀》，沈傳師卒於大和九年四月，約此時前後杜牧在朝爲監察御史。此文之撰或在此時稍後歟？

②父某：按，沈傳師之父爲沈既濟。歷任左拾遺、史館修撰，貶處州司户參軍，位終禮部員外郎。撰有《建中實録》及傳奇《枕中記》、《任氏傳》等。傳見《舊唐書》卷一四九、《新唐書》卷一三二。

③許公孟容：孟容，字公範，京兆長安人。進士甲科及第，授秘書省校書郎。累官禮部員外郎、郎中、兵部郎中，遷給事中、尚書右丞、京兆尹等職。後遷吏部侍郎、尚書左丞、東都留守。卒贈太子少保。傳見《舊唐書》卷一五四、《新唐書》卷一六二。

④權文公：即權德輿。字載之，天水略陽人。未冠，以文章稱諸儒間。杜佑、裴胄交辟之。曾任太常博士、左補闕。遷起居舍人、中書舍人。後爲禮部侍郎、兵部侍郎，以禮部尚書爲宰相等職。卒，贈尚書左僕射，謚文。傳見《舊唐書》卷一四八、《新唐書》卷一六五。

⑤任器：可以負載之雜用器具。《周禮·地官·牛人》：「掌養國之公牛，……凡會同軍行役，共其兵車之牛，與其牽徬，以載公任器。」《注》：「任，猶用也。」《晏子春秋·内篇·諫上二》：「遂分家粟于氓，致任器于陌。」

樊川文集卷第十五

黃州刺史謝上表①

臣某言。臣奉某月日敕旨，自某官授臣黃州刺史，以某月日到任上訖。誠惶誠恐〔一〕，頓首頓首。臣某自出身已來〔二〕，任職使府，雖有官業，不親治人。及登朝二任〔三〕，皆參臺閣，優游無事，止奉朝謁。今者蒙恩擢授刺史，專斷刑罰，施行詔條，政之善惡，唯臣所繫。素不更練，兼之昧愚〔四〕，一自到任，憂惕不勝，動作舉止，唯恐罪悔。

伏以黃州在大江之側〔五〕，雲夢澤南，古有夷風，今盡華俗，户不滿二萬，税錢才三萬貫。風俗謹樸，法令明具，久無水旱疾疫，人業不耗，謹奉貢賦，不爲罪惡，臣雖不肖〔六〕，亦能守之。然臣觀東漢光武〔七〕、明帝，稱爲明主，不信德教，專任刑名，二主相繼聯五十年〔八〕，當時以深刻刺舉，號爲稱職，治古之風廢，俗吏之課高。於此時，循吏衛颯、任延、王景、魯恭、劉寬、陳寵之徒，止一縣宰〔九〕，獨能不徇時俗，自行教化，唯德是務，愛人如子〔一〇〕，廢鞭笞責削之文，用忠恕撫字之道②。百里之内，勃生古風。凡違衆背時，徇古非今，王者公侯尚難其事，豈一縣宰能移其俗。此蓋人爲治古之人，法爲一時之法，以治古之教教之〔一二〕，即治古之人；以一時之法齊之，即一時之人〔一三〕。國家自有天下已來，二百三十餘年間，專用仁恕，每後刑罰。是以内難外難，作者相繼，土地甲兵，權柄號令，盡非我有。終能擒之，此實恩澤慈愛，入人骨髓，俗厚風古，不可搖動〔一三〕。今自陛下即位已來，重罪不殺，小過不問，普天之下，蠻貊之邦，有罹艱凶，一皆存卹。聖明睿哲，廣大慈恕，遠僻隱陑，無不歡戴。十四聖之生育，張二百四十年之基宇。臣於此際，爲吏長人〔一四〕，敢不遵行國風，彰揚至化。小大之獄，必以情恕；孤獨鰥寡，必躬問撫。庶使一州之人，知上有仁聖天子，所遣刺史，不爲虚受。忝其和風〔一五〕，感其歡心，庶爲瑞爲祥，爲歌爲詠，以裨盛業，流乎無窮。在臣之心則然〔一六〕，豈材術之能及，無任感激悃懇血誠之至。謹奏〔一七〕。

【校勘記】

〔一〕「誠惶誠恐」，《文苑英華》卷五八七、《全唐文》卷七五〇此句上有「臣某」二字。

〔二〕「臣某」，《文苑英華》卷五八七無「某」字。

〔三〕「二任」，《文苑英華》卷五八七作「四任」。

〔四〕「昧愚」，《文苑英華》卷五八七作「愚昧」，下校：「集作昧愚」。

〔五〕「側」，《文苑英華》卷五八七校：「集作北。」

〔六〕「不肖」，《文苑英華》卷五八七作「不行」。

〔七〕「東漢光武」，《文苑英華》卷五八七作「東漢漢光武」。

〔八〕原無「不信德教，專任刑名，二主」十字，據《文苑英華》卷五八七、《全唐文》卷七五〇補。《文苑英華》於「信」字下校：「集作任。」

〔九〕「止一縣宰」，「止」字原作「上」，據《文苑英華》卷五八七、《全唐文》卷七五〇、文津閣本改。

〔一〇〕「愛人如子」，《文苑英華》卷五八七作「愛民如愛子」。

〔一一〕「以治古之教教之」，原作「治以之教教之」，據《文苑英華》卷五八七、《全唐文》卷七五〇、文津閣本改。

〔一二〕「即一時之人」，「人」下原衍一「正」字，據《文苑英華》卷五八七、《全唐文》卷七五〇、文津閣本删。

〔一三〕「摇動」，《文苑英華》卷五八七作「動摇」。

〔一四〕「爲吏長人」，「人」字原作「之」，據《文苑英華》卷五八七、《全唐文》卷七五〇、文津閣本改。

〔一五〕「和風」，《文苑英華》卷五八七作「和氣」。

〔一六〕「在臣之心則然」，此句原作「在臣心之則然」，據《全唐文》卷七五〇、文津閣本改。

〔一七〕「謹奏」，《文苑英華》卷五八七無此二字。

【注　釋】

①杜牧由朝中出任黄州刺史在會昌二年春，抵黄州任所約在當年三四月間。按唐時制度，官員抵州任後不久即得上表朝廷謝恩，故此文蓋作於會昌二年三四月間稍後。又本文有「庶使一州之人，知上有仁聖天子，所遣刺史，不爲虚受」語，其中「仁聖天子」乃稱武宗。考《舊唐書·武宗紀》、《新唐書·武宗紀》等書，「群臣上尊號曰仁聖文武至神大孝皇帝」稱武宗在會昌二年（八四二）四月丁亥。故此文當作於此時稍後。

②撫字：即撫育。字，乳育、養育。《詩·大雅·生民》：「誕之隘巷，牛羊腓字之。」《逸周書·本典》：「字民之道，禮樂所生。」

【集　評】

以文通之芳蕤，發敬輿之剴摯。（鄭郲評本文）

賀平党項表①

臣某言。伏奉三月二十七日敕〔一〕，党項剪除，北邊寧靜，華夏同慶，道路歡呼，臣誠慶誠抃，頓首頓首。伏以上天有震耀殺戮，王者有攻討誅夷，是以不暫討者不久寧〔二〕，不一勞者不永逸。伏以自古夷狄處中華〔三〕，未有不爲患者。春秋時長狄攻魯，北戎病齊，破衛陵燕，侵秦撓晉。西漢趙充國納先零於內地②，東朝馬文泉置當煎於三輔③，自後熾大，侵亂關中，戰爭十年，騷擾四海，陵逼京邑，發掘園陵，段熲不生，終不能滅。後至曹公，因匈奴衰弱，分爲五部，處在汾、晉，散而居之。元海傑然，首亂華夏，中原喪没，凡數百年。國朝貞觀之初，突厥破滅，太宗惑彦博之利口④，忽文貞之成算⑤，處其降衆，置於河南，不數十年，果殘燕、趙，興師命將，輸穀饋財，天下騷然，始能殄滅。是知今古夷狄，處在中土，未有不爲亂者。

伏以党羌雜種，本在河外，生西北之勁俗，稟天地之戾氣，爲西戎所蹙，舉種來降，國家納之，置於內地。爰受冠帶，兼伏征徭，角觡既成，觝觸是務。天寶、至德之際，北燕偏重去聲中原一掀。大曆、建中之際〔四〕，逆胡餘波，巨盜再起。党羌因此，亦恣猖狂。兔伏鳥飛，爲戎虜之耳目；狼心梟響，作郊畿之殘賊。比以回鶻未殄，吐蕃正强，且須羈縻，未可重撅。於是邊疆日駭，種類歲繁，每至勁弓折膠，重馬免乳〔五〕，以魁健之質，張忿鷙之兇，劫饋穀以焚舟，殺軺車而閉道。衆虺盤結，群犬吽牙，依據深山，出没險徑，近在宇下，游於彀中，艱難已來，不能剷削。

伏惟聖敬文思和武光孝皇帝⑥，皇天縱聖，赫日資明，威極風霆，謀先造化，潛運睿算，獨決神機。箕宿禡牙⑦，狼星斂角，戊日禱馬，太白揚眉，按瑣而邊事無遺〔六〕，聚米而兵形盡見⑧。披其要地，擣以奇兵，獸窮搏人，鹿急走隘〔七〕。囊封赤白，雜沓繼來；雉走檄書，遠近同至。蘇、辛、李、蔡、傅、鄭、甘、陳，十萬齊呼，四面同入。行軍於枕席之上〔八〕，敗虜於險阻之中。或以利戈舂喉，或以長矛挾脅。僵屍積疊，千山之草木飛腥〔九〕；霆電轟喧，萬里之威稜大震〔一〇〕。

《詩》曰：「不弔昊天，亂靡有定。」此言中國不振，蠻夷入伐，下人號天，以告亂也。復曰：「宣王薄伐，《小雅》中興。」是知武功不成，文德不洽。皋陶無遺之誡⑨，史佚非類之言⑩，若不殄除，何爲家國？ 自此兵爲農器，革作軒車，泥紫金於常山⑪，沉殘戎於青海。天覆盡得，禹畫無遺，統華夏爲一家，用夷狄爲四守。萬物由道，百度皆貞，遠超三代之風，使無一人之獄〔一一〕。

臣僻左小郡，樸樕散材，空過流年，徒生聖代，尚能爲詩見志，作歌極情，上詠神功，庶垂後代。限以守土，不獲稱慶〔一一〕，無任踴躍款懇之至〔一三〕，謹奉表陳賀以聞〔一四〕。臣誠惶誠恐，頓首頓首。謹言。

【校勘記】

〔一〕「三月二十七日」，《文苑英華》卷五六八作「二月二十七日」。

〔二〕「不暫討者」，《文苑英華》卷五六八、《全唐文》卷七五〇作「不暫費者」。

〔三〕「夷狄處中華」，《文苑英華》卷五六八作「處夷狄於中華」。

〔四〕「際」，《文苑英華》卷五六八作「時」。

〔五〕「重馬」，《全唐文》卷七五〇作「童馬」。

〔六〕「按瑣」，《文苑英華》卷五六八作「按鎖」。

〔七〕「走隘」，《文苑英華》卷五六八、《全唐文》卷七五〇作「走險」。

〔八〕「於枕席」，《文苑英華》卷五六八作「猶枕席」。

〔九〕「飛腥」，《文苑英華》卷五六八作「盡腥」。

〔一〇〕「威稜」，《文苑英華》卷五六八作「威靈」。

〔二〕「獄」，《文苑英華》卷五六八作「虐」。

〔三〕「不獲稱慶」，《文苑英華》卷五六八作「不獲稱慶闕庭」。

〔三〕「款懇」，《文苑英華》卷五六八作「屏營」。

〔四〕《文苑英華》卷五六八文至此，無以下文字。

【注釋】

①党項爲我國古民族名。漢西羌之一支。初居今青海甘肅四川邊區一帶。南北朝後期漸趨强大。唐貞觀三年，以其地置軌州。晚唐時，党項向東北遷移至今甘肅、寧夏、陝北一帶。其時唐軍將貪暴，奪取其牛馬，妄爲誅殺，故與之多有衝突戰爭。《資治通鑑》卷二四九大中五年正月記云：「上頗知党項之反由邊帥利其羊馬，數欺奪之，或妄誅殺，党項不勝憤怒，故反，乃以右諫議大夫李福爲夏綏節度使。自是繼選儒臣以代邊帥之貪暴者，行日復面加戒勵，党項由是遂安。」又同書大中五年四月記：白「敏中軍於寧州，壬子，定遠城使史元破党項九千餘帳於三交谷，敏中奏党項平」。本文謂「伏奉三月二十七日，党項剪除，北邊寧靜，華夏同慶，道路歡呼」、「臣僻左小郡，樸樕散材，空過流年」，則此時杜牧仍在湖州刺史任。其大中五年八月離湖州任，則文蓋作於大中五年（八五一）四月或稍後。

②先零：漢代羌之一支，又稱先寧羌。最初居於今甘肅、青海湟水流域。漢武帝伐匈奴，始置護羌校尉。後即離開湟中至西海鹽池一帶。宣帝時，復渡湟水，爲趙充國所破。後漸與西北各族融合。

③東朝馬文泉置當煎於三輔：東朝，即東漢。馬文泉，即馬援，字文淵，因避唐高祖李淵名諱而稱。馬援，傳見《後漢書》卷二四。當煎，古民族名，西羌之一支，東漢初年被馬援所擊敗。三輔，地名，即長安地區，三輔所轄地區稱三輔。

④彦博：即温彦博。字大臨，太原祁人。通書記，警悟而辯。累官中書舍人，中書侍郎。遷中書令，封虞國公。後遷尚書右僕射。傳見《舊唐書》卷六一、《新唐書》卷九一。據《新唐書》本傳載：「貞觀四年，遷中書令，封虞國公。突厥降，詔議所以安邊者，彦博請如漢置降匈奴五原塞，以爲捍蔽，與魏徵廷爭，徵不勝其辯，天子卒從之。其後突利可汗弟結社率謀反，帝始悔云。」

⑤文貞：即魏徵。字玄成，魏州曲城人。入唐後，累官拜尚書右丞，諫議大夫，秘書監、檢校侍中，進爵郡公。拜特進，知門下省事，詔朝章國典，參議得失。後謚文貞。傳見《舊唐書》卷七一、《新唐書》卷九七。

⑥聖敬文思和武光孝皇帝：指唐宣宗。大中二年正月，群臣向唐宣宗上「聖敬文思和武光孝皇帝」尊號。

⑦箕宿禡牙：箕宿，星宿名。古人將星宿與地上各地區相對應，箕宿即與當時唐軍所在之幽州相對應，故用以代表幽州。禡牙，古時出師行祭牙旗之禮。唐封演《封氏聞見記》卷五：「軍前大旗，謂之牙旗。出師則有建牙、禡牙之事。」

⑧聚米：比喻指畫軍事形勢，運籌決策。《後漢書·馬援傳》：「援因説隗囂將帥有土崩之埶，兵進有必破之狀。又於帝前聚米爲山谷，指畫形埶，開示衆軍所從道徑往來，分析曲折，昭然可曉。帝曰：『虜在吾目中矣。』明旦，遂進軍至第一，囂衆大潰。」

⑨皋陶無遺之誡：皋陶曾告誡務必消滅凶殘之異族叛亂者。皋陶，又作咎陶。舜之大臣，傳説乃掌管刑獄之事。事跡見《史記》卷二《夏本紀》。

⑩史佚非類之言：史佚曾謂異族非我同類，不可親近。史佚，人名，或作史逸，亦稱册逸、尹逸、尹佚。周初史官。周武王伐紂後，立於社，佚爲策祝。周成王削桐葉爲圭，戲封弟叔虞，史佚以天子無戲言而書記之，成王乃封叔虞於唐。

⑪泥紫金於常山：泥紫金，拌和紫泥金泥，用來封印詔書。此指朝廷祭天告捷。常山，即恒山，乃五嶽之一。其主峰在今河北曲陽縣西北。歷代王朝皆祀北嶽於曲陽。

進撰故江西韋大夫遺愛碑文表〔一〕①

右。臣奉某月日敕牒〔二〕，令撰故江西觀察使韋丹遺愛碑文。臣官卑人微，素無文學，恩生望外，事出非常，承命震驚，以榮爲懼。伏以洪爲州府，逾於千年〔三〕，言念疲羸，常患水火，風俗如此，改革無因。韋丹受朝廷分憂，爲百姓去弊，不踐舊跡，特建宏謀。凡三年苦心，去千歲大患，兼之灌溉種蒔，豐其衣食。渤海、潁川之治②，邵父、杜母之恩③，校之於丹〔四〕，未足爲比。

伏惟皇帝陛下陟降順帝，施設如神，納諫若轉丸，去惡如反掌。是以兵刑措寢，年穀豐登，而猶念切疲人，及於循吏。緬韋丹已效之績〔五〕，慰江西去思之心，特與彰揚，創爲碑紀〔六〕。是宜使内直學士，西掖辭臣，振發雄文，流傳後代。至於臣者，最爲鄙陋〔七〕，明命忽臨，牢讓無路，俯仰慚懼，神魂驚飛。

臣不敢深引古文，廣徵樸學，但首叙元和中興得人之盛，次述韋丹在任爲治之功。事必直書，辭無華飾，所冀通衢一建，百姓皆觀，事事彰明〔八〕，人人曉會。但率誠樸，不近文章。受曲被之恩私，如生羽翼；報非次之拔擢，宜裂肝腸。無任感激懇悃血誠之至。其碑文本，謹隨狀封進以聞〔九〕。謹奏。

【校勘記】

〔一〕「故」，《文苑英華》卷六一一無此字。

〔二〕「臣奉」，《文苑英華》卷六一一作「臣某言奉」。

〔三〕「千年」，「年」，《文苑英華》卷六一一作「載」，下校：「集作年。」

〔四〕「校之於丹」，「校」字原作「授」，據《文苑英華》卷六一一、《全唐文》卷七五〇、文津閣本改。

〔五〕「已效」，「已」，《文苑英華》卷六一一作「所」，下校：「集作已。」

〔六〕「碑紀」，《全唐文》卷七五〇作「碑記」。

〔七〕「鄙陋」，「陋」，《文苑英華》卷六一一作「蕪」，下校：「集作陋。」

〔八〕「事事」，《文苑英華》卷六一一於後一「事」下校：「一作勳。」

〔九〕《文苑英華》卷六一一文至此，無以下「謹奏」二字。

【注釋】

①江西韋大夫爲韋丹，字文明，京兆萬年人。早孤，從顔真卿學，明經及第，復舉五經，歷咸陽尉。累

官司封郎中、容州刺史、諫議大夫、劍南東川節度使，封武陽公，徙爲江南西道觀察使等。傳見《新唐書》卷一九七。本集卷七《唐故江西觀察使武陽公韋公遺愛碑》乃杜牧所草韋丹碑，其中記此碑之撰緣起事云：「皇帝召丞相延英便殿講議政事，及於循吏，且稱元和中興之盛，言理人者誰居第一？丞相墀言：『臣嘗守土江西，目睹觀察使韋丹有大功德被于八州，殁四十年，稚老歌思，如丹尚存。』……乃命守臣紇干衆上丹之功狀，聯大中三年正月二十日詔書，授史臣尚書司勳員外郎杜牧，曰：『汝爲丹序而銘之，以美大其事。』」《資治通鑑》卷二四八大中二年正月亦載「乙亥，詔史館修撰杜牧撰（韋）丹遺愛碑以記之」。則杜牧受命撰寫韋丹碑在大中三年（八四九）正月乙亥，其撰寫畢進獻碑文及本文，蓋在此時後不久春中。

② 渤海潁川之治：渤海之治，指龔遂治理渤海郡事。龔遂，漢代人，字少卿，山陽南平陽人。傳見《漢書》卷八九。據其本傳，漢「宣帝即位，久之，渤海左右郡歲飢，盜賊並起」，龔遂奉命往治。經其治理，「盜賊於是悉平，民安土樂業」、「郡中皆有畜積，吏民皆富實，獄訟止息」。潁川之治，指漢代黄霸治理潁川之事。黄霸，淮陽人。以讀書爲吏，官至潁川太守。傳見《史記》卷九六。據其本傳，黄霸「治潁川，以禮義條教喻告化之。犯法者，風曉令自殺。化大行，名聲聞。孝宣帝下制曰：『潁川太守霸，以宣布詔令治民，道不拾遺，男女異路，獄中無重囚，賜爵關内侯，黄金百斤。』」

③邵父杜母之恩：邵父，指漢代召信臣。字翁卿，九江壽春人。累官零陵、南陽、河南太守、少府，列爲九卿。傳見《漢書》卷八九。據其本傳，「其治視民如子，所居見稱述」，「爲人勤力有方略，好爲民興利，務在富之」，「其化大行，郡中莫不耕稼力田，百姓歸之，户口增倍，盜賊獄訟衰止。吏民親愛信臣，號之曰召父。荆州刺史奏信臣爲百姓興利，郡以殷富，……遷河南太守，治行常爲第一」。杜母，指東漢杜詩。字君公，河内汲人。傳見《後漢書》卷三一。據其本傳，「拜成皋令，視事三歲，舉政尤異。再遷爲沛郡都尉，轉汝南都尉，所在稱治。七年，遷南陽太守。性節儉而政治清平，……省愛民役。造作水排，鑄爲農器，用力少，見功多，百姓便之。……時人方於召信臣，故南陽爲之語曰：『前有召父，後有杜母。』」

爲中書門下請追尊號表①

臣某等言。伏以收復河湟，廓開土宇，北絶梓嶺，西過榆溪，壯中夏起塞之雄，奪西戎理弓之地，至使强虜，不敢觸鋒。山鏁七關，地闢千里，歌《狸首》而息射②，詠《杕杜》以勞旋③，聖德神功，超今越古。某月日，臣某等於延英殿面奉德音，陛下以尅定舊疆，獲成先志，歸功祖考，追尊鴻名。

臣等伏念國家之爲治也，溢三皇之軌躅，奮百代之上下。天寶之末，天下泰寧〔一〕，恃富庶而醉飽無虞〔二〕，韜干戈而兇逆潛作。大曆、貞元之際，河北、河南之地，朝廷行姑息之政，郡國皆叛亂之臣。苟且之令行，畫一之法廢，月增日長，雄唱雌和。李錡宗子，劉闢書生，東據石頭，西斷劍閣，朝廷所有，唯止兩京。伏惟憲宗皇帝順上帝之心，酌列聖之法，爵不踰等〔三〕，舉不失賢，親莊正之人〔四〕，去側媚之士〔五〕。然後提挈綱紀，震疊雷霆，誅夷群兇，洒掃四海。百度如律，九功可歌，天業益張，聖統無極。《詩》曰：「惠我無疆，子孫保之。」復曰：「周雖舊邦，其命惟新。」伏惟元和之功〔六〕，實開中興之業。

伏惟聖敬文思和武光孝皇帝陛下，脩先王之大道，行天下之達德，廣問延諫，褒直盡下，首雪冤獄，常對法官。是則虞舜恤刑，文王慎罰，無以過也。開張聰明，延納諫諍，守職業者，無職不舉，被言責者，無事不言，皆獲甄升，豈唯假借。夫仲尼以三人有我師，大禹以愚夫能勝予，是仲尼之好問，大禹之拜言，無以過也。是以百姓手足，皆安於措置；四海風俗，益臻於和平。尚猶午夜觀書〔七〕，日昃聽政，下採人病〔八〕，上求天瑞〔九〕。《帝典》曰「聖敬日躋」④，《湯銘》曰「日日新」⑤。是陛下之德〔一〇〕，有以過之〔一一〕。仲尼曰：「禹立三年，百姓以仁。」仰陛下之至理〔一二〕，知孔聖之可驗。

夫西戎強盛，自古無之，包有引弓之人，盡爲跨馬之國〔一三〕。天下獻力，備邊不充；四海輸賦，養兵不足。廣川薦草，盡爲所有；健兵猝馬〔一四〕，不可當鋒。雖李廣材能，充國沉勇，但能閉壘〔一五〕，豈敢交綏。伏惟聖敬文思和武光孝皇帝陛下，畜睿算於霄漢之表〔一六〕，盡聖謨於造化之先〔一七〕。捕虜將軍，射聲校尉，羽林突陣之騎，酒泉校射之兵〔一八〕，親自指蹤，同時受命。信星效祉，靈旗呈祥，壁壘言而洞開〔一九〕，渠魁纍纍而自縛〔二〇〕。解辮削衽，投戈委弓，懾怛威靈，歡呼冠帶。破種徙域，空漠靜邊，指北海而封燕然，中西域而立幕府。鄭吉之理烏壘⑥，班超之鎮他乾⑦，大庇生人，一寬天下。昔漢武帝之逐北虜，四海耗半，殷高宗之伐鬼方，三年乃克。《尚書》、《班史》，稱德詠功。今陛下用仁義爲干戈，以恩信爲疆場，所求必至，有鬬必先〔二一〕，不遺一矢，不頓一刃，洗八聖旰食之恨〔二二〕，刷百年亡地之羞〔二三〕。《小雅》盡興，大業無極，爲而不有，歸功先帝。《禮》曰：「天子有善，上讓於天。」仲尼曰：「武王、周公，其達孝乎。」蓋以善於繼述，能光祖考。今者陛下謙讓之道，符於《禮經》，繼述之孝，稱於孔聖。臣等待罪宰相，日睹昇平，謹具太常追尊順宗皇帝、憲宗皇帝謚號如前，伏聽敕旨〔二四〕。

【校勘記】

〔一〕「泰寧」，「泰」，《文苑英華》卷六〇八作「大」，下校：「集作泰。」

〔二〕「富庶」，「庶」，《文苑英華》卷六〇八作「貴」，下校：「集作庶。」「無虞」，「無」，《文苑英華》卷六〇八作「非」，下校：「集作無。」

〔三〕「踰等」，「等」，《文苑英華》卷六〇八作「德」，下校：「集作等。」

〔四〕「親莊正之人」，《文苑英華》卷六〇八作「親端莊之正人」。

〔五〕「去側媚之士」，《文苑英華》卷六〇八作「去側媚之邪士」，下校：「集作親莊正之人，去側媚之士。」

〔六〕「功」，《文苑英華》卷六〇八、《全唐文》卷七五〇、文津閣本作「初」，《文苑英華》下校：「集作功。」

〔七〕「午夜」，《文苑英華》卷六〇八、《全唐文》卷七五〇作「子夜」，《文苑英華》於「子」字下校：「集作午。」

〔八〕「病」，《全唐文》卷七五〇作「瘼」。

〔九〕「上求天瑞」，原作「上求天端」，據《全唐文》卷七五〇、文津閣本改。

〔一〇〕「是陛下」，《文苑英華》卷六〇八作「是誠陛下」，並於「誠」下校：「集無誠字。」

〔一一〕「過」，《文苑英華》卷六〇八作「方」，下校：「集作過。」

〔一二〕「仰陛下之至理」，《文苑英華》卷六〇八於「仰」字前有「遂」字。

〔一三〕「盡爲」，「爲」，《文苑英華》卷六〇八作「臣」，下校：「集作爲。」

〔一四〕「健兵猝馬」，「猝馬」原作「倅馬」。胡校：「楊守敬校曰：『倅，《說文》：「副也。」疑是「猝」。《說文》：「猝，犬从草暴出逐人也。」《玉篇》：「言倉卒暴疾也，突也。」』」今據改。

〔一五〕「閉壘」，「壘」，《文苑英華》卷六〇八作「壁」，下校：「集作壘。」

〔一六〕「霄漢」，「霄」，《文苑英華》卷六〇八作「雲」，下校：「集作霄。」

〔一七〕「盡」，《文苑英華》卷六〇八、《全唐文》卷七五〇作「晝」。

〔一八〕「校射」，「射」，《文苑英華》卷六〇八作「尉」，下校：「集作射。」

〔一九〕「言言」，《全唐文》卷七五〇作「巖巖」。

〔二〇〕「而」，《文苑英華》卷六〇八作「以」，下校：「集作而。」

〔二一〕「闓」，《文苑英華》卷六〇八、文津閣本作「開」。

〔二二〕「洗八聖旰食之恨」，「旰食」，《文苑英華》卷六〇八作「廻首」，下校：「集作旰食。」

〔二三〕「刷百年亡地之羞」，「刷」字原爲缺文，據《文苑英華》卷六〇八補。《全唐文》卷七五〇、文津閣本作「雪」字。

〔二四〕「聽」，《文苑英華》卷六〇八作「候」，下校：「集作聽。」

【注　釋】

①據文末「臣等待罪宰相，目睹昇平，謹具太常追尊順宗皇帝、憲宗皇帝謚號如前，伏聽敕旨」，此文

乃杜牧代群臣所撰追尊順宗、憲宗謚號奏表。《舊唐書·宣宗紀》大中三年十二月記：「追謚順宗曰至德大聖大安孝皇帝，憲宗曰昭文章武大聖孝皇帝。初以河、湟收復，百僚請加徽號，帝曰：『河、湟收復，繼成先志，朕欲追尊祖宗，以昭功烈。』白敏中等對曰：『非臣愚昧所能及。』」按，《資治通鑑》卷二四八大中三年閏十一月丁酉記「宰相以克復河、湟請上尊號，上曰：『憲宗常有志復河、湟，……其議加順、憲二廟尊謚以昭功烈。』」並記加追順宗、憲宗尊號事於同月甲戌日。據此本文乃代白敏中諸臣所撰，約撰於大中三年（八四九）十一、十二月間。

② 貍首：古代逸詩篇名。諸侯行射禮時歌《貍首》以爲發矢之節度。《儀禮·大射》：「上射揖，司射退，反位。樂正命太師曰：『奏《貍首》，閒若一。』」鄭玄注：「《貍首》，逸詩《曾孫》也。貍之言不來也。其詩有『射諸侯首不朝者』之言，因以名篇。」

③ 杕杜：《詩經·小雅》篇名。其序曰「勞還役也」。後多用爲慶凱旋之典故。

④ 帝典：指《尚書》中之《堯典》。

⑤ 湯銘：指商湯所刻銘文，亦稱《盤銘》。

⑥ 鄭吉之理烏壘：鄭吉，西漢會稽人，傳見《漢書》卷七〇。據其本傳，鄭吉數出西域，「自張騫通西域，李廣利征伐之後，初置校尉，屯田渠黎。至宣帝時，吉以侍郎田渠黎，積穀，因發諸國兵攻破車師，遷衛司馬，使護鄯善以西南道。」「吉既破車師，降日逐，威震西域，遂並護車師以西道，故號都

護。都護之置自吉始焉。……吉於是中西域而立莫府，治烏壘城，鎮撫諸國，誅伐懷集之。漢之號令班西域矣，始自張騫而成於鄭吉。」烏壘，地名。在今新疆輪臺縣東。鄭吉任西域都護時之治所。

⑦班超之鎮他乾：班超，字仲升，東漢扶風平陵人。傳見《後漢書》卷四七。班超曾出使西域，西域五十餘國以此獲得安寧。班超以此官至西域都護，封定遠侯。他乾，地名，亦名它乾。地在今新疆。本傳謂「明年，龜兹、姑墨、温宿皆降，乃以超爲都護，徐幹爲長史。……超居龜兹它乾城，徐幹屯疏勒。西域唯焉耆、危須、尉犂以前没都護，懷二心，其餘悉定。」後班超皆平定之，「因縱兵鈔掠，斬首五千餘級，獲生口萬五千人，馬畜牛羊三十餘萬頭，更立元孟爲焉耆王。超留焉耆半歲，慰撫之。於是西域五十餘國悉皆納質内屬焉。明年，下詔曰：往者匈奴獨擅西域，寇河西，……超遂踰葱領，迄縣度，出入二十二年，莫不賓從。改立其王，而綏其人。不動中國，不煩戎士，得遠夷之和，同異俗之心，而致天誅，蠲宿耻，以報將士之讎。……其封超爲定遠侯，邑千户」。

【集評】

杜牧《請追尊號表》：「武帝之逐北虜，四海耗半；高宗之伐鬼方，三年乃克。《尚書》、班史稱德詠功。」按「鬼方」事，見《周易》既濟、未濟二卦，今云《尚書》，疑誤。（彭叔夏《文苑英華辯證》卷二「事疑」）

賀生擒衡州草賊鄧裴表①

臣某等言。伏見湖南團練使奏，生擒衡州草賊鄧裴及徒黨等。伏以湖湘旱耗，百姓飢荒，遂有奸兇，敢圖嘯聚。今承擒滅，已盡根株。臣等誠歡誠抃，頓首頓首。

臣聞三代之英，兩漢之盛，姦宄亂常之類〔一〕，挻災構逆之黨〔二〕，乘間即有，遇隙便生。伏惟聖敬文思和武光孝皇帝陛下〔三〕，威極風霆，德滋雨露，正開壽域，盡納群生，永戢干戈，將臻富庶。逆賊鄧裴，蕞爾小孽〔四〕，敢因艱食，漸誘飢人，剥亂鄉閭，陵驚郡邑，徒堅黨合，事鉅寇牢。或據深山，或閉官道，遂使湖、嶺之外，人不聊生。慎由指揮義徒②，總齊武士，仰憑睿算，遠仗皇威，不經歲時，盡翦豺虺。党項已寧於朔北〔五〕，妖黨復殄於巴西③，今擒鄧裴，一清湖、嶺。用夷狄爲四守，統華夏爲一家。言念秋毫，無非帝力。臣等備位台鼎，日奉聖謨，無任抃舞慶快歡呼踴躍之至〔六〕。

【校勘記】

〔一〕「姦宄」，文津閣本作「姦兇」。

〔二〕「災」，《文苑英華》卷五六八作「兇」。

〔三〕「伏惟」，《文苑英華》卷五六八作「伏以」。

〔四〕「蕞爾」，原作「䨴爾」，據《文苑英華》卷五六八、《全唐文》卷七五〇改。

〔五〕「党項」，「項」，《文苑英華》卷五六八作「羌」，下校：「一作項。」

〔六〕「無任抃舞慶快歡呼踴躍之至」，《文苑英華》卷五六八作「無任慶抃快歡呼之至」。

【注　釋】

①本文云：「伏見湖南團練使奏，生擒衡州草賊鄧裴及徒黨等。」按《資治通鑑》卷二四九大中六年四月記：「湖南奏，團練副使馮少端討衡州賊帥鄧裴，平之。」則討平鄧裴在大中六年（八五二）四月，此文當作於此時稍後。

②慎由：指崔慎由。字敬止，齊州全節人。進士及第，復登賢良方正科。曾任右拾遺、翰林學士。授湖南觀察使，又歷刑部侍郎領浙西。後任工部尚書、宰相，授太子太保等。傳見《舊唐書》卷一七七、《新唐書》卷一一四。據吴廷燮《唐方鎮年表》卷六所考，崔慎由大中五年至大中七年在湖

南觀察使任。

③妖黨復殄於巴西：指平定蓬州、果州群盜事。《資治通鑑》卷二四九大中五年十月記：「蓬、果群盜依阻鷄山，寇掠三川，以果州刺史王贄弘充三川行營都知兵馬使以討之。」同書大中六年二月又記：「是時，山南西道節度使封敖奏巴南妖賊言辭悖慢，上怒甚。……乃遣京兆少尹劉潼詣果州招諭之。……潼歸館，而王贄弘與中使似先義逸引兵已至山下，竟擊滅之。」

謝賜御札提舉邊將表①

伏奉宸翰，以邊塞未靜，將帥乏才，唯務誅求，不謀兵食者。伏以陛下自即位已來，正朝廷而舉典法，肥天下而壽群生，故能不血刃以收河湟，用文誥而降羌寇，干戈偃戢，遠邇安寧。今者尚以戍邊，未得高枕，深憂將帥，不副憂勤。或但恣於侵貪，或不事其兵食，須有戒勵，形於詔書。此乃周文小心克勤，大禹不自滿假，比於聖德，無以過焉。臣等備位鼎司，親奉睿旨，銘鏤肝鬲，專令防虞。無任抃躍屏營之至。

【注　釋】

①本文乃作於「不血刃以收河湟，用文誥而降羌寇」之後。收河湟在大中五年十月，而「用文誥降羌寇」事《資治通鑑》卷二四九大中五年八月記：「白敏中奏南山党項亦請降。時用兵歲久，國用頗乏，詔并赦南山党項，使之安業。」蓋即指此，文乃作於大中五年十月後。又文云「以邊塞未靜，將帥乏才，唯務誅求，不謀兵食」，「今者尚以戍邊，未得高枕，深憂將帥，不副憂勤」，故皇上令諸臣提舉邊將。按，邊將貪暴事《資治通鑑》大中五、六年時有記載，而六年四月記「上欲擇可爲邠寧帥者而難其人，從容與翰林學士、中書舍人須昌畢諴論邊事，……上悦曰：『吾方擇帥，不意頗、牧近在禁廷。卿其爲朕行乎！』」據此可知擇選邊將事蓋在此時前後。又大中六年，杜牧在朝，多有代群臣撰表事，故本文蓋約作於大中六年（八五二）。

謝賜新絲表

右。中使某至，奉宣聖旨，賜臣等新絲者。伏以繭蠶所繫，在於纂組，言功之大，與食爭先。陛下仁德動天，雨澤順序，柔桑沃若，蠶女功勤，皛比凝霜，縈如委霧。繭税不逋於鄉井，被覆皆徧於華夷，盡荷皇慈，同歌帝力。臣等備位台席，親逢盛時，無任踴躍歡抃感恩之至。

壽昌節宴謝賜音樂狀①

右。臣某言。伏以降誕之辰，生靈同慶，合鈞天之廣樂，九奏諧和；令錫宴於仙祠，百辟歡抃。臣等幸生聖代，獲備台階，雖欲殺身，豈酬大造，無任感恩踴躍之至。

【注 釋】

① 壽昌節：指唐宣宗生日。據《舊唐書·宣宗紀》，宣宗生於唐憲宗元和五年六月二十二日。

又謝賜茶酒狀〔一〕

右。臣某等言。伏以大慶吉辰，榮霑錫宴，鴻恩繼至，王人薦臨。旨酒名茶〔二〕，玉食仙果，來於御府，莫匪天慈。適口忘憂，已滿小人之腹；殺身粉骨，難酬聖主之恩。臣無任感恩抃躍之至。

【校勘記】

〔一〕《文苑英華》卷六三一題作《壽昌節謝酒食狀》，並於「酒食」下校：「集作茶酒。」

〔二〕「茶」，《文苑英華》卷六三一作「肴」，下校：「集作茶。」

代裴相公讓平章事表①

臣某言。伏奉今月日制書〔一〕，除臣某官同中書門下平章事。祇奉成命，進退失圖〔二〕，捧詔兢惶，銜恩戰慄。臣誠惶誠恐，頓首頓首。

臣本書生，仕逢聖代，掌綸言於西掖②，作藩守於名邦，自顧才能，已是踰越。陛下獎遇不次，拔擢過分，春闈典貢，地官掌財③，咸無政能，粗免愆闕。及擢爲筦權④，累受寵榮，雖竭盡疲駑，欲裨萬一，而才智踈拙〔三〕，不效涓塵。夫宰相之任，前賢有言，如涉川有舟，如幽室有燭，代天理物，爲人具瞻。豈伊小臣，而膺大任？今朝廷髦俊並作〔四〕，名德森然，或多歷庶官，或皆有功實〔五〕，或四方屏翰，已著勳勞，舉而用之，無不可者。如臣凡淺，豈宜委任？伏乞俯迴天鑑，更擇時賢，必能丹青帝圖，金玉王度，使微臣無尸禄之誚〔六〕，聖主有得賢之名。非唯微臣獲安，實亦天下幸甚。無任悃懇血誠之至。

【校勘記】

〔一〕「伏奉」，《文苑英華》卷五七四作「臣伏奉」。

〔二〕「進退失圖」，「失」字原作「夫」，據《文苑英華》卷五七四、《全唐文》卷七五〇、文津閣本改。

〔三〕「才智踈拙」，《文苑英華》卷五七四作「才踈智拙」。

〔四〕「髦俊並作」，《文苑英華》卷五七四作「髦雋並集」，下校：「集作髦俊並作。」

〔五〕「或皆有功實」，《全唐文》卷七五〇此句無「或」字。

〔六〕「尸禄」，「禄」，《文苑英華》卷五七四作「位」，下校：「集作禄。」

【注釋】

① 裴相公：即裴休。傳見《舊唐書》卷一七七、《新唐書》卷一八二。裴休以禮部尚書同平章事（即宰相）事，《新唐書·宣宗紀》、《新唐書·宰相表》、《資治通鑑》卷二四九均記在大中六年（八五二）八月。本文即作於是時。

② 西掖：指中書省。裴休曾在中書省任職，並代皇帝掌草詔令。

③ 地官：指户部。裴休大中初爲户部侍郎。

④ 筦榷：此指鹽鐵轉運使。筦，主管。榷，專利、專賣。唐代對鹽、酒、茶等收税或專賣。據《舊唐

書》本傳，裴休「大中初，累官户部侍郎，充諸道鹽鐵轉運使」。

代裴相公謝賜批答表〔一〕①

臣某言。臣伏奉今月日批答，令臣宜斷來表，不許牢讓者。仰承鴻澤，跪捧芝緘，戰越失圖，啓處無地。臣某誠惶誠恐，頓首頓首。

臣昨奉詔書〔二〕，付以魁柄，自顧斗筲之器，樸樕之才，乘恩寵時，竊棟梁任，只合效蔡謨堅卧②，孔覇懇辭③。尚猶拜謝天顔，進見卿士，榮忝既積，憂惶實深〔三〕。是以拜章上陳，懇辭自叙，冀迴聖鑑，更擇時賢。豈意睿旨重臨，綸言再下，不令徇志，且遣守官。大君之成命已行，微臣之丹懇不遂。誓當戮力盡瘁，粉骨捐軀，知無不爲，見死寧避〔四〕，冀答君親生成之德，用酬乾坤覆育之恩〔五〕。無任感激血誠慚惶戰越之至，謹奉陳謝以聞〔六〕。

【校勘記】

〔一〕題原作《又代謝賜批答表》，今據《文苑英華》卷五九八改。

〔二〕「詔書」，「詔」，《文苑英華》卷五九八作「制」，下校：「集作詔。」

〔三〕「憂惶」，「惶」，《文苑英華》卷五九八作「慚」，下校：「集作惶。」

〔四〕「見」，《文苑英華》卷五九八作「有」，下校：「集作見。」

〔五〕「育」，《文苑英華》卷五九八作「載」，下校：「集作育。」

〔六〕此句原無，據《文苑英華》卷五九八、《全唐文》卷七五〇補。

【注釋】

①本文乃接上文後之作。裴休上表讓平章事後，宣宗下批答表不許，故杜牧又代裴休有此文之作。文蓋亦大中六年（八五二）八月所作。

②蔡謨堅卧：蔡謨，晉人。字道明，陳留考城人。累官左光禄大夫、開府儀同三司，領司徒。傳見《晉書》卷七七。據本傳，晉康帝時，將任命謨爲侍中、司徒，蔡謨上書固讓，「詔書屢下，謨固守所執。六年，復上疏，以疾病乞骸骨」。

③孔霸懇辭：孔霸，漢代人，傳見《漢書》卷八一。據本傳，孔「霸亦治《尚書》，事太傅夏侯勝，昭帝末年爲博士，宣帝時爲太中大夫，以選授皇太子經，遷詹事、高密相。……元帝即位，徵霸，以師賜爵關内侯，食邑八百户，號褒成君，給事中，加賜黄金二百斤，第一區，徙名數于長安。霸爲人謙退，不好權勢，常稱爵位泰過，何德以堪之！上欲致霸相位，自御史大夫貢禹卒，及薛廣德免，輒

欲拜霸。霸讓位，自陳至三，上深知其至誠，乃弗用。以是敬之，賞賜甚厚。」

代裴相公謝告身鞍馬狀〔一〕①

右。中使某奉宣聖旨〔二〕，賜臣告身一通、馬一匹，並鞍轡。臣生逢聖代，竊位巖廊。奉告令之詔書，丹霄之雨露猶濕；錫代勞之駿馬，内棧之風雲尚隨。寶軸焕絲綸之言，逸足騁拳奇之態。螢光爝火，何裨日月之明；弱質孤根，但荷乾坤之德。殺身寧報，撫己知慚。無任感恩抃躍懇悃之至。

【校勘記】

〔一〕題原作《又謝賜告身鞍馬狀》，據《文苑英華》卷六二八改。《全唐文》卷七五〇題同《文苑英華》，然「代」字前有「又」字。

〔二〕「中使某奉」，《文苑英華》卷六二八、《全唐文》卷七五〇作「中使某至奉」。

【注釋】

①此文乃代裴休之作。裴休任相後，宣宗賜「告身一通、馬一匹，並鞍轡」，故裴休復委托杜牧草此文以謝。文蓋作於大中六年(八五二)八月裴休任相後。

論閤内延英奏對書時政記狀①

右。舊例宰臣每於閤内及延英奏論政事，及退歸中書，知印宰臣盡書其日德音及宰臣奏事，送付史館，名時政記，史官憑此編入簡策。伏以敷陳時政，承奉聖旨，事非一端，時移數刻，退朝循省，執筆讚論，但記出己之辭，或忘同列之對，若獻替之説或闕，則史册之書不詳。臣今商量，每閤内奏事及延英對廻，陛下所降德音，宰臣所奏公事，人自爲記，共成一篇。既得精詳，必無遺漏，付與史氏，便得直書。伏乞天恩，永爲常式。

【注釋】

①此文亦代裴休所撰。據《新唐書》卷一八二《裴休傳》，大中「六年，進同中書門下平章事，即奏言：『宰相論政上前，知印者次爲時政記，所論非一，詳己辭，略它議，事有所缺，史氏莫得詳。請

宰相人自爲記，合付史官。』」即杜牧所撰此文。據此，訂本文於大中六年（八五二）八月。

謝許受江西送撰韋丹碑彩絹等狀〔一〕①

右。今月十八日〔二〕，中使某至，奉宣聖旨，令臣領江西觀察使紇干衆所寄撰《韋丹遺愛碑文》人事彩絹三百匹者〔三〕。恩隨幸至，榮與利并，抃躍慚惶，罔知所措。伏惟皇帝陛下皇天縱聖，赫日資明，大奬功勞，不計存没，舉韋丹江西之績，特令微臣撰碑〔四〕。墮淚之思，豈慚羊祜②；黄絹之妙，實愧蔡邕③。今者更蒙恩私，廣受絲帛〔五〕，捧戴兢惕，無地容身。不勝感恩慚惶之至〔六〕。

【校勘記】

〔一〕題原作《謝許受江西送彩絹等狀》，今據《文苑英華》卷六三四、《全唐文》卷七五〇改。

〔二〕「十八」，「八」，《文苑英華》卷六三四作「六」，下校：「集作八。」

〔三〕「領江西觀察使」，《文苑英華》卷六三四作「領受江西觀察使」。「三百匹者」，《文苑英華》作「共三百匹」。

〔四〕「特令」，原作「時令」，據《文苑英華》卷六三四、文津閣本改。

〔五〕「絲帛」，《文苑英華》卷六三四作「彩帛」。

〔六〕「慚惶」，《全唐文》卷七五〇作「慚悚」。

【注釋】

① 按，此文乃杜牧受命撰寫韋丹遺愛碑文後，宣宗許其接受江西觀察使紇干衆所寄人事彩絹三百匹所上謝表。杜牧《進撰故江西韋大夫遺愛碑文表》乃約在大中三年（八四九）春，本文當作於此後不久。

② 墮淚之思豈慚羊祜：羊祜，晉人。字叔子，泰山南城人。傳見《晉書》卷三四。據其本傳，羊祜曾都督荆州諸軍事十年，頗有政績，深得民心。死後，「襄陽百姓於峴山祜平生游憩之所建碑立廟，歲時饗祭焉。望其碑者莫不流涕，杜預因名墮淚碑」。

③ 黄絹之妙實愧蔡邕：《後漢書·列女傳·孝女曹娥傳》：「孝女曹娥者，會稽上虞人也。父盱，能絃歌，爲巫祝。」後迎神溺死，不得屍骸。「娥年十四，乃沿江號哭，晝夜不絶聲，旬有七日，遂投江而死。至元嘉元年，縣長度尚改葬娥於江南道傍，爲立碑焉。」李賢注引《會稽典録》：「上虞長度尚弟子邯鄲淳，字子禮。時甫弱冠，而有異才。尚先使魏朗作《曹娥碑》，文成未出」，後「因試使

子禮爲之，操筆而成，無所點定。朗嗟歎不暇，遂毁其草。其後蔡邕又題八字曰：『黄絹幼婦，外孫齏臼。』」《世説新語·捷悟》記曹娥碑背有「黄絹幼婦，外孫齏臼」八字，楊修釋云：「黄絹，色絲也，於字爲絶；幼婦，少女也，於字爲妙。外孫，女子也，於字爲好。齏臼，受辛也，於字爲辭。所謂絶妙好辭也。」

内宴請上壽酒①

具官臣某等言。伏惟聖敬文思和武光孝皇帝陛下，天覆地容，堯仁舜孝，四海波静，三春物華，故於彤庭，大開錫宴。竊以三事大僚②，百司庶府，願持玉巵，上千萬壽。未敢專擅，伏俟德音，輕瀆宸嚴，無任戰越之至。

【注　釋】

①聖敬文思和武光孝皇帝乃唐宣宗之尊號，故本文乃作於宣宗時。文有「三春物華」語，知乃作於春日。杜牧大中年間春日在京，唯大中四年、大中六年。故本文乃作於此兩年之一春日。杜牧大中六年任考功郎中、知制誥，後又爲中書舍人，其時多有代群臣撰表事，故此文蓋約作於大中六年

（八五二）春。

② 三事大僚：亦稱三事大夫。指三公。唐代三公爲太尉、司徒、司空。

宴畢殿前謝辭①

具官臣某等言。遲日正麗，廣場洞開，張仙樂者三千餘人，列正羞者二十六豆。酒傾瑶甕，食置雕盤，列圭組以成行，酌金罍以爲勞。屬饜而止，飽德以歸，既醉太平之風，共樂仁壽之域。千年一遇，百辟同歡，臣等備位台司，親逢聖日〔一〕，歡呼抃躍，不能自勝。

【校勘記】

〔一〕「親逢」，文津閣本作「親同」。

【注　釋】

① 觀此文意，乃與上文作於同時，蓋約作於大中六年（八五二）春。

謝賜物狀①

具官臣某等言。叨陪錫宴，竊睹鈞天，百品並陳，三酒皆具，微臣所志，已極滿盈，豈意鴻澤重霑，錫賚殊等。朱緑玄黄之繒綵，精金文錦之珍奇，捧戴自天，啓處無地。不勝抃躍感恩之至。

【注　釋】

① 此文所謂「叨陪錫宴」，或即指上兩文之賜宴，其作年蓋同在大中六年（八五二）春。

代人舉周敬復自代狀①

前件官執德以進，嚮道而行，藹有令名，備歷清貫。掌綸言於西掖，才稱發揮；參密命於內庭，衆推忠慎。自珥貂近侍〔一〕，主鑰東門，聲實益重於搢紳，磨涅始彰其堅白。伏以南省實天下根本②，兩丞爲百司管轄，苟非其選，必致敗官〔二〕。今若以臣所任迴授敬復，庶能肅清臺閣，提舉紀綱，既曰陟明，實不虚受。伏乞天恩允臣所請。

【校勘記】

〔一〕「珥貂」，原作「弭貂」，據《文苑英華》卷六三八、《全唐文》卷七五〇、文津閣本改。

〔二〕「敗官」，「敗」，《文苑英華》卷六三八作「曠」，下校：「集作敗。」

【注釋】

①周敬復：唐文宗開成中，官起居郎、皇太子侍讀。授吏部員外郎，旋以兵部員外郎知制誥。五年，召充翰林學士，轉職方郎中知制誥、中書舍人。後於大中四年檢校左散騎常侍、江西觀察使。七年，入爲尚書右丞。事跡見《重修承旨學士壁記》、《唐郎官石柱題名考》、《唐方鎮年表》卷五等。本文記周敬復曾「自珥貂近侍，主鑰東門」，即謂其已任左散騎常侍，而文中「兩丞」，指尚書左右丞，乃欲推薦周敬復擔任者。故本文當作於周敬復任散騎常侍與尚書右丞之間，亦即大中四年至七年之間。考楊紹復有《授周敬復尚書右丞制》（《全唐文》卷七三三）：「江南西道都團練使、觀察處置等使、檢校右散騎常侍周敬復……可尚書右丞。」又吴廷燮《唐方鎮年表考證》卷下云：「楊紹復文有《授江西觀察使周敬復右丞制》，《樊南文集補・四證禪院碑》有『江西廉帥周公』，

即敬復。……碑作於大中七年。此是年敬復猶鎮洪州之證。」杜牧代人舉周敬復爲尚書丞，則所代之人必在朝爲尚書丞，則杜牧此時當亦任職朝中。核之於杜牧仕歷，且周敬復大中七年任尚書右丞，則代人草本文舉薦周敬復事蓋約在大中六年（八五二）。

② 南省：官署名。唐尚書省在大明宮以南，因稱爲南省。尚書右丞爲尚書省官員。

代人舉蔣係自代狀〔一〕①

伏准某年月日敕，内外文武常參官上後三日，宜舉一人自代者。伏以前件官仁義素彰，文學早著，揚歷臺閣，宣昭令名。嘗爲諫官，無所避忌；及領藩鎮，實惠疲羸。頃者不附權臣，例遭左官〔二〕，今逢明代，猶典小州。伏以封還詔書，駁正時事，職業實重，選擇宜精。今若以臣此官廻與蔣係，既不虚受，實爲陟明〔三〕。伏乞聖慈，允臣所請。謹狀〔四〕。

【校勘記】

〔一〕題原作《代人舉蔣係》，今據《文苑英華》卷六三八、《全唐文》卷七五〇改。

〔二〕「例遭左官」，《文苑英華》卷六三八作「例遷佐官」，下校：「集作例遭左官。」

〔三〕「實爲」，「爲」，《文苑英華》卷六三八作「曰」，下校：「集作爲。」

〔四〕「謹狀」，《文苑英華》卷六三八無此二字。

【注釋】

①蔣係：常州義興人。累官右拾遺、史館修撰，轉工部員外郎、郎中。開成末任諫議大夫。武宗朝，爲李德裕所排，出爲桂管觀察使，復貶唐州刺史。宣宗立，召爲給事中、集賢院學士判院事。後仕至山南東道節度使、東都留守。傳見《舊唐書》卷一四九、《新唐書》卷一三二。本文云「今逢明代，猶典小州」。則撰此狀時必在宣宗時，其時蔣係仍在唐州刺史任。文又云「伏以封還詔書，駁正時事，職業實重，選擇宜精」，則所舉薦官乃給事中，蓋此職「凡百司奏鈔，侍中審定，則先讀而署之，以駁正違失」（《舊唐書·職官二·給事中》），與文中所云合。胡可先《杜牧研究叢考·杜牧詩文編年》考此詩爲會昌六年作，謂「據《唐方鎮年表》卷七，蔣係會昌元年至二年鎮桂管，《考證》云：『孫樵《康公墓誌》：「會昌元年登上第。明年臨桂元公辟觀風支使。」此晦會昌二年爲桂管之證。』知元晦即代蔣係，則蔣係會昌二年由桂管觀察使貶爲唐州刺史，至會昌六年任期已滿，又值改换君主不久，因人推薦而内遷爲給事中是理所當然的」。據此訂本文爲會昌六年（八四六）作。

樊川文集卷第十六

上李太尉論北邊事啓①

某啓。伏以聖主垂衣，太尉當軸，威德上顯，和澤下流。諸侯無異心，百姓無怨氣，星辰順靜，日月光明，天業益昌，聖統無極。既功成而理定，實道尊而名垂。今則未聞縱東山之遊②，樂後園之醉，惕惕若不足，兢兢而如無。豈不以邊障尚驚〔一〕，殊虜未殄，防其入寇，猶須徵兵。

伏以廻鶻種落，人素非多〔二〕，校於突厥，絶爲小弱。今者國破衆叛，逃來漠南，爲羈旅之魂，食草萊之實。白鬣驪騂之騎〔三〕，凋耗已無；湩酪皮毳之資，飢寒皆盡。寄命雜種〔四〕，藏跡陰山，取之及時，可以一戰。今者度虜之計，不出二者〔五〕，時去時來，徊翔不決，必有所在。西戎已得要約，同其氣勢〔六〕，同爲侵擾，此其一也。心膽破壞，馬畜殘少，且於美水薦草〔七〕，暖日廣川，牧馬養習，以俟强大，此其二也。今者徵中國之兵與之首尾，久戍則有師老費財之憂，深入則有大寒瘃墜之苦，示戎狄之弱，生奸傑之心。今者不取，恐貽後患，敢以管見，上干尊重。

自兩漢伐虜〔八〕，皆是秋冬，不過百日，驅中國之人，入苦寒之地。此時匈奴勁弓折膠，童馬免乳〔九〕，畜肥草壯，力全氣盛，與之相校，勝少敗多。故匈奴云：「漢實大國也，但其人不能辛苦爾。」此所謂避虚而擊實，逃短而攻長。至於後魏崔浩，因見其理，蠕蠕强盛③，屢犯北邊，浩請討之曰：「蠕蠕恃其地遠，自寬來久，故夏則散衆放畜，秋肥乃聚，背寒向暄，南來寇鈔〔一〇〕。今出其慮表，掩其不備，大兵卒至，必驚駭星分，向塵奔走，牡馬護牧，牝馬戀駒，驅馳難制，不得水草，未過數日，則聚而困斃，可一舉而滅矣〔一一〕。」武帝從之，及軍入境〔一二〕，蠕蠕先不設備，民畜布野，驚怖四奔，莫相收攝。於是分軍撲討，東西五千里，南北三千里，凡所俘虜，及獲畜産，彌漫山澤。高車因殺蠕蠕種類④，歸降者三十餘萬落，虜遂散亂。帝沿弱水西行至涿邪山，諸大將慮深入有伏兵〔一三〕，勸帝停止不追。浩先勸窮追之不從，後聞涼州賈胡言，若更前行三日，則盡滅之矣，帝深恨之。

以某所見，今若以幽、并突陣之騎，酒泉教射之兵，整飭誡誓，仲夏潛發。計陰山與涿邪之遠近，十不一二〔一四〕，校蠕蠕、廻鶻之强弱，猶如虎鼠。五月節氣，在中夏則熱，到陰山尚寒，中國之兵，足以施展。行軍於枕席之上，翫寇於掌股之中，輒輻懸瓶，湯沃晛雪，一舉無頻〔一五〕，必然之策。今冰合防秋，冰銷解戍，行之已久，虜爲長然，出其意外，實爲上策。議者或云，北取黠戛，令討廻鶻〔一六〕。伏以黠戛，起於別種，超爲可汗，必是英傑，天時必助，賢材必用，法令必明，滅廻鶻之後，便是勍敵，況示之以弱，必爲所輕。今者四海九州，同風共貫，諸侯用命，年穀豐熟，可以瘞玄玉於常山，孑遺人於河壠。顧兹疲虜，豈遺子孫？伏惟太尉相公文德素昭〔一七〕，武功復著，畫地而兵形盡見，按瓅而邊事無遺，唯一指蹤，即可掃跡。昔漢武帝之求賢也，有上書不足採者，輒報罷去，未嘗罪之，故能羈越臣胡，大興禮樂。今太尉與仁聖天子同德，有志之士，無不願死。伏惟特寬狂狷，不賜誅責，生死榮幸〔一八〕，無任感恩攀戀惶懼汗慄之至。謹啓。

【校勘記】

〔一〕「邊障」，文津閣本作「邊陲」。

〔二〕「人素非多」，「素」，《全唐文》卷七五二、文津閣本作「數」。

〔三〕「白鬣驪騂之騎」，「白鬣」，原作「白髮」，《唐文粹》卷八〇同。今據《全唐文》卷七五二改。

〔四〕「雜種」，文津閣本作「雜部」。

〔五〕「今者度虜之計不出二者」，《唐文粹》卷八〇作「今者度虜之不出二者有二」。

〔六〕「同」，文津閣本作「伺」。

〔一七〕「且於美水薦草」，「薦」，《唐文粹》卷八〇作「豐」，文津閣本作「茂」。

〔一八〕「兩漢伐虜」，「伐」字原作「代」，據《唐文粹》卷八〇、《全唐文》卷七五二、文津閣本改。

〔一九〕「童馬免乳」，「童」字原作「重」，據《唐文粹》卷八〇、《全唐文》卷七五二改。

〔二〇〕「鈔」，文津閣本作「抄」。

〔二一〕「可一舉而滅矣」，「矣」字原作「太」，據《唐文粹》卷八〇、《全唐文》卷七五二、文津閣本改。

〔二二〕「及軍入境」，《唐文粹》卷八〇作「及全軍入境」。

〔二三〕「慮深入有伏兵」，《唐文粹》卷八〇、《全唐文》卷七五二於「有」字前有「恐」字。

〔二四〕「十不一二」，「二」字原作「一」，據《唐文粹》卷八〇、《全唐文》卷七五二、文津閣本改。

〔二五〕「無頻」，文津閣本作「無類」。

〔二六〕「令討廻鶻」，「令」字原作「今」，據《唐文粹》卷八〇、《全唐文》卷七五二改。

〔二七〕「文德素昭」，「文德」原作「大德」，據《唐文粹》卷八〇、《全唐文》卷七五二、文津閣本改。

〔二八〕「生死榮幸」，「幸」，《全唐文》卷七五二、文津閣本作「荷」。

【注　釋】

① 李太尉：即李德裕，見本集卷十一《上李太尉論江賊書》注①。《杜牧年譜》會昌四年譜考此文作

年云：「按李德裕爲太尉在會昌四年八月（《舊唐書·武宗紀》、《新唐書·宰相表》），此啓中既稱德裕爲太尉，則必作於會昌四年八月之後。啓中有『諸侯無異心，百姓無怨氣』，及『今者四海九州，同風共貫，諸侯用命，年穀丰殖』之語，亦必在平澤潞之後。」又引《資治通鑑》會昌四年九月李德裕「望遣識事中使賜仲武詔，諭以鎮、魏已平昭義，惟回鶻未滅，仲武猶帶北面招討使，宜早思立功」奏語，謂「可見平澤潞之後，李德裕惟以回鶻未滅爲念。杜牧此書，蓋作於會昌四年八月之後，會昌五年五月之前，望李德裕仲夏出師擊回鶻也，故繫於本年」。今即據此訂本文於會昌四年（八四四）。

②東山之遊：此指山水之遊樂。東山，指東晉謝安等曾隱居遊樂之東山，即在今浙江上虞縣西南。

③蠕蠕：生活於我國北方之民族名。又稱柔然、茹茹、芮芮等。

④高車：北朝時民族名。敕勒族之别稱。其先爲匈奴，元魏時號高車部，以其所用車車輪高大，幅數至多而名。後爲突厥所併。

【集評】

籌時苦心，萇弘血迸紙矣。（鄭郲評本文）

賀中書門下平澤潞啓①

某啓。伏以上黨之地，肘京洛而履蒲津，倚太原而跨河朔。戰國時，張儀以爲天下之脊；建中日，田悦名曰腹中之眼。帶甲十萬，籍土五州，太行、夷儀爲其扃關，健馬强弓爲其羽翼。自逆黨專有，僅及一世，頗聞教育，實曰精强。昨者凶豎專地之請初陳〔一〕②，聖主整旅之詔將下，中外遠邇，皆疑難攻；蜂蠆螗蜋，頗亦自負。伏惟相公上符神斷③，潛運廟謨，仗宗社威靈，驅風雲雷電。掌上必取，彀中難逃，纔逾周星，果梟逆首。周公東征之役④，捷至三年；憲皇淮夷之師⑤，尅聞四歲。校虜寇之强弱，曾不等倫；考攻取之敗亡，何至容易。若非睿算英略，借箸深謀，比之前修，一何遠出！自此鞭笞反側，灑掃河湟，大開明堂，再振儒校。窮天盡地，皆爲壽域之人；赤子秀眉，共老止戈之代。某謬分符竹⑥，實由恩知〔二〕，慶快歡抃之誠，倍百常品，不宣。謹啓。

【校勘記】

〔一〕「凶豎」，原作「凶堅」，據《文苑英華》卷六五二、《全唐文》卷七五二、文津閣本改。

〔二〕「恩知」，原作「思知」，據《文苑英華》卷六五二、《全唐文》卷七五二、文津閣本改。

【注釋】

①據《資治通鑑》卷二四八，澤潞平在會昌四年（八四四）八月。本文即作於此時稍後，時杜牧在黄州刺史任。

②昨者句：按，此指澤潞劉從諫卒，劉稹秘不發喪，請朝廷命其爲留後事。據《資治通鑑》卷二四七，此事在會昌三年四月。

③相公：指李德裕。其時李德裕爲吏部尚書、同中書門下平章事，兼門下侍郎。

④周公東征之役：周成王時，周公輔政，管叔與蔡叔懷疑周公將篡位，乃與商紂王之子武庚相勾結而叛，故周公出兵東征，三年而平息叛亂。

⑤憲皇淮夷之師：指唐憲宗元和間平定淮西吴元濟與齊地李師道之叛亂。

⑥某謬分符竹：指任黄州刺史。符竹，漢代郡守受竹使符，後因以符竹爲郡守之典故。

上白相公啓①

某啓。伏惟相公上佐聖主，獨專魁柄，封殖良善，修整紀綱。練群臣，謹百職，考功績，覈名實，大張公室，盡閉私門。盛德大功，直筆實光於簡策；清節細行，祝史不愧於神明。天下望之爲準繩，朝廷倚之爲依據。畢公克勤小物②，周公焕發大猷，邴吉陋案吏於公庭③，袁安不錮人於聖代④。衛將軍有長揖之客⑤，張子孺無謝恩之人⑥，吉甫率由舊章⑦，魏相能明故事⑧。房、杜不以求備取人⑨，不以己長格物；姚梁公先有司⑩，修舊法，下位各得言其志，百司各得盡其才。求於古人之賢，皆集相公之德，如以尺量刀解，粉布墨畫，小大銖黍〔一〕，丸角尖缺，各盡其分，皆當其任。是以庶人不議，鄉校無言，天下欣欣，若更生者。自此黄髮之老，待哺之子，不見兵戈，不離抱撫。清廟之祭，四夷來助，蒼生之願，百志皆成，顒顒萬方，實懸斯望。某遠守僻左，無因起居，但採風謡，亦能歌詠。無任攀戀激切之至。謹啓。

【校勘記】

〔一〕「小大銖黍」，「小大」，《全唐文》卷七五二作「大小」。「黍」字原作「參」，據《文苑英華》卷六六五、《全唐文》卷七五二改。

【注　釋】

① 白相公：即白敏中。字用晦，白居易從父弟。登進士第，累官户部員外郎、翰林學士、中書舍人、兵部侍郎、學士承旨。後任宰相。仕至中書令、太子太師。傳見《舊唐書》卷一六六、《新唐書》卷一一九。據《舊唐書·宣宗紀》，白敏中拜相在會昌六年（八四六）四月，本文即約在此時稍後所上，時杜牧在池州刺史任。

② 畢公：周文王第十五子姬高。周武王滅商後，封姬高於畢，故稱。

③ 邴吉陋案吏於公庭：邴吉，又作丙吉。字少卿，漢代魯國人。傳見《史記》卷九六、《漢書》卷七四。據《漢書》本傳，「吉本起獄法小吏，後學《詩》、《禮》，皆通大義。及居相位，上寬大，好禮讓。掾史有罪臧，不稱職，輒予長休告，終無所案驗。客或謂吉曰：『君侯爲漢相，姦吏成其私，然無所懲艾。』吉曰：『夫以三公之府有案吏之名，吾竊陋焉。』後人代吉，因以爲故事，公府不案吏，自吉始。」

④ 袁安不錮人於聖代：袁安，字邵公，東漢汝南汝陽人。傳見《後漢書》卷四五。據其本傳，袁安爲河南尹，「政號嚴明，然未曾以臧罪鞫人。常稱曰：『凡學仕者，高則望宰相，下則希牧守。錮人於聖世，尹所不忍爲也。』聞之者皆感激自勵。在職十年，京師肅然，名重朝廷。」

⑤ 衛將軍有長揖之客：衛將軍即漢代衛青。字仲卿，河東平陽人。以戰功仕至大將軍。傳見《史

記》卷一一一、《漢書》卷五五。《史記》本傳謂衛青「爲人仁善退讓，以和柔自媚於上」。客，指其門客。

⑥張子孺無謝恩之人：張子孺即漢代張安世，字子孺，杜陵人。累官尚書令、光禄大夫、右將軍等。又封富平侯，拜大司馬。傳見《漢書》卷五九。本傳云：「嘗有所薦，其人來謝，安世大恨，以爲舉賢達能，豈有私謝邪？絶忽復爲通。」

⑦吉甫：即尹吉甫。姓兮，名甲，亦稱兮伯吉父。尹爲官名。尹吉甫爲周宣王時重臣，宣王中興時，曾率師北伐玁狁至太原。

⑧魏相能明故事：魏相，字弱翁，濟陰定陶人，以文吏至丞相。傳見《史記》卷九六、《漢書》卷七四。《漢書》本傳云：「相明《易經》，有師法，好觀漢故事及便宜章奏，以爲古今異制，方今務在奉行故事而已。數條漢興已來國家便宜行事，及賢臣賈誼、鼂錯、董仲舒等所言，奏請施行之，曰：『臣聞明主在上，……』上施行其策。」

⑨房杜：指房玄齡、杜如晦。兩人生平見本集卷一三《上宣州崔大夫書》注②。

⑩姚梁公：即姚崇。生平見本集卷一二《上宣州高大夫書》注⑫。

上周相公啓〔一〕①

某啓。伏奉八月三日敕〔二〕②，除尚書司勳員外郎、史館修撰，承命榮懼，啓處無地。伏以聖主順上帝之則，率四海以仁，神化風行，家至日見。古先哲王之德也〔三〕，有求必至，有開必先，是以傅、吕得於夢卜，申、甫降於山嶽③。伏惟相公待主乃用，爲時而生，當考室構廈之時，膺篤繩削墨之任。贊傑俊，遂賢良，調陰陽，提紀律，類能而使，度材授官〔四〕，常切如家之憂，每懷撻市之耻。是以朝廷禮樂，天下清明，人不凋傷，神不怨悵，萬物由道，百度皆貞。雖周獲仁人，商得元哲，夢卜降嶽之得，豈能逾焉。

某樸樕之才，糞朽之賤，遭逢盛業〔五〕，三帶郡符，自審事宜，實以逾忝。伏以睦州治所，在萬山之中，終日昏氛，侵染衰病〔六〕，自量忝官已過，不敢率然請告，唯念滿歲，得保生還。不意相公拔自污泥〔七〕，昇於霄漢，却收斥錮，令廁班行，仍授名曹，帖以重職。當受震駭，神魂飛揚，撫己自驚，喜過成泣，藥肉白骨，香返遊魂④，言於重恩，無以過此。雖買臣懷紱郡邸⑤，蕭育召拜扶風⑥，楊僕三組垂腰⑦，蘇秦六印在手，校於榮忝，無以爲喻〔八〕，言念微生，難酬殊造。伏以相公自數載已來〔九〕，朝廷篤老〔一〇〕，四海俊賢，皆因挈維〔一一〕，盡在門館。吡輔聖主，巍爲元勳，自有明神，以相百禄。顧唯賤末〔一三〕，報效無門，感激血誠，涕淚迸溢，無任攀戀懇款之至〔一三〕。謹啓。

【校勘記】

〔一〕「上」，《文苑英華》卷六五三作「謝」。

〔二〕「八月三日」，原作「三月八日」，據《文苑英華》卷六五三、繆鉞《杜牧年譜》所考改。《文苑英華》下校：「集作三月八日。」

〔三〕「古先哲王」，「古」字原作「吉」，據《文苑英華》卷六五三、《全唐文》卷七五二、文津閣本改。

〔四〕「授」，原作「受」，據《文苑英華》卷六五三、《全唐文》卷七五二改。

〔五〕「盛業」，「盛」，《文苑英華》卷六五三作「聖」，下校：「集作盛。」

〔六〕「侵」，《文苑英華》卷六五三作「浸」，下校：「集作侵。」

〔七〕「泥」，《文苑英華》卷六五三作「塗」，下校：「集作泥。」

〔八〕「喻」，《文苑英華》卷六五三作「踰」，下校：「集作喻。」

〔九〕「載」，《文苑英華》卷六五三作「年」。

〔一〇〕「篤老」，《文苑英華》卷六五三、《全唐文》卷七五二作「舊老」。

〔一〕「挈維」，《文苑英華》卷六五三、《全唐文》卷七五二作「提挈」，《文苑英華》下校：「集作挈維。」

〔二〕「顧」，原作「固」，據《文苑英華》卷六五三、《全唐文》卷七五二改。

〔三〕「攀戀懇款」，《文苑英華》卷六五三、《全唐文》卷七五二作「攀戀激切懇款」。

【注釋】

①周相公：即周墀。據杜牧《唐故東川節度使檢校右僕射兼御史大夫贈司徒周公墓誌銘》及《新唐書·宣宗紀》、《資治通鑑》所載，周墀任相乃在大中二年五月，本文乃作於周墀任相後提携杜牧入朝爲尚書司勳員外郎、史館修撰，杜牧接到任命後所上感謝周墀啓。據文中「八月三日」語，則文當作於大中二年（八四八）八月。

②八月三日：按，原作「三月八日」，誤。《杜牧年譜》考云：此「與《上宰相求杭州啓》所云『八月』者不合。周相公即周墀，周墀爲相《舊唐書·宣宗紀》記於大中二年三月己酉，《新唐書·宣宗紀》記於大中二年五月己未，《新唐書·宰相表》則又繫於大中二年正月己卯，三處記載不同。本集卷七《唐故東川節度使檢校右僕射兼御史大夫贈司徒周公墓誌銘》則云：『二年五月，以本官平章事。』《通鑑》亦作『五月』，蓋以『五月』爲是。杜牧内擢，周墀之力，若周墀五月始爲相，則無由於三月中援引杜牧，故《上周相公啓》中『三月八日』蓋本作『八月三日』，而後人傳鈔，日月誤

倒也。」

③申甫：據《詩經·大雅·嵩高》及其注，申爲申伯，乃周宣王之母舅；甫爲甫侯，兩人均是周宣王賢臣，其具體姓名生平不詳。

④香返遊魂：東方朔《海内十洲記》：「聚窟洲在西海中，……洲上有大山，……山多大樹，與楓木相類，而花葉香聞數百里，名爲反魂樹。……伐其木根心，於玉釜中煮，取汁，更微火煎，如黑餳狀，令可丸之。名曰驚精香，或名之爲震靈丸，或名之爲反生香，或名之爲震檀香，或名之爲人鳥精，或名之爲却死香。……香氣聞數百里，死者在地，聞香氣乃却活，不復亡也。以香薰死人，更加神驗。征和三年，武帝幸安定。西胡月支國王遣使獻香四兩，大如雀卵，黑如桑椹。……後元元年，長安城内病者數百，亡者太半。帝試取月支神香燒之於城内，其死未三月者，皆活。芳氣經三月不歇，於是信知其神物也。」

⑤買臣懷紱郡邸：買臣即漢代朱買臣。字翁子，吳人。傳見《漢書》卷六四上。本傳謂買臣初「家貧，好讀書，不治産業，常艾薪樵，賣以給食」，其妻不能忍受而離去。後「上拜買臣會稽太守。上謂買臣曰：『富貴不歸故鄉，如衣繡夜行，今子何如？』買臣頓首辭謝。詔買臣到郡，治樓船，備糧食、水戰具，須詔書到，軍與俱進。初，買臣免，待詔，常從會稽守邸者寄居飯食。拜爲太守，買臣衣故衣，懷其印綬，步歸郡邸。……守邸與共食，食且飽，少見其綬。守邸怪之，前引其綬，視其

印，會稽太守章也。……其故人素輕買臣者入内視之，還走，疾呼曰：『實然！』」坐中驚駭，白守丞，相推排陳列中庭拜謁。有頃，長安厩吏乘駟馬車來迎，買臣遂乘傳去。會稽聞太守且至，發民除道，縣吏并送迎，車百餘乘。入吴界，見其故妻、妻夫治道。買臣駐車，呼令後車載其夫妻，到太守舍，置園中，給食之。居一月，妻自經死，買臣乞其夫錢，令葬。悉召見故人與飲食諸嘗有恩者，皆報復焉。」

⑥蕭育召拜扶風：蕭育，字次君，西漢東海蘭陵人。傳見《漢書》卷七八。據本傳，蕭育「後爲茂陵令，會課，育第六。而漆令郭舜殿，見責問，育爲之請，扶風怒曰：『君課第六，裁自脱，何暇欲爲左右言？』及罷出，傳召茂陵令詣後曹，當以職事對。育徑出曹，書佐隨牽育，育案佩刀曰：『蕭育杜陵男子，何詣曹也！』遂趨出，欲去官。明旦，詔召入，拜爲司隸校尉。育過扶風府門，官屬掾史數百人拜謁車下。……歷冀州、青州兩郡刺史，長水校尉，泰山太守，入爲大鴻臚。以鄠名賊梁子政阻山爲害，久不伏辜，育爲右扶風數月，盡誅子政等。」

⑦楊僕三組垂腰：楊僕，漢代宜陽人，傳見《史記》卷一二二、《漢書》卷九〇。據《漢書》本傳，楊僕以功曾任主爵都尉、樓船將軍、封將梁侯。後伐功驕人，佩三印還鄉，漢武帝責之有云：「將軍之功，獨有先破石門、尋陿，非有斬將搴旗之實也，烏足以驕人哉！……因用歸家，懷銀黄，垂三組，夸鄉里……」。

【集評】

杜牧之自睦州刺史入爲司勳郎、史館修撰，以書謝宰相云：「伏以睦州治所，在萬山之中，終日昏氛，漸染衰病，自量忝官已過，不敢率然請告，唯念滿歲，得保生還。不意相公援自污泥，昇於霄漢，却收斥錮，令廁班行，仍授名曹，帖以重職。當受震駭，神魂飛揚，撫己自驚，喜過成泣，藥肉白骨，香返遊魂，言於重恩，無以過此。」又《除官歸京》詩有云：「豈意籠飛鳥，還爲錦帳郎。」嚴固上游名郡，山水之鄉，素非惡地，而牧之又以疏直，乃怏怏不平如此，豈不過甚矣哉？（商輅《蔗山筆麈》）

上鄭相公狀①

某啓。伏以相公自專魁柄，一闡大猷，鎮撫四夷，訓導百吏，無不信順，皆有程品。猶尚不遺微賤〔一〕，特降慰誨，重疊滿幅，榮耀閭門，捧戴生光，啓處無地。聞於白屋之輩，皆願殺身；詢於黄耇之徒，以爲異事。慰示天下，長育人材，魚頡鴻冥之潛，丘中島上之隱，皆可以結戀隨指，效用盡心，接地際天，日出月入，盡得臣妾，無不謳歌。蒼生顒顒，實有所望。某一門骨肉，皆受恩知，效命之誠，瀝血自誓，無任攀戀感激懇悃之至。謹狀。

【校勘記】

〔二〕此句文津閣本作「尚且不遺微賤」。

【注　釋】

①鄭相公：按大和至大中年間鄭姓宰相有二人：鄭覃，大和九年十一月至開成四年五月爲相；鄭肅，會昌四年七月至六年九月爲相。鄭覃，傳見《舊唐書》卷一七三、《新唐書》卷一六五。鄭肅，傳見《舊唐書》卷一七六、《新唐書》卷一八二。本文云「猶尚不遺微賤，特降慰誨」，又有「某一門骨肉，皆受恩知，效命之誠，瀝血自誓」語，與會昌間杜牧已爲刺史不合，而與開成二年至三年間杜牧因病假百日去官後在揚州、宣州幕較爲相合，故姑繫本文於開成二至三年（八三七—八三八）間。

上淮南李相公狀①

某啓。伏以近日當州人吏往來，及諸道賓客行過，皆傳相公以淮海之地災旱累年，仁憫之心，憂念深切，廣求人瘼，大革土風，卹養疲羸，抑挫豪猾。備職者思勵其己，業官者得用其能，鰥寡孤惸，飛沉動植，仁煦必及，惠愛無遺。吏不敢欺，法能必束，上行下效，家至户到，閭里安泰，史册未聞。竊以聖上倚注既深，相公勳業愈重，況兹異政，即達宸聰。伏料窮邊絶塞，將議息兵，宣室明庭，必思舊德，重秉鈞軸，固在旬時。某忝跡門牆，不勝抃躍，攀望棨戟，下情無任戀結之至。謹狀。

【注釋】

①淮南李相公：即李德裕。據《舊唐書》卷一七四《李德裕傳》，李德裕開成二年五月爲淮南節度使，至開成五年内召回朝，而此前曾任宰相，故稱。《杜牧年譜》訂本文於開成三年（八三八），謂「蓋本年在宣州幕中所作，狀中所謂『當州人吏往來』，指宣州也」。杜牧本年仍在宣歙幕，至開成四年春方離幕赴京任左補闕、史館修撰。

上吏部高尚書狀①

某啓。人惟樸樕，材實朽下，三守僻左，七换星霜，拘攣莫伸，抑鬱誰訴。每遇時移節换〔一〕，家遠身孤，弔影自傷，向隅獨泣。將欲漁釣一壑，棲遲一丘，無易仕之田園，有仰食之骨肉。當道每歎，末路難循，進退唯艱，憤悱無告。今者大君繼統，賢相秉鈞，遺墜必舉，髦雋並作。伏惟尚書秩高天爵，德冠人倫，爲搢紳之紀綱，作朝廷之標表。凡遊門館，莫非雋賢，至於小人，最爲凡器。頃者幸以屬郡，祗事廉車②，奉約束而雖嚴，滌昏蒙而無術，實多愆闕，每賴恩容。敢望尊嚴，特自褒舉，手示遠降，羈魂震驚，感激彷徨，涕淚迸落。使無跛倚，如生羽翰，全忘鼠循，忽欲鳥舉。雖闕下一召，歲中四遷，校其光榮，不能踰越。《禮》曰：「君子愛其死，有以待也〔二〕；養其身，有以爲也〔三〕。」是小人忘生殺身之地，刳腸奉首之報，今得之矣，復何求焉？江山絶域，登臨已秋，猿吟鳥思，草衰木墜。黎侯寓衛，有《式微》之詩③；趙王遷房，創「山木」之詠④。流落多戚，今古同塵，廻望門牆，涕戀唯積。起居未由，無任血誠懇悃之至。謹狀。

【校勘記】

〔一〕「節換」，文津閣本作「節近」。

〔二〕「君子愛其死有以待也」，「有以」，《全唐文》卷七五〇、文津閣本作「以有」。

〔三〕「養其身有以爲也」，「有以」，《全唐文》卷七五〇作「以有」。

【注　釋】

①高尚書：即高元裕，字景圭。貞元十二年進士，宣宗時累官吏部尚書。傳見《舊唐書》卷一七一、《新唐書》卷一七七。本文云「三守僻左，七换星霜」，乃指杜牧已任黄、池、睦三州刺史，時已七年。杜牧會昌二年始任黄州刺史，至大中二年爲七年。文又有「江山絶域，登臨已秋，猿吟鳥思，草衰木墜」語，乃是初秋時。故本文即作於大中二年（八四八）初秋，時杜牧仍在睦州刺史任，至當年九月即離睦州赴京任司勳員外郎、史館修撰。

②祗事廉車：廉車，此指高元裕曾任宣歙觀察使。池州屬宣歙管轄，杜牧任池州刺史時，高元裕正爲宣歙觀察使，故有此句。

③黎侯二句：據《左傳》魯宣公十五年，狄人潞氏侵奪黎氏地，晉滅潞，立黎侯於黎城。又《詩經·邶風》有《式微》篇，其《小序》謂黎侯被逐而寓於衛，衛處之以二邑，因安之不歸，故其臣賦詩勸之。

④趙王二句：《文選·江淹·恨賦》：「若乃趙王既虜，遷於房陵。」李善注引《淮南子》：「趙王遷流房陵，思故鄉，作「山木」之嘔，聞者莫不隕涕。」房，房陵，縣名，秦置。治所在今湖北房縣。秦始皇徙嫪毐、吕不韋黨萬四千餘家於此。趙王，指漢高祖第七子劉恢，先爲梁王，吕后時，徙爲趙王。

上刑部崔尚書狀①

某啓。某比於流輩，疎闊慵怠，不知趨嚮，唯好讀書，多忘，爲文格卑。十年爲幕府吏，每促束於簿書宴遊間。刺史七年，病弟孀妹，百口之家，經營衣食，復有一州賦訟，私以貧苦焦慮，公以愚恐敗悔。仍有嗜酒多睡，廁於其間。是數者，相遭於多忘格卑之中，書不得日讀，文不得專心，百不逮人。所尚業，復不能尺寸銖兩自强自進，乃庸人輩也，復何言哉！今者，欲求爲贄於大君子門下，尚可以爲文而爲其禮，《詩》所謂「有靦面目，視人罔極」者也。謹敢繕寫所爲文凡二十首，伏地汗赧，不知所云。謹狀。

【注釋】

① 刑部崔尚書：即崔元式。累官湖南觀察使。會昌中先後任河中、河東、義成三鎮節度使。會昌六年，入爲刑部尚書。宣宗初，以刑部尚書判度支，後拜宰相。贈司空。傳見《舊唐書》卷一六三、《新唐書》卷一六〇。本狀云「十年爲幕府吏，……刺史七年，……復有一州賦訟，……今本欲求爲贄於大君子門下」。據此知杜牧此時爲州刺史，並已外任七年。杜牧自會昌二年出任黄州刺

史，後徙池州、睦州，經七年乃大中二年，時在睦州任。是年八月，杜牧已接内任命，九月遂離開睦州入任。據《新唐書》卷六三《宰相表》，大中二年正月，崔元式罷爲刑部尚書，則此文乃作於大中二年（八四八）八月前，此時稱崔元式爲刑部崔尚書，正合。

上安州崔相公啓①

某啓。某比於流輩，一不及人。至於讀書爲文，日夜不倦，凡諸所爲，亦未有以過人。至於會昌三年八月中所獻相公長啓②，鋪陳功業，稱校短長，措於《史記》、兩《漢》之間，讀於文士才人之口，與二子並無愧容。伏恐機務殷繁，不暇省覽，今者竊敢再録啓本，重干尊嚴。付於史官而不誣〔一〕，懸於後代而不泯，其於取重，豈在小人？復敢别録所爲新舊文兩卷，凡一十九首，上塵視聽〔二〕，一希鐫琢。重疊過越，惶懼彌深〔三〕，伏惟照察。謹啓。

【校勘記】

〔一〕「付於史官而不誣」，「史官」，《全唐文》卷七五一作「史館」。

〔二〕「上塵」，原作「上陳」，文津閣本作「上塵」，據改。

〔三〕「彌深」，原作「伏深」，文津閣本作「彌深」，據改。

【注釋】

① 安州崔相公：即崔珙。崔珙生平見本集卷一一《上門下崔相公書》注①。據《新唐書·武宗紀》，崔珙開成五年至會昌三年任宰相。又據《資治通鑑》卷二四八，崔珙由恩州司馬遷爲安州長史在會昌六年八月。然郭文鎬《杜牧詩文繫年小札》（《人文雜誌》一九八九年第五期）辨《資治通鑑》此處所記不确，認爲所記「五相同日北遷」，「所載五相之一『昭州刺史李珏爲郴州刺史』即爲會昌五年五月事，詳《八瓊室金石補正》卷七四『李珏華景洞題名』及錢大昕題跋。崔珙爲安州長史事，兩《唐書》漏書。《新唐書·崔珙傳》：『宣宗立，徙商州刺史，以太子賓客分司東都，起爲鳳翔節度使』後，崔珙由鳳翔節度使復貶太子少師分司，《貶崔珙太子少師制》（《全唐文》卷七九）云『及我嗣守，頗聞嘉名，由是剖竹近關，揚旍右輔』，『揚旍右輔』指鎮鳳翔，『剖竹近關』指徙商州，商州在藍田關南，故稱『近關』。崔珙徙商州刺史即在宣宗會昌六年三月即位後不久，其自恩州司馬北遷安州長史則斷不在《通鑑》所書之會昌六年八月，而在刺商州之前，蓋與上年李珏移郴州同時。牧上啓投崔珙，當於聞崔珙移安州長史之初得其實，此文以繫於會昌五年爲宜」。今從之，訂本文於會昌五年（八四五）。

② 此處所言「至於會昌三年八月中所獻相公長啓」，乃指本集卷十一《上門下崔相公書》。

薦韓乂啓①

某啓〔一〕。昨日所啓，言韓拾遺事，非與韓求衣食、救饑寒也，御史亦豈爲救饑寒之官乎？中丞必曰：「大梁奏取，韓以饑寒何不去？」〔二〕夫幕吏乃古之陪臣，以人爲北面〔三〕，雖布衣無耻之士，亦宜訪其樂與不樂，況有道之君子乎〔四〕。韓以旅寓洛中，非不樂梁也〔五〕，不甘不告之請耳。韓及第後，歸越中，佐沈公江西②、宣城。府罷，唐扶中丞辟於閩中，罷府歸，路由建州。妻與元晦同高祖〔六〕③，扶惡晦爲人，不省之。及晦得越，乃棄産避之，居常州。殷儼者④，仰韓之道，自閩寄百縑遺之，及門，不開書緘而斥去之〔七〕。

某比兩府同院〔八〕，但見其廉慎高潔，亦未知其道。大和八年，自淮南有事至越，見韓君於鏡上〔九〕，三畝宅，兩頃田，樹蔬釣魚，唯召名僧爲侣，餘力究《易》，嬉嬉然無日不自得也。未嘗及身名出處之語，未嘗入公府造請與幕吏宴遊，因此不爲搢紳相所見禮〔一〇〕。蕭、高二連帥至〔一一〕⑤，即日造其廬，詢以政事〔一二〕，稱先人梓材，有文學高名，没於越之府幕，故不願復爲越賓。及高至許下，厚禮辟之。其爲人也，貞潔芳茂，非其人不與遊，非其食不敢食。

蕭舍人、考功崔員外是趨於韓交者⑥，某復趨於蕭、崔二君子者，即韓之去某〔一三〕，其間不啻容數十人矣，亦安得知其賢而言之〔一四〕，復不僭乎？ 伏恐中丞謂韓求官，以衣食干交朋者。中丞初在憲府，固宜慎選御史，御史固非救饑寒之官。 某久承恩知，但欲薦賢於盛時，雖至淺陋，亦知不可以交友饑寒求清秩，以干大君子者。 伏慮未審誠懇〔一五〕，故此具陳本末，伏惟照察。 謹啓。

【校勘記】

〔一〕「某啓」，原無此二字，據《文苑英華》卷六五二補。

〔二〕「韓以饑寒」，《全唐文》卷七五二作「韓以救饑寒」。

〔三〕「爲」，原作「焉」，據《文苑英華》卷六五二、《全唐文》卷七五二改。

〔四〕「道」，《文苑英華》卷六五二、《全唐文》卷七五二作「恥」，《文苑英華》下校：「集作道。」

〔五〕「梁」，《文苑英華》卷六五二、《全唐文》卷七五二作「汴」，《文苑英華》下校：「集作梁。」

〔六〕「妻與元晦同高祖」，《文苑英華》卷六五二作「妻爲元晦同高祖妹」。

〔七〕「書緘」，《全唐文》卷七五二作「書函」。

〔八〕「某」，《文苑英華》卷六五二作「牧」。

〔九〕「君於鏡上」，「君」，《文苑英華》卷六五二、《全唐文》卷七五二作「居」。《文苑英華》下校：「集作君。」「鏡」，《全唐文》卷七五二、文津閣本作「境」。

〔一〇〕「相所見禮」，《全唐文》卷七五二作「所相見禮」。

〔一一〕「蕭高二連帥至」，「至」字原無，據《文苑英華》卷六五二、《全唐文》卷七五二、文津閣本補。

〔一二〕「以」，《全唐文》卷七五二作「其」。

〔一三〕「某」，《文苑英華》卷六五二作「牧」。

〔一四〕「亦安得」，文津閣本作「某安得」。

〔一五〕「慮」，《文苑英華》卷六五二、《全唐文》卷七五二作「恐」，《文苑英華》下校：「集作慮。」

【注釋】

①韓乂：兩《唐書》無傳，據本啓等，韓乂乃京兆人。文宗大和初進士，曾爲沈傳師江西、宣城兩幕府吏，又佐唐扶福建幕，官大理評事。宣宗大中初，任拾遺、主客員外郎，出爲隨州刺史。據郭文鎬《杜牧詩文繫年小札》（《人文雜誌》一九八四年第六期）所考，蕭寘大中六年五月十九日拜中書舍人，文中蕭舍人即此人。「大中六年春韋有翼新遷御史中丞」，「杜牧向初入憲府之中丞薦韓乂即在是時。《薦韓乂啓》應繫於大中六年（八五二）」。今即從之。

②沈公：即沈傳師。生平見本集卷一《張好好詩并序》注②。

③元晦：饒州刺史元洪子。寶曆元年登賢良方正、能直言極諫科。累官殿中侍御史。大和八年，充翰林學士。次年，加庫部員外郎。會昌時，遷吏部郎中，拜右諫議大夫，出爲桂管觀察使，徙浙東。大中元年五月，内授衛尉卿、分司東都。生平見李德裕《授元晦諫議大夫制》、《唐會要》卷七六、岑仲勉《翰林學士壁記注補》、《嘉泰會稽志》卷二等。

④殷儼：兩《唐書》無傳。據《唐會要》卷二九、《唐方鎮年表》卷五，殷儼會昌六年至大中二年在福建觀察使任。

⑤蕭高二連帥：指蕭俶、高銖。蕭俶，大和中累遷至河南少尹。九年五月，拜諫議大夫。開成四年三月，遷越州刺史、御史中丞、浙東都團練觀察使。會昌中，入爲左散騎常侍。後仕至太子太保分司東都。傳見《舊唐書》卷一七二。高銖，字權仲。登進士第，累遷員外郎、吏部郎中、拜給事中，出爲越州刺史、御史中丞、浙東都團練觀察使。後入朝任刑部侍郎。大中初，遷禮部尚書判户部，徙太常卿。傳見《舊唐書》卷一六八、《新唐書》卷一七七。據《唐方鎮年表》卷五，高銖大和九年至開成四年閏正月鎮浙東；蕭俶開成四年至會昌二年鎮浙東。

⑥蕭舍人考功崔員外：蕭舍人爲蕭寘；考功崔員外爲崔壽。蕭寘，蘭陵人。大中中爲兵部員外郎，充翰林學士、加知制誥，進中書舍人。咸通中爲宰相。傳見《舊唐書》卷一七九《蕭遘傳》附、《新

唐書》卷一〇一《蕭瑀傳》附。崔壽，兩《唐書》無傳。博陵人。據本文，曾爲考功員外郎。

【集　評】

年來蝗旱，炊粒如珠，儒流支生無策，御史固救饑寒官。不自求而爲知友求，足深古處。（鄭郲評本文）

上知己文章啓①

某啓。某少小好爲文章，伏以侍郎文師也②，是敢謹貢七篇，以爲視聽之汙。伏以元和功德，凡人盡當歌詠紀叙之〔一〕，故作《燕將録》。往年弔伐之道未甚得所，故作《罪言》。自艱難來始〔二〕，卒伍傭役輩〔三〕，多據兵爲天子諸侯，故作《原十六衛》。諸侯或恃功不識古道，以至于反側叛亂，故作《與劉司徒書》。處士之名，即古之巢、由、伊、吕輩③，近者往往自名之，故作《送薛處士序》。寶曆大起宫室，廣聲色，故作《阿房宫賦》。有廬終南山下④，嘗有耕田著書志，故作《望故園賦》。雖未能深窺古人〔四〕，得與揖讓笑言，亦或的的分其狀貌矣。自四年來，在大君子門下，恭承指顧，約束於政理簿書間，永不執卷。上都有舊第，唯書萬卷；終南山下有舊廬，頗有水樹，當以耒耜筆硯歸其間〔五〕。及齒髮甚壯〔六〕，間冀有成立〔七〕，他日捧持，一遊門下，爲拜謁之先，或希一獎。今者所獻，但有輕黷尊嚴之罪，亦何所取。伏希少假誅責，生死幸甚。謹啓。

【校勘記】

〔一〕「歌詠」，《文苑英華》卷六五七、《全唐文》卷七五二作「詠歌」，《文苑英華》下校：「文粹作歌詠。」

〔二〕「來始」，《唐文粹》卷八五、文津閣本作「以來」，《全唐文》卷七五二作「來」。

〔三〕「卒伍傭役輩」，《全唐文》卷七五二於此句前有「以」字。

〔四〕「深」，《文苑英華》卷六五七、《全唐文》卷七五二作「盡」，《文苑英華》下校：「集作深。」

〔五〕「當以耒耜筆硯歸其間」，原作「當以耒耜筆硯聞」，據《唐文粹》卷八五、《文苑英華》卷六五七改。《全唐文》卷七五二「當以」作「當有」。文津閣本「歸」作「居」字。

〔六〕「及齒髮」，原無「及」字，據《唐文粹》卷八五、《文苑英華》卷六五七、《全唐文》卷七五二、文津閣本補。「齒髮」，《文苑英華》卷六五七、《全唐文》卷七五二作「髮齒」。

〔七〕「間冀有成立」，「冀」字原作「糞」，據《唐文粹》卷八五、《文苑英華》卷六五七、《全唐文》卷七五二、文津閣本改。「間」，《唐文粹》、《文苑英華》、《全唐文》、文津閣本均無此字。

【注釋】

①本文所謂知己，《杜牧年譜》謂指沈傳師。杜牧自大和二年十月即爲沈傳師辟爲江西團練巡官，後又隨沈傳師轉宣州幕府，凡六年，頗受賞識，以此杜牧視沈爲知己。故繆鉞《杜牧年譜》繫本文作於大和八年（八三四），杜牧時在牛僧孺淮南節度使幕中。本文編年，《杜牧年譜》於大和八年考云：「按啓中云：『伏以侍郎，文師也，是敢謹貢七篇，以爲視聽之汙。』又云：『自四年來，在大君子門下，恭承指顧，約束於政理簿書間。』則杜牧所上書之『知己』，蓋即沈傳師。沈傳師於大和七年四月内擢爲吏部侍郎，大和九年四月卒，而此啓中所獻之文有《罪言》、《原十六衛》等，故此啓之作，必在本年已撰諸文之後，而啓中又云：『上都有舊宅第，唯書萬卷，終南山下有舊廬，頗有水樹。（中略）他日捧持一遊門下，爲拜謁之先，或希一獎。』又可知此啓之作，必在杜牧大和九年進京之前，故定爲本年之作。」然其作年，郭文鎬《杜牧詩文繫年小札》（《人文雜誌》一九八九年第五期）以爲繆鉞繫於大和八年誤，云：「《年譜》謂『知己』爲吏部侍郎沈傳師，繫文於大和八年（八三四），誤。牧大和二年冬至七年夏佐沈傳師江西、宣城幕，凡六年，非四年。牧《與浙西盧大夫書》即言已在沈傳師幕『兩府六年』，《李府君（戡）墓誌》亦云『事故吏部沈公於鍾陵、宣城爲幕吏，兩府凡五年間』，此舉成數。故《上知己文章啓》不作於大和八年，『知己』亦非沈傳師。考牧一生在朝、佐幕、出守，能四年『在大君子門下，恭承指顧者』，唯開成四年（八三九）入爲補闕至

會昌二年牧刺黄州之當年。時牧四十歲，與文中言己『齒髮甚壯』合。本年牧作《上門下崔相公書》云『某僻守荒郡……齒髮甚壯，志尚未衰，敢不自强，冀答天造』，亦謂己『齒髮甚壯』，而『志尚未衰』云云又與《上知己文章啓》『間冀有成立』意同，俱可印證《上知己文章啓》作於會昌二年守黄州時，牧不甘守郡，希求汲引也。『知己』者不詳，俟考。」所辨能解決「自四年來，在大君子門下」之疑，然未能釋「侍郎文師」爲何人；且此文既作於會昌二年，杜牧此文所提及上侍郎之文如《燕將録》、《罪言》、《與劉司徒書》、《原十六衛》、《阿房宫賦》等等，何又多爲早年之作，此又不免啓人疑竇，疑不能明。此文究作於何年尚難遽定，故詳引兩説如上，俟博雅君子再考。

②侍郎：《杜牧年譜》謂爲沈傳師，其時沈傳師在朝任吏部侍郎，故稱。

③巢由伊吕輩：巢，巢父，唐堯時隱士，築巢樹上而居，故稱。由，許由，上古隱於箕山之高士。相傳堯曾想讓天下給他，不受。伊，伊尹，商湯臣，名摯，曾爲湯妻陪嫁奴隸，後佐湯伐夏桀，被尊爲阿衡（宰相）。吕，吕尚，亦稱姜太公。曾釣於渭濱，後爲周文王所重，立爲師，並輔周武王滅紂王。

④廬：指杜家在終南山下之樊川别墅。終南山，又名南山，秦嶺山峰之一，在今陝西西安市南。

獻詩啓

某啓。某苦心爲詩，本求高絶〔一〕，不務奇麗，不涉習俗，不今不古，處於中間。既無其才，徒有其奇〔二〕，篇成在紙，多自焚之。今謹録一百五十篇，編爲一軸，封留獻上。握風捕影，鑄木鏤冰，敢求恩知，但希鐫琢。冒黷尊重〔三〕，下情無任惶懼〔四〕。謹啓。

【校勘記】

〔一〕「本求」，《全唐文》卷七五二作「惟求」。

〔二〕「奇」，《文苑英華》卷六五七、《全唐文》卷七五二作「意」。

〔三〕「冒黷」，《文苑英華》卷六五七作「干黷」。

〔四〕「無任惶懼」，《文苑英華》卷六五七作「無任惶懼之至」。

薦王寧啓①

前渭南縣令王寧。前件官實有吏才，稱於衆口，年少强力，一也。遇事必能裁割，二也。既藴智能，無頭角誇誕，三也。廉直可保，四也。處於驕將内臣之間，必能和同，五也。今者邊將生事，雜虜起戎，不憂兵甲，唯在饋運。某過承恩奬，故敢薦才〔一〕，伏惟取捨之間，特賜恕察。謹啓。

【校勘記】

〔一〕「故敢薦才」，「故」字原作「敢」，據景蘇園本改。《文苑英華》卷六五二、《全唐文》卷七五二、文津閣本作「輒」。

【注釋】

① 此啓云：「今者邊將生事，雜虜起戎，不憂兵甲，唯在饋運。某過承恩奬，故敢薦才。」按，邊將生事激起「雜虜起戎」事，《資治通鑑》卷二四九大中六年六月記述云：「河東節度使李業縱吏民侵

掠雜虜，又妄殺降者，由是北邊扰動。閏月，庚子，以太子少師盧鈞爲河東節度使。業内有所恃，人莫敢言，魏謩獨請貶黜，上不許，但徙義成節度使。盧鈞奏度支郎中韋宙爲副使。宙遍詣塞下，悉召酋長，諭以禍福，禁唐民毋得入虜境侵掠，犯者必死，雜虜由是遂安。」此即邊將生事，「雜虜起戎」事。杜牧之薦王寧，當約在雜虜由是遂安前之大中六年（八五二）六七月間。

上宰相求湖州第一啓①

某啓。人有愛某者，言於某曰：「吏部員外郎例不爲郡，子不可求，假使已求，慎勿堅懇。」至于再三。答曰：「某雖不學，按《六典》令式及諸故事②，多無此例〔一〕，國史復無賢相名卿懸之以爲格言，此乃急於進趨之徒〔二〕，自爲其説。若以言例〔三〕，貞元初故相國盧公邁由吏部員外郎出爲滁州③，近者澶王傅李凝爲鹽鐵使江淮留後〔四〕④，豈曰無例。」人曰：「盧事太遠，李爲擢用，此不足徵。」某曰：「不知今者，視之古事在書，取爲今證。遠自三代、兩漢，近至隋氏、國初，尚可援引，況前十五年名相故事，反不足爲例乎？況盧公邁止以骨肉寒餓，求守滁陽〔五〕，非如某以親弟廢痼，寒餓仍之。是盧公有一，某有二，與盧公所切，復爲不同。仲尼曰：『雍也可使南面。』⑤今刺史古之南面諸侯，行天子教化刑罰者，江淮鹽鐵留後，求利小臣，校量輕重，與刺史相懸。求利小臣乃可吏部員外郎爲之〔六〕，十萬户州，天下根本之地，曰吏部員外郎不可爲其刺史，即是本末重輕，顛倒乖戾，莫過於此。」

某弟顗⑥，世胄子孫，二十六一舉進士及第，嘗爲《上裴相公書》〔七〕，遒壯温潤，詞理傑逸，賈生、司馬遷能爲之，非班固、劉向輩亹亹之詞，流於後輩，人皆藏之。朱崖李太尉迫以世舊⑦，取爲浙西團練使巡官，李太尉貴驕多過，凡有毫髮，顗必疏而言之。後謫袁州，於蒼惶中言於親吏曹居實曰〔八〕：「如杜巡官愛我之言，若門下人盡能出之，吾無今日。」李太尉在袁州，顗客居淮南，牛公欲辟爲吏，顗謝曰：「苟爽爲李膺御⑧，以此顯名，今受命爲幕府下執事，御李膺矣。然李公困謫遠地，未願仕宦。」牛公歎美之。聰明雋傑，非尋常人也。

某自省事已來，未聞有後進名上，喪明廢棄，窮居海上，如顗比者。今有一兄，仰以爲命，復不得一郡以飽其衣食，盡其醫藥，非今日海内無也，言於所傳聞，亦未有也。

自古喜莫若虢國太子⑨，以其死而復生，言懇莫若申包胥，求救於秦⑩，七日七夜，哭聲不絶。某今懇如包胥，但未哭爾。若蒙恩憫，特遂血懇，其喜也不下虢太子。詞語煩碎，頻干尊重，足及軒闔⑪，神驚汗流，不勝憂恐懇悃之至。謹啓。

【校勘記】

〔一〕「多」，《文苑英華》卷六六〇作「全」，下校：「集作多。」

〔二〕「進趨」，《全唐文》卷七五三作「趨進」。

〔三〕「言例」，《文苑英華》卷六六〇、《全唐文》卷七五三作「例言」。

〔四〕「澶王傅李凝」，原作「澶王傅李疑」，據《文苑英華》卷六六〇、《全唐文》卷七五三改。

〔五〕「求守滁陽」，「求」字原作「來」，據《文苑英華》卷六六〇、《全唐文》卷七五三改。

〔六〕「求利小臣」，原無「小」字，據文津閣本補。

〔七〕「裴相公」，「裴」原作「斐」，據《文苑英華》卷六六〇、《全唐文》卷七五三改。

〔八〕「惶」，《文苑英華》卷六六〇、《全唐文》卷七五三作「黄」，《文苑英華》下校：「集作惶。」

【注　釋】

①宰相：此處即指周墀。湖州，又名吴興郡，唐治所在烏程，即今浙江湖州。本文云：「人有愛某者，言於某曰：『吏部員外郎例不爲郡，子不可求』」，據此，作此文時，杜牧爲吏部員外郎。又本集卷三《新轉南曹，未敘朝散，初秋暑退，出守吴興，書此篇以自見志》詩。新轉南曹指杜牧方任吏部員外郎不久。據此，杜牧新轉南曹當在初秋出守吴興之前。杜牧出守吴興在大中四年初秋，

則其任吏部員外郎當在大中四年夏。此亦即謂杜牧此文乃作於大中四年（八五〇）夏。

② 六典：唐玄宗時官修有關唐代官職及其品秩等制度之書。故事：指先前之典章制度及施行前例。

③ 盧公邁：盧邁，《新唐書·盧邁傳》：「盧邁字子玄，河南河南人。……舉明經入第，補太子正字。以拔萃調河南主簿、集賢校理。……三遷吏部員外郎。以族屬客江介，出爲滁州刺史。召還，再遷諫議大夫。」後任宰相。傳見《舊唐書》卷一三六、《新唐書》卷一五〇。滁州，州名，唐治所在今安徽滁州。

④ 澶王：指李唐宗室李愡。鹽鐵使，掌收運鹽鐵之税，或兼兩税使、租庸使。留後，官名。唐廣德元年，以梁崇義爲山南東道節度使留後，留後之名始此。

⑤ 仲尼句：仲尼即孔子。雍，冉雍，字仲弓，孔子學生。《論語·雍也》之《正義》曰：「南面，謂諸侯也，言冉雍有德行，堪任爲諸侯，治理一國者也。」

⑥ 顗：杜顗，杜牧之弟。字勝之，登進士第，任試秘書正字、匭使判官。後李德裕爲鎮海軍節度使，辟爲試協律郎，巡官。患眼疾，遂廢，大中五年卒。生平詳見本集卷九《唐故淮南支使試大理評事兼監察御史杜君墓誌銘》。

⑦ 朱崖李太尉：即李德裕。唐武宗時曾爲太尉，宣宗時屢貶至崖州卒，故稱。生平見本集卷十一《上李太尉論江賊書》注①。

⑧荀爽句：《後漢書·李膺傳》：「膺性簡亢、無所交接，唯以同郡荀淑、陳寔爲師友。……南陽樊陵求爲門徒，膺謝不受。……荀爽嘗就謁膺，因爲其御，既還，喜曰：『今日乃得御李君矣。』其見慕如此。」

⑨虢國太子句：據《史記·扁鵲列傳》：虢國太子窒息，扁鵲至虢宫門下，認爲太子「尸蹷」未死。經扁鵲醫治後：「太子起坐。更適陰陽，但服湯二旬而復故。」

⑩申包胥二句：《史記·秦本紀》：「哀公三十一年，吴王闔閭與伍子胥伐楚，楚王亡奔隨，吴遂入郢。楚大夫申包胥來告急，七日不食，日夜哭泣。於是秦乃發五百乘救楚，敗吴師。吴師歸，楚昭王乃得復入郢。」

⑪軒闥：小室之門。軒，小室。闥，宫中小門。

上宰相求湖州第二啓〔一〕①

某啓。某幼孤貧，安仁舊第②，置於開元末，某有屋三十間〔二〕。去元和末，酬償息錢，爲他人有，因此移去。八年中，凡十徙其居，奴婢寒餓，衰老者死，少壯者當面逃去，不能呵制。有一豎〔三〕，戀戀憫歎，挈百卷書，隨而養之。奔走困苦，無所容庇〔四〕，歸死延福私廟〔五〕，支拄欹壞而處之。長兄以驢遊丐于親舊〔六〕，某與弟顗食野蒿藿，寒無夜燭，默所記者〔七〕，凡三周歲，遭遇知己，各及第得官。

文宗皇帝改號初年，某爲御史分察東都，顗爲鎮海軍幕府吏。至二年間，顗疾眼，暗無所睹，故殿中侍御史韋楚老曰③：「同州有眼醫石公集，劍南少尹姜沔喪明，親見石生針之，不一刻而愈，其神醫也。」某迎石生至洛，告滿百日④，與石生俱東下〔八〕，見病弟于揚州禪智寺。石曰：「是狀也，腦積毒熱，脂融流下，蓋塞瞳子，名曰内障。法以針旁入白睛穴上〔九〕，斜撥去之，如蠟塞管，蠟去管明，然今未可也。後一周歲，脂當老硬，如白玉色，始可攻之。某世攻此疾，自祖及父，某所愈者，不下二百人，此不足憂。」其年秋末，某載病弟與石生自揚州南渡，入宣州幕。至三年冬，某除補闕，石生自曰明年春眼可針矣，視瞳子中〔一〇〕，脂色玉白，果符初言。堂兄慥守潯陽，泝流不遠，刺史之力也，復可以飽石生所欲，令其盡心，此即家也，京中無一畝田，豈可同歸，遂如潯陽。四年二月，某於潯陽北渡赴官，與弟顗決，執手哭曰〔一一〕：「我家世德，汝復無罪，其疾也豈遂痼乎〔一二〕，然有石生，慎無自撓。」其年四月，石生施針，九月，再施針，俱不效。五年冬，某爲膳部員外郎，乞假往潯陽取顗西歸，顗固曰：「歸不可議，俟兄慥所之而隨之。」

會昌元年四月，兄慥自江守蘄，某與顗同舟至蘄。某其年七月却歸京師〔一三〕。明年七月〔一四〕⑤，出守黄州，在京時詣今虢州庾使君⑥，問庾使君眼狀〔一五〕，庾云：「同州有二眼醫，石公集是一也。復有周師達者，即石之姑子，所得當同。周老石少，有術甚妙〔一六〕，似石不及。」某常病内障，愈于周手，豈少老間工拙有異。」某至黄州，以重幣卑詞，致周至蘄。周見弟眼曰：「嗟乎！眼有赤脈。凡内障脂凝有赤脈綴之者，針撥不能去赤脈，赤脈不除，針不可施，除赤脈必有良藥，某未知之。」是石生業淺，不達此理，妄再施針，周不針而去。時西川相國兄始鎮揚州⑦，弟兄謀曰：「揚州大郡，爲天下通衢，世稱異人術士多遊其間，今去值有勢力，可爲久安之計，冀有所遇。」其年秋，顗遂東下，因家揚州。與顗一相見，别八年矣，坐一室中，不復有再生意。住三十日而西，臨歧與決，曰：「此行也必祈大郡，東來謀汝醫藥衣食，庶幾如志。」近聞九疑山南有隱士綦毋弘者⑧，人言異人，能愈異疾〔一七〕。忠州豐都縣有仙都觀，後漢時仙人陰長生於此白日昇天⑨，今聞道士龔法義年逾八十，精嚴其法。人之所謂有前世負累，今世還以痼疾者，奏章於上帝，能爲解之。刺史之力，二人或可致〔一八〕，是以去歲閏十一月十四日，輒獻長啓，乞守錢塘，蓋以私懇有素，非敢率然言。念病弟喪明，坐廢十五年矣，但能識某聲音，不復知某髮已半白，顏面衰改〔一九〕。是某今生可以見顗，而顗不能復見某矣〔二〇〕，此天也，無可奈何。某能見顗而不得去，此豈天乎！而懸在相公〔二一〕。若小人微懇終不能上動相公，相公恩憫終不下及小人，是日月下親兄弟終無相見期。況去歲淮南小旱，衣食益困，目無所睹〔二二〕，復困於衣食，即海内言窮苦人，無如顗者。今敢以情事，再書懇迫，上干尊重，伏料仁者必爲惻惻。

然某早衰多病，今春耳聾，積四十日，四月復落一牙。耳聾牙落，年七八十人將謝之候也〔二三〕。今未五十，而有七八十人將謝之候，蓋人生受氣，堅强脆弱，品第各異也。堅强者七八十而衰，脆弱者四五十而衰，其不同也，亦與草木中蒲柳松柏同也。某今生四十八矣〔二四〕，自今年來，非唯耳聾牙落，兼以意氣錯寞，在群衆歡笑之中，常如登高四望，但見莽蒼大野，荒墟廢壠，悵望寂默，不能自解。此無他也，氣衰而志散，真老人態也。自省人事已來，見親舊交遊，年未五十尚壯健而死者衆矣，況某早衰，敢望六七十而後死乎〔二五〕。願未死前〔二六〕，一見病弟，異人術士，求其所未求，以甘其心，厚其衣食之地。某若先死，使病弟無所不足，死而有知〔二七〕，不恨死早。湖州三歲，可遂此心。伏惟仁憫，念病弟望某東來之心，察某欲見病弟之志，一加哀憐，特遂血懇，披剔肝膽，重此告訴。當盛暑時，敢以私事及政事堂啓干丞相，治其罪可也。伏紙流涕，俯候嚴命〔二八〕，不勝憂惶激切之至。謹啓。

【校勘記】

〔一〕題原作《第二啓》，今據其文義改。

〔二〕「某有屋三十間」，《文苑英華》卷六六〇、《全唐文》卷七五三句末有「而已」二字。

〔三〕「有一豎」，《文苑英華》卷六六〇、《全唐文》卷七五三作「止有一豎」。

〔四〕「無所容庇」，「庇」字原無，據《文苑英華》卷六六〇補。

〔五〕「歸死延福私廟」，《文苑英華》卷六六〇、《全唐文》卷七五三於「死」字後有「於」字。

〔六〕「長兄以驢」，「以驢」，《文苑英華》卷六六〇、《全唐文》卷七五三作「以一驢」。

〔七〕「默所記者」，《文苑英華》卷六六〇、《全唐文》卷七五三作「默念所記者」。

〔八〕「石生」，原作「王生」，據《文苑英華》卷六六〇、《全唐文》卷七五三、文津閣本改。

〔九〕「法以針旁入白睛穴上」，「法以針」，《文苑英華》卷六六〇作「法以金針」。

〔一〇〕「瞳子」，原作「童子」，據《文苑英華》卷六六〇、《全唐文》卷七五三改。

〔一一〕「執手哭曰」，「執」字原無，據《文苑英華》卷六六〇補。

〔一二〕「其疾也」，《文苑英華》卷六六〇、《全唐文》卷七五三作「斯疾也」。

〔一三〕「却歸」，文津閣本作「即歸」。

〔一四〕「明年七月」，「七」，《文苑英華》卷六六〇作「正」，下校：「集作七。」

〔一五〕「問庾使君眼狀」，《文苑英華》卷六六〇、《全唐文》卷七五三無「使君」二字，《文苑英華》下校：「集有使君二字。」

〔一六〕「有術甚妙」，「有」，《文苑英華》卷六六〇、《全唐文》卷七五三作「其」，《文苑英華》下校：「集作有。」「甚」，《文苑英華》、《全唐文》作「深」，《文苑英華》下校：「集作甚。」

〔一七〕「能愈異疾」，「異」，《文苑英華》卷六六〇作「斯」，下校：「集作異。」

〔一八〕「二人」，文津閣本作「異人」。

〔一九〕「顏面衰改」，「面」，《文苑英華》卷六六〇、《全唐文》卷七五三作「貌」。

〔二〇〕「不能復見某矣」，「能復」，《文苑英華》卷六六〇作「復能」，下校：「集作能復。」

〔二一〕「懸在相公」，「懸」字原作「懇」，據《文苑英華》卷六六〇、《全唐文》卷七五三改。

〔二二〕「所睹」，文津閣本作「所見」。

〔二三〕「年七八十人」，《文苑英華》卷六六〇作「年如七八十人」，《全唐文》卷七五三作「兼年如七八十人」。

〔二四〕「某今生四十八矣」，《文苑英華》卷六六〇作「某今生四十八年矣」，《全唐文》卷七五三作「某今年四十八矣」。

〔二五〕「敢望六七十」，《文苑英華》卷六六〇於「望」字後有「至」字。

〔二六〕「願未死前」，「願」字原作「聞」，據《全唐文》卷七五三、文津閣本改。

〔二七〕「死而有知」，《全唐文》卷七五三於「死」前有「然」字。

〔二八〕「俯候嚴命」，「候」，《文苑英華》卷六六〇作「俟」。

【注釋】

①本啓云「某今生四十八年矣」，則文乃作於杜牧四十八歲，亦即大中四年。又云「當盛暑時，敢以私事及政事堂啓干丞相」，則乃大中四年（八五〇）夏之作。

②安仁舊第：杜牧家在長安安仁坊之府第。《長安志》：「萬年縣所領朱雀門街之東安仁門，太保致仕岐國公杜佑宅。」

③韋楚老：名壽朋，字楚老，杜牧友人。爲人風韻高致，雅好山水。曾任拾遺、殿中侍御史。

④告滿百日：請滿百日假期。據《唐會要》卷八二元和元年四月規定「職事官假滿百日，即合停解」。

⑤按，此處記杜牧出守黄州時間有誤。據本集卷一四《黄州準敕祭百神文》：「會昌二年，歲次壬戌，夏四月乙丑朔，二十三日丁亥，……大赦天下。……牧爲刺史，實守黄州。夏六月甲子朔，十八日辛巳，伏準赦書，得祭諸神。」則會昌二年四月杜牧已在黄州刺史任。推其出守黄州，約在是年三、四月間。

⑥虢州庾使君：即庾簡休。庾敬休弟，鄧州新野人，官至工部侍郎。傳見《新唐書》卷一六一《庾敬

休傳》附。《舊唐書・宣宗紀》：大中元年六月，「以左諫議大夫庾簡休爲虢州刺史」。

⑦西川相國兄：即杜悰，杜牧堂兄。字永裕，尚岐陽公主。曾任劍南西川節度使，武宗會昌四年曾爲宰相。傳見《舊唐書》卷一四七、《新唐書》卷一六六。鎮揚州，指任淮南節度使，州治所在揚州。杜悰鎮淮南在會昌二年至四年。

⑧九疑山：山名。在今湖南寧遠南。《水經注・湘水》：「蟠基蒼梧之野，峰秀數郡之間；羅巖九舉，各導一溪；岫壑負阻，異嶺同勢；遊者疑焉，故曰九疑山。」

⑨陰長生：道教神仙。東漢南陽新野人，相傳乃和帝陰皇后之親屬。喜道術，聞馬鳴生得神仙之道，乃入泰和山中求見，師事之。二十年後，馬鳴生攜之入青城山，授《太清神丹經》。乃入武當山石室中合丹，並作黃金十數萬斤，施濟貧乏。相傳後於平都山白日飛升。著有《丹經》九篇。事見《太平廣記》卷八引《神仙傳》。

上宰相求湖州第三啓〔一〕①

某啓。某去歲閏十一月十四日，輒書微懇，列在長啓，干黷尊重，乞守錢塘，以便家事。自歎精誠不能上動相公，不遂於便〔二〕。伏以病弟孀妹，因緣事故，寓居淮南，京中無業，今者不復西歸，遂於淮南客矣〔三〕。病孤之家，假使旁有强近，救接庇借，歲供衣，月供食〔四〕，日問其所欠闕，尚猶戚戚多感，無樂生意。況乎爲客於大藩喧囂雜沓之中，無俸禄之氣勢〔五〕，食不繼月，用不給日，閉門於荒僻之地，取容於里胥遊徼之輩。部曲臧獲，可以氣凌鼠侵，又不能制止，所可仰以爲命者，在三千里外一郎吏爾〔六〕②。復有衣食生生之所須〔七〕，悉多欠闕，欲其安活，而無歎吒悲恨，不可得也。

去歲伏蒙恩念出於私曲，語今青州鄭常侍云③：「更與一官，必任東去。」某承受仁旨，不敢不重以錢塘更塵視聽。今自勳曹擢爲廢置④，在某更授一官已榮過矣〔八〕，在相公必任東去之言鏘然在耳。近者累得書，告以羈旅困乏，聞於他人，可爲酸鼻，況於某心，豈易排遣。今年七月，湖州月滿，敢輒重書血誠，再干尊重，伏希憐憫，特賜比擬。

某伏念骨肉悉皆早衰多病，常不敢以壽考自期，今更得錢三百萬〔九〕，資弟妹衣食之地，假使身死，死亦無恨，湖州三考，可遂此心。湖州名郡也，私誠難遂也，不遇知己，豈得如志。瀝血披肝，伏紙迸淚，伏希殊造，或賜濟活，下情無任懇悃惶懼之至。謹啓。

【校勘記】

〔一〕題原作《第三啓》，今據其文義改。

〔二〕「不遂於便」，《文苑英華》卷六六〇、《全唐文》卷七五三、文津閣本作「不遂私便」。

〔三〕「遂於淮南客矣」，「於」，《文苑英華》卷六六〇、《全唐文》卷七五三作「爲」。

〔四〕「月供食」，「供」，《文苑英華》卷六六〇、《全唐文》卷七五三作「給」。

〔五〕「無俸禄之氣勢」，「之」，《文苑英華》卷六六〇、《全唐文》卷七五三作「乏」。

〔六〕「爾」，《文苑英華》卷六六〇作「耳」。

〔七〕「生生」，文津閣本作「資生」。

〔八〕「已榮過矣」，「過」，《文苑英華》卷六六〇、《全唐文》卷七五三、文津閣本作「遇」。

〔九〕「今更得錢三百萬」，「三」，《文苑英華》卷六六〇、《全唐文》卷七五三作「二」，《文苑英華》下校：「集作三。」

【注　釋】

①此爲《上宰相求湖州第三啓》，前二啓作於大中四年夏（參上文），而本啓云「某去歲閏十一月十四日，輒書微懇，列在長啓，干黷尊重，乞守錢塘」，杜牧乞守錢塘文《上宰相求杭州啓》即本文所云「某去歲閏十一月十四日」所上之「長啓」，乃作於大中三年閏十一月（詳參下文），則本文必作於大中四年夏第二啓之後。本文又云「今年七月，湖州月滿，敢輒重書血誠，再干尊重」，則文乃大

中四年（八五〇）七月前作，亦即作於夏日。

②三千里外一郎吏：此杜牧自指。此時杜牧在朝任吏部員外郎。

③青州鄭常侍：即鄭涓。《全唐文》卷七八八蔣伸《授鄭涓徐州節度使制》稱「平盧軍節度使、檢校左散騎常侍鄭涓」。據郁賢皓《唐刺史考全編》卷七六所考，此鄭涓即杜牧文中之青州鄭常侍。鄭涓，滎陽人，字道一。歷御史臺、尚書省，宣宗大中初，爲京兆尹。三年，檢校左散騎常侍、平盧軍節度使。遷徐州節度使。七年，改檢校禮部尚書、昭義節度使。九年，檢校刑部尚書，充河東節度使。生平尚見《新唐書·宰相世系表五上》、《唐方鎮年表》卷三、卷四。

④自勳曹擢爲廢置：指大中四年杜牧自司勳員外郎改爲吏部員外郎。

上宰相求杭州啓①

某啓。某於京中，惟安仁舊第三十間支屋而已。長兄慥②，罷三原縣令，閑居京城。弟顗③，一舉進士及第，有文章時名，不幸得痼疾，坐廢十三年矣。今與李氏孀妹，寓居淮南，並仰某微官以爲餱命。某前任刺史七年，給弟妹衣食，有餘兼及長兄，亦救不足。是某一身作刺史，一家骨肉，四處安活。自去年八月，特蒙獎擢〔一〕，授以名曹郎官，史氏重職。七年棄逐，再復官榮，歸還故里，重見親戚，言於鄙微〔二〕，已滿素志。自去年十二月至京，以舊第無屋，與長兄異居。今秋已來，弟妹頻以寒餒來告。某一院家累，亦四十口，狗爲朱馬④，緼作由袍⑤，其於妻兒，固宜窮餓。是作刺史，則一家骨肉，四處皆泰；爲京官，則一家骨肉，四處皆困。謀於知友曰：「杭州大郡，今月滿可求，欲干告吾相，以活家命〔三〕，以爲如何？」皆曰：「子七年三郡，今始歸復，相國知子，必欲次第叙用。子今復求刺史，得不生相國疑怪乎？」某答曰：「是何言歟〔四〕！某唯恃吾相之知，始敢干求。今天下以江淮爲國命，杭州户十萬，税錢五十萬，刺史之重，可以殺生，而有厚禄，朝廷多用名曹正郎有名望而老於爲政者而爲之，某今官爲外郎，是官位未至也。前三任刺史，無異政聞於吾相，是爲政無取也〔五〕。今若得遂所求，非唯超顯，兼活私家〔六〕，某若不恃吾相之知而求之，是狂躁妄庸人也。」

墜井者求出，執熱者願濯，古人以此二者，譬喻所切也。某今所切，是墜於絶壑，而衣掛于樹杪，覆在鼎中，下有熱火，而水將沸，與古所喻，則復過之。輒敢具疏血誠，上干尊重，冀垂恩憐，或賜援拯。慺慺丹懇，不勝惶懼懇悃之至。謹啓。

【校勘記】

〔一〕「特蒙獎擢」，「特」原作「時」字，據《文苑英華》卷六六〇、《全唐文》卷七五三改。

〔二〕「鄙微」，「微」字原作「誠」，據《文苑英華》卷六六〇、《全唐文》卷七五三改。《文苑英華》下校：「集作誠。」

〔三〕「以」，原作「次」字，據《文苑英華》卷六六〇、《全唐文》卷七五三、文津閣本改。

〔四〕「歟」，原作「與」字，據《文苑英華》卷六六〇改。

〔五〕「無取也」，《全唐文》卷七五三作「無所取也」。

〔六〕「私家」，《全唐文》卷七五三作「家私」。

【注　釋】

①宰相：指周墀。本文云「自去年八月，特蒙獎擢，授以名曹郎官，史氏重職」。按此指大中二年八月朝廷授杜牧司勳員外郎、史館修撰。則文乃作於大中三年。又杜牧《上宰相求湖州第三啓》云「某去歲閏十一月十四日，輒書微懇，列在長啓，干黷尊重，乞守錢塘」，此文所謂「長啓」即爲《上宰相求杭州啓》。據此知本文乃大中三年（八四九）閏十一月作。

②長兄慥：杜牧堂兄杜慥。唐京兆杜陵人。文宗大和末，爲金部員外郎。開成二年，爲長安令。出

爲江州刺史。武宗會昌元年，轉鄆州刺史。大中中，自少府監出爲池州刺史。生平見本文、本集卷一六《上宰相求湖州第二啓》、《雲溪友議》卷下、《唐尚書省郎官石柱題名考》卷一六。

③弟顗：即杜顗。生平見本集卷十六《上宰相求湖州第一啓》注⑥。

④狗爲朱馬：《後漢書·陳蕃傳附朱震傳》：「震字伯厚，初爲州從事，奏濟陰太守單匡臧罪，並連匡兄中常侍車騎將軍超。桓帝收匡下廷尉，以譴超，超詣獄謝。三府諺曰：『車如雞栖馬如狗，疾惡如風朱伯厚。』」

⑤緼作由袍：《論語·子罕》：「衣敝緼袍，與衣狐貉者立，而不恥者，其由也與。」由，孔子弟子子由。

爲堂兄慥求澧州啓①

某啓。庫部家兄昨者特蒙獎拔②，却忝班行，實以聽聞稍難，不敢更求榮進。今在郢州汨口草市③，絶俸已是累年。孤外甥及侄女堪嫁者三人〔一〕，仰食待衣者不啻百口，脱粟蒿藋〔二〕，才及一飡。伏蒙仁恩，頻賜顧問，必許援拯，授以涔陽④，活於闔門，無不感涕。伏以相公上佐聖主，蔚爲元勳，恩隨風翔，德與氣游，雖一物之微〔三〕，四海之大，鎔造所及，罔不得宜。伏念庫部家兄承一顧之恩，一紀不替，伏恐機務繁重，不時記憶〔四〕，心迫情切，輒敢重干尊嚴，戰汗憂惶，伏地待罪。謹啓。

【校勘記】

〔一〕「外甥」，原作「外生」，據《全唐文》卷七五三改。

〔二〕「萵藿」，原作「萵霍」，據《文苑英華》卷六六〇、《全唐文》卷七五三改。

〔三〕「雖」，原作「唯」，據《文苑英華》卷六六〇改。

〔四〕「記憶」，原作「記億」，據《文苑英華》卷六六〇、《全唐文》卷七五三、文津閣本改。

【注釋】

①堂兄慥：即杜牧堂兄杜慥。生平見本集卷十六《上宰相求杭州啓》注②。

②庫部家兄：指曾在庫部任職之杜慥。庫部，官署名。即庫部司。掌管軍器裝備及儀仗等事務。

③郢州：州名，唐治所在今湖北鍾祥縣。汩口草市，在唐郢州汩口城外的市集。

④涔陽：地名。又稱涔陽浦。地在唐澧州境内。此處代指澧州。

樊川文集卷第十七

高元裕除吏部尚書制①

敕〔一〕。昔有虞氏貴德尚齒，言於四代，其道最優。今吾卿老，富有道德，以大冢宰表率群寮，顧予敢專〔二〕，得於僉議。前山南東道節度管内觀察處置等使、銀青光禄大夫、檢校尚書、使持節襄州諸軍事、兼襄州刺史、御史大夫、上柱國、渤海縣開國男、食邑三百户高元裕，始以御史諫官，在長慶、寶曆之際，匡拂時病，磨切貴近〔三〕，罔有顧慮，知無不爲。復以諫議、舍人在大和末詞摧凶魁，坐以左宦〔四〕。繼爲中丞、京兆，公卿藩服。朕始在位，徵歸朝廷，爰自尚書，裂分茅土。爲政以德，行己惟仁，信而履之〔五〕，服而樂之，餘三十年，道益昭著。夫中外之任，迭有重輕，今者干戈蘊藏，戎狄信順，將欲詳考典禮，開張教化，使吾丞相已降，有所咨稟，非爾元裕，其誰膺之。至於官業，豈勞倚任，祗聽出納，無忘教戒。可守吏部尚書，散官勳封如故。

【校勘記】

〔一〕「敕」，原作「初」，據景蘇園本、《文苑英華》卷三八六、《全唐文》七四八改。

〔二〕「予」，原作「子」，據《文苑英華》卷三八六、《全唐文》卷七四八、文津閣本改。

〔三〕「磨切」，文津閣本作「切責」。

〔四〕「以」，《全唐文》卷七四八作「折」。

〔五〕「信」，《文苑英華》卷三八六作「言」，下校：「集作信。」

【注釋】

①高元裕除吏部尚書事《舊唐書》卷一七一本傳記云：「大中初，爲刑部尚書。二年檢校吏部尚書、襄州刺史，加銀青光禄大夫、渤海郡公、山南東道節度使。入爲吏部尚書，卒。」《新唐書》卷一七七本傳亦記云：「出爲宣歙觀察使，入授吏部尚書。拜山南東道節度使，封渤海郡公……在鎮五年，復以吏部尚書召，卒於道。」此記其兩次入任吏部尚書。本文云：「前山南東道節度管内觀察處置等使、銀青光禄大夫、檢校尚書、使持節襄州諸軍事、兼襄州刺史、御史大夫、上柱國、渤海縣開國男、食邑三百户高元裕」，則此次高元裕入任吏部尚書乃在鎮山南東道五年之後。其初鎮山南在大中二年，五年後入任吏部尚書，則當在大中六年（八五二）。此即本文之作年。

崔璪除刑部尚書蘇滌除左丞崔璵除兵部侍郎等制①

敕。喉舌百官之本，綱轄天下之要，戎政國之大事。三人爲衆，一舉得之，唯君知臣，予不敢讓。正議大夫、尚書左丞、上柱國、賜紫金魚袋崔璪，德可標準，言成文章，揚歷中外，道益光顯。左省駁議，不畏强禦，分憂陝服，尹兹東郊，政既安人，化能被俗。擢任藻鑒，旋職牢籠，材皆適宜，官無逋事。分鎮股肱之郡，遂成功實之臣，陟處綱曹，副以中憲。每師蘧瑗〔一〕，常慕史魚，抨彈之勇〔二〕，正當時病。翰林學士承旨、銀青光禄大夫、行尚書兵部侍郎、知制誥、武功縣開國男、食邑三百户蘇滌，行冠人倫，爵高天秩，仁義禮樂之是務，克伐怨欲之不行，翺翔禁闈〔三〕，出入諷議。汲黯爲郡，嘗聞卧理；下惠去國，皆以直道。洎宣室思賢〔四〕，甘泉召雄，造膝盡忠，代言稽古。近以微恙，懇請自便，君子之道，進退可觀。正議大夫、前權知尚書户部侍郎、上柱國、博陵縣開國子、食邑五百户、賜紫金魚袋崔璵，上知自得，不器難名，既擅高文，兼通樸學〔五〕，掌言綸閣，典貢春闈。詞同三代之風，士掇一時之秀，振舉職業，昭宣令名。《詩》曰多士，文王以寧；《禮》曰官備，天子爲樂。咨爾璪等，實瑞清時，予爲爾之德鄰，爾膺予之慎選。典刑不忘於哀敬，提綱唯在於公勤，舉

《司馬法》，勿踵近習。各膺重任，企佇上酬〔六〕，宜於夙夜，無孤官業。璪可守刑部尚書，散官勳賜如故。滌可行尚書左丞，散官封如故。璵可權知尚書兵部侍郎，散官勳封賜如故。

【校勘記】

〔一〕「師」，《文苑英華》卷三八七作「非」。

〔二〕「抨」，原作「枰」，據《文苑英華》卷三八七、《全唐文》卷七四八、文津閣本改。

〔三〕「禁闈」，文津閣本作「禁闥」。

〔四〕「思賢」，《文苑英華》卷三八七、《全唐文》卷七四八、文津閣本作「思貫」。

〔五〕「樸學」，《文苑英華》卷三八七作「博學」，《全唐文》卷七四八作「古學」。

〔六〕「企佇」，文津閣本作「企伸」。

【注釋】

① 此制之作年，郭文鎬《杜牧詩文繫年小札》（《人文雜誌》一九八四年第六期）考云：「蘇滌的職事官由尚書兵部侍郎（正四品下）遷爲尚書左丞（正四品上），……翰林學士承旨及知制誥均未保

留，即被免。考《重修承旨學士壁記》，載：『蘇滌，大中四年十二月十四日自右丞入，其月十八日加知制誥，五年六月五日遷兵部侍郎、知制誥并依前充，六年六月九日上表病免。』又載：『蕭鄴，大中六年七月二十七日加承旨。』翰林學士承旨，乃翰林學士長，由學士『内擇年深德重者一人爲承旨』（《舊唐書·職官志》）。蕭鄴任翰林學士承旨即代蘇滌，蘇滌授尚書左丞而去翰林學士承旨職當在蕭鄴加承旨之時，即大中六年七月。杜牧制文曰『近以微恙，懇請自便，君子之道，進退可觀』，與蘇滌在前一個月即六月上表請病免事也相符。……杜牧此制應繫於大中六年（八五二）。」所考可從，今即據此訂於大中六年七月。

裴休除禮部尚書裴諗除兵部侍郎等制①

敕。冉有、仲由，孔氏門人之高弟也，尚曰處於小國，可爲具臣。況今照臨百官，撫御四海，綰牢籠漕輓之職，掌五兵六師之重，次第超擢，爲吾大寮，若非僉諧，豈敢輕授。正議大夫、守尚書兵部侍郎、兼御史大夫、充諸道鹽鐵轉運使、上柱國、河東縣開國子、食邑五百户、賜紫金魚袋裴休，仁義禮樂，文行忠信，積此八者，以爲成人。前宣歙池等州都團練觀察處置等使、太中大夫、檢校左散騎常侍、兼御史大夫、上柱國、河東縣開國男、食邑三百户，賜紫金魚袋裴諗，在元和代〔一〕，唯帝念功，四夷九州，文化武伏。咨爾先父，實著大勳〔二〕，天必祚仁，門有令嗣。道直才富，行備名高，文學而浹洽專精，率履而清淨恭儉。而皆周歷華顯，踐更臺閣，處事可法，出言成章。咸輟自綸闈，任寄方伯，教訓以禮，生聚以仁〔三〕，千里封疆，一口歌詠。休乃命以取士，時稱得人，用其公方，委之管摧，事爲之制，曲爲之防，鉤校奸贓，未減賦取，公財不耗，疲人樂生。望爲準繩，立作據仗〔四〕，名實兼備，德位兩高。《漢史》曰：「理行尤異者就加。」《禮》曰：「有功於人者進律。」秩崇八座，官副夏卿，舉以授之，予亦何恡〔五〕。夫宰相佐天子，公卿助宰相，股肱指臂，任同一身，有事必言，未爲越局，無由愛惜，勉答寵榮。休可禮部尚書〔六〕，依前充諸道鹽鐵轉運等使〔七〕；諗可權知尚書兵部侍郎，散官勳封賜如故。

【校勘記】

〔一〕「在元和代」，《全唐文》卷七四八於此四字下有「理」字。

〔二〕「實著」，原作「貴者」，據《文苑英華》卷三八七改。

〔三〕「仁」，《文苑英華》卷三八七作「康」，下校：「集作仁。」

〔四〕「據仗」，《全唐文》卷七四八作「據依」。

〔五〕「何慭」，「慭」字原作「恠」，據《文苑英華》卷三八七、《全唐文》卷七四八改。

〔六〕「休可禮部尚書」，《文苑英華》卷三八七於「可」字下有「守」字。

〔七〕「依前充」，《全唐文》卷七四八作「依前統」。

【注釋】

①此制《杜牧年譜》「據《舊唐書·宣宗紀》，裴休除禮部尚書，裴諗除兵部侍郎，均在大中五年九月」，而繫於是時。今從之訂本文於大中五年（八五一）九月。

畢諴除刑部侍郎制①

敕。士師皋陶之恤刑，司寇蘇公之用獄，既盡哀敬，能致治平。擢爲大寮，膺兹慎選，出於予志，委以誠臣〔一〕。翰林學士、朝散大夫、守中書舍人、上柱國、平陰縣開國男、食邑三百户、賜紫金魚袋畢諴，學臻壼奥〔二〕，文越拘攣，常以忠信，用爲前後。爰自郎署，擢居内庭，謀議有同於壽王，奇異輒委於嚴助。竭盡心力，裨補機要，既久歲序，須議遷昇。今者耕夫服田，戎馬不駕，欲使凡一手足，皆獲措置，是故用汝典予刑罰，汝其往哉！吾今告汝，吾聞孔子曰：「古之聽獄，求所以生之；今之聽獄，求所以殺之。」宜念格言，深思倫要〔三〕，勉服休命〔四〕，以稱朕意。可權知尚書刑部侍郎〔五〕，散官勳封賜如故。

【校勘記】

〔一〕「委以誠臣」，原作「□以緘臣」，據《文苑英華》卷三八八補改。《全唐文》卷七四八作「命以誠臣」。

〔二〕「壼奥」，《文苑英華》卷三八八作「閫奥」。

〔三〕「倫要」，《文苑英華》卷三八八作「論要」。

〔四〕「勉服休命」，「勉」字原作「九」，據《文苑英華》卷三八八、《全唐文》卷七四八改。

〔五〕「侍郎」，原作「寺郎」，據《文苑英華》卷三八八、景蘇園本、《全唐文》卷七四八、文津閣本改。

【注　釋】

① 此制乃畢諴授刑部侍郎制。據《資治通鑑》卷二四九，畢諴爲刑部侍郎在大中六年（八五二）六月。今據此而訂此制於是時。

韋有翼除御史中丞制①

敕。昔貞觀、開元之爲理也，遠隱必見，情僞必知，天下如一家，兆庶如一人，無他道也，綱目皆振，法令必行。祖宗在天，方册在地，人存政舉，行之非艱〔一〕，故用正臣，委之邦憲。朝請大夫、守尚書刑部侍郎、上柱國、賜紫金魚袋韋有翼，戴仁而行，抱義以處，牆仞裹峻〔二〕，壇宇外寛。介特守君子之强，文學盡儒者之業，周歷華貫，擢爲諍臣。攻予其專，言事頗切，願試佐輔〔三〕，移理陝郊。馮翊之恐失倪寛，潁川之意得黄霸〔四〕，壺漿迎路，襁屬攀車。徵爲公卿，愈見風彩〔五〕，恤刑慎罰，守法當官，巍然立朝，爲時準直。今者跡其率理〔六〕，委之糾繩，爾其念惠文彈理之言，思立秋授署之旨〔七〕，三尺律令，四海紀綱，所宜公共，無節上意〔八〕。古人有言曰：「凡爲虎鼠，計於用捨。」〔九〕今者倚任，佇觀爾能，唯君知臣，無累所舉。可守御史中丞，散官勳封賜如故。

【校勘記】

〔一〕「艱」，《文苑英華》卷三九三作「難」，下校：「集作艱。」

〔二〕「裏」，《文苑英華》卷三九三作「中」，下校：「集作裏。」

〔三〕「佐輔」，《文苑英華》卷三九三作「左輔」。

〔四〕「意得」，《文苑英華》卷三九三作「喜得」。

〔五〕「風彩」，《文苑英華》卷三九三、《全唐文》卷七四八作「風采」。

〔六〕「率理」，《文苑英華》卷三九三、《全唐文》卷七四八作「率履」。

〔七〕「授」，《文苑英華》卷三九三作「受」，下校：「集作授。」

〔八〕「節」，《文苑英華》卷三九三作「鄉」，下校：「集作即。」《全唐文》卷七四八亦作「鄉」。文津閣本作「即」。

〔九〕「計於用捨」，「捨」字原作「揜」，據《文苑英華》卷三九三、《全唐文》卷七四八改。

【注　釋】

①韋有翼除御史中丞之時間，吳廷燮《唐方鎮年表考證》卷上考云：「按《唐會要》，大中五年，劉瑑爲刑侍；《通鑑》，大中六年四月（慶按，應爲六月，此引誤），畢諴爲刑侍。有翼爲刑侍在瑑後、諴前，當在六年春。有翼制，杜牧草，牧大中五年爲中書舍人。又司空圖《王凝行狀》，有翼爲中丞在孔温業鎮宣後，温業鎮宣在大中五年，此有翼遷中丞在大中六年後之證，……按《有翼中丞制》

在《畢諴刑侍制》後，大中六年也。」今按，吳廷燮所考可信。又，本文云「爾其念惠文彈理之言，思立秋授署之旨」，則有翼授中丞當在大中六年(八五二)立秋時。

趙真齡除右散騎常侍制①

敕。仲尼曰：「慎擇爾臣〔一〕，爲人之導〔二〕。」夫語言應對之選〔三〕，爲顧問耳目之官，若非善良，必致壅害。朝散大夫、守太子賓客、上柱國、漢中郡開國公、食邑二千户、賜紫金魚袋趙真齡，其先君子，祗事祖宗，出入屏毗，餘四十載〔四〕。爾爲令嗣，克肖素風，好學頗專〔五〕，樹善不倦。凡曰賢彦，無不與遊，雲水登臨，多聞放志，風塵趨競，殊不縈心。是以長人有慈惠之名，處官無纖介之失，其爲行己，斯亦多矣。丹墀文陛之内，貂羽金蟬之榮，超以授之，無忝所舉。可守右散騎常侍，散官勳封賜如故。

【校勘記】

〔一〕「爾」，《文苑英華》卷三八〇作「邇」。

〔二〕「導」，《文苑英華》卷三八〇、《全唐文》卷七四八作「道」，《文苑英華》下校：「集作導。」

〔三〕「語言」，《文苑英華》卷三八〇作「言語」。

〔四〕「餘四十載」，「四」字原作「曰」，據《文苑英華》卷三八〇、《全唐文》卷七四八改。

〔五〕「頗專」，原作「煩專」，據《文苑英華》卷三八〇、《全唐文》卷七四八改。

【注釋】

① 據杜牧《自撰墓誌銘》：「出守黄、池、睦三州，遷司勳員外郎、史館修撰，轉吏部員外郎。以弟病，乞守湖州，入拜考功郎中、知制誥，周歲，拜中書舍人。……去年七月十日，在吴興，……今歲九月十九日歸，夜困，……十一月十日，夢書片紙『皎皎白駒，在彼空谷』，……年五十，斯壽矣。某月某日，終于安仁里。」《舊唐書》本傳云：「授湖州刺史，入拜考功郎中，知制誥。歲中，遷中書舍人。……其年以疾終於安仁里，年五十。」《新唐書》本傳亦云：「復乞爲湖州刺史。逾年，以考功郎中知制誥，遷中書舍人。……卒年五十。」據上引資料及《杜牧年譜》所考，杜牧大中五年秋自湖州刺史拜考功郎中、知制誥。然其在湖州有《八月十二日得替後，移居霅館，因題長句四韻》詩（本集卷三），則大中五年八月十二日杜牧尚寓居於湖州。如此，其抵朝中就考功郎中、知制誥任蓋在是年九月，其草制誥最早時間亦即在是時。又杜牧大中六年中轉中書舍人，其年五十卒，則卒於大中六年。五代劉崇遠《金華子雜編》卷上載：「杜紫薇牧，位終中書舍人，自作墓誌云……

又夜寢不寐，有人即告曰：『爾改名畢。』又夢書片紙：『皎皎白駒，在彼空谷。』傍有人曰：『非空也，過隙也。』逾月而卒。」據此，杜牧於大中六年十一月夢「傍有人曰：『非空也，過隙也。』」，而「逾月而卒」，則其卒當在大中六年十二月。如是，則其草制誥之時間蓋在大中五年九月至大中六年底。故其文集中之制誥，均爲此期間所撰。本書杜牧所草之制誥，其撰寫時間除另有所具體考證外，餘均爲此期間所撰，下不一一説明。本文未能考其準確作年，當在大中五年九月至大中六年（八五一至八五二）底間所撰。

韓賓除户部郎中裴處權除禮部郎中孟璲除工部郎中等制①

敕。朝散大夫、守尚書水部郎中、上柱國韓賓等。尚書天下之本，郎官皆爲清秩，非科名文學之士，罕與其選。以賓端貞有守，以處權俊乂出群，以璲才能適用，皆茂鄉里之稱，咸爲名實之士，各服休命，勉於官業。可依前件。

【注釋】

① 本文撰於大中五年九月至大中六年（八五一至八五二）底之間，詳見本集卷一七《趙真齡除右散

騎常侍制》注①。

鄭處晦守職方員外郎兼侍御史知雜事制①

敕。朝議郎、行尚書職方員外郎、上柱國、賜緋魚袋鄭處晦。御史中丞韋有翼上言曰：「御史府其屬三十人，例以中臺郎官一人稽參其事，以重風憲。如曰處晦，族清胄貴，能文博學，人倫義理，無不講求，朝廷典章，飽於聞見，乞爲副貳，以佐紀綱。」以爾處晦，常居内庭，草具密命，自以疾去，于今惜之，頗俞其言，如我自得。有翼爲爾之知己，余爲有翼之德鄰〔一〕，上下交舉，豈有私愛。勉修職業，所報非一。可守本官，兼御史知雜事，散官勳賜如故。

【校勘記】

〔一〕「余」，《文苑英華》卷三九四作「予」。

【注　釋】

①鄭處晦之名，《舊唐書》卷一五八、《新唐書》卷一六五本傳、《新唐書》卷七五上《宰相世系表》等均作鄭處誨，故鄭處晦即爲鄭處誨。本文云「御史中丞韋有翼上言」，則此時韋有翼已任御史中丞。據本集前《韋有翼除御史中丞制》，韋有翼除御史中丞在大中六年立秋，則本文當作於大中六年（八五二）秋後。

庾道蔚守起居舍人李汶儒守禮部員外郎充翰林學士等制①

敕。天下爲公，選賢與能也。況乎拔出流輩〔一〕，超侍帷幄，豈唯獨以文學，止於代言，亦乃密參機要，得執所見，若非賢彥，豈膺選擢。將仕郎、守起居舍人庾道蔚，善行必備，重價無對，嘗自侯府，升爲諫臣，每直言而盡誠，不違忠而偶意。朝議郎、行尚書禮部員外郎、賜緋魚袋李汶儒，才行冠時，名聲華衆〔二〕，揚歷臺閣，宣昭職業，無入而不得其道，守正而莫混其源。並爲儒者之英，咸蘊賢人之操，久遊安在，相見何晚〔三〕。《禮》曰：「君子稱人之美，則必爵之。」我既言矣，亦能縶維，宜盡忠讜，以酬寵遇。並可守本官，充翰林學士。餘各如故〔四〕。

【校勘記】

〔一〕「拔出」，原作「伎出」，據《文苑英華》卷三八四、《全唐文》卷七四八改。

〔二〕「華」，《文苑英華》卷三八四、《全唐文》卷七四八、文津閣本作「嘩」。

〔三〕「相見何晚」，《文苑英華》卷三八四於此四字下校：「一作何相見晚。」

〔四〕「餘各如故」，文津閣本作「餘皆如故」。

【注釋】

①據此制，庾道蔚乃自起居舍人，李汶儒自禮部員外郎充翰林學士。《翰苑群書》上《重修承旨學士壁記》：「庾道蔚，大中六年七月十五日自起居舍人充。」又記李汶儒「大中七年七月十五日自禮部員外郎充。」據此，則杜牧此制當草於大中六年（八五二）七月。

李朋除刑部員外郎李從誨除都官員外郎等制①

敕。《書》曰：「庶獄庶事，予敢罔知。」此乃周文王之所理天下也。惟獄惟事，會於南宫，求郎之難，豈敢輕易。將仕郎、侍御史、内供奉李朋，能積行實，發其詞華，勁正端慎，官業克舉。天平軍節度副使、朝議郎、檢校尚書祠部員外郎〔一〕、兼侍御史、賜緋魚袋李從誨，宗室子弟，美秀而文，嘗經磨涅，不改堅白。今者取自憲府，擢於幕吏，各有所授，皆爲清秩。當自宣室受讞之際，思滿堂飲酒之言，至於刑章，尤繫念慮。予曰罪，爾勿罪；予曰寬，爾勿寬。問法何如，無節上意〔二〕。各宜勉勵，勿自輕怠。朋可守尚書刑部員外郎，散官如故。從誨可守尚書都官員外郎，散官如故。

【校勘記】

〔一〕「檢校」，原作「校檢」，據《文苑英華》卷三九二、《全唐文》卷七四八、文津閣本改。

〔二〕「節」，《文苑英華》卷三九二、文津閣本作「即」，《全唐文》卷七四八作「鄉」。

【注釋】

①本文撰於大中五年九月至大中六年（八五一至八五二）底之間，詳見本集卷一七《趙真齡除右散騎常侍制》注①。

權審除户部員外郎制①

敕。文林郎、守尚書水部員外郎權審，湖嶺旱暵，百姓枵耗，老弱死道上，强壯入賊中。爰求使臣，以救其弊。執事者上言，爾審學古有文，通知理道，遂使乘驛〔一〕，視吾飢人。果能臨事知權，受命達旨，慰撫流散，宣導恩澤，蠲貸逋逸，能裁闊狹，大小輕重，各合事宜。雖古所謂直指繡衣，美俗使者，言之於爾，無以過焉。用超名曹，以酬往效，無曠官業，勉服休命。可守尚書户部員外郎，散官如故。

【校勘記】

〔一〕「乘驛」，文津閣本作「馳驛」。

【注　釋】

① 本文云「湖嶺旱暵，百姓枵耗，老弱死道上，强壯入賊中。爰求使臣，以救其弊」，則其時「湖嶺旱暵」。考兩《唐書·宣宗紀》大中五年均記「是歲湖南大饑」。又本集卷一七《令狐定贈禮部尚書

制》云「去載桂陽，雖云旱秏，聞其風俗，芬若椒蘭」。此制乃大中六年撰（詳其文注），則「湖嶺旱暵」事乃在大中五年，此亦即杜牧撰除權審制之時間。杜牧大中五年九月後方能草制，則此文乃撰於大中五年（八五一）九月後。

皇甫鉟除右司員外郎鄭濛除侍御史内供奉等制①

敕。夫聖人之理，百代同道，無他術也，綱紀盡舉，而關轄不寬。故提綱主轄之司，爲邦立理之本，言於其屬，豈敢輕取。浙西道都團練副使、朝議郎、檢校尚書刑部員外郎、兼侍御史、賜緋魚袋皇甫鉟，鄉里秀人，臺閣名士，能以文學，發爲官業。朝議大夫、前守河南縣令、上柱國鄭濛，生於清族，克肖素風，凡守郡邑，皆著理行。會府藆委之任，憲司抨彈之職，委之授汝，得不戒之。夫爲政也，日夜思之，勤而行之，此乃子産之言也。剛亦不吐，柔亦不茹，此乃詩人之所稱也。四海百司之條目，舉之在勤；破制壞法之奸蠹，糾之在敢。率是二者，可曰當官，各服寵榮，無忝遷擢。鉟可尚書右司員外郎，散官賜如故。濛可侍御史、内供奉，散官封勳如故〔一〕。

【校勘記】

〔一〕「散官封勳如故」，「封勳」，《全唐文》卷七四八作「勳封」。

【注　釋】

① 本文撰於大中五年九月至大中六年（八五一至八五二）底之間，詳見本集卷一七《趙真齡除右散騎常侍制》注①。

韋退之除户部員外郎裴德融除殿中侍御史盧潁除監察御史等制①

敕。仲尼見負版者，則必式之，此言爲國根本，不敢不敬。況其官屬，豈可輕用。漢家授署御史，多於立秋，蓋以風霜始嚴，鷹隼初擊，古人垂旨，可以知之。朝議郎、行殿中侍御史韋退之等，皆章甫高危，逢掖褒博，表裏文行，師法典常。退之嘗歷憲臺，久居官次，性既安靜，事皆達練。德融典校延閣，服膺群書，美價廣譽，旁溢遠暢。潁佐賢侯，名聲籍甚，留滯在外，而非所宜。地官爲郎，南臺持斧，皆有職業，佇見風彩，各思率勵，以副甄昇。並可依前件。

【注釋】

①此制云「漢家授署御史，多於立秋，蓋以風霜始嚴，鷹隼初擊，古人垂旨，可以知之」。按，兩人均授御史臺官，故有「漢家授署御史，多於立秋」之詞。然此亦指兩人授官之時間乃在立秋之時。杜牧大中五年九月後方能草制，故此制當草於大中六年（八五二）秋。

李蔚除侍御史盧潘除殿中侍御史等制①

敕。將仕郎、守殿中侍御史李蔚，劍南西川節度判官、朝議郎、檢校尚書禮部員外郎、兼侍御史、上柱國、賜緋魚袋盧潘等。夫法不立而化行，惡不去而善進，雖使堯、舜在上，未之有也。故御史之舉職者，前代有埋輪都亭之奏，國朝亦有戴豸正殿之劾，若非端勁知名之士，不在斯選。蔚以文行進用，已著勞效；潘以儒雅流聞，今膺拔擢。有司列狀，詞旨頗公。使吾綱目盡張，堤防不壞，不在法吏，其在他乎？朕闢祇官之門，開天下之口，企以待理，無有厚薄。爾等吐茹侮畏之道，能不愧於詩人，斯塞職矣，可不勉之。蔚可侍御史，散官如故。潘可殿中侍御史，散官勳如故。

【注釋】

① 本文作年郭文鎬《杜牧詩文繫年小札》（《人文雜誌》一九八九年第五期）云：「考《唐會要》卷三十四『雜録』有『大中六年十二月，右巡使盧潘等奏』語，右巡使由新拜殿中侍御史者兼充，《因話録》卷五：『殿中侍御史……最新入知右巡，已次知左巡，號兩巡使。』又，知右巡一季替，《唐會要》卷六十二『雜録』：『開元十九年正月二十八日敕：左右巡御史，亦各定一人，一季一替，并不得改换及差使。』故盧潘大中六年冬新拜殿中侍御使、充右巡使，此制撰於本年。」今即據此定本文於大中六年（八五二）。

盧告除左拾遺等制[一]①

敕。承奉郎、行京兆府長安縣尉、直史館盧告。朕觀不理之代，無他道也，取唯諾之士爲耳目之官。是以太宗皇帝之理天下也，德爲聖人，尊爲聖帝[二]，三日不諫，必責侍臣。況予寡昧，固多遺闕，不官才彦，安能知之。告是吾賢卿老之令子弟也，以甲科成名，以家行稱著，取自史閣，拔居諫垣。夫朕之不德，吏之不平〔三〕，政之失中，人之不寧，四者之闕，悉陳其志，此乃漢文帝開諫諍之詔也。忠告不倦，爾當奉職；自用則小，予不吝過。勉思有犯，無事遜言〔四〕。景宣與揚，皆有才幹，糾繩大府，贊佐兵郡，各宜勉力，以讐知己。可依前件。

【校勘記】

〔一〕《文苑英華》卷三八三題作《授盧告除左拾遺等制》。今即據於原題補一「等」字。

〔二〕「聖帝」，《文苑英華》卷三八三作「皇帝」。

〔三〕「吏」，原作「史」，據《文苑英華》卷三八三、《全唐文》卷七四八、文津閣本改。

〔四〕《文苑英華》卷三八三於「無事遜言」下多「景宣與揚，皆有才幹，糾繩大府，贊佐兵郡，各宜勉力，以讐知己」。今據補。

【注釋】

① 本文撰於大中五年九月至大中六年（八五一至八五二）底之間，詳見本集卷一七《趙真齡除右散騎常侍制》注①。

蕭峴除太常博士制①

敕。禮至則無怨，樂至則不爭，揖讓而理天下者，禮樂是也。今國家上法三代，下採兩漢，質文隆殺，皆有舊章。今命博士，非欲革其儀法〔一〕，但使提舉考習而已〔二〕。登仕郎、守秘書省著作佐郎蕭峴，聞爾昆弟之間，著友愛之稱，復能於知己依投之地，竭力報效。況乎富有文學，默守恬退，執心處己〔三〕，不亦多乎。爾其爲吾折中輕重，詳校疑似，使祝宗卜史之徒，不敢以近習欺爾，斯則可矣，勉於自强。可守太常博士，散官如故。

【校勘記】

〔一〕「革其」，《文苑英華》卷四〇〇作「草具」，下校：「集作革其。」

〔二〕「但使」，文津閣本作「但欲」。

〔三〕「執」，《文苑英華》卷四〇〇校：「一作操。」

【注釋】

① 本文撰於大中五年九月至大中六年（八五一至八五二）底之間，詳見本集卷一七《趙真齡除右散騎常侍制》注①。

杜濛除太常博士制①

敕。守左拾遺杜濛。爾五廟祖嘗佐太宗，同安生人，共爲天下者也。爾能自以文學策名清時，升爲諫臣，豈曰虛授。如聞同列牆進，而不爾容；爾亦拜章自陳，極辭貢憤〔一〕。乃令徵辨〔二〕，盡知其由。僉曰爾以齒少有才，不能韜晦，或處衆矜己，或遇事褊衷。言於慎微，則亦乖矣；仕於清貫，斯豈廢乎。考衆惡必察之言，徵怨不在大之説〔三〕，官移禮寺，跡去掖垣〔四〕，屈既伸眉，事亦存體，酌此二者，頗得中道。況乎職業至重，蘊蓄可施〔五〕，無使衆多，復有窺測。可太常博士。

【校勘記】

〔一〕「憤」，《文苑英華》卷四〇〇作「情」。

〔二〕「徽辨」，原作「微辨」，據《文苑英華》卷四〇〇、文津閣本改。

〔三〕「徽怨」，《全唐文》卷七四八作「懲怨」。

〔四〕「跡去掖垣」，「去」字原作「云」，據《文苑英華》卷四〇〇、《全唐文》卷七四八、文津閣本改。

〔五〕「藴蓄」，原作「藴畜」，據《文苑英華》卷四〇〇、《全唐文》卷七四八、文津閣本改。

【注釋】

① 本文撰於大中五年九月至大中六年（八五一至八五二）底之間，詳見本集卷一七《趙真齡除右散騎常侍制》注①。

馬曙除右庶子王固除太僕少卿王球除太府少卿等制〔一〕①

敕。前度支河東振武天德等道營田供軍使、檢校太僕卿、兼御史中丞馬曙等。或以文學策名，或以吏才進用，久更官次，皆著勞效。西漢趙充國八十老將，通知四夷，以爲排折羌虜，非穀不可。今浚稽山南，遮虜障北，坐甲待食，不下十萬。曙以文學之暇，頗好論邊，果能峙糧，飽吾戰士。固比爲郡〔二〕，亦報善政。球倅賓席，得專留事，兵於其郊，所命皆具。東朝崇秩，列等貳卿，各服官榮，以俟昇擢。可依前件。

【校勘記】

〔一〕「等制」，原無「等」字，據《全唐文》卷七四八補。

〔二〕「固比爲郡」，「比」字原作「此」，據《全唐文》卷七四八改。

【注　釋】

①　本文撰於大中五年九月至大中六年（八五一至八五二）底之間，詳見本集卷一七《趙真齡除右散騎常侍制》注①。

李叔玫除太僕卿高證除均州刺史萬汾除施州刺史等制①

敕。壯武將軍、檢校太子賓客、前兼右金吾衛將軍、監察御史、上柱國、襲岐國公，食邑三千户、食實三百七十户、賜紫金魚袋李叔玫等。夫伊、吕之爲將也，每以救扶爲心，故其苗裔，福隨殷、周。我西平王功存社稷，慶流後嗣，子孫多賢，裂土分茅。玫弘毅知書，洵美且武，儒士多譽，將才頗高。慶忌一門，盡有爪牙之用；金敞舉族，皆著忠厚之名。置將軍之符，列卿寺之任，曰文曰武，唯上所命，尊爲才士〔一〕，實曰寶臣。證之與汾，爲吏歲久，文學績效，皆有可觀。清江、武當，有人有賦，豈自薄小〔二〕，宜遵詔條，無忝寵榮，以稱朕意。可依前件。

【校勘記】

〔一〕「尊爲」，原作「酋爲」，今據文津閣本改。

〔二〕「豈自薄小」，「自」字原作「目」，據《全唐文》卷七四八改。

【注釋】

① 本文撰於大中五年九月至大中六年（八五一至八五二）底之間，詳見本集卷一七《趙真齡除右散騎常侍制》注①。

李珏册贈司空制①

維大中六年，歲次壬申，五月丁卯朔，十六日壬午。皇帝若曰：國有元老，道可咨稟，天命不助，倏然去我，宜加褒命，以慰重泉。咨爾故淮南節度副大使知節度事、管内營田觀察處置等使、金紫光禄大夫、檢校尚書右僕射、兼揚州大都督府長史、御史大夫、上柱國、贊皇縣開國公、食邑一千五百户李珏，立德行道，繼長增高，貴而益修，老而彌篤。在文宗朝，偏歷清近。内備顧問，嘗摧奸兇；外領事權，善提故典。爰付魁柄，實肖象求，鎮撫四夷，莫不信順，訓導百吏，皆有程品。左官荒服，衆冤非罪，事君以道，知我其天，李固之確論無私，周公之金縢終啓。自朕統御，尊敬舊老，分委戎輅，作鎮孟津，訓兵令行，治人化洽，飽聞聲譽〔一〕，渴見風彩。以大冢宰徵歸朝廷，讜直忠貞，骨鯁魁壘，凡所陳啓，無非法誡。遂乃裂授東夏，表率諸侯，能救饑艱，克爲康泰。初陳微恙，請捐重寄，驛騎奔問，侍醫臨理。旋聞大病，却食涕流，命也奈何，痛悼不及。今遣使某官某〔二〕，副使某官某，持節册贈爾爲司空，魂而有知，鑑兹誠意。嗚呼哀哉！

【校勘記】

〔一〕「飽聞聲譽」，「聲譽」原作「聲聞」，《全唐文》卷七四八、文津閣本作「聲譽」，今據改。

〔二〕「某官某」，「官」下原無「某」字，據《全唐文》卷七四八補。

【注　釋】

① 本文云「維大中六年，歲次壬申，五月丁卯朔，十六日壬午。皇帝若曰：國有元老，……今遣使某官某，副使某官某，持節册贈爾爲司空」，據此文即作於大中六年（八五二）五月。

歸融册贈左僕射制①

敕。有禄位而享富貴，啓手足而歸壞樹，身殁名著，生榮死哀，蔚爲大臣，宜遵贈典。故金紫光禄大夫、守太子少傅分司東都、上柱國、晉陵郡開國公、食邑二千户歸融，發於文華，揚歷清近，業冠前輩，才高當時。總領屬官，預聞政事，凡曰繁劇，無不踐更，刃皆有餘，施無不可。偏處重位，内修典法；三乘戎輅，外作屏毗。富而不驕，貴而愈謹，曾參三省，太叔九言，服以行之，終身不倦，實士林之君子，爲朝廷之表臣，未究高年，遽聞長夜，爰舒痛悼，用加顯位，命之寮長，以慰重泉。可贈尚書僕射。

【注　釋】

① 本文撰於大中五年九月至大中六年（八五一至八五二）底之間，詳見本集卷一七《趙真齡除右散騎常侍制》注①。

令狐定贈禮部尚書制①

敕。朕有表臣，作鎮南服，天不我助〔一〕，遽此殲奪，用崇飾終之典，以舒痛悼之誠。故桂州本管都防禦觀察處置等使、銀青光禄大夫、檢校左散騎常侍、持節都督桂州諸軍事、兼桂州刺史、御史大夫、上柱國令狐定，始自結髮，至於壽考，直道而行，靡有悔德。初以友愛，藹閨門之風〔二〕；中以文學，膺鄉里之選；終以德業，爲名實之臣。爰自郎吏，至於藩翰，事蘩必理，刃皆有餘。去載桂陽，雖云旱秏，聞其風俗，芬若椒蘭。昔爾元昆，輔我聖考，今汝猶子，相予冲人。公忠貞正，衡鏡法式，焕乎當代，萃於一門。上有佽助急難之名，下有慈愛教誨之道，聞於論者，爾其得之。跡去難留，川逝不捨，追命宗伯，以慰重泉，往而有知，鑑我厚意。可贈禮部尚書。

【校勘記】

〔一〕「天不我助」，「我助」，《全唐文》卷七四八作「助我」。

〔二〕「藹閨門之風」，「藹」字原作「謁」，據《全唐文》卷七四八改。

【注　釋】

① 本文云「去載桂陽，雖云旱耗，聞其風俗，芬若椒蘭」。本集卷一五杜牧《賀生擒衡州草賊鄧裴表》亦云「伏以湖湘旱耗，百姓飢荒，……遂使湖、嶺之外，人不聊生」。據《資治通鑑》卷二四六大中六年四月載：「湖南奏，團練副使馮少端討衡州賊帥鄧裴，平之。」又按，本集卷一七《權審除户部員外郎制》亦云「湖嶺旱嘆，百姓枵耗，老弱死道上，强壯入賊中」。前已考權審制乃大中五年之作，且兩《唐書・宣宗紀》大中五年均記「是歲湖南大饑」，故桂陽旱耗事乃在大中五年。文既云「去載桂陽，雖云旱耗」，則文當撰於大中六年（八五二）。

樊川文集卷第十八

李訥除浙東觀察使兼御史大夫制①

敕。仲尼以舉賢才則理，大禹以能官人則安。況西界淛河，東奄左海，機杼耕稼，提封七州，其間繭税魚鹽，衣食半天下，不有可仗，豈宜委之。正議大夫、使持節華州諸軍事、守華州刺史、兼御史中丞、充潼關防禦鎮國軍等使、上柱國、隴西縣開國男、食邑三百户、賜紫金魚袋李訥，温良恭儉，齊莊中正，實以君子之德，華以才人之辭〔一〕。揚歷清顯〔二〕，昭彰令聞，輟自掌言，式是近輔。子貢爲清廟之器，仲弓有南面之才，智莫能欺，剛亦不吐，表率教化，皆有法度。今者兵爲農器，革作軒車〔三〕，言於共理，在擇循吏。是故用已效之績，託分寄之任，擁蒨旆而服玄玉，化千里而有三軍，儒者之榮，莫過於此。孔子曰：「仁者愛人，智者知人。」愛人則疲羸可蘇，知人則才幹不棄。土宇既廣，殺生在我，考此二者，可以報政。榮加副相，用壓大邦，爾其勉之，無忝所舉。可使持節都督越州諸軍事、守越州刺史、兼御史大夫、充浙江東道都團練觀察處置等使，散官勳封賜如故。

【校勘記】

〔一〕「人」，《文苑英華》卷四〇八作「士」，下校：「集作人。」

〔二〕「揚」，《文苑英華》卷四〇八作「踐」，下校：「集作揚。」

〔三〕「革作軒車」，「革」字原作「草」，據《文苑英華》卷四〇八、《全唐文》卷七四八、文津閣本改。

【注　釋】

①李訥除浙東觀察使之事，《舊唐書·宣宗紀》記在大中十年正月。按所記誤。《杜牧年譜》考此事云：「吴廷燮《唐方鎮年表考證》引《紹興志》：唐浙東觀察使李訥，大中六年任；又引《嘉泰會稽志》：大中六年八月，李訥自華州刺史授浙東，九年九月，貶潮州；而《通鑑》亦記，大中九年七月，浙東軍亂，逐李訥；因此推斷李訥除浙東觀察使應在大中六年八月，而《舊唐書·宣宗紀》所載者非是。按，吴廷燮之説甚確，李訥除浙東觀察使在大中六年八月，時杜牧爲中書舍人，故能撰李訥除官制。」今即據此訂本文於大中六年（八五二）八月。

盧搏除廬州刺史制①

敕。夫立人伯長，此周文王所以敬事上帝也。況廬江五城，環地千里，口衆賦重〔一〕，豈可輕授。朝議郎、守尚書刑部郎中、柱國、賜緋魚袋盧搏，以文學策名，才能入仕，周歷臺閣，嘗宰繁劇，鬱有佳譽，兼報善政。今者出郎官之帳，懸太守之章，言於清時，不爲不遇。上有命則違之，上有好則效之，此乃成王命君陳之言也。故行令不如行化，律人不如律身，念兹二者，可長人矣，無忝分寄，爾其勉之。可使持節廬州諸軍事、守廬州刺史，散官勳賜如故。

【校勘記】

〔一〕「口衆賦重」，「賦」字原作「賊」，據《全唐文》卷七四八、文津閣本改。

【注　釋】

① 本文撰於大中五年九月至大中六年（八五一至八五二）底之間，詳見本集卷一七《趙真齡除右散

騎常侍制》注①。

李文舉除睦州刺史制①

敕。夫三尺律令，人情出於其中耳〔一〕，苟情有不可，亦法無本條。正議大夫、權知宗正卿、上柱國、隴西縣開國伯、食邑七百户、賜紫金魚袋李文舉，宗室子孫，初以地進，累居官次，皆著能名，是以取自遠藩，擢爲宗正。大則提舉群吏，灑掃守奉；次則整訓屬族，次第昭穆。唯此二者，爾之職焉。今則狂盜公然侵犯陵寢，毀櫝之罪，已坐首令；責師之義，固難矜寬。勉於分憂，足以補過。可使持節睦州諸軍事、守睦州刺史，散官勳封賜如故。仍馳驛赴任。

【校勘記】

〔一〕「人情出於其中耳」，「其」字原無，據《全唐文》卷七四八補。

【注釋】

①此制云「今則狂盜公然侵犯陵寢，毀櫝之罪，已坐首令；責師之義，固難矜寬」，故貶李文舉睦州刺史。考《唐會要》卷一七《廟灾變》：「大中五年十二月，景陵有賊驚動，斫損門戟架等。至六年四月，下詔曰：景陵神門，盜傷法物，其賊既抵極法，官吏等須有懲責……其日，貶宗正卿李文舉爲睦州刺史。」又《嚴州圖經》卷一牧守題名，亦記李文舉大中六年四月十三日白宗正卿拜睦州刺史。故本文乃撰於大中六年（八五二）四月。

竇弘餘加官依前台州刺史蘇莊除鄧州刺史等制①

敕。朝散大夫、使持節台州諸軍事、守台州刺史、上柱國竇弘餘，朝議郎、前使持節虔州諸軍事、守虔州刺史、上柱國、賜緋魚袋蘇莊等。南郡盜作而蕭育拜〔一〕，河内政美而寇恂留〔二〕，爲人擇官，因重而撫〔三〕，考於兩漢，行古道也。弘餘廉使上言，父老有請，其爲政也，長育多方，惠訓不倦，凡設教令，皆有科指〔四〕。莊任南康，悉心爲理，謹身律下，節用愛人。南陽古都，近者小擾，臨海越俗，尤惜良吏。就加超拜〔五〕，各叶所宜，仕至二千石，可庇人矣〔六〕，無異文律，不自貴重。副疲羸之望者，須念始終；坐狂愚之罪者，勿理深汚。

各膺寵禄，無忝分寄。弘餘可檢校太子右庶子，餘如故；莊可使持節鄧州諸軍事、守鄧州刺史，散官勳賜如故。

【校勘記】

〔一〕「而」，《文苑英華》卷四一一校：「一作時。」

〔二〕「河内」，《文苑英華》卷四一一作「河南」。

〔三〕「因重而撫」，《文苑英華》卷四一一於此四字下校：「集作因撫重之。」

〔四〕「科指」，《文苑英華》卷四一一作「科旨」。

〔五〕「超拜」，《文苑英華》卷四一一作「起拜」。

〔六〕「可庇人矣」，「庇」字原作「比」，據《文苑英華》卷四一一、《全唐文》卷七四八改。

【注釋】

① 此爲竇弘餘任台州刺史後，因有政績而下制加官。檢《赤城志》卷八牧守題名有「大中五年，竇（宣祖御諱上一字）餘」。此即大中五年竇弘餘任台州刺史，所記乃初任之時間。本文云「弘餘廉使上言，父老有請，其爲政也，長育多方，惠訓不倦，凡設教令，皆有科指」。以此知竇弘餘之加官

乃因有惠政之故。其大中五年始任台州，因惠政而「父老有請」加官事，大中六年較大中五年有可能，故訂本文於大中六年（八五二）。

李暨除絳州刺史魏中庸除亳州刺史曹慶除威遠營使等制①

敕。中散大夫、使持節亳州諸軍事、守亳州刺史、充本州團練鎮遏使、雲騎尉、賜紫金魚袋李暨等。昔貞觀末遺孫伏伽等二十二人各以六條巡察郡縣，以能進者止二十人〔一〕，獲死者七人，流竄黜免僅千百輩。以太宗皇帝上聖憂勤之切，百執事奉法公謹之心，守臣爲奸，如此之衆。況今黜陟久廢，仕進多門，緬思疲人，每渴良吏，牧守之念，予常軫懷。暨實文士，出典兵郡，不薄爲吏，愛我百姓，盜賊奸宄，寢而不作；鰥寡孤獨，皆有所養。中庸再分符竹，聞立善政，凡爲理者，皆高仰之。今用已效之才，各委共理之任。簿書刀筆，俗吏事耳〔二〕，慈惠教化，君子宜之，二者較然，爾欲何取。慶乃身帶兩綬，兵分禁營，得佩牛刀，立於交戟〔三〕。或有鄉里之譽〔四〕，克肖友悌之風，百里長人，在王畿內，各思答效，無忝寵榮。可依前件。

【校勘記】

〔一〕「二十人」，《文苑英華》卷四一一作「二十八人」。

〔二〕「事」，《文苑英華》卷四一一作「云」，下校：「集作事。」

〔三〕「立於交戟」，「戟」字原作「戰」，據《文苑英華》卷四一一、《全唐文》卷七四八改。

〔四〕「或」，《文苑英華》卷四一一作「歲」。

【注　釋】

① 本文撰於大中五年九月至大中六年（八五一至八五二）底之間，詳見本集卷一七《趙真齡除右散騎常侍制》注①。

李誠元除朔州刺史制①

敕。銀青光禄大夫、檢校國子祭酒、前使持節都督勝州諸軍事、兼勝州刺史、御史中丞、充本州押蕃落及義勇軍等使、上柱國李誠元。開元時，吐蕃上書，悖慢無禮，皆邊將造僞，交鬭華夷，冀立功勳，以求爵賞。自長慶已降，怠於制置，西北守帥，多非其人，侵虐種落，厚自封殖。至使忿鷙之性，不甘欺奪之苦，近者聚爲内寇，至乃騷動天下。因令循撫，果效信順，是以屢詔執事，慎於選求。僉曰誠元家本北邊，志氣慷慨，將軍之子，頗傳父業，學萬人敵，知四夷事。跡榆林之前政，寄馬邑之名邦，仍留兼官，用震殊俗。夫車馬甲兵，戰之器也；禮樂慈愛，戰所蓄也。然後要之誠信，禦以堅明，雖曰戎夷，豈不畏服。深期國士，無頽家聲。可檢校國子祭酒、使持節朔州諸軍事、兼朔州刺史、御史中丞，散官勳如故。

【注釋】

① 本文撰於大中五年九月至大中六年（八五一至八五二）底之間，詳見本集卷一七《趙真齡除右散騎常侍制》注①。

薛逵除秦州刺史制①

敕。兵者凶器也，將者死官也，若不擇才，必有陷敗。銀青光禄大夫、檢校右散騎常侍、使持節隴州諸軍事、兼隴州刺史〔一〕、御史大夫、充本州防禦使、上柱國薛逵。匈奴犯塞，李廣逢時，爪牙甚堅，翅翼頗健。任以汧隴，倚戎一本作盡節守封，當賜輒分，軍租不入，士爭爲死，虜不敢犯。今以天水名郡，號爲「新都」，用汝守之，期於鎮靜，無召戎生事，無玩兵邀功〔二〕，正封疆，守禮信，險走集，嚴候伍，邊將之道，莫過於斯。金印貂冠〔三〕，皆爲榮秩，壯爾軍旅，惟恐不多，勉礪鋒鋩，以期報效。可檢校左散騎常侍、使持節秦州諸軍事、兼秦州刺史、御史大夫、充天雄軍使、兼秦成兩州經略及義寧軍行營鎮遏都知兵馬使、本道營田等使，散官勳如故。

【校勘記】

〔一〕「隴州」，原作「除州」，據《全唐文》卷七四九、文津閣本改。

〔二〕「玩兵」，「兵」，文津閣本作「戎」。

〔三〕「金印」，原作「弄印」，《全唐文》卷七四九作「玉印」，文津閣本作「金印」，今據文津閣本改。

【注　釋】

① 本文乃除薛逵爲「檢校左散騎常侍、使持節秦州諸軍事、兼秦州刺史、御史大夫、充天雄軍使、兼秦成兩州經略及義寧軍行營鎮遏都知兵馬使、本道營田等使」。考《舊唐書·宣宗紀》：「（大中）六

年春正月戊辰，以隴州防禦使薛逵爲秦州刺史、天雄軍使，兼秦、成兩州經略使。」則文乃撰於大中六年（八五二）正月。

田克加檢校國子祭酒依前宥州刺史制①

敕。銀青光禄大夫、檢校太子賓客、使持節宥州諸軍事、兼宥州刺史、御史中丞、充經略軍使、押蕃落副使、左神策軍宥州行營都知兵馬使、上柱國、雁門郡開國侯、食邑一千户田克。梟俊無敵，感激輕生，李信之氣蓋關中，陳安之勇聞隴上。委以邊郡，能得士心，寇圍陰河，守陴甚寡，爾乃萬死不顧，一奮無前，奇兵徑衝，驍騎横挑，圍開孤壘，戰敗豪羌。言念忠勞，豈愛爵賞，帖以崇秩，用酬奇功。畢萬匹夫也，百戰皆獲，有馬百乘，死於牖下；死不在寇，此乃趙鞅誓衆之辭也。宜念古人之言，勉作萬夫之特。可檢校國子祭酒，餘並如故。

【注釋】

① 本文撰於大中五年九月至大中六年（八五一至八五二）底之間，詳見本集卷一七《趙真齡除右散

騎常侍制》注①。

薛淙除鄧州任如愚除信州虞藏玘除邛州刺史等制〔一〕①

敕。朝議郎、前使持節坊州諸軍事、守坊州刺史薛淙等。仲尼對魯哀公曰：「人道之大，莫先爲政。」漢宣帝曰：「與我共治者，其唯良二千石乎。」念先師賢帝之言，思疲人良吏之選，夙興夜寐，不忘於此。淙以文科入仕，命守邊郡，屬當伐叛，兵於其郊，處劇不緐，事叢皆辦。如愚進以門子，屢爲長吏，其有政化〔二〕，可差古人。藏玘與逢，閱官簿而頗多，言理名而亦著。紹元嘗聞謹慎，可宰百里。己所不欲，勿施於人，無忘格言，副我優寄。可依前件。

【校勘記】

〔一〕「薛淙」，原作「薛宗」，然下文又作「薛淙」。又《文苑英華》卷四一一、《全唐文》卷七四九均作「薛淙」，今據改。「鄧」，《文苑英華》卷四一一作「登」，下校：「集作鄧。」

〔二〕「有」，《文苑英華》卷四一一、《全唐文》卷七四九作「爲」。

【注　釋】

① 本文撰於大中五年九月至大中六年（八五一至八五二）底之間，詳見本集卷一七《趙真齡除右散騎常侍制》注①。

鄭液除通州刺史李蒙除陳州刺史等制〔一〕①

敕。朝議郎、前守太原府晉陽縣令、上柱國鄭液等。今之郡守，爲人師帥，宣上教化者也。以液久在官途，嘗宰大邑，聞其爲治，人歌舞之。以蒙執殳前驅，予之雄也，光禄護塞，居延視胡，虜不敢窺，士爭爲死。各委分寄，實曰遷升。通州雜以華夷，淮南兩有兵賦，爾其往哉。今用誡爾，爲天子之守臣，作百姓之長吏，言於仕進，可曰顯榮。夫君子之道，先有諸己，後求於人，苟能律身，始可檢下，勉詳詔令，用謹理行。從規始於門子入仕〔二〕，恭謹無尤，自州佐而升在朝班，列五尚而職三服〔三〕，亦爲良遇，無忝官常。可依前件。

【校勘記】

〔一〕「李蒙」，「蒙」字，《文苑英華》卷四一一均作「象」，然下校：「集作蒙。」

〔二〕「仕」，《文苑英華》卷四一一作「進」。

〔三〕「而」，《文苑英華》卷四一一作「以」，下校：「集作而。」《文苑英華》卷四一一、《全唐文》卷七四九於「職」字下有「於」字。

【注釋】

① 本文撰於大中五年九月至大中六年（八五一至八五二）底之間，詳見本集卷一七《趙真齡除右散騎常侍制》注①。

王晏實除齊州吴初本巴州陳侹渝州刺史等制〔一〕①

敕。正議大夫、前使持節淄州諸軍事、守淄州刺史、上柱國、太原縣開國男、食邑五百户、賜紫金魚袋王晏實等。俟善政而後用，或蔑無所聞〔二〕；滯序進之常途，則怨生於下。古今政柄，患斯二者。晏實、初本、侹等三人，入仕年多，亦嘗爲郡，聞無悔吝〔三〕，是熟詔條。濟南跨河，有兵有賦，巴渝夷俗，慷慨豪健，形於樂曲〔四〕，爾其往哉。古之人有言曰：子苟爲善，誰敢不勉。身率以正，孰敢不正，欲謹於行〔五〕，在於廉平。弘宗温慎有餘，王屬咸爲清秩〔六〕。銖以文學，嘗佐賢侯，作掾京兆，亦曰美仕。皆有官業，慎無自薄。可依前件。

【校勘記】

〔一〕「吳初本」，《文苑英華》卷四一一作「吳本初」，下文「初本」亦作「本初」。「侹」，《文苑英華》卷四一一作「珽」，下校：「集作侹，下同。」

〔二〕「蔑」，《文苑英華》卷四一一作「懵」，下校：「集作蔑。」

〔三〕「咎」，《文苑英華》卷四一一作「咎」，下校：「集作咎。」

〔四〕「形」，原作「刑」，據《文苑英華》卷四一一、《全唐文》卷七四九改。「樂曲」，原作「樂典」，據《文苑英華》卷四一一、《全唐文》卷七四九改。

〔五〕「於」，《文苑英華》卷四一一作「理」。

〔六〕「清秩」，原作「清秋」，據《全唐文》卷七四九、文津閣本改。《文苑英華》卷四一一作「美秩」。

【注釋】

①本文撰於大中五年九月至大中六年（八五一至八五二）底之間，詳見本集卷一七《趙真齡除右散騎常侍制》注①。

郭瓊除渠州郭宗元除興州等刺史王雅康除建陵臺令等制〔一〕①

敕。太中大夫、前使持節文州諸軍事、守文州刺史、兼侍御史、充本州鎮遏使、上柱國郭瓊等。鄰山、順政〔二〕，僻處山谷，罕知文律，易爲欺奪。瓊與宗元守郡宰邑，聞無悔吝，爾其往哉。仲尼曰：「正身而人正，欲善而人善。」撫我疲俗，宜遵格言，苟或不臧，貽爾之戚。雅康入仕〔三〕，嘗在班列，青宮贊導，陵邑守奉，若非謹慎，不膺斯任。可依前件。

【校勘記】

〔一〕「雅康」，「雅」字原無，據《文苑英華》卷四一一、《全唐文》卷七四九補。

〔二〕「鄰山」，《文苑英華》卷四一一作「潾山」。

〔三〕「雅康」，原作「惟康」，據《文苑英華》卷四一一、《全唐文》卷七四九、文津閣本改。

【注　釋】

① 本文撰於大中五年九月至大中六年（八五一至八五二）底之間，詳見本集卷一七《趙真齡除右散

騎常侍制》注①。

吳從除蓬州賈師由除瓊州蕭蕃除羅州刺史等制①

敕。中散大夫、前使持節柳州諸軍事、守柳州刺史、上柱國、賜紫金魚袋吳從等。地遠京邑，俗雜蠻夷，不知文律，易爲欺奪。朝廷選置，多無名人，小則抑鬱不伸，大則聚以爲寇。蓬緣巴徼，其風忿勁；瓊處海外，在兩漢時往往小反；羅居百越，磎洞深阻。咨爾三吏，比嘗爲郡〔一〕，亦執有政〔二〕，勿以荒服，侮我疲人。或異詔條，必置厥辟〔三〕，稍當叙進〔四〕，優以上佐，苟有聞見，無忘裨助。可依前件。

【校勘記】

〔一〕「比嘗」，《文苑英華》卷四一一作「比者」。

〔二〕「亦執有政」，《文苑英華》卷四一一作「亦報有功」，《全唐文》卷七四九作「亦報有政」。

〔三〕「必置厥辟」，「置」字原作「寡」，據《文苑英華》卷四一一、《全唐文》卷七四九改。

〔四〕「稍當」，原作「涓當」，據《文苑英華》卷四一一、《全唐文》卷七四九改。

【注　釋】

① 本文撰於大中五年九月至大中六年（八五一至八五二）底之間，詳見本集卷一七《趙真齡除右散騎常侍制》注①。

裴閲除温州刺史伊實除獻陵臺令等制①

敕。正議大夫、前使持節忠州諸軍事、守忠州刺史、上柱國裴閲等。江峽之間，其俗剽悍，聞爾爲理，人惜其去，若不遷陟，豈酬政能。洎師素等，久居官常，皆無悔吝，半刺列郡，人所咨稟。衣冠弓劍之地，霜露感思之心，尤藉謹良，以顓守奉。各服休命，勉於始終。可依前件。

【注　釋】

① 本文撰於大中五年九月至大中六年（八五一至八五二）底之間，詳見本集卷一七《趙真齡除右散騎常侍制》注①。

陸紹除信州刺史封載除遂州刺史鄭宗道除南鄭縣令等制①

敕。中大夫、前使持節申州諸軍事、守申州刺史、上柱國、賜紫金魚袋陸紹等。夫以冉求之才，方六七十，爲之三年，然後可使足人。今者一州之地，五六於此。況上饒參以越俗，遂寧旁緣巴徼，號爲沃野，皆有厚賦，委之分寄，實難其人。以紹其先君子仍代作相，能以儒學緣飾吏理。以載頗有長者之舉，聞於士林之間。夫二千石所繫，朕常留念，舉以授爾，能不誨乎。卹孤獨，逮不足，修其教，徇其宜，凡此四者，著於《王制》，勉循古道，以活疲民。宗道宰邑，卓然善政，廉使上課，書爲第一，列於遷陟，得以不時。無易初心，以失前效。可依前件。

【注釋】

① 本文撰於大中五年九月至大中六年（八五一至八五二）底之間，詳見本集卷一七《趙真齡除右散騎常侍制》注①。

張德翁除歸州刺史李承訓除福昌縣令盧審矩除陽翟縣令等制①

敕。朝議郎、前京兆府渭南縣令、上柱國張德翁等。德翁、承訓、審矩，爲天子之守臣，作百姓之長吏，仕而至此，斯亦達矣。匹夫爲善，人猶則之，守令所爲，誰敢不化？《詩》曰：「爾之教矣，人胥效矣。」可不勉之。量助奉陵邑，以謹慎選。執臨、師景、參諒等，各以序進，亦爲良遇。可依前件。

【注　釋】

① 本文撰於大中五年九月至大中六年（八五一至八五二）底之間，詳見本集卷一七《趙真齡除右散騎常侍制》注①。

王樟除雅州刺史郭鏞除右諭德等制①

敕。朝議郎、前守成都縣令、上柱國、賜緋魚袋王樟等。盧山江關扼束，控西南夷，置吏不善，所虞非細。以樟嘗宰劇縣，在會府中，條令和平，吏人嘉美。跡爾前政，撫予遠人。《禮》曰：「人之所好，己亦好之；人之所惡，己亦惡之。」以此用心，何憂不理？暨銷與綬，門子清族，閱其官簿，入仕已久。東朝諭導，名藩上寮，頗爲優閑，宜服休命。可依前件。

【注釋】

① 本文撰於大中五年九月至大中六年（八五一至八五二）底之間，詳見本集卷一七《趙真齡除右散騎常侍制》注①。

傅孟恭除威州刺史宣敏加祭酒兼侍御史依前宣歙道兵馬使知防秋事等制①

敕。開府儀同三司、檢校國子祭酒、前使持節都督銀州諸軍事、兼銀州刺史、御史中丞、充本州押蕃落及監牧副使、兼度支銀川營田使、上柱國、清河郡開國公、食邑二千户傅孟恭等。孟恭山西將門，并州壯士，雖長鉦都尉，黑稍將軍，校其忠勇，無以過也。左宦非罪，志氣益堅，守邦有聞，官業克奉。今以威州新造，虵豕之衛，非爾材力，不能控壓。遂以武健，佐助戎臣，觀其列狀，頗著勤效。敏於窮塞，提挈孤軍，樹立和門，繕完械用，翬飛虹亘者三百間，耀雪吹毛者數萬事，言其勞績，亦少比倫。各兼憲班，或伏熊軾，可曰榮遇，無自懈怠。可依前件。

【注釋】

① 本文撰於大中五年九月至大中六年（八五一至八五二）底之間，詳見本集卷一七《趙真齡除右散騎常侍制》注①。

姚克柔除鳳州刺史韋承鼎除櫟陽縣令王仲連贊善大夫等制①

敕。中散大夫、前使持節利州諸軍事、守利州刺史、上柱國姚克柔等。仲尼曰：「人道之大，莫先爲政之功者，其長人乎。」克柔嘗典一邦，愈知爲理。承鼎、增宙等，開敏有材，幹能堪事。河池名郡，畿内小侯，仕於清時，皆爲良遇。大凡爲理之要，先事孤弱，譬諸草木，無倦栽培。仲連荏苒宦途，歲月滋久，東朝贊導，亦曰升遷。各慎厥官，無忝榮命。可依前件。

【注　釋】

①本文撰於大中五年九月至大中六年（八五一至八五二）底之間，詳見本集卷一七《趙真齡除右散騎常侍制》注①。

朱載言除循州刺史袁循除渭南縣令張公及除獻陵令韋幼章除京兆府倉曹等制①

敕。前靈鹽節度掌書記、朝請郎、試大理司直、兼殿中侍御史朱載言等。刺史縣令，皆古之五等諸侯，行詔條紀綱，專教化殺生者也。得其才則疲人蘇息，非其任則百姓愁怨。載言、循、省問、遠等，或以吏理進官，或以科名入仕，當此選擇，聞無悔尤。海豐越俗，王畿名邑，夫邪正表前之影，教令如草上之風，若非律身，不能爲理。公及以勤謹膺陵邑慎選，幼章以才敏坐京兆劇曹，各有官業，無自廢怠。可依前件。

【注　釋】

① 本文撰於大中五年九月至大中六年(八五一至八五二)底之間,詳見本集卷一七《趙真齡除右散騎常侍制》注①。

【集　評】

于守令諄諄告誡,想見愛民切至。今日所宜申命。(鄭郲評本文)

支某除鄆王傅盧賓除融州刺史趙全素除福陵令等制①

敕。銀青光禄大夫、前使持節邢州諸軍事、守邢州刺史、兼侍御史、充本州團練使、上柱國支某等。近者控名責實,事不苟且,量材適用,咸當所宜。咨爾某等,各於進官,亦以勞久。王門爲傅,越徼分憂,洎守奉園陵,毗佐列郡,皆曰美秩,盡獲優安。各務清勤,無掇悔吝。可依前件。

【注　釋】

① 本文撰於大中五年九月至大中六年(八五一至八五二)底之間,詳見本集卷一七《趙真齡除右散

騎常侍制》注①。

鄭倰除大理少卿致仕制①

敕。朝散大夫、檢校太僕少卿、前兼江陵少尹、上柱國鄭倰。四代所貴，事皆不同，至於尚齒，其道一也。聞爾久居官次，年踰月制，家唯四壁，身無一簪。今者致政里居，亞列半俸，足得安枕几而就頤養，敬老之道，亦爲優異。可守大理少卿致仕，散官勳如故。

【注釋】

① 本文撰於大中五年九月至大中六年（八五一至八五二）底之間，詳見本集卷一七《趙真齡除右散騎常侍制》注①。

樊川文集卷第十九

王釗除皇城留守制①

敕。銀青光禄大夫、檢校刑部尚書、前兼左金吾衛大將軍、御史大夫、充左街使、太原郡開國公、食邑二千户王釗。常侍文陛，召見武臺，願以五千，獨當一隊，思長策久安之術，避必戰敢死之虜，頗嗤免胄，獨能全師。洎繁纓趨朝，執金入侍，夷險一貫，忠勞兩兼，子尾之疾雖平，郄克之步尚蹇。官崇環衛，職實司武，入座副相，不失舊榮，且務優安，勉於遵養。可檢校刑部尚書、兼右領軍衛上將軍、御史大夫、充大内皇城留守，散官如故。

【注　釋】

① 本文撰於大中五年九月至大中六年（八五一至八五二）底之間，詳見本集卷一七《趙真齡除右散騎常侍制》注①。

王知信除左衛將軍史寰除右監門衛將軍等制①

敕。昭武軍校尉、前守右驍衛將軍、上柱國、賜緋魚袋王知信等。古人之爲理也，不以一眚而掩大功，克廣紹子文之宗〔一〕，霍陽繼博陸之後。知信烈祖，貝丘之戰，可庇十代，豈止曾孫。寰父伯仲，亦效忠懇，提挈全魏，歸於朝廷。今者寵以將軍，旌其舊德，豈唯獨舉賞延之典，亦欲使列士諸將〔二〕，自爲孫謀。彝、鎬、明誼，入仕已久，皆無悔吝〔三〕，故有序遷，臨封遠邦，蔡亳兵部〔四〕，分憂佐理，無忘謹廉。可依前件。

【校勘記】

〔一〕「克廣」，《文苑英華》卷四〇二、《全唐文》卷七四九均作「克黄」。

〔二〕「列士」，《文苑英華》卷四〇二作「裂土」，下校：「集作列士。」

〔三〕「吝」，《文苑英華》卷四〇二作「咎」，下校：「集作吝。」

〔四〕「部」，《文苑英華》卷四〇二校：「一作郡。」

【注　釋】

① 本文撰於大中五年九月至大中六年（八五一至八五二）底之間，詳見本集卷一七《趙真齡除右散騎常侍制》注①。

張直方授左驍衛將軍制[一]①

敕。朕據南面之尊，制一代之命，先講百官之法[二]，後行四方之政[三]。若有罪不問，是倒持太阿；有頑不磨，是廢去砥石，則拱視天下，何以爲理？雲麾將軍、起復檢校刑部尚書、兼右羽林統軍將軍、御史大夫張直方，席其先人，任爲邊將，披誠向闕，執玉來朝。近臣勞郊，大匠理第，典兵於禁門之内，立侍於交戟之中，校其寵榮，無與等比。而乃每輕法檢，恣爲遨遊，擅去宿衛，潛遊異縣。有司問狀，持舌不言，以至再三，始引愆闕。古人有云：「語人必於其倫，觀過必於其黨。」[四]念其生自戎旅[五]，素不鐫琢，既觸法網，亦可矜容。加膝墜泉，予常自慎，小懲大誡，爾宜知恩。不失將軍之榮，仍有兼官之重[六]，足得湔洗，以俟甄升。可銀青光禄大夫、檢校刑部尚書、兼左驍衛將軍、御史大夫[七]。

【校勘記】

〔一〕「左驍衛將軍」，《文苑英華》卷四〇一作「左驍衛大將軍」。

〔二〕「講」，《文苑英華》卷四〇一作「謹」，下校：「集作講。」

〔三〕「行」，《文苑英華》卷四〇一作「理」，下校：「集作行。」

〔四〕「必於」，《文苑英華》卷四〇一作「各於」。「語人」，文津閣本作「擬人」。

〔五〕「戎旅」，《文苑英華》卷四〇一作「戎族」。

〔六〕「仍有」，《文苑英華》卷四〇一作「仍存」。

〔七〕「左驍衛將軍」，《文苑英華》卷四〇一作「左驍衛大將軍」。「左」，原作「右」，據《文苑英華》卷四〇一、《全唐文》卷七四九改。

【注釋】

①本文云「雲麾將軍、起復檢校刑部尚書、兼右羽林統軍將軍、御史大夫張直方，……乃每輕法檢，恣爲遨遊，擅去宿衛，潛遊異縣，……可銀青光禄大夫、檢校刑部尚書、兼左驍衛將軍、御史大夫」。檢《資治通鑑》卷二四九載：「（大中五年十一月）右羽林統軍張直方坐出獵累日不還宿衛，貶左驍衛將軍。」據此，本文乃撰於大中五年（八五一）十一月。

朱叔明授右武衛大將軍制①

敕。金紫光禄大夫、檢校工部尚書、兼左武衛上將軍、御史大夫、上柱國、吳興郡開國公、食邑二千户朱叔明。司馬軍令，黄帝理法〔一〕，兵家尚嚴，始可尅敵。邊將破虜，詐增首級，亦罪之小者。漢文時魏尚囚繫，漢宣時田順自殺。開元中，幽州長史趙含章大破奚虜，旋坐贓賄，放流瀼州，縱有功勞，不贖罪犯，是以拓土萬里，垂功中興。自長慶已還，益輕邊事，選拔將帥，多非賢良，豪奪種落蹄角之畜，割削士卒衣食之賜。見利則往，見弱則欺，罔酬恩榮，不顧廉耻，積帛藏鏹，丘累陵聚。是以戰士離落，兵甲鈍弊，積三十年，擲之不問。近者伐叛，益知其由，屢下詔書，誥誡深切，豈知頑昧，不可鐫琢。嗟爾叔明，材惟樸樕，性命淺狹。其兄叔夜，以贓抵刑，不出私門，可視覆轍。忝據藩翰，已積歲時，料甲峙粮，既乏素效，事虜接戰，不報寸功。而乃公欺降戎，乾没戰馬，歸充伏櫪，告以弊帷，人之無良，一至於此。昔曹劌請戰，卜式輸財〔二〕，俱是匹夫，不與公食。爾乃貴擁旄鉞，任倚邊陲，何其用心，與古相萬。諫臣拜疏，前罰未塞，尚爲恩貸，不失將軍，分務洛師，可以循省。可右武衛大將軍，分司東都，散官勳封如故。

【校勘記】

〔一〕「黃帝理法」，「理」字原作「李」，據《全唐文》卷七四九改。

〔二〕「卜式輸財」，「財」字原作「射」，據《全唐文》卷七四九、文津閣本改。

【注　釋】

① 此制云：「自長慶已還，益輕邊事，選拔將帥，多非賢良，豪奪種落蹄角之畜，割削士卒衣食之賜。見利則往，見弱則欺，罔酬恩榮，不顧廉耻，積帛藏鏹，丘累陵聚。是以戰士離落，兵甲鈍弊，積三十年，擲之不問。近者伐叛，益知其由，屢下詔書，誥誡深切，豈知頑昧，不可鐫琢。」據此可知一、是時邊將多有「豪奪種落蹄角之畜」和「見利則往，見弱則欺」之事。考《資治通鑑》卷二四九大中五年正月載：「上頗知党項之反由邊將利其羊馬，數欺奪之，或妄誅殺，党項不勝憤怒，故反。……自是繼選儒臣以代邊將之貪暴者，行日復面加戒勵，党項由是遂安。」則此制當作於此時前後。二、文云自長慶以來「積三十年」，則乃大中四年（八五〇），然三十年或乃取整數，至大中五年已三十一年，亦可謂取整數謂三十年。杜牧大中五年九月後方可草制，故此文約大中五年（八五一）九月後所撰。

梁榮幹除檢校國子祭酒兼右神策軍將軍制①

勑。北落親軍，夾峙宫省，選忠勇者爲吾爪牙。右神策軍奉天鎮都知兵馬使、銀青光禄大夫、檢校國子祭酒、兼右威衛將軍、御史大夫、上柱國、安定郡開國公、食邑二千户梁榮幹，射必落鵰，力能扼虎〔一〕，自晦雄毅，益守謙恭。故能塞護長榆，兵分細柳，恩加士卒，名著勤勞。今日擢掌五兵，榮懸三綬，勉礪鋒鍔，上答寵光。可檢校國子祭酒、兼右神策軍將軍知軍事、御史大夫、充馬軍都虞候，散官勳封如故。

【校勘記】

〔一〕「力能扼虎」，「虎」字原作「武」，據《全唐文》卷七四九改。按，「武」乃避唐諱改。

【注　釋】

① 本文撰於大中五年九月至大中六年（八五一至八五二）底之間，詳見本集卷一七《趙真齡除右散騎常侍制》注①。

呂衛除左衛將軍李銖除右威衛將軍令狐朗除滑州别駕等制①

敕。忠武將軍、前左武衛將軍、兼澧州長史、合川郡公、賜紫金魚袋呂衛等。衛爲天驕之魁，來就諸臣之位，誠敬忠信，不失其常。銖、朗入仕歲久，閲官頗多，聞無尤違，是率理道。將軍上佐，半刺之任，言於清時，皆爲美仕。帖以禄秩之綬，用嘉慕義之心，慎無自輕，勉於敬畏。可依前件。

【注釋】

① 本文撰於大中五年九月至大中六年（八五一至八五二）底之間，詳見本集卷一七《趙真齡除右散騎常侍制》注①。

張幼彰程脩己除諸衛將軍翰林待詔等制①

敕。翰林待詔、昭武校尉、前守左驍衛將軍、上柱國、賜紫金魚袋張幼彰等。幼彰、脩己，鴻都奏伎，攻於丹青，用志不分，與古爭品。審以武進，晚能知書，屢以辭章，上干丞相。知實以謹良綰務，師儒以詳練守職，或藝或勞，或遷或拔。將軍佐寮，皆爲寵擢，各守職秩，無忘專慎。可依前件。

【注釋】

① 本文撰於大中五年九月至大中六年（八五一至八五二）底之間，詳見本集卷一七《趙真齡除右散騎常侍制》注①。

一品孫李明遠授左千牛備身等制①

敕。一品孫李明遠、三品孫韓鍔等，立侍交戟，纔能勝冠，出入見君父之尊，師資益忠孝之道。流離少好，騏驥老成，宜念聿脩，慎無欲速。明遠可致果副尉守左千牛備身，鍔可翊麾校尉守左千牛備身。

【注　釋】

①本文撰於大中五年九月至大中六年（八五一至八五二）底之間，詳見本集卷一七《趙真齡除右散騎常侍制》注①。

李鄠除檢校刑部員外郎充鹽鐵嶺南留後鄭蕃除義武軍推官等制①

敕。前鳳翔節度副使、朝議郎、侍御史、内供奉、賜緋魚袋李鄠等。五嶺之表，地遠京邑，吏以法制奉公，下以文律自持，蓋亦寡矣。而鹽鐵榷束之籍，延袤萬里，若當其才，非唯山澤之饒歸於公上，亦得以遠人利病聞於朝廷。今吾丞相揣摩新規，改易舊制，以鄠文學廉慎，當官挺然，嘗倅賢侯，號爲名士，以此委任，必有可觀。蕃、瑾、嗣閔咸有才能，佐藩評刑，知己所請。各進官秩，皆爲榮遇，宜思報效，無累薦延。可依前件。

【注　釋】

①本文云「鹽鐵榷束之籍，延袤萬里，若當其才，非唯山澤之饒歸於公上，亦得以遠人利病聞於朝廷。

今吾丞相揣摩新規，改易舊制」。所謂丞相揣摩新規，改易舊制事，乃指裴休改易漕運之事。《舊唐書·裴休傳》：「（大中）六年八月，以本官同平章事，判使如故。自大和已來重臣領使者，歲漕江、淮米不過四十萬石，能至渭河倉者十不三四。漕吏狡蠹，敗溺百端。……洎休領使，分命僚佐深按其弊，因是所過地里，悉令縣令兼董漕事，能者奬之。……舉新法凡十條，奏行之。又立税茶法十二條奏行之，物議是之。」《新唐書·裴休傳》同。據上所考，裴休大中六年八月任相，則文當作於大中六年（八五二）八月後。

韋宗立授檢校倉部員外郎知鹽鐵廬壽院等制①

敕。權知鹽鐵廬壽院事、朝請郎、侍御史、内供奉韋宗立等。近者恢復河湟，訓定羌虜，江湖之間，人安而不擾。供饋之費，財有餘而力不蹙，實由管榷，委之名臣。今者尚書休以爾宗立等上言，咸曰清白處己，勤謹奉公，予安能知，無不可者。暨頡與潛，皆稱名士，自有丞相爲爾已知。守職佐藩，無忝新命。可依前件。

【注　釋】

① 本制云「今者尚書休以爾宗立等上言，咸曰清白處己，勤謹奉公，……自有丞相爲爾己知」。按，所云「尚書休」、「丞相」即指裴休。裴休以禮部尚書、諸道鹽鐵轉運使入相之時間，《舊唐書·裴休傳》、《新唐書·宣宗紀》、《新唐書·宰相表》三、《資治通鑑》卷二四九均記於大中六年（八五二）八月，則此制乃作於是時稍後。

房次玄除檢校員外郎充度支靈鹽供軍使等制①

敕。前知度支河南院事、朝散大夫、試太子司議郎、兼侍御史、上柱國、賜緋魚袋房次玄等。有司臣各言爾等，或以科名文學，或以清白才用，列於薦籍，其辭甚美。分金穀榷運之務，無忘謹廉；佐諸侯將軍之府，宜竭裨助。報知苟盡，能不達乎？爾其勉之。可依前件。

【注　釋】

① 本文撰於大中五年九月至大中六年（八五一至八五二）底之間，詳見本集卷一七《趙真齡除右散

騎常侍制》注①。

李知讓加御史中丞依前邠州刺史韋瓊加侍御史充振武軍掌書記等制〔一〕①

敕。大中大夫、使持節邠州諸軍事、守邠州刺史、充兵馬留後、上柱國、賜紫金魚袋李知讓等。以知讓所理〔二〕，雜以華夷，宜假霜臺，用壓戎落。瓊、璹、覿等，皆吾卿大夫之令子弟也，戎臣知之，請爲佐理。夫幕吏之道，有事必言，知無不爲，考於職分，亦無本局，各思報效，勿事依違。可依前件。

【校勘記】

〔一〕「振武軍掌書記」，「軍」字原無，據《全唐文》卷七四九、文津閣本補。

〔二〕「知讓」，「讓」字原作「議」，據《全唐文》卷七四九、文津閣本改。

【注　釋】

①本文撰於大中五年九月至大中六年（八五一至八五二）底之間，詳見本集卷一七《趙真齡除右散騎常侍制》注①。

崔彦曾除山南西道副使李詵山東道推官楊元汶京兆府法曹等制〔一〕①

敕。朝議郎、行鄭州管城縣令、上柱國、賜緋魚袋崔彦曾等。戎臣請士，京兆求賢，披其薦籍，皆曰才能。彦曾左官非罪，理人異等。詵張王賢客，梁苑辭人；元汶官決平之司，無舞文之過。移爲典獄，陟在賓階，不累己知，唯有直道。可依前件。

【校勘記】

〔一〕「李詵」，文津閣本作「季詵」。

【注　釋】

①本文撰於大中五年九月至大中六年（八五一至八五二）底之間，詳見本集卷一七《趙真齡除右散騎常侍制》注①。

李承慶除鳳翔節度副使馮軒除義成軍推官等制①

敕。朝議郎、前守太常丞、上柱國李承慶等。以文學升名於有司，以才能入仕於官次。諸侯辟之，以佐於賓席；天子用之，升於朝廷。次第等級，大小高下，亦與古之鄉舉里選，考德試言〔一〕，無以異也。爾等皆吾卿大夫之令子弟也，清風素範，克肖家聲，屬辭彫章，能取科第。既有知己〔二〕，皆爲才人，賢觀與遊，達視所舉。今爾賓主，兩皆得之，義則進，否則退，無爲美疢〔三〕，以求苟容。可依前件。

【校勘記】

〔一〕「考德」，《文苑英華》卷四一三作「考功」。

〔二〕「既有」，《文苑英華》卷四一三作「既爲」。

〔三〕「疢」，《文苑英華》卷四一三作「疹」，下校：「疑作疢。」

【注釋】

① 本文撰於大中五年九月至大中六年（八五一至八五二）底之間，詳見本集卷一七《趙真齡除右散騎常侍制》注①。

夏侯曈除忠武軍節度副使薛途除涇陽尉充集賢校理等制①

敕。前昭義軍節度判官、朝議郎、殿中御史〔一〕、内供奉夏侯曈等。曈以科名辭學，開敏多才，久遊諸侯，常藴令聞，周知吏理，兼能潔身。戎臣上言，願爲毗贊，既諾仕以委質，宜直道以酬知。途以文行策名，節趣清遠〔二〕，言於後進，實爲秀人。延閣典校，丞相所請，勉循階級，以至堂奥。可依前件。

【校勘記】

〔一〕「殿中御史」，《文苑英華》卷四〇〇、《全唐文》卷七四九作「殿中侍御史」。

〔二〕「節趣」，《文苑英華》卷四〇〇校：「一作趣尚。」

【注釋】

① 本文撰於大中五年九月至大中六年（八五一至八五二）底之間，詳見本集卷一七《趙真齡除右散騎常侍制》注①。

蕭孜除著作佐郎裴祐之陝府巡官崔滔櫟陽縣尉集賢校理等制①

敕。仕春秋時，晉爲諸侯國也，尚立公族大夫，教育諸卿之子，富有賢哲，不假搜聘，召同列而會者，三百餘年。況今天覆盡得，而禹畫無遺，名卿賢相之家，清風素範之教〔二〕，子孫森羅，髦俊並作，次第叙用，豈歎乏才。匭使判官、將仕郎、守國子監太學博士蕭孜等，或以秀異得舉，文學決科；或以行實立身，遭逢知己，皆後生可畏之士，爲當時有才之人。東觀著述，殿閣典校〔三〕，參畫幕府，開導獻納，清秩美職，一二者兼之。不由階級，安至堂奧，勉於脩慎，以俟超升。可依前件。

【校勘記】

〔一〕「之教」，文津閣本作「之族」。

〔二〕「殿」，《文苑英華》卷四〇〇作「延」，下校：「集作殿。」

【注　釋】

① 本文撰於大中五年九月至大中六年（八五一至八五二）底之間，詳見本集卷一七《趙真齡除右散騎常侍制》注①。

楊知退除鄆州判官薛廷望除美原尉直弘文館等制①

敕。將仕郎、前守京兆府藍田縣主簿楊知退等。國家盪定濟魯，餘三十年，多用名儒鎮之，以還古俗〔一〕，其議賓吏，皆爲秀彦。弘文館四部群書，十八學士，詳考理亂，鋪陳王道，此乃貞觀之故事也，若非名士，固不與焉。知退與途，文行温雅，副幕府之求；廷望才學聲華，膺丞相之選。當戰伐之後，切於供饋，庠、績自以謹幹，稱於有司。予非能知，咸徇其請，各宜率勵，無累所舉，可依前件。

【校勘記】

〔一〕「以還古俗」，「還」字原作「選」，據《全唐文》卷七四九、文津閣本改。

【注　釋】

① 本文撰於大中五年九月至大中六年（八五一至八五二）底之間，詳見本集卷一七《趙真齡除右散騎常侍制》注①。

白從道除東渭橋巡官陶祥除福建支使劉蜕壽州巡官等制〔一〕①

敕。度支東渭橋給納使巡官、將仕郎、試大理評事、兼監察御史白從道等。朕以國計出入，委於表臣〔二〕，尚書郎當戰伐之餘，財穀殫蹶，斷長補短〔三〕，以無爲有。今者上言三吏，皆曰周才〔四〕，校其智能，足應事役。暨守臣貽孫等，亦曰祥、蜕文學温慎〔五〕，可在賓階〔六〕。才者得失之端，士者功名之本，勉於自勵，無負己知。可依前件。

【校勘記】

〔一〕「支使」，原作「支後」，據《文苑英華》卷四一三、《全唐文》卷七四九、文津閣本改。

〔二〕「委於」，原作「委以」，據《文苑英華》卷四一三、《全唐文》卷七四九改。

〔三〕「斷長補短」，「短」字原作「矩」，據《文苑英華》卷四一三、《全唐文》卷七四九、文津閣本改。

〔四〕「周才」，《全唐文》卷七四九作「國才」。

〔五〕「文學温慎」，「文」字原作「之」，據《文苑英華》卷四一三、《全唐文》卷七四九、文津閣本改。

〔六〕「可在」，原作「而在」，據《文苑英華》卷四一三、《全唐文》卷七四九、文津閣本改。

【注　釋】

① 本文撰於大中五年九月至大中六年（八五一至八五二）底之間，詳見本集卷一七《趙真齡除右散騎常侍制》注①。

盧籍除河東副使李推賢殿中丞高湜除湖南推官薛廷傑桂管支使等制①

敕。河東節度副使、朝散大夫、檢校大理少卿、攝御史中丞、上柱國盧籍等。夫諸侯之任重矣，其行道也，得以阜俗變俗〔一〕；其行法也，得以刑人賞人，若張政化〔二〕，得以助業〔三〕。某等上言，咸舉可用。籍等或負才器〔四〕，倜儻不群；或以文章，策名俊秀；或有幹局，可佐囹圄，皆徇所請〔五〕，予安能知。并州近胡，王業兹始，艱難已來，何戰不會。長沙、始安，頗聞旱秏，各宜良士，以佐賢侯。夫直道枉道，無他故也，取容盡節而已，勿慮後患，宜竭報知。暨殿省佐僚，縣道爲郡，豈曰虚授，亦當爾才。正霜臺之舊名〔六〕，班芸閣之初命，各服寵禄，勉於自强。可依前件。

【校勘記】

〔一〕「變俗」二字原缺，據文津閣本增補。

〔二〕「政化」，原作「攻化」，據《文苑英華》卷四一三、《全唐文》卷七四九、文津閣本改。

〔三〕「得以助業」，《文苑英華》卷四一三校：「一作宜得所助。」

〔四〕「才器」，《文苑英華》卷四一三作「才氣」。

〔五〕「皆徇所請」，「請」字原無，據《文苑英華》卷四一三、《全唐文》卷七四九、文津閣本補。

〔六〕「舊名」，《文苑英華》卷四一三作「高名」。

【注　釋】

① 本文云：「長沙、始安，頗聞旱秏，各宜良士，以佐賢侯。」按，始安爲桂州始安郡。「長沙、始安，頗聞旱秏」乃大中五年事，此本集卷一七《權審除户部員外郎制》即云「湖嶺旱暵，百姓枵秏，老弱死道上」；又本集卷一七《令狐定贈禮部尚書制》亦云「去載桂陽，雖云旱秏，聞其風俗，芬若椒蘭」。據兩《唐書·宣宗紀》大中五年均記「是歲湖南大饑」事，故此制乃作於大中五年九月後。此亦可參《權審除户部員外郎制》注①。

鄭碣除江西判官李仁範除東川推官裴虔餘除山南東道推官處士陳威除西川安撫巡官等制①

敕。浙江西道都團練判官、將仕郎、監察御史裏行鄭碣、李仁範暨虔餘等，咸以文行，策名清時，諸侯知之，命爲幕吏。少微四星，處士毗輔之宿也。天之布列，在軒轅前，此乃天意親近賢良，先於妃后。威者吾能言之，耕延陵之皋，荷石門之篠，沉如魚潛〔一〕，冥若鴻翔，非吾賢相，爾不肯起。勉酬知己〔二〕，以壯在野。並可依前件。

【校勘記】

〔一〕「潛」，《文苑英華》卷四一三作「頎」，下校：「集作潛。」

〔二〕「勉酬」，原作「徇酬」，據《文苑英華》卷四一三、《全唐文》卷七四九改。

【注　釋】

① 本文撰於大中五年九月至大中六年（八五一至八五二）底之間，詳見本集卷一七《趙真齡除右散騎常侍制》注①。

裴諗除監察御史裏行桂管支使等制①

敕。前鄆曹濮等州觀察支使、朝散大夫〔一〕、試大理評事裴諗等。守臣有司，上言請士〔二〕，皆曰諗等士族之中有政事科名，清廉公謹，嘗經職守，稱有才能〔三〕。古人於一飯之恩，尚有殺身以報，況於知己，得不勉之。可依前件。

【校勘記】

〔一〕「朝散大夫」，《文苑英華》卷四一二作「朝散郎」。

〔二〕「上言請士」，《文苑英華》卷四一二、《全唐文》卷七四九作「上請諸士」。

〔三〕「稱有才能」，《文苑英華》卷四一二作「衆稱有才」。

【注　釋】

①本文撰於大中五年九月至大中六年（八五一至八五二）底之間，詳見本集卷一七《趙真齡除右散騎常侍制》注①。

石賀除義武軍書記崔涓除東川推官等制①

敕。朝議郎、行秘書省著作佐郎石賀等。朕寄諸侯之事重矣，大者教化風俗，小者惠養黎衆〔一〕，環千里之疆，縮三軍之衆，講求倚用，不五六人。守臣公度、仲郢所請，賀等各以文學決科，愷悌干禄，觀其褒舉，皆是才名〔二〕。能報所知，能用可用〔三〕，在爾賓主，予不與焉。暨鑲與鈞，亦稱智敏，神州作掾，五庫掌財，足展幹能，無惰官守。可依前件。

【校勘記】

〔一〕「黎衆」，《文苑英華》卷四一三、《全唐文》卷七四九作「黎庶」。

〔二〕「是」，《文苑英華》卷四一三校：「一作有。」

〔三〕「能用可用」，此四字原無，據《文苑英華》卷四一三、《全唐文》卷七四九補。

【注　釋】

① 本文撰於大中五年九月至大中六年（八五一至八五二）底之間，詳見本集卷一七《趙真齡除右散騎常侍制》注①。

顧湘除涇原營田判官夏侯覺除鹽鐵巡官等制①

敕。前振武軍節度判官、文林郎、監察御史裏行顧湘等。近者循名責實〔一〕，科指稍峻，諸侯有司，亦各搜選才良，以佐物務。湘、覺本以文進，兼通吏理，從周暨魯，皆稱幹能，于以聲韻上獻，律呂精工〔二〕，雖曰小道，亦有可觀。徇請酬勞，咸加新命，各守職分，無忘用心。可依前件。

【校勘記】

〔二〕「循名責實」，「實」字原作「貴」，據《全唐文》卷七四九、文津閣本改。

〔三〕「精工」，原作「精功」。文津閣本作「精工」，據改。

【注　釋】

① 本文撰於大中五年九月至大中六年（八五一至八五二）底之間，詳見本集卷一七《趙真齡除右散騎常侍制》注①。

趙元方除户部和糴巡官陳洙除長安縣尉王巖除右金吾使判官等制①

敕。攝户部巡官、宣德郎、試秘書省校書郎、兼殿中侍御史趙元方等，各爲長才，自有知己。地官平糴，專豐耗發斂之任；京尉坐曹，決事得操豪猾。交戟之内，贊佐衛臣，言於仕進，皆曰得路，勉思報效，無累所舉。並可依前件。

【注釋】

① 本文撰於大中五年九月至大中六年（八五一至八五二）底之間，詳見本集卷一七《趙真齡除右散騎常侍制》注①。

韋承鼎除左贊善大夫韋諝除尚食奉御柳謙除壽安縣令韋選除義昌軍推官錢琦除滄景支使等制①

敕。前度支東渭橋給納使巡官、徵仕郎、試大理司直、兼殿中侍御史、柱國韋承鼎等，持身謹潔，美才周通，奉公當官，先勞後禄，端雅守道，俊秀升名，久遊賢侯，衆稱君子。參東朝之贊諭，分五尚之職秩，糾大府群吏之失，提王畿生齒之籍，方六七十，長億萬夫，金臺嘉招，武幄與食。法官憲秩，以壯藩垣，進於清時，皆爲美仕。近者屢譴幕吏，予豈無意，蓋欲廓賓階敢言之路，誡諸侯自是之尊。惟滄新造，控制兩河，付之誠臣，尤藉良畫。若免後患，慎勿苟容，各脩官業，無自媮薄。可依前件。

【注　釋】

① 本文撰於大中五年九月至大中六年（八五一至八五二）底之間，詳見本集卷一七《趙真齡除右散騎常侍制》注①。

康從固除翼王府司馬制①

敕。新授銀青光禄大夫、檢校國子祭酒、兼濮州長史、殿中侍御史、上柱國康從固。其父秀榮，實爲名將。李廣多爭死之士，竇嬰無入家之金。一收七關，易如拾芥。念爾跨馬事敵，執戈同仇〔一〕，壯比文鴦，勇同李敢。子之能仕，父教之忠。古人之言，信不虛設。今者願留闕下，以奉朝請。念其垂誨，可見至誠。曳裾憲寮，用爾恩寵，宜思終始，上報君親。可檢校國子祭酒、兼翼王府司馬、殿中侍御史，散官勳如故。

【校勘記】

〔一〕「執戈」，原作「執戎」，據《文苑英華》卷四〇五、《全唐文》卷七四九改。《文苑英華》於「戈」字下校：「集作戎。」

【注　釋】

① 本文撰於大中五年九月至大中六年（八五一至八五二）底之間，詳見本集卷一七《趙真齡除右散騎常侍制》注①。

張正度除汾州别駕等制①

敕。中散大夫、前守青州别駕、上柱國張正度等，各以才能仕進，謹慎脩身，積日累時，咸有知己。或以序進，或徇所請，皆佐列郡，無怠官常〔一〕。可依前件。

【校勘記】

〔一〕「官常」，原作「官當」，據《文苑英華》卷四一四、《全唐文》卷七四九、文津閣本改。

【注　釋】

① 本文撰於大中五年九月至大中六年（八五一至八五二）底之間，詳見本集卷一七《趙真齡除右散騎常侍制》注①。

馬迵除蜀州別駕等制①

敕。中散大夫、前守彭王府司馬、上柱國馬迵等。以爾入仕歲久，愈知爲理，半刺上佐，得與二千石參校政事短長利病者也。今以名郡，藉其佽助，各有兼授，以峻等衰。慎守官常，無自偷惰。可依前件。

【注釋】

① 本文撰於大中五年九月至大中六年（八五一至八五二）底之間，詳見本集卷一七《趙真齡除右散騎常侍制》注①。

樊川文集卷第二十

高駢除祭酒兼侍御史依前充職右神策軍兵馬使制①

敕。右神策軍右廂兵馬使兼押衙、銀青光禄大夫、檢校國子祭酒、前靈州大都督府左司馬、殿中侍御史、上柱國高駢，禁旅典兵，爲吾爪士，言念付禄，未稱輸勞。外之王官，帖以憲秩，可曰榮遇，無忘盡瘁。可檢校國子祭酒、兼濮王府司馬、侍御史，餘如故。

【注　釋】

① 本文撰於大中五年九月至大中六年（八五一至八五二）底之間，詳見本集卷一七《趙真齡除右散騎常侍制》注①。

忠武軍都押衙檢校太子賓客王仲玄等加官制①

敕。忠武軍節度右都押衙、銀青光禄大夫、檢校太子賓客、兼殿中侍御史王仲玄等。自艱難以來，言念許師，何役不行，何戰不會？居常則長法知禮，臨敵則致命爭登，摽於和門，不忝「忠武」。爾等短衣長劍，事寇乘邊，觸履艱危，無所顧慮。將軍列狀，憲班酬勞，勿矜常勝，無忘淬礪。可依前件。

【注　釋】

① 本文撰於大中五年九月至大中六年（八五一至八五二）底之間，詳見本集卷一七《趙真齡除右散騎常侍制》注①。

右神策軍押衙檢校太子賓客尚漢美等叙勳制①

敕。前件等抜以貔貅之勇，籍於禁旅之中，大刀長矛，重弓束矢，林會山立，星羅翼舒。唯以忠勤，拱我宸極〔一〕，錫之勳寵，以酬勞瘁。可依前件。

【校勘記】

〔一〕「拱我宸極」，「拱」字原作「供」，據《全唐文》卷七四九改。

【注　釋】

① 本文撰於大中五年九月至大中六年（八五一至八五二）底之間，詳見本集卷一七《趙真齡除右散騎常侍制》注①。

右龍武軍大將軍劉誠信等三十三人叙階制①

敕。右龍武軍大將兵馬都知、正議大夫、檢校太子賓客、上柱國、賜紫金魚袋、右龍武軍宿衛劉誠信等，技以勇聞，任因信普，力可挾輈以走敵，藝能奪矟以制人〔一〕，常礪鋒銛〔二〕，無所迴避。自拱宸極，益展忠勞，思以報之，何惜階級。可依前件。

【校勘記】

〔一〕「藝能奪稍」，「稍」字原作「弰」，據《全唐文》卷七四九、文津閣本改。

〔二〕「常礪鋒銛」，「銛」字原作「鍩」，據《全唐文》卷七四九、文津閣本改。

【注釋】

① 本文撰於大中五年九月至大中六年（八五一至八五二）底之間，詳見本集卷一七《趙真齡除右散騎常侍制》注①。

柳師玄除衢州長史知夏州進奏等制〔一〕①

敕。夏州節度押衙知進奏、朝議郎、前權知杭州長史、兼監察御史、上柱國柳師玄等。將軍護塞，師玄主留邸之職；從瑜繼忒，以墨縗徇公，喪葬告滿；珪專書府蕠委之務，咸有勞能，遷奬正名，亦其常也。各宜專謹，勿罹悔尤。可依前件。

【校勘記】

〔一〕《文苑英華》卷四一四題爲《授柳師玄衢州長史國從瑜刑州司馬制》。按，「刑」，當作「邢」。

【注　釋】

① 本文撰於大中五年九月至大中六年（八五一至八五二）底之間，詳見本集卷一七《趙真齡除右散騎常侍制》注①。

賴師貞除懷州長史周少鄘除虢州司馬王桂直除道州長史等制〔一〕①

敕。鳳翔府節度押衙知進奏、銀青光禄大夫、檢校秘書監、前兼亳州長史、殿中侍御史、上柱國賴師貞等。師貞主大藩留邸之事，少鄘專史閣錯雜之務，皆公謹歲久，官次宜遷。玄爽俾佐郡符，亦有可取。湖外饑人，相聚爲寇，蕩覆鄉縣，勢如燎火，蓋不得已，遂至翦伐。桂直用命〔二〕，一舉滅之，言念功勤，宜有褒賞。名郡上佐，帖以憲秩，耀爾軍旅，可增義勇。可依前件。

【校勘記】

〔一〕「道州」，原作「遒州」，據《文苑英華》卷四一四、《全唐文》卷七五〇、文津閣本改。

〔二〕「桂直」，原作「桂宜」，據《文苑英華》卷四一四、《全唐文》卷七五〇、文津閣本改。

【注　釋】

①本文云「湖外饑人，相聚爲寇，蕩覆鄉縣，勢如燎火，蓋不得已，遂至翦伐。桂直用命，一舉滅之，言念功勤，宜有褒賞。」按，此乃指湖南衡州鄧裴起義被鎮壓，王桂直遂以功被褒賞事。考《資治通鑑》卷二四九，大中六年四月記「湖南奏，團練副使馮少端討衡州賊帥鄧裴，平之」。據此，本文乃撰於大中六年（八五二）四月平鄧裴後。

敕。

景思齊授官知宣武軍進奏官制①

宣武軍節度押衙知進奏、起復銀青光禄大夫、檢校太子賓客、兼歙州司馬、上柱國景思齊等。諸侯之任，各有職貢，小者得循事例，大者決於朝廷，聞白啓導，屬在留邸，爾等咸以謹密，能膺任使。或外除喪服，或超授新命，不失職禄，勉於忠勤。可依前件。

【注　釋】

① 本文撰於大中五年九月至大中六年（八五一至八五二）底之間，詳見本集卷一七《趙真齡除右散騎常侍制》注①。

馮少端等湖南軍將授官制①

敕。湖南同團練副使馮少端等，皆長沙勇士，同戮兇徒〔一〕，言念功勤，咸宜升獎。帖之憲秩，試以崇班，名郡掾曹，亦爲美稱。特加恩寵〔二〕，非用彝章，耀爾轅門，可增忠壯〔三〕。可依前件。朱諫、周豹二人，委本道量事優獎。官健陸滿等一百二十八人，弩手并子弟周質等四百八十五人，並委本道酌事量加賞給。

【校勘記】

〔一〕「同戮」，原作「同擢」，據文津閣本改。

〔二〕「特加」，原作「特如」，據文津閣本改。

〔三〕「可增忠壯」，「可」，《全唐文》卷七五〇作「以」。

【注釋】

①按，馮少端乃討平湖南衡州鄧裴起義之將領。本文云「湖南同團練副使馮少端等，皆長沙勇士，同戮兇徒，言念功勤，咸宜升獎」，則升獎事乃在平鄧裴之後。考《資治通鑑》卷二四九，大中六年四月記「湖南奏，團練副使馮少端討衡州賊帥鄧裴，平之。」據此，本文乃撰於大中六年（八五二）四月平鄧裴後。

武官授折衝果毅等制①

敕。具官某等。夫折衝果毅，皆吾武位，以延勇士，國朝用此以進，立戰功至將軍者衆矣。自府兵一廢，名存實亡，今之來者，豈其人哉。近以邊障隙開，寇戎患結，豈無萬人之敵，奮於下位之中，但使披文，空增拊髀？並可依前件。

【注釋】

①本文撰於大中五年九月至大中六年（八五一至八五二）底之間，詳見本集卷一七《趙真齡除右散騎常侍制》注①。

張直方貶恩州司户制①

敕。朕聞先王之理也，設法誤罹，雖大必赦〔一〕；不忌故犯，縱小必誅。況乎凶狠不悛，罪戾日積，更欲矜免，其如法何！銀青光禄大夫、檢校刑部尚書、兼左驍衛大將軍、御史大夫張直方，念以來朝，嘉其慕善，付之寵禄，頗極尊榮。爲執金吾，鞭小過而至死；作禁軍統，去異縣而恣遊。尚以生自邊陲，素乏教義，退之散秩，以懲非心，俟其抆拭舊痕，湔洗前過，必欲牽復，用存始終。豈暴虐得於天生，險悍著於心本，抵冒刑憲，縱恣胸臆。法所惡者，爾皆爲之，白晝九衢，指擿萬手〔二〕，作横日甚，而不自知，滿於聽聞，豈可悉數。《禮》曰：「凡有罪惡，屏於四裔，不留中國，唯舜能之。」況之堅頑有不移之姿〔三〕，網羅無屢開之典，荒服作掾，猶曰寬恩，爾能自新，豈惜後命。可守恩州司户參軍員外置同正員，仍即馳驛發遣。

【校勘記】

〔一〕「雖大必赦」，「赦」字原作「捨」，據《全唐文》卷七五〇改。

〔二〕「指摘萬手」，「摘」字原作「憎」，據《全唐文》卷七五〇改。

〔三〕「況之堅頑」，《全唐文》卷七五六無「之」字。

【注　釋】

① 本文乃張直方貶恩州司户制。據《資治通鑑》卷二四九大中六年十月載：「驍衛將軍張直方坐以小過屢殺奴婢，貶恩州司户。」則此制撰於大中六年（八五二）十月。

王著貶端州司户制①

敕。守愛州九真縣尉員外置同正員王著。漢家之制，雖丞相子亦當戍邊〔一〕，隋文之令，盜邊穀一升坐法斬首。蓋以西北鎮戍，華夏保障，法苟不立，所虞非細。爾當羌寇犯塞之日，天子拊髀之時，命守關防，以爲遮扞，而乃占役兵粮〔二〕，自取傭直，屏之荒服，以謹其類。乃令厥子，叫閽稱冤，再命坐獄，備見罪狀。幸以得無逋負，可以矜寛，爲列郡之掾曹，换萬里之一尉，足得循省，吾不負人。可守端州司户參軍置同正員〔三〕，仍即馳驛發遣。

【校勘記】

〔一〕「丞相」，「丞」字下原衍一「員」字，據《全唐文》卷七五〇删。

〔二〕「而乃占役兵粮」，「役」字原作「般」，據《全唐文》卷七五〇改。

〔三〕「同正員」，「同」字原作「問」，據《全唐文》卷七五〇、文津閣本改。

【注　釋】

①本文撰於大中五年九月至大中六年（八五一至八五二）底之間，詳見本集卷一七《趙真齡除右散騎常侍制》注①。

李玗貶撫州司馬制①

敕。朝散大夫、守光禄少卿李玗。昔開元致理之初，冀州刺史平嗣光闕温凊之禮，遂奪其官，放歸田里，是故四十餘年，風俗忠厚，教化之本，豈先斯乎。爾爲將相之家，窮極富貴，坐有大第，官爲亞卿，母子異居，僅將十載，有司彈劾，事狀昭著。於吾用法，爾當何罪？俾佐名郡，尚曰寬恩。可守撫州司馬員外置同正員，仍即馳驛發遣。

【注　釋】

① 本文撰於大中五年九月至大中六年（八五一至八五二）底之間，詳見本集卷一七《趙真齡除右散騎常侍制》注①。

姜閔貶岳州司馬等制①

敕。朝議郎、前守景陵臺令、上柱國姜閔等。盜逆無狀，輒犯陵寢，侵攘法物，聞之震驚。爾等官業，在於守奉，懈怠所致〔一〕，是誰之過？言於末減〔二〕，朕不敢議，各宜佐官，用正典刑。可依前件，仍並馳驛發遣。

【校勘記】

〔一〕「懈怠所致」，「致」原作「政」，據《全唐文》卷七五〇改。

〔二〕「末」，文津閣本作「未」。

【注　釋】

①本文云「盜逆無狀，輒犯陵寢，侵擾法物，聞之震驚。爾等官業，在於守奉，懈怠所致，是誰之過？」則姜閲之貶岳州司馬乃因懈怠，盜賊侵犯陵寢所致。考《舊唐書·宣宗紀》：「大中五年十二月，盜斫景陵神門戟，貶宗正卿李文舉睦州刺史、陵令吳閲岳州司馬、奉先令裴讓隨州司馬。」按，此處姜閲作吳閲，當爲同一人，其名必有一誤；貶官時間記於大中五年十二月亦不可信。按本集卷一八有《李文舉除睦州刺史制》，此制云「今則狂盜公然侵犯陵寢，毁櫝之罪，已坐首令；責師之義，固難矜寬」，故貶李文舉睦州刺史。考《唐會要》卷一七《廟灾變》：「大中五年十二月，景陵有賊驚動，斫損門戟架等。至六年四月，下詔曰：景陵神門，盜傷法物，其賊既抵極法，官吏等須有懲責……其日，貶宗正卿李文舉爲睦州刺史。」又《嚴州圖經》卷一牧守題名，亦記李文舉大中六年四月十三日自宗正卿拜睦州刺史。故是文乃撰於大中六年四月。吳閲、裴讓等人乃與李文舉因同緣由同時被貶，則《舊唐書·宣宗紀》所記大中五年十二月乃盜斫景陵神門戟時間，而非諸人被貶時間，諸人貶謫時間當在大中六年（八五二）四月。

武易簡量移梧州司馬制①

敕。守崖州司户參軍員外置同正員武易簡〔一〕，寇來乘城，不能死節，以此播棄，爾亦何辭。

然漢誅李陵，是爲虐典；魏捨于禁，實得中道。力不足者，法宜矜焉。守臣教爲吾爪牙，能與别白，使易簡導生還之路，朝廷無失入之刑。咨爾三事大僚，百司庶尹，卒能守此，可期洽平。各宜盡規，朕不惜失。可守梧州司馬員外置同正員。

【校勘記】

〔一〕「正員」，原無「員」字，據文津閣本補。

【注　釋】

① 本文撰於大中五年九月至大中六年（八五一至八五二）底之間，詳見本集卷一七《趙真齡除右散騎常侍制》注①。

王元宥除右神策軍護軍中尉制①

敕。繁纓趨朝〔一〕，交戟入侍，委以兵衛，固須信臣。内樞密使、驃騎大將軍、行右威衛上將軍、知内侍省事、上柱國、晉國公、食邑二千户王元宥，儉而多才，忠而能力，事君盡禮，處己無私，自主樞要，益見誠信。今者十萬全師，北落禁旅，視吳漢差强人意，非韓信無可計事。是以輟自心腹，寄兹爪牙，以盡爾材，出於余志。爾戢斂豪猾〔二〕，整肅威容，無使鄉閭，致有侵害。勉酬倚任，以報君親。可行右驍衛上將軍、知内侍省事、充右神策軍護軍中尉、兼右街功德使，散官勳封如故。

【校勘記】

〔一〕「繁纓趨朝」，「繁」字原作「縏」，文津閣本則作「繁」。按，繁纓，諸侯所用之馬腹帶飾。《左傳·成二年》：「既，衛人賞之以邑，辭，請曲縣繁纓以朝，許之。」《全唐文》卷七五〇亦作「繁」，今據改。

〔二〕「戢斂」，原作「戰斂」，據《全唐文》卷七五〇改。

【注釋】

① 本文撰於大中五年九月至大中六年（八五一至八五二）底之間，詳見本集卷一七《趙真齡除右散騎常侍制》注①。

周元植除鳳翔監軍制①

敕。控秦塞之西，扼胡苑之左，乃睠岐、隴，爲國藩牆，命以監撫，宜崇班秩。鳳翔監軍使、銀青光禄大夫、右領軍衛大將軍員外置同正員、上柱國、汝南郡開國公、食邑二千户、賜紫金魚袋周元植，事君以敬，處仕無私，節操淩霜而不凋，肝膽開忠而洞見。謙以自得，高而益兢，累監三軍，推誠一貫。言念西塞，未得高枕，用其聲實，以護藩垣。夫處於兵戎，予今誡汝，無怨不過於遠利，伏衆莫若於律身，立事成功，酬恩垂美，在此二者，汝其勉之。寵以内省之崇，仍兼將軍之貴，往服休命，無忝恩榮。可守右監門衛大將軍、知内侍省事，散官勳封賜如故，依前監鳳翔節度兵馬。

【注　釋】

① 本文撰於大中五年九月至大中六年（八五一至八五二）底之間，詳見本集卷一七《趙真齡除右散騎常侍制》注①。

朱能裕除景陵判官制①

敕。新授景陵判官、上騎都尉朱能裕。朕以橋山弓劍〔一〕，渭北衣冠，霜露之心，悽感常切。以汝端謹有守，操尚無尤，常在傍側，備見忠孝。用是獎擢，爰資守奉，夙夜勤敬，無忝委任。可將仕郎、内侍省掖庭局宫教博士員外置同正員，餘如故。

【校勘記】

〔一〕「橋山弓劍」，「橋」字原作「喬」。按，《史記·五帝本紀》：「黄帝崩，葬橋山。」又，《全唐文》卷七五〇作「橋」，今據改。

【注釋】

①按，朱能裕除景陵判官，蓋在盜斫景陵神門戟，景陵令姜（吳）閱被貶岳州司馬時，亦即在大中六年（八五二）四月，詳見本集卷二〇《姜閱貶岳州司馬等制》所考。

劉全禮等七人並除内侍省内府局丞置同正等制①

敕。賜緋魚袋、上柱國劉全禮等。置在傍側，皆有才能，既歷歲時，合霑班秩。各宜敬恭職禄，不懈忠勤。可依前件。

【注釋】

① 本文撰於大中五年九月至大中六年（八五一至八五二）底之間，詳見本集卷一七《趙真齡除右散騎常侍制》注①。

宋叔康妻封邑號制〔一〕①

敕。《詩》稱《鵲巢》，《禮》榮翟茀，既彰牙爪之效，宜齊伉儷之榮。左神策軍護軍中尉、兼左街功德使、特進、左領軍衛大將軍、知内侍省事、上柱國、廣平縣開國侯、食邑一千户宋叔康妻清河縣君房氏，懿兹柔淑，作配忠勳，能潔蘋蘩，克叶姻族。成此内則，穆其壼風，稱爲令人，實光婦道。爰疏封爵，用舉典章，可服寵榮，勉於輔佐。可封清河郡夫人〔二〕。

【校勘記】

〔一〕《文苑英華》卷四一九題爲《封宋叔康妻房氏河東郡夫人制》，《全唐文》卷七五〇題爲《宋叔康妻房氏封河東郡夫人》。

〔二〕「封清河郡」，《文苑英華》卷四一九、《全唐文》卷七五〇作「河東郡」。

【注　釋】

① 本文撰於大中五年九月至大中六年（八五一至八五二）底之間，詳見本集卷一七《趙真齡除右散騎常侍制》注①。

吐突士曄妻封邑號制〔一〕①

敕。《詩》美夫人，《禮》稱内子，允膺腹心之任〔二〕，宜崇家室之榮。弓箭軍器等使、特進、行右領軍衛大將軍、知内侍省事、上柱國、陰山縣開國公、食邑一千五百户吐突士曄妻咸陽縣君田氏，生於富貴，作配忠貞，柔婉自卑，儀範可則。職勤賓祭，道睦姻親，既諧閨門〔三〕，克成婦德。爰加禮秩之貴，以彰輔佐之勤，榮我疏封，無忘内助。可封雁門郡夫人〔四〕。

【校勘記】

〔一〕《文苑英華》卷四一九題爲《封吐突士曄妻雁門郡夫人制》，《全唐文》卷七五〇題爲《吐突士曄妻封雁門郡夫人制》。

〔二〕「允膺腹心之任」，「允」字原作「元」，據《文苑英華》卷四一九、《全唐文》卷七五〇、文津閣本改。

〔三〕「閨門」，原作「閨風」，據《文苑英華》卷四一九、《全唐文》卷七五〇改。

〔四〕《文苑英華》卷四一九、《全唐文》卷七五〇於文末均有「主者施行」四字。

【注釋】

① 本文撰於大中五年九月至大中六年（八五一至八五二）底之間，詳見本集卷一七《趙真齡除右散騎常侍制》注①。

新羅王子金元弘等授太常寺少卿監丞簿制①

敕〔一〕。某臣等感恩知義，奉贄不闕，居大海之外，爲有禮之賓，爾國是也。自列國卿至于署丞，皆吾文吏之選，次第授爾，亦所以表他國不同禮也〔二〕。將我恩寵，耀爾殊鄰，慎勿怠違，永作藩屏。並可依前件，仍並放還蕃。

【校勘記】

〔一〕「敕」，原作「功」，據景蘇園本、《全唐文》卷七五〇、文津閣本改。

〔二〕「亦所以表他國不同禮也」，「亦」字原作「赤」，據《全唐文》卷七五〇、文津閣本改。

【注釋】

① 本文撰於大中五年九月至大中六年（八五一至八五二）底之間，詳見本集卷一七《趙真齡除右散騎常侍制》注①。

西州回鶻授驍衛大將軍制①

敕。古者天子守在四夷，蓋以恩信不虧，羈縻有禮。《春秋》列潞子之爵，西漢有隰陰之封，考於經史，其來尚矣。西州牧首頡干伽思〔一〕，俱宇合逾越密施莫賀都督、宰相安寧等，忠勇奇志，魁健雄姿，懷西戎之腹心，作中夏之保障。相其君長，頗有智謀，今者交臂來朝，稽顙請命，丈組寸印，高位重爵，舉以授爾，用震殊鄰。無忘敬恭，宜念終始。可雲麾將軍、守左驍衛大將軍外置同正員，餘如故。

【校勘記】

〔一〕「牧首」，「牧」字原作「放」，據《全唐文》卷七五〇改。

【注　釋】

① 本文撰於大中五年九月至大中六年（八五一至八五二）底之間，詳見本集卷一七《趙真齡除右散騎常侍制》注①。

沙州專使押衙吴安正等二十九人授官制①

敕。沙州專使衙前左廂都知押衙吴安正等〔一〕。自天寶以降，中原多故，莫大於虜〔二〕，盜取西陲，男爲戎臣，女爲戎妾，不暇弔伐，今將百年。自朕君臨，豈敢偷惰，乃命將帥，收復七關，爰披地圖，實得天險，遂使朝庭聲聞去聲，聞於燉煌〔三〕。爾帥議潮，果能抗忠臣之丹心，折昆夷之長角。竇融西河之故事，見於盛時；李陵教射之奇兵，無非義旅。爾等咸能竭盡肝膽，奉事長帥，將其誠命，經歷艱危。言念忠勞，豈吝爵位，官我武衛，仍峻階級，以慰皇華，用震殊俗。可依前件。

【校勘記】

〔一〕「專使」，「使」字原作「仗」，據《全唐文》卷七五〇、文津閣本改。

〔二〕「莫大於虜」，「於」字原作「之」，據《全唐文》卷七五〇改。

〔三〕「遂使」，「使」字原作「相」，據《全唐文》卷七五〇、文津閣本改。「聲聞」，文津閣本作「聲教」。

【注 釋】

① 本文云「自朕君臨，豈敢偷惰，乃命將帥，收復七關，爰披地圖，實得天險，遂使朝庭聲聞聞於燉煌。爾帥議潮，果能抗忠臣之丹心，折昆夷之長角。……爾等咸能竭盡肝膽，奉事長帥，將其誠命，經歷艱危。言念忠勞，豈吝爵位，官我武衛，仍峻階級，以慰皇華」。據此可知吳安正等人之授官，乃在張義潮收復瓜、沙等十一州後獻朝廷地圖時。考《資治通鑑》卷二四九大中五年十月載：「張義潮發兵略定其旁瓜、伊、西、甘、肅、蘭、鄯、河、岷、廓十州，遣其兄義澤奉十一州圖籍入見，於是河、湟之地盡入于唐。」則吳安正等人之授官制即約撰於大中五年（八五一）十月稍後。

燉煌郡僧正慧菀除臨壇大德制①

敕。燉煌管内釋門都監察僧正兼州學博士僧慧菀。燉煌大藩，久陷戎壘，氣俗自異，果産名僧。彼上人者，生於西土，利根事佛，餘力通儒。悟執迷塵俗之身，譬喻火宅；舉君臣父子之義，教爾青襟。開張法門，顯白三道，遂使悍戾者好空惡殺，義勇者徇國忘家，裨助至多，品地宜峻。領生徒坐於學校，貴服色舉以臨壇，若非出群之才，豈獲兼榮之授，勉弘兩教，用化新邦。可充京城臨壇大德，餘如故。

【注釋】

①本文云「燉煌管内釋門都監察僧正兼州學博士僧慧菀。燉煌大藩，久陷戎壘，氣俗自異，果産名僧。……可充京城臨壇大德，餘如故」。據此知此制乃下於燉煌收復之後。考《資治通鑑》卷二四九大中五年十月載：「張義潮發兵略定其旁瓜、伊、西、甘、肅、蘭、鄯、河、岷、廓十州，遣其兄義澤奉十一州圖籍入見，於是河、湟之地盡入于唐。」據此本文乃作於大中五年（八五一）十月後。

【集評】

【僧正兼州博士】杜牧集有燉煌郡僧正兼州學博士《慧苑除臨壇大德制》詞，蓋宣宗復河湟時事也。蕃僧最貴中國紫衣師號，種世衡知青澗城，無以使此等，輒出牒補授。君子予其權，不責其專也。（蘇軾《東坡志林》卷二）

契丹賀正使大首領等授官制〔一〕①

敕。幽州道入朝賀正契丹大首領討魯等〔二〕。天子有道，守在四夷，爾今來朝，予亦增愧。綏之玉帛，榮以班秩，宜懷恩寵，永保封疆。可依前件，仍並放還蕃。

【校勘記】

〔一〕「契丹賀正使大首領」、「大首領」，《全唐文》卷七五〇、文津閣本作「大酋領」。

〔二〕「契丹大首領」、「大首領」，《全唐文》卷七五〇、文津閣本作「大酋領」。

【注　釋】

①本文撰於大中五年九月至大中六年（八五一至八五二）底之間，詳見本集卷一七《趙真齡除右散騎常侍制》注①。

黔中道朝賀牂牁大酋長等十六人授官制①

敕。黔中道朝賀牂牁大酋長、攝充州刺史趙瓊林等。夫西南諸國，自古多順，在法度之外，居繩墨之表，來朝有禮，歸貢不闕。玉帛以將厚意，階級以峻等衰，各服寵榮，無忘恭敬。可依前件，仍並放還蕃。

【注　釋】

①本文撰於大中五年九月至大中六年（八五一至八五二）底之間，詳見本集卷一七《趙真齡除右散騎常侍制》注①。

黔中道朝賀訓州昆明等十三人授官制①

敕。黔中道朝賀訓州昆明繼襲部落主嵯阿如、弟攝訓州刺史嵯阿蒲等。招攜以禮，懷遠以德，此國家所以殊俗貢聘不倦，命舌人以通志意，委屬國以厚宴享。仍峻階級，式爾恩榮，無警邊陲，以念終始。可依前件，仍並放還蕃。

【注　釋】

①本文撰於大中五年九月至大中六年（八五一至八五二）底之間，詳見本集卷一七《趙真齡除右散騎常侍制》注①。

《杜牧集繫年校注》篇目索引

説　明

一、本索引收録《杜牧集繫年校注》的全部作品，篇目内容包括《樊川文集》二十卷、《樊川别集》一卷、《樊川外集》一卷、《集外詩》三卷及《集外文》一卷。

二、本索引在各篇目之後分别使用兩個數字標明該篇所在的册數和頁數，二者之間以 / 隔開。例如：

有懷重送斛斯判官　二/614

表示《有懷重送斛斯判官》篇在本書第二册的第六一四頁。

三、本索引以篇名首字筆畫爲序，篇名首字筆畫相同時，按其第二字筆畫爲序。以下依此類推。

一畫

一品孫李明遠授左千牛備身等制　三/1089

二畫

七夕　四/1421
七絶一首　四/1425
九日　二/622
九日齊山登高　二/371
九華山　四/1426
入茶山下題水口草市絶句　二/415
入商山　二/601
入關　四/1209
八六子　四/1434
八月十二日得替後移居霅溪館因題長句四韻　二/420
十九兄郡樓有宴病不赴　四/1285
卜居招書侶　四/1371
又謝賜茶酒狀　三/955

三畫

三子言性辯　二/685

三川驛伏覽座主舍人留題　四/1252
上白相公啓　三/977
上刑部崔尚書狀　三/991
上吏部高尚書狀　三/988
上安州崔相公啓　三/992
上池州李使君書　三/875
上李中丞書　三/860
上李太尉論北邊事啓　三/971
上李太尉論江賊書　三/826
上李司徒相公論用兵書　三/817
上周相公書　三/843
上周相公啓　三/981
上河陽李尚書書　三/886
上知己文章啓　三/998
上門下崔相公書　三/832
上宣州高大夫書　三/848
上宣州崔大夫書　三/871
上昭義劉司徒書　三/835
上宰相求杭州啓　三/1018
上宰相求湖州第一啓　三/1004
上宰相求湖州第二啓　三/1008
上宰相求湖州第三啓　三/1015
上淮南李相公狀　三/987
上鄭相公狀　三/986
上鹽鐵裴侍郎書　三/889
大雨行　一/148
大夢上人自廬峰廻　四/1306
子規　四/1332
山石榴　二/426
山寺　四/1342
山行　四/1223
川守大夫劉公早歲寓居敦行里肆有題壁十韻今之置第乃獲舊居洛下大僚因有唱和歎詠不足輒獻此詩　四/1394

四畫

不飲贈官妓　二/417
不飲贈酒　一/302
不寢　四/1359
中丞業深韜略志在功名再奉長句一篇兼有諮勸　四/1152
中秋日拜起居表晨渡天津橋即事十六韻獻居守相國崔公兼呈工部劉公　四/1396
中途寄友人　四/1417
丹水　二/488
今皇帝陛下一詔徵兵不日功集河湟諸郡次第歸降臣獲睹聖功輒獻歌詠　一/216
内宴請上壽酒　三/964
分司東都寓居履道叨承川尹劉侍郎大夫恩知上四十韻　四/1397
及第後寄長安故人　四/1209
少年行　一/263
少年行　二/629

支某除鄆王傅盧賓除融州刺史趙全素除福陵令等制　三/1078
方響　四/1228
月　四/1204
王元宥除右神策軍護軍中尉制　三/1124
王知信除左衛將軍史寰除右監門衛將軍等制　三/1082
王晏實除齊州吳初本巴州陳侹渝州刺史等制　三/1068
王釗除皇城留守制　三/1081
王著貶端州司户制　三/1120
王樟除雅州刺史郭鏑除右諭德等制　三/1074

五畫

代人作　四/1158
代人寄遠　二/582
代人舉周敬復自代狀　三/966
代人舉蔣係自代狀　三/968
代吳興妓春初寄薛軍事　二/419
代裴相公謝告身鞍馬狀　三/960
代裴相公謝賜批答表　三/958
代裴相公讓平章事表　三/956
令狐定贈禮部尚書制　三/1053
冬日五湖館水亭懷别　四/1357
冬日題智門寺北樓　四/1257
冬至日寄小姪阿宜詩　一/80
冬至日遇京使發寄舍弟　四/1162
出宫人二首　一/295
出關　四/1365
句　四/1422
句溪夏日送盧霈秀才歸王屋山將欲赴舉　二/359
史將軍　一/157
右神策軍押衙檢校太子賓客尚漢美等叙勳制　三/1112
右龍武軍大將軍劉誠信等三十三人叙階制　三/1113
正初奉酬歙州刺史邢群　二/594
玉泉　四/1430
田克加檢校國子祭酒依前宥州刺史制　三/1065
白從道除東渭橋巡官陶祥除福建支使劉蜕壽州巡官等制　三/1099
石池　四/1374
石賀除義武軍書記崔涓除東川推官等制　三/1104

六畫

同州澄城縣户工倉尉廳壁記　三/802
同趙二十二訪張明府郊居聯句　四/1232
吐突士曄妻封邑號制　三/1129
呂衛除左衛將軍李銖右威衛將軍令

狐朗除滑州別駕等制　三/1088
守論并序　二/655
安賢寺　四/1428
并州道中　四/1312
早行　四/1343
早春寄岳州李使君李善棋愛酒情地閑雅　一/275
早春閣下寓直蕭九舍人亦直内署因寄書懷四韻　一/208
早春題真上人院　四/1233
早春贈軍事薛判官　二/418
早秋　二/577
早秋客舍　四/1316
早雁　二/432
有寄　二/632
有感　四/1280
有懷重送斛斯判官　二/614
朱叔明授右武衛大將軍制　三/1085
朱坡　一/271
朱坡絕句三首　一/292
朱能裕除景陵判官制　三/1127
朱載言除循州刺史袁循除渭南縣令張公及除獻陵令韋幼章除京兆府倉曹等制　三/1077
江上雨寄崔碣　二/481
江上逢友人　四/1403
江上偶見絕句　二/597
江南春絕句　二/349
江南送左師　四/1283
江南懷古　二/348
江樓　四/1333
江樓晚望　四/1414
池州李使君没後十一日處州新命始到後見歸妓感而成詩　二/384
池州春送前進士蒯希逸　二/377
池州送孟遲先輩　一/129
池州重起蕭丞相樓記　三/801
池州造刻漏記　三/798
池州清溪　二/391
池州廢林泉寺　二/389
羊欄浦夜陪宴會　四/1277
自宣州赴官入京路逢裴坦判官歸宣州因題贈　一/151
自宣城赴官上京　二/361
自貽　一/280
自遣　一/281
自撰墓誌銘　三/812
行次白沙館先寄上河南王侍郎　四/1383
行經廬山東林寺　四/1405
西山草堂　四/1372
西州回鶻授驍衛大將軍制　三/1132
西江懷古　二/346

七畫

兵部尚書席上作　四/1349

初上船留寄　四/1144
初冬夜飲　二/422
初春有感寄歙州邢員外　二/527
初春雨中舟次和州横江裴使君見迎李趙二秀才同來因書四韻兼寄江南許渾先輩　二/532
别王十後遣京使累路附書　四/1257
别沈處士　四/1173
别家　四/1191
别懷　四/1313
别鶴　四/1340
即事　四/1421
即事黄州作　二/393
吴宫詞二首　四/1418
吴從除蓬州賈師由除瓊州蕭蕃除羅州刺史等制　三/1071
宋州寧陵縣記　三/805
宋叔康妻封邑號制　三/1128
忍死留别獻鹽鐵裴相公二十叔　四/1204
投知己書　三/881
折菊　二/448
李文舉除睦州刺史制　三/1058
李甘詩　一/91
李玕貶撫州司馬制　三/1121
李侍郎於陽羨里富有泉石牧亦於陽羨粗有薄産叙舊述懷因獻長句四韻　一/255
李叔玫除太僕卿高證除均州刺史萬汾除施州刺史等制　三/1049
李和鼎　一/288
李承慶除鳳翔節度副使馮軒除義成軍推官等制　三/1095
李朋除刑部員外郎李從誨除都官員外郎等制　三/1038
李知讓加御史中丞依前邠州刺史韋瓊加侍御史充振武軍掌書記等制　三/1093
李珏册贈司空制　三/1051
李訥除浙東觀察使兼御史大夫制　三/1055
李給事二首　一/190
李賀集序　三/773
李誠元除朔州刺史制　三/1062
李鄠除檢校刑部員外郎充鹽鐵嶺南留後鄭蕃除義武軍推官等制　三/1090
李暨除絳州刺史魏中庸除亳州刺史曹慶除威遠營使等制　三/1061
李蔚除侍御史盧潘除殿中侍御史等制　三/1043
杏園　一/314
村行　一/156
村舍燕　二/442
杜秋娘詩并序　一/45
杜濛除太常博士制　三/1047

杜鵑　四/1335
汴水舟行答張祜　四/1290
汴河阻凍　二/554
汴河懷古　二/553
沈下賢　一/286
沙州專使押衙吴安正等二十九人授官制　三/1133
芭蕉　四/1289
見吴秀才與池妓別因成絶句　二/458
見宋拾遺題名處感而成詩　一/317
見劉秀才與池州妓別　二/387
見穆三十宅中庭海榴花謝　四/1181
赤壁　二/501
走筆送杜十三歸京　四/1236

八畫

阿房宫賦　一/9
使廻枉唐州崔司馬書兼寄四韻因和　四/1230
周元植除鳳翔監軍制　三/1126
和令狐侍御賞蕙草　四/1250
和州絶句　二/534
和宣州沈大夫登北樓書懷　四/1226
和野人殷潛之題籌筆驛十四韻　二/564
和裴傑秀才新櫻桃　四/1154
和嚴惲秀才落花　四/1142
夜泊桐廬先寄蘇臺盧郎中　二/405
夜雨　四/1227
奉和白相公聖德和平致兹休運歲終功就合詠盛明呈上三相公長句四韻　一/218
奉和門下相公送西川相公兼領相印出鎮全蜀詩十八韻　一/264
奉和僕射相公春澤稍愆聖君軫慮嘉雪忽降品彙昭蘇即事書成四韻　四/1175
奉送中丞姊夫儔自大理卿出鎮江西叙事書懷因成十二韻　四/1148
奉陵宫人　一/246
往年隨故府吴興公夜泊蕪湖口今赴官西去再宿蕪湖感舊傷懷因成十六韻　二/467
忠武軍都押衙檢校太子賓客王仲玄等加官制　三/1112
念昔遊三首　一/212
房次玄除檢校員外郎充度支靈鹽供軍使等制　三/1092
押兵甲發谷口寄諸公　四/1249
昔事文皇帝三十二韻　一/303
杭州新造南亭子記　三/792
東兵長句十韻　一/200
東都送鄭處誨校書歸上都　二/331
武官授折衝果毅等制　三/1118
武易簡量移梧州司馬制　三/1123

河湟　一/183
泊松江　四/1360
泊秦淮　二/517
注孫子序　三/782
牧陪昭應盧郎中在江西宣州佐今吏部沈公幕罷府周歲公宰昭應牧在淮南縻職敘舊成二十韻用以投寄　四/1291
金谷園　四/1323
金谷懷古　四/1403
金陵　四/1420
長安夜月　四/1319
長安秋望　一/299
長安送友人遊湖南　一/108
長安雪後　四/1254
長安晴望　四/1265
長安雜題長句六首　一/172
長興里夏日寄南鄰避暑　四/1390
雨　四/1193
雨中作　一/116
青塚　四/1305

九畫

南陵道中　四/1187
南樓夜　四/1405
契丹賀正使大首領等授官制　三/1135
姚克柔除鳳州刺史韋承鼎除櫟陽縣令王仲連贊善大夫等制　三/1076
姜閱貶岳州司馬等制　三/1122
宣州送裴坦判官往舒州時牧欲赴官歸京　二/357
宣州留贈　四/1166
宣州開元寺南樓　四/1172
宣州開元寺贈惟真上人　四/1380
宣城贈蕭兵曹　四/1366
宮人塚　四/1270
宮詞二首　四/1201
屏風絶句　二/462
後池泛舟送王十　四/1238
後池泛舟送王十秀才　四/1347
故洛陽城有感　二/332
斫竹　二/446
春日古道傍作　四/1305
春日言懷寄虢州李常侍十韻　一/251
春日茶山病不飲酒因呈賓客　二/416
春日途中　四/1217
春日寄許渾先輩　四/1311
春末題池州弄水亭　二/363
春申君　一/244
春思　四/1157
春晚題韋家亭子　一/316
春盡途中　二/580
春懷　四/1320

柳長句　二/427
柳師玄除衢州長史知夏州進奏等制　三/1114
柳絶句　二/431
洛下送張曼容赴上黨召　四/1164
洛中　四/1307
洛中送冀處士東遊　一/100
洛中監察病假滿送韋楚老拾遺歸朝　二/329
洛陽　四/1183
洛陽長句二首　二/327
洛陽秋夕　四/1239
玲瓏山杜牧題名　四/1441
皇甫鉟除右司員外郎鄭濛除侍御史内供奉等制　三/1041
皇風　一/110
盆池　二/631
秋夕　四/1242
秋夕有懷　四/1378
秋日　四/1370
秋日偶題　四/1344
秋夜與友人宿　四/1401
秋岸　四/1145
秋思　二/578
秋晚早發新定　二/402
秋晚江上遣懷　四/1318
秋晚與沈十七舍人期遊樊川不至　一/210
秋晚懷茅山石涵村舍　四/1380
秋浦途中　二/521
秋夢　四/1314
秋感　四/1218
秋霽寄遠　四/1378
茶山下作　二/414
赴京初入汴口曉景即事先寄兵部李郎中　一/121
送人　四/1194
送友人　四/1336
送太昱禪師　四/1392
送牛相公出鎮襄州　四/1178
送王十至褒中因寄尚書　四/1237
送王侍御赴夏口座主幕　一/278
送別　四/1408
送李群玉赴舉　二/549
送杜顗赴潤州幕　四/1278
送沈處士赴蘇州李中丞招以詩贈行　一/105
送故人歸山　四/1248
送荔浦蔣明府赴任　四/1377
送容州中丞赴鎮　一/236
送陸洿郎中棄官東歸　二/569
送國棊王逢　一/259
送張判官歸兼謁鄂州大夫　四/1259
送趙十二赴舉　四/1330
送劉三復郎中赴闕　四/1275
送劉秀才歸江陵　二/455

送盧秀才一絶 二/604
送盧秀才赴舉序 三/790
送薛邽二首 四/1180
送薛處士序 三/789
送薛種遊湖南 二/551
送隱者一絶 二/610
送蘇協律從事振武 四/1375
郡齋秋夜即事寄斛斯處士許秀才 四/1231
郡齋獨酌 一/64
重到襄陽哭亡友韋壽朋 二/499
重送 一/140
重送王十 四/1238
重送絶句 一/262
重登科 四/1324
重題絶句一首 二/569
陝州醉贈裴四同年 四/1253
除官行至昭應聞友人出官因寄 二/513
除官赴闕商山道中絶句 二/491
除官歸京睦州雨霽 二/403
韋有翼除御史中丞制 三/1031
韋宗立授檢校倉部員外郎知鹽鐵廬壽院等制 三/1091
韋承鼎除左贊善大夫韋謟除尚食奉御柳謙除壽安縣令韋選除義昌軍推官錢琦除滄景支使等制 三/1107
韋退之除户部員外郎裴德融除殿中侍御史盧穎除監察御史等制 三/1042

十畫

倡樓戲贈 四/1143
原十六衛 二/643
哭李給事中敏 二/452
哭韓綽 二/463
唐故太子少師奇章郡開國公贈太尉牛公墓誌銘并序 二/700
唐故平盧軍節度巡官隴西李府君墓誌銘 三/743
唐故江西觀察使武陽公韋公遺愛碑 二/693
唐故岐陽公主墓誌銘 三/719
唐故尚書吏部侍郎贈吏部尚書沈公行狀 三/924
唐故東川節度使檢校右僕射兼御史大夫贈司徒周公墓誌銘 二/712
唐故范陽盧秀才墓誌 三/767
唐故宣州觀察使御史大夫韋公墓誌銘并序 三/726
唐故邕府巡官裴君墓誌銘 三/765
唐故淮南支使試大理評事兼監察御史杜君墓誌銘 三/751
唐故處州刺史李君墓誌銘并序 三/733

唐故進士龔軺墓誌　三/770
唐故復州司馬杜君墓誌銘并序　三/763
唐故銀青光禄大夫檢校禮部尚書御史大夫充浙江西道都團練觀察處置等使上柱國清河郡開國公食邑二千户贈吏部尚書崔公行狀　三/914
唐故歙州刺史邢君墓誌銘并序　三/737
唐故灞陵駱處士墓誌銘　三/755
夏州崔常侍自少常亞列出領麾幢十韻　一/239
夏侯曈除忠武軍節度副使薛途除涇陽尉充集賢校理等制　三/1096
宴畢殿前謝辭　三/965
將出關宿層峰驛却寄李諫議　四/1229
將赴池州道中作　四/1326
將赴吴興登樂遊原一絶　一/320
將赴京留贈僧院　四/1401
將赴京題陵陽王氏水居　四/1407
將赴宣州留題揚州禪智寺　二/351
旅宿　四/1334
旅情　四/1337
旅懷作　四/1410
書事　四/1339
書情　四/1348
書處州韓吏部孔子廟碑陰　二/681
書懷　四/1224
書懷寄中朝往還　二/528
書懷寄盧歙州　四/1280
栽竹　二/424
留誨曹師等詩　四/1182
留題李侍御書齋　四/1381
留贈　四/1174
畢諴除刑部侍郎制　三/1029
破鏡　四/1254
華清宫　四/1255
華清宫三十韻　一/161
途中一絶　二/579
途中作　二/497
途中逢故人話西山讀書早曾遊覽　四/1406
逢故人　四/1317
逢故人　四/1321
郭瓊除渠州郭宗元除興州等刺史王雅康除建陵臺令等制　三/1070
陵陽送客　四/1389
陸紹除信州刺史封載除遂州刺史鄭宗道南鄭縣令等制　三/1073
馬迴除蜀州别駕等制　三/1110
馬曙除右庶子王固除太僕少卿王球除太府少卿等制　三/1048
高元裕除吏部尚書制　三/1023
高駢除祭酒兼侍御史依前充職右

神策軍兵馬使制　三/1111

十一畫

晚泊　四/1341
晚晴賦并序　一/29
將赴湖州留題亭菊　二/447
偶作　四/1211
偶呈鄭先輩　四/1331
偶見　四/1345
偶遊石盎僧舍　一/118
偶題　二/602
偶題　四/1251
偶題二首　四/1160
商山麻澗　二/484
商山富水驛　二/485
宿東横山瀨　四/1387
宿長慶寺　四/1260
寄内兄和州崔員外十二韻　二/572
寄牛相公　二/623
寄兄弟　四/1369
寄李起居四韻　二/396
寄李播評事　四/1177
寄杜子二首　四/1272
寄沈褒秀才　四/1208
寄東塔僧　四/1241
寄宣州鄭諫議　二/560
寄珉笛與宇文舍人　二/571
寄唐州李玭尚書　四/1185
寄桐江隱者　四/1390
寄浙西李判官　四/1271
寄浙東韓乂評事　二/514
寄崔鈞　二/530
寄揚州韓綽判官　二/545
寄湘中友人　四/1402
寄遠　二/586
寄遠　二/621
寄遠　四/1409
寄遠人　四/1173
寄澧州張舍人笛　二/543
寄盧先輩　四/1404
寄題甘露寺北軒　二/589
寄題宣州開元寺　四/1167
崔彦曾除山南西道副使李詵山東道推官楊元汶京兆府法曹等制　三/1094
崔璪除刑部尚書蘇滌除左丞崔璵除兵部侍郎等制　三/1025
康從固除翼王府司馬制　三/1108
庾道蔚守起居舍人李汶儒守禮部員外郎充翰林學士等制　三/1037
張幼彰程脩己除諸衛將軍翰林待詔等制　三/1088
張正度除汾州别駕等制　三/1109
張好好詩并序　一/72
張直方授左驍衛將軍制　三/1083
張直方貶恩州司户制　三/1119

張保皋鄭年傳　二/672
張德翁除歸州刺史李承訓除福昌縣令盧審矩除陽翟縣令等制　三/1074
惜春　一/125
惜春　四/1411
授劉縱秘書郎制　四/1439
望少華三首　四/1261
望故園賦　一/26
梁秀才以早春旅次大梁將歸郊扉言懷兼别示亦蒙見贈凡二十韻走筆依韻　四/1393
梁榮幹除檢校國子祭酒兼右神策軍將軍制　三/1087
梅　二/425
淮南監軍使院廳壁記　三/809
清明　四/1432
祭木瓜神文　三/904
祭周相公文　三/909
祭城隍神祈雨文　三/900
祭故處州李使君文　三/905
祭龔秀才文　三/912
訪許顔　四/1304
許七侍御棄官東歸瀟灑江南頗聞自適高秋企望題詩寄贈十韻　一/186
許秀才至辱李蘄州絶句問斷酒之情因寄　四/1258
進撰故江西韋大夫遺愛碑文表　三/941
過大梁聞河亭方讌贈孫子端　四/1145
過田家宅　一/316
過華清宫絶句三首　一/221
過勤政樓　一/204
過鮑溶宅有感　四/1368
過驪山作　一/127
隋苑　四/1287
隋宫春　四/1327
隋堤柳　二/430
雪中書懷　一/112
雪晴訪趙嘏街西所居三韻　一/318
黄州竹逕　二/454
黄州刺史謝上表　三/931
黄州准赦祭百神文　三/895

十二畫

傅孟恭除威州刺史宣敏加祭酒兼侍御史依前宣歙道兵馬使知防秋事等制　三/1075
寓言　四/1301
寓題　四/1330
悲吳王城　四/1206
揚州三首　二/335
斑竹筒簟　四/1141
景思齊授官知宣武軍進奏官制

三/1116
殘春獨來南亭因寄張祜　四/1170
湖州正初招李郢秀才　二/459
爲人題贈　二/624
爲中書門下請追尊號表　三/944
爲堂兄慥求澧州啓　三/1021
登九峰樓　四/1189
登池州九峰樓寄張祜　二/365
登樂遊原　一/229
登澧州驛樓寄京兆韋尹　四/1263
答莊充書　三/884
紫薇花　四/1224
街西長句　一/242
覃恩昭憲杜皇后孝惠賀皇后淑德尹皇后孫姪等轉官制　四/1440
詠歌聖德遠懷天寶因題關亭長句四韻　二/495
詠襪　四/1198
貴池亭　四/1427
貴遊　四/1384
貽友人　四/1338
貽遷客　四/1388
貽隱者　四/1373
賀中書門下平澤潞啓　三/976
賀平党項表　三/935
賀生擒衡州草賊鄧裴表　三/951
賀崔大夫崔正字　四/1282
越中　四/1385
遊池州林泉寺金碧洞　二/392
遊盤谷　四/1431
遊邊　四/1325
道一大尹存之學士庭美學士簡于聖明自致霄漢皆與舍弟昔年還往牧支離窮悴竊於一麾書美歌詩兼自言志因成長句四韻呈上三君子　一/310
閑題　四/1322
雁　四/1411
雲　二/449
雲　四/1320
雲夢澤　二/511
馮少端等湖南軍將授官制　三/1117

十三畫

傷友人悼吹簫妓　四/1303
傷猿　二/444
塞廢井文　二/687
愁　四/1286
感懷詩一首　一/34
新定途中　二/465
新柳　四/1409
新轉南曹未叙朝散初秋暑退出守吳興書此篇以自見志　二/407
新羅王子金元弘等授太常寺少卿監丞簿制　三/1131
楊知退除鄆州判官薛廷望除美原

尉直弘文館等制　三/1098
歲日朝迴　四/1265
猿　四/1301
睦州四韻　二/401
經古行宮　四/1379
經闔閭城　四/1312
罪言　二/633
與人論諫書　三/862
與汴州從事書　三/892
與浙西盧大夫書　三/867
遣興　二/575
遣懷　四/1195
遣懷　四/1214
酬王秀才桃花園見寄　四/1235
酬張祜處士見寄長句四韻　二/556
酬許十三秀才兼依來韻　四/1346

十四畫

壽昌節宴謝賜音樂狀　三/955
寢夜　四/1284
對花微疾不飲呈座中諸公　四/1234
暝投雲智寺渡溪不得却取沿江路往　四/1366
漁父　四/1314
漢江　二/492
瑶瑟　四/1247
緑蘿　四/1386
聞角　四/1249
聞范秀才自蜀遊江湖　四/1385
聞開江相國宋公下世二首　四/1363
聞雁　四/1413
聞慶州趙縱使君與党項戰中箭身死長句　一/232
聞蟬　四/1336
臺城曲二首　二/478
裴休除禮部尚書裴諗除兵部侍郎等制　三/1027
裴詒除監察御史裏行桂管支使等制　三/1103
裴閱除温州刺史伊實除獻陵臺令等制　三/1072
趙元方除户部和糴巡官陳洙除長安縣尉王巖除右金吾使判官等制　三/1106
趙真齡除右散騎常侍制　三/1033
鄭除大理少卿致仕制　三/1079
鄭液除通州刺史李蒙除陳州刺史等制　三/1067
鄭處晦守職方員外郎兼侍御史知雜事制　三/1036
鄭碣除江西判官李仁範除東川推官裴虔餘除山南東道推官處士陳威除西川安撫巡官等制　三/1102
鄭瓘協律　二/562
閨情　二/584
閨情代作　四/1207

齊安郡中偶題二首　二/379
齊安郡後池絶句　二/381
齊安郡晚秋　二/369

十五畫

劉全禮等七人並除内侍省内府局丞置同正等制　三/1128
暮春因遊明月峽故留題　四/1427
歎花　四/1219
潤州二首　二/340
罷鍾陵幕吏十三年來泊湓浦感舊爲詩　二/482
論相　二/660
論閣内延英奏對書時政記狀　三/961
醉後呈崔大夫　四/1225
醉後題僧院　二/450
醉倒　四/1346
醉眠　一/302
醉題　二/605
醉贈薛道封　四/1196
鵶　二/440

十六畫

憶遊朱坡四韻　一/291
憶齊安郡　二/390
憶歸　四/1345
戰論并序　二/649
曉望　四/1337
歙州盧中丞見惠名醖　四/1196
燉煌郡僧正慧菀除臨壇大德制　三/1134
燕將録　二/663
獨柳　二/432
獨酌　一/123
獨酌　一/301
盧告除左拾遺等制　三/1044
盧秀才將出王屋高步名場江南相逢贈別　四/1273
盧搏除廬州刺史制　三/1057
盧籍除河東副使李推賢殿中丞高湜除湖南推官薛廷傑桂管支使等制　三/1100
蕭孜除著作佐郎裴祐之陝府巡官崔滔櫟陽縣尉集賢校理等制　三/1097
蕭峴除太常博士制　三/1046
薔薇花　四/1422
薛淙除鄧州任如愚除信州虞藏玘除邛州刺史等制　三/1066
薛逵除秦州刺史制　三/1063
薦王寧啓　三/1003
薦韓乂啓　三/994
賴師貞除懷州長史周少鄘除虢州司馬王桂直除道州長史等制　三/1115

還俗老僧　二/445
鴛鴦　四/1412
黔中道朝賀牂牁大酋長等十六人授官制　三/1136
黔中道朝賀訓州昆明等十三人授官制　三/1137
龍丘途中　四/1268

十七畫

舊遊　二/585
襄陽雪夜感懷　二/494
謝許受江西送撰韋丹碑彩絹等狀　三/962
謝賜物狀　三/966
謝賜御札提舉邊將表　三/953
謝賜新絲表　三/954
韓賓除户部郎中裴處權除禮部郎中孟璲除工部郎中等制　三/1035
鵁鶄　二/435

十八畫

歸家　四/1191
歸燕　二/444
歸融册贈左僕射制　三/1052
邊上晚秋　四/1303
邊上聞胡笳　四/1308
題元處士高亭　二/561
題木蘭廟　二/599
題水西寺　四/1361
題永崇西平王宅太尉愬院六韻　一/196
題白雲樓　四/1399
題白蘋洲　二/410
題安州浮雲寺樓寄湖州張郎中　一/126
題池州弄水亭　一/142
題池州貴池亭　二/398
題吳興消暑樓十二韻　四/1146
題村舍　二/581
題武關　二/489
題青雲館　二/591
題宣州開元寺　一/146
題宣州開元寺水閣閣下宛溪夾溪居人　二/352
題茶山　二/411
題荀文若傳後　二/689
題孫逸人山居　四/1416
題桃花夫人廟　二/523
題桐葉　一/282
題烏江亭　二/536
題商山四皓廟一絶　二/606
題張處士山莊一絶　二/613
題揚州禪智寺　二/344
題敬愛寺樓　二/455
題新定八松院小石　二/466
題壽安縣甘棠館御溝　二/552

題齊安城樓 二/382
題劉秀才新竹 四/1222
題橫江館 二/541
題禪院 二/450
題魏文貞 一/207

十九畫

懷吴中馮秀才 四/1240
懷政禪師院 四/1376
懷紫閣山 四/1415
懷鍾陵舊遊四首 二/471
懷歸 四/1302
簾 二/587
贈朱道靈 二/461
贈别 四/1400
贈别二首 二/614
贈别宣州崔群相公 四/1362
贈李秀才是上公孫子 二/395
贈李處士長句四韻 一/257
贈沈學士張歌人 一/289
贈宣州元處士 一/154
贈張祜 四/1168
贈終南蘭若僧 四/1212
贈漁父 四/1218
贈獵騎 四/1239

二十畫

獻詩啓 三/1002
竇弘餘加官依前台州刺史蘇莊除鄧州刺史等制 三/1059
竇列女傳 二/675
蘭溪 二/399

二十一畫

權審除户部員外郎制 三/1040
顧湘除涇原營田判官夏侯覺除鹽鐵巡官等制 三/1105
鶴 二/438

二十二畫

讀韓杜集 一/248
驌驦阪 四/1352
驌驦駿 四/1266

二十四畫

鷺鷥 二/441

二十五畫

蠻中醉 四/1328

二十八畫

鸚鵡 二/437

中國古典文學基本叢書

杜牧集繫年校注

第四册

吴在慶 撰

中華書局

樊川外集

樊川外集

斑竹筒簟[一]①

血染斑斑成錦紋[二]，昔年遺恨至今存。分明知是湘妃泣，何忍將身卧淚痕。

【校勘記】

〔一〕「斑竹」，原作「班竹」，據《全唐詩》卷五二四、馮注本改。

〔二〕「斑斑」，原作「班班」，據《全唐詩》卷五二四、馮注本改。

【注　釋】

① 斑竹句：斑竹，名湘妃竹，竹身有紫色或褐色斑紋。相傳堯之二女娥皇、女英爲舜妃，舜南巡不返，卒於蒼梧。二妃哀痛，淚水灑竹成斑。事見張華《博物志》卷八。簟，竹席。夾注：「《帝王世紀》：「舜巡狩死於蒼梧之野，二妃哭向湘江之上，洒淚染竹成班竹。」

【集評】

杜牧之《斑竹簟》云：「分明知是湘妃淚，何忍將身卧淚痕。」《述異記》：舜葬蒼梧，娥皇、女英淚下沾竹，竹悉爲斑。（朱翌《猗覺寮雜記》卷二）

和嚴惲秀才落花①

共惜流年留不得，且環流水醉流杯②。無情紅豔年年盛，不恨凋零却恨開。

【注釋】

①嚴惲：字子重，吴興（今屬浙江）人。屢舉進士不第，歸居故里。杜牧任湖州刺史時，與之交往，頗稱賞其《落花》詩。咸通十一年卒。事跡見《唐詩紀事》卷六六、《唐才子傳校箋》卷六等。此詩《杜牧年譜》繫於大中五年（八五一），時杜牧任湖州刺史。

②流杯：即流觴。古代風俗，每逢三月上旬巳日，於水濱宴飲，以祓除不祥。宴集時，於水上放置酒杯，杯流行停其前，即取飲，稱爲「流觴曲水」。《荆楚歲時記》：「三月三日，士民并出江渚池沼間，爲流杯曲水之飲。」

倡樓戲贈

細柳橋邊探半春〔一〕①，纈衣簾裏動香塵②。無端有寄閑消息，背插金釵笑向人。

【校勘記】

〔一〕「探半春」，原作「深半春」，據夾注本改。

【注　釋】

① 探半春：《開元天寶遺事》卷下《探春》：「都人士女，每至正月半後，各乘車跨馬，供帳於園圃，或郊野中，爲探春之宴。」

② 纈衣簾句：纈衣簾，結彩之簾。香塵，指女子步履而起之塵。

【集　評】

元、白、温、李，皆稱豔手。然樂天惟「來如春夢幾多時，去似朝雲無覓處」一篇爲難堪，餘猶《國

風》之好色。飛卿「曲巷斜臨」、「翠羽花冠」、「微風和暖」等篇，俱無刻劃。杜紫微極爲狼籍，然如「緑楊深巷馬頭斜」、「馬鞭斜拂笑回頭」、「笑臉還須待我開」、「背插金釵笑向人」，大抵縱恣於旗亭北里間，自云「青樓薄倖」，不虚耳。元微之「頻頻聞動中門鎖，猶帶春酲懶相送」，李義山「書被催成墨未濃」、「車走雷聲語未通」，始真是浪子宰相，清狂從事。（賀裳《載酒園詩話》卷一「豔詩」）

初上船留寄

煙水本好尚，親交何慘悽。況爲珠履客①，即泊錦帆堤。沙雁同船去，田鴉遶岸啼。此時還有味，必卧日從西。

【注　釋】

①珠履客：珠履，裝飾著珠子之鞋子。據《史記·春申君列傳》記載，春申君家賓客三千，其上客皆著珠履。

秋岸

河岸微退落①，柳影微凋疏。船上聽呼稺，堤南趁漉魚②。數帆旗去疾，一艇箭迴初。曾入相思夢，因憑附遠書。

【注釋】

① 退落：指水位下落。

② 堤南句：趁，趁勢。漉魚，使水乾涸而捉魚。

過大梁聞河亭方讌贈孫子端①

梁園縱玩歸應少〔一〕②，賦雪搜才去必頻③。板路豈緣無罰酒〔二〕④，不教客右更添人。

【校勘記】

〔一〕「梁園」，原作「築園」，據《全唐詩》卷五二四、馮注本改。

〔二〕「板路」，夾注本作「枚路」，《全唐詩》卷五二四作「板落」。

【注釋】

①大梁：戰國魏都，即今河南開封。

②梁園：即梁苑、兔園，漢梁孝王劉武築，故址在今河南商丘東南。

③賦雪搜才句：謝惠連《雪賦》：「歲將暮，時既昏；寒風積，愁雲繁。梁王不悦，遊於兔園，乃置旨酒，命賓友，召鄒生，延枚叟。相如末至，居客之右。俄而微霰零，密雪下。王乃歌北風於衛詩，詠南山於周雅。」

④板路句：晉石崇與友人於金谷園遊宴，「遂各賦詩以叙中懷。或不能者，罰酒三斗」。事見《世説新語·品藻》劉孝標注引石崇《金谷詩叙》。

題吳興消暑樓十二韻①

晴日登攀好，危樓物象饒。一溪通四境，萬岫遶層霄。鳥翼舒華屋②，魚鱗棹短橈。浪花

機乍織，雲葉近新雕〔一〕。臺榭羅嘉卉，城池敞麗譙③。蟾蜍來作鑑④，螮蝀引成橋⑤。燕任隨秋葉，人空集早潮。楚鴻行盡直，沙鷺立偏翹。暮角淒遊旅，清歌慘泬寥⑥。景牽遊目困，愁託酒腸銷。遠吹流松韻，殘陽渡柳橋〔二〕。時陪庾公賞⑦，還悟脱煩囂。

【校勘記】

〔一〕「近」，夾注本、《全唐詩》卷五二四、文津閣本、馮注本作「匠」，馮注本又校：「一作近。」

〔二〕「柳橋」，夾注本作「柳郊」。文津閣本作「柳嶠」。

【注　釋】

①吳興：郡名，即湖州，今屬浙江。消暑樓，在湖州州治譙門東，見《輿地紀勝》卷四。郭文鎬《〈樊川外集〉詩辨僞》（《唐都學刊》一九八二年第二期）以爲此詩非杜牧所作。理由爲此詩有「燕任隨秋葉」、「時陪庾公賞」等句，可知杜牧乃於某年秋八月陪湖州刺史遊覽湖州。考杜牧生平，並無此經歷，故詩非杜牧作。以爲「許渾曾遊吳興，有《洞靈觀冬青》、《湖州韋長史山居》、《題衛將軍廟》等，渾詩誤入牧詩者甚多，此或恐其一歟？」

②鳥翼：指屋角翹起之飛簷。

③ 麗譙：建有望樓之城門。

④ 蟾蜍句：指月，相傳月中有蟾蜍，故稱。夾注：「《五經通義》：月中有兔與蟾蜍。」鑑，鏡子。此指湖面。

⑤ 蝃蝀：虹之別稱。此指湖上有拱橋。

⑥ 泬寥：空曠貌。此指天宇。

⑦ 庾公：指晉庾亮，嘗任荆州刺史，鎮武昌。其幕僚殷浩等乘秋夜同登南樓，後庾亮至，興致不淺，與幕僚談詠竟夕。後詩人常用爲故事。事見《晉書》卷七三《庾亮傳》。據此，此詩當非杜牧任湖州刺史時作。詩人之身份似是湖州刺史幕僚。

奉送中丞姊夫儔自大理卿出鎮江西叙事書懷因成十二韻①

惟帝憂南紀②，搜賢與大藩。梅仙調步驟③，庾亮拂櫜鞬④。一室何勞掃⑤，三章自不冤⑥。精明如定國⑦，孤峻似陳蕃⑧。灞岸秋猶嫩⑨，藍橋水始喧⑩。紅旓罣石壁⑪，黑矟斷雲根⑫。滕閣丹霄倚⑬，章江碧玉奔⑭。一聲仙妓唱，千里暮江痕。私好初童稚，官榮見子孫。流年休挂念，萬事至無言。玉輦君頻過⑮，馮唐將未論⑯。傭書醻萬債〔一〕⑰，竹

塢問樊村⑱。

【校勘記】

〔一〕「萬債」，文津閣本作「夙債」。

【注釋】

①儔：裴儔，指和州刺史裴儔。字次之，杜牧姐夫。生平見《舊唐書》卷一七七《裴休傳》。中丞，御史中丞。裴儔出鎮江西所帶憲銜。此詩及下詩《杜牧年譜》原繫於大中四年，胡可先《杜牧詩文編年補正》（《四川大學學報》一九八三年第一期）認爲當作於大中三年（八四九）。蓋據《唐方鎮年表》，裴儔出任江西觀察使在大中三年。又杜牧下詩「《再奉長句》原注：『時收河湟、且立三州六關。』」考《舊唐書·宣宗紀》，收河湟、立三州六關在大中三年八月，裴儔出鎮在三年無疑。《杜牧年譜》此條當繫大中三年。《編年詩》中《奉送中丞姊夫儔自大理卿出鎮江西，叙事書懷，因成十二韻》及《中丞業深韜略，叙事述懷，再奉長句》也當繫於大中三年」。今即據此訂此詩於大中三年（八四九）。

②南紀：南方，此指江西。《詩·小雅·四月》：「滔滔江漢，南國之紀。」

③ 梅仙：指漢梅福。福字子真，「少學長安，明《尚書》、《穀梁春秋》，爲郡文學，補南昌尉。後去官歸壽春，數因縣道上言變事」。王莽專政時，「福一朝棄妻子，去九江」，傳説後成仙。傳見《漢書》卷六七。調步驟：調節脚步快慢，以示尊敬。

④ 櫜鞬：藏弓箭之器具。

⑤ 一室句：東漢陳蕃年十五，「嘗閑處一室，而庭宇蕪穢。父友同郡薛勤來候之，謂蕃曰：『孺子何不灑掃以待賓客？』蕃曰：『大丈夫處世，當掃除天下，安事一室乎！』勤知其有清世志，甚奇之」。事見《後漢書》卷六六本傳。

⑥ 三章：即約法三章，制定簡明便民之法律。《史記·高祖本紀》：「與父老約，法三章耳：殺人者死，傷人及盜抵罪。」

⑦ 精明句：定國，于定國。字曼倩，西漢時人。其父于公善治獄，「定國少學法於父，父死，後定國亦爲獄吏」。後爲廷尉，精明吏事，朝廷稱讚云：「于定國爲廷尉，民自以不冤。」事見《漢書》卷七一本傳。

⑧ 孤峻句：孤峻，孤高峻潔，不隨流俗。陳蕃，東漢人，字仲舉。爲人剛直敢言，出爲「豫章太守。性方峻，不接賓客，士民亦畏其高」。仕至太尉。後爲宦官所害。傳見《後漢書》卷六六。

⑨ 灞：水名，流經長安東。

⑩藍橋：在陝西藍田縣東南藍溪上。灞岸、藍橋，均裴儔南行所經。

⑪旓：旌旗上飄帶。

⑫黑稍句：稍，同槊，矛屬。雲根，指山石。《文選》張協《雜詩》：「雲根臨八極。」《注》：「雲根，石也。雲觸石而生，故曰雲根。」

⑬滕閣：滕王閣，在今江西南昌。

⑭章江：即章水，源出崇義縣聶都山，東北流經大庾、南康，入贛縣，與貢水合流爲贛江。古稱豫章水，亦名南江。

⑮玉輦：帝王車子。

⑯馮唐句：漢文帝時，馮唐爲郎中署長。帝曾乘車外出，遇見馮唐。馮唐批評文帝有良將而不能用。後匈奴入侵，文帝又問起此事，馮唐遂説雲中守魏尚多立戰功，以微罪而遭貶事。文帝即「令唐持節赦魏尚，復以爲雲中守」。事見《漢書》卷五〇《馮唐傳》。

⑰傭書：受雇爲人鈔書。

⑱竹塢句：竹塢，四周長滿竹子之處。樊村，即樊川。杜牧家有别墅在此。

【集評】

《奉送中丞姊夫儔自大理卿出鎮江西》：一、二寫江右物産之聚。三、四寫江右景致之勝。五、

六寫江右勢位之尊。中丞出鎮於此，居極尊之勢，又處極庶之邦，恐其狃於自安，有負聖明任使之意。末以河湟未下，祖鞭先著作結，正欲其疎於逸樂，勤于王事也。其策勵中丞者至矣。此等詩，人都作綺麗語、贊頌詞已耳；而讀此詩者，亦只道「滕王閣」、「徐孺亭」、「八郡元侯」、「萬人師長」都作綺麗語、贊頌詞已耳。殊不知江右之仕宦人物不可勝數，江右之樓臺祠廟不可勝舉，而獨舉一滕王閣、徐孺亭者，豈泛泛作寫景觀耶？蓋滕王元嬰，爲唐高祖第二十二子，初爲金州刺史，驕縱失度，高宗以書切責之，遷洪州都督，則滕王元嬰可爲中丞鑒戒也。徐孺子，乃洪州之偉人，陳蕃爲豫章太守，特設一榻以待之，尊賢下士，至今傳爲美談，則豫章陳蕃可爲中丞則效也。五曰「非不貴」，六曰「豈無權」，句中各帶相規相勉之意在焉。原詩人之旨，以中丞爲朝廷之大臣，封疆重鎮，一日不可以偷閒，而中丞爲自我之親，知贈答往來，一字不可以涉套也。（朱三錫《東喦草堂評訂唐詩鼓吹》卷六）

中丞業深韜略志在功名再奉長句一篇兼有諮勸〔一〕①

檣似鄧林江拍天〔二〕②，越香巴錦萬千千③。滕王閣上柘枝鼓，徐孺亭西鐵軸船〔三〕④。八部元侯非不貴〔四〕⑤，萬人師長豈無權。要君嚴重踈歡樂〔五〕⑥，猶有河湟可下鞭⑦。時收河湟，且止三州六關〔六〕。

【校勘記】

〔一〕「奉」，《文苑英華》卷二六一作「拜」，下校：「集作奉。」馮注本校：「一作拜。」《文苑英華》卷二六一題上有「豫章」二字。馮注本於題下校：「一本題上有豫章二字。」

〔二〕「拍」，《文苑英華》卷二六一作「泊」，馮注本校：「一作泊。」

〔三〕「西」，《文苑英華》卷二六一作「前」，《全唐詩》卷五二四、馮注本校：「一作前。」

〔四〕「部」，《文苑英華》卷二六一、夾注本作「郡」，《全唐詩》卷五二四、馮注本校：「一作郡。」

〔五〕「君」，《文苑英華》卷二六一、《全唐詩》卷五二四、馮注本校：「一作知。」

〔六〕「六關」，夾注本作「七關」。「止」，《全唐詩》卷五二四、馮注本作「立」。《文苑英華》卷二六一無「且止三州六關」數字。

【注釋】

① 中丞：指裴儔，其鎮江西時帶御史中丞憲銜，故稱。韜略，用兵之謀略。此詩亦大中三年（八四九）送裴儔赴江西之作，詳見前詩注①。

② 鄧林：神話中之樹林。夾注：「《列子》：夸父欲追日影，未至，道渴而死。棄其杖，屍骨膏肉所浸，生鄧林，彌廣數千里。」

③越香：嶺南産之香料。越，通粤。

④徐孺亭：徐孺，即徐穉。字孺子，東漢高士，南昌人。隱居耕稼，屢辟公府不赴，爲太守陳蕃及漢靈帝所禮遇。傳見《後漢書》卷五三。徐孺亭在南昌東湖西城上，見《輿地紀勝》卷二六。又夾注：「《十道志》：洪州有徐孺子墓。《注》：太守夏侯崇於塚側立思賢亭。又有徐孺子陂。《注》：有徐孺子宅。」

⑤八部句：八部即指八郡，指江南西道所轄洪、江、饒、虔、吉、信、撫、袁八州。元侯，諸侯之長。

⑥要君句：嚴重，嚴肅，莊重。疏，少。

⑦下鞭：揚鞭驅馬。此處指努力從事。

和裴傑秀才新櫻桃①

新果真瓊液，未應宴紫蘭〔一〕②。圓疑竊龍頷③，色已奪雞冠。遠火微微辨，繁星歷歷看〔二〕。茂先知味好〔三〕④，曼倩恨偷難⑤。忍用烹騂駱〔四〕，從將玔玉盤。流年如可駐，何必九華丹⑥。

【校勘記】

〔一〕「未」，《文苑英華》卷三二六作「來」，《全唐詩》卷五二四作「人」，馮注本校：「一作人。」此句文津閣本作「追陪宴紫欄」。

〔二〕「繁」，《文苑英華》卷三二六、《全唐詩》卷三二九《權德輿集》作「殘」。「歷歷」，《文苑英華》卷三二六、《全唐詩》卷三二九《權德輿集》作「隱隱」。

〔三〕「好」，《文苑英華》卷三二六、《全唐詩》卷三二九《權德輿集》作「易」，下校：「又作好。」

〔四〕「騂」，《全唐詩》卷五二四作「酥」，下校：「一作騂。」馮注本校：「一作酥。」「酪」，《全唐詩》卷三二九《權德輿集》作「駱」。

【注釋】

① 此詩又見《全唐詩》卷三二九《權德輿集》。《全唐詩重出誤收考》云：「按《新唐》六〇《藝文志四》載：『裴傑《史漢異義》三卷。河南人，開元十七年，授臨濮尉。』時爲西元七二九年，而權德輿生於肅宗上元二年（七六一），見《唐才子傳校箋》五，待德輿能作詩也將爲十五年以後，疑不可能與裴傑相識，而杜牧則更晚。《英華》三二六作權，而四部叢刊權集不載。杜牧《樊川詩集》本集中亦不收，而在外集中。此酬裴傑詩恐非權、杜二人所作，或中、晚唐時另有同名之人，暫存疑。」

②紫蘭：夾注：「《漢武内傳》：武帝忽見青衣女子曰：七月七日王母暫來。帝問東方朔：此何人也？朔曰：西王母紫蘭宫玉女，常傳使命。」

③圓疑句：此句龍頷指驪龍頷下之珠。《莊子·列禦寇》：「夫千金之珠，必在九重之淵，而驪龍頷下。」

④茂先句：茂先，乃晉代張華字。張華博學多識，著有《博物志》。傳見《晉書》卷三六。

⑤曼倩句：曼倩，乃漢代東方朔字。傳見《史記》卷一二六、《漢書》卷六五。夾注：「《漢武故事》：東郡獻短人，帝呼東方朔，朔至。短人指朔謂上曰：王母種桃三千歲一結子，此子不良，已三過偷之矣。」

⑥九華丹：亦即九丹。道家所謂服之可以長生升仙之九種丹藥：丹華、神符、神丹、還丹、餌丹、煉丹、柔丹、伏丹、塞丹。

【集　評】

杜牧之《和裴傑新櫻桃》詩云：「忍用烹酥酪，從將玩玉盤。流年如可駐，何必九華丹。」遂知唐人已用櫻桃薦酪也。（趙令畤《侯鯖録》卷二）

《高齋詩話》云：「牧之《和裴傑新櫻桃》詩云：『忍用烹騂酪，從將玩玉盤。流年如可駐，何必

九華丹？』唐人已用櫻桃薦酪也。」苕溪漁隱曰：《摭遺》載：「唐新進士尤重櫻桃宴，劉覃及第，大會公卿，和以糖酪，人享蠻畫一小盎。」則唐人用櫻桃薦酪，此事又可驗矣。（胡仔《苕溪漁隱叢話前集》卷二十三「杜牧之」）

春思

豈君心的的①，嗟我淚涓涓。綿羽啼來久②，錦鱗書未傳③。獸爐凝冷豔〔一〕④，羅幕蔽晴煙。自是求佳夢，何須訝晝眠？

【校勘記】

〔一〕「豔」，《全唐詩》卷五二四、馮注本作「焰」，馮注本又校：「一作豔。」

【注釋】

① 的的：明白、昭著。

② 綿羽：黄鳥之别稱。《詩·小雅·綿蠻》：「綿蠻黄鳥，止於丘阿。」此以綿蠻形容黄鳥，後因以綿

羽爲黄鳥之别稱。王融《三月三日曲水詩序》：「雜夭采於柔荑，亂嚶聲於綿羽。」

③錦鱗書：即魚書，書信。夾注：「古詩：客從遠方來，遺我雙鯉魚。呼兒烹鯉魚，中有尺素書。」

④獸爐：獸形熏香爐。

代人作

樓高春日早，屏束麝煙堆①。盼眄凝魂别〔一〕②，依稀夢雨來③。緑鬟羞妥麽④，紅頰思夭偎〔二〕⑤。鬬草憐香蕙⑥，簪花間雪梅。戍遼雖咽切，遊蜀亦遲迴。錦字梭懸壁⑦，琴心月滿臺⑧。笑筵凝貝啓⑨，眠箔曉珠開⑩。臘破征車動⑪，袍襟對淚裁。

【校勘記】

〔一〕「凝魂」，文津閣本作「疑魂」。

〔二〕「夭」，原作「天」，據《全唐詩》卷五二四校語、馮注本改。馮注本校：「一作天。」

【注　釋】

①屏束句：屏，屏風。麝煙，火燒麝香所散之香煙。

②盼眄：斜視貌。

③夢雨：用巫山雲雨事。宋玉《高唐賦》載，楚王遊高唐，夢見一婦人自云巫山神女，願薦枕席，王因幸之。去而辭曰：「妾在巫山之陽，高丘之阻；旦爲朝雲，暮爲行雨。朝朝暮暮，陽臺之下。」

④緑鬟句：緑鬟，烏亮之環形髮髻。妥麽，疑即墮馬髻。

⑤夭：舒柔貌。

⑥鬭草：唐代民俗，五月初五有踏百草之戲，稱鬭百草。

⑦錦字：用錦織成之書信。前秦秦州刺史竇滔被徙流沙，其妻蘇若蘭思之，「織錦爲廻文旋圖詩以贈滔。宛轉循環以讀之，其詞淒婉，凡八百四十字」。事見《晉書》卷九六《竇滔妻蘇氏傳》。

⑧琴心：彈琴以寄意。卓文君新寡，司馬相如以琴心挑之。事見《史記》卷一一七《司馬相如列傳》。

⑨貝：指潔白之牙齒。宋玉《登徒子好色賦》：「腰如束素，齒如含貝。」

⑩眠箵：指睡卧之竹席。

⑪臘破：臘盡，年終。

【集　評】

《雪浪齋日記》云：……小杜以「錦字」對「琴心」，荆公以「帶眼」對「琴心」，謝夷季以「鏡約」對「琴心」，比荆公最爲精切。（胡仔《苕溪漁隱叢話前集》卷三十五「半山老人」三）

偶題二首①

其一

勞勞千里身②，襟袂滿行塵。深夜懸雙淚，短亭思遠人。蒼江程未息〔一〕，黑水夢何頻。明月輕橈去，唯應釣赤鱗。

【校勘記】

〔一〕「蒼」，《全唐詩》卷五二四、馮注本校：「一作滄。」

【注　釋】

①郭文鎬《〈樊川外集〉詩辨僞》（《唐都學刊》一九八七年第二期）以爲此詩「蒼江程，謂旅程。蒼江非水名」。「黑水」爲水名，在唐興元府即今漢中一帶。「杜牧一生未曾涉足，不得謂『蒼江程未息，黑水夢何頻』」。又「該詩其二云：『信已憑鴻去，歸唯與燕期』，又有『有恨秋來極』句，知作者秋日憑鴻傳書，將與燕同期而歸。則作者南歸也。其一末二句云：『明月輕橈去，唯應釣赤鱗』，參之知作者南歸耕釣矣。……詩與杜牧一生行踪及身事鄉貫皆不合，故非杜牧作」。

②勞勞：惆悵憂傷貌。《玉臺新詠·古詩爲焦仲卿妻作》：「舉手長勞勞，二情同依依。」

其二

有恨秋來極，無端別後知①。夜闌終耿耿②，明發竟遲遲。信已憑鴻去，歸唯與燕期。只應明月見〔一〕，千里兩相思。

【校勘記】

〔一〕「應」，《全唐詩》卷五二四作「因」，馮注本校：「一作因。」

【注　釋】

①　無端：指無端之愁。

②　耿耿：煩躁不安貌。此指不寐。夾注：「《詩·邶風·柏舟》：耿耿不寐，如有隱憂。」

冬至日遇京使發寄舍弟

遠信初逢雙鯉去〔一〕，他鄉正遇一陽生①。樽前豈解愁家國，輦下唯能憶弟兄②。旅館夜憂萋被冷〔二〕③，暮江寒覺晏裘輕④。竹門風過還惆悵，疑是松窗雪打聲。

【校勘記】

〔一〕「逢」，《全唐詩》卷五二四作「憑」，馮注本校：「一作憑。」

〔二〕「夜憂」，夾注本作「夜雨」。

【注　釋】

①　一陽生：指冬至。冬至後白天漸長，古代認爲是陽氣初動，所以冬至又稱一陽生。

②輦下：京城。此指長安。

③旅館夜憂句：東漢姜肱有孝悌之心，「與二弟仲海、季江，俱以孝行著聞。其友愛天至，常共卧起。及各娶妻，兄弟相戀，不能别寢」。事見《後漢書》卷五三本傳。李賢注引謝承《後漢書》謂「肱性篤孝，……兄弟同被而寢，不入房室，以慰母心」。

④晏裘：晏子一狐裘穿著三十年。見《禮記·檀弓下》。又《晏子春秋》卷六《内篇·雜下》：「景公飲酒，田桓子侍，望見晏子，而復於公曰：『請浮晏子。』公曰：『何故也？』無宇對曰：『晏子衣緇布之衣，麋鹿之裘，棧軫之車，而駕駑馬以朝，是隱君之賜也。』」

【集　評】

《冬至遇京使發寄舍弟》：首句先寫寄書，次句方寫冬至。四句實寫憶弟，妙在第三句先插入「愁家國」與「憶弟兄」作對。夫家國、兄弟原非兩段，惟愁之深，自憶之切。「豈解」、「惟能」四字，實有一段欲言不能之致。五、六即承「憶弟兄」來，松户、松窗，猶是昔日團聚景色耳。（朱三錫《東嵒草堂評訂唐詩鼓吹》卷六）

洛下送張曼容赴上黨召①

歌闋樽殘恨起偏〔一〕，憑君不用設離筵。未趨雉尾隨元老②，且驀羊腸過少年③。七葉漢貂真密近④，一枝詵桂亦徒然⑤。羽書正急徵兵地⑥，須遣頭風處處痊⑦。

【校勘記】

〔一〕「起」，《全唐詩》卷五二四作「却」，下校：「一作起。」馮注本校：「一作却。」

【注　釋】

① 張曼容：張次宗子。事跡見《舊唐書》卷一二九《張弘靖傳》。上黨，郡名，即潞州，今山西長治。時爲昭義節度使治所。《全唐詩重出誤收考》考此詩云：「張金海《樊川詩真僞補訂》一文，認爲此詩不可能是杜牧作。云杜牧一生在洛陽有兩次，一是大和元年秋應進士試，二是大和九年至開成二年（八三五—八三七）春，任監察御史分司東都時，但這期間上黨地區並無戰事。見《武漢大學學報》一九八二年第二期。」又郭文鎬《〈樊川外集〉詩辨僞》（《唐都學刊》一九八七年第二期）

亦以爲詩非杜牧作。

②未趨雉尾句：雉尾，即雉尾扇，古代儀仗之一。崔豹《古今注·輿服》：「雉尾扇起於殷世，高宗時有雊雉之祥，服章多用翟羽。周制以爲王后夫人之車服，輿車有翣，即緝雉羽爲扇翣，以障翳風塵也。漢朝乘輿服之，後以賜梁孝王。魏晉以來用爲常，準諸王皆得用之。」

③且驀句：驀，超越。羊腸，阪名，在今山西靜樂境。

④七葉漢貂句：七葉，七世。貂，貂尾。漢代侍中等達官冠飾。漢武帝時金日磾任侍中，其後人七世皆爲近臣顯貴。事見《漢書》卷六八本傳。張曼容高祖張嘉貞、曾祖張延賞、祖父張弘靖三世爲相，故云。

⑤一枝詵桂：指進士及第。晉代郤詵對策上第，自云：「臣舉賢良對策，爲天下第一，猶桂林之一枝，昆山之片玉。」事見《晉書》卷五二本傳。

⑥羽書：插有鳥羽之緊急軍事文書。

⑦須遣句：三國時陳琳爲曹操草書檄，「太祖先苦頭風，是日疾發，卧讀琳所作，翕然而起曰：『此愈我病。』數加厚賜。」事見《三國志》卷二一《王粲傳》附《陳琳傳》。

【集　評】

《洛下送張曼容赴上黨召》：「歌闕罇殘」，已有離別之局。然而另有所恨，即不用離筵，亦使人

有可恨之道。本來進士及第，便應爲侍從之臣，立於朝班，隨元老之後，乃忽涉羊腸而爲幕僚，且以世閥名家，又新折一枝之桂，豈非徒然哉。或者今以用兵之際，羽書需材正急，且作檄文，到處使其頭風痊耳。詩中章旨，總在第六上讀出，句句貫通矣。此是别致處。（胡以梅《唐詩貫珠箋》卷十）

宣州留贈①

紅鉛濕盡半羅裙②，洞府人間手欲分③。滿面風流雖似玉，四年夫壻恰如雲④。當春離恨杯長滿，倚柱關情日漸曛。爲報眼波須穩當，五陵遊宕莫知聞⑤。

【注　釋】

①郭文鎬《〈樊川外集〉詩辨僞》（《唐都學刊》一九八七年第二期）以爲此詩非杜牧作，疑爲許渾詩。以爲杜牧大和四年至七年雖在宣州四年，與「四年夫壻恰如雲」合，然其離宣州後並未至長安，且其「歸長安不可謂『遊宕』且『莫知聞』」，故詩非杜牧作。

②紅鉛：胭脂、鉛粉。夾注：「《洛神賦》：芳澤無加，鉛華不御。李善云：鉛華，粉也。《博物志》：燒鉛成胡粉。」

③ 洞府：神仙所居。此處指女子居處。

④ 如雲：言如雲來去不定。

⑤ 遊宕：指遊蕩子弟。

寄題宣州開元寺

松寺曾同一鶴棲，夜深臺殿月高低。何人爲倚東樓柱，正是千山雪漲溪。

【集　評】

《宣州開元寺》：「松寺曾同一鶴棲」，沈傳師爲宣州郡，牧從事，後又爲宣州判官，此詩蓋再至時作，故曰「曾同」。「何人爲倚東樓柱」，「爲倚」猶言共倚也。「正是千山雪漲溪」，或謂月色高低，如千山之雪者，非也。此詩乃雪後月霽，登樓孤賞，思昔日之懽遊，而歎今夕之無侶。詳味詞意，情思殊甚。首句所謂同棲者，應有所託，唐人多如此。退之園花巷柳，李商隱錦瑟，韓翃章台柳，皆是也。（何焯評：此解亦非。鶴那可比婦人，注謬。）（釋圓至《唐三體詩》卷一）

杜牧之《宣州開元寺》詩首句：「松寺曾同一鶴棲。」至注云：「所謂同鶴棲者，恐是與婦人同宿，

託名鶴爾。」此尤謬妄。牧之跌宕，人遂以此歸之，可發一笑。（吴師道《吴禮部詩話》）

《宣州開元寺》：用「何人爲」三字便靈活，俗筆即云「却思起向東樓望」矣。卧見皓月，因想起高處一望，更當倍萬空明。下二句不過用虚景襯託之法。松篁不能蔽，殿臺不能隔，況東樓高曠極目無極耶。先寫細處，然後放開説，便不熟滑。「雪漲溪」，謂雪消水盛，如所云月光如水水如天耳。此詩只是詠雪一事，翦作兩層，中夜夢回皓月，方中人在松際，有如皓鶴，若東樓放眼，水月交光，則水晶宫不足多矣。又從奥處虚想曠處，一半夜夜景也。錯會第一句轉鑿轉繆。言外亦有水深無語，姑自卑栖之意，然不若就景求之，已自超妙絶人。（何焯《唐三體詩》卷一）

贈張祜〔一〕①

詩韻一逢君，平生稱所聞。粉毫唯畫月②，瓊尺只裁雲③。䯄陣人人懾④，秋星歷歷分〔二〕。數篇留別我，羞殺李將軍⑤。

【校勘記】

〔一〕「張祜」，原作「張祐」，據《文苑英華》卷二六一、夾注本、《全唐詩》卷五二四、馮汴本改。

〔二〕「星」，《文苑英華》卷二六一作「霜」，下校：「集作星。」《全唐詩》卷五二四、馮注本校：「一作霜。」夾注本作「聲」。

【注　釋】

① 張祜：見《登池州九峰樓寄張祜》詩注①。胡可先《杜牧研究叢考·杜牧詩文編年》謂詩乃「張祜與杜牧分別，張祜寫了數首留别詩，杜牧在别時寫此詩。……會昌五年（八四五）九月九日杜牧與張祜同登齊山，相互唱和，分别當在此後不久，所以，詩作於會昌五年無疑」。今即據此訂爲會昌五年九月後作。

② 粉毫：繪畫用粉筆。此指詩筆。

③ 瓊尺句：瓊尺，玉尺。裁雲，此指用詩描畫山水風雲。

④ 黥陣：漢黥布，善於行軍佈陣，故稱。見《史記》卷九一《黥布傳》。

⑤ 李將軍：指漢李陵。傳見《史記》卷一〇九、《漢書》卷五四。《文選》卷二九載李陵《與蘇武三首》，爲送别名作。

【集　評】

陸龜蒙《謝人詩卷》云：「談仙忽似朝金母，説豔渾如見玉兒。」杜牧之云：「粉毫唯畫月，瓊尺只

裁雲。」「美似狂酲初啖蔗，快如衰病得觀濤。」涪翁：「清似釣船聞夜雨，狀如軍壘動秋鼙。」論用事之工，半山爲勝也。（吴聿《觀林詩話》）

殘春獨來南亭因寄張祜〔一〕①

暖雲如粉草如茵，獨步長堤不見人。一嶺桃花紅錦黦②，半溪山水碧羅新。高枝百舌猶欺鳥③，帶葉梨花獨送春。仲蔚欲知何處在④？苦吟林下拂詩塵。

【校勘記】

〔一〕「張祜」，原作「張祐」，據夾注本、《全唐詩》卷五二四、馮注本改。

【注釋】

①此詩曹中孚《杜牧詩文編年補遺》（《江淮論壇》一九八四年第三期）以爲作於會昌六年（八四六）春。蓋張祜乃會昌五年秋來池州，此後離去。而此詩乃殘春時懷念張祜之作，且張祜有《奉和池州杜員外南亭惜春》，「乃是張祜在接到杜牧詩後的酬答」、「張祜這詩的題目和他在詩中對杜牧

所作的呼應，恰好爲我們考定杜牧這詩的寫作時間和地點提供了有力的依據」。

② 黦：汙跡，此指花色變壞。

③ 百舌：鳥名，即反舌鳥。百舌鳥立春後鳴囀不已，夏至後即無聲。

④ 仲蔚：張仲蔚，漢平陵人，善屬文，好詩賦，閉門養性，隱居不仕，不求名利。事見《高士傳》卷中。

【集　評】

《殘春寄張祜》：前四句寫殘春，後四句寫寄張祜。「高枝百舌」，言讒人也；「猶欺鳥」，言遭其誣也；「帶葉梨花」，言不應摧折也；「獨送春」，言受其禍也。（朱三錫《東嵒草堂評訂唐詩鼓吹》卷六）

《殘春獨來南亭因寄張祜》：居然俊物。（王夫之《唐詩評選》卷四）

然亦有雖似無害而實不可援以爲例者，……杜牧之「一嶺桃花紅錦黦，半溪山水碧羅新」，及李咸用「蜀魂叫回芳草色，鷺鷥飛破夕陽煙」之晚唐習氣可厭；……如此之類，不可枚舉，要皆不可爲訓者爾。（王壽昌《小清華園詩談》卷下）

《殘春獨來南亭因寄張祜》：「煖雲如粉」，春殘氣煖，雲白如粉。「草如茵」，春殘草長，其厚如褥。「閒步長堤不見人」，此寫「獨來」二字。「一嶺桃花」，此寫南亭外嶺上之春色已殘。「紅錦黦」，「黦」音曷，物之帶黑文者。今桃花殘敗，緑暗紅稀，如紅錦之黴黦也。「半溪山水」，此南亭傍山臨

溪，山溪之水不寬而清，故用「半」字。「碧羅新」，溪水澄碧，色如新羅。「高枝百舌太欺鳥」，百舌鳥，即鳩也，其聲最巧，今在高枝一鳴，而百鳥不敢與比，是太欺也。比讒人居高位，鼓簧舌以毁人。「帶葉梨花獨送春」，春將歸，百花開過，而梨花獨遲，今且花殘帶葉矣。懷此芳姿，而不覺春之已去，脉脉有情，故獨送之，所以比君子也。「仲蔚」，張仲蔚三徑蓬蒿，怡然自樂，今藉以呼張祜。「欲知何處在」，言張祜欲知我之在何處乎？「苦吟林下避紅塵」，苦吟梨花之下，以避百舌之塵，此即我之近來行徑也。獨來南亭時，意興寥落至此。（王堯衢《唐詩合解》卷十一）

宣州開元寺南樓①

小樓纔受一床横，終日看山酒滿傾。可惜和風夜來雨，醉中虚度打窗聲。

【注　釋】

①此詩《杜牧年譜》繫於開成三年（八三八），時杜牧在宣州幕。

【集　評】

予家有聽雨軒，嘗集古今人句。杜牧之云：「可惜和風夜來雨，醉中虛度打窗聲。」賈島云：「宿客不來過半夜，獨聞山雨到來時。」歐陽文忠公：「芳叢緑葉聊須種，猶得蕭蕭聽雨聲。」王荆公：「深炷爐香閉齋閣，卧聞簷雨瀉高秋。」東坡：「一聽南堂新瓦響，似聞東塢少荷香。」陳無己云：「一枕雨窗深閉閤，卧聽叢竹雨來時。」趙德麟云：「卧聽簷雨作宫商。」尤爲工也。（吳聿《觀林詩話》）

寄遠人

終日求人卜，迴迴道好音。那時離别後，入夢到如今。

别沈處士

舊事參差夢①，新程邐迤秋②。故人如見憶，時到寺東樓。

【注　釋】

① 參差：不齊貌。此處指往事前後不斷夢到。

② 邐迤：曲折綿延貌。

留　贈

舞鞾應任閑人看，笑臉還須待我開。不用鏡前空有淚，薔薇花謝即歸來。

【集　評】

【唐舞妓着靴】舒元輿《詠妓女從良》詩云：「湘江舞罷却成悲，便脱蠻靴出鳳幃。誰是蔡邕琴酒客，曹公懷舊嫁文姬。」可考唐時妓女舞飾也。按《説文》：「鞮，四夷舞人所着屨也。」《周禮》有鞮鞻氏，亦是四夷之舞。今之樂部舞妝，皆出四夷。唐人舞妓皆着靴，猶有此意。盧肇《柘枝舞賦》：「靴瑞錦以鸞雲匝，袍蹙金而雁欹。」樂府歌：「錦靴玉帶舞回雲。」杜牧之《贈妓》詩曰：「舞靴應任傍人看，笑臉還須待我開。」黄山谷《贈妓》詞云：「風流太守，能籠翠羽，宜醉金釵。且留取、垂楊掩映映庭階。直待朱輪去後，便從伊穿襪弓鞋。」則汴宋猶似唐制，至南渡頭妓女窄襪弓鞋如良人矣。故當

時有「蘇州頭杭州脚」之諺云。（楊慎《升菴詩話》卷八）

元、白、温、李，皆稱豔手。然樂天惟「來如春夢幾多時，去似朝雲無覓處」一篇爲難堪，餘猶《國風》之好色。飛卿「曲巷斜臨」、「翠羽花冠」、「微風和暖」等篇，俱無刻劃。杜紫微極爲狼籍，然如「緑楊深巷馬頭斜」、「馬鞭斜拂笑回頭」、「笑臉還須待我開」、「背插金釵笑向人」，大抵縱恣於旗亭北里間，自云「青樓薄倖」，不虚耳。元微之「頻頻聞動中門鎖，猶帶春酲懶相送」，李義山「書被催成墨未濃」、「車走雷聲語未通」，始真是浪子宰相，清狂從事。（賀裳《載酒園詩話》卷一「豔詩」）

奉和僕射相公春澤稍愆聖君軫慮嘉雪忽降品彙昭蘇即事書成四韻〔一〕白相國①

飄來雞樹鳳池邊②，漸壓瓊枝凍碧漣③。銀闕雙高銀漢裏④，玉山横列玉墀前⑤。昭陽殿下風迴急⑥，承露盤中月彩圓⑦。上相抽毫歌帝德⑧，一篇風雅美豐年⑨。

【校勘記】

〔一〕「書成」，夾注本、文津閣本均作「書懷」。

【注釋】

①僕射相公：即白敏中，大中三年加尚書右僕射。字用晦，白居易從父弟。傳見《舊唐書》卷一六六、《新唐書》卷一一九。春澤：指春天之雨雪。愆：失常，指春旱。軫慮：指深切之憂慮。品彙昭蘇：萬物重獲生機，恢復元氣。此詩郭文鎬《杜牧詩文繫年小札》（《人文雜誌》一九八四年第六期）認爲大中三年三月至大中五年三月，可稱白敏中爲僕射相公。杜牧和詩即在此期間。然詩題有「春澤稍愆，聖君軫慮，嘉雪忽降，品彙昭蘇」語，認爲嘉雪忽降，乃正月或二月事，三月下雪，不可稱嘉雪。因此「大中三年正、二月，白敏中本官尚非僕射；大中五年正、二月，白敏中雖可稱爲僕射相公，然此時杜牧已在三千里外之湖州，無由奉和，不可能『即事書成』。故此詩爲杜牧大中四年正、二月間作，時杜牧在京任司勳員外郎、史館修撰」。今即據此訂本詩作於大中四年（八五〇）春。

②雞樹：指中書省官署。三國魏時，中書監劉放與中書令孫資相善，二人久任機要。夏侯獻與曹肇不平，見殿中有雞棲樹，相謂曰：「此亦久矣，其能復幾？」後人因謂中書省官署爲雞樹。語出《三國志》卷一四《劉放傳・注》。鳳池：鳳凰池，指中書省。唐代宰相政事堂在此。晉荀勖原任中書監，後守尚書令，頗悵恨。有人祝之，勖曰：「奪我鳳皇池，諸君賀我邪！」事見《晉書》卷三九本傳。

③瓊枝：指覆蓋著雪花之樹枝。瓊，玉。碧漣：碧波。

④銀闕：唐大明宫前有棲鳳、翔鸞二闕，爲雪覆蓋，故謂銀闕。銀漢：銀河。

⑤玉墀：宫殿臺階。

⑥昭陽殿：漢代宫殿名，此指唐宫殿。

⑦承露盤：漢武帝曾作承露盤，立銅仙人舒掌承盤以接甘露。

⑧上相：即宰相，此指白敏中。

⑨風雅：《詩經》中《國風》及《大雅》、《小雅》。此指白敏中所作詩歌。

寄李播評事①

子列光殊價②，明時忍自高。寧無好舟檝③，不泛惡風濤④。大翼終難戢⑤，奇鋒且自韜⑥。春來煙渚上，幾淨雪霜毫？

【注釋】

①李播：字子列。元和時登進士第。曾任大理評事，累遷金部員外郎、郎中分司。開成三年春，調

任蘄州刺史。會昌初，入朝爲尚書比部郎中，後爲杭州刺史。事跡見杜牧《杭州新造南亭子記》、《唐詩紀事》卷四七等。

②子列：即子烈，李播字。

③舟楫：此處借指治國才能與仕途上遷昇之憑藉。

④風濤：指仕途風波。

⑤大翼句：大翼，巨大之鳥翅膀。《莊子·逍遥遊》：「鵬之背，不知其幾千里也。怒而飛，其翼若垂天之雲。」戢，收斂。此句謂有能力遠舉高飛。

⑥奇鋒句：鋒，劍鋒。韜，收藏。

送牛相公出鎮襄州①

盛時常注意，南雍暫分茅②。紫殿辭明主，巖廊别舊交③。危幢侵碧霧〔一〕④，寒旆獵紅旓⑤。德業懸秦鏡⑥，威聲隱楚郊⑦。拜塵先灑淚⑧，成廈昔容巢⑨。遥仰沉碑會⑩，鴛鴦玉佩敲⑪。

【校勘記】

〔一〕「幢」，原作「憧」，據夾注本、《全唐詩》卷五二四、馮注本改。

【注釋】

① 牛相公：即牛僧孺，開成四年八月由左僕射出爲襄州刺史、山南東道節度使。傳見《舊唐書》卷一七二、《新唐書》卷一七四。此詩《杜牧年譜》據「《舊唐書·文宗紀》：『開成四年八月癸亥，以左僕射牛僧孺檢校司空、同平章事，兼襄州刺史，充山南東道節度使。』」繫於開成四年(八三九)。牛僧孺開成四年八月出鎮，則詩乃是時之後作。

② 南雍句：南雍，即襄州，劉宋於此僑置南雍州。分茅，用白茅裹著泥土授予被分封之諸侯，象徵授予土地與權利。此指牛僧孺出鎮襄州。

③ 巖廊：廟堂、朝廷。

④ 幢：以羽毛爲飾之一種旗幟。

⑤ 旓：旌旗上之飄帶。

⑥ 秦鏡：傳説秦宮有方鏡，可照見腸胃五臟。人有邪心，照之見膽張心動。事見《西京雜記》卷三。

⑦ 隱：威重貌。《後漢書·吴漢傳》：「吴公差彊人意，隱若一敵國矣！」《注》：「隱，威重之貌。

言其威重若敵國。」

⑧拜塵句：晉初潘岳、石崇等諂事賈謐，每遇其出，輒望塵而拜。事見《晉書》卷五五《潘岳傳》。

⑨成廈句：容巢，容許棲止。大和七年至九年，杜牧在牛僧孺淮南節度使幕任掌書記。夾注：「《淮南子》：大廈成而燕雀相賀，湯沐具而蟣虱相弔。」

⑩沉碑：晉杜預好爲後世名，以爲「高岸爲谷，深谷爲陵」，變化極大，遂「刻石爲二碑，紀其勳績，一沈萬山之下，一立峴山之上，曰：『焉知此後不爲陵谷乎！』」事見《晉書》卷三四本傳。此亦兼用羊祜襄陽事。晉時羊祜鎮襄陽，樂山水，常登此山，置酒言詠，終日不倦。卒後，百姓於峴山立廟建碑，望碑者莫不流涕，杜預名之曰墮淚碑。事見《晉書》卷三四本傳。

⑪鴛鴦句：夾注：「《梁書·伏挺傳》：捐此薜蘿，出從鴛鷺。《詩史》：鴛鷺叼雲閣。《注》：古詩：廁跡鴛鷺行，謂侍從列也。」

送薛邽二首①

其一

可憐走馬騎驢漢，豈有風光肯占伊。只有三張最惆悵②，下山廻馬尚遲遲。

【注 釋】

① 此二詩《杜牧年譜》謂「詩中有『明年未去池陽郡，更乞春時却重來』之句，蓋守池時所作」。杜牧任池州刺史爲會昌四年九月至六年（八四四—八四六）九月，詩乃此期間作。

② 三張：晉朝張載、張協、張亢兄弟以文名並稱三張。此處用以比擬薛邽兄弟。

其二

小捷風流已俊才，便將紅粉作金臺①。明年未去池陽郡②，更乞春時却重來。

【注 釋】

① 便將句：紅粉，美女。金臺，即黄金臺。見《池州送孟遲先輩》詩注③。

② 池陽郡：即池州，治所在今安徽貴池。其時杜牧任池州刺史。

見穆三十宅中庭海榴花謝〔一〕①

矜紅掩素似多才，不待櫻桃不逐梅。春到未曾逢宴賞，雨餘爭解免低徊②。巧窮南國千般

豔，趁得東風二月開。堪恨王孫浪遊去③，落英狼藉始歸來。

【校勘記】

〔一〕「海榴花」，原作「梅榴花」，據夾注本、《全唐詩》卷五二四改。

【注　釋】

① 海榴：即石榴，農曆四月底五月初開花。

② 爭解：怎懂得。

③ 王孫：此指穆十三。《楚辭·招隱士》：「王孫遊兮不歸，春草生兮萋萋。」

留誨曹師等詩①

萬物有醜好，各一姿狀分。唯人即不爾②，學與不學論。學非探其花，要自撥其根。孝友與誠實，而不忘爾言。根本既深實，柯葉自滋繁。念爾無忽此，期以慶吾門。

【注釋】

①《金華子雜編》卷上：（杜牧）「臨終留詩，誨其二子曹師晦辭、柅柅德祥等云：（詩略），晦辭終淮南節度判官，德祥昭宗朝爲禮部侍郎知貢舉，甚有聲望。」據《新唐書·宰相世系表》杜牧三子：長子名承澤；晦辭字行之，左補闕；德祥字應之，禮部侍郎。則曹師似應爲承澤。杜牧《自撰墓誌銘》亦云：「長男曰曹師，年十六。」《杜牧年譜》繫此詩於大中六年（八五二），蓋杜牧本年冬十二月病卒。

②不爾：不這樣。

洛陽

文爭武戰就神功①，時似開元天寶中。已建玄戈收相土〔一〕②，應廻翠帽過離宮③。侯門草滿宜寒兔〔二〕，洛浦沙深下塞鴻〔三〕④。疑有女娥西望處〔四〕⑤，上陽煙樹正秋風⑥。

【校勘記】

〔一〕「建」，夾注本作「立」。

〔二〕「宜」，夾注本作「置」，《全唐詩》卷五二四、馮注本校：「一作置。」

〔三〕「下」，《全唐詩》卷五二四、馮注本校：「一作見。」

〔四〕「娥」，原作「蛾」，據夾注本、《全唐詩》卷五二四改。馮注本校：「原作娥。」

【注　釋】

① 神功：非凡業績。

② 玄戈：亦作玄弋，星名。此指畫有玄戈星之旗幟。《文選》張衡《西京賦》：「建玄弋，樹招摇。」《注》：「玄弋，北斗第八星名……今鹵簿中畫之於旗，建樹之以前驅。」相，古地名，在黄河之北，今河南安陽西。

③ 應迴句：翠帽，此代指天子。《文選》卷二張衡《西京賦》「天子乃……戴翠帽，倚金較」。薛綜注謂「翠羽爲車蓋，黄金以飾較也」。離宫，帝王爲備遊幸之用而築之宫室。

④ 洛浦：洛水之濱。

⑤ 女娥：指宫女。

⑥ 上陽：宫名。在洛陽禁苑之東。

【集　評】

《洛陽》：洛陽，東都也。昔日文征武戰得就神功，一時玄戈戢影，萬國朝宗，翠帽回車，天子遊幸，可稱全盛。而獨稱開元、天寶者，言當日之盛，莫盛於開元、天寶，而今日之衰實衰於開元、天寶。點出「離宫」二字，是深識其佚遊之漸，致亂之由。五、六寫洛陽荒涼之狀，「女娥西望」，「煙樹秋風」，言當日即已如此，今日倍覺淒涼矣。（朱三錫《東喦草堂評訂唐詩鼓吹》卷六）

寄唐州李玭尚書①

累代功勳照世光②，奚胡聞道死心降③。書功筆禿三千管〔一〕，領節門排十六雙④。先揖耿弇聲寂寂〔二〕⑤，今看黄霸事摐摐〔三〕⑥。時人欲識胸襟否？彭蠡秋連萬里江⑦。

【校勘記】

〔一〕「書功」，夾注本作「攻書」。

〔二〕「寂寂」，夾注本作「籍籍」。

〔三〕「摐摐」，文津閣本作「樅樅」。

【注　釋】

①唐州：州名，唐武德九年改顯州置，時州治在比陽縣，即今河南泌陽縣。天寶元年改爲淮安郡，乾元元年復爲唐州。轄境相當今河南泌陽、唐河、方城、社旗、桐柏等縣地。天祐三年改爲泌州，徙治泌陽縣，即今河南唐河縣。五代唐復改爲唐州。李玭，唐代著名將領李愬子。歷任黔中、泰寧、平盧、嶺南諸鎮節度使，改刑部尚書、鳳翔節度使。又按，吳廷燮《唐方鎮年表》卷四《山南東道》：「會昌六年，《樊川集·唐州李玭尚書》詩，疑玭以五年爲山南東道，唐州當爲襄州之誤。會昌末，蔣係刺唐州，玭歷爲方鎮，非降黜不得爲刺史。」

②累代句：累代，累世。李玭祖李晟，晟子李願、李愬、李聽，均爲唐代名將，屢立功勳。

③奚胡：奚爲東胡族。原居遼水上游，柳城西北。漢時稱烏桓。

④領節句：節，符節。十六雙，指門戟。唐官府及高級官吏家門前立棨戟。

⑤耿弇：東漢人，從漢光武帝征戰，平郡四十六，屠城三百，以功官至建威大將軍。傳見《後漢書》卷一九。

⑥今看句：黄霸，西漢人，字次公，爲潁川太守，治稱天下第一。傳見《漢書》卷八九。摐摐，紛錯，衆多貌。

⑦彭蠡：湖名，即鄱陽湖，在今江西。

【集評】

《寄唐州李尚書》：昔李公在唐時，父子昆弟俱以功業名世。一起先頌其家聲，頌其勳勞，自與等閒將帥不同。三寫李之能文，其書法如逸少。四寫李之能武，其領節如謝安。以文臣而兼武將，又與凡爲將者高無數矣。五寫李之聲望，六寫李之事業，又引絶頂之文臣武將比之，又與凡爲將者高無數矣。夫古來名將代不乏人，而襟期之瀟灑，度量之淵弘，如謝東山、羊叔子之外，不數數見也。末更以胸襟作結。其頌李尚書者至矣。寫山僧必寫其置酒，寫美人必寫其學道，寫秀才必寫其從獵，寫武臣必寫其讀書，謂之翻盡本色，别出妙理也。（朱三錫《東喦草堂評訂唐詩鼓吹》卷六）

《寄唐州李玭尚書》：牧之去李愬稍後，此别一人，當考。集作「李玭尚書」，按西平諸孫，皆從玉旁，而玭不見於表。（何焯《評注唐詩鼓吹》卷六）

南陵道中〔一〕①

南陵水面漫悠悠〔二〕，風緊雲輕欲變秋。正是客心孤迥處②，誰家紅袖凭江樓〔三〕。

【校勘記】

〔一〕《才調集》卷四題作《寄遠》，有三首，此詩爲第二首。《全唐詩》卷五二四、馮注本分别校：「原作寄遠」，「一本作寄遠。」

〔二〕「漫」，《才調集》卷四作「謾」。

〔三〕「凭」，《才調集》卷四作「倚」，《全唐詩》卷五二四、馮注本校：「一作倚。」

【注　釋】

① 南陵：唐時宣州屬縣，今屬安徽。

② 孤迥：志意高遠。

【集　評】

【江山秋思圖】杜樊川詩時堪入畫。「南陵水面漫悠悠，風緊雲輕欲變秋。正是客心孤迥處，誰家紅袖倚高樓。」陸瑾、趙千里皆圖之，余家有吳興小册，故臨于此。（董其昌《畫禪室隨筆》卷二題自畫）

【題畫南陵水面詩意】江南顧大中，嘗于南陵逃捕舫子上，畫杜樊川詩意。時大中未知名，人莫加重，後爲過客竊去，乃共歎惋。予曾見文徵仲畫此詩意，題曰：吾家有趙榮禄仿趙伯駒小幀畫，妙

絶，間一摹之，殊愧不似。（董其昌《畫禪室隨筆》卷二「評舊畫」）

「萬事不如杯在手，一年幾見月當頭。」文徵仲嘗寫此詩意。又樊川翁「南陵水面漫悠悠，風緊雲輕欲變秋」，趙千里亦圖之。此皆詩中畫，故足畫耳。（董其昌《畫禪室隨筆》卷三「評詩」）

「南陵水面漫悠悠，風緊雲輕欲變秋。正是客心孤迥處，誰家紅袖倚高樓。」右樊川詩。宋顧大中曾於南陵巡捕司舫子卧屏上畫此詩意，而人不知其名，未甚賞譽。後爲具眼者竊去，乃更歎息。（陳繼儒《佘山詩話》卷上）

登九峰樓①

晴江灩灩含淺沙②，高低遶郭滯秋花〔一〕③。牛歌漁笛山月上〔二〕，鷺渚鶖梁溪日斜④。爲郡異鄉徒泥酒⑤，杜陵芳草豈無家。白頭搔殺倚柱遍，歸棹何時聞軋鴉⑥。

【校勘記】

〔一〕「滯」，夾注本作「帶」。

〔二〕「牛歌」，原作「牛酒」，據《全唐詩》卷五二四、馮注本改。

【注釋】

① 九峰樓：在池州東南。見《登池州九峰樓寄張祜》詩注①。此詩《杜牧年譜》以爲乃杜牧任池州刺史時即會昌四年九月至六年（八四四—八四六）九月所作。

② 瀲瀲：水光摇動貌。

③ 滯：遺留。

④ 鶖梁：鶖，水鳥名。梁，魚梁。《詩·小雅·白華》：「有鶖在梁。」

⑤ 泥酒：沉湎於酒。

⑥ 軋鴉：象聲詞。此處爲划槳聲。

【集評】

【軋軋鴉】杜牧《登九峰樓》詩：「白頭搔殺倚柱遍，歸棹何時軋軋鴉。」「軋軋鴉」，棹聲也。（楊慎《升菴詩話》卷六）

【泥人嬌】俗謂柔言索物曰「泥」，乃計切，諺所謂「軟纏」也。杜子美詩：「忽忽窮愁泥殺人。」元微之《憶内》詩：「顧我無衣搜藎篋，泥他沽酒拔金釵。」杜牧之《登九華樓》：「爲郡異鄉徒泥酒。」皇甫《非煙傳》詩：「郎心應似琴心怨，脉脉春情更泥誰？」楊乘詩：「畫泥琴聲夜泥書。」（楊慎《詞品》卷一）

別家

初歲嬌兒未識爺，別爺不拜手吒叉①。拊頭一別三千里②，何日迎門却到家？

【注釋】

① 吒叉：叉手爲禮。

② 拊頭：撫摸頭。拊通撫。

歸家〔一〕①

稺子牽衣問〔二〕，歸來何太遲？共誰爭歲月，贏得鬢邊絲。

【校勘記】

〔一〕「歸」，馮注本校：「一作到。」《全唐詩》卷五二四、馮注本題下校：「一作趙嘏詩。」《全唐詩》卷五

五〇《趙嘏集》題作《到家》，下校：「一作杜牧詩，題作歸家。」

〔二〕「穉子牽衣」，《全唐詩》卷五五〇《趙嘏集》作「童稚苦相」。

【注　釋】

①此詩又見《全唐詩》卷五五〇《趙嘏集》，題爲《到家》。《全唐詩重出誤收考》云：「《絶句》七作趙嘏。此篇載《樊川詩集·外集》，清楊守敬使日本時，見楓山官庫藏本，後影鈔回國刊出，序云：『……考牧之詩唯正集皆爲牧作，其外、别兩集，已多他人之詩。如外集《歸家》一首爲趙嘏詩；《龍丘途中》二首、《隋苑》一首見《李義山集》；另集之《子規》一首，見太白集，皆采輯之誤。』」

【集　評】

《歸家》：人在家貧困，便思出門，以爲不能得名，亦可得利。及至在外，事不由我，眼望日子，不覺改换寒暑，終日奔馳，而頭顱早已如雪矣。出門纔及生髭，歸家一根拄杖，空着雙手，有話不好説出，又怕家人來問，遂請出一個稚子來，妙極。胸中已先有「鬢如絲」三個字，故以稚子作反映，稚子且又是個未出門之人。如《賈誼傳》有「諸老先生」四字，蓋對「洛陽年少」而言也。古人下字無有不對鋒者。稚子從不曉得世情，所衣所食，不知是那處來的，大人在外營圖，亦不知爲何原故，見大人歸

家，乃牽衣問曰：「歸家何太遲？」歸遲則必有以致之者。「共誰爭歲月」，人即有所爭，決不與歲月爭，爭歲月是個癡漢，天下豈更有如是癡漢在與之爭，此不着痛癢之事。「贏得鬢如絲」，爭則定有輸贏，爭得歲月多者爲贏，歲月多則髮白，歸來並無別件，頭鬢祇有如絲，然則輸于少歲月者多矣。據稚子問來，直是不須出門去。（徐增《説唐詩》卷九）

雨

連雲接塞添迢遞，灑幕侵燈送寂寥。一夜不眠孤客耳，主人窗外有芭蕉。

【集評】

詠秋冬間雨，言其淒涼，旅中聞雨則思家，在家聞雨則思旅中。古詩有《秋雨》云：「白藕作花風已秋，不堪殘夢更回頭。暮雲帶雨歸飛急，只在西窗一夜愁。」甚得秋水氣象。又絶句《秋雨》云：「連雲接塞添迢遞，灑幕侵燈送寂寥。一夜不眠孤客耳，主人窗外有芭蕉。」上兩句説秋雨淒涼，下兩句説雨聲來歷，蓋使孤客一夜不眠，而耳中不靜者，乃主人窗外芭蕉被雨聲所滴耳。（吳沆《環溪詩話》卷下）

送人〔一〕

鴛鴦帳裏暖芙蓉〔二〕①，低泣關山幾萬重〔三〕。明鑑半邊釵一股〔四〕，此生何處不相逢〔五〕②？

【校勘記】

〔一〕《文苑英華》卷二八〇題下校：「又云寓言。」

〔二〕「帳裏」，《文苑英華》卷二八〇作「繡被」，下校：「集作帳裏。」《全唐詩》卷五二四校：「一作繡被。」馮注本校：「一云繡被。」

〔三〕此句《文苑英華》卷二八〇作「遥想關山萬里重」，下校：「集作低泣關山幾萬重。」馮注本校：「一云遥想關山萬里重。」

〔四〕「鑑」，《文苑英華》卷二八〇、《全唐詩》卷五二四、馮注本作「鏡」。

〔五〕「此」，《文苑英華》卷二八〇作「人」，馮注本校：「一作人。」

【注　釋】

①芙蓉：芙蓉花。此指相戀之女子。夾注：「《廣記》：寶曆二年，浙東貢舞女二人，一曰飛燕，二曰輕鳳。每夜歌舞一發，如鸞鳳之音，百鳥莫不翔集其上。及於庭際，舞態豔逸，非人間所有。每歌罷，上令内人藏之金屋寶帳。由是宫中語曰：寶帳香重重，一雙紅芙蓉。」

②明鑑半邊二句：此處乃用陳太子舍人徐德言與妻樂昌公主，於陳政亂亡離别之際分執破鑑，後夫妻因破鑑而重逢再合故事。事見《本事詩·情感》。又白居易《長恨歌》：「惟將舊物表深情，鈿合金釵寄將去。釵留一股合一扇，釵擘黄金合分鈿。」

遣　懷

道泰時還泰①，時來命不來。何當離城市，高卧博山隈②。

【注　釋】

①泰：通暢。

②博山隈：博山，今山東、江西均有博山。隈，山水彎曲處。

醉贈薛道封

飲酒論文四百刻①，水分雲隔二三年〔一〕。男兒事業知公有，賣與明君直幾錢？

【校勘記】

〔一〕此句文津閣本作「水雲遥隔二三年」。

【注　釋】

① 四百刻：四晝夜。古滴水計時，器上刻度，一晝夜爲一百刻。《説文》：「漏以銅受水，刻節，晝夜百刻。」

歙州盧中丞見惠名醖①

誰憐賤子啓窮途，太守封來酒壹壺。攻破是非渾似夢，削平身世有如無。醺醺若借嵇康

懶②，兀兀仍添甯武愚③。猶念悲秋更分賜，夾溪紅蓼映風蒲。

【注釋】

① 歙州：唐州名。治所在今安徽歙縣。盧中丞，盧弘止，字子强，開成中爲歙州刺史。累官工、户二部侍郎，徐州、宣武諸鎮節度使。傳見《舊唐書》卷一六三、《新唐書》卷一七七。醖：酒。此詩郭文鎬《〈樊川外集〉詩辨僞》（《唐都學刊》一九八七年第二期）認爲歙州盧中丞爲盧弘止，趙嘏與盧弘止多有交往，有《寄盧中丞》、《重寄盧中丞》、《發新安後途中寄盧中丞二首》等詩。《寄盧中丞》詩有「獨攜一榼郡齋酒，吟對青山憶謝公」句，詩中節令情景與《歙州盧中丞見惠名醖》相合，故此詩乃趙嘏開成三年（八三八）秋之作，非杜牧詩。

② 嵇康：字叔夜，仕魏爲中散大夫。嗜酒，工詩文。傳見《三國志》卷二一、《晉書》卷四九。其《與山巨源絶交書》謂己「性復疏懶」，「懶與慢相成」。

③ 兀兀句：兀兀，昏沉貌。甯武，即甯俞，春秋時衛國大夫，謚武。《論語·公冶長》：「子曰：甯武子，邦有道，則知；邦無道，則愚。其知可及也，其愚不可及也。」

詠　襪

鈿尺裁量減四分〔一〕①，纖纖玉笋裹輕雲②。五陵年少欺他醉，笑把花前出畫裙。

【校勘記】

〔一〕「鈿尺」，文津閣本作「細尺」。

【注　釋】

① 鈿尺：即金粟尺。嵌金粟於尺，故稱。

② 玉笋：此用以比喻柔美之脚趾。

【集　評】

【雙行纏】《墨莊漫録》載婦人弓足，始於五代李後主，非也。予觀六朝樂府有《雙行纏》，其辭云：「新羅綉行纏，足趺如春妍。他人不言好，獨我知可憐。」唐杜牧之詩云：「鈿足裁量減四分，碧

琉璃滑裹春雲。五陵年少欺他醉，笑把花前出畫裾。」段成式詩云：「醉袂幾侵魚子纈，彯纓長戛鳳凰釵。知君欲作《閒情賦》，應願將身作錦鞋。」《花間集》詞云：「慢移弓底綉羅鞋。」則此飾不始於五代也。（胡應麟《少室山房筆叢》卷十二續甲部「丹鉛新録」八）

杜牧之詩：「纖纖玉筍裹春雲。」見《合璧事類》，楊作「碧琉璃滑」，誤也。婦人纏足，實當起於此時，併楊所引花間詞、商隱絶可證。然《合璧》引杜詩，乃入襪類，恐唐人自以足指爲玉筍，非必以弓纖也。（牧之集亦作《詠襪詩》，楊誤。）（胡應麟《少室山房筆叢》卷十二續甲部「丹鉛新録」八）

【婦人弓足】婦人纏足，不知始自何時。或云始于齊東昏，則以「步步生蓮」一語也。然余向年觀唐文皇長孫后繡履圖，則與男子無異。友人陳眉公、姚叔祥，俱有説爲證明。又見則天后畫像，其芳趺亦不下長孫。可見唐初大抵俱然。惟大曆中夏侯審《咏被中睡鞋》云：「雲裹蟾鉤落鳳窩，玉郎沈醉也摩抄。」蓋弓足始見此。至杜牧詩云：「鈿尺纔量減四分，纖纖玉筍裹輕雲。」又韓偓詩云：「六寸膚圓光緻緻。」唐尺只抵今制七寸，則六寸當爲今四寸，亦弓足之尋常者矣。因思此法當始於唐之中葉。今又傳南唐後主爲宮姬窅娘作新月樣，以爲始於此時，似亦未然也。向聞今禁掖中，凡被選之女，一登籍入内，即解去足紈作宮樣。蓋取便於御前奔趨無顛蹶之患，全與民間初制不侔。予向曾寓京師，隆冬遇掃雪軍士從内出，拾得宮婢敝履相視，始信其説不誣。（沈德符《敝帚軒剩語》卷中）

《墨莊漫録》載，婦人弓足，始于五代李後主，非也。予觀六朝樂府有《雙行纏》，其辭云：「新羅

繡行纏，足趺如春妍。他人不言好，獨我知可憐。」唐杜牧詩云：「鈿尺裁量減四分，纖纖玉筍裹輕雲。五陵年少欺他醉，笑把花前出畫裙。」段成式詩云：「醉袂幾侵魚子纈，彯纓長戞鳳凰釵。知君欲作《閒情賦》，應願將身作錦鞋。」《花間集》詞云：「慢移弓底繡羅鞋。」此則飾不始於五代也。或謂起於妲己，乃瞽史以欺閭巷者。士夫或信以爲真，亦可笑哉。（俞弁《逸老堂詩話》卷下）

【弓足】婦女弓足，不知起於何時，有謂起於五代者。……然伊世珍《瑯嬛記》，謂馬嵬老媼拾得太真襪以致富，其女名玉飛，得雀頭履一隻，長僅三寸。《詩話總龜》亦載明皇自蜀回，作楊貴妃所遺羅襪銘曰：「羅襪羅襪，香塵生不絕。細細圓圓，地下得瓊鉤。窄窄弓弓，手中弄初月。又如脱履露纖圓，恰似同衾見時節。方知清夢事非虚，暗引相思幾時歇。」又杜牧詩：「鈿尺裁量減四分，纖纖玉筍裹輕雲。」周達觀引之，以爲唐人亦裹足之證。韓偓《屧子》詩云：「六寸膚圓光緻緻。」《花間集》詞云：「慢移弓底繡羅鞋。」楊用修因之，並引六朝《雙行纏》詩，所謂「新羅繡行纏，足趺如春妍。他人不言好，獨我知可憐」，以爲六朝已裹足。不特此也。《雜事秘辛》載，漢保林吳姁足長八寸，踁跗豐妍，底平趾斂，約縑迫襪，收束微如禁中。《史記》云，臨淄女子彈絃縱足。又云，揄修袖，躡利屣。利屣者，以首之尖鋭言之也。則纏足之風，戰國已有之。高江村《天禄識餘》亦祖其説，謂弓足相傳起于東昏侯，使潘妃以帛纏足，金蓮貼地行其上，謂之步步生蓮花。然石崇屑沉香爲塵，使姬人步之無跡，已先之。而《史記》並有利屣之語，則裹足之風，由來已久云云。此主弓足起於秦漢之説也。

是二説固皆有所據，然《瑯嬛記》及《詩話總龜》所云，恐係後人附會之詞，而李白之詠素足，則確有明據。即杜牧詩之「尺減四分」，韓偓詩之「六寸膚圓」，亦尚未纖小也，第詩家已詠其長短，則是時俗尚已漸以纖小爲貴可知。至於五代乃盛行扎脚耳。（趙翼《陔餘叢考》卷三十一）

宮詞二首

其一

蟬翼輕綃傅體紅①，玉膚如醉向春風。深宮鎖閉猶疑惑〔一〕，更取丹沙試辟宮〔二〕②。

【校勘記】

〔一〕「宮」，《全唐詩》卷五二四、馮注本校：「一作闈。」

〔二〕「辟宮」，文津閣本作「守宮」。

【注釋】

①蟬翼輕綃：像蟬翅一般之輕柔薄絹。傅，附著。夾注：「魏文帝詩：綃綃白如雪，輕華比蟬翼。」

②辟宮：又稱守宮，即壁虎。《漢書》卷六五《東方朔傳》：「置守宮盂下。」顔師古注：「守宮，蟲名也。……今俗呼爲辟宮，辟亦禦扞之義耳。」張華《博物志》卷四：「蜥蜴或名蝘蜓。以器養之，以朱砂，體盡赤，所食滿七斤，治擣萬杵，點女人支體，終年不滅。唯房室事則滅，故號守宮。」

其二

監宮引出暫開門，隨例須朝不是恩〔一〕。銀鑰却收金鎖合，月明花落又黄昏。

【校勘記】

〔一〕「須」，《全唐詩》卷五二四、馮注本校：「一作趨。」文津閣本作「趨」。

【集評】

苕溪漁隱曰：《宮詞》云：「監宮引出暫開門，隨例雖朝不是恩。銀鑰却收金鎖合，月明花落又黄昏。」此絶句極佳，意在言外，而幽怨之情自見，不待明言之也。詩貴夫如此，若使人一覽而意盡，

亦何足道哉。（胡仔《苕溪漁隱叢話後集》卷十五「杜牧之」）

《宮怨》：夫不見可欲，使心不亂。宮人而鎖于長門，閉門寂寂，與女伴或可相忘。牧之特于此盤旋，以爲不見君王，亦不成怨，乃尋出監宮引出一事來，何其思之深且曲也。宮人雖退守長門，有出來朝君王之例，若開門出來，必須監宮引出。「暫」字妙，惟閉門是常，故開門云暫也。開門雖暫時，畢竟是得見天光，宮人必相私異曰：吾今番得見君王，或重承寵渥不可知。于是，即急急回絶他云：此朝是例，不是恩也。恩與怨對，反弄出怨來，故不是恩也。須臾朝過，依舊重入長門，監宮却將銀鑰收管，金鎖早已合上矣。不消更説到下句，此際已極難堪。此門既入，不知于何日再出來。出一出，笑一笑，合一合，惱一惱，一出一合，使宮人老到白頭便了，可憐，可憐。「月明花落又黄昏」，平素淒涼景況，已消受得慣矣，獨是今日朝君，無窮妄想竟成虚話，又得見君王一面，越形出淒涼不堪，日裏夜間，一總不論，乃于欲睡未睡之際，滿宮明月，一院落花，上天下地，團團怨海，向之所最苦者，此境今又依然在此矣。妙極。（徐增《説唐詩》卷十二）

《宮怨》：「監宮引出暫開門」，宮人鎖閉長門，亦有出來朝君之例，必須監宮者引出，以其閉門是常，故開門只是暫時耳。此時雖暫得近天顔，宮人意中，不無希寵望恩之意。「隨例雖朝不是恩」，誰知此朝也不過隨例而已，非有特恩也。既不是恩，定須是成怨矣。宮人寂守不覺，開門後反勾動愁腸，奈何！「銀鑰却收金鎖合」，朝罷依舊入門，監宮却收了銀鑰，合上金鎖，此際之情，比不出宮中

更慘。此門一入，又不知何日再得出來也。「月明花落又黄昏」，開門之後，欲睡不睡，只見滿宫明月，空庭落花，是向日受慣之淒涼，而今又依然在此矣。説至此，字字怨入骨髓。（王堯衢《唐詩合解》卷六）

月

三十六宫秋夜深①，昭陽歌斷信沉沉②。唯應獨伴陳皇后③，照見長門望幸心。

【注　釋】

① 三十六宫：班固《西都賦》：「離宫别館，三十六所。」

② 昭陽：即昭陽殿。漢成帝時，趙飛燕姊妹得寵，趙飛燕妹趙合德居此。

③ 陳皇后：即漢武帝皇后阿嬌。失寵後居長門宫。

忍死留别獻鹽鐵裴相公二十叔①

賢相輔明主，蒼生壽域開②。青春辭白日③，幽壤作黄埃④。豈是無多士⑤，偏蒙不棄才。

孤墳一尺土〔一〕，誰可爲培栽？

【校勘記】

〔一〕「一」，《全唐詩》卷五二四作「三」，馮注本校：「一作三。」

【注　釋】

①鹽鐵裴相公：指宰相兼鹽鐵轉運使裴休。此詩胡可先辨非杜牧詩。《全唐詩重出誤收考》云：「胡可先認爲此詩非杜牧作，見《徐州師範學院學報》一九八二年第一期。據世系排列，杜牧的姐夫裴儔是裴休的哥哥，此詩題中稱叔，不合，故疑爲裴儔之子裴延翰作。此鹽鐵裴相公爲裴休，時任諸道鹽鐵轉運使。」

②壽域：仁壽之域，太平盛世。

③青春：春季。《楚辭·大招》：「青春受謝，白日昭只。」

④幽壤：地下。

⑤多士：衆多之人才。《詩·大雅·文王》：「濟濟多士，文王以寧。」

悲吳王城①

二月春風江上來〔一〕，水精波動碎樓臺〔二〕②。吳王宫殿柳含翠，蘇小宅房花正開③。解舞細腰何處往，能歌姹女逐誰迴④？千秋萬古無消息，國作荒原人作灰。

【校勘記】

〔一〕「春風」，原作「春色」，據《全唐詩》卷五二四、馮注本改。馮注本又校：「一作色。」

〔二〕「水精」，文津閣本作「水清」。

【注釋】

① 吳王城：即春秋吳王闔閭使伍子胥所築闔閭城，地在今蘇州。

② 水精句：水精，此處比喻清澈之江水。碎樓臺，謂樓臺倒影水中，風吹水動，樓臺倒影晃動貌。

③ 蘇小：即南朝錢塘名妓蘇小小。

④ 姹女：美女。

閨情代作

梧桐葉落雁初歸，迢遞無因寄遠衣。月照石泉金點冷，鳳酣簫管玉聲微①。佳人力杵秋風外〔一〕②，蕩子從征夢寐希。遥望戍樓天欲曉，滿城鼙鼓白雲飛。

【校勘記】

〔一〕「力」，《全唐詩》卷五二四、馮注本作「刀」，馮注本又校：「一作力。」

【注　釋】

①鳳酣簫管：暗用秦蕭史、弄玉事。秦穆公女弄玉，嫁蕭史。史善吹簫，日教弄玉作鳳鳴。居數年，吹似鳳聲，鳳凰來止其屋。公爲作鳳臺，夫婦止其上不下數年，一旦皆隨鳳凰飛去。事見《列仙傳》卷上。

②杵：擣衣杵，用以搗洗寒衣之工具。

【集　評】

《閨情代作》：大凡窮愁思慕之情，無論征夫遊子、怨女思婦，未有不至秋而倍甚者。「梧桐葉落」，秋時也，當秋而思寄衣，秋情也。三聞中所見，四聞中所聞，下一「冷」字、「微」字，極寫聞中淒涼景致。五、六將蕩子與佳人作對，可爲傷心。「力杵秋風」、「從征夢稀」，此真徹夜不寐、愁聽街鼓神理也。（朱三錫《東嵒草堂評訂唐詩鼓吹》卷六）

寄沈褒秀才

晴河萬里色如刀①，處處浮雲卧碧桃②。仙桂茂時金鏡曉③，洛波飛處玉容高。雄如寶劍衝牛斗④，麗似鴛鴦養羽毛。他日憶君何處望？九天香滿碧蕭騷⑤。

【注　釋】

① 晴河句：晴河，指銀河。如刀，謂明亮。

② 碧桃：即碧桃花，其色有白者。此用以比喻浮雲。

③ 仙桂茂時句：仙桂茂時，指滿月時。傳説月中有桂樹，故云。金鏡，指月。

④ 衝牛斗：見《李甘》詩注㉖。

⑤ 九天句：九天，天極高處。香滿，指桂花香濃鬱。蕭騷，風聲。唐人以進士及第爲折桂。此意爲沈褒將登進士第。

入　關

東西南北數衢通，曾取江西徑過東。今日更尋南去路，未秋應有北歸鴻。

及第後寄長安故人①

東都放榜未花開②，三十三人走馬廻③。秦地少年多辦酒〔一〕④，已將春色入關來〔二〕⑤。

【校勘記】

〔一〕「辦」，《唐詩紀事》卷五六、《全唐詩》卷五二四作「釀」，夾注本、馮注本校：「一作釀。」《全唐詩》卷五二四校：「一作辦。」

〔二〕「已」，《唐詩紀事》卷五六作「即」，《全唐詩》卷五二四、馮注本校：「一作即。」

【注釋】

①《唐摭言》卷三《慈恩寺題名遊賞賦詠雜記》載：「大和二年，崔郾侍郎東都放榜，西都過堂。杜牧有詩曰：『東都放榜未花開，三十三人走馬廻。秦地少年多釀酒，却將春色入關來』。」此詩《杜牧年譜》據此繫於大和二年（八二八）。詩有「已將春色入關來」句，乃作於春日。

②東都句：大和二年，禮部試進士移至洛陽舉行。唐制一般於二月放榜。

③三十三人：指大和二年及第進士人數。

④秦地：指長安。

⑤春色入關：此處語義雙關，既指大自然之春色入關（潼關）；又意謂過關試（即進士及第後又通過吏部試）。

【集評】

大和二年，崔郾侍郎東都放榜，西都過堂。杜牧有詩曰：「東都放榜未花開，三十三人走馬廻。秦地少年多釀酒，却將春色入關來。」（王定保《唐摭言》卷三「慈恩寺題名遊賞賦詠雜記」）

【進士科故實】榜放於禮部南院，張院東别牆。陳標詩所云「春官南院粉牆東」者是也。歲每三十人爲率。李山甫詩：「麻衣盡舉一隻手，桂樹只生三十枝。」言得者之少而難如此。東都舉，永泰及太和初元亦一行，據杜紫微東都登第詩：「三十三人走馬廻」，合兩都又當六十餘人矣。蓋間舉之事。（胡震亨《唐音癸籤》卷十八「詁箋」三）

偶作

才子風流詠曉霞，倚樓吟住日初斜。驚殺東鄰繡床女，錯將黄暈壓檀花①。

【注釋】

①黄暈：黄色。

【集評】

【杜牧徐渭】牧《遺懷》詩云：「落魄江湖載酒行，楚腰腸斷掌中輕。十年一覺揚州夢，占得青樓薄倖名。」又：「才子風流咏曉霞，倚樓吟住日初斜。驚殺東鄰繡床女，錯將黄暈壓檀花。」此二詩乃

牧在揚州爲牛僧孺書記時作也。牧負才不羈，日爲放浪狎邪之行，僧孺縱其出入，日遣人易服隨後潛護之。其愛才如此。數百年後，山陰徐渭得胡太保宗憲而事之，草露布，爲幕府上客，放浪狎邪，無復拘束，亦如牧之在揚州然。余於此歎杜、徐二子之奇，尤歎牛、胡兩公之愛才，前後一轍也。（田雯《古歡堂集雜著》卷三）

贈終南蘭若僧①

北闕南山是故鄉〔一〕，兩枝仙桂一時芳②。休公都不知名姓〔二〕③，始覺禪門氣味長〔三〕④。

【校勘記】

〔一〕孟棨《本事詩·高逸》引此句作「家在城南杜曲傍」，《全唐詩》卷五二四、馮注本校：「一作家在城南杜曲傍。」

〔二〕孟棨《本事詩·高逸》引此句作「禪師都未知名姓」。

〔三〕孟棨《本事詩·高逸》引此句作「始覺空門意味長」。

【注釋】

①終南：山名，即終南山，在長安南。蘭若，梵語阿蘭若之省稱，意爲清靜無苦惱煩亂之處，即佛寺。《本事詩·高逸》：「杜舍人牧，弱冠成名，當年制策登科，名振京邑。嘗與一二同年城南遊覽，至文公寺，有禪僧擁褐獨坐，與之語，其玄言妙旨，咸出意表。問杜姓字，具以對之。又云：『修何業？』傍人以累捷誇之，顧而笑曰：『皆不知也。』杜歎訝，因題詩曰：『家在城南杜曲傍，兩枝仙桂一時芳。禪師都未知名姓，始覺空門意味長。』」詩乃大和二年（八二八）春杜牧登科後回長安時作。

②兩枝仙桂：指杜牧大和二年連登進士及賢良方正能直言極諫二科。

③休公：南朝詩僧湯惠休。此處泛指僧人。夾注：「《南史·徐湛之傳》：時有沙門釋惠休善屬文，湛之甚厚。孝武使還俗。本姓湯，位至揚州從事。」

④禪門：佛教禪宗教門。

【集評】

杜舍人牧，弱冠成名，當年制策登科，名振京邑。嘗與一二同年城南遊覽，至文公寺，有禪僧擁褐獨坐，與之語，其玄言妙旨，咸出意表。問杜姓字，具以對之。又云：「修何業？」傍人以累捷誇之，

顧而笑曰：「皆不知也。」杜歎訝，因題詩曰：「家在城南杜曲傍，兩枝仙桂一時芳。禪師都未知名姓，始覺空門意味長。」（孟棨《本事詩·高逸》第三）

人之所詩與所仰慕者，皆不出本等。唐杜牧詣僧，僧不識人，人言其名，亦不省，故詩曰：「家住城南杜曲旁，兩枝仙桂一時芳。山僧都不知姓名，始覺空門興味長。」因爲之語云：「毁譽但能驕本等，利害但能動適用。」（晁説之《晁氏客語》）

遣懷〔一〕①

落魄江南載酒行〔二〕②，楚腰腸斷掌中輕〔三〕③。十年一覺揚州夢〔四〕，占得青樓薄倖名〔五〕④。

【校勘記】

〔一〕《才調集》卷四題作《題揚州》。

〔二〕「魄」，《本事詩·高逸》作「拓」，《才調集》卷四作「托」，《全唐詩》卷五二四校：「一作托。」馮注本校：「一作拓。」「江南」，《本事詩·高逸》、《太平廣記》卷二七三引作「江湖」。《全唐詩》卷五二

四、馮注本在「南」字下校：「一作湖。」

〔三〕「腸斷」，《才調集》卷四、《本事詩·高逸》、《太平廣記》卷二七三作「纖細」，《全唐詩》卷五二四、馮注本校：「一作纖細。」「輕」，《本事詩·高逸》、《太平廣記》卷二七三作「情」。

〔四〕「十年」，《本事詩·高逸》、《太平廣記》卷二七三作「三年」，夾注本校：「一作三年。」

〔五〕「占」，《才調集》卷四、《本事詩·高逸》、《太平廣記》卷二七三、《全唐詩》卷五二四、文津閣本均作「贏」，《全唐詩》卷五二四校：「一作占。」夾注本、馮注本校：「一作贏。」「薄倖」，夾注本作「薄行」。

【注釋】

①《本事詩·高逸》：「杜（牧）登科後，狎遊飲酒。爲詩曰：……」所引詩中「十年」作「三年」。杜牧大和七年至揚州幕，第三年爲大和九年。則此詩應作於大和九年（八三五）杜牧將離揚州淮南節度使幕入京時。

②落魄：窮困失意。

③楚腰句：楚腰，即細腰。古時楚靈王愛細腰，楚腰即謂女子之細腰。掌中輕，漢成帝皇后趙飛燕身姿輕盈，能在掌上起舞，故謂。

④ 青樓句：青樓，此指妓女住所。薄倖，無情。

【集評】

杜爲御史，分務洛陽時，李司徒罷鎮閒居，聲伎豪華，爲當時第一。洛中名士，咸謁見之。李乃大開筵席。當時朝客高流，無不臻赴，以牧持憲，不敢邀置。牧遣坐客達意，願與斯會。李不得已馳書。方對花獨斟，亦已酣暢，聞命遽來，時會中已飲酒，女奴百餘人，皆絶藝殊色。杜獨坐南向，瞪目注視，引滿三卮，問李云：「聞有紫雲者，孰是？」李指示之。杜凝睇良久，曰：「名不虚得，宜以見惠。」李俯而笑，諸妓亦皆廻首破顔。杜又自飲三爵，朗吟而起曰：「華堂今日綺筵開，誰唤分司御史來？忽發狂言驚滿座，兩行紅粉一時廻。」意氣閑逸，旁若無人。杜登科後，狎遊飲酒，爲詩曰：「落拓江湖載酒行，楚腰纖細掌中情。三年一覺揚州夢，贏得青樓薄倖名。」（孟棨《本事詩·高逸》第三）

苕溪漁隱曰：《遣懷》詩：「落魄江湖載酒行，楚腰腸斷掌中輕。十年一覺揚州夢，贏得青樓薄幸名。」余嘗疑此詩必有謂焉。因閲《芝田録》云：「牛奇章帥維揚，牧之在幕中，多微服逸遊，公聞之，以街子數輩潛隨牧之，以防不虞。後牧之以拾遺召，臨别，公以縱逸爲戒，牧之始猶諱之，公命取一篋，皆是街子輩報帖，云杜書記平善，乃大感服。」方知牧之此詩，言當日逸遊之事耳。（胡仔《苕溪漁隱叢話後集》卷十五「杜牧之」）

【杜牧徐渭】牧《遣懷》詩云：「落魄江湖載酒行，楚腰腸斷掌中輕。十年一覺揚州夢，占得青樓

薄倖名。」又：「才子風流詠曉霞，倚樓吟住日初斜。驚殺東鄰繡床女，錯將黃暈壓檀花。」此二詩乃牧在揚州爲牛僧孺書記時作也。牧負才不羈，日爲放浪狎邪之行，僧孺縱其出入，且遣人易服隨後潛護之。其愛才如此。數百年後，山陰徐渭得胡太保宗憲而事之，草露布，爲幕府上客，放浪狎邪，無復拘束，亦如牧之在揚州然。余於此歎杜、徐二子之奇，尤歎牛、胡兩公之愛才，前後一轍也。（田雯《古歡堂集雜著》卷三）

【落魄】若杜牧之「落魄江湖載酒行」一絶，尤爲豪放，乃知落魄爲放蕩失檢之意，非淪落不堪也。（胡鳴玉《訂僞雜録》卷二）

杜司勳詩「誰家唱《水調》，明月滿揚州」、「誰知竹西路，歌吹是揚州」、「揚州塵土試回首，不惜千金借與君」、「二十四橋明月夜，玉人何處教吹簫」、「春風十里揚州路，卷上珠簾總不如」、「十年一覺揚州夢，贏得青樓薄倖名」，何其善言揚州也！（余成教《石園詩話》卷二）

春日途中①

田園不事來遊宦，故國誰教爾別離？獨倚關亭還把酒，一年春盡送春時。

【注　釋】

①此詩已見《樊川文集》卷四，詩句全同，僅詩題作《春盡途中》，與此微異，當以《樊川文集》爲是。此乃《樊川外集》重收。

秋　感

金風萬里思何盡，玉樹一窗秋影寒。獨掩柴門明月下〔一〕，淚流香袂倚欄干。

【校勘記】

〔一〕「柴」，原作「此」，今據夾注本、景蘇園本、《全唐詩》卷五二四、馮注本校改。

贈漁父

蘆花深澤靜垂綸①，月夕煙朝幾十春。自説孤舟寒水畔，不曾逢著獨醒人②。

【注釋】

① 綸：釣絲。

② 獨醒人：戰國時屈原遭放逐，行吟澤畔，遇漁父，漁父問其何以至此？屈原曰：「舉世皆濁我獨清，衆人皆醉我獨醒，是以見放。」事見《楚辭·漁父》。

【集評】

《贈漁父》：此獨醒人難逢，逢亦難識。（黄周星《唐詩快》卷十六）

歎花〔一〕①

自恨尋芳到已遲〔二〕，往年曾見未開時。如今風擺花狼藉，緑葉成陰子滿枝。

【校勘記】

〔一〕馮注本題下校：「一作悵詩。」《全唐詩》卷五二七《杜牧集·補遺》詩題亦作《悵詩》，文字同下〔二〕引《唐詩紀事》所録。其題下小注云：「牧佐宣城幕，遊湖州。刺史崔君張水戲，使州人畢觀，令牧閑行閲奇麗。得垂髫者十餘歲。後十四年，牧刺湖州，其人已嫁，生子矣。乃悵而爲詩。」

〔二〕《太平廣記》卷二七三、《唐詩紀事》卷五六引此詩作「自是尋春去校遲，不須惆悵怨芳時。狂風落盡深紅色，緑葉成陰子滿枝。」馮注本詩後所校詩同。

【注　釋】

①此詩又題爲《悵詩》。其本事出《唐闕史》卷上：「杜牧在宣州幕時，曾遊湖州，見鴉頭女，年十餘，驚爲國色，以重幣結之，與其母約曰：『吾不十年，必守此郡。十年不來，乃從爾所適。』後周墀爲相，杜牧乃以三箋干墀，乞守湖州。大中三年，始授湖州刺史，比至郡，則已十四年矣。所約者，已從人三載，而生三子。因賦詩以自傷。」《太平廣記》卷二七三、《麗情集》、《唐詩紀事》卷五六、《唐才子傳》卷六均記此事。繆鉞《杜牧詩選》認爲此故事與杜牧行跡及史事不合，故《全唐詩重出誤收考》謂「繆鉞《杜牧年譜》於大中四年下引此事，疑爲後人附會，與杜牧行跡及史事頗有舛午。再編唐詩總集當依《樊川詩集》五作《歎花》，注出以上傳奇附會之出處，不必重出。」

【集　評】

歐公閒居汝陰時，一妓甚潁，文公歌詞盡記之，筵上戲約他年當來作守。後數年，公自維揚果移

汝陰，其人已不復見矣。視事之明日，飲同官湖上，種黄楊樹子，有詩留擷芳亭云：「柳絮已將春去遠，海棠應恨我來遲。」後三十年，東坡作守見詩笑曰：「杜牧之『緑葉成陰』之句耶。」（趙令畤《侯鯖録》卷一）

苕溪漁隱曰：顔魯公《題謝公塘碑陰》云：「太保謝公，東晉咸和中，以吴興山水清遠，求典此郡。」故東坡《將之湖州戲贈莘老》詩云：「亦知謝公到郡久，應怪杜牧尋春遲。鬢絲只好對禪榻，湖亭不用張水嬉。」（胡仔《苕溪漁隱叢話後集》卷十五「杜牧之」）

【尹惟曉詞】梅津尹涣惟曉未第時，嘗薄遊苕溪籍中，適有所盼。後十年，自吴來霅，艤舟碧瀾，問訊舊遊，則久爲一宗子所據，已育子，而猶掛名籍中。於是假之郡將，久而始來。顔色瘁赧，不足膏沐，相對若不勝情。梅津爲賦《唐多令》云：「蘋末轉清商，溪聲供夕涼。緩傳杯，催唤紅妝。焕綰烏雲新浴罷，拂地水沉香。　歌短舊情長，重來驚鬢霜。悵緑陰，青子成雙。説著前歡佯不采，颺蓮子，打鴛鴦。」數百載而下，真可與杜牧之「尋芳較晚」之爲偶也。（周密《齊東野語》卷十）

田晝詩：「弟病兄孤失所依，當時書語最堪悲。豈面乞得南州牧，却恨尋春去較遲。」此詩正以譏牧之放肆之過也。（蔡正孫《詩林廣記》前集卷六「杜牧之」）

【杜牧之湖州詩】嘗讀《太平廣記》，載杜牧之湖州詩曰：「自是尋春去較遲，不須惆悵怨芳時。狂風落盡深紅色，茂緑成陰子滿枝。」今觀《麗情集》，則曰：「自恨尋春到已遲，往年曾見未開時。如

今風捭花狼籍，緑葉成陰子滿枝。」大意雖同，而前詩似勝，若論紀實，則後者爲是。尚當求杜集正之。（劉壎《隱居通議》卷十）

題劉秀才新竹

數莖幽玉色，曉夕翠煙分〔一〕。聲破寒窗夢，根穿緑蘚紋。漸籠當檻日，欲礙入簾雲。不是山陰客①，何人愛此君。

【校勘記】

〔一〕「曉夕」，文津閣本作「晚夕」。

【注釋】

① 山陰客：山陰，今浙江紹興。王徽之嘗居山陰，性愛竹。常寄居空宅，便令種竹，或問其故，徽之但嘯詠，指竹曰：「何可一日無此君邪！」事見《晉書》卷八〇本傳。

山行

遠上寒山石徑斜，白雲生處有人家。停車坐愛楓林晚①，霜葉紅於二月花。

【注釋】

① 坐：因爲。

【集評】

【先入言爲主】予爲童子時，十月朝從諸長上拜南山先壟，行石磴間，紅葉交墜，先伯元範誦杜牧之「停車坐愛楓林晚，霜葉紅於二月花」之句。又在薦橋舊居，春日新燕飛遶簷間，先姑誦劉夢得「舊時王謝堂前燕，飛入尋常百姓家」之句。至今每見紅葉與飛燕，輒思之。不但二詩寫景詠物之妙，亦先入之言爲主也。（瞿佑《歸田詩話》卷五）

杜牧之詩：「遠上寒山石逕斜，白雲生處有人家。」亦有親筆刻在甲秀堂帖中。今刻本作「深」，不逮「生」字遠甚。（何良俊《四友齋叢説》卷三十六「考文」）

《山行》：「白雲」即是炊煙，已起「晚」字；「白」、「紅」二字，又相映發；有逕則有人，字字相生。「有人家」三字，下反「停車」，「愛」字方有力。（何焯《唐三體詩》卷一）

書懷

滿眼青山未得過，鏡中無那鬢絲何①。秖言旋老轉無事，欲到中年事更多。

【注釋】

①無那：即無奈。駱賓王《豔情代郭氏贈盧照隣》詩：「無那短封即疎索，不在長情守期契。」王昌齡《從軍行》：「更吹横笛關山月，無那金閨萬里愁。」

紫薇花

曉迎秋露一枝新，不占園中最上春。桃李無言又何在①？向風偏笑豔陽人②。

【注　釋】

①桃李無言：《史記·李將軍傳贊》：「諺曰：『桃李不言，下自成蹊。』此言雖小，可以諭大也。」

②豔陽人：夾注：「鮑明遠《詠雪》詩：兹辰自爲美，當避豔陽人。豔陽桃李節，皎潔不成妍。《注》：豔陽，春也。」

醉後呈崔大夫

謝傅秋涼閱管絃①，徒教賤子侍華筵。溪頭正雨歸不得，辜負南窗一覺眠〔一〕。

【校勘記】

〔一〕「南」，《全唐詩》卷五二四作「東」，下校：「一作南。」馮注本校：「一作東。」

【注　釋】

①謝傅：指晉謝安，官至宰相，位列三公。卒贈太傅，故稱。傳見《晉書》卷七九。此處喻指崔大夫。

和宣州沈大夫登北樓書懷〔一〕①

兵符嚴重辭金馬②，星劍光芒射斗牛〔二〕③。筆落青山飄古韻，帳開紅旆照高秋。香連日彩浮綃幕，溪逐歌聲遶畫樓。可惜登臨佳麗地，羽儀須去鳳池遊④。

【校勘記】

〔一〕「和」，原作「知」，據夾注本、景蘇園本、《全唐詩》卷五二四、馮注本改。

〔二〕「星劍」，原作「星生」，據《全唐詩》卷五二四、馮注本改。夾注本作「星座」。文津閣本作「星出」。

【注　釋】

① 沈大夫：即沈傳師，大和二年十月，爲江西觀察使。後卒於吏部侍郎任。事跡見杜牧《唐故尚書吏部侍郎贈吏部尚書沈公行狀》、《舊唐書》卷一四九、《新唐書》卷一三二本傳、《嘉泰吳興志》等。《杜牧年譜》大和六年謂「此詩不知何年所作，詩中有『帳開紅旆照高秋』之句，蓋秋日所作，明年四月，沈傳師内召爲吏部侍郎，故此詩至遲應是本年作品」。今即據此姑訂於大和六年（八

三二）秋。

② 兵符句：嚴重，嚴肅，莊重。金馬，漢長安宦者署門名，後泛指朝廷官署。沈傳師自尚書右丞出鎮江西，故云。

③ 星劍句：晉張華見斗牛星間常有紫氣，因與雷焕共觀天象，雷焕以爲乃寶劍之精上沖而成。華遂命雷焕爲豐城令，到縣，掘獄屋基，得寶劍龍泉、太阿。事見《晉書》卷三六《張華傳》。

④ 羽儀句：羽儀，儀仗中以羽毛裝飾之旌旗之類。《南史·宋武帝紀》：「便步出西掖門，羽儀絡繹追隨，已出西明門矣。」鳳池，即鳳凰池，指中書省。唐代宰相政事堂在此。晉荀勖原任中書監，後守尚書令，頗悵恨。有人祝賀，勖曰：「奪我鳳皇池，諸君賀我邪！」事見《晉書》本傳。此句意爲盼望沈大夫再入朝爲中書省官。

夜　雨

九月三十日，雨聲如别秋〔一〕。無端滿階葉，共白幾人頭？點滴侵寒夢，蕭騷著淡愁①。漁歌聽不唱，蓑濕棹迴舟。

【校勘記】

〔一〕「别」，《文苑英華》卷一五三作「初」，《全唐詩》卷五二四、馮注本校：「一作初。」

【注　釋】

① 蕭騷：風雨聲。

方　響①

數條秋水挂琅玕②，玉手丁當怕夜寒。曲盡連敲三四下〔一〕，恐驚珠淚落金盤。

【校勘記】

〔一〕「四」，《全唐詩》卷五二四校：「一作五。」馮注本作「五」，下校：「一作四。」

【注　釋】

① 方響：古代打擊樂器，磬類，銅鐵製，始創於南朝梁。以十六枚鐵片組成，其制上圓下方、大小相

同而厚薄不一之鐵片，分兩排，懸於一架。以小銅槌擊奏，其聲清濁不等，爲隋唐燕樂中常用之樂器。

② 數條秋水句：秋水，此處用以比喻方響上用以懸掛鐵片者。琅玕，美石。此用以指方響上之鐵片。

將出關宿層峰驛却寄李諫議①

孤驛在重阻，雲根掩柴扉〔一〕。數聲暮禽切，萬壑秋意歸。心馳碧泉澗〔二〕，目斷青瑣闈②。明日武關外，夢魂勞遠飛。

【校勘記】

〔一〕「掩」，原作「椼」，據《全唐詩》卷五二四改。

〔二〕「澗」，夾注本作「洞」。

【注　釋】

① 關：指武關，見《題武關》詩注①。諫議，諫議大夫。此詩郭文鎬《〈樊川外集〉詩辨僞》（《唐都學

刊》一九八七年第二期）認爲非杜牧詩，謂「詩云『明日武關外，夢魂勞遠飛。』所出即武關。詩又云：『數聲暮禽切，萬壑秋意歸。』節令爲秋」。認爲此詩乃離京出武關之作，而杜牧數次出武關均非在秋日，故與杜牧行踪不合，詩非杜牧作。

② 青瑣闈：刻爲連鎖文而以青色塗飾之宫門。

使迴枉唐州崔司馬書兼寄四韻因和①

清晨候吏把酒來〔一〕②，十載離憂得暫開。癡叔去時還讀《易》③，仲容多興索銜杯〔二〕④。人心計日殷勤望，馬首隨雲早晚迴。莫爲霜臺愁歲暮⑤，潛龍須待一聲雷⑥。

【校勘記】

〔一〕「酒」，夾注本、《全唐詩》卷五二四、文津閣本、馮注本均作「書」。

〔二〕「索」，文津閣本作「素」。

【注釋】

①唐州：州名。詳見前《寄唐州李玭尚書》詩注①。司馬，州郡佐官。詩用「癡叔」、「仲容」事，作者當爲崔姓，與崔司馬爲叔侄關係。故郭文鎬《〈樊川外集〉詩辨僞》以爲非杜牧詩。

②候吏：古代迎送賓客之吏人。

③癡叔：晉王湛懷才不露，親戚以爲癡。晉武帝見其侄王濟，每以「癡叔」戲稱之。後王湛父昶卒，湛居墓次，兄子濟往省湛，見床頭有《周易》，謂湛曰：「叔父用此何爲？頗曾看不？」湛笑曰：「體中佳時，脱復看耳。今日當與汝言。」因共談《易》，剖析入微，妙言奇趣，濟所未聞，歎不能測。事見《世説新語·賞譽》及《注》引鄧粲《晉紀》。

④仲容：晉阮咸字。咸爲阮籍侄，亦嗜酒。妙解音律，善彈琵琶。雖處世不交人事，惟共親知絃歌酣宴而已。傳附見《晉書》卷四九《阮籍傳》。銜杯，指飲酒。

⑤霜臺：指御史臺。

⑥潛龍：深藏之龍。比喻賢才在下位，隱而未顯。

郡齋秋夜即事寄斛斯處士許秀才

有客誰人肯夜過？獨憐風景奈愁何。邊鴻怨處迷霜久，庭樹空來見月多。故國杳無千

里信，彩絃時伴一聲歌①。馳心秖待城烏曉，幾對虚簷望白河②。

【注釋】

① 彩絃：指彩飾之絃樂器。

② 白河：指銀河。杜甫《送嚴侍郎到綿州同登杜使君江樓宴》：「不勞朱户閉，自待白河沉。」

同趙二十二訪張明府郊居聯句①

陶潛官罷酒瓶空，門掩楊花一夜風（牧）。古調詩吟山色裏，無絃琴在月明中（嘏）②。遠簷高樹宜幽鳥，出岫孤雲逐晚虹（牧）。別後東籬數枝菊，不知閑醉與誰同（嘏）？

【注釋】

① 趙二十二：即趙嘏。詳見《雪晴訪趙嘏街西所居三韻》詩注①。明府：唐人稱縣令爲明府。

② 無絃琴句：《宋書·陶潛傳》：「潛不解音聲，而畜素琴一張，無弦，每有酒適，輒撫弄以寄其意。」

【集　評】

《訪張明府同趙二十二暇聯句》：此必明府罷官歸隱，故通首以陶令相比耳。昔陶令官不罷而酒瓶常空，罷官之後酒瓶愈空，是藉以形明府之清貧也。明府之清貧與陶令同，而高情逸興無不相同。「古調詩」、「無弦琴」，皆其安貧樂道之實也。五、六就郊居景色而言，「高樹」、「幽鳥」、「孤雲」、「晚虹」，俱與罷官歸隱之意相照。七、八仍以黄花、閑醉作結，正與一、二相應。（朱三錫《東嵒草堂評訂唐詩鼓吹》卷六）

早春題真上人院生天寶初

清羸已近百年身，古寺風煙又一春。寰海自成戎馬地①，唯師曾是太平人。

【注　釋】

① 寰海：海内；全國。江淹《爲建平王慶明帝疾和禮上表》：「仁鑄蒼岳，道括寰海。」

【集　評】

【惟師曾是太平人】唐天寶間有真上人者，至杜牧之時，其人年已近百歲，故題其寺曰：「清羸已近百年身，古寺風煙又一春。寰海自成戎馬地，惟師曾是太平人。」此意最遠，不言其道行，獨以其年多，嘗見天寶時事也。天祐間，東坡典外制，有百歲得官者曰：「繄此百年之故老，曾爲四世遺民。」與此意合而皆有味。（程大昌《演繁露續集》卷六）

對花微疾不飲呈座中諸公〔一〕

花前雖病亦提壺〔二〕①，數調持觴興有無。盡日臨風羨人醉〔三〕，雪香空伴白髭鬚②。

【校勘記】

〔一〕「座中」，原作「坐中」，據夾注本改。

〔二〕「前」，《全唐詩》卷五二四、馮注本校：「一作間。」

〔三〕「羨人」，夾注本作「美人」。

【注　釋】

①提壺：指提酒壺。夾注：「劉伶《酒德頌》：挈榼提壺。」

②雪香：指白色花。

酬王秀才桃花園見寄〔一〕①

桃滿西園淑景催，幾多紅豔淺深開。此花不逐溪流出，晉客無因入洞來②。

【校勘記】

〔一〕今湖南桃源縣有杜牧題壁詩，其詩題與詩個別文字有所不同，今引如下：《酬王秀才桃園見寄》：「桃滿西園淑景催，幾多紅豔淺深開。此花不逐溪流出，晉客何因入洞來。」此詩又見《湖南通志》卷二六七《藝文》二三《金石》九《常德府》。

【注　釋】

①據本集卷六《竇列女傳》：「大和元年，予客遊涔陽。」則此詩如確爲杜牧作，詩或作於大和元年

（八二七）杜牧南遊湖南時。其時桃花盛開，則約在春夏間。然詩題曰《酬王秀才桃花園見寄》，則詩未必杜牧在湖南桃源縣所作，故難以準確繫年。

②晉客：遊桃花源之晉人。晉陶淵明《桃花源記》謂，晉太元中，武陵漁人溯桃花夾岸之溪流，得一洞，由洞口進入桃花源。此中人自言先世避秦亂來此，遂與世隔絶等事。

走筆送杜十三歸京①

煙鴻上漢聲聲遠，逸驥尋雲步步高。應笑内兄年六十，郡城閑坐養霜毛。

【注釋】

①此詩非杜牧作。馮集梧《樊川詩集注》引胡震亨云：「牧之卒年五十，此云六十，或非牧詩也。」並按云：「杜十三即牧之，此是送杜之詩，内兄年六十，作者自謂也。」今按，此詩乃杜牧内兄詩而誤作杜牧詩者。

送王十至褒中因寄尚書①

闕下經年别，人間兩地情。壇場新漢將②，煙月古隋城③。雁去梁山遠④，雲高楚岫明。君家荷藕好，緘恨寄遥程。

【注　釋】

①褒中：縣名，唐名褒城縣，屬梁州。故城在今陝西勉縣東北。夾注：「《通典》：山南西道漢中郡，今之梁州領縣褒城。漢褒中縣有褒水、褒谷。」尚書，尚書省六部之長官。此尚書當是山南西道節度使帶尚書銜者，故稱。《全唐詩人名考證》謂「尚書，疑爲封敖。《舊唐書》本傳：『（大中）四年，出爲興元尹、御史大夫、山南西道節度使。』《全文》卷七七七李商隱有《爲興元裴從事賀封尚書啓》，知封敖在山南西道任檢校尚書。開成二年杜牧在宣歙幕時，敖爲宣歙治内池州刺史」。

②壇場句：漢高祖劉邦曾在南鄭築壇拜韓信爲大將，此處「新漢將」指題内尚書。

③古隋城：褒城縣本名褒中縣，隋開皇元年，以避廟諱改爲褒内縣。仁壽元年，改爲褒城。「古隋城」指此。見《元和郡縣圖志》卷二二。

④ 梁山：泛指梁州一帶之山。

後池泛舟送王十

相送西郊暮景和，青蒼竹外遶寒波。爲君蘸甲十分飲①，應見離心一倍多。

【注　釋】

① 蘸甲十分：酒斟滿沾濕指甲，以示暢飲。夾注：「樂天詩：十分蘸甲酌。」

重送王十

分袂還應立馬看〔一〕，向來離思始知難。雁飛不見行塵滅，景下山遥極目寒。

【校勘記】

〔一〕「分」，《全唐詩》卷五二四、馮注本校：「一作執。」

洛陽秋夕

泠泠寒水帶霜風，更在天橋夜景中①。清禁漏閑煙樹寂②，月輪移在上陽宫③。

【注　釋】

①天橋：指洛陽洛水上天津橋。

②清禁句：清禁，謂皇宫。漏，古計時器。

③上陽宫：唐宫名。在洛陽（東都）禁苑之東，東接皇城之西南隅，唐上元中置。故址在今河南洛陽市。

贈獵騎

已落雙鵰血尚新，鳴鞭走馬又翻身。憑君莫射南來雁，恐有家書寄遠人。

【集　評】

【莫射雁】牧之《獵詩》云：「憑君莫射南來雁，恐有家書寄遠人。」沈存中用之作《拱辰樂府》曰：「彎弓不射雲中雁，歸雁而今不寄書。」（程大昌《演繁露續集》卷四）

懷吳中馮秀才①

長洲苑外草蕭蕭②，却算遊程歲月遥。唯有别時今不忘，暮煙秋雨過楓橋③。

【注　釋】

①馮注本題下校：「《全唐詩》云張祜作，題作《楓橋》。」《全唐詩重出誤收考》云：「吳企明認爲此詩杜牧作而誤作張祜，在北宋時已經重出。孫覿《平江府楓橋普明禪院興造記》云：『唐人張繼、張祜嘗即其處作詩紀遊，吟誦至今，而楓橋寺遂知名天下。』見《鴻慶居士集》二二。范成大《吳郡志》也徵引張繼、張祜此詩。此詩宋蜀刻本張集不收，《絶句》三二作杜牧，詩句乃懷人之作，與杜牧之詩題吻合，非張祜作。見《唐音質疑録》。」

②長洲苑：在今江蘇蘇州市西南、太湖北。春秋時爲吳王闔閭遊獵之處。夾注：「《通典》：吳郡

蘇州領縣長洲，有吳之長洲苑，因以爲名。」

③ 楓橋：舊名封橋。在今江蘇蘇州市閶門西楓橋鎮東。因唐張繼《楓橋夜泊》詩而改名楓橋。范成大《吳郡志》卷一七：「楓橋在閶門外九里道傍，自古有名，南北客經由未有不憩此橋而題詠者。」

【集 評】

【楓橋】杜牧之詩曰：「長洲茂苑草蕭蕭，暮煙秋雨過楓橋。」近時孫尚書仲益、尤侍郎延之作《楓橋修造記》與夫《楓橋植楓記》，皆引唐人張繼、張祜詩爲證，以謂楓橋之名著天下者，由二公之詩，而不及牧之。按牧與祜正同時也。（王楙《野客叢書》卷二十三）

寄東塔僧

初月微明漏白煙，碧松梢外挂青天。西風靜起傳深業〔一〕，應送愁吟入夜蟬〔二〕。

【校勘記】

〔一〕「業」，《全唐詩》卷五二四作「夜」，下校：「一作業。」馮注本校：「一作夜。」

〔二〕「蟬」，《全唐詩》卷五二四作「禪」，下校：「一作蟬。」馮注本作「蟬」，下校：「一作禪。」

秋　夕①

紅燭秋光冷畫屏〔一〕，輕羅小扇撲流螢。瑶階夜色涼如水〔二〕，坐看牽牛織女星〔三〕②。

【校勘記】

〔一〕「紅」，《全唐詩》卷五二四、馮注本校：「一作銀。」

〔二〕「瑶」，《全唐詩》卷五二四、文津閣本作「天」，下校：「一作瑶。」馮注本校：「一作天。」

〔三〕「坐」，《全唐詩》卷五二四、馮注本校：「一作卧。」

【注　釋】

① 此詩馮注本注云：「《竹坡詩話》：此一詩杜牧之、王建集中皆有之，不知其誰所作？以余觀之，

當是建詩耳。蓋二子之詩，其清婉大略相似，而牧多險側，建多平麗。此詩蓋清而平者也。」

②牽牛織女星：夾注：「吳筠《續齊諧記》：桂陽城武丁有仙道，忽謂其弟曰：七月七日織女當渡河。弟問織女何事渡河？答曰：暫詣牽牛。世人至今云：織女嫁牽牛是也。《長恨歌傳》：秋七月七日，牽牛織女相見之夕。秦人風俗，是夜張錦繡，陳飲食，焚香於庭，號爲乞巧。宮掖間尤尚之也。曹植《九詠·注》：牽牛爲夫，織女爲婦。織女、牽牛之星，各處一方，七月七日，得一會同矣。」

【集　評】

《跋李成德宮詞》：唐人工詩者，多喜爲宮詞，「天階夜色涼如水，卧看牽牛織女星」、「玉容不及寒鴉色，猶帶昭陽日影來」，世稱絶唱。以予觀之，此特記恩遇疏絶之意，於凝遠不言之中，非能摹寫太平，藻節萬物。（釋惠洪《石門文字禪》卷二十七）

詩有句含蓄者，如老杜曰：「勳業頻看鏡，行藏獨倚樓。」鄭雲叟曰：「相看臨遠水，獨自上孤舟。」有意含蓄者，如《宮詞》曰：「銀燭秋光冷畫屏，輕羅小扇撲流螢。天街夜色涼如水，卧看牽牛織女星。」又嘲人詩曰：「怪來妝閣閉，朝下不相迎。總向春園裏，花開笑語聲。」是也。有句意俱含蓄者，如《九日》詩曰：「明年此會知誰健，醉把茱萸仔細看。」《宮怨》曰：「玉顏不及寒鴉色，猶帶昭陽

日影來。」是也。（釋惠洪《冷齋夜話》卷四）

小杜《秋夜》宮詞云：「銀燭秋光冷畫屏，輕羅小扇撲流螢。天階夜色涼如水，卧看牽牛織女星。」含蓄有思致。星象甚多，而獨言牛、女，此所以見其爲宮詞也。（曾季貍《艇齋詩話》）

「銀燭秋光冷畫屏，輕羅小扇撲流螢。天階夜色涼如水，卧看牽牛織女星。」此一詩，杜牧之、王建集中皆有之，不知其誰所作也。以余觀之，當是建詩耳。蓋二子之詩，其流婉大略相似，而牧多險側，建多工麗，此詩蓋清而平者也。（周紫芝《竹坡詩話》）

苕溪漁隱曰：予閲王建《宮詞》，選其佳者，亦自少得，只世所膾炙者數詞而已，其間雜以他人之詞，如「閑吹玉殿昭華管，醉折梨園縹蒂花。十年一夢歸人世，絳縷猶封繫臂紗。」又如「銀燭秋光冷畫屏，輕羅小扇撲流螢。天街夜色涼如水，卧看牽牛織女星。」此並杜牧之作也。「淚滿羅巾夢不成，夜深前殿按歌聲。紅顔未老恩先斷，斜倚薰籠坐到明。」此白樂天詩也。「寶仗平明金殿開，暫將紈扇共徘徊。玉顔不及寒鴉色，猶帶昭陽日影來。」此王昌齡詩也。建詞凡百有四篇，及逸詞九篇，或云，元微之亦有詞雜於其間。予以《元氏長慶集》檢尋，却無之，或者之言誤也。（胡仔《苕溪漁隱叢話後集》卷十四「王建」）

王建以宮詞著名，然好事者多以他人之詩雜之，今所傳百篇，不皆建作也。余觀詩不多，所知者如：「新鷹初放兔初肥，白日君王在内稀。薄暮千門臨欲鎖，紅妝飛騎向前歸。」「黄金捍撥紫檀槽，

弦索初張調更高。盡理昨來新上曲，内官簾外送櫻桃。」張籍《宮詞》二首也。「淚盡羅巾夢不成，夜深前殿按歌聲。紅顏未老恩先斷，斜倚熏籠坐到明。」白樂天《後宮詞》也。「閑吹玉殿昭華管，醉折梨園縹蔕花。十年一夢歸人世，絳縷猶封繫臂紗。」杜牧之《出宮人》詩也。「紅燭秋光冷畫屏，輕羅小扇撲流螢。瑶階夜月涼如水，坐看牽牛織女星。」杜牧之《秋夕》詩也。「寶杖平明秋殿開，且將團扇暫徘徊。玉顏不及寒鴉色，猶帶昭陽日影來。」王昌齡《長信秋詞》也。「日晚長秋簾外報，望陵歌舞在明朝。添爐欲爇薰衣麝，憶得分時不忍燒。」「日映西陵松柏枝，下臺相顧一相悲。朝來樂府歌新曲，唱著君王自作詞。」劉夢得《魏宮詞》二首也。或全録，或改一二字而已。（趙與旹《賓退録》卷一）

【王建宮詞】王建宮詞一百首，至宋南渡後失去七首，好事者妄取唐人絶句補入之。「淚盡羅巾夢不成」，白樂天詩也。「鴦鴦瓦上忽然聲」，花蕊夫人詩也。「寶帳平明金殿開」，王少伯詩也。「日晚長秋簾外報」，又「日映西陵松柏枝」二首，乃樂府《銅雀臺》詩也。「銀燭秋光冷畫屏」及「閑吹玉殿昭華管」二首，杜牧之詩也。余在滇南見一古本，七首特全。（楊慎《升菴詩話》卷二）

【王建宮詞】予閲王建《宮詞》，輒雜以他人詩句，如：「奉帚平明金殿開，暫將紈扇共徘徊。玉顏不及寒鴉色，猶帶昭陽日影來。」此王少伯《長信秋詞》之一也。「日晚長秋簾外報，望陵歌舞在明朝。添爐欲爇熏衣麝，憶得分明不忍燒。」「日映西陵松柏枝，下臺相顧一相悲。朝來樂府歌新曲，唱著君王自作詞。」此皆劉夢得《魏宮詞》也。「淚盡羅衣夢不成，夜深前殿按歌聲。紅顏未老恩先斷，斜倚

熏籠坐到明。」此白樂天《後宫詞》之一也。「新鷹初放兔初肥，白日君王在内稀。薄暮午門臨欲鎖，紅妝飛騎向前歸。」「黄金桿撥紫檀槽，弦索初張調更高。盡理昨來新上曲，内官簾外送櫻桃。」此皆張文昌《宫詞》也。「銀燭秋光冷畫屏，輕羅小扇撲流螢。天街夜色涼如水，卧看牽牛織女星。」此又杜牧之《秋夕》作也。「閑吹玉殿昭華琯，醉打梨園縹蒂花。十年一夢歸人世，絳縷猶封繫臂紗。」此又杜牧之《出宫人》之一也。意宋南渡後，逸其真作，好事者摭拾以補之。余歷參古本，百篇具在，他作一一删去。（毛晉《汲古閣書跋》）

「銀燭秋光冷畫屏，輕羅小扇撲流螢。天階夜色涼如水，卧看牽牛織女星。」亦即「參昴衾裯」之義。但古人興意在前，此倒用於後。昔人感歎中猶帶慶倖，故情辭悉露。此詩全寫淒涼，反多含蓄。（黄白山評：「此即古詩『盈盈一水間，脈脈不得語』之意，殊非『參昴衾裯』之義。」）（賀裳《載酒園詩話又編·杜牧》）

《宫詞》（銀燭秋光冷畫屏）：淒冷。崔顥《七夕》詩後四句云：「長信深陰夜轉幽，瑶堦金閣數螢流。班姬此夕愁無限，河漢三更看斗牛。」此篇蓋點化其意。次句再用「團扇」事，却渾成無跡。此篇在杜牧集中。（何焯《唐三體詩》卷一）

（絶句）兩不對，如賈至「紅粉當壚弱柳垂，金花臘酒解酴醾。笙歌日暮能留客，醉殺長安輕薄兒」（首句作主）。李白「楊花落盡子規啼，聞道龍標過五溪。我寄愁心與明月，隨風直到夜郎西」

（次句作主）。王昌齡「昨夜風開露井桃，未央前殿月輪高。平陽歌舞新承寵，簾外春寒賜錦袍」（三句作主）。杜牧「銀燭秋光冷畫屏，輕羅小扇撲流螢。天階夜色涼如水，卧看牽牛織女星」（四句作主）。韓翃「春城無處不飛花，寒食東風御柳斜。日暮漢宮傳蠟燭，輕煙散入五侯家」（三四作主）。白居易「帝子吹簫逐鳳凰，空餘仙洞號華陽。落花何處堪惆悵，頭白宫人掃影堂」（一二作主）。（冒春榮《葚原説詩》卷三）

瑶　瑟

玉仙瑶瑟夜珊珊①，月過樓西桂燭殘〔一〕②。風景人間不如此〔二〕，動摇湘水徹明寒。

【校勘記】

〔一〕「樓西」，《全唐詩》卷五二四、馮注本校：「一作西樓。」

〔二〕「不如」，夾注本作「不知」。

【注　釋】

① 瑶瑟句：瑶瑟，用玉爲飾之瑟。珊珊，象聲詞，玉撞擊聲。此指瑟聲。《楚辭·遠遊》：「使湘靈鼓瑟兮，令海若舞馮夷。」

② 桂燭：加上桂木製成之蠟燭，點時取其香味。

送故人歸山

三清洞裏無端别①，又拂塵衣欲卧雲。看著挂冠迷處所②，北山蘿月在《移文》③。

【注　釋】

① 三清洞：神仙居住之處。此借指道觀。三清，道家認爲人天兩界之外，别有三清。其説有二：一爲四人天外之玉清、太清、上清，乃神仙居住之仙境；二爲四人天外之大赤、禹餘、清微爲三清境。

② 挂冠：指辭官。

③ 北山句：移文，官府文書之一種。南齊孔稚圭於《北山移文》中代鍾山神立言，諷刺鍾山隱士周顒貪圖禄位，棄隱出仕，使林澗蒙羞，中有「秋桂遺風，春蘿罷月」之句。

聞角

曉樓煙檻出雲霄，景下林塘已寂寥。城角爲秋悲更遠，護霜雲破海天遥①。

【注釋】

① 護霜：《梁溪漫志》卷七《方言入詩·雲》：「九月霜降而雲，謂之護霜。」

押兵甲發谷口寄諸公〔一〕①

曉潤青青桂色孤，楚人隨玉上天衢②。水辭谷口山寒少，今日風頭校暖無③？

【校勘記】

〔一〕夾注本「寄」字下有「呈」字。

【注釋】

①谷口：古地名。又名寒門，故地在今陝西禮泉縣東北。《漢書·郊祀志》：「所謂寒門者，谷口也。」注：「谷口，仲山之谷口也。漢時爲縣，今呼之治縣是也。以仲山之北寒涼，故謂北谷爲寒門也。」此詩郭文鎬《〈樊川外集〉詩辨僞》（《唐都學刊》一九八七年第二期）認爲非杜牧詩，蓋認爲詩中「楚人」乃自謂，「該句言己身懷奇才赴京師。詩題又爲『押兵甲』」，故「與杜牧身世履歷大相徑庭，非杜牧詩。」

②楚人隨玉句：用楚人卞和獻玉璞事。春秋楚人卞和得玉璞，先後獻給厲王、武王，然均被鑒定爲石頭，卞和亦連遭刖刑，失去雙脚，遂抱玉哭於荆山之下。楚文王聞之，使人理璞，得寶玉，名之爲和氏璧。事見《韓非子·和氏》。天衢，天路，此指京師。

③校：即較。

和令狐侍御賞蕙草①

尋常詩思巧如春，又喜幽亭蕙草新。本是馨香比君子②，遶欄今更爲何人？

【注　釋】

① 侍御：唐代對殿中侍御史及監察御史之稱呼。

② 馨香比君子：屈原《離騷》多以香草比配忠貞君子，中有「又樹蕙之百畝」句。

偶　題

道在人間或可傳，小還輕變已多年〔一〕①。今來海上昇高望，不到蓬萊不是仙②。

【校勘記】

〔一〕「輕」，《全唐詩》卷五二四、馮注本校：「一作經。」

【注　釋】

① 小還句：小還，道家煉丹名。張籍《贈避穀者》：「學得餐霞法，逢人與小還。」變，猶轉，迴轉變化，指丹成。

② 蓬萊：蓬萊山，在海中，傳説爲神仙所居之處。

三川驛伏覽座主舍人留題①

舊跡依然已十秋，雪山當面照銀鉤②。懷恩淚盡霜天曉，一片餘霞映驛樓〔一〕。

【校勘記】

〔一〕「驛樓」，文津閣本作「畫樓」。

【注釋】

① 三川：古郡名，郡治在今河南洛陽，因有伊、洛、河三川，故名。座主，唐代進士稱其登第時禮部知貢舉者。舍人，指中書舍人，掌草詔書等。此詩稱「座主舍人」，則詩人之座主乃任中書舍人者。然杜牧之座主崔郾當杜牧登第時乃任禮部侍郎，且其後又爲檢校禮部尚書、御史大夫、贈吏部尚書，杜牧不當以舍人稱之。故此詩非杜牧之作。

② 銀鉤：此指書法筆姿之遒勁。《晉書·索靖傳》：「蓋草書之爲狀也，婉若銀鉤，漂若驚鸞。」夾注：「《紺珠集》：鐵點銀鉤，點欲堅直如鐵，鉤欲活而有力如銀。」

陝州醉贈裴四同年①

淒風洛下同羈思②，遲日棠陰得醉歌③。自笑與君三歲别，頭銜依舊鬢絲多④。

【注釋】

①陝州：州名。州治在今河南三門峽。裴四，即裴素。寶曆元年及進士第，大和二年與杜牧同登賢良方正、能直言極諫科。歷任司封員外郎、翰林學士、中書舍人，會昌中卒。事跡見《唐尚書省郎官石柱題名考》卷六。據《杜牧年譜》，大和九年秋杜牧監察御史分司東都，至開成二年春爲三年。開成二年春杜牧由洛陽赴同州迎眼醫石生途中經陝州時與裴素相逢，此時離其大和九年秋初見裴素於洛陽恰爲三年。此與「淒風洛下同羈思」、「自笑與君三歲别」句相合。杜牧前後兩次見裴素時均爲監察御史，故有「頭銜依舊鬢絲多」之句。故此詩作於開成二年（八三七）春。

②羈思：羈旅之思。

③遲日句：遲日，即春日。棠陰，用召公甘棠事。指官吏有善政遺愛。《詩·召南》有《甘棠》篇，相傳召公姬奭爲西伯，有善政，常息於甘棠之下以聽政事，詩人思之而愛其樹，遂作《甘棠》詩。陝

州爲周、召分陝而治之地，故云。

④ 頭銜：此處指官職。

破鏡

佳人失手鏡初分，何日團圓再會君①？今朝萬里秋風起，山北山南一片雲。

【注釋】

① 何日團圓句：陳太子舍人徐德言娶樂昌公主，德言知國亡時不能相保，因破鏡與妻各執半，約他年正月望日賣於都市，冀得重逢，後果因破鏡夫妻團聚。事見《本事詩·情感》。

長安雪後

秦陵漢苑參差雪①，北闕南山次第春。車馬滿城原上去②，豈知惆悵有閑人。

【注　釋】

① 秦陵漢苑：秦王陵墓，漢代苑囿。此指長安一帶。

② 原：指樂遊原，亦稱樂遊苑，乃唐代長安遊賞勝地。故址在今陝西西安市郊，原爲秦宜春苑。漢宣帝神爵三年修樂遊廟，因以爲名。

華清宮①

零葉翻紅萬樹霜，玉蓮開蕊暖泉香〔一〕②。行雲不下朝元閣③，一曲《淋鈴》淚數行④。

【校勘記】

〔一〕「開」，夾注本作「閑」。

【注　釋】

① 華清宮：見《華清宮三十韻》詩注①。

② 玉蓮：驪山華清宮温泉池用文瑶寶石砌壁，中央有玉蓮花，湯泉噴以成池。《開元天寶遺事》卷

卜：華清宫中「奉御湯中以文瑶密石，中央有玉蓮，湯泉湧以成池。又縫錦繡爲鳧雁於水中，帝與貴妃施鈒鏤小舟，戲玩於其間。」

③ 行雲句：行雲，用楚王夢見神女事。此處暗指楊貴妃。宋玉《高唐賦》載，楚王遊高唐，夢見一婦人自云巫山神女，願薦枕席，王因幸之。去而辭曰：「妾在巫山之陽，高丘之阻；旦爲朝雲，暮爲行雨。朝朝暮暮，陽臺之下。」朝元閣，在驪山華清宫。唐玄宗天寶七載，傳説玄元皇帝（即老子）見於朝元閣，因改名降聖閣。

④ 淋鈴：即《雨霖鈴》。唐教坊曲名。《明皇雜録》：「明皇既幸蜀，西南行，初入斜谷，屬霖雨涉旬，於棧道雨中聞鈴，音與山相應。上既悼念貴妃，采其聲爲《雨霖鈴》曲，以寄恨焉。」

【集評】

《雨淋鈴》，《明皇雜録》及《楊妃外傳》云：帝幸蜀，初入斜谷，霖雨彌日，棧道中聞鈴聲，帝方悼念貴妃，采其聲爲《雨淋鈴》曲，以寄恨。時梨園弟子惟張野狐一人善觱篥，因吹之，遂傳乎世。……《楊妃外傳》又載：上皇還京後，復幸華清，侍宫嬪御多非舊，於望京樓下，命張野狐奏《雨淋鈴》曲，上回顧淒然，自是聖懷耿耿，但吟「刻木牽絲作老翁，雞皮鶴髮與其同。須臾弄罷寂無事，還似人生一世中。」杜牧之詩云：「行雲不下朝元閣，一曲《淋鈴》淚數行。」張祜詩云：「雨淋鈴夜却歸秦，猶

是張徽一曲新。長説上皇和淚教，月明南内更無人。」張徽即張野狐也。或謂祜詩言上皇出蜀時曲，與《明皇雜録》、《楊妃外傳》不同。祜意明皇入蜀時作此曲，至雨淋鈴夜却又歸秦，猶是張野狐向來新曲，非異説也。（王灼《碧雞漫志》）

冬日題智門寺北樓

滿懷多少是恩酬〔一〕，未見功名已白頭。不爲尋山試筋力，豈能寒上背雲樓。

【校勘記】

〔一〕「恩酬」，夾注本作「恩讎」。

别王十後遣京使累路附書①

重關曉度宿雲寒②，羸馬緣知步步難。此信的應中路見③，亂山何處拆書看？

【注　釋】

①累路：沿途。

②宿雲：隔夜之雲。

③的應：確應。

【集　評】

《别王十後附書》：逼真天趣。（黄周星《唐詩快》卷十六）

許秀才至辱李蘄州絶句問斷酒之情因寄①

有客南來話所思，故人遥枉醉中詩。暫因微疾須防酒，不是歡情減舊時。

【注　釋】

①李蘄州：即李播。字子烈。元和時登進士第。曾任大理評事，累遷金部員外郎、郎中分司。開成三年春，調任蘄州刺史。會昌初，入朝爲尚書比部郎中，後爲杭州刺史。事跡見杜牧《杭州新造南亭子記》、《唐詩紀事》卷四七等。據郁賢皓《唐刺史考全編》，李播任蘄州刺史在開成三年至五

年（八三八—八四〇），本詩約作於此期間。

送張判官歸兼謁鄂州大夫①

處士聞名早，遊秦獻疏廻②。腹中書萬卷③，身外酒千杯。江雨春波闊，園林客夢催。今君拜旌戟④，凜凜近霜臺⑤。

【注　釋】

① 鄂州：州治在今湖北武昌。大夫，指御史大夫，此爲鄂岳觀察使所帶憲銜。

② 秦：此指長安。

③ 腹中句：《世説新語》下卷之下：「郝隆七月七日出日中仰卧，人問其故。答曰：我曬書。」

④ 拜旌戟：指拜見擁有雙旌雙節之觀察使。旌戟，指出行時持棨戟爲前列。此處代指鄂州大夫。

⑤ 凜凜句：凜凜，此處形容御史大夫之嚴威。霜臺，指御史臺。此鄂州大夫乃兼御史大夫銜，故謂「近霜臺」。

宿長慶寺

南行步步遠浮塵①，更近青山昨夜鄰〔一〕。高鐸數聲秋撼玉②，霽河千里曉横銀③。紅蕖影落前池淨〔二〕④，緑稻香來野逕頻。終日官閑無一事，不妨長醉是遊人〔三〕。

【校勘記】

〔一〕「昨」，夾注本、文津閣本作「作」。

〔二〕「蕖」，原作「渠」，據《全唐詩》卷五二四、馮注本改。「淨」，夾注本校：「一作晚。」

〔三〕此句夾注本校：「一作不妨長是靜遊人。」

【注釋】

① 浮塵：指塵世喧擾之處。

② 鐸：指寺塔之風鈴。

③ 霽河：明河。指銀河。

④紅蕖：紅荷花。

望少華三首〔一〕①

其一

身隨白日看將老，心與青雲自有期②。今對晴峰無十里，世緣多累暗生悲③。

【校勘記】

〔一〕詩題原無「三首」二字，據夾注本、《全唐詩》卷五二四、馮注本增。

【注釋】

①少華：此指江西德興縣東之少華山，又名三清山。其最高峰爲玉京峰。

②心與青雲句：青雲，比喻隱逸。

③世緣：佛教以因緣解釋人事，因稱人世之事爲世緣。

其二

文字波中去不還，物情初與是非閑〔一〕①。時名竟是無端事，羞對靈山道愛山②。

【校勘記】

〔一〕「閑」，夾注本作「間」。

【注釋】

① 物情句：物情，物理人情。閑，阻隔不通。毫無關係之意。

② 靈山：仙山。此指少華山。

其三

眼看雲鶴不相隨①，何況塵中事作爲〔一〕。好伴羽人深洞去②，月前秋弄玉參差〔二〕③。

【校勘記】

〔一〕「何況」，原作「何看」，據《全唐詩》卷五二四、馮注本改。文津閣本作「何日」。

〔二〕「秋弄」，文津閣本作「秋聽」。

【注　釋】

① 眼看雲鶴句：夾注：「莊子厭世上仙，乘彼白雲，至於帝鄉。」

② 羽人：神話中有羽翼之仙人，亦指道士。《楚辭》屈原《遠遊》：「仍羽人於丹丘兮，留不死之舊鄉。」《注》：「《山海經》言有羽人之國，不死之民，或曰人得道，身生毛羽也。」一説仙人穿羽衣，故稱羽人。《拾遺記》卷二：昭王「晝而假寐，忽夢白雲蓊蔚而起，有人衣服並皆毛羽，因名羽人。夢中與語，問以上仙之術。」

③ 參差：排簫，一説爲笙。夾注：「《樂府雜録》：笙，女媧造也，象鳳翼。一名參差。」

登澧州驛樓寄京兆韋尹 尹曾典此郡①

一話涔陽舊使君②，郡人迴首望青雲③。政聲長與江聲在，自到津樓日夜聞。

【注釋】

① 此詩胡可先《杜牧詩文真僞考》（見其《杜牧研究叢稿》）認爲非杜牧詩，理由爲杜牧唯大和元年曾遊澧州，而大和七年前澧州無姓韋之京兆韋尹，故詩非杜牧作。又據「童養年輯《全唐詩續補遺》卷十一收此詩爲李群玉《澧州》二首之一，注云：『《全唐詩》五二四第一首作杜牧詩，題爲《登澧州驛樓寄京兆韋尹》。』輯自《輿地紀勝》卷七十《澧州》」。而「李群玉爲澧州人，正與『郡人迴首望青雲』相合，而杜牧是京兆萬年人，與之相去甚遠，可證詩爲李群玉作無疑」。又《全唐詩重出誤收考》謂：「張金海《樊川詩真僞補考》認爲此詩必是他人作品誤入杜集，見《武漢大學學報》一九八二年第二期。《輿地紀勝》七〇澧州下載此詩於杜牧詩後，署李群玉，爲確。繆鉞《杜牧年譜》繫此詩於大和元年（八二七）杜牧遊涔陽（澧州）作」，似不確。澧州，州治在今湖南澧縣。

② 涔陽：澧州洲渚名。此代指澧州。

③ 青雲：喻官位顯赫者。此指京兆韋尹。《史記·范雎傳》：「須賈頓首言死罪，曰：『賈不意君能自致于青雲之上。』」

長安晴望

翠屏山對鳳城開①，碧落摇光霽後來②。迴識六龍巡幸處③，飛煙閑繞望春臺④。

【注釋】

①翠屏山句：翠屏山，指蒼翠陡峭之山峰。鳳城，指長安城。

②碧落：天空。

③六龍：皇帝車駕之六匹馬。此代指皇帝。

④望春臺：疑在望春宫中。望春宫，故址在今陝西西安市東。隋開皇中建，大業初改爲長樂宫。唐復曰望春宫。《新唐書·地理志》萬年縣：「有南望春宫，臨滻水，西岸有北望春宫，宫東有廣運潭。」

歲日朝迴口號〔一〕①

星河猶在整朝衣，遠望天門再拜歸②。笑向春風初五十，敢言知命且知非③。

【校勘記】

〔一〕詩題《全唐詩》卷五二四作「歲旦（一作日）朝回口號」，馮注本作「歲日（一作旦）朝回口號」。

【注　釋】

①《杜牧年譜》以此詩有「笑向春風初五十，敢言知命且知非」句，而大中六年杜牧年五十，故繫此詩於大中六年（八五二）春正月。

②天門：指長安皇宫宫門。

③敢言知命句：知命，懂得天命。《論語·爲政》：「子曰：「吾十有五而志於學，三十而立，四十而不惑，五十而知天命。」」知非，《淮南子·原道》：「蘧伯玉年五十，而知四十九年非。」

驌驦駿〔一〕①

瑶池罷遊宴②，良、樂委塵沙③。遭遇不遭遇④，鹽車與鼓車⑤。

【校勘記】

〔一〕「駿」，夾注本作「阪」。馮注本題下校：「《統籤》作阪，與别集《驌驦》一首合作一首。」

【注　釋】

①驌驦：駿馬名。

②瑶池：神話中神仙所居之處。《穆天子傳》卷三：「乙丑，天子觴西王母於瑶池之上，西王母爲天子謡。」

③良樂句：良樂，指王良、伯樂，兩人爲古代善駕馭馬、相馬者。委，委棄。夾注：「《吕氏春秋》：古之善相馬者，若趙之王良，秦之伯樂，尤盡其妙也。《淮南子》：王良、趙父之御也，上車攝轡投足，調均勞佚若一。」

④遭遇句：夾注：「劉越石詩序：騄驥倚輈於虞阪，鳴於良樂，知與不知也。百里奚非愚於虞而智於秦，遇與不遇也。」

⑤鹽車句：鹽車，運鹽之車。此指賢才而屈居賤役。《戰國策·楚策四》：汗明謂春申君「曰：『君亦聞驥乎？夫驥之齒至矣，服鹽車而上太行，……中阪遷延，負轅不能上。伯樂遭之，下車攀而哭之，解紵衣以冪之。驥於是俛而噴，仰而鳴，聲達於天，若出金石聲者，何也？彼見伯樂之知己

也」。鼓車，載鼓之車。東漢時，外國進獻千里名馬，光武帝「詔以馬駕鼓車，劍賜騎士」。事見《後漢書》卷七六《循吏列傳序》。

龍丘途中二首〔一〕①

其一

漢苑殘花別②，吴江盛夏來③。唯看萬樹合，不見一枝開。

【校勘記】

〔一〕夾注本題下無「二首」二字。《全唐詩》卷五二四校：「一作李商隱詩。」馮注本校：「亦見李商隱集。」《全唐詩》卷五四一《李商隱集》題下校：「《統籤》作一首誤。」

【注　釋】

①龍丘：縣名，屬衢州信安郡，即今浙江衢縣東北龍遊鎮。夾注：「《通典》：江南道衢州，領縣龍

丘。」此詩既非杜牧作，亦非出於李商隱之手。馮浩《玉溪生詩集》注釋云：「詩亦見《戊籤·牧之集》，牧之曾刺睦州，固近衢州矣。玩詩意是春末發京師，五六月至龍丘，合之義山遊蹤，更不可符，恐牧之亦未必是，筆趣皆不類。《萬首絶句》五言牧之二十七首，亦無此。」《全唐詩重出誤收考》謂：「張金海認爲此詩非李、杜二人詩。……一、詩中説『漢苑殘花別，吴江盛夏來』，説明是春末從京師出發，五六月至龍丘，但杜牧任睦州刺史不是從京師外調，時間且在九月至十二月間。二、杜牧從池州移守睦州，並未曲走龍丘，而是從池州沿江經潤州達杭州，再溯富春江至睦州，其詩集中歷歷可考。三、杜牧除會昌六年（八四六）由池州移守睦州外，再没有到過睦州或衢州。因此，此詩也非杜牧作。見《武漢大學學報》一九八二年第二期。」

② 漢苑：漢代苑囿。此代指唐京城長安。

③ 吴江：即吴淞江。由長江赴浙東經此。《太平寰宇記》卷九一吴江縣：吴江「本名松江，又名松陵，又名笠澤。其江出太湖，二源：一江東五十八里入小湖，一江東二百六十里入大海。」《方輿紀要》卷二四吴江縣：吴江「在縣東門外，即長橋下分太湖之流而東出者」。

其二

水色饒湘浦①，灘聲怯建溪②。淚流迴月上，可得更猿啼③？

【注　釋】

①饒：讓。

②建溪：水名，即閩江上游。夾注：「《通典》：建安郡，今建州，大唐至德四年置。建州以建溪爲名。」

③猿啼：夾注：「《荆州記》：巴東三峽，猿聲哀啼，至三聲，聞者垂淚。」

宫人塚

盡是離宫院中女①，苑牆城外塚纍纍。少年入内教歌舞，不識君王到老時〔一〕。

【校勘記】

〔一〕「老」，夾注本作「死」，《全唐詩》卷五二四、馮注本校：「一作死。」

【注　釋】

①離宫：帝王正式宫殿之外，供隨時遊處之宫殿。

寄浙西李判官①

燕臺上客意何如②？四五年來漸漸踈。直道莫抛男子業，遭時還與故人書③。青雲滿眼應驕我④，白髮渾頭少恨渠⑤。唯念賢哉崔大讓，可憐無事不歌魚⑥。

【注　釋】

①浙西：指浙西觀察使幕，治所在潤州（今江蘇鎮江）。

②燕臺：即黄金臺。見《池州送孟遲先輩》詩注③。

③遭時：指遇到好時機，意謂春風得意時。

④青雲：指官高位顯。詳見《登澧州驛樓寄京兆韋尹》詩注③。

⑤白髮句：渾頭，滿頭。渠，它。

⑥歌魚：戰國時，孟嘗君門客馮諼彈鋏「歌曰：『長鋏歸來乎！食無魚。』」以示不滿之意。事見《戰國策·齊策四》。

寄杜子二首〔一〕

其一

不識長楊事北胡①，且教紅袖醉來扶。狂風烈焰雖千尺，豁得平生俊氣無②。

【校勘記】

〔一〕詩題原無「二首」二字，據夾注本、《全唐詩》卷五二四、馮注本增。

【注　釋】

①長楊：秦漢時宫名，在長安附近，乃皇帝遊獵之處。漢成帝爲向胡人誇耀中國野獸種類之多，令人捕野獸，「載以檻車，輸長楊射熊館，……令胡人手搏之，自取其獲」。揚雄作《長楊賦》以諷。事見《漢書》卷八七下《揚雄傳》。

②豁得句：豁，敞開，顯露。俊氣，俊爽豪放之氣。

其二

武牢關吏應相笑①，箇底年年往復來②？若問使君何處去，爲言相憶首長迴。

【注釋】

① 武牢關：即虎牢關，避唐李淵祖名改。秦置，在今河南滎陽縣西北汜水鎮西，形勢險要，爲兵家必爭之地。

② 箇底：這裏。

盧秀才將出王屋高步名場江南相逢贈别①

王屋山人有古文〔一〕，欲攀青桂弄氛氳②。將攜健筆干明主，莫向山壇問白雲〔二〕。馳逐寧教爭處讓③，是非偏忌衆中分〔三〕。交遊話我憑君道，除却鱸魚更不聞④。

【校勘記】

〔一〕「人」，《全唐詩》卷五二四、馮注本校：「一作中。」

〔二〕「山」，《全唐詩》卷五二四、馮注本作「仙」。

〔三〕「中」，《全唐詩》卷五二四、馮注本作「人」。

【注釋】

① 盧秀才：盧霈，字子中，范陽（今北京）人。開成三年赴進士試，次年客遊代州，南歸爲盜所殺。事見本集卷九《唐故范陽盧秀才墓誌》。王屋，山名。在今山西陽城、垣曲兩縣間。此詩據郭文鎬《〈樊川外集〉詩辨僞》（《唐都學刊》一九八七年第二期）所考非杜牧詩。其說主要以爲杜牧在開成三年初夏盧霈秀才將赴舉時，在宣州有《句溪夏日送盧霈秀才歸王屋山將欲赴舉》詩贈行。而本詩「前四句稱頌盧霈：『王屋山人有古文，欲攀青桂弄氛氳。』後四句則言己：『馳逐寧教爭處讓，是非偏忌衆中分。交遊話我憑君道，除却鱸魚更不聞。』乃借他人之酒澆己胸中塊壘，似有一腔委屈。與《句溪夏日送盧霈秀才歸王屋山將欲赴舉》相比，不唯意趣不同，且與杜牧盧霈交契不合。其次，二詩均作於盧霈將出王屋欲赴舉時，若同出杜牧手筆，則當言明再贈，然二詩皆無再贈意，不見重逢再別之蛛絲馬跡。復次，《盧秀才將出王

屋高步名場江南相逢贈别》點明贈别之地爲『江南』，此非泛指，謂大江南岸。盧霈初夏離宣城返王屋山，秋八九月須離王屋上京赴舉，其初夏别杜牧後即不容緩程稽留，杜牧則難與其又在大江之濱再逢。故此當是盧霈自宣城返王屋渡江前相逢他人見贈之詩，非杜牧詩」。

②青桂：指進士及第。晉代郤詵對策上第，自云：「臣舉賢良對策，爲天下第一，猶桂林之一枝，昆山之片玉。」事見《晉書》卷五二本傳。氛氳，雲氣盛貌。

③馳逐句：馳逐，指科場競爭奔走。寧教，怎教，怎使。

④鱸魚：晉張翰在洛陽爲官，「因見秋風起，乃思吳中菰菜、蓴羹、鱸魚膾，曰：『人生貴得適志，何能羈宦數千里以要名爵乎！』遂命駕而歸」。事見《晉書》卷九二本傳。

送劉三復郎中赴闕①

横溪辭寂寞②，金馬去追遊③。好是鴛鴦侶④，正逢霄漢秋。玉珂聲瑣瑣⑤，錦帳夢悠悠⑥。微笑知今是，因風謝釣舟。

【注釋】

①劉三復：唐潤州句容人。長慶初任潤州金壇尉，屢爲李德裕幕吏。累官主客員外郎、諫議大夫、給事中。後遷刑部侍郎、弘文館學士判館事。事跡附見《舊唐書》卷一七七、《新唐書》卷一八三《劉鄴傳》。據胡可先《杜牧研究叢稿·杜牧詩真僞考》所考，此詩非杜牧作，乃許渾詩。其理由爲劉三復爲郎中在浙西之時間爲開成二年五月，此詩即作於此時。而杜牧此時不在浙西，不可能有此詩之作。許渾與劉三復多有交往，有《和浙西從事劉三復送僧南歸》、《春日思舊遊寄南徐從事劉三復》等詩。而「許渾開成四年前爲當塗縣令，與劉三復在浙西的時間也完全吻合，則《送劉三復郎中赴闕》詩應爲許渾作」。

②横溪：即浙西横溪橋鎮。在今江蘇江寧縣南横溪鄉。

③金馬：見《寄内兄和州崔員外十二韻》詩注⑮。

④鴛鷟：猶鴛鷺。此處指朝官班行。鴛、鷺皆水鳥，止有班，立有序，因以喻朝官班列。杜甫《暮春題瀼西新賃草堂》之五：「不見豺虎鬥，空慚鴛鷺行。」柳宗元《上權德輿補闕温卷決進退啓》：「今鴛鷺充朝而獨干執事者，特以顧下念舊，收接儒素，異乎他人耳。」

⑤玉珂句：玉珂，馬勒上貝飾，色白如玉，振動則有聲。瑣瑣，聲音細碎貌。

⑥錦帳：見《除官歸京睦州雨霽》詩注⑥。此處代指郎官。

羊欄浦夜陪宴會

弋檻營中夜未央〔一〕①，雨沾雲惹侍襄王②。毬來香袖依稀暖③，酒凸觥心泛灩光④。紅絃高緊聲聲急，珠唱鋪圓裊裊長⑤。自比諸生最無取，不知何處亦升堂⑥？

【校勘記】

〔一〕「弋」，夾注本、《全唐詩》卷五二四均作「戈」。

【注　釋】

① 弋檻：軍器排列如檻。此處形容軍營戒備森嚴。

② 雨沾雲惹句：宋玉《高唐賦》載，楚襄王遊高唐，夢見一婦人自云乃巫山神女，願薦枕席，王因幸之。去而辭曰：「妾在巫山之陽，高丘之阻；旦爲朝雲，暮爲行雨。朝朝暮暮，陽臺之下。」

③ 毬：指一種内填香料之彩球。香袖：指女子之衣袖。此處代指女子。

④ 觥：飲酒器。

⑤珠唱鋪圓：形容歌聲圓潤如珠似鋪（一種圓形銅器）。裊裊：柔弱摇曳貌。

⑥升堂：即升堂入室。《論語·先進》：「由也升堂矣，未入於室也。」

送杜顗赴潤州幕①

少年才俊赴知音，丞相門欄不覺深②。直道事人男子業，異鄉加飯弟兄心③。還須整理韋弦佩④，莫獨矜誇玳瑁簪⑤。若去上元懷古處〔一〕⑥，謝安墳下與沉吟⑦。

【校勘記】

〔一〕「處」，原作「去」，據《全唐詩》卷五二四、馮注本改。文津閣本作「調」。

【注釋】

①杜顗：杜牧弟。潤州，州治在今江蘇鎮江。此詩《杜牧年譜》繫於大和八年（八三四）十一月，時李德裕出爲鎮海節度使（治潤州），辟杜顗爲試協律郎，杜牧於揚州賦詩送行。然郭文鎬《杜牧詩文繫年小札》（《人文雜誌》一九八九年第五期）云：「據牧《杜君墓誌銘》，顗大和六年第，在朝爲

試秘書正字、匭使判官，李德裕自兵部尚書出領潤州，顗赴潤州幕當從德裕行，時牧在揚州爲牛僧孺幕掌書記。除授在十一月乙亥（二十九日），詔下後數日内成行，即在十二月上旬。揚州至上都二千六百里（《元和郡縣志》），德裕一行年内斷無可能過揚州。德裕赴任路經汝州，時刺史劉禹錫有二詩送之，其二爲《重送浙西李相公，頃廉問江南已經七載，後歷滑臺、劍南兩鎮遂入相，今復領舊地，新加旌旄》，德裕大和三年八月罷浙西，『已經七載』即大和九年，則德裕經汝州已在授後之次年，故顗赴潤州經揚州晤兄，牧以詩送之爲大和九年春事，詩應繫於大和九年。」今即據此訂本詩於大和九年（八三五）春。

② 丞相：指李德裕，大和七年任宰相，八年十一月出鎮浙西。

③ 加飯：多進飲食，保重身體。《古詩十九首》：「棄捐勿復道，努力加餐飯。」

④ 韋弦佩：《韓非子》卷八《觀行》：「西門豹之性急，故佩韋以自緩；董安于之心緩，故佩弦以自急。」此處乃用以勸勉杜顗應隨時留心自我調理。

⑤ 玳瑁簪：用玳瑁製作之髮簪。玳瑁簪華貴，可用以代指幕僚。李嶠《劉侍讀見和山邸十篇重申此贈》：「顧己慚鉛鍔，叨名恥玳簪。」

⑥ 上元：縣名，屬潤州，在今江蘇南京。

⑦ 謝安：東晉名臣。傳見《晉書》卷七九。

有感

宛溪垂柳最長枝①，曾被春風盡日吹。不堪攀折猶堪看，陌上少年來自遲。

【注釋】

① 宛溪：在安徽宣州城東。詳見《題宣州開元寺水閣閣下宛溪夾溪居人》詩注①。此詩作於作者在宣州時，然未能考定具體作年。

書懷寄盧歙州〔一〕①

謝山南畔州②，風物最宜秋。太守懸金印③，佳人敞畫樓。凝缸暗醉夕④，殘月上汀洲〔二〕⑤。可惜當年鬢⑥，朱門不得遊。

【校勘記】

〔一〕「盧歙州」，原作「盧州」，夾注本於「盧州」下校：「盧當作廬。」《全唐詩》卷五二四於題下校：「一作瀘州守。」馮注本校：「一云瀘州守。」按，詩題似當以《書懷寄盧歙州》爲正，詳注①。今即據改。

〔二〕「汀洲」，原作「汀州」，據《樊川詩集注·樊川外集》改。

【注釋】

① 陶敏《樊川詩人名箋補》謂詩題有誤。題「盧州」，應作「盧歙州」，即盧弘止。「開成三年盧弘止守歙州，杜牧正在宣州沈傳師幕中。詩中『可惜當年鬢』乃自謂。時杜牧三十六歲，正是『當年』。」今即據此訂詩作於開成三年（八三八）。

② 謝山：指宣州之敬亭山或青山，因謝朓爲宣城守有詩又曾卜宅青山而名。

③ 太守句：太守，即刺史。指歙州刺史盧弘止。傳見《舊唐書》卷一六三、《新唐書》卷一七七。懸金印，謂公事之餘。

④ 缸：燈，通釭。

⑤ 汀洲：水中小洲。

⑥ 當年：壯年。

賀崔大夫崔正字①

内舉無慚古所難②，燕臺遥想拂塵冠③。登龍有路水不峻④，一雁背飛天正寒⑤。别夜酒餘紅燭短，映山帆去碧霞殘〔一〕。謝公樓下潺湲響⑥，離恨詩情添幾般。

【校勘記】

〔一〕「去」，《全唐詩》卷五二四作「滿」，下校：「原作去。」馮注本校：「原作滿。」

【注　釋】

① 大夫：諫議大夫或御史大夫均可簡稱爲大夫。此處或指御史大夫。正字，秘書省屬官，正九品下。會昌時，崔龜從曾爲宣歙觀察使，且兼御史大夫銜，崔大夫不知是否即此人？蓋詩難確定爲杜牧作，故崔大夫爲何人及此詩之作年難定。崔正字，當爲崔大夫之子侄。

② 内舉：春秋時祁奚「外舉不棄仇，内舉不失親」。事見《左傳·襄公二十一年》。此指推薦自己之親人。

③燕臺：即黄金臺，故址在今河北易縣東南。據南朝梁任昉《述異記》所記，燕昭王築臺以接待賢士，故稱賢士臺，又稱招賢臺。後用以爲招納賢士之典故。《史記·燕召公世家》：昭王延攬賢士，「爲（郭）隗築宫而師事之」。後傳爲燕昭築臺，以千金置臺上。事見《水經注·易水》。

④登龍：龍，指龍門，在陝西韓城縣與山西河津縣之間。登龍，乃登龍門之省稱，此以喻獲得有名望者接待與援引而提高身價。《後漢書》卷六七《李膺傳》：「膺獨持風裁，以聲名自高，士有被其容接者，名爲登龍門。」《注》：「以魚爲喻也。龍門，河水所下之口，在今絳州龍門縣。辛氏《三秦記》曰：『河津一名龍門，水險不通，魚鼈之屬莫能上，江海大魚薄集龍門下數千，不得上，上者爲龍也。』」

⑤背飛：逆風而飛。此處喻己處境艱難。

⑥謝公樓：南齊詩人謝脁任宣城太守時所建城北樓。亦稱謝脁樓。

江南送左師

江南爲客正悲秋，更送吾師古渡頭。惆悵不同塵土別①，水雲蹤跡去悠悠②。

【注　釋】

①惆悵句：塵土别，謂世俗人之離别。左師乃釋徒，故云「不同塵土别」。

②水雲蹤跡：如流水浮雲行跡不定。

寢　夜①

蛩唱如波咽②，更深似水寒。露華驚弊褐③，燈影挂塵冠④。故國初離夢，前溪更下灘。紛紛毫髮事，多少宦遊難。

【注　釋】

①詩中「前溪」在湖州，詳見《寄李起居四韻》詩注②。此詩如確爲杜牧詩，則當作於大中四年（八五〇）秋抵湖州刺史任時。蓋「故國初離」，乃指杜牧赴任湖州初離故國長安也。

②蛩：蟋蟀。

③露華句：露華，即露水。弊褐，破舊粗麻衣服。

④塵冠：指官帽。

十九兄郡樓有宴病不赴

十二層樓敞畫簷①，連雲歌盡草纖纖②。空堂病怯階前月，燕子嗔垂一行簾〔一〕。

【校勘記】

〔一〕「行」，夾注本作「桁」。《全唐詩》卷五二四作「竹」，下校：「原作行，又作桁。」馮注本校：「一作桁。」

【注釋】

① 十二層樓：十二樓乃傳説中神仙所居之地。此喻指郡樓。夾注：「《十洲記》：崑崙山有十二玉樓。鮑照詩：鳳樓十二重。」《漢書·郊祀志下》：「明年，東巡海上，考神仙之屬，未有驗者。方士有言黄帝時爲五城十二樓，以候神人於執期，名曰迎年。」《注》：「應劭曰：『昆侖玄圃五城十二樓，仙人之所常居。』」

② 連雲歌盡：夾注：「《列子》：秦青撫節悲歌，聲振林木，響遏行雲。」

愁①

聚散竟無形，迴腸自結成②。古今留不得，離別又潛生。降虜將軍思③，窮秋遠客情。何人更憔悴，落第泣秦京④。

【注釋】

①此詩《全唐詩》卷五三二作許渾詩，題作《題愁》，其文字略有不同，全詩如下：「聚散竟無形，迴腸百結成。古今銷不得，離別覺潛生。降虜將軍思，窮秋遠客情。何人更憔悴，落第泣秦京。」《全唐詩重出誤收考》謂「此載《樊川外集》中。尾聯：『何人更憔悴，落第泣秦京。』顯爲久未登第者，杜牧於大和二年（八二八）一舉登第。《摭言》三載其：『東都放榜未花開，三十三人走馬迴。秦地少年多釀酒，却將春色入關來。』杜牧時二十六歲，孟棨《本事詩》稱其：『弱冠成名，當時制策登科，名振京邑。』故此詩與杜牧不合，許渾四十二歲屢試不第，其下第別人，寄友之詩，集中常見，但此詩在其諸本集中不載，如四部叢刊宋本《丁卯集》，《續古逸叢書》景宋蜀本《許用晦文集》及《統籤》五八三至五九一許集等；揚州詩局編臣將此詩增入許渾集五」。

②迴腸：中心輾轉，喻愁之鬱結不解。

③降虜將軍：指漢李陵。李陵率五千人與匈奴戰，被圍，兵矢既盡，無食無援，遂降匈奴。事見《史記》卷一〇九《李將軍列傳》附。

④秦京：原指秦國首都咸陽，此處指唐代首都長安。唐宋之問《早發韶州》：「緑樹秦京道，青雲洛水橋。」

隋苑 一云定子牛相小青〔一〕①

紅霞一抹廣陵春〔二〕②，定子當筵睡臉新〔三〕③。却笑丘墟隋煬帝〔四〕，破家亡國爲誰人〔五〕？

【校勘記】

〔一〕《才調集》卷四題爲《定子》。夾注本題爲《隋苑》。《全唐詩》卷五二四題下校：「一作李商隱詩，題云定子。」馮注本校：「亦見《李商隱集》，題云《定子》。」《全唐詩》卷五四一《李商隱集》題作《定子》，題下校：「此詩又見《杜牧外集》，題作《隋苑》。注一云：定子，牛相小青。」

〔二〕「紅霞」，《才調集》卷四作「濃檀」，《全唐詩》卷五二四、馮注本校：「一作濃檀。」《全唐詩》卷五四一《李商隱集》作「檀槽」。

〔三〕「定子」，夾注本於此句下注：「本注：一云定子牛相小青。」馮注本於「定子」下注：「定子，牛相小青。」「當筵」，《才調集》卷四、《全唐詩》卷五四一《李商隱集》作「初開」，《全唐詩》卷五二四、馮注本校：「一作初開。」

〔四〕「丘墟」，《才調集》卷四、《全唐詩》卷五四一《李商隱集》作「喫虚」，《李商隱集》並於「虚」字下校：「又作虧。」《全唐詩》卷五二四作「喫虧」，馮注本校：「一作喫虧。」

〔五〕「誰」，《才調集》卷四、《全唐詩》卷五四一《李商隱集》作「何」，《全唐詩》卷五二四、馮注本校：「一作何。」

【注　釋】

①詩題李商隱集作《定子》。此詩吳企明《樊川詩甄辨柿札》認爲應是杜牧在牛僧孺淮南幕府時所作，非李商隱之詩。故《全唐詩重出誤收考》謂「吳企明考認爲非李商隱作。定子，乃牛僧孺之小青衣，文宗大和六年十二月，牛僧孺罷相，出爲淮南節度使，一任六載，杜牧曾在淮南佐牛僧孺幕，而李商隱一生並未入牛僧孺幕，故詩非其作。見《唐音質疑録》」。又王琦《玉溪生詩箋注》以爲

《定子》「亦見《杜牧外集》，題作《隋苑》，注曰：『定子，牛相小青。』《才調集》、《萬首絶句》皆編杜牧作。朱(鶴齡)曰：牛僧孺鎮淮南，牧之掌書記，故有此作。《西溪叢話》以屬義山，謬也」。胡可先《杜牧詩文編年補正》(《四川大學學報》一九八三年第一期)以爲「杜牧大和七年四月離沈傳師宣州幕府，應牛僧孺之辟至淮南，八年底遷監察御史。詩云『廣陵春』，則作於春天在揚州時。杜牧大和七年四月後離開宣州而受辟於淮南，季節已在孟夏之後，不得有此詩，所以繫於八年」。今即據此訂此詩於大和八年(八三四)春。

② 紅霞句：紅霞，李商隱集作「檀槽」，即檀木製絃樂器上架絃之格子。廣陵，即揚州。夾注：「《通典》：淮南道廣陵郡，今之揚州。理江都、江陽二縣。隋初爲揚州置總管府，煬帝初又爲江都郡。後帝徙都而喪國焉。」

③ 定子：《樊川外集》、夾注本「定子」下原注：「定子，牛相小青。」據注知爲牛僧孺侍婢。

芭蕉

芭蕉爲雨移，故向窗前種。憐渠點滴聲①，留得歸鄉夢。夢遠莫歸鄉，覺來一翻動。

【注釋】

①渠：他，它。此處指雨打芭蕉之聲。《三國志·吳書·趙達傳》：「（公孫）滕如期往，乃陽求索書，驚言失之，云：『女婿昨來，必是渠所竊。』」唐寒山《詩三百三首》之六三：「蚊子叮鐵牛，無渠下觜處。」

汴水舟行答張祜〔一〕①

千里長河共使船〔二〕，聽君詩句倍愴然〔三〕。春風野岸名花發，一道帆檣畫柳煙。

【校勘記】

〔一〕「汴水」，原作「汴人」，據夾注本改。

〔二〕「千里」，原作「千萬」，據夾注本改。

〔三〕「愴」，原作「滄」，據夾注本、《全唐詩》卷五二四、馮注本改。《全唐詩》、馮注本校：「一作悽。」

【注釋】

①汴水：即汴河。張祜，見《登池州九峰樓寄張祜》詩注①。此詩胡可先《杜牧研究叢稿·杜牧詩真僞考》以爲杜牧張祜相識於會昌五年，此後杜牧可經行汴河的大中二年、大中四年、大中五年均非在春日，而本詩有「春風野岸名花發」句，故詩非杜牧之作。

牧陪昭應盧郎中在江西宣州佐今吏部沈公幕罷府周歲公宰昭應牧在淮南縻職叙舊成二十韻用以投寄①

燕雁下揚州，涼風柳陌愁〔一〕。可憐千里夢，還是一年秋〔二〕。宛水環朱檻②，章江敞碧流③。謬陪吾益友④，衹事我賢侯⑤。印組縈光馬⑥，鋒鋩看解牛⑦。井閭安樂易⑧，冠蓋愜依投⑨。政簡稀開閤，功成每運籌。送春經野塢，遲日上高樓。玉裂歌聲斷⑩，霞飄舞帶收。泥情斜拂印⑪，別臉小低頭⑫。日晚花枝爛，釭疑粉彩稠〔三〕。未曾孤酩酊⑬，剩肯隻淹留⑭。重德俄徵寵⑮，諸生苦宦遊⑯。分途之絶國⑰，灑淚拜行輈⑱。聚散真漂梗⑲，光陰極轉郵⑳。銘心徒歷歷，屈指盡悠悠。君作烹鮮用㉑，誰膺仄席求〔四〕㉒？卷懷能憤悱〔五〕㉓，卒歲且優游㉔。去矣時難遇㉕，沽哉價莫酬㉖。滿枝爲鼓吹㉗，衷甲避戈矛㉘。

隋帝宫荒草，秦王土一丘。相逢好大笑，除此總雲浮㉙。

【校勘記】

〔一〕「愁」，夾注本作「秋」。

〔二〕「秋」，夾注本作「愁」。

〔三〕「疑」，夾注本、《全唐詩》卷五二四、文津閣本、馮注本作「凝」。

〔四〕「仄席」，文津閣本作「側席」。

〔五〕「卷懷」，文津閣本作「睠懷」。

【注　釋】

① 昭應：縣名，治所在今陝西臨潼。盧郎中，即盧弘止，生平見《歙州盧中丞見惠名醖》詩注①。沈公，沈傳師，生平見《張好好詩》注②。宰，縣令。淮南，指淮南節度使幕，治所在揚州。縻職，被官職牽制束縛。此詩《杜牧年譜》繫於大和八年（八三四），蓋據詩題，賦此詩時乃在沈公罷府周歲時。沈傳師罷宣歙幕任内調吏部侍郎在大和七年四月，周歲後乃爲大和八年，時杜牧在牛僧孺淮南節度使幕。詩有「可憐千里夢，還是一年秋」句，乃作於秋日。

②宛水：即宛溪，在宣州。其源出安徽宣城縣東南嶧山，東北流爲九曲河，折而西，繞城東，名宛溪。北流合句溪，又北流入當塗縣境，合於青弋江，由此出蕪湖入長江。

③章江：即章水，源出崇義縣聶都山，東北流至贛縣，與貢水合流爲贛江。

④益友：有益之友。此處指盧郎中。《論語·季氏》：「孔子曰：『益者三友，損者三友。友直，友諒，友多聞，益矣。友便辟，友善柔，友便佞，損矣。』」《晏子春秋·雜上十二》：「聖賢之君，皆有益友，無偷樂之臣。」

⑤祗事句：祗事，恭敬地侍奉。賢侯，指沈傳師。

⑥印組句：印組，印及繫印絲帶。光馬，即「鞍馬光照塵」之意。

⑦鋒鋩：刀劍尖端。庖丁爲文惠君解牛，其技藝高超，得心應手而不傷鋒刃，云：「彼節者有間而刀刃者無厚，以無厚入有間，恢恢乎其於遊刃必有餘地矣。」事見《莊子·養生主》。此用以稱譽處理政事之才能。

⑧井閭：鄉里，指百姓。

⑨冠蓋句：冠蓋，官帽和車蓋。借指官吏。依投，依附投靠。

⑩玉裂：指歌聲清脆有如玉碎裂所發出之聲音。

⑪泥：軟纏，執著。

⑫別臉：回轉過臉避人。

⑬孤酩酊：獨醉。

⑭剩肯句：剩，多。隻淹留，獨留。

⑮徵寵：徵召並委以重任。指沈傳師由宣州入朝任吏部侍郎。

⑯諸生：指沈傳師宣歙幕中僚佐。

⑰絶國：極遥遠地方。

⑱行軿：出行之車。

⑲漂梗：漂流之桃梗。《戰國策·齊策三》載：蘇秦「謂孟嘗君曰：『今者臣來，過於淄上，有土偶人與桃梗相與語。……土偶曰：「不然。吾西岸之土也，土則復西岸耳。今子，東國之桃梗也，刻削子以爲人，降雨下，淄水至，流子而去，則子漂漂者將何如耳。」』」

⑳轉郵：郵亭轉遞文書，言其迅速。

㉑烹鮮：指盧弘止爲昭應令。《老子》下篇：「治大國若烹小鮮。」王弼注：「不擾也。」河上公注：「鮮，魚。烹小魚，不去腸，不去鱗，不敢撓，恐其靡也。」

㉒誰膺仄席句：膺，受、當。仄席，即側席。《後漢書·章帝紀》：「詔曰：『朕思遲直士，側席異聞。』」《注》：「側席謂不正坐，所以待賢良也。」

㉓卷懷句：卷懷，收藏，藏身退隱。《論語·衛靈公》：「邦有道則仕，邦無道則可卷而懷之。」憤悱，憂憤鬱結而難以用言語表達。

㉔卒歲句：卒歲，終年，全年。優游，悠閒自得。夾注：「《孔子家語》：優哉游哉，聊以卒歲。」

㉕去矣句：夾注：「《漢書》蒯通説韓信曰：夫功者難成而易敗，時者難值而易失。時乎，時不再來。」

㉖沽哉句：沽，賣。《論語·子罕》：「子貢曰：『有美玉於斯，韞櫝而藏諸？求善賈而沽諸？』子曰：『沽之哉！沽之哉！我待賈者也。』」

㉗滿枝句：滿枝，指鳥。鼓吹，軍樂。南齊孔稚圭門庭之内草萊不翦，中有蛙鳴，謂可當「兩部鼓吹」。夾注：「蔡邕曰：鼓吹，歌軍樂也。」

㉘衷甲句：衷甲，内披衣甲。夾注：「《左傳》曰：楚人衷甲。《注》：甲在衣中。《後漢書·董卓傳》：李肅以戟刺之，卓衷甲不入。《注》：施鎧於衣中。」

㉙雲浮：此喻不值得關心與重視之事。《論語·述而》：「不義而富且貴，於我如浮雲。」

樊川别集

樊川别集序

集賢校理裴延翰編次牧之文，號《樊川集》者二十卷，中有古律詩二百四十九首。且言牧始少得恙，盡搜文章，閲千百紙，擲焚之，纔屬留者十二三。疑其散落于世者多矣。舊傳集外詩者又九十五首，家家有之。予往年於棠郊魏處士野家得牧詩九首，近汶上盧訥處又得五十篇，皆二集所逸者。其《後池泛舟宴送王十秀才》詩，乃知外集所亡，取别句以補題。今編次作一卷，俟有所得，更益之。熙寧六年三月一日，杜陵田槩序。

樊川別集

寓言

暖風遲日柳初含①，顧影看身又自慚。何事明朝獨惆悵，杏花時節在江南。

【注釋】

① 遲日：春日。杜審言《渡湘江》：「遲日園林悲昔遊，今春花鳥作邊愁。」

猿

月白煙青水暗流，孤猿銜恨叫中秋。三聲欲斷疑腸斷①，饒是少年須白頭〔一〕②。

【校勘記】

〔一〕「須」，《全唐詩》卷五二五作「今」，下校：「一作須。」馮注本校：「一作今。」

【注釋】

①三聲欲斷句：《水經注·江水》記三峽漁者歌曰：「巴東三峽巫峽長，猿鳴三聲淚沾裳。」又《世説新語·黜免》：「桓公入蜀，至三峽中，部伍中有得猨子者，其母緣岸哀號，行百餘里不去，遂跳上船，至便即絶。破視其腹中，腸皆寸寸斷。」

②饒：任憑，儘管。

懷歸①

塵埃終日滿窗前，水態雲容思浩然。爭得便歸湘浦去，却持竿上釣魚船。

【注釋】

①《全唐詩重出誤收考》謂「張金海認爲，詩中有『爭得便歸湘浦去』，表明作者家居瀟湘，杜牧京兆

萬年人，不應寫懷歸瀟湘的詩，另尚有《别懷》、《旅宿》、《旅情》、《憶歸》四首，亦非杜牧作。見《武漢大學學報》一九八二年第二期」。

邊上晚秋

黑山南面更無州①，馬放平沙夜不收。風送孤城臨晚角，一聲聲入客心愁。

【注　釋】

①黑山：黑山有多處。此或指在今陜西榆林市南，有黑水流經其下之黑山。《方輿紀要》卷六一榆林鎮：黑山「在鎮南十里。水草甘美。……山下黑水出焉」。

傷友人悼吹簫妓〔一〕

玉簫聲斷没流年〔二〕，滿目春愁隴樹煙〔三〕。豔質已隨雲雨散①，鳳樓空鎖月明天②。

【校勘記】

〔一〕《才調集》卷四題作《悼吹簫妓》。

〔二〕「没」，《才調集》卷四作「歿」。

〔三〕此句《才調集》卷四作「滿眼春愁壠上煙」。「樹」，《全唐詩》卷五二五、馮注本作「上」。

【注釋】

① 豔質：美豔之資質。此指吹簫妓。

② 鳳樓：婦女所居樓。此指吹簫妓所居樓。江總《簫史曲》：「來時兔月照，去後鳳樓空。」

訪許顔

門近寒溪窗近山，枕山流水日潺潺。長嫌世上浮雲客，老向塵中不解顔①。

【注釋】

① 解顔：開顔歡笑。

春日古道傍作

萬古榮華旦暮齊，樓臺春盡草萋萋。君看陌上何人墓？旋化紅塵送馬蹄。

青　塚①

青塚前頭隴水流，燕支山上暮雲秋〔一〕②。蛾眉一墜窮泉路③，夜夜孤魂月下愁。

【校勘記】

〔一〕「燕支」，文津閣本作「燕山」。

【注　釋】

①青塚：漢王昭君墓，在内蒙呼和浩特市南。相傳塚上草色常青，故名青塚。

②燕支山：也作焉支山。在今甘肅永昌。此地産焉支草，故名。

③ 窮泉路：窮泉，即九泉，指地下。

大夢上人自廬峰迴①

行脚尋常到寺稀②，一枝藜杖一禪衣③。開門滿院空秋色〔一〕，新向廬峰過夏歸④。

【校勘記】

〔一〕「開」，《全唐詩》卷五二五、馮注本校：「一作閑。」

【注　釋】

① 廬峰：指江西廬山。

② 行脚：指僧道周遊各地。

③ 藜杖：用藜木老莖製成之手杖。

④ 過夏：避暑。此處指僧人度過夏天。

洛中二首①

其一

柳動晴風拂路塵，年年宮闕鎖濃春。一從翠輦無巡幸②，老却蛾眉幾許人③？

【注釋】

①《杜牧年譜》謂「杜牧於大和九年秋至洛陽，開成二年春，即以弟病去官，居洛陽僅一年半」，且此二詩乃作於春日，故繫於開成元年（八三六）。詩有「多把芳菲泛春酒，直教愁色對愁腸」句，乃春日作。

②翠輦句：翠輦，指帝王車駕。無巡幸，此指皇帝不至洛陽。

③蛾眉：此指洛陽皇宮之宮女。

其二

風吹柳帶摇晴緑，蝶遶花枝戀暖香。多把芳菲泛春酒，直教愁色對愁腸。

邊上聞胡笳三首①

其一

何處吹笳薄暮天？塞垣高鳥没狼煙②。遊人一聽頭堪白，蘇武爭禁十九年〔一〕③！

【校勘記】

〔一〕「爭禁」，馮注本校：「一作曾經。」

【注　釋】

① 笳：古代管樂器名。漢時流行於西域一帶。初卷蘆葉吹之，後以竹爲之。

② 塞垣句：塞垣，邊境地帶。狼煙，燃狼糞之煙相傳直上而不散，故軍事上作爲報警信號。

③ 蘇武：西漢人，武帝時出使匈奴，被扣留逼降而不屈，徙至北海牧羊，歷時十九年，至昭帝時方歸朝。傳見《漢書》卷五四。

【集評】

【杜牧邊上聞胡笳】「何處吹笳薄暮天，塞垣高鳥没狼煙。遊人一聽頭先白，蘇武爭禁十九年。」蘇武之苦節如此，而歸來只爲典屬國，漢之寡恩，霍光之罪也。王維詩：「蘇武纔爲典屬國，節旄空盡海西頭。」（楊慎《升菴詩話》卷五）

【胡曾詠史】「漠漠黄沙際碧天，問人云此是居延。停驂一顧猶魂斷，蘇武爭銷十九年。」此詩全用杜牧之句。慎少侍先師李文正公，公曰：「近日兒童村學教以胡曾《詠史》詩，入門入壞了聲口矣。」慎曰：「如《詠蘇武》一首亦好。」公曰：「全是偷杜牧之《聞胡笳》詩。」退而閲之，誠然。曾之詩，此外無留良者。（楊慎《升菴詩話》卷七）

【唐詩不厭同】唐人詩句，不厭雷同，絶句尤多，試舉其略。……杜牧《邊上聞胡笳》詩云：「何處吹笳薄暮天，塞垣高鳥没狼煙。遊人一聽頭堪白，蘇武爭禁十九年。」胡曾詩：「漠漠黄沙際碧天，問人云此是居延。停驂一顧猶魂斷，蘇武爭消十九年。」（楊慎《升菴詩話》卷八）

杜牧《邊上聞笳》詩：「何處吹笳薄暮天，塞垣高鳥没狼煙。遊人一聽頭堪白，蘇武爭經十九年。」令狐楚《塞上曲》：「陰磧茫茫塞草腓，桔橰烽上暮煙飛。交河北望天連海，蘇武曾將漢節歸。」二詩同用蘇武事而俱佳，然杜詩止於感歎，令狐便有激發忠義之意，杜不如也。至胡曾竊杜語爲詠史，無論蹈襲可恥，立意先淺直矣，固不足言。（賀裳《載酒園詩話》卷一三「偷」）

【古人趁筆】杜牧《胡笳》詩：「遊人一聽頭堪白，蘇武曾經十九年。」胡曾《居延》詩：「停驂一顧魂猶斷」，下句却同，惟以「聽」字「顧」字點題。……古人趁筆，往往有之。（宋長白《柳亭詩話》卷五）

《邊上聞笳》：「爭禁」妙，俗本作「曾禁」。（沈德潛《説詩晬語》卷二十）

其二

海路無塵邊草新①，榮枯不見緑楊春。白沙日暮愁雲起，獨感離鄉萬里人。

【注釋】

① 海：此指瀚海，即沙漠。

其三

胡雛吹笛上高臺①，寒雁驚飛去不迴。盡日春風吹不散，只應分付客愁來〔一〕。

【校勘記】

〔一〕「應」，馮注本作「因」，下校：「一作應。」

【注　釋】

① 胡雛：胡兒。

春日寄許渾先輩①

薊北雁初去②，湘南春又歸。水流滄海急，人到白頭稀。塞路盡何處？我愁當落暉。終須接鴛鷺〔一〕③，霄漢共高飛。

【校勘記】

〔一〕「須」，《全唐詩》卷五二五、馮注本校：「一作年。」

【注　釋】

① 先輩：唐代進士互相推敬稱先輩。

② 薊：地名，故地在今北京市西南。

③ 鴛鷺：見《送劉三復郎中赴闕》詩注④。

經闔閭城①

遺蹤委衰草，行客思悠悠。昔日人何處？終年水自流。孤煙村戍遠，亂雨海門秋②。吟罷獨歸去，煙雲盡慘愁。

【注　釋】

① 闔閭城：春秋時吴王闔閭所築城，即古蘇州。

② 海門：見《寄題甘露寺北軒》詩注⑤。

并州道中①

行役我方倦，苦吟誰復聞。戍樓春帶雪〔一〕，邊角暮吹雲。極目無人跡，廻頭送雁群。如何遣公子，高卧醉醺醺。

【校勘記】

〔一〕「春帶雪」，文津閣本作「春積雪」。

【注釋】

①并州：唐州名，治所在今山西太原。

別懷①

相別徒成泣，經過總是空。勞生慣離別②，夜夢苦西東。去路三湘浪，歸程一片風。他年寄消息，書在鯉魚中③。

【注釋】

①此詩有「去路三湘浪，歸程一片風」語，與杜牧京兆人不合，詩恐非杜牧作。參《懷歸》詩注①。

②勞生：辛勞之生活。《莊子·大宗師》：「夫大塊載我以形，勞我以生，佚我以老，息我以死。」駱賓王《海曲書情》：「薄遊倦千里，勞生負百年。」

③ 鯉魚：《飲馬長城窟行》古辭：「客從遠方來，遺我雙鯉魚。呼兒烹鯉魚，中有尺素書。」

漁　父

白髮滄浪上，全忘是與非。秋潭垂釣去，夜月叩船歸。煙影侵蘆岸，潮痕在竹扉。終年狎鷗鳥，來去且無機①。

【注　釋】

① 終年二句：狎，親近。無機，没有機心。《列子·黄帝》：「海上之人有好漚鳥者，每旦至海上，從漚鳥遊。漚鳥之至者百住而不止。其父曰：『吾聞漚鳥皆從汝遊，汝取來，吾玩之。』明日之海上，漚鳥舞而不下也。」

秋　夢

寒空動高吹，月色滿清砧。殘夢夜魂斷，美人邊思深。孤鴻秋出塞，一葉暗辭林①。又寄

征衣去，迢迢天外心。

【注　釋】

① 一葉句：《淮南子·説林》：「見一葉落，而知歲之將暮。」

【集　評】

唐喻鳧以詩謁杜牧之不遇，曰：「我詩無綺羅鉛粉，安得售？」然牧之非徒以「綺羅鉛粉」擅長者，史稱其剛直有大節，余觀其詩，亦伉爽有逸氣，實出李義山、温飛卿、許丁卯諸公上。如：「樓倚霜樹外，鏡天無一毫。南山與秋色，氣勢兩相高。」「長空碧杳杳，萬古一飛鳥。生前酒伴閑，愁醉閑多少？煙深隋家寺，殷葉暗相照。獨佩一壺遊，秋毫泰山小。」「寒空動高吹，月色滿清砧。殘夢夜魂斷，美人邊思深。孤鴻秋出塞，一葉暗辭林。又寄征衣去，迢迢天外心。」「長空澹澹孤鳥没，萬古銷沉向此中。看取漢家何事業，五陵無樹起秋風。」皆竟體超拔，俯視一切。（潘德輿《養一齋詩話》卷十）

早秋客舍①

風吹一片葉，萬物已驚秋。獨夜他鄉淚，年年爲客愁。别離何處盡，摇落幾時休？不及磻溪叟②，身閑長自由。

【注釋】

①此詩題爲《早秋客舍》，顯然作者乃旅途中客居，非官員赴任途中所稱。又詩中有「獨夜他鄉淚，年年爲客愁」句，乃多年奔波他鄉，窮途落魄者之感歎，此均與杜牧生平不符，故詩恐非杜牧所作。

②磻溪叟：磻溪，在陝西寶雞東南，北流注入渭水。磻溪叟，指吕尚。相傳吕尚在磻溪垂釣而遇周文王。《宋書·符瑞志上》：「（周文王）至於磻溪之水，吕尚釣於涯，王下趨拜曰：『望公七年，乃今見光景於斯。』尚立變名答曰：『望釣得玉璜，其文要曰：姬受命，昌來提，撰爾雒鈐報在齊。』」

逢故人①

故交相見稀，相見倍依依。塵路事不盡，雲巖閑好歸②。投人銷壯志，徇俗變真機③。又落他鄉淚，風前一滿衣。

【注　釋】

① 此詩謂「投人銷壯志，徇俗變真機。又落他鄉淚，風前一滿衣」。乃長期落魄途窮者之語，與杜牧之生平經歷不符，故詩恐非杜牧之作。

② 雲巖：高峻之山。唐王丘《咏史》：「雲巖響金奏，空水灔朱顔。」高適《同群公題中山寺》詩：「平原十里外，稍稍雲巖深。」隱居者多居於深山中，故此處用以指隱居之處。

③ 投人二句：指投謁達官貴人。徇俗，從俗。真機，謂純真本性。

秋晚江上遣懷①

孤舟天際外，去路望中賒②。貧病遠行客，夢魂多在家。蟬吟秋色樹，鴉噪夕陽沙。不擬徹雙鬢③，他方擲歲華④。

【注釋】

①此詩有「貧病遠行客，夢魂多在家」、「不擬徹雙鬢，他方擲歲華」句，顯然爲年老大而貧病者之語，與杜牧之生平經歷顯然不同，故詩恐非杜牧之作。

②賒：遥遠。

③徹雙鬢：指雙鬢均變白。

④擲歲華：抛棄掉美好年華。

長安夜月

寒光垂靜夜，皓彩滿重城①。萬國盡分照，誰家無此明〔一〕。古槐踈影薄，仙桂動秋聲。獨有長門裏②，蛾眉對曉晴③。

【校勘記】

〔一〕「誰家無此明」，「明」字原作「名」，據《全唐詩》卷五二五、馮注本改。

【注　釋】

① 重城：九重城。此指長安。

② 長門：漢長安宮名。漢武帝陳皇后失寵後居此。

③ 蛾眉：指宮女。

雲

東西那有礙，出處豈虚心。曉入洞庭闊，暮歸巫峽深。渡江隨鳥影，擁樹隔猿吟。莫隱高唐去①，枯苗待作霖②。

【注　釋】

① 高唐：楚國臺觀名。宋玉《高唐賦·序》記作者與楚襄王遊於雲夢之臺，往高唐之觀，其上獨有雲氣。

② 霖：甘雨。《書·説命上》載殷高宗命傅説爲相之詞：「若歲大旱，用汝作霖雨。」

春　懷

年光何太急，倏忽又青春①。明月誰家主，江山暗换人。鶯花潛運老〔一〕②，榮樂漸成塵。遥憶朱門柳，别離應更頻。

【校勘記】

〔一〕「潛運」，文津閣本作「潛送」。

【注　釋】

①青春：春季。《楚辭·大招》：「青春受謝，白日昭只。」《注》：「青，東方春位，其色青也。」

②運老：變老。

逢故人

年年不相見，相見却成悲。教我淚如霰①，嗟君髮似絲〔一〕。正傷攜手處，况值落花時。莫惜今宵醉〔二〕，人間忽忽期。

【校勘記】

〔一〕「嗟君」，文津閣本作「唯君」。

〔二〕「今宵」，文津閣本作「今朝」。

【注釋】

①霰：俗稱米雪。

閑題

男兒所在即爲家，百鎰黄金一朶花①。借問春風何處好？緑楊深巷馬頭斜。

【注釋】

①鎰：重量單位，二十兩爲一鎰。一説二十四兩爲一鎰。

【集評】

元、白、温、李，皆稱豔手。然樂天惟「來如春夢幾多時，去似朝雲無覓處」一篇爲難堪，餘猶《國風》之好色。飛卿「曲巷斜臨」、「翠羽花冠」、「微風和暖」等篇，俱無刻劃。杜紫微極爲狼籍，然如「緑楊深巷馬頭斜」、「馬鞭斜拂笑回頭」、「笑臉還須待我開」、「背插金釵笑向人」，大抵縱恣於旗亭北里間，自云「青樓薄倖」，不虚耳。元微之「頻頻聞動中門鎖，猶帶春醒懶相送」，李義山「書被催成

墨未濃」、「車走雷聲語未通」，始真是浪子宰相，清狂從事。（賀裳《載酒園詩話》卷一豔詩）

金谷園①

繁華事散逐香塵，流水無情草自春。日暮東風怨啼鳥，落花猶似墮樓人②。

【注　釋】

①金谷園：見《題桃花夫人廟》詩注③。《杜牧年譜》謂「石崇金谷園故址，在唐洛陽城東北。此詩亦杜牧居洛陽時所作；詩作於春日，蓋在開成元年或二年春間」，故將此詩姑附於開成元年（八三六）。

②墮樓人：指晉石崇愛妾緑珠。參見《題桃花夫人廟》詩注③。

【集　評】

低徊百倍。（鄭郲評本詩）

重登科①

星漢離宫月出輪，滿街含笑綺羅春②。花前每被青娥問〔一〕③，何事重來只一人？

【校勘記】

〔一〕「娥」，《全唐詩》卷五二五作「蛾」，馮注本校：「一作蛾。」

【注釋】

① 此詩《全唐詩》卷五一六又作何扶詩，詩題、文字有所不同。其詩題爲《寄舊同年》，詩云：「金榜題名墨尚新，今年依舊去年春。花間每被紅妝問，何事重來只一人。」此詩早即見於唐五代王定保《摭言》。《全唐詩重出誤收考》以爲「詩句與何扶逼肖，題爲《寄舊同年》。《摭言》三載：『何扶，太和九年及第；明年，捷三篇，因以一絶寄舊同年曰：『金榜題名墨上新，今年依舊去年春。花間每被紅粧問：何事重來只一人？』』疑後人略作改動，而誤入《樊川別集》」。

② 綺羅：指穿著綺羅之女子。

③青娥：少女。江淹《水上神女賦》：「青娥羞豔，素女慚光。」

遊邊

黄沙連海路無塵①，邊草長枯不見春。日暮拂雲堆下過②，馬前逢著射鵰人③。

【注釋】

①海：瀚海，即沙漠。

②拂雲堆：見《題木蘭廟》詩注③。

③射鵰人：善射者。北齊斛律光嘗從周世宗校獵，「見一大鳥，雲表飛颺，光引弓射之，正中其頸。此鳥形如車輪，旋轉而下，至地乃大鵰也。世宗取而觀之，深壯異焉。丞相屬邢子高見而歎曰：『此射鵰手也。』當時傳號落鵰都督。」事見《北齊書》卷一七《斛律金傳附斛律光傳》。

將赴池州道中作①

青陽雲水去年尋②，黄絹歌詩出翰林③。投轄暫停留酒客④，絳帷斜繫滿松陰⑤。妖人笑我不相問⑥，道者應知歸路心。南去南來盡鄉國，月明秋水只沉沉〔一〕⑦。

【校勘記】

〔一〕「月明」，原作「月沉」，據《全唐詩》卷五二五、馮注本改。

【注　釋】

①《全唐詩重出誤收考》謂「吴在慶《杜牧疑僞詩考辨》以爲，青陽乃池州屬縣，杜牧只在會昌四年秋由黄州移刺池州，而本詩却説去年已到過青陽，與杜牧行踪不符。詩題又云《赴池州道中》，詩中有『投轄暫停』及『絳帷斜繫』等句，顯爲由陸路赴池州，而杜牧由黄州赴池州乃沿江乘舟而下，顯然乖忤。詩意又有歸家心急之意，杜牧家在長安，又不合，故詩非其作。見《中華文史論叢》一九八五年第一輯」。

②青陽：池州屬縣，今屬安徽。

③黄絹歌詩：絶妙之詩歌。《世説新語·捷悟》記曹娥碑背有「黄絹幼婦，外孫齏臼」八字，楊修釋云：「黄絹，色絲也，於字爲絶；幼婦，少女也，於字爲妙；外孫，女子也，於字爲好；齏臼，受辛也，於字爲辭。所謂絶妙好辭也。」

④投轄：轄，插入車軸兩端孔穴以固定車輪之銷釘。漢代陳遵嗜酒，宴賓客時，常將門關上，「取賓客車轄投井中，雖有急，終不得去」。事見《漢書》卷九二本傳。

⑤絳帷：紅色車帷。漢代刺史用「傳車驂駕垂赤帷裳」，後遂以絳帷代指刺史。

⑥妖人：美麗女子。

⑦沉沉：深邃貌。

隋宮春

龍舟東下事成空①，蔓草萋萋滿故宫。亡國亡家爲顔色②，露桃猶自恨春風〔一〕③。

【校勘記】

〔一〕「春風」，文津閣本作「東風」。

【注釋】

① 龍舟東下：指大業年間隋煬帝多次乘龍舟遊幸江都之事。

② 顏色：指美色。陸機《擬青青河畔草》：「粲粲妖容姿，灼灼美顏色。」

③ 露桃：即桃樹、桃花。以《樂府詩集·相和歌辭三·雞鳴》：「桃生露井上，李樹生桃旁。」故稱。左思《齊都賦》：「露桃霜李。」顧況《瑶草春》：「露桃穠李自成蹊，流水終天不向西。」

蠻中醉〔一〕①

瘴塞蠻江入洞流〔二〕，人家多在竹棚頭〔三〕。青山海上無城郭〔四〕，唯見松牌出象州〔五〕②。

【校勘記】

〔一〕《全唐詩》卷五二五題下校：「一作張籍詩。」馮注本校：「一作張籍詩，題無醉字。」《全唐詩》卷三

八六《張籍集》題作《蠻州》，下校：「又作杜牧詩，題云《蠻中醉》。」

〔二〕「瘴塞蠻江」，《全唐詩》卷三八六《張籍集》作「瘴水蠻中」。

〔三〕「在」，《全唐詩》卷三八六《張籍集》作「住」。

〔四〕「青」，《全唐詩》卷三八六《張籍集》作「一」，下校：「一作青。」

〔五〕「出」，《全唐詩》卷三八六《張籍集》作「記」。

【注　釋】

①《全唐詩重出誤收考》謂「詩云：『瘴水蠻中入洞流，人家多住竹棚頭。青山海上無城郭，唯見松牌出象州。』松牌即水松牌，晉嵇含撰《南方草木狀》云：『水松……出南海，……嶺北人極愛之。』……象州屬嶺南道桂管經略使治下，在今廣西柳州市南。而杜牧《自撰墓誌銘》中之仕歷，一生遊蹤未至廣西。張籍及第前曾漫遊浙贛，渡嶺南下，集中有《嶺外逢故人》及《蠻中》等詩，他在嶺南漫遊期間，也曾結識下一些朋友，其《送南客》云：『夜市連銅柱，巢居屬象州。來時舊相識，誰向日南遊。』那麽此重出詩亦是張籍至象州時所寫。杜牧《樊川别集》收入，而後人對别集中詩多有懷疑，如明代徐𤊹《紅雨樓題跋》曾云：『别集一卷，姚寬《西溪叢話》以爲許渾詩，許曾至鬱林，杜未有西粤之役，而别集有「松牌出象州」之句，姚語或有據也。』」

②象州：州名。隋開皇十一年置，治所在桂林縣，以象山爲州名。唐大曆十一年移治陽壽縣（今廣西象州縣）。

寓題

把酒直須判酩酊①，逢花莫惜暫淹留。假如三萬六千日②，半是悲哀半是愁。

【注釋】

①判：不顧，豁出去。杜甫《曲江值雨》：「縱飲久判人共棄，嬾朝真與世相違。」

②三萬六千日：人生百年約計日數。

送趙十二赴舉

省事却因多事力，無心翻似有心來。秋風郡閣殘花在，别後何人更一杯？

偶呈鄭先輩

不語亭亭儼薄妝①，畫裙雙鳳鬱金香②。西京才子旁看取〔一〕，何似喬家那窈娘〔二〕③？

【校勘記】

〔一〕此句文津閣本作「西京風度旁看取」。

〔二〕「何似」，文津閣本作「可似」。

【注　釋】

① 儼薄妝：儼，矜持莊重貌。薄妝，淡妝。

② 鬱金香：香草名。《唐會要》卷一百《雜録》：「伽毘國獻鬱金香，葉似麥門冬，九月花開，狀如芙蓉，其色紫碧，香聞數十步，華而不實。欲種取其根。」

③ 窈娘：初唐詩人喬知之侍婢名。《本事詩·情感第一》：「唐武后時，左司郎中喬知之有婢名窈娘，藝色爲當時第一。知之寵愛，爲之不婚。武延嗣聞之，求一見，勢不可抑。既見，即留，無復還

理。知之痛憤成疾，因爲詩，寫以縑素，厚閻守以達。窈娘得詩悲惋，結於裙帶，赴井而死。」

子規〔一〕①

蜀地曾聞子規鳥〔二〕，宣城又見杜鵑花〔三〕。一叫一回腸一斷，三春三月憶三巴。

【校勘記】

〔一〕《全唐詩》卷一八四《李白集》題作《宣城見杜鵑花》，下校：「一作杜牧詩，題云《子規》。」《全唐詩》卷五二五、馮注本校：「此詩又見李白集，題作宣城見杜鵑花。」

〔二〕「蜀地」，《全唐詩》卷一八四《李白集》作「蜀國」。

〔三〕「又」，《全唐詩》卷一八四《李白集》作「還」。

【注　釋】

①《全唐詩重出誤收考》謂「王琦注云：『太白本蜀地綿州人，綿州在唐時亦謂之巴西郡，因在異鄉，見杜鵑花開，想蜀地此時杜鵑應已鳴矣，不覺有感而動故國之思。楊升庵引此詩以爲太白是蜀人

非山東人之一證。或以此詩爲杜牧所作《子規》詩，非也。』詹鍈《李白詩文繫年》繫此詩爲天寶十四載（七五五）太白在宣城郡作。按曰：『詩云：「三春三月憶三巴」，知是暮春作。《李詩辨疑》曰：「辭意支離，不相續照，據詩意後二句當接説杜鵑花，却説杜鵑鳥去，意不相照。一叫一回腸一斷，乃宋元以下卑弱之辭，曾謂唐之大方家而爲此乎！」《全唐詩》於題下注云：「一作杜牧詩，題云子規」。楊升庵外集：「此太白寓宣州懷西蜀故鄉之作也。太白爲蜀人，見於劉全白誌銘、曾南豐集序、楊遂故宅記及自叙書，不一而足，此詩又一證也。」按楊慎家藏樂史本《李太白集》，此詩既爲慎所稱道，則樂史本《李翰林集》當已載此詩，且杜牧京兆萬年人，生平未嘗一履蜀地，與此詩所云「蜀國曾聞子規鳥」亦不合。則此詩當是太白原作，朱諫謂爲宋元以後卑弱之辭，大誤。』」

江　樓①

獨酌芳春酒，登樓已半醺。誰驚一行雁，衝斷過江雲。

【注　釋】

①《全唐詩》卷四六又作韋承慶詩，《全唐詩重出誤收考》謂「《樊川文集》中不載此詩，北宋熙寧六年（一〇七三）田槩編《樊川别集》時補入。《絶句》一四作杜牧」。

旅　宿①

旅館無良伴，凝情自悄然。寒燈思舊事，斷雁警愁眠〔一〕。遠夢歸侵曉，家書到隔年。湘江好煙月，門繫釣魚船。

【校勘記】

〔一〕「愁眠」，文津閣本作「秋眠」。

【注　釋】

①此詩有「湘江好煙月，門繫釣魚船」句，則作者家鄉在湘江畔，與杜牧生平不合，詩非杜牧作。

杜鵑①

杜宇竟何冤，年年叫蜀門②？至今銜積恨，終古弔殘魂。芳草迷腸結〔一〕，紅花染血痕③。山川盡春色，嗚咽復誰論？

【校勘記】

〔一〕「腸」，原作「觴」，據《全唐詩》卷五二五、馮注本改。馮注本校：「一作觴。」

【注釋】

①杜鵑：鳥名，又名子規、杜宇。相傳古蜀國望帝（杜宇）自以德薄，委國禪鱉冷，自亡去，死後化爲子規。

②蜀門：原爲山名。即劍門。在四川省劍閣縣北。山勢險峻，古爲戍守之處。此處用以代稱蜀地。杜甫《木皮嶺》詩：「季冬攜童稚，辛苦赴蜀門。」

③染血痕：據説杜鵑悲啼滴血，紅花似其血所染。

聞蟬

火雲初似滅，曉角欲微清。故國行千里，新蟬忽數聲。時行仍髣髴，度日更分明。不敢頻傾耳，唯憂白髮生。

送友人

十載名兼利，人皆與命爭。青春留不住[一]，白髮自然生。夜雨滴鄉思，秋風從別情。都門五十里，馳馬逐雞聲。

【校勘記】

[一]「留」，原作「望」，據《全唐詩》卷五二五改。馮注本校：「一作留。」

旅　情①

窗虚枕簟涼，寢倦憶瀟湘②。山色幾時老？人心終日忙。松風半夜雨，簾月滿堂霜。匹馬好歸去，江頭橘正香。

【注　釋】

① 本詩有「憶瀟湘」及「匹馬好歸去，江頭橘正香」句，則作者家在湖湘一帶，與杜牧家京兆不合，詩非杜牧作。

② 瀟湘：見《早春寄岳州李使君李善棋愛酒情地閒雅》詩注②。

曉　望

獨起望山色，水雞鳴蓼洲①。房星隨月曉②，楚木向雲秋。曲渚疑江盡，平沙似浪浮。秦原在何處〔一〕③？澤國碧悠悠。

【校勘記】

〔一〕「秦原」，文津閣本作「秦園」。

【注　釋】

①水雞句：水雞，水鳥名。《漢書·司馬相如傳上》：「煩鶩庸渠。」唐顔師古注：「庸渠，即今之水雞也。」杜甫《閬水歌》：「巴童蕩槳欹側過，水雞銜魚來去飛。」仇兆鰲注引朱鶴齡曰：「嘗聞一蜀士云：『水雞，其狀如雄雞而短尾，好宿水田中。』今川人呼爲水雞翁。」蓼洲，在今江西南昌市西南。原有兩洲相並，水自中流，上有居民。

②房星：星名，二十八宿之一。

③秦原：泛指陝西長安及附近地區。

貽友人

自是東西客①，逢人又送人。不應相見老，秖是別離頻。度日還知暮，平生未識春。儻無遷谷分②，歸去養天真③。

【注　釋】

①東西客：指四處奔波之旅客。

②遷谷：指進士及第或仕途升遷。《詩·小雅·伐木》：「伐木丁丁，鳥鳴嚶嚶。出自幽谷，遷於喬木。」

③天真：指自然真淳之本性。

書　事①

自笑走紅塵，流年舊復新。東風半夜雨，南國萬家春。失計拋漁艇，何門化涸鱗②？是誰添歲月，老却暗投人③。

【注　釋】

①此詩有「自笑走紅塵，流年舊復新」、「失計拋漁艇，何門化涸鱗？是誰添歲月，老却暗投人」諸句，可見作者乃老於場屋未第者，此與杜牧生平不合，詩非杜牧作。

②化涸鱗：化，改變。涸鱗，涸轍之魚。比喻身陷困境急待救援者。《莊子·外物》：「莊周家貧，

故往貸粟於監河侯。監河侯曰：『諾。我將得邑金，將貸子三百金，可乎？』莊周忿然作色曰：『周昨來，有中道而呼者，周顧視車轍中，有鮒魚焉。周問之曰：「鮒魚來，子何爲者邪？」對曰：「我東海之波臣也，君豈有斗升之水而活我哉？」周曰：「諾。我且南遊吳越之王，激西江之水而迎子，可乎？」鮒魚忿然作色曰：「吾失我常與，我無所處。吾得斗升之水然活耳，君乃言此，曾不如早索我於枯魚之肆！」』」

③暗投：明珠暗投，用以比喻懷才不遇。

別鶴〔一〕

分飛共所從，六翮勢催風〔二〕①。聲斷碧雲外，影孤明月中。青田歸遠路②，丹桂舊巢空〔三〕③。矯翼知何處④？天涯不可窮。

【校勘記】

〔一〕《全唐詩》卷四四六《白居易集》題作《失鶴》，其五、六兩句與本詩三、四句同，僅「影孤」白集作「影沉」。

〔二〕「催」，《全唐詩》卷五二五、馮注本校：「一作摧。」

〔三〕「丹」，《全唐詩》卷五二五校：「一作月。」

【注釋】

①六翮：鳥翼。翮，鳥翅大翎。

②青田：縣名，唐屬括州。治所即在今浙江青田縣。縣西北，有青田山，産胎化鶴。

③丹桂：桂樹之一種，葉如桂，皮赤。

④矯翼：舉翼高飛。

晚泊

帆濕去悠悠，停橈宿渡頭。亂煙迷野岸，獨鳥出中流。篷雨延鄉夢，江風阻暮秋。儻無身外事，甘老向扁舟。

山寺

峭壁引行徑①，截溪開石門。泉飛濺虛楹〔一〕，雲起漲河軒②。隔水看來路，疏籬見定猿③。未閑難久住，歸去復何言。

【校勘記】

〔一〕「楹」，《全唐詩》卷五二四作「檻」。馮注本作「牅」，下校：「一作檻。」

【注釋】

① 引：延伸。

② 河軒：臨河長廊或亭軒之類建築物。

③ 定猿：安靜不動之猴子。

【集　評】

《山寺》：鍾云：慨然感深。（鍾惺譚元春《唐詩歸》卷三十三「晚唐」一）

《山寺》詩曰：「峭壁引行徑，截溪開石門。泉飛濺虚檻，雲起漲河軒。隔水看來路，疎籬見定猿。未閑難久住，歸去復何言？」詩亦清傲。但讀韋蘇州「新泉泄陰壑，高蘿蔭緑塘。攀林一棲止，飲水得清涼。物累誠可遣，疲甿終未忘。還歸坐郡閣，但見山蒼蒼」，彼則温然循良者之言矣。（賀裳《載酒園詩話又編·杜牧》）

早　行

垂鞭信馬行，數里未雞鳴。林下帶殘夢，葉飛時忽驚。霜凝孤鶴迥，月曉遠山横。僮僕休辭慮〔一〕，時平路復平。

【校勘記】

〔一〕「慮」，《全唐詩》卷五二五、馮注本作「險」，馮注本又校：「一作慮。」

秋日偶題

荷花兼柳葉，彼此不勝秋。玉露滴初泣，金風吹更愁。綠眉甘棄墜〔一〕①，紅臉恨飄流②。數息是遊子〔二〕，少年還白頭。

【校勘記】

〔一〕「棄墜」，文津閣本作「葉墜」。

〔二〕「數」，《全唐詩》卷五二五、文津閣本、馮注本作「歎」。

【注　釋】

①綠眉：指柳葉，葉形如眉。

②紅臉：指荷花，粉紅如臉。

憶歸①

新城非故里，終日想柴扃。興罷花還落，愁來酒欲醒。何人初髮白，幾處亂山青？遠憶湘江上，漁歌對月聽。

【注釋】

① 此詩有「終日想柴扃」、「遠憶湘江上，漁歌對月聽」句，則作者故鄉在湘江畔，與杜牧生平不合，詩當非杜牧之作。

偶見黄州作〔一〕①

朔風高緊掠河樓，白鼻騧郎白罽裘②。有箇當壚明似月③，馬鞭斜揖笑回頭。

【校勘記】

〔一〕詩題原作《偶見黄州作》，今據《全唐詩》卷五二五改。馮注本作《黄州偶見作》。

【注　釋】

①《杜牧年譜》謂此詩乃杜牧任黄州刺史時作，即在會昌二年至四年（八四二—八四四）秋間作。

②白鼻騧郎句：騧，身黄嘴黑之馬。白罽裘，白毛之皮衣。罽，一種毛織品。

③當壚：指當壚賣酒之女子。壚，酒店安放酒甕、酒壇之土臺。

醉　倒

日晴空樂下仙雲，俱在涼亭送使君。莫辭一盞即相請，還是三年更不聞。

酬許十三秀才兼依來韻

多爲裁詩步竹軒①，有時凝思過朝昏。篇成敢道懷金璞②，吟苦唯應似嶺猿。迷興每慚花

月夕，寄愁長在别離魂。煩君把卷侵寒燭〔一〕③，麗句時傳畫戟門④。

【校勘記】

〔一〕「煩」，《全唐詩》卷五二五作「憑」，下校：「一作煩。」馮注本校：「一作憑。」

【注釋】

①裁詩：裁紙題詩。

②金璞：猶金玉，此指詩篇精美。

③侵：近。

④畫戟門：指官府及顯貴之家。畫戟，有彩飾之木戟，列官府、宫廟及顯貴之家門前。

後池泛舟送王十秀才

城日晚悠悠，絃歌在碧流。夕風飄度曲①，煙嶼隱行舟〔一〕。問拍疑新令〔二〕②，憐香占彩毬③。當筵雖一醉，寧復緩離愁。

【校勘記】

〔一〕「嶼」，《全唐詩》卷五二五、馮注本校：「一作嶴。」

〔二〕「疑」，《全唐詩》卷五二五作「擬」，下校：「一作疑。」馮注本作「疑」，下校：「一作擬。」

【注　釋】

①度曲：按譜歌唱。張衡《西京賦》：「度曲未終，雲起雪飛，初若飄飄，後遂霏霏。」

②問拍句：拍，節拍。新令，新成之酒令。

③彩毬：一種内填香料之彩色球。白居易《醉後贈人》：「香球趁拍回環匼。」

書　情

誰家洛浦神①？十四五來人。媚髮輕垂額，香衫軟著身。摘蓮紅袖濕，窺淥翠蛾頻〔一〕②。飛鵲徒來往③，平陽公主親④。

【校勘記】

〔一〕「蛾」，原作「娥」，據《全唐詩》卷五二五、馮注本改。

【注　釋】

①洛浦神：洛水女神宓妃。此泛指美女。

②翠蛾嚬：翠蛾，指女子眉毛。嚬，通顰。

③鵲：喜鵲。俗以爲喜鵲叫聲爲吉祥之兆。

④平陽公主：漢景帝女陽信長公主嫁平陽侯曹壽，故稱平陽公主。此謂美女乃權勢家之親戚，不可接近。

兵部尚書席上作〔一〕①

華堂今日綺筵開，誰召分司御史來〔二〕②？偶發狂言驚滿坐〔三〕，三重粉面一時回〔四〕。

【校勘記】

〔一〕《全唐詩》卷五二五、馮注本均在「兵部」下校：「一作李。」

〔二〕「召」，《本事詩・高逸》、《唐詩紀事》卷五六、《全唐詩》卷五二五、馮注本均作「喚」，《全唐詩》卷五二五、馮注本又校：「一作召。」

〔三〕「偶」，《本事詩・高逸》、《唐詩紀事》卷五六作「忽」，《全唐詩》卷五二五、馮注本均校：「一作忽。」

〔四〕「三重粉面」，《本事詩・高逸》、《唐詩紀事》卷五六作「兩行紅粉」，《全唐詩》卷五二五、馮注本均校云：「《紀事》作兩行紅粉。」

【注　釋】

①此詩及本事見於《本事詩・高逸》：「杜爲御史，分務洛陽時，李司徒罷鎮閒居，聲伎豪華，爲當時第一。洛中名士，咸謁見之。李乃大開筵席，當時朝客高流，無不臻赴。以杜持憲，不敢邀置。杜遣座客達意，願與斯會。李不得已，馳書。方對花獨酌，亦已酣暢，聞命遽來。時會中已飲酒，女奴百餘人，皆絶藝殊色。杜獨坐南行，瞪目注視。引滿三巵，問李云：『聞有紫雲者，孰是？』李指示之。杜凝睇良久，曰：『名不虚得，宜以見惠。』李俯而笑，諸妓亦皆迴首破顔。杜又自飲三爵，朗吟而起曰：『華堂今日綺筵開，誰喚分司御史來？忽發狂言驚滿坐，兩行紅粉一時迴。』意

氣閒逸，傍若無人。」末及李司徒之名，文字與注亦略有不同。《太平廣記》卷二七三謂李司徒爲李願。繆鉞《杜牧年譜》認爲李司徒爲李聽，詩作於大和末、開成初（八三五—八三六）杜牧任監察御史分司東都時。然《全唐詩重出誤收考》引吴企明之説謂「杜牧爲御史分務洛陽，是在開成元年（八三六），而李願卒於寶曆元年（八二五）六月，故不會在洛陽共宴，見《唐音質疑録》。」兩説不同，並記於此。

② 分司：唐代於東都洛陽設置留省、留臺，其官員稱分司官。

【集　評】

苕溪漁隱曰：東坡聞李公擇飲傅國博家，大醉，有詩云：「不肯醒醒騎馬回，玉山知爲玉人頽。紫雲有語君知否，莫唤分司御史來。」即此事也。又《侍兒小名録》云：「兵部李尚書樂妓崔紫雲，詞華清峭，眉目端麗，李公爲尹東洛，宴客將酣，杜公輕騎而來，連飲三觥，謂主人曰：『嘗聞有能篇詠紫雲者，今日方知名不虚傳，倘垂一惠，無以加焉。』諸妓回頭掩笑，杜作前詩，詩罷，上馬而去。李公尋以紫雲贈之。紫雲臨行獻詩曰：『從來學製斐然詩，不料霜臺御史知。忽見便教隨命去，戀恩腸斷出門時。』」《侍兒小名録》不載此事出於何書，疑好事者附會爲之也。（胡仔《苕溪漁隱叢話後集》卷十五「杜牧之」）

唐人佳作林立，選家以愛憎爲去取，遂失廬山真面。先廣文嘗云：「讀古人詩，須讀全集，選本

最誤人。中唐詩人如劉夢得、杜牧之、張文昌，皆卓然成家。夢得詩如《㭎絲瀑》、《秋螢引》、《生公講堂》，樂府絶句，《杜司空席上》諸作，宛有六朝風致。律詩至晚唐，義山而下，牧之爲最。宋人評其詩豪宕奇麗，排偶中時有奔逸之氣，蓋確論也。文昌擬樂府諸詩，綽有妙緒；五言近體如《聽泉》、《夜到漁家》、《山中贈日南僧》、《酬韓庶子》，七言如《贈王秘書》、《謝裴司空寄馬》、《贈茆山楊判官》、《哭丘長史》諸作，東野所謂「一卷冰雪文，避俗常自攜」者也。選家無識，隨意去取，古人之真，日就湮没，可勝歎哉！」（陸鎣《問花樓詩話》卷一）

驌驦阪①

荆州一萬里②，不如蒯易度③。仰首望飛鳴，伊人何異趣？

【注　釋】

① 驌驦：駿馬名。本作「肅爽」、「驌驦」。《左傳·定公三年》：「唐成公如楚，有兩肅爽馬。」張協《七命》：「駕紅陽之飛燕，驂唐公之驌驦。」

② 荆州：州名。治所在今湖北江陵。

③ 蒯易度：「易」字當作「異」。蒯越，字異度，原爲劉表大將，後降曹操。《三國志・劉表傳》注引《傅子》云：「荆州平，太祖與荀彧書曰：『不喜得荆州，喜得蒯異度耳。』」此即詩意所本。

集外詩

集外詩一

《集外詩一》乃録自《全唐詩》卷五二六(一九七八年上海古籍出版社《樊川詩集注》一書中《樊川集遺收詩補録》亦據《全唐詩》此卷收入大部分詩)。此卷詩多與許渾詩重出，當出自劉克莊所見杜牧《續別集》三卷中。劉克莊《後村詩話》謂《續別集》「十八九是許渾詩」。此集《全唐詩》中有校語者，今均移出以「本詩校」併入校勘記中。

冬日五湖館水亭懷別〔一〕①

蘆荻花多觸處飛，獨凭虚檻雨微微〔二〕。寒林葉落鳥巢出，古渡風高漁艇稀〔三〕。雲抱四山終日在，草荒三徑幾時歸。江城向晚西流急〔四〕，無限鄉心聞擣衣〔五〕。

【校勘記】

〔一〕「湖」，《文苑英華》卷二九八、《全唐詩》卷五三六《許渾集》作「浪」。本詩校：「一作浪。」

〔二〕「獨凭」，《文苑英華》卷二九八作「遊登」，下校：「集作獨凭。」

〔三〕「風」，《文苑英華》卷二九八、《全唐詩》卷五三六《許渾集》作「浪」，《文苑英華》又校：「集作浪。」

〔四〕「晚」，《全唐詩》卷五三六《許渾集》作「暝」。「西流急」，《文苑英華》卷二九八校：「集作東風急。」《全唐詩》卷五三六《許渾集》作「東風急」。

〔五〕「無限鄉心」，《文苑英華》卷二九八校：「集作一半鄉愁。」《全唐詩》卷五三六《許渾集》作「一半鄉愁」，本詩校：「一作一半鄉愁。」

【注釋】

① 此詩又見《全唐詩》卷五三六《許渾集》。《全唐詩重出誤收考》謂「《英華》二九八作杜牧，並據其本集校。四部叢刊景宋本《丁卯集》不載。《詩人玉屑》三引頷聯亦爲杜牧。」

【集評】

【唐人句法·眼用拗字】「寒林葉落鳥巢出，古渡風高漁艇稀。」杜牧《五湖館水亭懷別》。（魏慶之《詩人玉屑》卷三）

不寢①

到曉不成夢，思量堪白頭。多無百年命，長有萬般愁。世路應難盡〔一〕，營生卒未休。莫言名與利，名利是身讎。

【校勘記】

〔一〕「世路」，《全唐詩》卷五三二《許渾集》作「世事」。

【注釋】

① 此詩又見《全唐詩》卷五三二《許渾集》。《全唐詩重出誤收考》謂「四部叢刊景宋本《丁卯集》不載，樊川集、别集、外集亦不收，疑非一人詩」。

泊松江〔一〕①

清露白雲明月天，與君齊櫂木蘭船。南湖風雨一相失〔二〕，夜泊横塘心渺然。

【校勘記】

〔一〕《全唐詩》卷五三八《許渾集》題作《夜過(一作泊)松江渡寄友人》，本詩校：「一作許渾詩，題作夜泊松江渡寄友人。」

〔二〕「南湖風雨」，本詩校：「一作風波湖雨。」

【注釋】

① 此詩又見《全唐詩》卷五三八《許渾集》。《全唐詩重出誤收考》謂「吴企明《樊川詩甄辨柹札》云，宋岳珂《寶真齋法書贊》卷六載『唐許渾烏絲欄詩真跡』，按語云：『右唐郢州刺史許渾所書烏絲欄詩一百七十一篇真跡。分上下兩卷，組織間錯，辭格華古，筆妙爛然，見爲三絶。』吴企明云『逐一核對，《樊川集遺收詩補録》中有二十九首，見之於許渾真跡。各詩題名如下：《聞開江相國宋

公下世二首》、《出關》、《過鮑溶宅有感》、《寄兄弟》、《秋日》、《卜居招書侶》、《西山草堂》、《貽隱者》、《夜泊松江渡寄友人》(《樊川集遺收詩補録》題作《泊松江》)、《石池》、《送蘇協律從事振武》、《懷政禪師》、《送荔浦蔣明府赴任》、《秋夕有懷》、《秋霽寄遠》、《經古行宫》、《宣州開元寺贈惟真上人》、《秋晚懷茅山石涵村舍》、《留題李侍御書齋》、《行次白沙館先寄上河南王侍郎》、《越中》、《聞范秀才自蜀遊江湖》、《緑蘿》、《貽遷客》、《宿東横山瀨》、《陵陽送客》、《贈桐江隱者》(《樊川集遺收詩補録》題作《寄桐江隱者》)、《送太昱禪師》。』據此，此詩在許渾手跡内，非杜牧作。《絶句》二四作許」。

題水西寺①

三日去還往，一生焉再遊。含情碧溪水，重上粲公樓。

【注　釋】

① 此詩馮集梧《樊川詩集注》本《樊川詩補遺》已據《唐音統籤》收入。

贈別宣州崔群相公①

衰散相逢洛水邊，却思同在紫薇天。盡將舟楫板橋去，早晚歸來更濟川。

【注釋】

① 此詩《樊川詩補遺》已據《唐音統籤》收入。《全唐詩重出誤收考》謂「張金海、吳在慶考皆以爲此詩非杜牧作，崔群任宣州是在文宗大和元年正月以前，而杜牧在大和元年於東都洛陽應進士舉，以後授弘文館校書郎，二人不可能在宣州相别。且詩有『衰散相逢洛水邊，却思同在紫薇天。』可知：一、詩人與崔群年輩相仿。據《舊唐》一五九崔群傳及白居易《祭崔相公文》，崔群卒於大和六年，享年六十一。杜牧此時年方三十，兩人年輩懸殊。二、衰散指老邁，即使杜、崔相逢於洛水時，也當在大和元年至二年，此時杜牧年方二十五六，斷不可自稱『衰散』。三、即使崔、杜相遇於洛，但崔已任兵部尚書，杜亦不宜再以『宣州崔相公』稱之。四、所謂紫薇，指中書省，詩中『却思同在紫薇天』指同在中書省任職，崔群任中書舍人時杜牧尚未入仕，故此詩決非杜作。見《武漢大學學報》一九八二年第二期、《中華文史論叢》一九八五年第一期」。

聞開江相國宋公下世二首〔一〕①

其一

權門陰進奪移才〔二〕，驛騎如星墮峽來。晁氏有恩忠作禍，賈生無罪直爲災。貞魂誤向崇山没，冤氣疑從湘水回〔三〕。畢竟成功何處是〔四〕，五湖雲月一帆開。

【校勘記】

〔一〕詩題原作《聞開江相國宋下世二首》，並在「宋」字下校：「一作宋相公申錫」，《全唐詩》卷五三六《許渾集》題作《聞開江相國宋相公申錫下世二首》，今據宋岳珂《寶真齋法書贊》卷六載「唐許渾烏絲欄詩真跡」改。

〔二〕「進」，《全唐詩》卷五三六《許渾集》作「奏」，本詩校：「一作奏。」

〔三〕「湘」，《全唐詩》卷五三六《許渾集》作「汨」，下校：「一作湘。」本詩校：「一作汨。」

〔四〕「成功」，《全唐詩》卷五三六《許渾集》作「功成」，本詩校：「一作功成。」

【注　釋】

①此詩又見《全唐詩》卷五三六《許渾集》，詩題爲《聞開江相國宋相公申錫下世二首》。《全唐詩重出誤收考》謂「宋申錫字慶臣，《舊唐》一六七、《新唐》一五二有傳。言其孤直清慎，文宗即位拜户部郎中、知制誥，大和二年（八二八）拜中書舍人，復爲翰林學士。帝惡宦官權寵震主，而王守澄典禁兵跋扈放肆。文宗察申錫忠厚，令外廷朝臣謀去之。事泄，王守澄使鄭注告宋申錫謀反，又將以二百騎就靖恭里欲屠申錫之家，左常侍崔玄亮等朝臣十四人伏玉階申其冤，貶宋申錫爲開州司馬。大和七年卒於開州。許渾集中尚有《太和初靖恭里感事》，《全詩》注云：『詠宋申錫也。申錫爲王守澄所構，謫死開州，文宗太和五年事。』按此兩首亦在許渾手跡中，……當爲許渾作。吴企明考亦認爲是許渾的感事詩而誤入樊川集中。」

其二

月落清湘棹不喧〔一〕，玉杯瑶瑟奠蘋蘩。誰令力制乘軒鶴〔二〕，自取機沉在檻猿。位極乾坤三事貴，謗興華夏一夫冤。宵衣旰食明天子，日伏青蒲不爲言〔三〕。

【校勘記】

〔一〕「清湘」，《全唐詩》卷五三六《許渾集》作「湘潭」，本詩校：「一作湘潭。」

〔二〕「令」，本詩校：「一作能。」「軒」，《全唐詩》卷五三六《許渾集》作「時」。

〔三〕「爲」，《全唐詩》卷五三六《許渾集》作「敢」，本詩校：「一作敢。」

出　關①

朝纓初解佐江濆〔一〕，麋鹿心知自有群。漢囿獵稀慵獻賦，楚山耕早任移文。卧歸漁浦月連海，行望鳳城花隔雲。關吏不須迎馬笑，去時無意學終軍。

【校勘記】

〔一〕「濆」，《全唐詩》卷五三六《許渾集》作「濱」。

【注　釋】

① 此詩又見《全唐詩》卷五三六《許渾集》。《全唐詩重出誤收考》謂「此詩亦見許渾手跡中。張金

海考認爲非杜作，詩中『朝纓初解佐江瀆』及『卧歸漁浦月連海』等句，作者應是長江中下游一帶的人，與許渾身世合」。

暝投雲智寺渡溪不得却取沿江路往①

雙巖瀉一川，回馬斷橋前。古廟陰風地，寒鐘暮雨天。沙虚留虎跡，水滑帶龍涎。却下臨江路，潮深無渡船。

【注釋】

① 此詩又見《全唐詩》卷五三二《許渾集》，詩題作《暝投靈智寺渡溪不得却取沿江路往》。《全唐詩重出誤收考》謂「中四句又見許渾《晚投慈恩寺呈俊上人》詩中。此詩兩聯在許渾集中雙見，許渾作詩用語多雷同，疑非杜牧作」。

宣城贈蕭兵曹①

桂檝謫湘渚，三年波上春。舟寒句溪雪〔一〕，衣故洛城塵〔二〕。客道恥摇尾，皇恩寬犯鱗。

花時去國遠，月夕上樓頻。賒酒不辭病〔三〕，傭書非爲貧。行吟值漁父，坐隱對樵人。紫陌罷雙轍，碧潭窮一綸〔四〕。高秋更南去〔五〕，煙水是通津。

【校勘記】

〔一〕「句」，《全唐詩》卷五三七《許渾集》作「夠」，本詩校：「一作夠。」

〔二〕「故」，《全唐詩》卷五三七《許渾集》作「破」，本詩校：「一作破。」

〔三〕「賒」，《全唐詩》卷五三七《許渾集》作「貪」。

〔四〕「綸」，《全唐詩》卷五二六、本詩均校：「一作輪。」

〔五〕「秋」，《全唐詩》卷五三七《許渾集》作「歌」。

【注　釋】

① 此詩又見《全唐詩》卷五三七《許渾集》。《全唐詩重出誤收考》謂「此詩載四部叢刊景宋本《丁卯集》下，而卷上尚有《贈蕭兵曹先輩》，二句『帆轉瀟湘萬里餘』，與此詩『桂楫謫湘渚』之地點合，許渾曾在當塗、太平任縣令，皆屬宣城，董乃斌《唐詩人許渾生平考索》即繫此詩在此地作，時約開成二年秋至四年初春，見《文史》二六輯。吳在慶《杜牧疑僞詩考》亦認爲本詩確是許渾之作。

宋葛立方《韻語陽秋》三載：『余讀許渾詩，獨愛「道直去官早，家貧爲客多」之句，非親嘗者，不知其味也。《贈蕭兵曹》詩云：「客道恥摇尾，皇恩寬犯鱗。」直道去官早之實也。』《總龜》後集一一亦引之。此又許渾詩之一證」。

過鮑溶宅有感〔一〕①

寥落故人宅，重來身已亡〔二〕。古苔殘墨沼〔三〕，深竹舊書堂〔四〕。秋色池館静〔五〕，雨聲雲木涼〔六〕。無因展交道，日暮倍心傷〔七〕。

【校勘記】

〔一〕《文苑英華》卷三〇四作劉得仁詩，題爲《哭鮑溶有感》。

〔二〕「重」，《文苑英華》卷三〇四、《全唐詩》卷五四四《劉得仁集》作「今」。

〔三〕「殘」，《全唐詩》卷五四四《劉得仁集》作「封」，下校：「一作淺。」

〔四〕「舊」，《文苑英華》卷三〇四作「淺」，《全唐詩》卷五四四《劉得仁集》作「映」，下校：「一作舊。」

〔五〕「池館」，《文苑英華》卷三〇四作「池臺」，下校：「一作館。」《唐詩紀事》卷四一作「館池」，《全唐

詩》卷五四四《劉得仁集》於「館」下校：「一作臺。」

〔六〕「木」，《文苑英華》卷三〇四、《全唐詩》卷五四四《劉得仁集》作「水」。

〔七〕「倍心傷」，《文苑英華》卷三〇四作「割心腸」，《全唐詩》卷五四四《劉得仁集》作「剖心腸」。

【注　釋】

①此詩又見《唐詩紀事》卷四一，作許渾詩。又見《全唐詩》卷五三二《許渾集》，《全唐詩》卷五四四《劉得仁集》亦見，題爲《哭鮑溶（一作容）有感》。《全唐詩重出誤收考》謂「此詩亦見許渾手跡中，……當斷爲許作。《英華》三〇四載作劉得仁，後緊接爲許渾，疑編次當從此詩起爲許渾作」。

寄兄弟〔一〕①

江城紅葉盡，旅思倍淒涼〔二〕。孤夢家山遠，獨眠秋夜長。道存空倚命，身賤未歸鄉。南望仍垂淚〔三〕，天邊雁一行〔四〕。

【校勘記】

〔一〕《全唐詩》卷五三二《許渾集》題作《寄小弟》。

〔二〕此句《全唐詩》卷五三二《許渾集》作「旅思復悽傷」。

〔三〕「仍」，《全唐詩》卷五三二《許渾集》作「空」。

〔四〕此句下本詩校：「此首又見許渾集，題作寄小弟。」

【注釋】

①此詩又見《全唐詩》卷五三二《許渾集》，題爲《寄小弟》。《全唐詩重出誤收考》謂「此詩亦見許渾手跡中，……吳在慶考認爲本詩落拓情感，詩必外出覓舉干禄時作。詩中有『孤夢家山遠』及『南望仍垂淚』，杜牧入仕前僅南遊澧州、荆州等地，隨後即返長安、洛陽，故不應有南望垂淚之語。而許渾潤州丹陽人，赴長安應舉干禄，而賦詩南望家山較爲切合」。

秋日①

有計自安業，秋風罷遠吟〔一〕。買山惟種竹〔二〕，對客更彈琴。煙起藥廚晚〔三〕，杵聲松院

深。閑眠得真性，惆悵舊時心。

【校勘記】

〔一〕「遠」，《全唐詩》卷五三二《許渾集》作「苦」。

〔二〕「惟」，《全唐詩》卷五三二《許渾集》作「兼」。

〔三〕「廚」，《全唐詩》卷五三二《許渾集》作「園」。

【注　釋】

① 此詩又見《全唐詩》卷五三二《許渾集》，題爲《秋日》。《全唐詩重出誤收考》謂「此詩亦見許渾手跡中，當爲許作」。

卜居招書侶①

憶昨未知道〔一〕，臨川每羡魚。世途行處見，人事病來疏。微雨秋栽竹，孤燈夜讀書。憐君亦同志，晚歲傍山居。

【校勘記】

〔一〕「憶昨」，《全唐詩》卷五三二《許渾集》與本詩均校：「一作意壯。」

【注　釋】

① 此詩又見《全唐詩》卷五三二《許渾集》。《全唐詩重出誤收考》謂「此詩亦見許渾手跡中，當爲許作」。

西山草堂①

何處人事少〔一〕，西峰舊草堂〔二〕。曬書秋日晚，洗藥石泉香。後嶺有微雨〔三〕，北窗生曉涼〔四〕。徒勞問歸路，峰疊遶家鄉。

【校勘記】

〔一〕「人事少」，《全唐詩》卷五三二《許渾集》作「少人事」。

〔二〕「峰」，《全唐詩》卷五三二《許渾集》作「山」，本詩下校：「一作山。」

〔三〕「後嶺有」，《全唐詩》卷五三二《許渾集》作「浚嶺有」，下校：「一作後嶺看。」本詩於「有」字下校：「一作看。」「微雨」，《全唐詩》卷五三二《許渾集》作「朝雨」。

〔四〕「曉涼」，《全唐詩》卷五三二《許渾集》作「夜涼」。

【注釋】

① 此詩又見《全唐詩》卷五三二《許渾集》。《全唐詩重出誤收考》謂「此詩亦見許渾手跡中。吳在慶考此詩與《途中逢故人話西山讀書早曾遊覽》詩皆爲許渾作。西山在洪州，今江西境内，杜牧早年從未至此地讀書，詩當爲許作」。吳考詳《杜牧論稿·杜牧疑僞詩考辨》。

貽隱者〔一〕①

回報隱居山〔二〕，莫憂山興闌〔三〕。求人顔色盡，知道性情寬。信譜彈琴誤，緣崖斸藥難〔四〕。東皋亦自給，殊愧遠相安。

【校勘記】

〔一〕「貽」，《全唐詩》卷五三二《許渾集》作「贈」。

〔二〕「居」，《全唐詩》卷五三二《許渾集》校：「一作名。」「山」，《全唐詩》卷五三二《許渾集》作「士」。

〔三〕「憂」，《全唐詩》卷五三二《許渾集》作「愁」。

〔四〕「緣」，《全唐詩》卷五三二《許渾集》作「沿」，本詩校：「一作沿。」

【注　釋】

① 此詩又見《全唐詩》卷五三二《許渾集》，詩題爲《贈隱者》。《全唐詩重出誤收考》謂「此詩亦見許渾手跡中，當爲許作」。

石　池①

通竹引泉脈，泓澄深石盆〔一〕。驚魚翻藻葉，浴鳥上松根。殘月留山影〔二〕，高風耗水痕。誰家洗秋藥，來往自開門〔三〕。

【校勘記】

〔一〕「深」，《全唐詩》卷五三二《許渾集》作「潋」，本詩校：「一作潋。」

〔二〕「殘月留」，《全唐詩》卷五三二《許渾集》與本詩均校：「一作斜日回。」

〔三〕「開」，《全唐詩》卷五三二《許渾集》校：「一作關。」

【注　釋】

①此詩又見《全唐詩》卷五三二《許渾集》。《全唐詩重出誤收考》謂「此詩亦見許渾手跡中，當爲許作」。

送蘇協律從事振武①

琴尊詩思勞〔一〕，更欲學龍韜。王粲暫投筆〔二〕，吕虔初佩刀。夜吟關月苦〔三〕，秋望塞雲高。去去從軍樂，鵰飛岱馬豪。

【校勘記】

〔一〕「琴尊」，《全唐詩》卷五二九《許渾集》作「琴清」。

〔二〕「投筆」，《全唐詩》卷五二九《許渾集》作「停筆」。

〔三〕「苦」，《全唐詩》卷五二九《許渾集》作「静」。

【注　釋】

①此詩又見《全唐詩》卷五二九《許渾集》，詩題作《送樓煩李别駕》。《全唐詩重出誤收考》謂「此詩亦見許渾手跡中。四部叢刊景宋寫本《丁卯集》下，《品彙》拾遺七作許渾，當爲許作」。

懷政禪師院①

山齋路幾層，敗衲學真乘。寒暑移雙樹，光陰盡一燈。風飄高竹雪，泉漲小池冰。莫訝頻來此，修身欲到僧。

【注　釋】

①此詩又見《全唐詩》卷五三二《許渾集》。《全唐詩重出誤收考》謂「此詩亦見許渾手跡中，當爲許作」。

送荔浦蔣明府赴任①

路長春欲盡，歌怨酒多酣〔一〕。白社蓮塘北〔二〕，青袍桂水南。驛行盤鳥道，船宿避龍潭。真得詩人趣，煙霞處處諳。

【校勘記】

〔一〕「多」，《全唐詩》卷五三二《許渾集》作「初」。

〔二〕「塘」，《全唐詩》卷五三二《許渾集》作「宮」，本詩校：「一作宮。」

【注釋】

① 此詩又見《全唐詩》卷五三二《許渾集》。《全唐詩重出誤收考》謂「此詩亦見許渾手跡中，當爲許作」。

秋夕有懷①

念遠坐西閣，華池涵月涼。書回秋欲盡，酒醒夜初長。露白蓮衣淺，風清蕙帶香。前年此佳景，蘭棹醉横塘。

【注釋】

① 此詩又見《全唐詩》卷五三二《許渾集》。《全唐詩重出誤收考》謂「此詩亦見許渾手跡中，當爲許作」。

秋霽寄遠①

初霽獨登賞，西樓多遠風。横煙秋水上，疏雨夕陽中。高樹下山鳥，平蕪飛草蟲。唯應待明月，千里與君同。

【注　釋】

①此詩又見《全唐詩》卷五三二《許渾集》。《全唐詩重出誤收考》謂「此詩亦見許渾手跡中，當爲許作」。

經古行宮〔一〕①

臺閣參差倚太陽〔二〕，年年花發滿山香。重門勘鎖青春晚〔三〕，深殿垂簾白日長。草色芊綿侵御路，泉聲嗚咽繞宮牆。先皇一去無回駕，紅粉雲環空斷腸〔四〕。

【校勘記】

〔一〕本詩題下原校：「一作經華清宮。」

〔二〕「臺」，本詩校：「一作樓。」

〔三〕「勘」，本詩校：「一作閑。」

〔四〕「雲環」，本詩校：「一作翠鬟。」《全唐詩》卷五三六《許渾集》作「雲鬟」。

【注 釋】

① 此詩又見《全唐詩》卷五三六《許渾集》。《全唐詩重出誤收考》謂「此詩亦見許渾手跡中，當爲許作」。

宣州開元寺贈惟真上人①

曾與徑山爲小師，千年僧行衆人知。夜深月色當禪處，齋後鐘聲到講時。經雨緑苔侵古畫，過秋紅葉落新詩。勸君莫厭江城客，雖在風塵别有期。

【注 釋】

① 此詩見許渾烏絲欄真跡，《全唐詩重出誤收考》謂「許渾任當塗、太平縣令時，多有在宣州詩作，……故此詩亦誤入杜牧集者」。

秋晚懷茅山石涵村舍①

十畝山田近石涵，村居風俗舊曾諳。簾前白艾驚春燕，籬上青桑待晚蠶。雲暖採茶來嶺

北，月明沽酒過溪南。陵陽秋盡多歸思，紅樹蕭蕭覆碧潭。

【注　釋】

①此詩又見《全唐詩》卷五三六《許渾集》。《全唐詩重出誤收考》謂「此詩亦見許渾手跡中。首聯：『十畝山田近石涵，春居風俗舊曾諳。』頸聯：『雲暖採茶來嶺北，月明沽酒過溪南。』可見作者對茅山十分熟悉。吳在慶考認爲，許渾家在潤州，而丹徒縣有茅山，許渾集中尚有《下第歸朱方寄劉三復》，朱方即丹徒縣。又有《茅山贈梁尊師》、《遊茅山》、《贈茅山高拾遺》、《祇命許昌自郊居移就公館秋日寄茅山高拾遺》諸作，故此詩爲許渾作無疑」。

留題李侍御書齋①

曾話平生志〔一〕，書齋幾見留〔二〕。道孤心易感，恩重力難酬。獨立千峰晚〔三〕，頻來一葉秋。雞鳴應有處，不學淚空流〔四〕。

【校勘記】

〔一〕「曾」,《全唐詩》卷五三二《許渾集》作「昔」。

〔二〕「書」,《全唐詩》卷五三二《許渾集》作「高」。

〔三〕「晚」,《全唐詩》卷五三二《許渾集》作「曉」。

〔四〕「學」,《全唐詩》卷五三二《許渾集》作「覺」。「空」,本詩和《全唐詩》卷五三二《許渾集》均校:「一作潛。」

【注釋】

① 此詩又見《全唐詩》卷五三二《許渾集》。《全唐詩重出誤收考》謂「李侍御爲李師晦,許渾有《曉發天井關寄李師晦》、《秋夕宴李侍御蕆》、《贈李伊闕》等,《新唐》二一四載:『李師晦者,本宗室子,始(劉)悟辟致幕府。』後擢伊闕令。許渾《贈李伊闕》序云:『前伊闕李師晦侍御辭秩歸山,過余所止,醉圖二室於屋壁,亦招隱之旨也,因而有贈焉。』亦稱李爲侍御。郭文鎬《許渾北遊考》認爲,此重出詩爲許渾寶曆二年秋在潞州酬師晦作,見《遼寧大學學報》一九八七年第四期。此詩亦見許渾手跡中,故詩乃許渾之作」。

行次白沙館先寄上河南王侍郎①

夜程何處宿，山疊樹層層。孤館閑秋雨〔一〕，空堂停曙燈。歌慚漁浦客，詩學雁門僧。此意無人識〔二〕，明朝見李膺〔三〕。

【校勘記】

〔一〕「閑」，《全唐詩》卷五三二《許渾集》作「閉」。

〔二〕「意」，《全唐詩》卷五三二《許渾集》校：「一作去。」

〔三〕《全唐詩》卷五三二《許渾集》此句下有小注：「侍御嘗任河南少尹。」

【注　釋】

① 此詩又見《全唐詩》卷五三二《許渾集》。《全唐詩重出誤收考》謂「此詩亦見許渾手跡中，當爲許作」。

貴　遊①

朝回珮馬草萋萋[一]，年少恩深衛霍齊。斧鉞舊威龍塞北，池臺新賜鳳城西。門通碧樹開金鎖，樓對青山倚玉梯。南陌行人盡迴首，笙歌一曲暮雲低。

【校勘記】

〔一〕「珮」，《全唐詩》卷五三六《許渾集》作「佩」。「草」，《全唐詩》卷五三六《許渾集》作「早」。「萋萋」，《全唐詩》卷五三六《許渾集》作「淒淒」。

【注　釋】

① 此詩又見《全唐詩》卷五三六《許渾集》。董乃斌《唐詩人許渾生平事跡考索》（《文史》第二十六輯）以爲此詩乃許渾大中三年作於監察御史任上。

越　中①

石城花暖鷓鴣飛，征客春帆秋不歸。猶自保郎心似石，綾梭夜夜織寒衣。

【注　釋】

①此詩又見《全唐詩》卷五三八《許渾集》。《全唐詩重出誤收考》謂「此詩亦見許渾手跡中，當爲許作」。

聞范秀才自蜀遊江湖①

蜀道下湘渚，客帆應不迷。江分三峽響，山並九華齊。秋泊雁初宿，夜吟猿乍啼。歸時慎行李，莫到石城西。

【注　釋】

①此詩又見《全唐詩》卷五三二《許渾集》。《全唐詩重出誤收考》謂「此詩亦見許渾手跡中，當爲許作」。

緑　蘿①

緑蘿縈數匝，本在草堂間。秋色寄高樹，晝陰籠近山〔一〕。移花疏處過〔二〕，斸藥困時攀。日暮微風起，難尋舊徑還〔三〕。

【校勘記】

〔一〕「近」，《全唐詩》卷五三二《許渾集》作「遠」，下校：「一作舊。」本詩校：「一作遠。」

〔二〕「過」，《全唐詩》卷五三二《許渾集》作「種」，本詩校：「一作種。」

〔三〕「徑」，《全唐詩》卷五三二《許渾集》校：「一作路。」

【注　釋】

①此詩又見《全唐詩》卷五三二《許渾集》，詩題作《紫藤》。《全唐詩重出誤收考》謂「此詩亦見許渾

手跡中，當爲許作」。

宿東横山瀨〔一〕①

孤舟路漸賒，時見碧桃花。溪雨灘聲急，巖風樹勢斜。獼猴懸弱柳〔二〕，鸂鶒睡横楂〔三〕。謾向仙林宿，無人識阮家。

【校勘記】

〔一〕「山」，本詩校：「一作小。」《全唐詩》卷五三二《許渾集》題作《宿東横山》，下校：「一作東横小瀨。」

〔二〕「懸」，《全唐詩》卷五三二《許渾集》作「垂」。「柳」，《全唐詩》卷五三二《許渾集》作「蔓」，本詩校：「一作蔓。」

〔三〕此句《全唐詩》卷五三二《許渾集》作「鸂鶒睡横槎」。

【注　釋】

①此詩又見《全唐詩》卷五三二《許渾集》，詩題作《宿東横山》，下校：「一作東横小瀨。」。《全唐詩

重出誤收考》謂「此詩亦見許渾手跡中，當爲許作」。

貽遷客〔一〕①

無機還得罪，直道不傷情。微雨昏山色，疏籠閉鶴聲。閒居多野客，高枕見江城。門外長溪水，憐君又濯纓。

【校勘記】

〔一〕「貽」，本詩校：「一作贈。」

【注　釋】

① 此詩又見《全唐詩》卷五三二《許渾集》，詩題作《贈遷客》。《全唐詩重出誤收考》謂「此詩亦見許渾手跡中，當爲許作」。

陵陽送客〔一〕①

南樓送郢客，西郭望荆門〔二〕。鳧鵠下寒渚，牛羊歸遠村。蘭舟倚行棹，桂酒掩餘罇。重此一留宿，前汀煙月昏〔三〕。

【校勘記】

〔一〕《全唐詩》卷五三〇《許渾集》詩題作《送李秀才》。

〔二〕「望」，《全唐詩》卷五三〇《許渾集》作「見」。

〔三〕「汀」，《全唐詩》卷五三〇《許渾集》作「村」。「月」，《全唐詩》卷五三〇《許渾集》作「水」，本詩校：「一作水。」

【注釋】

① 此詩又見《全唐詩》卷五三〇《許渾集》，詩題作《送李秀才》。《全唐詩重出誤收考》謂「此詩亦見許渾手跡中，當爲許作」。

寄桐江隱者〔一〕①

潮去潮來洲渚春，山花如繡草如茵。嚴陵臺下桐江水，解釣鱸魚能幾人。

【校勘記】

〔一〕本詩題下有小注：「一作許渾詩。」

【注釋】

① 此詩又見《全唐詩》卷五三八《許渾集》。《全唐詩重出誤收考》謂「此詩亦見許渾手跡中，又見四部叢刊景寫宋本《丁卯集》上，趙宧光本《絶句》二九亦作許渾」。

長興里夏日寄南鄰避暑〔一〕①

侯家大道傍〔二〕，蟬噪樹蒼蒼。開鎖洞門遠，捲簾官舍涼〔三〕。欄圍紅藥盛，架引緑蘿長。

永日一欹枕〔四〕，故山雲水鄉〔五〕。

【校勘記】

〔一〕「鄰」，《文苑英華》卷二六一作「陵」，本詩校：「一作林。」

〔二〕「家」，《全唐詩》卷五三〇《許渾集》作「門」，下校：「一作家。」

〔三〕「捲」，《文苑英華》卷二六一、《全唐詩》卷五三〇《許渾集》作「下」。「官舍」，《文苑英華》卷二六一作「高館」，《全唐詩》卷五三〇《許渾集》作「賓館」，又於「賓」下校：「一作高。」

〔四〕「欹」，《文苑英華》卷二六一作「歌」。

〔五〕「水」，《全唐詩》卷五三〇《許渾集》校：「一作外。」

【注　釋】

① 此詩又見《全唐詩》卷五三〇《許渾集》，《文苑英華》卷二六一亦作許渾詩。《全唐詩重出誤收考》謂「《英華》二六一作許渾，題中『南鄰』作『南陵』。末句『永日一欹枕，故山雲水鄉。』此語只應該是許渾口氣，詩亦載許渾手跡中」。故此詩當爲許渾所作。

送太昱禪師〔一〕①

禪床深竹裏，心與徑山期。結社多高客，登壇盡小師。早秋歸寺遠，新雨上灘遲。別後江雲碧，南齋一首詩。

【校勘記】

〔一〕本詩題下校：「一作許渾詩。」

【注　釋】

① 此詩又見《全唐詩》卷五二九《許渾集》。《全唐詩重出誤收考》謂「此詩亦見許渾手跡中，四部叢刊景宋本《丁卯集》下亦載，當爲許作」。

梁秀才以早春旅次大梁將歸郊扉言懷兼别示亦蒙見贈凡二十韻走筆依韻①

玉塞功猶阻，金門事已陳。梁君在文皇朝獻書，榮宣下中書，令授一官，爲執政所阻。世途皆擾擾，鄉黨盡循循。客道難投足，家聲易發身。松篁標節晚，蘭蕙吐詞春。處困羞摇尾，懷忠壯犯鱗。宅臨三楚水，衣帶二京塵。斂跡愁山鬼，遺形慕谷神。採芝先避貴，栽橘早防貧。弦泛桐材響，杯澄糯醁醇。但尋陶令集，休獻楚王珍。林密聞風遠，池平見月匀。藤龕紅婀娜，苔磴緑嶙峋。雪樹交梁苑，冰河漲孟津。面邀文作友，心許德爲鄰。旅館將分被，嬰兒共灑巾。渭陽連漢曲，京口接漳濱。某自監察御史謝病歸家，蒙除潤州司馬。通塞時應定，榮枯理會均。儒流當自勉，妻族更誰親。照矚三光政，生成四氣仁。磻溪有心者，垂白肯湮淪。

【注　釋】

①《全唐詩重出誤收考》謂「岑仲勉《讀全唐詩札記》考定此詩爲許渾作，説：『自注云：「某自監察

御史謝病歸家，蒙除潤州司馬。」按《全文》七五四牧自撰墓銘，「拜真監察御史，分司東都，以弟病去官，授宣州團練判官」。與此不合。唯《才子傳》七許渾云：「爲當塗、太平二縣令，……久之，起爲潤州司馬，太（大）中三年，拜監察御史」，則兩仕相符而後先互倒，豈《才子傳》誤歟？」董乃斌《唐詩人許渾生平考索》云大中三年秋，許渾自監察御史辭歸京口，後任潤州司馬。此詩作於此時」。

川守大夫劉公早歲寓居敦行里肆有題壁十韻今之置第乃獲舊居洛下大僚因有唱和歎詠不足輒獻此詩①

旅館當年葺，公才此日論。林繁輕竹祖，樹暗惜桐孫。鍊藥藏金鼎，疏泉陷石盆。散科松有節，深薙草無根。龍卧池猶在，鶯遷谷尚存。昔爲揚子宅，今是李膺門。積學螢嘗聚，微詞鳳早呑。百年明素志，三顧起新恩。雪耀冰霜冷，塵飛水墨昏。莫教垂露跡，歲晚雜苔痕。

【注釋】

①《全唐詩重出誤收考》謂「杜牧集中尚有《分司東都寓居履道叨承川尹劉侍郎大夫恩知上四十

韻》，此『川尹劉侍郎大夫』與『川守大夫劉公』當爲一人，岑仲勉對此有考證，云：『按《舊書》一七七劉瑑傳，「會昌末，累遷尚書郎知制誥，正拜中書舍人，大中初，轉刑部侍郎，……出爲河南尹」，唐人常稱曰三川尹，若西川者則稱成都尹，不稱川尹，且（杜）牧同時成都尹亦無劉姓其人，合而勘之，確知劉侍郎即瑑，川上奪「三」字也。……瑑出河南尹，依壁記及《舊紀》一八下，應在大中五年五月後，牧則是年八月十二方卸湖州刺史（見牧詩），隨即入拜考功郎中知制誥，遷中書舍人而卒（見《舊書》一四七），方瑑官河南尹，牧無分司東都事。唯舊牧傳云，「俄真拜監察御史，分司東都」，李紳《拜宣武軍節度使詩引》，「開成元年六月二十六日，制授宣武軍節度使，七月，……五日赴鎮，……留臺御史杜牧使臺吏遮歐百姓，令其廢祖帳」，則牧分司在開成元年，詩題之意，如云前分司東都時承瑑恩知，玆追頌其德則可，否則此詩不得爲杜作。』岑仲勉在許渾《寄獻三川守劉公詩序》下又云：『按此亦劉瑑也。《紀事》五六，「渾，睦州人，字用晦，圉師之後，大中三年，任監察御史，以疾乞東歸，終郢、睦二州刺史」；……渾其時殆以御史（？）分司東都，故得陪劉瑑也。余由是復悟前七册杜牧之《分司東都寓居履道叨承川尹劉侍郎大夫恩知上四十韻》一首，乃許渾詩而誤收杜牧者。』據此，知此首詩亦當爲許渾作，時劉瑑新置第，正是早歲寓居之敦行里肆，洛下大僚群起唱和祝賀，而許渾獻此詩。張金海、吳在慶文亦皆以爲渾詩而誤入杜牧集」。

中秋日拜起居表晨渡天津橋即事十六韻獻居守相國崔公兼呈工部劉公①

碧樹康莊内，清川鞏洛間。壇分中岳頂，城繚大河灣。廣殿含涼静，深宫積翠閑。内有含涼殿、積翠樓。樓齊雲漠漠，橋束水潺潺。過雨檉枝潤，迎霜柿葉殷。紫鱗衝晚浪，白鳥背秋山。月拜西歸表，晨趨北向班。鴛鴻隨半仗，貔虎護重關。玉帳才容足，金罇暫解顔。跡留傷墮屨，恩在樂銜環。南省蘭先握，東堂桂早攀。龍門君夭矯，鶯谷我綿蠻。分薄嵇心懶，哀多庾鬢班。人慚公幹卧，頻送子牟還。自睹宸居壯，誰憂國步艱。只應時與醉，因病縱疏頑。

【注　釋】

①《全唐詩重出誤收考》謂「吴廷燮《唐方鎮年表考證》上云，崔公爲崔珙，由東都留守再鎮鳳翔，『許渾有《分司東都叨承川尹劉侍郎恩知上四十韻》詩，又有《中秋日拜起居表晨渡天津橋即事十六韻獻居守相國崔公兼工部劉公》詩。按川尹劉侍郎，即工部劉公，名瑑。《唐會要》大中五年，有

刑部侍郎劉瑑。瑑改河南尹在大中六年以後。珙以此時爲東都留守。……許渾詩舊作杜牧。按詩自注：「某六代祖，國初賜宅在仁和里。」渾，許圉師六世孫也。』此亦應爲許渾詩誤入杜牧集者」。

分司東都寓居履道叨承川尹劉侍郎大夫恩知上四十韻①

命世須人瑞，匡君在岳靈。氣和薰北陸，襟曠納東溟。賦妙排鸚鵡，詩能繼鶺鴒。蒲親香案色，蘭動粉闈馨。侍郎自補闕拜。周孔傳文教，蕭曹授武經。家僮諳禁掖，廄馬識金鈴。侍郎尋歸翰苑。性與姦邪背，心因啓沃冥。進賢光日月，誅惡助雷霆。閶闔開時召，簫韶奏處聽。水精懸御幄，雲母展宮屏。捧詔巡汧隴，飛書護井陘。先聲威虎兕，餘力活蟭螟。榮重秦軍箭，功高漢將銘。戈鋋迴紫塞，干戚散彤庭。順美皇恩洽，扶顛國步寧。禹謨推掌誥，湯綱屬司刑。侍郎自中書舍人遷刑部郎中。穉榻蓬萊掩，膺舟鞏洛停。馬群先去害，民籍更添丁。猾吏門長塞，豪家户不扃。四知臺上鏡，三惑井中瓶。雅韻憑開匣，雄鋩待發硎。火中膠緑樹，泉下斸青萍。五岳期雙節，三台空一星。鳳池方注意，麟閣會圖形。寒暑逾流電，光陰甚建瓴。散曹分已白，崇直眼由青。賜第成官舍，傭居起客亭。某六代祖國初賜宅

在仁和里，尋已屬官舍。今於履道坊賃宅居止。松筠侵巷陌，禾黍接郊坰。宿雨回爲沼，春沙淀作汀。魚罾棲翡翠，蛛網掛蜻蜓。遲曉河初轉，傷秋露已零。夢餘鐘杳杳，吟罷燭熒熒。字小書難寫，杯遲酒易醒。久貧驚早雁，多病放殘螢。雪勁孤根竹，風彫數莢蓂。轉喉空婀娜，垂手自娉婷。脛細摧新履，腰羸減舊鞓。海邊慵逐臭，塵外怯吞腥。隱豹窺重巘，潛虯避濁涇。商歌如不顧，歸棹越南溟。某家在朱方，揚子江界有南溟北溟。

【注　釋】

①《全唐詩重出誤收考》謂「此亦許渾詩。……岑仲勉云：『乃許渾詩而誤收杜牧者。何以見之，一緣（劉）瑑尹河南，牧已知制誥，無恩知事跡，而瑑許薦渾出守，有詩序可據。二緣《分司東都》詩自注云：「某六代祖，國初賜宅在仁和里，尋已屬官舍，今於履道坊賃宅居止」，據《新表》七二上，牧六代祖淹，官不過本縣中正，何來賜宅？渾爲高宗相圉師後，或即其六世孫，高宗常幸東都，圉師可得賜宅。且履道坊賃宅，正與此題屬移履道洎「半年三度轉蓬居」句合，若牧則方官西京，應無賃居履道之可能也。再進一步，更疑八函七册杜牧之《中秋日拜起居表晨渡天津橋即事十六韻獻居守相國崔公兼呈工部劉公》一章，亦是渾詩，蓋牧分司之日，裴度居留，「繼者牛僧孺，無崔相國其人，惜大中後史闕有間，未能提炳證耳。」』」吴企明、董乃斌考皆認爲渾詩」。

題白雲樓〔一〕①

西北樓開四望通，殘霞成綺月懸弓。江村夜漲浮天水，澤國秋生動地風。高下緑苗千頃盡，新陳紅粟萬箱空〔二〕。才微分薄憂何益，却欲回心學塞翁。

【校勘記】

〔一〕此詩題下原校：「一作許渾詩，題作漢水傷稼。」《全唐詩》卷五三五《許渾集》題作「漢水傷稼」，下有「并序」二小字。序云：「此郡雖自夏無雨，江邊多穡（一作稼），油然可觀。秋八月，天清日朗，漢水泛濫（一作溢），人實爲災。軫念疲羸，因賦四韻。」

〔二〕「箱」，《全唐詩》卷五三五《許渾集》作「廒」，下校：「一作箱。」

【注釋】

① 此詩又見《全唐詩》卷五三五《許渾集》。《全唐詩重出誤收考》謂「頷聯又見許渾《酬郭少府先奉使巡澇見寄兼呈裴明府》詩中。此詩載四部叢刊景宋本《丁卯集》上，《韻語陽秋》一亦云：『許

渾《呈裴明府》詩云：「江村夜漲浮天水，澤國秋生動地風。」《漢水傷稼》亦全用此一聯。』許集自序云：『此郡雖自夏無雨，江邊多穡（一作稼），油然可觀。秋八月，天清日朗，漢水泛濫，人實爲災。軫念疲羸，因賦四韻。』許渾曾爲郢州刺史，濱臨漢水，且『江村』一聯在許詩中兩出，故此非杜牧作」。

贈別①

眼前迎送不曾休，相續輪蹄似水流。門外若無南北路，人間應免別離愁。蘇秦六印歸何日？潘岳雙毛去值秋。莫怪分襟銜淚語，十年耕釣憶滄洲。

【注釋】

① 此詩又見《全唐詩》卷五三六《許渾集》。《全唐詩重出誤收考》謂「吳在慶考本詩非杜牧作，其理由有二。一、詩中有『蘇秦六印歸何日，潘岳雙毛去值秋』，可見此時詩人尚未出仕。杜牧二十六歲舉進士入仕，與本詩所言牴牾。二、本詩云『十年耕釣憶滄洲』，杜牧絕無『十年耕釣』之經歷，許渾未仕前確有耕釣生涯。故詩當許作」。吳考詳見《杜牧論稿·杜牧疑僞詩考辨》。

秋夜與友人宿①

楚國同遊過十霜，萬重心事幾堪傷。蒹葭露白蓮塘淺，砧杵夜清河漢涼。雲外山川歸夢遠，天涯岐路客愁長。寒城欲曉聞吹笛，猶卧東軒月滿床。

【注　釋】

① 此詩又見《全唐詩》卷五三六《許渾集》。《全唐詩重出誤收考》謂「詩云：『楚國同遊過十霜』及『天涯岐路客愁長』，似許渾之身世經歷，杜牧早年入仕，當無天涯岐路之感，疑非杜詩」。按，詩乃許渾之作。

將赴京留贈僧院①

九衢塵土遞追攀，馬跡軒車日暮間。玄髮盡驚爲客换，白頭曾見幾人閒。空悲浮世雲無定，多感流年水不還。謝却從前受恩地，歸來依止叩禪關。

【注　釋】

①此詩又見《全唐詩》卷五三六《許渾集》。《全唐詩重出誤收考》謂「觀中二聯似許渾語，尤其是『空悲浮世』『多感流年』句，與杜牧身世仕宦不合，疑非杜詩」。

寄湘中友人①

莫戀醉鄉迷酒杯，流年長怕少年催〔一〕。西陵水闊魚難到，南國路遥書未回。匹馬計程愁日盡，一蟬何事引秋來。相如已定題橋志，江上無由夢釣臺。

【校勘記】

〔一〕「少」，《全唐詩》卷五三六《許渾集》作「老」，本詩校：「一作老。」

【注　釋】

①此詩又見《全唐詩》卷五三六《許渾集》。《全唐詩重出誤收考》謂「詩有『南國路遥書未回』及『相如已定題橋志』語，亦似許渾語，疑非杜詩」。

江上逢友人①

故國歸人酒一杯，暫停蘭棹共裴回〔一〕。村連三峽暮雲起，潮送九江寒雨來。已作相如投賦計，還憑殷浩寄書迴。到時若見東籬菊，爲問經霜幾度開。

【校勘記】

〔一〕「裴回」，《全唐詩》卷五三六《許渾集》作「徘徊」。

【注　釋】

① 此詩又見《全唐詩》卷五三六《許渾集》。《全唐詩重出誤收考》謂「存疑待考」。

金谷懷古①

淒涼遺跡洛川東，浮世榮枯萬古同。桃李香銷金谷在，綺羅魂斷玉樓空。往年人事傷心

外，今日風光屬夢中。徒想夜泉流客恨，夜泉流恨恨無窮。

【注　釋】

① 此詩又見《全唐詩》卷五三六《許渾集》。《全唐詩重出誤收考》謂「存疑待考」。

寄盧先輩①

一從分首劍江濱，南國相思寄夢頻。書去又逢商嶺雪，信回應過洞庭春。關河日日悲長路，霄漢年年望後塵。願指丹梯曾到處，莫教猶作獨迷人。

【注　釋】

① 觀此詩所云，作者似爲南方人，且詩有「關河日日悲長路，霄漢年年望後塵。願指丹梯曾到處，莫教猶作獨迷人」句，當爲長年未登第而求援引者，此與杜牧生平不合，詩恐非杜牧作。

南樓夜

玉管金罇夜不休，如悲晝短惜年流。歌聲裛裛徹清夜，月色娟娟當翠樓。枕上暗驚垂釣夢，燈前偏起别家愁。思量今日英雄事，身到簪裾已白頭。

行經廬山東林寺①

離魂斷續楚江壖，葉墜初紅十月天。紫陌事多難暫息〔一〕，青山長在好閑眠。方趨上國期干禄，未得空堂學坐禪。他歲若教如范蠡，也應須入五湖煙。

【校勘記】

〔一〕「暫息」，《全唐詩》卷五三六《許渾集》作「數悉」。

【注釋】

①此詩又見《全唐詩》卷五三六《許渾集》。《全唐詩重出誤收考》謂「據詩中『紫陌事多難暫息，青山長在好閑眠』及『方趨上國期干禄』等，似長年奔波江湖及上京，以求干禄，此非杜牧語，疑爲許渾作」。

途中逢故人話西山讀書早曾遊覽①

西巖曾到讀書堂，穿竹行莎十里强。湖上夢餘波灎灎，嶺頭愁斷路茫茫。經過事寄煙霞遠，名利塵隨日月長。莫道少年頭不白，君看潘岳幾莖霜。

【注釋】

①此詩又見《全唐詩》卷五三六《許渾集》。此詩非杜牧作，詳前《西山草堂》詩注①。

將赴京題陵陽王氏水居①

簾卷平蕪接遠天，暫寬行役到罇前。是非境裏有閒日，榮辱塵中無了年。山簇暮雲千野雨〔一〕，江分秋水九條煙。馬蹄不道貪西去，爭向一聲高樹蟬。

【校勘記】

〔一〕「野」，《全唐詩》卷五三六《許渾集》校：「又作點。」

【注釋】

① 此詩又見《全唐詩》卷五三六《許渾集》。《全唐詩重出誤收考》謂「陵陽，漢屬丹陽郡，唐時在涇縣，有陵陽山，緊鄰當塗縣，許渾曾在當塗任縣令，疑此詩爲許渾作。許集尚有《陵陽春日寄汝洛舊遊》」。

送　別①

溪邊楊柳色參差，攀折年年贈別離。一片風帆望已極，三湘煙水返何時？多緣去棹將愁遠，猶倚危亭欲下遲〔一〕。莫殢酒杯閒過日，碧雲深處是佳期。

【校勘記】

〔一〕「亭」，《全唐詩》卷五三六《許渾集》作「樓」，本詩校：「又作樓。」

【注　釋】

① 此詩又見《全唐詩》卷五三六《許渾集》。《全唐詩重出誤收考》謂「存疑待考」。按，此詩云「一片風帆望已極，三湘煙水返何時？」作者當與「三湘」關係密切者，故有「返何時」之歎。此與杜牧事跡不合，恐非杜牧之作。

寄遠①

兩葉愁眉愁不開，獨含惆悵上層臺。碧雲空斷雁行處，紅葉已彫人未來。塞外音書無信息，道傍車馬起塵埃。功名待寄凌煙閣，力盡遼城不肯迴。

【注釋】

① 此詩又見《全唐詩》卷五三六《許渾集》。《全唐詩重出誤收考》謂「存疑待考」。

新柳①

無力搖風曉色新，細腰爭妬看來頻。綠陰未覆長堤水，金穗先迎上苑春。幾處傷心懷遠路，一枝和雨送行塵〔一〕。東門門外多離別，愁殺朝朝暮暮人。

【校勘記】

〔一〕「雨」，《全唐詩》卷五三六《許渾集》作「日」。

【注　釋】

① 此詩又見《全唐詩》卷五三六《許渾集》。《全唐詩重出誤收考》謂「存疑待考」。

旅懷作①

促促因吟晝短詩，朝驚穠色暮空枝。無情春色不長久，有限年光多盛衰。往事只應隨夢裏，勞生何處是閒時。眼前擾擾日一日，暗送白頭人不知。

【注　釋】

① 此詩又見《全唐詩》卷五三六《許渾集》。《全唐詩重出誤收考》謂「存疑待考」。

雁①

萬里銜蘆別故鄉，雲飛雨宿向瀟湘〔一〕。數聲孤枕堪垂淚，幾處高樓欲斷腸。度日翩翩斜避影，臨風一一直成行。年年辛苦來衡岳，羽翼摧殘隴塞霜。

【校勘記】

〔一〕「雨」，《全唐詩》卷五三六《許渾集》作「水」，本詩校：「一作水。」

【注　釋】

① 此詩又見《全唐詩》卷五三六《許渾集》。《全唐詩重出誤收考》謂「存疑待考」。

惜　春①

花開又花落，時節暗中還。無計延春日，何能駐少年〔一〕。小叢初散蝶，高柳即聞蟬。繁豔

歸何處？滿山啼杜鵑。

【校勘記】

〔一〕「駐」，《全唐詩》卷五三二《許渾集》、《全唐詩》卷五五八《薛能集》均作「留」，本詩校：「一作留。」

【注釋】

①此詩又見《全唐詩》卷五三二《許渾集》、《全唐詩》卷五五八《薛能集》。《全唐詩重出誤收考》謂「《季稿》五二、《統籤》五八三至五九一許渾集不收，《樊川詩集》及其《別集》《外集》亦無載，《季稿》墨筆補入杜牧下，《統籤》六六七至六七二薛能集所據爲紹興山陰陸榮望之選本，中無此首，《季稿》四九鈔本《唐許昌節度使薛太拙詩》收入。此詩之歸屬尚難斷定」。

鴛鴦①

兩兩戲沙汀，長疑畫不成。錦機爭織樣，歌曲愛呼名。好育顧栖息，堪憐泛淺清。鳧鷖皆爾類，惟羨獨含情。

【注　釋】

① 此詩又見《全唐詩》卷五三二《許渾集》。《全唐詩重出誤收考》謂「存疑待考」。

聞　雁①

帶霜南去雁，夜好宿汀沙。驚起向何處？高飛極海涯。入雲聲漸遠，離岳路猶賒〔一〕。歸夢當時斷，參差欲到家。

【校勘記】

〔一〕「猶」，原作「由」。《全唐詩》卷五三二《許渾集》作「猶」，本詩校：「一作猶。」今據改。

【注　釋】

① 此詩又見《全唐詩》卷五三二《許渾集》。《全唐詩重出誤收考》謂「此詩由南去之雁而夜夢家山，頓起鄉愁，當非杜牧作。許渾潤州人，與詩意合」。

江樓晚望①

湖山翠欲結蒙籠，汗漫誰遊夕照中。初語燕雛知社日，習飛鷹隼識秋風。波摇珠樹千尋拔，山鑿金陵萬仞空。不欲登樓更懷古，斜陽江上正飛鴻。

【注釋】

①此詩《樊川詩集注·樊川詩補遺》亦録，下校：「見《唐音統籤》。」

【集評】

《江樓晚望》：此必杜公當秋思歸，故因望而有感也。首二句是江樓晚景，三、四是江樓所望之物，以見物尚知時，況於人乎？五是江樓所望之水，六是江樓所望之山，山與水常存，人與時代謝，此固登樓之所必望，亦登樓之所必懷者。七、八用反言作結，愈見其思歸之切耳。（朱三錫《東喦草堂評訂唐詩鼓吹》卷六）

集外詩二

《集外詩二》録自《全唐詩》卷五二七《杜牧·補遺》。其中本書上已收録者，此處不再收録。

懷紫閣山①

學他趨世少深機，紫閣青霄半掩扉。山路遠懷王子晉，詩家長憶謝玄暉。百年不肯疏榮辱，雙鬢終應老是非。人道青山歸去好，青山曾有幾人歸。

【注釋】

① 此詩又見《文苑英華》卷一九五杜牧詩，詩題同。

【集　評】

【杜牧詩】「盡道青山歸去好，青山能有幾人歸？」比之「林下何曾見一人」之句，殊有含蓄。（楊慎《升菴詩話》卷五）

【濂溪詩】濂溪集《和費令遊山》詩云：「是處塵勞皆可息，時清終未忍辭官。」此乃由衷之語，有道之言，所以不可及也。今之人，口爲懷山之言，暗行媚竈之計，良可惡也。唐僧曇秀云：「住山人少説山多。」杜牧云：「盡道青山歸去好，青山曾有幾人歸。」（楊慎《升菴詩話》卷十三）

題孫逸人山居〔一〕①

長懸青紫與芳枝，塵刹無應免別離〔二〕。馬上多於在家日，罇前堪憶少年時〔三〕。關河客夢還鄉遠〔四〕，雨雪山程出店遲。却羨高人終此老〔五〕，軒車過盡不知誰。

【校勘記】

〔一〕《全唐詩》卷六五四又作羅鄴詩，詩題作《留題張逸人草堂》，下校：「一作杜牧詩。」《文苑英華》卷二三二一作杜牧詩，題爲《題孫逸人山居》。

〔二〕「刹」，《文苑英華》卷二三二杜牧《題孫逸人山居》與本詩均校：「一作世。」《全唐詩》卷六五四《羅

鄴集》作「路」。「應」，《文苑英華》卷二三二、《全唐詩》卷六五四《羅鄴集》作「因」。

〔三〕「憶」，《全唐詩》卷六五四《羅鄴集》作「惜」。

〔四〕「遠」，《全唐詩》卷六五四《羅鄴集》作「後」。

〔五〕「終此」，《全唐詩》卷六五四《羅鄴集》作「此中」，下校「又作終此」。

【注釋】

① 此詩又見《文苑英華》卷二三二，《全唐詩》卷六五四《羅鄴集》。《羅鄴集》詩題作《留題張逸人草堂》，下校：「一作杜牧詩。」胡可先《杜牧研究叢稿·杜牧詩真僞考》以爲「『馬上多於在家日』，與杜牧事跡不相合。牧進士及第後，一直任京官與外官，并無馬上之事。考此詩乃羅鄴作，……《唐詩紀事》卷六八稱鄴『俯就督郵』，正與馬上事合」。

中途寄友人〔一〕①

道傍高木盡依依，落葉驚風處處飛。未到鄉關聞早雁，獨於客路授寒衣〔二〕。煙霞舊想長相阻，書劍投人久不歸。何日一名隨事了，與君同採碧溪薇。

【校勘記】

〔一〕「中途」，《文苑英華》卷二六一作「途中」。

〔二〕「授」，《文苑英華》卷二六一作「受」。

【注　釋】

①此詩又見《文苑英華》卷二六一，作杜牧詩。然詩中云：「煙霞舊想長相阻，書劍投人久不歸。何日一名隨事了，與君同採碧溪薇。」杜牧早年登進士第而入仕，與此詩所云不合，詩恐非杜牧所作。

吳宮詞二首〔一〕①

其一

越兵驅綺羅，越女唱吳歌。宮燼花聲少〔二〕，臺荒麋跡多。茱萸垂曉露〔三〕。菡萏落秋波。
無遺君王醉〔四〕，滿城嚬翠蛾〔五〕。

【校勘記】

〔一〕《全唐詩》卷五三〇《許渾集》題作《重經姑蘇懷古二首》，題下校：「又作杜牧之詩。」

〔二〕「燼」，《全唐詩》卷五三〇《許渾集》作「盡」。「花」，《全唐詩》卷五三〇《許渾集》作「燕」，下校：「又作花。」

〔三〕「曉」，《全唐詩》卷五三〇《許渾集》校「一作晚」。

〔四〕「遺」，《全唐詩》卷五三〇《許渾集》作「復」。

〔五〕「嚬」，《全唐詩》卷五三〇《許渾集》作「顰」。「蛾」，《全唐詩》卷五三〇《許渾集》校：「又作娥。」

【注釋】

①此二首又見《全唐詩》卷五三〇《許渾集》，題作《重經姑蘇懷古二首》，題下校：「又作杜牧之詩。」馮注本《樊川詩補遺》亦收此詩，下校：「見范成大《吴郡志》。」《全唐詩重出誤收考》謂「許渾有《姑蘇懷古》，見《英華》卷三〇八，此二首當爲重經所詠，見《續古逸叢書》本景宋蜀刻《許用晦文集》二。謝榛《四溟詩話》三云：『王摩詰《送少府貶郴州》。許用晦《姑蘇懷古》二律，亦同前病。』那麼此詩當爲許作。」

其二

香逕遶吴宫，千帆落照中。鶴鳴山苦雨〔一〕，魚躍水多風〔二〕。城帶晚莎緑，池連秋蓼紅。當年國門外，誰信伍員忠〔三〕。

【校勘記】

〔一〕「鶴」，《全唐詩》卷五三〇《許渾集》作「鸛」。「苦」，《全唐詩》卷五三〇《許渾集》作「欲」。

〔二〕「水」，《全唐詩》卷五三〇《許渾集》校：「一作海。」

〔三〕「信」，《全唐詩》卷五三〇《許渾集》作「識」，下校：「一作信。」

金　陵①

始發碧江口，曠然諧遠心。風清舟在鑑，日落水浮金。瓜步逢潮信，臺城過雁音。故鄉何處是，雲外即喬林。

【注　釋】

①此詩馮注本《樊川詩補遺》亦收，題下校：「見《景定建康志》。」又童養年《全唐詩續補遺》（見《全唐詩外編》）卷七據《古今圖書集成·職方典·江寧府部》輯作權德輿詩。詩爲何人所作，俟考。

即　事①

小院無人雨長苔，滿庭修竹間疏槐。春愁兀兀成幽夢，又被流鶯喚醒來。

【注　釋】

①此詩馮注本《樊川詩補遺》收入，題下校：「以下三首見《事文類聚》、《全唐詩》。」所謂三首即包括以下《七夕》、《薔薇花》二首。

七　夕

雲階月地一相過，未抵經年别恨多。最恨明朝洗車雨，不教回脚渡天河。

薔薇花

朵朵精神葉葉柔，雨晴香拂醉人頭。石家錦幛依然在，閒倚狂風夜不收。

句

幽人聽達曙，聊罷蘇床琴。（《海録碎事》）①

【注釋】

① 此二句《全唐詩》卷五四四又作劉得仁《聽夜泉》詩末二句，然文句有所不同，劉詩作「幽人聽達曙，相和一作難罷蘚床吟」。《全唐詩重出誤收考》謂「《海録碎事》三下誤作杜牧，《英華》一六四載全詩作劉得仁」。故此詩句當爲劉得仁詩。

魚多知海熟，藥少覺山貧。（以下《方輿勝覽》）①

【注　釋】

① 宋代王象之《輿地紀勝》卷一二二兩浙東路下引此二句詩，下注：「賈牧《送友人赴天台幕》。」故詩句恐非杜牧作。

土控吴兼越，州連歙與池。山河地襟帶，軍鎮國藩維①。

【注　釋】

① 此四句又見《全唐詩》卷四三六《白居易集》中詩《叙德書情四十韻上宣歙翟中丞》一詩中第五至第八句。《全唐詩重出誤收考》謂「朱金城《白居易年譜》繫此詩於貞元十六年（八〇〇），翟（一作崔）中丞爲宣歙觀察使崔衍。宋紹興本，那波本作崔」。據此，則此數句當爲白居易詩。

緑水櫂雲月，洞庭歸路長。春橋垂酒幔，夜柵集茶檣。箬影沈溪暖，蘋花遶郭香。出守吴興①

【注　釋】

① 此數句又見《全唐詩》卷五三一《許渾集》，詩題作《送人歸吴興》。《全唐詩重出誤收考》謂「《英

華》二八〇載全詩作許渾。《統籤》五六二收作杜牧，注見《方輿勝覽》。又見許渾手跡中，非杜句」。

經冬野菜青青色，未臘山梅樹樹花。（《優古堂詩話》）①

【注　釋】

① 此二句又見《全唐詩》卷五四六《邢群集》，詩題爲《郡中有懷寄上睦州員外杜十三兄》。《全唐詩重出誤收考》謂「杜十三即杜牧，時任睦州刺史。繆鉞《杜牧年譜》宣宗大中元年（八四七）下云，杜牧四十五歲，爲睦州刺史，有《初春有感寄歙州邢員外》，即邢群。尚有《正初奉酬歙州刺史邢群》。並云：『邢群《郡中有懷寄上睦州員外杜十三兄》詩，舊混入《樊川文集》中，馮集梧注本據《全唐詩》正之。』此句出自《優古堂詩話》，云：『未臘山梅樹樹花，杜牧之詩：「經冬野菜青青色，未臘山梅樹樹花。」許渾詩：「未臘梅先實，經春草自薰。」渾雖用牧意，然終不能及也。』邢群詩原附《樊川文集》四，詩話誤引爲杜牧」。

【集　評】

【未臘山梅樹樹花】杜牧之詩：「經冬野菜青青色，未臘山梅樹樹花。」許渾詩：「未臘梅先實，經春草自薰。」渾雖用牧意，然終不能及也。（吴曾《能改齋漫録》卷八）

集外詩三

《集外詩三》主要録自陳尚君《全唐詩補編》，其中《全唐詩補編》中有已見於本書上已收者則不再録。此外見於宋代謝枋得《千家詩》署名杜牧之《清明》詩，儘管今人多有以爲非杜牧詩者，然尚意見不一，爲保存文獻以供研究計，今亦録於此處。《尊前集》載有杜牧《八六子》詞一首，今據《彊村叢書·尊前集》，一併收於此處。

七絶一首①

嵓□□□萬木中，□□特地一枝紅。擬攀叢棘□寂寥，□□□香感細風。見陸心源《吴興金石記》卷四

【注　釋】

① 此詩收於《全唐詩補編·全唐詩補逸卷之十二》，小注云：「《吴興金石記》陸心源案略云：『拓本

高一尺三寸，廣二尺三寸，字徑二寸。……談鑰《吴興志》：牧於大中四年十一月授湖州刺史。逾年，以考功郎中知制誥，遺愛塞路。公退之餘，登臨賦詠，碧瀾消暑，俱有留題。蓋亦不知顧渚之有詩刻石也。」」又注云：「《吴興金石記》云此詩在顧渚山，詩前有序，已殘泐，録如次：『□於□□□爲大中五年刺史樊川杜牧奉貢訖事季春□休來□□□七言。』詩及序又見《兩浙金石志》卷三，但殘泐更甚，詩中第二句『特地』作『時池』，似誤。」據此，此詩乃作於大中五年（八五一）晚春。

九華山①

昔年幽賞快疏慵，每喜佳山在邑封。江上重來六七載，雲間略見兩三峰。淩空瘦骨寒如削，照水清光翠且重。却憶謫仙才格俊，解吟秀出九芙蓉。《輿地紀勝》二二《池州》

【注　釋】

①　此詩收於《全唐詩補編·全唐詩續補遺卷七》，小注云：「吴在慶謂此詩又見於嘉靖《池州府志》卷八，僅録後四句。又云杜牧僅在會昌四年九月至六年九月在池州任刺史，此外别無到池州之

跡，亦無遊九華山之作。而據此詩前四句，顯爲詩人重遊九華山之作，所謂『昔年』乃距重遊時六七年，而這一情況，顯然與杜牧生平不合。因疑此詩非杜牧作。」

貴池亭①

倚雲軒檻夏疑秋，下視西江一帶流。鳥簇晴沙殘照墮，風廻極浦片帆收。驚濤隱隱遥天際，遠樹微微古岸頭。祇此登攀心便足，何須箇箇到瀛洲。見《古今圖書集成·職方典》卷八一〇《池州府部·藝文》

【注釋】

① 此詩收於《全唐詩補編·全唐詩續拾卷二十九》。

暮春因遊明月峽故留題①

從前聞説真仙景，今日追遊始有因。滿眼山川流水在，古來靈跡必通神。（《麈史》卷中）

【注　釋】

①此詩收於《全唐詩補編·全唐詩續拾卷二十九》。按宋代王得臣《麈史》卷中《書畫》記云：「武功蘇泌進之，子美子也，任湖北運判，按行至鄂，予時守郡，蘇出其曾王父國老所收杜牧之村舍門扉之墨跡，隱然突起，良可怪也。其所書曰：『暮春因遊明月峽，故留題。前霅糺史杜牧。從前聞説真仙景，今日追遊始有因。滿眼山川流水在，古來靈跡必通神。』國老云：『杜罷牧吳興，遊長興之明月峽，留字於村居門扉，至今二百年。予壬子歲宰烏程聞此説，托陳驤往彼得之。字體遒媚，隱出木間，真希世之墨寶也。』」又繆鉞《杜牧年譜》大中五年云：「據《讀史方輿紀要》卷九十一，浙江湖州府長興縣顧渚山，『傍又有二山相對，號明月峽，絕壁峭立，大澗中流，産茶絕佳』。故杜牧遊明月峽，蓋在本年春來顧渚山督採茶時。」

安賢寺①

謝家池上安賢寺，面面松窗對水開。莫道閉門防俗客，愛閑能有幾人來。見民國十三年刊徐乃昌纂《南陵縣志》卷四二

【注　釋】

① 此詩收於《全唐詩補編·全唐詩續拾卷二十九》。

【集　評】

【詩中愛用閑字】「多病愛閑」，始見《南史·王儉傳》。樂天有「經忙始愛閑」，劉夢得有「功成却愛閑」，杜牧之有「愛閑能有幾人來」。（龔頤正《芥隱筆記》）

【愛閑】庾杲之《致劉虬書》：「山水無情，應之以會，愛閑在我。」王僧祐爲司空祭酒，嘗謝病不與公卿遊，高帝謂其從兄儉曰：「卿從可爲朝隱。」儉對曰：「臣從非敢妄同高人，直是愛閑多病耳。」祐嘗贈儉詩曰：「汝家在市門，我家在南郭。汝家饒賓侶，我家多鳥雀。」儉時聲高一代，賓客填門，僧祐不爲之屈。然味其語氣，不當是弟贈兄。劉夢得「功成却愛閑」，姚武功「愛閑求病假」，杜紫微「愛閑能有幾人來」，俱用其語。吕文靖《題天花寺》絶句，又用紫微。（宋長白《柳亭詩話》卷四）

【愛閑】陸文裕《春風堂隨筆》云：昔人云，讀《漢書》要取堂扁，合作者信難。宋吕文靖《題鏡湖天花寺一絶》云：「賀家湖上天花寺，一一軒窗向水開。不用閉門防俗客，愛閑能有幾人來。」按此見江鄰幾《嘉祐雜誌》予欲取「愛閑」二字，署山房一軒。庸按：《柳亭詩話》卷四：庾杲之《致劉虬書》：「山水無情，應之以會，愛閑在我。」王僧祐爲司空祭酒，嘗謝病不與公卿遊。高帝謂其從兄儉曰：「卿從

可謂朝隱。」儉對曰：「臣從非敢妄同高人，直是愛閑多病耳。」祐嘗贈儉詩曰：「汝家在市門，我家在南郭。汝家饒賓侣，我家多鳥雀。」儉時聲高一代，賓客填門，僧祐不爲之屈。然味其語氣，不當是弟贈兄。劉夢得「功成却愛閑」，姚武功「愛閑求病假」，杜紫微「愛閑能有幾人來」，俱用其語。吕文靖《題天花寺》詩，又用紫微。據岸舫此條，則文靖直盜竊小杜，文裕考之未廣也。（平步青《霞外捃屑》卷八上《眠雲舸釀説上》詩話）

玉　泉①

山股遥飛泉，泓澄傍巖石。亂垂寒玉條，碎灑珍珠滴。澄波涵萬象，明鏡瀉天色。有時乘月來，賞跡還自適。《古今圖書集成·職方典》卷五七四《慶陽府部》

【注　釋】

① 此詩收於《全唐詩補編·全唐詩續拾卷二十九》。慶陽府乃北宋宣和七年（一一二五）改慶州置，治所在安化縣（今甘肅慶陽縣）。轄境相當今甘肅西峰、慶陽、合水以北，環縣以東，陝西志丹以西，定邊以南地區。杜牧行蹤未見到此，詩疑非杜牧所作。

遊盤谷①

巉巖太行高，其下有幽谷。環繞兩峰間，盤向廓山腹。甘泉注肥疇，茂草映修木。勢阻絶諠譁，巖深易潛伏。昔人有李願，築地一居獨。白鳥依蘆塘，菰花映茅屋。心怡適所安，憂大反忘慾。掉頭不肯應，謂我此樂足。友人韓昌黎，文章驚世俗。長言貴生毛，落落燦珠玉。好事買名石，鐫文寄崖隩。已經三十年，磨滅僅可讀。我來不復見，命吏廣追逐。訪知石氏遇，猶畏長官督。不愛石上字，秋風一砧覆。易之以千金，復使置巖麓。從此生光輝，萬古從瞻矚。見《古今圖書集成·山川典》卷四八《太行山部》

【注　釋】

① 此詩收於《全唐詩補編·全唐詩續拾卷二十九》。此詩謂韓昌黎（即韓愈）爲友人，而杜牧乃韓愈後輩，平生亦不見相往來，稱韓愈爲「友人」，不似杜牧口氣，疑詩非杜牧所作。

清明

清明時節雨紛紛，路上行人欲斷魂。借問酒家何處有？牧童遥指杏花村。

【注釋】

①此詩見於南宋末謝枋得所編選《千家詩》，署名杜牧。然其是否杜牧之作，多有懷疑爭議，甚至否定者，如陳寅恪《元白詩箋證稿·附校補記》云：「曹寅《楝亭十二種》後村《千家詩》三《節候》門載杜牧《清明》七絶一首云：……此詩收於明代《千家詩》節本，乃三家村課蒙之教科書，數百年來實唐詩最流行之一首。若究其出處，殊爲可疑。今馮集梧《杜樊川詩注》，既不載此首，其補遺亦不收入，馮氏未加説明，不敢臆斷。但此詩有『清明時節雨紛紛』及『牧童遥指杏花村』二句，似是在北方所作。考杜牧曾以監察御史分司東都（見《舊唐書》壹肆柒《杜佑傳》附牧傳，並參孟棨《本事詩·高逸》類《杜舍人牧弱冠成名》條。）然則牧之此《清明》七絶一首，或在此時所作耶？然無佐證。」又繆鉞《關于杜牧〈清明詩〉的兩個問題》（《文史知識》一九八三年第十二期）亦以爲此詩乃首見於《千家詩》，此前文獻並無提及杜牧此詩者，只是遲到謝枋得時方出現；且此詩文

韻、魂韻通押，通押用韻與唐人用韻不合等，以爲此詩非杜牧作，乃宋人詩。胡可先《〈清明〉詩作者和杏花村地望蠡測》（見其《杜牧研究叢稿》）亦以爲《清明》詩「最流行的是明代《千家詩》，此節本似與《樊川續别集》無關，其實大不然。因爲《千家詩》節本乃節選自南宋末謝枋得《千家詩》，而謝枋得《千家詩》祖本爲劉克莊《後村千家詩》。考曹寅《楝亭十二種》中《後村千家詩》卷三《節候》門即載杜牧《清明》詩。劉克莊是藏有《樊川續别集》並對此非常熟悉之人，故《後村千家詩》中的《清明》詩當選自《樊川續别集》。」又以爲「《續别集》即洪邁所言『皆許渾詩』，劉克莊所言『十之八九皆渾詩』」。又許渾有《下第歸蒲城别墅居》詩，中有「薄烟楊柳路，微雨杏花村」句，認爲此杏花村即在此蒲城，亦即《清明》詩中之杏花村，地在今山西省永濟縣西。因此認爲「《清明》詩當出自《樊川續别集》」、「《清明》詩作者應爲許渾」。此外否定此詩爲杜牧作者尚多有，然亦有些論者以爲此詩確爲杜牧之作，歧見紛紛，尚難統一。儘管否定者多，且似較爲可信，然其真僞似尚未有定論。

【集　評】

杜牧之《清明》詩曰：「借問酒家何處有，牧童遥指杏花村。」此作宛然入畫，但氣格不高。或易之曰：「酒家何處是，江上杏花村。」此有盛唐調。予擬之曰：「日斜人策馬，酒肆杏花西。」不用問

答，情景自見。（謝榛《四溟詩話》卷一）

八六子

洞房深，畫屏燈照，山色凝翠沈沈。聽夜雨冷滴芭蕉，驚斷紅窗好夢，龍煙細飄繡衾。辭恩久歸長信，鳳帳蕭疏，椒殿閑扃。輦路苔侵，繡簾垂，遲遲漏傳丹禁。蕣華偷悴，翠鬟羞整，愁坐望處，金輿漸遠，何時綵仗重臨？正消魂，梧桐又移翠陰。

【集　評】

【秦杜八六子】秦少游《八六子》詞云：「片片飛花弄晚，濛濛殘雨籠晴。正銷凝，黄鸝又啼數聲。」語句清峭，爲名流推激。予家舊有建本《蘭畹曲集》，載杜牧之一詞，但記其末句云：「正銷魂，梧桐又移翠陰。」秦公蓋效之。似差不及也。（洪邁《容齋四筆》卷第十三）

《蕭學中采詞序》：古今作者之作流落多矣，豈獨當吾世爲可恨哉？秦少游詞勝於詩，「正銷凝，黄鸝又啼數聲」，乃其詞最勝處。然洪容齋記杜牧之「正銷魂，梧桐又移翠陰」，乃知少游所出，幾於句意倣傚，不止暗合而已。後來行到一溪深處，有黄鸝千百，乃其觀化垂去，神變活脱，猶未離此窠

曰。牧之要何可及哉？然予極意求其全不可得，頃乃得之古詩雜襲中，非容齋拈出，詎復知有牧之者？（劉將孫《養吾齋集》卷九）

少游《八六子》尾闋云：「正銷凝。黄鸝又啼數聲。」唐杜牧之一詞，其末云：「正銷魂。梧桐又移翠陰。」秦詞全用杜格。然秦首句云：「倚危亭。恨如芳草凄凄，剗盡還生。」二語甚妙，固非杜可及也。（陳霆《渚山堂詞話》卷二）

《詞綜》一書，采摭精富矣，而失載杜樊川之《八六子》。按是詞見顧梧芳《尊前集》，竹垞凡例曾列是書，而《曝書亭集》又有一跋，謂得吴文定公手鈔本，詞人之先後，樂章之次第與顧氏靡有不同。始知是集爲宋初人編輯，非顧氏所撰也。然則此詞必非明人僞作可知。竹垞既見此詞，不解何以弗采。其詞云云（從略）。唐詞傳世甚罕，零璣斷璧，俱屬可寶。第此詞後片一連四句無韻，不應如是之疏。檢《詞綜》所選少游之作亦然，第上片又微有不同，而《詞律》楊纘、晁補之等篇，則第四句皆有韻。紅友疑杜、秦俱有錯誤是也。又按洪文敏曰：「少游《八六子》詞『片片飛花弄晚，濛濛殘雨籠晴。正銷凝，黄鸝又啼數聲。』余家舊有建本《蘭畹集》載杜牧之一詞，記其末句云云。」（《容齋四筆》）然則詞調俱在，而吴子律詞話謂詞不全而並忘調名，則失考之甚矣。（謝章鋌《賭棋山莊詞話》卷十）

集外文

集外文

《全唐文》卷七五〇《杜牧集》收有兩篇未見於《樊川文集》之制誥；周密《癸辛雜識》載杜牧玲瓏山題名，今一併録於此。

授劉縱秘書郎制①

敕。具官劉縱。徒步詣闕，上獻封章，又自叙其先臣陳、許間事，皆歷歷可聽。公侯子弟，多溺於驕邪，爾能讀書學文，自可嘉奬。圖籍之府，命爾爲郎。豈惟振滯求能，且不欲使勳勞一作勞能之後〔一〕，栖栖於塵土中也。可秘書省秘書郎。

【校勘記】

〔一〕「且不欲使勳勞一作勞能之後」，《全唐文》卷七五〇無「一作勞能」校語。

【注　釋】

① 《樊川文集》未收此文，此録自《文苑英華》卷四〇〇、《全唐文》卷七五〇，均署名杜牧。是否杜牧文，俟考。

覃恩昭憲杜皇后孝惠賀皇后淑德尹皇后孫姪等轉官制①

敕。某等。予大祭于廟祧，而哀夫先後之家，寖替而不章。乃詔有司，博求其世。爾等名在戚里，序于王朝，各因其官，增位一等。冀以上稱神靈之意，豈特慰予追遠之心。可（下闕）

【注　釋】

① 按此文《樊川文集》未收，《全唐文》卷七五〇收入《杜牧集》。考《宋史》卷二四二《后妃》上有《太祖母昭憲杜太后傳》、《太祖孝惠賀皇后傳》、《太宗淑德尹皇后傳》，故諸太后、皇后均爲宋人。且《四庫全書》本王安石《臨川文集》卷五二收入此文，故文非杜牧作，乃《全唐文》誤收。

玲瓏山杜牧題名①

前湖州刺史杜牧，大中五年八月八日來。

【注釋】

① 宋周密《癸辛雜識》前集《吳興園圃》條：「玲瓏山，在卞山之陰，嵌空奇峻，略如錢塘之南屏及靈隱、薌林，皆奇石也。有洞曰歸雲，有張謙中篆書於石上，有石梁，闊三尺許，橫繞兩石間，名定心石，傍有唐杜牧題名云：『前湖州刺史杜牧，大中五年八月八日來。』」據此，則題名乃在大中五年（八五一）八月八日杜牧初卸湖州任時。

附録一

杜牧研究資料

（一）生平傳記資料

牧字牧之，既以進士擢第，又制舉登乙第，解褐弘文館校書郎，試左武衛兵曹參軍。沈傳師廉察江西宣州，辟牧爲從事、試大理評事。又爲淮南節度推官、監察御史裏行，轉掌書記。俄真拜監察御史，分司東都，以弟顗病目棄官。授宣州團練判官、殿中侍御史、内供奉。遷左補闕、史館修撰，轉膳部、比部員外郎，並兼史職。出牧黄、池、睦三郡，復遷司勳員外郎、史館修撰，轉吏部員外郎。又以弟病免歸。授湖州刺史，入拜考功郎中、知制誥，歲中遷中書舍人。牧好讀書，工詩爲文，嘗自負經緯才略。武宗朝誅昆夷、鮮卑，牧上宰相書論兵事，言「胡戎入寇，在秋冬之間，盛夏無備，宜五六月中擊胡爲便」。李德裕稱之。注曹公所定《孫武十三篇》行於代。

牧從兄悰隆盛于時，牧居下位，心常不樂。將及知命，得病，自爲墓志、祭文。又嘗夢人告曰：「爾

改名畢。」踰月，奴自家來，告曰：「炊將熟而甑裂。」牧曰：「皆不祥也。」俄又夢書行紙曰：「皎皎白駒，在彼空谷。」寤寢而歎曰：「此過隙也。吾生於角，徵還於角，爲第八宫，吾之甚厄也。予自湖守遷舍人，木還角，足矣。」其年，以疾終於安仁里，年五十。有集二十卷，曰《杜氏樊川集》，行於代。子德祥，官至丞郎。

史臣曰：……佑承蔭入仕，讞獄受知，博古該今，輸忠效用，位居極品，榮逮子孫，操修之報，不亦宜哉！及其賓僚紊法，嬖妾受封，事重因循，難乎語於正矣！牧之文章，悰之長厚，能否既異，才位不倫，命矣夫！（《舊唐書》卷一四七《杜佑傳》附《杜牧傳》及史臣評論）

牧字牧之。善屬文。第進士，復舉賢良方正。沈傳師表爲江西團練府巡官，又爲牛僧孺淮南節度府掌書記。擢監察御史，移疾分司東都。以弟顗病棄官。復爲宣州團練判官，拜殿中侍御史内供奉。是時，劉從諫守澤潞，何進滔據魏博，頗驕蹇不循法度。牧追咎長慶以來朝廷措置亡術，復失山東，鉅封劇鎮，所以繫天下輕重，不得承襲輕授，皆國家大事，嫌不當位而言，實有罪，故作《罪言》，其辭曰：

生人常病兵，兵祖於山東，羨於天下。不得山東，兵不可死。山東之地，禹畫九土曰冀州，舜以其分太大，離爲幽州，爲并州。程其水土，與河南等，常重十一二，故其人沉鷙多材力，重許可，能辛苦。魏、晉以下，工機纖雜，意態百出，俗益卑弊，人益脆弱，唯山東敦五種，本兵矢，他不能蕩而自若也。産健馬，下者日馳二百里，所以兵常當天下。冀州，以其恃彊不循理，冀其必破弱；雖已破，

冀其復彊大也。并州，力足以并吞也。幽州，幽陰慘殺也。聖人因以爲名。

黄帝時，蚩尤爲兵階，自後帝王多居其地。周劣齊霸，不一世，晉大，常傭役諸侯。至秦萃鋭三晉，經六世乃能得韓，遂折天下脊；復得趙，因拾取諸國。韓信聯齊有之，故蒯通知漢、楚輕重在信。光武始於上谷，成於鄗。魏武舉官渡，三分天下有其二。晉亂胡作，至宋武號英雄，得蜀，得關中，盡有河南地，十分天下之八，然不能使一人度河以窺胡。至高齊荒蕩，宇文取之，隋文因以滅陳，五百年間，天下乃一家。隋文非宋武敵也，是宋不得山東，隋得山東，故隋爲王，宋爲霸。由此言之，山東，王者不得不爲王，霸者不得不爲霸；猾賊得之，足以致天下不安。

天寶末，燕盜起，出入成皋、函、潼間，若涉無人地。郭、李輩兵五十萬，不能過鄴。自爾百餘城，天下力盡，不得尺寸，人望之若回鶻、吐蕃，義無敢窺者。國家因之畦河修障戍，塞其街蹊。齊、魯、梁、蔡被其風流，因亦爲寇。以裏拓表，以表撑裏，混澒回轉，顛倒横邪，未嘗五年間不戰。生人日頓委，四夷日日熾，天子因之幸陝、幸漢中，焦焦然七十餘年。運遭孝武，澣衣一肉，不畋不樂，自卑冗中拔取將相，凡十三年，乃能盡得河南、山西地，洗削更革，罔不能適。唯山東不服，亦再攻之，皆不利。豈天使生人未至於帖泰邪？豈人謀未至邪？何其艱哉！

今日天子聖明，超出古昔，志於平治。若欲悉使生人無事，其要先去兵。不得山東，兵不可去。今者，上策莫如自治。何者？當貞元時，山東有燕、趙、魏叛，河南有齊、蔡叛，梁、徐、陳、汝、白馬

津、盟津、襄、鄧、安、黄、壽春皆戍厚兵，十餘所纔足自護治所，實不輟一人以他使，遂使我力解勢弛，熟視不軌者，無可奈何。階此，蜀亦叛，吴亦叛，其他未叛者，迎時上下，不可保信。自元和初至今二十九年間，得蜀，得吴，得蔡，得齊，收郡縣二百餘城，所未能得，唯山東百城耳。土地人户，財物甲兵，較之往年，豈不綽綽乎？亦足自以爲治也。法令制度，品式條章，果自治乎？賢才姦惡，搜選置捨，果自治乎？障戍鎮守，干戈車馬，果自治乎？井閭阡陌，倉廩財賦，果自治乎？如不果自治，是助虜爲虜。環土三千里，植根七十年，復有天下陰爲之助，則安可以取？故曰，上策莫如自治。中策莫如取魏。魏於山東最重，於河南亦最重。魏在山東，以其能遮趙也。既不可越魏以取趙，固不可越趙以取燕，是燕、趙常取重於魏，魏常操燕、趙之命。故魏在山東最重。黎陽距白馬津三十里，新鄉距盟津一百五十里，陴壘相望，朝駕暮戰，是二津虜能潰一，則馳入成皋，不數日間。故魏於河南亦最重。元和中，舉天下兵誅蔡，誅齊，頓之五年，無山東憂者，以能得魏也。昨日誅滄，頓之三年，無山東憂，亦以能得魏也。長慶初誅趙，一日五諸侯兵四出潰解，以失魏也。昨日誅趙，罷如長慶時，亦以失魏也。故河南、山東之輕重在魏。非魏彊大，地形使然也。故曰取魏爲中策。最下策爲浪戰，不計地勢，不審攻守是也。兵多粟多，驅人使戰者，便於守；兵少粟少，人不驅自戰者，便於戰。故我常失於戰，虜常困於守。山東叛且三五世，後生所見言語舉止，無非叛也，以爲事理正當如此，沉酣入骨髓，無以爲非者，至有圍急食盡，啖屍以戰。以此爲俗，豈可與決一勝

一負哉？自十餘年凡三收趙，食盡且下。郗士美敗，趙復振；杜叔良敗，趙復振；李聽敗，趙復振。故曰，不計地勢，不審攻守，爲浪戰，最下策也。

累遷左補闕，史館修撰，改膳部員外郎。宰相李德裕素奇其才。會昌中，黠戛斯破回鶻，回鶻種落潰入漠南，牧説德裕不如遂取之，以爲：「兩漢伐虜，常以秋冬，當匈奴勁弓折膠，重馬免乳，與之相校，故敗多勝少。今若以仲夏發幽、并突騎及酒泉兵，出其意外，一舉無類矣。」德裕善之。會劉稹拒命，詔諸鎮兵討之，牧復移書於德裕，以「河陽西北去天井關彊百里，用萬人爲壘，窒其口，深壁勿與戰。成德軍世與昭義爲敵，王元逵思一雪以自奮，然不能長驅徑擣上黨，其必取者在西面。今若以忠武、武寧兩軍益青州精甲五千、宣潤弩手二千，道絳而入，不數月必覆賊巢。昭義之食，盡仰山東，常日節度使率留食邢州，山西兵單少，可乘虛襲取。故兵聞拙速，未睹巧之久也」。俄而澤潞平，略如牧策。歷黄、池、睦三州刺史，入爲司勳員外郎，常兼史職。改吏部，復乞爲湖州刺史。踰年，以考功郎中知制誥，遷中書舍人。

牧剛直有奇節，不爲齪齪小謹，敢論列大事，指陳病利尤切至。少與李甘、李中敏、宋邧善，其通古今，善處成敗，甘等不及也。牧亦以疏直，時無右援者。從兄悰更歷將相，而牧困躓不自振，頗怏怏不平。卒，年五十。初，牧夢人告曰：「爾應名畢。」復夢書「皎皎白駒」字，或曰「過隙也」。俄而炊甑裂，牧曰：「不祥也。」乃自爲墓誌，悉取所爲文章焚之。

牧於詩，情致豪邁，人號爲「小杜」，以別杜甫云。（宋祁等《新唐書》卷一百六十六《杜牧傳》）

杜紫微頃於宰執求小儀，不遂，請小秋，又不遂。嘗夢人謂曰：「辭春不及秋，昆脚與皆頭。」後果得比部員外。（又公自述不曾歷小比，此必傳之誤。）（李綽《尚書故實》）

杜舍人再捷之後，時譽益清，物議人情，待以仙格。紫微恃才名，頗縱聲色，嘗自言有鑒裁之能。聞吴興郡有長眉纖腰，有類神仙者，罷宛陵從事，專往觀焉。使君籍甚其名，迎待頗厚。至郡旬日，繼以洪飲，睨觀官妓，曰：「善則善矣，未稱所傳也。」覽私選，曰：「美則美矣，未愜所望也。」將離去，使君敬請所欲，曰：「願泛彩舟，許人縱觀，得以寓目，愚無恨焉。」使君甚悦，擇日大具戲舟謳棹較捷之樂，以鮮華誇尚，得人縱觀，兩岸如堵。紫微則循泛肆目，竟靡所得。及暮將散，俄於曲岸見里婦攜幼女，年鄰小稔。紫微曰：「此奇色也。」遽命接致綵舟，欲與之語。母幼惶懼，如不自安。紫微曰：「今未必去，第存晚期耳。」遂贈羅纈一篋爲質。婦人辭曰：「他人無狀，恐爲所累。」紫微曰：「不然。余今西航，祈典此郡，汝待我十年，不來而後嫁。」遂筆於紙，盟而後別。紫微到京，常意霅上。厥後十四載，出刺湖州。之郡三日，即命搜訪，女適人已三載，有子二人矣。紫微召母及嫁者詰之，其夫慮爲所掠，攜子而往。紫微謂曰：「且納我賄，何食前言？」母即出留翰以示之，復曰：「待十年不至而後嫁之，三載有子二人。」紫微熟視舊札，俛首逾刻，曰：「其詞也直。」因贈詩以導其志，詩曰：「自是尋春去較遲，不須惆悵怨芳時。狂風落盡深紅色，緑樹成蔭子滿枝。」翌日，遍聞於好事者。（高彦休《闕史》卷上）

致仕尚書白舍人，初到錢塘，令訪牡丹花，獨開元寺僧惠澄，近於京師得此花栽，始植於庭，欄圈甚密，他處未之有也。時春景方深，惠澄設油幕以覆其上，牡丹自此東越分而種之也。會徐凝自富春來，未識白公，先題詩曰：「此花南地知難種，慚媿僧閒用意栽。海燕解憐頻睥睨，胡蜂未識更徘徊。虛生芍藥徒勞妬，羞殺玫瑰不敢開。唯有數苞紅襆在，含芳只待舍人來。」白尋到寺看花，乃命徐生同醉而歸。時張祜榜舟而至，甚若疎誕。然張、徐二生未之習稔，各希首薦焉。中舍曰：「二君論文，若廉、白之鬭鼠穴，勝負在於一戰也。」遂試《長劒倚天外賦》、《餘霞散成綺詩》。試訖解送，以凝爲元，祜其次耳。張曰：「祜詩有『地勢遥尊岳，河流側讓關』，多士以陳後主『日月光天德，山河壯帝居』此徒有前名矣。又祜《題金山寺》詩曰：（此寺大江之中。）『樹影中流見，鐘聲兩岸聞』，雖綦毋潛云：『塔影挂青漢，鐘聲和白雲』，此句未爲佳也。」祜《觀獵》四句及《宫詞》，白公曰：「張三作獵詩，以較王右丞，予則未敢優劣也。」王維詩曰：「風勁角弓鳴，將軍獵渭城。草枯鷹眼疾，雪盡馬蹄輕。忽過新豐戍，還歸細柳營。迴看落鴈處，千里暮雲平。」張祜詩曰：「曉出禁城東，分圍淺草中。紅旗開向日，白馬驟臨風。背手抽金鏃，翻身控角弓。萬人齊指處，一雁落寒空。」白公又以《宫詞》四句之中，皆數對，何足奇乎？然無徐生云：「今古長如白練飛，一條界破青山色。」徐凝賦曰：「譙周室裏，定游夏於立虔；馬守帷中，分易禮於盧鄭。如我明公薦，豈唯偏黨乎？」張祜曰：「虞韶九奏，非瑞馬之至音；荆玉三投，佇良工之必鑒。且鴻鐘運擊，瓦缶雷鳴；榮辱糾繩，復何定分？」祜遂行歌而邁，凝亦鼓枻而歸。二生終身

偃仰，不隨鄉試者乎。先是李補闕林宗、杜殿中牧，與白公輦下較文，具言元、白詩體舛雜，而爲清苦者見嗤，因兹有恨也。白爲河南尹，李爲河陽令，道上相遇，尹乃乘馬，令則肩輿，似乖趨事之禮。嘗謂樂天爲囁嚅公，聞者皆笑，樂天之名稍減矣。白尹曰：「李直水，（林宗字也。）吾之猶子也，其鋒不可當。」後杜舍人之守秋浦，與張生爲詩酒之交，酷吟祜《宫詞》，亦知錢塘之歲，白有非之論，懷不平之色，爲詩二首以高。則曰：「誰人得似張公子，千首詩輕萬户侯。」又云：「如何故國三千里，虚唱歌詞滿六宫。」張君詩曰：「故國三千里，深宫二十年。一聲河滿子，雙淚落君前。」此歌宫娥諷念思鄉，而起長門之思也。祜復遊甘露寺，觀前盧肇先輩題處曰：「不謂三吴經此詩人也。」祜曰：「日月光先到，山川勢盡來。」盧曰：「地從京口斷，山到海門迴。」因而仰伏，願交於此士矣。（范攄《雲溪友議》卷中）

杜牧侍郎，罷宣城幕，經陜圻，有録事肥而且巨，……牧爲詩以挫焉。……《贈肥録事》，杜紫微：「盤古當時有遠孫，尚令今日逞家門。一車白土將泥項，十幅紅旗補破裩。瓦官寺裏逢行跡，華岳山前見掌痕。不須啼哭愁難嫁，待與將書報樂坤。」（范攄《雲溪友議》卷中）

大和二年，崔郾侍郎東都放榜，西都過堂。杜牧有詩曰：「東都放榜未花開，三十三人走馬回。秦地少年多釀酒，却將春色入關來。」（王定保《唐摭言》卷三《慈恩寺題名遊賞賦詠雜記》）

張祜客淮南幕中，赴宴，時杜紫微爲支使，南座有屬意之處，索骰子賭酒，牧微吟曰：「骰子逡巡裏手拈，無因得見玉纖纖。」祜應聲曰：「但知報道金釵落，髣髴還應露指尖。」（王定保《唐摭言》卷十三「敏捷」）

牧爲御史，分務洛陽。時李司徒願罷鎮閑居，聲妓豪侈，洛中名士咸謁之。李高會朝客，以杜持憲，不敢邀致。杜遣座客達意，願預斯會，李不得已邀之。杜獨坐南行，瞪目注視，引滿三巵，問李云：聞有紫雲者，孰是？李指示之。杜凝睇良久曰：名不虛得，宜以見惠。李俯而笑，諸妓亦回首破顔。杜又自飲三爵，朗吟而起曰：華堂今日綺筵開，誰喚分司御史來？忽發狂言驚滿座，二行紅粉一時迴。氣意閑逸，傍若無人。牧不拘細行，故詩有十年一覺揚州夢，贏得青樓薄倖名。吳武陵以《阿房宮賦》薦於崔郾，遂登第。郾東都放榜，西都過堂，牧詩曰：東都放榜未花開，三十三人走馬迴。秦地少年多釀酒，即將春色入關來。牧佐宣城幕，遊湖州，刺史崔君，張水戲，使州人畢觀，令牧閒行，閲奇麗，得垂髫者十餘歲。後十四年，牧刺湖州，其人已嫁生子矣。乃悵而爲詩曰：自是尋春去較遲，不須惆悵怨芳時。狂風落盡深紅色，緑葉成陰子滿枝。……牧初自宣城幕除官入京，有詩留别云：同來不得同歸去，故國逢春一寂寥。後二十餘年，連典四郡，自湖州拜中書舍人，題汴河云：自憐流落西歸疾，不見春風二月時。至京果卒。或曰：舍人未爲流落，而遽及之，魄已喪矣。……李義山作《杜司勳》詩云：高樓風雨歎斯文，短翼差池不及群。刻意傷春復傷别，人間唯有杜司勳。又云：杜牧司勳字牧之，清秋一首《杜秋》詩。前身應是梁江總，名總還曾字總持。心鐵已從干鏌利，鬢絲休歎雪霜垂。漢江遠弔西江水，羊祜韋丹盡有碑。（時杜撰韋碑。）（計有功《唐詩紀事》卷五六「杜牧」）

謹按《唐書·杜甫傳》及《元稹墓誌》，晉當陽縣侯預下十世而生依藝，以監察御史令於河南府之鞏

縣。依藝生審言，審言善詩，官至修文館學士、尚書膳部員外郎。審言生閑，京兆府奉天縣令。閑生甫，左拾遺、尚書工部員外郎。甫生二子：宗文，宗武。夢弼今以《杜氏家譜》考之，襄陽杜氏出自晉當陽縣侯預，而佑蓋其後也。佑生三子：師損，式方，從郁。師損三子：詮，愉，羔。式方五子：惲，憓，悰，恂，慆。從郁二子：牧，顗。群從中悰官最高，而牧名最著。杜氏凡五房：一京兆杜氏，二杜陵杜氏，三襄陽杜氏，四洹水杜氏，五濮陽杜氏。而甫一派，又不在五派之中。甫與佑既同出於預，而家譜不載，何也？豈以其官不達，而諸杜不通譜系乎？何家譜之見遺也？（蔡夢弼《杜工部草堂詩話》）

牧字牧之，京兆人也。善屬文。大和二年韋籌榜進士，與厲玄同年。初未第，來東都，時主司侍郎崔郾，大學博士吳武陵策蹇進謁曰：「侍郎以峻德偉望，爲明君選才，僕敢不薄施塵露。向偶見文士十數輩，揚眉抵掌，共讀一卷文書，覽之乃進士杜牧《阿房宮賦》。其人，王佐才也。」因出卷搢笏朗誦之，郾大加賞，曰：「請公與狀頭。」郾曰：「已得人矣。」曰：「不得，即請第五人。更否，則請以賦見還。」辭容激厲。郾曰：「諸生多言牧疎曠不拘細行，然敬依所教，不敢易也。」後又舉賢良方正科，沈傳師表爲江西團練府巡官。又爲牛僧孺淮南節度府掌書記。拜侍御史，累遷左補闕，歷黃、池、睦三州刺史，以考功郎中知制誥，遷中書舍人。牧剛直有奇節，不爲齷齪小謹，敢論列大事，指陳利病。尤切兵法戎機，平昔盡意。嘗以從兄悰更歷將相，而己困躓不振，怏怏難平。卒年五十，臨死自寫墓誌，多焚所爲文章。詩情豪邁，語率驚人。識者以擬杜甫，故呼「大杜」、「小杜」以別之。後人評牧詩，如銅丸走坂，駿馬注

坡，謂圓快奮急也。牧美容姿，好歌舞，風情頗張，不能自遏。時淮南稱繁盛，不減京華，且多名姬絶色，牧恣心賞，牛相收街吏報杜書記平安帖子至盈篋。牧御史分司洛陽，時李司徒閒居，家妓爲當時第一，宴朝士，以牧風憲，不敢邀。牧因遣諷李使召己，既至曰：「聞有紫雲者妙歌舞，孰是？」即贈詩曰：「華堂今日綺筵開，誰唤分司御史來？忽發狂言驚四座，兩行紅袖一時回。」意氣閒逸，傍若無人，座客莫不稱異。大和末，往湖州，目成一女子，方十餘歲，約以十年後吾來典郡當納之，結以金幣。洎周墀入相，上箋乞守湖州，比至，已十四年，前女子從人，兩抱雛矣。賦詩曰：「自恨尋芳去較遲，不須惆悵怨芳時。如今風擺花狼藉，緑葉成陰子滿枝。」此其大概一二。凡所牽繫，情見於辭。别業樊川，有《樊川集》二十卷，及注《孫子》，並傳。同時有嚴惲，字子重，工詩，與牧友善，以《問春》詩得名。昔聞有集，今無之矣。（辛文房《唐才子傳》卷六）

（二）唐代贈酬題詠詩文

《讀池州杜員外杜秋詩》：年少多情杜牧之，風流仍作杜秋詩。可知不是長門閉，也得相如第一詞。（張祜《張承吉文集》卷四）

《和池州杜員外題九峰樓》：秋城高柳啼晚鴉，風簾半鉤清露華。九峰叢翠宿危檻，一夜孤光懸冷

沙。出岸遠暉帆斷續，入溪寒影雁差斜。杜陵春日歸應早，莫厭青山謝朓家。（張祜《張承吉文集》卷七）

《奉和池州杜員外重陽日齊山登高》：秋溪南岸菊霏霏，急管繁絃對落暉。紅葉樹深山逕斷，碧雲江淨浦帆稀。不堪孫盛嘲時笑，願送王弘醉夜歸。流落正憐芳意在，砧聲徒促授寒衣。（張祜《張承吉文集》卷七）

《奉和池州杜員外南亭惜春》：草霧輝輝柳色新，前山差掩黛眉頻。碧溪潮漲碁侵夜，紅樹花深醉度春。幾恨今年時已過，翻悲昨日事成塵。可知屈轉江南郡，還就封州詠白萍。（張祜《張承吉文集》卷七）

《江上旅泊呈池州杜員外》：牛渚南來沙岸長，遠吟佳句望池陽。野人未必非毛遂，太守還須是孟嘗。江郡風流今絶世，杜陵才子舊爲郎。不妨酒夜因閑語，別指東山是醉鄉。（張祜《張承吉文集》卷八）

《題池州杜員外弄水新亭》：廣厦光奇輩，恢材卓不群。夏天平岸水，春雨近山雲。蜿衍榱甍揭，端完柱石分。孤帆驚乍駐，一葉動初聞。晚檻餘清景，涼軒啓碧氛。賓筵習主簿，詩版鮑參軍。露灑新篁滴，風含秀草熏。何勞思峴嶺，虛望漢江濆。（張祜《張承吉文集》卷九）

《和杜舍人題華清宫三十韻》：五十年天子，離宫舊粉牆。登封時正泰，御宇日初長。上位先名實，中興事憲章。舉戎輕甲冑，餘地取河湟。道帝玄元祖，儒封孔子王。因緣百司署，叢會一人湯。渭水波摇緑，秦山草半黄。馬頭開夜照，鷹眼利星芒。下箭朱弓滿，鳴鞭皓腕攘。畋思獲吕望，諫祇避周昌。兔跡貪前逐，梟心不早防。幾添鸚鵡勸，頻賜荔枝嘗。月鎖千門靜，天高一笛涼。細音摇翠佩，輕

步宛霓裳。禍亂根潛結，昇平意遽忘。衣冠逃大虜，鼙鼓動漁陽。外戚心殊迫，中途事可量。雪埋妃子貌，刃斷禄兒腸。近侍煙塵隔，前蹤輦路荒。益知迷寵佞，惟恨喪忠良。北闕尊明主，南宫遜上皇。禁清餘鳳吹，池冷映龍光。祝壽山猶在，流年水共傷。杜鵑魂厭蜀，蝴蝶夢悲莊。雀卵遺雕栱，蟲絲罥畫梁。紫苔侵壁潤，紅樹閉門芳。守吏齊鴛瓦，耕民得翠璫。歡康昔時樂，講武舊兵場。暮鳥深叢鬭，幽花墜徑香。不堪垂白叟，行折御溝楊。（張祜《張承吉文集》卷十）

邢群《郡中有懷寄上睦州員外杜十三兄》：城枕溪流更淺斜，麗譙連帶邑人家。經冬野菜青青色，未臘山梅處處花。雖免嶂雲生嶺上，永無音信到天涯。如今歲晏從羈滯，心喜彈冠事不賒。（見《全唐詩》卷五四六）

李遠《贈弘文杜校書》：高倚霞梯萬丈餘，共看移步入宸居。曉隨鵷鷺排金鎖，靜對鉛黄校玉書。漠漠禁煙籠遠樹，泠泠宫漏響前除。還聞漢帝親詞賦，好爲從容奏子虚。（見《全唐詩》卷五一九）

《酬邢杜二員外·并序》：新安邢員外懷洛下舊居，新定杜員外思關中故里，各蒙緘示，因寄二詩以酬。

雪帶東風洗畫屏，客星懸處聚文星。未歸嵩嶺暮雲碧，久别杜陵春草青。熊軾並驅因雀噪，隼旟齊駐是鴻冥。豈知京洛舊親友，夢繞潺湲江上亭。（許渾《丁卯集》卷上）

《酬杜補闕初春雨中舟次横江喜裴郎中相迎見寄》：江館維舟爲庾公，暖波微渌雨濛濛。紅檣迤

邐春巖下，朱旆聯翩曉樹中。柳滴圓波生細浪，梅含香豔吐輕風。郢歌莫問青山吏，魚在深池鳥在籠。（許渾《丁卯集》卷上）

溫庭筠《上杜舍人啓》：某聞物乘其勢，則彗汜畫塗；才戾於時，則荷戈入棘。必由賢達之門，乃是坦夷之逕。是以陸機行止，惟繫張華；孔闓文章，先投謝朓。遂得名高洛下，價重江南。惟彼歸荑，同於拾芥。某弱齡有志，中歲多虞。模孝綽之辭，方成篋奏；竊仲任之論，始解言談。猶恨日用殊多，天機素少。揆牛涔於巨浸，持蟻垤於維嵩。曾是自强，雅非知量。李郢秀奉揚仁旨，竊味昌言。豈知沈約扇中，猶題拙句；孫賓車上，欲引凡姿。進不自期，榮非始望。今者末塗惆悵，羈宦蕭條。陋容須託於媒揚，沈痼宜蠲於醫緩。亦嘗懷鉛信史，鼓篋遺文。頗知甄藻之規，粗達顯微之趣。倘使閣中撰述，試傳名臣；樓上妍媸，暫陪諸隸。微迴木鐸，便是雲梯。敢露誠情，輒干牆仞。（見《文苑英華》卷六六二）

《贈司勳杜十三員外》：杜牧司勳字牧之，清秋一首杜秋詩。前身應是梁江總，名總還曾字總持。心鐵已從干鏌利，鬢絲休歎雪霜垂。漢江遠弔西江水，羊祜韋丹盡有碑。（時杜奉詔撰韋碑。）（李商隱《李義山詩集》卷五）

《杜司勳》：高樓風雨感斯文，短翼差池不及群。刻意傷春復傷别，人間唯有杜司勳。（李商隱《李義山詩集》卷六）

《李賀小傳》：京兆杜牧爲李長吉集序，狀長吉之奇甚盡，世傳之。（李商隱《李義山文集》卷四）

趙嘏《杜陵貽杜牧侍御》（一作《題杜侍御别業》）：紫陌塵多不可尋，南溪酒熟一披襟。山高晝枕

石牀隱，泉落夜窗煙樹深。白首尋人嗟問計，青雲無路覓知音。唯君懷抱安如水，他日門牆許醉吟。（見《全唐詩》卷五四九）

趙嘏《抒懷上歙州盧中丞宣州杜侍御》：東來珠履與旌旗，前者登朝亦一時。竹馬迎呼逢稚子，柏台長告見男兒。花飄舞袖樓相倚，角送歸軒客盡隨。獨有賤夫懷感激，十年兩地負恩知。（見《全唐詩》卷五四九）

趙嘏《代人贈杜牧侍御》（宣州會中）：郎作東台御史時，妾長西望斂雙眉。一從詔下人皆羨，豈料恩衰不自知。高闕如天縈曉夢，華筵似水隔秋期。坐來情態猶無限，更向樓前舞柘枝。（見《全唐詩》卷五四九）

《投杜舍人》：牀上新詩詔草和，欄邊清酒落花多。閑消白日舍人宿，夢覺紫薇山鳥過。春刻幾分添禁漏，夏桐初葉滿庭柯。風騷委地苦無主，此事聖君終若何。（薛能《許昌集》卷五）

李郢《和湖州杜員外冬至日白蘋洲見憶》：白蘋亭上一陽生，謝朓新裁錦繡成。千嶂雪消溪影淥，幾家梅綻海波清。已知鷗鳥長來狎，可許汀洲獨有名。多愧龍門重招引，即抛田舍棹舟行。（見《全唐詩》卷五九〇）

崔道融《讀杜紫微集》：紫微才調復知兵，長覺風雷筆下生。還有枉抛心力處，多於五柳賦閒情。（見《全唐詩》卷七一四）

《高蟾先輩以詩筆相示抒成寄酬》：張生故國三千里，知者唯應杜紫微。（杜牧舍人贈張祜處士

云：「可憐故國三千里，虚唱歌詞滿六宫。」）君有「君恩秋後葉」，可能更羨謝玄暉。（蟾有《後宫詞》云：「君恩秋後葉，日日向人疏。」）（鄭谷《雲台編》卷一）

（三）歷代序、跋、提要

《跋樊川集》：唐人詩文，近多刻本，亦多經校讎，惟牧之集誤繆特甚。予每欲求諸本訂正，而未暇也。書以示子遹，尚成吾意。開禧丙寅十一月二十七日，放翁書。（陸游《渭南文集》卷三十）

小杜詩古稱可法，而善本甚罕，世所有者，字多魚魯，學者病之。今監司權公（克和）與經歷李君（蓄）議之，符下知錦山郡事李君（賴），令詳校前本之訛謬而刊之。始於庚申三月，歷數月而告成。公之嘉惠學者其可量哉。前通政大夫成均大司成知製教鄭坤跋。（明正統五年六月朝鮮全羅道錦山刻本《樊川文集夾注》書末鄭坤跋）

《樊川集序》：「頌其詩，讀其書，不知其人可乎？」子輿所言，開千古尚友。人生而克（？）知其人，而詩書不爲陳牘，頌讀不爲咿唔，恕先在焉，呼之或出。善頌讀者，當作是觀。嗟乎，人固難知，知人亦不易也。不知其人而思之拊髀，失之交臂，掩卷但有生不同時之嘆。即文在兹，而作者之神情與述者之向往，漠焉河漢安所取？嘐嘐然曰：「古之人，古之人，而頌之讀之，侈經生窮年累世之勤劬哉！」

予友復止氏，東里世家，西崑靈裔，文裾奕奕，經笥便便，自舞象侍尊先公太初先生壇坫，氣猛吞牛，才雄吐鳳，翔千仞而鶩八極。是父是子，并登作者之堂。復止趨庭有間，垂帷屈首，殫力搜鄴架之奇，上下數千載，赤文緑字諸靈秘，幾幾乎追神脈望，與古俱化。生平欣賞，獨神往杜牧之其人。歲辛巳，與予問業方山别墅，不固我，出所丹鉛《樊川集》，指授往復，若穆然見牧之於詩書。牧之以樊川傳久矣，樊川以復止傳，又寧有既乎！予椎魯無文，即日對樊川，希少有領略。自分於復止，得髓得膚，見地迥别，乃復止於樊川以獨有會也。樊川在當時，感憤風雲，依光日月，清華之業，鵲起蟬聯，斯亦無所不得志。顧津津思以著述壽樊川，若將并一時禽魚花鳥，長留飛躍之趣以不朽。嗟乎，牧之而直爲一禽魚一花鳥，津津徼靈不律哉！今其集具在，若賦若詩若論著，流連沉痛，練達周詳，頌之讀之，樊川在焉，夫將遇之旦暮。昔賢謂李杜文章，光焰萬丈，作者罕儷，輒進樊川而伯仲之，謂小杜得其雄健。予始不信，乃今知之已。反覆《罪言》、《兵論》，渢渢乎竦，荃宰之神爲下，蒭蕘之聽竟究，功歸於聽者，而言者之罪至今。夫言有當於用，何渠必收言者之利！「實事不言，而言事不實」，此則樊川之所痛心，未始引以分咎也。讀《樊川集》者，作如是觀，復止以爲然否？昔晁補之策安南兵事，亦援樊川前著，肆爲《罪言》。兩賢異代，志一道同，閉門造車，出門合軌，後有作者，弗可及已。乃予不敏。若於復止，有以觀其深也。丙子之役，復止挈馬兔，走燕雲，憑弔淋漓，多得諸壚頭盾鼻。已復聞天驕犯順，憂在至尊，則嘗走（？）當事，借籌分肉食之謀，幾幾乎《罪言》哉！當事者用以窺左足（？），戎醜爲喙駾，則言之者無罪，顧不自

列於功人也。牧之、補之，與我復止，鼎峙千秋矣。復止之嗜樊川，自具手眼，直會樊川苦心，並欲使知人者互出其手眼，於頌讀之外，繕而壽諸梓，且欲壽其尊公《太初遺稿》，并行於世。猗嗟乎，東里家學，源濬而流爲長，又安所紀極？補之爲宋聞人，著述表表，前無作者。其父君成，起家新城令，博偉俊辨，蘇長公與之遊，不知其人；會補之以史館都文譽，而後君成之文學賴以聲施，長公以爲有其實而無其名者之報。余於復止喬梓亦云。復止《樊川集》行，不固我，屬之枝駢。夫金鐘大鏞，自應懸之東序，顧進擊瓮扣缶者，而與之鼓吹休明，謂不知量何。雖然，予之知復止，未始非復止之知樊川也。余更怵然於東里代起之有家學。予於七書三篋，未見一班，映雪瞻（？）雲，此際不禁愴怳也。崇禎壬午禊日同邑社弟張巽申潔修題。（葉幫義抄自昭質堂本《樊川文集》張巽申所作《序》，原文不易辨認字後加「？」以存疑）

臣等謹案：《樊川集》二十二卷，唐杜牧撰。牧字牧之，京兆萬年人，官至中書舍人。事跡具《唐書》本傳。是集爲其甥裴延翰所編，唐《藝文志》作二十卷，而晁氏《讀書志》又載外集一卷。新城王士禎謂舊藏杜集止二十卷，後見宋版本雕刻甚精而多數卷。考劉克莊《後村詩話》云樊川有《續別集》三卷，十八九皆許渾詩。牧仕宦不至南海，而別集乃有南海府罷之作。則宋本外集之外，又有《續別集》三卷。此本僅附外集、別集各一卷，有宋熙寧六年田概序，較之後村所見別集尚少二卷，而南海府罷之作不收焉，則又經後人删定，非克莊所見本矣。牧嘗稱元白歌詩傳播，使子父女母交口誨淫，恨吾無位，不得以法繩之。其持論甚峻。《後村詩話》則謂牧風情不淺，如《杜秋娘》、《張好好》諸詩，青樓薄倖之

句，街吏平安之報，未知去元白幾何？比之以燕伐燕，是亦公論。然牧詩風骨實出元白之上。其古文縱横奥衍，《罪言》一篇，宋祁作《新唐書·藩鎮傳論》實全録之，亦非元白所可及也。乾隆四十九年八月恭校上。總纂官臣紀昀、臣陸錫熊、臣孫士毅，總校官臣陸費墀。（文津閣本《四庫全書·樊川集》提要）

《杜樊川集注序》：義山、牧之，世亦以李、杜並稱，而玉谿生詩，注釋者多，詞旨愈晦。自吾師馮孟亭先生，澡雪精神，蕩滌繁穢，如《錦瑟》、《碧城》之什，《井泥》、《鏡檻》之篇，如燭照幽，若針通結，鄭箋有倫，楚豔斯張。今鷺庭編修其賢嗣也，……嘗以樊川一集，前人未有發明，取飫群言，積牘盈尺，既蒇功有日矣，新宫不戒，餘燼莫收，又復寒暑勤劬，左右采獲，遲之一紀，始得醒焦桐於爨下，回幸草于春餘。注成，屬余爲序。余惟牧之内懷經濟之略，外騁豪宕之才。當其時，藩鎮方張，朝廷多事；五諸侯並起，欲逼天閶；十常侍未除，先驚帝座。屯蜂晝聚，社鼠宵行。江充既兆亂於犬臺，賈誼轉埋忠于鵩舍。往往激昂狂節，摇蕩愁旌；陳兵事之書，一麾願乞；揭《臯言》之目，三刖奚辭。觀其《獨酌》成謡，《感懷》發詠，固非徒以一己牢愁之語，托之無端綺靡之詞者也。而乃偃蹇幕僚，浮沉朝籍，攬霜毛於春鏡，裹雨褐於秋船，茹鯁空憂，叫閽無助。惟是留雲夢裏，中酒花前，憑街子而説生平，對樗蒱而論心事。緑葉成陰之慨，青樓薄倖之名；壯志飄蕭，才人落魄。此又寫深情之帖，莫喻纏綿；讀《小雅》之篇，難名悱惻也已。鷺庭博采史編，綜核時事，佇伊人于溢浦，眷往跡于朱坡，浥彼餘波，節之雜佩。花紅玉白，能通諷諭之心；酒醒燈殘，爲揾英雄之淚。不穿鑿以側附，不濛汞以詭隨，情貌無遺，詮貫有叙。起

古人而亦感，俾後學之不迷。是一編也，可以不朽矣。獨念義山、牧之，實爲有唐一代詩人之殿。菘中原之牛耳，張大國之蝥弧，並號霸才，足推餘勇。然而風流已遠，文采僅存，誠不意時閲乎千載之餘，而注成於一家之手。靈源得濬，幽徑重搜。若鷺庭者，在小杜爲功臣，在吾師爲肖子。蘭陔養志，勝賡東晳之詩；《水調》傳聲，待續揚州之夢。嘉慶辛酉春二月既望，錢唐吴錫麒撰。（吴錫麒《樊川詩集注序》）

注杜牧之《樊川詩》四卷，既輟簡，序之曰：注詩之難，昔人言之，自孟子有知人論世及以意逆志之説，而奉以從事者，不無求之過深。夫吾人發言，豈必動關時事。牧之語多直達，以視他人之旁寄曲取而意爲辭晦者，迥乎不侔。且以毛公序《詩》，師承有自，而後儒尚有異議，況其下此，抑又可知。兹故第詮事實，以相參檢，而意義所在，略而不道。……牧之詩向多有許渾混入者，此四卷外，又有外集、别集各一卷，兹多未暇論及，蓋亦以牧之手所焚棄而散落别見者，非其所欲存也。趙岐于《孟子》，不爲外書四篇作注，亦其例也。牧之出處之跡，史傳瞭知，即詩亦可概見。兹仍其編次，不加更定。第才非著述，多所闕謬，豐取矜擇，靡得而稱；若其字句之異同，則頗廣蒐他本，詳爲附注。蓋二字以上謂之「一云」，一字謂之「一作」，實用王欽臣《談録》之例云。嘉慶三年十月日桐鄉馮集梧書。（馮集梧《樊川詩集注自序》）

樊川以文章風節著於唐代，其集經歷朝之所著録、流衍、刊訂，論列已久，無待讚述。惟其詩文散見於各總集、類集，以外絶少行本，而文集尤罕焉。宜都楊學博惺吾，嘗遊東瀛，於官庫摹寫此本，定爲宋

槧，記其始末，考論綦詳。會予宰黄岡，與學博同官，乃獲見之。歎其精而又慮其久而就淹也，亟付梓人，越一載而蕆事。竊惟古籍流傳，閲時既久，脱誤滋多，尤大厄於明人，其士大夫學者類，勇於竄改舊本。經史諸編尚復沿訛，而况一家之集乎？故宋槧爲世珍秘，不特收藏鑒别侈爲觀美，抑亦證古訂俗多所津逮也。學博之記此本，其言甚辨。予考新城王文簡《居易録》，謂舊藏杜集二十卷，後見宋版本雕刻甚精，而多數卷。按唐《藝文志》，《樊川集》本二十卷，而凡所傳外集、别集、續别集，皆宋人所蒐輯。文簡偶未檢唐志，故其言然。特以其言證之，則此本之爲宋槧無疑。又按晁公武《郡齋讀書志》，僅載外集一卷，未及别集。此本後附外集、别集，卷數少於後村所見之本，多於公武所見之本。是不特後村未見此本，即公武亦恐未之見也。予簿書之暇，既刻景蘇園帖行於世，而樊川亦曾刺此州。是杜、蘇二公所遺留者，固皆文獻掌故之所關。記曰：睹其器者進而索其神，後之覽者或憬然而長思，慨然而興起焉。兹集之刻，又烏可緩哉？光緒二十有二年秋八月成都楊壽昌撰。（楊壽昌景蘇園影宋本《樊川文集》卷首序）

宋槧《樊川文集》廿卷，外集一卷，别集一卷，原本藏日本楓山官庫，無刊板年月，避「桓」、「鏡」等字，不避「貞」、「慎」字，當是北宋本。然每卷不爲總目，而以總目居卷首，亦非唐本之舊。劉克莊《後村詩話》云：「樊川有續别集三卷，十八九是許渾詩，牧仕宦不至南海，而别集乃有《南海府罷》之作。」是劉所見者，别集之外更有續别集。此本無續别集，故無《南海府罷》詩。《提要》誤以劉所指者在别集

中，又以今之别集只一卷，較劉所見少二卷，遂疑又爲後人删定，不知别集有熙寧六年田槩序，明云五十九首編爲一卷，此本一一相合，安得有删削之事。則知後村所見續别集更爲後人所輯，反不如此本之古。《全唐詩》編牧詩爲八卷，其第七、八兩卷，皆此本所無，而與《許丁卯集》複者五首，當即後村所見之續别集中詩。考牧詩，唯正集皆爲牧作，其外、别兩集，已多他人之詩，如外集之《歸家》一首，爲趙嘏詩；《龍邱途中二首》、《隋苑》一首，見《李義山集》；别集之《子規》一首，見《太白集》，皆採輯之誤，不獨續别集有許丁卯詩也。樊川詩文爲有唐大家，近唯桐鄉馮氏注其詩集行世，其文集罕傳。余故不惜重費，使書手就庫中影摹以出，待好事者重鐫焉。光緒癸未四月宜都楊守敬記于東京使館。（楊守敬景蘇園影宋本《樊川文集》卷首序）

（四）歷代著録

杜牧注《孫子》三卷。（《新唐書》卷五九《藝文志》）

杜牧《樊川集》二十卷。（《新唐書》卷六〇《藝文志》）

《樊川集》二十卷，杜牧撰。（王堯臣、歐陽修《崇文總目》卷五）

杜牧注《孙子》三卷。右唐杜牧之注。牧以武書大略用仁義使機權，曹公所注解十不釋一，而其所

得自爲新書爾，因備注之。世謂牧慨然最喜論兵，欲試而不得。其學能道春秋戰國時事，甚博而詳，知兵者將有取焉。（晁公武《郡齋讀書志》卷三下）

杜牧《樊川集》二十卷、外集一卷。右唐杜牧牧之也，京兆人，大和二年進士，復舉制科。會昌中，以考功郎中知制誥，終中書舍人。牧善屬文，剛直有奇節，敢論引大事，指陳利病。爲詩情致豪邁，人號小杜，以別甫云。臨死自爲墓誌，悉焚所爲文章。其甥裴延翰輯其藁編次，爲之《後序》。樊川，蓋杜氏所居。外集皆詩也。（晁公武《郡齋讀書志》卷四中）

《注孫子》三卷，唐中書舍人杜牧之撰。（陳振孫《直齋書録解題》卷一二）

《樊川集》二十卷，外集一卷，唐中書舍人京兆杜牧牧之撰。牧，佑之孫，其甥裴延翰編而序之。外集皆詩也。又在天台録得集外詩一卷，别見詩集類，未知是否。牧才高，俊邁不羈，其詩豪而豔，有氣概，非晚唐人所能及也。（陳振孫《直齋書録解題》卷一六）

杜牧《樊川集》二十卷，又外集一卷，又别集一卷。（《通志》卷七〇）

杜牧注《孫子》三卷。晁氏曰：唐杜牧牧之注。牧以武書大略用仁義使機權，曹公所注解十不釋一，蓋惜其所得自爲新書爾，因備注之。世謂牧慨然最喜論兵，欲試而不得者。其學能道春秋戰國時事，甚博而詳，知兵者有取焉。（馬端臨《文獻通考》卷二二一）

杜牧《樊川集》二十卷、外集一卷。晁氏曰：唐杜牧牧之也，京兆人，大和二年進士，復舉制科。會

昌中以考功郎中知制誥，終中書舍人。牧善屬文，剛直有奇節，敢論列大事，指陳利病。爲詩情致豪邁，人號小杜，以别甫云。臨終自爲墓誌，悉焚所爲文。其甥裴延翰輯其稾，編次其文，後序。樊川，蓋杜氏所居。外集皆詩也。陳氏曰：牧，佑之孫。在天台録外集詩一篇，别見詩集類，未知是否？牧才高俊邁不羈，其詩豪而豔，有氣概，非晚唐人所能及也。後村劉氏曰：杜牧許渾同時，然詩各自爲體。牧於唐律中，常寓拗峭，以矯時弊。渾則不然，如：「荆樹有花兄弟樂，橘林無實子孫忙」之類，律切麗密或過牧，而抑揚頓挫不及也。二人詩不著姓名亦可辨。樊川有續别集三卷，十之八九皆渾詩。牧佳句自多，不必又取他人詩益之。若《丁卯集》割去許多傑作，則渾詩無一篇可傳矣。牧仕宦不至南海，别集乃存南海府罷之作，甚可笑。（馬端臨《文獻通考》卷二三二）

《樊川詩集》四卷。中書舍人杜牧之，京兆人也。（高儒《百川書志》卷十四）

《孫子》一卷，周孫武撰。考《史記·孫子列傳》，載武之書十三篇。而《漢書·藝文志》乃載《孫子兵法》八十二篇，圖九卷。故張守節《正義》以十三篇爲上卷，又有中、下二卷。杜牧亦謂武書本數十萬言，皆曹操削其繁剩，筆其精粹，以成此書。然《史記》稱十三篇，在漢志之前，不得以後來附益者爲本書。牧之言固未可以爲據也。此書注本極夥。《隋書·經籍志》所載，自曹操外，有王凌、張子尚、賈詡、孟氏、沈友諸家。唐志益以李荃、杜牧、陳皞、賈林、孫鎬諸家。馬端臨《經籍考》又有紀燮、梅堯臣、王皙、何氏諸家。歐陽修謂：「兵以不窮爲奇，宜其説者之多。」其言最爲有理。然至今傳者寥寥。（永瑢

等《四庫全書總目提要》卷九十九子部兵家類）

《樊川文集》二十卷，外集一卷，别集一卷，唐杜牧撰。牧字牧之，京兆萬年人，大和二年登進士第，官至中書舍人，事跡附載《新唐書·杜佑傳》内。是集爲其甥裴延翰所編。唐《藝文志》作二十卷，晁氏《讀書志》又載外集一卷。王士禎《居易録》謂舊藏杜集止二十卷，後見宋版本，雕刻甚精，而多數卷。考劉克莊《後村詩話》云：「樊川有續别集三卷，十八九皆許渾詩，牧仕宦不至南海，而别集乃有南海府罷之作。」則宋本外集之外，又有續别集三卷，故士禎云然也。此本僅附外集、别集各一卷，有裴延翰序，又有宋熙寧六年田槩序，較克莊所見别集尚少二卷。而南海府罷之作不收焉，則又經後人删定，非克莊所見本矣。范攄《雲溪友議》曰：「先是李林宗、杜牧言元、白詩體舛雜，而爲清苦者見嗤，因兹有恨。」牧又著論，言近有元、白者，喜爲淫言媟語，鼓扇浮嚣，吾恨方在下位，未能以法治之。《後村詩話》因謂：「牧風情不淺，如《杜秋娘》、《張好好》諸詩，（案《杜秋娘》非豔體，克莊此語殊誤。）青樓薄倖之句，街吏平安之報，未知去元、白幾何。」比之「以燕伐燕」。其説良是。《新唐書》亦引以論白居易。然考牧集，無此論，惟《平盧軍節度巡官李戡墓誌》述戡之言曰：「嘗痛自元和以來，有元、白詩者，纖豔不逞，非莊士雅人，多爲其所破壞，流於民間，疏于屏壁，子父女母，交口教授，淫言媟語，冬寒夏熱，入人肌骨，不可除去。吾無位，不得用法以治之。欲使後代知有發憤者，因集國朝以來類於古詩，得若干首，編爲三卷，目爲《唐詩》，爲序以導其志。」云云。然則此論乃戡之説，非牧之説。或牧嘗有是語，及爲戡誌

墓，乃借以發之，故攄以爲牧之言歟？平心而論，牧詩冶蕩甚於元、白，其風骨實出元、白上。其古文縱横奥衍，多切經世之務。《罪言》一篇，宋祁作《新唐書·藩鎮傳論》，實全録之。費袞《梁谿漫志》載，歐陽修使子棐讀《新唐書》列傳，卧而聽之，至《藩鎮傳叙》，歎曰「若皆如此傳筆力，亦不可及」。識曲聽真，殆非偶爾。即以散體而論，亦遠勝元、白。觀其集中，有《讀韓杜集》詩，又《冬至日寄小侄阿宜》詩曰：「經書括根本，史書閱興亡。高摘屈宋豔，濃熏班馬香。李杜泛浩浩，韓柳摩蒼蒼。近者四君子，與古爭强梁。」則牧于文章，具有本末，宜其睥睨長慶體矣。（《四庫全書總目提要》卷一百五十一集部別集類四）

《樊川文集》二十卷，外集一卷，别集一卷。唐杜牧撰。其文集二十卷與《唐志》合，外集一卷與《讀書志》合，惟《後村詩話》稱續别集三卷，此僅别集一卷，而無續集，蓋佚之矣。牧作《李戡墓誌》，述其詆元、白之言甚悉。（案《雲溪友議》誤以戡語爲牧語，今考正。）劉克莊獨不謂然。今考牧詩冶蕩，誠不減元、白，然其風骨則迥勝。雜文排奡縱横，亦非元、白所及也。（永瑢等《四庫全書簡明目録》卷一五）

杜牧之《樊川集》一部，六册。（《文淵閣書目》卷二）

予舊藏杜牧之《樊川集》二十卷，後見徐健菴（乾學）所藏宋版本，雕刻最精，而多數卷。考《後村詩話》云：「樊川有續别集三卷，十八九皆許渾詩。牧仕宦不至南海，别集乃有《南海府罷》之作，甚可笑。（王士禛《池北偶談》卷一四「談藝」四）

《樊川文集》二十卷，外集一卷，牧之集，舊人從宋本摹寫者。新刻校之，無大異，此翻宋雕之佳也。（錢曾《讀書敏求記》卷四）

《樊川文集》二十卷，外集一卷，别集一卷，題中書舍人杜牧字牧之，前有裴延翰序，别集有熙寧八年田概序。集本廿卷。晁氏《讀書志》有外集一卷。王漁洋《居易録》：見宋雕本，有續别集三卷。此本無續别集，而有外集、别集各一卷。外集，晁氏本所有，别集，田概所益，與《居易録》所見别一本。每頁廿行，行十八字。（孫星衍《平津館鑒藏記》）

《樊川文集》二十卷、别集一卷、外集一卷（明刊本）。唐杜牧撰。嘉靖刻本，全仿宋本，楮印亦精好。錢遵王嘗謂近刻《牧之集》，乃翻宋雕之佳者，與宋本相較，無大異也。舊爲述古堂藏本。（卷首有「錢興祖印」、「錢孝修圖書印」二朱記。）（瞿鏞《鐵琴銅劍樓藏書目録》卷一九）

《樊川集》二十卷，外集一卷，左補闕史館修撰京兆杜牧撰。晁氏曰：唐杜牧牧之也，京兆人。大和二年進士。爲詩情致豪邁，人號「小杜」，以别甫云。臨終自爲墓誌，悉焚所爲文。其甥裴延翰集其藁，編次其文。樊川，蓋杜氏所居。外集皆詩也。（《讀書志》）陳氏曰：牧，佑之孫。在天台録集外詩一篇，别見詩集，未知是否。牧才高，俊邁不羈，其詩豪而豔，有氣槩，非晚唐人所及也。（《陝西通志》卷七五）

《樊川别集》。杜牧《樊川集》語多猥澁，惟别集句調新清，宋姚西溪以别集爲許渾詩，言之有據，且今世許集傳本多鬱林詩，蓋渾曾至鬱林也。杜牧未有粤西之行，而别集忽有「松牌出象州」之句，似可證非牧詩。然其中又有《寄許渾》并「華堂今日綺筵開」詩，乃牧之作。然疑信相半，千載而下莫能爲之

分别也。（《徐氏筆精》卷三）

《樊川文集夾注》零本二卷，明刊本，寶素堂藏，現存一、二卷，無序文及刊行歲月，編注名氏俱未詳。每卷首題樊川文集卷幾，下記夾注，次行署中書舍人杜牧，次行有目録。第一卷載賦三首，古詩二十八首，第二卷載律詩六十七首。各句下夾注頗詳，卷末更附添注。每半板八行，行十七字，界長七寸四分，幅四寸八分，四周雙邊。此本板式陋劣，然仿佛存古本之體，或是朝鮮國人所刊歟？（森立之《經籍訪古志》卷六）

《樊川文集夾注》殘本二卷，朝鮮刊本，存一、二卷。無序文及刊行歲月，亦不知注者爲何人。審其字體紙質，確爲朝鮮人刻版。……注頗詳，瞻卷末又附添注。注中引北宋人詩話説部，又引《十道志》、《春秋後語》、《廣志》等書甚多，知其得見原書，非從販鬻而出，當爲南宋人也。自來著録家無道及者，豈即朝鮮人所撰歟？惜所存僅二卷，不得詳證之耳。森立之《訪古志》稱爲寶素堂舊藏，顧無小島印記，當是偶爲鈐押耳。（楊守敬《日本訪書志》卷一四）

《樊川文集夾注》四卷、外集夾注一卷，唐杜牧撰，佚名注，朝鮮刻本，四册，邢捐（邢之襄捐贈）。（《北京圖書館善本書目》卷六）

杜牧《樊川文集》的編輯經過，裴延翰在《樊川文集序》中叙述得最爲詳盡。裴氏云：「長安南下杜樊鄉，酈元注《水經》，實樊川也，延翰外曾祖司徒岐公（杜佑）之别墅在焉。上五年（按：此當指大中五年）冬，仲舅（杜牧）自吳興守拜考功郎中知制誥，盡吳興俸錢，創治其墅。出中書直，亟召昵密，往遊其

地。一日談啁酒酣，顧延翰曰：『司馬遷云：「自古富貴，其名磨滅者，不可勝紀。」我適稚走，於此得官受俸，再治完具，俄及老爲樊上翁。既不自期富貴，要有數百首文章，異日爾爲我序，號《樊川集》，如此，顧樊川一禽魚，一草木，無恨矣，庶千百年，未隨此磨滅邪。』明年冬，遷中書舍人，始少得恙，盡搜文章，閱千百紙，擲焚之，纔屬留者十二三。延翰自撮髮讀書學文，率承導誘。伏念始初出仕，入朝三直太史筆，比四出守，其間餘二十年。凡有撰制，大乎短章，塗藁醉墨，碩夥纖屑，雖適僻阻，不遠數千里，必獲寫示。以是在延翰久藏蓄者，甲乙籤目，比校焚外，十多七八，得詩賦傳録論辯碑誌序記書啓表制，離爲二十編，合爲四百五十首，題曰《樊川文集》。嗚呼！雖當一時戲感之言，孰見魄兆而果驗白耶。……」（按：此據《四部叢刊》影印本過録，其中數處，似有誤字。）從這段話裏可以看出杜牧在逝世前，文章千百紙，全遭焚燬，所留才十二三。幸而裴延翰所保藏的比焚餘者多十七八，於是離爲二十編，共存詩文四百五十首，這個本子一直流傳下來，未曾散佚，所以《崇文總目》著録仍爲二十卷。

晁公武《郡齋讀書志》著録《樊川集》二十卷，外集一卷，較裴延翰原編多外集一卷，不知何人所編。晁氏注云：「外集，皆詩也。」陳振孫《書録解題》與《讀書志》同，但注云：「又在天台録得集外詩一卷，別見詩集類，未知是否？」（檢詩集類，未見著録。）《後村詩話》云：「樊川有續別集三卷，十八九皆許渾詩。牧仕宦不至南海，別集乃有《南海府罷》之作，甚可笑。」但陳氏所謂集外詩一卷和劉後村所説的續別集三卷，今皆不見。

徐𤊹《紅雨樓題跋》云：「《雍録》曰：樊川在長安杜縣之樊鄉也。高帝以樊噲灌廢丘有功，封邑於此，故曰樊川，即後寬川也。又名御宿川，在萬年縣南三十里，杜佑别墅在焉。故裔孫牧，目其文爲《樊川集》。别集一卷，姚寬《西溪叢話》以爲許渾之詩，許曾至鬱林，杜未有西粤之役，而别集有『松牌出象州』之句，姚語或有據也。然其中又有寄許渾并『華堂今日綺筵開』詩，乃牧之作，疑信相半，難於辨白。萬曆庚子春徐惟起。」可見正集以外的詩作，南宋以來，就爲讀者所疑。

王士禎《居易録》云：「予舊藏杜牧《樊川集》二十卷。後見徐健庵所藏宋版本，雕刻最精而多數卷」，但王氏却没有説明所多出的卷數。其他各藏書家著録，也都未見宋元舊刻，傳世祖本，大抵爲翻宋雕本。錢遵王《讀書敏求記》著録《樊川文集》二十卷，外集一卷。謂係「從宋本摹寫者，新刻校之無大異，此翻宋之佳也」。摹寫本今已不見，所謂翻宋雕本，爲《樊川文集》二十卷、别集一卷、外集一卷，瞿氏《鐵琴銅劍樓書目》著録，謂係嘉靖刻本，全仿宋本，楮印精好，舊爲述古堂藏本，卷首有錢興祖印、錢孝修圖書印二朱記。葉德輝云：「興祖，曾從子，亦富藏書，當時距刻本僅三四十年，已爲錢氏推重，今日明本益見寥落，似此仿宋精美，紙幅寬大，安得不爲鎮庫寶耶」（見《郎園讀書志》七）。此外，孫氏平津館、丁氏善本書室皆有此種，每葉二十行，行十八字，《四部叢刊》所據以影印的，也是這個本子。《書録》云：「宋諱避桓、鏡等字，是從北宋本出。」此本較晁、陳二氏所記，多别集一卷。此别集係杜陵田槩熙寧六年（一〇七三）所輯，田氏有序云：

集賢校理裴延翰編次牧之文號《樊川集》者，二十卷中有古律詩二百四十九首。且言牧始少得恙，盡搜文章閲千百紙擲焚之。纔屬留者十二三，疑其散落於世者多矣。舊傳集外詩者又九十五首，家家有之。予往年於棠郊魏處士野家，得牧詩九首。近汶上盧訥處又得五十篇，皆二集所逸者。其《後池泛舟宴送王十秀才》詩，乃知外集所亡，取别句以補題。今編次作一卷，俟有所得，更益之。（按：外集有《後池泛舟送王十》詩，與别集所録不同。）

田槩所編别集，共詩六十首，而外集據明刊本共詩一百二十七首，和田氏所説集外詩數目也不同。

光緒丙午（一九〇六）成都楊壽昌（字應南，號葆初）景蘇園影宋本出，係楊守敬使書手就日本楓山官庫中藏本影摹的。楊氏於光緒癸未（一八八三）序云：「宋槧《樊川文集》二十卷、外集一卷、别集一卷，原藏日本楓山官庫，無刊板年月，避桓、鏡等字，不避貞、慎字，當是北宋本。然每卷不爲總目，而以總目居卷首，亦非唐本之舊。劉克莊《後村詩話》云：『樊川有續别集三卷，十八九是許渾詩。牧之仕宦不至南海，而别集乃有《南海府罷》之作。』是劉所見者，别集之外，更有續别集。此本無續别集，故無《南海府罷》詩。《提要》誤以劉所指者在别集中，又以今之别集只一卷，較劉所見少二卷，遂疑之又爲後人删定。不知别集有熙寧六年田槩序，明云五十九首編爲一卷，此本一一相合，安得有删削之事。則知後村所見續别集更爲後人所輯，反不如此本之古。《全唐詩》編牧詩爲八卷，其第七、八兩卷，皆此本所無，而與許渾《丁卯集》複者五首，當即後村所見之續别集中詩。考牧詩唯正集皆爲牧作，其外、别兩

集，已多他人之詩。如外集《歸家》一首爲趙嘏詩；《龍邱途中》二首、《隋苑》一首見《李義山集》；别集之《子規》一首，見《太白集》，皆採輯之誤，不獨續别集有許丁卯詩也。」楊氏辨外、别二集與後村所稱續别集不同，别集亦非後人删削續别集而成，甚是。但楊文也有錯誤，謂《全唐詩》牧詩與許渾複者僅五首，殊不然也。

關於杜牧集的注釋本，森立之《經籍訪古志》六有《樊川文集夾注》零本二卷，止存第一二兩卷，無序文，刊行歲月及編注名氏俱未詳。記云：「每卷首題『樊川文集卷幾』，下記夾注，次行署中書舍人杜牧，次行有目録。第一卷載賦三首，古詩二十八首；第二卷載律詩六十七首。各句下夾注頗詳，卷末更附添注。每半版八行十七字，界長七寸四分，幅四寸八分，四周雙邊。此本版式陋劣，然仿佛存古本之體，或是朝鮮國人所刊與。」楊守敬之《日本訪書志》十四，亦有此殘卷，注朝鮮刊本，並云：「注中引北宋詩話説部，又引唐《十道志》、《春秋後語》、《廣志》等書甚多，知其得見原書，非從販鬻而出，當爲南宋人也。自來著録家無道及者，豈即朝鮮人所撰與？惜所存僅二卷，不得詳證之耳。」此書《北京圖書館善本書目》著録《樊川文集夾注》四卷、外集夾注一卷，失名注，朝鮮刊本，係邢之襄所捐贈，較之日本所藏，顯然更爲完全。

注釋本中最通行的，當屬清代馮集梧《杜樊川集注》，計正集四卷、外集一卷、别集一卷，裕德堂刊本。首嘉慶辛酉（一八〇一）吳錫祺序、次馮序、次裴延翰序、次本傳。馮氏注皆詩，並云：「外集别集

未暇論及。趙岐於《孟子》，不爲外書四篇作注，亦其例也。」此本除外、别集外，另有一卷，係馮氏就《唐音統籤》、范成大《吴郡志》、景定《建康志》、《事文類聚》及《全唐詩》，共十五首。

其他異本有《杜樊川集》十七卷，明朱一是、吴璵評，明末刊本。《天禄琳琅》後編十八著録，計文九十八篇。首有裴延翰序，次朱一是序。據云：一是字近修，海鹽人，崇禎壬午舉人，有《爲可堂集》。又一種名《樊川詩集》，四卷。明正德十六年（一五二一）朱承爵朱氏文房刻本。（萬曼《唐集叙録·樊川文集》）

（五）歷代評述

皮日休《論白居易薦徐凝屈張祜》：祜元和中作宫體詩，詞曲豔發，當時輕薄之流重其才，合譟得譽。及老大，稍窺建安風格。誦樂府録，知作者本意。講諷怨譎，時與六義相左右。此爲才之最也。祜初得名，乃作樂府豔發之詞，其不羈之狀，往往間見。凝之操履不見於史，然方干學詩於凝，贈之詩曰：「吟得新詩草裏論」，戲反其詞，謂朴裏老也。方干世所謂簡古者，且能譏凝，則凝之朴略椎魯，從可知矣。樂天方以實行求才，薦凝而抑祜，其在當時，理其然也。令狐楚以祜詩三百篇上之，元稹曰：「雕蟲小技，或獎激之，恐害風教。」祜在元、白時，其譽不甚持重。杜牧之刺池州，祜且老矣，詩益高，名益重。然牧之少年所爲，亦近於祜，爲祜恨白，理亦有之。余嘗謂文章之難，在發源之難也。元白之心，本

乎立教，乃寓意於樂府雍容宛轉之詞，謂之諷諭，謂之閒適。既持是取大名，時士翕然從之。師其詞，失其旨，凡言之浮靡豔麗者，謂之元白體。二子規規攘臂解辯，而習俗既深，牢不可破。非二子之心也，所以發源者非也。可不戒哉？（見《全唐文》卷七九七）

皮日休《傷進士嚴子重詩并序》：余爲童在鄉校時，簡上鈔杜舍人牧之集，見有與進士嚴惲詩。後至吳，一日，有客曰嚴某，余志其名久矣，遽懷文見造，於是樂得禮而覿之。（見《全唐詩》卷六一四）

崔櫓慕杜紫微爲詩，而櫓才情麗而近蕩，有《無機集》三百篇，尤能詠物。如《梅花》詩曰：「强半瘦因前夜雪，數枝愁向晚來天。」復曰：「初開已入雕梁畫，未落先愁玉笛吹。」《山鵲》詩曰：「雲生柱礎降龍地，露洗林巒放鶴天。」如此數篇，可謂麗矣。若《蓮花》詩曰：「無人解把無塵袖，盛取殘香盡日憐。」此頗形跡。復能爲應用四六之文，辭亦深侔章句。（王定保《唐摭言》卷十「海叙不遇」）

《白居易傳》：贊曰：居易在元和、長慶時，與元稹俱有名，最長於詩，它文未能稱是也。多至數千篇，唐以來所未有。其自叙言：「關美刺者，謂之諷諭；詠性情者，謂之閑適；觸事而發，謂之感傷；其它爲雜律。」又譏「世人所愛惟雜律詩，彼所重，我所輕。至諷諭意激而言質，閑適思澹而辭迂，以質合迂，宜人之不愛也。」今視其文，信然。而杜牧謂：「纖豔不逞，非莊士雅人所爲。流傳人間，子父女母交口教授，淫言媟語入人肌骨不可去。」蓋救所失不得不云。（宋祁等《新唐書》卷一百一十九）

《沈傳師傳》：傳師性夷粹無競，更二鎮十年，無書賄入權家。初拜官，宰相欲以姻私託幕府者，傳

師固拒曰：「誠爾，願罷所授。」故其僚佐如李景讓、蕭寘、杜牧，極當時選云。（宋祁等《新唐書》卷一百三十二）

《文藝傳序》：若侍從奉酬則李嶠、宋之問、沈佺期、王維，制册則常袞、楊炎、陸贄、權德輿、王仲舒、李德裕，言詩則杜甫、李白、元稹、白居易、劉禹錫，譎怪則李賀、杜牧、李商隱，皆卓然以所長爲一世冠，其可尚已。（宋祁等《新唐書》卷二百一）

《吴武陵傳》：大和初，禮部侍郎崔郾試進士東都，公卿咸祖道長樂，武陵最後至，謂郾曰：「君方爲天子求奇材，敢獻所益。」因出袖中書搢笏，郾讀之，乃杜牧所賦《阿房宫》，辭既警拔，而武陵音吐鴻暢，坐客大驚。武陵請曰：「牧方試有司，請以第一人處之。」郾謝已得其人。至第五，郾未對，武陵勃然曰：「不爾，宜以賦見還。」郾曰：「如教。」牧果異等。（宋祁等《新唐書》卷二百三）

《謝氏詩序》：景山嘗學杜甫、杜牧之文，以雄健高逸自喜。（歐陽修《歐陽文忠公集》卷四十二）

《讀樊川集》：不遇元和得獻謨，望山東北每長嘘。獨賡唐律雅風後，更注孫篇俎豆餘。雪水勝遊成悵望，杜川歸事竟躊躇。中年遽使山根折，盡寫雄襟在此書。（張方平《樂全集》卷二）

《文瑩師詩集序》：浮屠師之善於詩，自唐以來，其遺篇之傳於世者，班班可見，縛於其法，不能閎肆而演漾，故多幽獨衰病枯槁之辭，予嘗評其詩如平山遠水，而無豪放飛動之意。若瑩師則不然，語雄氣逸而致思深處，往往似杜紫微，絶不類浮屠師之所爲者。（鄭獬《鄖溪集》卷十四）

《將之湖州戲贈莘老》：亦知謝公到郡久，應怪杜牧尋春遲。鬢絲只好對禪榻，湖亭不用張水嬉。

（蘇軾《東坡七集》前集卷四）

武功蘇泌進之，子美子也。任湖北運判，按行至鄂，予時守郡。蘇出其曾王父國老所收杜牧之村舍門扉之墨跡，隱然突起，良可怪也。其所書曰：「暮春因遊明月峽，故留題，前霅紀史杜牧。從前聞説真仙景，今日追遊始有因。滿眼山川流水在，古來靈跡必通神。」國老云：「杜罷吳興，遊長興之明月峽，留字於村舍門扉，至今二百年。予壬子歲宰烏程，聞此説，託陳驤往彼得之。字體遒媚，隱出木間，真希世之墨寶也。」予按唐史，牧之未嘗爲湖州督郵，薦鎮板授之官。予奉使閩部建安北郊一吉祥寺前，有軒，東楹之柱，慶曆間蔡君謨題之，其字隱然而起。因思段成式説文身事，有得髑髏，涅文墨入骨者，豈松煤所漬能然乎？（王得臣《麈史》卷中「書畫」）

《陳商老詩集序》：讀杜甫詩如看羲之法帖，備衆體而求之無所不有，大幾乎有詩之道者，自餘諸子，各就其所長，取名於世。……然使諸子，才之靡麗者不至於元稹，率易者不至於居易，新奇飄逸者不至於李白，寒苦者不至於孟郊，譎怪奇邁者不至於賀、牧、商隱輩，亦無足取者，安能得名於世哉？故無諸子則不知有杜，無杜則亦不知諸子，各有得焉。（黄裳《演山集》卷二十一）

《書子虛詩集後》：或言陶潛之詩古淡有味，必能不爲諸家之體，然後可及，非至論也。人固有識高而才短者，其勢易爲古淡；才高而識短者，其勢易爲豪華。夫能用其所長，處其所易，已足以爲智者。有才識兼至而學爲古今體者，趨古淡則爲陶潛，趣飄逸則爲李白、杜牧，何可以爲常哉！夫詩之爲道，

要在吟詠情性，發於自然，乃得至樂。有意於是體，牽合而後爲之，不亦有傷於性乎？非詩之至也。（黄裳《演山集》卷三十五）

元和後，不以名可稱者：李太尉、韋中令、裴晉公、白太傅、賈僕射、路侍中、杜紫微；位卑名著者：賈長江、趙渭南；二人連呼者：元白；又有羅鉗吉網，員推韋狀；又有四夔、四凶。（王讜《唐語林》卷四「企羡」）

杜牧少登第，恃才喜酒色，初辟淮南牛僧孺幕，夜即遊妓舍。廂虞候不敢禁，常以榜子申僧孺，僧孺不怪。逾年，因朔望起居，公留諸從事，從容謂牧曰：「風聲婦人若有顧盼者，可取置之所居，不可夜中獨遊，或昏夜不虞奈何？」牧初拒諱，僧孺顧左右取一篋至，其間榜子百餘，皆廂司所申，牧乃愧謝。

牧，太師佑之孫，有名當世，臨終又爲詩誨其二子曹師等。曹師，名晦辭；曹師弟，名德祥。晦辭終淮南節度判官；德祥，昭宗時爲禮部侍郎，知貢舉，亦有名聲。晦辭自吏部員外郎入浙西趙隱幕，王郢叛，趙相以撫御失宜致仕，晦辭罷。時北門李相蔚在淮南，辟爲判官；晦辭辭不就，隱居于陽羨别墅，時論稱之。永寧劉相鄴在淮西，辟爲判官，方應召。晦辭亦好色，赴淮南，路經常州，李瞻給事爲郡守，晦辭于坐間，與官妓朱良别，因掩袂大哭。瞻曰：「此風聲賤人，員外何必如此。」乃以步輦隨而遺之。晦辭飲散，不及易服，步歸舟中，以告其妻。妻不妒忌，亦許之。（王讜《唐語林》卷七「補遺」）

《成州同谷縣杜工部祠堂記》：前乎韓而詩名之重者錢起，後有李商隱、杜牧、張祜，晚惟司空圖，是五子之詩，其源皆出諸杜者也。以故杜之獨尊於大夫學士，其論不易矣。（晁説之《嵩山文集》卷十六）

看詩且以數家爲率，以杜爲正經，餘爲兼經也，如小杜、韋蘇州、王維、太白、退之、子厚、坡、谷、「四學士」之類也。如貫穿出入諸家之詩，與諸體俱化，便自成一家，而諸體俱備。若只守一家，則無變態，雖千百首，皆只一體耳。（吴可《藏海詩話》）

池州齊山石壁，有刺史杜牧、處士張祜題名，其旁又刊一聯云：「天下起兵誅董卓，長沙子弟最先來。」與題名一手書也。此句乃吕温詩，前篇曰：「恩驅義感即風雷，誰道南方乏武才」云云。（魏泰《臨漢隱居詩話》）

唐人以詩爲專門之學，雖名世善用故事者，或未免小誤。如王摩詰詩：「衛青不敗由天幸，李廣無功緣數奇。」不敗由天幸，乃霍去病，非衛青也。《去病傳》云：其軍嘗「先大將軍」，軍亦有天幸，未嘗困絶。意有「大將軍」字，誤指去病作衛青耳。李太白：「山陰道士如相訪，爲寫《黄庭》换白鵝。」乃《道德經》，非《黄庭》也。逸少嘗寫《黄庭經》與王修，故二事相紊。杜牧之尤不勝數。前輩每云：「用事雖了在心目間，亦當就時討閲，則記牢而不誤。」端名言也。（蔡絛《西清詩話》）

柳子厚詩，雄深簡淡，迥拔流俗，至味自高，直揖陶、謝，然似入武庫，但覺森嚴。王摩詰詩，渾厚一段，覆蓋古今，但如久隱山林之人，徒成曠淡。杜少陵詩，自與造化同流，孰可擬議？至若君子高廊廟，動成法言，恨終欠風韻。黄太史詩，妙脱蹊踁，言謀鬼神，唯胸中無一點塵，故能吐出世間語，所恨務高，一似參曹洞下禪，尚墮在玄妙窟裏。東坡詩，天才宏放，宜與日月爭光，凡古人所不到處，發明殆盡，萬

斛泉源，未爲過也，然頗恨方朔極諫，時雜以滑稽，故罕逢醖藉。韋蘇州詩，如渾金璞玉，不假雕琢成妍，唐人有不能到，至其過處，大似村寺高僧，奈時有野態。劉夢得詩，典則既高，滋味亦厚，但正若巧匠矜能，不見少拙。白樂天詩，自擅天然，貴在近俗，恨如蘇小雖美，終帶風塵。李太白詩，逸態淩雲，照映千載，然時作齊、梁間人體段，略不近渾厚。韓退之詩，山立霆碎，自成一法，然譬之樊侯冠佩，微露粗疎。柳柳州詩，若捕龍蛇，搏虎豹，急與之角，而力不敢暇，非輕蕩也。薛許昌詩，天分有限，不逮諸公遠矣，至合人意處，正若芻豢，時復咀嚼自佳。王介甫詩，雖乏丰骨，一番出清新，方似學語之小兒，酷令人愛。歐陽公詩，温麗深穩，自是學者所宗，然似三館畫手，未免多與古人傳神。杜牧之詩，風調高華，片言不俗，有類新及第少年，雖略少退藏處，固難求一唱而三歎也。右此十四公，皆吾生平宗師追仰，所不能及者，留心既久，故閑得而議之。至若古今詩人，自是珠聯玉映，則又有不得而知也已。（蔡絛《西清詩話》）

《和杜司録嶽麓祈雪分韻得嶽字》：譚兵杜牧之，賦詩果橫槊。（釋惠洪《石門文字禪》卷七）

許渾……作詩似杜牧，俊逸不及，而美麗過之，古今學詩者無不喜誦，故渾之名益著，而字畫因之而並行也。（闕名《宣和書譜》卷五）

杜牧，字牧之，……其作《阿房宫賦》，辭彩尤麗，有詩人規諫之風，至今學者稱之。作行草氣格雄健，與其文章相表裏。大抵書法至唐，自歐、虞、柳、薛振起衰陋，故一時詞人墨客，落筆便有佳處，況如杜牧等輩耶！今御府所藏行書一，《張好好》詩。（闕名《宣和書譜》卷九）

絶句之妙，唐則杜牧之，本朝則荆公，此二人而已。（曾季貍《艇齋詩話》）

杜牧之風味極不淺，但詩律少嚴，其屬辭比事殊不精緻，然時有自得爲可喜也。（朱弁《風月堂詩話》卷下）

《杜牧傳》稱杜仕宦不合意，而從兄悰位將相，怏怏不平，卒年五十。僕以杜氏家譜考之，襄陽杜氏出自當陽侯預，而佑蓋其後也，生三子：師損、式方、從郁。師損三子：詮、愉、羔；式方五子：惲、憓、悰、恂、慆；從郁二子：牧、顗。群從中悰官最高，而牧名最著，豈以富貴聲名不可兼乎？杜氏凡五房：一京兆杜氏，二杜陵杜氏，三襄陽杜氏，四洹水杜氏，五濮陽杜氏。而杜甫一派不在五派之中，豈以其仕宦不達而諸杜不通譜系乎？何家譜之見遺也。唐史稱杜審言襄州襄陽人，晉征南將軍預遠裔，審言生閑，閑生甫。由此言之，則甫、杜佑同出於預，而家譜不載，未詳。（馬永卿《嬾真子》卷一）

牧初自宣城幕除官入京，有詩留别云：「同來不得同歸去，故國逢春一寂寥。」後二十餘年，連典四郡，自湖州拜中書舍人，題汴河云：「自憐流落西歸疾，不見春風二月時。」至京果卒。或曰：舍人未爲流落，而遽及之，魄已喪矣。（計有功《唐詩紀事》卷五十六「杜牧」）

李義山、劉夢得、杜牧之三人，筆力不能相上下，大抵工律詩而不工古詩，七言尤工，五言微弱，雖有佳句，然不能如韋、柳、王、孟之高致也。義山多奇趣，夢得有高韻，牧之專事華藻，此其優劣耳。（張戒《歲寒堂詩話》卷上）

王介甫只知巧語之爲詩，而不知拙語亦詩也。山谷只知奇語之爲詩，而不知常語亦詩也。歐陽公

詩專以快意爲主，蘇端明詩專以刻意爲工，李義山詩只知有金玉龍鳳，杜牧之詩只知有綺羅脂粉，李長吉詩只知有花草蜂蝶，而不知世間一切皆詩也。惟杜子美則不然，在山林則山林，在廊廟則廊廟，遇巧則巧，遇拙則拙，遇奇則奇，遇俗則俗，或放或收，或新或舊，一切物，一切事，一切意，無非詩者。故曰「吟多意有餘」，又曰「詩盡人間興」，誠哉是言。（張戒《歲寒堂詩話》卷上）

世傳《樊川别集》爲杜牧之詩，乃許渾詩。渾有《丁卯集》，烏絲欄上本者，唐彦猷家有，數十首皆《樊川外集》中詩也。丁卯乃潤州城南橋名，渾居此橋，謂之丁卯莊，故基尚在。（姚寬《西溪叢語》卷上）

殷璠爲《河岳英靈集》，不載杜甫詩；高仲武爲《中興間氣集》，不取李白詩；顧陶爲《唐詩類選》，如元、白、劉、柳、杜牧、李賀、張祜、趙嘏皆不收；姚合作《極玄集》，亦不收杜甫、李白，彼必各有意也。（姚寬《西溪叢語》卷上）

錢起《題杜牧林亭》詩云：「不須耽小隱，南阮在平津。」南阮謂杜悰也。史載悰更歷將相，而牧困躓不自振，快快不平，以至於卒。審爾，則牧之豈肯受其料理哉？然宗族貴官河潤者非一，枯菀升沉，時命存焉，何至怏怏如是？可以知牧之量不宏也。（葛立方《韻語陽秋》卷十）

《舍人林公時旉集句後序》：自風雅之變，建安諸子，南朝鮑、庾、謝輩至唐，以詩鳴者，何止數百人，獨杜子美上薄風騷，盡得古今體勢。其它旁門異派，如沈、宋、韓、柳、賀、白、韋應物、劉禹錫、李商隱、杜牧、張籍、盧仝、韓偓、温庭筠之流，其精深、雄健、閑淡、放逸、綺麗、軟美、變怪，各自爲家。（李彌遜《筠溪集》卷二十二）

【杜荀鶴詩】荀鶴，杜牧之之微子也。牧之會昌末，自齊安移守秋浦時，妾有娠，出嫁長林鄉士杜筠，生荀鶴，有能詩名，自號九華山人。（嚴有翼《藝苑雌黄》）

《遯齋閑覽》云：荆公《百家詩選序》云：「予與宋次道同爲三司判官，次道出其家所藏唐百家詩，請予擇其善者。廢日力於此，良可悔也。雖然，欲觀唐人詩，觀此足矣。」今世所傳《百家詩選》印本，已不載此序矣。然唐之詩人，有如宋之問、白居易、元稹、劉禹錫、李益、韋應物、韓翃、王維、杜牧、孟郊之流，皆無一篇入選者。或謂公但據當時所建之集詮擇，蓋有未盡見者，故不得而偏録。其實不然。公選此詩，自有微旨，但恨觀者不能詳究耳。公後復以杜、歐、韓、李别有《四家詩選》，則其意可見。（胡仔《苕溪漁隱叢話前集》卷三十六「半山老人」四）

杜牧之池州諸詩正爾，觀之亦清婉可愛，若與太白詩並讀，醇醨異味矣。（陸游《入蜀記》卷三）

【杜荀鶴事】《池陽集》載：杜牧之守郡時，有妾懷娠而出之，以嫁州人杜筠，後生子，即荀鶴也。此事人罕知。余過池，嘗有詩云：「千古風流杜牧之，詩材猶及杜筠兒。向來稍喜《唐風集》，今悟樊川是父師。」（周必大《二老堂詩話》）

【唐藩鎮官屬入局】杜子美爲劍南參謀，《遣悶》呈嚴鄭公詩云：「束縛酬知己，蹉跎效小忠。」又云：「曉入朱扉啓，昏歸畫角終。不成尋别業，未敢息微躬。」韓退之爲武寧節使推官，《上張僕射書》云：「使院故事，晨入夜歸，非有疾病事故，輒不許出，抑而行之，必發狂疾。」乃知唐制藩鎮之屬，皆晨

入昏歸，亦自少暇。如牛僧孺待杜牧之，固不以常禮也。（周必大《二老堂詩話》）

《新晴讀樊川詩》：江妃瑟裏芰荷風，淨掃癡雲展碧穹。嫩熱便嗔踈小扇，斜陽酷愛弄飛蟲。九千刻裏春長雨，萬點紅邊花又空。不是樊川珠玉句，日長淡殺箇衰翁。（楊萬里《誠齋集》卷二十）

《和袁起巖郎中投贈七字》：胸次五三真事業，筆端四六更歌詩。閉門覓句今無己，刻意傷春古牧之。（楊萬里《誠齋集》卷二十四）

《寄陸務觀》：君居東浙我江西，鏡裏新添幾縷絲。花落六回踈信息，月明千里兩相思。不應李杜翻鯨海，更羡夔龍集鳳池。道是樊川輕薄殺，猶將萬户比千詩。（楊萬里《誠齋集》卷三十六）

【詩句相近】唐人詩句不一，固有採取前人之意，亦有偶然暗合者，如李白詩：「河陽花作縣，秋浦玉爲人。」武元衡詩：「河陽縣裏玉人間。」姚合詩：「文字當酒杯。」賈島詩：「燈下南華卷，祛愁當酒杯。」許渾詩：「百年便作千年計。」李後主詩：「人生不滿百，剛作千年畫。」柳子厚詩：「欸乃一聲山水緑。」張文昌詩：「離琴一聲罷，山水有餘輝。」姚合詩：「買石得花饒。」王建詩：「買石得雲饒。」王維詩：「珥筆趨丹陛。」儲光羲詩：「珥筆趨文陛。」杜牧之詩：「乞酒緩愁腸。」武元衡詩：「歌酒换離愁。」……此類甚多。（王楙《野客叢書》卷十九）

【五言協律】杜牧之詩曰：「几席延堯舜，軒墀立禹湯。」「一千年際會，三萬里農桑。」又曰：「四百年炎漢，三十代宗周。」曰：「二三里遺堵，八九所高丘。」孟郊詩曰：「見説祝融峰，擎天勢似騰。藏千

尋布水，出十八高僧。」唐詩多有此體。雖若齟齬，其實協律，不但七言爲然。元微之詩曰：「庾公樓悵望，巴子國生涯。」賈島詩曰：「一千尋樹直，三十六峰寒。」（王楙《野客叢書》卷二十四）

因暇日與弟侄輩評古今諸名人詩：魏武帝如幽燕老將，氣韻沉雄；曹子建如三河少年，風流自賞；鮑明遠如饑鷹獨出，奇矯無前；謝康樂如東海揚帆，風日流麗；陶彭澤如絳雲在霄，舒卷自如；王右丞如秋水芙蕖，倚風自笑；韋蘇州如園客獨繭，暗合音徽；孟浩然如洞庭始波，木葉微脱；杜牧之如銅丸走坂，駿馬注坡；白樂天如山東父老課農桑，言言皆實；元微之如李龜年説天寶遺事，貌悴而神不傷；劉夢得如鏤冰雕瓊，流光自照；李太白如劉安雞犬，遺響白雲，覈其歸存，恍無定處；韓退之如囊沙背水，惟韓信獨能；李長吉如武帝食露盤，無補多慾；孟東野如埋泉斷劍，卧壑寒松；張籍如優工行鄉飲，醻獻秩如，時有詼氣；柳子厚如高秋獨眺，霽晚孤吹；李義山如百寶流蘇，千絲鐵網，綺密環妍，要非適用。（敖陶孫《詩評》）

《跋黄瀛父適意集》：余幼讀少陵詩，知其辭而未知其義。少長，知其義而未知其味。迨今則略知其味矣。大抵義到則辭到，辭義俱到，味到而體制實矣。故有豪放焉，有奇崛焉，有平易焉，有藻麗焉。而四體之中，平易尤難工。就唐人論之，則太白得其豪，牧之得其奇，樂天得其易，晚唐得其麗，兼之者少陵，所謂集大成者也。（徐鹿卿《清正存稿》卷五）

《詠古詩序》：《達齋詠古詩》若干篇，余友龔君德莊所作也。古今詩人吟諷弔古多矣，斷煙平蕪，

淒風澹月，荒寒蕭瑟之狀，讀者往往慨然以悲，工則工矣，而於世道未有云補也。惟杜牧之、王介甫高才遠韻，超邁絶出，其賦息嬀、留侯等作，足以訂千古是非。今吾德莊所賦，遇得意處不減二公。（真德秀《西山先生真文忠公文集》卷二十七）

李、杜雖爲唐詩之宗師，好絶句直是少。然唐絶句多，好者亦不過二、三人而已，如李商隱、杜牧之、劉禹錫之外，則白樂天之類是也。（陳模《懷古録》）

《倦游録》云：「臨潼縣靈泉觀，唐華清宮也。自唐迄今，題詠不可勝紀。小杜五言長詠並三絶，洎鄭嵎《津陽門》詩外，唯陳文惠、張文定及進士楊正倫詩最佳。又鄭文寶詩云：『但見太平無事久，不知貞觀用功深。』皆爲知者所賞。」（何汶《竹莊詩話》卷十一「雜編」一）

【聞歌】《抒情詩話》云：「杜牧之綽有詩名，縱情雅逸。金陵艤舟，聞倡樓歌聲，有詩云云。風雅編綴，不可勝紀。與杜甫齊名，時人呼爲大杜、小杜。」（何汶《竹莊詩話》卷十一「雜編」十）

李樸《送徐行中序》云：「吾嘗論唐人文章，下韓退之爲柳子厚，下柳子厚爲劉夢得，下劉夢得爲杜牧，下杜牧爲李翺、皇甫湜，最下者爲元稹、白居易。蓋元、白以澄澹簡質爲工，而流入於鄙，譬如哇淫之歌，雖足以快心便耳，而類乏韶濩。翺、湜優柔泛濫，而詞不掩理。杜牧清深勁峻，而體乏步驟。夢得俊逸麗縟，而時窘邊幅。子厚雄健飄肆，有懸崖峭壑之勢，不幸不發於仁義，而發於躁誕。至退之而後淳粹温潤，駸駸乎爲六經之苗裔。」（王正德《餘師録》卷三「李樸」）

《謁顧子敦侍郎書》云：……唐興，三光五嶽之氣不分，文風復起，韓愈得其温厚深潤以爲貫道之器；柳子厚得其豪健肆雄飄逸果決者，僅足窺馬遷之藩鍵，而類發於躁誕。下至孫樵、杜牧，峻峰激流，景出象外，而裂窘邊幅。李翶、劉禹錫，刮垢見奇，清勁可愛，而體乏雄渾。皇甫湜、白居易閑誕簡質，斲去雕篆，而拙跡每見，回宫轉角之音，隨時間作，類乏《韶夏》，皆淫哇而不可聽。（王正德《餘師録》卷三「李樸」）

以人而論，則有：蘇、李體（李陵、蘇武）。曹、劉體（子建、公幹）。陶體（淵明）。謝體（靈運）。徐、庾體（徐陵、庾信）。沈、宋體（佺期、之問）。陳拾遺體（陳子昂）。王、楊、盧、駱體（王勃、楊炯、盧照鄰、駱賓王）。張曲江體（始興文獻公張九齡）。少陵體，太白體，高達夫體（高常侍適）。孟浩然體，岑嘉州體（岑參）。王右丞體（王維）。韋蘇州體（韋應物）。韓昌黎體，柳子厚體，韋、柳體（蘇州與儀曹合言之）。李長吉體，李商隱體（即「西昆體」也）。盧仝體、白樂天體，元、白體（微之、樂天，其體一也）。杜牧之體，張籍、王建體（謂樂府之體同也）。賈浪仙體，孟東野體，杜荀鶴體，東坡體，山谷體，後山體（後山本學杜，其語似之者但數篇，他或似而不全，又其他則本其自體耳）。王荆公體（公絶句最高，其得意處高出蘇、黄、陳之上，而與唐人尚隔一關）。邵康節體，陳簡齋體（陳去非與義也）。亦江西之派而小異）。楊誠齋體（其初學半山、後山，最後亦學絶句於唐人。已而盡棄諸家之體而別出機杼，蓋其自序如此也）。（嚴羽《滄浪詩話·詩體》）

【唐五七言絶句】童子請曰：「昔杜牧譏元、白誨淫，今所取多□情、春思、宫怨之什，然乎？」余曰：「《詩大序》曰：『發乎情性，止乎禮義。』古今詩至是而止。夫發乎性情者，天理不容泯；止乎禮義，聖筆不能删也。小子識之。」（劉克莊《後村先生大全集》卷九十四）

杜牧、許渾同時，然各爲體。牧於唐律中，常寓少拗峭以矯時弊。渾則不然，如「荆樹有花兄弟樂，橘林無實子孫忙」之類，律切麗密或過牧，而抑揚頓挫不及也。二人詩不著姓名亦可辨。樊川有續别集三卷，十之八九皆渾詩。牧佳句自多，不必又取他人詩益之。若《丁卯集》割去許多傑作，則渾詩無一篇可傳矣。牧仕宦不至南海，别集乃存《南海府罷》之作，甚可笑。（劉克莊《後村詩話》前集卷一）

王贊序方干詩云：「張祜陞杜甫之堂，方干入錢起之室。」祜尤爲杜牧所稱，林逋亦有「張祜詩牌妙入神」之句。牧、逋非輕許可者。（劉克莊《後村詩話》後集卷一）

國初盛稱二孫何之文，苦不多見，僅叙杜詩云：「公詩支爲六家，孟郊得其氣焰，張籍得其簡麗，姚合得其清雅，賈島得其奇僻，杜牧、薛能得其豪健，陸龜蒙得其贍博。」此數語亦近似，但郊謂之得杜氣骨可也，烏有所謂焰哉！能詩非牧比，不可並稱。龜蒙非甚贍博，亦道不著。（劉克莊《後村詩話》新集卷一）

杜牧五言云：「韓彭不再生，英雄皆爲鬼。」又云：「少陵鯨海動，翰苑鶴天寒。」又云：「大熱去酷吏，清風來故人。」又云：「微雨池塘見，好風襟袖知。」又云：「圓疑竊龍頷，色又奪雞窗。」又云：「青漢龍髯絶，蒼山馬鬣悲。」又云：「微雨秋栽竹，孤燈夜讀書。」又云：「蓬蒿三畝居，寬於一天下。」又

云：「自嫌如匹素，刀尺不由身。」又云：「誰知病太守，猶得作茶仙。」又云：「四百年炎漢，三十代宗周。二三里遺堵，八九所高丘。」又云：「偃蹇松公老，森嚴竹陣齊。小蓮娃欲語，幽筍稚相攜。」《杜秋娘》云：「京江水清滑，生女白如脂。……愁來獨長詠，聊可以自怡。」「蕭后去揚州，突厥爲閼支」，按《唐書》，蕭后因破没于竇建德，突厥處羅可汗遣使招之，建德不敢留，遂入于虜庭。貞觀四年，太宗滅突厥，以禮迎后至京師，入虜庭則爲閼氏必矣。《寄小侄阿宜》云：「小侄名阿宜，未得三尺長。……我若自潦倒，看汝爭翱翔。」《少年行》云：「官爲駿馬監，職帥羽林兒。……捷報雲臺賀，公卿拜壽卮。」七言云：「南朝四百八十寺，多少樓臺煙雨中。」又云：「蕭條市邑如魚尾，歲晚干戈識虎皮。」又云：「四海一家無一事，將軍攜鏡泣霜毛。」又云：「九原可作吾誰與，師友瑯琊邴曼容。」又云：「秋山春雨閑吟處，倚遍江南寺寺樓。」又云：「杜詩韓筆愁來讀，似倩麻姑癢處抓。」又云：「商女不知亡國恨，隔江猶唱《後庭花》。」又云：「自説江湖不歸事，阻風中酒過年年。」又云：「公道世間惟白髮，貴人頭上不曾饒。」《斑竹簟》云：「分明知是湘妃泣，何忍將身卧淚痕。」又云：「無端有寄閑消息，背插金釵笑向人。」《宮人冢》云：「少年入内教歌舞，不識君王到死時。」《别家》云：「初歲嬌兒未識爺，别爺不拜手吒叉。拊頭一别三千里，何日迎門却到家。」《贈射獵》云：「已落雙鵰血尚新，鳴鞭走馬又翻身。憑君莫射南來雁，恐有家書寄遠人。」《河湟》云：「元載相公曾借箸，憲宗皇帝亦留神。旋見衣冠就東市，忽遺弓劍不西巡。牧羊驅馬雖戎服，白髮丹心盡漢臣。唯有涼州歌舞曲，流傳天下樂閒人。」絶句云：

「玉子文楸一路饒，最宜簷雨竹蕭蕭。得年七十更萬日，與子期于局上銷。」《故洛城》云：「錮黨豈能留漢鼎，清談空解識胡兒。千燒萬劫坤靈死，慘慘終年鳥雀悲。」《九日齊山登高》云：「江涵秋影雁初飛，與客攜壺上翠微。……古往今來只如此，牛山何必淚霑衣。」《酬張處士》云：「七子論詩誰似公，曹劉須在指揮中。……可憐故國三千里，虛唱歌詞滿六宮。」《横江館》云：「孫家兄弟晉龍驤，馳騁功名業帝王。至竟江山誰是主，苔磯空屬釣魚郎。」又云：「鏡中絲髮悲來易，衣上塵痕拂却難。惆悵江湖釣竿手，却遮西日向長安。」又云：「四皓有芝輕漢祖，張儀無地與懷王。」又云：「仙掌月明孤影過，長門燈暗數聲來。」牧之門户貴盛，文章獨步一時，其機鋒湊泊如德山棒、臨濟喝。少時不羈，有書記平安之謗。晚年刺湖州，猶有「緑葉成陰子滿枝」之恨，若未忘情於色界者。晚節自誌其墓，與臺卿自誌、淵明自挽何異！非世之畏死懼化者所可及也。頃見考亭，嘗以行草書《九日齊山》之章，乃知文公亦愛其才。（劉克莊《後村詩話》新集卷五）

唐人絶句，有意相襲者，有句相襲者。王昌齡《長信宮》云：「玉顔不及寒鴉色，猶帶昭陽日影來。」孟遲《長信宮》亦云：「自恨輕身不如燕，春來還繞御簾飛。」王建《綺岫宮》云：「武帝去來紅袖盡，野花黄蝶領春風。」鮑溶《隋宮》云：「煬帝春遊古城在，壞宮芳草滿人家。」張喬《寄維揚友》云：「月明記得相尋處，城鎖東風十五橋。」杜牧《懷吳中友》云：「惟有別時今不忘，暮煙秋雨過楓橋。」韋應物《訪人》云：「怪來詩思清人骨，門對寒流雪滿山。」王涯《宮詞》云：「共怪滿衣珠翠冷，黄花瓦上有新霜。」

又杜牧《沈下賢》云：「一夕小敷山下路，水如環珮月如襟。」白樂天《暮江吟》：「可憐九月初三夜，露似珍珠月似弓。」劉長卿《送朱放》云：「莫道野人無外事，開田鑿井白雲中。」韓偓《即目》云：「須信閑中有忙事，曉來衝雨覓漁師。」此皆意相襲者。又杜牧《送隱者》云：「公道世間惟白髮，貴人頭上不曾饒。」高蟾《春》詩云：「人生莫遣頭如雪，縱得春風亦不消。」賀知章《還家》云：「兒童相見不相識，笑問客從何處來。」雍陶《過故宅看花》云：「今日主人相引看，誰知曾是客移來。」賈島《渡桑乾》云：「客舍并州已十霜，歸心日夜憶咸陽。無端更渡桑乾水，却望并州是故鄉。」李商隱《夜雨寄人》云：「君問歸期未有期，巴山夜雨漲秋池。何當共剪西窗燭，却話巴山夜雨時。」此皆襲其句而意別者。若定優劣，品高下，則亦昭然矣。（范晞文《對床夜語》卷四）

《題田不伐書後》：予嘗論杜牧之、石曼卿、秦少游雖寓之詩酒，其豪俊之氣，見於自著，終不可没，但命不偶耳。（趙秉文《閑閑老人滏水文集》卷二十）

《李屏山挽章二首（録一）》：世法拘人蝨處褌，忽驚龍跳九天門。牧之宏放見文筆，白也風流餘酒尊。落落久知難合在，堂堂元有不亡存。中州豪傑今誰望，擬喚巫陽起醉魂。（元好問《遺山詩集》卷八）

《與撖彦舉論詩書》：自李、杜、蘇、黄，已不能越蘇、李，追三代，矧其下乎？於是近世又盡爲辭勝之詩，莫不惜李賀之奇，喜盧仝之怪，賞杜牧之警，趨元稹之豔；又下焉，則爲温庭筠、李義山、許渾、王建，謂之晚唐。（郝經《陵川集》卷二十四）

《讀太倉稊米集跋》：少隱紹興元年避地山中，不能盡挈郡書。唯有柳子厚、劉夢得、杜牧之、黄魯直、杜子美、張文潛、陳無已、陳去非八家詩，鈔爲八珍。以謂皆適有之，非擇而取。予謂此豈適然，學者不可不會此意。取柳不取韓，取黄不取蘇，取杜不取李，有深義也。（方回《桐江集》卷二）

《恢大山西山小稿序》：論今之詩，五七言古律與絶句，凡五體。五言古，漢蘇、李，魏曹、劉，晉陶、謝。七言古，漢《柏梁》、臨汾張平子《四愁》。五言律、七言律及絶句，自唐始，盛唐人杜子美、李太白兼五體，造其極。王維、岑參、賈至、高適、李泌、孟浩然、韋應物，以至韓、柳、郊、島、杜牧之、張文昌，皆老杜之派也。（方回《桐江續集》卷三十三）

【蒼山序唐絶句】蒼山曾子實原一，寧都人。有詩名于江湖，編唐絶句，爲序曰：「……若劉禹錫之標韻，李商隱之深遠，杜牧之之雄偉，劉長卿之淒清，元、白之善叙導人情，蓋唐之尤長於絶句者也。老杜鈞樂天籟，不可與諸子竝，惟山谷絶近之。……」（劉壎《隱居通議》卷六）

【桂舟評論】桂舟諶先生祐，……序律詩有曰：「詩有律古矣。後夔典樂，律和聲，是詩之律已見於三代之前。漢以黄鍾爲律本，協音律，作詩樂，是詩之律又見於三代之後。惜漢魏降，至陳隋亡國之音著，而詩之律已絶響。悲夫！經幾百年而後風飄律吕，律中鬼神，始振響於浣花谿上。杜牧諸賢，又復振遺響於開元、天寶之後。元和以來，詩之律始大備於唐矣。……」（劉壎《隱居通議》卷六）

【律選】律詩始於唐，盛於唐，然合一代數十家，而選其精純高渺，首尾無瑕者，殆不滿百首。何其

難也！劉長卿、杜牧、許渾、劉滄，實爲巨擘，極工而全美者，亦自有數。入宋則古文古詩，皆足方駕漢唐，惟律詩視唐益寡焉。蓋必雄麗婉活，默合宫徵，始可言律，而又必以格律爲主乃善，儻止以七字成句，兩句作對，便謂之詩，而重滯擁腫，不協格調，恐於律法未合也。（劉壎《隱居通議》卷八）

《曾御史文集序》：唐文雖變於韓、柳，然同時樊宗師、皇甫湜輩，未免蹈棘，求如李習之、杜牧之、劉夢得者，四方落落僅可數。而偶儷事實之敝，至西崑猶未懲也。（劉將孫《養吾齋集》卷十）

《胡助詩序》：金華胡助詩，如春蘭茁芽，夏竹含籜，露滋雨洗之，餘馥幽媚，娟娟淨好。五七言、古近體皆然，令人愛玩之無斁。頌、雅、風、騷而降，古祖漢、近宗唐，長句如太白、子美，絶句如夢得、牧之，此詩之上品也。（吴澄《吴文正公集》卷十三）

【纏足】張邦基《墨莊漫録》：婦人之纏足，起于近世。前世書傳皆無所自。《南史》齊東昏侯爲潘貴妃鑿金爲蓮花以帖地，令妃行其上，曰此步步生蓮花。然亦不言其弓小也。如《古樂府》、《玉臺新詠》，皆六朝詞人纖豔之言，類多體狀美人容色之姝麗，及言妝飾之華，眉目脣口要支手指之類，無一言稱纏足者。如唐之杜牧之、李白、李商隱之輩，作詩多言閨幃之事，亦無及之者。（陶宗儀《南村輟耕録》卷十）

《選杜緱山詩》：緱山人去已多時，猶對遺編動所思。墳上不澆千日酒，世間空愛七言詩。追隨工部仍多感，摹擬樊川更好奇。昨夜燈前選佳句，疾風應報九原知。（張之翰《西巖集》卷七）

《跋周氏塤篪樂府引》：余嘗評伯恭之作，絶類白樂天，閑退時，卧香山，命小蠻樊素持衣捉麈，談

諧謔浪，出入閭巷，而其憂時剴切之意，初不爲外物少衰也。伯淳則又如杜牧之，少日俠遊名都，沉酣花柳，時青樓紫曲，雨約雲情，更唱迭和，然其千金百斛之費，益不知其所可靳惜也。（朱晞顔《瓢泉吟稿》卷五）

薛濤本長安良家女，父鄖，因官寓蜀而卒。母孀，養濤及笄。以詩聞外，又能掃眉塗粉，與士族不侔，客有竊與之宴語。時韋中令臯鎮蜀，召令侍酒賦詩，僚佐多士爲之改觀。期歲，中令議以校書郎奏請之，護軍曰不可，遂止。濤出入幕府，自臯至李德裕，凡歷事十一鎮，皆以詩受知。其間與濤唱和者：元稹、白居易、牛僧孺、令狐楚、裴度、嚴綬、張籍、杜牧、劉禹錫、吳武陵、張祜，餘皆名士，記載凡二十人，競有酬和。（費著《歲華紀麗譜·牋紙譜》）

《答章秀才論詩書》：韓、柳起於元和之間。韓初效建安，晚自成家，勢若掀雷抉電，撐決於天地之垠。柳斟酌陶、謝之中，而措辭窈眇清妍，應物而下，亦一人而已。元、白近於輕俗，王、張過於浮麗。要皆同師于古樂府。賈浪仙獨變入僻，以矯于元、白。劉夢得步驟少陵，而氣韻不足。杜牧之沈涵靈運，而句意尚奇。孟東野陰祖沈、謝，而流於蹇澀。盧仝則又自出新意，而涉于怪詭。至于李長吉、温飛卿、李商隱、段成式專誇靡曼。雖人人各有所師，而詩之變又極矣。（宋濂《宋文憲公全集》卷三十七）

《唐詩品匯總序》：有唐三百年，詩衆體備矣。故有往體、近體、長短篇、五七言律句、絶句等製，莫不興於始，成於中，流於變，而陊之於終。至於聲律興象，文詞理致，各有品格高下之不同。略而言之，則有初唐、盛唐、中唐、晚唐之不同。詳而分之：貞觀、永徽之時，虞、魏諸公，稍離舊習，王、楊、盧、駱，

因加美麗，劉希夷有閨幃之作，上官儀有婉媚之體，此初唐之始製也。神龍以還，洎開元初，陳子昂古風雅正，李巨山文章宿老，沈、宋之新聲，蘇、張之大手筆，此初唐之漸盛也。開元、天寶間，則有李翰林之飄逸，杜工部之沉鬱，孟襄陽之清雅，王右丞之精緻，儲光羲之真率，王昌齡之聲俊，高適、岑參之悲壯，李頎、常建之超凡，此盛唐之盛者也。大曆、貞元中，則有韋蘇州之雅淡，劉隨州之閑曠，錢、郎之清贍，皇甫之沖秀，秦公緒之山林，李從一之台閣，此中唐之再盛也。下暨元和之際，則有柳愚溪之超然復古，韓昌黎之博大其詞，張、王樂府，得其故實，元、白序事，務在分明，與夫李賀、盧仝鬼怪，孟郊、賈島之饑寒，此晚唐之變也。降而開成以後，則有杜牧之之豪縱，温飛卿之綺靡，李義山之隱僻，許用晦之偶對，他若劉滄、馬戴、李頻、李群玉輩，尚能黽勉氣格，特邁時流，此晚唐變態之極，而遺風餘韻，猶有存者焉。是皆名家擅場，馳騁當世。或稱才子，或推詩豪，或謂五言長城，或爲律詩龜鑑，或號詩人冠冕，或尊海内文宗，靡不有精、粗、邪、正、長、短、高、下之不同。觀者苟非窮精闡微，超神入化，玲瓏透徹之悟，則莫能得其門，而臻其壼奥矣。（高棅《唐詩品匯》卷首）

唐史本傳云：牧詩情致豪邁，人號爲小杜，以别杜甫云。然議論好異於人，稍白昧於理者。（高棅《唐詩品匯》卷二十一「杜牧」）

【七言絶句敘目】開成以來，作者互出，而體制始分。若李義山、杜牧之、許用晦、趙承祐、温飛卿五人，雖興象不同，而聲律之變一也。共詩八十首，爲正變。（高棅《唐詩品匯》卷四十六卷首）

【杜牧之】律詩至晚唐，李義山而下，惟杜牧之爲最。宋人評其詩豪而豔，宕而麗，於律詩中特寓拗峭，以矯時弊，信然。（楊慎《升菴詩話》卷五）

【晚唐兩詩派】晚唐之詩分爲二派：一派學張籍，則朱慶餘、陳標、任蕃、章孝標、司空圖、項斯其人也；一派學賈島，則李洞、姚合、方干、喻鳧、周賀、「九僧」其人也。其間雖多，不越此二派，學乎其中，日趨于下。其詩不過五言律，更無古體。五言律起結皆平平，前聯俗語十字一串帶過，後聯謂之「頸聯」，極其用工。又忌用事，謂之「點鬼簿」，惟搜眼前景而深刻思之，所謂「吟成五個字，撚斷數莖鬚」也。余嘗笑之，彼之視詩道也狹矣。《三百篇》皆民間士女所作，何嘗撚鬚？今不讀書而徒事苦吟，撚斷肋骨亦何益哉！晚唐惟韓、柳爲大家。韓、柳之外，元、白皆自成家。餘如李賀、孟郊祖《騷》宗謝；李義山、杜牧之學杜甫；温庭筠、權德輿學六朝；馬戴、李益不墜盛唐風格，不可以晚唐目之。數君子真豪傑之士哉！彼學張籍、賈島者，真處裩中之蝨也。二派見《張洎集》序項斯詩，非余之臆説也。（楊慎《升菴詩話》卷十一）

【金荃】元好問詩：「金荃怨曲蘭畹詞。」《金荃》，温飛卿詞名《金荃集》。荃即蘭蓀也，音筌。《蘭畹》，唐人詞曲集名，與《花間集》出入，而中有杜牧之詞。（楊慎《藝林伐山》卷十七）

元和如劉禹錫，大中如杜牧之，才皆不下盛唐，而其詩迥別。故知氣運使然，雖韓之雄奇，柳之古雅，不能挽也。（胡應麟《詩藪》内編卷五「近體中七言」）

唐七言律自杜審言、沈佺期首創工密，至崔顥、李白時出古意，一變也。高、岑、王、李，風格大備，又一變也。杜陵雄深浩蕩，超忽縱横，又一變也。錢、劉稍爲流暢，降而中唐，又一變也。大曆十才子，中唐體備，又一變也。樂天才具泛瀾，夢得骨力豪勁，在中、晚間自爲一格，又一變也。張籍、王建略去葩藻，求取情實，漸入晚唐，又一變也。李商隱、杜牧之填塞故實，皮日休、陸龜蒙馳騖新奇，又一變也。許渾、劉滄角獵俳偶，時作拗體，又一變也。至吴融、韓偓香奩脂粉，杜荀鶴、李山甫委巷叢談，否道斯極，唐亦以亡矣。（胡應麟《詩藪》内編卷五「近體中七言」）

楊用修云：「唐樂府本自古詩而意反近，絶句本自近體而意反遠，蓋唐人偏長獨至，而後人力追莫嗣者也。擅場則王江寧，偏至則李彰明，羽翼則劉中山，遺響則杜樊川。少陵雖號大家，不能兼美。近世愛忘其醜者，並取效之，過矣。」用修平生論詩，惟此精確。（胡應麟《詩藪》内編卷六「近體下絶句」）

中唐絶，如劉長卿、韓翃，李益、劉禹錫，尚多可諷詠。晚唐則李義山、温庭筠、杜牧、許渾、鄭谷，然途軌紛出，漸入宋、元。多歧亡羊，信哉！（胡應麟《詩藪》内編卷六「近體下絶句」）

七言絶，李、王二家外，王翰《涼州詞》，王維《少年行》，高適《營州歌》，王之涣《涼州詞》，韓翃《江南曲》，劉長卿《昭陽曲》，劉方平《春怨》，顧況《宫詞》，李益《從軍》，劉禹錫《堤上行》，張籍《成都曲》，王涯《秋思》，張仲素《塞下曲》、《秋閨曲》，孟郊《臨池曲》，白居易《楊柳枝》、《昭君怨》，杜牧《宫怨》、《秋夕》，温庭筠《瑶瑟怨》，陳陶《隴西行》，李洞《繡嶺詞》，盧弼《四時詞》，皆樂府也。然音響是唐人，

與五言絶稍異。（胡應麟《詩藪》内編卷六「近體下絶句」）

五言絶，晚唐殊少作者，然不甚逗漏。七言絶，則李、許、杜、趙、崔、鄭、温、韋，皆極力此道。然純駁相揉，所當細參。（胡應麟《詩藪》内編卷六「近體下絶句」）

俊爽若牧之，藻綺若庭筠，精深若義山，整密若丁卯，皆晚唐錚錚者。其才，則許不如李，李不如温，温不如杜。今人於唐專論格不論才，於近則專論才不論格，皆中無定見，而任耳之過也。（胡應麟《詩藪》外編卷四「唐下」）

飛卿北里名娼，義山狹斜浪子，紫微緑林傖楚，用晦村學小兒，李賀鬼仙，盧仝鄉老，郊、島寒衲。（胡應麟《詩藪》外編卷四「唐下」）

自義山、牧之、用晦開用事議論之門，元人尤喜模倣。如「夜深正好看明月，又抱琵琶過別船」，「如何十二金人外，猶有當年鐵未銷」，「却愛曹瞞臺上瓦，至今猶屬建安年」，「中郎有女能傳業，傳得胡笳業不如」，皆世所傳誦。晚唐尖巧餘習，深入膏肓。弘、正前尚中此，嘉、隆始洗削一空。（胡應麟《詩藪》外編卷六「元」）

杜牧詩主才，氣俊思活。（胡震亨《唐音癸籤》卷八「評匯」四引《吟譜》）

牧之詩含思悲淒，流情感慨，抑揚頓挫之節，尤其所長。以時風委靡，獨持拗峭，雖云矯其流弊，然持情亦巧矣。（胡震亨《唐音癸籤》卷八「評匯」四引徐獻忠語）

趙渭南腵才筆欲横，故五字即窘，而七字能拓。蘸毫濃，揭響滿，爲穩於牧之，厚於用晦。若加以清

英，矻其肥癡，取冠晚調不難矣。爲惜「倚樓」隻句摘賞，掩其平生。（胡震亨《唐音癸籤》卷八「評匯」四引遯叟語）

凡七言律作拗峭語者，皆有所不足也。杜牧之非拗峭不足振其骨，劉蘊靈非拗峭不足宕其致。材愈降，愈借以蓋其短。豈唯二子，即少陵之拗體，亦盛唐之變風，大家之降格，而非其正也。（胡震亨《唐音癸籤》卷八「評匯」四）

唐七言律自杜審言、沈佺期首創工密，至崔顥、李白時出古意，一變也。……嗣後温、李之競事組織，薛能之過爲芟刊，杜牧、劉滄之時作拗峭，韋莊、羅隱之務趨條暢，皮日休、陸龜蒙之填塞古事，鄭都官、杜荀鶴之不避俚俗，變又難可悉紀。律體愈趨愈下，而唐祚亦告訖矣。（胡震亨《唐音癸籤》卷十「評匯」六）

唐人之詩，樂府本效古體，而意反近；絶句本自近體，而意實遠，故求風雅之仿佛者，莫如絶句，唐人之所偏長獨至，而後人力追莫嗣者也。擅場則王江寧，驂乘則李彰明，偏美則劉中山，遺響則杜樊川。少陵雖號大家，不能兼善，以拘於對偶，且汩於典故，乏性情爾。（胡震亨《唐音癸籤》卷十「評匯」六引楊升庵語）

杜牧之門第既高，神穎復儁，感慨時事，條畫率中機宜，居然具宰相作略。顧回翔外郡，晚乃陞署紫微，隄築非遥，甑裂先兆。亦繇平昔詩酒情深，局量微嫌疎躁，有相才，乏相器故爾。自牧之後，詩人擅經國譽望者概少，唐人材益寥落不振矣。（《唐詩談叢》卷一）

紫微與元、白待張祜一案，幾成詩獄。初，杜與白論詩不合，而祜亦常覓解於白，失其意。後彭陽公薦祜詩於朝，元復左袒白，奏罷之。紫微守秋浦，因激而爲祜稱不平，與祜交偏厚，贈詩有「不羨人間萬

户侯」句。而於元、白，盛稱李戡欲用法治其詩之説。使諸公仕路相值，豈有幸哉！獨惜一祜詩，受鏑於斯，而受盾於斯，匪拜詩賜紫微矣。歎賢達成心難化至此。（胡震亨《唐詩談叢》卷一）

【樊川集】《雍録》曰：「樊川在長安南杜縣之樊鄉也，高帝以樊噲灌廢丘有功，封邑於此，故曰樊川，即後寬川也，又名御宿川。在萬年縣南三十里，杜佑別墅在焉。故裔孫牧目其文爲《樊川集》。別集一卷，姚寬《西溪叢語》以爲許渾之詩，許曾至鬱林，杜未有西粤之役，而別集有「松牌出象州」之句，姚語或有據也。然其中又有《寄許渾》並「華堂今日綺筵開」詩，乃牧之作，疑信相半，難以別白。（徐𤊹《紅雨樓題跋》卷一）

【樊川別集】杜牧《樊川集》，語多猥澀，惟別集句調新清。（徐𤊹《徐氏筆精》卷二）

《合刻中晚名家集序》：唐自李、杜、元、白以還，而欲鏤混沌之鬚眉，盜淵岳之鐍鑰者，必稱温、李諸子。會昌中李義山與温飛卿、段柯古以藻麗相詩，號西昆三十六體，今三十六體者不盡傳，而温、李詩盛行于世。韓君平、李長吉之生皆先于温、李，韓致光則唐末矣，其所爲詩與西昆不同響，而各極其致。曲阿姜重生氏鮮他嗜，獨嗜古人書，得諸家善本，録而廣之，題曰「中晚名家」。中晚之以詩名不勝數，而諸家其最豔者。若更與杜牧《樊川》、許渾《丁卯》、韋莊《浣花》諸集彙而成書，以視《麗情》、《才調》諸選零落未備者，不更快人意耶？（姚希孟《響玉集》卷七）

五言古詩：古詩十九首、漢樂府、建安、陶淵明、陳子昂、李白、杜甫；七言古詩：鮑明遠、王建、李

白；樂府：張籍、杜甫、李賀；五言律詩：張籍、杜甫、李白、劉長卿；七言律詩：杜牧、許渾、李商隱、李白、杜甫；五言絶句：王維、裴迪、李白、杜甫；七言絶句：杜牧、岑參、劉禹錫、李白。初學詩者，且宜模範此數子，成趣之後，方可廣看。（周履靖《騷壇秘語》卷上「範」第十二）

杜牧主才，氣俊思活。（周履靖《騷壇秘語》卷中「體」第十五）

杜牧、李商隱、張籍、王建、韓愈、柳宗元、劉禹錫、白居易、元稹、賈島，右諸家詩律視盛唐益熟矣，而步驟漸拘迫，皆祖風騷，宗盛唐，謂之中唐。（周履靖《騷壇秘語》卷中「律體」）

古樂府，渾然有大篇氣象。六朝諸人，語絶意不絶。王維、裴迪、賀知章、李白、杜甫、岑參、高適、王昌齡、劉長卿、張祜、韋應物、孟浩然，右諸家意絶語不絶。杜牧、李商隱、張籍、王建、韓愈、柳宗元、劉禹錫、白居易、賈島、李賀，右諸家意絶語俱絶。（周履靖《騷壇秘語》卷中「絶句體」）

余生也晚，不及見南部之煙花，宜春之子弟，而猶幸少長承平之世，偶爲北里之遊。長板橋邊，一吟一咏，顧盼自雄，所作歌詩，傳誦諸姬之口，楚潤相看，態娟互引，余亦自詡平安杜書記也。（余懷《板橋雜記》卷首序言）

《虞山詩約序》：唐之詩，藻麗莫如王、楊，而子美以爲近於《風》、《騷》；奇詭莫如長吉，而牧之以爲騷之苗裔。繹二杜之論，知其所以近與其所以爲苗裔者，以是而語於古人之指要，其幾矣乎！（錢謙益《牧齋初學集》卷三十二）

《馮定遠詩序》：定遠，吾友嗣宗之子也。……其爲詩沉酣六代，出入于義山、牧之、庭筠之間，其

情深，其調苦，樂而哀，怨而思，信所謂窮而能工者也。（錢謙益《牧齋初學集》卷三十二）

《題費所中山中詠古詩》：余少壯亦好論兵，抵掌白山黑水間，老歸空門，都如幻夢。肰每笑洪覺范論禪輒唱言：杜牧論兵，如珠走盤。（錢謙益《牧齋初學集》卷四十八）

《古今樂府論》：唐樂府亦用律詩。唐人李義山有轉韻律詩。白樂天、杜牧之集中所載律詩，多與今人不同。（馮班《鈍吟雜録》）

《唐詩清覽集序》：余嘗發憤歎息，以爲古人既没，而可使復生，良有賴於後人之論述也。試考諸家，若李、杜、元、白、牧之、仲武，雖所作不無出入，然其持論，必義存得失，意歸諷諭，言之無罪，聞者足戒，流連光景，非所嘉尚。何至後世蕩然無存，雕金篆玉以爲工，取青媲白以爲巧，遞相沿襲，求一言之幾於道而不可得也。（魏裔介《兼濟堂集》卷六）

蓋自有天地以來，古今世運氣數，遞變遷以相禪。古云：「天道十年一變。」此理也，亦勢也，無事無物不然，寧獨詩之一道膠固而不變乎？……小變於沈、宋、雲、龍之間，而大變於開元、天寶、高、岑、王、孟、李。此數人者，雖各有所因，而實一一能爲創。而集大成如杜甫，傑出如韓愈，專家如柳宗元、如劉禹錫、如李賀、如李商隱、如杜牧、如陸龜蒙諸子，一皆特立興起。其他弱者，則因循世運，隨乎波流，不能振拔，所謂唐人本色也。（葉燮《原詩》内篇上）

自甫以後，在唐如韓愈、李賀之奇奡，劉禹錫、杜牧之雄傑，劉長卿之流利，温庭筠、李商隱之輕豔，

以至宋、金、元、明之詩家，稱巨擘者，無慮數十百人，各自炫奇翻異，而甫無一不爲之開先。（葉燮《原詩》内篇上）

宋南渡後，梅溪、白石、竹屋、夢窗諸子，極妍盡態，反有秦、李未到者，雖神韻天然處或減，要自令人有觀止之歎。正如唐絶句至晚唐劉賓客、杜京兆，妙處反進青蓮、龍標一塵。（彭孫遹《詞藻》卷二）

《冬日讀唐宋金元諸家詩偶有所感各題一絶於卷後（七首選一·牧之）》：星宿羅胸氣吐虹，屈蟠兵策畫山東。黨牛怨李君何與，青史千秋有至公。（王士禎《漁洋精華録》訓纂卷六下）

《新安二布衣詩序》：予嘗反復二家之詩，吳（非熊）五言其源出於謝宣城、何水部，意得處時時近之。程（孟陽）七言近體學劉文房、韓君平，清辭麗句，神韻獨絶；七言絶句出入於夢得、牧之、義山之間，不名一家，時詣妙境。（王士禎《帶經堂全集》蠶尾續文卷一）

《蠶尾後集自序》：弇州先生曰：「七言絶句盛唐主氣，氣完而意不必工；中晚唐主意，意工而氣不必完。」予反復斯集，益服其立論之確。毋論李供奉、王龍標暨開元、天寶諸名家，即大曆、貞元間，如李君虞、韓君平諸人，蘊藉含蓄，意在言外，殆不易及。元和而後，劉賓客、杜牧之、李義山、温飛卿、唐彦謙諸作者，雖用意微妙，猶可尋其鍼縷之跡，有所作輒欲效之，然終不能近也。（王士禎《帶經堂全集》蠶尾續文卷三）

唐劉蜕《文冢銘》，自評其文粲如星光，如貝氣，如蛟宫之水，此喻最妙。……唐末古文，並稱樵、蜕，蜕《文泉子》，予所手録，然不逮樵遠甚。樵之文，在大中時，惟杜牧可稱勍敵。（王士禎《香祖筆記》卷三）

余于唐人之文，最喜杜牧、孫樵二家，皮日休《文藪》、陸龜蒙《笠澤叢書》抑其次焉。（王士禛《香祖筆記》卷六）

余嘗欲取唐人陸宣公、李衛公、劉賓客、皇甫湜、杜牧、孫樵、皮日休、陸龜蒙之文，遴而次之，爲八家以傳。恨敓於吏事，不遑卒業，俟乞骸骨歸田後，當畢斯志。聊書此以當息壤。（王士禛《香祖筆記》卷六）

米芾《畫史》云：潁州公庫顧凱之《維摩百補》，是杜牧之摹寄潁守本，精彩照人。是小杜亦工畫也。（王士禛《居易録》卷九）

予於唐文最喜杜牧之、孫樵可之，以爲在翱、湜之右。《樊川集》家有舊刻本，《可之集》止見毛本，壬申六月偶過慈仁寺，得金陵舊刻，有謝兆申跋。（王士禛《居易録》卷十九）

唐末之文，吾喜杜牧、孫樵；宋南渡之文，吾喜陸游、羅願；元文吾喜戴表元；明初之文，吾喜徐一夔；明季之文，吾喜嘉定婁堅、臨川傅占衡、餘姚黄宗羲。（王士禛《古夫于亭雜録》卷三）

問：「元人詩亦近晚唐，而又似不及晚唐，然乎否耶？」答：「元詩如虞道園，便非晚唐可及。楊鐵崖時涉温、李，其小樂府亦過晚唐。他人與晚唐相出入耳。晚唐如温、李、皮、陸、杜牧、馬戴，亦未易及。」（王士禛《師友詩傳續録》）

唐杜牧之《張好好詩并序》真蹟卷，用硬黄紙，高一尺一寸五分，長六尺四寸，末闕六字。與本集不同者二十許字。卷首楷書：「唐杜牧張好好詩」，宣和御筆也。又御書葫蘆印、雙龍小璽、宣和連珠

印；後有政和長印、政和連珠印、神品小印、内府圖書之印。董其昌跋云：「樊川此書，深得六朝人氣韻，余所見顔、柳以後，若温飛卿與牧之，亦名家也。」愚按《宣和書譜》，唐詩人善書者：賀知章、李白、張籍、白居易、許渾、司空圖，吴融、韓偓、杜牧，而不載温飛卿。然余從它處見李商隱書，亦絶妙。知唐人無不工書者，特爲詩所掩耳。此卷今藏宋太宰牧仲家。（王士禎《漁洋詩話》卷下）

《唐人萬首絶句選凡例》：七言，初唐風調未諧，開元、天寶諸名家，無美不備，李白、王昌齡尤爲擅場。昔李滄溟推「秦時明月漢時關」一首壓卷，余以爲未允。必求壓卷，則王維之「渭城」，李白之「白帝」，王昌齡之「奉帚平明」，王之涣之「黄河遠上」，其庶幾乎！而終唐之世，絶句亦無出四章之右者矣。中唐之李益、劉禹錫，晚唐之杜牧、李商隱四家，亦不減盛唐作者云。（王士禎《帶經堂詩話》卷四「删訂類」）

至元稹、杜牧、李商隱、韓偓，而上宫之迎，垝垣之望，不惟極意形容，兼亦直認無諱，真桑、濮耳孫也。（賀裳《載酒園詩話》卷一豔詩）

【拗體】詩有拗體，所謂律中帶古也。初盛唐時或有之，然自有意到筆隨之妙。至昌黎、樊川，則先用意而後落筆，欲以矯一時之弊，是亦不得已而趨蜀道也。（宋長白《柳亭詩話》卷五）

【詠史】詠史始于班孟堅，前人多用古體，至杜牧、汪遵、胡曾、孫元宴、元好問，宋元輩以絶句行之，每每翻案見奇，亦一法也。（宋長白《柳亭詩話》卷二十二）

【琴操竹枝】退之《琴操》，夢得《竹枝》，仲初《宫詞》，文昌樂府，皆以古調而運新聲，脱盡尋常蹊

徑。至若李賀、盧仝、孟郊、杜牧、賈島、曹唐輩，亦各自立門牆，不肯寄人籬下，雖非堂堂正正之師，而偏鋒取勝，亦足稱一時之傑矣。（宋長白《柳亭詩話》卷二十八）

《漸細齋集序》：古今論者以爲詩家至子美而集大成，故詩有子美，猶聖之有宣尼，後之學者往往學焉，而各得其性之所近。唐昌黎、長慶，以及孟郊、張籍、許渾、杜牧、李商隱、陸龜蒙之徒，皆師承少陵，得其一偏，各自名家。（邵長蘅《青門賸稿》卷七）

《與金生》：僕學詩垂三十年，漢魏、三唐至宋元明人詩，尠所不觀，亦尠所不好，獨不喜多看晚唐詩。晚唐自昌黎外，惟許渾、杜牧、李商隱三數家，差錚錚耳。餘子專攻近體，就近體，又僅僅求工句字間，尺幅窘苦不堪。世界儘空闊，何苦從鼠穴蝸角中作生活計邪？（邵長蘅《青門賸稿》卷十一）

《吳元朗詩集序》：近世詩人多學白香山。香山之詩，視義山爲優，然當時之人已有議之者，而杜牧之爲特甚。則其弗幾乎道者，不爲時所重，而傳之後世，得無流弊也，不其難與？（陳廷敬《午亭文編》卷三十七）

（馮定遠）又云：「……唐人絶句之有聲病者，是二韻律詩也。元、白、牧之、昌黎集可證。唐人集分體者少，今所傳分體者，皆近人所爲。古本多存有分律詩絶句者，如《臨川集》首題云七言律詩，下注云絶句，甚分明。唐人惟有元、白、韓、杜等是舊次，今武定侯刻白集，坊本杜牧之集，亦皆分體如今人矣。幸二集尚有宋板，而新本亦有翻宋板者可據耳。（吳喬《圍爐詩話》卷二）

唐樂府亦用律詩，而李義山又有轉韻律詩，杜牧之、白樂天集中律詩多與今人不同，《瀛奎律髓》有仄韻律詩，嚴滄浪云「有古律詩」，今皆不能辨矣。（吳喬《圍爐詩話》卷二）

樊川先生本傳：先生「少與李甘、李中敏、宋祁善，其通古今，善處成敗，甘等不及。」其氣節實與甘等相上下，當不徒擅風流才子之目也。詩醲腴魁磊，雄視三唐。用晦與先生同時，詩格卑下，然圓穩律切麗密，亦豈得以淺陋少之？（杜詒穀《中晚唐詩叩彈集》卷六）

晚唐中，牧之與義山俱學子美。然牧之豪健跌宕，而不免過於放，學之者不得其門而入，未有不入於江西派者。不如義山頓挫曲折，有聲有色有情有味，所得爲多。（何焯《義門讀書記》卷上）

《杜司勳》：「高樓風雨感斯文」，含下傷春；「短翼差池不及群」，含下傷別。「高樓風雨」、「短翼差池」，玉谿方自傷春、傷別，乃彌有感於司勳之文也。（何焯《義門讀書記》卷上）

《贈司勳杜十三員外》：牧之以氣節自負，故有第五。落句言朝廷著述推渠手筆，比之於己，未爲不遇也。（何焯《義門讀書記》卷下）

大臨近體，余最愛其揚州四律。……其二曰：「十載揚州好夢賒，文章杜牧佔繁華。偶來秋水芙蓉幕，恣看春風荳蔻花。帳底離情微注淚，眼中密意小回車。只應司馬村頭冢，把與雷塘香土遮。」（顧嗣立《寒廳詩話》）

自中唐以後，律詩盛行，競構聲病，故多音節和諧，風調圓美。杜牧之恐流於弱，特創豪宕波峭一

派，以力矯其弊。山谷因之，亦務爲峭拔，不肯隨俗爲波靡，此其一生命意所在也。究而論之，詩果意思沉着，氣力健舉，則雖和諧圓美，何嘗不沛然有餘？若徒以生闢爭奇，究非大方家耳。（趙翼《甌北詩話》卷十二）

七言絶句，李供奉、王龍標神化至矣。王翰、王之涣一首兩首，冠絶古今。右丞氣韻，嘉州氣骨，非大曆諸公可到。李君虞、劉夢得具有樂府意，亦邈焉寡儔。至如樊川之風調，義山之筆力，又豈易言哉！（喬億《劍溪説詩》卷下）

《唐宋八家文序》：治經義者，有得於此，治古文者，亦未必不有得於此。外此，唐則有李習之、杜牧之、孫可之，宋則有李泰伯、司馬文正公、王梅溪、陳同甫、文信國諸公文，俱當蒐討畋漁者，學者尚究心焉。（沈德潛《歸愚文鈔》卷十一）

七言絶句，貴言微旨遠，語淺情深，如清廟之瑟一倡而三歎，有遺音者矣。開元之時，龍標、供奉允稱神品，此外，高、岑起激壯之音，右丞多悽惋之調，以至「蒲桃美酒」之詞，「黄河遠上」之曲，皆擅場也。後李庶子、劉賓客、杜司勳、李樊南、鄭都官諸家，托興幽微，克稱嗣響。（沈德潛《唐詩别裁集》卷首凡例）

杜牧，字牧之，京兆萬年人。大和二年進士，又舉賢良方正，歷任中外官，終考功郎中、知制誥、中書舍人。有《樊川集》二十卷。晚唐詩多柔靡，牧之以拗峭矯之。人謂之小杜，以别少陵，配以義山，時亦稱李、杜。（沈德潛《唐詩别裁集》卷十五）

李滄溟推王昌齡「秦時明月」爲壓卷，王鳳洲推王翰「蒲萄美酒」爲壓卷，本朝王阮亭則云：「必求壓卷，王維之『渭城』，李白之『白帝』，王昌齡之『奉帚平明』，王之涣之『黄河遠上』其庶幾乎？而終唐之世，亦無出四章之右者矣。」滄溟、鳳洲主氣，阮亭主神，各自有見。愚謂：李益之「回樂峰前」，柳宗元之「破額山前」，劉禹錫之「山圍故國」，杜牧之「煙籠寒水」，鄭谷之「揚子江頭」，氣象稍殊，亦堪接武。（沈德潛《説詩晬語》卷上）

晚唐體裁愈廣，如杜牧之有五律，結而又結成十句；如義山又有七古似七律音調者，《偶成轉韻七十二句》是也。（方世舉《蘭叢詩話》）

五七絶句，唐亦多變。李青蓮、王龍標尚矣。杜獨變巧爲拙，變俊爲傖，後惟孟郊法之；然傖中之俊，拙中之巧，亦非王、李輩所有。元、白清宛，賓客同之，小杜飄蕭，義山刻至，皆自闢一宗。李賀又闢一宗。惟義山用力過深，似以律爲絶，不能學，亦不必學。退之又創新，然而啓宋矣。（方世舉《蘭叢詩話》）

杜樊川才甚豪俊，法未完密。羅江東筆甚爽傑，功稍粗疏。許丁卯格甚凝練，氣未深厚。（李重華《貞一齋詩話》）

吴越似稍亞，然有羅江東一人，便大爲浙水吴山生色。孫光憲之于荆南也亦然。誰謂賢者之無益於人國哉！韓致光爲玉溪之别子，韋端己乃香山之替人，羅昭諫感事傷時，激昂排奡，以追配杜紫微，庶幾無愧。三公競爽，可稱華嶽三峰。（鄭方坤《五代詩話》卷首例言）

《儀真縣江村茶社寄舍弟》：詩人李白，仙品也；王維，貴品也；杜牧，雋品也。維、牧皆得大名，歸老輞川、樊川，車馬之客，日造門下。維之弟有縉，牧之子有荀鶴，又復表表後人。惟太白長流夜郎。（鄭燮《鄭板橋全集》家書類）

《隨獵詩草·花間堂詩草跋》：紫瓊崖主人者……英偉俊拔之氣，似杜牧之；春融澹泊之致，似韋□□；□□清遠之態，似王摩詰；沉□□□□□，似杜少陵、韓退之。（鄭燮《鄭板橋全集》補遺）

（絶句）兩不對，如賈至「紅粉當壚弱柳垂，金花臘酒解酴醾。笙歌日暮能留客，醉殺長安輕薄兒」（首句作主）。李白「楊花落盡子規啼，聞道龍標過五溪。我寄愁心與明月，隨風直到夜郎西」（次句作主）。王昌齡「昨夜風開露井桃，未央前殿月輪高。平陽歌舞新承寵，簾外春寒賜錦袍」（三句作主）。杜牧「銀燭秋光冷畫屏，輕羅小扇撲流螢。天階夜色涼如水，卧看牽牛織女星」（四句作主）。韓翃「春城無處不飛花，寒食東風御柳斜。日暮漢宫傳蠟燭，輕煙散入五侯家」（三四作主）。白居易「帝子吹簫逐鳳凰，空餘仙洞號華陽。落花何處堪惆悵，頭白宫人掃影堂」（一二作主）。（冒春榮《葚原説詩》卷三）

高青邱笑古人作詩，今人描詩。描詩者，像生花之類，所謂優孟衣冠，詩中之鄉願也。譬如學杜而竟如杜，學韓而竟如韓，人何不觀真杜、真韓之詩，而肯觀僞韓、僞杜之詩乎？……唐義山、香山、牧之、昌黎，同學杜者，今其詩集，都是别樹一旗。（袁枚《隨園詩話》卷七）

王阮亭七言絶句，以夢得、義山、牧之爲宗，間啓秀于宋、元，藝林競賞，大約在使事設色。（楊際昌《國朝詩話》卷一）

西亭詩未能婉而多風，七言絶句新致殊似杜樊川。（楊際昌《國朝詩話》卷一）

升菴謂杜牧好用數目，垜積成句。按句法一不外《三百篇》，如「于三十里」，「三百維群」，「九十其犉」，「終三十里」，「十千維耦」等句，蓋不一而足矣。（何文焕《歷代詩話考索》）

《後村詩話》前集二卷，後集二卷，續集四卷，新集六卷，宋劉克莊撰。……謂杜牧兄弟分黨牛李，以爲高義，而不知爲門户之私。（永瑢等《四庫全書總目提要》卷一百九十五集部詩文評類一）

大和、會昌而下，詩教日衰，獨李義山矯然特出，時傳子美之遺；特用事過多，涉於濃滯，或掩其美。次則杜牧之律體，寓拗峭以矯時弊，猶有健氣。（魯九皋《詩學源流考》）

【唐人律詩論】若作詩則切己言志，又非代古立言之比。至於律詩則更非衍擬古效古之比矣。唐之玉溪、樊川，已不肯爲大曆以後之律詩，至蘇、黄而益加厲矣。此即教人自爲之理也。（翁方綱《復初齋文集》卷八）

盛之後漸趨坦迤，中之後則漸入薄弱，所以秀異所結，不得不歸樊川、玉溪也。（翁方綱《石洲詩話》卷二）

姚武功詩，恬淡近人，而太清弱，抑又太盡，此後所以漸靡靡不振也。然五律時有佳句，七律則庸軟耳。大抵此時諸賢七律，皆不能振起，所以不得不讓樊川、玉溪也。（翁方綱《石洲詩話》卷二）

晚唐自小杜而外，惟有玉溪耳。温岐、韓偓，何足比哉！（翁方綱《石洲詩話》卷二）

許丁卯五律，在杜牧之下，温岐之上，固知此事不盡關塗澤也。七律亦較温清迴矣。（翁方綱《石洲詩話》卷二）

馬戴五律，又在許丁卯之上，此直可與盛唐諸賢儕伍，不當以晚唐論矣。然終覺樊川、義山之妙不可及。（翁方綱《石洲詩話》卷二）

初唐之高者，如陳射洪、張曲江，皆開啓盛唐者也。中晚之主高者，如韋蘇州、柳柳州、韓文公、白香山、杜樊川，皆接武盛唐，變化盛唐者也。是有唐之作者，總歸盛唐。而盛唐諸公，全在境象超詣，所以司空表聖《二十四品》及嚴儀卿以禪喻詩之説，誠爲後人讀唐詩之準的。（翁方綱《石洲詩話》卷二）

伯生七古，高妙深渾，所不待言。至其五古，於含蓄中吐藻韻，乃王龍標、杜牧之以後所未見也。（翁方綱《石洲詩話》卷二）

薩雁門《京城春暮》七律，太像小杜。雁門詩多如此者，然似此轉非善學小杜，不過大致似之耳。（翁方綱《石洲詩話》卷二）

杜牧之詩輕倩秀豔，在唐賢中另是一種筆意，故學詩者不讀小杜詩必不韻。（李調元《詩話》卷下）

劉賓客無體不備，蔚爲大家，絶句中之山海也。始以議論入詩，下開杜紫微一派。（管世銘《讀雪山房唐詩凡例》）

杜紫微天才横逸，有太白之風，而時出入於夢得。七言絶句一體，殆尤專長。觀玉溪生「高樓風雨」云云，傾倒之者至矣。（管世銘《讀雪山房唐詩凡例》）

杜牧之與韓、柳、元、白同時，而文不同韓、柳，詩不同元、白，復能於四家外，詩文皆别成一家，可云特立獨行之士矣。韓與白亦素交，而韓不仿白，白亦不學韓，故能各臻其極。（洪亮吉《北江詩話》卷一）

中唐以後，小杜才識，亦非人所及，文章則有經濟，古近體詩則有氣勢，倘分其所長，亦足以了數子，宜其薄視元、白諸人也。（洪亮吉《北江詩話》卷二）

有唐一代，詩文兼擅者，惟韓、柳、小杜三家；次則張燕公、元道州。他若孫可之、李習之、皇甫持正，能爲文而不能爲詩。高、岑、王、李、李、杜、韋、孟、元、白，能爲詩而不能爲文，即有文亦不及其詩。（洪亮吉《北江詩話》卷二）

李樊南之知杜舍人，亦非他人所及，所云惟其有之，是以似之也。（洪亮吉《北江詩話》卷六）

謫仙獨到之處，工部不能道只字，謫仙之於工部亦然；退之獨到之處，白傅不能道只字，退之之於白傅亦然，所謂可一不可兩也。外若沈之與宋，高之與岑，王之與孟，韋之與柳，温之與李，張、王之樂府，皮、陸之聯吟，措詞命意不同而體格並同，所云笙磬同音也。唐初之四杰、大曆之十子亦然。欲於李、杜、韓、白之外求獨到，則次山之在天寶，昌谷之在元和，寥寥數子而已。詩文並可獨到，則昌黎而外，惟杜牧之一人。（洪亮吉《北江詩話》卷六）

晚唐自應首推李、杜。義山之沉鬱奇譎，樊川之縱橫傲岸，求之全唐中，亦不多見，而氣體不如大曆諸公，時代限之也。次則温飛卿、許丁卯，次則馬虞臣、鄭都官，五律猶有可觀，外此則邾、莒之下矣。（方南堂《輟鍛録》）

温飛卿五律甚好；七律惟《蘇武廟》、《五丈原》可與義山、樊川比肩；五七古、排律，則外强中乾耳。（方南堂《輟鍛録》）

《讀三李二杜集竟歲暮祭之各題一首(牧之)》：司勳晚出具風裁，傷別傷春泥酒杯。作賦但能供蝨誦，占詩忽訝夢駒來。感恩事久私成黨，薄倖名贏豔費才。惆悵露桃花一樹，爲誰零落爲誰開？（舒位《缾水齋詩集》卷二）

十里揚州落魄時，春風豆蔻寫相思。誰從絳蠟銀箏底，別識談兵杜牧之。（姚瑩《中復堂全集》）

《答高雨農舍人書》：壽祺曩欲進樊川以參韓、柳，揭遜志齋以配震川，爲唐明職志。（陳壽祺《左海文集》卷四下）

唐詩自李、杜、韓、白四大家外，尚有李義山、杜樊川兩集，亦須熟看，當時亦以李、杜並稱。（梁章鉅《退庵隨筆》卷二十一）

元稹撰《子美墓係銘》曰：……孫僅叙曰：「其夐邈高聳，則若鑿太虛而噭萬籟；……所謂真粹氣中人也。公之詩，支而爲六家：孟郊得其氣焰，張籍得其簡麗，姚合得其清雅，賈島得其奇僻，杜牧、薛能得其豪健，陸龜蒙得其贍博。皆出公之奇偏爾，尚軒軒然自號一家，爀世烜俗。後人師擬不暇，矧合之乎？《風》、《騷》而下，唐而上，一人而已。」（余成教《石園詩話》卷一）

《歲寒堂詩話》論張文昌律詩不如劉夢得、杜牧之、李義山。文昌七律或嫌平易，五律清妙處不亞王、孟，乃愧夢得、牧之、義山哉！其《夜到漁家》、《宿臨江驛》二律，與劉文房《餘干旅舍》一作，用韻同，風韻亦同，皆絕唱也。（潘德輿《養一齋詩話》卷三）

周氏敬曰：「少陵七言律，如八音並奏，清濁高下，種種具陳，真有唐獨步也。然其間半入大曆後

格調，實開中晚濫觴之端。」按中晚七律能手，如劉賓客、柳柳州、白樂天、王仲初、許丁卯、杜紫薇、温八叉、羅昭諫之流，皆絶不學杜，非杜詩開之也。略能學杜而涉其藩籬者，惟一李義山，遂爲晚唐七律之冠。（潘德輿《養一齋李杜詩話》卷二）

嚴滄浪云：「學詩入門須正，立志須高。若入門一誤，即有下劣詩魔中之，不可救矣。」古人謂「取法乎上，僅得其中」，亦言宗法之不可不正也。……七律以工部、右丞、義山爲法，參以東川、嘉州、中山、牧之，須求高壯雄厚，不涉空腔，乃是方家正宗。（朱庭珍《筱園詩話》卷一）

杜樊川詩雄姿英發，李樊南詩深情綿邈。其後李成宗派而杜不成，殆以杜之較無窠臼與？（劉熙載《藝概》卷二「詩概」）

【李衛公集　唐李德裕撰】夜閲《李衛公集》。中唐以後文，自韓柳外，首推牧之，次則衛公，次孫可之，次李文公，次皇甫持正、李元賓，又次則獨孤文公、元次山、劉中山、李遐叔、李子羽、梁補闕、蕭茂挺、歐陽四門，若張文昌、元微之、李義山，又其亞也。劉文泉、沈下賢、皮襲美、陸魯望，已不免村野氣太重。司空侍郎、羅江東，則樸不勝俗，健不勝龐矣。（李慈銘《越縵堂讀書記》八「文學」）

【樊川文集】讀杜牧之《樊川文集》。牧之詩力求生新，亦講古法，故晚唐諸名家中，尤爲錚錚。子九（孫垓）論詩絶句云：「若向生新論風格，就中尤愛杜司勳。」真知言也。午後讀樊川文。予自己酉冬於《唐文粹》中讀牧之文數篇，不過謂其生峭便學，如孫樵、劉蜕之徒。今日復之，乃知才學均勝，通達

治體，原本經訓，而下筆時復不肯一語猶人，故骨力與詩等，而氣味醇厚較過之。所著如《罪言》、《原十六衛》、《守論》、《戰論》諸篇，前惟賈太傅《治安策》、《過秦論》，後惟老蘇幾策《權書》，可以鼎立，固爲最著。他如《李飛墓誌》、《盧秀才墓誌》、《李賀集序》、《注孫子序》、《杭州新造南亭記》、《上李司徒論用兵書》、《上李太尉論江賊書》、《黄州刺史謝上表》、《進撰韋寬遺愛碑文表》、《塞廢井文》、《題荀文若傳後》諸作，皆奇正相生，不名一體，氣息亦直逼兩漢。長篇如《韋寬遺愛碑》，尤見筆力。《燕將録》、《竇列女傳》亦卓然史才，雖取境太近，然一展卷間如層巒疊嶂，煙景萬狀；如名將號令，壁壘旌旗，不時變色；如長江大河，風水相遭，陡作奇致；又如食極潔諫果，味美于回，真韓柳外一勍敵也。至若《送薛處士序》，則諷以處士二字之難副；《上昭義劉司徒書》，則勉以討賊之忠義；《上高大夫書》，則論取士之不可以資格；《與人論諫書》，則戒直言之激怒致禍；《投知己書》，則告以不急人知之素；《答莊充書》，則規以求人作序之非，具見生平風節。唐史言其以從兄悰貴顯常悒悒不樂，亦未可信矣。又考牧之雖稍見用於大中初，其時職史秉筆，未免於會昌朝事，稍形指斥，此亦君相之意。其微詞見義，如《奇章公墓誌》中直載劉從諫入朝還鎮月日，及《杭州南亭記》言武宗毁佛寺事，固曲直甚明爾。（李慈銘《越縵堂讀書記》八「文學」）

【樊南文集】義山詩律雅煉，固不待言，古文亦齊名孫可之、皇甫持正、杜牧之諸家，四六尤爲中唐後一大宗，論者謂不特非宋人所及，即王、楊四子亦覺遜之。（李慈銘《越縵堂讀書記》八「文學」）

《御選唐宋文醇》，採之葛氏，以宣公、衛公儷小杜，不若越縵六家評隲之精，前人未有見及者。……近出《舒藝室雜著乙編》卷上，有《唐十八家文録序》，意在破八家之説之固陋，曰：世人論古文，輒曰唐宋八家，又曰昌黎起八代之衰。不知唐之與宋，原委既殊，門户自别，非可概論。至起衰之功，斷推元道州爲首。第其文散漫，未立門構，若獨孤及、梁、權，規模粗具，而猶苦肥重。惟昌黎氏原本六經，下參《史》、《漢》，錯綜變化，冠絶百世。要其學出安定，而實淵源於毘陵，則未嘗無所因也。柳州初工駢體，後乃篤志古文，其才氣陵厲，足以抗韓，至於學識根柢，遜韓多矣。同時若劉賓客，才辨縱橫，間以古藻，亦柳之亞。元相滔滔清絶，開宋人一派。李、皇甫皆學昌黎，而一得其理，一得其辭，亦各自成門徑。牛相文筆刻露，議論透闢。沈下賢喜爲小篇，戛然自異。杜牧之雄奇超邁，實爲韓氏先導。孫可之源出韓氏，而專務奇削，要其獨至不可及。世以孫、劉並稱，然復愚則近於險怪矣。皮襲美根據深厚，若在韓門，當肩隨習之。陸魯望不衫不履，野趣自得，頗有似元道州者。羅昭諫懷才不試，好爲寓言，出以過激，每不中理，然固唐一代人文之後勁也。予録唐文凡十八家，源流遷變，概見於斯。（平步青《霞外攟屑》卷六《玉樹廬芮録》斠書）

【韓李韓杜】《柳亭詩話》卷十六：歐陽永叔欲以衛公文與昌黎並稱曰韓、李。按文忠此語，見《内制集序》，以衛公《一品集》多代言之作故也。唐人本稱韓、李，不稱韓、柳；李謂習之也。《蘇氏文集序》所云「韓、李之徒出」，指習之。蘇洵《上歐陽公書》，韓子後亦舉習之。梨洲《明文海序》，則稱韓、

杜，杜謂牧之。鄙意李文公源出昌黎，衛公、牧之亦僅得一體，皆不若柳州也。儲在陸謂千古足當韓豪者，惟柳州一人，信爲知言。（平步青《霞外捃屑》卷七上《縹錦廛文築上》論文）

義山七律，得於少陵者深，故穠麗之中，時帶沈鬱。如《重有感》、《籌筆驛》等篇，氣足神完，直登其堂，入其室矣。飛卿華而不實，牧之俊而不雄，皆非此公敵手。（施補華《峴傭説詩》）

杜牧之才氣，其唐長慶以後第一人耶，讀其詩、古文、詞，感時憤世，殆與漢長沙太傅相上下。然長沙生際熙時，特爲廟堂作憂盛危明之言，已警惰窳；牧之正丁晚季，故其語益蒿目捶胸不能自已，而其不善用其才亦略同。牧之世家公相，少負高名，其於進取本易，不幸以牛僧孺之知，遂爲李衛公所不喜。核而論之，當時之黨於牛者，盡小人也，而獨有牧之之磊落，李給事中敏之伉直，則雖受知於牛，而不可謂之牛之黨。衛公不能別白用之，概使沉埋，此其偏心，無所逃識者之責備，而其勳名之不得究竟，至有朱崖之行，亦未嘗不由此。然在牧之，則不可謂非急售其才而不善用之者也。牧之上方略，衛公頗用其言，功成而賞弗及，衛公誠過矣！……（全祖望《鮚埼亭文集選注》）

唐人文，韓、柳之外，陸宣公、李衛公、獨孤及、劉賓客、李翺、皇甫湜、杜牧、孫樵、皮日休、陸龜蒙，此十家者，當遴次以傳。（宋顧樂《夢曉樓隨筆》）

知制誥、中書舍人、尚書吏部、考功郎中、湖州刺史，京兆杜牧牧之，其出與元、白同源，古風愈況，時傷浮露，無復春容；律詩絶句，情韻覃淵，足以方駕龍標，囊括温李。（宋育仁《三唐詩品》卷二）

附録二

杜牧詩文繫年目録

唐敬宗寶曆元年乙巳(八二五)

上昭義劉司徒書　寶曆元年九月前

阿房宫賦　寶曆元年

唐文宗大和元年丁未(八二七)

燕將録　約大和元年春作

同州澄城縣户工倉尉廳壁記　大和元年

感懷詩一首　大和元年

竇列女傳　大和元年

唐文宗大和二年戊申(八二八)

及第後寄長安故人　大和二年春

贈終南蘭若僧　大和二年春

唐文宗大和四年庚戌（八三〇）

寄牛相公　大和四年春

望故園賦　約大和四年

唐文宗大和五年辛亥（八三一）

李賀集序　大和五年十月

偶遊石盎僧舍　大和五年

唐文宗大和六年壬子（八三二）

贈沈學士張歌人　大和六年春

和宣州沈大夫登北樓書懷　約大和六年秋

送王侍御赴夏口座主幕　約大和六年至九年春間

唐文宗大和七年癸丑（八三三）

戰論并序　約大和七年前後

守論并序　約大和七年前後

唐文宗大和八年甲寅（八三四）

隋苑　大和八年春

牧陪昭應盧郎中在江西宣州佐今吏部沈公幕罷府周歲公宰昭應牧在淮南縻職叙舊成二十韻用以投寄　大和八年秋

淮南監軍使院廳壁記　大和八年十月二十一日

書處州韓吏部孔子廟碑陰　約大和八年

揚州三首　大和八年

罪言　大和八年

原十六衛　大和八年

上知己文章啓　疑大和八年

唐文宗大和九年乙卯（八三五）

送杜顗赴潤州幕　大和九年春

贈别二首　大和九年春或夏間

遣懷　大和九年春或夏間

唐故尚書吏部侍郎贈吏部尚書沈公行狀　約大和九年四月後

張好好詩并序　大和九年

故洛陽城有感　大和九年秋至開成元年秋

兵部尚書席上作　疑大和九年秋至開成元年秋

唐文宗開成元年丙辰（八三六）

題敬愛寺樓　開成元或二年早春

洛中二首　開成元年春

金谷園　約開成元年春

東都送鄭處誨校書歸上都　開成元年

洛中送冀處士東遊　開成元年秋

洛陽長句二首　開成元年

題壽安縣甘棠館御溝　開成元年

唐文宗開成二年丁巳（八三七）

洛中監察病假滿送韋楚老拾遺歸朝　開成二年春

陜州醉贈裴四同年　開成二年春

潤州二首　開成二年秋

題揚州禪智寺　開成二年秋

杜秋娘詩并序　開成二年秋末

將赴宣州留題揚州禪智寺　開成二年秋末

唐故銀青光禄大夫檢校禮部尚書御史大夫充浙江西道都團練觀察處置等使上柱國清河郡開國公食邑二千户贈吏部尚書崔公行狀　約開成二年秋末前後

投知己書　開成二年

上鄭相公狀　開成二至三年間

唐文宗開成三年戊午（八三八）

題宣州開元寺　開成三年春

句溪夏日送盧霈秀才歸王屋山將欲赴舉　開成三年

大雨行　開成三年六月

送沈處士赴蘇州李中丞招以詩贈行　開成三年秋

題宣州開元寺水閣閣下宛溪夾溪居人　開成三年深秋

念昔遊三首　開成三年

宣州開元寺南樓　開成三年

上淮南李相公狀　開成三年

書懷寄盧歙州　開成三年

許秀才至辱李蘄州絶句問斷酒之情因寄　開成三年至五年

唐文宗開成四年己未(八三九)

初春雨中舟次和州横江裴使君見迎李趙二秀才同來因書四韻兼寄江南許渾先輩　開成四年初春

自宣州赴官入京路逢裴坦判官歸宣州因題贈　開成四年春

宣州送裴坦判官往舒州時牧欲赴官歸京　開成四年春

自宣城赴官上京　開成四年春

和州絶句　開成四年春

題烏江亭　開成四年春

西江懷古　開成四年春

題横江館　開成四年春

村行　開成四年春

往年隨故府吳興公夜泊蕪湖口今赴官西去再宿蕪湖感舊傷懷因成十六韻　開成四年春

商山麻澗　開成四年春

商山富水驛　開成四年春

丹水　開成四年春

題武關　開成四年春

除官赴闕商山道中絶句　開成四年春

題商山四皓廟一絶　開成四年春

漢江　開成四年春

途中作　開成四年春末

送牛相出鎮襄州　開成四年八月後

李甘詩　開成四年

唐故岐陽公主墓誌銘　開成四年

唐故范陽盧秀才墓誌　開成四年

唐文宗開成五年庚申(八四〇)

雪晴訪趙嘏街西所居三韻　約開成五年初春

送陸洿郎中棄官東歸　約開成五年春

冬至日寄小姪阿宜詩　開成五年冬

襄陽雪夜感懷　開成五年冬

唐武宗會昌元年辛酉（八四一）

罷鍾陵幕吏十三年來泊湓浦感舊爲詩　會昌元年春末

重到襄陽哭亡友韋壽朋　會昌元年七月

題青雲館　會昌元年秋

奉和門下相公送西川相公兼領相印出鎮全蜀詩十八韻　會昌元年十一月

唐故灞陵駱處士墓誌銘　約會昌元年十一月後

與浙西盧大夫書　會昌元年

上宣州崔大夫書　會昌元年

唐武宗會昌二年壬戌（八四二）

入商山　會昌二年三月

奉陵宫人　會昌二年晚春

黄州刺史謝上表　約會昌二年四月後

與人論諫書　約會昌二年四月至會昌四年九月間

蘭溪　會昌二年至四年春末

齊安郡後池絶句　會昌二年至四年夏日

塞廢井文　會昌二年春末至會昌四年九月
黄州准赦祭百神文　會昌二年六月十八日
上李中丞書　會昌二年七月前
早雁　會昌二年八月
題桐葉　會昌二年秋
齊安郡中偶題二首　會昌二年至四年秋
題木蘭廟　會昌二年至四年秋
題齊安城樓　會昌二年至四年秋間
赤壁　會昌二年至四年秋間
雪中書懷　會昌二年十二月
題安州浮雲寺樓寄湖州張郎中　會昌二年
郡齋獨酌　會昌二年
自貽　會昌二年
黄州竹逕　會昌二年
上池州李使君書　會昌二年

齊安郡晚秋　會昌二年至四年晚秋

題桃花夫人廟　會昌二年至四年秋間

偶見　會昌二年至四年秋間

春日言懷寄虢州李常侍十韻　約會昌二年或稍後

雨中作　會昌二年至四年秋

唐武宗會昌三年癸亥（八四三）

祭城隍神祈雨文二首　約會昌三年五、六月間

上李司徒相公論用兵書　會昌三年七月

上門下崔相公書　會昌三年八月

東兵長句十韻　會昌三年冬

唐武宗會昌四年甲子（八四四）

池州送孟遲先輩　會昌四年秋

重送　會昌四年秋

即事黄州作　會昌四年秋

賀中書門下平澤潞啓　會昌四年八月稍後

秋浦途中　會昌四年九月

送薛邽二首　會昌四年九月至六年九月

登九峰樓　會昌四年九月至六年九月

池州清溪　會昌四年秋至六年秋間

見吳秀才與池妓别因成絶句　會昌四年九月至會昌六年九月

遊池州林泉寺金碧洞　約會昌四年臘月

皇風　會昌四年

寄浙東韓乂評事　會昌四年

上李太尉論北邊事啓　會昌四年

見劉秀才與池州妓别　約會昌四年至六年

唐武宗會昌五年乙丑（八四五）

送劉秀才歸江陵　會昌五年春

池州造刻漏記　會昌五年四月

池州春送前進士蒯希逸　會昌五年或六年春

題池州貴池亭　會昌五年或六年春

池州李使君没後十一日處州新命始到後見歸妓感而成詩　會昌五年四五月間

唐故處州刺史李君墓誌銘并序　會昌五年四月後

祭故處州李使君文　會昌五年四月稍後

池州重起蕭丞相樓記　會昌五年五月

上李太尉論江賊書　會昌五年六七月間

池州廢林泉寺　約會昌五年八月至六年九月間

題池州弄水亭　會昌五年秋

九日齊山登高　會昌五年九月

酬張祜處士見寄長句四韻　會昌五年九月

登池州九峰樓寄張祜　會昌五年九月後

贈張祜　會昌五年九月後

還俗老僧　會昌五年秋冬間

斫竹　會昌五年秋冬間

李給事二首　會昌五年

上安州崔相公啓　會昌五年

唐故宣州觀察使御史大夫韋公墓誌銘并序　會昌五年

寄唐州李玭尚書　疑會昌五年

唐武宗會昌六年丙寅（八四六）

春末題池州弄水亭　會昌六年春末

殘春獨來南亭因寄張祜　會昌六年春末

祭木瓜神文　會昌六年春夏間

上白相公啓　會昌六年四月稍後

新定途中　會昌六年九月

泊秦淮　會昌六年秋冬間

杭州新造南亭子記　會昌六年十二月

上宣州高大夫書　會昌六年

代人舉蔣係自代狀　會昌六年

憶遊朱坡四韻　約會昌六年至大中二年間

朱坡絶句三首　會昌六年至大中二年春間

題新定八松院小石　會昌六年底至大中二年八月

唐宣宗大中元年丁卯（八四七）

初春有感寄歙州邢員外　大中元年初春

送盧秀才一絶　大中元年春

送盧秀才赴舉序　大中元年春

寄内兄和州崔員外十二韻　大中元年春

睦州四韻　大中元或二年春

昔事文皇帝三十二韻　大中元年春或二年春間

唐宣宗大中二年戊辰（八四八）

正初奉酬歙州刺史邢群　大中二年正月

寄瑨笛與宇文舍人　大中二年六月至十二月之間

上吏部高尚書狀　大中二年初秋

上刑部崔尚書狀　大中二年八月前

上周相公啓　大中二年八月三日

秋晚早發新定　大中二年九月

除官歸京睦州雨霽　大中二年九月

夜泊桐廬先寄蘇臺盧郎中　大中二年九月
汴河阻凍　大中二年十一、十二月間
宋州寧陵縣記　大中二年十一月十八日
江南懷古　大中二年
寄澧州張舍人笛　大中二年
唐故邕府巡官裴君墓誌銘　最早約在大中二年

唐宣宗大中三年己巳（八四九）

唐故江西觀察使武陽公韋公遺愛碑　大中三年春
進撰故江西韋大夫遺愛碑文表　大中三年春
謝許受江西送撰韋丹碑彩絹等狀　大中三年春
上周相公書　大中三年四月前
唐故太子少師奇章郡開國公贈太尉牛公墓誌銘并序　大中三年五月稍前
唐故歙州刺史邢君墓誌銘并序　大中三年六月至大中四年秋間
上河陽李尚書書　大中三年七月至大中四年七月間
許七侍御棄官東歸瀟灑江南頗聞自適高秋企望題詩寄贈十韻　大中三年深秋

爲中書門下請追尊號表　約大中三年十一、十二月間
上宰相求杭州啓　大中三年閏十一月
奉和白相公聖德和平致兹休運歲終功就合詠盛明呈上三相公長句四韻　大中三年冬
送容州中丞赴鎮　大中三年
李侍郎於陽羨里富有泉石牧亦於陽羨粗有薄産叙舊述懷因獻長句四韻　大中三年
夏州崔常侍自少常亞列出領麾幢十韻　大中三年
今皇帝陛下一詔徵兵不日功集河湟諸郡次第歸降臣獲睹聖功輒獻歌詠　大中三年
奉送中丞姊夫儔自大理卿出鎮江西叙事書懷因成十二韻　大中三年
中丞業深韜略志在功名再奉長句一篇兼有諮勸　大中三年
題永崇西平王宅太尉愬院六韻　約大中三、四年間

唐宣宗大中四年庚午（八五〇）

奉和僕射相公春澤稍愆聖君軫慮嘉雪忽降品彙昭蘇即事書成四韻　大中四年正、二月間
長安雜題長句六首　大中四年春
道一大尹存之學士庭美學士簡于聖明自致霄漢皆與舍弟昔年還往牧支離窮悴竊於一麾書美歌詩兼自言志因成長句四韻呈上三君子　大中四年二月後，初秋之前

上宰相求湖州第一啓　大中四年夏

上宰相求湖州第二啓　大中四年夏

上宰相求湖州第三啓　大中四年七月前

新轉南曹未叙朝散初秋暑退出守吴興書此篇以自見志　大中四年七月

將赴吴興登樂遊原一絶　大中四年秋

將赴湖州留題亭菊　大中四年秋

題白蘋洲　大中四年秋

寢夜　大中四年秋

送李群玉赴舉　大中四年秋

寄李起居四韻　大中四年冬

湖州正初招李郢秀才　大中四年冬

見宋拾遺題名處感而成詩　約大中四年

唐宣宗大中五年辛未（八五一）

早春贈軍事薛判官　大中五年正月

上鹽鐵裴侍郎書　大中五年二月至九月間

七絶一首　大中五年春末

暮春因遊明月峽故留題　大中五年春末

早春寄岳州李使君李善棊愛酒情地閑雅　約大中五年春

不飲贈官妓　大中五年春

代吴興妓春初寄薛軍事　大中五年春

題茶山　大中五年三月

茶山下作　大中五年三月

入茶山下題水口草市絶句　大中五年三月

春日茶山病不飲酒因呈賓客　大中五年三月

賀平党項表　大中五年四月或稍後

唐故進士龔軺墓誌　大中五年五月二日

祭龔秀才文　大中五年五月二日

赴京初入汴口曉景即事先寄兵部李郎中　大中五年秋

途中一絶　大中五年秋

祭周相公文　大中五年七月八日

玲瓏山杜牧題名　大中五年八月八日

八月十二日得替後移居霅溪館因題長句四韻　大中五年八月十二日

詠歌聖德遠懷天寶因題關亭長句四韻　大中五年秋末

除官行至昭應聞友人出官因寄　大中五年秋末

隋堤柳　大中五年九月

裴休除禮部尚書裴諗除兵部侍郎等制　大中五年九月

權審除户部員外郎制　大中五年九月後

朱叔明授右武衛大將軍制　大中五年九月後

盧籍除河東副使李推賢殿中丞高湜除湖南推官薛廷傑桂管支使等制　大中五年九月後

沙州專使押衙吳安正等二十九人授官制　大中五年十月稍後

燉煌郡僧正慧菀除臨壇大德制　大中五年十月後

趙真齡除右散騎常侍制　大中五年九月至大中六年底之間

韓賓除户部郎中裴處權除禮部郎中孟璲除工部郎中等制　大中五年九月至大中六年底之間

李朋除刑部員外郎李從誨除都官員外郎等制　大中五年九月至大中六年底之間

皇甫鉟除右司員外郎鄭潨除侍御史内供奉等制　大中五年九月至大中六年底之間

盧告除左拾遺等制　大中五年九月至大中六年底之間

蕭峴除太常博士制　大中五年九月至大中六年底之間

杜濛除太常博士制　大中五年九月至大中六年底之間

馬曙除右庶子王固除太僕少卿王球除太府少卿等制　大中五年九月至大中六年底之間

李叔玫除太僕卿高證除均州刺史萬汾除施州刺史等制　大中五年九月至大中六年底之間

歸融册贈左僕射制　大中五年九月至大中六年底之間

盧搏除廬州刺史制　大中五年九月至大中六年底之間

李暨除絳州刺史魏中庸除亳州刺史曹慶除威遠營使等制　大中五年九月至大中六年底之間

李誠元除朔州刺史制　大中五年九月至大中六年底之間

田克加檢校國子祭酒依前宥州刺史制　大中五年九月至大中六年底之間

薛淙除鄧州任如愚除信州虞藏玘除邛州刺史等制　大中五年九月至大中六年底之間

鄭液除通州刺史李蒙除陳州刺史等制　大中五年九月至大中六年底之間

王晏實除齊州吳初本巴州陳侹渝州刺史等制　大中五年九月至大中六年底之間

郭瓊除渠州郭宗元除興州等刺史王雅康除建陵臺令等制　大中五年九月至大中六年底之間

吳從除蓬州賈師由除瓊州蕭蕃除羅州刺史等制　大中五年九月至大中六年底之間

裴閲除温州刺史伊實除獻陵臺令等制　大中五年九月至大中六年底之間
陸紹除信州刺史封載除遂州刺史鄭宗道南鄭縣令等制　大中五年九月至大中六年底之間
張德翁除歸州刺史李承訓除福昌縣令盧審矩除陽翟縣令等制　大中五年九月至大中六年底之間
王樟除雅州刺史郭錆除右諭德等制　大中五年九月至大中六年底之間
傅孟恭除威州刺史宣敏加祭酒兼侍御史依前宣歙道兵馬使知防秋事等制　大中五年九月至大中六年底之間
姚克柔除鳳州刺史韋承鼎除櫟陽縣令王仲連贊善大夫等制　大中五年九月至大中六年底之間
朱載言除循州刺史袁循除渭南縣令張公及除獻陵令韋幼章除京兆府倉曹等制　大中五年九月至大中六年底之間
支某除鄆王傅盧賓除融州刺史趙全素除福陵令等制　大中五年九月至大中六年底之間
鄭倰除大理少卿致仕制　大中五年九月至大中六年底之間
王釗除皇城留守制　大中五年九月至大中六年底之間
王知信除左衛將軍史寰除右監門衛將軍等制　大中五年九月至大中六年底之間
梁榮幹除檢校國子祭酒兼右神策軍將軍制　大中五年九月至大中六年底之間
吕衛除左衛將軍李銖右威衛將軍令狐朗除滑州別駕等制　大中五年九月至大中六年底之間

張幼彰程脩己除諸衛將軍翰林待詔等制　大中五年九月至大中六年底之間

一品孫李明遠授左千牛備身等制　大中五年九月至大中六年底之間

房次玄除檢校員外郎充度支靈鹽供軍使等制　大中五年九月至大中六年底之間

李知讓加御史中丞依前邠州刺史韋瓊加侍御史充振武軍掌書記等制　大中五年九月至大中六年底之間

崔彦曾除山南西道副使李詵山東道推官楊元汶京兆府法曹等制　大中五年九月至大中六年底之間

李承慶除鳳翔節度副使馮軒除義成軍推官等制　大中五年九月至大中六年底之間

夏侯曈除忠武軍節度副使薛途除涇陽尉充集賢校理等制　大中五年九月至大中六年底之間

蕭孜除著作佐郎裴祐之陝府巡官崔滔櫟陽縣尉集賢校理等制　大中五年九月至大中六年底之間

楊知退除鄆州判官薛廷望除美原尉直弘文館等制　大中五年九月至大中六年底之間

白從道除東渭橋巡官陶祥除福建支使劉蜕壽州巡官等制　大中五年九月至大中六年底之間

鄭碣除江西判官李仁範除東川推官裴虔餘除山南東道推官處士陳威除西川安撫巡官等制　大中五年九月至大中六年底之間

裴諗除監察御史裏行桂管支使等制　大中五年九月至大中六年底之間

石賀除義武軍書記崔涓除東川推官等制　大中五年九月至大中六年底之間

顧湘除涇原營田判官夏侯覺除鹽鐵巡官等制　大中五年九月至大中六年底之間

趙元方除户部和糴巡官陳洙除長安縣尉王巖除右金吾使判官等制　大中五年九月至大中六年底之間

韋承鼎除左贊善大夫韋諝除尚食奉御柳謙除壽安縣令韋選除義昌軍推官錢琦除滄景支使等制　大中五年九月至大中六年底之間

康從固除翼王府司馬制　大中五年九月至大中六年底之間

張正度除汾州别駕等制　大中五年九月至大中六年底之間

馬迵除蜀州别駕等制　大中五年九月至大中六年底之間

高駢除祭酒兼侍御史依前充職右神策軍兵馬使制　大中五年九月至大中六年底之間

忠武軍都押衙檢校太子賓客王仲玄等加官制　大中五年九月至大中六年底之間

右神策軍押衙檢校太子賓客尚漢美等叙勳制　大中五年九月至大中六年底之間

右龍武軍大將軍劉誠信等三十三人叙階制　大中五年九月至大中六年底之間

柳師玄除衢州長史知夏州進奏等制　大中五年九月至大中六年底之間

景思齊授官知宣武軍進奏官制　大中五年九月至大中六年底之間

武官授折衝果毅等制　大中五年九月至大中六年底之間
王著貶端州司户制　大中五年九月至大中六年底之間
李玕貶撫州司馬制　大中五年九月至大中六年底之間
武易簡量移梧州司馬制　大中五年九月至大中六年底之間
王元宥除右神策軍護軍中尉制　大中五年九月至大中六年底之間
周元植除鳳翔監軍制　大中五年九月至大中六年底之間
劉全禮等七人並除内侍省内府局丞置同正等制　大中五年九月至大中六年底之間
宋叔康妻封邑號制　大中五年九月至大中六年底之間
吐突士曄妻封邑號制　大中五年九月至大中六年底之間
新羅王子金元弘等授太常寺少卿監丞簿制　大中五年九月至大中六年底之間
西州廻鶻授驍衛大將軍制　大中五年九月至大中六年底之間
契丹賀正使大首領等授官制　大中五年九月至大中六年底之間
黔中道朝賀牂牱大酋長等十六人授官制　大中五年九月至大中六年底之間
黔中道朝賀訓州昆明等十三人授官制　大中五年九月至大中六年底之間
張直方授左驍衛將軍制　大中五年十一月

沈下賢　大中五年

和嚴惲秀才落花　大中五年

與汴州從事書　約大中五年或六年

唐宣宗大中六年壬申（八五二）

歲日朝迴　大中六年正月

薛逵除秦州刺史制　大中六年正月

唐故東川節度使檢校右僕射兼御史大夫贈司徒周公墓誌銘　大中六年初

早春閣下寓直蕭九舍人亦直内署因寄書懷四韻　大中六年初春

唐故淮南支使試大理評事兼監察御史杜君墓誌銘　約大中六年元、二月間

内宴請上壽酒　大中六年春

宴畢殿前謝辭　大中六年春

謝賜物狀　大中六年春

李文舉除睦州刺史制　大中六年四月

姜閲貶岳州司馬等制　大中六年四月

朱能裕除景陵判官制　大中六年四月

賀生擒衡州草賊鄧裴表　大中六年四月稍後

馮少端等湖南軍將授官制　大中六年四月後

賴師貞除懷州長史周少鄘除虢州司馬王桂直除道州長史等制　大中六年四月後

李珏册贈司空制　大中六年五月

畢諴除刑部侍郎制　大中六年六月

薦王寧啓　大中六年六七月間

韋有翼除御史中丞制　大中六年立秋

韋退之除户部員外郎裴德融除殿中侍御史盧穎除監察御史等制　大中六年秋

鄭處晦守職方員外郎兼侍御史知雜事制　大中六年秋後

崔璪除刑部尚書蘇滌除左丞崔璵除兵部侍郎等制　大中六年七月

庾道蔚守起居舍人李汶儒守禮部員外郎充翰林學士等制　大中六年七月

代裴相公讓平章事表　大中六年八月

代裴相公謝賜批答表　大中六年八月

論閣内延英奏對書時政記狀　大中六年八月

李訥除浙東觀察使兼御史大夫制　大中六年八月

代裴相公謝告身鞍馬狀　大中六年八月後

韋宗立授檢校倉部員外郎知鹽鐵廬壽院等制　大中六年八月稍後

李鄠除檢校刑部員外郎充鹽鐵嶺南留後鄭蕃除義武軍推官等制　大中六年八月後

秋晚與沈十七舍人期遊樊川不至　大中六年晚秋

張直方貶恩州司户制　大中六年十月

自撰墓誌銘　大中六年十一月十日之後

留誨曹師等詩　大中六年十二月

代人舉周敬復自代狀　約大中六年

華清宫三十韻　大中六年

謝賜御札提舉邊將表　大中六年

薦韓乂啓　大中六年

高元裕除吏部尚書制　大中六年

李蔚除侍御史盧潘除殿中侍御史等制　大中六年

令狐定贈禮部尚書制　大中六年

竇弘餘加官依前台州刺史蘇莊除鄧州刺史等制　大中六年